Rebellin aus der Anderswelt

Tru Dennison Buch 1-3

Brogan Thomas

Übersetzt von

Lisa Gröpper für Literary Queens

Übersetzt von

Sophie Elpel für Literary Queens

Rebellin aus der Anderswelt

Tru Dennison · Buch 1-3

Brogan Thomas

VERFLUCHTER VAMPIR

KREATUREN DER ANDERSWELT

BROGAN THOMAS

Kapitel Eins

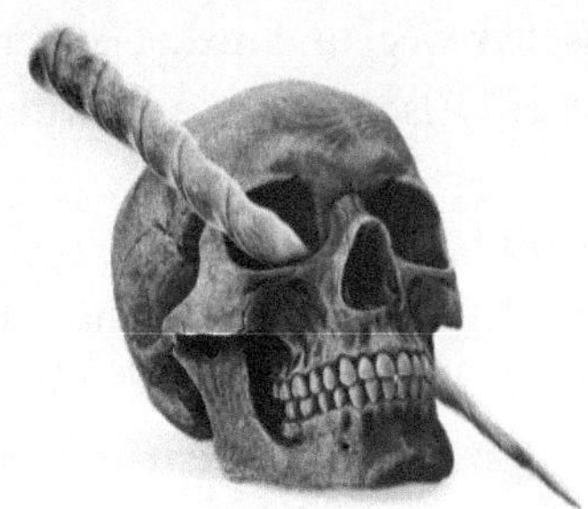

Das Gewicht der Erschöpfung wiegt schwer auf meinen Schultern. Was für eine Woche. Mein Großvater ist tot.

Jetzt breitet sich der Schmerz über seinen Verlust in meinem gesamten Körper aus und nistet sich dort ein. Und dass ich ihm davor so lange beim Leiden zusehen musste, macht es sogar noch schlimmer.

Ich vermisse ihn. Ich vermisse ihn so sehr und vermutlich werde ich das immer. Ich lächle. *Wir gehörten zusammen.* Ich umklammere das Lenkrad mit beiden Händen, als mein Lächeln verblasst. Ohne ihn ist diese Welt ein dunklerer Ort. Verdammt, er war nicht perfekt, aber wer ist das schon? *Perfekt*, spotte ich in Gedanken. *Niemand ist perfekt.*

Ich reibe mir die müden Augen. Unter meiner Handfläche fühlt sich mein Gesicht düster an. *Wenigstens habe ich heute einen Parkplatz vor dem Haus gefunden.* Ich schleppe mich aus dem Auto, stoße die Tür mit der Hüfte zu und stöhne, als meine Füße bei jeder Bewegung rhythmisch pochen. Ich schlurfe mit meinem erschöpften Körper ums Auto und trete auf den Bürgersteig.

Nur weil ich trauere, hört die Arbeit nicht auf. Ich kann nicht einfach Pause machen, denn ich muss Rechnungen bezahlen. Ich schätze, es ist eine starke Leistung, allem gerecht zu werden, wenn die Umstände ... *das Schicksal* einen begraben will. Ich atme ein, dann stoße ich die Luft langsam wieder aus. Ich bin stolz auf mich, immerhin habe ich uns aus dem Schuldenloch herausgeholt. Er würde genauso stolz auf mich sein. »Ich kriege das mit dem Erwachsenwerden hin, Großvater«, flüstere ich dem Wind zu.

Die verspätete Wasserrechnung ist bezahlt, neunhundert Pfund waren mit einem Mausklick weg, und meine letzten zwanzig Pfund habe ich für Benzin ausgegeben. Also gibt es heute wohl Aufgießnudeln zum Abendessen. Lecker.

Erwachsensein ist echt beschissen.

Erschöpft schiebe ich den Riegel des hölzernen Gartentors auf. Dabei schießen mir all die Dinge durch den Kopf, die ich heute noch erledigen muss, bevor ich mich endlich entspannen kann. Da ich keine Kraft mehr habe, meine Füße zu heben, schrammen meine Stiefel geräuschvoll über den Weg, während ich zu meiner Haustür stapfe. Doch es dauert ein paar Sekunden, bis ich bemerke, dass mein Schlüssel die Haustür nicht öffnet.

Hm. Ich ziehe den Schlüssel wieder heraus und starre ihn an. Er wirkt nicht beschädigt, also schiebe ihn erneut ins Schloss, doch meine Hand stößt auf Widerstand, als ich ihn drehen will.

»Was zur Hölle?«, murmle ich.

Die Scharniere des Tors quietschen hinter mir und ich drehe mich um, gerade, als mein Onkel es kraftvoll aufstößt und hindurchspaziert. Das arme missbrauchte Tor knallt gegen die Wand und durch den Aufprall rieselt etwas Mörtel zu Boden. Ich kneife die Augen zusammen.

»Trudy«, grunzt er.

Gott, mein Name ist Tru. T-R-U. Nicht Trudy. Warum muss er nur immer so ein Arschloch sein? Seine Lippen verziehen sich zu dem Anflug eines Lächelns. Oh, oh. Immer, wenn dieser Mann dieses unheimliche Lächeln zeigt, weiß ich, dass etwas Schlimmes bevorsteht. Mein Magen verkrampft sich, aber ich zwinge mein Gesicht zu einer hoffentlich unbekümmerten Maske.

Mich anzustacheln, ist seine Lieblingsbeschäftigung.

Sobald ich ihn ansehe, bekomme ich eine Gänsehaut. Jetzt, nachdem Großvater nicht mehr da ist, um mich zu beschützen, weiß ich nicht, was dieser Idiot mit mir vorhat. Sein kurzes silbernes Haar fällt ihm vor die Augen, doch er schiebt es mit einer dürren Hand aus der Stirn, als er auf mich zuschreitet.

Jetzt kapiere ich, was passiert ist.

Ich recke das Kinn und schaue auf ihn hinab, denn in diesem Moment genieße ich meine Größe von einem Meter achtzig. Mit wachsendem Entsetzen und kaum kontrollierter Wut nicke ich mit dem Kopf zur Tür und hebe fragend eine Augenbraue. »Onkel Phillip«, sage ich durch knirschende Zähne und einem falschen Lächeln hindurch. »Mein Schlüssel passt nicht ... Hast du die Schlösser etwa ausgetauscht?«

Das hier ist der Mann, der sich nicht die Mühe machen konnte, seinen Vater zu besuchen, als er krank war. Als er im *Sterben* lag. Das hier ist der Mann, der auch nicht an der Beerdigung seines Vaters teilnehmen oder sich an den Kosten beteiligen konnte. Meine Hände ballen sich zu Fäusten und ich versuche, mein Temperament mit einer Selbstbeherrschung zu zügeln, die ich nicht spüre.

Eins ... zwei ... drei. Ich zähle langsam in meinem Kopf, während ich mit mir ringe. Meine Nasenlöcher blähen sich auf, als ich einen tiefen, reinigenden Atemzug nehme.

Jetzt schnappt er sich also auch mein Zuhause.

Großartig. Einfach verdammt großartig.

Die Schlüssel in meiner rechten Hand klirren, als ich mich zwinge, meine Fäuste zu lösen und meinen Zorn herunterzuschlucken. Mit einem wütenden Schnaufen verschränke ich die Arme vor der Brust und versuche, ruhig und gelassen zu wirken. Was aber nicht funktioniert.

Meine Hände zucken. Gott, ich möchte ihm in sein selbstgefälliges Gesicht schlagen.

»Mein Haus, meine Schlösser.« Mit dieser *hilfreichen* Aussage schwenkt er seine Windmagie und reißt mir peitschend die Schlüssel aus der Hand. Mit einem Klatschen landen sie in seiner offenen, wartenden Handfläche.

»Hey!«, rufe ich. *Was soll das?* Ich strecke meine Hand aus und wackle mit den Fingern. »Gib. Sie. Zurück.«

Er hat bereits die Schlösser ausgetauscht, wozu zum Teufel braucht er da noch meine Schlüssel? Mein Onkel macht auf dem Absatz kehrt und trampelt auf die Straße und zu *meinem Auto.*

O nein. Oh, verdammt, nein.

»Das ist mein Auto, *Arschloch.* Dazu hast du kein verfluchtes Recht!«, schreie ich, während ich ihm hinterherlaufe.

Nein, nein, nein, nein.

Adrenalin jagt durch meinen Körper und spült jede Müdigkeit von eben davon. Mein Herz hämmert in meinen Ohren und mein ganzer Körper zittert.

Onkel Phillip öffnet die Beifahrertür und lehnt sich in *mein* Auto. »Der Name meines Vaters steht in den Zulassungspapieren, also gehört er rechtlich gesehen mir. Es sei denn, du willst dich bei einem der Gilde beschweren? Ich bin mir sicher, dass die sehr daran interessiert sind, von dir zu erfahren.« Er dreht sich um, stützt sich mit dem Arm an der Tür ab und grinst. »Wenn du klug bist, nimmst du deinen Scheiß und verschwindest von hier. Du bist jetzt wie alt, zwanzig?« Ich bin siebzehn. »Du musst endlich erwachsen werden und aufhören, alte, verletzliche Menschen auszunutzen ...«

Ich schlucke meinen Stolz herunter. »Onkel Phillip, bitte!«, flehe ich.

Er lacht leise und seine Augen huschen umher, während er die ruhige Wohnstraße in sich aufnimmt. Als wäre sie ein lebendiges Wesen, breitet sich die Stille zwischen uns aus. Er mustert mich mit kaum verhülltem Abscheu einmal von oben bis unten. »Ich bin nicht dein Onkel«, presst er schließlich hervor.

Onkel Phillip stößt sich von meinem Auto ab und macht einen bedrohlichen Schritt auf mich zu. Er lehnt sich so nah zu mir, dass seine Lippen meine Ohrmuschel berühren, und senkt seine Stimme zu einem rauen Flüstern. Ich erschaudere. »Ich bin nicht deine Familie, nichts von dir. Du bist das Kind, das er irgendwo am Straßenrand aufgegabelt hat. Wie Müll.«

Ich schlucke.

Er tritt zurück und zieht eine triste Rolle Müllsäcke aus seiner

Gesäßtasche heraus. Mit einem Ruck reißt er eine einzelne Tüte von der Rolle.

Als er zu meinem Auto zurückspazieren will, stelle ich mich ihm in den Weg, aber er drängt mich mit der Schulter einfach davon. Ich beobachte ungläubig und mit einem zunehmenden Taubheitsgefühl, wie er den schwarzen Kunststoffbeutel mit meinen spärlichen Habseligkeiten befüllt.

Als er fertig ist, wischt er sich die Hände an seiner Hose ab und legt mir mit einem zufriedenen Lächeln den Müllsack vor die Füße. Mein Blick fällt auf den Beutel. Das Plastik ist an manchen Stellen so dünn, dass es fast grau und durchsichtig erscheint.

»Hier.« Er wirft etwas Kleines nach mir, das an meiner Brust abprallt. Mit hektischen Fingern fange ich es gerade rechtzeitig auf und ich lasse das kühle Metall in meine Handfläche gleiten.

Ein rostiger Schlüssel.

Ich hebe meinen Blick.

»Ein Schlüssel zu Mr Gregsons Garage«, lautet die Antwort von Onkel Phillip auf meine stumme Frage. »Da findest du deinen ganzen Kram und die Sachen meines Vaters, die ich nicht verkaufen kann. Der alte Idiot Gregson verlangt echt eine Menge pro Monat. Wenn du die Garage also nicht leerräumst, musst du ihm bis zum ersten Oktober mehr zahlen.« Er deutet mir mit einem wütenden Finger ins Gesicht. »Das ist alles, was du von mir bekommst, Mädchen. Und ich tue es nur, weil es billiger ist als die Sachen von der Stadtreinigung abholen zu lassen. Den Blick kannst du dir also sparen ... Mich kriegst du damit nicht.«

Ich balle meine Hände wieder zu Fäusten und starre ihn an. Der rostige Schlüssel schneidet in meine Handfläche.

Gott, am liebsten würde ich den Schlüssel auf Phillip schmeißen.

Dunkelheit steigt in mir auf. Ich kneife die Augen zusammen und neige ruckartig den Kopf. Vielleicht wäre es besser, ihm mit dem Schlüssel das Auge auszustechen, dann kann ich mir meine eigenen Schlüssel schnappen, während er abgelenkt ist und sich an sein Gesicht klammert.

Ihn schlagen. Ihn verletzen. Ihn bestrafen.

Oder sogar das Auto ... Mein Blick wandert zu meinem ganzen

Stolz. Wenn es verbeult und die Scheiben kaputt wären, könnte er mein Auto nicht mehr verkaufen. Ich trete vor und …

Ich schließe für einen Moment die Augen und atme tief durch.

Die Beherrschung zu verlieren, hilft mir jetzt nicht weiter. Mädchen … Wir dürfen nicht so viel Wut in uns tragen. *Lieb und süß, so müssen kleine Mädchen sein.* Die kranken Worte schwirren mir im Kopf herum.

Es ist mir scheißegal, was die Leute über mich denken. *Aber* ich habe diese Angst, diese eine Vision, dass mich jemand mit dem Handy filmen und das Video ins Netz stellen könnte. Ich sehe die Titel schon vor mir: »Hybrid dreht durch« oder »Wildes Mädchen randaliert«. Bei dem Gedanken drehe ich durch. Entdeckt zu werden, ist verdammt gefährlich und das Risiko eindeutig nicht wert. Also zügle ich mein Temperament.

Wie traurig.

Ich knirsche mit den Zähnen. Das werde ich ihm heimzahlen, aber jetzt ist nicht der richtige Zeitpunkt. Ich muss einfach geduldig sein.

Mein Onkel hat mich verarscht.

Es ist bereits geschehen.

Scheiße, und ich kann nirgendwohin.

»Er würde sich für dich schämen«, sage ich und mustere ihn finster. Ich möchte, dass er meinen Hass sieht. Doch stattdessen muss ich schnell blinzeln, um den Stachel der wütenden Tränen zu vertreiben, die zweifellos in meinen Augen glänzen.

Er lacht und seine Augen funkeln vor Heiterkeit. »Nein. Nein, das würde er nicht. Und weißt du, warum?« Er beugt sich vor und ein manisches Grinsen breitet sich auf seinem Gesicht aus. »Weil er tot ist.«

Ich zucke zusammen.

»Tote Männer schämen sich nicht.« Er kichert weiter, während er mein Auto umrundet. Dann klopft er auf die Motorhaube und wirft mir ein strahlendes Lächeln zu.

Ich beobachte, wie mein Onkel die Fahrertür aufreißt und davonfährt, ohne einen einzigen Blick zurückzuwerfen.

Das Auto ist längst aus meinem Blickfeld verschwunden, aber ich stehe immer noch da und starre die Straße hinunter. Ich kann mich nicht bewegen, meine Füße sind wie auf dem Asphalt festgefroren.

Beweg dich! Doch ich glaube nicht, dass ich das kann. Meine Füße sind vor Angst förmlich erstarrt. *Wenn ich hierbleibe, sterbe ich.* Ich muss etwas Mut zusammenkratzen. »Mut«, spotte ich.

Ich schüttle den Kopf und der Wind peitscht Strähnen aus meinem Zopf und in mein Gesicht. Ich zwinge meine erstarrte linke Hand, die an meiner Seite verharrt, die verirrte bunte Haarsträhne anzuheben und sie hinter mein Ohr zu schieben. Meine Hand zittert.

In dieser Welt ist Magie alltäglich, es gibt überall Menschen mit sämtlichen übernatürlichen Kräften, aber es geht immer nur um den Kampf der Starken gegen die Schwachen. Es geht nur um Macht. Seit Anbeginn der Zeit ist das schon so.

Ich schlinge die Arme um mich. Hier gibt es keine Menschen, die obdachlos auf der Straße leben.

Entweder du hast einen sicheren Ort, an dem du bleiben kannst ... oder du bist tot. Die Schwachen werden schnell gierig geschnappt und verschwinden spurlos. Ich drehe meinen Kopf und schaue bedauernd auf mein ehemaliges Zuhause.

Hier bin ich nun. Ohne Geld. Ohne Haus. Ohne Auto.

Ich hebe meinen Blick zu den Wolken und denke über den Ernst meiner Lage nach. Doch dann entschlüpft ein wahnsinnig klingendes Gackern meinen Lippen. Ich stehe mitten auf der Straße, fasse mir an den Bauch und lache wie eine Verrückte. Ich lache mit meiner gesamten Verzweiflung. Denn wenn ich jetzt weine, höre ich vermutlich nie wieder auf.

Welch Ironie.

Wäre er nur ein Tag früher gekommen, wäre ich jetzt zumindest um *neunhundertzwanzig Pfund* reicher. Ich werfe meine Hände in die Luft. Mich durchfährt der Drang, meinen Schmerz ins Universum hinauszuschreien. Mein Lachen erstirbt.

Was ist das nur für eine Ironie? Verdammtes Schicksal.

Gott, mir ist schlecht. Ich lehne mich vor und schlinge die Arme fester um mich. Ich schaffe das nicht. Ich bin nicht stark genug. Ich schaffe das nicht. Ich schaffe es einfach nicht. Ich bin allein. Ich habe niemanden, der mir hilft.

Er hätte mich genauso gut mit seiner erbärmlichen Windmagie erwürgen können.

Das wäre durchaus gnädiger gewesen.

Kapitel Zwei

Der alte Schlüssel, der immer noch in meiner Hand liegt, bringt mich dazu, mich zu bewegen. Ich muss höflich sein und zunächst mit Mr Gregson sprechen, bevor ich in seiner Garage herumstöbern kann. Denn mich würde es nicht wundern, wenn der Schlüssel nur ein Trick wäre, um mich in Schwierigkeiten zu bringen. Ich lasse die Schultern hängen, hebe den Müllsack vom Boden auf und kämpfe mich bis zum Haus des Garagenbesitzers, das nur eine Straße weiter liegt.

Tu so, dann wirst du so, Tru!

Ich klopfe an die Tür und warte, während ein halbes Dutzend Schlösser und Riegel klacken und gleiten. Während die Kette noch befestigt ist, öffnet sich die Tür knarrend, und Mr Gregsons braune Augen blitzen durch den Spalt hindurch.

Doch seine Augen weiten sich bei meinem Anblick. »Oh, Tru.« Er hebt einen Finger, während er zurückweicht und mir die Tür vor der Nase zuschlägt. Ich höre, wie sich die Kette löst. Dann öffnet sich die Tür ein zweites Mal, und der Geruch eines ungewaschenen Mannes schlägt mir entgegen. Ich blinzle schnell und zwinge mich, meine Nase nicht zu rümpfen.

»Hast du den Schlüssel?«, fragt er.

Ich nicke.

»Oh, Mädchen, es tut mir so leid.« Seine Augen werden weich vor Sorge, als er mich und meine Mülltüte in Empfang nimmt. »Wenn ich nicht so ein erbärmlicher alter Mann wäre, hätte ich ihn aufhalten können. Weißt du, ich war auf dem Weg zum Einkaufen und natürlich war Phillip gerade am Telefon, als ich vor dem Haus deines Großvaters vorbeikam. Als er mich bemerkte, beendete er das Gespräch und fragte, ob er meine Garage benutzen könnte. Ich hoffe, ich habe das Richtige getan, Liebes? Dieser Junge ...« Mr Gregson schüttelt den Kopf und die schlaffe Haut an seinem Kiefer wackelt. »Dieser Junge war nie ein guter Mensch. Dein Großvater war dagegen ein bildhafter Mann, wirklich ein bildhafter Mann. Ich weiß nicht, was mit dem Jungen schiefgelaufen ist. Er ist wirklich eine hinterhältige Schlange.«

»Es ist okay, Mr Gregson. Alles ist gut.« Ich versuche mich an einem breiten Lächeln, doch Mr Gregson weicht unbewusst vor mir zurück, also lasse ich es sein.

»Kommst du irgendwo unter?«

Als Antwort hebe ich meine Hand, die den Garagenschlüssel fest zwischen den Fingern hält, und schüttle sie.

Er seufzt und reibt sich mit einer leberfleckigen Hand übers Gesicht. »O nein, das ist doch kein Ort für eine junge Dame. Eigentlich ist es überhaupt kein Ort.«

Ich versuche mich an einem lieblichen Gesicht, mache große Augen und schmolle ein bisschen. »Mr Gregson, bitte ... Wäre das in Ordnung? Nur für ein paar Wochen, bis ich etwas Besseres gefunden habe. Niemand wird wissen, dass ich da bin, und ich verspreche, Ihnen keinen Ärger zu machen.«

»Tru, dein Großvater ... Ich kann nicht zulassen, dass du da drin wohnst. Das ist nicht richtig ...« Seine Stimme verstummt und er schaut über seine Schulter.

Oh, verdammt. Ich weiß, worauf er hinauswill, und ich schüttle energisch den Kopf. Ich kann nicht bei ihm bleiben. Nicht, solange die bösen Worte meines Onkels Phillip, ich würde alte Leute ausnutzen, noch in meinem Kopf widerhallen.

»Nein, danke, M. Gregson. Ich kann nicht bei Ihnen bleiben, wenn es das ist, was Sie vorschlagen wollen. Ich komme schon zurecht. Alles wird gut, solange ich für ein paar Wochen in der Garage bleiben kann. Und die Miete? Die ist fällig am, ähm … ersten Oktober?« Ich tue mein Bestes, um das Thema zu wechseln.

»Am ersten Oktober?« Mr Gregsons Pausbäckchen werden immer röter. Seine besorgte Miene verblasst und seine Augen leuchten vor Freude auf, während sich ein kleines, selbstgefälliges Lächeln auf seine Lippen legt. »Nein, ich habe ihm das Geld aus der Tasche gezogen. Ich habe ihm Oktober gesagt, aber die Garage ist bis zum ersten Dezember bezahlt.« Er lacht und klopft sich auf den Schenkel. Sein dünnes, zurückgekämmtes Haar verrutscht und es fällt ihm in die Stirn und berührt seinen Nasenrücken. »Die Miete beträgt nur achtzig Pfund im Monat«, fährt er kichernd fort. Er runzelt die Stirn, als er das baumelnde Haar bemerkt, und wirbelt es verlegen herum und streicht es zurück.

Seine amüsierten braunen Augen werden ernst. O Gott, er wird Nein sagen. Er wird Nein sagen, und dann bin ich tot.

Mr Gregson stößt einen traurigen Seufzer aus und schüttelt den Kopf. »Nein, es tut mir leid, Tru. Du kannst nicht in der Garage bleiben. Sie ist in keinem bewohnbaren Zustand, nicht für eine junge Dame. Die Polizei könnte dir helfen oder der Menschenrat?« Er hebt seine buschigen Augenbrauen. »Ich weiß, dass dein Großvater ein Fae war, vielleicht hat die Fae-Gilde eine Unterkunft für dich.« Er tritt von der Tür weg und deutet auf das Festnetztelefon auf dem Tisch.

»Ich könnte sie für dich anrufen. Mir gefällt der Gedanke nicht …«

Überwältigende Panik durchströmt mich, deshalb tue ich etwas, das ich sofort bereue. »Denken Sie nicht mehr daran. Es wird alles wieder gut, Mr Gregson, versprochen. Mir wird es gut gehen. Ich wollte nur, dass Sie das wissen, weil es höflich ist … aber Sie müssen sich keine Sorgen um mich machen. Vergessen Sie's einfach!« Ich beuge mich vor und flüstere: »Ich bin kein gewöhnliches Mädchen. Also denken Sie nicht mehr daran.« Dann lächle ich strahlend.

Ich sehe, wie Mr Gregsons Augen glasig werden, und er nickt wie ein Roboter. »Keine Sorge. Ich werde nicht weiter darüber nachdenken.« Er schlurft zurück in sein Haus und die Tür fällt krachend zu.

Ich blinzle. Okay, das ist okay.

Ich schlucke den schuldigen Kloß herunter, der sich in meiner Kehle gebildet hat. Mir ist ein bisschen schlecht geworden.

Ich versuche nur, zu überleben, wie jeder andere auch. Ich versuche nur, mein Bestes zu tun, um in dieser beschissenen Welt klarzukommen. Er hätte mich daran gehindert, in der Garage zu wohnen, und er wollte die Gilde anrufen. »Es tut mir so leid. Bitte verzeihen Sie mir, Mr Gregson«, flüstere ich. Gott, ist mir schlecht. Ich huste in meine Faust.

Genau, Tru. Jemand verarscht dich, also gehst du direkt zum nächsten alten, freundlichen Mann und bringst seinen Kopf durcheinander. Ich lasse mich nach vorn sinken und lege mein Ohr an die Tür; ich höre, wie seine Füße davonschlurfen. *Oh, Mist. Na toll, Tru.* Er hat die Tür nicht abgeschlossen.

»Mr Gregson.« Ich klopfe mit den Fingerknöcheln gegen die Tür. »Mr Gregson, vergessen Sie nicht, abzuschließen!«

Hinter der geschlossenen Tür schlurfen Mr Gregsons Schritte zombieartig zurück und er wiederholt mit monotoner Stimme meine Worte: »Vergessen Sie nicht, abzuschließen!« Die Schlösser klicken eines nach dem anderen und gleiten an ihren Platz. Mit einem erleichterten Seufzer blase ich die Wangen auf.

Ich schließe die Augen und drücke meine Stirn fest gegen die weiße Tür aus PVC. Schuldgefühle halten mich weiterhin wie in einem Schraubstock gefangen.

Das hätte ich nicht tun dürfen.

In zehn Minuten geht es ihm wieder gut. Es war zu seinem Besten.

Ich erschaudere, stoße mich von der Tür ab und schleppe meinen schuldbewussten Hintern zurück auf die Straße. Mit hochgezogenen Schultern drehe ich den Kopf und schaue zurück zu Mr Gregsons ruhigem Haus.

Lügnerin, du hast es nur für dich getan.

Okay, ja, ich kann auf andere also mental einwirken. Keine große Sache. Ich zucke mit den Schultern und die Mülltüte in meiner Hand raschelt. Es ist ein Abwehrmechanismus, eine Verteidigungsreaktion. Alle geborenen Vampire können das. Überhaupt kein großes Ding und nichts Besonderes, und es hat auch nur einen begrenzten Nutzen. Wenn ich zumindest stark genug wäre, es auch bei meinem Onkel anzuwenden.

Ich kratze mich mit dem Garagenschlüssel am Kopf. Ich mache das eigentlich nicht oft und normalerweise würde ich nicht mit den Gedanken eines alten Mannes wie Mr Gregson spielen, wenn es nicht gerade um Leben oder Tod ginge.

Ja, ich fühle mich schlecht. Aber unter den gleichen Umständen ... Wäre ich erneut in dieser Situation, würde ich es wieder tun.

Macht mich das zu einem schlechten Menschen? Ich erschaudere wieder. Jaja, das tut es. Ich halte inne, klemme die Mülltüte sicherheitshalber zwischen meine Knie und richte den Haargummi, der fast aus meinem französischen Zopf rutscht. Aber ich habe ihm nicht wehgetan und ich gebe ihm etwas Seelenfrieden, denn ich weiß, dass er sich Sorgen um mich machen würde. Und jetzt ... na ja, jetzt muss er das nicht mehr.

Schön, wem will ich etwas vormachen? Ich bin nicht besser als mein Onkel. Nein, nein – ich bin schlimmer, weil ich einem netten alten Mann die Entscheidungsfreiheit genommen habe, und das macht mich eindeutig zu Abschaum. Ich zwinge meine Füße zum Weiterlaufen.

Die Gasse hinter Mr Gregsons Terrasse, die zu seiner Garage führt, ist schmuddelig und ungepflastert und der Weg besteht aus unebenem Schotter mit vereinzelten roten Ziegelsteinen und Glasscherben. Mein Blick schweift umher, während ich mich zwischen dem Glas, den Unkrautbüscheln und dem alten Hundehaufen hindurchmanövriere. Ich versuche, den Atem anzuhalten, als der stechende Geruch von Ammoniak – ja, frischer Pisse – meine Nase befällt. Verdammt, meine Augen tränen.

Ich war schon einmal in dieser Garage, vor ein paar Jahren. Wenn ich mich also richtig erinnere, ist sie gleich hier drüben. Ich stöhne auf, als ich sie entdecke. Die Hände in die Hüften gestemmt, überblicke ich, womit ich es zu tun habe.

Die Garage ist schlimmer, als ich sie in Erinnerung habe. Kein Wunder, dass die Miete nur achtzig Pfund beträgt.

Das verblasste Garagentor hat schon bessere Tage gesehen. Es ist mehr Rost als Farbe an der Wand. Unter der abgeblätterten Farbe ist die Oberfläche mit verschiedenfarbigen Flecken übersät. Mit zusammengekniffenen Augen untersuche ich das Metall, das das Tor hält. Es bröckelt leicht und sieht so aus, als seien der Mechanismus und der Rahmen des Schwingtors eingerostet. Ein kleiner Stoß und ich wette, die ganze Tür würde auf den Boden fallen. Gott, ich weiß nicht einmal, wie mein Onkel das Ding aufbekommen hat.

»Mehr Sicherheit geht nicht«, murmle ich. Hoffentlich hat niemand bemerkt, wie mein Onkel die Garage mit meinen Sachen vollgeladen hat. Aufmerksamkeit kann ich gerade wirklich nicht gebrauchen.

Meine Hand umklammert erleichtert den Schlüssel und meine Füße knirschen auf dem unebenen Boden, als ich an die Seite der Garage trete. Gott sei Dank gibt es noch eine Seitentür.

Oder auch nicht.

Ich runzle die Stirn bei der Holztür und fluche knurrend. Das Holz ist aufgequollen. Ich lehne mich dagegen und rüttle mit dem Schlüssel im Schloss herum. Nach ein paar vergeblichen Versuchen gibt sie endlich etwas nach, aber als ich am Griff ziehe, fällt mir das verdammte Ding fast aus der Hand. Mit einem Rütteln und Zerren öffne ich die Tür gerade so weit, dass ich meine Finger in den Spalt stecken kann. Die Splitter des alten Holzes bohren sich in meine Haut, aber ich ignoriere den stechenden Schmerz, während ich an der Tür ziehe. Zentimeter für Zentimeter schrammt sie über den Boden und wirbelt kleine Steine auf.

Sie klemmt.

»Verdammt noch mal!«, schreie ich. *Ich kann keine Tür gebrauchen, die sich nicht öffnen lässt.* Mein berühmtes Temperament flammt wieder auf. Wut, Schuldgefühle und Verzweiflung brodeln in mir. Ich grabe die Spitze meines Stiefels in das Unkraut, das sich um die Unterseite der Tür angesammelt hat, und trete kräftig dagegen, bis Gras und Steine umherfliegen.

Ich presse meine Lippen fest aufeinander, damit mir kein zweiter Schrei entwischt. Mein Atem geht stoßweise, meine Kehle brennt und meine Brust schmerzt. Ich starre auf das Chaos, das ich angerichtet habe, und gebe mir eine Minute Zeit, bevor ich seufze und die Fäden meines ausgefransten Gemüts wieder zusammennehme. Um wieder zu Atem zu kommen, lehne ich mich gegen die Garagenwand. Der rote Ziegelstein gräbt sich in meine Schulter. Ich werde die Reparatur dieser beschissenen Tür zu der Liste der endlosen Scheiße hinzufügen, die ich heute Nachmittag zu erledigen habe. Ich knirsche so stark mit den Zähnen, dass meine Kiefer schmerzen, und verdränge den allgegenwärtigen Zorn, den ich von meiner Vampirseite geerbt habe.

Ich stoße ein bitteres Lachen aus. Scheiße, ich bin nicht einmal ein richtiger reinblütiger Vampir. Nein, ich bin ein lästiger Hybrid. Ich bin ein geborener Vampir mit Einschlag.

O ja, das ist das Beste an der Sache. Der Teil mit dem Einschlag ... Ein kleines bisschen Wandler fließt durch meine Adern. Ta-da.

Wandler.

Eigentlich ist das unmöglich. Ich dürfte nicht existieren.

Großvater meinte, dass niemand etwas über meine Hybridnatur herausfinden darf, vor allem nicht die Gilden – das war unsere goldene Regel. Wenn die Vampire etwas über meine Existenz herausfinden, bin ich tot. Wenn die Wandler von meiner Existenz erfahren, bin ich tot ...

Mit einer müden Grimasse trete ich durch die Tür in mein neues *Zuhause.*

KAPITEL DREI

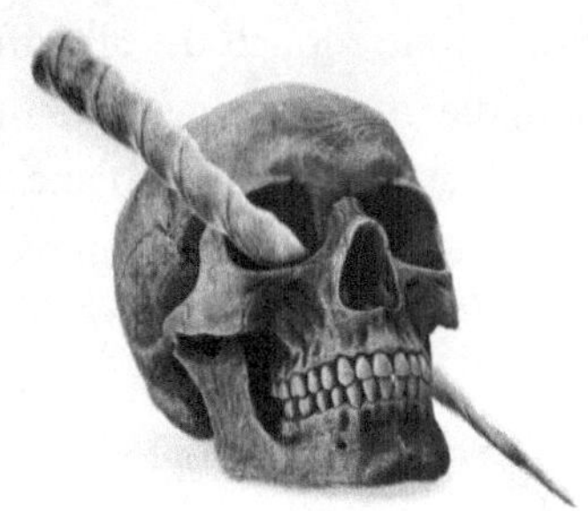

MEINE AUGEN GEWÖHNEN sich langsam an das veränderte Licht in der Garage. Der Ort ist muffig und feucht.

Positiv ist, dass sie etwas größer ist als eine normale Standardgarage.

Negativ ist, dass das Dach wahrscheinlich voller Asbest ist und eine Pfütze vom Regen der letzten Nacht den Boden ziert.

Immerhin sind die Ziegelwände solide genug, auch wenn der bröckelnde Mörtel aussieht, als würde er nur noch von Spinnweben zusammengehalten werden. Die ganze Garage ist voller Staub und bei jedem Atemzug kitzelt es in meiner Nase, der Betonboden macht das Problem nur noch schlimmer, denn die alte Oberfläche löst sich langsam auf und hinterlässt Krater aus Staub und losen Steinen.

Es ist kein Palast, so viel steht fest. Kein Strom. Kein Wasser. Aber was soll's, es muss reichen.

Mein ohnehin schon erschöpfter Körper schmerzt, als ich den riesigen Haufen in der Mitte des Raumes betrachte – ein Berg aus Möbeln und Kleidern. Ich schüttle den Kopf.

Gott, mein Leben besteht nur noch aus Müllsäcken und Kartons. Ich werfe meine Mülltüte mit meinen Sachen aus dem Auto auf den Stapel, um den ich mich später kümmern muss, und drehe mich dann einmal im Kreis.

»Was zum Teufel ... Sieh dir das an.« Wieder schüttle ich den Kopf, diesmal ungläubig, als ich den alten Gartenschuppen entdecke, der einst im Garten meines Großvaters gestanden hat. Jetzt ist er in Stücke zerlegt, achtlos auseinandergerissen und an die gegenüberliegende Wand gelehnt.

Ich reibe mir die Stirn, während ich das alles in mich aufnehme – es sind nicht meine Sachen, die mich aufregen. Nicht wirklich. Mich stört eher, dass ich mich einfach an den Sachen meines Großvaters bedienen kann, weil sie so wahllos übereinandergeworfen wurden.

Warum würde Onkel Phillip so etwas tun? Es sind die Gegenstände seines Vaters.

Es sieht so aus, als wären die Dinge, die vom Leben meines Großvaters übriggeblieben sind – und die ihm einst wichtig waren –, in Wahrheit bedeutungslos. Mein Herz schmerzt. Ich schlucke schwer, um die Enge der Trauer in meiner Kehle loszuwerden.

Weitermachen. Ich muss einfach weitermachen.

Ich rolle die Schultern zurück und drehe das Handgelenk, um auf die Uhr zu sehen. Es ist fünfzehn Uhr – ich hatte heute Frühschicht. Mein Blick schweift zur offenen Tür, als das willkommene Sonnenlicht in den feuchten Raum fällt. Ich habe noch mindestens sechs Stunden Tageslicht, um diesen Ort auf Vordermann zu bringen. Ein Hoch auf den britischen Sommer.

So vorsichtig ich kann, durchsuche ich die wahllosen Stapel. »Bitte sei hier, bitte, bitte, bitte«, murmle ich. Bingo. *Ja.* Oh, Gott sei Dank. Immerhin eine Sache, eine Sache in all der Scheiße, die funktioniert. Ich schnappe mir den alten roten Werkzeugkasten.

Auf den ersten Blick sieht er aus wie Schrott. Aber in seinem Inneren birgt er so viele Schätze, dass der Werkzeugkasten pure Magie ist.

Außerdem war ich meinem Großvater noch nie so dankbar, dass er so viele kleine Teile besitzt. Scharniere, Bolzen, Nägel und Schrauben. Der Mann hat nie etwas Brauchbares weggeschmissen.

Ich schleppe das schwere Ding zur hölzernen Seitentür und mache mich an die Arbeit.

Dabei summe ich vor mich hin. Ich wünschte, ich könnte mit dem Handy etwas Musik abspielen, aber ich will den Akku nicht unnötig belasten. Stand jetzt reicht er noch, bis ich morgen zur Arbeit muss. Mein ständiges Summen hat meinen Großvater verrückt gemacht. Er sagte immer: *»Benutze deine innere Stimme, Tru!«* Ich schnaube bei der Erinnerung. Sein Stöhnen ermutigte mich nur, weiterzumachen. Er mochte auch keine Kaugeräusche, deshalb schickte ich ihm jedes Mal, wenn ich im Internet auf ein Video stieß, in dem jemand unangenehm kaute, den Link. Ich kichere. Gott, er wurde jedes Mal so wütend.

Ich nehme einen Schraubenzieher und nehme die Scharniere der Tür ins Visier. *Losdrehen links.* Zu seiner Zeit war mein Großvater ein knallharter Fae-Krieger. Er war zwar kein vollständiger Fae, aber er besaß trotzdem erstaunliche Magie. Großvater war ein Attentäter. Er war einer der Besten. Eine Schraube fällt in meine wartende Handfläche und ich schlage sie gegen die Tür. Sagen wir einfach, ich hatte keine normale Kindheit und mein Großvater brachte mir alles bei, was er konnte. Er war der Hammer. Es ist mir egal, was mein gruseliger *Nicht-Onkel* Phillip sagt. Er war mein Großvater. Ich ignoriere das Brennen hinter meinen Augen. Es spielt keine Rolle, dass meine Mutter nie zurückgekommen ist. Und es spielt auch keine Rolle, dass Großvater mich am Straßenrand gefunden hat.

Ich schätze, dass sie tot ist ... Ich schätze, dass meine ganze biologische Familie tot ist.

Oder ... oder sie wollten mich nicht.

Ich knirsche so stark mit den Zähnen, dass meine Kiefer schmerzen. Es ist lange her, elf Jahre, also sollte es eigentlich nicht mehr wehtun. Verdammt, ich kann mich nicht einmal mehr an sie erinnern, selbst wenn ich meine Augen schließe. Nein, das stimmt nicht ganz. Manchmal sehe ich das Gesicht meiner Mutter vor mir, wenn es überhaupt stimmt. Das Bild könnte genauso gut aus einem Film stammen.

Ich stöhne, als ich die Tür aus dem Rahmen ziehe und versuche, die blutenden Wunden zu ignorieren, die der Tod meines Großvaters wieder aufgerissen hat. Wenigstens wollte er mich. Ich bin kein Kind mehr. Vielleicht bin ich erst siebzehn, aber ich habe mich jahrelang um

Großvater und mich gekümmert. Mit dem Werkzeug meines Großvaters hebe ich vorsichtig die Tür aus den Angeln, schleife Teile des beschädigten Holzes ab und bringe die neuen Scharniere an, sodass sie jetzt perfekt im Rahmen sitzen. Ich lächle zufrieden, als sich die Tür daraufhin problemlos öffnen und schließen lässt. Ich nehme mir auch ein Beispiel an Mr Gregson und bringe drei solide Bolzen an, damit ich die Tür von innen abschließen kann, wenn ich hier drin bin.

Notiz an mich selbst: Holz kaufen, um das rostige Garagentor zu sichern, sobald ich etwas Geld habe. Ich rolle die Schultern zurück und wende mich mit einem finsteren Blick und einem müden Schnaufen dem undichten Dach zu.

Nach stundenlanger harter Arbeit und einem Wettlauf mit dem langsam schwindenden Tageslicht bin ich am Ziel.

Der jetzt wieder errichtete Gartenschuppen meines Großvaters nimmt eine beträchtliche Größe in der Garage ein, dafür bieten die Wände einen zusätzlichen Schutz für mein Einzelbett. Dank der Plastikboxen, die bereits hier waren, ist meine Kleidung jetzt sicher verstaut. Batteriebetriebene Lichterketten umhüllen die niedrigen Balken und sorgen für eine perfekte Beleuchtung. Ein dicker Teppich polstert den Holzboden ab, und ich habe ihn so festgenagelt, dass er die Wände noch bis auf zur Hälfte hinaufläuft. Es ist zwar schon August, aber der Winter naht schnell. Es wird unerträglich kalt hier drin werden, also habe ich alles, was ich finden konnte, zur Isolierung verwendet.

Mein Auge zuckt, als ich auf meine traurige Notfalltoilette in der hintersten Ecke starre – ein Eimer, eine zerknüllte Klopapierrolle und eine alte Flasche mit antibakteriellem Handwaschmittel. Na, dann mal los!

Außerdem habe ich Regale angebracht, und die alten Wohnzimmermöbel sind jetzt richtig herum aufgestellt und befinden sich zusammengepfercht in der Ecke – somit stehen die meisten wichtigen Dinge meines Großvaters jetzt zumindest nicht mehr auf dem schmutzigen Boden, und ein kleiner Platz inmitten all der vielen Dingen wird frei. Das verwandelt die Garage in einen merkwürdigen Raum. Aber es funktioniert.

Meine Hände pochen und mein Rücken schmerzt. Ich kann meine Füße kaum noch spüren. Ich habe vergessen, zu essen, und habe auch kein Wasser zum Trinken, oder um mir damit die Zähne zu putzen. Also müssen meine Knirscher wohl warten, bis ich morgen früh wieder im Fitnessstudio bin. Wenigstens ist niemand bei mir, der meinen Atem riechen kann.

Und wenigstens bin ich noch für vier Monate Mitglied im Fitnessstudio, einem schönen Ort, an dem ich mich waschen kann. Ich bin eine richtige Fitnessfanatikerin – denn Bewegung hilft mir, diese ganze *Grrr*-Seite in mir zu kontrollieren. Und es sieht so aus, als zahle sich das jetzt aus.

Außerdem ist der örtliche Waschsalon für meine Kleidung nur um die Ecke.

»Ja, das alles wird perfekt funktionieren«, murmle ich.

Ja, ich bin Miss Positivität.

Ich habe vier feste Wände – oder zumindest drei von vier; die Wand mit dem verrotteten Garagentor lasse ich mal lieber außen vor –, ein Dach über dem Kopf und eine Tür, die sich abschließen lässt. Wenn man dann noch die billige Miete, die fehlende Nebenkostenabrechnung und den Eimer – meinen Eimer, nicht zu vergessen – beachtet, lebe ich wie im Traum.

Zeit fürs Bett. Ich ziehe meine Stiefel aus und stelle sie vor den Schuppen. Wie eine paranoide Spinnerin habe ich beim Aufbau des Gartenschuppens die Tür so angebracht, dass sie zur Garagenwand hin öffnet. Ich habe sie deshalb so positioniert, weil ... wenn es für mich schwieriger ist, hineinzukommen, ist es auch für andere schwieriger. Außerdem sieht er so auf den ersten Blick verlassen aus. Niemand, der bei klarem Verstand ist, würde annehmen, dass darin ein Bett steht.

Also halte ich während ein paar ausgeklügelten Manövern die Luft an, ziehe meinen sowieso schon flachen Bauch ein und schlängle mich hindurch, wobei ich mich an den Wänden abstoßen muss.

Allerdings würde eine Kreatur, die hier hereinwill, eh nicht durch die Tür kommen. O nein. Sie würde den Schuppen einfach in Stücke reißen. *Kleines Schwein! Kleines Schwein! Lass mich herein! Lass mich herein! Nein! Nein! Nein! Ich lass dich nicht herein!*

Ich ducke mich und quetsche mich durch den schmalen Spalt – groß zu sein, nervt echt.

Doch sobald ich unter meiner Decke bin – Gott, ich fühle mich grottig –, sehe ich mich in dem kleinen Raum um und genieße den warmen Schein der Lichterketten.

So schlecht ist es gar nicht.

Wenn ich die Augen zusammenkneife, könnte ich mir einreden, ich wäre in einer Blockhütte.

Ich drehe mich um und stöhne. Meine Zunge klebt an meinem Gaumen fest und ich kriege kaum Spucke zusammen. Mein Mund ist knochentrocken. Es ist wirklich erbärmlich, dass ich mir nicht einmal eine Flasche Wasser leisten kann. Durch die Dehydrierung pocht mein Kopf und mein Magen schmerzt vor Hunger.

Während ich mein Kissen aufschüttle, schimpfe ich im Stillen mit mir selbst, weil ich mein ganzes Geld für Rechnungen ausgegeben habe, ohne etwas für Notfälle beiseitezulegen. Was habe ich mir nur dabei gedacht? So ein dummer, naiver Fehler, den ich definitiv *nie wieder* machen werde.

Ich war viel zu sehr damit beschäftigt, mich um die Rechnungen zu kümmern, viel zu sehr damit beschäftigt, mir selbst auf die Schulter zu klopfen, weil ich so klug bin, so erwachsen. Ich habe nicht einmal über die Konsequenzen nachgedacht, sollte etwas schiefgehen. Nie wieder. Ich werde mein Geld horten, wie ein Eichhörnchen Nüsse für den Winter.

Die Erschöpfung trifft mich hart wie eine Welle. Das Licht verschwimmt und meine Augen werden schwer, also hebe ich mit letzter Kraft die Hand und schalte das Licht aus.

Morgen wird es besser.

Kapitel Vier

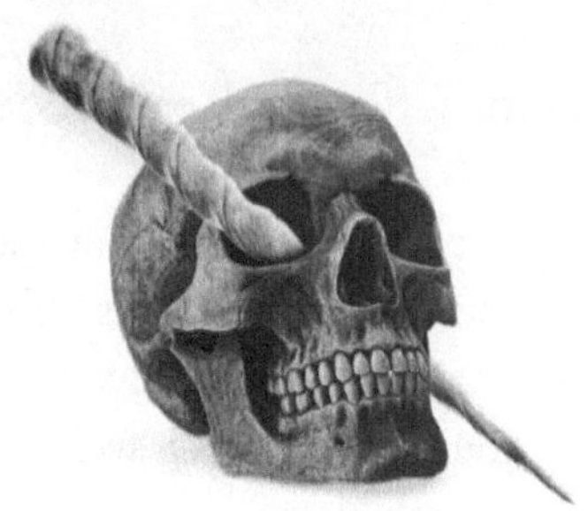

SCHWERE, grobe Seile fesseln meine Beine. Sie lassen sich nicht lösen, egal, wie sehr ich auch zapple. Mein Körper zittert und ein weißer, schaumiger Schweiß klebt an meinem Fell. Meine Hufe suchen vergeblich nach Halt auf dem unnachgiebigen Betonboden unter mir.

Auf leisen Sohlen schleicht er durch den Raum auf mich zu.

Ich erstarre und meine Augen verdrehen sich vor Panik.

Er hat etwas Schreckliches in der Hand.

Meine Lungen bekommen nicht genügend Luft, mein Herz pocht, als würde es mir aus der Brust springen wollen, und bevor ich ein drittes Mal vor Angst die Augen verdrehen kann, packt er mit dem ganzen Gewicht seiner beachtlichen Masse meinen Nacken. Meine Wange schlägt knirschend auf, als er meinen Kopf zu Boden drückt.

»Nein! Mami! Ich will meine Mami!«, schreie ich, aber die Worte kommen nur als verängstigtes Wiehern eines Pferdes heraus.

Mit seinem Gewicht, das sich gegen mich presst, und den Seilen, die mich festhalten, kann ich mich nicht bewegen. Er packt mein Horn mit *einer Faust und die andere Hand mit der ... Säge kommt meinem Gesicht näher.*

Ich schrecke auf und stöhne, während ich mir die Haare aus dem Gesicht streiche und die verkrusteten Schlafreste aus den Augen blinzle. Meine Güte, das muss der Stress von gestern gewesen sein. Gott ... ich weiß nicht, warum mein Kopf darauf besteht, mich mit solchen Träumen zu quälen. Es ist beschissen.

Ich drehe mich auf die Seite und rutsche weiter unter meine Bettdecke. Ich reibe mir die Stirn. Sie *pocht* immer noch vor Schmerz ... was lächerlich ist.

Jemand hat mein Horn entfernt. Ich erschaudere.

So was von gruselig.

Ich weiß, ich weiß, es ist lächerlich ... aber die Träume fühlen sich immer so real an. Ich brumme spöttisch. Es fühlte sich echt an, aber nichts in dem Traum ergibt Sinn. Wandler wandeln sich erst, wenn sie älter sind – frühestens Anfang zwanzig. Ich weiß das. Jeder weiß das.

In dem Traum bin ich noch klein.

Und als Hybrid kann ich mich eh nicht wandeln. Das ist noch nie vorgekommen, und ich habe mich damit abgefunden. Letztendlich können sich nur reinrassige Wandler in Tierform wandeln.

Ich starre auf meine Hand, die wieder meine Stirn reiben will. Dann reiße ich sie weg und stecke sie zurück unter die Decke. Nein, das war nur ein Traum. Ich habe eine blühende Fantasie, das ist alles.

Ja, weil ich ein schwächlicher Einhorn-Wandler bin.

Ein *Einhorn*. Ich schnaube ungläubig. Ich wünschte, ich wäre stattdessen ein Wolfsmensch. Das würde zumindest gut zum Vampir passen. Aber ein Einhorn zu sein, ergibt irgendwie auch einen schrägen Sinn. Ich bin ein Hybrid, also bin ich natürlich auch der seltenste aller Wandler-Typen.

Ich bin ein klassischer Fall von Jekyll und Hyde. Ich schnaufe und knirsche mit den Zähnen vor Abscheu. Das ist doch ein grausamer Witz. Beide Anteile von mir befinden sich jeweils auf der gegenüberliegenden Seite des Kreaturenspektrums.

Ein Vampir-Einhorn-Wandler-Mix. Die schlimmste Kombination, die man sich vorstellen kann - nicht, dass ich von anderen Hybriden wüsste, abgesehen von Menschen-Mischlingen –, das ultimative Raubtier, kombiniert mit der ultimativen Beute. Ja, das ist wirklich ein kosmischer Witz epischen Ausmaßes.

Manchmal befürchte ich, dass meine kämpferische Seite mich psychotisch macht. Ein psychotischer vegetarischer Einhorn-Vampir. Ha!

Ich greife nach meinem Handy. Es liegt unter meinem Kopfkissen und brutzelt mein Gehirn, während ich schlafe. Ich blinzle es an. Fünf Stunden Schlaf. Scheiße, das muss reichen. Ich schalte meine Lichterkette ein, damit ich etwas sehen kann, und schleppe mich dann aus dem Bett.

Nachdem ich in meine – überwiegend saubere – Laufkleidung geschlüpft bin, packe ich alles, was ich für den Tag brauche, in einen kleinen schwarzen Rucksack.

Auf dem Weg aus der Garage fällt mein Blick auf meinen unbenutzten Notfalleimer. Meine Lippen kräuseln sich vor Ekel.

Ich laufe ins Fitnessstudio.

Während ich renne, klatscht das Gewicht meines schweren Zopfes, den ich in mein Oberteil geklemmt habe, rhythmisch gegen meinen Rücken, während meine Füße auf das nasse Pflaster treffen. Ich versuche vergeblich, dem schmutzigen Regenwasser auszuweichen, und ziehe eine Grimasse, als es gegen meine Waden spritzt.

Oh, jawohl! Ich recke meine mentale Faust. *Heute Morgen gab es keine Pfützen in der Garage und in den letzten Stunden hat es ziemlich stark geregnet.* Ich kann mir das stolze Grinsen nicht verkneifen, das auf meinem Gesicht aufblitzt. *Meine gestrige Dachreparatur hat die Sintflut also überstanden.*

Es sind nervöse achtzehn Minuten, die ich durch die Stadt flitze. Ich bin froh, dass das Fitnessstudio nicht allzu weit weg ist. Es sind nur knappe fünf Kilometer. Doch beim Laufen stellen sich mir die Nackenhaare auf. Viele Kreaturen jagen gern. *Um diese Uhrzeit am Morgen ist es noch schlimmer.* Der Schweiß rinnt mir den Rücken hinunter und ich bekomme eine Gänsehaut, bei dem Gefühl, dass mich gerade viele Augenpaare beobachten könnten. Vor allem während des letzten Kilometers am Rande des Stanley Parks.

Es ist, als würden meine stampfenden Füße eine Essensglocke läuten.

Doch ich bin keine Beute. Die Dunkelheit in mir regt sich und will spielen. Sie flüstert mir zu, ich solle langsamer laufen, vielleicht sogar anhalten und ein paar Dehnübungen machen. Der Gedanke bereitet mir Unbehagen. Wer will denn so etwas? Was für ein Mensch bin ich, der angegriffen werden will, damit er einen berechtigten Vorwand hat, seinem Angreifer ins Gesicht zu schlagen?

Sein Blut zu trinken.

O nein, genug!

Ich kann auf mich selbst aufpassen – größtenteils. Aber zu wissen, wie man jemandem in den Arsch tritt, bedeutet nichts, wenn man in der Unterzahl ist.

Ich bin erleichtert, als ich ohne Zwischenfälle ankomme. Ich ignoriere geflissentlich meine wackligen Beine, als ich durch den goldenen Eingang des Hotels trete und die Tür zur Lobby aufziehe.

Meine nassen Turnschuhe quietschen auf dem Marmorboden, als ich mich auf den Weg zur Treppe mache, die hinunter in den Fitnessraum führt. Der nächtliche Rezeptionist, Mike, ist noch im Dienst, also nicke ich ihm zu. Er erwidert meine Geste mit einem müden Lächeln.

ALS WÄRE es der Nektar der Götter – Wasser schmeckte noch nie so gut. Wenn die Kacke so richtig am Dampfen ist, sind es die kleinen Dinge, die im Leben wichtig sind. Und die einfache Freude darüber, sauber und hydriert zu sein, steht ganz oben auf meiner Liste.

Mit perfekt frisiertem Haar und Make-up – so sehe ich ganz sicher nicht obdachlos aus – und mit kostbarem Wasser im Magen mache ich mich auf den Weg zur Arbeit.

Zum Glück ist das Café, in dem ich arbeite, seit ich mit vierzehn die Schule geschmissen habe, nur einen kurzen Spaziergang vom schicken Fitnessstudio des Hotels entfernt. Ich komme vor sechs Uhr an, um alles für den morgendlichen Frühstücksansturm vorzubereiten.

Ich schließe mein Handy an das Ladegerät im Büro an, stelle meine Tasche weg und gehe ins Café, wo ich mir eine Schürze um die Taille binde. Tilly, meine Chefin, starrt traurig auf einen unserer Tische.

»Was ist los?«, frage ich, als ich näher trete.

»Morgen, Tru. Sieh dir diesen Tisch an. Jemand hat ihn mutwillig zerstört. Sieh es dir an, sieh es dir einfach an.« Ihre Unterlippe zittert, als sie mit den Fingern über die neu vernarbte Oberfläche des Tisches streicht. Ich beuge mich vor und sehe die tief ins Holz geritzten Buchstaben: *LIZ*.

»Oh, Tilly, es tut mir so leid.« Ich strecke die Hand aus und streichle die Schulter der Dryade. Übermütig wegen meines Heimwerker-Erfolgs in der Garage schlage ich vor: »Ich könnte ihn reparieren?«

»Könntest du?«

»Ja, ich denke schon.« Ich lehne mich über den Tisch und streiche mit den Fingern über die ausgehöhlten Buchstaben. »Ein bisschen Holzspachtel und ein bisschen Schleifen. Es könnte eine Weile dauern, aber ich glaube, ich kann ihn reparieren.« Die Ritzen sind tief, aber ich kann sie ausbessern, denke ich.

Tilly schüttelt den Kopf und die Blüten in ihrem Haar rascheln. Sie drückt meine Hand. »Nein, weißt du was? So schlimm ist es nicht. Ich hoffe nur, dass es keine neue Modeerscheinung wird und sich nicht noch jemand dazu entschließt, so etwas Gemeines zu tun.« Sie streicht ein letztes Mal mit den Fingerspitzen über die Buchstaben, dann dreht sie sich mit einem Schütteln um und begegnet meinen Augen mit einem warmen Lächeln. »Jede Narbe erzählt eine Geschichte ... Ich stelle mich nur an.« Ihre düstere Stimmung verflüchtigt sich. Sie schält sich von ihr ab und offenbart ihre normale, ruhige Sanftheit. Ich wünschte, ich könnte das auch, innerhalb von Sekunden von verärgert zu glücklich wechseln. »Ich wollte mit dir über deine Arbeitsstunden sprechen.« Mein Magen sinkt.

Oh. O nein. Oh, bitte nicht!

Ich verschränke meine Finger und wippe von einem Fuß auf den anderen.

»Ich weiß, dass du gerne mehr Stunden hättest, und ich habe den Plan so geändert, dass ich dir nächste Woche eine zusätzliche Schicht geben kann.«

Ich sacke vor Erleichterung zusammen. O mein Gott, für einen Moment hatte sie mich. Mit einem Rollen löse ich die letzte Anspannung in meinen Schultern und nicke energisch mit dem Kopf. »Mehr Stunden wären toll. Danke, Tilly.«

»Außerdem wollte ich mit dir über etwas reden. Mein Freund ...« Tilly errötet. Soso, ihr *Freund*. Als Reaktion auf ihre offensichtliche Verlegenheit wackle ich mit den Augenbrauen und sie boxt mir gegen den Arm. Sie gleitet hinter den Tresen, wäscht sich die Hände und legt das Gebäck und die Torten vorsichtig von den Tabletts in die Auslage. »Mein Freund hat mich gefragt, ob ich jemanden kenne, der Arbeit sucht. Er ist ein Wandler und der Manager dieses Clubs – *Night-Shift* – in der King Street.« Sie hält eine Hand hoch, um mich vom Sprechen abzuhalten. »Ich weiß, dass sie dir Angst machen, aber das Geld ... das Geld ist ausgezeichnet. Die Arbeitszeiten könnten ein kleines Problem werden, da der Laden bis spät in die Nacht geöffnet hat – vor allem, wenn du hier die Morgenschicht übernimmst. Aber ich bin mir sicher, dass wir das hinkriegen. Du würdest Gläser einsammeln und die Tische abräumen.« Sie lächelt und nickt mir aufmunternd zu.

Mein Blick schweift von ihrem Gesicht ab. Ich blicke nachdenklich nach oben und meine Augen verfolgen den hübschen Blütenbaum, der sich über die gesamte Decke erstreckt. Tillys Drayaden-Natur hält den Baum am Leben und immer am Blühen. Er ist ein echter Hingucker. Der Baum verleiht dem Café eine ganz besondere Note. Die kleinen Lichter, die in den Zweigen verteilt sind, blinken. Ich atme tief ein und der beruhigende Duft von Kuchen, Kaffee und Apfelblüten steigt mir in die Nase.

Ein Wandler-Club? Das klingt nach einer ziemlich schlechten Idee. »Wie viel? Über wie viel Geld reden wir?«

»Zwanzig Pfund pro Stunde.«

»Zwanzig? Meine Güte!« Mein Kopf schnellt so schnell herunter, dass mein Nacken vor lauter Protest zuckt. Verdammt, das ist gutes Geld. Das ist fast das Dreifache von dem, was ich bei Tilly verdiene. »Nur Gläser einsammeln? Ich bin nicht alt genug, um hinter der Theke zu arbeiten.« Ich verenge meine Augen. »Die erwarten doch nicht, dass ich in Unterwäsche arbeite, oder?« Tilly schnaubt und verdreht die Augen.

Okay ... Ich habe vielleicht eine lebhafte Fantasie, aber in dieser Stadt weiß man nie.

»Nur Gläser einsammeln.« Sie schüttelt den Kopf und murmelt: »Als ob ich dich in der Öffentlichkeit in Unterwäsche herumlaufen lassen würde. Also, ehrlich, Tru.«

Ich zucke mit den Schultern. »Ja, das habe ich nicht bedacht, tut mir leid.«

»Die Uniform besteht aus einer eigenen schwarzen Hose und einem Club-T-Shirt, das sie dir stellen. Es sind nur zwölf Stunden pro Woche, Freitag- und Samstagabend. Da Sonntag dein freier Tag hier im Café ist, könnte es klappen. Was denkst du?« Sie zwirbelt eine Strähne ihres grünen Haars. Ich nicke. »Du liebst mich?«, zwitschert sie in einem süßen, beschwingten Ton.

Zwanzig Pfund pro Stunde ... Ich spüre ein seltenes und echtes Lächeln auf meinem Gesicht. »Ja, natürlich liebe ich dich. Du bist meine Lieblingschefin.«

»Ich bin deine einzige Chefin.«

»Jetzt nicht mehr. Denn ja: Ich bin dabei«, sage ich und gehe schwungvoll zur Tür des Cafés.

»Juhu«, antwortet sie mit einem Klatschen in die Hände. Sie holt ihr Handy aus der Tasche. »Ich schreib ihm gleich.«

Ich sehe amüsiert zu, wie ihre Daumen über die Tastatur fliegen. Die Röte ist zurück in ihrem Gesicht. »Oh, und kannst du heute eine Doppelschicht übernehmen?«

»Fütterst du mich durch?«, frage ich. Und als wären meine Worte ein Signal, grummelt mein Magen. Tilly kichert. »Sind wir zum Öffnen bereit?«

»Ja zu beidem.«

»Danke, dass du an mich gedacht hast.« Verdammt, das ist das Risiko mit den Wandlern wert. Was kann ich schon anrichten, wenn ich dort nur zwölf Stunden pro Woche arbeite? Ich lasse das Schloss klicken und drehe das Schild um.

Kapitel Fünf

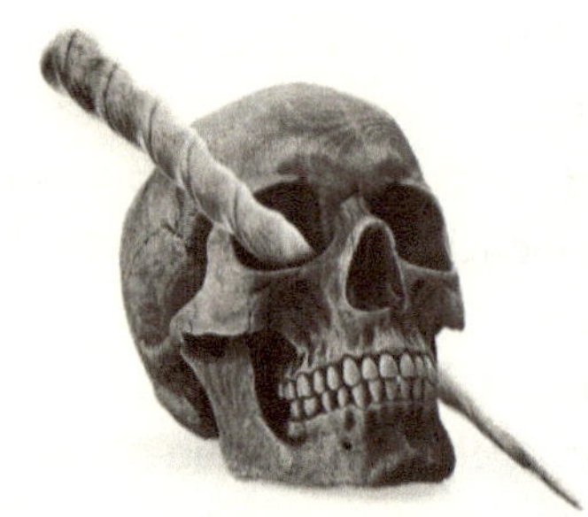

Als ich die Tür zu meinem neuen *Zuhause* öffne, streift ein kleiner Körper mein Bein und rennt vor mir in die Garage.

Vor Schreck bleibt mir der Mund offenstehen. »Was zur Hölle war das?«

Ich schaue nach unten und orangefarbenes Fell klebt an meiner Hose. Doch es wird von der Brise erfasst und wirbelt in der Luft herum. Ich trete mit großen Augen ein und scanne den Raum ab.

Bewegung. Ein rot-gestreifter Schwanz verschwindet hinter dem klapprigen alten Sofa.

Hm. Ein Kater. Das hinterhältige Ding war echt schnell.

Was für ein Zufall. Ich mache mir schon den ganzen Tag Sorgen, dass Mäuse Großvaters Sachen beschädigen könnten, schließlich kauen und knabbern sie alles an. Doch ich musste diese beunruhigenden Gedanken in den Hintergrund schieben, da ich derzeit ohnehin nichts dagegen ausrichten kann. Sobald ich mein Geld bekomme, kaufe ich mir bessere Aufbewahrungsmöglichkeiten.

In der Zwischenzeit kann ich nichts anderes tun, als vernünftig zu sein und Großvaters Kleidung durchzugehen, damit ich die guten Sachen in den örtlichen Wohltätigkeitsladen bringen kann. Mein Magen verdreht sich zu einem Knoten. Das wird sicher nicht leicht.

Um ehrlich zu sein, möchte ich seine Sachen nicht loswerden. Ich möchte sie behalten, noch ein bisschen länger an *ihm* festhalten. Aber ich darf nicht egoistisch sein. Wenn seine Sachen nur wegen dieser feuchten Garage und dem Ungeziefer, das hier sicher herumschwirrt, beschädigt werden, obwohl ich sie jemandem hätte geben können, der sie braucht ... Ja, dann käme ich mir wie vor ein richtiges Arschloch.

Ich lasse die Tür offen, für den Fall, dass der Kater zurückläuft, und schleiche auf Zehenspitzen zum Sofa und dem haarigen Eindringling. *Ein Kater in meiner Nähe, der Mäuse verscheucht, wäre hilfreich.* Ich stöhne. Ich kann nicht einmal für mich selbst sorgen, geschweige denn für einen Kater.

Obwohl ich den Boden gefegt habe, scheint sich der bröckelnde Beton nicht benehmen zu wollen. Er wird wohl immer feucht, stinkend und staubig bleiben, aber ich lasse mich trotzdem darauf nieder. Kleine Steine graben sich in meine Knie und Handflächen, als ich unter die Couch schaue. »Hier Kätzchen, Kätzchen, Kätzchen ...« Ich schmunzle, während ich eines meiner Lieblingsbücher zitiere. Zwei große gelbe Augen erwidern meinen Blick. »Hallo, kleine Miezekatze, was bist du hübsch! Was schleichst du dich hier denn rein?« Als meine Stimme ertönt, schnurrt der Kater. »Weißt du eigentlich, wie gefährlich es ist, uneingeladen in das Haus eines Vampirs zu kommen?« Ich grinse bei meinen Worten und lege mich komplett auf den Boden der Garage.

Igitt, hier unten ist es ekelhaft.

Ich strecke meine Hand unters Sofa. »Warum rede ich mit ihm, als ob er mich verstehen könnte?«, murmle ich. Der Kater krabbelt nach vorn und schnüffelt an den Fingern meiner ausgestreckten Hand. »Verdammt. Bitte beißt mich nicht!« Er reibt die Seite seines Gesichts an meiner Haut und markiert mich mit seinem Duft.

Oh, er ist süß. Und ich habe eine Idee. »Hast du Hunger?«

Ich ziehe meinen Arm zurück und schiebe meinen Rucksack von den Schultern. Ich könnte mein Abendessen mit ihm teilen.

Als die Alufolie knistert und es nach dem leckeren Tofu des Sandwichs riecht, taucht der Kater vor mir auf. Er legt eine Pfote auf mein Bein und seine hungrigen Augen beobachten mich aufmerksam, während ich das Sandwich vorsichtig auspacke und ein Stück Tofu abreiße.

»Schnurr«, zirpt er mir zu.

Ich interpretiere das als *meins* in Katzensprache. Es könnte aber auch heißen: »*Wenn du dich nicht beeilst, fresse ich dein Gesicht.*« Egal, er ist freundlich genug.

Ich biete ihm den Tofu an und mit einer sanften Pfote führt er meine Hand vorsichtig zu seinem Gesicht. Mit scharfen weißen Zähnen nimmt er ihn mir zärtlich aus den Fingern.

Er schnurrt, während er frisst.

Ich grinse und streiche mit meinen Fingern vorsichtig über sein weiches rotes Fell. Nachdem er noch ein paar weitere Happen gegessen hat, nehme ich ihn auf den Arm und eile zur Tür. Er ist leichter als erwartet. Der kleine Kerl besteht nur aus Knochen und Fell. Unter meinen Fingerspitzen kann ich kleine Beulen auf seiner Haut spüren – das arme Ding wird von Flöhen bei lebendigem Leib förmlich aufgefressen.

Ich setze ihn vorsichtig vor die Tür und schließe sie dann schnell.

»Ich weiß, ich weiß. Es tut mir leid, es tut mir so leid«, antworte ich auf sein klägliches Gejaule hin.

Ich lehne meine Stirn gegen das Holz. Die Dunkelheit der Garage umhüllt mich, während der Kater weiter weint.

»Ich kann mich nicht um dich kümmern. Es tut mir so leid.«

Als ich nach einem unruhigen Schlaf, in dem ich mir Sorgen um den Kater gemacht habe, erschöpft vor die Tür trete, stolpere ich fast über die grausigen Überreste einer Maus.

Ein Geschenk.

Ich hebe meine Augen zum Himmel, um die Seele der armen kleinen Maus zu bedauern. Doch die Bedeutung des Geschenks des Katers entgeht mir nicht. Der hungernde, abgemagerte Kater hat *mir* ein Geschenk hinterlassen. Eine Maus, die er hätte fressen können. So eklig es auch ist, eine Maus als Geschenk ist das Katzenäquivalent, mir das Jagen beizubringen. Er sieht *mich* als Teil seiner Familie an.

Ich schlucke einen Kloß herunter, der mir im Hals stecken geblieben ist, und mir dreht sich der Magen um. Ich reibe mir den Hinterkopf. Oh, die Schuldgefühle, die ich empfinde – die Schuld, den Kater letzte Nacht hinausgeworfen zu haben – ja, sie werden schlimmer.

ICH KRIEGE mein Gehalt erst am Ende der Woche und Trinkgeld bekomme ich selten. Die Leute bezahlen ihr Essen und ihre Getränke an der Kasse. Aber heute war ein guter Trinkgeldtag. Obwohl ich den leisen Verdacht habe, dass Tilly etwas zu meinem Glück beigetragen haben könnte. Ich habe mir einen Zehner und eine wiederverwendbare Wasserflasche erschnorrt.

Im Discount-Supermarkt stapfe ich entschlossen an der Erdnussbutter vorbei, die ich eigentlich kaufen sollte, und stattdessen führen mich meine Füße in einen anderen Gang.

Ich blicke auf das bunte Sortiment an Dosen.

Die Katzen auf den Etiketten verhöhnen mich.

Nachdem ich viel zu viel Zeit damit verbracht habe, über verschiedene Geschmacksrichtungen nachzudenken, bezahle ich für eine Packung Katzenfutter. Erleichtert stelle ich fest, dass ich gerade noch genug Geld habe, um beim Tierarzt auch eine einzelne Pipette mit Flohmittel zu kaufen.

Ich fühle mich wie ein sentimentaler Narr. Das ist doch idiotisch.

Als ich mit den Katzensachen in meiner Hand zurück zur Garage laufe, kann ich nicht anders, als im Vorbeigehen einen Blick auf mein altes Zuhause zu werfen. Mein Blick fliegt über das vertraute Gebäude und mein Herz sinkt mir in den Bauch, als ich das Schild »Zu verkaufen« erkenne.

Ich weiß, es sollte mich nicht überraschen, denn es ist keine Überraschung, nicht wirklich. Ich habe nicht erwartet, dass mein Onkel in dem Haus bleiben würde. Nicht, nachdem er alles ausgeräumt hat. Aber zu wissen und zu sehen sind zwei verschiedene Dinge. Es macht die Sache so real und erschüttert mich bis ins Mark. Es rüttelt tief in mir.

Ich ziehe mein Handy aus der Tasche und recherchiere kurz online – und da steht es auf der Website eines Maklers. Ich sollte es mir nicht durchlesen. *Du quälst dich nur selbst,* sage ich mir, aber ich kann nicht anders ... Ich klicke auf den Link für mehr Details und überfliege die Anzeige. Der Anblick der Fotos tut weh.

Ich wette, wenn ich gründlich recherchierte, würde ich alles, was mein Onkel geerbt hat, im ganzen Internet zum Verkauf finden. Auch mein Auto. Ich reibe mir die Stirn. Mensch, ich wünschte, ich hätte genug Geld, um wenigstens mein Auto zurückzukaufen. Nicht, dass ich ihm auch nur einen Penny geben will.

Das Haus zu kaufen, ist ein unmöglicher Traum.

Ich hasse ihn.

Das Plastikgehäuse meines Telefons knirscht unter meinem festen Griff. Gott, und wie ich ihn hasse.

Ich habe wirklich keinen Freifahrtschein erwartet; ich hätte nur nicht gedacht, dass er so grausam sein würde, um ... Ich zucke bei dem Gedanken zusammen. Nein, das reicht. Ich schalte mein Handy aus und stecke es zurück in meine Tasche.

Ich werde es ihm heimzahlen, verspreche ich mir. Wenn die Zeit reif ist, werde ich mich rächen. Ich seufze. Mein Kopf ist so benebelt vor Wut, dass meine Schläfen pochen.

Zurück in der Garage, während Dexter, der Mäusekiller – so habe ich den Kater während des Einkaufens getauft –, sich mit Genugtuung mit Katzenfutter vollstopft, drücke ich das flüssige Flohmittel vorsichtig auf die Haut in seinem Nacken.

Während ich ihm beim Schnurren und Fressen zuhöre, denke ich an meinen Schichtplan bei der Arbeit und überlege, dass Dexter irgendwie die Möglichkeit haben muss, kommen und gehen zu können, wie es ihm gefällt.

Ich will ihn nicht ein- oder aussperren.

Aber, verdammt, ich will nicht, dass er nach draußen geht. Die Straßen sind befahren und die Raubtiere hätten sicher nichts dagegen, ihn zu fressen. Und sollte mir etwas zustoßen und ich nicht zurückkommen, muss ich wissen, dass er auf sich selbst aufpassen kann. Dass er in Sicherheit ist.

Ich verbringe gut zwanzig Minuten damit, einen gemauerten Lüftungsschacht zu bearbeiten, den ich an der Rückseite der Garage finde. Wer auch immer dieses Ding entworfen hat, hatte kein Ungeziefer im Sinn. Die breiten Lamellen sind die ideale Mäuseklappe, quasi eine Mäuseautobahn. Warum sollte jemand auch einen Lüftungsschacht in eine Garage einbauen? Ich schlage den bröckelnden Ziegelstein heraus und befestige ein Stück Hartplastik daran, um das Loch zu verdecken. Hoffen wir, dass Dexter das einzige Tier ist, das die kleine Klappe nutzt.

Der rothaarige Kater gesellt sich zu mir und inspiziert seinen neuen Eingang. Mein leerer Bauch knurrt, aber mein Herz ist voll und weich.

Kapitel Sechs

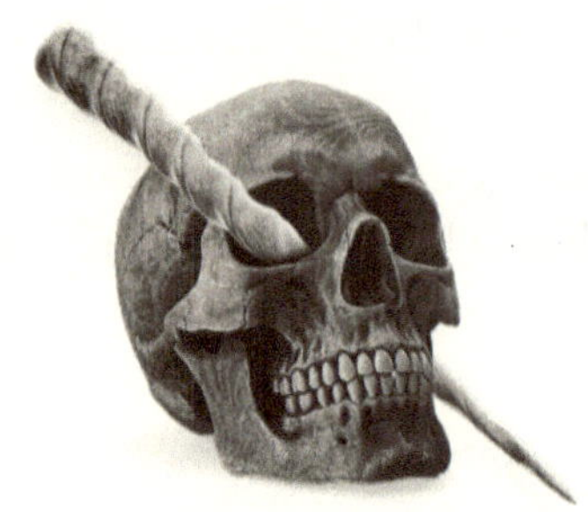

Es ist Freitagabend, und Tilly meinte, ich solle zum Hintereingang des Clubs gehen. Das Metalltor, das die Straße und den Parkplatz auf der Rückseite des Clubs bewacht, ist riesig. Ich stelle mich auf die Zehenspitzen und spähe durch einen Spalt. *Gott, das ist hier ja wie Fort Knox.* Was hat es mit dem Tor und all den schicken Sicherheitskameras auf sich? Was für ein Nachtclub braucht diese Art von Sicherheit?

Frustriert und mit der Sorge, zu spät zu kommen, schlage ich meine Handfläche gegen das kalte schwarze Metall. Ich muss wohl Tilly anrufen und fragen, ob sie jemanden schicken kann, der mich abholt.

Als ich in meiner Hosentasche nach meinem Handy krame, untersuche ich das Tor erneut und dieses Mal fällt mein Blick auf ein schickes biometrisches Lesegerät. Ein Scanner, den ich beim ersten Mal völlig übersehen habe. Ich verdrehe die Augen. Daneben befindet sich auch eine Ruftaste.

So war ich schon immer – etwas kann direkt vor meiner Nase liegen und ich sehe es trotzdem nicht. Ich drücke mit meinem Daumen auf den Knopf und der Scanner leuchtet auf.

Ich tippe mit den Fingern ungeduldig gegen mein Bein, während ich warte und den Drang bekämpfe, den Knopf gleich noch ein zweites Mal zu betätigen.

»Hallo?«, fragt eine mürrische Stimme. Ich schlurfe vor und lehne meinen Mund näher an die Sprechanlage heran.

»Hallo, ich bin die Neue, die die Gläser einsammelt ... Sie sollten mich eigentlich erwarten?«

»Miss Dennison?«

»Ja, genau.« Ich nicke, drehe mich um und winke der Kamera kurz zu. Der Lautsprecher knistert und der Mann am anderen Ende stöhnt. Meine Hand fällt schlagartig an meine Seite und ich verschränke die Hände verlegen hinter dem Rücken. Ja, ich schätze, das war wohl etwas schräg.

»Kommen Sie durch und gehen Sie zum Hintereingang. Ich gebe Luke Bescheid, dass er Sie abholen soll.«

»Ich danke«, das biometrische Lesegerät wird dunkel, »Ihnen.« Ich verdrehe die Augen. Wie freundlich.

Das Tor klickt und schwingt bedrohlich auf. Ich weiche hastig zurück, und noch bevor es vollständig offen ist, zwänge ich mich durch den Spalt. Sobald ich hindurchgetreten bin, ändert sich jedoch die Flugbahn des Tores, es schwingt zurück und kracht zu. *Nein, das ist überhaupt nicht bedrohlich*, denke ich und kann mein Erschaudern kaum unterdrücken.

Die Umgebung ist gut beleuchtet und der Parkplatz für das Personal sauber und bereits halb voll mit Autos. Geräuschlose Hightech-Kameras überwachen das Gelände.

Ich bin zu fünfzig Prozent beeindruckt und zu fünfzig Prozent mache ich mir vor Angst in die Hose. Ich reibe meine verschwitzten Handflächen an den Seiten ab und gehe weiter um das Gebäude herum, wo ich den Hintereingang vermute. Dort finde ich eine weitere solide Tür mit einem ausgefallenen Schloss, das von einem biometrischen Gerät bewacht wird. Doch als ich nur noch einen Schritt davon entfernt bin, surrt die Tür und schwingt auf. Ein blondhaariger Wandler begegnet meinen nervösen Augen mit einem warmen Grinsen.

»Tru? Ich bin Luke ... Tillys Freund.« Er reibt sich den Hinterkopf und ich kann mir ein Grinsen nicht verkneifen. Als Antwort auf mein Lächeln färben sich seine Wangen rot. Ich weiß sofort, dass dieser Typ perfekt zu Tilly passt, obwohl er ein Wandler ist. »Na los, Kleine. Lass uns den Papierkram erledigen und dann zeige ich dir alles.«

Die Tür öffnet sich zu einem großen Flur. Der Teppich unter meinen Füßen ist weich und federnd, in der Farbe von zerquetschten Brombeeren. Nicht ganz schwarz, nicht ganz lila, aber eine coole Mischung aus beidem. Ich bin überrascht, dass der Nachtclub einen so teuren Teppich für den Personalbereich bereithält. *Allein der Untertritt hat wahrscheinlich mehr gekostet als mein Auto.* Bei diesem Gedanken schießt mir ein Schmerz in die Brust. Der Verlust meines Autos bleibt ein wundes Thema.

Verdammtes Auto. Ich habe zwei Jahre lang gespart, um dieses Auto zu kaufen, und jetzt schau, was daraus geworden ist. Es war ganze drei Monate lang meins. Scheiße, ich bereue es, mein Geld nicht für Teenagerscheiße ausgegeben zu haben. Dann hätte ich jetzt zumindest etwas, das ich vorzeigen kann. *Gott, ich hasse Onkel Schwachkopf dafür, dass er es gestohlen hat.*

Luke deutet auf die Tür ganz am Ende des Flurs: »Das Büro des Eigentümers.« Sein Zeigefinger wandert zu einer anderen Tür. »Büro des Managers, Sicherheitsbüro und Personalraum. Diese Tür hier führt dich direkt in den Club und im Personalraum gibt es eine weitere direkte Tür, die hineinführt.« Er öffnet das Büro des Managers und deutet mir an, einzutreten.

»Alle Türen sind mit biometrischen Lesegeräten ausgestattet, sodass du sie benutzen kannst, sobald ich deine Daten in das Sicherheitssystem hochgeladen habe. Wenn du in einen Bereich trotzdem nicht reinkommst, dann darfst du dort nicht hin. Bitte setz dich doch.«

Ich nehme Platz und während ich meine langen Beine unter den Stuhl schiebe, betrachten meine Augen den Raum. Das Büro hat keinerlei persönliche Note, die Wände sind kahl und weiß.

Luke lehnt sich an die Schreibtischkante und verschränkt lässig die Arme vor der Brust. »Brauchst du einen Parkplatz für dein Auto?«

»Nein. Kein Auto«, erwidere ich und versuche, dabei nicht zu knurren.

»Oh, okay.« Luke neigt den Kopf zur Seite und seine Nasenflügel weiten sich, als er den Duft meiner Verärgerung aufnimmt.

Mit einem selbst für meine Ohren traurig klingenden Seufzer schiebe ich die lebhaften Gedanken an das Auto in den hinteren Teil meines Kopfes und baue eine Mauer darum. Jedes Mal, wenn ich an meine Obdachlosigkeit oder mein verlorenes Auto denke, muss ich die Gedanken wegkicken, als würde ich damit Fußball spielen. Ich muss diese Gedanken aus meinem Kopf verbannen, denn ich darf mich nicht mit Dingen aufhalten, die ich nicht kontrollieren kann.

Ich habe nicht den Luxus, mich aufzuregen. Das wäre reine Zeitverschwendung. Und eine Verschwendung von Platz in meinem Kopf. Was passiert ist, ist passiert, doch die Scheiße wird irgendwann besser. Richtig? Ich werde mich an meinem Onkel rächen. Es ist nur eine Frage der Zeit.

Vielleicht ist Luke mein seltsames Schweigen unangenehm, denn er stößt sich vom Schreibtisch ab. »Okay, dann trage ich dich in die Taxiliste ein. Ich weiß nicht, ob Tilly es erwähnt hat, aber der Club sorgt dafür, dass du sicher nach Hause kommst. Zu so später Stunde zu arbeiten, kommt mit einem gewissen Risiko, das wir so weit wie möglich abfedern wollen. Deshalb gibt es ein paar Sammeltaxis für alle unsere Mitarbeiter, die eins brauchen«, sagt er ein wenig roboterhaft, als würde er die Worte eines anderen zitieren.

»Sobald es Zeit für den Heimweg ist, arrangiere ich es für dich.« Er kramt in einer Schublade.

»Vielen Dank. Das ist sehr nett«, stoße ich hervor.

Ich bin froh, dass er mein Gesicht nicht sieht. Ich weiß die Geste zu schätzen, das tue ich wirklich, aber innerlich gerate ich in Panik. Was soll ich dem Taxifahrer denn sagen? »Oh, die dritte Garage auf der linken Seite.« Mein Gott, muss ich etwa so tun, als würde ich zur Haustür eines Fremden laufen? Vielleicht so tun, als würde ich die Tür öffnen, damit der Taxifahrer und die anderen Angestellten wissen, dass ich sicher im Haus bin? Was passiert, wenn sie nicht wegfahren wollen?

Ah, ich reibe mir die Schläfe.

Ein großartiger Start in meinen neuen Job. Ich weiß, dass ich anschließend sofort ins Fitnessstudio muss. Das hatte ich sowieso vor, zumindest nach der heutigen Schicht, denn morgen früh beginne ich um sechs Uhr mit der Arbeit und dazwischen habe ich nur vier Stunden Pause.

Mein ganzer Körper stöhnt bei dem Gedanken auf. Ich weiß, dass mein Arbeitsplan bescheuert ist. Wenigstens habe ich zwischendurch kurz Zeit für ein Nickerchen. Tilly hat die Dienstpläne für die nächsten Wochen umgestellt, sodass ich samstags erst nachmittags Schicht habe. Aber der morgige Tag wird genauso hart wie der heutige. Ich habe eine Doppelschicht und dann die Nachtclub-Schicht. Das wird also nur ein lächerlicher zwanzigstündiger Arbeitstag mit vielleicht drei Stunden Schlaf … wenn's hochkommt.

Schließlich muss ich Dexter noch mit Katzenfutter versorgen.

Luke findet, was er sucht, und legt ein schick aussehendes mobiles Gerät auf den Schreibtisch. Er grinst mich an. »Beantworte die Fragen auf diesem Baby und ich besorge dir ein Club-T-Shirt und einen Spind.«

Ich greife mit den Fingern nach dem Datenpad und ziehe es über den Schreibtisch zu mir heran. »Okay, danke«, sage ich und erwidere zaghaft sein Lächeln.

»Kein Problem. Bin gleich wieder da.«

Ich tippe auf das elektronische Gerät und der Bildschirm erwacht zum Leben. Die Formulare sind einfach. Ich klopfe mit den Fingern leicht auf den Schreibtisch und überlege kurz, welche Adresse ich eintragen soll. Ich entscheide mich dafür, die meines Großvaters einzugeben. Sie stimmt mit den Informationen überein, die Tilly über mich hat, und so steht es auch in meinem Ausweis.

Ich summe vor mich hin, während ich die allgemeinen Fragen beantworte, und gerate in einen Flow: Eine Frage beantworten, weiterklicken, mehr Fragen beantworten, weiterklicken, meine Bankdaten eingeben, weiterklicken … deshalb denke ich auch nicht zwei Mal darüber nach, als ich aufgefordert werde, meinen Daumen auf ein kleines Kästchen zu legen.

Ich spüre einen scharfen Schmerz, als eine versteckte winzige *Nadel* in meinen Daumen sticht und dann wieder im Gerät verschwindet.

»Was zum verfluchten Teufel, verdammt.«

Ich springe vom Stuhl und schleudere das Datenpad von mir weg. Es scheppert auf den Schreibtisch. Schnell weiche ich zurück und starre mit wachsender Angst auf den Blutstropfen an meinem Daumen.

Das verdammte Ding hat mich gebissen!

Die pure Panik trifft mich so hart, dass mein Herz wild hämmert und mir schwindelig wird. Es hat meine DNA. Es hat meine DNA!

Oh, verdammte Hölle!

Alles in mir schreit danach, weglaufen zu wollen. Doch stattdessen fahre ich zusammen und stolpere auf wackeligen Beinen zurück zum Schreibtisch. Ungeschickt lasse ich mich wieder in den Stuhl fallen. Meine Knie zittern viel zu stark, um mich aufrecht zu halten. Mein rasender Herzschlag verlangsamt sich immer noch nicht.

Ich kauere mich zusammen, während mein Blick umherschweift. Mit Schrecken warte ich darauf, dass gleich etwas Schlimmes passiert. Eine Minute vergeht, dann eine zweite, während das Datenpad mein verdammtes Blut analysiert.

Als sich die Welt aber ungerührt weiterdreht, zwinge ich mich zur Entspannung. Bisher höre ich keinen Alarm.

Genau, du Idiotin, weil es nur für das biometrische Sicherheitssystem ist.

»Verdammt noch mal, Luke.« Ich reibe meinen wunden Finger. Eine kleine Vorwarnung wäre nett gewesen. Scheiße, ich hatte fast einen Herzinfarkt. Ich dachte, das biometrische Lesegerät würde meine Augen scannen oder vielleicht ein Daumenabdruck wollen, aber doch kein Blut!

Als grundsätzliche Regel gewähren Kreaturen anderen keinen Zugang zu ihren Körperflüssigkeiten. Vor allem nicht zum Blut. Eine gefährliche Hexe hätte ihre helle Freude daran. Worauf habe ich mich hier bloß eingelassen? Mein Job ist das Einsammeln von Gläsern. Warum zum Teufel braucht dieses Unternehmen dann mein Blut? Das ist doch verrückt. Ich habe den fast unkontrollierbaren Drang, dem Techniker eine reinzuhauen und mich nach Hause zu verziehen. Aber ich lasse es bleiben.

Gott, hier zu arbeiten, war vielleicht die schlechteste Entscheidung, die ich je getroffen habe.

Ich zwinge mich erneut dazu, mich zu entspannen. Nun ja, zumindest so weit, wie es meine dünnen Nerven an diesem ersten Arbeitstag zulassen. Ich nehme das Datenpad wieder in die Hand und beantworte mit nun zitternden Händen die letzten Fragen.

Kaum bin ich fertig, schwingt die Tür wie von Geisterhand auf und ein lächelnder Luke erscheint.

»Ich habe dir zwei T-Shirt-Größen besorgt, weil ich nicht weiß, ob du lieber enge oder weite Oberteile magst.« Er legt die beiden T-Shirts, die noch in ihrer Plastikverpackung stecken, auf den Schreibtisch und nimmt das Datenpad zur Hand.

»Das Ding hat mich gebissen«, knurre ich und wackle mit dem Daumen in Lukes Richtung.

Lukes Gesicht wird blass und er reibt sich mit der Hand über den Schopf. »Ahhh, Mist, das habe ich vergessen ... Tut mir leid.« Er hebt kapitulierend die Hände. »Das ist so was von meine Schuld. Mein Fehler, ich hätte dich vorwarnen müssen.«

Ich winke seine Entschuldigung ab. »Schon okay.« Das ist es zwar überhaupt nicht, aber normale Menschen flippen wegen eines kleinen Blutstropfens nicht aus. Und wenn ich noch mehr Aufsehen errege, schüre ich nur Verdacht und werde womöglich zur Zielscheibe. Er denkt wahrscheinlich jetzt schon, dass ich total durchgeknallt bin. Ich will nicht, dass er oder irgendjemand anderer mich genauer beobachtet. Ich muss unsichtbar bleiben, unscheinbar.

Nur wird das *Unscheinbare* durch meine Größe und meine ausgefallene Haarfarbe erschwert. Mädchen mit buntem Haar sind fröhlich und lebhaft. Oder nicht? Alle werden nur auf das Lächeln in meinem Gesicht und den falschen, ausdruckslosen Blick in meinen Augen achten. Solange ich lächle und freundlich zu meinen neuen Kollegen bin, werde ich nicht weiter auffallen. Niemand wird das ruhige, angenehme Mädchen bemerken, verglichen mit dem angeblich zurückhaltenden Mädchen, das in Wahrheit nervös herumläuft und die Leute anbrüllt oder verprügelt. Die aggressive Tru würde herausstechen, aber ich möchte nicht auffallen.

Solange er sich schuldig fühlt, kann ich aber vermutlich eine klare Antwort aus ihm herausbekommen. »Also, Luke.« Ich lehne mich auf dem Stuhl vor. »*Magst* du Tilly?« Ich kann mir ein Grinsen nicht verkneifen, als er mit einem verblüfften Ausdruck auf meinen Themenwechsel reagiert.

»Ja«, antwortet er mit einem nervösen Lachen.

»Gut. Tilly ist einer der nettesten Menschen, die ich kenne ... Also, sei gut zu ihr.«

»Hat sie etwas über mich gesagt?«, fragt Luke mit eindringlichem Blick, während er sich gegen den Schreibtisch lehnt.

Ich grinse verschmitzt und klatsche in die Hände. »Vielleicht ... Unter uns gesagt, solltest du sie um ein Date bitten, ist die Wahrscheinlichkeit groß, dass sie Ja sagt.«

Lukes Lächeln breitet sich über sein ganzes Gesicht aus und seine blauen Augen leuchten. Wie durch Zauberhand vergisst er meinen Fehltritt und mein seltsames Verhalten. Er tippt auf den Schreibtisch und nickt. »Okay, danke, Mädchen. Komm, ich zeige dir den Rest.«

Ich folge Luke in den Club. Die Hauptscheinwerfer sind an und gleißend hell. Die präsentierte Kundenseite vom *Night Shift* ist beeindruckend. Der gleiche Plüschteppich wie im Personalbereich bedeckt den Boden, mit einer schicken, hölzernen Tanzfläche in der Mitte, die den Raum etwas auflockert. Bevor mein Großvater krank wurde, war ich mit meinen älteren Freunden ein paar Mal in Clubs. Ich war etwa fünfzehn – es ist schwer, sicherzustellen, dass die Leute alt genug sind, wenn viele der Kunden niemals altern –, aber kein Club war wie dieser hier. Durch die Kombination aus Chrom, Glas und Leder wirkt der ganze Laden ultramodern, und ich wette, wenn die grelle Beleuchtung erst einmal heruntergefahren ist, sieht der Club aus wie aus einem Magazin. Er ist die Definition von gehoben.

Ja, ich kann kaum erwarten, diesen Ort zu sehen, wenn die Lichter gedämpft sind und sich die Gäste hier tummeln.

Genauso wie von außen sind die Sicherheitsvorkehrungen auch im Inneren beeindruckend. Luke zeigt mir, wo sich die sorgfältig positionierten Kameras befinden und ich das Sicherheitspersonal finde, sollte ich es brauchen.

Ich bemerke den bewussten Einsatz von Magie. Sie ist in die Struktur dieses Gebäudes eingearbeitet. Eine Vielzahl von Zaubersprüchen klebt am Boden, an den Wänden, den drei Bars und den Sitzbereichen. Einige der Sprüche erkenne ich wieder. Einer hält den Boden magisch sauber – in diesem Club gibt es also keinen klebrigen Boden. Allerdings weiß ich nicht, was die Zauber an der Rückseite der Bars bewirken ... vielleicht Schutz? Aber ich kann mir vorstellen, dass dieser Zauberspruch, wofür auch immer er verwendet wird, nichts Gutes verheißt – sofort überkommt mich eine Gänsehaut.

Ich werde den Mitarbeitern vorgestellt, die gerade alles für die Eröffnung vorbereiten. Luke weist mir einen Arbeitsbereich zu und erklärt mir meine Aufgabe: einfache Aufräumarbeit. Wenn es eine Sauerei gibt, mache ich die sauber. Das ist keine Raketenwissenschaft und scheint mir ziemlich simpel zu sein. Zum Glück muss ich nichts hinter der Bar anfassen oder mich diesen gruseligen Zaubersprüchen nähern.

Im Café habe ich genug mit Kunden zu tun, deshalb bin ich froh, dass ich mich beim Aufräumen mit niemandem unterhalten muss. Ich freue mich sogar darauf, gedankenlos Gläser einzusammeln, sie zu spülen und die leeren Flaschen in den versteckten Behältern rund um den Veranstaltungsort zu entsorgen. Unbemerkt in den Hintergrund treten und dabei einen guten Lohn verdienen.

Der Lüftungsschacht der Klimaanlage über meinem Kopf weht Strähnen meines Haares in mein Gesicht. Es ist eiskalt, also reibe ich meine Arme – brrrr. Selbst meine Gänsehaut bekommt eine Gänsehaut.

»Wenn viel los ist, ist die Klimaanlage ein Geschenk des Himmels, beim Aufbau allerdings nicht so sehr«, sagt Luke mit einem mitfühlenden Lächeln. »Wir haben versucht, sie auszustellen, aber als wir dann öffneten, wurde es so heiß wie in einem Ofen. Es war die Hölle. Also ertragen wir die Kälte ein paar Stunden vor der Eröffnung.« Er deutet auf die Toiletten. »Das sind deine. Kontrolliere sie einmal die Stunde. Es gibt einen Schrank mit allem, was du brauchst. Füll die Toilettenpapierrollen auf und leere die Mülleimer. Nur in der Damentoilette. In die Herrentoiletten musst du nicht.« Er klatscht in die Hände. »Das wäre dann alles. Normalerweise fängt deine Schicht erst an, wenn wir geöffnet haben, also«, er wendet das Handgelenk und schaut auf die Uhr, »trink solange einfach ein Bier im Personalraum. Dort findest du Sachen, die jeder benutzen darf ... ähm, außer es steht ein Name drauf. Um einundzwanzig Uhr geht's los.«

Kapitel Sieben

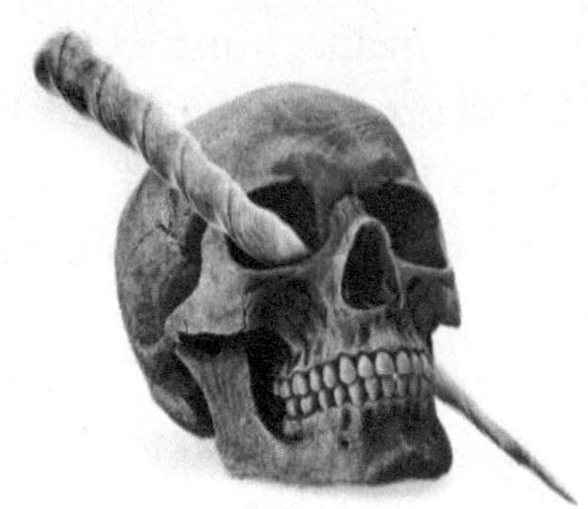

FÜR HEUTE BIN ICH DURCH. Ich hatte nur eine Acht-Stunden-Schicht im Café, also hüpfe ich praktisch die Straße entlang. Ich habe noch Energie übrig, daher das Hüpfen. Mit all der zusätzlichen Zeit, die ich zur Verfügung habe, will ich mich ins Fitnessstudio stürzen.

Dabei fällt es mir schwer, allein zu trainieren. Ich vermisse mein teures Kampftraining sehr. Es ist nicht leicht, etwas aufzugeben, das ein so großer Teil meines Lebens war, seit ich denken kann.

Aber als sich Großvaters Krankheit verschlimmerte, änderten sich unsere Prioritäten. Er konnte nicht mehr arbeiten und ich musste für ihn einspringen und die Rechnungen bezahlen.

Und dann war da noch seine Beerdigung, die Geld kostete.

Nachdem auch noch die ganze Sache mit der Obdachlosigkeit hinzukam, wurde die teure Einzelausbildung zur Vergangenheit, ein verlorener Traum. Aber ich schätze, man muss eben Opfer bringen.

Daher begnüge ich mich mit den Kursen im Fitnessstudio, die in meiner Mitgliedschaft inbegriffen sind, und besuche sie zusätzlich zu meinem normalen Training. Heute ist ein Aerobic-Boxkurs dran. Ich kann mir ein Grinsen nicht verkneifen. Die Aggression und das Grunzen in diesem Raum ... Ich werde diese Menschen nie wieder so ansehen können wie früher. Diese Frauen sind unheimlich. Wenn wir schon über geheime Attentäter sprechen – ich würde lieber gegen einen Wandler kämpfen.

Ich bin überrascht, dass ich dank der Kombination aus Boxen und Tanzen tatsächlich leichter auf den Beinen bin. Vielleicht sollte ich noch ein paar Tanzkurse in mein Fitnessprogramm mit aufnehmen. Ich würde alles versuchen, um meine Muskeln zu stärken und meinen Körper fit zu halten. Ständig zu arbeiten, ist nicht das Gleiche wie zu trainieren. Ich muss meinen Körper in Topform halten, denn ich weiß nicht, wann ich ihn das nächste Mal brauche, um mich aus einer brenzligen Situation zu befreien.

Auf dem Weg nach Hause genieße ich die Sonne auf meinem Gesicht. Ich bin mir sicher, dass ich im Alltag nicht genug davon bekomme. Als geborener Vampir – nun ja, Halbvampir – bin ich nicht allergisch gegen das Sonnenlicht, wie manche Filme einem weismachen wollen. Ich spaziere durch den Park, der tagsüber alles andere als unheimlich ist, und betrachte die Menschen und Kreaturen in meiner Umgebung, die allesamt das angenehme Wetter genießen.

Eine Gruppe von Kids, wahrscheinlich Teenager in meinem Alter, tummelt sich in der Nähe der Bäume am See. Sie lachen, schreien und rangeln. Ich lächle halbherzig über ihre Possen. Wie wäre es wohl, ein solches Leben zu haben, diese Art von Freiheit? Die Zeit, einfach gedankenlos mit den Freunden im Park zu verbringen, während man nur dafür sorgen muss, rechtzeitig zum Abendessen zu Hause zu sein.

Ich hatte mal Freunde. Ich knurre und schaue weg. Ich mag das Gefühl der Eifersucht nicht, das sich wie Gift in meinem Blut verteilt. Meine Freunde – ich rümpfe die Nase vor Abneigung. Sie sind schon lange weg; sie wollten nichts mehr mit mir zu tun haben, als ich plötzlich so ernst wurde. Menschen sind so wählerisch. Die engste Freundin, die ich jetzt noch besitze, ist meine Chefin Tilly, und wow, das ist irgendwie traurig.

Aber ich bin nicht für ein einfaches Leben bestimmt und das ist okay. Ich zucke mit den Schultern. Ich würde mich sowieso zu Tode langweilen. Ich gehe weiter, weniger schwungvoll und mehr schlurfend, bis die Worte »Als Nächstes zünden wir sie an« durch die sanfte Brise zu mir herüberschweben.

Ohne nachzudenken – vielleicht, weil ich neugierig bin – trete ich von der Straße weg und gehe in den Park Richtung See. Das Gras quietscht unter meinen Turnschuhen und ich umrunde vorsichtig einige wilde Gänseblümchen. Als ich der Gruppe näherkomme, zähle ich neun Jungs. Meine Augen verengen sich. Was ich dann sehe, sorgt dafür, dass ich anfange zu rennen.

Die Augen eines Vampirs sind Segen und Fluch zugleich. Ich wünschte, ich könnte nicht erkennen, was diese Jungs da tun, aber ich erlaube meinem wachsenden Entsetzen, sich in eine etwas nützlichere Wut zu verwandeln. Ich war lange genug brav, jetzt werde ich etwas Dampf ablassen. Ich bahne mir einen Weg durch die Gruppe und muss ein wenig Kraft aufwenden, als ich zwei von ihnen einen Schulterstoß verpasse und sie daraufhin durch die Luft fliegen. Ich verstehe keinen Spaß. Ich stecke mein Bein zwischen die Beine eines dritten Jungen und hake seinen Knöchel ein. Dabei achte ich darauf, meinen Stiefel in seine Achillessehne zu rammen. Mit einem überraschten Aufschrei fällt er zu Boden.

Dem nächsten Jungen reiße ich das Messer aus der Hand und mit einer kurzen Drehung meines Handgelenks ziele ich mit der Klinge direkt auf seine Füße. Das Messer landet hart und durchbohrt seinen Turnschuh. Auch er fällt zu Boden und mit einem Schrei, der die Tote aufwecken könnte, rollt er sich herum und umklammert schmerzhaft seinen Fuß.

Ich knurre die restlichen Jungs an, die immer noch auf den Beinen sind. Sie müssen etwas in meinem Ausdruck sehen, denn ein paar von ihnen ergreifen die Flucht. Zwei der Jungs kämpfen sich wieder vom Boden hoch und beobachten mich misstrauisch. Doch ich wende mich ab und kehre ihnen den Rücken zu, während ich den Baum betrachte.

»Mein Name ist Tru. Sie werden dir nicht mehr wehtun.« Meine Stimme ist sanft. »Willst du, dass ich jemanden anrufe? Die Fae-Gilde vielleicht?«, frage ich, auch wenn ich nervös schlucke. Ich hasse die Vorstellung, eine Gilde einzuschalten, aber dieses Mal ist es nicht meine

Entscheidung. Ja, es ist das Letzte, was ich tun will, aber hier geht es nicht um mich.

Es geht um die Pixie.

Die Pixie, die mit Klebeband an den Baum geklebt ist, schüttelt den Kopf. Das Ende eines ihrer spitzen Ohren verfehlt nur knapp die Klinge eines Messers, während sie sich bewegt. Ich schätze sie auf eine Größe von etwa fünfzehn Zentimetern.

Silberne Tränen laufen aus ihren großen saphirblauen Augen und glitzern auf ihren Wangen. Mein Herz sinkt zu Boden, denn etwas in meiner Seele erkennt ihren Schmerz.

Die Messer, die in dem Baum um sie herum stecken, sagen mir alles, was ich wissen muss. Eines davon ist so nah, dass es ihre Hose zerrissen hat und ihre saphirblaue Haut entblößt. Ein anderes hat Strähnen ihres dunkelblauen Haares erwischt. Der wütende Teil in mir schwillt an und platzt. Sie haben sie für ihre Zielübungen benutzt – diese bösen Scheißer.

Ich erinnere mich an ihre Worte von vorhin. *»Als Nächstes zünden wir sie an.«* Mir wird schlecht. Was wäre mit ihr passiert, wenn ich nicht hier gewesen wäre? Mein Gott! Das ist der Grund, warum ich mich von Menschen fernhalte.

Ich stehe immer noch mit dem Rücken zu den Schurken, aber meine Sinne sind geschärft und so höre ich, wie sich einer von ihnen nähert. Der Boden knirscht unter seinen schweren Schritten, was ihn viel zu leicht verrät. Er riecht nach Schweiß und etwas Ranzigem. Ich rümpfe die Nase und reiße eine der Klingen – die mit den Haarsträhnen der Pixie – aus dem Baum. Dann wirble ich herum und starre ihn an.

Der blonde Junge ist etwas älter als seine Freunde und seine Haltung schreit förmlich nach Anführer. Er ist kräftig gebaut, aber mindestens sieben – ich kneife die Augen zusammen – wenn nicht sogar zehn Zentimeter kleiner als ich.

»Komm noch näher und ich bringe dich um«, knurre ich.

Ich schaue nicht von ihm weg, als ich das Messer in meiner Hand hochwerfe. Es dreht sich in der Luft, macht vier Umdrehungen, bevor ich es geschickt wieder auffange. Das Gleichgewicht verschiebt sich. Seine Augen weiten sich ein wenig, aber selbstverständlich ignoriert er seine Instinkte und meine Warnung und macht einen schwankenden Schritt auf mich zu.

Der Typ ist ein Idiot.

Ich runzle die Stirn und mein Kopf neigt sich ruckartig zur Seite. Hm. Er macht auch eine Lügnerin aus mir. Ich sollte meine Drohung, dass ich ihn töten werde, wahrmachen ... Aber meine Worte waren falsch gewählt. Ich kann ihn hier nicht umbringen. Leider ist im Park zu viel los, und ich würde nicht damit durchkommen. Nächstes Mal muss ich mit meinen Worten ein bisschen vorsichtiger sein.

Nein, heute bringe ich ihn nicht um.

Auch wenn er es verdient hätte. Unbeeindruckt wende ich mich wieder dem Baum zu. Die Art, wie der Kerl sich bewegt, verrät mir alles. Er ist schwer auf den Beinen, untrainiert, ein *Mensch*. Ich behalte ihn aus den Augenwinkeln im Blick, falls er doch noch eine Dummheit begeht, und schneide mit dem Scheißmesser vorsichtig das Klebeband durch.

»Was kannst du schon groß anrichten? Wir sind zu neunt«, sagt er kühn.

Ich grinse. »Ich glaube, du musst noch einmal neu zählen.« Ich nicke in Richtung der Gruppe seiner Freunde und er folgt meinem Blick.

»Zu f-fünft«, stottert er. »Und du bist ein Mädchen. Ich schätze, wir werden etwas Spaß mit dir haben. Ich wollte es schon immer mal einer Riesin *treiben*.« Er leckt sich über die Lippen und seine Hände wandern zu seinem Gürtel. Wow, er ist wirklich ein schmutziges kleines Biest.

Ich stelle mich zwischen den Schläger – den Möchtegern-Vergewaltiger – und die Pixie. »Soll ich etwa Angst bekommen? Du bist hier nicht das Raubtier.«

Der Typ mit dem Messer im Fuß nutzt den Moment, um zu jammern, und ich kann mir ein leises Kichern nicht verkneifen. Der blonde Menschenjunge vor mir zuckt zusammen und weicht zurück, als er mein Gesicht sieht, und schaut dann auf seinen Freund hinunter, der sich auf dem Boden wälzt. Er hat wohl nicht erwartet, dass ich über ihn lachen würde. Er ist so sehr daran gewöhnt, dass die Leute Angst vor ihm haben, dass ich ihn verunsichere.

»Oh, ich würde an deiner Stelle das Messer noch nicht herausziehen«, sage ich hilfsbereit zu Mr Blade Runner am Boden. Meine Wangen schmerzen, als sich meine Lippen zu einem verrückten, weiten Lächeln verziehen. »Vielleicht habe ich etwas Wichtiges getroffen. Du willst doch nicht verbluten.«

Ich wende meine Aufmerksamkeit den restlichen Jungs zu. »Ist es also das, was ihr seid? Schläger und Vergewaltiger?« Zwei Jungs fahren zusammen, also richte ich meine nächsten Worte an sie: »Habt ihr eine Mutter? Eine Schwester?« Ich ziehe die Augenbrauen hoch. »Eine Freundin? Wie würde es euch gefallen, wenn euer Freund beiläufig bemerkt, dass er sie vergewaltigen wird?« Ich blecke meine Zähne. »Was meint ihr, sollen wir sie uns schnappen? Sie an diesen Baum binden und ihnen beim Weinen und Schreien zuhören, während euer Kumpel hier mit Messern nach ihnen wirft? Oder seine Hose öffnet? Hört sich das für euch lustig an?« Sie können mir nicht in die Augen sehen.

»Sie ist kein Mensch, also ist es egal«, sagt der Blondschopf.

»Was zum Teufel ist los mit euch?« Ich schüttle den Kopf und zeige den anderen mein angewidertes Gesicht. »Ihr vertraut ihm, so einem Typen, dass er euch den Rücken freihält? Was wird wohl passieren, wenn sie herausfinden, was ihr getan habt? Eine Pixie foltern? Denkt ihr, sie werden stolz auf euch sein? Wenn ich ihr wärt, würde ich ihn beseitigen. Ich würde ihn ausschalten, bevor er euch ausschaltet.«

Ich wende mich wieder der Pixie zu und senke die Stimme, damit nur sie mich hört. Mir ist bewusst, dass ich sie um Erlaubnis bitten muss. Sie hat bereits ein traumatisches Erlebnis hinter sich und ich möchte die Sache nicht noch verschlimmern. »Ich schneide gleich das letzte Klebeband durch. Ist es dann okay, wenn ich dich anfasse?« Sie nickt.

»Okay.«

Mit einem letzten Schnitt der Klinge ist die Pixie wenigstens vom Baum befreit. Ich halte sie so sanft wie möglich in meiner linken Hand und erschaudere. Ich kann sie unter all dem Klebeband kaum sehen. Wie zum Teufel soll ich das ganze klebende Zeug von ihr abbekommen? Ich erkenne, dass sie sich gewehrt haben muss, so sehr, dass das Band fast in ihre Haut eingedrungen ist. »Soll ich dich bei deinem Bau absetzen?«, frage ich vorsichtig.

»Ich kann nirgendwohin«, antwortet sie in einem sanften, melodischen Ton. Ihr Gesicht glänzt von weiteren Tränen und ihre Augen ... Sie sieht gebrochen aus.

Mein Herz schmerzt. »Ist schon gut. Ich bin ja bei dir.« Ich erhebe meine Stimme und wende mich an die Jungs. Zwei weitere haben sich davongeschlichen, seit ich ihnen den Rücken zugewandt habe, darunter auch Mr Blade Runner, der zu meiner Belustigung davonhüpft. Jetzt sind es nur noch drei. »Man kann niemandem trauen, der denkt, es sei in Ordnung, eine unschuldige Kreatur zu verletzen. Eine winzige Pixie. Ihr wisst, was das aus ihm macht – einen Psychopathen. Und euch macht es nicht besser, ihr seid seine Lakaien und eigentlich seid ihr sogar noch schlimmer als er, weil ihr euren Verstand nicht benutzt.«

»Das ist uns egal«, sagt der Blonde und plustert die Brust auf. Seine blauen Augen funkeln vor Grausamkeit.

»Das ist *uns* egal. Oh, ihr armen, dummen Marionetten.« Ich schmolle und schüttle den Kopf über die beiden anderen Deppen. »Tut es weh, wenn seine Hand so tief in euren Ärschen steckt?« Dann lächle ich Blondie an. Ich präsentiere ihm meinen ganzen Wahnsinn.

Oh, das mag er nicht.

Ich möchte mir fast die Hände vor Vergnügen aneinanderreihen. Er ist der Typ Mann, dem ich gern eine Lektion erteile. Aber man weiß ja nie, vielleicht beeinflussen meine Worte seine sogenannten Freunde und sie tun der Welt einen Gefallen und schalten ihn selbst aus.

»Es wird dich noch interessieren. Vor allem, sobald deine Idioten-Freunde zusehen, wie dir ein Mädchen den Schädel einschlägt. Ups, wie peinlich.« Ich täusche ein Kichern vor. Seine Augen glänzen vor Wut. Sieh an, ich muss nicht einmal zu ihm gehen.

Mit einem merkwürdigen Gebrüll senkt er den Kopf wie ein Stier und stürmt auf mich zu, wobei er wild mit den Armen fuchtelt.

Ich schnaube. Dieser Junge ist es anscheinend gewohnt, bloß sein Gewicht einzusetzen, um die Oberhand zu gewinnen. Er schaut nicht einmal, wohin er läuft. Ich warte bis zur letzten Millisekunde, dann trete ich zur Seite und strecke meinen Fuß aus. Er rennt an mir vorbei, stolpert und knallt mit dem Kopf voll gegen den Baum. Sofort gehen bei ihm alle Lichter aus.

Hm, das ist ein bisschen enttäuschend.

Ich stoße ihn mit meinem Zeh an. Er wird eine richtige Beule am Kopf davontragen. Ich schaue auf die Messer, die immer noch im Baum stecken. »Soll ich ein paar Mal auf ihn einstechen?«, frage ich die Pixie.

Sie lacht etwas erschrocken auf. »Nein, danke.«

Ich schenke ihr ein kleines Lächeln. Ihr Lachen gibt mir Hoffnung, dass es ihr eines Tages wieder besser gehen wird.

Der Rest seiner kunterbunten Truppe ist weg, sie haben ihn verlassen. Ich zucke mit den Schultern. Jetzt ist er nicht mehr mein Problem.

Wenn ich damit durchkäme, würde ich die anderen Jungs allerdings noch jagen und ihnen wehtun. Aber sie sind die Schwierigkeiten nicht wert, in die ich geraten könnte, und die Pixie hat für mich oberste Priorität. »Ich habe eine Freundin, die das Zeug vielleicht von dir abbekommt. Wäre das in Ordnung für dich?«

»Ja, danke, Tru.« Sie sagt meinen Namen schüchtern, als hätte sie Angst, ihn falsch auszusprechen. »Ich heiße Story.«

»Freut mich, dich kennenzulernen. Also los! Okay?« Sie nickt wieder. »Gut. Dann bringen wir dich mal auf Vordermann.« Ich halte die Pixie vorsichtig in meiner Hand und fange an zu joggen.

Ich verlasse den Park, laufe die Straße entlang und dann in die Stadt. Ich brauche etwas, das zwischen das Klebeband und Storys empfindliche Haut kommt. Ich hoffe, Tilly weiß, was zu tun ist.

Ich stoße die Tür des Cafés auf und die Glocke über mir ertönt schrill. Tilly schaut hinter dem Tresen auf, doch sobald sie mein Gesicht sieht, eilt sie auf mich zu.

»Tru?«

»Tilly, kannst du meiner Freundin helfen?«, frage ich und halte ihr meine Handfläche hin. Tilly sieht mich verwirrt an und blickt dann hinunter. Sobald sie die arme Pixie sieht, die in meiner offenen Hand kauert, schreit Tilly verzweifelt auf.

Story senkt den Kopf und kauert sich noch weiter zusammen. »Ist schon gut. Tilly ist eine Freundin. Bitte hab keine Angst«, flüstere ich.

»Oh, große Mutter Natur ... bei den Bäumen«, stammelt Tilly. Ihre entsetzten Augen treffen auf meine. Schnell blinzelt sie die Tränen weg und ein paar Blütenblätter schweben aus ihrem grünen Haar zu Boden. »Natürlich, natürlich. Wir müssen dieser jungen Dame sofort helfen. Kommt mit!« Tilly zieht sich die Schürze aus und legt sie auf dem

Tresen ab. »Alex, ich bin kurz raus. Ich mache so schnell ich kann«, ruft sie, während sie uns zur Tür hinausdrängt. »Ich habe eine Freundin, eine Hexe. Sie ist auch ausgebildete Krankenschwester. Bitte folgt mir.«

Nur einen kurzen Spaziergang vom Café entfernt liegt die Birley Street. Mitten auf der Straße, zwischen einer Kunstgalerie auf der linken und einem Friseur auf der rechten Seite, befindet sich in einem bescheidenen Gebäude ein Hexenladen. TINKTUREN & TONIKA – SPEZIALSITIN FÜR ZAUBERTRÄNKE, steht stolz auf dem Schild darüber.

Meine empfindliche Nase kribbelt. Der Laden riecht stark nach Kräutern und Magie, was mich erschaudern lässt. Tilly reißt die Tür auf und wir folgen ihr hinein.

Ich schaue mich interessiert um. Die hölzernen Regale sind bis zum Rand mit magischen Artefakten gefüllt und ein prickelndes Summen von Energie erfüllt die Luft. Alles ist hell erleuchtet – natürliches Licht fällt durch die riesigen Fenster an der Vorderseite hinein, und faszinierenderweise dümpeln Dutzende von magischen Lichtkugeln in den verschiedenen Ecken des Raumes herum. Ich vermute, wenn sich das Licht im Laden im Laufe des Tages verändert, bewegen sich die schwebenden Kugeln dorthin, wo sie gebraucht werden. Eine hüpft bereits über Tillys Kopf herum. Abgefahren.

»Jodie, Jodie«, kreischt Tilly.

»Tilly? Was in aller Welt ist denn los?« Eine hübsche dunkelhaarige Hexe blickt von ihrem Platz in der Ecke auf, wo sie gerade in einem uralten Wälzer liest.

»Oh, Jodie, ich bin so froh, dass du hier bist. Wir brauchen deine Hilfe«, jammert Tilly und geht hektisch auf ihre Freundin zu.

Als wäre ein Schalter umgelegt worden, ist die Hexe sofort im Expertenmodus. Sie legt das dicke Buch weg, springt von ihrem Stuhl auf und eilt um den Tresen herum. Mit professionellem Blick begutachtet sie Tilly und dann fliegen ihre Augen zu mir.

»Es geht nicht um mich«, sage ich. Noch einmal halte ich meine Handfläche vor.

Jodie lächelt Story sanft an. »Hallo, ich bin Jodie. Hier bist du richtig. Ich habe genau das, was du brauchst, damit du dich wieder wohler fühlst. Darf ich dich berühren?«

Story blinzelt zu der Hexe auf. Dann sehen mich ihre riesigen blauen Augen beunruhigt an, aber ich nicke ihr aufmunternd zu.

»Okay, das ist in Ordnung, denke ich. Mein Name ist Story.«

Jodie nimmt sie mir vorsichtig aus der Hand.

Plötzlich will ich die Pixie nicht mehr loslassen. Mit zusammengekniffenen Augen beobachte ich, wie Jodie sie in beide Hände nimmt. Ich knabbere an meiner Unterlippe. Ich muss darauf vertrauen, dass Tilly weiß, was sie tut. »Ich bezahle für sie, also tu bitte, was du tun musst.«

»Hast du denjenigen bestraft, der ihr das angetan hat?«

Ich schätze schon ... und nicke.

»Gut, das ist Bezahlung genug. Komm, Story. Machen wir es dir schöner.«

Tilly und ich folgen der Hexe in ihr Hinterzimmer.

Der Raum ist groß, aber gemütlich und in ansprechenden warmen Tönen eingerichtet. Er hat einen richtigen Holzofen und eine bequeme Sitzecke auf der einen Seite und eine schöne, große Hexenindustrieküche auf der anderen, mit einem Tisch in der Mitte, an dem zwölf Personen Platz finden.

Jodie legt Story auf den Tisch ab, erklärt ihr alles und holt sich für jeden Schritt ihre Erlaubnis ein. Sie verwendet Tränke, um das Klebeband vorsichtig zu entfernen und sicherzustellen, dass alle Kratzer und Wunden darunter verheilen. Schließlich verbirgt sich unter all dem Klebeband die schönste blaue Haut. Jodie hat sogar Kleidung, um die beschädigten Klamotten der Pixie zu ersetzen.

»Danke, vielen Dank. Ich weiß nicht, was wir ohne dich getan hätten«, stoße ich hervor. Ich war noch nie so dankbar. Die Freundlichkeit der Hexe versetzt mich in Demut.

»Ja, danke. Ihr seid alle sehr freundlich zu mir gewesen. Ohne eure Hilfe wäre ich sicher umgekommen«, fügt Story hinzu.

»Gern geschehen«, sagt Jodie mit einem sanften Lächeln. »Ich bin froh, dass ich Pixie helfen konnte. Story, wenn du jemals über das Geschehene reden willst, steht dir meine Tür immer offen.«

»Vielen Dank.«

»Also, Tru, bringst du Story nach Hause?«, fragt Tilly. Die Pixie lächelt, aber ihre Unterlippe bebt. »Du hast doch einen Ort, an den du kannst, oder?«

»Ich komme schon zurecht. Vielen Dank für all eure Hilfe«, antwortet Story leise.

Scheiße, sie kann nirgendwohin.

Mein Herz macht einen Sprung und meine Lippen zittern. Ohne nachzudenken, höre ich mich sagen: »Sie kann bei mir bleiben.«

Gut gemacht, Tru. Sie kann in der Garage bleiben, denn dort herrscht purer Luxus. Ich möchte mir selbst gegen die Stirn schlagen, weil ich so leicht zur erweichen bin. Aber der Ausdruck in Storys Gesicht, das Aufleuchten ihrer saphirblauen Augen, zeigt mir, dass ich das Richtige getan habe.

Kapitel Acht

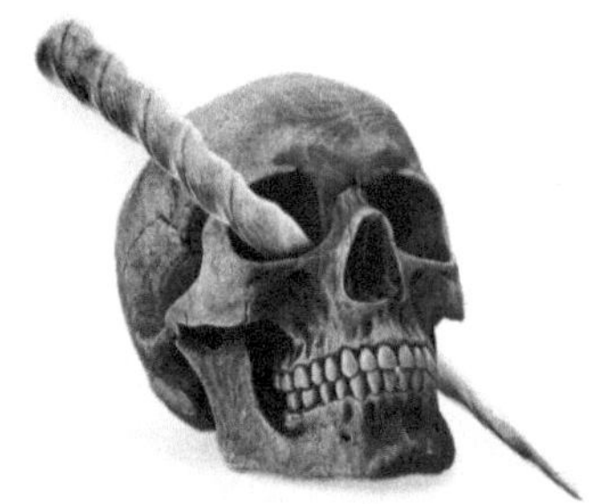

»Ist das dein Bau?«, fragt Story. Aus dem Augenwinkel beobachte ich sie, wie sie auf meiner Schulter hockt.

»Ja, ich schätze schon … tut mir leid, dieser ist Ort …«

Eine Müllhalde. Eine Garage. Absolute Scheiße.

»Unglaublich«, beendet Story den Satz für mich, ihre Stimme voller Ehrfurcht. Sie hüpft meinen Arm hinunter und in meine wartende Handfläche. Ihr zartes Gesicht könnte den ganzen Raum erhellen mit ihrer Aufregung, mit ihrer Freude. Ihre nackten Zehen tanzen auf meiner Hand, während sie sich einmal im Kreis dreht. »Dieser Ort ist unglaublich«, flüstert sie.

Ich schüttle den Kopf und lächle reumütig. Also gut. Wer wäre ich, mich mit einer Pixie zu streiten? Dann ist er eben unglaublich.

Ich bewege mich nervös und zucke zusammen, als ich an meine geringen Ersparnisse denke, aber ich öffne trotzdem den Mund und höre mich sagen: »Wir müssen dir ein paar Sachen besorgen.« Meine neue Freundin muss sich hier wohlfühlen. Sie wohnt bereits in einer beschissenen Garage – egal, was sie sagt, ich weiß, was dieser Ort ist – und sie besitzt nichts. Das arme Mädchen braucht ihre eigenen Sachen. Sie braucht das Nötigste und zumindest dabei kann ich ihr helfen.

Als ich meine Wohnung verlor ... als ich rausgeschmissen wurde ... Ich kann mir nur vorstellen, wie viel schwieriger diese Erfahrung sein muss, wenn man zusätzlich auch all seine Sachen verliert, seine Erinnerungen, an die man sich klammern kann.

Story hat nichts außer den Kleidern, die sie am Leib trägt. Und diese Tatsache tut weh.

Ich will nicht, dass sie leidet, und wenn ich ihr nur ein winziges Stückchen von sich selbst zurückgeben kann, vielleicht ... vielleicht gibt es dann auch noch Hoffnung für mich.

Ich schnappe mir mein Handy und fange an, im Internet zu recherchieren. Ich finde ein paar örtliche Geschäfte, die sich auf Pixies spezialisiert haben und – was noch wichtiger ist – Dinge in unserer Preisklasse anbieten. Ich möchte, dass meine neue Freundin die Freiheit hat, sich wie zu Hause zu fühlen, und dass sie mit jedem kommunizieren kann, wann immer sie möchte. Deshalb bin ich ganz aufgeregt, als ich ein winziges Pixie-Telefon entdecke. O mein Gott, es ist sooo wahnsinnig süß.

Es dauert ein paar weitere Stunden, bis wir alles abgeholt haben – man muss *Click & Collect* einfach lieben, vor allem, wenn man damit Dinge wie einen Kleiderschrank und ein Bett kaufen kann, die in einen bloßen Rucksack passen. Sagen wir einfach: Sachen in Pixie-Größe sind grundsätzlich toll.

Als wir wieder in der Garage sind, hole ich mein Werkzeug. Ich drehe einen Schraubenzieher ein paar Mal in meiner Hand und schenke Story ein aufmunterndes Lächeln. »Willst du bei mir im Gartenschuppen schlafen oder soll ich dir einen eigenen Platz in der Garage einrichten?« Der Winter könnte noch zum Problem werden, aber ich bin mir sicher, dass mir etwas einfallen wird, das funktioniert.

»Im Schuppen mit dir, wenn das in Ordnung ist. Ich bin ungern allein.«

»Okidoki, los geht's!« Ich klatsche in die Hände. Ich habe noch etwas Holz übrig, das ich für die Befestigung des Schwingtors der Garage verwendet habe, also ist das Material zumindest im Rahmen meines Budgets – nämlich kostenlos. Und kostenlose Dinge sind immer gut.

Ich summe vor mich hin, während ich eine Holzkiste zusammenschustere, aus der hoffentlich ein gemütliches Schlafzimmer entsteht wird. Zu meiner Freundin sage ich natürlich nichts, aber es ist ein bisschen so, als würde ich Barbies Traumhaus bauen.

Ist es falsch, dass ich mich dabei amüsiere?

Ich bringe ein Regal in der oberen Ecke des Schuppens an und richte darauf ihr neues Schlafzimmer ein. Ich schneide ein Stück von einer Badematte ab, die sich perfekt als Teppich eignet, und während Story zuschaut und von einem Fuß auf den anderen hüpft, stelle ich ihr neues Bett und ihren Kleiderschrank in die kleine Kiste.

»Ich wünschte, ich könnte die Wände etwas verschönern«, sagt Story wehmütig, als sie in ihrem Zimmer steht.

»Ohhh, ich glaube, ich habe da etwas gesehen. Eine Sekunde ...« Ich springe auf und hangle mich aus dem Schuppen, springe über das Sofa und krame in einer Tüte mit Mist, den ich schon lange wegwerfen wollte. »Nein ... nein ... ah, hier.« Ich ziehe eine alte Malen-nach-Zahlen-Box heraus, die irgendwie in Großvaters Sachen geraten ist. Sagen wir einfach, dass der Fae-Attentäter, den ich kannte, nicht nach Zahlen gemalt hat. Ich grinse, als Storys Augen vor Aufregung aufleuchten. Die kleinen Farbtöpfchen sind perfekt für eine Pixie und ich finde einen neuen Mini-Lippenkonturen-Stift, der die perfekte Größe für einen Pinsel hat.

Ich sitze auf meinem Bett und beobachte ehrfürchtig, wie Story sich an die Arbeit macht und das schönste Bild einer Sonnenblume an ihre Wand malt. Sie ist so künstlerisch begabt. Als sie fast fertig ist, gehe ich los und besorge uns Abendessen. Während wir essen, kann die Farbe dann trocknen und Story kann anschließend aufräumen und ihre Sachen sortieren.

»Oh, Tru, das war der schlimmste, aber auch der beste Tag meines Lebens«, sagt sie mit großen, ernsten, blauen Augen.

Wow, puff, mein Herz zieht sich zusammen. Es ist ein süchtig machendes Gefühl.

Wir sind ein wunderbares Team.

Nachdem wir zu Ende gegessen haben, sitze ich auf dem Sofa und denke über die Logistik nach. Ich muss mir überlegen, wie ich am besten eine Treppe oder vielleicht sogar eine Leiter bauen kann, damit Story ihr neues Zimmer auch ohne mich erreicht. Der Schuppen ist mit all meinen Sachen bereits fast vollständig ausgefüllt und da Storys Zimmer nah an der Decke hängt, könnte ich ein Problem verursacht haben. Ich knabbere an meiner Unterlippe. Vielleicht sollte ich eine kleine Tür anbringen und etwas an der Außenseite aufstellen, damit sie unabhängiger wird.

»Miau«, ermahnt mich mein Kater und unterbricht meine Gedanken.

Um Dexter zu beweisen, dass er bereits alle Leckereien gefressen hat und ich nichts weiter verstecke, zeige ich ihm meine offenen Handflächen, so wie ein menschlicher Zauberer seinem Publikum andeutet, dass er nichts in seinem Ärmel hat. Trotzdem tänzelt der freche Kater über das Sofa zu mir herüber und schnüffelt an meinen Fingern, um sich zu vergewissern.

»Es ist nichts mehr da«, schimpfe ich.

Ich weiß nicht, wie das haarige Monster es schafft, dass ich mich so schuldig fühle. Er isst mehr als ich.

Ich habe gehofft, die Leckerlis würden ihn ablenken und Dexter dazu bringen, Story gegenüber freundlich zu sein. Sie ist so winzig, dass ich mir Sorgen um ihre Sicherheit mache. Ich möchte nicht, dass er auf die Idee kommt, sie zu jagen. Aber bis jetzt sieht es so aus, als würde sich Dexter von seiner besten Seite zeigen. Ich habe das starke Gefühl, dass er bereits weiß, dass Pixies nicht zum Fressen da sind, und bislang gibt es keine Anzeichen dafür, dass er eine Gefahr für meine kleine Freundin darstellt, was eine Erleichterung ist. Ich kraule ihn unter seinem Kinn. »Wer ist ein guter Junge? Ja, Dexter ist ein guter Junge, ein so guter Junge.«

»Ich kann nicht glauben, wie gesegnet ich bin. Ich bin wirklich dankbar für all die schönen Dinge. Ich meine, du hast sogar einen *Beithíoch* als Beschützer. Ich weiß, dass ich hier sehr sicher sein werde.« Story nickt in Dexters Richtung, der jetzt ein Hinterbein in die Luft streckt und sich den ... ähm ... Hintern leckt. Ich runzle die Stirn. *Toller erster Eindruck, Dex.* Ich rümpfe die Nase bei seinen Enthusiasmus.

Dann wird mir erst klar, was Story da gerade gesagt hat. »Ein Beithíoch ...« Das sind riesige Fae-Monsterkatzen, pelzlose, furchtbare Dinger, die einem das Gesicht wegfressen.

Ich sehe mir Dexters rotes Fell an. Ich kenne Beithíochs nur aus dem Fernsehen, aber mein Dexter ist eindeutig keiner davon. Ich unterdrücke ein Lachen, denn ich will meiner neuen Freundin gegenüber nicht unhöflich sein. Aber ich schätze, dass Dexter für eine Pixie groß aussieht.

»Er ist nur ein Kater«, sage ich so sanft wie möglich mit einem Lächeln und einem Schulterzucken.

Story blinzelt mich an und tippt sich dann mit einem Nicken auf ihre kleine Nase. »Ach so, klar, natürlich«, antwortet sie und fügt ein verschwörerisches Zwinkern hinzu.

Was zur Hölle? Meine Augen flackern umher, während ich über ihre Worte nachdenke, und mein Blick fällt wieder auf Dexter. Neeein. Das kann nicht sein. Ich mustere ihn misstrauisch mit zusammengekniffenen Augen.

»Miau«, macht er und säubert sich weiter.

Hm, in der Tat *miau*. Ich schüttle den Kopf und blase meine Wangen auf. Ich werde dieses ganze Gespräch einfach vergessen. Ich wende mich ab und zwinge mich, mich wieder auf das Problem zu konzentrieren, wie meine Freundin besser in ihr Bett gelangt. Ich starre den Schuppen an. Doch ich kann nicht anders, als aus den Augenwinkeln Dexter zu beobachten. Ja, ich muss das vergessen. Er ist nur ein Kater.

»Was ist dir lieber, eine Leiter oder eine Treppe?«, frage ich Story, denn schließlich ist sie diejenige, die benutzen muss, was auch immer ich baue.

»Oh, ähm ... Ich muss dir etwas zeigen. Aber bitte sei nicht böse.«

Ich wende mich ihr zu, während Story von einem Fuß auf den anderen hüpft und nervös die Hände zusammenfaltet. Ich schenke ihr ein aufmunterndes Lächeln. Scheiße, schlimmer als die Monsterkatze kann es nicht werden.

Sie schluckt schwer und schließt die Augen. Dann erscheint hinter ihr glitzernde rosa Magie.

»Oooh, rosa«, murmle ich anerkennend.

Und dann, von einem Moment auf den anderen, hat Story plötzlich

Flügel. Ich schnappe nach Luft und klatsche in die Hände. Die rosafarbenen magischen Flügel flattern, als sie sich vom Sofa erhebt und auf mich zusteuert. Ich habe das Gefühl, als würden mir die Augen aus den Höhlen fallen, und schiele ein bisschen, als ich versuche, mich auf sie zu konzentrieren, während sie perfekt vor mir auf und ab schwebt. Ich blinzle schnell.

»O mein Gott, Story, du hast Flügel«, stoße ich hervor. Die fassungslose Ehrfurcht in meiner Stimme lässt sie grinsen.

»Ja. Mein Vater ist eine Pixie und meine Mutter war eine Fae. Ich habe ihre Flügel geerbt.« Sie dreht sich im Kreis und präsentiert mir ihre schönen Anhängsel.

Ich hebe meine Hand und, ohne sie zu berühren, fahren meine Finger durch die Luft um die zarten Flügel herum. »Wow, sie sind so hübsch. Das Roségold neben deiner blauen Haut ist atemberaubend. Warum dachtest du, dass ich deswegen sauer werden würde?«

Storys Grinsen wird von meinen Worten weggewischt und sie lässt sich langsam auf die Armlehne des Stuhls sinken.

»Ich bin abscheulich«, flüstert sie und ihre Flügel verschwinden. Niedergeschlagen lässt sie sich auf den Hintern fallen und schlägt die Beine übereinander.

Was zur Hölle? Ich runzle die Stirn.

»Als meine Flügel erschienen, warf mich meine Truppe raus. Sie sagten ...« Eine Träne kullert über ihre Wange und ein Kloß bildet sich in meinem Hals, als ich ihren Kummer erkenne. Wow, Story ist anders, genau wie ich. Ich wusste, dass sie etwas Besonderes ist. »Sie sagten ...«

»Sie haben dich abscheulich genannt?«, vermute ich sanft und sie nickt. Mein Herz wird schwer.

»Sie haben mich rausgeworfen und ich konnte nirgendwo anders hin als in den Park, da es freies Gebiet ist. Ich war dort wochenlang. Ich dachte, ich wäre vorsichtig, aber dann haben mich diese schrecklichen Jungs in eine Falle gelockt und ich dachte, ich würde sterben. Einen Moment lang, nur einen Moment lang ...« Sie hebt den Blick und sieht mich an, während ihr noch mehr Tränen über das Gesicht laufen. Außerdem bekommt sie Schluckauf, als sie sich mit einer Hand über die Wangen reibt. »Einen Moment lang war ich froh. Ich wollte sterben, denn wer würde eine Abscheulichkeit wie mich schon wollen?«

»Du bist nicht abscheulich, Story. Du. Bist. Unglaublich«, sage ich aufrichtig. »Du bist die hübscheste Fae, die ich *je* gesehen habe.«

»Bin ich das?«, fragt sie ungläubig.

»Ja, bist du«, antworte ich. Ich lege all meine Überzeugung in meine Stimme. »Aber sag es nicht Tilly«, ich zwinkere, »sie regt sich sonst nur auf.« Ich sehe, wie sich ihre Augen weiten, als sie die Wahrheit meiner Worte bemerkt. Story stürmt auf mich zu und springt in meine Handfläche. Sie wirft ihre blauen Arme um meinen Daumen und ...

Sie *umarmt* meinen Daumen.

Ich blinzle schnell, als Tränen in meine Augen steigen, und ich muss ein paar Mal schlucken, um die Emotionen aus meiner Kehle zu bekommen. Vorsichtig und sanft schlinge ich meine Finger um ihren winzigen Körper und drücke sie an mich.

»Ich werde mich um dich kümmern«, murmle ich.

Sie kann sich auf mich verlassen.

Kapitel Neun

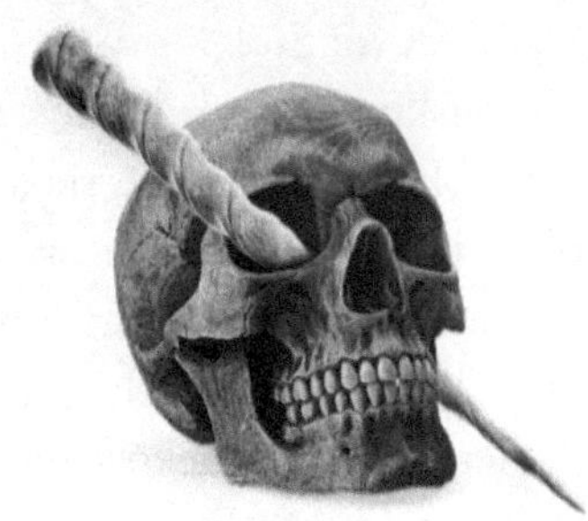

Ich reiche der Kundin ihre Bestellung, eine Kanne Earl-Grey-Tee und einen Zitronenkuchen, und sie schlurft mit einem halbherzigen Dankeschön davon. Im Café ist es ruhig. In der Stadt war es in letzter Zeit seltsam und die Einwohner spüren die Veränderung in der Luft und halten sich vernünftigerweise fern.

Ich gähne so sehr, dass mein Kiefer knackt. Mir ist langweilig.

Story hat ihre letzte Hochzeitstorte fertiggestellt. Sie öffnet den Reißverschluss ihres Schutzanzugs – eine Hygienemaßnahme, da sie auf den Torten herumkrabbeln muss, um die empfindliche Glasur aufzutragen – und schlüpft heraus. Sie lehnt sich mit den Händen auf den schmalen Hüften zurück, um ihr Meisterwerk zu begutachten.

»Hey, Mitbewohnerin, kannst du mich hochheben? Ich muss es mir von oben ansehen.«

Ich nicke und klopfe mit der Handfläche auf den Tresen, um sie darauf springen zu lassen. Da ihre Flügel winzige Feenstaubpartikel absondern, ist es ein großes Tabu, sie im Café zu benutzen. Und ich habe kein Problem damit, ihren Fahrstuhl zu spielen.

Für eine bessere Sicht hebe ich sie hoch und wir beide starren schweigend auf die dreistöckige Torte mit rosa Zuckerblättern und silbernen Perlen.

»Schön«, sage ich hilfreich. Es ist nur ein Kuchen. Wenn er gut schmeckt, ist es ein guter Kuchen. Wenn er schlecht schmeckt ... Ich zucke mit den Schultern. Ja, ich habe echt keine Ahnung davon.

»Es ist perfekt«, sagt Story mit einem zufriedenen Lächeln und ihre saphirfarbenen Wangen glühen vor Stolz.

Story hat bewiesen, wie künstlerisch herausragend sie ist. Als ich Tilly die Fotos der Sonnenblume zeigte, die sie an ihre Schlafzimmerwand gemalt hatte, wollte Tilly wissen, ob Story dieses Motiv wiederholen könnte, aber auf einer Torte. Es bedurfte nur einiger Anleitung und Ermutigung durch Tilly, und Story erlangte in kürzester Zeit ein paar ausgefallene Fähigkeiten im Tortendekorieren. Meine Freundin hat echtes Talent und ihre Tortenentwürfe sind, wie ich zugeben muss, wunderschön.

Ich habe keine Ahnung, wie die beiden machen, was sie machen. Tilly würde mich niemals in die Nähe ihrer Torten lassen. Ha, sie lässt mich ja kaum an das Gebäck heran. Ich kann mir vorstellen, was für eine Sauerei ich anstellen würde. Ich bin eher ein Hulk-Zerschmetter-Mädchen als eine Künstlerin.

Obwohl einige Kampfbewegungen durchaus kunstvoll aussehen können. Ich bin also nicht völlig ungeschickt. Kämpfen kann wunderschön sein. Ein Spritzer Blut, das Knirschen von Knochen ... Ich lecke mir die Lippen.

Vampir.

Ich bin zwar Vegetarierin, aber ich kann die grausigen Details eines guten Kampfes und das Blut trotzdem genießen, ohne daran teilhaben zu müssen. Bei dem Gedanken rümpfe ich die Nase. Blut und ich, wir werden wirklich keine Freunde mehr.

Story tippt mit dem Fuß – ihr Signal, dass sie runter will. Gehorsam senke ich meine Hand und sie springt zurück auf den Tresen. Obwohl sie einen fairen Lohn bekommt – sie verdient sogar mehr als ich – besteht Story immer noch darauf, mit mir und Dex in der Garage zusammenzuwohnen. Sie hat auch nicht lange überlegt und ihren Lohn einfach mit meinem zusammengelegt, sodass wir jetzt einen wachsenden Spartopf besitzen.

Ich bin so dankbar.

Es wird nicht mehr lange dauern, bis wir genug Geld haben, um umzuziehen, und Story meint, dass sie die Wohnung auf ihren Namen mieten kann, damit wir nicht erst auf meinen Geburtstag warten müssen.

Wie gut ist das denn?

Endlich geht es aufwärts.

»Sturmwinde«, flucht Tilly. »Wir haben keine Eier mehr. Wie kann es sein, dass wir keine Eier mehr haben? Die neue Lieferfirma ist teuflisch.« Eine Schranktür knallt und eine genervte Tilly stapft auf uns zu. Sie steuert die Kasse an und drückt wie wild auf den Tasten herum.

»Willst du, dass ich sie anrufe?«, frage ich zuckersüß, während ich meine Hände genüsslich aneinander reibe.

»Nein, ich werde es tun. Du machst ihnen nur Angst und du bist der Grund, warum wir überhaupt einen neuen Lieferanten und eine neue Lieferfirma brauchten.«

Ach ja, hoppla.

Die Kasse spuckt eine Quittung aus und die Schublade springt mit einem Knall auf. Tilly nimmt die Quittung und unterschreibt sie, dann steckt sie sie zurück in die Kasse und tauscht sie gegen einen Zwanzig-Pfund-Schein aus. »Würdest du zum Supermarkt fahren und ein paar Dutzend kaufen?«

»Kein Problem.« Ich reiße mir die Schürze vom Leib und werfe sie achtlos in den Personalraum. Wie durch ein Wunder landet sie auf dem Tresen und fällt nicht auf den Boden. Ich vollführe einen kleinen Ententanz. Was für ein Wurf.

Tilly schweigt.

Story kichert.

Ich reiße Tilly den Zwanziger aus der Hand und gehe zur Tür hinaus.

»Vergiss nicht, dir eine Quittung geben zu lassen«, ruft mir Tilly noch hinterher. Ich winke nur mit der Hand. »Oh, Story, das ist dein bestes Werk bisher. Ich liebe die Platzierung der Perlen ...«

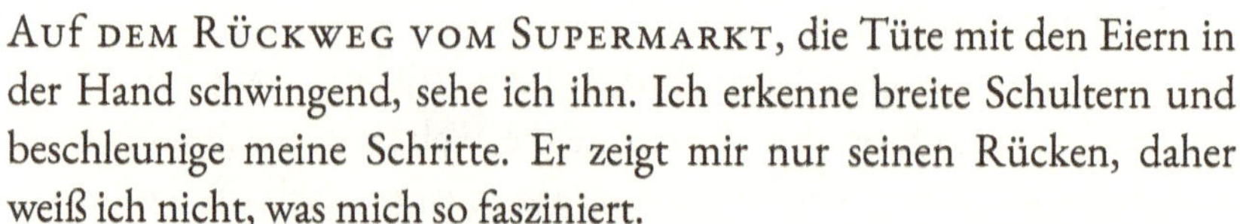

AUF DEM RÜCKWEG VOM SUPERMARKT, die Tüte mit den Eiern in der Hand schwingend, sehe ich ihn. Ich erkenne breite Schultern und beschleunige meine Schritte. Er zeigt mir nur seinen Rücken, daher weiß ich nicht, was mich so fasziniert.

Aber ich glaube, man weiß es einfach. Wenn ein Mann bereits von hinten umwerfend aussieht, weiß man instinktiv, dass er von vorn genauso gut aussehen wird. Das muss er. Die Natur kann nicht so grausam sein.

Oh, und ich habe außerdem eine Schwäche für haarlose Nacken. Und wer auch immer sein dunkles Haar schneidet, hat es perfekt frisiert, kurz an den Seiten, sanft auf dem Kopf. Außerdem ist er groß, *wirklich* groß. Was ein riesiger Pluspunkt ist. Ich habe Glück, dass ich all die übernatürlichen Typen begaffen kann, denn es ist selten, dass menschliche Männer größer sind als ich. Ich mag es, mich stark zu fühlen, und ich trainiere hart, um diesen Körper zu haben, aber manchmal fühle ich mich auch gern weiblich, und Kreaturen neigen nun mal dazu, etwas größer zu sein.

Ja, er hat breite Schultern, schmale Hüften und einen knackigen Hintern. Und er hat seine Jacke ausgezogen und die Ärmel seines dunkelgrauen gestreiften Hemdes hochgekrempelt, sodass die verlockendsten, unglaublichsten Unterarme zum Vorschein kommen. *Hallo, Mr Streifenshirt.* Ich schüttle den Kopf. Dabei mag ich Unterarme nicht einmal. Ich habe mal irgendwo den Begriff *Arm-Porno* aufgeschnappt und ihn seither immer belächelt. Wie können die Unterarme eines Mannes sexy sein?

Aber ja, Mr Streifenshirt zeigt mir wie. Sogar aus der Ferne sind seine Arme einfach ... er ist einfach ... ich huste. Diese Babys bringen mich fast dazu, meine eigene Zunge zu verschlucken.

Sein Kopf dreht sich und ich sehe sein Gesicht fast von der Seite. Ich neige meinen Kopf und ...

Knalle gegen einen Laternenpfahl.

Autsch!

Ich halte meinen Arm mit der Plastiktüte von mir weg und rette damit die Eier, aber nicht meine Blamage. Bitte, Gott, bitte ... Scheiße, ich hoffe, er hat es nicht bemerkt. Ich lege meine schmerzende Stirn an das kühle Metall und meine Wimpern schlagen dagegen, als ich blinzle.

Ich schaue vorsichtig in seine Richtung, aber er ist weg.

Puh! Ich hoffe nur, dass er nicht gesehen hat, wie ich mir eine Kopfnuss verpasst habe.

Bei den restlichen Fußgängern auf der Straße habe ich dagegen nicht so viel Glück. Zwei Jungs im Teenageralter stoßen sich mit den Ellbogen und lachen mich aus. Ich bin mir sicher, dass ich einen von ihnen dabei erwische, wie er den Mund zu den Worten *»Oh, das muss wehtun«* formt. Ich stöhne auf. Warum habe ich nur gedacht, Lippenlesen zu lernen, sei eine gute Idee? Ich wische mir mit der Hand über mein rotes Gesicht und rolle die Schultern zurück. Na gut. Ich gehe besser wieder an die Arbeit.

Kapitel Zehn

Das ständige *blink, blink, blink* der Lichter bereitet mir Kopfschmerzen. Die Kunden um mich herum tanzen, trinken und schreien fröhlich, um über den dröhnenden Bass gehört zu werden. Der Club riecht nach Schweiß und schalem Bier und gelegentlich nach süßlichem Parfüm.

Die ersten paar Schichten war ich aufgeregt, aber nach ein paar kurzen Wochen ließ diese Aufregung schnell nach. Ja, es wurde sogar sehr schnell sehr langweilig.

Ich bin nicht naiv. Auch wenn ich jung bin, betrachte ich mich doch als ziemlich weltgewandt. Großvater hat dafür gesorgt, dass ich über jede Gefahr Bescheid weiß. Aber es gibt einen großen Unterschied zwischen wissen und *sehen*. Erleben.

Ja, einen gewaltigen Unterschied.

Keine Ahnung, warum – vielleicht liegt es am Club – aber das *Night Shift* scheint das Schlimmste aus den Menschen hervorzubringen. Ihre niederen Instinkte werden hier für alle andere sichtbar. Zu behaupten, meine Erfahrungen hätte mir bisher die Augen geöffnet, wäre keine Übertreibung. Die Arbeit ist eindeutig lehrreich.

Wenn ich nicht schon wüsste, dass ich kein geselliger Mensch bin, ha, dann wüsste ich es jetzt.

Ich achte nicht einmal auf die Leute, die sich amüsieren. Es sind nur Körper, die mir bei meiner Arbeit im Weg stehen. Als ich irgendwann angefangen habe, die Leute mit schlechtverhüllter Verachtung anzuschnauzen, und Visionen bekommen habe, wie ich Morde begehe, legte ich einen Schalter in meinem Kopf um. Anstatt die Menschen zu ärgern, stelle ich mir nun vor, dass sie Objekte sind – bewegliche Objekte, um die herum ich manövrieren muss. Denn solange sie Menschen sind, bin ich wütend auf sie, aber wenn sie *Objekte* sind, kann ich sie für ihre Handlungen nicht zur Rechenschaft ziehen und sie sind mir egal. Ich weiß, das klingt seltsam ... aber es funktioniert für mich und mein seltsames Hybridgehirn.

Damit ich nicht auffalle, trage ich statt meiner Leggings eine weite Hose, und das enge Club-T-Shirt habe ich gegen ein übergroßes Polo-Shirt ausgetauscht. Zum Glück habe ich nicht das perfekte Model-Aussehen von meiner Vamp-Seite geerbt. Dann gäbe es keine Möglichkeit, mich zu verstecken. Doch jetzt ist meine Silhouette unförmig. An den Füßen trage ich meine alten, bequemen Doc-Martens-Stiefel und auf dem Kopf eine Club-Baseballkappe mit tief heruntergezogener Krempe. Damit mir mein schweres Haar nicht im Weg ist – denn die Haarspitzen in ein übriggebliebenes Bier zu tauchen, steht nicht auf meiner To-do-Liste –, habe ich es zu einem ordentlichen Zopf geflochten und die Enden aus dem Weg in den Rücken meines Oberteils gestopft.

Ich gerate in den Hintergrund. Ich bin mir sicher, dass sie mich für einen Jungen halten, was für mich in Ordnung ist. Ich habe die Erfahrung gemacht, dass die Leute selten über das hinaussehen, was man ihnen präsentiert. Ich bin nicht hier, um attraktiv zu wirken, und es ist mir egal, was andere denken, solange ich dafür bezahlt werde. Ich halte meinen Kopf gesenkt und meide betrunkene, grabschende Hände wie ein Profi.

Ich bin unsichtbar, genau wie ich es mag.

Ich gewöhne mich langsam an meinen hektischen Zeitplan, der

regelmäßige Doppelschichten im Café mit zwei Nächten pro Woche im *Night Shift* erfordert. Ich schließe meine Augen und schüttle den Kopf. Ich fühle mich, als würde ich von einem Job zum nächsten schlafwandeln.

Hinter der Theke, in einem Nebenraum, lade ich Spülmaschine aus und wieder ein, dann stapfe ich wieder in den Club. Ich schlängle mich zwischen die Kunden und greife im Gehen nach den Gläsern. Ich muss in Bewegung bleiben. Denn wenn ich stehen bleibe, bekomme ich vielleicht einen Krampfanfall. Ich bin ein siebzehnjähriger, knallharter Hybrid, aber ich fühle mich wie ein achtzigjähriger Mensch. Ich verstehe das nicht. Ich sollte eigentlich jung, beweglich und munter sein, aber wenn ich morgens aufwache, tut mir der ganze Körper weh und meine Knochen knacken. Also tue ich, was man von einem Hybriden erwartet, der sich versteckt – ich ignoriere es. Ich brauche einfach mehr Zeit, um mich an die zusätzlichen Stunden zu gewöhnen, das ist alles, und das frühe kalte Wetter ist nicht gerade hilfreich. Der Sommer ist weitergezogen, und es fühlt sich an, als hätten wir den Herbst gleich übersprungen. In der Garage ist eiskalt und das macht mir echt zu schaffen.

Ich weiche einem stolpernden, kichernden *Objekt* mit himmelhohen Absätzen aus. Dabei versuche ich, nicht an meine eigenen pochenden Füße zu denken. Vor etwa einer Stunde haben meine Stiefel aufgehört, bequem zu sein, dabei haben sie sich irgendwann im Laufe der letzten Wochen an meine Füße angepasst. Selbst wenn ich sie ausziehe, habe ich das Gefühl, sie noch anzuhaben. Heute Nacht haben die verdammten Dinger jedoch ihren eigenen Herzschlag. Dank der Doppelschicht im Café startet gerade die sechzehnte Arbeitsstunde meines Tages.

Noch vier Stunden. Juhu. Dann ein Nickerchen im Fitnessstudio – der Spa-Bereich hat einen genialen Ruheraum, in dem ich mich hinlegen und schräger Entspannungsmusik lauschen kann –, denn es macht keinen Sinn, noch einmal nach Hause zu gehen. Anschließend ab ins Café und das Ganze beginnt von vorn.

Ich gähne.

Noch ein weiterer verrückter Tag, dann habe ich den ganzen Sonntag Zeit zum Schlafen. Zumindest werde ich es versuchen. Dexter wird mir nach zwei Tagen, in denen er sich von Trockenfutter ernährt hat und keine Aufmerksamkeit von mir bekommen hat, zweifellos so gelangweilt davon sein, Story zu terrorisieren, dass ich seinen Unmut zu spüren bekomme. Ich kann froh sein, wenn er mich bei seinem Gejaule schlafen lässt.

Ich kann es kaum erwarten.

Aber dann grinse ich. Es wäre sinnvoll, ihn daran zu erinnern, dass er ein Streuner war, bevor er in mein Leben getreten ist, und jetzt nicht mehr allein ist. Das will er sowieso nicht hören. Ja, mein Kater ist schlau, und wie jeder andere Katzenbesitzer auch bin ich davon überzeugt, dass er jedes meiner Worte versteht.

Die Verantwortung für das Wohlergehen der Pixie und des Katers hält mich auf Trab. Wenigstens bin ich nicht mehr allein.

Ich weiche der Hand eines *Objekts* aus, das nach meinem Arm greifen will. »He, Mann, weißt du, wo die Herrentoilette ist?«

Ich deute in die entsprechende Richtung.

»Prost, Kumpel.«

Eine Gruppe von Objekten versammelt sich am Ende der Hauptbar und starrt auf das große Wasserspektakel. Das schicke Becken dort enthält eine waschechte Meerjungfrau. Manchmal wünschte ich, ich hätte ihren Job. Sie muss nur in diesem Becken herumschwimmen und sich das Haar kämmen. Ich grinse und schüttle den Kopf, als ich sehe, wie sie zur Freude der männlichen Objekte ihre Brüste an der Scheibe reibt.

Hm, ich glaube, ständig angestarrt zu werden, wäre doch nicht so mein Ding. Da sammle ich lieber Gläser ein und halte meine Brüste bedeckt.

Der Nachtclub ist an diesem Abend rappelvoll. Die Atmosphäre ist von einer seltsamen Aufregung geprägt, die über die übliche Wir-sind-hier-um-Spaß-zu-haben-Stimmung hinausgeht, und das macht mich nervös. Und als hätte ich das Schicksal herausgefordert, schwappt plötzlich eine aufgeregte Energie wie eine Welle durch den Club. Ich hebe den Blick und lasse ihn über die Menge schweifen. Es könnte ein Anzeichen für einen bevorstehenden Kampf sein oder für ein Raubtier, das die Menschenherde aufmischen will. Viele Menschen besuchen diesen Club, weil er eine relativ sichere Umgebung bietet, während sie die Wildnis entdecken können. Einige

Menschen scheinen nach großen Mengen Alkohol mutig zu werden und betteln förmlich, um die Gelegenheit, die Aufmerksamkeit einer Kreatur zu gewinnen.

Nimm mich, nimm mich! Verdammte Idioten. Viel eher: *Friss mich, friss mich!* Ich schnaube. Ich finde das alles seltsam. Menschen sind Beute. Warum sollten sie mit den Kreaturen spielen wollen, die sie töten können?

Durch die schwirrende Energie wird meine Haut ganz straff. Das Gefühl ist greifbar, als ob eine Berühmtheit eingetroffen wäre und alle um ihre Aufmerksamkeit buhlen. Die Objekte um mich erstarren und selbst in ihrem berauschten Zustand stupsen sie sich gegenseitig an und deuten auf etwas.

Ich neige meinen Kopf interessiert zur Seite. Sieben riesige Wandler – sie sind viel größer als die üblichen Kunden hier – bahnen sich ihren Weg durch den Club. Als würde Magie sie bewegen, tauchen die Objekte ab und weichen ihnen aus. Die Männer gehen in einer Formation – zwei vorn, drei in der Mitte, zwei hinten.

Meine Welt bleibt plötzlich stehen, sie friert einfach ein. In diesem Moment existiert nichts anderes mehr, als meine Augen *ihn* gierig entdecken. Es ist der siebte Mann, der Mann in der Mitte, der mein Interesse weckt. Er schleicht nicht wie die anderen Wandler umher. Nein, er ist geschmeidig, als wären seine Bewegungen fließend. Noch nie habe ich jemanden gesehen, der sich so bewegt wie er, und deshalb erkenne ich ihn auch sofort. Mein Herz klopft vor Aufregung und mein Körper pulsiert vor Aufmerksamkeit. Ich kann mir ein Lächeln nicht verkneifen.

Er ist es.

Bumm. Ich hatte recht, der Mann ist atemberaubend schön.

Mein Kerl. Nun, ähm, nicht mein Kerl ... Ganz offensichtlich gehört er nicht mir. Ich verdrehe die Augen. Gott, er muss wirklich wichtig sein, wenn er in der Mitte der schützenden Gruppierung steht. Er ist kein Wandler, nein. Er ist etwas anderes. Sobald ich ihn besser sehe, dreht sich mein Magen um, als ob eine Kreatur in mir Bongo-Trommeln mit meinen Organen spielt.

Ich ziehe die Augenbrauen hoch und lecke mir über die Lippen. Seine Macht ist ungewöhnlich. Sie kitzelt an meinen Sinnen. Es ist ein

Beweis dafür, wie stark er ist, wenn ich ihn selbst von hier aus spüren kann.

Er dreht den Kopf und seine goldglühenden Augen blicken in meine Richtung. Ich quietsche auf, lasse den Kopf sinken und verstecke mich hinter einer Säule. Dann schaue ich mich um.

Ja, ich kann solche Dinge wirklich hervorragend.

Ich reibe mir verlegen den Nacken und spüre, wie sich das Rot meiner Wangen intensiviert, während ich auf einmal ins Schwitzen gerate.

Ich bin nicht blind, wenn es ums andere Geschlecht geht, und ich bin auch keine unschuldige, harmlose Jungfrau. Das Gerücht über Einhörner und Jungfrauen habe ich eindeutig widerlegt. Ich stoße mit der Schuhspitze gegen den Teppich und trete gegen die Unterseite der Säule. Was für ein epischer Fehler war das denn gerade? Jungs? Männer? Egal, ich kann sie nehmen oder liegen lassen, sie ohne weiteres abweisen, kein Problem.

Denn Jungs sind ekelhaft.

Nein, ich habe weder die Zeit noch die Lust, mich auf jemanden einzulassen.

Aber ... dieser Typ ... *macht* etwas mit mir.

In meinen Augen ist er der Inbegriff männlicher Perfektion.

Ja, er ist wirklich atemberaubend schön. Aber etwas älter. Außerdem ist er ein mächtiges, tödliches, unbekanntes Wesen. Diese Kombination schreit eindeutig nach Ärger.

Ich meine, es reicht schon, welche Wirkung er auf mich hat. Mein Herz rast, während ich mich hinter der Säule verstecke. Ich habe noch nicht einmal mit ihm gesprochen, und wenn ich ehrlich bin, werde ich das wahrscheinlich auch nie. Ich meine, guter Gott, allein bei seinem Anblick drehe ich durch.

Ich lehne meine glühende Wange an den Pfeiler. Ich weiß, wie dumm es ist, einen Typen anzuschmachten, einen Fremden, der nie erfahren wird, dass es mich gibt.

Ich habe nicht einmal Zeit, von ihm zu träumen.

Ja, das ist er ... Er ist ein Traum. Ein schöner Traum – hinreißend und völlig unerreichbar. Mit der Fähigkeit, meinen Kopf zu verwirren.

Man kann mir nicht trauen. Diesen Gefühlen kann man nicht

trauen. Ich kann ihn weiter aus der Ferne bewundern oder ... *Halt die Klappe, Tru!* Nein, es wäre wirklich besser, wenn ich weit weg von ihm bleibe.

Ich starre auf seine muskulöse Gestalt, die sich allmählich aus dem Raum bewegt, und mir läuft das Wasser im Mund zusammen.

Mein Leben ist nur einen Schritt von einem frühen Ende entfernt. Nur darüber nachzudenken, ergibt bereits keinen Sinn. Ich darf keine Träume haben, die über den morgigen Tag hinausgehen.

Ich seufze, als er einen Wandler freundlich anlächelt und ... Autsch. Jemand stößt mit mir zusammen. Ich blinzle, schüttle den Kopf, dann schaue ich zurück, aber er ist bereits im VIP-Bereich verschwunden.

Kapitel Elf

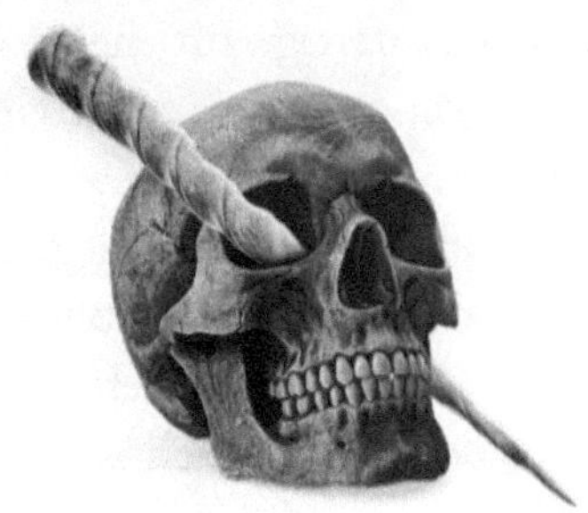

Im VIP-Bereich muss auch aufgeräumt werden, flüstert mir meine innere Stimme zu. Mein Herz schlägt schneller bei dem Gedanken. Er wird dort sein und Hof halten.

Ich wette, dass er sich im Hintergrund und in den Schatten hält. Doch egal, in welcher dunklen Ecke er sich auch befindet, er wird immer auffallen. Seine goldenen Augen leuchten. So etwas habe ich noch nie gesehen. Die meisten verrückten Augen von Kreaturen fangen nur an zu leuchten oder zu blinken, wenn sie wütend sind. Seine Augen dagegen scheinen ohne Grund zu glühen. Normalerweise kann ich Zorn in der Luft riechen – das liegt in der Natur meiner Kreatur –, daher weiß ich, dass er nicht wütend ist.

Ich denke, ich sollte mich lieber um einen anderen Bereich des Clubs kümmern.

Ich bin erschöpft. Wenn ich stehen bleibe und jeden gut aussehenden Mann anstarre, komme ich nicht voran. Ich bewege mich mit weniger Enthusiasmus als zuvor und halte den grauen Plastikgriff des

Gläser-Sammelkorbs fest. Er wippt gegen meine Oberschenkel und die Gläser klirren.

Er ist nur ein weiterer Körper, ein weiteres *Objekt*. Ich konzentriere mich aufs Geldverdienen, damit ich mich aus der Situation befreien kann, in der ich mich gerade befinde.

Ich kann mich selbst retten. Ich glaube fest daran ... Das muss ich.

Ich schlurfe durch den Club und der unterschiedliche Druck gegen meine Fußsohlen ist beinahe schmerzhaft. Im Fitnessstudio werde ich den Whirlpool benutzen und die Wasserdüsen auf meine Füße richten. Der Gedanke an eine Wassermassage für meine schmerzenden Zehen lässt mich erschaudern. Ich kann es kaum erwarten.

Aus den Augenwinkeln bemerke ich eine kleine, kurvige Rothaarige. Sie fährt mit einer Hand vorn über ihr Kleid, richtet ihre Brüste aus und hebt sie an, sodass sie mittig sitzen. Ich blinzle ein paar Mal. Wow, das Mädchen hat wirklich kein Schamgefühl. Mit zurückgerollten Schultern stolziert sie auf den VIP-Bereich zu. Ihre Hüften schwingen wie ein Pendel. Sie stolziert wie auf einem Laufsteg, ihre Schritte sind kraftvoll und selbstbewusst. Ihr rotes Haar flattert hinter ihr her, während sie ihren eigenen Wind erzeugt.

Ein Aufseher verscheucht sie, bevor sie sich nähern kann. Er nimmt sie leise zur Seite und beginnt ein Gespräch mit ihr. Ich beobachte, wie sie den Kopf schüttelt und auf meinen Typen in dem gestreiften Hemd zeigt. Ein Teil von mir ist beeindruckt, der andere möchte ihr am liebsten den Kopf abreißen.

Sie ist wirklich mutig. Ich frage mich, wie es wäre, diese Art Frau zu sein, die sich einem Mann so gerissen nähert.

»Ich wusste, dass es nicht funktionieren wird, dumme Kuh. Manche Frauen müssen erst lernen, wann Männer eine Nummer zu groß für sie sind.« Die Frau hinter mir schnaubt. »Ich wette, sie kommt sich jetzt richtig blöd vor.«

Ich wende mich an das Mädchen, das mit mir spricht. Jenny. Sie arbeitet hinter der Bar.

»Ich finde sie ziemlich mutig«, gebe ich mit einem kleinen, angespannten Lächeln zu. Ich bin zu müde für diesen Scheiß. Ich hasse Small Talk. »Wie läuft deine Nacht? Es dauert ja nicht mehr lange ... Ich bin todmüde.«

Jenny antwortet mit einem beeindruckenden Zurückwerfen ihres Haares. Ihre blonden Locken fliegen ihr über die Schulter und treffen einen Kunden im Gesicht. Ich glaube, ein paar Strähnen landen auch in seinem Getränk. Deshalb binde ich mein dickes Regenbogenhaar immer zu einem ordentlichen Zopf hinten am Oberteil zusammen. Doch es sieht so aus, als würde es Jenny nicht interessieren.

Um mich wie ein normaler Mensch zu verhalten, schenke ich dem Kunden ein kleines versöhnliches Lächeln. Er runzelt nur die Stirn, schaut Jenny interessiert an und weicht dann zurück, als sie ihn anfunkelt.

»Als ob Xander sie je anfassen würde.«

»Xander?«

»Lebst du hinterm Mond?« Nein, in einer Garage. »Der große Typ mit den leuchtenden Augen. Du weißt schon.« Ihre Stimme senkt sich. »Xander.«

»Xander«, wiederhole ich leise und verblüfft.

»Der Engel? Unser Chef? Ihm gehört der Club. Gott, Mädchen, du bist echt schwer von Begriff.« Jenny rollt mit den Augen und zupft erneut an ihrem Haar.

Ein echter Engel, hier?

Wow. Er muss wirklich mächtig sein, wenn er auf der Erde lebt. Engel sind keine einheimischen Kreaturen dieser Welt. Sie entsprechen nicht den religiösen Darstellungen, an die sich die Menschen klammern. Manche glauben, dass beide Rassen, Engel und Dämonen, die frühe Geschichte der Menschen und Kreaturen beeinflusst haben ... Sie haben ihre Nasen in unsere Evolution gesteckt und uns alle in die von ihnen bevorzugte Richtung gedrängt. Engel haben *allmächtige* Kräfte und sind wirklich unheimlich. Ich weiß, dass es sie gibt – laut Jenny habe ich einen eben sogar angeglotzt –, aber sie sind superselten.

Sie redet beiläufig weiter, als hätte sie gerade keine Bombe platzen lassen. Doch ich ignoriere sie, während meine Gedanken in meinem Kopf kreisen. *Sein Name ist Xander und er ist ein Engel. Ein waschechter Engel.*

»Also, neues Mädchen, was machst du hier?« Sie wirft mir den gleichen abschätzigen Blick zu wie diesem Kerl eben. Ich frage mich, wie oft sie mir dieselbe Frage bereits gestellt hat, während ich mich in meinen

Tagträumen verloren habe. »Was hast du vor?« Jenny stemmt die Hände in die Hüften, beugt sich vor und tritt näher.

Will sie mich einschüchtern? Ich verberge meine Belustigung und betrachte sie ausdruckslos.

»Ich bin nur hier, um Geld zu verdienen«, sage ich, wobei ich die falsche Verwirrung, die in meinem Ton mitschwingt, betone. »Ähm … Meinen Job machen und, du weißt schon … ähm, später nach Hause gehen.« Ich lächle dünn. »Mein Name ist Tru.«

Sein Name ist Xander und ihm gehört dieser Club, schreit es in meinem Kopf.

»Ja, das weiß ich.« Sie winkt ab. »Also Tru, du bist nicht hier, um dich wandeln zu lassen?« Oh, okay, das ist also der Grund, warum sie mit mir spricht. Sie will wissen, ob ich eine Konkurrenz bin. Ich weiß, dass viele Angestellte und Kunden hier sind, weil sie hoffen, dass eine starke Kreatur auf sie aufmerksam wird. Und es sieht so aus, als hätte Jenny ein Auge auf einen Vampir geworfen.

Verwandelte Vampire sind tot. Also, tot-tot. Wenn Menschen oder sogar andere Kreaturen gewandelt werden, sterben sie. Sie behalten ihr Alter bei der Wandlung bei, bekommen einen Fäulnisgeruch dazu und … vielleicht ein bisschen mehr Kraft und Geschwindigkeit.

Sie gewinnen auch ein wenig mehr Zeit auf diesem beschissenen Planeten, technisch gesehen ein paar hundert Jahre. Höchstens dreihundert, bevor ihr Körper aufgibt. *Wenn* sie so lange überleben. Gebissene Vampire können unberechenbar sein und die Häuser benutzen die jungen Vampire gern als ihr Kanonenfutter.

Ich schüttle den Kopf. »Nein, ich bin nur hier, um Geld zu verdienen.« Ich lächle wieder. Meine Wangen ziehen und pochen davon. Ich glaube, ich habe seit Jahren keiner Person mehr so viel zugelächelt. »Ich bin sicher, dass du kein Problem haben wirst, wenn es das ist, was du willst. Du bist so wahnsinnig hübsch.« Das ist ein Scherz. Ich erzähle ihr nur, was sie hören will. Jenny lächelt süffisant.

»Oh«, sagt sie und beugt sich näher, ihre Augen fixieren meine Stirn. »Sieh dir das an! Sogar deine Augenbrauen sind vielfarbig.« Sie schiebt meine Mütze hoch, aber ich ziehe sie mit einem Stirnrunzeln wieder herunter. »Wer hat dir den Zaubertrank gemacht? Wirkt er bei allen Haaren?«

Ich blinzle. Ich verstehe ihre Frage nicht. Alle Haare ... O mein Gott. Jenny verschränkt die Arme und blickt bedeutungsvoll zu meinem Schritt.

Meine Schamhaare. Sie will wissen, ob ich Regenbogenschamhaare habe.

Ha.

Ich fühle mich gedemütigt.

»Und?«

»Und?«, quieke ich zurück.

»Welche Hexe hat den Zaubertrank gemacht?«

Alle meine Haare sind natürlich. Verdammt noch mal, stellen sich Frauen wirklich solche Fragen? Wenn ja, kann ich nur froh sein, dass ich keine engen menschlichen Freundinnen habe. Ich reibe mir die Stirn. Wer redet in der Öffentlichkeit denn schon über Schamhaare?

Gott.

»*Tinkturen & Tonika, Spezialistin für Zaubertränke* in der Birley Street«, murmle ich den Namen und die Adresse von Jodies Laden.

Jenny nickt. »Danke, ich werde sie mir ansehen. Weißt du, Neuling, du könntest ganz hübsch sein, wenn du dich nicht hinter diesen schrecklichen Klamotten und der Mütze verstecken würdest. Ich meine, auch Lesben können ab und zu mal versuchen, attraktiv auszusehen.«

Ich schaue auf meine weite Kleidung hinunter. Lesbisch? Ha, mein letztes Kompliment war wohl etwas übertrieben. Ich zucke mit den Schultern. »Ähm, war nett, mit dir zu reden, Jenny. Ich gehe jetzt besser wieder an die Arbeit. Ich will nicht, dass wir Schwierigkeiten bekommen.« Ich winke Jenny zu, während ich davoneile, als würde mein Hintern brennen.

In der Menge gehe ich unter. Diese Frau ist doch echt verrückt.

ICH SCHREIE auf und mein Mund öffnet sich vor Schreck, als eine Hand zwischen meinen Schenkeln landet und mit ihren Finger wackelt.

Sie wackeln.

Ich handle so schnell, dass ich nicht zum Denken komme. Ich trete zur Seite, packe das Handgelenk des Täters und strecke seine Hand in die Luft. Mich zu berühren, war der größte Fehler seines Lebens.

Als ich mich umdrehe, um mein Opfer zu begutachten, bemerke ich, dass der Idiot mich hinter seinem Rücken berührt hat. Wer tut so etwas? Er hat mich nicht nur unerlaubt berührt, er hielt es auch für eine gute Idee, seine Hand hinter seinem Rücken hervorzustrecken und mich anzufassen, ohne hinzusehen.

Wollte er heimlich vorgehen? Ja, genau, jemand hat mich angefasst, aber es wird unmöglich der Typ sein, der mit dem Rücken zu mir steht … Von wegen, Arschloch.

Zu seinem Pech habe ich jetzt seine schmutzige Hand in der Luft und sein Arm ist in einer ungünstigen Position hinter ihm verdreht. Er beugt sich vor, um den Druck zu lindern. Mit der anderen Hand umklammert er einen Bierkrug. Er ist zu dumm für dieses Leben. Außerdem ist er ein Mensch.

»Welcher dumme Mensch schiebt seine Hand in einem Wandler-Club zwischen die Beine eines Mädchens?«, knurre ich ihm ins Ohr. Ich muss den Drang zurückhalten, ihm direkt in die Kehle zu beißen. »Du bist ein böser Junge«, sage ich noch lauter, herablassender.

Die Männer um ihn herum lachen. Mit einem Fingerschnippen stoße ich sein Getränk an. Das Bier spritzt auf ihn und hinterlässt einen schönen nassen Fleck in seinem Schritt. Seine Freunde brüllen vor Lachen.

»Ich bin noch nicht fertig mit dir«, flüstere ich bedrohlich. Er schreit auf, als ich Druck auf seinen Arm ausübe. Und mit einer bösartigen Drehung seines Ellbogens breche ich ihn. Ich lasse ihm keine Zeit für eine Reaktion, packe ihn am Hinterkopf und knalle ihn kurzerhand auf den Tisch vor ihm. »Man berührt keine«, *knall*, »Frauen«, *knall*, »ohne Erlaubnis«, *knall*. »Das ist Körperverletzung.«

Ich lasse ihn los und er sinkt bewusstlos zu Boden. Seine Freunde lachen jetzt nicht mehr.

Der eine hebt die Hände und die beiden anderen nicken erschrocken.

»Nehmt ihn mit und geht nach Hause. Und kommt nie wieder her«, knurre ich in einem Ton, der keinen Widerstand duldet. Ich warte die Wirkung meiner Worte nicht ab, wie sie alle zu Zombies werden.

Stattdessen drehe ich mich um und stapfe davon. Dabei zerquetsche ich die Finger des Bewusstlosen unter meinem Stiefel, nur so zur Sicherheit.

Kennt nicht jeder diese Tage, an denen es nicht mehr schlimmer werden kann? Und dann wird es das natürlich doch? Ja, eigentlich ist das die Geschichte meines Lebens.

»Was haben wir denn hier?« Na toll! Jetzt habe ich es mit einem Wandler zu tun.

Meine Bullshit-Toleranz hat den absoluten Tiefpunkt erreicht. *Warum funktioniert meine Verkleidung heute Abend nicht?*, jammere ich in Gedanken. Haben sie etwas in die Getränke getan oder ist Vollmond, der alle Männer in diesem Gebäude verrückt werden lässt?

Er beugt sich vor und schnuppert einmal kräftig. »Du riechst gut«, stöhnt er und atmet tief ein. Doch anstatt sexy zu sein, erinnert er mich dabei an ein Raubtier, das seine Beute erschnüffelt. Oder noch schlimmer, sein Revier markiert. Scheiß drauf! Ich nicke ihm unbeholfen zu. Bei Männern, die so übertrieben flirten, fühle ich mich unwohl. Es ist ziemlich offensichtlich, dass er ein Wandler ist, deshalb habe ich keine Ahnung, warum er an mir schnüffelt. Es ist einfach nur seltsam.

Ich werde mein Bestes geben, um mich aus dieser Situation zu befreien, ohne unhöflich zu werden – schließlich brauche ich diesen Job –, auch wenn alles in mir Mr Schnüffler ins Gesicht schlagen will. Aber ich hatte Glück, dass ich mit der Auseinandersetzung mit dem Menschen eben einfach so davongekommen bin.

Jetzt, da er meine Aufmerksamkeit hat, wirft er mir einen lüsternen Blick zu, der mir eine Gänsehaut verpasst. »Mein Name ist Frank. Und wie heißt du, Süße?« Er fährt sich mit seinen schmutzigen Fingern durch sein fettiges braunes Haar und streicht es sich aus dem Gesicht. »Ich habe dich hier noch nie gesehen. Du bist nicht gerade beeindruckend gekleidet, oder? Diese langen Beine gehören in einen Rock und Stöckelschuhe, nicht in diese ...« Er verzieht das Gesicht bei meiner Schlabberhose. »Was auch immer das ist. Du bist so groß. Bist du ein Model?« Seine Zunge schnellt heraus wie eine Schlange, während er sich die Lippen leckt.

Ich schüttle den Kopf und es kostet mich meine gesamte Willenskraft, um nicht die Augen zu verdrehen. *Ich arbeite hier, Arschloch. Tut mir leid, dass mein Ballkleid in der Reinigung ist.*

Wenn ich jemandem zum ersten Mal begegne, sagt mir mein Gegenüber normalerweise immer, wie groß ich bin. Was, wirklich? Ich bin groß? Neeeiiin, das habe ich noch gar nicht bemerkt. Gott, ich weiß, dass ich groß bin. Aber danke, dass du mich darauf hingewiesen hast.

Als Nächstes folgen dann die Fragen: Bist du ein Model oder bist du ein Wandler?

»Hast du ein bisschen Wandler in dir?« Bingo, da haben wir's. Die gleiche alte Scheiße, nur aus einem anderen Mund. Es ist so vorhersehbar, dass es langweilig ist.

Ich schüttle energisch mit dem Kopf. Nein, darauf lasse ich mich nicht ein. Ich bin kein Wandler ... Als ob ich das zugeben würde.

Meine Füße bringen mich um, und jedes Mal, wenn ich auf die Uhr schaue, sind erst ein paar Minuten vergangen. Ich stöhne innerlich auf. Diese Schicht ist unendlich lang.

Der verrückte Frank leckt sich wieder über die Lippen. Meine Nasenflügel blähen sich auf und ich versuche – ich versuche es wirklich –, höflich zu bleiben. Irgendwie muss ich mich aus dieser Situation herausreden, aber meine Faust juckt. Sie will ihm unbedingt ins Gesicht schlagen.

»Willst du einen Wandler in dir haben?« Er grinst, verschränkt die Arme und stößt mir seine Hüften entgegen. Igitt, nein, das hat er gerade nicht wirklich gesagt. Scheiß auf Höflichkeit!

»Ja, ich verstehe schon, was du willst, auch ohne Hüftbewegung, Opa. Ich bin siebzehn, du Perversling.« Ich schaue ihn angewidert an, wende mich zum Gehen ab und klopfe mir im Geiste auf die Schulter. Da, manchmal ist Gewalt nicht die Lösung.

Doch der Idiot packt mich.

»Alt genug, um zu bluten«, flüstert er mir ins Ohr.

Ich verliere sofort die Kontrolle und haue ihm eine rein. Meine Fingerknöchel treffen seine Kehle, gefolgt von einem gut platzierten Knie, das sich in seine Leiste rammt. Er fällt um wie ein Stein.

»Ups, das muss wehtun.« Ich ziehe meinen Fuß zurück, um ihm in die Rippen zu treten, aber ein schwerer Arm schlingt sich um meine Taille. Ich werde gegen einen muskulösen Oberkörper gezogen.

Scheiße, der Typ ist groß.

Ich winde mich in seiner eisernen Umklammerung. Meine Baseballkappe löst sich von meinem Kopf und fällt zu Boden. »Lass mich los, verdammt!«, knurre ich, während ich herumzappele.

Ich hole mit dem Ellbogen aus und treffe ihn in seinen steinharten Bauchmuskeln.

Autsch!

»Woraus zum Teufel bist du gemacht, Felsen? Lass mich los!« *Groß-artig, Tru. Wie zur Hölle willst du da nur wieder herauskommen?*

Mein Blick fällt auf den muskulösen Arm, dick wie ein Baumstamm, der um mich gelegt ist. Goldene Haut mit einem Hauch von dunklem Haar.

Hm, das schöne Exemplar eines geäderten, heiß aussehenden Unterarms.

Ich fletsche die Zähne und knurre, während ich bösartig an den dunklen Unterarmhaaren ziehe und gleichzeitig versuche, meinen Fuß um sein ebenso baumartiges Bein zu verhaken. Ich muss ihn nur aus dem Gleichgewicht bringen. Oder meine Zähne in diesen fleischigen Unterarm bohren.

»Nicht beißen«, murmelt er und hält mich fester. Dann hebt mich der große Kerl hoch und klemmt meine zappelnden Beine zwischen seinen stählernen Waden ein. Ich zupfe weiter an seinen Armhaaren und mit einem wütenden Grunzen schnellt eine große Hand hervor und packt meine Handgelenke. Ich glaube nicht, dass ich mich jemals zuvor so klein vor jemandem gefühlt habe.

Ich kann jeden einzelnen der harten Muskeln an seinem Körper spüren, wie sie sich in meine Weichheit graben, sogar durch unsere Kleidung hindurch.

Ist dieser Typ ein Freund des Perversen? Ein anderer Wandler?

Warum zum Teufel habe ich nicht darauf geachtet, was hinter mir geschieht?

Schlechte Form, Tru, echt peinlich schlecht. Ich weiß es verdammt noch mal besser. Ich habe meine Beherrschung gegenüber dem Wandler verloren und das hier ist das Ergebnis. Ich werfe meinen Kopf zurück, um ihm einen Stoß zu verpassen, aber stattdessen prallt mein Kopf auf seine steinharte Brust. Ich stöhne auf, als schwarze Flecken meine Sicht trüben.

Scheiße, er muss über zwei Meter groß sein.

Er grunzt und manövriert meinen Körper näher an sich heran. Jetzt bin ich von Kopf bis Fuß an ihn gepresst.

Ich sitze in der Falle.

Um das massive Monster von einem Mann gewickelt ... Wie eine Brezel in Menschenform. Ich stoße einen frustrierten Atemzug aus.

Nun ... das hier ist ja mal gar nicht peinlich, überhaupt nicht.

»Beruhige dich!« Seine Stimme summt in meinem Körper, wie Finger, die köstlich über meine Wirbelsäule streichen. Der dunkle, weiche Ton lässt mich erschaudern. »Was fällt dir ein, unsere Kunden anzugreifen?«

Unsere Kunden? Ist dieser Typ ein Sicherheitsmann?

Mit einem Knurren drehe ich meinen Kopf, um den Idioten anzustarren. Meine Wange streift die harte Brust und das weiche Hemd des Riesen.

O nein. Nein, nein, nein.

Meine Augen weiten sich, als sie auf den unglaublichsten Blick treffen, und mein Herz setzt einen Schlag aus. Ich erstarre. Und spüre, wie meine Wangen sofort rosa werden.

Scheiße, *er* ist es.

Der, den ich so gestalkt habe. Ich meine, verfolgt ... beobachtet. Beobachten ist ein besseres Wort als Stalking.

O nein, nein. O nein, nein.

Ich zucke zusammen und schließe beschämt die Augen. Ich habe an seinen Armhaaren gezerrt, ihm mit dem Ellbogen gestoßen und ihn getreten. Den Big Boss.

Ja, ich winde mich gerade wie eine Brezel um meinen heißen Chef.

Xander. Jenny sagte, sein Name sei Xander. Oh ,Mann. Jetzt wäre wohl ein guter Zeitpunkt, um im Erdboden zu versinken.

Was für ein beschissenes Leben.

KAPITEL ZWÖLF

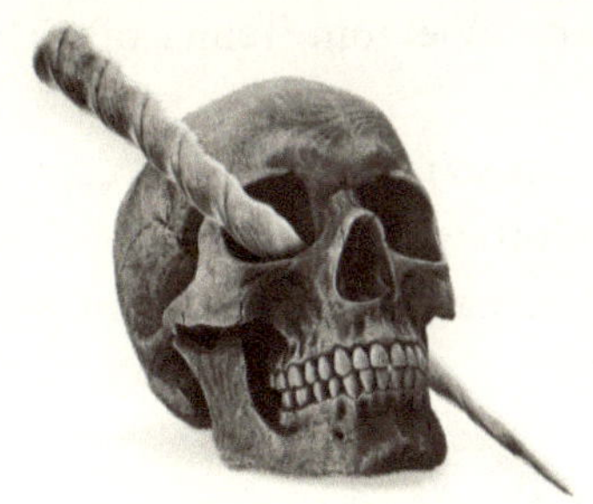

ICH BLINZLE die Augen auf und mustere ihn durch meine Wimpern hindurch. Mein Herz hämmert in meiner Brust, allerdings aus einem ganz anderen Grund.

Meine Güte. Aus der Nähe betrachtet, sieht der Typ sogar noch besser aus.

Wow, er hat die unglaublichsten Augen. Sie haben die Farbe von warmem Honig. Meine Wimpern klimpern.

Dunkles Haar, warmer Hautton, schöne Augen, breite Stirn, hohe Wangenknochen, elegante Nase, kräftiges Kinn. Zusammen ergibt das eine höchst ansehnliche männliche Schönheit. Mein Streifenhemd-Mann starrt aufmerksam auf mich herab.

Ich kann nur zurückstarren.

Noch mehr Hitze breitet sich auf meinen Wangen aus. Verdammt, mein Gesicht muss mittlerweile tomatenrot sein. Wahrscheinlich ist es so rot, dass es glüht.

Und liegt ein Schweißfilm über meiner Oberlippe? Es fühlt sich dort eindeutig schwitzig an.

Meine Kehle ist dagegen trocken, vermutlich weil sich die ganze Spucke in meinem Mund sammelt. Ich rümpfe die Nase und schlucke. Verstohlen reibe ich meine Lippen aneinander, für den Fall, dass ich anfange zu sabbern.

Mit Verzögerung stelle ich fest, dass ich ihn immer noch anstarre.

Seine helle, verführerische Energie ist berauschend. Seine Kraft erhitzt mein Blut und verursacht ein Kribbeln in meinen Zehen.

Ich blinzle langsam. Wie zum Teufel bin ich nur in seine Arme geraten?

Ich wette, das passiert ständig. Ich wette, die Frauen werfen sich ihm einfach an den Hals. Gott, wie peinlich. Was habe ich nur getan? Nein, das ist nicht richtig – er hat mich geschnappt, weil ich einen Wandler verprügelt habe.

So ein Mist.

Mein Mund steht offen und ich hole tief Luft, um die Sache mit dem Wandler zu erklären, aber meine Stimmbänder scheinen unbeweglich, denn statt Worten gebe ich nur ein seltsames gurgelndes Geräusch von mir. Meine Augen weiten sich. Er hält mich sicher für einen totalen Trottel.

Verdammt, ich habe immer noch nichts gesagt.

Mittlerweile starrt er mich völlig fassungslos an – vielleicht sogar, wenn ich mich nicht irre, mit einer Prise Verachtung.

Die Energie, die von ihm ausgeht, setzt meine Nervenenden in Brand und ich kann das Testosteron, das er ausstrahlt, auf meiner Zunge schmecken.

Mein Körper zittert vor Angst, als ich das ganze Ausmaß seiner Macht und seines Geruchs wahrnehme.

Wow, er riecht gut, flüstert die unangemessene kleine Stimme in meinem Kopf.

Schnüffel. Schnüffel.

Unter all dieser Wut liegt ein trügerisch verlockender Duft – ein intensiver metallischer Ausbruch, vermischt mit Sonnenlicht – und mein Schrecken ... und ähm ... meine *Lust.*

»Ich habe die Beherrschung verloren«, stoße ich schließlich hervor.

Seine Augen glänzen wie flüssiger Honig, seine Lippen sind zu einem dünnen Strich verzogen und sein Kiefer ist hart. »Das habe ich bemerkt.« Seine Stimme ist sanft und seidig und steht im Widerspruch zu dem zornigen Gesichtsausdruck.

Auf irgendein geheimes Signal hin erscheinen zwei Türsteher von der Seite und der unhöfliche Wandler wird grob auf die Beine gezogen und weggeführt.

»Ich würde gern wissen, wie ein zartes Mädchen wie du einen hundertfünfzig Kilo schweren Wandler einfach ausschalten kann.«

Ups.

Mir schwirrt der Kopf, als ich versuche, mir eine gute Ausrede einfallen zu lassen. Aber ich kann nicht klar denken, wenn er sich so an mich drängt.

»Pilates«, platze ich heraus.

»Pilates«, wiederholt er ein wenig amüsiert.

»Mm-hm.«

Mein Körper, der immer noch um ihn gewickelt ist, ist jetzt warm und weich. Ich könnte wahrscheinlich noch ein paar Minuten länger so bleiben ... Es wäre überhaupt kein Problem.

Das muss einer der besten Momente meines Lebens sein.

Wenn ich meine Verlegenheit ignorieren könnte. »Kannst du mich, ähm, loslassen?«

»Alles okay mit dir?«

»Ja, mir geht's gut«, erwidere ich eine Oktave zu hoch.

Sein ungläubiges Grunzen lässt mich erschaudern. Er befreit meine Beine zwischen seinen Waden, dann lässt er mich vorsichtig an seinem Körper hinuntergleiten, bis meine Füße wieder den Boden berühren. Sobald ich stehe, lässt er auch meine Handgelenke los und tritt zurück.

Plötzlich ist mir kalt.

Mein Körper erzittert, als hätte ich gerade eine Begegnung mit einem Gott überlebt. *Einem Sexgott*, meldet sich mein Gehirn fröhlich zu Wort. Als ich einen Schritt versuche, stelle ich fest, dass meine Beine kaum stark genug sind, um mich aufrecht zu halten. Also lehne ich mich gegen einen hohen Tisch, während mein ganzer Körper bebt.

Ich blicke zu ihm hoch.

Ich muss meinen Kopf zurücklegen, so groß ist er. Meine Hände verschränken sich nervös, als ich ihn mustere. Er ist sogar noch größer, als ich während meiner Stalking-Aktion eben aus der Ferne angenommen hatte.

Er ist riesig.

Ich atme tief ein und der verlockende Hauch von Metall und Sonnenlicht in seinem Duft steigt mir in die Nase. Der herrliche Geruch legt sich auf meine Haut. Ich schlinge die Arme um mich und beginne zu summen. Verdammt, ich werde nicht duschen, ehe dieser Duft verblasst.

Der Ausdruck auf seinem schönen Gesicht ist tadelnd.

Er ist stinksauer.

Ach, Scheiße.

Mit seiner Wut ist nicht zu spaßen. Ich kann sie jetzt spüren, wie ein Gewicht, das sich auf meine Schultern legt.

Plötzlich fühle mich unwohl. Gefangen in seinem goldenen Blick. Überhitzt.

»Willst du mich feuern?«

»Nein, er hat es verdient, aber mach nicht wieder einen auf Xena. Das nächste Mal werde ich nicht so nachsichtig sein. Du bekommst noch eine Chance. Aber eine weitere gebe ich dir nicht. Hier gibt aus einem gutem Grund bestimmte Regeln. Gibt es Probleme mit unseren Kunden, meldest du dich beim Sicherheitsdienst. Aber du läufst nicht herum und haust den Kunden eine rein. Verstanden?«

Warum nennt er mich Xena? »Mein Name ist Tru«, brumme ich.

»Ich weiß«, antwortet er knurrend. »Verstanden?« Seine dunklen Augenbrauen heben sich und falls das überhaupt noch möglich ist, verhärten sich seine Augen.

»Ja, ich hab's verstanden. Keinen Kunden ins Gesicht schlagen. Den Sicherheitsdienst rufen.« Ich fuchtle mit der Hand in der Luft, doch dabei schmerzt mein Arm. Ich runzle die Stirn und reibe mir den Ellbogen.

Gott, und ich dachte, mein Sixpack wäre beeindruckend ... Mein Boss ist gebaut wie ein Panzer.

Scheiße, ich lag in seinen Armen, an seinen Körper gepresst. Das war heiß. Ich bin nicht zu stolz, um mir einzugestehen, dass mein Boss sexy ist. So sexy ... *dass ich ihn lecken will.*

Meine Zunge stößt an die Rückseite meiner Zähne. Ich überprüfe, ob sie noch in meinem Mund ist, wohin sie gehört, und nicht außerhalb meiner Lippen mit ihm spielt.

Ich will dich, will dich, will dich.

Das süße Blut, das ich in seinen Adern riechen kann, spricht mich auf einer instinktiven Ebene an. Der Vampir in mir bittet um eine Probe. Ich kratze mich an der Nase und halte mir den Mund zu, während mir allmählich die Zähne wehtun.

Beide Anteile in mir sind sich einig – sogar das Einhorn –, dass ich ruhig etwas an seinem Hals herumknabbern könnte. Deshalb muss ich mich verdammt noch mal von ihm fernhalten. Ich will an ihm naschen … Das ist doch verrückt.

Vor allem, da der heiße Mann nicht an mir interessiert ist.

Ich weiß, wann ein Mann mich will. Und wann er mich ansieht, als würde er mir gleich auf die Schulter klopfen und mir sagen, dass ich ein braves Mädchen war, oder in diesem Fall: Mir den Kopf abreißen will.

Dennoch spüre ich, wie sich die Spannung zwischen uns ausbreitet. Sie ist überwältigend sinnlich. Meine Lippen teilen sich leicht und ein Schauer durchfährt mich.

So wollte ich mich ihm eigentlich nicht vorstellen. Ich hätte mit mehr Sexappeal auftreten können … Ich lecke mir über die Lippen.

»Hör auf damit!«, knurrt er. Er neigt den Kopf und sieht mich an, als wäre ich ein neues interessantes, wenngleich ekliges Insekt.

»Womit?«, frage ich.

Soll ich mit den Wimpern klimpern? Irgendwie muss diese Situation doch wieder in den Griff bekommen.

Er seufzt und reibt sich mit einer Hand übers Gesicht. Ich beobachte ihn achtsam. Seine Hände sind genauso attraktiv, groß, aber elegant. »Damit.« Er deutet auf mein Gesicht. »Dieser Blick.«

Ich halte den Atem an, als Xander sich zu mir beugt und mit einer sanften Hand eine verirrte Haarsträhne hinter mein Ohr streicht. Sein honigfarbener Blick fühlt sich an, als würde er direkt in meine Seele schauen. Er senkt die Stimme zu einem schroffen Flüstern, sodass nur noch ich ihn hören kann: »Ich vögle keine Kinder.«

Ich spüre, wie mir das Blut abrupt aus dem Gesicht weicht, und meine ganze Welt ins Wanken gerät wie eine springende Schallplatte. Ich stoße den Atem aus, als hätte er mich mit einem Stock gestochen. Mein Magen verdreht sich und mein Herz zuckt in meiner Brust. Oh, und der weibliche Teil in mir fährt zusammen. *Ich vögle keine Kinder.* Entsetzt starre ihn an.

Er weiß, dass ich ihn mag.

Er grunzt abweisend und bückt sich dann, um meine Mütze vom Boden aufzuheben. Er setzt sie mir unsanft wieder auf den Kopf.

»Das ist nur Schwärmerei. Du kommst schon drüber weg«, sagt er und winkt ab.

Wow, das sitzt.

Ich presse die Zahnreihen aufeinander, damit mein Kiefer nicht zittert. *Ich vögle keine Kinder.* Um meinen bebenden Händen etwas zu tun zu geben, richte ich meine Baseballkappe und stecke mein Haar darunter.

Xander beobachtet mich mit einem aufmerksamen Blick und nimmt mich in all meiner verletzten Pracht wahr. »Sieh mal, du bist noch ein Kind, ich ein erwachsener Mann. Ich brauche kein kleines Mädchen, das mir wie ein Schatten folgt.« Er schüttelt den Kopf und grinst. »Ich habe zu Hause Konservendosen, die älter sind als du.«

Okay, ich hab's kapiert.

»Hör auf mit diesen Blicken, davon wird mir schlecht.«

»Von meinem Anblick wird dir schlecht?«, flüstere ich. *Toll, Tru, bring deinen Boss zum Kotzen, warum auch nicht? Bei deinem Anblick wird ihm übel. Du bist ein echter Hingucker.*

Vielleicht liegt es gar nicht an meinem Alter ... Vielleicht ist es mein Gesicht?

Ich nicke und verschwinde. Bevor er noch etwas sagen kann, das den Rest meines Selbstvertrauens zerstört. Ich greife nach meinem Gläser-Sammelkorb und klammere mich daran. Ich werde kein Wort mehr zu ihm sagen. Ich bin nicht blöd. Ich werde mich ihm bestimmt nie wieder an den Hals werfen. So ein Mädchen bin ich nicht. Ich habe meinen Stolz. Ha, *Stolz*, das ist alles, was mir bleibt. Ich reibe mir die Stirn.

Abgesehen davon, dass er mein Boss ist, werde ich mir *jeden* Gedanken über ihn verbieten. Absolut verbieten. Ich bin nicht die erste Person, die von einem *Schwarm* zurückgewiesen wird. Und sicher auch nicht die Letzte.

Er ist ein Engel. Ein Engel, Gott, was habe ich mir nur dabei gedacht? Der Mann ist wahrscheinlich so alt wie die Zeit, und ich bin nur ein Wimpernschlag in seinem Leben. Ich weiß nicht, was ich mir dabei gedacht habe. Ich will doch eh keinen *alten* Kerl. Wenn er an mir interessiert wäre, wäre das doch pervers, oder etwa nicht?

Ja, rede dir das nur ein, Tru.

Ich kneife die Augen zusammen. Ich habe es versaut. Ich gönne mir eine kurze Sekunde, um in Selbstmitleid zu versinken, bevor ich einen mentalen Schutzschild um meine zerrissenen Gefühle ziehe.

Okay, Tru, das reicht. Er ist ein totales Arschloch.

Aha, da haben wir es endlich. Mein Schmerz wird durch rechtschaffene Wut weggespült. Ich weiß, dass er umwerfend aussieht, aber herumstolzieren und *mir* sagen, dass ich ihn nicht ansehen soll? Was für ein aufgeblasener Arsch.

Ich schaue über meine Schulter zu ihm. Sein Mund ist immer noch vor Herablassung verzogen. Er schüttelt den Kopf, dann schlendert er davon. Meine Augen verengen sich. Er zieht sich zurück, während ich ihn beobachte, und windet sich durch den Club wie ein Hai. Die Leute gehen ihm automatisch aus dem Weg.

Zehn Minuspunkte für ihn.

Das Aussehen spielt keine Rolle, wenn man so arrogant ist, dass Freundlichkeit keine Rolle mehr spielt. Das ist einfach nicht attraktiv. Ich wette, er verbringt seine ganze Freizeit damit, seinen Bizeps zu küssen und seinen Bauchmuskeln süße Nettigkeiten zuzuflüstern. Ich reibe wiederholt meinen wunden Ellbogen.

Ich gebe zu, dass ich an der einen oder anderen Stelle kurz vorm Sabbern stand, und ich gebe auch zu, dass ich ihn angestarrt habe – ziemlich oft sogar. Aber mich darauf anzusprechen ... Und *dann* noch zu behaupten, dass ihm meinetwegen schlecht wird? Ich bin sauer. All die Lust, die ich für ihn empfunden habe, versiegt schneller als Regen in der Wüste.

Scheiß auf ihn!

Ich muss mich bereits um so viel kümmern ... Da brauche ich keinen großspurigen Engel, der sich für etwas Besonderes hält. »Ich habe Konservendosen, die älter sind als du«, schimpfe ich vor mich hin. »Was. Für. Ein. Schwanz.«

Er ist nicht nur ein schrecklicher Mensch, sondern auch viel zu aufmerksam. Der Mann ist viel zu schlau. Verdammter Engel. Ich muss mich von ihm fernhalten. Er hat mir mit seinem Verhalten einen Gefallen getan.

Wenn ich das Geld nicht bräuchte, würde ich diesen blöden Job an den Nagel hängen. Ich würde sofort kündigen und nie wieder zurückblicken. Aber ich brauche das Geld; ich muss jeden Penny sparen. Um die Kaution zusammenzukratzen. Um die neue Wohnung zu bezahlen. Um zu überleben.

Er wird mich sicher nicht davon abhalten, meinen Lebensunterhalt zu verdienen und mich aus dem Loch, in dem ich lebe, herauszukämpfen. Das Feuer entzündet sich in meiner Brust und füllt die Risse. Von nun an existiert er in meiner Welt nicht mehr. Ich werde einfach direkt durch ihn hindurchsehen. Ich nicke entschieden. Ja, so werde ich es machen, kein Problem.

Ich will, dass mich ein Mann ansieht, als würde die Sonne aus meinem Arsch scheinen ... Oder zumindest aus meiner Vagina. Ich schnaube. Und nicke erneut, während sich meine Lippen zu einem bitteren Lächeln verziehen. In meinem Leben gebe ich anderen grundsätzlich nur eine Chance. Legst du mich rein oder tust du mir weh? Eine zweite Chance bekommst du nicht.

Macht mich das zu einer Heuchlerin? Ja, mit Sicherheit.

Ist das eine furchtbare Art zu leben? Auf jeden verdammten Fall.

Dennoch frage ich mich, *ob* es wirklich notwendig ist ... Aber verdammt, ja, das ist es. Denn niemand sonst wird mich beschützen. Die einzige Person, die es getan hat ... Ist gestorben. Großvater würde mir jetzt das Kinn tätscheln, mir ein paar Wurfmesser reichen, und mir sagen, dass andere Mütter schönere Söhne haben.

Ich vertreibe ihn, Xander, aus meinen Gedanken, und fahre die Krallen meines Herzens, meiner bescheuerten kindlichen Träume, zurück, die sich nach ihm ausgestreckt haben. Ich bin nur ein dummes kleines Mädchen, das mit Monstern spielt.

Das hier wird mir eine Lektion sein, diese uralte, typische Sehnsucht, wenn man etwas oder *jemanden* Schönes sieht. Man will es, man will es so sehr ... Ich wollte ihn. Ich hätte alles getan, um ihn zu bekommen.

Ein Mann, über den ich nichts weiß. Was habe ich also erwartet? Es sollte mich nicht überraschen, dass er in Wirklichkeit die verdorbenen Erwartungen in meinem Kopf nicht erfüllt.

Ja, ich kann meine zerfledderten Gefühle zusammenhalten und so tun, als hätte ich nie einen solchen Gedanken über ihn gehabt.

Mein Handgelenk schmerzt. Als ich meinen Arm gegen eines der blinkenden Lichter halte, erkenne ich fingerförmige Blutergüsse auf meiner Haut, dort, wo mich dieser ekelhafte Wandler gepackt hat.

Meine Lippen öffnen sich. Was zur Hölle? Ich bin ein Hybrid, und auch wenn sich noch nicht alle meine Kräfte entfaltet haben – falls ich überhaupt welche habe –, heile ich normalerweise. Ich heile immer. Ich war noch nie krank und ich bekomme auch keine blauen Flecken. Ich stupse meinen Arm an und er pocht auf natürliche Weise. Was zum Teufel ist los mit mir? Mir ist klar, dass ich viele Stunden gearbeitet habe und müde bin, aber das sollte meine Heilung eigentlich nicht beeinträchtigen.

Scheiße!

Mir wird schlecht.

Ich stelle den Gläser-Sammelkorb hinter der Bar ab und eile zum Personalraum. Dort hole ich ein langärmeliges Oberteil aus meinem Spind, ziehe das ausgebeulte Poloshirt aus und ziehe mir das neue über den Kopf, wobei ich es so zurechtzupfe, dass es mein Handgelenk bedeckt.

Prellungen. Ich runzle die Stirn. Das ist irgendwie beunruhigend.

Es sind nur noch zwanzig Minuten meiner Schicht übrig. Je länger ich es vermeiden kann, wieder rauszugehen, desto besser. Nein, egal. Ich bin fertig für heute. Ich wurde zweimal, nein ... dreimal überfallen, verdammt. Ich habe mir eine Pause verdient. Was mich betrifft, ist diese beschissene Nacht eindeutig vorbei.

Ich hole meine Tasche aus dem Spind und befülle den Wasserkocher. Wenn ich schon mal hier bin, kann ich auch gleich meine Thermoskannen auffüllen.

Gott, ich fühle mich so erschöpft. Ich lehne mich gegen den Küchentresen, während der Wasserkocher aufheult. Er rattert wütend vor sich hin und stößt Dampfwolken aus. Wie lange kann ich so noch weitermachen? Dexter und Story erscheinen in meinem Kopf. Und ich weiß, dass ich so lange weitermachen werde, wie ich muss. Solange ich dazu in der Lage bin. Ich reibe über die Brust. Die gefühllose Zurückweisung des Engels hat mich umgehauen. Ich fühle mich …

»Was machst du da?«, fragt eine abfällige, anklagende Stimme hinter mir.

Ich krümme mich vor Schreck und schüttle den Kopf mit kaum verhohlener Verärgerung. Warum muss sich Jenny immer von hinten an mich heranschleichen?

Was ist ihr Problem? Dass ich hier drin die Arbeit schwänze oder den Wasserkocher benutze? Ich habe mir angewöhnt, mich und Story mit Wärmflaschen warmzuhalten oder zumindest warm genug, um einschlafen zu können. Ich koche Wasser und fülle meine Thermoskannen bei jeder sich bietenden Gelegenheit auf.

Es funktioniert ganz gut. Aber ich könnte Magie gebrauchen. Es gibt Wärmetränke, aber die sind teuer und passen daher nicht in mein Budget. Story behauptet, dass es ihr die Kälte nichts ausmacht, dass Pixies in ihren Höhlen keine Heizung haben. Aber mir ist klar, dass die Bodentemperaturen höher sind als die in der Garage. Außerdem ist sie winzig.

Ich mache mir Sorgen um sie.

»Hi, Jenny, wie läuft's bei dir?« Ich tue das, was ich am besten kann: Ich wechsle das Thema. Ich richte mich auf und drehe mich zu ihr, wobei ich ein falsches Lächeln auf meine Lippen zaubere.

Was soll ich sagen? Wie soll ich meine Thermoskannen erklären? Nicht, dass es mich interessiert, was Jenny von mir hält. Aber das Gespräch auf ihr Lieblingsthema zu lenken – sich selbst – funktioniert: Jenny redet und redet und redet.

Ich nicke an den richtigen Stellen, schließe die Deckel auf die nun dampfenden Kannen und packe sie in meinen Rucksack, während ich weiterhin lächle und nicke.

»Was hast du mit deiner Hand gemacht?«, fragt sie und rümpft die Nase vor Widerwillen. Sicher nicht vor Sorge. Ich schaue auf meinen Arm hinunter, und die Blutergüsse sind noch schlimmer geworden. Sie haben sich sogar über meine Fingerknöchel ausgebreitet.

Ich krümme meine Finger und gebe mein Bestes, um lässig mit den

Schultern zu zucken. »Der Glaskorb hat mich an den Knöcheln erwischt.«

Jenny kauft mir diese Lüge einfach ab, weil es sie sowieso nicht interessiert.

»Hm, ist ja eklig«, sagt sie und streicht sich über ihr Haar. »Aber es erklärt, warum du früher Feierabend machst. Ich gehe besser zurück. Wir sehen uns.«

Als sich die Tür zum Personalraum flüsternd hinter ihr schließt, starre ich auf meine Hand. Mist. Das sieht nicht gut aus. Aber wem zum Teufel würde ich schon davon erzählen? Wen um Hilfe bitten?

Niemanden. Denn ich habe niemanden. Ich werde Story sicher nicht damit beunruhigen. *Es sind nur blaue Flecken, Tru*. Ich weiß nicht, warum sie mich so alarmieren. Ha ha. Es ist alles in Ordnung. Ich lasse mich auf einen Stuhl fallen.

Warum sollte ich meinen Worten nicht glauben?

Kapitel Dreizehn

Ich überprüfe mein Haar noch einmal, um sicherzugehen, dass es fest sitzt. Gott, ich habe so viel davon. Mein Haar ist so dick, dass mir die gewellten, bunten Strähnen ständig im Weg sind. Aber nachdem ich mich vergewissert habe, dass das gerade nicht der Fall ist, sinke ich auf die Knie und greife in den alten roten Werkzeugkasten. Methodisch leere ich die Kiste, ziehe dann vorsichtig das untere Fach hervor und lege es neben mich auf dem Boden ab.

Story hockt auf dem Sofa. Ihre blaue Haut verschmilzt mit dem Blumenprint aus den Siebzigern. Sie strampelt mit den Beinen und sie baumeln gegen das Kissen. »Was ist am Wochenende passiert?«, fragt sie. »Du wirkst noch wütender als sonst.« Sie zieht ihre Beine an und umarmt ihre Knie.

Ich verenge die Augen und blicke meine aufmerksame Freundin an, schüttle dann aber mit dem Kopf. Ich habe ihr nicht erzählt, was mit dem Engel passiert ist.

Es ist mir zu peinlich, ich schäme mich zu sehr.

Nicht, dass ich mich für irgendetwas schämen müsste; es ist alles seine Schuld, murre ich in Gedanken. Aber ich erzähle Story nie besonders viel, was mich wirklich zu einer schrecklichen Freundin macht.

»Danke, Story. Willst du damit sagen, dass ich immer armselig bin?«

Story stöhnt und lässt sich zurück ins Sofa fallen. Ich zwinge mich zu einer Erklärung: »Ich mochte da so einen Typen, aber er war … schrecklich zu mir.«

Ich vögle keine Kinder. Seine Stimme hallt in meinem Kopf wider und ich fahre innerlich zusammen.

Gott, ich wünschte, ich hätte etwas Schlagfertiges erwidert, etwas wie: »*Gut, denn ich will dich sowieso nicht vögeln*«. Oder dass ich ihn zur Rede gestellt hätte, anstatt einfach mit Sabber am Kinn dazustehen.

O Gott. Ich reibe mir über das Gesicht.

»Ah, ich verstehe. Das tut mir leid … Wenn du darüber reden willst …« Story setzt sich wieder auf, ihr hübsches Gesicht vor Sorge verzogen, und sie knabbert auf ihrer Unterlippe herum.

Ich schüttle den Kopf. »Ich komme schon klar.« In zwanzig Jahren. »Mir geht's gut, danke.«

Sie betrachtet die blauen Flecken an meiner rechten Hand, sagt aber nichts.

Was ich zu schätzen weiß. Sie hat ja recht. Ich bin verärgert und vielleicht ist das der Grund, warum ich etwas Verrücktes tun werde. Früher als geplant.

Aber ich muss es tun.

Ich kreise meine Schultern und Handgelenke, um mich zu entspannen, und schalte die kleine schwarze Taschenlampe ein. Ich stecke sie mir in den Mund und meine Kiefer knacken, als ich sie mit den Zähnen festhalte. Verdammt, ich muss unbedingt in eine Stirnlampe investieren.

Ich grabe meine Hände in den Werkzeugkasten. Sobald sie den Boden berühren, verschwinden sie in der magischen Leere.

Nervös atme ich ein paar Mal tief durch und lehne mich vor, wobei meine Schultern an den glatten Metallkanten reiben, als ich meinen Oberkörper *in* den kleinen Raum schiebe.

Es ist wirklich eng hier.

Der Werkzeugkasten fungiert als kleiner Dimensionsspeicher – ein magischer Bruch in unserer Realität, ein Riss in Zeit und Raum. Eine winzige Taschenwelt, die mit dem Werkzeugkasten verbunden ist. Besser erklären, kann ich es nicht ... Die Magie und die Theorie, die dahinterstecken, sind verblüffend. Ich weiß nur, dass es funktioniert.

»Bist du sicher, dass ich dir nicht helfen kann?«, fragt Pixie von draußen.

»Nein, nein«, sage ich ihr – oder so gut ich eben kann, während ich den Mund voll habe.

Der Lichtstrahl der Taschenlampe erhellt den drei Quadratmeter großen Raum, der mit Regalen vom Boden bis zur Decke ausgekleidet ist. Mein Bauch kratzt unangenehm an der Kante des Werkzeugkastens. Großvater hat die Abstellkammer mit allem vollgestopft, was er für wichtig hielt. Der Platz hier drin ist begrenzt, also musste er klug vorgehen. Die wichtigsten Sachen haben Priorität. Ich kann nicht alles, was ich besitze, einfach in die Kiste werfen, was schade ist.

Ich stöhne. Mir wird schwindelig, während ich kopfüber hänge. Ich spreize meine Beine außerhalb des Kastens weiter, um mich im Boden zu verankern, und lasse mich noch ein paar Zentimeter tiefer fallen. Der Kastenränder graben sich in meine Oberschenkel.

Großvater musste sich nicht so hineinwerfen, denke ich mit einem Grummeln. Nein, er konnte einfach eine Hand hineinlegen und an das denken, was er wollte, und das Objekt, erschien in seiner Hand, wenn es hier drinnen war.

Aber die Magie funktioniert bei mir nicht auf die gleiche Art, und dem Werkzeugkasten ist keine Anleitung beigefügt. Ich weiß nicht, wie ich ihn reparieren kann, also werde ich fürs Erste weiter so herumbaumeln müssen.

Das war nur eine weitere Sache, über die wir nicht gesprochen haben, als es Großvater schlecht ging. Als er um sein Leben kämpfte, war es das Letzte, woran wir dachten.

Mmmh. Ich rümpfe die Nase und neige den Kopf. Das Licht strahlt auf den Boden. In den unteren Regalen stehen Sachen, an die ich niemals herankommen werde. *Und ich werde hier sicher nicht hineinkriechen*. Bei dem Gedanken bekomme ich eine Gänsehaut. *Nein. Niemals. Ich freue mich, wenn zumindest mein Hintern in meiner eigenen Welt bleibt, vielen Dank auch.*

Ich muss mir wirklich eine Stirnlampe und vielleicht auch ein Seil besorgen. Wenn ich mich mit einem Seil absichern würde, käme ich vielleicht etwas weiter runter und näher an die unteren Regalreihen heran. Hätte ich einen großen Freund zur Hilfe, wäre das einfacher. Schon traurig, dass ich außer Story niemanden habe, dem ich genügend vertraue.

Dabei habe ich ihr nicht einmal von meiner hybriden Abstammung erzählt. Das ist der Preis dafür, dass ich mich selbst und sie beschützen will. Ich kann niemandem vertrauen, dass das, was ich bin, ein Geheimnis bleibt.

Über mir äußert auch Dexter seine Besorgnis mit einem Miauen. Das Geräusch hallt durch den Lagerraum und eine weiche, volle Wärme erfüllt meine Brust.

»Schnurrr«, erkundigt er sich. Story sagt etwas, das ich nicht verstehen kann, und Dexter jault auf. Ups. Ich glaube, er versteht nicht ganz, warum mein Oberkörper verschwunden ist. Ich schnaube. Wer bin ich, dass ich denke, ich wüsste, was in seinem Katzenhirn vor sich geht?

Er ist wahrscheinlich einfach nur hungrig.

Mir geht bald die Luft aus, wenn ich mich nicht beeile. Dieser Ort ist gefährlich. Ich schüttle mich und drehe meinen Oberkörper zu dem Regal, in dem reihenweise sorgfältig gelagerte Zaubertrankkugeln stehen. Ich werde sie für meine Mission später brauchen.

Die Mission habe ich »Operation Revenge« getauft. Ich nehme einen handlichen Stoffbeutel von einem Haken am Regal und beginne, ihn zu befüllen.

Autsch. Ich zucke zusammen. »Kitzeln ... es ...exter ... hmmm-mm ...«, knurre ich, als eine wohlplatzierte Klaue gegen meine Wade sticht. Die Taschenlampe klappert zwischen meinen Zähnen.

Ich sollte mich besser beeilen. Das Atmen fällt mir jetzt schon schwer. Und ich bin auch sicher nicht bereit, als Katzenkratzbaum zu dienen. Vorsichtshalber packe ich noch eine Zaubertrankkugel als Glücksbringer ein. So, perfekt.

Ich quieke und lasse fast die Taschenlampe und den Beutel fallen, als der kleine Scheißer mit einem weiteren Einsatz seiner Katzenkrallen auf mich springt. Rotgestreifte Tatzen und die eine oder andere Kralle kneten jetzt meinen Hintern.

Verdammter Kater.

Mit dem Beutel in der Hand spanne ich meine Oberschenkel und Bauchmuskeln an und winde mich hinaus. Dexter fällt zu Boden.

Ich stelle den Beutel ab, spucke die Taschenlampe aus und atme tief durch. Der Rotschopf schlingt sich um meine Beine und schnurrt vor sich hin. Er reibt sich an dem Beutel mit den Tränken und *hilft* mir dann, alles wegzuräumen.

»Hast du alles, was du brauchst?«, fragt Story.

Ich schenke ihr ein Lächeln.

»Bist du sicher, dass ich nicht mitkommen soll?«

»Ja, aber danke der Nachfrage. Ich muss das allein durchziehen. Dexter«, grummle ich, als er mir mit seinem Schwanz ins Gesicht schlägt und ein Stückchen Fell seinen Weg in meinen Mund bahnt. Ich verziehe das Gesicht und wische mit meiner haarigen Zunge über meinen Handrücken. Ohne mich zu beachten, steckt er seinen Kopf in den Werkzeugkasten, aber ich schließe schnell den Deckel. »Das ist kein Ort für einen Kater. Komm, ich füttere dich noch, bevor ich gehe. Heute gibt es Lachs. Ja, Lachs. Lecker, lecker, lecker.«

Story kichert.

Ich gehe vorsichtig durch die Garage, weiche Dexters geschmeidiger Gestalt aus und füttere das gierige kleine Monster. Nachdem das erledigt ist, ziehe ich meine unscheinbare Kleidung für solche Ereignisse an, verabschiede mich von meinen Freunden und laufe zur Bushaltestelle.

Ich lehne mich mit meinem ganzen Gewicht gegen das kleine Wartehäuschen und überprüfe ein letztes Mal, ob ich alles dabeihabe. Ich mag stur und impulsiv sein, aber ich hoffe, dass ich nicht in die Falle der Lebensmüdigkeit tappe. Wie lautete das Zitat von Friedrich Nietzsche noch mal? »Entweder man stirbt als Held oder man lebt so lange, bis man selbst zum Bösen wird«? Ich zucke mit den Schultern. Ich bin so was von bereit dafür.

Das Haus meines Großvaters wurde verkauft und wow, die Information hat mich umgehauen. Gott, war das schmerzhaft. Ich vermeide es, in Richtung des Hauses zu schauen. Manchmal wünschte ich, ich würde nicht direkt um die Ecke wohnen. Als ich zum ersten Mal das

Zu-verkaufen-Schild sah – es hing bereits an dem Tag dort, an dem mich mein Onkel rausgeschmissen hat –, wurde plötzlich alles so real. Nicht, dass das Leben in der Garage nicht real gewesen wäre. Ich hatte nur die Hoffnung, dass mein Onkel vielleicht ... seine Meinung ändert. Ich stoße einen selbstironischen Atemzug aus. Wie dumm war ich eigentlich?

Doch seitdem habe ich mich nicht davon abhalten können, täglich das Angebot im Internet zu überprüfen.

Um mich zu quälen.

Ich neige den Kopf und schiebe die Hände tief in die Taschen. Als die Anzeige aktualisiert wurde und es hieß, das Haus sei unter Vertrag und schließlich verkauft ... war ich unglücklich. Und als dann auch noch der ganze Engelsschwachsinn dazukam, brannten die Sicherungen in mir durch.

Ich schnaufe und starre die Straße hinunter. Der Bus sollte in ein paar Minuten hier sein. Ich weiß, dass es lächerlich ist, und es ist nur ein Haus, aber darin lag meine Verbindung zu meinem Großvater und meinem Zuhause. Das Ende einer Ära. Das Ende meiner Kindheit und meiner Unschuld. Onkel Ph... Ich knirsche mit den Zähnen. Der *Schwachkopf* hatte kein Recht, mich wie Abfall zu entsorgen.

Verdammt, ich habe in den letzten drei Jahren zu den Rechnungen beigetragen. Der Schwachkopf hätte mich zumindest vorwarnen oder mir etwas Zeit geben können, mich darauf vorzubereiten. Ich habe kein Geld vom Hausverkauf erwartet und auch keinen Freifahrtschein.

Ich kratze mich an der Nase. Also habe ich mich vielleicht ... ähm ... in sein Computersystem gehackt. Aber er hätte auch *wirklich* sein Passwort ändern sollen.

Ich winke den Bus mit der Nummer vierzehn heran und die Türen öffnen sich zischend. Ich lächle dem Fahrer zu und zeige ihm meine Fahrkarte. Der Bus schlängelt sich zurück in den Verkehr, während ich den Gang entlanglaufe und mich setze.

Es ist schon ein paar Wochen her, dass das Haus verkauft wurde, und ich habe geduldig auf den perfekten Zeitpunkt, auf die ideale Gelegenheit, gewartet. Während ich mir den Arsch aufgerissen und in einer Garage gelebt habe, ist dieser Schwachkopf in ein neues, schickes Haus mit vier Schlafzimmern am Ende einer brandneuen Sackgassenstraße gezogen.

Heute Abend geht er mit seiner neuen Freundin in die Stadt, um etwas zu essen und zu trinken. Er ist gut darin, seinen neu gewonnenen Reichtum direkt auszugeben.

Als ich endlich mein Ziel erreiche, ziehe ich die Baseballkappe tief in die Stirn und die Kapuze des weiten schwarzen Kapuzenpullis über meinen Kopf. Ich beuge mich vor und schlurfe die Straße entlang. Ich sehe aus wie ein Teenager.

Aus dem Schatten heraus beobachte ich das Haus. Ein Taxi hält davor und der Schwachkopf verlässt das Haus für den Abend. Ich warte noch ein paar Minuten länger, dann klettere ich über die Mauer und entferne mit einem Glasschneider vorsichtig eine quadratische Scheibe aus der Hintertür. Ich schiebe meine Hand hinein und greife nach dem Schlüssel, den er praktischerweise im Schloss stecken gelassen hat.

Die Tür schwingt leise auf. Meine Turnschuhe quietschen auf den Fliesen, als ich selbstbewusst in die Küche stolziere und im Vorbeigehen mit den Fingerspitzen über die schwarze Granitoberfläche streiche. Schick.

Eifrig gehe ich Zimmer für Zimmer durch, um mich zu vergewissern, dass das Haus leer ist. Es ist schön. Wie die meisten Neubauten in England sind die Zimmer ein bisschen klein, die Wände in einem sauberen Magnolien-Ton gestrichen, es sieht alles nagelneu aus – auch die Möbel.

Ich stelle den Countdown-Timer auf meinem Handy ein, krame in meinem Rucksack und zücke eine Handvoll Zaubertrankkugeln. Dann wiederhole ich meinen Rundgang.

In jedem Raum flüstere ich eine Beschwörungsformel, um die Magie zu aktivieren, und lasse dann eine leuchtend orangefarbene Zaubertrankkugel mit der Größe einer Murmel auf den Boden fallen.

Ich entwende nichts.

In der angebauten Garage gleich neben der Küche steht ein Prachtstück, ein glänzender roter Porsche. Ich fahre mit der Fingerspitze über die perfekte Lackierung. Meine Güte, der Schwachkopf hat wirklich eine Midlife-Crisis.

Ist es das, was das Leben meines Großvaters wert war, ein schickes

Haus und ein schnöseliges Auto? Mit einem traurigen Lächeln balanciere ich die letzte Zaubertrankkugel über die Scheibenwischer des Autos.

»Tut mir leid, kleines Auto«, murmle ich.

Ich gehe zurück in die Küche und schaue mich ein letztes Mal um, stelle sicher, dass ich nichts vergessen habe und sich dieser Moment in mein Gedächtnis einbrennt. Ich lächle und nicke zufrieden, dann bin ich aus der Tür.

Innerhalb von Sekunden habe ich die Mauer überwunden und bin halb die Straße runter.

Der Timer meines Handys läutet. Ich ziehe das Telefon aus meiner Gesäßtasche, wische über den Bildschirm und schalte den Timer aus. Ich sehe nichts, aber ich höre die Explosionen.

Wunderbare Dinge, diese kleinen Zaubertrankkugeln.

Ein zufriedenes Brummen entweicht meiner Kehle, als ich die Straße förmlich hinunterhüpfe. Ich zwinge mich, vorgebeugt zu bleiben und den Kopf gesenkt zu halten.

Hier gibt es nichts zu sehen.

Gott, ich würde zu gern dabei sein, wenn er sein qualmendes Anwesen erblickt. Er hat jeden Penny in dieses Haus und Auto gesteckt.

Die Gilde wird die Sache untersuchen und bestätigen, dass es sich um Brandstiftung handelt.

»Was für eine Erleichterung«, wird er sagen, »ich habe die allerbeste Versicherung.« Wie entsetzt er sein wird, wenn er anschließend versucht, eben jene Versicherung in Anspruch zu nehmen, die er so sorgfältig abgeschlossen hat. »Aber ich bin doch versichert«, wird er argumentieren.

»Der Vertrag wurde gekündigt«, wird die Versicherungsgesellschaft erwidern. Die E-Mail in seinem Namen, in der er der Gesellschaft mitteilt, dass er bei einem anderen Anbieter ein besseres Angebot erhalten hätte, wird ein unwiderlegbarer Beweis sein.

Sein geliebtes Auto wird das gleiche Schicksal erleiden.

Was für ein schrecklicher Zufall ...

Er hätte wirklich sein Passwort ändern müssen.

Ich steige in den Bus, meide den Sitzplatz mit dem Kaugummi und lehne mich mit dem Kopf gegen das Fenster. Das Brummen des rumpelnden Motors lässt die Seite des Busses vibrieren und meine Zähne klappern.

Ich fühle mich so leicht wie seit Monaten nicht mehr. Ich nehme den Rauch aus den Augenwinkeln wahr. Als der Bus vorbeituckert, drehe ich den Kopf. Mit der Stirn an der Scheibe beobachte ich das magisch eingedämmte Feuer. Das Haus ist schon fast komplett zu Asche zerfallen.

Ich lasse zu, dass sich die Bosheit, die ich in meinem Inneren fühle, für eine Sekunde auch in meinem Gesicht abzeichnet. Er hätte meine Jugend und mein Geschlecht nicht als Schwäche deklarieren dürfen.

Mich aus dem Haus zu werfen, ohne sich um meine Sicherheit zu scheren, war sein erster Fehler.

Der Diebstahl meines Autos sein zweiter.

Ich bin keine Heldin. Wenn ich der Bösewicht sein muss – ich zucke mit den Schultern –, dann soll es so sein. Meine Lippen verziehen sich zu einem selbstgefälligen Grinsen. Wenn ich gedrängt werde, ja, wenn ich gedrängt werde, weigere ich mich, das Opfer zu spielen – und ich bin auch niemandes verdammte Jungfrau in Nöten.

Willkommen in der Obdachlosigkeit, Onkel Schwachkopf.

Kapitel Vierzehn

Meine Schicht ist fast vorbei, als mich ein sichtlich schwitzender Barchef heranwinkt. »Tru, würdest in den VIP-Bereich gehen und dieses Drecksloch aufräumen? Das Personal ist dort völlig überlastet.« Ich nicke und gehe in die entsprechende Richtung. Wenn Xander in der Nähe ist, wird das gesamte Personal nervös. Doch mir ist scheißegal, was er denkt. Ich tue mein Bestes, um ihm aus dem Weg zu gehen. Ich sehe ihn nicht einmal an, weil ich nicht will, dass er denkt, ich würde ihm noch immer hinterherhecheln. Auch ich habe meinen Stolz.

Als ich ankomme, sieht der VIP-Bereich aus, als wäre dort eine Bombe eingeschlagen. Seufzend manövriere ich mich um die betrunkenen Kunden herum, greife nach leeren Flaschen und Gläsern, halte den Kopf gesenkt und konzentriere mich auf meine Aufgabe. Der Trick besteht darin, mich wie ein Gespenst zu bewegen, denn ich hasse es, mich mit diesen anspruchsvollen Arschgeigen herumzuschlagen. Irgendwie ist der VIP-Bereich immer voller Idioten.

Andererseits geht es im Café immer so kommunikativ zu, dass ich es mag, mit niemandem reden zu müssen, solange ich hier bin. Ich greife nach den letzten beiden Gläsern in einer dunklen Ecke. Sie stehen auf einem niedrigen Tisch, der von Ledersesseln umgeben ist. Da ergreift ein Mann meine Hand.

Ich verdrehe die Augen. Es kommt viel zu häufig vor, dass die Leute denken, ich würde ihnen ihr volles oder fast leeres Glas wegnehmen wollen. Dabei schnappe ich mir wirklich nur die leeren oder offensichtlich verlassenen Gläser. Ich habe mir sogar angewöhnt, die Flaschen erst zu schütteln, bevor ich sie in die Flaschenkörbe werfe. Betrunkene Leute werden bei dem Gedanken, man würde versuchen, jede Spur ihres Alkohols zu beseitigen, *richtig* sauer. Ein Schluck, der übrig bleibt, berechtigt sie gleich zu einem neuen Getränk.

Ich mache mir nicht einmal die Mühe, aufzuschauen. »Ich sammle nur die Gläser ein und muss hier aufräumen. Wenn Sie mich also entschuldigen würden ... Sir.« Ich sage *Sir* in einem Ton, den ich für Arschlöcher reserviert habe. Ich versuche, meine Hand wegzuziehen, doch der Idiot zerrt seinen Griff fester. »Keine Sorge, ich nehme keine Drinks weg. Ich räume nur den Dreck weg. Ich will nur das Leergut.« Ich seufze und versuche erneut, meine Hand wegzuziehen, ohne unhöflich zu werden.

Xanders letzte Warnung hallt mir immer noch im Kopf wider. Wann immer er mich sieht, höre ich sein abfälliges »Benimmst du dich auch, mein Schatten?«.

Ja, *mein Schatten*. Der Idiot denkt tatsächlich immer noch, ich würde ihn stalken. Das nenne ich mal ein riesiges, aufgeblasenes Ego. Ich bin mir sicher, dass er dabei absichtlich in diesen raunenden, dunklen Tonfall verfallen ist.

Zumindest hasse ich ihn jetzt. Mein Herzschlag spielt nur deshalb verrückt, wenn er in der Nähe ist, weil sich mein Körper darauf vorbereitet, ihm ins Gesicht zu schlagen. Ich bin nicht sein verdammter Schatten.

Ich brauche diesen Job, auch wenn ich nichts lieber täte, als ihm oder Mr Grabscher eine reinzuhauen. Was gibt ihm das Recht, mich so grob zu behandeln? Er packt noch fester zu. Sein Griff um mein Handgelenk ist jetzt schmerzhaft eng. Ich knirsche mit den Zähnen.

Keine Kunden schlagen!

Ich schaue ihn nicht einmal an. Ich lächle nur breit und nicke in Richtung einer Gruppe von Frauen außerhalb des VIP-Bereichs, die verzweifelt versuchen, seine Aufmerksamkeit zu erregen. »Ich bin mir sicher, dass diese reizenden Damen gern mit Ihnen sprechen würden.« Ich drehe mein Handgelenk und schlage seine Hand mit meinem Korb fort.

Keine Kunden schlagen!

Ich drehe mich und klopfe mir im Geiste auf die Schulter. Na also, manchmal lässt sich nicht alles mit Gewalt lösen. Der VIP-Bereich ist fertig aufgeräumt.

»Ich rede mit dir, du Schlampe«, knurrt der Kunde. Ich hebe die Augen und rümpfe die Nase. Oh, hallo. Das hat mir gerade noch gefehlt: Es ist Freaky Frank.

Juhu!

Wer sagt denn, dass eine gute Tat nicht unbestraft bleibt? Ich schüttle den Kopf, weiche ihm aus und stapfe davon. Ich habe mich absichtlich richtig verhalten und werde mir das nicht von diesem Idioten kaputt machen lassen. Mir bleiben nur noch zehn Minuten in meiner Schicht. Es ist schon fast vier Uhr morgens. Ich arbeite jetzt seit fast achtzehn Stunden und mein armer Körper ist am Ende.

»Was glaubst du, wo du hinwillst? Du schuldest mir einen Kuss oder ich erwidere es mit einer Ohrfeige«, schreit der verrückte Wandler Frank. Wow, jetzt hat er die Aufmerksamkeit aller. »Hier, du hast mein Glas nicht genommen.« Mit einem Seufzer drehe ich mich wieder um. Ich kann nicht verhindern, dass meine Augen verärgert Richtung Decke wandern und ich sie verdrehe. Vielleicht gibt es dort oben eine göttliche Intervention, versteckt in der schicken Clubbeleuchtung.

»Nur damit wir uns verstehen.« Ich strecke meinen Zeigefinger nach oben aus und lasse ihn über meinem Kopf kreisen. »Jeder hier hat doch gerade gehört, dass er gedroht hat, mir ins Gesicht zu schlagen? Richtig?« Ich schaue mich in der Gruppe der faszinierten Objekte um. »Richtig?« Ich schleiche auf ihn zu.

Ich bin zu müde für diesen Scheiß.

Frank schwenkt das volle Glas in seiner Hand und lächelt. Dann kippt er es in einem Zug herunter. Ich schalte auf Autopilot – *schlag keine Kunden* – und versuche, ihm das Glas aus der Hand zu nehmen. Frank packt mich und zerrt an meiner Hand. Als wäre ich ein Fisch am Haken, zieht er mich zu sich heran.

Er hebt meine Hand an seine Lippen und sabbert auf meine Fingerknöchel. Ich stehe nur entsetzt da. Seltsamerweise leckt er die Haut zwischen meinen Fingern ab. Igitt!

Da wäre mir ein Schlag ins Gesicht von ihm lieber.

Ich rümpfe die Nase und presse angewidert die Lippen zusammen, als Frank über meine Finger leckt und an der Fingerkuppe meines linken Zeigefingers saugt. Seine Zähne kratzen an meiner Haut und ich erschaudere vor Abscheu.

Gott, das ist einfach nur eklig. Ich möchte nicht irgendwo in der Nähe der Zähne dieses Wandlers sein.

Ich sollte wirklich meine Hand wegziehen ... Hm, es wäre sicher nicht meine Schuld, wenn meine Hand dabei ausrutscht und ihm die Nase bricht. Es wäre nur ein Unfall und hätte rein gar nichts mit mir zu tun.

»Ich habe mir die Hände nicht gewaschen, nachdem ich die Toiletten geputzt habe«, sage ich. »Mir ist dabei richtig übel geworden«, füge ich zur Sicherheit hinzu.

Frank knurrt. »Wusstest du, dass der Biss eines Wandlers ein menschliches Weibchen töten kann?« Lustigerweise weiß ich das.

Droht der verrückte Frank etwa absichtlich damit, mich zu beißen? Ich bin kein Mensch, aber das weiß Frank ja nicht. Mein Herz setzt einen Schlag aus. Denn die Frage, die mir im Kopf herumschwirrt, ist, ob ein Wandler einen Menschen wandeln kann, wenn er nicht in Tierform ist.

Hat dieser Wandler das schon einmal gemacht?

Männer wandeln sich, Frauen sterben.

Neben mir regt sich jemand. »Frank, lass den jungen Menschen gehen. Der Gestank ihrer Angst verdirbt mir den Drink.« Frank knurrt wieder. Er drückt mein Handgelenk so fest, dass ich spüre, wie die Knochen unter meiner Haut knirschen.

»Ja, Frank, lass mich gehen.«

Frank lässt los, aber nicht, bevor er hart in meinen Finger gebissen hat. Er lächelt triumphierend, während mein Blut an seinem Kinn herunterläuft.

Kann er erkennen, dass ich kein Mensch bin?

Kann er mein Vampir- und Wandlerblut als Fleischconnaisseur schmecken?

Ich verstecke meinen blutenden Finger in meiner Faust, murmle dem Mann, der mich gerettet hat, ein Dankeschön zu und mache mich aus dem Staub.

Verdammt, das hier ist nicht der richtige Ort, um zu bluten. Ich bin von so vielen Kreaturen umgeben. Kreaturen mit geschärften Sinnen. Mit klopfendem Herzen und tropfendem Hybridblut stürme ich in den hinteren Bereich. Meine Hände zittern vor Angst und Adrenalin.

Ich kann nicht ... ich kann nicht mehr klar denken. Meine Panik ist überwältigend. Ich lasse den Wasserhahn in dem kleinen Waschbecken laufen und halte meine Hand unter den Strahl. Mit der anderen Hand suche ich blindlings nach Bleichmittel oder irgendeinem starken Reinigungsmittel. Meine Hand landet auf einer Flasche. Ich ziehe sie unter dem Waschbecken hervor: Bleichmittel. Ich winde mich, aber ich halte nicht inne, als ich mir großzügig etwas davon über die Hand schütte.

Ich zittere immer noch so stark, dass ich spüre, wie jeder Knochen in meinem Körper klappert. Scheiße, ich habe solche Angst, dass mir schlecht wird.

Ich würge und schrubbe.

Mein Finger brennt und meine Hand wird rot. *Schlag keine Kunden, Xena!* Verdammter Xander. Das hat ja großartig funktioniert. »Wo waren denn deine scheiß Türsteher, als ein Wandler an meinem Finger rumgeknabbert hat? Nächstes Mal ist er derjenige, der blutet«, brumme ich.

Mein Gott, jemand wird mein Blut riechen und ich werde sterben. »Er hat mir in den Finger gebissen. Er hat mir echt in den Finger gebissen. Er hat mir ernsthaft in meinen verdammten Finger gebissen ...« Meine panischen Worte hämmern wie ein Trommelschlag in meinem Kopf.

»Alles okay?«, fragt eine tiefe, raue Stimme hinter mir.

Ich springe überrascht zurück und stoße einen mädchenhaften Schrei aus. Das Wasser bespritzt mich und den Boden. »Du hast mich zu Tode erschreckt. Danke dafür.« Ich halte meine Hand unter Wasser und greife mit der anderen Hand den Rand des Waschbeckens.

»Alles okay?«, fragt er erneut, diesmal mit weniger Geduld.

»O ja, mir geht's prächtig«, knurre ich den neugierigen Engel an. *Verpiss dich! Verpiss dich! Verpiss dich!*

Warum taucht er immer in den ungünstigsten Momenten auf? *Bitte geh einfach!* Ich brauche seine Hilfe gerade nicht. Ich hätte seine Hilfe gebraucht, als ein Wandler an meinem verdammten Finger gekaut hat. Ich hätte nie auf ihn hören sollen. Höflichkeit für einen glänzenden Kundenservice ist das Schlimmste überhaupt – es hat mich zu einem Opfer gemacht.

Ich fühle mich wie ein Opfer.

Scheiße, ich hasse dieses Gefühl ... Hätte ich Freaky Frank doch bereits vor dem Fingerlecken ausgeknockt ... Ich greife nach der Flasche mit dem Bleichmittel und spritze mir eine weitere Ladung auf die Hand.

Jetzt habe ich den Engel mit dummen Fragen am Hals, während ich eigentlich nur heulen will. Aber ich werde nicht weinen, dafür bin ich zu stur. Dass er hier ist, macht es aber nur schlimmer.

Das ist alles seine Schuld.

Ich sammle die Wut in mir zusammen. Die Wut, mit der ich umgehen kann. Sie brennt in meiner Brust und sofort fühle ich mich wieder zentriert.

Ist der Mann außerdem blind? Ich denke, es ist ziemlich offensichtlich, dass rein gar nichts okay ist, aber ich will es nicht zugeben. Ich drehe meinen Kopf und starre ihn an. »Alles ist o...«

»Okay, ich weiß.« Xander schleicht sich in den Raum. Er macht den ohnehin schon kleinen Raum noch kleiner. Doch er achtet darauf, mich nicht zu berühren. Als Reaktion auf seine Nähe beuge ich mich weiter über das Waschbecken und spritze mir mehr Bleichmittel auf die Hand.

Ich bin froh, dass ich ihn vor lauter Bleichmittelgeruch nicht riechen kann. Mein Kopf hämmert. Am liebsten würde ich ewig mit der Hand im Waschbecken verharren, aber ich weiß, dass das nichts nützt.

Das Bleichmittel wird nichts bewirken.

Ich nehme einen tiefen, zittrigen Atemzug. Die Bleichmitteldämpfe brennen in meiner Kehle. Gott, hat Freaky Frank mich gerade umgebracht? Wissen die Kreaturen, wer ich bin? Was ich bin?

»Warum blutest du?«

»Ein Kunde hat mich gebissen. Der Bastard hat mir fast die Fingerkuppe abgerissen, also danke für den Schutz. Betrachte das als meine Kündigung. Ich werde nicht weiter in diesem Drecksloch arbeiten.« Ich reibe meine Hand. Sie ist rot und roh und mein Finger blutet *immer noch*. Warum heilt er nicht? Da stimmt etwas nicht ... Ich heile menschlich langsam. »Ich brauche eine rückwirkende Gefahrenzulage«, murmle ich.

Er tritt näher. Seine massive Gestalt überragt mich, während ich mich weiter zusammenkauere. Das Waschbecken gräbt sich in meine Oberschenkel.

»Wer hat dich gebissen?«

»Wer glaubst du denn? Frank, der Perversling. Du weißt schon, der Typ, dem ich ins Gesicht geschlagen habe? Er ist zurückgekommen und wollte mehr.« Wassertropfen spritzen um uns herum, als ich mit meiner Hand in der Luft herum fuchtle. Ich zeige auf meine noch immer untergetauchte Hand. »Das passiert, wenn ich höflich bleibe. Es wird dich freuen, zu hören, dass ich ihn nicht geschlagen habe. Doch weil ich mich nicht verteidigt habe ...« Ich schlucke. *Wage es ja nicht, zu weinen.* »Hat er ...« *Wage es ja nicht.* »Hat er mich gebissen.«

Xanders baumstammartiger Arm erscheint über meiner Schulter. Er schiebt mich sanft zur Seite und dreht den Wasserhahn zu. Als ich mich vom Waschbecken wegbewege, merke ich erst mit Verzögerung, dass ich ein tropfendes, mit Bleichmittel durchtränktes Durcheinander bin.

Ich schließe die Augen vor Verlegenheit. Ich habe für ein paar Minuten die Nerven verloren. Gott sei Dank werde ich nie wieder in dieses Drecksloch zurückkommen, denn mein Club-T-Shirt ist ruiniert. Wenn er erwartet, dass ich dafür bezahle, kann er sich verpissen.

»Waren seine Zähne gewandelt? Ich glaube nicht, dass er alt oder stark genug dafür ist. Aber weißt du, ob seine Zähne gewandelt waren, Tru?«

Ich zucke mit den Schultern. Woher soll ich wissen, wie gewandelte Zähne aussehen? Hatte er einen Wolfskopf? Nein, hatte er nicht. Wen interessiert das schon?

Xander packt mich an den Schultern und schüttelt mich etwas. »Es ist wichtig. Waren seine Zähne gewandelt?«

»Nein?«

Er grunzt. Wer hätte gedacht, dass ein Grunzen so viel Verzweiflung enthalten kann. Seine honigfarbenen Augen blitzen vor goldener Wut auf, dann lässt er meine Schulter los und marschiert davon.

Ich atme tief ein. Offensichtlich ist er wirklich stinksauer. Ich kann nicht glauben, dass er mich hier so stehenlässt – ein klatschnasses, *blutendes* Chaos. »Nette Unterhaltung«, knurre ich.

Ich brauche einen Erste-Hilfe-Kasten.

Ich glaube, ich habe irgendwo gelesen, dass Engel heilen können. Hm, Xander mag mich eindeutig nicht. Nichts sagt mehr über die Gefühle einer Person aus, als wenn sie dich blutend zurücklässt. Vielleicht hat er Angst, dass ich mich auf ihn stürzen könnte.

»Engel sind wirklich die besten Chefs«, brumme ich. Meine Lippe zittert und zur Strafe kaue ich darauf herum. *Hör auf mit dem Scheiß, Tru! Wage es ja nicht zu weinen!*

Der einzige Mensch, auf den ich mich verlassen konnte, ist verdammt noch mal tot. Nicht einmal er ist noch da. Nein, das ist unfair. Das nehme ich zurück. Ich bin aufgebracht, und so zu denken, ist auf so vielen Ebenen falsch. *Es tut mir leid, Großvater.* Ich reiße aggressiv an dem Papierhandtuchspender und wickle meinen Finger in das blaue Papier. Nicht gerade das Hygienischste für eine Wunde, aber es ist besser, als den Boden vollzubluten. Story hätte mir geholfen.

Im hinteren Regal steht ein Arzneikasten. Ich stoße fast einen Jubelschrei aus, als ich feststelle, dass er teure Heiltränke enthält. Ich schnappe mir ein Fläschchen und ziehe den Stopfen mit den Zähnen heraus. Dann kippe ich die Flüssigkeit direkt auf meinen Finger und beobachte mit Erleichterung, wie die Blutung nachlässt und die Ränder auf magische Weise wieder zusammenwachsen. Mein rasender Herzschlag verlangsamt sich endlich zu einem normalen Rhythmus. Ich hätte das schon vor dem Bleichfest machen sollen. Aber ich habe einfach nicht nachgedacht. Nein, ich war in Panik, dabei ist das etwas, das ich mir nicht leisten kann.

Vielleicht ist es das Schicksal, das mich in eine andere Richtung stupsen will. Vielleicht ist es an der Zeit, aus dieser Stadt zu verschwinden. Story und Dexter zu schnappen und einfach zu gehen.

Hier gibt es nichts mehr für mich.

Ich weiß nicht, ob es an dem Biss liegt oder an dem Schock, gebissen worden zu sein und jetzt alles vollzubluten. Aber die Übelkeit, die ich seit Wochen am Rande meines Bewusstseins spüre, trifft mich plötzlich mit voller Wucht. Aber es könnte auch ein schlechter Heiltrank sein, soweit ich weiß. So habe ich mich noch nie gefühlt.

Gott, ich fühle mich nicht gut.

Es kribbelt in meinem Hals und mein Haaransatz ist schweißnass. Meine Wangen sind rot und heiß, aber innerlich ist mir kalt.

Wenn ich ein Mensch wäre, wäre das, was ich fühle, wahrscheinlich normal – es wäre nur ein Zeichen dafür, dass ich eine Erkältung habe. Vielleicht die Grippe – eine furchtbare Grippe.

Aber ich bin kein Mensch und ich bin nicht normal.

Ich hatte noch nie eine Erkältung. Gemeinsam mit den blauen Flecken habe ich auf einmal Grund zur Sorge.

Anstatt wie üblich ins Fitnessstudio zu gehen, wasche ich mich in der Personaltoilette. Ich fülle meine Wärmflaschen mit heißem Wasser auf und ein schweigsamer, besorgter Luke organisiert ein Taxi, das mich direkt nach Hause bringt.

Als ich durch den Personalflur gehe und meine Füße zum letzten Mal in den Teppichboden sinken, empfinde ich ein Gefühl der Erleichterung. Nie wieder werde ich in dieses Drecksloch zurückkehren.

Kapitel Fünfzehn

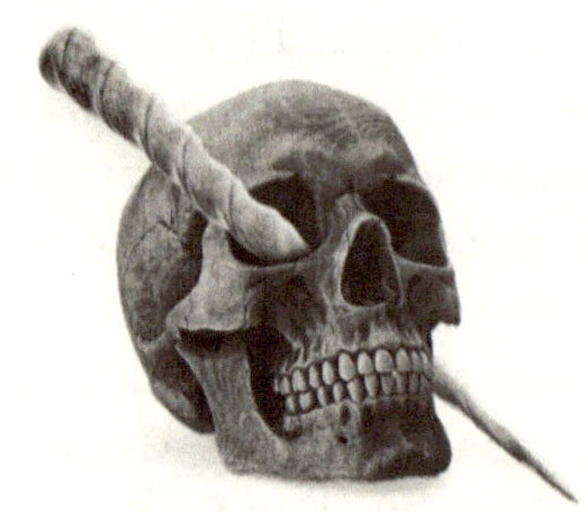

In der Garage ist es eiskalt. England wird von einer schweren Kältewelle heimgesucht. In den Nachrichten sprechen sie davon, dass arktische Winde derzeit auf das Land treffen. Ha, natürlich. Das Jahr, in dem ich obdachlos werde, ist auch das Jahr, in dem wir eine rekordverdächtige Kälte erleben.

Die verdammte Arktis kann ihr Wetter gern für sich behalten, vielen Dank auch.

Story flattert auf meiner Schulter herum und macht einen Aufstand. Ihre besorgte Stimme verschwindet im Hintergrund meiner pochenden Schläfen. Ich drücke eine der Wasserflaschen zusammen. Das Plastik knirscht unter meiner Hand und ein Stück Eis tanzt auf und ab. Ich bin enttäuscht, aber nicht überrascht, dass das Wasser gefroren ist.

Ich reibe mir mit der eiskalten Hand über die schweißnasse Stirn. »Das mit dem Wasser tut mir leid.« Ich hätte sie für eine bessere Isolierung in eine Box legen sollen. »Hattest du genug zu trinken? Ich denke, ich könnte etwas von unserem heißen Wasser nehmen, um eine Flasche aufzutauen, oder du kannst das abgekochte Wasser direkt aus der Flasche trinken, sobald es abgekühlt ist. Das ist vielleicht leichter ...« Meine Stimme versiegt im Gemurmel.

Mein Kopf hämmert und meine Sicht ist für einige Sekunden getrübt. Es fühlt sich so an, als hätte mir jemand einen Schlag auf den Kopf verpasst.

Story legt ihre Hand auf meine brennende Wange. Der leichte Druck bringt mich dazu, sie anzuschauen. »Uns geht es gut. Hör auf, dir Umstände zu machen, Tru. Du siehst gar nicht gut aus und du bist so heiß. Ich kann Dexter morgen früh füttern. Ich denke, du solltest ins Bett gehen und dort bleiben. Willst du, dass ich jemanden anrufe? Vielleicht Jodie, diese nette Hexe?«, fragt sie mit einer Stimme voller Sorge.

Ich versuche, zu lächeln, um sie zu beruhigen. »Es geht mir gut, ich bin nur erkältet«, lüge ich. »Das muss an dem Wetter liegen. Morgen früh geht's mir sicher besser. Ich brauche nur eine gute Portion Schlaf.«

Auch Dexter mischt sich ein und miaut mich an, während ich das heiße Wasser in die Wärmflaschen fülle und zum Schuppen stolpere, um mich bettfertig zu machen.

»Ich arbeite nicht mehr im Club«, sage ich beiläufig, während ich eine Wärmflasche in Storys Schlafzimmer und eine unter meiner Decke verstaue. Nicht, dass ich wirklich eine bräuchte ... Ich strahle Wärme aus. Ich ziehe mir schnell mein Nachthemd an. Ich habe mir angewöhnt, einen Sport-BH, dicke Socken, eine Jogginghose und einen Pullover statt eines Pyjamas zu tragen. Ich fühle mich sicherer, wenn ich in Kleidung schlafe, in der ich rennen könnte. Ich stopfe meinen zitternden Körper unter die Bettdecke.

Dexter, der eigentlich aus dem Schuppen verbannt wurde, springt auf mein Bett. Ich stöhne. Ich habe die Tür offen gelassen. Stolz steht er neben meinem Kopf, die Vorderpfoten auf meinem Kissen, und schnurrt wie der Motor eines Sportwagens. Seine rotbraunen Pfoten tätscheln das Kissen und wiegen meinen Kopf hin und her. Ich stöhne wieder und versuche, ihn wegzuschieben, aber er stupst mich an und haut mir mit einer rosa Zehe gegen die Nase.

Ich gebe auf und verstecke meinen Kopf unter der Decke.

»Dexter, hör auf damit. Du weißt, dass es ihr nicht gut geht«, ermahnt ihn Story. »Tu deine Pflicht und halte Wache, während sie schläft.«

»Ja, gib's ihm, Story«, murmle ich unter meiner Bettdecke. Doch anstatt zu wachen – ich rolle mit den Augen, von wegen Monsterkatze –, spüre ich sein Gewicht auf mir, als er sich auf meinem Kissen zusammenrollt und sich zwischen meiner Schulter und meinem Kinn niederlässt.

Sein leises Schnurren lullt mich in den Schlaf.

Als ich aufwache, ist er weg und ich kann Story nirgends erkennen. Meine Augen sind verklebt und ich finde nicht die Kraft, sie vollständig zu öffnen. Also greife ich blindlings nach einer Wasserflasche. Meine Hand zittert, als ich ein paar eiskalte Schlucke nehme.

»Miau?« Dexter tappt zurück in den Schuppen.

»Alles gut, Dex, ich fühle mich nur nicht ganz auf der Höhe«, sage ich und trinke noch ein paar Schlucke Wasser. Die gefrorene Flasche knarrt, als ich sie abstelle, und meine Hand pocht. Ich kuschle mich zurück unter die Decke. Scheiße, ich fühle mich noch schlechter.

In meinem Hinterkopf erinnert mich eine vernünftige Stimme daran, dass ich die Uhrzeit überprüfen sollte. Ich werde es morgen nicht zur Arbeit schaffen, also muss ich Tilly Bescheid geben, damit sie genügend Zeit hat, einen Ersatz zu besorgen.

Doch natürlich liegt mein Handy nicht wie üblich unter meinem Kopfkissen und ich weiß nicht, wo meine Jacke ist ... Ich schlafe ein, noch bevor ich etwas dagegen unternehmen kann.

Dexters Besorgnis schlägt in kätzische Empörung um, als ich sein Frühstück verpasse, und als ich nicht schnell genug reagiere, stürzt er sich auf mein Gesicht und greift die Decke an, bis ich seinen Forderungen nachkomme. Ich schleppe mich aus dem Bett.

»Wo ist Story?«, murre ich. Vielleicht ist sie zur Arbeit gegangen? Meine zitternden Glieder fühlen sich eher schlechter an als besser. Erst die blauen Flecken und jetzt das. Was zum Teufel ist nur los mit mir?

Unbeholfen quetsche ich mich durch den engen Spalt zwischen Mauer und Schuppen und stolpere in die Garage.

Mein keuchender Atem vernebelt die kalte Luft und schwarze Flecken tanzen über meine Sicht, während ich Dexters Futternäpfe auffülle. Ich stöhne auf, als ich feststelle, dass das Katzenfutter in der Dose ebenfalls gefroren ist. Dank der eiskalten Soße. Mir bleibt nichts anderes übrig, als die gefrorenen Brocken trotzdem in einem der Näpfe zu verteilen, während ich zusätzliches Trockenfutter in den anderen gebe. Zum Schluss drücke ich noch etwas Wasser aus der Flasche heraus.

Allein vom Hinstellen des Futters sind meine Hände ganz rot und pochen schmerzhaft. Ich zerre die Ärmel meines Pullovers herunter und bedecke meine Finger, so gut ich kann. Mein Kopf dröhnt und als ich mich etwas zu schnell drehe, schwimmen noch mehr schwarze Punkte vor meinen Augen und meine Knie geben nach. Ich fange mich rechtzeitig ab und klammere mich an den Tisch, auf dem ich das Katzenfutter aufbewahre. Entschlossen und mit zusammengebissenen Zähnen schleppe ich mich zurück in den Schuppen, schließe und verriegele diesmal die Tür. Schwach lasse ich mich auf das Bett sinken und lege meine eisigen Hände zwischen die Oberschenkel, wobei ich meine Wärmflasche vermisse. Die in meinem Bett ist mittlerweile unbrauchbar.

Mit zitternden Händen schäle ich mich aus meiner feuchten, verschwitzten Kleidung. Ich öffne den Verschluss der Wärmflasche, gieße das lauwarme Wasser in eine kleine blaue Schüssel und gebe mir eine erfrischende Wäsche – so eiskalt, dass ich fast einen Nippel verliere.

Ich ziehe mir frische Leggings und einen zusätzlichen Pullover an und krieche zurück unter die Decke.

Ich sollte Tilly wirklich eine Nachricht schicken ... Ich hoffe, bei Story ist alles in Ordnung.

IM SCHUTZ MEINER TRÄUME – ich muss am Schlafen sein – sind schwere Schritte, Stimmen, Knirschen und Reißen die Hintergrundgeräusche in meinem vernebelten Kopf. Mit verschwommenen Augen und ohne Verstand beobachte ich, wie meine hübschen, baumelnden Lichterketten ausgehen und in Fetzen gerissen werden, während der warme Kokon meines Schuppens mit einem Krachen verschwindet. In meinem Traum faltet sich der Holzschuppen um mich herum, als wäre er aus Papier. Er faltet sich ins Nichts.

Glühend heiße Finger berühren meine Kehle, lassen mich zusammenzucken und ein Minimum an Adrenalin gibt mir für einen kurzen Moment die Kraft, den trüben Schleier aus meinem Kopf zu vertreiben. Ich schlage meine schweren Lider auf und blicke in ein Paar wütende honigfarbene Augen. Mein Herz hüpft für eine Sekunde, nur um dann wieder in seinen trägen Rhythmus zu verfallen.

»Sie ist am Leben«, sagt eine erleichterte, tiefe Stimme.

Meine Augen flattern zu.

Dieser Traum gefällt mir nicht.

»Sie friert bestimmt.«

»Du steckst in ziemlich großen Schwierigkeiten, mein Schatten«, knurrt eine Stimme über mir, während eine schwere Hand sanft mein loses, verfilztes Haar aus dem Gesicht schiebt. Dann legen sich stählerne Arme um mich und ich werde von meinem Bett angehoben. Ich lande an einer muskulösen Brust und ich schmiege meine Wange daran.

»Nimm den ganzen Scheiß mit. Falls sie überlebt, kehrt sie sicher nicht in diese Absteige zurück ...«

»Miau.«

»Und nicht zu dieser Katze.«

»Ihr Haar ist wunderschön wie ein bunter Wasserfall«, sagt eine raue Stimme. »Sie ist hübsch.«

»Sie. Ist. Ein. Kind«, knurrt die Stimme des Mannes, der mich festhält. Sie dröhnt durch seine Brust gegen mein Ohr wie Dexters Schnurren. »Wenn du sie noch einmal so ansiehst, steche ich dir die Augen aus.«

Was für ein Traum, denke ich, während alles verblasst.

Kapitel Sechzehn

Ich träume von warmer, goldener Magie, die sich durch mich schlängelt wie Sirup.

Als ich aufwache, liege ich in einem fremden Bett. Ich erstarre und mein Blick wandert durch ein gut eingerichtetes Schlafzimmer.

Was zum Teufel?

Das Laken schmiegt sich um meine Hüften, als ich mich aufsetze, und ich lasse den zarten Stoff durch meine Finger gleiten. Oh, eine superhohe Fadenzahl. Was zur Hölle? Ich bin echt schräg, warum fallen mir ausgerechnet die Laken als erstes auf? Hmm. Offenbar habe ich eine seltsame Faszination für Baumwolle. Ich schüttle den Kopf und reibe mir die Stirn. Wo bin ich nur?

Ich schließe die Augen und versuche, mich zu erinnern, was passiert ist. Wie bin ich hier gelandet? Ich reibe mir ein zweites Mal kräftig die Stirn. Dann erinnere ich mich ... daran, dass ich krank war. Und ich erinnere mich daran, dass ich im Bett lag, und an Zeitabschnitte, die mir

nicht ganz richtig vorkommen. Ich bin mir nicht sicher, was passiert ist
...

Kleines Schwein! Kleines Schwein! Lass mich herein! Lass mich herein! Nein! Nein! Nein! Ich lass dich nicht herein! Scheiße, jemand hat schnaufend meinen Gartenschuppen zerstört. Ich runzle die Stirn. Da ist eine Erinnerung an unglaublich wütende Augen. Die Erinnerung an sie hat sich in meine Seele eingebrannt ... Und dann mischte sich das Metall mit dem Duft des Sonnenlichts.

Xander?

Ich muss verrückt geworden sein. Ich unterdrücke ein nervöses Lachen. »Scheiße, wo sind Story und Dexter? Ich muss doch auf sie aufpassen.« Meine Ohren spannen sich an. Doch ich höre nichts von außerhalb des Zimmers. Aber ... aber ich kann das flache Atmen der Person hören, die sich diesen Raum mit mir teilt. Meine Augen weiten sich und ich bekomme eine Gänsehaut auf den Armen.

Es ist wie in einem Horrorfilm.

Langsam drehe ich meinen Kopf und mein Blick fällt auf einen schweigsamen, wütenden Xander. Er sitzt auf einem Stuhl am Fenster und beobachtet mich.

»Das ist ja überhaupt nicht unheimlich«, murmle ich.

Ich schätze, ein normaler Mensch hätte wahrscheinlich gefragt: »Wo bin ich?« oder »Was ist passiert?«, aber ich halte meine Lippen zusammengepresst und erwidere seinen Blick.

Natürlich beunruhigt ihn mein Schweigen keineswegs.

Nein, er starrt mich nur an, während keiner von uns beiden ein Wort sagt.

Tageslicht strömt durch das Fenster hinter ihm. Ich neige meinen Kopf zur Seite. Ohne die ablenkenden Lichter des Clubs bemerke ich, dass die Außenseite seiner Iris von einem goldenen Ring umrahmt ist, sowie kleine, goldene Flecken das Innere zieren. Seine schönen Augen verengen sich und er grunzt. Ich schätze, jetzt hat er ernsthaft die Schnauze voll von mir.

Er ist stinksauer. Junge, ist der sauer.

Hm, das ist keine Überraschung. Der Engel ist entweder wütend oder angewidert von mir. Ich glaube, das sind die einzigen beiden Emotionen, die ich in ihm hervorrufen kann.

Sieht so aus, als wäre ich wirklich großartig darin, unsichtbar zu bleiben. Ich wurde von einem Wandler gebissen, habe vor ein paar hundert Kreaturen geblutet – oh, und ich habe meinem Engel-Boss gesagt, er soll sich verpissen. Habe ich ihm auch gesagt, dass er sich diesen Job in den Arsch schieben soll oder habe ich mir das nur eingebildet? Ha. Das alles summiert sich zu einer totalen und kompletten Katastrophe.

Juhu, was für eine Woche.

Und zu allem Überfluss liege ich jetzt in einem fremden Bett und starre einen Engel an. Der Traum ... die Erinnerung, die ich habe, wie er mit bloßen Händen dramatisch meinen Schuppen zerreißt und mich in seine Arme zieht, muss die Erfindung einer überaktiven Fantasie sein. Denn der Mann, der mich jetzt anschaut, sieht aus, als würde er *mich* am liebsten zerreißen.

»Dem Kater und der Pixie geht es gut. Du bist hier, weil dich ein Wandler bei der Arbeit gebissen hat und ich für dich verantwortlich bin.« Seine Stimme ist laut in dem stillen Raum.

»Okay ...« Gott sei Dank!

Um unseren intensiven Blickkontakt zu unterbrechen und ihn nicht ansehen zu müssen, werfe ich die Decke zurück und blicke an mir herunter. Oh, ein neuer Schlafanzug.

»Nachdem Gerüchte über den Vorfall im Night Shift am Samstag die Runde machten und aus Sorge um dein Wohlergehen, ging deine andere Arbeitgeberin zu deiner Adresse in der Ansdell Road und stellte fest, dass die Immobilie verkauft wurde. Als sie dich nicht finden konnte, kam sie zu mir und bat ...« Ich zucke zusammen. So wie ich Tilly kenne, ist das wohl eine nette Art zu sagen, dass sie etwas *befohlen* hat. »... um meine Hilfe. Mit Hilfe der hartnäckigen Dryade und schließlich einer herrischen Pixie habe ich dich halbtot in einem Gartenschuppen in einer verfallenen Garage gefunden.«

»Sie war nicht verfallen«, spotte ich.

Xander wischt sich mit einer Hand übers Gesicht. »Gib mir Kraft!«, sagt er zu sich selbst, während er sich auf dem Stuhl nach vorn lehnt und die Ellbogen auf seine Knie stützt.

Er hebt den Blick und ich blinzle ihn an. Das ist ... das ist doch lächerlich. Was zum Teufel ist hier los? Ich halte mein Gesicht so ausdruckslos wie möglich, während mir das Herz fast in die Kehle springt.

Xander ist wütend. Ich presse meine Lippen aufeinander. Der Engel, der mich wahrscheinlich mit bloßen Blitzen aus seinen Fingerspitzen umlegen könnte, starrt mich böse an. Mein Herz, das immer noch laut in meiner Brust hämmert, pocht jetzt noch heftiger.

Ich zittere. Ich weiß nicht, warum es mir so schlecht ging. Ich bin kein Mensch, aber das kann ich ihm ja schlecht sagen, oder? Und um ehrlich zu sein, geht es mir jetzt wieder gut. Ich kremple die langen Ärmel des Pyjamas hoch und untersuche meine Handgelenke und Arme. Keine blauen Flecken. Das muss doch ein gutes Zeichen sein, oder etwa nicht?

Ich ignoriere Mr Eingeschnappt und versuche, mich unbeschadet aus dieser Situation zu befreien. »Vielen Dank für all deine Hilfe. Ich fühle mich schon viel besser.« Ich atme tief ein und meine Brust tut nicht weh. Ja, mir geht es blendend. »Tut mir leid, dass ich dir Unannehmlichkeiten bereitet und deine Zeit verschwendet habe. Ich mache mich gleich auf den Weg.« Ich rutsche zur anderen Seite des Bettes – so weit weg von dem wütenden Engel wie möglich. »Ich werde alles mit Tilly abklären und sie außerdem wissen lassen, dass ich gestern Abend gekündigt habe, damit sie sich nicht mehr bei dir meldet.«

Xander hält eine Hand hoch und ich halte inne. »Du warst drei Tage lang bewusstlos und ich fürchte, so einfach ist das nicht. Die Wandler verlangen, dass ich dich ihnen ausliefere. Ich warte immer noch auf die medizinischen Ergebnisse.« Er runzelt die Stirn.

Wie bitte?

»Die Wandler sind ziemlich zuversichtlich, dass die Ergebnisse zeigen werden, dass du die allererste gewandelte menschliche Frau in der Geschichte bist.«

Ich blinzle schnell.

»Tru, du bist kein Mensch mehr«, sagt er und beendet seine Ansprache mit einem Hauch Dramatik.

Was zum verfluchten Teufel?

Kapitel Siebzehn

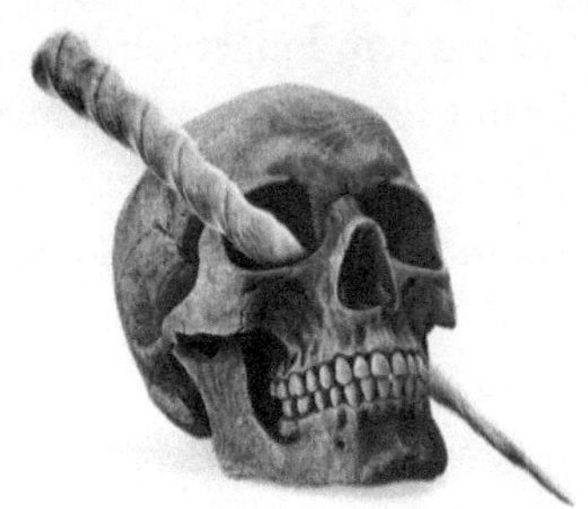

MIR KLAPPT die Kinnlade herunter und ich kann das gurgelnde Lachen nicht mehr zurückhalten. Gott, ich vermisse meinen Großvater. Er hätte die ganze Sache ebenfalls urkomisch gefunden und das Problem mit ein paar Worten aus der Welt geschafft ... Na ja, nachdem er mir eine Standpauke gehalten hätte, weil ich gebissen wurde.

Denken sie alle, dass ich gewandelt wurde? Dass ich eine gebissene Wandlerin bin? Ich schlage mir die Hand vors Gesicht und lache durch meine Finger hindurch. Mir ging es ein paar Tage schlecht und schon spielt die ganze Welt verrückt.

Verdammt, ihre Vorstellungen und diese Situation sind ja noch viel *schlimmer* als die Realität meines Hybridstatus.

Es ist so viel schlimmer und ich hätte niemals gedacht, dass ich diesen Scheiß irgendwann mal sagen würde.

Die Art, wie der Engel mich ansieht, mit dieser falschen Sympathie ... Er denkt wohl, er hätte alle Punkte richtig verbunden. Dabei ist er in Wirklichkeit auf der völlig falschen Spur.

»Ich weiß, dass es ein kleiner Schock ist«, sagt er.

Ich lache noch mehr.

Ich wette, diese haarigen Bastarde – die Wandler – drehen gerade durch. Ich wette, der Engel hat sich in die Hose gemacht, als er mit seinem schlimmsten Albtraum konfrontiert wurde. Ich schätze, das ist die passende Strafe dafür, weil er sich mir gegenüber wie ein Arschloch verhalten hat.

Nur leider bringt es mein Leben noch mehr durcheinander.

Sie wissen nicht, dass ich ein Hybrid bin. Dass es mir schlecht ging, nachdem dieser Idiot auf meinem Finger herumgekaut hat, war nur ein seltsamer Zufall. Das Timing hätte nicht schlechter sein können.

»Du hättest sterben können«, brummt er.

Mein Lachen verstummt und meine Augen weiten sich.

O nein.

Es trifft mich mit voller Wucht.

Es geht nicht darum, was *mir* passieren könnte. Es geht um die Folgen für andere Frauen.

Die Erkenntnis macht mich wahnsinnig. Was ist, wenn die Wandler plötzlich denken, sie könnten Frauen wandeln? Jeder weiß, dass sich eine Frau, die von einem Wandler gebissen wird, nicht wandelt. Sie stirbt. Was ist aber, wenn diese ganze Sache die Wandler anstachelt und sie anfangen, willkürlich Frau anzugreifen, in dem dummen Versuch, sie zu wandeln?

Menschen könnten sterben.

Und ich wäre dafür verantwortlich. Vielleicht zwar nur indirekt, aber ich wäre dafür verantwortlich. Schwankend gleite ich zur Bettkante, mit dem Rücken zum Engel. Meine Schläfen pochen und mein Herz hämmert laut in meinen Ohren, während mein Gehirn die Implikationen erörtert.

Weibliche reinrassige Wandler sind äußerst selten und werden entweder wie kostbare Juwelen oder wie Handelsware gehütet. Sie werden als Baby-Maschinen betrachtet. Wenn sie denken, ich wäre ein superbesonderer gewandelter Wandler, wird mein Leben zum Albtraum. Gebissene männliche Wandler können sich nicht wandeln. Aber ich weiß nicht, ob sie das Wandler-Gen an ihre Kinder weitergeben können. Was ist, wenn die Wandler sich in den Kopf setzen, dass ein gewandelter Mensch vielleicht vollwandelnde Kinder zeugen kann? Die Galle steigt mir in die Kehle, doch ich schlucke sie wieder herunter. Nein, ich mache mir zu viele Gedanken, ohne alle Informationen zu haben.

Ich hätte nie gedacht, dass es in dieser Situation tatsächlich das Beste wäre, ein Hybrid zu sein.

»Ich weiß, es ist ein kleiner Schock«, wiederholt er.

Das ist die Untertreibung des Jahrhunderts. Ich merke, dass ich den Kopf schüttle und wie eine Wahnsinnige vor und zurück schaukle.

Ich muss es ihm sagen. Ich muss das Ganze beenden.

Als ich Xander noch mochte, habe ich vielleicht mal nach Engeln gegoogelt. Und auf einer Homepage stand, dass Engel die Wahrheit von einer Lüge unterscheiden können. Was immer ich also sage, ich muss vorsichtig sein.

Die Stille breitet sich zwischen uns aus.

Wie ein Fisch auf dem Trockenen öffne und schließe ich meinen Mund wieder. Scheiße. Ich zucke mit den Schultern, habe keine Ahnung, was ich sagen soll. *Die Wahrheit, sag ihm die Wahrheit.*

Ich bin kein Kind, egal, was er denkt. Ich weiß, dass Kinder – Teenager – das immer behaupten. Aber ich bin es wirklich nicht. Ich bin die Summe meiner Erfahrungen wie wir alle, und ich habe Dinge gesehen und erlebt, die die meisten Menschen – unabhängig von ihrem Alter – brechen würden.

Komm schon, du schaffst das.

Alles geschieht aus einem bestimmten Grund. Ich schließe meine Augen und stoße einen gewaltigen Seufzer aus. Ich hasse diese Redewendung.

Aber ... aber ich weiß nicht, ob diese Theorie wirklich hilft. Ich schätze, wenn sie wahr ist und das Schicksal einen in eine bestimmte Richtung drängt und der Druck so stark ist, muss man sich vielleicht darauf einlassen.

Vielleicht muss ich mich meinem Los stellen. Verdammt, mich zu verstecken, funktioniert einfach nicht.

Das Schicksal hat mir einen gewaltigen Tritt in den Hintern verpasst. Gebissen zu werden, während man bereits krank ist? Das ist doch ein verrückter Zufall. Es geht um mehr als nur um mich. Es geht um mehr als nur um meinen egoistischen Selbstschutz.

Ich muss nur einen Schritt vorwärts machen.

»Ich bin nicht …«

Es klopft an der Tür und ein Mann in Uniform stürmt in den Raum. »Ich habe die Ergebnisse von Miss Dennison«, sagt er.

Ergebnisse? Ach, du Scheiße!

Dieser Typ sieht allerdings nicht aus wie ein Arzt. Er sieht aus, als wäre er mit einem Silberschwert glücklicher als mit einem Stethoskop. Nicht, dass Ärzte noch Stethoskope benutzen. Dafür gibt es mittlerweile ausgeklügelte Zaubertechnik.

»Du wirst nicht glauben, was ich gefunden habe«, fährt er fort, den Blick auf das medizinische Tablet gerichtet.

Doppelte Scheiße!

Ich bewege mich auf der Bettseite und drehe mich dann, um ihn besser sehen zu können. Seine Augen heben sich vom Tablet, als er meine Bewegung bemerkt. »Miss Dennison, Sie sind wach.«

Ich winke ab. »Ja, ich glaube, das bin ich … Ich befinde mich gerade nur in einer Art zwielichtigen Zone, in der die Welt verrücktspielt. Ich glaube, ich bin immer noch bewusstlos und mein Gehirn macht sich einen Spaß daraus, unglaublichen Scheiß zu erfinden«, brumme ich.

»Mein Name ist Dr Ross …«

»Okay, raus mit der Sprache, Ross. Spar dir deine Höflichkeiten für einen anderen Zeitpunkt«, unterbricht ihn Xander. Er winkt mit der Hand in der Luft, damit der Arzt weitermachen kann.

Der Doktor zuckt entschuldigend mit den Schultern und wendet seine volle Aufmerksamkeit dann dem Engel zu. Er greift in seine Tasche und holt eine Zaubertrankkugel heraus.

Hexen kennzeichnen ihre Zaubersprüche normalerweise nach Farben: Rot steht für gefährlich, Orange für Feuer oder Sprengstoff. Die Kugel in seiner Hand ist blassblau. Als er um Erlaubnis bittet, hebt er die Augenbrauen und der Engel nickt zustimmend. Der Arzt schnippt die Zaubertrankkugel auf den Boden.

Die Luft um uns herum knallt. Ich muss ein paar Mal schlucken, weil der Druck in den Ohren schmerzt. Stille. Eine Blase der Stille legt sich um uns, die so dick ist, dass es sich um einen wirklich teuren Trank handeln muss.

Xander neigt den Kopf zur Seite und verzieht angewidert das Gesicht. »Ross, wenn du mir nicht mal zutraust, dass ich mit einer Nervensäge und ihrem medizinischen Blödsinn fertigwerde, dann haben wir ein ernstes Problem am Hals. Musst du extra einen Zaubertrank für unsere Sicherheit verschwenden?«

Meine Güte, der Kerl kann mich wirklich nicht leiden. Was für eine Schande.

»Ich vertraue diese Informationen niemandem außer den hier Anwesenden an.«

Ich zucke und mein Kopf pocht. Ich frage mich, ob sie es merken würden, wenn ich einfach wieder einschlafe. Ich lecke mir nervös über die trockenen Lippen. Sieht so aus, als würde ich nicht mehr zu meinem Hybrid-Geständnis kommen. Ich schätze, es liegt nicht mehr in meiner Hand.

Mein Großvater ist vor nicht einmal vier Monaten gestorben und in dieser Zeit ... habe ich einfach alles versaut. Ich gebe mir mental einen doppelten Daumen nach oben. *Du machst das echt großartig, Tru.*

NICHT.

Aber ich halte meinen Mund. Gott, ich habe so eine verdammte Angst.

»Okay, die gute Nachricht ist, Miss Dennison ist kein gebissener Wandler.« Ah, Scheiße. Jetzt geht's also los. »Ich habe die Ergebnisse selbst dreimal überprüft. Ich habe sogar eine weitere Blutprobe entnommen, um sicherzugehen.«

Gut zu wissen, dass ich während meiner Bewusstlosigkeit benutzt und gepikst wurde. Ich starre unter anderem auf den nagelneuen, noch nie gesehenen Pyjama hinunter.

Xander nickt. Sein Gesicht entspannt sich vor Erleichterung. »Das sind die besten Neuigkeiten, die ich heute gehört habe. Allerdings verstehe nicht, warum du dann das Bedürfnis mit dem ganzen Trank-Drama hattest. Die Arbeit mit Johns Team macht dich paranoid.« Xander erhebt sich vom Stuhl. »Schick die Ergebnisse an die Wandler. Ich bin sicher, dass sie ihre eigenen Tests durchführen wollen, um es zu bestätigen.«

Dr Ross streckt seine Hand aus und schüttelt den Kopf. »Ich glaube nicht, dass wir das tun können. So einfach ist das nicht.«

»Warum nicht?«

Ich krümme mich zusammen, bis meine Schultern meine Ohren streifen.

»Die Ergebnisse zeigen, dass Miss Dennison ein halber Wandler ist.« Sowohl der Arzt als auch Xander drehen sich um und starren mich an. Ich zwinge mich, nicht zu zappeln, und recke das Kinn. Halber Wandler ist doch völlig in Ordnung.

So wie sich die Wandler willkürlich fortpflanzen. Praktisch jeder zweite Mensch besitzt doch etwas Wandler-DNA. Es gibt Tausende von halben Wandlern in dieser Welt.

»Okay«, höhnt Xander. »Kein Problem, das kriegen wir schon hin. Schlimmstenfalls könnte es so aussehen, als würde ich ein abtrünniges Halbblut beherbergen.« Er wirft mir einen bösen Blick zu, den ich erwidere. »Du musst dich bei der Gilde melden.«

Meine Güte, ich weiß wirklich nicht, warum er mich so sehr hasst. Bei all den bösen Blicken, die er mir zuwirft, könnte ich ernsthaft einen Komplex bekommen. Es ist ja nicht so, dass ich ihm in die Cornflakes geschissen hätte. Das hier ist nicht meine Schuld. Ich habe ihn nicht darum gebeten, seine Nase in meine Angelegenheiten zu stecken. Er war derjenige, der zu mir nach Hause gekommen ist und mich aus meinem Bett gerissen hat.

»Ich bin noch nicht fertig.«

Ach, wirklich?

Der Arzt klopft mit dem Tablet gegen sein Bein, dabei zittert seine Hand. Er nimmt einen tiefen, stärkenden Atemzug. »Es ist viel schlimmer als das, Xander. Die Ergebnisse zeigen, dass sie auch halb Vampir ist.« Er sieht eigentlich nicht aus wie ein Mann, der nervös wird. Er sieht aus wie jemand, der die Dinge einfach akzeptiert und dem nichts etwas ausmachen kann. Warum seine nächsten Worte auch so eindringlich klingen: »Ich glaube, wir müssen die Jägergilde einschalten.«

Der Arzt ist offenbar am Durchdrehen.

»Halb Wandler, halb Vampir? Das ergibt wenig Sinn ... Sie riecht nicht tot.«

»Nein, denn das ist sie nicht. Sie ist ein geborener Vampir, ein Wandler-Vampir-Hybrid.«

Ups.

Xander knirscht mit den Zähnen.

»Überprüfe die Ergebnisse noch einmal«, bellt Xander.

»Das habe ich schon. Dreimal.«

Die beiden Männer starren sich an und ein ganzes Gespräch läuft zwischen ihnen ab, nur mit ihren Augen.

Xander richtet seinen Blick auf mich. »Tru«, knurrt er und benutzt zum ersten Mal meinen Namen. Ich kann das Zimmer nicht verlassen, weil der Arzt die Tür blockiert, also tue ich das Nächstbeste, was mir einfällt ... Ich rolle mich auf die Seite und ziehe die Decke über meinen Kopf.

Wie ein Kind.

Seht euch das an. Ich habe das hier voll im Griff. Wenn sie denken, dass ich schlafe, lassen sie mich vielleicht in Ruhe. Anschließend könnte ich mich rausschleichen.

Xander grunzt. »Was ist mit ihrer Krankheit?«

»Ich muss noch mehr Tests machen, aber es sieht so aus, als ob sie ihre Vampirtransformation früher als sonst durchläuft. Für mich sieht es so aus, als ob beide Seiten ihres Wesens in einen Konflikt geraten sind. Sie führen Krieg gegeneinander. Ihre Elektrolytwerte sind völlig durcheinander, ihre Kaliumwerte zu hoch und ihre Natrium-, Vitamin-D- und Eisenwerte sind kritisch niedrig. Aus den Daten geht hervor, dass beide Seiten gerade am Verlieren sind.« Ich höre ein paar Klopfgeräusche und gehe davon aus, dass er Xander gerade meine medizinischen Daten auf seinem Tablet zeigt.

»Medizinisch gesehen, weiß ich nicht, wie sie überhaupt noch am Leben sein kann.« Es wird einfach immer besser.

Kapitel Achtzehn

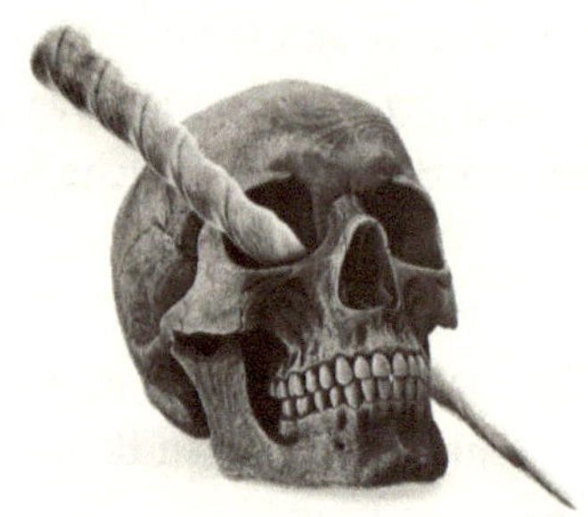

ALS ICH UNTER meiner Bettdecke hervorkrieche, sehe ich, wie goldene Magie seltsamerweise aus dem Finger des Engels *tropft*, dann wischt er die Schallblase davon. Meine Oberlippe hebt sich mit einem leisen Knurren und ich schüttle den Kopf bei dem Anblick. Er ist so ein Angeber. Ein normaler Fingerstich hätte es auch getan.

Sobald die Blase platzt, dringen Geräusche auf mich ein und es scheint sofort ein Problem zu geben. Draußen auf dem Flur höre ich Tumult.

»Ich will mein Weibchen abholen«, brüllt irgendein Idiot.

Xander stöhnt und schlendert aus dem Zimmer. Der Mann weiß wirklich, wie man sich bewegt. Hätte ich keine Augen im Kopf oder nicht selbst all die festen Muskeln in seinem Oberkörper gespürt, dann würde ich denken, er hätte keine. Seine Bewegungen ähneln weniger einem normalen Gang, sondern vielmehr einer flüssigen Masse.

Der Arzt konzentriert sich wieder auf sein Tablet und tippt wie ein

Besessener auf dem Bildschirm herum. Ich hoffe inständig, dass er gerade meine Krankenakte löscht.

Xanders leise Stimme mischt sich in das Gespräch auf den Flur, doch dann vibriert die Tür, als etwas dagegen schlägt. Ich rolle mit den Augen – der Engel ist so diplomatisch. Was passiert gerade? Doch mir fehlt die Kraft, um Angst zu haben. Ich bin völlig ausgelaugt. Dank meines Selbsterhaltungstriebs neige ich aber immerhin den Kopf zur Seite, konzentriere mich und nutze meine vorteilhaften Hybridohren.

»Sie ist gerade erst aufgewacht.« Xanders Stimme senkt sich zu einem beängstigenden Knurren. Sie müssen jetzt direkt vor dem Schlafzimmer stehen, denn ich muss meine Ohren kaum noch spitzen, um zu lauschen. »Es ist dir nicht erlaubt, mit ihr zu sprechen.« Er klingt so bedrohlich.

»Es ist mir scheißegal, was du denkst. Sie gehört mir. Ich habe sie gebissen, also ist sie jetzt mein Eigentum. So will es das Gesetz«, knurrt der Mann zurück.

Ah, jetzt erkenne ich die Stimme. Es ist Frank, der verrückte Wandler aus dem Club. Also bin ich jetzt sein Eigentum? Ich stoße ein Lachen aus. Der Typ braucht echt eine Tracht Prügel.

Plötzlich bin ich motiviert, aus dem Bett zu steigen und mich anzuziehen. Ich setze mich auf und sehe mich nach etwas zum Anziehen um.

Der Engel antwortet mit seinem eigenen Lachen. Es ist ein gruseliges, dunkles Kichern, das mich am ganzen Körper erschaudern lässt. Wie kann ein einziger Laut so viel Abscheu hervorrufen?

»Hör zu, Engel, du hast kein Recht, mich von ihr fernzuhalten. Ich habe die Erlaubnis des Wandlerrats, also geh mir lieber aus dem Weg.«

Auf der Kommode liegt ein handlicher Stapel Kleidung, also springe ich aus dem Bett, schnappe mir das Bündel und eile am Arzt vorbei ins Badezimmer.

Ich traue dem Engel nicht, dass er dem Wandler im Weg stehen bleibt und ihn nicht hereinlässt.

Ich knalle die Tür hinter mir zu und schließe ab. So. Jetzt fühle ich mich ein wenig sicherer. Das schicke weiße Badezimmer hat schöne Kacheln im Metro-Stil und die großen Fliesen auf dem Boden haben goldene Sprenkel – *genau wie Xanders Augen*. Ich grunze über meinen zufälligen Gedanken und betrachte wehmütig die gläserne Dusche. Ich bin auf magische Weise sauber. Sogar meine Zähne – ich tippe sie mit meiner Zunge an – glänzen. Aber nichts gibt einem ein besseres Gefühl als eine heiße Dusche. Ich ziehe einen Schmollmund. Leider habe ich keine Zeit dafür und ich fühle mich nicht sicher genug, um mich nackt auszuziehen.

Ich wühle mich durch die Klamotten und finde Unterwäsche, schwarze Leggings und einen weiten roten Kapuzenpulli. Schnell ziehe ich mich an.

»Dann musst du dich eben hinten anstellen«, sagt Xander gerade, als ich die Badezimmertür öffne.

Hm? Was meint er damit? Der Arzt hat das Schlafzimmer verlassen.

Für den Fall, dass ich mir den Weg nach draußen erkämpfen muss, hebe ich meine Arme über den Kopf, strecke sie und meine Handgelenke knacken, als ich sie rolle. Ich fühle mich großartig. So gut wie seit Monaten nicht mehr. Vielleicht habe ich nur etwas Schlaf gebraucht? Ja, vier Tage, oder waren es fünf? Ich bin so ausgeruht.

Ich sollte mein Haar flechten. Während ich es tue, höre ich das Piepen einer Telefontastatur und dann ein Klingeln. »Ich bin's, Xander. Ich habe etwas, das dich interessieren könnte.« Er hält inne, als jemand etwas erwidert, nur kann ich die andere Seite des Gesprächs nicht hören, da das Telefon verzaubert ist. »Ja, sie ist hier …«

Ich vergesse mein Haar für einen Moment, trete näher an die Tür heran und lege meine Finger auf das weiße Holz.

»Nein, kein gebissener Wandler. Sie ist ein unregistriertes Halb-Reinblut.«

Was soll das denn jetzt schon wieder?

»Ja, eine Frau … *die* Frau. Ich schicke dir einen temporären Portalcode.«

Der verdammte Engel hat mich verraten.

Ohne groß darüber nachzudenken, reiße ich die Tür auf und stapfe auf ihn zu. Einsicht ist eine wunderbare Sache. Meine innere Stimme schreit mir zu, dass ich nicht einmal in Versuchung kommen darf, diesen Engel zu verprügeln. Selbst blind vor Wut weiß ich, dass es nicht klug wäre, ihn zu schlagen. Er würde mich sofort erledigen.

Stattdessen steche ihm also mit dem Finger in die Brust.

»Verdammter Verräter.« Stich. »Petze.« Stich. »Das war mein

Geheimnis, nicht deins.« Stich, stich. Jedes Mal, wenn ich ihn anstupse, verbiegt sich mein Finger seltsam.

Verdammtes steinhartes Arschloch.

Immer noch am Telefon leuchten die Engelsaugen humorvoll auf mich herab und er antwortet auf mein Stochern mit dem Anheben einer perfekten Augenbraue. »Ja, sie ist eine Herausforderung. Ich werde ein Treffen arrangieren. Bis bald. Hör auf damit!« Xander schlägt meine Hand weg und legt sein Handy beiseite.

Meine Nasenflügel blähen sich vor Empörung und ich starre ihn an, während ich meine Hand reibe. Die Bänder darin tun weh. Als hätte ich gegen eine Ziegelmauer gestoßen.

»Du kommst mit mir«, sagt eine schleimige Stimme. Mir klopft eine schwere Hand von hinten auf die Schulter und etwas, das ich für einen Daumen halte, bohrt sich in mein Gelenk. Autsch!

Ich drehe den Kopf und starre auf die fleischige, haarige Hand. Die Fingernägel sind schwarz vor Dreck. Unter meinem Kapuzenpulli kribbelt meine Haut.

Scheiße, ich habe es schon wieder getan; ich habe zu viel offenbart. Werde ich es denn nie lernen? Verärgert streiche ich mir das schwere Haar aus dem Gesicht. Es sieht so aus, als würde mein Verstand immer noch vernebelt sein, wenn der Engel in der Nähe ist. Ich muss wohl akzeptieren, dass sich ein Teil von mir immer zu Xander hingezogen fühlen wird.

Ich wackle mit der Schulter, um den Wandler abzuschütteln, doch Frank, das Arschloch, gräbt seine Finger tiefer hinein. Ich zucke zusammen, als er dabei einen Nerv zwickt. Xanders Augen werden hart, als Freaky Frank mich zurück an seine Brust zerrt.

Diese gesamte Situation legt den Wutschalter in mir um. Ich verhalte mich wie eine besessene Frau und reagiere mit jedem wütenden Teil in mir. Ich drehe mich von ihm weg. Der Holzboden hilft mir, wie eine Tänzerin auf meinen Socken herumzuwirbeln. Ich denke nicht einmal nach. Mein Muskelgedächtnis übernimmt die Kontrolle und wieder schlage ich dem Wandler mitten ins Gesicht.

»Das ist dafür, dass du mich angefasst hast.« Ich schlage auf seine Nase und spüre, wie die Knochen darunter knirschen. »Das ist fürs Beißen.« Ich bewege mich zur Seite und schlage ihm mit der linken

Faust wieder auf die Nase, diesmal auf eine andere Stelle. Ich grinse bedrohlich, als sein Gesicht unter meinen unerwarteten Schlägen knirscht, und ein gut platziertes Knie in den Magen entlockt seinen blutigen Lippen ein befriedigenden, erstickten Laut.

Doch gerade als ich einen guten Prügel-Rhythmus finde, lande ich in der Luft und werde gegen steinharte Muskeln gepresst.

Mmm, stahlharte Bauchmuskeln.

Die verdammte Brezel-Umklammerung. Ich werde ihn umbringen.

»Wisse, dass ich dir das erlaubt habe, mein Schatten. Aber ich werde es dir nicht noch einmal durchgehen lassen. Du bist Gast in meinem Haus. Ich verstehe, dass du frustriert bist, aber Gewalt ist keine Lösung.«

»Oh, aber diesem Kerl zu erlauben, mich so zu behandeln, ist völlig akzeptabel? Für jeden gelten andere Regeln, willst du mir das sagen?«, knurre ich, während ich vergeblich versuche, mich aus seinem Griff zu befreien. »Er hat mir die Fingerkuppe abgebissen und dann kommt dieser Schwachkopf her und will mich abholen? Ich bin kein verdammter Imbiss.«

Der Wandler schreitet auf mich zu und wischt sich mit der Hand über sein blutiges Gesicht. Ich fletsche die Zähne und lasse meine winzigen Reißzähne aufblitzen.

»Keinen Schritt weiter! Du kennst meine Regeln«, sagt Xander beinahe im Plauderton zu dem Wandler. Natürlich ignoriert er völlig, was ich soeben gesagt habe. In diesem Moment wird mir klar, dass mein Sieg über Frank viel zu einfach war. Nicht ein einziges Mal hat er versucht, zurückzuschlagen ... Ich atme tief durch. Sieht so aus, als hätte der Engel ihn an der kurzen Leine.

Hm. Da ist er nicht der Einzige.

Xander schüttelt mich leicht und flüstert mir ins Ohr: »Beruhige dich.«

Mich beruhigen?

»ER. HAT. VERSUCHT. MICH. ZU. TÖTEN«, schreie ich.

Frank bleibt genau dort, wo er ist, mit einem Grinsen auf seinem hässlichen Gesicht. Ich sehe, dass er versucht, so zu tun, als hätte mein Angriff ihn nicht getroffen, aber seine Brust hebt und senkt sich schnell, während er keucht. Blut rinnt ihm übers Gesicht. »Ich kann es kaum erwarten, bis wir allein sind«, sagt er.

»Ja, ich auch nicht, aber aus anderen Gründen. Du krankes Arschloch.«

Er schaut mich von oben bis unten an und streckt seine Zunge heraus, um das Blut von seiner Lippe zu lecken.

Igitt. Ich verdrehe die Augen.

Selbst wenn meine Handgelenke in Xanders einhändigem Griff gefangen sind, kann ich dem Wandler immer noch beide Mittelfinger zeigen. *Fick dich!*, forme ich stumm mit den Lippen, falls er meine Geste allein nicht versteht. Ein leises Knurren grollt aus seiner Brust und jetzt bin ich an der Reihe, ihn anzugrinsen.

»Was für eine gruselige Scheiße ...«

Xander schüttelt mich erneut warnend.

»Er hat mich zum Bluten gebracht und wie du selbst gesagt hast: Wenn ich ein Mensch wäre und seine Zähne gewandelt, hätte er mich töten können.«

»Was meinst du, *wenn* du ein Mensch wärst?«

»Du bist nicht besonders clever, oder, Frank?«, sage ich mit zusammengebissenen Zähnen. »Hast du das Telefongespräch mit den Vampiren nicht gehört, das er eben geführt hat?« Ich nicke unbeholfen mit dem Kopf nach hinten, um auf meinen Zurückhalter zu deuten, und schlage mir dabei fast den Kopf an seiner Brust an. »Mit den Vampiren? Dieser Halbwandler, Halbvampir? Er hat über mich gesprochen. Du hast mich nicht gewandelt, du Idiot. Ich bin ein Hybrid.«

Der baumstammähnliche Arm um meine Taille drückt mich warnend zusammen.

»Nein, das habe ich. Du bist eine verlogene Hure«, sagt Frank jämmerlich.

»Ja, das glaubst du, Frank. Ich bin eine verlogene Hure, und *du* hast die erste Frau in der Geschichte der Wandler gewandelt.« Ich schüttle den Kopf und kräusle angewidert die Lippen. »Verdammter Idiot«, murmle ich.

Warmer Atem kitzelt mich am Ohr. »Es tut mir leid, dass ich dich nicht beschützt habe und du verletzt wurdest. Aber bitte vertraue mir, dass ich diese Situation im Griff habe.«

»Dir vertrauen?«, spotte ich. »Ja, sicher, mache ich gleich. Vertrauen ist etwas für *Kinder* und Hunde.«

»Wirst du dich benehmen?«

»Nein«, spucke ich hervor.

Ich lege großen Wert darauf, diesem Kerl die Wahrheit zu sagen, wenn er mir mit seinen hinterhältigen Engelstricks kommen will. Ich werde mich bestimmt nicht benehmen. Das habe ich schon einmal versucht und dabei fast einen Finger verloren.

Der Arm um meine Taille bewegt sich. Ich quieke auf, als Xander seine Handfläche auf einen Streifen nackter Haut zwischen dem Bund meiner Leggings und meinem Kapuzenpulli legt, da er bei unserem Kampf hochgerutscht ist. Die Hand an meiner Haut wird wärmer und sie beginnt zu kribbeln.

»Schlaf jetzt, mein Schatten.«

»Ich bin nicht dein verdammter Schatten.«

Dann wird alles schwarz.

Kapitel Neunzehn

Ich blinzle die Augen auf. Ich bin wieder im Schlafzimmer. Wie peinlich. Ich muss ohnmächtig geworden sein. Der Arzt steht über mir, und es sieht so aus, als würde er gerade einen kompletten Scan meines Körpers durchführen. Als er merkt, dass ich wach bin, schüttelt er sichtlich verärgert den Kopf.

»Dir geht es immer noch nicht gut, also hör auf, kopflos in die Schlacht zu ziehen. Ich bin immer noch dabei, das Chaos zu beseitigen, das du angerichtet hast. Also bitte hör auf, mir die Arbeit zu erschweren.«

Ich blicke ihn finster an.

Er blickt finster zurück.

Ja, schon gut. »Tut mir leid«, brumme ich, während ich mich aufsetze. »Hast du meinen Kater gesehen? Und meine Freundin, Story?« Ich bin nun offiziell eine schreckliche Tierhalterin und Freundin.

»Der fette Rotschopf?«

Ich schnaube. »Er ist nicht fett. Er ist supergesund.« *Fett*, schnaufe ich wieder. Was weiß dieser Arzt schon von Tieren.

»Ja, dein Kater und die Pixie sind beide in Sicherheit und irgendwo hier in der Nähe. Ich glaube«, Dr Ross hustet in seine Faust, um ein Lachen zu unterdrücken, »der Kater hat auf das Sofa gepinkelt. Unser Engel war nicht gerade erfreut. Ich glaube, er hat bereits zwei Zaubertrankkugeln benutzt, um die Spuren zu beseitigen. Du kostest Xander ein kleines Vermögen.«

Ich verziehe das Gesicht. Dexter ist ein Streuner. Es ist nicht seine Schuld, dass er nicht stubenrein ist. Wenigstens hat niemand etwas darüber gesagt, dass Dexter eine Fae-Monsterkatze sein könnte. Ich habe darauf gewartet, dass er irgendwelche Anzeichen zeigt ... aber er scheint ein normaler Kater zu sein. Vielleicht hat Story sich geirrt?

»Ist Freaky Frank noch hier?«

»Freaky Frank?« Die Augen des Doktors verengen sich verwirrt und weiten sich dann vor Erkenntnis. »Oh, der Wandler. Ja, er ist im Wohnzimmer mit einer Gruppe von wichtigen Leuten.«

Meine Augenbrauen heben sich. »Scheiße, wie lange war ich weg?« Oh, und wie großartig. Die *wichtigen* Leute sind hier, spotte ich im Geiste. »Die Vampire sind hier, nicht wahr? Der Vampirrat?«

Dr Ross wirft einen Blick auf seine Uhr. »Ja, der Vampirrat und *alle* anderen Räte auch.«

»Alle Räte? Hier?«, stoße ich hervor.

Wann haben die Räte angefangen, Hausbesuche zu machen? Dieser verdammte Engel, er ist ein Fluch. Das schreit nach seinem großen, dreckigen Einfluss. Das ist schlimmer, als ich es mir je hätte vorstellen können. »Oh, Scheiße.« Ich stöhne und reibe mir die Stirn.

»Oh, Scheiße, in der Tat. Die ganze übernatürliche Welt fragt sich, was sie mit dir anstellen soll.«

Das beruhigt mich nicht im Geringsten, vor allem nicht, als ich die Besorgnis in den Augen des Arztes erkenne. Mein Magen verdreht sich. Ist heute der Tag, an dem ich sterben werde? Nein, nicht ohne Kampf.

»Ich bin noch nicht tot ... Zumindest ist das doch etwas Positives.«

»Nein, noch bist du nicht tot. Aber du wirst es sein, wenn du sie noch länger warten lässt. Also beeil dich.« Er tippt auf seine Uhr.

Ich klettere aus dem Bett und nehme mir einen Moment Zeit, um mein Haar neu zu flechten und das Ende in mein Oberteil zu stecken. Ich habe keinen Haargummi dabei, um es zu befestigen, aber mein Haar ist so lang, dass der Zopf geflochten bleiben sollte, selbst wenn sich die ersten paar Zentimeter lösen – vorausgesetzt, ich tue nichts allzu Energisches. Um mein Leben zu kämpfen oder zu rennen, zum Beispiel …

Ich atme tief ein, rolle die Schultern zurück und hebe das Kinn. Großvater hat immer gesagt, die Haltung ist wichtig. Ich richte auch meine Kleidung, allerdings hätte ich duschen sollen. Immer wieder rieche ich Xanders Duft auf meiner Haut und mein Magen krampft sich zusammen. Ich sehe fürchterlich aus, aber es muss reichen. Ich bin so bereit, wie ich es nur sein kann. Wenigstens habe ich nichts von Freaky Franks Blut an mir. Das ist doch immerhin etwas.

Meine Hand zittert, als ich nach dem Türknauf greife. Wenn sie mich schon umbringen, weil ich so bin, wie ich bin, kann ich auch mit etwas Würde untergehen.

Mit diesem wunderbaren Gedanken und dem Arzt auf den Fersen begebe ich mich in den Flur. Ich halte inne und lausche, dann drehe ich mich um und folge den Stimmen.

Mein Blick schweift umher und ich betrachte die Zimmer, an denen wir vorbeikommen. Das Zuhause des Engels ist schön – es sieht supermodern und teuer aus. Die nächste Stufe von wohlhabend.

Als ich in das riesige Wohnzimmer trete, bleibe ich an der Tür stehen. Mit großen Augen schaue ich den Arzt an. Er steht hinter mir und drängt mich nicht zum Eintreten. Ich atme zittrig aus, blinzle ängstlich und mit hämmerndem Herz in den Ohren und zwinge mich, mich zu konzentrieren.

Ja, das zweifellos schöne Wohnzimmer ist ein wenig überfüllt. Auf den Stühlen sitzen wohl die wichtigen Leute, nehme ich an. Die Fae und die Vampire sitzen auf der linken Seite, die Wandler auf der Rechten und ein leerer Platz – mein leerer Platz – befindet sich in der Mitte.

Hm, das klingt fast wie der Refrain eines Songs.

Im Raum verstreut steht eine Vielzahl von Leibwächtern, aufgeteilt in Wandler, Vampire und Fae. Die Idioten sind alle darauf konzentriert, sich gegenseitig anzustarren, anstatt die Tür im Blick zu behalten. Ich schlucke nervös. Wenn ich so darüber nachdenke, sind die Wachen wahrscheinlich gar keine Idioten ... Keine andere Bedrohung wäre größer als diese Leute hier in diesem Raum.

Ich schaue auf meine Füße hinunter. Ich kann nicht. Ich scheine mich nicht weiter bewegen zu können. Ich schaffe es einfach nicht. Ich wanke von einem Fuß auf den anderen und verängstigte Tränen füllen meine Augen, bis meine Sicht verschwimmt. Ich weiß wirklich nicht, ob ich den Raum aus eigener Kraft betreten kann.

Nun, wenn du es nicht kannst, wird man dich sicher schreiend und tretend auf den Stuhl zerren und dann ist jedes Druckmittel, das du vielleicht hattest, verloren.

Hinter einem Stuhl steht ein dunkelhaariger männlicher Hexer – ein seltener Anblick. Er ist der Einzige, der mich bemerkt und er nickt mir freundlich, fast schon aufmunternd zu. Da er so höflich ist, nicke ich zurück und meine Lippen zucken, als ich mich an einem nervösen, falschen Lächeln versuche.

Mein Blick schweift zurück zu der Belegschaft auf ihren Plätzen.

Natürlich streiten sich die sitzenden Bonzen. Was wollen die alle hier? Mein Großvater hat dafür gesorgt, dass ich die Wahrheit über diese mächtigen Leute kenne. Denn wenn sie schon Mitglieder des Rats sind, sollte ich wenigstens wissen, wer sie sind. Wissen ist schließlich Macht.

Nach dem, was ich in der kurzen Zeit, in der ich in der Tür stehe, mitbekomme, scheinen sie sich einig zu sein, dass sie mich nicht umbringen können.

Juhu.

Es hört sich so an, als würden sie mich nicht töten wollen, aber sie streiten sich darum, wessen Verantwortung ich unterliege.

Juhu.

Mich streift eine männliche Kraft, die den Raum durchströmt. Wie zum Teufel kann ich nur dagegen ankämpfen? Wie kann ich mich schützen? Ich habe mich noch nie so hilflos gefühlt wie jetzt.

Ich dachte, ich sei ziemlich furchtlos, aber ich habe mir selbst etwas vorgemacht. Ich schlucke nervös und blinzle den feuchten Schleier aus meinen Augen fort. Ich habe mir etwas vorgespielt, vorgetäuscht. Ich habe mir die ganze Zeit etwas vorgemacht, so getan, als hätte ich Kontrolle, obwohl ich nur ein kleines Rädchen in einer Kreaturmaschine war.

Die Männer in diesem Raum spielen in einer anderen Liga. Es ist ein seltsames Gefühl, wenn man ohne jeden Zweifel weiß, dass man völlig überlegen ist.

Ich lächle traurig. Die meiste Zeit bin ich selbstbewusst, fast schon übermütig, und obwohl ich wusste, dass die Räte mich töten würden, sobald sie mich in die Finger bekämen, konnte ich mir nie vorstellen, wie genau das aussehen würde.

Ich habe *das* hier nicht erwartet – ein Treffen im Wohnzimmer des Engels. Wie ich sie durch die Tür beobachte, während diese Albtraummonster, die unsere Welt mit ihrer vernichtenden Macht plagen, herumsitzen und sich streiten ... und dabei Tee schlürfen.

Ich runzle die Stirn.

Was würde mein Großvater tun? Was würde er sagen? *Sieht so aus, als wären die Affen von ihren Baumkronen zu den Ameisen auf den Boden geklettert. Das hier ist ein richtiger Zirkus.*

»Nicht mein Zirkus, nicht meine Affen«, murmle ich seinen Lieblingsspruch.

Als das Gespräch unterbrochen wird, winkt mich Xander, der mich die ganze Zeit beobachtet hat, in den Raum. »Hier ist sie, das Kind, über das wir gesprochen haben. Komm rein und setz dich«, sagt er und deutet mit einem Nicken auf den leeren Stuhl.

Ich halte meinen Mund geschlossen und versuche, nicht mit den Zähnen zu knirschen, während sich alle Augen auf mich richten. Ich muss meine Beine zusammenpressen, damit ich mir nicht in die Hose mache. Stattdessen klammere ich mich an seine Worte wie an eine Rettungsleine. Und ich klammere mich auch an die Dunkelheit und die Wut, die immer in mir vorhanden sind. Warum er darauf besteht, mich ein Kind zu nennen, weiß ich nicht. Doch es bringt mein Blut in Wallung. Für ein paar Sekunden wäscht die Wut meine Angst fort.

Und Sekunden sind alles, was ich brauche.

Ich kratze meinen zerfallenen Mut zusammen und stolziere mit der Eleganz einer Tänzerin auf Socken durch den Raum, als wäre ich eine Königin, die zu ihrem Thron schreitet.

Ich lasse mich auf der Kante des Stuhls nieder, die Hände im Schoß und den Rücken kerzengerade. Ich schließe meine Sorgen weg, verberge meine Angst tief in mir und ignoriere geflissentlich die kleine innere

Stimme, die mir sagt, dass diese Menschen die Anführer unserer Art sind. Ich habe sie im Fernsehen gesehen. Dieser Augenblick ist doch unwirklich.

Meine Lippen verziehen sich zu einem – wie ich hoffe – süßen, freundlichen Lächeln.

»Das ist also das Mädchen, das so viel Ärger verursacht hat?«, knurrt ein Mann mit einer nervigen, hochnäsigen Stimme. Ich wende meinen Blick in seine Richtung. Der Kerl ist blond, trägt einen teuren Maßanzug und sieht aus wie eine unheimlich Ken-Puppe.

Reinblütiger Vampir.

Er trägt den Namen Lord Luther Gilbert – ja, richtig, *Lord*. Er ist ein eingebildeter Arsch. Ich kenne ihn aus den Akten meines Großvaters. Ich habe eine Zusammenfassung seiner größten Taten gelesen. Er ist ein Dreckskerl.

»Du hättest ihr wenigstens etwas Anständiges anziehen können, Xander. Sie sieht aus wie ein Ganove von der Straße, ein kleiner Junge statt eines ...« Er schüttelt den Kopf. »Was auch immer sie ist.«

Während er spricht, verzieht sich meine Oberlippe zu einem Knurren. Ich kann ihn nicht leiden. Ich habe ihn noch nie gemocht. Ich habe ihn in den Nachrichten gesehen, wie er versucht hat, menschliche Blutspenden zu fördern. Gott sei Dank sind die Menschen geschützt. Sie spenden genug, was für ein schreckliches Arschloch.

Der andere Vampir, Atticus, ist das Oberhaupt der Vampirgilde und des Vampirrats. Er hat einen kurzgeschorenen Haarschnitt und seine Augen sind schwarz. Er ist das genaue Gegenteil des Vampirs, der neben ihm sitzt. Er geht nicht gern in die Öffentlichkeit und ist auch ganz sicher kein Fernsehvampir. Abgesehen von einigen grundlegenden Informationen über seinen Beruf bleibt er unbekannt ... ein Rätsel. Er jagt mir eine Höllenangst ein.

Ein riesiger Mann sitzt abseits von allen anderen, einschließlich der anderen Wandler und nur mit der männlichen Hexe als Verstärkung. Obwohl er sitzt, überragt er den übergroßen Stuhl und die anderen Kreaturen um ihn herum. Er ist zweifellos der größte Mann, den ich je gesehen habe. Er bräuchte nur noch ein Schwert, um sein Aussehen zu vervollständigen. Es dauert ein paar Sekunden, bis ich ihn erkenne.

Der Drachenwandler.

Wow! Sie nennen ihn den General und er ist knallhart.

In der Schule hatten wir einen ganzen Kurs über ihn, weil er so wichtig für unsere Geschichte ist. Er hat vor einer Milliarde Jahren fast im Alleingang einen Krieg gegen die Fae gewonnen. Er ist das Oberhaupt der Jägergilde und kontrolliert die Höllenhunde, gruselige Wandlerkrieger mit Feuermagie. Einem Höllenhund sollte man wirklich nicht begegnen. Sie sind unheimlich – wirklich, wirklich unheimlich.

Ja, der Drachenwandler ist riesig. Er muss fast zwei Meter fünfzig sein. Oh, und er ist silbern. Silberne Haut, langes silbernes Haar und seine Augen haben die Farbe von Sturmwolken.

Er begegnet meinem Blick. »Miss Dennison.« Verdammt, er ist so höflich.

»General.« Ich schlucke. Er ist so gefährlich. »Ratsmitglieder.« Ich nicke den übrigen Anwesenden zu. Ich kann genauso gut höflich sein und meine Vorstellungsrunde hinter mich bringen. Nicht, dass es sie interessieren würde. Aber jetzt ist nicht der richtige Zeitpunkt, um sich Feinde zu machen oder diese Leute zu verärgern. Ich wette, sie sind bereits genervt, weil sie überhaupt hier sein müssen.

»Solange wir nicht wissen, woher das Mädchen stammt, sollten die Vampire für sie verantwortlich sein.« Lord Gilbert setzt seinen armseligen Versuch fort, den Raum zu beherrschen. Er holt ein Tablet hervor, auf dem sich vermutlich mein medizinischer Bericht befindet.

Ja, vielen Dank dafür, Dr Ross.

»Hier steht, dass sie einen Mangel an verschiedenen Elektrolyten hat und sich weigert, Blut zu trinken.« Er senkt sein Tablet und blickt mich hochmütig an. »Wir müssen sie untersuchen.« Dann rümpft er die Nase beim Anblick des Drachens.

Wow, ich glaube, ich werde ihn spaßeshalber »Todeswunsch« nennen. Der Mann hat eindeutig keinen Selbsterhaltungstrieb.

Der Drachenwandler grunzt und weist ihn ab.

»Ich denke ...« Die Worte von Todeswunsch werden abrupt unterbrochen, als Atticus den Kopf dreht und die Augen zusammenkneift. Todeswunsch stutzt und schließt letztendlich seinen Mund.

Ich muss fast grinsen, aber halte mich rechtzeitig davon ab. Ich muss ein ausdrucksloses Gesicht bewahren. Selbst ich nehme sein Unbehagen wahr.

»Das Mädchen ist noch ein Kind und lässt sich nicht wie ein Stück Fleisch verschachern«, knurrt der Drachenwandler schließlich. Seine Stimme ist ein Grollen, bei dem sich jedes Haar auf meinem Körper aufrichtet. Er schaut sich im Raum um, als wolle er die anderen auffordern, ihm zu widersprechen. Doch natürlich tut das niemand.

Jetzt bin ich an der Reihe, mich darüber zu ärgern, dass man mich schon wieder ein Kind nennt. Ich bin siebzehn und kein Kleinkind.

»Ich glaube, sie sollte bei mir bleiben«, sagt eine dunkle Stimme. »Ich kenne das Mädchen und bin unparteiisch.«

Xander.

Mein Blick wandert zur Seite des Raumes, wo er lässig an die Wand gelehnt steht, die Arme vor der Brust verschränkt. Was in aller Welt ...

»Ich bin neutral und außerdem ist sie meine Angestellte. Und ich bin zu ihrem Wohl verpflichtet.«

Ich öffne meinen Mund, um ihn zu korrigieren, denn ich habe diesen blöden Job schon vor Tagen gekündigt. Aber seine Augen verengen sich warnend und ich schließe vernünftigerweise meinen Mund. Vielleicht kämen meine Worte einer Dummheit gleich.

»Xander ist mehr als fähig, sich um ihre medizinischen Bedürfnisse zu kümmern«, stimmt der Drache zu.

»Die Wandler haben bereits versucht, sie zu töten«, sagt der ruhige, geheimnisvolle Atticus.

»Wir alle wissen, dass Frauen in ihrer Obhut nicht sicher sind«, sagt ein dunkelhaariger Mann mit einem herrlichen irischen Akzent. Madán, Vertreter des Fae-Winterhofs. Riesige blassblaue Augen und spitze Ohren verraten ihn als vollblütigen Aes sídhe, einen Kriegerelfen. Sein schwarzes Haar ist lang, wie es bei ihnen üblich ist, und zu komplizierten Zöpfen geflochten. Schwarze Fae-Kriegerzeichen, die wie menschliche Tätowierungen aussehen, beginnen an seiner rechten Hand und reichen bis zu seinem Hals. Sie verbinden ihn mit seinem Hof und verleihen ihm unglaubliche Kräfte.

Neben ihm sitzt Magnus, blond, während sein Kollege dunkel ist, mit grünen statt blauen Augen. Beide Krieger beschützen Irland.

Alle im Raum wenden sich gleichzeitig einem verschwitzten Frank zu, der zwischen zwei wütend dreinblickenden Wandlern steht. Er windet sich unter den einvernehmlichen Blicken.

Ich erlaube mir ein kleines Grinsen, als ich Freaky Frank ins Gesicht schaue. Wandler heilen schnell, wahnsinnig schnell. Aber dazu müssen sie in ihrer Tierform sein, und wenn die geschwollene, gebrochene Nase und die verkrusteten Blutflecken um seine Nasenlöcher irgendein Hinweis darauf sind, wurde ihm das bislang nicht gewährt.

Das habe ich getan. Die Dunkelheit in mir schnurrt vor Vergnügen, weil er immer noch leidet.

»Ja, das stimmt«, bestätigt eine tiefe Stimme, ein Wandler.

Warum kenne ich diesen Kerl nicht? Mein Herz pumpt mein Blut in heftigen, dringenden Schlägen durch mich hindurch. Seine gesamte Ausstrahlung jagt mir Schauer über meine Haut. Wow, so eine intensive Reaktion hatte ich noch nie bei jemanden. Scharfe Wangenknochen betonen eine schmale Nase und einen strengen Kiefer. Schwer verhangene Augen, umrahmt von dunkelblauen Wimpern.

Der Wandler ist schleimig, seine ganze Kraft ist beeindruckend. Ich habe den allgemeinen Eindruck, dass er die Art von Typ ist, der nicht zweimal darüber nachdenken würde, einen Welpen zu treten. Jeder Instinkt sagt mir, dass er falsch ist, schlecht. Ich erschaudere.

Er ist gut aussehend. Ich zucke mit den Schultern. Zumindest wenn man seine böse Ausstrahlung ignoriert. Aber was mich in diesem Moment wahnsinnig macht, ist die Tatsache, dass sein Haar genau wie meins aussieht. Seins ist nicht ganz regenbogenfarben, besitzt eine andere Schattierung. Blautöne werden von grünen Anteilen unterbrochen. Seine Augen sind blass, ein blasses Grau, das fast weiß ist.

Er ist ein Einhorn-Wandler.

Sind Einhörner nicht eigentlich lieb und nett?

Nicht dieser ... dieser Mann ... Gott, ich bin so verwirrt. Ich kaue auf meiner Lippe. Dieser Mann erinnert mich an die Dunkelheit, die in mir wütet. Er strahlt das gleiche Gefühl aus.

Übelkeit steigt in mir auf und ich zwinge mich, die Galle herunterzuschlucken. Meine Kehle brennt. Mein Verstand gibt mir Antworten, Antworten, die ich nicht haben will.

Die Natur hat sich nicht geirrt.

In mir herrscht kein Ungleichgewicht. Die wütende Dunkelheit in mir stammt nicht von dem angeborenen Vampiranteil. Nein, es ist das Einhorn.

So ein Mist.

Kapitel Zwanzig

DAS SCHURKISCHE, unheimliche Einhorn steht auf. Mit einem Mal ist es, als würde der Raum kollektiv den Atem anhalten. Xander schiebt sich leicht aus der Ecke vor und die Finger des Drachen verkrampfen sich für eine Millisekunde um den Becher, den er in der Hand hält.

Das Einhorn schlendert an meinem Stuhl vorbei und geht unmittelbar auf Frank zu. Ich kann mir einen kleinen Seufzer der Erleichterung nicht verkneifen.

»Du hast dich selbst entehrt«, sagt er beiläufig. »Für das Verbrechen des versuchten Mordes an einem weiblichen Wandler ist die Strafe der Tod.«

»Wow, Moment mal. Ich wusste ja nicht, dass sie ein Halb-Wandler ist. Ich dachte, sie wäre ein Mensch. Ich habe meine Zähne nicht gewandelt, das kann ich nicht. Ich habe sie nur gebissen, das ist alles … Ich wollte sie nur zum Bluten bringen, sie ein wenig erschrecken. Ich wollte niemanden umbringen. Aber … aber wenn du willst, dass ich mich freiwillig melde, kann ich mich gern um sie kümmern.« Meint der Typ das ernst? »Ich könnte mich als praktisch erweisen ...«

Sein Kopf rollt über den Boden. Blut spritzt überallhin. Ich höre ein Stöhnen von Xander und ein Gemurmel darüber, dass er jetzt sauber machen muss.

Ja ... Scheiße ... ähm, Frank hat ein richtiges Chaos verursacht.

Franks, ähm, abgetrennter Kopf bleibt vor meinen Füßen liegen. Sein Gesicht gleicht einer Maske des Schocks und seine Augen sind noch offen. Ich hebe meine Füße vom Boden, schiebe sie näher an meinen Stuhl heran und dann darunter.

Das Einhorn hat ein silbernes Schwert in der Hand, das jetzt genauso schnell verschwindet, wie es aufgetaucht ist. Es schlendert zurück zu seinem Platz.

Verdammte Scheiße!

Ich schlucke und betrachte den Kopf. Ja, ich bin sowas von überlegen – diese Männer, die auf ihre Art anführen, sind ... ja, da fehlen mir die Worte.

Mein Großvater war ein Attentäter, und soweit ich mich zurückerinnere, war meine Kindheit kein Zuckerschlecken. Aber ich habe eine Leiche noch nie von Nahem gesehen. Er hat mich nicht zu seinen Anschlägen mitgenommen.

Das Blut aus Franks Hals verändert sich zu einem Rinnsal. Aber es ist trotzdem noch eine Menge Blut.

Der Drache beobachtet mich.

Er beobachtet meine Reaktionen, analysiert mich. Ich begegne seinem silbernen Blick mit großen Augen und in seinen funkelt etwas auf, das ich nur als Besorgnis deuten kann. »Musstest du das ausgerechnet vor dem Kind tun?«, grollt seine Stimme durch den Raum.

»Musstest du das ausgerechnet in meinem Wohnzimmer tun?«, brummt Xander.

Während sie sich streiten, bemerke ich einen orangefarbenen Blitz. Mir klappt die Kinnlade herunter. O nein, nein, nein. Dexter stolziert den Korridor entlang und betritt den Raum. Die Augen auf mich gerichtet, schleicht er sich an allen Wachen und Ratsmitgliedern vorbei, ohne sich um sie zu scheren. Seine gesamte Katzenausstrahlung besagt, dass ihm dieser Raum gehört.

Als er an dem furchterregenden Einhorn vorbeipirscht, steht ihm das Fell zu Berge und ich höre ein leises Knurren. *O Gott, Dexter. Selbst ich weiß, dass man mit dieser Kreatur keinen Streit anfangen sollte.*

»Miau«, schnurrt er mir unschuldig zu, während er auf meinen Schoß springt.

»Hi, Baby, ich habe dich vermisst. Hat Xander dich gefüttert?« Ich lasse meine Hand sinken und meine Finger streichen an seiner Wirbelsäule entlang. »Ja, du bist so ein braves Kätzchen. Ja, das bist du.« Dexter streckt sich auf seinen Hinterbeinen, sodass sein Po meine Handfläche berührt, und sein flauschiger Schwanz schlingt sich um mein Handgelenk. »Was für ein guter Junge.«

»Miau«, stimmt er mir zu.

Sein rothaariges Fell ist so weich und dick. Ich bin froh, dass seine Haut nicht mehr wund ist. Die Stellen, an denen er durch den Flohbefall Haare verloren hatte, sind wunderbar nachgewachsen.

Bei jedem grummelnden Schnurren bläst er seltsame Bläschen aus seinen Lippen; er schwenkt seinen Kopf, um seinen feuchten Mund an meiner Hand zu reiben. Ich erschaudere. »Igitt, Dexter, danke für die Spuckdusche, aber behalte den Scheiß für dich.« Ich rümpfe die Nase und reibe meine schimmernde Haut an meinem Kapuzenpullover ab.

Zufrieden damit, dass ich ihm gehöre, lässt er sich wieder auf den Boden gleiten und stolziert mit wedelndem Schwanz quer durch den Raum, um sich an dem riesigen *Drachen* zu reiben. Ein *fiependes* Geräusch entweicht meinen Lippen.

O nein.

Ich rutsche an den Rand meines Stuhls heran – bereit, bei Bedarf sofort einzugreifen. Doch um die Sache noch schlimmer zu machen, *springt* Dexter nun auf den Schoß des Mannes. Ich winde mich und schließe die Augen. Der Drachenwandler grunzt und als ich vorsichtig hinsehe, streichelt eine große silberne Hand sanft meinen Kater.

Die Unterhaltung im Raum geht weiter, während ich mir nervös auf die Unterlippe beiße und den Drachen mit meinem Kater beobachte.

»Wie kann es sein, dass sie vorher noch nicht entdeckt wurde?«

»Irgendein Idiot hat wohl gefaulenzt.«

»Wer hat sie versteckt?«

»Welcher Verbrecher hat sie versteckt? Ich verlange seinen Kopf«, sagt das Einhorn. Ich löse meinen Blick von Dexter und kann mir ein kleines Schnauben nicht verkneifen. *Ja, weil du so gut im Abhacken bist.* Ich versuche, den Blick nicht auf den Boden und den *Kopf* zu richten, der immer noch vor mir liegt und mich anstarrt.

Ich ziehe die Knie an meine Brust heran und den Kapuzenpulli höher über meinen Mund. Ich bin nicht bereit, meine Füße wieder auf den Boden zu stellen. Ich glaube nicht, dass Frank von den Toten auferstehen und mich anknabbern wird – wobei, mit der Hilfe von Totenbeschwörern ... Ich zucke zusammen. Ich will einfach nicht, dass meine Füße in die Nähe dieser Lache kommen.

»Der verantwortliche Fae ist tot«, erklärt Xander. Seine Augen verfolgen den oberen Rand meines Kapuzenpullis, während ich mein Gesicht bis zur Nase darin vergrabe. Großvater.

»Magie hat sie am Leben erhalten. Starke Fae-Magie. Ich kann die Überreste an ihr erkennen. Allerdings verblasst sie schon seit Monaten«, sagt Madán, der dunkelhaarige Fae.

Monate, seit ich krank wurde. Monate seit dem Tod meines Großvaters.

»Als die Magie langsam versiegte, wurde das Mädchen krank.«

»Ist dafür nicht eine Menge Magie nötig?«, fragt Atticus, der Vampir.

»Ja, die Person müsste eine vollständige Fae sein.«

»Und was, wenn nicht?«, unterbreche ich mit einem kleinen Husten, um mich zu räuspern. Ich hebe den Kopf, damit sich mein Mund von dem roten Stoff befreien kann. »Was würde passieren, wenn die Person keine vollständige Fae wäre?«

Madán wendet seinen Kopf und spricht mich direkt an. »Wenn die Person keine vollständige Fae wäre, würde sie ihre Lebenskraft benutzen, um die Magie einzubetten. Das ist nicht empfehlenswert. Tut sie das lang genug, stirbt sie.«

Oh, Großvater, was hast du getan?

Ich ahne es. Mein Herz fühlt sich an, als würde es in meiner Brust stolpern und mein Magen verdreht sich bei der Erkenntnis. Der Mann, der Attentäter, der Monster tötete, der den Untergang eines Kriegers verdient hätte oder noch tausend Jahre hätte leben sollen, starb einen langsamen Tod, während die Magie aus ihm herausblutete.

Meinetwegen.

Schmerz, Schuldgefühle und Trauer verstopfen meine Kehle so sehr, dass ich kaum noch atmen kann.

Mit der Krankheit, die ihn dahinraffte, wollte er mich beschützen. Er gab mir seine Kraft, damit ich überlebe.

Die Verzweiflung überrollt mich wie eine Welle und plötzlich habe ich das Gefühl, unter Wasser zu sein. Die Stimmen im Raum höre ich nur noch gedämpft. Sie hallen nach. Ich bekomme nicht mit, was sie sagen. Alles, was ich höre, ist das dumpfe Pochen meines Herzschlags.

Das hätte er nicht tun sollen.

Warum zum Teufel hast du das getan? Meine Schläfen pulsieren und der Klumpen aus Schmerz und Schuld steckt in meinem Hals fest, so dick, dass ich keine Luft mehr bekomme.

Mit einem Schlucken hebe ich das Kinn und starre zur Decke, damit der Schmerz nicht aus meinen Augen sickert. Ich stoße einen tiefen, zittrigen Atemzug aus, dann noch einen zweiten.

Ich werde sein Opfer nicht schmälern, indem ich jetzt herumjammere, *warum ich, warum ich.*

Nein, ich werde dankbar sein. Ich bin dankbar und ich werde ihn stolz machen. Ist mein Leben mehr wert als seins? Auf keinen Fall. Aber sein Opfer wird nicht umsonst sein. *Ich liebe dich, Großvater. Ich liebe dich so sehr.*

Kleine Füße landen auf meiner Schulter und ich spüre einen warmen, kleinen Körper an meinem Hals. Mit süßer, flüsternder Stimme sagt Story: »Es ist okay. Lass sie nicht sehen, dass du leidest. Bleib noch ein bisschen länger stark.« Die Freundlichkeit meiner Freundin bringt meine Lippen zum Zittern und ich richte meine Wirbelsäule auf.

Die Sitzung wird fortgesetzt und sie stimmen zu, weitere Tests mit mir durchzuführen. Bis meine Familie identifiziert werden kann – falls ich überhaupt noch lebende Verwandte habe – werden wir bei Xander bleiben.

Juhu.

Mir wäre es lieber, sie würden mich in eine schöne, ruhige, warme Gefängniszelle stecken.

»Nun, ich hatte einen wirklich interessanten Tag. Es war mir ein Vergnügen, Sie, Miss Dennison, und Ihre Freunde kennenzulernen. Sie waren eine angenehme Überraschung.«

Ich gebe ein Quietschen von mir und hebe den Blick. Der Drachenwandler steht direkt vor meinem Stuhl. Für einen riesigen Gestaltwandler kann er sich wirklich lautlos bewegen.

Dexter reibt sich am Bein des Drachens und hinterlässt ein paar orangefarbene Haare – seine Visitenkarte – auf der Hose des Wandlers. Meine Augen weiten sich und ich reiße den Kopf hoch.

Scheiße, ich hoffe, er merkt es nicht.

»Ich habe schon so lange keinen Beithíoch-Wächter mehr gesehen.« Der Drache lässt diese Information fast beiläufig fallen. »Xander weiß, wo Sie mich finden, wenn Sie Hilfe benötigen. Ich wünsche Ihnen einen schönen Abend.« Er lächelt mich und Story sanft an und verneigt sich ehrfürchtig vor *Dexter*.

»Es hat mich gefreut, Sie kennenzulernen, tschüss«, sage ich roboterhaft, während ich meine eingerosteten Manieren herauskrame. Aber ich bin viel zu sehr damit beschäftigt, meinen Kater anzustarren, um ihn beim Gehen zu beobachten. »Dexter«, flüstere ich, »du hast einiges verheimlicht.«

»Er ist nicht der Einzige. Wann wolltest du mir sagen, dass es dir schlecht geht? Du warst wochenlang krank und hast es mir nicht erzählt, bis du nicht mehr konntest. Du wärst fast gestorben. Weißt du, wie viel Angst ich hatte?« Story stupst mir mit einem spitzen Finger in die Schulter. »Oh, und wolltest du mir jemals erzählen, dass du halb Vampir, halb Wandler bist? Ich dachte, wir wären Freunde.« Ihre Unterlippe bebt und ihre Augen füllen sich mit Tränen.

Ich kauere mich zurück in meinen Kapuzenpullover. »Es tut mir leid.«

»Ich hab dich lieb. Du bist meine beste Freundin, also keine Geheimnisse mehr.«

»Okay … Es tut mir leid, Story. Ich habe es dir nur nicht gesagt, weil ich dich beschützen wollte. Keine Geheimnisse mehr.«

Story springt in meine Hand und tippt mit ihrem Fuß auf meinen kleinen Finger. »Kleiner-Finger-Schwur?«, fragt sie. Entschlossenheit leuchtet in ihren großen, saphirblauen Augen.

Ich kann mir ein Kichern nicht verkneifen. Ich wackle mit dem Finger. »Okay, Kleiner-Finger-Schwur.«

Story windet sich um meinen Finger, als wäre er eine Stripperstange. Ich zucke zusammen, als die flinke Pixie meinen Finger dabei fast aus dem Gelenk reißt. »Alsooo, Xander ist nett«, sagt sie, während sie sich dreht.

Oh, Mist, ich habe soeben versprochen, keine Geheimnisse mehr vor ihr zu haben.

Also senke ich den Kopf und flüstere ihr *alles* zu.

Als der Engel wieder den Raum betritt, nachdem er seine *Gäste* – Gäste im wirklich weitesten Sinne – zu seinem schicken Portal geführt hat, trägt Story einen wütenden Ausdruck in ihrem Gesicht.

Sie steht auf meinem Knie, stemmt die Hände in die Hüften und strahlt unverhohlene Wut aus.

»Was?«, fragt Xander verwirrt.

Story tippt unruhig mit dem Fuß auf und ab. »Oh, ich weiß nicht ... Vielleicht muss ich jemanden holen, der deine Speisekammer ausräumt. Bei all den abgelaufenen Konservendosen darin«, knurrt sie.

Ups, ich habe wirklich einen schrecklichen Einfluss auf meine einst so nette Freundin.

Xander verengt für ein paar Sekunden verwirrt die Augen, dann weiten sie sich und er fährt sich frustriert mit der Hand durch sein Haar. »Das tut mir leid. Ich war nicht sehr nett zu dir, mein Sch...« Er reibt sich das Gesicht.

Hat er meinen Namen etwa schon vergessen?

»Tru«, murmle ich.

»Tru«, wiederholt Xander, während er das Kinn senkt und den Kopf neigt, sodass ich sehen kann, wie er den Kiefer zusammenpresst. »Nun, es sieht so aus, als hätten alle Räte zugestimmt. Ich werde auf absehbare Zukunft dein Vormund sein.«

Ich schnaube. »Du bist also mein Beschützer? Mein Schutzengel?« Ich schlage mir die Hand vor den Mund und kichere. Xander sieht mich ausdruckslos an und ich lache noch mehr. »Schon gut, kleiner Wort-witz«, scherze ich.

Er blickt Richtung Himmel mit der Bitte um Geduld. Doch dann schließt er die Augen und schüttelt den Kopf.

Als er seine Augen wieder öffnet, habe ich mich wieder unter Kontrolle und beobachte, wie sich Xanders Aufmerksamkeit auf den Boden und die Blutlache richtet.

Ohne nachzudenken, blicke ich ebenfalls nach unten und muss sofort würgen. Da sitzt eine Fliege auf Franks Augapfel. Sie sitzt da ... und putzt sich fröhlich die Vorderbeinchen. Ich schließe die Augen und reibe mir mit dem Handrücken über den Mund. Meine Güte.

»Gut. Ich kümmere mich um diesen Kerl, dann können wir etwas essen.«

Ich muss wieder würgen und mein Magen rebelliert. Ich schüttle energisch den Kopf. Mir ist nicht nach Essen zumute, auf keinen Fall. Dank Frank habe ich meinen Appetit verloren.

»Schüttle nicht so den Kopf, junge Dame. Du hast die Vampire und Dr Ross doch gehört, du brauchst eine bessere Ernährung. Dich zu Tode zu hungern, wird dir nicht helfen. Muss ich dich daran erinnern, dass du gerade eine Vampirwandlung durchmachst? Du musst dich besser um dich kümmern.«

Ist das sein Ernst? Da liegt eine Leiche auf dem Boden.

»Das weiß ich alles.« Frustriert werfe ich die Hände in die Luft. »Ich habe im Moment nur keinen Hunger. Vielleicht kommt mein Appetit zurück, wenn hier keine verdammte Leiche auf dem Boden liegt.« Gott, ich kann ihn riechen, der metallische Geruch seines Bluts sickert in meine Kleidung und meine Haut.

»Geh auf dein Zimmer! Wir reden später darüber.«

»Okay.« Arschloch. Diese ganze Situation ist doch surreal. Was erwartet er von mir? Dass ich ihm anschließend einfach den Ketchup reiche?

Xanders Fuß stößt Franks Kopf näher an seinen Körper heran. Ich winde mich auf meinem Stuhl, als ich sehe, wie der Kopf wieder zu rollen beginnt. Er bewegt sich in einem merkwürdigen Winkel auf dem Boden. *Wahrscheinlich wegen der Nase.* Sobald der Kopf stillsteht, zucken Xanders Finger und leuchten golden. Wellen goldener Magie strömen aus seinen Händen.

Ich hebe Story in meine Handfläche und rutsche vom Stuhl. Dabei muss ich fast über den Arm krabbeln, um wegzukommen. Ich behalte ihn im Auge und stolpere hastig ein paar Schritte zurück.

»Der heutige Tag war zu viel. Das Einhorn, der Drache, der Rat, das Kopfabhacken ...«, murmle ich, während ich mich zurückziehe. *Die Enthüllung über die Krankheit meines Großvaters.* »Das ist alles einfach zu viel.«

Xander breitet seine Hand über der Leiche aus. Ein Zischen ertönt und ein heller Lichtblitz erscheint, dann ist der Körper, der einst Freaky Frank gehörte, verschwunden.

Aufgelöst.

Scheiße, auf keinen Fall wird er mich jemals mit diesen glühenden Fingern anfassen. Niemals.

»Worauf wartest du noch? Geh auf dein Zimmer!«, befiehlt Xander und schaut mich nicht einmal an, während er seine Magie auf die Blutlache richtet.

Ich atme tief ein. Ist dieser Typ so sehr daran gewöhnt, sich um Leichen zu kümmern, so sehr daran gewöhnt, sich um Monster zu kümmern, dass er nicht einmal merkt, wie unangemessen er sich verhält? Hat er vergessen, wie man mit Menschen umgeht, oder ist es ihm einfach egal?

Ich hasse ihn.

Ohne ein weiteres Wort drehe ich mich um und eile davon.

KAPITEL EINUNDZWANZIG

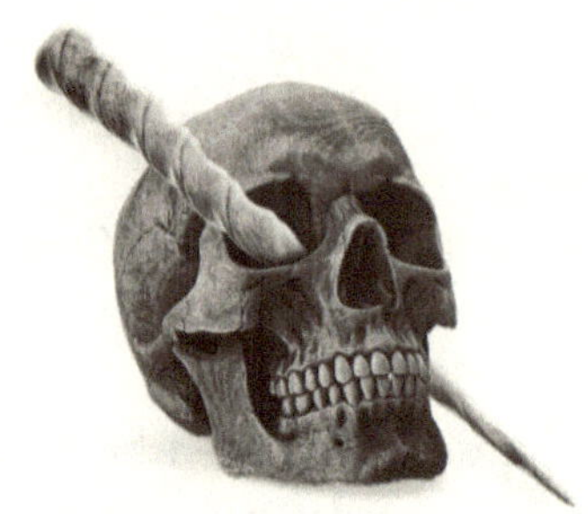

WIE EIN BRAVES Mädchen gehe ich auf mein Zimmer. Ein kindischer Teil in mir möchte mit den Füßen aufstampfen und die Tür zuschlagen, aber ich schleiche mit leichten Schritten den Flur entlang, während Dexter mir auf den Fersen ist. Wir schlüpfen in das mir zugewiesene Schlafzimmer. Die Tür fällt mit einem leisen Klicken zu, sie braucht eindeutig ein Schloss.

Nicht, dass ein winziges Schloss den Engel fernhalten könnte. Ich kann nur hoffen, dass er noch einen Funken Anstand besitzt und mich in Ruhe lässt.

Ich brauche etwas Zeit, um das alles zu verarbeiten. Mein Herz schmerzt.

»Entschuldige, dass ich dich so gepackt habe, Story«, sage ich, während ich sie sanft auf das Bett ablege. »Er hat mich erschreckt.«

»Alles gut. Mir geht's gut.«

Ich lasse mich neben ihr nieder und Dexter gesellt sich zu uns. Ich streichle sanft sein Fell. »Okay, was kannst du mir erzählen?«

»Der Werkzeugkasten deines Großvaters ist da drin, zusammen mit all deinen Klamotten.« Sie zeigt auf die Einbauschränke.

Ich nicke erleichtert. Das ist ein guter Anfang.

»Alles andere ist im Schlafzimmer nebenan. Er hat die ganzen großen Sachen allerdings in der Garage gelassen, die ganzen Möbel, einschließlich deines Betts.«

Ich winke ihre Sorge ab. Das spielt keine Rolle, solange die Sachen meines Großvaters sicher sind ... aber wie sicher sind sie wirklich? Nichts wird jemals wieder sicher sein.

»Oh, Tru, ich verstehe diesen Mann einfach nicht. Als du bewusstlos warst, hat er dich getragen, als wärst du aus kostbarem Glas. Er war so ehrfürchtig, so sanft.« Story schüttelt den Kopf und hüpft über das Bett, während sie mit den Händen in der Luft herumfuchtelt.

Dexters Augen folgen ihrer unberechenbaren Bewegung und sein Schwanz zuckt. »Denk nicht mal daran«, drohe ich. Ich stupse mit dem Finger in seinen weichen Ingwerbauch. Der nicht fette Kater rollt sich auf den Rücken, alle vier Beine von sich gestreckt. Er hebt das Kinn und schließt die Augen, als ich gehorsam sein geflecktes Fell streichle.

»Tagelang hat er über dich gewacht und dir mit seiner Engelsmagie geholfen. Er hat dir das Leben gerettet. Es war so romantisch.« Sie macht kehrt und stapft zurück. »Aber dann wachst du auf und er verwandelt sich plötzlich in ein totales Arschloch. Ich verstehe das einfach nicht.«

»Weil er ein Arschloch ist«, schimpfe ich. »Ich habe dir doch gesagt, was er getan hat.«

»Neeein«, jammert Story. »Er war wie ein Prinz, der ein Schloss stürmt, um dich zu retten.« Sie deutet dramatisch eine Ohnmacht an, indem sie sich zurück aufs Bett fallen lässt. Ich sehe zu, wie ihr kleiner Körper von dem Aufprall auf und ab hüpft. Story dreht sich auf die Seite und stützt den Kopf in eine Hand.

»Er ist immer noch ein Arschloch«, erwidere ich.

»Er hat um dich gekämpft.«

»Nein, er hat um sich selbst gekämpft.«

Story stöhnt und lässt sich auf den Rücken fallen. Ich lege mich neben sie und drehe meinen Kopf in ihre Richtung. Eine Klaue berührt meine Hand, damit ich sie weiter streichle.

»Sieh mal, er hat das alles getan, bevor er herausgefunden hat, was ich bin. Ich habe den Engel ungewollt vor allen Räten und der Jägergilde wie einen Idioten aussehen lassen. Sagen wir es mal so: Ich glaube, es wäre ihm lieber gewesen, ich wäre gestorben. In den Augen dieses Mannes ist eine tote Tru besser als eine Hybrid-Tru. Er mochte mich sowieso nie ... Muss ich dir noch mal erzählen, dass er zu mir gesagt hat, ihm würde meinetwegen schlecht sein?«, schnaufe ich und reibe mir die Brust. Dexter interpretiert das als Einladung und springt auf die Stelle, über die ich gerade gerieben habe. Für eine Sekunde kann ich nicht atmen. Scheiße, ist der schwer. Er könnte in der Tat etwas übergewichtig sein.

»Zu allem Überfluss wurde ich von einem Wandler gebissen und als Hybrid geoutet. Ein Hybrid, der sich als Mensch ausgegeben und in seinem Club gearbeitet hat. Er versucht nur, sein Gesicht zu wahren.«

»Gott, du bist so wahnsinnig stur.« Story wirft die Beine in die Luft. »Okay, ich gebe auf. Ich kann eh nicht gewinnen, da du dir sowieso bereits eine Meinung gebildet hast. Was sollen *wir* dann jetzt tun? Denn falls du ernsthaft denkst, ich lasse dich in dieser Situation allein ...«, knurrt sie. »Wie lautet unser Plan?«

»Miau«, schnurrt Dex zustimmend und stößt mich mit seinem großen Kopf unter meinem Kinn an.

»Der Arzt behauptet, ich sei immer noch krank. Die Vampire sagen, ich befinde mich im Übergang zur Reinblütigkeit. Also kann ich wohl nirgendwohin, solange ich diesen ganzen Gesundheitskram nicht in den Griff bekommen habe. Ich schätze ... wir müssen nach unserem Gefühl vorgehen. Ich weiß nur, dass diese Leute keine Mätzchen spielen. Dieser Einhornwandler hat Frank den Kopf abgehackt, nur weil der mir in den Finger gebissen hat – einen Finger, der mit Hilfe eines Zaubertranks in wenigen Minuten verheilt war. Sie machen, was sie wollen.«

Was zum Teufel werden sie mit mir machen, wenn ich mich nicht an die Regeln halte?

Und wie schlimm wird es sein, mit einem verärgerten Engel zusammen zu wohnen?

Ein paar Wochen vergehen, in denen nicht viel passiert. Xander geht mir aus dem Weg, was die Sache einfacher macht. Sieht so aus, als würde er ein abwesender Vormund sein. Wenigstens erlaubt er mir, wieder im Café zu arbeiten. Das gibt mir ein Stück Normalität zurück.

Nun ja, normal, wenn ich meine neuen Leibwächter ignoriere, die mich, wie man sich sicher vorstellen kann, liebend gern zur Arbeit begleiten.

Ich begreife die meisten Dinge immer noch nicht richtig. Die große Enthüllung über den Tod meines Großvaters bereitet mir so viel Kummer, dass ich unter rasenden Schuldgefühlen leide. Diese Art von Wissen verändert einen Menschen. Ich schätze, es verändert zumindest mich.

Ich bin dankbar, dass ich mit Story und Dexter darüber reden kann. Story ist unglaublich, und ich weiß, dass Dexter zwar angeblich eine Fae-Monsterkatze sein soll, aber er ist meine Monsterkatze.

Katzen sind sowieso so verdammt raffiniert, dass ich nicht daran zweifle, dass sie eines Tages die Welt erobern werden und wir ihnen als ihre Sklaven dabei zusehen. Während wir ihnen noch ermutigende Küsse zuwerfen. Oder glaube das nur ich?

Meine Fragen zu den Einhörnern bleiben unbeantwortet. Jeder glaubt die Propaganda. Ich weiß nicht, ob ich mit meiner Vermutung richtig liege, dass die dunklen Anteile in mir mit meiner Wandler-Seite verbunden sind. Ich bin mir nicht hundertprozentig sicher ... aber es fühlt sich richtig an.

Wow, wenn ich daran denke, was für böse, hinterhältige Kreaturen Einhornwandler sind, dann ist das ein echter PR-Coup, dass sie alle glauben lassen, Einhörner seien wahre Lichtwesen.

Andererseits lerne ich jetzt, dass jeder Mensch Gut und Böse in sich trägt und es nicht nur Schwarz oder Weiß gibt.

Manchmal wünschte ich, ich könnte einen Zauberstab schwingen und in Vergessenheit geraten. Wieder das unsichtbare Mädchen werden.

Aber auch wenn es nur vorübergehend ist, so haben wir derzeit zumindest eine warme Bleibe und eine gute Summe Geld auf dem

Konto. Seit wir nicht mehr in einer kalten, feuchten Garage leben, lastet die Sorge somit etwas weniger auf meinen Schultern.

Ich habe gedacht ... habe wirklich gedacht, dass die Dinge endlich besser laufen.

Bis die blauen Flecken wieder auftauchen.

Und *er* es bemerkt.

Kapitel Zweiundzwanzig

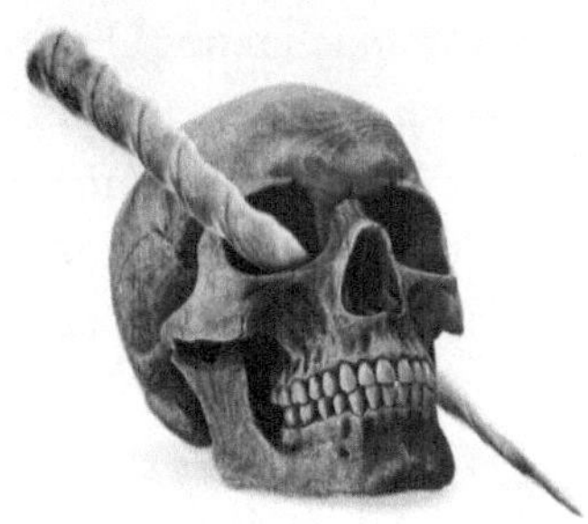

»Es tut mir leid, Tru, aber es gibt Regeln, an die ich mich halten muss. Und das hier ist nun mal ein Vampirproblem. Du hast selbst zugegeben, dass du Dinge vor mir verheimlicht hast. Es hätte gar nicht erst so weit kommen dürfen. Wie kann ich meine Aufgabe als dein Vormund erfüllen, wenn du mir nicht vertraust?« Xander rückt die Ärmel seines Jacketts zurecht. Er trägt einen tadellosen schwarzen Anzug und Hemd. Er sieht verdammt sexy aus.

Und er erwischt mich dabei, wie ich ihn anstarre.

Mit rotem Gesicht starre ich zu Boden.

Gott, ich muss wirklich damit aufhören. Ich winde mich. Ich wünschte, mein Körper würde endlich aufhören, mich so zu hintergehen. Jedes Mal, wenn ich ihn sehe, bekommt mein Gehirn einen Kurzschluss und … ich will mich auf ihn stürzen. Auf ihn klettern wie auf einen Baum. Es ist beschämend, denn es ist ziemlich offensichtlich, was er für mich empfindet – *das Kind*.

»Was heute passiert, liegt an dir. Du hättest mir früher erzählen sollen, dass du dich unwohl fühlst.«

Ich verziehe das Gesicht. Was meint er damit, dass es an mir liegt, was heute passiert?

Verdammt, das hört sich nicht gut an.

Xanders schwere Hand landet in meinem Nacken, um mich durch den Flur zum Portal zu führen. Warum muss er mich gleich begrabschen? Ich versuche, seine Hand abzuschütteln.

Dass er mich anfasst, hilft meinem kurzgeschlossenen Gehirn leider nicht. Was glaubt er denn, wohin ich renne? Er drückt mir warnend den Nacken. Ich verstehe den Wink und höre auf zu zappeln.

»Ich will nicht zu den Vampiren«, jammere ich, während meine Füße über den Boden schleifen. Doch Xander nutzt unbeirrt seinen Griff an meinem Hals, um mich vorwärts zu bewegen. *Ganz ruhig, Engel.* Gott, wenn er nicht aufpasst, renne ich mit meiner Nase noch gegen eine Tür.

Das ist alles meine Schuld. Ich dachte, ich wäre schlau. Es war Storys Idee, die Blutkonserven in der Toilette zu entleeren, nachdem alle meine Bedenken einfach ignorierten. Sie wollten mir nicht zuhören, also habe ich sie angelogen und so getan, als würde ich das widerliche Zeug trinken.

Ich weiß nicht, wie Xander mir auf die Schliche gekommen ist, aber offensichtlich ist er das.

Daher jetzt dieser unterhaltsame Ausflug.

Ich schätze, dass kein Make-up dieser Welt meine totenblasse Haut und die lila Tränensäcke unter meinen Augen verdecken könnten. Und die furchtbaren blauen Flecken an meinen Armen.

Also ja, ich habe Xander die Wahrheit gesagt ... Unterlassungslügen funktionieren, aber ich kann diesem Mann einfach nicht blind ins Gesicht lügen – verdammte Engelsausstrahlung. Und seine Reaktion darauf? Er will mich sofort vor den Vampirrat schleifen. *Toll gemacht, Tru!* Ich hätte meine Klappe halten sollen.

Ich hätte dem verräterischen Engel nie trauen dürfen.

Natürlich ist der angenehme Vampir Atticus nicht verfügbar. Auch wenn er geheimnisvoll und ein wenig unbekannt ist, begegne ich lieber ihm als Lord Gilbert, auch bekannt als das falsche, hochnäsige Arschloch.

Mir ist nicht nach Plaudern zumute, und ich sollte eigentlich bei der Arbeit sein, nicht mit der Vampirdiplomatie spielen. Keine Ahnung, was der Engel denkt, was heute passieren wird. Es ist ja nicht so, dass ich Lord Luther Gilbert verfallen würde und anfangen werde, Blut zu trinken, als gäbe es kein Morgen mehr.

Wir sollten lieber zum Arzt gehen, wenn Xander sich um meine Gesundheit sorgt.

Wir stehen vor einer normal aussehenden Tür mit einer ausgefallenen Runentastatur. Das Portal. Portale sind ein weltweites Torsystem, das einen *sofort* an andere Orte und manchmal auch in andere *Welten* bringt. Wenn man den Code für den Zielort kennt, gibt man ihn ein und spaziert einfach durch die Tür.

Das sind teure Geräte und ich habe noch nie jemanden getroffen, der selbst eins besitzt. Aber natürlich hat Xander eins in seinem Haus. Er ist so ein Angeber.

Xander macht sich nicht die Mühe, mir zu antworten, und gibt stoisch den Code für das Tor ein. Gemeinsam treten wir durch den magischen Eingang.

Die Kraft des Portals kitzelt die Härchen auf meinen Armen, aber es fühlt sich nicht unangenehm an.

»Ha, Lord Gilbert hat kein eigenes Portal«, sage ich vergnügt und vergesse dabei sofort, dass ich zu diesem Besuch genötigt worden bin. Denn wir sind in einer Gasse gelandet.

Es muss den Vampir in seinem Stolz treffen, dass seine Besucher aus einer gewöhnlichen Gassentür treten – einer makellosen Gasse zwar, aber immerhin.

Ich kichere.

Xander schaut mit einem sanften Lächeln auf mich herab. »Gut, nicht wahr?«

»Das muss den falschen, vornehmen Arsch in den Wahnsinn treiben.«

»Ja.« Er lacht an meiner Seite und seine Augen sind perfekt: Honig gesprenkelt mit Gold, funkelnd vor Feuer, Fröhlichkeit und Intelligenz.

Sein starker Kiefer wird vom Licht wunderbar beschattet ... Meine Lippen teilen sich leicht.

Und wieder erwischt er mich dabei, wie ich ihn anstarre.

Hastig wende ich den Blick ab. Oh, na sieh mal einer an ... Ich kenne die Gegend. Es ist erleichternd zu wissen, dass wir nicht in einer anderen Stadt gelandet sind oder, Gott bewahre, in einer anderen Welt.

Die Straße hinauf gibt es eine Bäckerei, die mit unserem Café konkurriert. Deren Schokoladenkuchen ist zum Sterben gut. Ich frage mich, ob Xander mich ein paar Stücke essen lässt, sobald wir das hier erledigt haben.

Ich kichere wieder, als wir an einem klapprigen, schäbigen Gebäude ankommen und ich das Schild Vampire's Kiss sehe, das über dem gesamten Gebäude hängt. Was für ein origineller Name. Ich klatsche in die Hände. Ein Vampir, der einen Nachtclub besitzt, wie vorhersehbar. Ich frage mich, ob Xander diesen Ort als Konkurrenz zum *Night Shift* ansieht. Doch dem Aussehen des Clubs nach zu urteilen, wette ich, dass er das nicht tut.

»Wir treffen ihn hier?«

»Hier wohnt er.«

Oh. Also kein schickes Anwesen für Lord Gilbert. Er fällt in meiner Wertschätzung noch weiter zurück. Nicht, dass er weit fallen müsste. Nicht, dass ich denke, Geld würde eine Person ausmachen. Nein, es geht um den Charakter. Und dieser Mann ist ein Tyrann. Aber bei all seinem Prunk und seiner Attitüde sollte man meinen, dass er das auch buchstäblich untermauern würde.

Ich schnaube, als mir auffällt, dass seine Vampirwächter – die träge vor dem Club stehen, als würden sie auf den Bus warten – in billige rote Uniformen gekleidet sind.

Er versucht wohl, den Eindruck zu erwecken – und dabei spektakulär zu scheitern –, dass seine Wachmänner den Buckingham Palace verteidigen. Ja, bei Lord Luther Gilbert gilt wohl: Außen hui, innen pfui.

»Lord Gilbert erwartet uns«, erklärt Xander einer Wache. Der Mann nickt und schlurft davon, während er in sein Headset spricht.

Die anderen Vampire starren uns bedrohlich an. Was mich sofort auf die Palme bringt. *Wie unhöflich.* Ich trete von einem Fuß auf den anderen. Xanders Hand berührt wieder meinen Nacken und der sanfte Druck bringt meine Bewegungen zum Stillstand und ich erschaudere. Was sollen die ganzen Berührungen? Ich rolle die Schultern zurück und trete zur Seite, entweiche seiner Hand.

»Folgen Sie mir bitte!«, sagt ein unheimlich aussehender Butler, als die Tür aufgeht. Wir folgen ihm in den Club.

Man könnte meinen, der Vampir Lord würde uns in sein Haus einladen, das sich vermutlich irgendwo in diesem Gebäude befinden muss, aber nein. Wir stehen da und warten darauf, dass er uns in dem leeren Club mit seiner Anwesenheit einschüchtert. Neben der Bar.

Xander steht schweigend stramm, die Hände hinter dem Rücken verschränkt und die Beine gespreizt, als wäre er beim Militär. Ich kann sein Verhalten verstehen, denn so muss er nichts anfassen. Dieser Ort ist von innen so schäbig wie von außen.

Ich blicke stirnrunzelnd zu meinen Stiefeln herab und hebe meine Zehen ... Igitt, der Boden klebt. Jedes Mal, wenn ich meine Füße bewege, quietschen die Sohlen meiner Stiefel. Zu meiner Belustigung ertappe ich mich dabei, wie ich eine kleine quietschende Melodie komponiere.

Xander räuspert sich.

Lord Gilbert gleitet in den Raum. Er nickt seinem Mann zu und wie eine gut trainierte Marionette verlässt die Butlerwache den Raum. »Je weniger Leute von euch wissen, desto besser«, sagt er und streicht mit den Händen über seinen unpassenden grauen Anzug. »Okay, Engel, du kannst sie hier lassen. Warte draußen.«

Was? Ich sehe Xander mit flehenden Augen an. Ich versuche, ihm stumm mitzuteilen: »Lass mich mit diesem vornehmen Trottel nicht allein.« Was zum Teufel tue ich hier? Ich kann mich gerade noch zurückhalten, Xander am Arm zu packen, als er dem Vampir zunickt und geht.

Xander geht. Er lässt mich mit diesem seltsamen Vampir einfach allein.

Vielen Dank, Beschützer, murre ich in Gedanken.

Ich lasse mich auf einen Hocker in der Nähe fallen, als Lord Gilbert hinter die Bar tritt, eine Glasflasche aus dem Kühlschrank holt und sie schüttelt. Die Flüssigkeit schwappt herum und ich rümpfe angewidert die Nase.

»Ich bin ein viel beschäftigter Mann und habe keine Zeit für diese kindischen Spielchen. Man hat mir mitgeteilt, dass du nicht getrunken hast. Wir haben aufgrund deines Wesens viele Ausnahmen gemacht und ich werde dich nicht zwingen, aus der Ader zu trinken, aber du musst trinken. Deine Weigerung erweckt einen schlechten Eindruck auf deinen Charakter und ist beleidigend für unsere Art. Du gibst dir keine Mühe. Wenn du dieses Blut nicht trinkst, während ich mit eigenen Augen dabei zusehe, zwinge ich es dir in den Hals.« Er klickt die Metallfassung, der Deckel ploppt und das Siegel springt auf.

Ah, jetzt wird mir klar, warum ich hier bin. Ich fühle mich nicht besonders gut und mein Gehirn ist durcheinander. Wer wäre besser geeignet als ein Vampir, um mich zum Essen zu ermutigen?

Lord Gilbert knallt die Flasche auf den Tresen und ein Blutstropfen trifft meine Hand.

Ich starre ihn an, während er sich knallrot auf meiner Haut ausbreitet.

Ich hebe meine Augen und begegne seinem entschlossenen Blick. Meint er das ernst? Hören die Leute mir denn überhaupt nicht zu?

»Habe ich mich nicht klar genug ausgedrückt, als ich dem Rat gesagt habe, dass mir Blut nicht bekommt?« Ich schnappe mir ein überraschend sauberes Tuch von der Theke und reibe mir damit kräftig über die Hand. Von dem ranzigen Geruch des Bluts wird mir übel.

Ich werfe das Tuch weg und reibe mir frustriert die Stirn. »Du würdest mich nicht zwingen«, spotte ich ungläubig.

Er würde mich nicht zwingen ... oder doch? Ich bewege mich auf dem Hocker und schiebe mich etwas zurück. Meine Beine schrammen über den Boden. Hm. Es ist ein Wunder, dass sich dieser Stuhl überhaupt bewegt, bei all dem Dreck auf dem Boden.

Ich muss mich so weit wie möglich von der Flasche entfernen. Das ist so, als würde man jemandem mit einer Nussallergie eine Packung Erdnüsse hinhalten und rufen: »Iss eine. Was kann dir da schon passieren?« Aber es war kein Witz, dass mir Blut nicht bekommt.

Der Mann ist ein Idiot.

»Trink das Blut, Mädchen!«, knurrt er. Er beugt sich vor und schiebt die Flasche näher an mich heran.

»Ich bin Vegetarierin und von Blut wird mir schlecht.« Ich beuge mich vor und schiebe die Flasche zurück.

»Du bist was?«, höhnt Lord Gilbert abschätzig. »Du bist ein Vampir. Eine ekelhafte, schandhafte Version davon, aber selbst ich gebe zu, dass in deinen Adern reines Blut fließt.«

»Ich bin auch Einhornwandler«, sage ich und versuche, meinen Tonfall ruhig zu halten. Ich möchte nicht, dass man mir vorwirft, ein *Kind* zu sein. Ich balle meine Fäuste. Ja, Xander könnte mir einen Komplex verpasst haben.

Für eine Millisekunde weiten sich die Augen des Vampirs vor Überraschung. Hm, dass ich ein Einhorn bin, war ihm wohl neu. Gut zu wissen.

Ich schaue auf die Blutflasche und meine Nasenflügel weiten sich. Der Geruch, der von ihr ausgeht, ist faulig. Wenn er glaubt, dass er mir damit hilft – ich schüttle den Kopf –, wenn er glaubt, dass es eine gute Idee wäre, mich dazu zu zwingen, diesen ranzigen Mist zu trinken, dann irrt er sich.

Ich bin fertig mit dieser Scheiße. Ich verzichte auf meine Manieren. »Du verhältst dich wie ein Arschloch«, sage ich, während ich vom Hocker aufstehe. Sein Körper spannt sich bei meinen Worten an und er lässt seine Reißzähne aufblitzen. Gott, das hätte ich dem gruseligen Vampir wohl lieber nicht sagen sollen, aber scheiß auf ihn! Er hat angefangen. Ich winde mich innerlich und trete einen Schritt zurück.

Sieh mal einer an! Ich mache ihn wütend.

Das ist irgendwie gut, denn ich bin ebenfalls angepisst.

»Du hörst mir nicht zu.« Ich werfe die Hände in die Luft und trete einen weiteren kleinen Schritt zurück. »Ich tue mir das nicht absichtlich an, Arschloch. Denkst du, ich will mich elendig fühlen?« Er mustert meinen Arm, der fast vollständig mit blauen Flecken übersät ist. Ich ziehe meinen linken Ärmel nach unten. »Blut macht mich krank.«

Seine Augen flackern rot auf und seine Stimme wird gefährlich leise. »Das ist etwas, das du zu vermeiden versuchst, aber es ist eine Bedingung der Vampire. Derzeit halten uns nur die anderen Räte und dein Alter von dir ab. Aber sobald du achtzehn bist, geht's los. Dein Engelsbeschützer kann es nicht mit allen Vampiren aufnehmen. Oder mit allen Wandlern. Zusammen werden wir ihn in Stücke reißen.«

Meine Güte. Wenn er das so sagt ... kann ich plötzlich nicht anders, als mir Sorgen um Xanders Unversehrtheit zu machen. Ich wusste nicht, dass die Situation so prekär ist. Gott, wie egoistisch von mir. Während ich darüber gejammert habe, dass er ein mieser Vormund ist, hat er sich in meinem Namen um den ganzen Scheiß gekümmert.

»Fühlst du dich wohl, während du von diesem Engel beschützt wirst? Stell dir mal vor, wie dein Leben sein wird, wenn wir dich in einer Zelle zwangsernähren. *Dich züchten,* denn nur so können wir von deinem Blut profitieren. Denn du, Mädchen, bist bereits ein hoffnungsloser Fall.«

Mich züchten. Verfluchte Scheiße!

Ich lache, um mich vor dem Erbrechen zu bewahren. Mein ganzer Körper zittert vor Verachtung. Das erklärt wohl, warum ich noch am Leben bin. Ich wette, er durfte diese kleine Information nicht mit mir teilen. Also speichere ich sie ab, um mich später darüber aufzuregen.

Scheiße, ich wusste doch, dass die Funkstille in letzter Zeit ein schlechtes Zeichen war.

»Du schadest der Blutlinie, wenn du kein Blut trinkst. Das hört heute auf. Du brauchst Blut, Mädchen. Die vampirische Seite in dir *hungert* und tot nützt du uns nichts.«

Meine vampirische Seite hungert.

»Setz dich!«, knurrt er mit einem weiteren Aufblitzen seiner Reißzähne.

Ich tue es nicht.

Ich trete noch einen weiteren Schritt zurück und mein Blick wandert zur Tür. Doch plötzlich befinde ich mich in der Luft und mein Rücken prallt gegen die Bar.

Scheiße!

»Lass mich los, verdammt!«

Doch anstatt mich loszulassen, knallt er mich wieder gegen den Tresen, als wäre ich eine Stoffpuppe.

Autsch!

Er zieht mich näher zu sich heran und zwingt mich zwischen seine Beine. Mein Herz hämmert in meinen Ohren und in meinem Kopf blitzen Dutzende Verteidigungsmanöver auf. Ich habe genug Fähigkeiten, genug Training ... aber mein Körper. Mist, ich bin so, so schwach.

Mit einer Hand packt Luther – den Adelstitel kann ich mir jetzt wohl sparen – meinen Hals und mit der anderen hebt er das Blut an. Er schiebt mir die kalte Flasche zu und sie prallt gegen meine Zähne. Ich schreie erschrocken auf und schließe schnell meine Lippen.

»Trink!«, knurrt er.

Ich schüttle den Kopf und versuche, mich loszureißen, aber seine große Hand in meinem Nacken hält mich fest. Mit aller Kraft reiße ich meinen Kopf zur Seite und die Flasche trifft meine Wange.

Ich riskiere es, meinen Mund zu öffnen. »Lass mich verdammt noch mal los. Du tust mir weh.« Seine Hand umklammert weiterhin meinen Hals und sein Daumen gräbt sich in meinen Kiefer. Ich bohre meine Nägel in sein Handgelenk.

»Trink das lebensrettende Blut. Diese Abneigung, die du hast, besteht nur in deinem Kopf.«

»Verpiss dich!«, sage ich bösartig.

Luther knurrt und seine Wange streift meine. »Du klingst wie ein Kind, das sich weigert, sein Gemüse zu essen.«

Gott, *Kind*. Ich schlage um mich, oder versuche es zumindest, doch der Vampir hat mich so fest an sich gepresst, dass ich mich keinen Zentimeter bewegen kann. »Du verstehst das nicht. Du machst einen Fehler.«

»Wenn du tot bist, bist du nutzlos.«

»Ich WERDE NOCH kränker, wenn du das tust«, schreie ich.

Ich merke, dass ich einen Fehler gemacht habe, sobald die Worte meinen Mund verlassen. Ein Finger gleitet zwischen meine Lippen, schnell gefolgt von einem Daumen. Der Vampir presst meine Zähne auseinander.

Mit großen Augen beobachte ich, wie er die Blutflasche ankippt.

Dann füllt das Blut meinen Mund.

Kapitel Dreiundzwanzig

Ich versuche, meinen Kopf hin und her zu schütteln. Ich versuche, das Blut auszuspucken. Aber die Hand des Vampirs an meinem Kiefer hält meinen Kopf zurück und meinen Mund offen. Ich würge und etwas Blut spritzt auf sein Gesicht. Ich huste und das Blut läuft mir in den Hals.

O Gott, nein.

Ich schlucke.

Das erste Rinnsal Blut brennt in meiner Kehle.

Dann krampft sie sich zusammen.

Die leere Flasche klappert auf dem Tresen und Luthers Hand schlägt auf meine Lippen. Der Bastard hält mir den Mund zu und seine Finger kneifen meine Nasenlöcher zusammen.

Ich kann nicht atmen.

Die restliche Blutlache gerinnt in meinem Mund. Der ranzige Geruch überwältigt meine Sinne. Meine Kehle will nicht weiter schlucken.

Unheimliche, sanfte Finger streicheln meinen Nacken.

»Schluck es herunter!«, flüstert er mir ins Ohr. »Es ist okay. Alles wird gut. Schluck es einfach herunter.«

Lügner.

Die ganze Situation erinnert mich daran, wie ich Dexter eine Entwurmungstablette gebe. Scheiße, ich wurde zum Haustier degradiert. *Es tut mir so leid, Dexter.* Ich frage mich, ob er überhaupt eine Wurmkur brauchte, da er doch eine Fae-Monsterkatze ist. *Ich bin froh, dass er nicht mein Gesicht gefressen hat.*

Dieser Idiot denkt, ich hätte nur eine Abneigung gegen Blut. Dass es eine psychologische, psychosomatisch Sache ist. Ist es aber nicht. Schwarze, verschlungene Linien trüben meine Sicht. »Trink, verdammt noch mal!«

Ich hasse ihn. Ich hasse ihn dafür, dass er mit das antut. Luther knallt meinen Kopf zurück auf die Theke.

Ich schlucke das Blut.

Kaltes, klumpiges, geronnenes Blut läuft meine Kehle hinunter. Mein Magen dreht und wendet sich. »Das hat doch überhaupt nicht wehgetan«, gurrt Luther.

Ha, sagt der Mann, dessen Kopf nicht gerade mehrmals gegen den Tresen geknallt wurde. Wenn ich mich revanchieren würde, käme er vielleicht zur Vernunft.

Er lässt mich los und ich haste zur gegenüberliegenden Seite des Raums. Ich huste und wische mir mit dem Handrücken über den Mund. Eine einzelne Träne läuft mir über die Wange. Ich kann ihn nicht ansehen. Ich will unbedingt nach Hause, ins Bett kriechen und mich unter der Decke verstecken. Oder ihn töten. Es würde mir nichts ausmachen, meine Hände um seine Kehle zu legen. Aber jetzt ist nicht der richtige Zeitpunkt. Meine Beine geben nach, als ich auf die Tür zusteuere.

»Du gehst noch nicht. Solange ich nicht darauf vertrauen kann, dass du keine Dummheiten anstellst, gehst du nirgendwohin. Zumindest bis ich weiß, dass das Blut in deinem Körper ist.« Er zückt sein Telefon, beachtet mich nicht weiter und tut einen auf wichtig. Als hätte er nicht gerade ... Eine innere Stimme wimmert in meinem Kopf ... Ich fühle mich misshandelt.

Alles in mir will weglaufen, aber der Gedanke, er könnte mich erneut anfassen, widert mich an.

Gott, ich fühle mich so verletzlich. Ich lehne mich mit dem Rücken gegen die Wand, schlinge meine Arme um mich und beuge mich vor. Ich verberge mein Gesicht vor ihm, damit er die Tränen in meinen Augen nicht sieht.

Ich will zu Story. Ich will zu meinem Kater. Ich will zu … *Xander*.

Nicht einmal fünf Minuten, nachdem ich die Flasche geleert habe, fängt mein Körper an zu rebellieren.

Es beginnt mit einem Zittern. Mein Körper krampft und bebt. Ein stechender Schmerz durchfährt meinen Magen, als würde mir ein Messer in den Unterleib gestochen werden. Der Schmerz ist unerträglich. Unfähig, aufzustehen, gleite ich an der Wand hinunter. Mein Hintern schlägt auf dem schmutzigen Teppich auf – dumpf.

»Xander«, stöhne ich. Ich brauche seine Hilfe.

»Ich rufe dich zurück« sagt Luther. Ich ziehe die Knie an meine Brust und ein leises Wimmern entweicht meiner Kehle. Luthers Lippen kräuseln sich und er schüttelt den Kopf. Er steckt sein Handy in die Tasche seines Jacketts. »Sei nicht so dramatisch. In einer Minute kannst du gehen.«

Ameisen krabbeln unter meiner Haut und ich zittere so stark, dass meine Zähne klappern und mein Kopf zurückschnellt und gegen die Wand knallt. Gott, mein armer Kopf. Ich kann von Glück reden, wenn ich hier ohne Hirnschaden davonkomme.

Ich lasse mich auf die Seite fallen und rolle mich zu einem Ball zusammen. »Xander«, sage ich etwas lauter. *Ich brauche dich.*

Außerhalb des Raums höre ich die Geräusche eines Handgemenges. Ich spüre eher den Windhauch, als dass ich sehe, wie die Tür auffliegt, und eine vertraute große, warme Hand den Puls in meinem Hals fühlt.

Er ist zurück.

Meine Augen schließen sich vor Erleichterung. Goldene Magie leuchtet um mich auf. Statt der üblichen Flut ist die Magie des Engels jetzt nur ein schwacher Strom. So ein Mist. Es fühlt sich nicht ausreichend genug an, um den Konflikt in meinem Körper zu bekämpfen. Die Magie in mir spielt verrückt und selbst die Magie meines Engels kann da nicht mithalten.

»Sie blutet aus den Augen.« Xander wirft meinen Kopf zurück und ich stöhne. Hm. Jetzt, da er es erwähnt, ist mein Gesicht nass, klebrig. »Und aus den Ohren. Vampir, was hast du getan?«

»Ich habe ihr Blut gegeben«, antwortet Luther düster.

»Ich sterbe nicht daran. Keine Sorge, ich bin in einer Minute wieder auf den Beinen«, krächze ich. Meine Brust brennt und mein Herz stottert. Ich entziehe mich Xanders warmen Händen und lasse mich auf die Seite fallen. Ich huste und verschlucke mich dabei. Ein Schwall heißer Flüssigkeit bahnt sich einen Weg meine Kehle hinauf und noch mehr Blut spritzt heftig aus meiner Nase und meinem Mund. Ich kann nicht …

Glänzende Schuhe nähern sich meinem Kopf. Luther gluckst. »Sieh an, sieh an. Es war kein Scherz, dass sie kein Blut verträgt. Wie ungewöhnlich.« Immer noch kichernd, stolziert der Bastard davon. Er kümmert sich nicht um das blutende Mädchen auf seinem Boden.

»Viel Glück damit«, sagt er hilfsbereit.

»Ross, Lord Gilbert hat ihr Blut gegeben und sie hat eine unerwünschte Reaktion.«

»Unerwünscht, wie unerwünscht?« *Oh, hey, Doc.* So was aber auch. Ich kann ihn hören … Der Arzt muss auf Freisprecher sein. Das ist alles deine Schuld, Mr Streifenshirt, weil du mich mit diesem Vampir allein gelassen hast. Wäre es unverschämt, ihm unter die Nase zu reiben, dass ich es ihm doch gleich gesagt habe? *Du hättest den Vampiren mein Geheimnis nicht verraten dürfen.*

»Hast du ihr nur eine Flasche gegeben?«, fragt Xander den sich zurückziehenden Vampir.

»Ja. Es soll bekannt gegeben werden, dass der Rat der Vampire formell auf unseren Anspruch verzichtet. Sie ist defekt und nutzlos. Ihr habt zehn Minuten, um ihre Leiche aus meinem Club zu schaffen«, sagt Luther. Eine Tür knallt zu.

Was. Für. Ein. Arsch.

»Sie blutet aus den Augen und Ohren und hat mehr erbrochen als getrunken. Das Blut ist dunkel.« Als läge ich tatsächlich im Sterben, huste noch mehr Blut aus. »Mit Klumpen. Ihr Herzschlag ist schnell und ihre Atmung schwerfällig.« Xander streicht mir sanft über das

Haar. »Meine Heilmagie zeigt keinerlei Wirkung. Normalerweise kann ich alles heilen. Warum funktioniert es bei dir nicht?«

Ich schnappe nach Luft, aber ich atme nur das Blut ein und ich kann nicht ... Meine Lungen funktionieren nicht mehr, ich habe das Gefühl zu ertrinken. Meine Brust brennt, meine Augen fliegen auf und in Panik kralle ich mich an seinem Arm fest. Warum kann ich nicht atmen? Verdammte Scheiße. Ich wusste doch, er würde mein Tod sein.

Blut hat mich schon immer krank gemacht, aber ich wusste nicht, dass es mich auch umbringen würde.

»Ich bin auf dem Weg.«

»Keine Zeit dafür ... Tru? Scheiße, sie atmet nicht mehr. Was zum Teufel habe ich getan?«

Meine Hände fallen nutzlos an meine Seiten, als Xander mein Oberteil in der Mitte zerreißt, und etwas spritzt auf meine Brust. Ein leeres Zaubertrankfläschchen landet neben meiner Hand auf dem Boden.

»Heiltrank?«

»Bislang ohne Wirkung.«

»Gib ihr dein Blut«, fordert der Arzt.

»Was? Nein. Das Blut hat uns erst in diesen Schlamassel gebracht ... Ich beginne mit der Herzdruckmassage.« Xanders warme Handflächen legen sich auf mein Brustbein. Flüssigkeit blubbert in meiner Kehle und mein Brustkorb bebt.

»Xander, gib ihr dein Blut!«, knurrt der Arzt. »Vertrau mir!«

Ich höre ein seltsames Zischen und etwas Weiches, wie eine Feder, die an meinem Hals kitzelt. Warme Hände ziehen mich vom Boden hoch und ich liege wieder in seinen Armen. Mein Kopf kippt zur Seite und Xander drückt mich an seine Brust.

Er legt mir sanft eine Hand auf die Wange und fährt mit seinem Daumen über meine blutverschmierten Lippen.

»Trink!«

Ähm, nein, danke. Ich habe genug Blut für ein ganzes Leben, mehr wird mir nicht helfen. Doch der Geruch von Sonnenlicht und Metall schlägt mir entgegen. Es ist der schönste, köstlichste ... was zum Teufel? Wie kann ich riechen, wenn ich nicht atmen kann? Ich kann nicht glauben, dass ich davon *geträumt* habe, in seinen Armen zu liegen, doch jetzt, wo ich es tue ... nun, das war nicht das, was ich wollte.

Nicht so.

Er umfasst meinen Kiefer und drückt meine Lippen gegen seine Ellenbogenbeuge.

Meine Augen rollen in ihre Höhlen zurück bei dem Geschmack in meinem Mund. Kochend heißes, goldenes Sonnenlicht erfüllt mich, während Xanders goldene Magie meine Brust durchflutet und an meiner Seele nagt.

Ich fühle mich satt, warm. Sicher.

Dann schnappe ich nach Luft. In diesem Moment merke ich, dass meine Nase frei ist und ich wieder normal atmen kann. Ich zittere nicht mehr. Ich sterbe nicht mehr.

Juhu, ich hab's geschafft.

Zarte, federleichte Berührungen streifen mich und meine Augen flattern auf. Ich bin in samtene Dunkelheit gehüllt. Eine sanfte Hand streicht mir das Haar aus dem Gesicht und ich blinzle, damit ich mich auf seine besorgten, traurigen Honigaugen konzentrieren kann. »Ist schon gut, mein Schatten. Dir geht es gut. Nimm so viel, du brauchst.«

So viel nehmen, wie ich brauche? Was?

Oh ... OH.

Mein Mund presst sich an *Haut*. An warm glühende Engelshaut. An einen muskulösen Unterarm, um genau zu sein. Meine Zähne ... meine *Reißzähne* stecken in einer Ader an Xanders Armbeuge. Ich stürzte das Blut des Engels wie einen Milchshake hinunter.

Ha. Ach, Scheiße!

Kapitel Vierundzwanzig

»In Ordnung. Es ist jetzt vierundzwanzig Stunden her und wir müssen uns an den Zeitplan halten.« Ich begrüße den Engel mit einem leisen Stöhnen, als er in mein Zimmer stapft. Schamlos krempelt er seinen Hemdsärmel hoch. Ach, du Scheiße. Ich schaue weg, Unterarme sind nicht zum Ablecken da. »Du musst etwas essen.«

Oder vielleicht doch.

Doppelte Scheiße!

Der Speichel sammelt sich in meinem Mund und ich muss mich zwingen, im Bett zu bleiben. Ich spüre, wie meine Wangen leuchtend rosa glühen.

»Ich habe keinen Hunger«, murmle ich und starre konzentriert auf mein Handy.

Oooh, ich bin so eine Lügnerin.

Ich könnte mich an dem mit drei Michelin-Sternen ausgezeichneten Engel wunderbar laben. Das Handy in meiner Hand ergibt wenig Sinn, denn mein Gehirn ist gerade zu nichts zu gebrauchen. Mein Herz pocht laut in meiner Brust und es fühlt sich an, als würde eine Kolonie von Fledermäusen eine Party in meinem Magen veranstalten.

»Ich gehe mal ein bisschen fernsehen«, sagt die kleine Verräterin Story. Sie weiß genau, was gestern passiert ist. Sie grinst mich an und rennt dann aus dem Zimmer, als ob ihr Hintern brennen würde.

»Komm schon, Tru. Du weißt, dass Engelsblut die einzige Möglichkeit ist, die du im Moment hast. Du willst doch nicht, dass es dir wieder schlecht geht, oder?«

»Schwirren denn keine anderen Engel hier herum?«, frage ich ihn, während ich über seine Schulter schaue. »Irgendjemand?«

»Ich bin dein Beschützer und ich bin für dich verantwortlich. Dr Ross sagt, mein Blut wird dich während deiner Verwandlung zum Vampir am Leben erhalten.«

»Dr Ross«, schimpfe ich. »Was weiß der Kerl denn schon? Er ist ein normaler Arzt, kein Spezialist.«

»Du willst also einen Spezialisten aufsuchen?« Seine Augenbrauen heben sich.

»Nein«, murmle ich, während ich mein Handy auf der Matratze ablege und nervös mit dem Reißverschluss meines Hoodies spiele.

Xander leckt sich über die Unterlippe, bis sie glänzt. Und etwas Weibliches und Interessiertes hebt den Kopf.

»Zeig mir deine blauen Flecken.«

Hm, seit ich ihn probiert habe … Ich schließe kurz die Augen, bevor sie mir noch aus dem Kopf fallen. Sogar meine Gedanken verselbständigen sich. Ich meine, seit ich sein Blut getrunken habe, Scheiße. Ich muss eine Menge verarbeiten, aber meine Schwärmerei für ihn ist ums Tausendfache gestiegen.

Bevor ich sein Blut gekostet habe, dachte ich schon, sie sei unkontrolliert, aber jetzt bin ich regelrecht verrückt nach ihm. Letzte Nacht habe ich von ihm geträumt. So wie ich mich jetzt fühle, könnte der Mann mir ein Messer an die Kehle halten und ich würde ihn auf die Wange küssen und sagen, wie hinreißend er ist.

Das macht mich wahnsinnig.

Ich packe meine Libido mit einer geistigen Faust und schüttle sie. *Hör auf, du geile Schlampe.*

Ich lebe meinen schlimmsten Albtraum. Nicht nur, dass ich mit einem Mann zusammenlebe, der mich spektakulär abgewiesen hat, obwohl ich ihn nicht einmal angemacht habe. Dickköpfiger Bastard. *Jetzt* sieht es auch noch so aus, als ob er die einzige Person wäre, der meine *hungernde* Vampirseite füttern kann. Die Ironie des Schicksals entgeht mir nicht. Es gibt beschämende Situationen und dann gibt es diese hier. Diese erreicht ein ganz neues Level.

Okay, was wollte er noch mal? Er will meine blauen Flecken sehen. Ich schnaube, während ich meinen linken Ärmel hochziehe und ihm meinen Arm präsentiere. »Ich habe keine blauen Flecken«, sage ich, während ich meinen Arm drehe. »Mir geht's gut.«

»Ganz genau. Mein Blut wirkt. Sieh mal ...« Er reibt sich den Nacken und ich beobachte das Spiel seiner Muskeln unter seinem Hemd. Seine Brustmuskeln treten hervor und seine breiten Schultern spannen den Stoff. Ich versuche, mir heimlich etwas Luft zuzufächeln.

»Ich weiß, dass ich dein Vertrauen missbraucht und dich verletzt habe. Bitte glaube mir, dass das nicht meine Absicht war.« Seine schönen Augen sind voller Schmerz.

In diesem Moment sieht er nicht mehr wie ein Engel aus. Ich spüre, wie sehr er innerlich im Zwiespalt ist und wie sehr er sich deswegen schuldig fühlt. Ich habe den heimlichen Verdacht, dass dieser Mann die ganze Zeit auf meiner Seite war und für mein Überleben gekämpft hat.

Heißt das, dass ich mich bei Story entschuldigen muss? Sie hat sich die ganze Zeit für ihn eingesetzt.

Nee.

»Ich konnte dich hören, während ich an deinem Arm geknabbert habe. Also, lass uns ehrlich zueinander sein. Wenn ich dir etwas erzähle, versprichst du mir dann«, ich neige den Kopf und hebe einen Finger, »nein, versprichst du mir, dass du mir im Zweifel zuhörst, bevor du etwas Dummes tust, wie zum Beispiel mich mit einem verrückten Vampir alleinzulassen?«

»Ich verspreche, dass ich mit dir reden werde.«

»Okay, weil Freunde das so machen.« Ich nicke voller Überzeugung und werde rot, als mir klar wird, was ich da gerade gesagt habe. Er ist mein Vormund, der Mann, den der Rat bestimmt hat, um mich in Schach zu halten. Er ist nicht mein Freund und ich sollte mir nicht anmaßen, etwas anderes anzunehmen.

Aah, warum funktioniert mein Kopf nur nicht, wenn ich in der Nähe dieses Mannes bin? Ich verschränke die Hände in meinem Schoß. »Danke, dass du mein Leben gerettet hast.« Das kann ich auch gleich loswerden, wenn ich schon mal dabei bin. Wenigstens kann ich später so tun, als hätten wir dieses Gespräch nicht geführt und als hätte er mir seine Venen nie gezeigt.

»Gib einfach zu, dass mein Blut wirkt und dass du mehr davon brauchst. Aber ich werde dich nicht zwingen.«

Ja, alles schon gehört.

Ich muss immer wieder an die Brocken denken, die aus meinem Mund kamen. Ich bin sicher, dass ich ein Organ ausgehustet habe, vielleicht sogar ein Stück Lunge. Ich zucke zusammen.

Xander kommt näher und ich kann ihn riechen, rieche das Blut in seinen Adern, und meine Reißzähne schmerzen.

»Okay«, flüstere ich, während ich an meinem Reißverschluss herumfummele. »Ähm ... Gib mir deinen Arm ...« Ja, streck mir den heißen, köstlichen Unterarm mit all den blutgefüllten Adern entgegen, damit ich daran knabbern kann.

Er setzt sich auf das Bett und ich schiebe mich neben ihn. Unsere Schultern berühren sich und meine Haut kribbelt. Er streckt mir seinen baumstammgroßen Arm entgegen. Das verdammte Ding ist dreimal so groß wie mein eigener. Ich sollte es nicht mögen, dass ich in seiner Gegenwart so schwach werde, aber ich tue es.

Meine Hände zittern vor Nervosität.

»Wusstest du«, sagt Xander sanft, seine Stimme ein Grollen, der Tonfall so leise, dass ich mich näher heranlehnen muss, um ihn zu hören. »Mein Blut ist nicht komplett rot wie das eines Menschen. Wenn du dir einen Tropfen ansiehst, kann selbst ein Mensch erkennen, dass es von kleinen goldenen Flocken durchzogen ist.«

»Oh, das wusste ich nicht«, flüstere ich zurück.

Ich weiß nicht, warum ich flüstere, aber es erscheint mir richtig, intim. Mein Verstand weiß, was er tut. Er will, dass ich mich besser fühle. Er will, dass ich mich entspanne.

Doch es klappt nicht. Mein Herz hämmert in meinen Ohren und ich fühle mich ängstlich und ein bisschen verschwitzt. Ich jongliere seinen Arm in meinen beiden Händen. Es ist, als würde ich einen Holzscheit heben. Auch wenn er das meiste Gewicht trägt, ist er immer noch schwer. Ich schlucke und lecke mir über die Lippen, während ich seinen Arm zu meinem Gesicht ziehe. Mir läuft das Wasser im Mund zusammen.

Ich neige den Kopf und atme seinen Duft von Sonnenlicht und Metall ein. Mir wird schwindelig. Meine Wimpern flattern. Ich zwinge mich, den Blick von seinem Arm zu lösen und ihm in die Augen zu sehen. Ich muss mich ein letztes Mal vergewissern, ihn um Erlaubnis bitten.

Xander nickt, meine Zunge fährt heraus und ich lecke mit der flachen Zunge über seine Armbeuge. Der salzige Geschmack seiner Haut breitet sich in meinem Mund aus. Ha, ich habe ihn geleckt. Ich zucke zusammen, als sich der weibliche Teil in mir zusammenkrampft.

Ich betrachte ihn durch gesenkte Wimpern hindurch. Seine Augen sind geschlossen, seine Stirn ist in Falten gelegt, als hätte er Schmerzen.

»Mein Schatten, ich bin kein Schokoriegel«, brummt er. »Mach schon!«

Ich schnaube. Lecken hilft gegen den Schmerz. Ich glaube, da ist etwas in meinem Speichel. Es könnte aber auch nur eine Ausrede sein. Scheiß drauf! Ich weiß nicht, wie oft ich das noch machen kann, also schiebe ich meine Verlegenheit beiseite und genieße den Moment. Ich meine, komm schon! Wer darf schon einen Engel lecken? Mein Magen macht einen Salto und ich folge meinem Instinkt.

Ich beiße zu.

Ich stöhne auf, als das goldene Blut durch meine Lippen und auf meine Zunge fließt. Wow. Ich erlaube mir nur ein paar Schlucke. Noch mehr und ich würde mich gierig fühlen. Doch sobald sein Blut meine Kehle trifft, spüre ich bereits, wie mich Kraft und Energie durchströmen.

Ich lecke an den beiden winzigen Löchern, die meine Reißzähne verursacht haben, und ob es nun an meinem Speichel oder an der natürlichen Heilkraft des Engels liegt, heilen sie sofort und verschwinden.

Als wäre mein Biss nie passiert.

»Danke. Geht's dir gut?«, frage ich.

»Hast du genug getrunken?«, fragt der Engel mit rauer Stimme.

»Ja ... Ich denke schon. Dein Blut ist ziemlich stark, also brauche ich nur wenig. Nun, das sagt mir zumindest mein Instinkt. Ich bin mir nicht ganz sicher. Wie du weißt, ist das alles neu für mich.« Meinem neu entdeckten Instinkt folgend, beuge ich mich vor und küsse ihn sanft auf die Wange. »Danke.«

Xanders honigfarbenen Augen leuchten irgendwie heller, auch wenn sich seine Pupillen erweitern und die schwarzen Kreise, die seine Iriden umranden und die ich vorher nie bemerkt habe, größer werden.

Er hustet und schaut weg.

Der Engel achtet darauf, mich nicht zu berühren, als er sich vom Bett erhebt und seinen Ärmel wieder herunterrollt. Ich blinzle ein paar Mal. Ich bin mir sicher, dass ich mir das nur einbilde ... aber Xanders Wangen färben sich rosa.

Wird er ... wird der Engel etwa rot?

»Okay, mein Schatten, ich gehe besser wieder an die Arbeit.« Er rückt die Manschette zurecht, nickt höflich und verlässt dann den Raum.

Hm, interessant. Er ist also doch nicht so angewidert von mir.

Kapitel Fünfundzwanzig

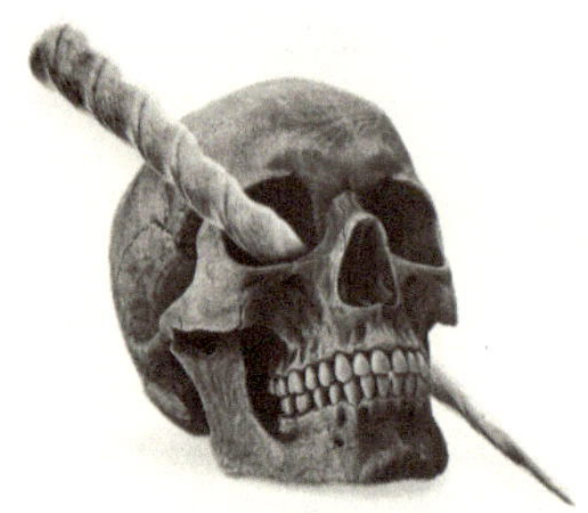

»Ich will ausziehen«, sage ich ohne Umschweife, als ich mit Dexter auf den Fersen in Xanders Büro stürme. Ich bin mir sicher, dass das pelzige Monster versucht, mir ein Bein zu stellen. Geschickt weiche ich einer Pfote aus. Der Engel sitzt hinter seinem Schreibtisch, umgeben von Papierkram. Er trägt einen schwarzen Pullover mit Rundhalsausschnitt. Die Farbe passt zu seinem goldenen Hautton und seinen Augen.

Diese wunderschönen Augen verengen sich und er schüttelt entschieden den Kopf. »Nein«, sagt er und dann senkt er seinen Blick wieder auf seine Papiere und weist mich ab.

Ich zapple herum und stoße einen verärgerten Atemzug aus. Oh, okay. Keine Erklärung, keine Diskussion, nur ein klares Nein. Damit kann ich arbeiten. Nachdem ich darüber nachgedacht habe, bis sich mein Kopf angefühlt hat, als würde er platzen, bin ich zu dem sehr vernünftigen und gesunden Schluss gekommen: Ich kann mit diesem Mann nicht zusammenwohnen.

Die Sache mit dem Blut, das ist zu intim. Ich fühle mich unwohl dabei.

Ich möchte mich nicht mehr so machtlos fühlen. Ich hasse es. Ich fühle mich, als hätte mich jemand von einer Klippe geworfen und seitdem bin ich am Fallen. Meine Hände suchen nach Halt, doch ich versage kläglich. Ich muss tun, was für mich und meine Freunde das Richtige ist. Damit wir alle in Sicherheit sind, bevor ich metaphorisch gesprochen auf dem Boden zerschelle.

Ich werde buchstäblich wahnsinnig von den gemischten Signalen dieses Mannes, doch ich habe einen Plan. Ich habe einen Plan, der mich aus diesem kompletten Albtraum befreit. Ich muss die Kontrolle über mein Leben zurückerlangen. Und deshalb beinhaltet dieser Plan kein Zusammenleben mit ihm. Aber ich stecke in einer Zwickmühle, weil mein Stolz mir nicht erlaubt, mir einzugestehen, dass ich ein Problem habe. Ein Problem mit seinem Blut, seinem lebensrettenden Blut.

Jetzt ist es also an der Zeit, zwei Fliegen mit einer Klappe zu schlagen. Ich hüpfe ängstlich von einem Fuß auf den anderen und begnüge mich dann damit, die Arme vor meiner Brust zu verschränken.

Meine knallharte Pose.

»Hör zu, Luther ...« Ich schnaube und verdrehe die Augen. Ich sollte den Scheiß besser gleich aus meinem Kopf kriegen. Ich bin mit dem Vampir nicht befreundet, ich wirke wie eine Idiotin, wenn ich ihn so vertraut bei seinem Vornamen nenne. Aber es fühlt sich einfach so wahnsinnig dumm an, ihn mit diesem albernen Namen anzureden. »*Lord Gilbert* hat Scheiße erzählt. Er sagte, die Vampire würden darauf warten, dass ich achtzehn werde, dann würden sie mich einsperren und«, ich mache eine Pause, um die Dramatik zu erhöhen, »*mich züchten.*«

Wut blitzt in Xanders Gesicht auf, doch sie verschwindet ebenso schnell. Eine übernatürliche Stille legt sich über ihn.

Nun ... das ist jetzt etwas enttäuschend.

»Wart's ab!«, murmelt Story in mein Ohr. Sie hockt auf meiner Schulter wie ein Piratenpapagei. Ich runzle die Stirn. Was glaubt sie ... doch dann sehe ich es ... Eine Ader in seinem Nacken pulsiert und ich glaube, er knirscht mit den Zähnen. Xander sitzt wie eine Statue hinter seinem Schreibtisch und wir warten geduldig auf seine Reaktion. Sogar

Dexter, der auf dem Boden herumgekugelt ist und sich am Schreibtisch gerieben hat, sitzt jetzt mit geneigtem Kopf und um die Pfoten gewickeltem Schwanz da und starrt den Engel an.

»Miau.«

Als ob das ein geheimes Signal wäre, knirscht Xander mit den Zähnen. »Das wird nicht passieren. Wenn sie dich anfassen, töte ich sie alle«, verkündigt er bedrohlich.

Oookay.

Story stupst meinen Nacken mit ihren nackten Zehen an. Ich schlucke. »Ich glaube nicht, dass das noch passieren wird, da Lord Gilbert offiziell seinen Anspruch zurückgezogen hat, als er dachte, ich würde sterben ... Aber was sagt uns das über die Vampire?« Ich bin richtig in Fahrt, als ich meinen Großvater zitiere: »Vampire neigen dazu, zuerst zu töten. Sie töten, was sie nicht kontrollieren können. Also denke ich, dass die Vampire durchaus versuchen werden, mich umzubringen, besonders wegen ihrer Abscheu.«

Ich fuchtle mit den Händen in der Luft und mit einem weiteren aufmunternden Stupser von Story fahre ich eilig fort: »Außerdem gibt es da noch eine Sache ... Ähm, während Lord Gilbert seine ganze Bösewicht-Rede gehalten hat, ist ihm herausgerutscht, dass die Wandler das vielleicht auch vorhaben. Nicht das Töten, das Einsperren und«, ich atme tief durch, »das Züchten.« Erwartungsvoll beobachte ich seine Reaktion.

»Kein Vampir- oder Wandlerschwanz kommt für dich infrage«, sagt Story.

Meine Lippen teilen sich vor Überraschung und ich drehe meinen Kopf in ihre Richtung, starre sie an. »Wo zum Teufel ist die süße kleine Pixie hin?«, frage ich.

»Pixies altern schneller als andere Lebewesen«, erwidert sie, während sie zu ihren Zehen blickt.

»Ganz offenbar.« Es ist ihr Mund – sie sieht fast zerknirscht aus, bis ich ihr freches Grinsen entdecke. »Also«, sage ich und wende mich wieder dem Engel zu. »Ich glaube, die Wandler haben das auf ihrer Agenda.« Ich klopfe rhythmisch gegen meinen Oberschenkel, während der Engel darüber nachdenkt.

Scheiß drauf, ich bin viel zu ungeduldig. »Ich mache wirklich keine

Witze, Xander, du kennst dich doch mit Wandlern aus. Zum Teufel, meine Leibwächter hier sind Wandler. Ich muss irgendwo wohnen, wo sie nicht einfach durch die Vordertür hereinspazieren können. Es ist offensichtlich, dass du nicht die ganze Zeit auf mich aufpassen kannst, und ich glaube, dass du dir mit mir sowieso zu viel zumutest.«

»Die Vampire haben ihren Anspruch gestern Abend offiziell zurückgezogen. Aber heute Morgen hat der Rat der Wandler um ein Treffen gebeten«, sagt Xander leise und reibt sich die Schläfe.

Ah, nein. Verdammt, ich komme zu spät.

Aber Story und ich haben das bereits besprochen, wir haben einen Plan B. Die Fae oder die Hexen werden nicht an mir interessiert sein, was bedeutet, dass nur noch die Wandler übrig sind. Nach unseren Überlegungen läuft meine Uhr langsam ab, bis sie einen Wandler-Vormund für mich ernennen. Sobald ich in ihrem korrupten System gefangen bin, gibt es keine Hoffnung mehr. Dann bin ich am Arsch.

Entweder ganz oder gar nicht.

»Wann ist dieses Treffen?« *Wie viel Zeit bleibt mir noch?*

»Sie kommen heute Abend.«

Mein Herz fühlt sich an, als würde es mir im Hals stecken bleiben, und mein Puls hämmert in meinen Ohren. Das reicht nicht. Ich schüttle energisch den Kopf. Ich brauche mehr Zeit. »Da muss ich arbeiten«, platze ich heraus.

»Tru, das ist der Wandlerrat. Ich denke, sie sind wichtiger als dein kleiner Job.«

»Es geht um mein Leben, Xander«, knurre ich. »Sie können mich morgen Abend bei der Arbeit treffen, nachdem das Café geschlossen hat.«

»Mein Schatten, mach dich nicht lächerlich. Du kannst dem Wandlerrat keine Bedingungen diktieren«, spottet der Engel.

Ha, das kann ich also nicht? »Ich denke, es ist das Beste für sie und für dich, wenn ich gefügig bleibe. Meinst du nicht auch? Außerdem hast du ein Versprechen abgegeben. Ich bitte dich als mein Vormund, dein Versprechen einzulösen, mir zuzuhören und mir zu vertrauen.«

Nichts. Er gibt mir nichts. Er nimmt meine Worte nicht einmal zur Kenntnis und sein ausdrucksloses Gesicht verrät mir nichts.

Ich stehe unbeholfen da. »Offensichtlich haben Versprechen, die

Engel machen, keinerlei Bedeutung.« Okay, Engel, du spielst mit harten Bandagen. Zeit für die großen Geschütze. »Sie treffen mich dort oder gar nicht. Sonst wirst mich mit Gewalt zu diesem Treffen schleppen müssen. Warum wählst du also nicht gleich die leichtere Variante ... Was kümmert es dich überhaupt?« Ich schiebe mein Kinn vor und starre ihn stur an.

Ich habe einen Plan, einen guten Plan, der einen öffentlichen Raum und ein wenig mehr Zeit erfordert, damit er funktioniert.

»Bitte.«

»Okay, mein Schatten. Ich werde sehen, was ich tun kann.«

Ein Hybridmädchen ... nein, *zwei* Mädchen und eine Monsterkatze, was können die schon *anrichten*? Sie nehmen es mit der Macht des Wandlerrats auf. Was kann da schon passieren?

Es ist an der Zeit für meinen medizinischen Check-up bei Dr Ross. Er ist der Einzige, der weiß, dass ich Engelsblut trinke. Der arme Kerl ist kein Spezialist ... aber ich glaube, dass niemand Spezialist ist, wenn es darum geht, mit mir und der Scheiße meines Hybridwesens fertigzuwerden. Aber Xander vertraut ihm, also muss er sich um mich kümmern.

Ich warte auf ihn und sitze in Xanders Orangerie, die sich auf der Rückseite des Hauses befindet. Mit ihren großen Fenstern und dem Blick auf den hübschen ummauerten Garten ist der Raum warm und hell. Story, Dexter und ich verbringen hier viel Zeit. Ich liebe das gläserne Dach. Wenn ich in einer klaren Nacht auf dem Boden liege, kann ich direkt in die Sterne schauen.

»Ich habe noch ein paar Tests gemacht.«

Ich schalte mein Handy aus und winke dem Arzt zu, aber er wendet seinen Blick nicht von seinen Notizen ab.

»Hi, Tru. Wie geht's dir?«, äffe ich ihn mit tiefer Stimme nach. »Oh, mir geht's gut, danke, Dr Ross. Wie geht's dir, viel zu tun?«, antworte ich mit meiner eigenen Stimme, wenn auch etwas höher als sonst.

Ich grinse, als er den Kopf schüttelt und sich mit seinem muskulösen Körper auf den Stuhl mir gegenüber setzt. Er tippt wie wild auf seinem Tablet herum, das er anscheinend nie aus der Hand legt.

»Ich mache mir Sorgen. Selbst mit Xanders Blut und der Magie heilst du immer noch nicht.«

Ich rutsche an den Rand meines Sitzes, stütze die Ellbogen auf die Knie und das Kinn auf die Hände. Noch mehr Tests? Na, großartig.

»Okay«, sage ich vorsichtig.

»In deinem Blut wurden Spuren gefunden, die auf eine unmögliche frühkindliche Wandlung in Tierform hinweisen. Dennoch zeigst du keine anderen Anzeichen einer Wandlung, keine anderen Marker, und du hast auch keine Wandlungsmagie.« Dr Ross tippt mit dem Zeigefinger auf das Tablet und schaut finster drein. »Die Daten ergeben wenig Sinn. Vielleicht muss ich noch ein paar mehr Proben nehmen, Blut abnehmen, auf die altmodische Art. Vielleicht korrumpiert deine Hybridnatur die magische Technologie?« Er reibt sich mit dem Handballen über sein linkes Auge.

Ich stöhne und lasse mich auf dem Stuhl zurücksinken, ziehe die Knie an die Brust und vergrabe den Kopf in meinem Kapuzenpullover, sodass er Mund und Nase bedeckt. »Hast du meine DNA nicht überprüft? Was sagt die Wandler-Datenbank?«, raune ich durch den Stoff. Ich muss die Dinge wirklich wieder in richtige Bahnen lenken. Mein Plan mit dem Rat beruht auf Informationen, doch wenn ich nicht alles bekomme, was ich brauche, bin ich verloren.

»Der Rat der Wandler hat mir keine Erlaubnis gegeben.«

»Was? Warum nicht?« Nun, das ergibt wenig Sinn. Neigt Dr Ross etwa gerade seinen Kopf? Ich runzle die Stirn. Macht er einen leichten Buckel? Ich glaube nicht, dass er verlogen ist ... das glaube ich nicht. Ich glaube eher, der Arzt schämt sich.

Scheiße, ich brauche diese Testergebnisse.

Mir wird übel und ich konzentriere mich auf den Arzt. Was verschweigt er mir? Was zum Teufel hat er mit all diesen Scans gemacht?

Irgendetwas stimmt hier nicht.

Dieser verdammte Rat. Ich habe weniger als vierundzwanzig Stunden, um die Kurve zu kriegen und mich zu retten. Xander hat sie dazu gebracht, meinem Treffen zuzustimmen. Jetzt brauche in den DNA-Beweis. Warum kann es nicht einfach mal leicht sein? Ich dachte, alle wären daran interessiert, herauszufinden, wer meine Familie ist und woher ich komme. Aber es sieht so aus, als stünde das nicht auf der Tagesordnung des Wandlerrats. Das ist ... beunruhigend. Die Alarmglocken schrillen in meinem Kopf.

Was wollen sie verbergen?

Es geht um mich. Es geht allein um mich, aber ich habe den leisen Verdacht, dass die Eingabe meiner DNA in das System – um zu sehen, ob es mit irgendwem eine Übereinstimmung gibt – die Pläne des Rats durchkreuzen würde.

Nennt mich meinetwegen Schurkin oder Rebellin, es spielt keine Rolle. Ich werde alles in meiner Macht Stehende tun, um diese Überprüfung durchzuführen.

»Du brauchst eine Erlaubnis?«

Dr Ross starrt auf sein Tablet und sieht nicht auf. Er zuckt mit den Schultern.

Okay, ich denke, es ist an der Zeit, die Karten auf den Tisch zu legen. Ich bin mir sicher, dass ich es bereits erwähnt habe ... vielleicht, vielleicht aber auch nicht, doch mein mehrfarbiges Haar scheint offensichtlich zu sein. Wandler wissen instinktiv, welche Tiergestalt andere haben – na ja, außer bei mir, denn offensichtlich ist der Wandler in mir kaputt. Ich sehe aus wie ein Mensch. Ich rieche wie ein Mensch. Alles, was sie in mir sehen, ist ein machtloser Mensch.

»Ich bin ein Einhorn-Wandler. Du weißt, wie selten das ist.« Ich lasse meine Beine auf den Boden gleiten und zupfe an einer Haarsträhne, um meine Worte zu unterstreichen. Dann deute ich auf meine Augen. »Mein Haar ist ganz Einhorn und meine bernsteinfarbenen Augen sind eine seltsame Mischung meiner Vampirseite.«

»Aber das wissen wir nicht mit Sicherheit. Es sind deine Annahmen und Informationen aus zweiter Hand«, flüstert Dr Ross. Zum ersten Mal, seit er diesen Raum betreten hat, sieht er mich an.

»Richtig.« Ich fummle am Reißverschluss meines Hoodies herum. Ich führe ihn an meine Lippen und knabbere an dem Plastikzipper. Nervös wackle ich auf meinem Sitz hin und her – der nächste Teil wird unangenehm. Ich ziehe den Zipper von meinem Mund weg, aber ich behalte ihn in der Hand. »Also, wegen dieser Marker in meinem Blut?

Die Wandlung, als ich klein war ... Ich habe diesen wiederkehrenden Albtraum.«

Ich nehme einen zittrigen Atemzug. Warum ist das nur so schwer?

Wahrscheinlich, weil ich das Problem so lange ignoriert und es tief in meinem Unterbewusstsein vergraben habe. Wahrscheinlich, weil ich nicht einmal meinem Großvater oder sonst irgendwem davon erzählt habe. Und wahrscheinlich, weil ich Angst habe, dass dieser Traum kein Traum ist, sondern eine Erinnerung.

»Ich habe diesen Albtraum, in dem ich von einem Mann gezwungen werde, mich zu wandeln, einem wirklich furchterregenden Mann, der mir mit einer Säge das Horn abschneidet.« Ich neige den Kopf, mit der Hand um den Zipper. Sie zittert.

Meine Güte, schon der Gedanke daran jagt mir Angst ein. Ich ziehe meine Knie wieder an meine Brust.

»Das Horn ist die Quelle der Kraft eines Einhorns. Im Gegensatz zu anderen Wandlern enthält das Horn eines Einhorns die gesamte Wandler-Magie.« Dr Ross erhebt sich von seinem Platz und geht auf und ab. »Das ist der Grund, warum du keine Wandler-Magie vorweist, aber du hast«, er zeigt auf mein Haar, »Einhornmerkmale. Ich werde mit Xander sprechen müssen, denn soweit ich weiß, wirst du ohne die Quelle deiner Kraft nicht in der Lage sein, dich zu wandeln.«

»Die Hornentfernung hat also meine Magie beeinträchtigt?«

Er fährt sich mit der Hand durch sein Haar und wedelt mit der anderen mit dem Tablet. »Ja. Obwohl es ein bisschen mehr ist als das. Du bist ein medizinisches Wunder. Es ist ein Wunder, dass du noch lebst, es sei denn ... es sei denn, es ist die vampirische Seite in dir, die reinblütige Kraft und Xanders Blut, die dich noch zusammenhält. Okay, lass uns das Ganze einmal durchdenken. Der Fae hat bestätigt, dass die Magie deines Großvaters dich durch die Kindheit gebracht hat. Ich will offen mit dir sein, Kind. Ein Wandler, der in der Wolfsform feststeckt, kann Jahrzehnte überleben. Er wird vielleicht allmählich verrückt, wenn die Magie ihn übernimmt, aber er kann *Jahrzehnte* überleben. Auf der anderen Seite bleibt einem Wandler, der in menschlicher Gestalt bleibt, nur wenige Jahre, höchstens zwei oder drei. Deine Uhr hat bereits angefangen zu ticken.«

Er lässt sich wieder auf den Stuhl sinken und schaut mich an. »Der

Grund, warum wir keine Veränderung deiner Gesundheit feststellen können, ist der, dass ... nun, es fällt mir nicht leicht, das zu sagen, Tru, und es ist nur eine Theorie.« Er hält die Hände hoch, sein Gesicht eine professionelle Maske. »Es ist nur eine Theorie, denn deine ungewöhnliche Natur ist unvorhersehbar, aber ich denke, wenn du dich nicht wandeln kannst, wirst du sterben, egal, was wir versuchen.«

»Okay.« Ich verstecke meinen Kopf in meinem Kapuzenpullover. Ich verstehe, was er sagt. Ich könnte morgen sterben, ich könnte nächste Woche sterben. »Okay.« Ich blase meine Wangen auf und nicke. »Zurück zum Hauptthema: Wenn ich einen der hohen Tiere dazu bringe, dir Zugang zur Wandler-Datenbank zu gewähren, wärst du dann bereit, meine DNA zu überprüfen?«

Einen Moment lang weiten sich die Augen des Arztes. Ich kann den Schock in seinem Gesicht sehen, weil mich mein bevorstehender Tod nicht beunruhigt.

Aber unsterbliche Lebewesen sterben eines Tages nun mal. Wir alle sterben. Es ist nur eine Frage des Zeitpunkts. Wir müssen nur bis zum Ende kämpfen. Ein wunderbarer Mann hat sein Leben für mich gegeben und ich werde ihn nicht im Stich lassen. Ich beiße mir auf die Lippe und blinzle schnell. Nein, ich werde meinen Großvater nicht im Stich lassen.

Also werde ich *kämpfen*.

»Wenn du mir die Erlaubnis beschaffst ... natürlich«, stimmt Dr Ross zögernd zu.

»Perfekt.« Ich hebe einen Finger und hebe mein Telefon von der Armlehne, wo ich es liegen gelassen habe, suche schnell nach der gewünschten Kontaktnummer und drücke auf Anrufen.

»Hallo, könnte ich bitte mit dem General sprechen? Mein Name ist Tru Dennison und ich brauche seine Hilfe.«

Kapitel Sechsundzwanzig

Ich wrang nervös mit den Händen und Story tätschelt meine Wange. »Es wird schon alles gut gehen. Du hast so viel getan, wie du kannst. Jetzt hängt es nur noch vom Schicksal ab.«

Ich nicke. Scheiße, mir ist schlecht.

»Ja«, flüstere ich. Ich weiß, dass Story ihr Bestes gibt, aber das Schicksal war noch nie mein Freund.

Die Glocke über der Tür bimmelt und das erste Ratsmitglied der Wandler schleicht in den Raum.

Showtime.

Er schaut sich angewidert im Café um und macht sich auf den Weg zu dem Tisch, den ich für das Treffen vorbereitet habe. Durch das große Fenster des Cafés kann ich seine Leibwächter draußen erkennen. Einer von ihnen wirft mir einen prüfenden Blick zu. Ich kehre ihm nur den Rücken zu.

Das Ratsmitglied schaut nicht einmal in meine Richtung, während er seinen Stuhl mit einem bestickten Taschentuch abwischt, bevor er sich mit einem verärgerten Grunzen setzt. Henry Phillips. Er ist ein Großkatzenwandler und ein totaler Schleimbeutel.

Der Einhornwandler kommt als Nächster. Immerhin sieht er mich kurz an, auch wenn in seinem Blick reine Verachtung liegt. Er setzt sich ohne Vorrede und begrüßt leise das andere Ratsmitglied. Draußen addieren sich die Wachen und wir haben jetzt eine prächtige Sammlung.

Als Nächstes tritt der Drache ein. In Anbetracht seiner Größe und Breite sollte man meinen, dass er laut wäre, aber das ist er nicht. An ihm ist alles still. Nicht einmal die Glocke wagt es, einen Ton von sich zu geben, als er die Tür öffnet und sich hineinduckt. Seine silbernen Augen treffen sofort auf meine. Ich begrüße ihn mit einem warmen Lächeln. Trotz seines unheimlichen Rufs mag ich diesen Kerl.

»Miss Dennison«, sagt er, seine Stimme ist ein tiefes Grollen.

»General, danke, dass Sie gekommen sind.« Ich führe ihn zu dem Tisch, der im Vergleich zu seiner Größe winzig ist. Mist, ich weiß nicht, ob ich ihn bitten soll, Platz zu nehmen – es ist ja nicht so, dass man einen alten Drachenwandler einfach herumkommandieren kann. Der extragroße Stuhl knarrt protestierend, als er sich setzt.

Der Rattenwandler folgt, Ratsmitglied Harrison. Er sagt kein Wort zu irgendwem und sieht unbehaglich aus, als er Platz nimmt. Aus seiner Körpersprache geht klar hervor, dass er nicht hier sein will.

Als Letztes betritt auch ein Wolfswandler das Café. Er schreitet durch die Tür, als gehöre ihm der Laden, und mich trifft sein angriffslustiger Blick. Stadtrat Charles Richardson. Er ist ein echter Mistkerl und ein echter Taktiker. Er überlegt nicht lange, wenn es darum geht, Menschen als Schachfiguren auf seinem Spielbrett zu benutzen. Eine Schande, dass er nicht gemerkt hat, dass er heute Abend auf mein Spielbrett getreten ist.

Tilly wuselt herum, um den Wandlern Getränke zu bringen, und ich trete näher an den Tisch.

»Okay«, sagt das Einhorn. »Wir sind auf Ihre Bitte hin hier, Miss Dennison. Keine Ahnung, was Sie sich von diesem Ortswechsel versprechen, und obwohl Xander darauf bestanden hat, werden wir nicht auf Ihre kindischen Drohungen eingehen. Sie haben hier nicht das Sagen.«

Okay, der Einhornwandler redet also nicht um den heißen Brei herum. Soll mir recht sein.

Ich nicke. Hoffentlich mache ich ein freundliches Gesicht, das verbirgt, wie gern ich über diesen Tisch springen und dem bösen Wandler ins Gesicht schlagen würde. Ich unterlasse es, denn das wäre kein guter Anfang für diese Farce eines Treffens. Ich spüre, wie die Wut ein Kribbeln auf meiner Haut hinterlässt, und mein ganzer Körper ist steif vor Nervosität.

Ich habe jetzt schon das Gefühl, eingesperrt zu sein.

»Wir haben beschlossen«, sagt der Katzenwandler und richtet seine Worte an Xander, »da die Vampire ihren Anspruch auf das Mädchen zurückgezogen haben, brauchen wir deine Dienste nicht mehr. Sie wird heute Abend in meine schützende Obhut gegeben.«

Nein, das werde ich nicht. Für wen hält sich dieser Kerl eigentlich? Ich kenne seinen Namen und seine Geschichte, aber nur, weil ich ihn im Internet recherchiert habe. Man kann alles Mögliche finden, wenn man weiß, wo man suchen muss. Er hat sich noch nicht einmal vorgestellt und doch erwartet er, dass ich ihm trottend nach Hause folgen werde? Ich bin froh, dass sie mich im Moment nicht ansehen, denn ich bin wütend. Ich kann nicht glauben, dass ich von einem Haufen befugter Männer, die keine einzige funktionierende Gehirnzelle besitzen, wie ein Kind behandelt werde.

Ich unterdrücke meine Gefühle. Zum Glück mache ich das schon seit Jahren. Ich beiße mir auf die Unterlippe, um meinen überquellenden Mund geschlossen zu halten. *Noch nicht, Tru.*

Gib ihnen genug Seil, um sich selbst aufzuhängen. Das war so eine andere Sache, die mein Großvater gern sagte. Ich werde hier stehen und zusehen, wie sie sich das Seil selbst um den Hals wickeln.

»Und warum ist das so? Warum, Phillips, geht sie mit dir mir?«, fragt der Drache die Katze.

Der Katzenwandler schnuppert und zappelt auf seinem Sitz. »Sie ist ein ungewöhnlicher Hybrid. Wir wollen sehen, wie das auf DNA-Ebene aussieht. Die ersten Tests sind unglaublich vielversprechend. Ich bin in der Lage, diese Informationen besser als jeder andere zu bekommen. Sie wird für weitere invasive Tests und Biopsien zu mir kommen.« Ach so, der Laborrattenansatz. »Und dann, wenn wir alle relevanten Informationen beisammenhaben, werden wir sie mit einem Gefährten zusammenbringen.« Er nickt dem Einhornwandler zu.

Ein für Xander untypische Knurren entringt sich seiner Kehle. »Einen Gefährten? Was, wenn sie keinen will?« Er stellt sich vor mich, um mir die Sicht auf die Männer am Tisch zu versperren. »Darf ich dich daran erinnern, dass Tru noch ein Kind ist. Sie ist erst siebzehn.«

Ich verdrehe die Augen und trete zur Seite. Er macht es *schon wieder*. Er hat das doch eben gut gemacht, so ganz *grrr* und beschützend. Bis der Typ behauptet, ich sei noch ein Kleinkind. Aber ich schätze für ihn, einen Engel, bin ich das auch.

Was für ein deprimierender Gedanke ... Die unerwiderte Liebe kann mich mal.

Nicht, dass ich diesen großen Trampel lieben würde. Nein, ganz und gar nicht.

Ich pflege nur eine kleine Liebesaffäre mit seinem Blut, das ist alles.

»Die ganze Gefährten-Sache findet erst statt, wenn sie alt genug zur Einwilligung ist. Sie kann bei mir bleiben, bis sie für die Entscheidung bereit ist. Und ich werde sie zu allen Tests begleiten.« Xander versucht wieder, sich vor mich zu stellen, also boxe ich ihm in die Rippen.

»Hör auf!«, flüstere ich.

»Sie geht dich nicht länger etwas an und ob sie will oder nicht, spielt keine Rolle«, erwidert der Katzenwandler und schnüffelt wieder. Der Typ hätte sein schickes Taschentuch lieber für sein Gesicht benutzen sollen, anstatt den Stuhl abzuwischen. Das ganze Rumgeschnüffel ist eklig. Die unheimliche Katze wedelt mit der Hand in der Luft, um Xander eine klare Abfuhr zu erteilen. »Wir nehmen uns, was wir wollen.«

Plötzlich fühlt es sich an, als wäre das Café zu klein für die angespannte Energie, die vom Engel und dem Drachen ausgeht.

»Warum ist das überhaupt wichtig? Diese Frauen werden mit der Zeit viel zu hochnäsig. Sie sollten sich ein Beispiel an Charles' Familie nehmen. Seine Tochter Elizabeth tut genau das, was man ihr sagt«, bemerkt das Einhorn. »Dieses Mädchen hier wird lernen, sich zu benehmen, und wird tun, was ihr befohlen wird. Zum Wohle aller Wandler.« Er deutet in meine Richtung.

Sowohl der Drache als auch Xander knurren. »Mir ist das wichtig und zweifellos auch der Bevölkerung«, raunt der Drache. »Ihr werdet sie nicht zwingen. Ihr könnt keine Frau zwingen. Ich will ganz offen mit euch sein, liebe Ratsmitglieder, das werde ich nicht zulassen.«

»Komm schon, General, das Mädchen ist den Kampf nicht wert. Sie ist ein Niemand. Wir halten uns an das Gesetz und genau aus diesem Grund sind diese Gesetze überhaupt da.« Der Wolfswandler lächelt gruselig. »Du weißt, dass du es mit der Macht des Wandlerrats nicht aufnehmen kannst. Du bist mächtig, aber so mächtig nun auch wieder nicht.« Charles Richardson, der Wolfswandler, ist dabei, es königlich zu vermasseln. Offensichtlich nimmt er unsere Vergangenheit nicht ernst, denn er hat vergessen, wozu der Silberdrache fähig ist. Der Rattenwandler, der noch nichts gesagt hat, lehnt sich von ihm weg, seine Augenlider ziehen sich zurück, bis das Weiß seiner Augen zu sehen ist.

Meine Güte, die wütende Energie, die der Drache ausstrahlt, könnte einen Kessel zum Kochen bringen. Da möchte ich fast auf die Knie fallen. Er könnte den Kerl allein mit seiner Kraft in zwei Teile spalten. Doch abgesehen von dem Rattenwandler sind diese Männer so sehr mit sich selbst beschäftigt, dass sie die Gefahr, in der sie schweben, nicht einmal bemerken.

»Wir werden sie mit einem starken Gefährten zusammenbringen. Wenn sie innerhalb eines Jahres kein Kind zeugt, versuchen wir es mit einem anderen Wandler. Wir haben faire Verfahren.« Das Einhorn zuckt mit den Schultern, als wäre das ein ganz normales Gespräch. Ich erschaudere, trete näher an Xander und greife nach seiner großen Hand. Der Engel hält meine Finger wie eine Rettungsleine und drückt mich zur Sicherheit an seine Seite.

»Wir könnten sie immer weitergeben, selbst wenn sie ein Kind bekommt. Das Kind bleibt natürlich Eigentum des Vaters. Es gibt eine Menge guter Wandler, die einen Erben brauchen, der sich wandeln kann. Nach unseren ersten Berichten besteht eine fünfundsiebzigprozentige Chance, dass sich ihre Kinder wandeln werden. Das ist eine unglaubliche Nachricht. Es besteht auch eine fünfzigprozentige Chance, dass die Kinder weiblich sein werden. *Fünfzig Prozent.*«

»Ihr wisst, wie selten das ist. Da unsere weibliche Geburtenrate so niedrig ist, stehen wir schon seit vielen Jahren am Rande der Ausrottung. Doch es scheint, als könne ihr nichts, was die Fortpflanzung von Wandler-Weibchen normalerweise behindert, etwas anhaben. Es hat etwas mit dem Vampirblut in ihr zu tun.« Das Einhorn nickt dem Katzenwandler zu. »Ich bin sicher, dass Ratsherr Phillips und sein medizinisches Team uns die Erklärung liefern werden.«

»Hör zu, General, es geht um das Allgemeinwohl. Selbst du musst das doch erkennen. Keiner wird sie vermissen. Es wird niemanden interessieren. Aber sie könnte ein enormer Faktor für den Erhalt einer ganzen Spezies sein – unserer Spezies. Und ich bin bereit, alles zu tun, auch wenn du es nicht bist.«

Okay, das reicht.

Ich befreie mich aus Xanders tröstendem Griff. »Sie wollen mich also vermieten wie ein Zimmer? Meinen Uterus an den Höchstbietenden verkaufen?« Mein lässiger Ton verbirgt den riesigen Kloß in meinem Hals.

Ich bin stolz auf mich, dass meine Stimme so ruhig klingt. Der Einhornwandler wendet den Kopf und fixiert mich. Als hätte er ganz vergessen, dass ich im Raum bin.

Diese ganze Unterhaltung ist schlimmer, als ich erwartet habe. *Kranke, schreckliche Wichser* ... Und wenn ich daran denke, dass ich mich schuldig gefühlt habe für das, was ich mit ihnen machen werde.

»Ja«, sagt er mit fester Stimme. Ich halte den Augenkontakt, aber aus dem Augenwinkel sehe ich, wie Xander einen Schritt nach vorn macht. Ich halte meine Hand hoch, um ihn aufzuhalten.

Ich habe das im Griff. Ich muss glauben, dass ich das schaffe.

»Nur, um das klarzustellen, das ist also das Urteil des gesamten Wandlerrats?«, frage ich in die Runde. Drei der Ratsmitglieder neigen ihre Köpfe zur Bestätigung, bis auf den nervösen Rattenwandler. Er wendet seinen Blick nicht vom General ab, und ich bin mir nicht sicher, ob er überhaupt ein Wort von mir gehört hat. Der Mann ist vor Angst wie erstarrt.

»Wie tief die Wandler nur gesunken sind«, flüstere ich. Mein Blick wandert zu dem Tisch hinter ihnen. Dann blicke ich zurück auf das Einhorn. »Interessiert es Sie denn nicht, dass ich ein Einhornwandler bin?«

Er schnaubt. »Sie sind kein Einhorn.« Sein Ton ist wütend, unnachgiebig und von Abscheu durchdrungen. Ich kann sie fast in der Luft schmecken.

»Bin ich nicht?«

»Nein, Sie sind ein Möchtegern mit hexengefärbtem Haar.« Er schüttelt den Kopf und seine Hände, die auf dem Tisch ruhen, verkrampfen sich. »Ich kenne alle Einhornwandler und sie würden sich niemals dazu herablassen, mit einem Vampir ins Bett zu steigen, um eine Abscheulichkeit wie Sie zu erschaffen.«

Story, die immer noch auf meiner Schulter sitzt, keucht verzweifelt auf. Da sie ein Pixie-Fae-Hybrid ist und von ihrer Truppe als Abscheulichkeit bezeichnet wird, kann ich verstehen, warum. Ich hebe meine Hand und sie umklammert meinen Finger. Ich drücke sie sanft, um sie zu beruhigen. Mich kümmert es nicht, was dieser Mann von mir denkt.

»Oh, okay.« Ich nicke, lächle und senke meine Hand. »Ich weiß, worauf Sie hinauswollen. Aber wenn ich so eine Abscheulichkeit bin, warum ist es dann in Ordnung, mich herumzureichen? Scheint, als wäre ich gut genug für eine vom Rat sanktionierte Vergewaltigung – huch, Entschuldigung. Wie sollen wir es nennen?« Ich tippe mir mit dem Zeigefinger gedankenvoll gegen die Lippen und deute dann auf ihn. »Ein vom Rat sanktioniertes *Zuchtprogramm*? Vergewaltigung ist doch so ein böses Wort. Ich kann es Ihnen allen jetzt gern sagen, während Sie doch alle zusammen sind.« Ich mache mit meinem Finger eine kreisende Bewegung in der Luft. »Ich willige nicht ein. Ich werde *niemals* einwilligen.«

»Seien Sie nicht dumm«, knurrt das Einhorn.

»Ich bin nicht die Dumme«, knurre ich zurück.

»Sie haben keine Wahl. Sollen wir das wirklich zulassen? Jemand sollte sie in Ketten legen und ins Labor bringen.«

»Niemand fasst sie an«, sagt Xander.

Gleichzeitig befielt der Drache: »Lasst sie sprechen!«

»Habt ihr Idioten, während ihr die ganzen Tests zur Lebensfähigkeit der Gebärmutter gemacht habt, auch meine DNA durch das System laufen lassen?«, frage ich betont freundlich. »Ihr wisst schon, die DNA, die sagt, mit wem ich verwandt bin und welche Art von Wandler ich bin.« Ich möchte den Arschlöchern die Augen auskratzen. »In euren Gesichtern lese ich, dass ihr das nicht getan habt. Nein, das habt ihr nicht, oder? Es ist euch nicht nur egal, ihr wollt auch nicht, dass dieses kleine Beweisstück unter die Leute kommt, nicht wahr? Ihr wollt, dass ich ein Niemand bleibe. Da ich keine Familie habe, die sich um mich kümmert, gibt es auch niemanden, der Lärm macht, während ich zu eurer Zuchtstute werde.«

Ich winke Tilly zu, die mit meinen vorbereiteten Papieren herüberkommt. Sie reicht sie mir und nimmt sich tapfer eine Sekunde Zeit, um den Mann am Tisch anzufunkeln. Dann marschiert sie davon.

»Versteht ihr langsam, worauf ich hinauswill? Ich bin so froh, dass ich mir die Zeit genommen habe, meine Ahnen-DNA mit der Kreaturen-Datenbank abzugleichen.« Ich lächle breit, während ich Kopien des Berichts verteile. »Wie ihr sehen könnt – ich habe es in Rosa hervorgehoben, damit es leicht zu finden ist –, gibt es eine elterliche Übereinstimmung. Oh, und ich bin sooo gesegnet, dass es auch eine Großelternübereinstimmung gab, mit jemandem, der an diesem Tisch sitzt.« Ich klatsche in die Hände.

Plötzlich blättern alle Männer hektisch durch die Seiten des Berichts.

Ich warte, bis der Einhornwandler die letzte Seite des Dokuments erreicht, und lasse dann die Bombe platzen: »Schön, dich kennenzulernen, Großvater Denby. Sieht so aus, als wäre ich Ryans kleines Mädchen.« Ich winke ihm zu.

Das Einhorn wird unruhig und seine Hände, die die Papiere halten, beginnen zu zittern.

»Das ist unmöglich. Ich hätte deine Magie gespürt. Du kannst unmöglich ein Einhorn sein. Das ist nicht möglich«, brüllt er und zerreißt die Blätter entzwei. »Alles bloß Lügen und Erfindungen.«

Dieser Mann, der mir eine solche Gänsehaut bereitet, dass sie mir aus den Knochen kriechen möchte, ist mein Großvater. Was für eine Familienzusammenführung. Was für eine beschissene Geschichte.

»Meinst du die Magie, die mit meinem Horn verbunden ist? Dasselbe Horn, das mir von diesem Mann hier abgenommen wurde, als ich sechs Jahre alt war?« Aus meinem Stapel Papier werfe ich ein Foto meines Vaters auf den Tisch.

Ich beuge mich vor und deute auf das Gesicht des Mannes. »Ich dachte immer, es sei nur ein Albtraum, aber als ich dieses Foto sah ... als ich sein Gesicht sah, das wusste ich es ... Ich wusste, dass er es war, das Monster aus meinen Träumen. Wie der Vater so der Sohn, was? Ich war erst sechs Jahre alt, als dein Sohn, dein kostbarer Ryan, Magie einsetzte, um mich vorzeitig zu wandeln. Er band meine Beine mit einem Seil zusammen, rammte mir sein Knie in den Nacken und benutzte, ohne auf meine verängstigten Schreie zu achten, eine Metallsäge, um mir meine Magie zu entziehen. Er entfernte mein Horn. Meine Magie, meine verdammte Seele. Meine gesamte Identität.«

Eine Träne kullert über meine Wange, aber ich wische sie wütend weg. »Ich weiß nicht, warum er das getan hat. Nur er kann dir das sagen. Aber das ist der Grund, warum ich immer noch krank bin, während ich mich dem Erwachsenenalter nähere und mein Körper sich auf natürliche Weise wandeln sollte. Die Ärzte sagen, dass ich ohne mein Horn sterben werde, da ich mich ohne nicht wandeln kann. Ich bin eine tickende Zeitbombe. Indem er mein Horn entfernte, hat mein Vater mich getötet.« Ich tätschle den Tisch. »Sorry, dafür. Ist schon ätzend zu erfahren, dass eure Zuchtstute nicht überleben wird, obwohl ihr widerlichen Wichser das geplant habt.« Meine Stimme zittert und ich schlucke und straffe meine Schultern. »Also Großvater, nur so aus Neugierde, willst du mich immer noch herumreichen?«

KAPITEL SIEBENUNDZWANZIG

DAS EINHORN STARRT IMMER NOCH auf das zerrissene Papier. Vielleicht habe ich auch etwas in seinem Kopf zerbrochen. »Ich muss das bestätigen lassen ... Das ist nicht möglich ... Er hat dein Horn entfernt ...«, murmelt er.

»Oh, und da wäre noch etwas.« Oh, Mann. Ich bin noch nicht fertig. Sagen wir einfach, dass sie vielleicht ein siebzehnjähriges Mädchen vor sich stehen sehen, doch mental ... mental bin ich eine ausgebildete Taktikerin. Dank eines unglaublichen Mannes, der immer mein Großvater sein wird. Nicht dieser Einhorn-Schwanzkopf.

Ich nicke und der Zauber am Tisch hinter ihnen verschwindet.

Der teure Sieh-mich-nicht-Trank verflüchtigt sich und gibt den Blick auf die einzige Person frei, die am Tisch sitzt: eine traurige und wütende Frau.

In einem marineblauen Rock und einer gebügelten weißen Bluse betont ihr Designer-Outfit ihre schmale Taille und ihre gertenschlanke Figur. Ihr orangefarbenes, rotes und gelbes Haar hat sie zu einem eleganten Dutt gebunden. Wie kleine Regenbögen leuchten ihre Augen in einer Vielzahl von Farben.

Die Dame erhebt sich von ihrem Platz und entfernt sich anmutig vom Tisch. Ihre himmelhohen Absätze klacken rhythmisch auf dem Boden, als sie auf die Ratsmitglieder zugeht.

Ihre Hand holt aus und schlägt dem Einhornwandler mitten ins Gesicht. Der Knall hallt im totenstillen Raum wider. Die Wange des Einhorns läuft rot an. Er bewegt sich keinen Zentimeter.

Doch der Schock in seinem Gesicht ... ist wahnsinnig befriedigend.

»Als mich ein unhöfliches junges Mädchen per Videotelefonat anrief und mir ihre Bedenken mitteilte, lachte ich ihr ins Gesicht. Ihre Bedenken basierten auf bloßen Gerüchten und Vermutungen ... Es fehlten Fakten. Beweise.« Sie sieht mich an und ich sehe das Bedauern in ihren Augen. Sie schluckt und ihre Aufmerksamkeit richtet sich wieder auf ihren Gefährten.

»Ich habe ihr gesagt, dass sie lügt und ich heute Abend kommen werde, um ihr zu beweisen, dass sie falschliegt.« Sie wirft den restlichen Ratsmitgliedern einen Blick zu und jeder einzelne von ihnen erzittert auf seinem Platz. »Ich bin hergekommen, um ihre Vermutungen zu widerlegen, um sie wie eine Närrin aussehen zu lassen. Denn es war nicht möglich ...« Sie schüttelt den Kopf. »Niemals würdest du, mein geliebter und moralischer Gefährte, ein Kind einsperren und es benutzen. Niemals würdest du dich so verhalten ... wie die Vampire.« Ihre Stimme bricht. Sie schluckt erneut und leckt sich über die Unterlippe. »Ich weiß, unsere Gattung hat ihre Momente ... aber nicht du. Nicht du.« Ihre Hand fliegt zu ihrem Mund.

»Ich habe ihr gesagt, dass du Integrität, Mitgefühl und Loyalität besitzt. Der Mann, den ich liebe, der Mann, mit dem ich über Jahrhunderte zusammen war, würde so etwas niemals einer Frau antun. Und schon gar nicht einem Kind.« Sie hustet und ihre Hände ballen sich zu Fäusten, fallen dann an ihre Seiten. »Sie hat mich geködert und provoziert, deshalb bin ich heute Abend hergekommen, um sie zu beschämen.« Sie betrachtet mich wieder. »Was ich nicht wusste, war, dass sie meine Enkelin ist. Ich glaube nicht einmal, dass sie es zum Zeitpunkt unseres Videoanrufs selbst wusste.«

»Wusste ich nicht«, flüstere ich und schüttle den Kopf. Ich habe den Bericht erst eine Stunde vor dem Treffen erhalten. Es ist eine Art Karma – Schicksal, wenn ich so darüber nachdenke. Sie war die einzige Gefährtin, die ich finden konnte, die Rückgrat hatte.

Ich hätte trotzdem nicht gedacht, dass die Ratsmitglieder so weit gehen und ihre Absichten so offen zur Schau stellen würden, wie sie es heute Abend getan haben.

»Nein, ich wusste nicht, dass sie unsere Enkelin ist. Ich habe es erst jetzt erfahren, zur selben Zeit wie du. Aber auch ohne dieses Wissen musste ich dort sitzen ...« Sie deutet auf den Tisch und dann schwingt derselbe Finger herum und zeigt auf ihren Gefährten. Sie legt den Kopf schief und schaut von oben auf ihn herab. »Ich musste dort sitzen und mir deinen Dreck anhören. Du bist nicht der Mann, an den ich mich gebunden habe. Du bist Dreck. Schon bevor sie dir diese DNA-Testergebnisse gegeben hat, wollte ich sie beschützen. Sie vor dir und deinen Kumpanen beschützen. Aber jetzt, bei Gott, ist sie auch noch mein Blut. Dieser kindische Club, den ihr betreibt, endet jetzt. Die Zeiten haben sich geändert. Der Wandlerrat ist antiquiert, überholt und offen gesagt unmoralisch. Ich werde nicht länger zusehen, wie ihr uns ruiniert ... unsere Gattung ruiniert. Wie viele unserer Frauen müssen noch sterben? Tru hat recht. Seht euch an, wie tief wir gesunken sind.«

Sie dreht sich um und wendet sich an den Drachen. »General, du musst diese Scheiße in Ordnung bringen, die Jägergilde einsetzen, die Höllenhunde einsetzen. Diese Sache zusätzlich zu dem, was in deinem Viertel passiert ist? Wenn das alles herauskommt, wird Anarchie herrschen. Ihr müsst bereit sein. Wenn der Rat nicht still von seiner Macht zurücktritt, *zwing* ihn dazu.«

Zu meinem Entsetzen nickt der General.

»Bitte Ann, wir können doch darüber reden«, fleht das Einhorn.

»Auf keinen Fall. Oh, und Denby, wage es ja nicht, auch nur daran zu denken, nach Hause zu kommen. Ich bin fertig mit dir.«

Ihre Augen treffen meine. Die Tränen laufen nun ungehindert über ihre Wangen, ein Spiegelbild der Tränen, die über mein eigenes Gesicht laufen. Sanft legt sie eine weiche Hand an meine Wange. »Verzeih mir, Kind«, sagt sie und wischt mit ihrem Daumen meine Tränen weg. »Bitte verzeih mir.«

»Es gibt nichts zu verzeihen«, krächze ich. »Du bist gekommen.

Aus welchem Grund auch immer, du bist gekommen. Ich hätte nie gedacht, dass sie so schlimm sein würden. Es tut mir leid. Es tut mir leid. Es tut mir leid, dass ich dein Leben durcheinandergebracht habe.«

Sie beugt sich vor und der beruhigende Duft nach Gras und Wildblumen steigt in meine Nase. »Das ist nicht deine Schuld. Es ist nicht deine Schuld, dass mir die rosarote Brille von den Augen gerissen wurde, zerbrochen und auf den Boden gefallen ist.« Sie schnaubt traurig. »Dinge geschehen aus einem bestimmten Grund. Ich habe einen Gefährten verloren, aber dafür habe ich ein unglaublich kluges und mutiges Enkelkind gewonnen.« Sie küsst mich auf den Scheitel. »Wir reden morgen weiter.« Leiser flüstert sie: »Du veröffentlichst das Video jetzt, das ganze Ding.« Ich nicke. Sie lächelt Story an und krault sie mit einem sanften Finger unter dem Kinn.

Die Absätze meiner Einhorn-Großmutter klicken, die Glocke über der Tür bimmelt, dann schließt sich die Tür leise hinter ihr.

»Video?«, schnaubt der Wolf. Er ist der Erste, der den Schock über die Tirade meiner Großmutter abschütteln kann.

»Oh, das habt ihr gehört, ja? Ja, Mr Richardson ...«

»Ratsmitglied«, knurrt er. Soweit ich weiß, ist der Wolfswandler nur der Ersatzmann und er ist erst seit einer Woche in dieser Rolle. Welch bedauernswerte Person.

»Jetzt nicht mehr«, sage ich grinsend und zeige in die Luft um mich herum. »Mikrokameras. Ich habe alles aufgezeichnet, was ihr heute Abend gesagt habt. Wenn ihr genau hinschaut, seht ihr vielleicht die dutzend kleinen Kameras, die hier herumschwirren.« Die magischen und technischen Kameras waren schon immer unglaublich praktisch. Ich bin so froh, dass mein Großvater sie in seiner Taschen-Abstellkammer aufbewahrt hat.

»Du wirst mir jetzt sofort das Filmmaterial geben«, faucht der Katzenwandler, steht vom Tisch auf und spannt seine beeindruckenden Arme an.

»Oder was?«, frage ich zuckersüß. »Was willst du machen? Setz dich auf deinen verdammten Hintern«, knurre ich.

»Du gehst also wirklich davon aus, dass du ein Video veröffentlichen wirst, ist das richtig? Du wirst nichts dergleichen tun, du unverschämte Schlampe. Sperren wir sie ein«, fordert der Wolf.

»Du verstehst es immer noch nicht, oder, Charles?« Ich schüttle den Kopf und schmolle ein wenig. »Ich konnte nichts dem Zufall überlassen, schließlich steht mein gesamtes Leben auf dem Spiel. Sobald ich das Einverständnis meiner Großmutter hatte, wurde die Aufzeichnung dieses Treffens gestartet. Das Filmmaterial ist in diesem Moment live. Winkt euren bewundernden Fans zu.«

»Was hast du getan? Du zettelst einen Bürgerkrieg an«, jammert der Rattenwandler.

Ich zucke mit den Schultern. »Das ist die Schuld des Rats. Ich schätze, ihr habt etwa fünf Minuten, um euch in Sicherheit zu bringen.« Ich senke meine Stimme zu einem Flüstern. »Die Höllenhunde sind bereits auf dem Weg.«

Kapitel Achtundzwanzig

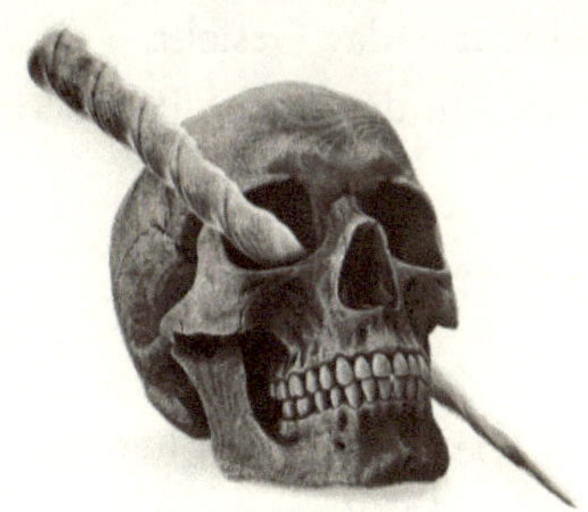

»Der General und die Höllenhunde machen Jagd auf alle korrupten Wandler. Es ist nur eine Frage der Zeit, bis sie mich finden, und ich bringe es nicht übers Herz, vor ihnen zu fliehen oder gegen sie zu kämpfen.«

Ich löse mein Handy vom Ohr und starre es an. Die Worte meines Großvaters hallen in meinem Kopf nach. Es ist nicht meine Schuld. Das alles ist seine Schuld, seine Handlungen, seine Absichten. Es ist nicht meine Schuld, dass seine schlechten Entscheidungen ihn nun in den Hintern beißen.

Erwartet er etwa von mir, dass ich ihm helfe? Dass ich ihn rette? Er mag biologisch betrachtet mein Großvater sein, aber er gehört nicht zu meiner Familie.

»Der Rat hat eine Menge schlechter Entscheidungen getroffen«, sage ich diplomatisch. Im Ernst, sie haben das ganze Land an den Rand des Abgrunds geführt. Die Kreaturen waren bereits wegen des Selbstmords oder des ungeklärten Todes eines Wandler-Mädchens in Aufruhr. Jetzt, zusätzlich mit meinem explosiven Video …

Scheiße, das Timing hätte nicht besser sein können.

»Ich bin überrascht, dass du nicht schon tot bist.« Meine Brust pocht bei meinen schrecklichen Worten. *Verdammte Scheiße, Tru. Musst du so weit gehen?* Es sollte mir egal sein, wie ich klinge. Freundlichkeit ist keine Schwäche, und ich darf mich nicht selbst verlieren, nur weil ich mit diesem Monster verwandt bin.

»Ich muss mit dir persönlich sprechen, heute Abend.«

Ich stöhne und reibe mir das Gesicht. »Okay. Wir treffen uns in Xanders Haus. Ich schicke dir den neuen Portalcode.«

»Es gibt eine Hexe, die mehr Macht hat, als sie haben sollte. In den letzten zehn Jahren ist ihre Macht nur noch mehr gewachsen.« Mein Großvater und ich sitzen uns in Xanders schickem Wohnzimmer gegenüber. Als er sagte, er müsse mit mir reden … habe ich nicht erwartet, dass unser Gespräch in eine solche Richtung gehen würde. »Graue Magie, das ging uns nichts an. Aber vor ein paar Jahren wurde ich darauf aufmerksam, dass sie weder Zaubertränke noch Zaubersprüche benutzte. Stattdessen nutzte sie die Kraft einer Knochenkette.« Er zieht bedeutungsvoll die Augenbrauen hoch. »Einer mehrfarbigen Knochenkette.«

»Mehrfarbige Knochen?«

»Regenbogenfarben.«

Scheiße!

Meine Gedanken kommen zum Stillstand und ich bleibe wie erstarrt sitzen und mustere ihn. *Mehrfarbige Knochen.* »Willst du damit sagen, dass diese Knochenkette aus einem Horn besteht?« Die Worte kommen gemurmelt zwischen meinen steifen Lippen hervor. Jetzt bin ich an der Reihe, die Augenbrauen hochzuziehen, mein Herz schlägt mir bis zum Hals, doch ich gebe mein Bestes, es herunterzuschlucken. »Mein Horn?«, flüstere ich.

»Ja.«

Wow. Ich halte mir den Mund mit der Hand zu und schüttle den Kopf, während ich versuche, die Auswirkungen dieser Offenbarung zu verstehen. Was für eine Enthüllung. Das Einhorn hat gerade eine Bombe platzen lassen.

Verdammt, vielleicht sind wir uns ähnlicher, als ich dachte ... Ist das nicht ein beängstigender Gedanke? Ich reibe mir den Nacken. Scheiße, es besteht also die Möglichkeit, dass diese Hexe mein Horn hat. Mir dreht sich der Magen um und ich stoße einen nervösen Atemzug aus.

Es ist meine erste Spur, und obwohl ich diesem Mann vor mir nicht traue, weiß ich, dass ich seine Information zumindest überprüfen muss. Ich habe keine andere Wahl. Der Wandleranteil in mir stirbt. Ich habe nicht gelogen, als ich den Wandlern das gesagt habe – selbst mit Xanders edlem Engelsblut und seiner Heilmagie bin ich ohne mein Horn ein totes Mädchen.

Der Einhornwandler sitzt still und geduldig da und beobachtet, wie meine Emotionen zweifellos über mein Gesicht huschen. Er überlässt mich meinen Gedanken.

Ist das eine Falle? Ich kneife die Augen zusammen. Denby – mein Großvater, ha, darüber komme ich immer noch nicht hinweg – legt vorsichtig etwas auf den Glastisch zwischen uns.

»Das hier ist mein Glaubensbeweis.«

Ich werde von seiner Magie umhüllt. Sie schwingt durch mich hindurch und summt in meinen Ohren. In meiner Brust pulsieren sanfte, fast schmerzhafte Wellen. Es dauert eine Sekunde. Dann blinzle ich. O Gott. Ich ringe nach Luft ... das ist ... das ist das Horn eines Einhorns. Das blau-grüne Horn ist *ungefähr so lang wie ein Katana-Schwert*, etwa sechzig Zentimeter, ergänzt mein Gehirn hilfsbereit. Mein Kampfsporttraining kommt mir immer in den seltsamsten Momenten zugute.

Sein Horn.

Ich wende meinen Blick davon ab und schaue wieder nach oben, um seinen Augen zu begegnen. Er sieht meinen Schock.

»Ich kann das nicht tun. Meine Position erlaubt es mir nicht, und bei allem, was vor sich geht, würde es nur einen Krieg mit den Hexen anzetteln. Einen Krieg, den wir nicht gewinnen können. Seit Jahren haben die Einhörner sie beobachtet und auf eine Gelegenheit gewartet. Doch ohne, dass sich die Besitzerin des Horns meldet, konnten wir nichts tun.« Er zuckt mit den Schultern.

Ich dachte, seine blasse Hautfarbe käme von dem aktuellen politischen Drama, den Unruhen und der Jagd auf den Wandlerrat. Aber nein, er ist blass, weil ihm die Quelle seiner Magie fehlt.

»Ich glaube, Enkelin, das Horn, das die Hexe in ihrem Besitz hat, gehört dir. Es ist dein Eigentum und du hast jedes rechtliche und moralische Recht, es zurückzubekommen. Aber dafür brauchst du Kraft und Macht. Ich weiß, dass du ohne dein eigenes Horn sterben wirst.« Er nickt zu dem Horn auf dem Tisch. »Das ist die einzige Möglichkeit, wie ich dir helfen kann.« Er lacht leise. »Ich weiß, dass ich dein Vertrauen nicht gewinnen kann, nur weil ich mein eigenes Horn aufs Spiel setze. Doch egal, was du von mir hältst, ich bin kein dummer Mann. Ich weiß, was ich getan habe, ist unverzeihlich. Aber ...«

Seine Stimme bricht, er fährt sich mit der Zunge über die Zähne und holt dann offenbar schmerzvoll Luft.

»Meine Taten haben deiner Großmutter das Herz gebrochen. Ich war schon immer ein böser Mensch und bereit, alles zu tun, um anderen einen Schritt voraus zu sein. Aber deine Großmutter? Sie ist das Licht in meinem Leben.« Er schüttelt den Kopf. »Und das habe ich ruiniert. Also bitte, bitte gib mir das ... Erlaube mir, der Mann zu sein, für den sie mich gehalten hat.« Denby klopft auf den Glastisch und wie von selbst wandert seine Hand zu seinem Horn. Er muss es gewaltsam an sich ziehen. »Ich möchte damit auch die Versäumnisse meines Sohnes wiedergutmachen.«

Wir sitzen einen Moment lang schweigend da, die Kraft seines Horns vibriert.

»Wenn du so weit bist, wird dir deine Großmutter sicher helfen, mehr über deine Mutter und diese Seite deiner Familie herauszufinden. Du bist deiner Großmutter so ähnlich«, sagt er rau.

Ich räuspere mich. »Ja, das würde ich gern.«

»Lass mich dir helfen. Ich vertraue dir.« Denby nimmt ehrfürchtig sein Horn in die Hand. »Ich halte hier mein Leben in meinen Händen.«

Diese Dinger lassen sich nicht einfach so entfernen.

Ich erschaudere.

Ich habe die Erinnerung daran, wir mir das Horn entfernt wurde, zu Willen meiner geistigen Gesundheit verdrängt. Ich kann nicht anders, als mir mit der Hand über die Stirn zu reiben. Doch die Wahrheit hat eine Art, sich in Träume zu schleichen. In meinen Albträumen erinnere ich mich an alles von diesem Tag. An den Schmerz. Die Qualen. Es war, als hätte mir jemand alle Knochen auf einmal gebrochen.

Damals war ich noch ein kleines Mädchen.

Mein Großvater hält gerade seine Macht, seine Magie, seine *Seele* in den Händen.

Ich nicke zustimmend und öffne den Mund, um eine Rede darüber zu halten, wie ich mein Bestes geben werde. Aber bevor ich etwas sagen kann, dreht Denby sein Handgelenk und plötzlich schießt das Horn auf mein Gesicht zu.

Ich kann mein Quietschen nicht unterdrücken, als ich rückwärts auf meinen Stuhl falle. Doch das Horn folgt meiner Bewegung. Das flache Ende trifft auf meine Stirn und ein Schwall von Kraft erschüttert mich, der die losen Strähnen meines Haares zurück weht. Dann blitzt ein helles weißes Licht auf, das so furchterregend ist, dass ich für eine Sekunde denke, ich sei geblendet worden.

Ich stöhne und blinzle schnell. Als sich meine Sicht endlich klärt, sieht die Welt ganz anders aus.

Ich kann spüren, wie das Blut in meinen Adern fließt. Es brennt vor *Kraft*.

Ich kann die Luft um mich herum schmecken.

Alle meine Sinne sind um das Hundertfache geschärft. Ich fühle mich wie ein Superheld.

Nein. Nicht wie ein Superheld ... Ich fühle mich wie ein Einhornwandler. Ich fühle mich wie ein Vampir.

Ich schlucke den Kloß in meinem Hals herunter, als mir die Schwere dessen bewusst wird, was mein Vater mir angetan hat. Was er zerstört hat. Wie konnte er mir das nur antun? Während er das Gefühl kannte, ganz zu sein. Obwohl es nicht meine eigene Magie ist, verbindet sie sich mit mir.

Ich blinzle angestrengt. Ich werde nicht weinen, nicht hier und nicht jetzt. Das hebe ich mir für später auf und werde mich damit befassen, wenn ich Zeit habe.

Ich konzentriere mich auf meinen Großvater mit diesen neuen, ungewohnten Augen. Sie lassen mich alles sehen, was ich vorher übersehen habe, jedes Detail. Denbys Haut ist totenblass und der Schmerz, den er empfindet, zerrt an seinen Augenwinkeln.

Ich verstehe sein Opfer mehr als jeder andere. Auch wenn es nur vorübergehend ist, bis ich mit der Hexe fertig bin und mein Horn zurückbekomme. Mit jedem Moment, den ich vergeude, leidet er, und sein Körper stirbt langsam ohne seine Magie.

Es ist ein großes persönliches Opfer.

»Danke«, sage ich, ein bedeutungsloses Wort für einen Mann, der mir so viel gibt. Ich dachte, er sei böse. Jedes Mal, wenn ich ihn getroffen habe, hat er mir zweifellos bewiesen, dass er kein netter Mann ist. Aber selbst er ist käuflich. Er mag der Schurke sein, aber er ist ein Schurke mit einer Familie. Meiner Großmutter und vielleicht ... vielleicht auch mit mir?

»Ich verspreche, alles in meiner Macht Stehende zu tun, um mein Horn zurückzubekommen und dir das, was dir gehört, zurückzugeben.«

Er nickt. »Ich weiß, dass du das wirst. Ich kenne den Ruf des Fae-Mannes, der dich großgezogen hat.« Seine Augen verändern sich und seine dunklere Seite kommt zum Vorschein. »Du gehst und holst dir deine Seele zurück, Kind meines Kindes. Dann tötest du diese Hexe. Bestrafe sie! Sie soll ein Beispiel dafür sein, was wir tun, um die Letzten von uns zu schützen. Gib bekannt, was mit Kreaturen geschieht, die unsere Magie stehlen.« Seine Augen verhärten sich weiter. »Du musst das tun, koste es, was es wolle.«

Ich nicke. »Ja, Großvater.«

⁂

ALS WIR ZURÜCK ZUM Portal gehen, drückt er mir ein Stück Papier in die Hand. »Sie werden dich aufhalten, wenn du ihnen die Chance dazu gibst. Dich in Sicherheit zu wähnen, bedeutet nur deinen schnelleren Tod«, sagt er. Seine Stimme ist so leise, dass ich sogar mit meinen neuen Superwandler-Ohren Mühe habe, sie zu hören. Ich nicke und stecke den Zettel in meine Tasche.

Denby öffnet die Portaltür und lehnt sich schwer gegen den Rahmen. »Dieser Fae-Attentäter hat dich hervorragend beschützt.« Er schluckt sichtlich. »Und aufgezogen ... Tru, ich weiß, es ist schwer zu glauben, aber niemand wusste von deiner Existenz. Deine Eltern hielten dich geheim. Es gab nicht das geringste Gerücht über einen Wandler-Vampir-Hybriden.« Er schüttelt den Kopf. »Als du gezeugt wurdest, führte dein Vater dieses ... Doppelleben, von dem wir nichts wussten. Es tut mir wirklich leid.«

»Okay, also ... ähm ... danke. Wir sehen uns bald wieder.« Mit einem angespannten Lächeln tritt er durch die Pforte und verschwindet.

Als ich zurück ins Wohnzimmer gehe, tritt Xander aus der Wand. Seine heimtückische Engelsmagie hat ihn vor den Sinnen des Einhorns verborgen.

»Das würde ich nicht glauben, wenn ich es nicht mit eigenen Augen gesehen hätte.«

Mein Herz macht einen Sprung, bis mir klar wird, dass Xander von dem geliehenen Horn spricht, das mit meiner Stirn verschmolzen ist. *Verdammt, Tru. Ich glaube nicht, dass du mit Heimlichtuerei Karriere machen wirst.*

»Ich weiß«, flüstere ich.

»Wie fühlst du dich?«

Ich schaue zu Xander auf und selbst er sieht in meinen neuen Augen anders aus. Sogar noch attraktiver. Sein Gesicht verschwimmt, während sich meine Augen mit Tränen füllen.

»Ganz«, flüstere ich. »Ich fühle mich ganz, stark, normal.« Zum ersten Mal in meinem Leben fühle ich mich normal – oder wie ich annehme, dass sich normal anfühlt. Meine zitternde Hand will meine Stirn reiben, aber ich halte mitten in der Bewegung inne. Meine Hände krümmen sich zu Fäusten und sinken an meine Seiten, die Nägel graben sich in meine Handflächen. Meine Stirn zu reiben ist ... Verdammt, es ist ja nicht so, dass ich das Horn abreiben könnte. Aber für den Moment ist es vielleicht das Beste, die Stelle nicht zu berühren.

Wow, ich fühle mich wirklich überwältigt.

»Das ist …«, krächze ich.

»Es ist eine Menge zu verdauen«, beendet er meinen Satz.

Ich nicke. Verlegen wende ich mich von ihm ab.

Ich schniefe.

Xander seufzt. Sein Körper kommt näher und sein trainierter Bauch trifft auf meinen Rücken, als er mich in seine Arme schließt.

»Du umarmst mich«, murmle ich. Xander grunzt eine Antwort. Mein Körper erschlafft und fängt dann an zu zittern, während ich versuche, die Tränen zurückzuhalten.

In den letzten Monaten war alles ein bisschen zu viel. Ich gehöre nicht länger zu einem Zwei-Personen-Haushalt … nur noch ich war hier, allein. Allein in einem Kampf gegen die Welt und gegen das, was ich für meinen eigenen, sich schnell nähernden Tod hielt. Doch jetzt bin ich am Leben, mehr als nur am Leben, und habe mehr Geschöpfe in meinem schnell wachsenden Kreis, mehr Verantwortung denn je.

Ich mag keine Veränderungen.

Ich kann damit nicht gut umgehen. Mit einem erneuten Schniefen neige ich den Kopf zur Decke. Ich weiß, dass meine Entscheidungen mich an diesen Punkt gebracht haben und ich bereue nichts davon.

Ich liebe Dexter und Story.

Verdammt, ich liebe diesen dummen Engel.

Ich will nicht wieder auf mich allein gestellt sein; ich will nicht wieder das Gefühl haben, dass ich verkümmere und langsam sterbe. Ich will nicht zurück zu diesem Gefühl, dass mir ein großer Teil meiner Seele fehlt. Ich bin wirklich am Arsch. Wie lange ist das Ganze her, zwanzig Minuten? Und doch fühle ich mich so vollständig, wie noch nie zuvor, und es ist einfach überwältigend.

Jetzt weiß ich, was ich verpasst habe. Und ich fürchte mich noch hundertmal mehr.

Was passiert, wenn ich versage? Wenn ich bei meinen Freunden versage, bei mir selbst? Und was passiert, wenn ich mein Horn nicht zurückbekomme? Denn ich werde Denby Jones dieses Horn zurückgeben müssen. Ich versuche, meine überwältigende Angst herunterzuschlucken, aber zu viele Emotionen sprudeln weiter meine Kehle hinauf und ertränken mich förmlich. Ein Schluchzen entringt sich meinen Lippen.

Scheiße, ich werde in diese Dunkelheit zurückkehren. Aber das will ich nicht, ich glaube nicht, dass ich das noch einmal kann. Und doch werde ich es tun, denn das ist das Einzige, was ich tun kann. Ein trauriges Lächeln umspielt meine Lippen und ein leises Wimmern verlässt meine enge Kehle. Ich kann nur das Richtige tun.

Xander dreht mich so, dass ich ihm zugewandt bin, dann setzt er sich auf einen Stuhl und zieht mich in seine Wärme. Meine Beine fallen an beide Seiten seiner Hüften herab und ich schlinge meine Arme um ihn. Seine großen, starken Arme ziehen mich an sich, sodass mein Kopf an seiner Brust ruht, und eine warme Hand reibt Kreise auf meinem Rücken, während seine andere meinen Nacken streichelt.

»Du solltest stolz auf dich sein. Du hast es mit der Macht des Wandlerrats aufgenommen und gewonnen. Du hättest fliehen können. Der General hätte dir geholfen.« Er streicht mir sanft eine Strähne meines Haares hinters Ohr und stützt sein Kinn auf meinem Kopf ab. »Ich hätte mein Bestes getan, um dich zu verstecken.«

Ich bin kein Freund von Streicheleinheiten. Ich bin jämmerlich, wenn es um menschlichen Körperkontakt geht – weniger bedeutet mehr für mich–, aber ich kann mich nicht davon abhalten, mich näher an ihn zu kuscheln. Ich atme ihn mit einer rotzigen Nase ein, so gut ich kann.

»Als du mich gebeten hast, dir die Organisation dieses Treffens zu überlassen, hatte ich so meine Zweifel.« Xander schüttelt den Kopf und die dunklen Bartstoppeln an seinem Kinn bringen mein Haar durcheinander. »Aber du hast es getan ... Zugegeben, du hast vielleicht ein landesweites Chaos verursacht und fast im Alleingang den Wandlerrat zerstört, aber du hast es getan und auch anderen Kreaturen einen Grund gegeben, dich zu fürchten.« Er streicht mit seinen Fingern sanft über meinen nackten Arm. »Und jetzt hast du vorerst das Horn deines Großvaters, seine Macht, und damit wirst du dich auf ein Abenteuer begeben, um dir zurückzuholen, was dir gestohlen wurde. Ich bezweifle nicht, dass du dein Horn zurückbekommst.« Er küsst meinen Scheitel und murmelt weiter: »Aber das ist eine Sache, die bis morgen warten kann. Wenn du also einen Moment brauchst, um dich auszuweinen und die Dinge zu verarbeiten. Ich werde dafür sorgen, dass du nicht allein fällst. Ich habe dich. Ich habe dich, mein Schatten.«

Ich klammere mich an ihn und die Tränen, die ich seit einer gefühlten Ewigkeit zurückhalte, fallen und durchnässen sein Hemd.

Kapitel Neunundzwanzig

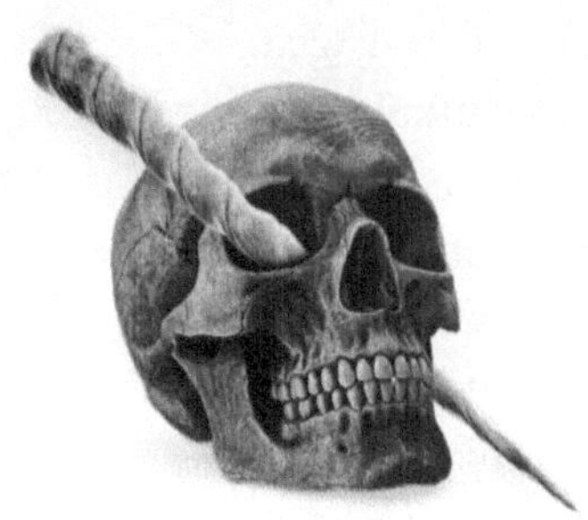

Die Magie des Ladens trifft mich härter als bei meinem letzten Besuch. Kurz ist mir schwindelig und schwarze Flecken tanzen vor meine Augen. Hastig klammere ich mich an den Türrahmen, um das Gleichgewicht zu halten. Doch dabei knalle ich mit dem Hintern gegen die Holztür. Ich zucke zusammen, als sie gegen die Wand prallt.

Mist, das klang gerade, als hätte ich die Tür eingetreten. *Gut gemacht, Tru*, ein hervorragender Anfang für jemanden, der um Hilfe bitten will.

Ich schüttle den Kopf und blinzle schnell, um meine Sicht zu klären. Sobald ich sicher bin, dass ich nicht falle, löse ich meinen festen Griff vom Türrahmen – ich bin mir sicher, dass ich mit meinen Nägeln kleine, eingedrückte Halbmonde im Holz hinterlasse. Meine Beine zittern. Meine Güte an diese geliehene Einhornkraft muss ich mich erst noch gewöhnen. Selbst in meiner menschlichen Gestalt ist sie eine Herausforderung. Ich kann nicht einmal gerade gehen.

Mein Magen macht einen Salto. *Gott, ich kann nicht glauben, dass ich heute Nachmittag versuchen will, mich zu wandeln.* Ich verdränge den Gedanken aus meinem Kopf. Das ist ein Problem für die Zukunft, jetzt ist nicht die Zeit dafür.

Mit zusammengepressten Knien betrete ich den Laden. Ein Mädchen im Teenageralter – vielleicht ein paar Jahre jünger als ich – steht vor einem Regal, das sie gerade mit Gläsern befüllt, und blickt mich finster an. Sie mustert mich mit Abscheu und wischt sich die Hände an ihrer Schürze ab.

»Weibliche Wandler sehen wir hier nicht besonders häufig«, sagt sie mit einem bösen Schalk in den Augen.

Ich zucke zurück, als hätte sie mir eine Ohrfeige verpasst.

Das Mädchen dreht sich abweisend weg und stellt weiter Gläser ins Regal. Ich möchte mir gegen die Stirn schlagen, weil ich so ein Dummkopf bin. Natürlich kann sie die Magie der Einhörner spüren. Ich habe nicht einmal daran gedacht, dass andere magische Wesen die Wandlermagie in mir spüren könnten.

Nein, ich habe überhaupt nicht nachgedacht, vor allem nicht, als ich mich eben von meinen Bodyguards fortgeschlichen habe. Ich wollte Xander nicht zu Ohren kommen lassen, dass ich nicht zulassen werde, dass er diese Hexe in meinem Namen jagt. Nach dem gestrigen Kuschelfest kommen mir seine Worte wieder in den Sinn: *»Mach dir keine Gedanken um diese Hexe. Ich regle das für dich. Gib mir nur ein paar Tage Zeit.«* Das habe ich in etwa so interpretiert: »Zerbrich dir nicht deinen hübschen kleinen Kopf. Der große, starke Engel wird alle deine Probleme lösen.« Nun, er kann mich mal.

Mein Blick fällt auf das Fenster und die leere Straße draußen. Ich habe Glück, dass es noch früh am Morgen ist und ich keinem männlichen Wandler begegnet bin – mit dem ich kämpfen müsste, weil er darauf besteht, sich um mich zu kümmern. Zu meinem eigenen Schutz entführt zu werden, würde mir ernsthaft den Tag verderben.

Ich schätze, ich muss die Dinge gut durchdenken, denn im Moment kann ich mich nicht mehr als Mensch tarnen. Ich trage jetzt ein magisches Leuchtfeuer aus dem Horn eines Einhorns buchstäblich auf meiner Stirn.

Ich bin in meine eigenen panischen Gedanken versunken, und als ich nichts sage, dreht sich das Mädchen um und fährt in einem wütenden Tonfall fort: »Und besonders unhöfliche Wandler, die meinen, es sei in Ordnung, die Tür aus den Angeln zu heben.« Sie schenkt mir ein böses Lächeln mit geschlossenen Lippen.

Gott, wenn Blicke töten könnten, wäre ich schon längst tot und begraben. Ich seufze und reibe mir den Nacken. »Hör zu, es tut mir leid. Ich wollte deine Tür nicht zertrümmern. Ehrlich, das war keine Absicht. Die Magie im Laden hat mich nur umgehauen. Ich bin es nicht gewohnt, so mächtige Hexenmagie zu erleben und mir wurde davon ein bisschen schwindlig.« Das Mädchen kneift die Augen zusammen, als würde sie mir nicht glauben. »Ich werde für den Schaden aufkommen«, murmle ich.

»Heather, sei nicht so unhöflich«, sagt Jodie, als sie aus dem Hinterzimmer tritt. »Tru? Du heißt doch Tru, oder? Du bist die Freundin von Tilly und hast die Pixie hergebracht, als sie Hilfe brauchte.«

Ich entspanne mich leicht, als ich ihr freundliches Gesicht sehe, und ignoriere den wütenden Teenager geflissentlich.

»Wie geht's ihr?«

»Ja, richtig, Story. Danke, ihr geht's gut«, sage ich und lächle, froh über den Themenwechsel.

»Lebt sie noch bei dir?«

»O ja. Sie ist meine beste Freundin«, bestätige ich und nicke energisch. »Story arbeitet mit mir im Café. Tilly hat ihr einen Job als Tortendekorateurin gegeben. Ihre Designs sind unglaublich.«

Ich habe Story im Café mit den Bodyguards zurückgelassen. Sie arbeitet gerade an einem riesigen Tortenmonstrum für eine Brautzilla, die von allem mehr will. Noch ein Stockwerk mehr, weitere Milliarden von Blumen. Story amüsiert sich prächtig, während ich ... Nun, ich möchte dieser Braut am liebsten ins Gesicht schlagen. Während Story also den Mount Everest der Torten erklimmt, habe ich mich rausgeschlichen, da die Straßen noch ruhig sind und die umliegenden Geschäfte erst allmählich öffnen. Ich wollte Jodie besuchen, um ihr ein paar Fragen über eine gewisse hornstehlende Hexe zu stellen.

»Das ist schön.« Jodies Lächeln wird schwächer und sie neigt den Kopf zur Seite. »Ich könnte wetten, dass du bei deinem letzten Besuch noch ein Mensch warst. Wie seltsam.«

Heather schnaubt wieder und ihre blonden Locken wippen, als sie sich an Jodies Seite bewegt. »Guckst du denn nie die Nachrichten? Das ganze Land spielt verrückt. Die Wandler randalieren und die Wandler-Ratsmitglieder sterben. Und das ist ihre Schuld. Sie ist der Hybrid, der im Fernsehen war.« Sie deutet mit dem Finger auf mein Gesicht. »Du weißt schon ... dieser Wandler-Vampir-Mischling?«

»HEATHER«, schreit Jodie auf.

»Ja, das bin ich.« Ich reibe mir die Hände an meinen Oberschenkel und schaue weg.

Ein Mischling, wow. Ich konzentriere mich darauf, an einem losen Faden meines Oberteils zu zupfen.

»Was in aller Welt ist los mit dir? Dein Verhalten heute ist ekelhaft. Wir haben beide einen Freund verloren, und ich weiß, dass du aufge-wühlt bist und trauerst. Aber das gibt dir nicht das Recht, unfreundlich und so ... grausam zu sein«, tadelt Jodie das Mädchen weiter.

Wenn Heather nicht aufpasst und ihr fieses Maul noch weiter aufreißt und mehr Scheiße über mich erzählt, werde ich ihr verdammt noch mal in den Hintern treten. Egal. Ich zucke mit den Schultern und gehe zur Tür. Dann werde ich meine Informationen eben von jemand anderem bekommen. Ich werde nicht darauf warten, von einer Teen-ager-Hexe und ihrem unhöflichen, rassistischen Scheiß beleidigt zu werden. Und ich will auch nicht hier stehen und mir anhören müssen, wie sie ausgeschimpft wird.

Was Jodie gesagt hat, weckt jedoch meine alte Wut. *Wir haben beide einen Freund verloren, und ich weiß, dass du aufgewühlt bist und trau-erst.* Ich zucke zusammen. Trauer macht seltsame Dinge mit einem ... Ich sollte es besser wissen.

»Euer Verlust tut mir leid«, murmle ich.

»Tru, bitte geh nicht, ohne zu bekommen, weswegen du herge-kommen bist. Es tut mir so leid. Sie hätte das nicht sagen dürfen. Heather, ich war noch nie so enttäuscht von dir.« Ich drehe meinen Kopf und beobachte, wie Heather nach Atem ringt und ihre Augen sich mit Tränen füllen. »Tru, es tut mir wirklich leid.«

Ich zucke mit den Schultern. »Schon in Ordnung.«

»Nein, ist es nicht. Bitte komm mit ins Hinterzimmer und lass mir dir eine Tasse Tee einschenken. Du hast sicher einen Grund, der Unruhe draußen zu trotzen, und ich schulde dir meine Hilfe nach der Unhöflichkeit meiner Nichte.« Jodie starrt das junge Mädchen an und ihre Stimme senkt sich zu einem rauen Flüstern: »Mit dir, junge Dame, habe ich noch ein Wörtchen zu reden. Oh, und du hast für absehbare Zeit Hausarrest. Und jetzt entschuldige dich.«

»Es tut mir leid«, brummt das Mädchen.

Jodie kneift die Augen zusammen. Ich kann fast hören, wie sie stumm schreit: *Warte, bis ich dich allein erwische.* Heather windet sich.

»Bitte, Tru, folge mir.« Jodie marschiert ins Hinterzimmer, in dem sie auch Story geholfen damals hat.

Ich folge ihr demütig. Ich will keinen Ärger machen – und Jodie kann ziemlich unheimlich sein, wenn sie erstmal loslegt – und lasse mich am Tisch nieder. Jodie ist damit beschäftigt, den Tee vorzubereiten. Mit gesenktem Blick fahre ich abwesend mit meinem Nagel über die Maserung des Holzes und zeichne seine natürliche Linie nach. Ich denke an Heathers Worte. *Das ganze Land spielt verrückt. Die Wandler randalieren und die Wandler-Ratsmitglieder sterben. Und das ist ihre Schuld. Sie ist der Hybrid, der im Fernsehen war.*

Ich habe nicht mit einer solchen Bewegung gerechnet, nicht gegen mich, sondern gegen den Wandlerrat. Die ganze Welt ... *Übertreibe nicht, Tru, obwohl es sich wie die Welt anfühlt.* Okay, das ganze *Land* spielt verrückt. Die Wandler reden von gewaltigen Veränderungen, neuen Gesetzen und sie werden das, was vom Rat übrig ist, auflösen und eine Art Versammlung an dessen Stelle einberufen.

Das ist erstaunlich. Weniger erstaunlich ist dagegen, dass sich mein Video viral verbreitet hat. Jeder spricht darüber. Mein Gesicht ist überall in den Nachrichten zu sehen. Das allein reicht, um mir eine Heidenangst einzujagen, die nicht so schnell verschwinden wird.

Ist es nicht seltsam? Wenn man Angst hat, egal wovor, muss man sich ihr stellen.

Ich dachte bislang immer, das Schlimmste, was mir passieren kann, wäre, als Hybrid geoutet und getötet zu werden. Oder im Fernsehen und in den sozialen Medien als Verrückte abgestempelt zu werden, weil ich durchgedreht bin, bis sie mich töten. Ich kann nicht glauben, dass mein Masterplan für den Umgang mit dem Wandlerrat ausgerechnet darin bestand, mich dem nationalen Fernsehen zu präsentieren.

Um allen zu zeigen, was der Rat vorhat, *habe ich es getan*. Ich habe diese Angst *wahr gemacht*. Ich habe sie in die Realität versetzt und wurde über Nacht zur Sensation.

Juhu!

Ja, und es ist genauso entsetzlich, wie ich es mir vorgestellt habe. Es ist verrückt. Jeder weiß, dass ich es mit dem Wandlerrat aufgenommen habe. Jeder weiß, was für ein totaler Freak ich bin, dass ich halb Wandler und halb Vampir bin. Dem werde ich mich nie entziehen können. Es wird immer online sein und es wird immer eine Aufzeichnung davon geben.

Zu allem Überfluss werde ich nun auch noch von Kreaturen auf der ganzen Welt als *Anführerin der Rebellen* bezeichnet.

Ha, Rebellenanführerin. Ich stöhne auf.

Dummköpfe.

Das Videomaterial hat meine Mission, diese Hexe zu fangen, nur noch schwieriger gemacht. Der Drang, meinen Kopf gegen den Holztisch zu hämmern, ist groß.

Ich bin eine Idiotin ... Nein, ich bin keine Idiotin. Das wäre zu hart ausgedrückt. Einsicht ist doch eine wunderbare Sache. Ich kannte nicht alle Fakten und konnte daher nur die Probleme beachten, die vor meiner Nase lagen.

Gott, dem Drama zuliebe habe ich ihnen sogar ein Foto meines Vaters gezeigt.

Man muss kein Genie sein, um zwei und zwei zusammenzuzählen. Jetzt bleiben mir nur noch wenige Tage, um meinen Job zu erledigen. Denn wenn sie abhaut, verliere ich sie für immer. Ich muss mich zusammenreißen. Also werde ich hier sitzen und lächeln. Ich werde den Tee dieser Hexe trinken und die Antworten bekommen, die ich brauche.

»Wie trinkst du deinen Tee?«, fragt Jodie, als sie ein schick aussehendes Tablett auf den Tisch stellt. Ich habe eine normale Tasse erwartet, kein komplettes Teeservice.

»Wie auch immer er kommt, danke. Ich habe keine Ansprüche.« Ich schaue auf meine Nägel. Ich bin keine Teetrinkerin. Nachdem ich so lange im Café gearbeitet habe, habe ich Kaffee lieben gelernt.

Jodie setzt sich mir gegenüber, stützt die Ellbogen auf den Tisch, dann das Kinn in die Hände und starrt mich an. Zwischen uns breitet sich die Stille aus.

Ihr Ausdruck ist offen und ehrlich und ich wage sogar zu behaupten freundlich. Ich vertraue dieser Frau. »Also. Erzähl mir, was passiert ist ...«

Also tue ich es.

Kapitel Dreißig

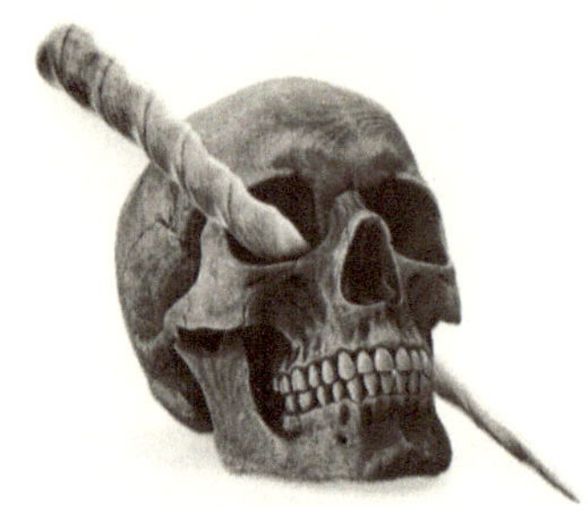

Nachdem alles raus ist, lasse ich den Dampf meiner zweiten Tasse Tee mein Gesicht wärmen, während ich zuhöre, wie Jodie alles ausplaudert, was sie über die Hexe weiß.

»Ihr Name ist Karen Miller und die Hexen haben einen offenen Haftbefehl gegen sie erlassen. Die gute Nachricht ist, dass sie keinen Hexenzirkel hat. Die schlechte, dass sie keinen hat, weil sie sie alle umgebracht hat.« Jodie zuckt zusammen, während sie spricht. »Im Laufe der Jahre ist sie nur noch schlimmer geworden und Karen Miller hat ein Ego, so groß ist wie ein kleines Land.« Jodie kichert leicht, obwohl uns beiden klar ist, dass an dieser Situation nichts lustig ist.

Ich nehme einen Schluck von meinem Tee und bin bereit, die Frage nach dem Horn zu stellen. *Meinem Horn.*

»Sie besitzt ein Einhorn-Artefakt ...«

Artefakt.

Ich beiße mir auf die Zunge, damit ich nichts sage, was ich später bereue. Ich darf nicht unhöflich oder wütend werden, wenn ich weiß, dass Jodie nur die Tatsachen aufzählt. Aber verdammt, es fällt mir so schwer, den Mund zu halten.

Die Hexe hat eine *Halskette* aus meinem Horn gemacht. Und sie benutzt meine Magie, um Menschen zu verletzen.

Die Hexen hätten sich eigentlich schon vor Jahren mit ihr befassen sollen, aber die Hälfte der Hexen ist naturverbunden und friedlich und würde keiner Seele etwas zuleide tun. Die andere Hälfte will sich nicht die Hände schmutzig machen. Ich verstehe, warum, da es in der Hexenmagie um Gleichgewicht und Natur geht.

Nun – ich rolle gedanklich mit den Augen –, es sei denn, man zählt die Ley-Linien-Magie dazu, mit denen sie Portale errichten können, oder ihre Tränke, die dir das Gesicht wegätzen ... ach, und wenn wir mal von den Killerzaubern absehen ... ja, ich verstehe wirklich nicht, warum die Hexen noch nichts unternommen haben.

Vielleicht liegt es daran, dass sie es nicht können.

Ha, das ist ein wirklich hilfreicher Gedanke, bei dem ich mir am liebsten in die Hose machen möchte. Ich bin siebzehn Jahre alt und jage jemanden, den ältere, erfahrenere Leute meiden.

Was kann da schon schiefgehen?

Ich bedanke mich bei Jodie für die Informationen und den Tee, verlasse den Zauberladen mit brummendem Hirn und stapfe zurück zum Café.

Vielleicht sollte ich mich in einer Ecke verstecken und den Engel doch meine Kämpfe austragen lassen. *Ja, das wird nie passieren.*

Ich schätze, es ist an der Zeit, meine Ausbildung zur Attentäterin einzusetzen. Ich kann die Fähigkeiten nutzen, die mein Großvater in mir kultiviert hat. Sein Training und die Dunkelheit in mir würden es mir leicht machen, sie zu töten.

Leicht wie Atmen.

Dabei sollte es niemals leicht sein, jemandem das Leben zu nehmen, egal, um wen es geht. Ich möchte mich nicht selbst verlieren, also werde ich mich vorerst zurückhalten.

Vielleicht werde ich eines Tages keine Wahl haben und meine Fähigkeiten unter Beweis stellen müssen, aber so weit bin ich noch nicht.

Wer kann schon sagen, ob mein Vater mein Horn nicht einfach bei einer Geldtransaktion übergeben hat? Natürlich sollte man keine

Hörner kaufen – ich trete einen Kieselstein vom Bürgersteig und schaue zu, wie er auf die Straße fällt –, ein Horn ist Teil einer Person, um Himmels willen. Aber vielleicht wusste sie nichts davon und es wäre unfair, sie als adoptierte Enkelin eines Mörders zu beschimpfen. Ich weiß, dass sie nicht unschuldig ist, aber sie ist vielleicht nicht konkret schuldig an diesem speziellen Vergehen an mir. Nein, diese besondere Ehre gebührt meinem Vater.

Meine Wut kocht hoch und ich halte mich selbst davon ab, im Vorbeigehen meine Faust in die Seite eines Gebäudes zu schlagen. Wer weiß, welchen Schaden meine neue Kraft anrichten könnte?

Mein Vater.

Für die Einhörner mag der Besitz eines Horns ein abscheuliches Verbrechen sein, aber ich bin kein Einhorn ... nicht wirklich.

Ich hasse Karen Miller, aber nicht genug, um sie zu töten.

Fangen statt töten ist sicherlich eine interessante Variante der Regeln meines Großvaters, und ich weiß, dass es viel schwieriger sein wird, Karen Miller zu fangen, als sie zu töten.

Ich schlittere die Seitenstraße hinunter, während ich auf die Rückseite des Cafés zusteuere. Und als ich bei unseren Mülltonnen ankomme, hebe ich ein Stück Karton vom Boden auf, das wohl herausgefallen sein muss. Ich höre ein flüsterndes Geräusch, das mir bekannt vorkommt, und ein Klirren, bevor sich die Luft verändert, gerade als ein silbernes Messer an meinem Gesicht vorbeizischt und gegen die Backsteinmauer neben mir prallt. Meine Instinkte schreien mir zu, mich zu bewegen, also tauche ich hinter den Müllcontainer.

Scheiße! Der Karton auf dem Boden hat mir das Leben gerettet.

Das war das Geräusch eines Wurfmessers, das jemandes Hand verlässt. Die Klinge steckt bis zum Griff in der Wand und die rote Backsteinmauer hat jetzt einen riesigen spinnennetzartigen Riss. Das erfordert eine Menge Kraft.

Ich lausche, achte auf Bewegungen, und als ich etwas höre, springe ich zur Seite, um einem weiteren Messer auszuweichen. Das macht Spaß. Der Attentäter hat sein Überraschungsmoment verloren, also denke ich *Scheiß drauf!* und stehe auf. Ich werde mich nicht hinter einer Mülltonne verstecken und ihm ein leichtes Ziel bieten. Kämpfen liegt in meiner Natur.

»Du brauchst Training«, sage ich.

Der Attentäter, ein männlicher Vampir, präsentiert mir seine blitzenden Reißzähne. Ich revanchiere mich, indem ich ihm meine eigenen stumpfen Zähne und winzigen Reißzähne zeige.

Dann stürze ich mich auf ihn.

Der Schock in seinem Gesicht ist unbezahlbar. »Ha, das hast du nicht erwartet, was, Blutsauger?« Ich schlinge mein Bein um seinen Hals und werfe ihn zu Boden.

»Ich werde dich töten, du Abscheulichkeit«, knurrt er.

»Jaja, stell dich hinten an.« Ich rolle mich auf den Rücken, und während sein Hals noch zwischen meinen Schenkeln liegt, greife ich nach seinem Haar und verhake mein Bein. Der Bastard schnappt sich eine silberne Klinge aus einem Halter an seinem Bein und bevor ich ihn aufhalten kann, rammt er sie mir in den Oberschenkel. Der Schmerz ist unbeschreiblich, er ist unerträglich. Ich unterdrücke einen zerreißenden Schrei und stöhne stattdessen vor Schmerz auf, schüre damit meine Wut.

Ich knurre und drehe seinen Kopf nach links. »Losdrehen links.« Dann nach rechts. »Reindrehen rechts.« Sein Nacken knackt unter meinen Händen und sein Körper plumpst gegen mich. Schön zu sehen, dass der kleine Reim sowohl für gebrochene Hälse als auch für Schrauben funktioniert.

Leider müssen gebissene Vampire nicht atmen, weshalb Erwürgen bei ihnen nichts bringt. Das ließ mir keine andere Wahl, als ihm das Genick zu brechen. Ich schließe für eine kurze Sekunde die Augen und stoße ihn mit einem Grunzen von mir. Der Kerl ist nicht tot, aber er wird sich sicher so fühlen, wenn er irgendwann aufwacht.

Mein Bein ist nass und klebrig und es tut höllisch weh. Auf dem Boden unter mir sammelt sich etwas mehr Blut, als ich verlieren möchte. Ich lasse das silberne Messer in meinem Bein, um die Wunde geschlossen zu halten. Ich lege den Kopf schief, als ich erst mein Bein betrachte, dann die massive *Silberklinge*, die herausragt. Ich dachte, Silber würde mehr wehtun. Doch es unterscheidet sich nicht von einer normalen Messerwunde.

Na, das ist doch mal eine angenehme Überraschung. Gut zu wissen, dass die Auswirkungen der Silbervergiftung mich nicht beeinträchtigen.

Während ich mich auf die Beine schleppe, frage ich mich, ob das bei allen Einhornwandlern so ist. Oder ist es meine verrückte Hybridnatur, die mir diese wunderbare kleine Besonderheit verleiht? Ich denke, ich behalte diese Information fürs Erste lieber für mich.

Ich werfe dem immer noch bewusstlosen Vampir einen bösen Blick zu. Er wird noch fünf bis zehn Minuten ausgeknockt sein, je nachdem, wie alt er ist. Ich krame in meinen Taschen und suche den schwarzen Marker. Ich musste im Café heute die Preise an die Tagestafel schreiben, deshalb trage ich ihn jetzt noch in meiner Hosentasche. Ich grinse, lasse mich wieder auf den Boden nieder und lehne mich über den Vampir.

Ich ziehe die Kappe des Markers mit den Zähnen ab und fahre mit dem Stift über sein Gesicht.

»Ups, wie schade, dass ich kein Papier habe. Wohin soll ich es nur schreiben ...« Ich suche mir die perfekte Stelle aus, und während ich den Stift senke, strecke ich die Zunge konzentriert seitlich aus dem Mund. Ich schreibe fein säuberlich auf die Stirn des Vampirs: »Schick mir noch einmal jemanden und ich töte ihn.« Außerdem zeichne ich auf der rechten Seite seines Gesichts einen wunderschönen Penis mit haarigen Hoden, zum Schluss schreibe ich auf seine linke Wange: »Kann überhaupt nicht kämpfen.«

Ich nicke mit kindischer Zufriedenheit, schließe den Stift und stecke ihn weg. Fröhlich summend durchstöbere ich seine Taschen nach irgendwas Brauchbarem und konfisziere fünf weitere Wurfmesser und eine Handvoll teuer aussehender Zaubertrankkugeln.

Mit einem schmerzerfüllten Stöhnen und einigen gefluchten Worten stemme ich meinen blutenden Körper vom Boden auf. Ich ziehe mein Handy heraus und mache ein paar Fotos von dem Vampir und der Szene, wobei ich darauf achte, dass ich für Story auch eine Nahaufnahme des Gesichts mache. Ich wette, sie wird mein Kunstwerk lieben.

Ich humple vorsichtig zur Hintertür des Cafés, um das riesige Messer, das immer noch in meinem armen Bein steckt, nicht unnötig zu bewegen.

Kapitel Einunddreißig

Ich balanciere auf einem Bein in die Sicherheit der offenen Hintertür des Cafés und versuche, meine Verletzung so ruhig wie möglich zu halten, während ich ungeduldig darauf warte, dass der Vampir aufwacht. Blut rinnt mein Bein entlang, hinunter in meine Socke.

Ich habe die Blutung nicht gestillt, da ich nicht weiß, was ich tun soll. Ich weiß, dass eine Aderpresse die naheliegendste Lösung wäre, aber ich möchte das Messer nicht bewegen und die silberne Klinge reicht im Moment, um das Loch in meinem Bein zu stopfen.

Der Schweiß läuft mir den Nacken hinunter und ich knirsche mit den Zähnen, während ich mein Bestes gebe, den Schmerz zu ignorieren. Mein Bein ist brennend heiß, meine Hände dafür eiskalt.

In meiner Handfläche kreist eine sehr böse Zaubertrankkugel, die einst dem besiegten Vampir gehörte, für den Fall, dass er etwas Dummes versucht. In der anderen Hand halte ich mein Handy. Mein Daumen schwebt über Xanders Nummer, jederzeit bereit, die Kavallerie zu rufen.

Es dauert nicht lange, bis sich der gebissene Vampir – er muss ziemlich alt sein – von seinem gebrochenen Genick erholt. Gebissene Vampire werden mit dem Alter stärker, bis sie irgendwann zusammenbrechen. Als er wieder zu sich kommt, springt er reflexartig auf. Er stolpert und muss sich an der Wand festhalten, um das Gleichgewicht nicht zu verlieren. Er reibt sich den Nacken. Ich sehe es ... in dem Moment, in dem er den Geruch meines Blutes wahrnimmt. Seine Nasenflügel blähen sich auf und sein Kopf dreht sich in meine Richtung.

Unsere Blicke treffen sich und ich kann mir ein Grinsen nicht verkneifen, als ich in gruseligem Ton flüstere: »Ein Engel kommt, um dich zu holen. Wenn ich du wäre, würde ich rennen.« Ich drücke auf Xanders Nummer. Außerdem bewege ich die Zaubertrankkugel zwischen meinem Daumen und Zeigefinger. Die Flüssigkeit im Inneren fängt das Licht ein.

Der Engel antwortet nach dem zweiten Klingeln.

»Alles okay?«, fragt er sofort. Er weiß, dass ich ihn nicht anrufen würde, wenn es nicht wichtig wäre.

»Nein, nicht wirklich. Ich habe ein blutiges Messer in meinem Bein, das von einem Attentäter stammt.« Ich höre, wie er bei meinen Worten kurz nach Luft schnappt.

»Ich bin auf dem Weg ... bleib am Telefon. Wo ist dein Angreifer jetzt?«

Der Vampir flieht.

Ich lächle.

Sieht so aus, als ob meine wandelnde Botschaft seinem Herrn Bericht erstatten wird.

»Er ist weg«, sage ich jetzt wahrheitsgemäß. Ich stopfe die Zaubertrankkugel in meine Tasche und benutze die Wand hinter mir als Orientierungshilfe, um auf den Boden zu gleiten. Ich beuge das Knie meines gesunden Beins und gehe vorsichtig in die Hocke, während ich mich absenke. Meine Jacke kratzt an der Wand entlang und mein Oberteil hebt sich etwas dabei. Ich stöhne auf.

»Wo bist du?«

»Vor der Hintertür des Cafés.«

»Wo sind deine Leibwächter?« Im Hintergrund höre ich eine Tür zuschlagen und einen Automotor aufheulen.

»Ich nehme an, sie sind an der Vordertür.«

»Bleibe in der Leitung.« Das Telefon piept, als er mich in die Warteschleife setzt. Ich verdrehe die Augen und beende den Anruf. Ich halte mein verletztes Bein angewinkelt und kauere mich so zusammen, dass die Wunde höher als mein Herz liegt.

Dunkle graue Wolken schweben über dem Café und ein altes Spinnennetz, das an der Dachrinne hängt, flattert in der kühlen Brise. Ich habe mit meiner Bitte um Hilfe gewartet, weil ich wusste, dass sie ihn umlegen würden. Doch das wäre nicht gut gewesen. Ich wollte den Vampir zurückschicken als eine Botschaft, eine Warnung.

Mein Großvater hat immer gesagt, dass der Tod eines Kriegers Ehre bedeutet. Attentäter sind ein stolzer, geschwätziger Haufen. Von einem Teenager-Mädchen fertiggemacht und *dann* von einem Kunden gedemütigt zu werden, weil man nicht bemerkt hat, dass das Mädchen einem das ganze Gesicht bemalt hat ... Und zu allem Überfluss verspotten einen die Kollegen, sobald die Fotos im Internet kursieren.

Andere Attentäter werden es sich zweimal überlegen, ob sie hinter mir her sein wollen.

Das Risiko, sein Leben zu verlieren, ist Teil der Stellenbeschreibung, aber zu versagen und seinen Ruf zu beschmutzen, weil man zur Lachnummer wird? Das wird sie verdammt nervös machen. Ja, der Ruf ist alles.

Ich habe keine Beweise, aber ich bin mir sicher, dass der Vampirrat dahintersteckt.

Innerhalb einer Minute stürzt ein beunruhigter, wütender Wolfswandler-Leibwächter durch die Hintertür.

»Ich bin jetzt bei ihr. Ja, da steckt ein silbernes Messer in ihrem Bein ... Nein, Sir, sie hat es nicht entfernt. Ja, Sir, da ist eine Menge Blut.«

Und genau deshalb muss ich lernen, mich zu wandeln. Denn wenn ich mich wandeln könnte, bräuchte ich das Messer nicht herauszuziehen. Ich würde mich wandeln und die Klinge würde auf den Boden fallen. Abgesehen von dem Loch und dem Blut auf meiner Hose würde niemand etwas mitbekommen, was viel besser wäre als dieses ganze Drama.

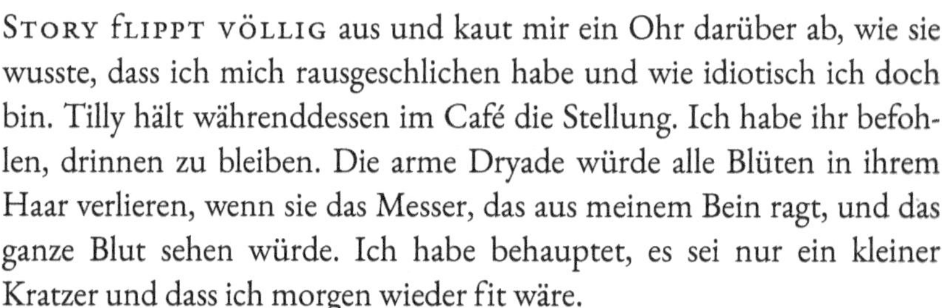

Story flippt völlig aus und kaut mir ein Ohr darüber ab, wie sie wusste, dass ich mich rausgeschlichen habe und wie idiotisch ich doch bin. Tilly hält währenddessen im Café die Stellung. Ich habe ihr befohlen, drinnen zu bleiben. Die arme Dryade würde alle Blüten in ihrem Haar verlieren, wenn sie das Messer, das aus meinem Bein ragt, und das ganze Blut sehen würde. Ich habe behauptet, es sei nur ein kleiner Kratzer und dass ich morgen wieder fit wäre.

Ich ignoriere Storys tadelnden Vortrag und öffne stattdessen meine Foto-App. Sie fällt vor lauter Kichern fast von meiner Schulter, als ich ihr die Fotos von dem Gesicht des Vampirs mit meinem Kunstwerk darauf zeige.

Die beiden Leibwächter blicken so aufmerksam umher wie seit Tagen nicht mehr und sind leicht grünlich im Gesicht. Ich fühle mich ein wenig schuldig. Story hat recht. Wenn ich mich nicht rausgeschlichen hätte, wären sie jetzt nicht in Schwierigkeiten, aber ich halte den Mund.

Ich stecke mein Handy in meine Tasche, als Xanders schickes Auto quietschend zum Stehen kommt. Die Tür fliegt auf und ein wütender, besorgter Engel stürmt auf mich zu.

»Warum hast du aufgelegt? Ich habe dir doch gesagt, du sollst in der Leitung bleiben«, sind die ersten Worte aus seinem Mund. Ich zucke nur mit den Schultern. Seine honigfarbenen Augen sind überall gleichzeitig und mustern mich von Kopf bis Fuß. Dann richtet sich seine Aufmerksamkeit auf mein Bein.

Er grunzt und ich kreische auf, als seine riesigen Arme mich vom Boden hochheben und mich an seine Brust ziehen. Es ist, als wäre ich aus Federn gemacht. Er wiegt mich sanft hin und her.

Story flattert über uns, die Hände in betender Haltung unter dem Kinn gestützt. Sie seufzt. Der verdammten Pixie gefällt das.

»Mit euch rede ich später«, knurrt Xander die Bodyguards an, während er zum Auto geht. Ohne eine Sekunde zu verlieren, öffnet er die Hintertür. Er gleitet mit mir in den geräumigen Fond, ohne mein verletztes Bein anzustoßen, was eine beeindruckende Leistung ist, dann legt er es quer über die Sitze.

Die Tür schnappt zu. Das Auto hat getönte Scheiben und lässt uns somit in einem intimen Kokon zurück. Wenn mein Bein nicht so pochen würde, würde ich rot anlaufen. Aber da mein Blut gerade auf der Straße gerinnt und an meiner Hose und meinen Socken klebt und in meinen Stiefel schwappt ... habe ich nicht genug übrig, um anständig rot zu werden.

»Ich werde Blut auf deinen Sitzen hinterlassen«, sage ich zögernd.

»Die Sitze sind mir egal.« Xander zieht mich sanft zurück an seine harte Brust. Seine Finger streichen über die blutige Haut um das Messer. Ich schrecke zurück. »Schon gut, du bist okay. Beweg dich nicht. Ich muss nur ...« Xander greift mit den Daumen in den Stoff meiner schwarzen Arbeitshose und reißt ihn dann so weit auf, bis der größte Teil meines Oberschenkels freiliegt.

Gott, ist das heiß ... Halt die Klappe, Tru! Du bist echt seltsam.

»Warum bist du eigentlich hier auf der Erde? Sicherlich nicht, um einen Nachtclub zu betreiben«, platze ich heraus.

Xander schaut von meinem Bein auf und runzelt die Stirn. Ja, vielleicht ist jetzt nicht der richtige Zeitpunkt, um neugierige Fragen zu stellen. Aber mitgefangen, mitgehangen ... Ich schiebe meine Unterlippe vor und weite die Augen.

»Das *Night Shift* ist eine ausgezeichnete Investition«, grunzt er.

»Aber was machst du sonst so?« Meine Lippen zittern. »Bitte, ich brauche eine Sekunde, eine Ablenkung.«

»Ich bin der Verbindungsmann zwischen unseren Welten. Ich bewerte Sicherheitsbedrohungen.«

»Scheiße, bin ich etwa eine Bedrohung?«

»Du?« Xanders honigfarbene Augen tanzen vor schlecht verhüllter Belustigung und sein Mund zuckt. »Du bist eine Nervensäge.« Seine Finger streichen sanft über die Unterseite meines Kiefers und er hebt mein Gesicht an. Dann bewegt sich sein großer nackter Unterarm auf meinen Mund zu. Doch ich packe seinen Arm mit meinen Händen, bevor er mir noch die Zähne ausschlägt.

»Warne ein Mädchen doch erst mal vor.«

»Mein Schatten, du musst trinken. Und während du das tust, ziehe ich das Messer aus deinem Bein, entferne das Silber aus deinem Körper und heile dich. Es wird höllisch wehtun, aber ich muss es jetzt tun, bevor deine Haut um die Messerwunde herum abstirbt. Silber verursacht bei Wandlern einen schnellen Gewebetod. Ich verstehe nicht, wie du überhaupt noch bei Bewusstsein sein kannst.« Soll ich ihm sagen, dass Silber mich nicht zu beeinflussen scheint? Keine Ahnung ... Wenn ich falschliege, will ich nicht wie ein Idiot dastehen.

Ich nicke. Zu einem Snack sage ich bestimmt nicht nein und das Messer muss raus. »Danke, dass du dich um mich kümmerst«, flüstere ich.

»Trink!«, brummt er leise in mein Ohr. Sein geflüstertes Wort verpasst mir eine Gänsehaut auf meinen Armen. Ich ziehe seinen Unterarm näher an meinen Mund. Meine Finger graben sich in seine Haut, dann schließe ich die Augen und atme ihn ein. Meine Zunge fährt heraus, leckt über die Armbeuge und findet ihren Weg zu meiner Lieblingsvene. Ich halte eine Sekunde inne, als der Geschmack seiner Haut meinen Mund und sein Duft nach Sonnenlicht und Metall meine Nase erfüllt.

Ich beiße zu.

Sein unglaubliches Blut füllt meinen Mund und ich trinke zwei große Schlucke, bevor Xander die Klinge berührt. *Verdammt, sie muss in meinem Knochen stecken.* So wie das Wurfmesser in der Backsteinmauer. Ich erschaudere. Gott, das ist ein furchtbarer Gedanke.

»Okay, auf drei. Eins«, ich nehme einen weiteren Schluck Blut, »zwei«, ich löse meine Zähne von seinem Arm und presse mein Bein flach in den Sitz, »drei.«

Ein Schrei verlässt meine Lippen, als der Schmerz in meinem Kopf explodiert. Ich vergrabe mein Gesicht an seiner Brust, während seine goldene Magie durch meine Wunde schießt.

Innerhalb weniger Augenblicke ist der Schmerz verschwunden, aber ich keuche unter den verbleibenden Nachwehen auf, und mein Herz hämmert in meiner Brust. Meine Hände zittern, also verstecke ich sie zwischen uns. Das Messer fällt auf den Boden und Xander wiegt mich in seinen Armen. »Du bist geheilt, mein Schatten«, murmelt er.

Ich kuschle mich an seine Brust.

Ich würde nichts lieber tun, als dort in seinen Armen zu bleiben, aber ich kann nicht. Sobald ich mich dazu in der Lage fühle, ziehe ich mich zurück. Xanders Hand ergreift mein Kinn und sein Daumen reibt leicht über meine Unterlippe. Seine Augen verengen sich. »Und jetzt erzähl mir, was passiert ist.«

Ach, Scheiße!

»Nun, ich habe nur ein Stück Pappe aufgehoben ...«

Kapitel Zweiunddreissig

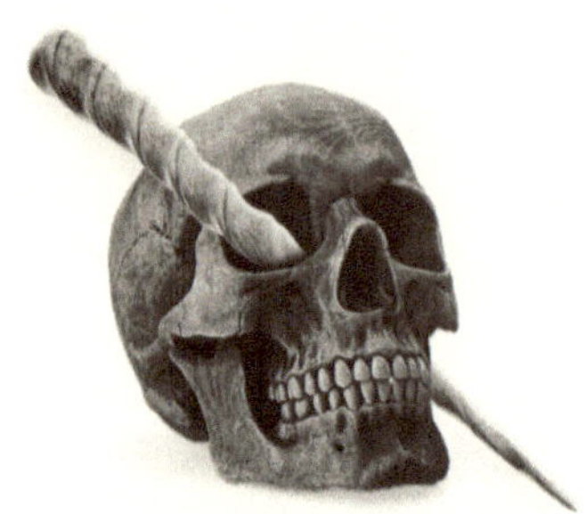

Ich habe Glück, dass Xanders Garten von einer hohen Mauer umgeben ist. Dexter schlängelt sich um meine Beine und Story sitzt mit einem breiten Grinsen auf einem lila Blumentopf und strampelt mit den Beinen gegen die glänzend lackierte Oberfläche.

»Dann machst du es also?«, fragt sie und klatscht vergnügt in die Hände.

»Ich denke schon.« Ich bin nicht so fröhlich wie sie. Ich rümpfe die Nase und kratze mich am Hinterkopf. »Ich habe einen Wandler noch nie dabei beobachtet, Story. Wandle ich mich mit oder ohne Kleidung?« Ich zupfe an meiner Jogginghose.

Story zuckt mit den Schultern. »Ich weiß es nicht.«

»Na schön.« Ich nicke. »Dann behalte ich sie an.« Ich wippe auf die Zehenspitzen und rolle die Schultern zurück, während ich die Arme ausschüttle. »Okay, dann mal los.«

Ich fühle mich stark. Ich bin wie Rocky in diesem Boxfilm, wenn er mit *Eye of the Tiger* im Hintergrund die Treppe hochläuft und die Faust in die Luft reckt.

BÄM-BÄM.

Ich kann es mit der Welt aufnehmen. Nach dem Messerstich und Xanders Heilung bin ich fit wie ein Turnschuh. Ich zucke zusammen und ein nervöser Schauder läuft mir über den Rücken. Nun, für den Moment sterbe ich zumindest nicht und das ist *großartig*. Sooo großartig. Ich atme aus und wische meine verschwitzten Handflächen an meiner grauen Jogginghose ab.

Verdammt, ich habe Angst.

Komm schon, Tru, du schaffst das. Ich reibe mir die gerunzelte Stirn. Natürlich ragt das Horn nicht aus der Mitte meines menschlichen Kopfes heraus, aber ich kann nicht anders, als mein Gesicht zu berühren. Ich habe gar nicht gemerkt, wie sehr meine Stirn schmerzt, bis sie es nicht mehr getan hat. Ich werde eine Weile brauchen, um mich an das Gefühl zu gewöhnen.

»Okay, dann wollen wir mal«, murmle ich. Story hebt unbeholfen ihren Daumen nach oben. Ich täusche ein Lächeln vor und stupse mit dem Zeh meiner Turnschuhe etwas Moos ab, das an Storys Blumentopf klebt. Keine Ahnung, was ein Pferd mit einem Horn bewirken kann. Die riesige Tiergestalt wird mir weder bei der Fährtensuche noch bei einem möglichen Kampf gegen eine mächtige Hexe helfen. Die Form ist schließlich nicht süß und kompakt. Ein Pferd ist riesig.

Aber das Einmaleins der Wandler – sich in Tierform wandeln und dann wieder als Mensch erscheinen – bestimmt die Heilung eines Wandlers, also muss ich es lernen.

Ich wäre naiv zu glauben, dass ich diese Hexe zur Strecke bringen könnte, ohne irgendwelche Verletzungen davonzutragen. Dass ich mir wehtun werde, ist quasi vorprogrammiert. Ich werde nämlich nicht einfach mir erhobenen Zeigefinger auf die Hexe zumarschieren und rufen: »Hey du, gib mir mein Horn zurück.« Nein, ich habe einen viel raffinierteren Plan.

Ja, mit diesem beängstigenden Gedanken mache ich mich besser an die Arbeit. Also behalte ich meine Klamotten an und schaue einfach, was passiert. Vielleicht muss ich später zwar nackt zurück ins Haus rennen, aber ... Ja, vielleicht brauche ich doch einen Satz Wechselklamotten? Ich kaue auf meiner Lippe. Wenn ich jetzt gehe, um sie zu holen, kneife ich vielleicht, also egal.

Los geht's.

Eigentlich sollte ich nicht in der Lage sein, mich zu wandeln – technisch gesehen bin ich nicht alt genug –, aber ich spüre, wie die Wandlungsmagie unter meiner Haut brodelt. Entweder ist es das schicke neue Horn oder mein Körper erinnert sich dank der Einhornkraft in meinem Blut daran, was mein Vater mir als Kind angetan hat, und weiß, was zu tun ist.

Ich schließe meine Augen und lasse all die Kraft aus mir herausströmen. Die Luft um mich herum wird warm und wie eine Figur aus Star Trek, die hochgebeamt wird, lösen sich meine Moleküle voneinander ... und ... setzen sie sich in einer anderen Form wieder zusammen.

Magie.

Ich stehe auf vier Füßen, nein, auf vier *Hufen.* Ich blicke nach unten, doch die plötzliche Bewegung meines Kopfes und meines Halses lässt meine Beine wackeln. Mein ganzer Körper neigt sich nach links. Oh, ich spanne die Knie an. Als ich nicht umkippe, hole ich tief Luft.

Gott, ist das beängstigend.

Ich bewege keinen Muskel mehr, stattdessen fixieren meine Augen den Boden, um meine Füße zu betrachten. Oh, wie schön, meine Hufe haben eine schillernde Farbe, wie das Innere einer Perlmuttschale, und was ich von meinen Vorderbeinen erkenne, ist weiß.

Diesmal stemme ich meinen großen Körper mit den Hufen ab, bevor ich langsam den Kopf hebe. Mein Kopf und mein Hals scheinen mein Gleichgewicht zu beeinträchtigen. Ich schlucke und alles von meiner Zunge bis zu meiner Kehle fühlt sich *seltsam* an. Sollte sich das nicht natürlich anfühlen? Doch es fühlt sich nicht natürlich an, ganz und gar nicht.

Mein Kopf bewegt sich und ich sehe etwas flattern. O mein Gott, was zum Teufel ist das? *Nicht durchdrehen, Tru.* Auch wenn mein Herz in meiner Brust laut pocht und das Adrenalin durch meine Adern rast. Ich zwinge mich, das flatternde Ding anzuschauen. Dabei schiele ich fast. Als ich langsam, ganz langsam, meinen Kopf neige, flattert der *Stoff.* Ich blinzle. Ist das... ist das etwa meine Unterwäsche?

Ich schnaube.

Ja, mein Höschen hat sich irgendwie mit meinem geliehenen Horn verheddert. Ha, meine Unterwäsche hätte mich fast zu Tode erschreckt. Ich bewege meine Augen und bemerke meine restliche Kleidung, die intakt und nicht zerrissen auf dem Boden liegt. Wie praktisch. Vielleicht sollte ich beim nächsten Wandeln besser zur Seite treten, um meine Klamotten nicht aufzuspießen. Ich muss grinsen.

Dexter schlängelt sich über die Terrassenplatten aus Kalkstein. Er ignoriert mich, das Einhorn, völlig und stürzt sich stattdessen flink auf das Bündel Klamotten. Er betatscht und beschnüffelt meine Kleidung und dann plumpst der freche Kater in die Mitte des Stapels, schließt die Augen und neigt den Kopf in Richtung der schwachen Herbstsonne.

Ich stütze mich ab und nicke dann wild mit dem Kopf. Meine Unterwäsche fällt auf den Boden. Sie landet auf Dexter und mit einem empörten Fauchen rollt er sich auf den Rücken und greift den Stoff mit seinen Krallen und Zähnen an. *Ja, gib es ihr, Dex.*

Neugierig drehe ich meinen Kopf, damit ich mein Fell betrachten kann. Es ist auf beiden Seiten genauso schick und reinweiß wie meine Beine. Ich bin so weiß, dass ich fast leuchte. Außerdem bin ich groß. Wenn ich meinen Hals recke, kann ich leicht über die knapp drei Meter hohe Gartenmauer sehen.

Okay, jetzt bewegen. Ich hebe ein Bein und mache einen kleinen Schritt vorwärts. Wow, auf vier Beinen zu gehen, ist ein seltsames Gefühl. Ich schaue zu Story, um ihre Reaktion zu überprüfen, doch sie starrt mich mit weit geöffnetem Mund an.

»O mein Gott, Tru«, quietscht Story und deutet hinter mich. Ich runzle die Stirn. Seltsam. Habe ich sie verstört? Da ist nichts hinter mir, das hätte ich bemerkt. Ich bin zu fasziniert von dieser neuen Form, um ihrem Aufruhr auf den Grund zu gehen.

Ich wippe mit meinem Hintern ... ähm ... Hinterteil? Ich verdrehe die Augen – wie auch immer das heißen mag – und mein Schwanz peitscht zwischen meinen Hinterbeinen hin und her. Er hat denselben bunten Farbton wie mein menschliches Haar.

Story zeigt weiterhin verzweifelt hinter mich.

Ja, ich weiß, Story. Ich sehe umwerfend aus. Ich wackle mit den Ohren ... oh, das ist ein eigenartiges Gefühl. Sie drehen sich ... und oh, dann liegen sie wieder flach an meinem Kopf an. Ich lächle breit.

Wenn ich mal etwas Zeit habe, werde ich irgendwohin gehen, wo ich mich bewegen und laufen kann, wo ich mir Zeit nehmen kann, diese neue Form zu erkunden ... Meine aufgeregten Gedanken kommen zum Stillstand. Nein, das werde ich nicht. Mein Herz sinkt. Das kann ich nicht. Das ist nicht meine Magie, sie ist nur die Leihgabe eines reumütigen Mannes. Ich schlurfe mit den Hufen. Solange ich meine eigene Magie nicht zurückbekomme, werde ich niemals über ein Feld voller Wildblumen galoppieren und dabei an saftigem Gras und Klee naschen. Ich will gar nicht wissen, wie es sich anfühlt, ganz und frei zu sein, mit dem Wind im Haar zu galoppieren und mit den Hufen den Boden aufzuwirbeln.

Zu wissen, wie es sich anfühlt, es dann aber wieder zu verlieren, würde ich nicht ertragen.

Nein, ich habe jetzt gelernt, wie ich mich wandle. Das muss reichen, um mein Horn zurückzubekommen. Und wenn ich es nicht schaffe, wenn ich versage ... Ich blicke in den Himmel. Meine Augen tun ihr Bestes, um überzulaufen. Genau wegen dieses Gefühls weiß ich, dass Denby Jones, mein biologischer Großvater, mich mit dem Namen und den Details der Hexe nicht täuscht – vor allem nicht nach Jodies Bestätigung. Dieser Mann tut ernsthaft Buße. Jetzt steht er auf meiner Liste an Leuten, die ich nicht im Stich lassen will. Egal, was passiert, Denby Jones wird sein Horn zurückbekommen.

Eine hüpfende Pixie erregt meine Aufmerksamkeit. »Du hast ... du hast ...«, stottert Story.

Ich habe ...? Ich habe was?

In diesem Moment sehe ich die Federn.

Meine Hufe klappern zur Seite und bei der ruckartigen Bewegung bemerke ich das schwere Gewicht auf meinem Rücken. Was zum Teufel ist das? Ich drehe den Kopf und mein langer Hals hilft mir ... Doch ich muss zweimal Hinsehen und ein Schauer jagt mir durch den ganzen Körper.

Ich habe Flügel.

Ich blinzle. Mit weit aufgerissenen Augen richte ich meinen Nacken auf und meine Augen drehen sich so, dass ich auf die gurgelnde Pixie hinunterstarren kann. Leider bilde ich mir das nicht ein.

Ich gebe ein Quietschen von mir und ein verängstigtes Pferdegeräusch hallt durch den eingezäunten Garten.

Die Tür zum Garten fliegt auf und Xander stürmt mit einem Schwert in der Hand nach draußen. Ich halte seltsamerweise einen Huf hoch, als wolle ich ihn aufhalten. Wir starren beide auf meinen Fuß. Verlegen setze ich ihn zurück auf den Boden ab.

Xander schreitet voran und sucht den Garten nach Gefahren ab. Als er nichts findet, löst sich das Schwert in weißem Rauch auf und sein Blick fällt auf mich. Seine honigfarbenen Augen werden weicher, als er mich ansieht, doch weiten sich, als er meine neuen Anhängsel bemerkt.

Er tritt zur Seite, während er auf meinen Rücken starrt, und meine Schulterblätter jucken.

»Das ist interessant«, sagt er.

Das stimmt.

Ich hatte noch nie Flügel. Als Kind hatte ich keine. Ähm, Einhörner haben keine. Sie haben keine Flügel ... von all den verrückten Dingen, ausgerechnet das? Hat mein böser Großvater etwas mit dem Horn angestellt? Hat er mich verflucht?

Das muss er. Ich schnaufe. O Gott, ich hyperventiliere. Können Einhörner Panikattacken bekommen?

Dann macht es auf einmal klick.

Das Engelsblut. Ich habe Xanders Blut getrunken und das ist nun die Konsequenz für die Wandlerseite in mir.

Scheiße, Engelsblut verleiht dir also Flügel.

KAPITEL DREIUNDDREISSIG

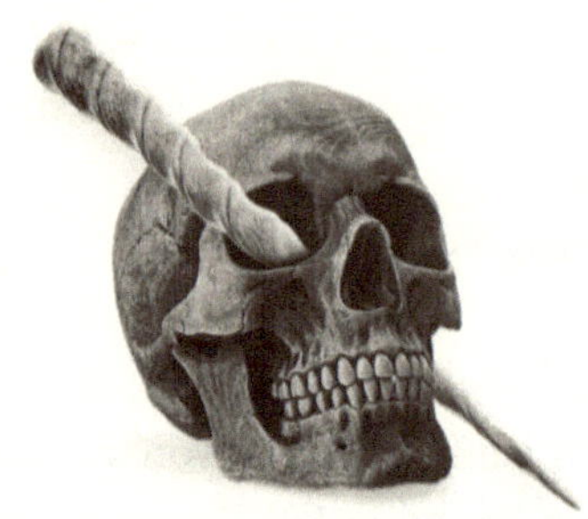

MIT DEM KOPF und dem halben Körper im Werkzeugkasten meines Großvaters vergraben, suche ich nach den Dingen, die ich gebrauchen könnte. Es ist an der Zeit, diese Hexe zu jagen. Ich habe mir selbst achtundvierzig Stunden Zeit gegeben, um den Job zu erledigen.

»Okay, du hast fast alles, was auf unserer Liste steht. Du brauchst nur noch die Tränke, die Schutzzauber auszugleichen.«

Ich drehe meine Hüften und greife nach den letzten Zaubertrankkugeln. »Ich habe sie«, ächze ich mit einem Stöhnen, während ich mich wieder herauswinde. Ich öffne meine Handflächen und die drei Zaubertrankkugeln rollen auf den Schlafzimmerboden. Sie kullern über den Teppich zu dem Zauberstapel inmitten des organisierten Chaos voller verstreuter Ausrüstung.

Story setzt sich und schwingt die Beine über die Bettkante, während sie mit einem winzigen Stift auf ihren Notizblock tippt. »Probieren wir erst mal dieses blöde Ding aus.« Sie deutet mit dem Stift auf irgendeine Stelle auf dem Boden. Sie meint wohl die magische Halskette. Ich lasse mich auf den Boden fallen und schaue mich nach der Halskette um, von der sie spricht. Aha, sie liegt in der Nähe meiner Füße, also greife ich sie mit meinen bloßen Zehen und schleife sie über den Boden heran. Die Halskette ist schwarz-grau, die Farbe von falschem Silber. Ich hoffe, sie färbt die Haut an meinem Hals nicht grün.

Story schüttelt den Kopf und rümpft die Nase, als ich die Kette zwischen meinen Zehen hervorziehe ... Was? Meine Füße sind sauber. Ich grinse sie an, während ich die Kette anlege.

»Eklige saftige Zehen.«

Ich wackle ihr mit meinen normal aussehenden Zehen zu. »Igitt, meine Zehen sind doch nicht saftig. Wer hat schon saftige Zehen? Schuppig könnte ich noch verstehen.«

Story würgt.

»Ich habe mich gewandelt. Meine Zehen sind perfekt und so weich wie ein Trollpopo.«

»Hast du schon mal den Hintern eines Trolls angefasst?«

Ich schnaube und schüttle den Kopf. »Habe ich nicht.« Die steinfarbige Halskette legt sich um meinen Hals, knapp unterhalb des Schlüsselbeins, und sobald sie meine Haut berührt, wird sie sofort aktiv. Ich spüre die schwache Magie, die über meine Haut schwirrt. Ich bin froh, dass sie keine Beschwörungsformel braucht, um zu funktionieren.

Story schwingt sich in die Luft und umkreist mich. »Es ist nicht perfekt, aber es scheint zu wirken, denn die Kette verbirgt deine Wandler-Energie. Sie ist weniger leuchtend«, sie zieht noch ein paar Kreise um mich, bei denen mir vom Zusehen ein bisschen schlecht wird, »mehr wie ein Rinnsal. Du wirkst wie ein normales Wandler-Mensch-Halbblut.«

»Toll, danke, Story. Es ist ein alter Zauberspruch, aber solange ich damit nicht auffalle, ist es perfekt.« Ich bin mir sicher, dass Jodie eine stärkere Halskette für mich hätte. Daran hätte ich wohl denken sollen, als ich bei ihr im Laden war, aber ich war so darauf fokussiert, Informationen über die Hexe zu sammeln, die *angeblich* mein Horn hat, und dann von dort zu verschwinden ... dass ich nicht weiter darüber nachgedacht habe.

Ich bin froh, dass ich jetzt alles habe, was ich brauche. *Danke, Großvater*, denn ich gehe nicht zurück in diesen Zauberladen, es sei denn, ich werde an den Haaren hineingezerrt, schreiend und tretend. Ich verstehe, dass die Unhöflichkeit ihrer Nichte nicht Jodies Schuld ist, aber ich bin wirklich kein Mensch, der gern verzeiht. Und das Mädchen steht jetzt auf dieser Scheißliste. Außer es geht um Leben und Tod, kriegt mich da keiner mehr rein.

Ich habe mein ganzes Leben damit verbracht, Dramen zu vermeiden, und ich werde jetzt nicht damit anfangen. *Genau, weil es ja so unauffällig ist, dass dein Gesicht auf jedem Medienkanal zu sehen ist.* Ich rolle mit den Augen.

Vorsichtig nehme ich die Halskette ab und sammle auf Händen und Knien langsam und methodisch mein Gepäck zusammen. In meinem Bauch kribbelt es und ich muss innehalten, verschränke meine Arme vor meinem Bauch, um dieses verrückte Gefühl in mir zu behalten. Ich blase die Backen auf. Wow, es wird plötzlich alles so real. Ich lasse meine Arme sinken und fahre fort, meine Sachen so anzuordnen, dass ich sie leicht finden kann.

Story hakt alles auf ihrer Liste ab, als wäre sie ein Militäroffizier, und notiert sich, wo was hinkommt. Sie wird meine Kommunikation leiten. Sollte ich etwas vergessen, bin ich mir sicher, dass meine furchterregende und etwas kontrollsüchtige Freundin weiß, wo es sich befindet.

Das Mädchen ist beeindruckend. *Ich habe so ein Glück, sie zu haben,* denke ich und werfe ihr einen Seitenblick zu, als mich die Pixie-Tyrannin mit ihrem gezückten Stift zur Eile mahnt. Ich beschleunige mein Tempo, und als ich fertig bin, reibe ich mir die Nase und lehne mich auf meinen Fersen zurück.

»Ist das alles?«

»Ja. Ich denke schon. Ich schätze, wir werden ziemlich schnell erfahren, ob du etwas davon brauchst.« Sie lächelt nervös.

Ich nicke. »Ja, hoffen wir mal, dass es nicht so weit kommt. Danke für deine Hilfe.«

Story stürzt sich auf mich und landet auf meiner Schulter. Sie legt mir eine Hand in den Nacken. »Du schaffst das, Tru. Nach dem, was du mir erzählt hast, hast du im Laufe der Jahre Hunderte von kleinen Wiederholungen wie diese für deinen Großvater ausgeübt. Du kannst das praktisch im Schlaf.«

Ich atme aus und rolle die Schultern zurück.

Showtime.

Ich lasse Story in unserem Schlafzimmer zurück und eile den Flur entlang, um mit dem Code, den mir mein Einhorn-Großvater gegeben hat, Xanders Portal zu öffnen. Ich atme tief durch, als ich es durchschreite. Das Portal spuckt mich auf der Rückseite eines Parkhauses in einem belebten Einkaufsviertel wieder aus. Nach ein paar Minuten hektischer Suche weiß ich, wo ich bin. Ich war noch nie in dieser Stadt, aber ich habe mich ein paar Stunden lang mit Google Maps beschäftigt und mir genug gemerkt, um von hier aus den Weg zur Adresse der Hexe zu finden. Es sind etwa zwanzig Minuten zu Fuß.

Ich trage schwarze Kampfkleidung und einen langen Wintermantel darüber, der mir bis zu den Waden reicht. Das Outfit hat so viele Taschen voller Dinge, die ich gebrauchen könnte, dass ich mich wundere, dass ich nicht bei jedem Schritt laut klappere. Wenn diese Aufklärungsmission schiefgeht, sollte ich genug Tricks auf Lager haben, um mich zu befreien. Das verhüllende Halsband summt auf meiner Haut. Ich stecke meine Hände in die Taschen meines Mantels und meine Finger rütteln nervös an dem Zeug, das darin steckt. Ich ziehe mir die Baseballkappe tief ins Gesicht, mache einen Buckel und gehe etwas schwungvoller.

Zur Tarnung verteile ich ein paar Flugblätter für ein örtliches indisches Restaurant. Als ich in die Straße der Hexe erreiche, ignoriere ich die Motten, die in meinem Magen herumschwirren, und öffne sofort das Tor des ersten Hauses, gehe den Weg entlang und werfe einen Zettel in den Briefkasten.

So weit, so gut.

Weiter zum nächsten.

Mein Blick schweift umher, während ich mir gedanklich Notizen mache: In welchen Häusern ist viel los, in welchen nicht? Wo leben die neugierigen Nachbarn? Ich zucke zusammen, als das Fenster neben mir quietscht, weil eine Frau ihre Nase dagegen presst. Ich winke ihr unbeholfen zu. *Meide die menschliche Oma in Nummer sechs.*

Die Briefschlitze schrammen über meine Hand, wenn ich die Prospekte einwerfe. Ich weiß sofort, dass ich die mit den Bürsten im Inneren und die mit den zwei Klappen nicht mag. Ich bin mir sicher, dass sie gut für die Umwelt sind, aber jedes Mal, wenn ich versuche, das

Papier durchzustecken, verliere ich ein paar Hautzellen, weil der Briefkasten entweder zuschnappt oder das Papier in den Bürsten steckenbleibt und ich es noch einmal nachschieben muss.

Ich mache weiter. Doch ich weiß nicht, wie die Postangestellten das aushalten.

Als ich bei Karen Millers Haus ankomme, halte ich mein Flugblatt bereit. Ich habe ihn bereits gefaltet, voll ausgestattet mit kleinen Mikrokameras. Diese Kameras sind teuer und bestehen aus reiner Technik, ohne einen Hauch von Magie. Hoffentlich sind sie damit für die Hexe unauffindbar. Ich habe die Kameras so programmiert, dass sie eigenständig in die verschiedenen Räume wandern werden, eine in jede Ecke. Die Batterien halten eine Woche.

Allerdings habe ich keine Woche Zeit, ich muss das also so schnell wie möglich erledigen. Aber bevor ich mich mit der Hexe anlege, brauche ich Augen in diesem Haus.

Doch es ist ein Risiko und als ich vor die Tür trete, zittern meine Hände und ich muss tief durchatmen, bevor ich den Zettel durch den Briefkastenschlitz in der Tür werfe.

Los, los, los, kleine Kameras.

Ich drehe mich um und schlendere davon, wobei ich denselben trägen Teenagergang beibehalte. *Hier gibt es nichts zu sehen.* Dann trotte ich zum nächsten Haus, ganz lässig, als ob mein Herz nicht gleich aus der Brust springen würde.

Ich glaube, ich muss kotzen.

Ich zucke zusammen und ziehe den Kopf ein. Meine Ohren spannen sich an, um zu lauschen, ob ich erwischt worden bin. Ich verteile weiter mechanisch die Flugblätter, während ich darauf warte, dass mir jemand auf die Schliche kommt, dass jemand aus dem Hexenhaus rennt, mit dem Flugblatt winkt und etwas von Spionagekameras schreit. Aber nichts passiert.

Mein Herz klopft wie verrückt, aber je weiter ich mich vom Haus der Hexe entferne, desto leichter fällt mir das Atmen. Ich beende diese Straßenseite, dann wechsle ich den Bürgersteig und verteile Flugblätter in den Häusern gegenüber.

Als sich mein Herzschlag wieder normalisiert hat und ich nicht mehr so in Panik bin, analysiere ich, was ich vor der Tür der Hexe gespürt habe. Das Haus von Karen Miller umgibt eine starke Blutsperre. Die einzige Möglichkeit, in das Haus zu gelangen, besteht darin, von dem Schutzwall erkannt zu werden – was nicht passieren wird – oder Körperkontakt mit der Hexe zu haben.

Juhu.

Mein besonderes Augenmerk gilt dem Haus direkt gegenüber von Karen Miller. Es gehört zu einer Reihe von drei ähnlich gestalteten Häusern im Art-déco-Stil. Leider haben die beiden anderen Häuser daneben viel von ihren Art-déco-Merkmalen verloren, aber das Haus gegenüber der Hexe hat noch sein fast flaches Dach. Ich lächle über das Zu-verkaufen-Schild und schmunzle, als ich es zur Seite schieben muss, um mein Imbissprospekt durch den Schlitz zu schieben. Das Haus steht leer. Es könnte nicht perfekter sein.

Als ich fertig bin und mich ein letztes Mal umschaue, verlasse ich leise – wie ein Geist – die Nachbarschaft und laufe zurück zum Portal.

Auf dem Weg dorthin rufe ich Story an. »Wie läuft's?«, frage ich, während ich mir meine geschundene rechte Hand reibe. In ein paar Minuten sollte es verheilt sein. Ich werde mich nicht einmal wandeln müssen, da meine Vampirseite nicht mehr gegen meine sterbende Einhornseite kämpft. Ich heile wie ein Reinblüter.

»Hi, die Kameras sind in Betrieb. Sie funktionieren alle. Sie ist allein, sieht fern und frühstückt.« Ich seufze. Puh, das ist eine Erleichterung. »Tru, sie trägt eine klobige Halskette.«

»Scheiße, Gott, ich bin so nervös. Aber das ist gut ... perfekt. Danke, Story. Ich bin auf dem Weg nach Hause. Wir sehen uns gleich.«

»Bis dann.«

Kapitel Vierunddreißig

DER WIND PEITSCHT mir ein paar Haarsträhnen ins Gesicht, also ziehe ich eine Strickmütze über, während ich über den Rand des Daches spähe. Mein Atem schlägt Wölkchen in die Luft. Heute Nacht ist es eiskalt und der Frost glitzert wie Diamanten auf den Oberflächen. Es würde mir nichts nützen, wenn ich mich zu gegebener Zeit nicht schnell genug bewegen kann, nur weil meine Glieder steif vor Kälte sind. Um sicherzugehen, dass ich funktioniere, habe ich deshalb eine teure Heiztrankkugel geopfert. Der Zaubertrank hält mich schön warm.

Es ist die zweite Nacht, in der ich ihr Haus beobachte. Gestern war ich zu unruhig, um von zu Hause aus die Kameras zu beobachten, also bin ich, sobald es dunkel wurde, sofort zurückgekehrt und auf das Flachdach des Art-déco-Hauses geklettert. Ich hätte auch einbrechen können, aber mit der Ausrüstung, die ich heute Abend benutze, brauche ich eine freie Sichtlinie und will mir keine Sorgen um Fenster oder Ähnliches machen müssen.

Story ist zu Hause und lenkt Xander ab, während sie die Überwachungskameras im Haus im Blick behält. Sie wird mir Bescheid geben, wenn sich etwas ändert, denn ich möchte meine Aufmerksamkeit im Moment nicht teilen müssen. Dexter beobachtet schweigend die ruhige Straße, den Kopf auf seine Pfoten gestützt und mit dem Schwanz zuckend. Ich starre ihn an.

Ich kann ihn nicht zurückbringen. Heute Nacht muss ich es tun.

Ich stöhne. Keine Ahnung, wie er mir hierher gefolgt ist. In der einen Minute laufe ich durch das Portal und die zwanzig Minuten zu Karen Millers Straße – und vermeide das Haus der neugierigen Oma von der Nachbarschaftswache –, im nächsten Moment springe ich über den Zaun des gegenüberliegenden Hauses, weil ich das laute Tor nicht benutzen will, und ein pelziger Körper steht plötzlich neben mir. Ich habe mir fast in die Hose gemacht.

Ein klägliches Miauen und ließ mich zu Boden blicken, und siehe da, es war *Dexter*.

Wie dumm von mir, dass ich nicht bemerkt hatte, wie das haarige Monster mir gefolgt ist. Also hob ich ihn an und stopfte ihn ohne jegliche Katzenwürde in meinen Mantel, bevor ich die Hauswand hochkletterte und mich aufs Flachdach gehockt habe.

Während ich meine Ausrüstung nun zum dritten Mal überprüfe, sage ich mir immer wieder, dass er keine normale Katze ist und dass es ihm gut geht. Aber seine Anwesenheit bereitet mir trotzdem Bauchschmerzen.

Verdammter Kater.

»Sie macht sich gerade fertig, Tru. Sie hat um Mitternacht eine Zauberabgabe«, sagt Story in mein Ohr. Leider gibt es keinen Kommunikationszauber, der bei Storys Größe funktioniert, also benutzen wir unsere Handys. Ich hebe meine Hand und tippe zweimal gegen den Ohrstöpsel, ohne ihr zu antworten, denn ich will keinen Laut von mir geben. Der Signalton bedeutet ihr, dass ich sie gehört habe.

Ich greife in den Werkzeugkasten meines Großvaters – ich habe das schwere Ding mitgebracht, weil es zu meinem Masterplan gehört – und ziehe eine fest zusammengerollte Schaumstoffunterlage heraus, auf die ich mich lege. Dann ziehe ich vorsichtig das Scharfschützengewehr heraus, das so modifiziert wurde, dass es Hochgeschwindigkeitspfeile abschießt.

Mein Großvater war ein Spezialist in Sachen Töten aus der Ferne und hatte mehrere Waffen, die ihm das ermöglichten. Das hier ist ein schickes Teil und ich mag es sehr.

Kreaturen benutzen keine Waffen, daher sind sie superselten, und ich könnte auf der Stelle getötet werden, wenn ich mit dieser Waffe erwischt würde. Ich zucke mit den Schultern, denn es muss so sein. Ich werde der Hexe sicher nicht auf die Schulter tippen und sagen: »Hi, du kommst mit mir.« Nein, das wäre nur ein guter Weg, sich das Gesicht mit einem bösen Zauber wegschmelzen zu lassen.

Heute Nacht habe ich Schlafpfeile dabei. Ein Pfeil streckt die Hexe nieder und hält sie schlafend, bis ich ihr ein Gegenmittel verpasse. Mein Ziel ist es, sauber und ruhig zu arbeiten.

Karen Miller ist kein netter Mensch. Gestern haben wir herausgefunden, dass sie einen Vampir in ihrem Keller gefangen hält. Ich lege mich in Bauchlage auf das Schaumstoffpolster und achte darauf, dass mein Körper und Gewehr optimal ausgerichtet sind. Dieses Dach ist perfekt. Der Rand wird von einer kleinen Wand im Art-Deco-Stil umrahmt, die mich verdeckt hält, aber mein Gewehr nicht behindert. Unseren Beobachtungen und dem Abhören ihrer knappen Gespräche nach zu urteilen, hält sie ihr Opfer als *Zauberzutat* bei sich gefangen. Er ist jung, frisch verwandelt und sehr verängstigt. Wir glauben, dass er schon eine ganze Weile dort ist, möglicherweise seit seiner Verwandlung, denn er sieht nicht gerade gesund aus. Um ihn gefügig zu halten, gibt sie ihm nicht genügend zu essen. Ich schwöre, ich würde sie am liebsten schmerzvoll umbringen.

Diese Mission ist jetzt also nicht nur eine Gefangennahme, sondern auch eine Rettung.

Ein zweibeiniges Stativ stützt die Waffe und ich lege meine Wange an die Wangenschweißnaht und stelle das Zielfernrohr vorsichtig ein. Es ist seltsam. Sobald ich in Position bin, fällt mir das Atmen leichter und ich komme in die richtige Stimmung. All meine Sorgen verfliegen, als ich mich niederlasse und warte. Heute Nacht weht nur eine leichte Brise, die zum Glück nicht ausreicht, um den Flug des Pfeils zu beeinflussen.

»Okay, sie geht jetzt. Sie ist an der Eingangstür.«

Karen Miller tritt nach draußen.

Ich atme tief durch, dann bleibe ich ganz still, als sie sich umdreht und die Tür abschließt. Mit der Fingerkuppe drücke ich sanft den Abzug.

Der Pfeil trifft sie im Nacken.

Ich warte und beobachte sie durch das Zielfernrohr: Sie taumelt. Zufrieden stehe ich auf und packe schnell das Gewehr und die Matte zurück in den Werkzeugkasten. Ich benutze das Seil, mit dem ich ihn hochgezogen habe, um den Kasten schnell wieder auf den Boden zu senken. Dann schnappe ich mir den geduldig wartenden Dexter, stopfe ihn in meine Jacke und klettere in Windeseile die Hauswand hinunter. Ich reiße das Seil los, schlinge es mir um den Arm und schnappe mir die Werkzeugkiste.

Damit eile ich über die Straße.

Die Hexe fällt auf die Knie und dann in den Türrahmen, die eine Hälfte ihres Körpers landet im Haus, die andere draußen. Bei ihrem Fall hat sie versucht, wieder ins Haus zu kommen. Ich greife nach ihrem Knöchel und ziehe ihre Socke herunter. Ich erschaudere, als ich ihr stacheliges, behaartes Bein zu fassen bekomme. Durch den Hautkontakt überliste ich allerdings die Blutsperre und verschaffe mir Zugang zu ihrem Haus. Kurzerhand schleife ich die Hexe hinein.

Ich schließe vorsichtig die Tür hinter uns. Dexter miaut, also öffne ich den Reißverschluss meiner Jacke und lasse ihn raus, woraufhin er sich durch das Wohnzimmer schnüffelt. »Pass auf, dass du nichts von ihrem Zauberkram anfasst«, sage ich. Er schwingt nur seinen Schwanz, als er verschwindet.

Ich schaue auf die Hexe hinunter und drehe sie auf den Rücken. Sie sieht so normal aus ... eine Hexe mittleren Alters mit dunkelblondem Haar in einem Dutt. Bekleidet mit schicker bürgerlicher, hausmütterlicher Kleidung. Ein teurer Wintermantel. Wenn ich sie auf der Straße sehen würde, würde ich denken, sie sei Lehrerin oder auf dem Weg zu ihrem Hexenzirkel. Ich würde nicht denken: *Oh, das ist eine furchterregende Hexe, die Menschen tötet,* oder dass sie eine verbotene Zaubertrankhändlerin ist. Ich taste sie systematisch ab, leere dabei ihre Taschen und stecke alles als Beweismittel in eine Plastiktüte.

Als das geschafft ist, starre ich auf ihren Hals. Die professionelle Gefühllosigkeit, die ich vorher verspürt habe, löst sich auf. Ich schlucke nervös und meine Hände zittern. *Bumm, bumm,* mein Herz hämmert, als ich mich über sie beuge und die beiden obersten Knöpfe ihres Mantels öffne.

Ich tauche meine Finger in ihren Ausschnitt. Sie kribbeln, als meine Hand auf der glatten, klobigen Halskette landet ... mein Horn. Ich erkenne die Macht – und sie *erkennt mich.*

Ich stoße ein kleines, überraschtes Lachen aus. Meine Magie, meine Einhornmagie, surrt und tanzt spielerisch über meine Fingerspitzen. Dadurch fühlen sich meine Hand und mein Arm beinahe taub an.

Ich blinzle ein paar Mal, löse den nassen Schleier vor meiner Sicht und merke, dass ich auf die Knie gefallen bin. Vorsichtig entferne ich mein Horn vom Hals der Hexe und lege es, ohne nachzudenken, um meinen eigenen.

Ich weiß nicht, wie ich die Halskette wieder in ihre ursprüngliche Form verwandeln kann. Es muss doch irgendeine Magie geben, die mir dabei hilft ... vielleicht, wenn ich mich mit dem Horn in meiner Hand wandle? Ich lege meine Hand darauf und schließe für eine Sekunde die Augen, um diesen Moment zu genießen. Ich habe es geschafft.

Okay, okay.

Ich öffne den Werkzeugkasten und tauche meine Hand hinein, um das zu finden, wonach ich suche, eine besondere Anschaffung. Es ist ein kleiner Atemregler, der genug Sauerstoff für etwa zwölf Stunden enthält. Ich klemme ihn über Karen Millers Nase und Mund, drehe sie um und fessele ihre Hände mit Kabelbindern. Der Pfeil wird sie bewusstlos halten, aber ich gehe kein Risiko mit dieser hinterhältigen Hexe ein, deshalb lege ich ihr auch ein Magieentleerungsarmband ums Handgelenk.

Ich setze sie auf und schlinge das Seil um ihren Oberkörper. Dann packe ich sie unter den Armen und hebe sie mit einem Grunzen hoch, bis ihre Beine über dem Werkzeugkasten baumeln. Mit einem Lächeln stopfe ich die bewusstlose Hexe mit dem Atemgerät in die Abstellkammer des Werkzeugkastens meines Großvaters.

Langsam schiebe ich ihren Körper hinein, bis sie ganz verschwindet. Dann sichere ich das Seil, sodass ich ihren bewusstlosen Arsch leicht wieder herausziehen kann.

Die beste Transportidee aller Zeiten. Ich schnappe mir meinen Rucksack, schließe den Kasten, wische mir die Hände ab und grinse auf die rote, harmlose Werkzeugkiste herab. »Die Hexe ist drin«, berichte ich Story, die immer noch am Telefon ist.

»Ja, ich hab's gesehen. Das war echt abgefahrener Scheiß. Wie um alles in der Welt denkt sich deine Fantasie nur solche Dinge aus?«, fragt sie schnaubend.

Ich zucke mit den Schultern.

Ich lasse den Werkzeugkasten neben der Haustür stehen. Zeit, den Vampir zu retten.

Kapitel Fünfunddreißig

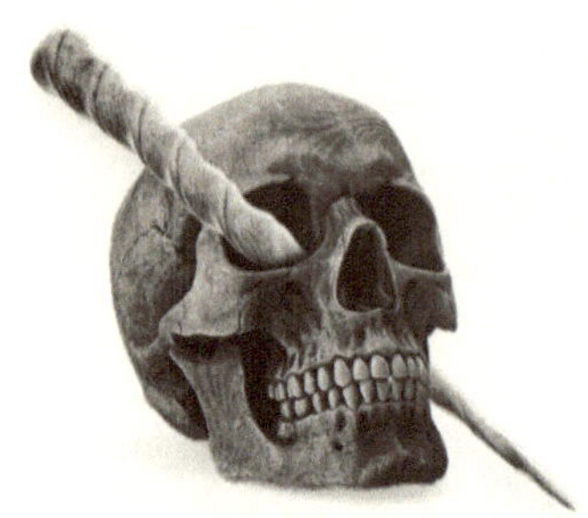

ICH VERLASSE den Flur und ignoriere die Treppe, die hinauf zu den Schlafzimmern führt, da ich dank der Kameras weiß, dass außer dem angeketteten *Gast* im Keller niemand hier ist. Durch die Tür, durch die Dexter verschwunden ist, betrete ich das Wohnzimmer. Meine Stiefel sinken in den weichen Teppich.

Das Haus ist schön ... normal.

Magie schwirrt um mich herum. Hier gibt es Zaubersprüche über Zaubersprüche, die den Ort sauber halten, ein süßlicher Duft von falscher Vanille und ranziger Magie erfüllt meine Nase.

Ich nehme alles auf und bewege mich vorsichtig, denn ich würde es der Hexe durchaus zutrauen, dass sie etwas Unangenehmes für ungebetene Gäste hinterlassen hat. Das Wohnzimmer ist gemütlich, ein bisschen zu viele Cremefarben für meinen Geschmack. Doch das Ledersofa ist eines, auf das man sich fallen lassen möchte. Es sieht teuer aus. Der Raum führt in eine schöne Küche, ebenfalls cremefarben mit schicken Geräten.

So wie sie sich kleidet, würde niemand, der dieses Haus betritt, vermuten, dass Karen Miller etwas anderes ist als das, was sie präsentiert. Als ich die Kameraaufnahmen zum ersten Mal analysiert habe, habe ich erwartet, Köpfe in Gläsern ausgestellt zu sehen. Aber nein. Es ist alles so normal.

Mit gefüllten Gläsern und unheimlichen Hexenutensilien in meinen Gedanken trete ich zu einer harmlosen kleinen, schmalen Tür an der Seite der Küche. Hier bewahrt sie all ihr gruseliges Zeug auf. Ohne die Kameras hätte ich diese Tür niemals bemerkt, weil sie sich so gut einfügt. Mit einer Drehung des Griffs springt die Tür auf und gibt den Blick auf einen einfachen goldenen Zauber frei, der vor einer dunklen Kellertreppe flackert. Ich seufze. Der Schutzwall soll nicht verhindern, dass jemand hineingeht, sondern eher, dass das, was drin ist, nicht wieder herauskommt.

Ich krame in der linken unteren Tasche meines Kampfanzugs und finde die Zaubertrankkugel, nach der ich suche. Ich hebe sie an die Lippen, flüstere die Beschwörungsformel und schnippe sie dann auf die Barriere zu. Sie schimmert und langsam frisst mein Zauber sie auf, das Gold wird stumpf, schwarz und blättert ab, bis nichts mehr übrig ist. Ich lehne mich hinein und schalte das Licht ein. Ich stutze.

»Scheiße, Zeit für den Gruselkeller.«

»Da unten ist sonst niemand«, sagt Story in meinen Ohrhörer. »Nur der Vampir.«

Ja, nur der Vampir. Ich richte den schwarzen Rucksack auf meiner Schulter und mache den ersten Schritt.

Dexter taucht aus dem Nichts auf und ich schreie auf. Er quetscht sich an mir vorbei, stößt mein Bein mit seinem großen Kopf aus dem Weg und sprintet die Treppe hinunter. »Dexter, verdammter Mist«, schimpfe ich. Mein Herz pocht und ich fasse mir an die Brust. Meine Fingerspitzen streifen mein Horn.

»Miau«, hallt es zurück.

»Scheißkerl.«

Wenigstens geht das pelzige Rotschopfmonster jetzt vor mir, anstatt mir von hinten ein Bein zu stellen. Dann wollen wir mal den vermutlich verhungerten und möglicherweise tollwütigen Vampir retten ... Hmm, was könnte da schon schiefgehen? Ich schleiche die Treppe hinunter.

Es ist der Geruch, der mir als Erstes auffällt – der Geruch von Fäulnis. Er schreit nach Vampir, aber er ist noch stechender als sonst. Ein ungewaschener, kranker Vampir. Es kitzelt in meiner Kehle und ich muss würgen. Aber ich schlucke ein paar Mal und versuche, einfach durch den Mund zu atmen, während ich die knarrende Holztreppe hinuntergehe.

Dann, mit jedem Schritt, schlägt die stetig wachsende Magie auf mich ein. Es muss die doppelte Einhornmagie sein, die meines Großvaters an meiner Stirn und meine eigene um meinen Hals. Schweiß rinnt mir den Rücken hinunter. Wenn ich die Sachen in meinem Mantel nicht bräuchte, würde ich ihn ausziehen.

Der Keller ist riesig, erstreckt sich über die gesamte Länge des Hauses, Reihen von dicht gepackten Regalen mit illegalen Zauberzutaten. Ich ignoriere alles und gehe auf den Körper in der Ecke zu. Er sieht nicht einmal aus wie ein Mensch, so, wie er da kauert.

»Hey, mein Name ist Tru.« Ich versuche, meine Stimme weich und sanft zu halten. »Ich habe mich um die böse Hexe da oben gekümmert und bin hier, um dich hier rauszuholen und nach Hause zu bringen.«

Der Körper zuckt und eine raue Stimme antwortet: »Hören Sie, Lady, ich weiß nicht, wer Sie sind, aber was auch immer Sie verkaufen, ich will es nicht. Lassen Sie mich verdammt noch mal in Ruhe. Sagen Sie der Schlampe, sie soll sich verpissen.«

Nun, das ist eine Überraschung, selbst nach allem, was er durchgemacht hat. Der Vampir ist immer noch angriffslustig. Ich bin seltsamerweise stolz auf ihn. »Okay. Hast du Hunger?« Ich lasse den Rucksack von meiner Schulter gleiten und öffne ihn.

»Ich habe immer Hunger«, jammert er. Seine Stimme trieft jetzt vor Verzweiflung.

»Ich habe da etwas für dich.« Ich ziehe eine große Plastikflasche mit Blut heraus, schüttle sie kurz und ziehe den Deckel ab. Sein Kopf schnellt hoch, als er den Geruch wahrnimmt.

Rote Augen in einem hageren Gesicht verfolgen verzweifelt meine Bewegungen und seine Reißzähne schießen unkontrolliert hervor und durchbohren fast seine Unterlippe. Ich beuge mich zu ihm und er reißt mir die Flasche aus der Hand. Ich erschaudere, als ich den Zustand seiner Handgelenke sehe – die Narben sind grässlich.

»Ich bin wirklich hier, um dir zu helfen«, sage ich, während ich mich vor ihn hocke, meine Muskeln angespannt und bereit, falls ich ihm aus dem Weg springen muss. »Ganz ruhig, trink nicht so schnell. Du wirst dich noch übergeben.« Doch er hört nicht auf mich und verschluckt sich, bis ihm das Blut über Lippen und Kinn spritzt. »Darf ich dir die Ketten abnehmen?«

Er nickt, sein Mund ist voller Blut.

Ich bin mir durchaus bewusst, dass ich mich in eine gefährliche Situation begebe, da dieser junge Vampir tollwütig sein könnte, aber ... aber ich weiß nicht ... ich vertraue ihm seltsamerweise.

Ich fische den Schlüssel, den ich aus der Tasche der Hexe habe, und löse die Fesseln. So vorsichtig ich kann, ziehe ich das Metall von seinen zerfetzten, vernarbten Handgelenken ab. Das ist sicher schmerzhaft und ich zucke mitfühlend zusammen, weil seine Haut schon über das eingebettete Metall gewachsen ist. Es muss so was von wehtun. Aber der Vampir scheint den Schmerz nicht zu bemerken, denn er nuckelt weiter an der Blutflasche. Als sie leer ist, reißt er sie verzweifelt auseinander und versucht, seine Zunge in das beschädigte Plastik zu stecken, um jeden Tropfen auszulecken. Ich hole eine zweite Flasche aus meinem Rucksack, schüttle sie kurz, öffne den Deckel und reiche sie ihm.

»Ich habe noch fünf weitere dabei. Versuch also, diesmal langsamer zu trinken.«

Er trinkt.

Schließlich sackt er mit aufgeblähtem Bauch gegen die Wand.

»Wie heißt du?«

»Justin.«

»Okay, Justin. Wir haben genügend Zeit, du könntest nach oben gehen und duschen, wenn du willst.« Ich deute auf meine Tasche mit den Klamotten. »Du kannst dich sauber machen und umziehen und dann bringen wir dich hier raus. Wir bringen dich nach Hause oder irgendwohin, wo es sicher ist. Du hast die Kontrolle darüber, was als Nächstes passiert.« Er begegnet meinem Blick. »Ich will dir nur helfen. Und ich glaube nicht, dass es klug wäre – und es wäre dir gegenüber auch nicht fair –, wenn ich einen untrainierten Vampir auf die Welt loslasse.«

Sein Kinn sinkt besiegt auf seine Brust. »Ich kann das nicht«, flüstert er.

Scheiße. Dexter erscheint. Er reibt sich an meinem Knie, dann setzt er sich vor den nackten Vampir. Er ignoriert das Blut, das immer noch aus Justins Mund tropft, reibt sich an ihm und schnurrt. »Das ist Dexter.«

»Miau.«

»Du hast deine Katze mitgebracht?«, fragt Justin mit einem ungläubigen Kopfschütteln. »Ist er dein Vertrauter?«

»Nein, er ist meine Nervensäge. Ich bin keine Hexe. Ich bin eigentlich ein Wandler-Vampir-Hybrid.« Ich verdrehe die Augen. Justins Hand zittert, als er Dexters Fell streichelt.

»Er ist so weich«, murmelt er.

»Ja, das ist er.« In der Sekunde, in der er Dexter sanft streichelt, weiß ich, dass Justin wieder in Ordnung kommt. »Der Grund, warum wir hier sind ... ähm, Karen Miller, die Hexe, hatte etwas, das mir gehört, und ich wollte es mir zurückholen. Als ich das Haus vorab beobachtet habe, habe ich dich im Keller entdeckt und dachte, ich helfe dir, hier rauszukommen.«

Justin lehnt seinen Kopf an die Wand und seine Augen wandern zur Decke hinauf. »Ich glaube nicht, dass ich hier duschen kann. Ich weiß, ich stinke.« Seine Stimme wird leiser. »Was ist, wenn sie zurückkommt?«

Ich lächle sanft als Antwort auf seine verängstigten, geflüsterten Worte. »Dieses böse Miststück wir nie wiederkommen.« In diesem Moment wird mir die Wahrheit bewusst ... Ich hatte nie die Absicht, Karen Miller den Hexen auszuliefern.

Das kann ich nicht.

Nein. Das kann ich einfach nicht riskieren. Sie ist der ultimative Bösewicht.

Aber wenn ich sie nicht ausliefern kann, heißt das etwa, dass ich sie selbst töten muss? Bin ich wirklich dafür bereit? Mein Blick schweift über Justins ausgemergelte Gestalt. Sie hat ihn lange Zeit in ihrem Keller angekettet. Ich kann den Schaden sehen, der seinem Körper zugefügt wurde. Ein Bild schrecklicher Misshandlungen zeichnet sich darauf ab. Ein Schaden, der dank des Blutes nun langsam heilt.

Sie meinetwegen zu töten, konnte ich vor mir selbst nicht rechtfertigen. Aber ich habe ihn durch die Kameras gesehen, habe ihn weinen gehört. Schlimmer noch, ich sehe ihn jetzt mit meinen eigenen Augen.

Ich bin eine Retterin, keine Mörderin.

Sieht so aus, als könnte ich heute beides sein.

EIN WACKELIGER JUSTIN kämpft sich unter die Dusche und zieht sich dann an. Ich stelle ihn vor die Wahl: entweder ein Taxi oder zu Fuß zum Portal. Er entscheidet sich für den Fußweg, da er so lange nicht mehr draußen war.

»Fertig?«

»Ja, ich denke schon. Das wird nur eine große Umstellung sein.« Justin schlurft unbeholfen vor.

Er sieht definitiv besser aus. Es ist erstaunlich, welche magischen Eigenschaften Blut hat, wenn es um gebissene Vampire geht. Und eine Dusche und saubere Kleidung helfen auch. Er sieht zwar immer noch aus wie ein Vampir und immer noch ... nun ja, tot. Aber immerhin sieht er nicht mehr aus wie ein wandelnder Zombie.

Sein Gesicht ist voller und er sieht insgesamt weniger ausgemergelt aus. Sein ursprünglich fettiges Haar, von dem ich dachte, es sei schwarz, ist in Wirklichkeit dunkelrot.

Ich hocke mich neben die Werkzeugkiste und packe alles weg, was ich nicht mehr brauche, einschließlich der meisten Mikrokameras. Ich versuche, die bewusstlose Hexe zu ignorieren, die auf dem Boden des Lagerraums zusammengesackt ist und wie Darth Vader atmet.

»Wirst du irgendwo erwartet? Hast du Familie?«, frage ich Justin.

Er blickt auf seine Füße und schüttelt den Kopf. »Nein, ich habe niemanden. Ein weiblicher Vampir hat mich ohne meine Erlaubnis verwandelt ... Sie hat Gefallen an mir gefunden.« Er zuckt zusammen.

»Das hört sich nicht gut an.«

Justin zuckt mit den Schultern, den Blick auf den Boden gerichtet. »Sie hat mich aus einer Laune heraus verwandelt, also schätze ich, dass ich ein unregistrierter abtrünniger Vampir bin, was meine Probleme

noch erweitert. Als ich mich weigerte, eine Beziehung mit ihr einzugehen, weil ich mich nicht zu Frauen hingezogen fühle ... Mann, sie ist
völlig durchgedreht.« Er lacht verbittert. »Ich hätte das Spiel einfach
mitspielen und mich in Sicherheit bringen sollen, bevor ich sie zurückgewiesen habe. Sie hat mich so hart geschlagen ... Als ich aufgewacht
bin, habe ich mich angekettet im Keller wiedergefunden. Sie hat mich
an die Hexe verkauft. Seitdem bin ich hier.« Sein Blick schweift unbewusst zurück in die Küche und den Keller. »Das muss Monate her sein
... Jahre ... Was weiß ich.« Er reibt sich den Nacken.

»Es tut mir leid. Es tut mir wirklich leid, dass sie dir das angetan
haben.« Ich stehe auf und, ohne nachzudenken, mache ich einen
winzigen Schritt auf ihn zu.

Er weicht zurück.

Von dem verängstigten Blick, der auf seinem Gesicht aufblitzt,
schmerzt mein Herz. Also trete ich einen großen Schritt von ihm weg,
um seinen Freiraum zu respektieren, und halte meine Hände dort, wo er
sie sehen kann. »Hör zu, ich bin noch nicht mal achtzehn und stehe
unter der Vormundschaft eines Engels«. Ich verdrehe die Augen. »Ich
erzähle dir *alles*, sobald wir mehr Zeit haben.«

Ich stoße einen nervösen Atemzug aus. Es ist ein Risiko, ihm die
nächste Information mitzuteilen, aber ... ich folge meinem Instinkt.
»Also, ich und meine Freunde, Story und Dexter, wir leben im Haus
dieses Engels. Er heißt Xander.« Ich winde mich. »Aber als Backup-
Plan haben wir gerade erst eine Zweizimmerwohnung angemietet. Ich
schätze, man könnte das einen sicheren Ort nennen. Es ist nicht viel,
aber es ist sicher, sauber ...« Ich halte inne, lege meine Hand an mein
Ohr und tippe auf den Hörer. Ich halte einen Finger in Justins Richtung hoch. »Ich frage kurz nach. Story? Es ist ja auch deine Wohnung.
Ich weiß, dass wir noch nicht einmal eingezogen sind, aber wäre es für
dich in Ordnung, wenn Justin bei uns bleibt, bis er wieder auf die Beine
kommt?« Ich höre Story einatmen.

»Ich wollte diesen Vorschlag sowieso machen. Der Typ braucht
uns. Er braucht Freunde.«

Ich grinse. »Du bist die Beste, danke.« Ich schenke Justin ein
warmes Lächeln. »Meine Freundin und Mitbewohnerin Story sagt, es
sei okay und du bist mehr als willkommen.«

»Du würdest mich aufnehmen? Bei dir? Warum solltest du das tun?«, fragt Justin ungläubig. Er kneift die Augen zusammen. Ich kann es in seinem Gesicht ablesen, das Misstrauen. *Wenn es zu schön scheint, um wahr zu sein, ist es das wahrscheinlich auch.*

»Weil ich weiß, wie es ist, allein zu sein. Und ich weiß, wie es ist, Angst zu haben. Ich weiß, dass du innerlich blutest, aber du bist nicht gebrochen. Ich werde dich nicht alleinlassen. Was dir auch immer passiert, passiert auch mir. Also werden wir das gemeinsam durchstehen.« Ich zucke mit den Schultern. »Es fühlt sich einfach richtig an.« Ich scharre mit den Füßen und schaue zu Boden. Im Café haben wir ein Regal mit Lebensmitteln, von dem unsere Kunden einem Fremden einen Kaffee oder ein Stück Kuchen kaufen können. Es ist nur eine kleine Geste, aber sie bedeutet so viel für Menschen, die nichts haben. »Revanchiere dich einfach bei jemand anderem.«

»Okay«, flüstert er.

»Okay.« Ich klappe den Deckel des Werkzeugkastens herunter und hebe die Kiste an. Der Kasten sieht immer noch gleich aus und fühlt sich auch immer noch gleich an. Es ist so seltsam, dass eine Hexe darin verstaut ist. Taschendimensionen sind wirklich unglaublich.

Dass Justin bei uns wohnen wird, bringt allerdings meinen Zeitplan durcheinander, denn ich wollte eigentlich nicht aus Xanders Haus ausziehen, bis die Sache mit der Vormundschaft geklärt ist. Aber nachdem er allein in einem Keller leben musste und von einer Hexe gequält wurde … Ich weiß nicht, ob Justin allein leben will. Vielleicht braucht er jemanden, mit dem er reden kann.

Ich könnte mit meiner Einhorn-Großmutter sprechen. Vielleicht könnte sie meine Vormundschaft übernehmen? Ich will mein Leben leben. Menschen sind mit sechzehn Jahren bereits gesetzlich unabhängig. Das ist so ungerecht … Aber wenn ich genauer darüber nachdenke, ist es wahrscheinlich verständlich, dass Kreaturen so viel mehr Einschränkungen haben.

Zumindest weiß ich, dass Xander ein netter Kerl mit einem beeindruckenden moralischen Kompass ist. Ich halte es einfach nicht für richtig, ihm eine weitere Person zur Betreuung mitzubringen und einfach jemanden in sein Haus einzuladen.

»Komm schon, lass uns gehen. Wir können auf dem Weg weiterreden. Dexter«, rufe ich zurück ins Haus. Dexter trottet um das Sofa herum und wirft mir einen angewiderten Blick zu, der mir mitteilt: *Kein Grund, so zu schreien, Mensch.*

Ich öffne die Haustür und trete in den Vorgarten – die Nacht ist noch eisig und frisch. Ich atme tief ein, um den süßlichen Vanilleduft und die Magie aus meinen Nasenlöchern zu bekommen. Ich bin wirklich froh, von diesem Haus wegzukommen.

Alles ist so gut gelaufen, denke ich mit einem zufriedenen Lächeln. Kaum ist der Gedanke in meinem Kopf, geht natürlich alles schief. Der Werkzeugkasten klappert an meinem Bein, als ich das Geräusch von sich schnell nähernden Fahrzeugen wahrnehme. Und als ich den Kopf drehe, kommt ein halbes Dutzend Autos quietschend zum Stehen.

Drei kommen aus der einen Richtung, drei aus der anderen. Sie blockieren die Straße vollständig.

Verdammt noch mal, Tru!

Justin will gerade aus dem Haus treten, da winke ich ihn zurück hinein. »Bleib hinter der Blutsperre.« Ich lasse den Werkzeugkasten auf den Boden fallen, krame in meiner Tasche herum und werfe ein einfaches Zauberfläschchen gegen die Gartenmauer. Der Zauber sollte lange genug halten, damit ich mich mit Justin besprechen und ein paar Waffen holen kann.

Ich betrachte das Haus. Vielleicht wäre es besser, hineinzugehen und die Kavallerie zu rufen. Ich zucke zusammen, als zwei Vampire aus einem der Autos springen und auf mich zustürmen. Sie prallen gegen den Schutzwall. Er flackert auf und wackelt. Mir bleiben nur noch Minuten.

»Geht es hier um mich?«, fragt Justin mit vor Angst geweiteten Augen.

»Nein.« Nun, zumindest glaube ich das nicht. Das kann nicht sein. Es geht um die Hexe oder ...

Der verdammte Lord Gilbert steigt aus dem Führungswagen und betritt den Bürgersteig. Er rückt sein Jackett zurecht und schenkt mir ein breites Grinsen.

Eingebildetes, reinblütiges Arschloch.

Kapitel Sechsunddreißig

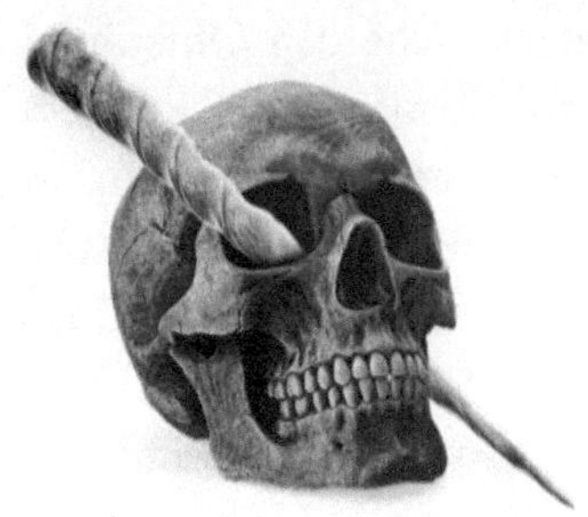

»Ich habe deine Nachricht erhalten«, sagt Lord Luther Gilbert mit einem haarstäubenden Grinsen. Ah, gut zu wissen, dass ich mich nicht geirrt habe: Er hat mir den Attentäter auf den Hals gejagt. »Komm einfach mit, ohne Anstalten zu machen, kleines Mädchen«, sagt er und macht einen bedrohlichen Schritt auf mich zu.

Gruselige Scheiße.

»Story, hast du das alles mitbekommen? Es ist dieser Schwachkopf, Lord Gilbert.«

»Ja, die Kameras zeichnen noch auf. Geh zurück ins Haus!«

Ich weiß, wenn ich in der Unterzahl bin. Ich trete einen Schritt zurück und schiebe den Werkzeugkasten mit dem Fuß zur Tür. Mit Flucht habe ich kein Problem.

Ich zucke zusammen, als sich vier weitere Vampire auf den Schutzwall stürzen. »Ja, das wäre dann wohl ein Nein, Luther.« Der vornehme Vampir mustert mich finster, als ich seinen Vornamen benutze. Ups.

»Wenn du den Schutzwall nicht senkst, beißen wir die Nachbarn«, sagt Luther kichernd und leckt sich über die Lippen.

Ich denke an die neugierige alte Dame in Nummer sechs und brauche drei tiefe Atemzüge, um die heiße Welle der Wut zu dämpfen, die meinen Kopf zu überfluten droht. Ich hasse das. Ich hasse ihn. »Du weißt, dass ich nicht zulassen kann, dass sie jemanden verletzen«, flüstere ich Story zu. »Wenn mir etwas zustößt, beschütze unseren neuen Freund.« Ich kicke den Werkzeugkasten über die Türschwelle.

»Sei vorsichtig! Ich hab dich lieb.«

»Ich dich auch.« Ich ziehe den Ohrstöpsel heraus, stecke ihn in meine Tasche und werfe Justin mein Handy zu. Es landet in seinen Händen. »Gut gefangen«, sage ich mit einem zittrigen Lächeln. »Story, meine beste Freundin, ist am Apparat. Bitte bleib im Haus, bis sie dir anderes befiehlt. Komm auf keinen Fall raus, Justin, egal, was passiert.«

»Ich kann helfen«, sagt er mutig.

»Danke, aber nicht heute. Was auch immer passiert, bitte versprich mir, dass du hinter der Blutsperre bleibst.« Der Zauber der Hexe wird ihn beschützen.

Er nickt.

Ich ziehe meinen Mantel aus und lasse ihn auf den Boden fallen. Da ist nichts mehr drin, was mir helfen könnte, und die sperrige Jacke ist mir nur im Weg. Ich habe ein Dutzend Wurfmesser und ein paar fiese Tränke an meinem Anzug. Ich habe auch ein paar epische Waffen, die in der Abstellkammer meines Großvaters stecken, aber ich habe keine Zeit, mich zu bewaffnen. Was ich am Körper trage, muss reichen.

Die Vampire sind nun alle aus ihren Autos ausgestiegen. Mein Blick schweift über sie. Mir bleiben zwanzig von diesen Viechern zum Spielen.

Juhu.

Ich bin am Arsch.

Ich kreise meine Schultern und Handgelenke. Sieht so aus, als würde meine Moral auf die Probe gestellt werden, denn wie es aussieht, werde ich nicht herumalbern können. Mein Ziel muss das Töten sein.

»Wenn du meine *Nachricht* erhalten hättest, hättest du auch meine Warnung gehört. Ich komme nicht mit und ich warne dich auch gerne *noch einmal*: Wenn du weiter darauf bestehst, werde ich dir und deinen Jungs hier einen wahren Tod bescheren ...« Ha ha. *Einen wahren Tod.*

Ich kichere, aber selbst in meinen eigenen Ohren klingt mein Lachen ein wenig manisch.

Nur zwanzig Vampire.

Ich schlucke schwer und umklammere meine Klingen so fest, dass meine Hände schmerzen. Finger für Finger zwinge ich mich, den Griff zu lockern.

»Miau.« Dexter reibt sich an meiner Wade. Mein Herz setzt einen Schlag aus und sinkt tiefer.

Nein. O Gott, nein.

Ich kann nichts gegen die besorgten Tränen tun, die mir in die Augen steigen, und ich schlage mir gedanklich gegen die Stirn. Wie dumm. Ich hätte ihn im Haus einsperren sollen. *Bitte lass nicht zu, dass sie meinem Kater etwas antun,* flehe ich das Universum an.

»Du hast deine Katze mitgebracht?«, spottet Luther.

»Oh, er ist keine Katze«, antworte ich. Mein Blick fällt auf die lästige Kreatur, die ich von ganzem Herzen liebe. Im Geiste schreie ich das Rotschopfmonster an: *Zeit, etwas zu unternehmen, Kumpel. Mach dein Fae-Monster-Ding oder renn weg und versteck dich.*

»Tötet sie!«, befiehlt Luther mit einer wegwerfenden Handbewegung. Sobald die Worte seinen Mund verlassen haben, fliegen meine Messer blitzschnell hintereinander aus meinen Händen auf ihn zu. Der Schutzwall behindert sie nicht, sie steuern geradewegs ihr Ziel an. Mein Herz schlägt wild vor Erwartung.

Doch ein anderer Vampir springt vor Luther und eine meiner Klingen trifft seine Kehle, eine andere sein Herz. Mein Herz stolpert.

Oh.

Blut spritzt und der Vampir fällt zu Boden. *Ich glaube, er ist tot.*

Luther wischt sich die Blutflecken von seinem Anzug und wirft dem zu Boden gegangenen Vampir einen bösen Blick zu.

»Wow, er hat dir das Leben gerettet und du ...«, krächze ich.

Ich habe ihn getötet.

Lord Luther Gilbert tritt über seinen Retter hinweg, als wäre sein Tod bedeutungslos, kehrt er ihm gelangweilt den Rücken zu und öffnet die Autotür.

Er will gehen.

Wie eine lebende ... ähm ... tote Wand umringen ihn ein Dutzend

Vampire, während weitere vier auf den Zauberwall einhämmern. Ich schüttle den Kopf und greife mit meiner zitternden Hand in meine Tasche.

Seine Haltung gegenüber dem Tod dieses Mannes macht mich wütend. Dieser Bastard interessiert sich mehr für seinen Anzug.

Dem werde ich es zeigen. Ich erkenne den perfekten Moment und werfe eine Zaubertrankkugel nach Luther. Sie trifft ihn am Rücken und die Flüssigkeit spritzt heraus. Dann beobachte ich wie betäubt, wie sie sich schnell in sein teures Jackett frisst.

Luther stößt ein Schrei aus und schlägt mit den Armen um sich. Seine Männer geraten in Panik. Sie eilen ihm zu Hilfe und ziehen ihm die Jacke aus. Währenddessen quiekt der Vampirfürst wie ein Schwein. Die zerstörte Jacke landet auf dem Boden.

Ja, das ist unbedeutend, und vielleicht hätte ich lieber ein weiteres Messer nach ihm werfen sollen, aber eine Klinge hätte die Wand aus Vampiren nicht überwunden. Ich wollte ein Zeichen setzen. Ich will auch niemanden ungewollt töten. Wenn der reinblütige Vampir sich mehr Sorgen um seinen Anzug macht ... schön. Dann zerstöre ich eben seinen Anzug.

Mein Schutzwall bröckelt und mit zwei weiteren Messern in meinen verschwitzten Händen sprinte ich durch den kleinen Vorgarten der Hexe und springe über die Mauer. Als ich auf der anderen Seite lande, stürmt sofort ein Vampir auf mich zu. Ich greife nach seinem Arm und verdrehe ihn. Ich höre ein Knirschen und er stöhnt auf.

Scheiße, er knackt wie ein Zweig. Ich runzle die Stirn, das ist doch nicht normal.

Konzentriere dich, Tru!

Ich bleibe im Moment und benutze seinen Körper als Anker. Ich schwinge mich um ihn herum und verpasse einem anderen Vampir einen Roundhouse-Kick ins Gesicht. Der Typ fliegt die Straße entlang.

Ich blinzle. Um ehrlich zu sein, sah das gerade aus wie in einem schlechten Actionfilm ... *Wie habe ich das gemacht?* Ah, die Doppelhornmagie verpasst mir wohl wahnsinnige Stärke.

Gut zu wissen.

Ich sehe es nicht, höre aber, wie Luthers Auto davondüst. Dann stürmen alle Vampire gleichzeitig auf mich zu und kommen sich dabei fast in die Quere. »Stört es euch denn nicht, dass eurem Anführer egal ist, wenn einer von euch fällt?« Ich wehre einen Schlag ab. »Dass ihm sein Anzug wichtiger ist?« Ich gebe mein Bestes, um mir etwas Platz zu verschaffen, aber es ist zwecklos, denn die Vampire sind überall. »Er flüchtet einfach und lässt euch hier zum Sterben zurück.«

Eine Faust zielt auf mein Gesicht. Ich blocke sie ab und antworte mit einem Schlag in die Niere des Mannes. Ich wehre zwei weitere Schläge ab. Aber eine Faust durchdringt meine Deckung, mein Kopf fliegt zur Seite und meine Lippe platzt auf. Ich hebe mein rechtes Bein an und trete dem Kerl ins Gesicht.

»Unser Meister kümmert sich nicht um Ungeziefer. Er ist reinblütig.«

Ein anderer Vampir versetzt mir einen Schlag gegen die Schläfe. Dann werde ich von hinten gepackt und ein nächster Vampir holt ein Messer heraus und sticht mir die Silberklinge ins Bein. Ich zucke zusammen.

Verdammt, es ist dasselbe Bein.

Gott. Warum muss es nur dasselbe Bein sein? Prangt etwa eine Zielscheibe darauf? Er lässt seine Reißzähne mit einem gemeinen Grinsen aufblitzen und reißt die Klinge dann heraus. Ich unterdrücke einen Schrei. Mein Blut bedeckt seine Hand und tropft von dem silbernen Messer, als er den Winkel neu wählt und diesmal auf mein Herz zielt.

Er denkt, er hat mich.

Ohne groß darüber nachzudenken, wandle ich mich. Mein ganzer Körper kribbelt, als ich meine Einhornform annehme.

Juhu, ich kann mich wandeln, nachdem ich mit einer Silberklinge getroffen wurde.

Alle um mich herum erstarren vor Schreck. Selbstgefällig scharre ich mit den Hufen, und ohne die umstehenden Vampire aus den Augen zu verlieren, wackle ich mit meinem Rücken testweise hin und her.

Puh, die Flügel sind nirgends zu sehen. Ich bin froh darüber, denn die zarten Federn wären eine sichere Zielscheibe. Sieht so aus, als könne ich mich mit oder ohne sie wandeln. Das ist irgendwie cool und etwas zum Üben.

Die Vampire haben aufgehört, mich anzugreifen ... aber ... sie scheinen von meiner wunderschönen Einhornform auch nicht besonders beeindruckt zu sein.

Nein, ich bin es nicht, die sie im Blick behalten.

Stattdessen starren sie schockiert über meine Schulter hinweg. Ich rümpfe enttäuscht die Nase. Dann verliere ich fast das Gleichgewicht und springe vor Schreck in die Luft, als ein gewaltiges *Gebrüll* durch die Straße schallt.

Ich erstarre genauso wie die Vampire. Mein Herz pulsiert wie verrückt in meinen Ohren. Langsam neige ich den Kopf und rolle nur mein rechtes Auge zurück, um die Lage zu verstehen. Meine Knie zittern.

Bei dem Anblick klappt mir der Kiefer herunter ... und meine Hufe klappern, als ich mich hölzern umdrehe.

Das Brüllen ... Ha, es stammt von Dexter und er ist ... er ist eine *riesige* Monsterkatze.

Es ist so weit!

Er ist eine gigantische Version seiner selbst. Wahnsinn! Ich kneife die Augen zusammen. Seine Zähne sind gewaltig.

»Grrr«, brüllt Dexter wieder.

»Beithíoch!«, schreit ein Vampir. Dexter stürzt sich auf ihn und reißt ihm den Kopf ab. Ich blinzle. Dann stürzt er sich auf den nächsten.

O mein Gott, er zerreißt die Vampire schneller, als sie weglaufen können. *Ich muss ihm helfen.* Verdammt, dabei habe ich noch nicht einmal gelernt, wie ich in dieser Form laufen kann. Doch gerade als ich mich zurückwandeln will, stößt mir ein Vampir gegen den Hintern. Ich bewege mich, ohne nachzudenken, schlage mit den Hinterbeinen aus, sodass die Vampire hinter mir doppelt getroffen werden, und stampfe dann mit dem rechten Vorderbein auf. Meine Zähne sind gefletscht, und da ich ein Horn habe, steche ich damit zu, denn warum zum Teufel auch nicht? Auch mein vielfarbiger Regenbogenschwanz mischt sich ein und schneidet wie eine Peitsche durch die Luft. Dieser neue Körper ist fantastisch.

Ein Vampir kommt auf mich zu. Ich richte mich auf den Hinterbeinen auf, und als ich mich wieder fallenlasse, ziele ich mit meinen Vorderhufen auf seinen Kopf. Bei dem Gewicht meines halbtonnenschweren Körpers zerplatzt seine Birne wie ein Ei. Einhörner sind echt knallhart.

Es dauert nicht lange, bis wir die Vampire erledigt haben. Doch um ehrlich zu sein, habe ich das alles Dexter zu verdanken. Stille legt sich über die Straße und meine Seiten heben und senken sich schwer vor Erschöpfung. Ich stolpere von den Vampiren weg und wandle mich zurück in mein menschliches Ich. Bedauernd schaue ich mich nach meinen Klamotten um, aber ich kann sie nirgendwo entdecken. Sie sind in einem Meer von Vampirkörpern verschwunden.

Es ist entsetzlich. Was für eine Verschwendung von Leben.

O nein, die Horn-Halskette. Ich taste verzweifelt nach meinem Hals und stelle fest, dass sie immer noch um meinen Hals hängt. Irgendein Hexenzauber muss ihr erlaubt haben, sich mit mir zu wandeln. Das war's dann wohl mit der Theorie, sie würde sich wieder in mein Horn verwandeln, wenn ich mich mit ihr wandle. Meine Schultern sinken vor Enttäuschung.

Dexter sitzt auf einem Haufen von ... ich huste und würge die Galle herunter. Lieber die als wir. Aber verdammt, das war eine lange Nacht.

Ich fahre mir vorsichtig übers Gesicht und untersuche mein Bein. Es tut nicht weh, also ist während meiner Wandlung wenigstens alles gut verheilt. Ich höre ein grollendes Schnurren und blicke von der Untersuchung meines Beins auf. »Dexter, wage es ja nicht, deine Pfoten zu reinigen. Igitt.« Ich muss den Blick abwenden.

Über mir donnert es – nein, kein Donnern. *Flügel.* Bevor mein Blick fokussiert, trifft mich ein kleiner blauer Körper ins Gesicht und umarmt meine Nase. »O mein Gott. Ich dachte schon, wir kämen zu spät. Du bist am Leben. Du hast sie alle erwischt. Dexter ist groß ... wow!«, kreischt Story, während sie mein Gesicht weiter umarmt.

»Was ... was machst du hier?«

»Ich lasse dich doch nicht allein kämpfen.«

Meine Nase kribbelt und ich muss die Luft anhalten, um ein Niesen zu unterdrücken. Verdammter Feenstaub.

»*Wir* kämen?« Ich neige den Kopf. Sie sagte: *Ich dachte schon, wir kämen zu spät.*

Sie flattert etwas von mir weg, drückt meine Wangen zusammen und schenkt mir ein nervöses, breites Grinsen.

»Story«, fauche ich.

»Ähm ... ich und Xander.«

Ah, das war dann wohl der Donner.

Als Xander mich in meiner ganzen *nackten* Pracht entdeckt, neigt er den Kopf und murmelt irgendwelche Worte in den Nachthimmel. Dann bewegt er sich geschmeidig wie etwas Flüssiges auf mich zu. Er packt den Saum seines marineblauen Pullovers und zieht ihn sich mit einer einzigen Bewegung über den Kopf, sodass ich meine Augen nicht von ihm abwenden kann ... bis sein Oberteil kurzerhand auf meinem Kopf landet und mich von diesem unglaublichen Anblick trennt.

Jetzt rieche ich nur noch ihn, Metall und Sonnenlicht. Ich schnuppere und sauge seinen Duft ein wie eine Verrückte. Geschickte Hände ziehen den hochwertigen Stoff unpersönlich nach unten, bis er meinen Po bedeckt. Sein Pullover berührt Stellen, die er mit seinen Händen nie berühren wird, und der mädchenhafte Teil in mir quiekt und schluchzt bei dem Gedanken gleichermaßen auf.

Reiß dich zusammen, Tru!

Ich achte darauf, ihn und seine prächtigen Muskeln nicht anzustarren, und sehe mich stattdessen nach Justin um. Gott sei Dank hat er auf mich gehört und befindet sich immer noch im Haus. Er späht durch den Türspalt, und als er meinem Blick begegnet, öffnet er die Haustür weiter. Sein Kopf schwenkt von mir zu Xander, dann starrt er meinen Engel auf die gleiche Weise an wie ich. Wie eine Zeichentrickfigur, der die Zunge heraushängt.

»Sieh sie nicht so an!«, zischt Xander, als müsse er die Worte durch seine Zähne zwingen. Er stellt sich vor mich, um Justin die Sicht zu versperren.

Ich kichere. »Ich glaube, er sieht dich so an«, vermute ich.

Ich linse um Xander herum und zwinkere meinem neuen Vampirfreund zu, woraufhin er *»Wer zum Teufel ist das?«* mit den Lippen formt und sich Luft zufächelt. Ich schnaube. Ja, das Gefühl kenne ich.

Engel, mein Vormund, antworte ich stumm.

Zu sehen, wie er auf Xander reagiert, weckt keine eifersüchtige, verrückte Wut. Stattdessen macht mich dieser kleine Einblick in Justins Persönlichkeit glücklich.

Xander dreht sich wieder zu mir um und seine Augen funkeln.

Oh, er ist sauer.

Story rast auf Justin zu und überlässt mich meinem Schicksal.

»Tru, was genau hast du nicht verstanden, als ich dir gesagt habe, dass ich mich um das Hexenproblem kümmere?« Xanders Pullover hängt über meinen Handgelenken, also halte ich den Kopf gesenkt und fummle an den Manschetten herum. Er tritt näher, hebt mein Kinn an und ich schaue ihm in die nun besorgten Augen. »Bitte erkläre mir, was passiert ist, bevor die Jäger kamen.«

Ich atme scharf ein und lasse mich nach vorn fallen, lege meine kalte Stirn an seine nackte Brust, die sich mehr wie Stein als Fleisch anfühlt. »Es tut mir leid.«

Er grunzt und ich schreie leise auf, als er mich in seine Arme hebt. Xander spaziert schnell um die Leichen herum und setzt mich im Hexengarten wieder ab, der frei von Blut und Eingeweiden ist. Er schnappt sich meinen Mantel vom Boden. »Hier, zieh den an. Du frierst ja«, sagt er schroff.

Mit der Hilfe von Story und Justin erzähle ich ihm, was passiert ist.

Als wir fertig sind, holt er sein Handy heraus. »Atticus.« Oh, er spricht mit dem Leiter des Vampirrats. »Kannst du mir erklären, warum ich mir gerade über ein Dutzend Leichen von Gilberts Vampiren ansehen muss?«

»Zwanzig«, flüstere ich.

»Zwanzig Vampire haben Tru heute Abend ohne jeglichen Grund angegriffen ... Ja, ich habe Filmmaterial. Atticus, wenn du dieses aufgeblasene kleine Arschloch nicht in den Griff bekommst, reiße ich ihm den Kopf ab. Habe ich mich klar genug ausgedrückt? Komm her und räume seinen Dreck weg. Und wenn du schon dabei bist ...« Xander wirft einen Blick auf Justin. »Ich muss einen Frischling registrieren lassen. Und dessen Erzeuger muss wegen einer illegalen Verwandlung niedergestreckt werden. Ich schicke dir die Adresse und den nächstgelegenen Portalcode. Hier gibt es genügend Fahrzeuge, die du benutzen kannst.« Xander beendet das Gespräch.

»Nun, abgesehen von der bewusstlosen Hexe und dem, was sich wie die Waffenkammer eines Attentäters anhört, hast du auch Wechselklamotten in deinem magischen Werkzeugkasten?«

Mit großen Augen nicke ich.

Kapitel Siebenunddreißig

ICH TRINKE meine zweite Tasse Tee. Ich gähne so sehr, dass meine Kiefer knacken, und meine Augen tränen und brennen. Meine Güte, bin ich müde. Es ist so viel passiert, doch schlafen scheint mir unmöglich. Mein Kopf ist zu voll mit Gedanken, die umherschwirren wie ein Schwarm wütender Bienen.

Außerdem muss ich meinen Einhorn-Großvater anrufen und ihm sein Horn zurückgeben. Bei dem Gedanken wird mir ein wenig übel, denn es wird garantiert nicht angenehm, das verdammte Ding abzunehmen. Ich fürchte mich sogar davor.

Meine Lippen verziehen sich zu einer Grimasse. Wie egoistisch macht mich das?

Ich fummle an der Knochenkette herum. Sie ist warm. Die Macht schwirrt an meinem Hals und meinen Fingern. Ich will nicht egoistisch sein, aber ich muss mir einen Moment Zeit nehmen, um mich geistig auf die Sache vorzubereiten, bevor ich ihn anrufe. Außerdem ist es fünf Uhr morgens. Ihn so früh anzurufen, wäre unhöflich. Ich sollte wenigstens warten, bis die Sonne aufgeht.

Ich knabbere an meiner Unterlippe und schaue auf die Halskette. Beim Betrachten sinkt mein Herz. Oh, sie ist hübsch. Die Regenbogenfarben lassen sie wie bunten Modeschmuck aussehen. Auf den ersten Blick würde man nicht vermuten, dass sie aus Knochen besteht. Ich war so sehr damit beschäftigt, sie zurückzubekommen, dass ich keine Zeit zum Nachdenken hatte. Und ich war so froh, als ich sie endlich in den Händen hielt. Doch jetzt, da ich Zeit habe, tut mein Herz weh.

Es bricht mir das Herz, zu wissen, wie mein Horn aussehen sollte, nachdem ich das meines Großvaters in seiner ganzen Pracht gesehen habe. Wenn ich die beiden vergleiche ... Es ist *entsetzlich*. Ein Teil von mir wurde abgeschlachtet und auf magischen Schmuck reduziert. Das macht mich krank und ist schlimmer, als wenn mir jemand ... sagen wir, den kleinen Finger abgeschnitten und ihn als Halskette getragen hätte. Das Horn enthält meine ganze Magie und Teile meiner Seele. Es ist nicht nur ein magischer Knochen.

Ich nippe an meinem Tee. Ich bin auch besorgt, dass ich es nicht reparieren kann und mein Horn nie wieder seine ursprüngliche Form annehmen wird. *Die Hexe hat es für immer ruiniert.* Werde ich mich damit noch wandeln können? Meine Finger wandern zurück zur Halskette. Sie fühlt sich stark genug an. Die Magie scheint nicht zerstört zu sein. Wenn ich Denby Jones sein Horn zurückgebe und mich nach wie vor wandeln kann, werde ich dann ein Einhorn ohne Horn sein?

Mir gefällt der Gedanke nicht, einen Teil meiner Seele einfach um meinen Hals tragen zu müssen, dort, wo er leicht zu entfernen und zu stehlen ist. Auch wenn ich jetzt wieder im Besitz meines eigenen Horns bin, wird es mir schwerfallen, das meines Großvaters loszulassen. Eine Träne läuft mir über die Nase. Schnell wische ich sie weg.

Es war eine lange Nacht.

Ich werde nicht schlafen können, bis ich den Anruf hinter mir habe. Wem mache ich etwas vor? Selbst nach dem Anruf wird die Sorge, die in meinem Kopf herumschwirrt, zu keinem guten Schlaf führen.

Der heutige Tag hat mir gezeigt, dass ich bereit bin zu töten, um Fremde und mich selbst zu retten.

Meine Hand zittert und ich stelle die Tasse auf den Beistelltisch.

Dann erhebe mich von meinem Stuhl und bewege mich in die Mitte der Orangerie. Neben Justin lege ich mich auf den Rücken. Die Knochenkette klackert leise, als sie die beheizten Kacheln berührt. Ich geselle mich zu Justin, der durch das Glasdach in den dunklen Himmel starrt.

Xander, der jetzt offenbar ein Hotel für Außenseiter betreibt, bestand darauf, Justin mit nach Hause zu nehmen. Mein Engel übernimmt die volle Verantwortung für den jungen Vampir, nachdem er ihn bei Atticus gemeldet hat. Justin hat verständlicherweise Angst vor den anderen Vampiren, und Storys Hundeblick konnte Xander überzeugen. Ich lächle. Dieser Mann hat so viele Facetten. *Je mehr ich davon sehe, desto mehr verliebe ich mich in ihn.* Bei diesem Gedanken zucke ich zusammen und der harte Boden drückt gegen meinen Rücken.

Der Sonnenaufgang ist noch Stunden entfernt und mit meiner verbesserten Wandler-Sehkraft, die nicht durch die Lichter der Stadt beeinträchtigt wird, kann ich die Sterne sehen.

Keine Ahnung, wer gesagt hat, dass man in die Sternen schauen soll, wenn das Leben einen umwirft. Doch der Blick in den Nachthimmel erinnert mich daran, wie unbedeutend ich im Gesamtbild der Dinge bin.

Der Vampir neben mir ist still. Er liegt schon seit über einer Stunde mit den Armen hinter dem Kopf verschränkt da und starrt in die Nacht. Ich überlasse ihn seinen Gedanken.

Ich weiß, dass manche Menschen Vampire als tote Kreaturen und andere Vampire gebissene Vampire als entbehrlich betrachten. Aber ... ich neige meinen Kopf, um ihn anzuschauen. Wenn ich mit Justin spreche, sehe ich nur einen Menschen. Alles, was ich sehe, ist ein Kerl, der versucht, seinen Weg in dieser Welt zu finden. Es wäre heuchlerisch von mir, die Vampire, die heute gestorben sind, als nichts Geringeres als Menschen zu betrachten. Menschen, die ich getötet habe.

Das Problem ist nicht, dass ich mich schuldig fühle. Ich stoße ein leises Lachen aus. Nein, das Problem ist, dass ich es nicht fühle. Ich fühle nichts.

Nachdem sich der Schock des Kampfes gelegt hat, stelle ich zu meinem Entsetzen fest, dass es mir egal ist, ob ich sie getötet habe. Und das macht mich wahnsinnig.

Es spielt mit meiner Psyche.

Was zum Teufel ist los mit mir? Ich weiß, ich bin kein Mensch, und ich kann nicht mehr so tun, als wäre ich einer. Wenn ich alles noch mal machen müsste ... sie töten und die Leute auf der Straße beschützen, Justin beschützen, würde ich es tun. Nein, das Einzige, was ich bedauere, ist, dass Lord Luther Gilbert ohne einen Kratzer davongekommen ist.

Die Hexe lebt. Ich denke, es wäre nur fair, wenn Justin über ihr Schicksal entscheidet, da sie ihn am meisten gequält hat. Während wir die Aufmerksamkeit von Atticus und seinem Team von Elitevampiren, der Jägergilde und der menschlichen Polizei hatten, hat Xander meine bewusstlose Gefangene aus dem Werkzeugkasten gezerrt. Karen Miller lebt, aber ihr Dasein wird nicht angenehm sein. Und ohne meine Einhornmagie ist sie so gut wie nutzlos, außerdem hat man uns mitgeteilt, sie würden ihre natürlichen Kräfte binden. Mir hat man zusätzlich verraten, sie würden sie auf einen Gefängnisplaneten schicken. Niemand wird sie je wiedersehen.

Das Geräusch klappender Klauen reißt mich aus meinen Gedanken und Dexter in normaler Größe stolziert auf mich zu. Sobald ich in Sicherheit war, nahm er wieder seine normale Größe an. Das war auch gut so, denn Dexter hätte in seiner riesigen Bestienform niemals durch das Portal gepasst. Ich stöhne erstickt auf, als der schwere Kater auf meine Brust springt. Seine Krallen graben sich in meinen Oberkörper, während er ihn abtastet, um zu entschieden, ob ich bequem genug für seinen rothaarigen Hintern bin. Zufrieden legt er sich auf mich.

»Danke, dass du mir heute das Leben gerettet hast, Kätzchen«, sage ich und durchbreche damit die schwere Stille im Raum. Ich streiche mit meinen Händen über seinen Rücken und er streckt sich und dreht sich dann um. Er packt meine Hand zwischen seinen Pfoten und zieht sie an seinen rot-weiß gefleckten Bauch.

»Wenn du mir nicht gefolgt wärst, wäre ich draufgegangen. Also danke, Dexter. Du bist die beste Monsterkatze der Welt.« Ich streichle sanft seinen Bauch und er schnurrt bei meinen Worten.

Als sich der Himmel aufhellt und die Nacht zurückzieht, bewege ich den verschlafenen Dexter und stehe auf. »Komm schon, Justin. Du hast ein Zimmer mit einem Bett. Ich glaube, Xander hat darin sogar einen Minikühlschrank mit Blutvorräten aufgestellt. Außerdem hat er ein Tablet und ein neues Telefon für dich, falls du jemanden anrufen oder kontaktieren musst.« Ich ziehe ihn vom Boden hoch und ignoriere sein unbewusstes Zusammenzucken bei meiner Berührung. Daraufhin bleibe ich auf Abstand, um ihn nicht noch mehr zu verunsichern.

Wir verlassen die Orangerie und gehen zu den Schlafzimmern. Beim Gehen stöhne ich, rolle meine Schultern und schwinge meine Hüften, um die Steifheit zu lindern. Ein paar Stunden auf dem Boden herumzuliegen, war vielleicht nicht die beste Idee. Ich setze ihn an seinem Zimmer ab.

Dann ziehe ich mein Handy heraus und wähle die Nummer von Denby Jones. Das Telefon klingelt und klingelt ... Er geht nicht ran. Eine Stunde gebe ich ihm noch, denn es ist gerade mal sieben.

Ich setze mich in die Küche und gähne, während ich Marmelade auf meinem Teller hin- und herschiebe. Meine Güte, ich hoffe, ihm ist nichts passiert. Nicht, dass ich den Stein nicht ins Rollen gebracht hätte, der den Wandlerrat aus dem Amt gejagt und zur Strecke gebracht hat. Trotzdem finde ich es eigenartig, dass ich ihn nicht erreichen kann. Wenn ich einem Mädchen, das ich kaum kenne, die Quelle meiner Kraft, einen Teil meiner Seele geliehen hätte ... Ja, ich hätte das Telefon ständig in meiner Hand und würde auf ihren Anruf warten.

Als ich um zehn Uhr immer noch keinen meiner biologischen Großeltern erreichen kann, frage ich Xander, ob er ihren Wohnort kennt und mich hinbringen kann. Ich glaube nicht, dass Denby dort noch wohnt, da Ann ihn rausgeschmissen hat, aber vielleicht weiß sie ja mehr. Ich muss das Horn so schnell wie möglich zurückgeben. Ich will es nicht länger behalten, als ich es brauche. Außerdem will ich mehr über meine Vampirmutter erfahren – und über Ryan, ihren Sohn, meinen Vater, auch bekannt als der Horndieb.

Da wir keinen Portalcode haben, können wir das Portal nicht benutzen. Also fahren wir dreißig Minuten mit Xanders Autos. Ich tue so, als ob ich auf die vorbeiziehende Welt hinausstarren würde. Stattdessen beobachte ich jedoch Xanders Spiegelbild im Fenster. Er raubt mir den

Atem; er ist so schön. Er hält das Lenkrad einhändig am unteren Ende, der Arm ruht auf seinem Bein. Wie alles, was er tut, ist er ein aufmerksamer Fahrer. Ich kann mir ein Grinsen nicht verkneifen. Xander fährt ein bisschen wie eine alte Dame auf dem Weg zur Kirche.

Mein Lächeln verblasst und mein Magen verkrampft sich. Ich zeichne die Umrisse seines Gesichts im Fenster nach. *Spinnerin.* Ich balle meinen Finger zu einer Faust und meine Nägel beißen sich in meine Handfläche. Aus diesem Grund müssen die Außenseiterbande und ich ausziehen, sobald die Sache mit dem Horn erledigt ist. Ich reibe meinen Fingerknöchel an der Scheibe. Wir haben unsere Wohnung und ich muss von diesem Engel weg.

Unerwiderte Liebe ist echt beschissen. Sie tut weh. Mein Herz tut weh und mit ihm zusammenzuwohnen, tut mir nicht gut.

Gott, ich hoffe, dass uns kein weiteres Problem erwartet. Ich glaube nicht, dass mein Kopf noch mehr Scheiße ertragen kann. Ich hätte gern ein paar Monate Pause. Sogar die Vampirseite in mir ist fertig mit dem Blutvergießen. *Und doch fühle ich mich nicht schuldig.*

Ich lecke mir über die Unterlippe und seufze. »Ich habe kein schlechtes Gewissen«, gestehe ich, den Blick immer noch aus dem Fenster gerichtet. Ich meide jetzt sein Spiegelbild, denn ich will sein Gesicht und seine Enttäuschung darin nicht sehen.

»Weswegen hast du kein schlechtes Gewissen?«

Ich ziehe den Reißverschluss meines Mantels bis zum Kinn hoch und knabbere an dem kleinen Plastikknebel. »Ich habe kein schlechtes Gewissen, weil ich diese Vampire getötet habe«, murmle ich.

Als er ein paar Sekunden lang nichts sagt, wage ich es, meinen Kopf zu drehen. Seine Augen huschen in meine Richtung. Seine schönen honigfarbenen Augen sind sanft und voller Mitgefühl, bevor er sie wieder auf die Straße richtet und den Wagen um einen kleinen Kreisel manövriert.

»Ich würde mir Gedanken machen, wenn du dich nicht deswegen nicht sorgst. Wenn man nicht mehr über die verlorenen Menschenleben nachdenkt, ist die Zeit fürs Sorgenmachen eindeutig gekommen.«

»Oder wenn du anfängst, das Töten zu genießen ... Was, wenn ich ...«

»Du bist keine Psychopathin. Diese Männer hätten dich ohne zu zögern getötet.« Er streckt seine Hand aus und seine langen Finger umschließen meine. Ich betrachte unsere unschuldig verbundenen Hände und mein Herz schlägt schneller.

»Tru, im Leben kannst du nicht kontrollieren, was dir passiert, aber du kannst kontrollieren, wie es dich formt. Du darfst nicht zulassen, dass die schlechten Dinge den Menschen brechen, der du bist. Verbeulen, verformen, *gestalten,* aber niemals brechen. Verstehst du das? Du allein entscheidest, was jede Erfahrung für dich bedeutet.« Xander lässt meine Hand los und tippt mir sanft gegen die Schläfe. »Nur du allein entscheidest, was hier drin passiert.«

Ich sinke auf meinem Sitz zurück.

Xander hat recht. Es macht mir nichts aus, ein bisschen verbeult zu sein. Wir sind alle verbeult, manche Menschen mehr als andere. Die Schatten in meinen Augen verleihen mir Charakter. Es liegt allein an mir, ob ich zulasse, dass das Schlechte mich zerbricht.

»Danke«, murmle ich. Jetzt fühle ich mich warm und geborgen. Wie schafft er das nur immer? Gott, es wird wehtun, mich von ihm zu trennen.

Manche Menschen schreiben, machen Musik, tanzen – ich verletze schlechte Menschen. Ich denke, dazu bin ich geschaffen. Also kann ich es genauso gut für etwas Gutes einsetzen. Ich kann auch eine Retterin sein.

Xander schaltet herunter und das Auto wird langsamer, als es in eine Straße einbiegt, in der alle Häuser riesig sind. Als wir vor dem Haus meiner Großeltern halten, ist offensichtlich, dass etwas nicht stimmt. »Ist es das?« Das Tor, ein großes, massives Holzteil, steht weit offen.

»Ja.« Xanders Hand verkrampft sich am Lenkrad und die goldenen Kieselsteinchen knirschen unter den Reifen, während wir langsam die Auffahrt entlangfahren.

Ich fummle am Reißverschluss meines Mantels herum und wende den Kopf; der Ort sieht verlassen aus.

»Wo sind die Wachen?«, murmle ich. Ich lehne mich auf meinem Sitz vor und löse den Sicherheitsgurt. Der Alarm auf dem Armaturenbrett beginnt sofort zu piepsen, also halte ich mich an der Kopfstütze fest und erhebe mich vom Sitz, damit er stoppt. »Es sollte hier doch nicht so verwaist sein, nicht bei den Unruhen«, flüstere ich.

»Nein, sollte es nicht«, grunzt Xander. »Vielleicht sollte ich dich besser nach Hause bringen und allein zurückkehren. Ich habe ein ungutes Gefühl bei der Sache.«

Das habe ich auch. Meine Instinkte schreien mir zu, von hier zu verschwinden. Aber Ann gehört zur Familie – eine neue Familie zwar, aber das wird mich nicht davon abhalten, das Richtige zu tun und nach ihr zu sehen.

»Uns bleibt keine Zeit.« Sobald das Auto zum Stehen kommt, springe ich bereits aus der Tür, mit silbernen Klingen in den Händen. Ich marschiere über den Steinweg.

Das Haus ist riesig, alt und sieht schick aus, mit Säulen an der Vorderseite. Es ist die Art von Haus, die ein Historiendrama als Drehort mieten würde. Das Einzige, was fehlt, sind Pferde und eine Kutsche.

Xander schaltet das Auto ab, der Motor tickt in der plötzlichen Stille.

»Tru«, schimpft er. »Warte auf mich.« Seine Tür fällt krachen zu. Ich bleibe kurz stehen, bewege mich aber wieder, sobald ich spüre, dass er sich leise zu mir gesellt hat.

Ich laufe die Treppe hinauf.

Weißer Rauch wabert in meinem Umfeld – weiß mit kleinen goldenen Flecken – Xanders Magie. Er ist im Kriegermodus, als er zwei große Schritte macht, um mich zu überholen, und mich mit einem Schubs hinter sich zu schieben. Die Magie blutet förmlich aus seinen Händen. Und dann hält Xander ein gigantisches Schwert in der Hand, größer als ein Langschwert. Es ist zweischneidig und besitzt eine gerade Klinge. Ich erkenne die Form nicht, aber es ist dasselbe, das er neulich im Garten hatte. Er dreht den Griff der Eingangstür. Sie schwingt lautlos auf, und da sein Schwertarm mich daran hindert, ihm vorauszugehen, blicken wir beide erst hinein, ohne über die Schwelle zu treten ... und um vielleicht einer magischen Falle aus dem Weg zu gehen.

»Hallo? Ann? Hier ist Tru ... Ist jemand zu Hause?«, rufe ich. »Großmutter?«

Sie Großmutter zu nennen, klingt seltsam in meinen Ohren. Ich habe Denby anfangs nur aus Sarkasmus meinen Großvater genannt, dann aus Respekt.

Stille empfängt uns.

Ich sehe Xander an und er hebt eine buschige, dunkle Augenbraue.

»Kannst du irgendeine Magie spüren?«, frage ich und senke meine Stimme zu einem Flüstern.

»Nein«, brummt er in einer normalen Lautstärke. »Kein Schutz, keine Magie irgendeiner Art.«

Ich schätze, flüstern ist überflüssig, da ich unsere Anwesenheit bereits angekündigt habe. Ich reibe mir den kribbelnden Nacken mit dem Griff meines Messers. »Das habe ich mir schon gedacht.«

O je, das bedeutet nichts Gutes.

Kapitel Achtunddreißig

Xander macht einen Schritt hinein, und als nichts Ungewöhnliches passiert, winkt er mich zu sich. Er schließt die Tür hinter uns und meine Stiefel quietschen auf dem Marmorboden, als er mich mit dem Rücken gegen das Holz drückt.

»Bleib hier, während ich das Haus durchsuche.«

Ich blinzle ihn an und schlage seine Hand mit einem entrüsteten Schnaufen weg. »Ähm, nein. Wir machen das zusammen. Dann geht es schneller.«

Ich mache einen Schritt vor, doch er stößt mich mit einem tiefen Knurren zurück. Ich pralle mit dem Rücken gegen Tür, sodass sie klappert. »Bleib hier! Beweg dich nicht!«

Manchmal ist er mehr Wandler als Engel. Befehlshaberischer Bastard. Ich verzichte darauf, ihn anzubellen, weil er mit diesem Befehl etwas zu weit geht, und begnüge mich stattdessen mit einem Gruß ... mit beiden Mittelfingern.

Xander marschiert davon. Ich warte mürrisch an die Tür gepresst, meine silbernen Messer in den verschwitzten Händen. Wir wissen beide, dass er sich lächerlich benimmt.

Die Eingangshalle – anders kann ich es nicht beschreiben – ist riesig. Sie ist moderner, als es das Äußere des Hauses vermuten lässt. Weißer Marmorboden und Holzvertäfelungen, die drei Viertel der Wände einnehmen. Eine schöne Holztreppe windet sich vor mir nach oben. Xander überprüft den ersten Raum auf der linken Seite. Ich erkenne ein leeres Büro, dann öffnet Xander die Tür zur rechten Seite. Ein leeres Wohnzimmer. Noch eine Tür und ... es ist ein Badezimmer.

Ich stöhne und stoße mit dem Hintern gegen die Tür. Das wird noch ewig dauern. »Ich warte wie eine Jungfrau in Nöten«, murre ich und knirsche mit den Zähnen.

Keine fünf Minuten später muss ich mich vielleicht wandeln, um meinen Zahnschmelz zu erneuern. Doch Xander winkt mich zu sich. Ich haste auf ihn zu und folge ihm in ein Wohnzimmer.

Ann sitzt schweigend auf einem Stuhl vor einer Fensterfront, die auf einen großen Garten hinausgeht.

»Ich organisiere einen Sicherheitsdienst«, brummt Xander hinter mir.

Ich wende den Kopf. Mit Verspätung bemerke ich, dass sein Schwert verschwunden ist, also stecke ich meine Messer ebenfalls in die entsprechenden Halterungen zurück und nicke. »Okay, danke.« Er holt sein Handy aus der Tasche und geht zum Telefonieren weg. Ich konzentriere mich wieder auf die stumme Frau auf dem Stuhl.

»Ann?«, flüstere ich.

Als ich keine Antwort erhalte, eile ich auf sie zu und berühre sanft ihren Arm, um ihre Aufmerksamkeit zu gewinnen. Sie blinzelt zu mir auf und lächelt, aber ihre Unterlippe zittert. Sie presst ihre Lippen zusammen. »Tru? Es tut mir so leid. Ich habe dich gar nicht kommen hören.«

Sie sieht nicht verletzt aus, was eine Erleichterung ist. Aber ihre Augen sind gerötet, als hätte sie geweint. »Geht es euch gut? Ihr habt beide nicht auf meine Anrufe reagiert, also habe ich mir Sorgen gemacht. Deshalb ... ähm ... hier bin ich. Warum bist du allein? Wo sind deine Wachen?«

»Oh, ich habe sie für heute nach Hause geschickt.« Ihr Blick schweift nach draußen.

Arschlöcher. Sie hätten sie nicht alleinlassen dürfen, denke ich mit einem Anflug von Wut.

»Es tut mir leid, Tru. Ich bin derzeit nicht die beste Gesellschaft.« Sie holt tief Luft, als wolle sie ihren nächsten Worte Nachdruck verleihen. »Bist du hier, weil du die Nachricht erhalten hast?«

»Nachricht?« Mein Puls schießt in die Höhe. »O nein. Was zum Teufel ist denn jetzt schon wieder passiert?«

Ann sieht mir besorgt in die Augen. »Oh, meine Liebe, es tut mir so leid. Du hast es noch nicht gehört? Dein Großvater Denby ist von uns gegangen.« Anns regenbogenfarbener Blick wandert zurück in den Garten.

»Was?« *Von uns gegangen?* »Was?« Meine Beine zittern. »Aber das ist doch nicht möglich ... Ich habe sein Horn. Ich bin hergekommen, weil ich es ihm zurückgeben muss.« Meine Hand wandert nach oben und tätschelt meine Stirn.

Er ist tot?

Scheiße, kein Wunder, dass er nicht ans Telefon gegangen ist. Mein Körper fühlt sich plötzlich schwer an. Ich lasse mich auf einen Stuhl neben Ann nieder.

Ist das meine Schuld?

Meine Hände beben, also schiebe ich sie unter meine Knie und warte unbeholfen darauf, dass sie etwas sagt. Irgendetwas. Aber als sich die Stille ausdehnt und meine Nerven in mir vibrieren wie ein zu festgezogenes Gummiband, räuspere ich mich.

Ich werde sie wohl bitten müssen.

Denn wenn ich nicht nachfrage und nicht bald eine Antwort bekomme, muss ich das Schlimmste befürchten.

Ist es meine Schuld?

»Ann, was ... ist mit Denby passiert?« Ich fühle mich schlecht bei dieser Frage, weil sie bereits leidet. Auch wenn sie ihn im Café abgewiesen hat, sehe ich an der Trauer, die ihr ins Gesicht geschrieben steht, wie sehr sie ihren Gefährten geliebt hat.

Ist es ... weil er mir sein Horn gegeben hat?

»Dieser Mann. Natürlich hat er dir nichts verraten«, murmelt sie leise, während sie meine großen Augen und mein blasses Gesicht betrachtet. »Er hat das Drama schon immer geliebt. Ich hätte wissen müssen, dass er dir nichts davon erzählt. Wahrscheinlich hättest du abgelehnt, wenn er es getan hätte. Was hat er gesagt, als er dir das Horn gegeben hat?«

»Kaum etwas. Nur, dass ich die Hexe jagen soll. Dann hat er mir das Horn ins Gesicht geknallt.« Ich reibe mir wieder die Stirn und ziehe eine Grimasse.

Sie stößt ein bitteres Lachen aus. »Was weißt du über Einhörner?«

»Nicht viel.« *Überhaupt nichts.*

Ha, ich dachte, sie wären das Äquivalent der Lichtwesen. Aber nachdem ich Denby zum ersten Mal sah, änderte ich meine Meinung. Einhörner haben nichts mit Licht und Leichtigkeit zu tun. Ich erschaudere. Die Art, wie sich mein Körper bewegt hat, als ich gegen diese Vampire gekämpft habe ...

Mein Bein wippt auf und ab, und ich muss es gewaltvoll nach unten drücken, damit es anhält.

»Hörner können verschenkt werden. Deshalb war auch niemand hinter dieser Hexe her.« Sie schaut traurig auf meine Hornkette, schluckt und wringt die Hände. »Unsere Magie ist so ungewöhnlich im Vergleich zu denen anderer Kreaturen. Sie stufen uns als Wandler ein, dabei sind wir das nicht, nicht wirklich. Wir können unsere Magie an andere innerhalb der Herde weitergeben. Die Magie ist vererbt.« Ann rückt ihre blassblaue Strickjacke zurecht und zupft einen imaginären Fussel von der grauen Hose. »Wenn ein Horn vererbt wird, stirbt der Träger des Horns.«

Mir bleibt der Mund offenstehen. »O nein.« Meine Kehle gibt ein seltsames gurgelndes Geräusch von sich.

»Diese Magie sollen wir eigentlich nur in Todesnähe anwenden. Ursprünglich war es ein Verfahren, das nur auf dem Schlachtfeld angewendet wurde. Nachdem dein Großvater dir sein Horn geschenkt hat, war es nur eine Frage der Zeit«, ihre Stimme bricht, »bis er seinem Schicksal erliegt.«

Gütiger Gott!

Eine große, warme Hand legt sich um meinen Nacken und ein Strahl Engelskraft fesselt mich an den Stuhl.

Ich schließe kurz die Augen, dann greife ich nach oben und fasse blindlings sein Handgelenk. Ich brauche mehr Hautkontakt. Ich bin so froh, dass Xander hier ist.

»Das ist ein Albtraum«, murmle ich. »Warum sollte er das tun?« Ich habe ihn doch nicht gekannt. Verdammt, ich mochte ihn nicht einmal. Er war verdammt furchtbar ... hat sich ein anderer Mann für mich geopfert?

Warum sollte er das tun?

Waren es seine Schuldgefühle? In meiner Brust brennt es und wieder herrscht eine erdrückende Stille im Raum, während wir beide mit unseren Gefühlen kämpfen. Ich glaube, ich wäre schon in eine heulende Pfütze auf dem Boden, wenn Xander mich nicht am Hals packen würde.

»Ehrlich gesagt weiß ich nicht, wie du ohne dein Horn überleben konntest. Deshalb hat es mich auch so überrascht, dass du ein Einhorn bist. Vielleicht ist es deine Vampirnatur, die dich so lange am Leben gehalten hat oder es lag daran, dass du noch ein kleines Mädchen warst, als dein Horn ...« Ann steht von ihrem Stuhl auf und geht zum Fenster. Sie lehnt ihren Kopf an die Scheibe.

Es war ein Fae-Krieger. Er hat mich gerettet.

»Du weißt es nicht, denn er hat es dir nicht gesagt: Denbys Horn hat die Kraft seines Vaters und seines Großvaters. Deines Ur- und Urur-großvaters.« Sie lächelt dünn. »Deshalb wirst du dich stark fühlen, noch stärker, wenn du deine Kraft mit ihrer vereinst. Und mit der Zeit wirst du noch stärker werden.«

»Ich verstehe das alles nicht.« Ich starre sie in völliger Verwirrung an.

Vererbte Magie? Es ist nur ein Horn.

Ann wendet sich mir zu und gleitet zurück durch den Raum. »Drei Generationen kombinierter Magie, übertragen in ein einziges Horn.« Sie legt eine zarte Hand auf mein Schlüsselbein, ihre Finger ruhen an der Halskette. Ihr Lächeln ist so traurig, und ihre Augen glänzen vor Tränen. »Jetzt vier.« Ihre Hand löst sich von der Knochenhalskette. »Du verstehst wahrscheinlich nicht, welch schreckliche Dinge diese Hexe deinem Horn angetan hat.«

»Doch, tue ich«, flüstere ich und habe einen Kloß im Hals.

Ann legt ihre Hand an meine Wange. »Ja, ich sehe, dass du es tust.«

»Mir wird schlecht, wenn ich es ansehe. Hat R-R-Ryan ...« O je, der Name meines Vaters bleibt mir im Hals stecken. Ihn auszusprechen, fällt mir schwer. »Hat er mein Horn genommen, um meine Kraft zu absorbieren?«

»Das weiß ich nicht. Die Magie ist bis zu einem gewissen Grad empfindungsfähig. Beide Parteien müssen zustimmen, müssen dafür bereit sein. Als«, sie hält inne und ihr Gesicht verzieht sich vor Schmerz, mit einer Hand reibt sie sich die Brust, »Ryan dein Horn stahl, als er es mit Gewalt nahm, hätte kein Zauber der Welt ihm erlaubt, deine Kraft zu absorbieren. Die Hexe hat einen Weg gefunden«, sie starrt auf die Knochenhalskette, »deine Einhornmagie zu verfälschen. Aber die Halskette nutzt nur einen Bruchteil der Magie deines Horns. Es tut mir so leid, Tru. Was du durchleben musstest, ist unerträglich. Du musst diese ekelhafte Kette nicht mehr tragen. Ich kenne den Zauber, der die Kraft deines Horns mit der verbindet, die dir dein Großvater geschenkt hat.«

»Aber ... willst du das Horn nicht wiederhaben?«

»Oh, Kind, das ist nicht möglich, jetzt nicht mehr. Dein Tod wäre die Folge, wenn wir das Horn entfernen würden. Es ist dein Geburtsrecht und ein kostbares Geschenk. Es folgt der Herdenlinie und ich würde es dir niemals wegnehmen wollen.«

»Was ist mit R-Ryan? Sollte er das Horn nicht erben? Ist er überhaupt noch am Leben?«

»Nein«, sagt sie mit fester Stimme. In ihren Augen blitzt so viel Hass auf, dass es mich schockiert. »Er ist tot. Er hat einen reinblütigen Vampir getötet und wurde gejagt und hingerichtet. Die Vampire sind bösartig, wenn es um den Schutz ihrer kostbaren Reinblüter geht. Es gab keinen Weg, ihn vor seinem Schicksal zu bewahren. Ich kann nur vermuten, dass es sich bei dem getöteten Vampir um deine Mutter handelte. Du musst ihren Namen mit deinen DNA-Ergebnissen vergleichen. Denby hat dir eine Kopie der Gildenakte besorgt, in dem Bericht wird jedoch kein Kind erwähnt.«

»Oh, okay.« *Sag es ruhig, wie es ist, Granny Ann ... Wow.*

In meinem Hinterkopf war es schon immer da ... das Wissen, dass der Mann, der mich im Schlaf heimsucht, sie getötet hat. Es gibt eine dunkle Ecke in meinem Kopf, in der meine Albträume wohnen. Erinnerungsblitze mit tropfendem Blut und braunem Haar. Irgendetwas in mir wimmert und brüllt zur gleichen Zeit.

Mein Bein wippt erneut auf und ab. Mein Vater ist also tot, und wie es aussieht, hat er meine Mutter umgebracht. Ich bin froh, dass ich ihn nicht zur Strecke bringen muss. Wow, das macht mich also wirklich zum Waisenkind. Ich schiebe meine wütenden Gedanken weg, um mich später damit zu beschäftigen. Xander rückt näher und bietet mir wortlos seine Kraft an.

»Es tut mir leid«, krächze ich. »Mein Timing ist unangebracht. Ich kann wiederkommen, wenn es dir besser passt.«

»Nein, mein Mädchen. Jetzt ist der perfekte Zeitpunkt. Du gehörst zu meiner Herde. Ich werde alles tun, um dich zu beschützen. Und das Ding um deinen Hals muss weg.«

Herde. Ich forme das Wort still mit den Lippen. Ann hat das schon ein paar Mal gesagt. Das Einhorn-Äquivalent zur Familie. Ich habe noch so viel zu lernen. »Wenn du dir sicher bist.« Ich zapple unbehaglich auf meinem Stuhl herum und Xander lässt meinen Nacken los. Ich drücke sein Handgelenk als stummes Dankeschön und mein Arm plumpst zurück in meinen Schoß. »Du glaubst also, du kannst ... ähm ... mein Horn reparieren? Die Kräfte vereinen?« Ich komme wieder auf den Punkt. Je schneller ich aus diesem Haus verschwinden kann, desto besser.

Ann nickt und bevor ich weiter darüber nachdenken kann, greifen meine Hände nach der Halskette an meinem Hals. »Bitte, bitte bring das wieder in Ordnung«, sage ich mit einem Anflug von Verzweiflung in der Stimme, während ich ihr die Kette in meiner zitternden Handfläche überreiche.

Ann rutscht näher, doch mit einem quälenden Gedanken ziehe ich die Halskette von ihrer ausgestreckten Hand zurück. »Es wird dir nicht wehtun? Bitte sag, dass es dich nicht verletzen wird.« Ich will mich erst vergewissern, bevor ich dem zustimme. Es sind schon zwei Männer für mich gestorben, und ich will nicht, dass sich noch jemand für mich opfert.

»Nein, Tru. Es wird mir nicht wehtun.« Ich starre in ihre schönen Augen und versuche herauszufinden, ob sie die Wahrheit sagt. Ich kann es nicht sagen.

»Xander?« Ich spreche es nicht aus, aber ich fordere ihn auf, seine Hokuspokus-Engelskräfte zum Erkennen von Lügen einzusetzen.

»Sie glaubt ihren Worten«, beantwortet er meine stumme Frage.

Ich nicke und löse meinen Griff um die Halskette. Anns Augen weiten sich und ich beiße mir hart auf die Lippe, damit keine entschuldigen Worte aus meinem Mund purzeln.

Denn es tut mir nicht leid.

»Okay«, sage ich stattdessen.

»Okay. Ich warne dich, die Macht ist groß. Du wirst die kombinierte Magie von vier Einhörnern besitzen. Als du deinen Großvater zum ersten Mal getroffen hast, was hast du da gefühlt?«

Ich neige meinen Kopf zur Seite, während ich nachdenke. Doch ich erinnere mich noch genau an das Gefühl. Ich atme tief ein und bemühe mich um Ehrlichkeit: »Macht, aber auch eine Dunkelheit, die mir eine Gänsehaut verpasst hat.«

Ann nickt, nicht im Geringsten überrascht über meine Antwort. »Macht und Dunkelheit. Dieses Gefühl, das du hattest ... Merke es dir, denn so könnte es jedem gehen, der dich trifft, nachdem ich deine Magie mit diesem Horn kombiniert habe.«

»Na großartig. Unheimliche Kraft ist genau das, was ich brauche.« Ich zucke bei meinen Worten zusammen. Ich will nicht undankbar sein. »Tut mir leid«, murmle ich.

»Kreaturen folgen ihren Instinkten«, fährt sie fort und ignoriert meinen Kommentar. »Ich will nicht um den heißen Brei reden, Enkelin. Wenn ich das hier tue, werden sich die Menschen vor dir fürchten.« Sie zuckt mit ihren schmalen Schultern.

Toll, das war's also mit meinem Job im Café. *Willst du eine Dosis des Bösen zu deinem Cappuccino?* Die Kunden werden mich lieben – nicht.

Ah, du bist immer noch undankbar, Tru.

»Allerdings ist Macht subjektiv und kann sich unterschiedlich äußern. Ich kann mich nicht erinnern, dass ein Horn je an ein Weibchen der Herde verliehen wurde, nur an männliche Nachfahren. Vielleicht ist es deswegen schiefgegangen.«

Und doch glauben sie, dass jemand einer Hexe ein Horn geschenkt hat?

Vielleicht hätte die Magie mit dem Einhorn sterben sollen. Vielleicht sollte die Magie gar nicht vererbt werden. Aber was weiß ich schon? Ich gehe nur von der bitteren Erfahrung eines kleinen Mädchens und dem Schrecken einer Metallsäge aus. Außerdem habe ich das dringende Bedürfnis, diese Halskette loszuwerden und meine Magie wieder dorthin zu bringen, wohin sie gehört.

Ann schüttelt den Kopf. »Die Macht, auf die du Zugriff haben wirst, wird besonders groß sein. Es wird eine Menge Kontrolle erfordern, eine Menge Verantwortung.«

»Aus großer Macht folgt große Verantwortung«, murmle ich und zitiere Spider-Man aus den Marvel Comics und das Peter-Parker-Prinzip.

Ich horche in mich hinein. Werde ich damit umgehen können und habe ich überhaupt eine Wahl? Das Horn klebt bereits an meiner Stirn und ich will mich nicht ständig um die Knochenkette sorgen müssen. Ich habe Story, Dexter, Justin und vorläufig auch meinen Engel, die mich alle auf dem richtigen Weg halten werden.

Das Schicksal hat mich an diesen Punkt, zu diesen Moment geführt, und es fühlt sich richtig an ... als ob es so kommen sollte.

»Ich bitte dich, kannst du die Magie vereinen?«

Ann nickt.

KAPITEL NEUNUNDDREISSIG

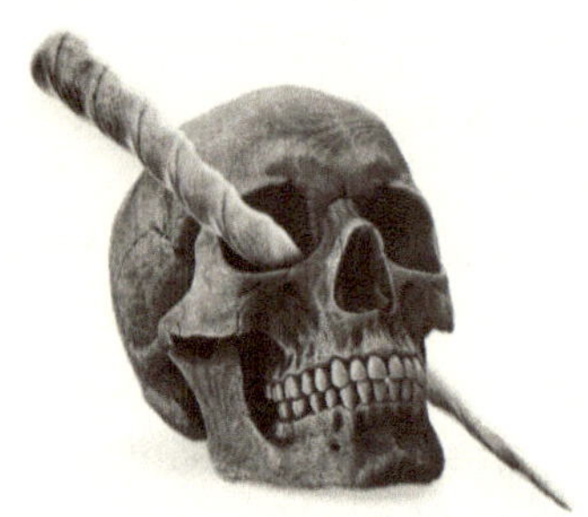

MIT MEINEM HORN in der einen Hand und der anderen um mein Handgelenk gewickelt schließt Ann die Augen und murmelt leise eine Beschwörungsformel. Die Knochenkette in ihrem Griff leuchtet auf und gibt einen summenden Ton von sich. Zur Beruhigung sehe ich Xander an. Er konzentriert sich voll und ganz auf Ann und die Magie, die sie eigentlich nicht erschaffen können sollte.

Je stärker die Kette leuchtet, desto mehr fühlt sich mein Kopf verschwommen an. In den letzten Monaten hatte ich viel mit Engelsmagie zu tun, nebenbei auch mit Hexenmagie. Ich habe die Einhornmagie gespürt, als Denby mir das Horn gegen den Kopf schlug, die Kraft des Horns hat mein Blut in den letzten Tagen erhitzt. Aber das hier ist anders. Denbys Einhornmagie war rein.

Das ... das hier ist anders.

Panik durchfährt mich, gefolgt von einer Portion Adrenalin und entsetzlichen SCHMERZEN. *Gut gemacht, Tru, vielleicht hättest du fragen sollen, ob es dir wehtun wird.* Autsch.

Meine Güte, diese Erfahrung ist wirklich unangenehm. Und da mir Vampire bereits ein paarmal ins Bein gestochen haben, kann ich das beurteilen.

Mein Horn *wandelt* sich in rosa Staub ... Nein, nicht in Staubmoleküle. Es sind die gleichen Moleküle, die man für eine Mikrosekunde sieht, wenn ein Wandler seine Form wechselt. Das rosa Zeug schwebt in der Luft und als Anns Gesang sich ändert, wirbelt es herum und stürzt auf mich zu. Meine Augen weiten sich.

Oh, verdammter Mist.

Es prallt gegen meine Stirn. Der Aufprall ist so hart, dass mein Hinterkopf gegen den Stuhl kracht. Trotzdem pocht auch der Schmerz in mir weiter, windet sich. Mein Herz rast, mir ist nicht mehr kalt, sondern siedend heiß, während mein Blut und meine Nervenenden Feuer in meinem Körper fangen.

Die rosafarbene Magie dringt überall ein und legt sich um meine Knochen. Galle steigt mir die Kehle hinauf und ich kann sie nicht zurückhalten. Ich drehe den Kopf und übergebe mich. Dann gerät mein Körper völlig außer Kontrolle. Ich kippe zur Seite, und da ich mich nicht aufrecht halten kann, falle ich auf den Boden.

Doch Xander ist bei mir und passt auf, dass ich mir nicht den Kopf anstoße. *Oh, Xander, nein. Fass mich nicht an! Sei bitte vorsichtig mit dieser verrückten Einhornmagie*, schreie ich in meinem Kopf, während mein Körper zittert. Verdammt, ich habe einen Anfall. Eine murmelnde Ann hält mein Handgelenk fest. Ihre Nägel graben sich in meine Haut.

»Alles okay, Tru. Atme tief durch!«, sagt Xander, während er mich auf die Seite dreht und seine Jacke unter meinen Kopf schiebt. »Du hättest sie vorwarnen sollen«, knurrt er.

Der Raum verblasst, während der Strom über mich hinwegrollt, und mein Leben entfaltet sich vor mir wie die flimmernden Seiten eines Buches. Ich bekomme nur flüchtige Bruchstücke mit. In der Vergangenheit sehe ich meine Mutter und ihre bedingungslose Liebe für mich. In der Gegenwart Story und Dexter, die mich zum Lachen bringen, Xander mit seinem Mitgefühl und seiner Stärke. Und in der Zukunft ... Kämpfe, Schmerz, Freude ... und Liebe.

Liebe.

Es ist eine Zukunft, die mein Herz gleichermaßen mit Angst und

Aufregung erfüllt. Es sind diese Zukunftsblitze, an denen ich mich irgendwie festhalte und …

Weiche, seidige Laken, sanfte Fingerspitzen streicheln meine nackte Haut, während Samtlippen meine Schulter und meine Halsbeuge küssen.

»Mein schöner Schatten«, flüstert er mir ins Ohr. Der raue Ton seiner Stimme lässt mich erschaudern und verpasst mir eine Gänsehaut. Ich stöhne und lächle ins Kissen.

Alles zerspringt und ich werde unsanft von dieser Vorstellung weggerissen. Meine Seele schreit, weil ich bei ihr bleiben möchte, aber jetzt ist nicht die Zeit dafür.

Ich weiß, was ich tun muss.

Ich weiß, welchen Weg ich einschlagen muss.

Die Magie erhebt sich und der Schmerz weicht zurück. Endlich ist es vorbei. Meine Muskeln zucken und ich stöhne. Ich atme tief ein und hebe eine zittrige Hand an mein Gesicht. Das verdammte Ding fällt herab und trifft meine Nase, aber Mission erfüllt. Es gelingt mir, mir den Mund abzuwischen. Gott, ich muss mir die Zähne putzen.

»Tut mir leid, dass mir schlecht geworden ist. Ich wische es weg«, sage ich. Meine Stimme ist so kratzig, dass sie nicht nach mir klingt. In diesem Moment bemerke ich, dass Xander neben mir auf dem Boden sitzt. Seine große Hand fährt durch mein verschwitztes Haar. Ekelhaft.

»Ich kümmere mich darum. Bitte bleib, wo du bist, und komme erstmal wieder zu Atem.« Xander starrt Ann an, während er einen Trank aus seiner Tasche fischt und aufsteht. Er neigt den Kopf zur Seite und blickt zur Tür. »Ich glaube, unsere Verstärkung ist da. Gebt mir einen Moment.«

Ann sieht seltsam enttäuscht und blass aus. Wahrscheinlich nicht so blass wie ich, aber … verdammt, wen interessiert das schon.

»Geht's dir gut?«, frage ich. »Ist alles gut verlaufen?«

»Mir geht's gut«, faucht sie. Wow, okay. Sie versucht, ihre Wut abzuschütteln, und zwingt sich zu einem Lächeln. Ihre traurige Maske legt sich wieder über ihr Gesicht. »Das war schwieriger als sonst. Deine Magie, die in dieser Halskette steckte, war schwer zu kontrollieren.«

Es fühlt sich seltsam an, auf dem Boden herumzuliegen, also rolle ich auf meine Hände und Knie. Als nichts Schlimmes passiert, benutze ich langsam den Stuhl, um mich hochzuziehen. Ich komme auf die Beine. Ich hebe Xanders zerknüllte Jacke auf und schüttle sie aus.

»Ich gehe davon aus, dass alles geklappt hat?«, frage ich vorsichtig und seufze, als Ann nickt. »Danke.«

Ich entschuldige mich auf die Toilette und nehme mir die Zeit, mir das Gesicht und den Mund zu waschen. Ich brauche eine Dusche und ich glaube, ich könnte eine Woche lang durchschlafen. In diesem Moment, mit zusammengehaltenen Knien und pochendem Kopf, fühle ich keineswegs die Kraft von vier Einhörnern. Nein, ich fühle mich beschissen. Als ich aus dem Bad komme, redet Xander gerade mit ein paar Typen, die ich nicht kenne. Das müssen Anns Ersatz-Wachmänner sein.

»Hier.« Ann wartet vor dem Badezimmer auf mich. Sie schiebt mir ein Tablet zu. »Du kannst das ganze Ding haben. Da sind alle Dokumente deines Großvaters drauf. Details über deine Mutter, deine vampirische Blutlinie. Außerdem gibt es eine unterschriebene Entlassung des Vormunds. Ich weiß, dass er sich um dich kümmert, dieser Engel. Aber du hast jetzt eine Herde, die dir hilft, also brauchst du ihn nicht mehr.«

Entlassung? Irgendetwas … Meine Instinkte schlagen Alarm.

Einer jungen Frau die Macht von vier Einhörnern geben und dann ihren Vormund entlassen? Wow, das ist wirklich schlau … vor allem, da sie so lange gewartet hat, bis Xander beschäftigt ist, bevor sie mir die Akten übergibt.

»Willkommen in der Herde.« *Von wegen.* Warum will sie, dass ich versage? Und was dann? Will sie das Horn *erben*, wenn ich nicht in der Lage bin, die Macht zu kontrollieren. Oder bin ich jetzt völlig paranoid?

Ich runzle die Stirn und balle die Fäuste an den Seiten, sage aber nichts. Stattdessen lächle ich höflich, um ihr meine Dankbarkeit zu zeigen. »Vielen Dank«, stoße ich hervor.

Ann ist nicht die Einzige, die eine Maske tragen kann.

»Denby hat auch ein neues Bankkonto hinterlassen, ein Haus, ein Auto.« Sie reicht mir einen Umschlag.

»Oh, wie schön. Danke.« Ich klemme mir den schweren gepolsterten Umschlag zwischen die Knie und logge mich auf dem Tablet ein. Mit ein paar Klicks und einem verschlüsselten Code aktiviere ich meine

Online-Daten und übertrage den Inhalt des Tablets auf meinen persönlichen Server.

Ann blickt finster drein, als ich ihr das Tablet zurückgebe, aber wieder versteckt das traurige Lächeln ihren echten Gesichtsausdruck. »Ist schon gut. Ich brauche das Tablet nicht, ich habe alles übertragen.« *Du brauchst nicht jeden meiner Tastenanschläge zu verfolgen.* »Danke, dass du an mich denkst und dich um mich kümmerst. Wann ist Denbys Beerdigung?«

Ann schnieft. »Er ist bereits eingeäschert worden, wegen der Unruhen.«

Und trotzdem hast du deine Wachen heimgeschickt?

»Nun, vielen Dank, Großmutter. Du warst mir eine große Hilfe.«

Anns Auge zuckt. Ups. Sie mag es wohl nicht, wenn man sie so nennt. Gut zu wissen. Ich beschließe, sie von jetzt an Großmutter zu nennen, weil es sich so gehört. Ich neige den Kopf, um mein Grinsen zu verbergen.

Tick-Tack, Tru. Ich muss so schnell wie möglich etwas über diese Kraft lernen, die in mir brodelt. Doch ohne den offiziellen Schutz des Engels bin ich auf mich allein gestellt.

»O MEIN GOTT, was hast du getan? Du bist das Horn offensichtlich nicht losgeworden. Deine Kraft ist intensiv ... noch intensiver. Ah, Mutter Natur sei Dank bist du wenigstens diese schreckliche blutige Halskette losgeworden.«

»Ist sie schlimm?«, frage ich, während ich auf meinem Bett sitze.

»Schlimm?«, spottet Story. »Du hast dein Horn um den Hals getragen. Ich glaube nicht, dass es noch schlimmer geht. Es sei denn, du trägst deine Ohren ...« Story rollt mit den Augen und wirft Justin einen Blick zu, als wolle sie sagen: *Dieses Mädchen.*

Ich stöhne und reibe mir das Gesicht. »Nein, nicht die Halskette, meine Kraft. Fühlt sie sich furchtbar an?« Xander hat im Auto nichts gesagt. Ich war müde von der Übertragung, also habe ich ihn auch nicht gefragt. Er hat sich nur krampfhaft am Lenkrad festgeklammert und die

Luft durch die Zähne eingesogen wie ein alter Mann mit Zahnprothese. Natürlich konnte sich meine Vampirseite währenddessen nur auf die Vene an seinem Hals konzentrieren, die vor Stress zeitweise pochte.

»Nein, nicht schlecht ... du fühlst dich nur ...« Story flattert um mich herum, so schnell, dass sie ihren eigenen Wind erzeugt. Ich habe meine Lektion gelernt und verfolge ihren rasanten Flug nicht weiter. Ich fühle mich bereits schlapp, wenn ich sie so herumflitzen sehe, wird mir nur schwindelig. Sie hält an und schwebt vor meinem Gesicht herum. »Deine Kraft fühlt sich unglaublich an, wie der Frühling und neue Blumen oder ein frisch gebackener Keks.« Sie lässt sich zurückfallen und mein Herz macht einen Satz. Doch bevor ich meine Hand nach ihr ausstrecken kann, fängt sie sich und schwingt zurück zu meinem Gesicht.

Meine Aura fühlt sich nicht schlecht an, juhu. Das ist doch toll, oder?

»Wie ein riesiger kostenloser Blutbrunnen, in den ich eintauchen darf«, fügt Justin hinzu und leckt sich die Lippen. Ich runzle die Stirn angesichts der Blutlust in seinen Augen.

O nein.

»Du bist das ultimative Einhorn, eine Göttin.«

»Göttin«, quieke ich. Mein Mund steht offen und meine Augen huschen zwischen ihnen hin und her.

»Weißt du, diese Gerüchte, von denen wir beschlossen haben, dass sie nicht stimmen, nachdem wir Denby Jones getroffen haben ... diese Güte, dieser Lichtgestalt-Mist? Du fühlst dich an wie ... Verdammt, ich könnte mich vor dir verbeugen und dir die Füße küssen«, sagt Story.

»Aber ... aber du hasst meine Füße«, bemerke ich und verstecke sie unter der Decke. Meine Augen sind so groß, dass sie mir beinahe aus dem Kopf fallen. Machen sie sich etwa über mich lustig?

»Ja, ich weiß«, jammert Story. »Aber deine Kraft ist sooo schön.« Sie klimpert mit ihren saphirblauen Wimpern.

»Ja«, stöhnt Justin. »Wirklich ... und stehe nicht einmal auf Frauen ...«

»O Gott. Wo sind die bösen Vibes, die sie mir versprochen hat?«, klage ich. »Das ist eine verdammte Horrorshow.«

Die Tür fliegt auf und Xander erscheint wie ein Ritter in glänzender Rüstung. Geschmeidig wie immer gleitet er auf mich zu, greift nach meiner Hand und schiebt mir ein goldenes Armband um mein Handgelenk.

Story, Justin und Xander stöhnen gleichzeitig erleichtert auf.

Ich blinzle das Armband an.

»Es verdeckt deine Macht und wandelt sich mit dir«, brummt er.

»Oh, danke, Xander. Sag mir, was ich dir schulde.«

Hm, ist das etwa Schweiß auf seiner Stirn? »Mein Schatten, bedank dich bei mir, indem du es nie abnimmst. Nicht, bis du dich unter Kontrolle hast.« Er deutet mit leicht geweiteten Augen auf den magischen Armreif.

»Ja, tu es nicht«, meldet sich Story zu Wort und betrachtet angewidert meine versteckten Füße.

Ich kichere über ihren Gesichtsausdruck. »Kriegen meine Füßchen nun doch keinen Kuss?«, frage, während ich sie aus ihrem Versteck hervorhole und mit den Zehen wackle. Ich greife nach dem Armband und sie schreien alle gleichzeitig auf. Ich halte die Hände hoch und lache. »Okay, okay. Flippt nicht gleich aus. Ich behalte das Armband an.«

Von außen wirke ich gerade bestimmt gelassen, aber innerlich tupfe ich mir verzweifelt die eigenen, metaphorischen Schweißperlen von der Stirn.

Ohne Xanders Eingreifen wäre ich erledigt. Meine Freunde drehen bereits durch, wenn sie mich riechen. Dabei kennen sie mich. Was würde passieren, wenn ein Haufen Kreaturen meine Macht spürte … Scheiße, sie würden mich in Stücke reißen.

»Mit etwas Übung wirst du deine Kraft kontrollieren können«, sagt Xander, der das Entsetzen in meinen Augen richtig deutet.

Puh, gut zu wissen.

Xander besitzt eine verrückte Beherrschung. Ich frage mich, was er im Auto wohl gespürt hat. »Wie hat sich meine Macht für dich angefühlt?«, frage ich ihn.

»Die Wirkung hat erst eingesetzt, als wir auf halbem Weg zurück waren. Ich kann nur vermuten, dass du dich von der Übertragung noch nicht erholt hattest. Dr Ross ist auf dem Weg hierher, um dich zu untersuchen.«

Ich stöhne. Noch mehr Stochern, Piken und Testen.

»Sagen wir einfach, deine Kraft hat sich nicht so gut angefühlt.« Xander schluckt sichtlich. »Ich glaube, du kannst andere anziehen und abstoßen, je nach deinen Gefühlen.«

Anziehen und abstoßen. Hm, praktisch.

»Du wirst es herausfinden. Tru, wir treffen Ross in zehn Minuten in der Orangerie.«

Ich stöhne erneut auf, als Xander den Raum verlässt. Ohne weitere Zeit zu vergeuden, kippe ich Anns Umschlag über dem Bett aus und wühle durch den Inhalt. Banksachen, darunter eine Bankkarte, Adressdaten für ein neues Haus und verschiedene Schlüssel. Ich beuge mich vor und nehme mein Tablet vom Nachttisch. Ich klicke mich zu meinem Server und blättere den ganzen neuen Papierkram durch. »Ich brauche einen Anwalt«, murmle ich.

»Was ist denn passiert?«, fragt Justin und kramt durch die Gegenstände auf dem Bett.

Ich erzähle ihnen schnell von Denbys Tod, von der generationenübergreifenden Kraft des Horns und von Anns seltsamem Verhalten. Aber ich sage nichts über meine Zukunftsvisionen. Wie, um alles in der Welt, soll ich davon berichten, ohne dass sie denken, ich hätte den Verstand verloren? Vielleicht war es eine Fehlfunktion meines Gehirns wegen der magischen Überlastung. Allerdings bezweifle ich das.

Unter Anns Dokumenten auf meinem Tablet entdecke ich ein Foto von mir als Kind. Ich hatte nie mit Kindern zu tun, daher erkenne ich das Alter nicht, aber schätzungsweise bin ich darauf vier Jahre alt. Ich spähe hinter dem Bein einer Frau hervor.

Woher haben sie das?

Die braunhaarige Frau auf dem Foto ist – selbstverständlich – eine schöne Vampirin. Sie hat das perfekte plastische Aussehen eines Reinblüters. Abgesehen von ihren Augen. Ihre Augen tanzen vor Freude und Glück. Sie blickt auf mich herab und hat eine Hand auf meinen Kopf gelegt.

Hinter uns steht ein Mann. Als ich ihn sehe, setzt mein Herz einen Schlag aus. Tränen steigen mir in die Augen, als ich sein hübsches Gesicht betrachte.

Wir haben nie Fotos zusammen gemacht.

Er hat dunkle Haut, unmenschliche braune Augen und langes, geflochtenes Haar nach Art der Fae. Seine Ohren stehen spitz ab.

Wow, ich wusste nicht, dass er von Anfang bei uns war ... Er war unser Wächter. Er muss meiner Mutter ein Versprechen abgegeben und sich auch nach ihrem Tod um mich gekümmert haben. *So viele Geheimnisse.*

»Ist das deine Mutter?«, fragt Story.

»Wow, sie ist reinblütig«, sagt Justin und rückt näher an unsere Kuschelgruppe auf dem Bett heran.

»Ja.«

»Oh, sieh nur, wie süß du warst. Ihr habt die gleiche Gesichtsform.« Story hüpft meinen Arm hinunter und zeichnet das Gesicht meiner Mutter nach. »Hier um den Kiefer herum. Oh, und die Farbe deiner Augen.«

Ich nicke. Jetzt sehe ich es auch.

»Und der Wächter?«

»Das ist er ... mein Großvater«, flüstere ich mit einem zittrigen Lächeln. »Er hat mich am Leben erhalten und beschützt.«

»Warum hast du ihn Großvater genannt? Er ist ein Fae?«, fragt Justin und lehnt sich an mich.

»Keine Ahnung.« Ich zucke mit den Schultern. »Ich schätze, ich habe ihn als Kind so genannt und das ist dann einfach hängen geblieben.«

»Weißt du, was mit deiner Mutter passiert ist?«, fragt Story.

»Ja, hier verbirgt sich irgendwo ein Gildenbericht. Laut Ann werde ich darin nicht erwähnt, aber es heißt, dass Ryan, mein Einhornvater«, mein Blick wandert zurück zu der lachenden Frau auf dem Foto, »sie getötet hat.« Dexter springt auf und schlägt mir mit seinem Schwanz ins Gesicht. Ich vergrabe mein Gesicht in seinem weichen Fell. »Ich glaube, als er mein Horn entfernt hat, wollte meine Mutter ihn aufhalten.« Ich blinzle ein paar Mal. »Scheiße, damit muss ich mich später befassen ... wenn mein Gehirn wieder funktioniert und ich nicht mehr so erschöpft bin.« Ich klatsche in die Hände. »Okay, hört zu! Die Dinge haben sich geändert, wir ziehen um.«

»In dieses neue Haus?« Justin deutet auf die Adresse. »Ich kenne diese Gegend. Sie ist nobel, bewacht und geschützt ...« Seine Stimme wird leiser und er wird blass.

Ich stoße ihn mit meiner Schulter an und drücke seine Hand. »Nein, wir ziehen in unsere Wohnung, die wir mit unserem hart verdienten Geld gemietet haben. Es ist an der Zeit.«

»Kein schickes Haus? Kein schickes Auto?«, fragt Story und stößt mit ihrem Zeh die Schlüssel an.

Ich schüttle den Kopf. »Nein, wir machen das auf unsere Art. Also packt euren Kram.«

»Coolio.« Story nickt.

»Hört sich gut an«, meint auch Justin, als er sich aus dem Bett kämpft.

»Miau«, fügt Dexter hinzu und stupst mich mit seinem großen Kopf unter meinem Kinn an. Ich schaue auf die Uhr. Oh, ich sollte besser los zum Arzt.

Kapitel Vierzig

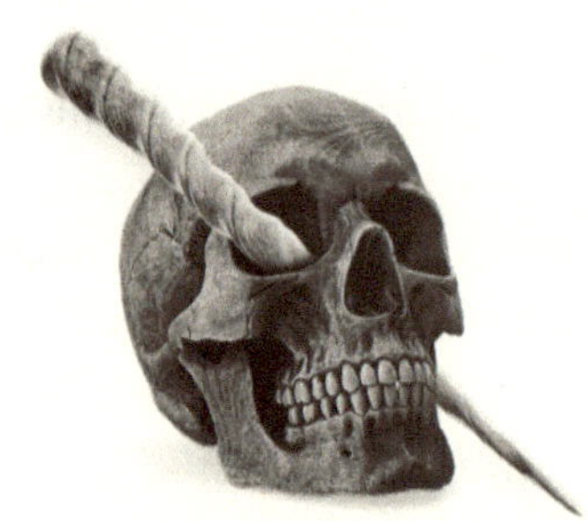

Ich schlendere in Xanders Büro und schließe für eine Sekunde die Augen, als ich seinen Duft einatme. *Okay, Tru, konzentriere dich! Sei tapfer!* »Hey, meine Krankenakte ist sauber. Dr Ross hat mir sogar Blut gegeben, ohne dass ich Nebenwirkungen hatte. Ich bin geheilt.«

Ich gehe zu seinem Schreibtisch und fahre mit dem Finger über die glänzende Holzoberfläche. Xander schaut auf und legt den Papierkram beiseite, den er bearbeitet hat. Ich lege den Kopf schief, eine Lagerbestellung für das *Night Shift*. Wie langweilig.

»Sieht so aus, als ob Engelsblut nicht mehr auf meiner Speisekarte steht.« Ich klopfe auf den Schreibtisch. *Das ist hart.* »Ich, ähm ... habe dir ein Dokument gemailt, mit freundlicher Genehmigung der Einhörner. Die Vormundschaft wurde aufgehoben. Juhu. Sieht aus, als wärst du endlich frei von mir.« Ich versuche mich an einem Lächeln, aber meine Lippen zittern.

Verdammt, das ist schwieriger, als ich dachte.

»Du gehst?«, fragt er und schiebt seinen Stuhl zurück.

»Ja«, flüstere ich. Ich huste und räuspere mich. »Ich weiß, ich habe es schon einmal gesagt, aber ich kann es nicht oft genug sagen: Ich danke dir, Xander. Danke, dass du mir das Leben gerettet hast.«

»Ich werde dich vermissen.« Er fährt sich mit der Hand über das Gesicht. »Dein Chaos werde ich allerdings nicht vermissen.«

Ich lache, aber es klingt schmerzhaft. »Was soll ich sagen? Ich bin verflucht.«

Xander entfernt sich vom Schreibtisch.

»Vielleicht können wir uns mal zum Mittagessen treffen? Uns gelegentlich sehen?«

Xander zuckt zusammen.

»Oder auch nicht«, murmle ich.

»Mein Schatten, du weißt, dass das nicht passieren wird.« Ein Kloß bildet sich in meiner Kehle. Xander streicht mir das Haar von der Schulter und fährt mit den Fingern fast abwesend durch sie hindurch. »Ich habe gesehen, wie du dich mit erhobenem Haupt in brenzlige Situationen begeben hast, bei denen die meisten Erwachsenen zusammenbrechen würden, und ich könnte nicht stolzer auf dich sein.« Er beugt sich vor und drückt seine Stirn gegen meine. Sein Atem kitzelt meine Lippen. Ich teile sie und atme ihn ein.

»Du überraschst und erfreust mich. Und du frustrierst mich zutiefst.«

Wir sehen uns in die Augen und sein Daumen fährt über meinen Wangenknochen und an meinem Kiefer entlang. »Aber ... aber du bist noch so jung.«

Da ist er wieder, der Moralapostel.

»Wir können nicht auf die Art zusammen sein, wie du es dir wünschst, mein Schatten.«

Ich senke den Kopf, damit er nicht sieht, wie ich die Augen verdrehe. Mein Engel kann wirklich dumm sein. Er könnte recht haben – ich bin wahnsinnig in ihn verliebt –, aber da ist er wieder, der großköpfige Mistkerl, der sich einen Scheiß anmaßt.

Ich kann nichts Unanständiges mit dir anstellen, Tru – ich umschreibe das jetzt mal ein bisschen – *ch liebe dich, Tru, aber ich darf das nicht tun, weil du noch ein Kind bist und ich ein mächtiger, alter Engel* ... bla bla.

»Ich werde dich immer beschützen«, sagt er barsch und zieht sich von mir zurück.

Mein Herz macht einen Sprung, als mein Blick zu ihm wandert. Wunderschöne honigfarbene Augen mit goldenen Sprenkeln, umrahmt von dichten, schwarzen Wimpern, betrachten mich, als würde er in meine Seele schauen.

Ich erkenne den Schmerz in seinen Augen.

»Ich dich auch, Kumpel. Ich dich auch«, sage ich und boxe ihm freundschaftlich gegen den Unterarm. Seine honigfarbenen Augen verengen sich und völlige Verwirrung macht sich auf seinem Gesicht breit.

»Sorry, aber was soll ich denn tun?« Ehrlich, der Mann ist sooo langsam im Kopf. Ich bin mir sicher, dass sein Gehirn voller Federn ist.

Ich schwinge mit den Hüften, als ich davonstolziere. Ich öffne die Tür. »Ich werde nicht ewig siebzehn sein«, sage ich über meine Schulter und zwinkere. »Im Moment habe ich keine Zeit für Romantik und den ganzen Scheiß.«

Ich gehe weiter den Flur entlang und sage mit einer wegwerfenden Handbewegung: »Ich muss ein Imperium aufbauen, Vampire verärgern und den Ruf einer Rebellenführerin pflegen.«

Ich lächle heimlich.

Ich habe einen Blick in unsere Zukunft geworfen und sie ist *glorreich*. Er hat nicht die geringste Chance ...

EIN URBAN-FANTASY-ROMAN

REBELLISCHES EINHORN

REBELLIN AUS DER ANDERSWELT

BROGAN THOMAS

Kapitel Eins

Ich zucke mit den Schultern, und ein leises Stöhnen entweicht meiner Kehle, während mir der Schweiß über den Rücken rinnt und mein schwarzes Kampfshirt durchtränkt. Ekelhaft. Ich könnte jetzt wirklich einen Zauber gebrauchen, der mich wieder abkühlt.

Ich schnappe nach Luft. Ja, klar. Die Dinger sind superteuer, und ich benutze sie eigentlich nur, um am Leben zu bleiben, nicht, um es mir angenehmer zu gestalten. Lieber schwitze ich, als pleite zu sein. Ich unterdrücke ein weiteres Stöhnen. Ich bin überhaupt kein Fan von heißem Wetter. Lieber ziehe ich mir mehrere Schichten an um mich warm zu halten, als bei einer dicken Schicht vor Hitze einzugehen.

Der Sommer ist viel nerviger als der Winter, der mir im Gegensatz dazu ziemlich gut gefällt. Ich liebe diese perfekten englischen Wintermorgen, wenn der Himmel strahlend blau und alles kalt und frisch ist. Die Welt sieht so viel schöner aus, mit einem Hauch von Eis, das den Dreck verdeckt, und selbst den schlimmsten Schandfleck zauberhaft aussehen lässt. Außer einmal, als ich noch ein Kind und obdachlos war.

Damals mochte ich den Winter nicht, und speziell dieser war einfach nur schrecklich.

Stattdessen haben wir jetzt August, und das Land erlebt eine Hitzewelle, sodass es heute Abend unangenehm schwül ist. Zu allem Überfluss umschwirren mich gefühlt eine Million dieser schrecklichen Stechfliegen wie hungrige Piranhas.

Normalerweise stechen mich diese kleinen Monster nicht. Ich bin offensichtlich kein guter Snack – das hat mit dem schrecklichen Geschmack meines Hybridblutes zu tun –, aber heute Nacht haben die kleinen Blutsauger Hunger. Ich stöhne lauter und reibe mein glühendes Gesicht an meiner Schulter. Sie sind gut in Form. Das muss ich ihnen lassen.

Eine alte Erinnerung drängt sich mit Schaudern in mein Gedächtnis, sodass ich mir ein Lächeln verkneifen muss. Als Kind habe ich meinen Adoptivgroßvater gefragt, ob sich die Stechfliegen, die mein Blut trinken, in Vampire verwandeln würden. Er lachte ungefähr zwanzig Minuten lang, und ich weiß bis heute nicht, was er daran so lustig fand. In dem Moment war ich der Meinung, dass die Frage durchaus berechtigt war. *Vampirmücken.* Ich schaudere. Mein Gott, wie sehr ich ihn vermisse. Neun Jahre ist es her, aber es kommt mir vor, als wäre es erst gestern gewesen. *Der Sensenmann holt sich immer die Besten zuerst.* Ist das nicht so?

Ich fühle mich unwohl, sowohl mit meinen Gedanken als auch mit der festen, unnachgiebigen Dachplane, auf der ich liege, und wälze mich hin und her. So, wie ich auf meinem Bauch liege, tut mir der untere Rücken weh. *Es sollte nicht mehr lange dauern.* Aus Erfahrung weiß ich, dass man bei solchen Arbeiten eine Engelsgeduld haben muss.

Ich ziehe meine Arme in eine bessere Position, meine linke Hand zittert. Ich schiebe das lästige Teil unter mein Kinn und versuche, es zu ignorieren. Das lässt mich wie einen Blutjunkie aussehen. Das Zittern meiner Hand ist die erste unangenehme Mahnung daran, dass ich eine neue Ration dringend nötig habe und es mir unangenehm ist, meinen Blutspender zu sehen.

»Bereithalten«, flüstere ich, als ich in der Ferne das Geräusch eines sich nähernden Fahrzeugs höre.

Das rhythmische Quietschen hinter mir verstummt.

Ich muss die Wolfswandlerin nicht ansehen, um zu wissen, dass meine geflüsterten Worte ihre Aufmerksamkeit erregt haben, und obwohl ich in weiser Voraussicht den größten Teil meiner Aufmerksamkeit auf die Straße und jede unfreundliche Gesellschaft in dem sich schnell nähernden Auto gerichtet habe, wird mein Blick ohne meine Erlaubnis von ihr angezogen.

Forrest.

In Gedanken rolle ich mit den Augen. Sie hängt immer noch kopfüber an den Resten des Gerüstes. Sie hängt dort, die Stange in ihre Kniekehlen geklemmt, wie ein verrückter Affe. Ihr blassrosa Haar liegt auf dem Dach, das vom Mondlicht fast weiß gefärbt ist. Ich schüttle den Kopf und kann meine Verärgerung kaum verbergen, in der sich eine Prise Belustigung und vielleicht ein wenig Eifersucht mischen.

So ein verrücktes und doch liebenswertes Verhalten. Es hat etwas für sich, stark genug zu sein, um sich nicht darum zu scheren, was andere Leute denken, und diese Wandlerin hat es auf den Punkt gebracht. Sie hat die ultimative Freiheit, einzigartig zu sein. Außerdem sieht sie so aus, als ob es ihr Spaß mache, da oben zu hängen.

Die rosahaarige Wandlerin ist meine einzige Stütze, und ich muss zugeben, dass ich froh bin, sie zu haben. Ich habe viele Gerüchte über ihre Geschichte gehört – die Geschöpfe unserer Welt reden gern –, aber ich werde nicht nach ihrer Geschichte fragen, denn wenn man hinter ihre kompakte, winzige rosa Fassade blickt, strahlt Forrest eine gewisse Bedrohung aus. Man weiß aus dem Bauch heraus oder mit dem sechsten Sinn, dass es eine schlechte Idee ist, sie zu verärgern. Ein Blick in ihre kalten, leichenblassen Augen vertreibt diesen dummen Gedanken. Sogar jetzt, während sie mit dem Kopf nach unten hängt wie ein Kind, schaut sie mich ohne jeglichen Ausdruck an.

Sie ist nicht ganz richtig im Kopf und mehr Wolf als Mensch.

Ein unangenehmer Schauer folgt dem Schweiß, der über meinen Rücken rinnt, ich nicke ihr respektvoll zu und konzentriere mich wieder auf die Straße, als ein schwarzes Auto um die Ecke in das leere Industriegebiet biegt. Die Reifen quietschen auf dem Asphalt und knirschen an der Bordsteinkante, als es auf die unscheinbare Lagerhalle zufährt. Eine Lagerhalle, auf der wir uns befinden.

Die Beifahrertür öffnet sich und ein großer Vampir steigt aus.

Während er seinen billig aussehenden Anzug zurechtrückt, fällt die Tür hinter ihm zu. Mit zusammengekniffenen Augen mustert er die Umgebung. Er denkt nicht einmal daran, hochzuschauen. Ich erkenne sein Gesicht, denn er ist ein prominentes Opfer.

Ich spitze die Lippen, jeder Atemzug wird flacher, Adrenalin schießt durch meinen Körper, und als Reaktion auf den Anstieg von Neurotransmittern und Hormonen kribbeln meine Glieder vor Bewegungsdrang. Diesen Teil meines Berufs liebe ich. *Die Jagd.* Es muss die vampirische Seite in mir sein, die es genießt, sich an die Beute heranzupirschen.

Zwei weitere Männer steigen hinten aus. Ich lächle. Bingo! Mein Lächeln verblasst, als meine etwas aufdringliche innere Stimme meine Aufregung wie ein Messer durchtrennt. *Komm schon, Tru! Es ist noch nicht zu spät für dich, nach Hause zu gehen. Du weißt, dass das nicht dein Kampf ist.*

Ich kann kämpfen. Ich runzle die Stirn und zucke mit den Schultern. Ich trainiere hart, um mich und meine auserwählte Familie zu beschützen, aber ich weiß aus Erfahrung, dass es immer eine Kreatur geben wird, die den Boden mit mir aufwischen kann und wird. Wie die meisten normalen Menschen mag ich es nicht, eine Faust ins Gesicht zu bekommen, und obwohl ich mich verwandeln kann, um zu heilen, bleibt der Schmerz trotzdem.

Ja, ich bin eine Killerin, aber ich erledige meine Aufträge aus der Ferne, mit illegalen Distanzwaffen oder aus dem Schatten heraus, und im Gegensatz zur Wolfswandlerin und ihrem furchterregenden Ruf bin ich niemand, die sich ihren Weg durch ein Problem bahnt. So wird man verletzt oder, schlimmer noch, jemand, den man liebt, wird getötet.

Die Tür des Lagerhauses öffnet sich und die Vampire schleichen hinein.

Ich weiß, dass meine Ängste berechtigt sind. Irgendwie hat sich der einst kleine und einfache Mordauftrag, den ich heute Morgen begonnen habe, in ein Chaos epischen Ausmaßes verwandelt.

Ist das nicht der Lauf der Dinge?

Diese Situation übersteigt bei Weitem meine Ausbildung und meine Gehaltsklasse. Es gibt so viele Fachleute, die dafür besser geeignet sind als ich. Ich bin keine Soldatin.

Ja, Tru, du bist nicht gut genug. Wieder ignoriere ich meine bösen Gedanken und das schrille Bauchgefühl, das behauptet, die Dinge würden spektakulär schiefgehen. Ich schiebe die Sorgen beiseite. Es geht um uns oder um nichts, und es geht um *Kinder*. Ich kann nicht weglaufen und werde es auch nicht.

Ein winziges Klicken ertönt, gefolgt von einem stechenden Schmerz in der Mitte meiner Stirn, und ich signalisiere Forrest, sich bereit zu machen. *Ziele bestätigt. Alle Ziele sind freigegeben.* Ich zucke zusammen, als die sanfte, fröhliche Stimme von Story, meiner besten Freundin, in meinem Kopf ertönt. Der Kommunikationszauber ist ein unangenehmes Kratzen in meinem Gehirn.

Forrest summt eine Melodie. Ich runzle die Stirn. Ist das ... ich lege den Kopf schief und halte den Atem an, um zu lauschen.

»Mission Impossible?«

Ja, das ist es. Ich lache leise und konzentriere mich auf einen letzten Waffentest, als die summende Wolfswandlerin auf mich zukommt.

Jetzt ist Forrest an meiner Seite und gibt mir einen Schubs. »Tru.« Sie wedelt mit der rechten Hand vor meinem Gesicht herum. An ihren Fingern ist ein beeindruckendes Set von sechs Zentimeter langen Krallen zu sehen.

»Wow«, flüstere ich und nicke anerkennend. Ich presse die Hände gegen meine Oberschenkel, um mich daran zu hindern, sie zu berühren. Ich kann mich nicht erinnern, jemals jemanden gesehen zu haben, der eine Teilwandlung in der realen Welt durchgeführt hat. Das ist eine mächtige Sache. Man muss mindestens sechshundert Jahre alt sein, um stark genug dafür zu sein.

So alt ist sie auf keinen Fall. Nein, sie muss so alt sein wie ich.

Forrest ist so machtvoll, wie man über sie sagt. Kein Wunder, dass sie alle zu Tode erschreckt. Gut für sie.

Die Wölfin starrt auf meine Hände hinunter, welche ich immer noch an meine Oberschenkel gepresst halte, als wolle sie sagen: »Na los! Ich habe dir meine gezeigt, jetzt zeigst du mir deine.«

Ich lächle ein wenig reumütig und schüttle den Kopf. »Was? Ich dachte, du wärst knallhart. Hast du nicht superstarkes Hybridblut oder so?«

Oh, das habe ich.

»Kannst du deine Hände etwa nicht bewegen?« Ihre Stimme ist schockierend rau, es klingt so, als würde sie jeden Morgen nach dem Zähneputzen mit Glassplittern gurgeln, statt mit Wasser. Es ist nicht die Stimme eines Mädchens, welches so zierlich ist und blassrosa Haar hat.

»Ich? Nein.« Ich lache spöttisch. Ich fuchtle mit dem Arm in der Luft herum und balle meine Hand locker zu einer Faust. »Hufe«, erkläre ich. Ich grinse und wackle mit den Fingern. »Nicht so nützlich wie deine Krallen.

Das wäre ... du weißt schon, seltsam.«

»O ja. Das mit den Einhörnern hatte ich ganz vergessen.« Sie tippt sich an die Stirn. »Peinlich.«

Ich ziehe mein Handy heraus.

»Cool. Das ist so cool. Einhörner sind meine Lieblingstiere. Ich habe diesen epischen, flauschigen Einhorn-Schlafanzug ...« Forrest scheint meine Anwesenheit irgendwie auszublenden, denn sie merkt nicht einmal, dass ich sie immer noch höre, während sie weiter über Krallen, Hufe und Einhörner murmelt.

Ich beobachte sie von der Seite, während sie plappert. Abgesehen von der Planungsphase und ein paar gegrunzten Worten hat Forrest in der Zeit, in der wir gewartet haben, nie etwas gesagt. Sie hat kein einziges Wort gesprochen, obwohl wir stundenlang gewartet haben. Diese Verwandlung von einer leicht verstörten, aber kompetenten Expertin in einen Einhorn-Fan ist daher erschütternd.

Ihre leeren Augen funkeln und sie fuchtelt lebhaft mit den Händen, während sie vor sich hin flüstert. Dann hebt sie ihr Oberteil und zeigt mir ihren Einhorn-Sport-BH.

Ich blinzle ein paar Mal, nicke und reiche ihr einen der militärischen Schlafzaubertränke, mit denen wir die Bösewichte außer Gefecht setzen werden.

Immer noch nickend ziehe ich mich *langsam* zurück.

Forrest redet immer noch.

Ich werfe einen Blick aufs Handy, um die Aufzeichnungen der Kameras im Gebäude zu überprüfen. Vor ein paar Stunden, als mir klar wurde, dass es sich nicht um einen einzelnen Auftrag, sondern um eine Rettungsaktion handelte, habe ich Hunderte von mikroskopisch kleinen, fliegenden Überwachungskameras in das Lagerhaus geschickt.

Alle Bösewichte unterhalten sich mit den neuen Vampiren. Ich stecke das Handy wieder zurück in meine Tasche und gehe zu der Lücke im Dach, wo früher eine durchsichtige Plane war.

Mit Präzision lasse ich mich auf einen der stählernen Dachbalken gleiten und hocke mich hin.

Das sagt viel über mich aus. Dass ich eher bereit bin, mich einem Haufen Mörder zu stellen, als mich mit einer überdrehten, einhornbegeisterten Wolfswandlerin abzugeben. Ich bereite meinen ersten Schlaftrank vor.

»Was ...? Tru? Tru? Wo bist du ...?«

Für einen Moment ist es still. Ich starre hoch auf die Lücke im Dach und schüttle den Kopf.

»Ha, wow, so fühlt sich das an«, murmelt Forrest.

Es ist Showtime.

Kapitel Zwei

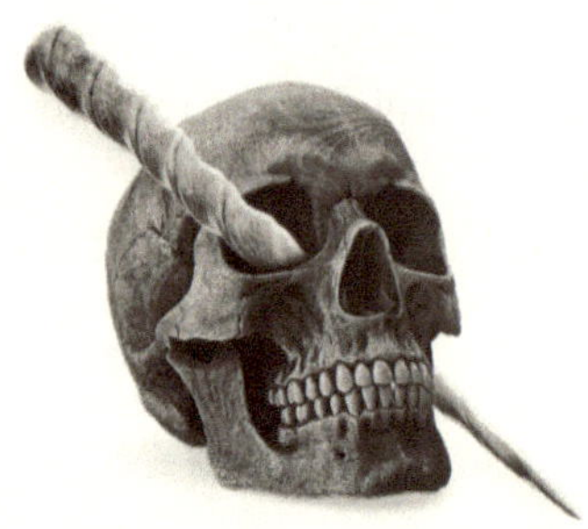

Wie eine Spinne krabble ich über den dunkelroten Stahlträger. Ich muss mich auf meine Sinne verlassen, auf mein Gleichgewicht und mein peripheres Sehen, um jede Bewegung oder Gefahr von unten zu erkennen.

Langsam, Tru, langsam!

Meine Schritte sind leise. Das Hämmern meines Pulses und das gleichmäßige Rauschen meines Atems sind alles, was ich in dieser Höhe höre. Ich konzentriere mich größtenteils auf den Balken, um die zerkratzten Stahlteile zu vermeiden. Ich achte darauf, die Kreaturen unter mir nicht mit Rostkrümeln zu berieseln.

Als ob ich wollte, dass sie nach oben schauen. So ein dummer Fehler wäre unangenehm und gefährlich. Oh, und Gott bewahre, dass ich falle.

Ohne Zwischenfall erreiche ich etwa die Mitte des Gebäudes und atme erleichtert auf. Ein seltsamer Geschmack steigt mir in die Kehle. Ich runzle die Stirn, als ich mit der Zunge gegen einen meiner Fangzähne stoße. Es tut weh. Meine Kehle brennt.

Etwas stimmt nicht ... schreit mein Instinkt. In diesem Moment nehme ich den überwältigenden Gestank wahr. Ich schaue nach unten.

Ich blinzle.

Die Zeit steht still. *Mir wird schwindelig.* Die Welt scheint sich nicht weiterzudrehen und mein Herz fühlt sich an, als würde es durch meinen Körper auf den Boden fallen.

»Was zum Teufel?«, krächze ich.

Die Kreaturen ...

Ich blinzle. Ich schlucke. Mein Gott, mein Mund ist so trocken. Ich wende meinen Blick von dem Geschehen unter mir ab und starre auf den Militärzauber in meiner gefühllosen Hand. Die Schlafgranate fühlt sich seltsam und schwer an. *Die Bösewichte sollten jetzt schlafen gehen,* aber stattdessen ... schlucke ich. Sie sind nichts weiter als bunte Tintenkleckse auf dem Betonboden.

Tinten. Kleckse.

Kreaturen haben verschiedene Farben von Blut. Dämonenblut zum Beispiel ist grün, Engelsblut golden und Faeblut hat verschiedene Blautöne. Der wilde Lehrgedanke schwirrt in meinem Kopf herum. Schwach versuche ich, mein Gehirn vernünftigerweise, von den Gedanken wieder zu distanzieren. *Ich möchte jetzt gern nach Hause gehen. Laufen.* Ich schüttle den Kopf, zwinge meinen Blick wieder auf den Boden und zeichne makaber die bunten Muster nach. Es ist, als hätte jemand Farbe verschüttet. Nein, als hätte jemand Menschenteile verschüttet. Überall auf dem Boden des Lagers liegen Teile von Menschen.

Stinkender bunter Schlamm. Menschlicher Glibber.

Oh, Scheiße. Galle steigt in meinem Hals auf. Ich muss würgen und halte mir den Mund mit dem Handrücken zu. Ich schlucke ein paar Mal. Ich will nicht kotzen.

Ja, Tru, lass uns nicht noch mehr zu den Farben beitragen! Nicht noch das Durcheinander verstärken.

Ich kämpfe gegen den Drang an, die Augen zu schließen und so zu tun, als würde das alles nicht passieren. Ein kleines Quieken von unangebrachtem, entsetztem, fast manischem Lachen entweicht meinem Mund. Verdammt, ich muss mich zusammenreißen. Ich bin eine Killerin und sehe ständig Tote.

Nein, es ist nicht die Tatsache, dass sie tot sind. Es ist die Art, wie sie getötet wurden. Das macht mir Angst. Das ist ein ganz anderes Level. Das ist ekelhaft. Beängstigend. Mein Körper schwankt, und ich spüre eine zarte Hand, die meinen Ellbogen umklammert.

Forrest. Sie hält mich fest.

»Scheiße«, murmelt sie. Als ich wieder mehr zu mir komme, lässt sie mich los und ihr hübsches Gesicht verzieht sich. Ihr Blick ist voller Abscheu, als sie das Chaos unter mir betrachtet. Im Vergleich zu mir bleibt die ältere Wandlerin absolut cool in der Situation.

»Ja.« In der Tat Scheiße. »Was für ein Chaos.«

Forrest legt die überflüssige Schlafgranate weg, ich versuche es auch und merke, wie meine Koordination durcheinandergerät. Ich brauche drei Anläufe, um die Schlafgranate zu entschärfen und sie wieder in die richtige Tasche zu stecken.

Wir hätten sterben können.

Forrest winkt mir mit einer immer noch krallenbesetzten Hand mit ihrem Handy zu: »Soll ich Verstärkung rufen?« Ihr gelber Blick ist beunruhigend, und mir gefällt die Aufregung nicht, die in seinen Tiefen aufblitzt.

Diese verrückte Wölfin hat viel zu viel Spaß.

Verstärkung. »Ah.« Ich räuspere mich. *Nein. Verdammt, nein.* Sie meint ihren Kumpel. Sie denkt, es wäre hilfreich, ihren Kumpel zu rufen. »Nein, nein, nein, nein, danke.« Ich schüttle den Kopf.

Forrest kneift die Augen zusammen, legt den Kopf nach links und lächelt schief. *Unheimlich.*

»Das ist also ein Nein?«

»Nein, auf keinen Fall.« Ihn heranzuziehen, wäre, als würde man einen Flammenwerfer benutzen, wenn man nur ein Streichholz braucht. Ein epischer Overkill. »Wir müssen erst sehen, womit wir es zu tun haben, bevor wir jemanden zu Hilfe rufen. Der Zauber« – ich deute zu Boden – »hat sich schließlich nicht von selbst aktiviert.« Ich zücke das Telefon. »Die Kameras werden uns einen Blick auf das geben, was zum Teufel passiert ist.«

Forrest zuckt mit den Schultern und lässt sich auf den Balken nieder. Ich gleite neben sie. Es ist gut, dass ich das tue, denn ich spüre, wie meine Hand wieder zittert – tun wir mal so, als käme das vom

Schock und nicht vom Hunger. Ich stütze meinen Ellbogen auf den Oberschenkel, um sie zu stabilisieren.

Wir schauen uns schweigend das Filmmaterial an und es scheint, dass alles in Ordnung war, bis wenige Sekunden bevor ich das Gebäude betreten habe. Plötzlich sind über ein Dutzend Kreaturen am Leben, stehen in kleinen Gruppen herum und unterhalten sich, und in der nächsten Sekunde, *puff*, sind sie alle weg. Und ich meine wörtlich *puff*. Sie sind nicht mehr da. Es gibt eine Explosionswelle der Macht, und dann nebeln Blutstropfen die Luft ein und regnen auf den Boden des alten Lagerhauses.

Wir hätten sterben können.

»Das war ein Wahnsinnszauber. Ich habe nichts gehört und nichts gespürt.«

»Nein, ich auch nicht. Ich habe den Täter auch nicht gesehen.« *Ich frage mich, ob ich trotzdem noch bezahlt werde. Tot ist doch tot, oder?* Die zynische, analytische Seite in mir meldet sich zu Wort.

Meine nächsten Gedanken drehen sich um die Magie der Kommunikation und die Geschichte. *Es gibt so viele ausstehende Mordaufträge für diese Ziele von verschiedenen Agenturen, dass wir wahrscheinlich doppelt bezahlt werden könnten.* Ich war noch nie in einer Situation, in der jemand anderer den Mord durchgeführt hat. Und zum Glück sind die Mikrokameras die Besten, die es gibt. Sie haben ein eingebautes DNA-Profil, und somit haben wir eine Menge Beweise, und mein Gefühl sagt mir, dass niemand sonst die Morde auf seine Kappe nehmen wird.

Würden Sie bitte die Mordbestätigungen mit dem Filmmaterial an die Auftragsmordgilde schicken?

Wird gemacht, würde es in der Geschichte weitergehen.

Jetzt muss ich den Täter ausfindig machen. Während ich das Filmmaterial noch einmal durchsehe, knabbere ich an meiner Unterlippe.

»Hungrig?«, fragt Forrest und zieht eine blassrosa Augenbraue hoch, während sie mir ein schlecht verstecktes Grinsen schenkt. Ihr entgeht nichts. Dann nickt sie auf das geronnene Blut, das unter ihr auf den Boden gespritzt ist. »Lecker.«

»Igitt.« Ich erschaudere dramatisch am ganzen Körper. Meint sie das ernst oder war das ein gut getimter Vampirwitz? »Nein, das ist nicht so meins. Danke«, murmle ich zurück.

Verdammte Wölfin! Aber ihre blöde Frage hat gewirkt, und meine Unruhe und mein Entsetzen sind für ein, zwei Herzschläge auf ein erträgliches Maß gesunken. Ich strecke den Ellbogen aus und stupse sie spielerisch an.

Sie lächelt und stößt mich zurück.

Forrest scherzt zwar, aber es ist unglaublich, wie viele gebildete Menschen glauben, dass ich den Boden ablecken würde. *Diesen Boden.* Ekelhaft.

Blut. Ich kann einen weiteren Schauer kaum unterdrücken; Blut ist die Art, wie die Natur mit mir spielt. Als Hybrid bin ich völlig aus dem Gleichgewicht.

Chaos. Das passiert, wenn zwei inkompatible Spezies miteinander vermischt werden – deshalb war es ein stillschweigendes Todesurteil für mich, ein Hybrid zu sein. Nicht zu vergessen, dass da noch mein pingeliges Verdauungssystem meiner Einhornseite ist. Ich bin Vegetarier. Kombiniere das mit einem Blutsauger an der Spitze, und schon hast du *mich*, einen evolutionären Witz von epischen Ausmaßen.

Einer, der die Zeugung eigentlich nicht hätte überleben dürfen.

Ich trinke von einem Spender. Einem Spender, der mein ehemaliger Vormund und die Liebe meines Lebens ist. Mir dreht sich der Magen um und ich stoße einen traurig klingenden Seufzer aus.

Unsere Beziehung ist … kompliziert.

Und je mehr Jahre vergehen, desto weniger trinke ich von ihm. Ich kann den Gedanken nicht ertragen, das Blut von jemand anderem als ihm zu trinken.

Obwohl mir davon übel wird, bleibe ich beim synthetischen Flaschenblut. Es ist zwar eklig, aber ich kann das schreckliche Zeug gerade noch in mir behalten.

Nun, es ist, wie es ist.

Heutzutage würde jeder Vampir, der etwas auf sich hält, den Verstand verlieren, wenn er echtes Blut aus unbekannter Quelle trinkt. Selbst fair gehandeltes Blut ist nicht mehr spenderfreundlich, da die Preise gestiegen sind und der schreckliche illegale Bluthandel wie verrückt durch die Decke gegangen ist. Achtzig Prozent meiner Zeit verbringe ich damit, mich mit diesen Monstern herumzuschlagen. Um Menschen, die unter Schutz stehen, kleine Kinder, die entführt werden ...

Mein Herz setzt einen Schlag aus.

O nein.

»Die Kinder«, flüstere ich. Mein Bein sticht, als meine Hand scheinbar schwerelos nach unten fällt und sich die Ecke des Handys in meinen Oberschenkel bohrt. Entsetzt starre ich Forrest an, die mich mit großen gelben Augen ansieht. »Diese verflixten Kinder. Bei der Vernichtung der Kreaturen« – während ich egoistisch an das Geld gedacht habe – »habe ich die Kinder vergessen.« Mit klopfendem Herzen greife ich zum Handy und suche noch einmal verzweifelt das Filmmaterial nach den Kindern ab.

Ich weiß, dass ich sie nicht gesehen habe, als es losging. Ich muss für meinen Verstand annehmen, dass sie in Sicherheit sind. *Bitte seid in Sicherheit!* Verzweifelt überprüfe ich das Filmmaterial doppelt und dreifach. Durch unseren Kommunikationszauber weiß ich, dass Story dasselbe tut.

Nichts.

Ich lasse den Blick um das Gebäude schweifen und deute auf einen überdachten Bereich, der nicht in Sichtweite liegt. »Vielleicht dort drüben. Da muss es einen Raum geben, der so luftdicht ist, dass die Kameras dort nicht funktionieren ...«

Ohne ein Wort zu sagen, stößt sich Forrest vom Balken ab und lässt sich wie im Film zwölf Meter zu Boden fallen.

Kapitel Drei

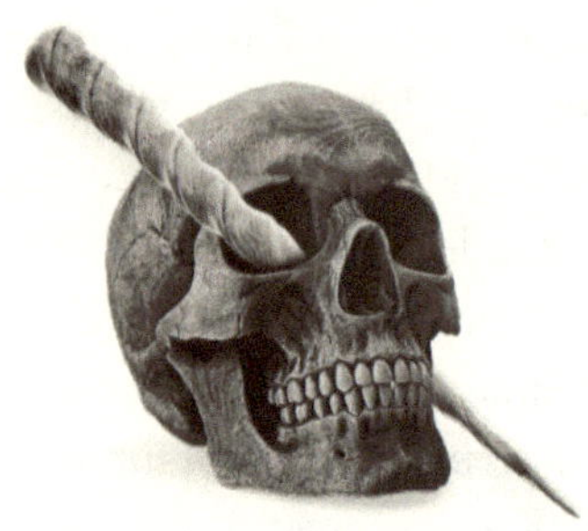

Ich stosse ein überraschtes Quieken aus, lehne mich so weit vor, wie ich nur kann und beobachte, wie ihre Gestalt schimmert, während sie hinunterspringt, als würde sie sich jeden Moment verwandeln, aber das macht sie nicht. Es sind nur ein paar Mikrosekunden der Verzerrung, und ich sage mir, dass es an meiner schlechten Sicht liegen muss, denn es ergibt keinen Sinn.

Mit angezogenen Beinen landet Forrest lautlos auf dem einzigen sauberen Stück Beton auf ihren Beinen.

»Hierhin kommen die Kameras nicht«, sage ich etwas lahm.

Oje.

»Forrest, was ist mit der Kreatur, die hier alle in die Luft gejagt hat? Derjenige, der den schrecklichen Verdampfungszauber durchgeführt hat. Wir brauchen einen Plan«, rufe ich, als die Wölfin hinter einem dicken Metallträger verschwindet. Ich zucke zusammen und reibe mir die Stirn, als meine Stimme durch die Lagerhalle hallt.

Juhu! Gut gemacht, Tru! Wenn du wie eine Todesfae schreist, hilft das bestimmt. Was ist nur aus deiner Zurückhaltung geworden?

Ich reibe mir den Mund und murmle »Scheiße, Scheiße, Scheiße« in meine Handfläche. Ich warte, ob etwas passiert. Ich spitze die Ohren und zähle in meinem Kopf bis zwanzig, während meine Augen auf der Suche nach einer Bewegung umherhuschen. Wo zum Teufel ist sie? Wo ist sie? Fae kennen nur Ärger.

Story, bekommst du das alles mit? Wir müssen alles filmen, falls etwas schiefgeht.

Ja, und ich mache Kopien. Ava hilft uns.

Ava ist eine wirklich talentierte Technik-Hexe. Es ist eine große Erleichterung, dass sie dabei ist. Wir haben sie und ihre menschliche Freundin Emma kennengelernt, als ich ungefähr neunzehn war. Ihre Magie ist Technomantie und sie ist so einzigartig. Ava verbindet Magie mit Technologie. Wir haben eine *eine Hand wäscht die andere Hand-Beziehung*. Die Hexe kümmert sich um die Technologie und ich kümmere mich um das Töten.

Ich danke dir.

Du musst da weg. Storys singende Stimme geht in ein besorgtes Flüstern über. *Ich habe ein ungutes Gefühl.*

Ich atme zitternd ein. *Ich auch.* Ich schlucke den Kloß des Schreckens herunter, der sich in meiner Kehle gebildet hat. *Aber du weißt, dass ich das nicht kann.* Ich weiß, dass Story schimpfen und mir eine Standpauke halten will, aber sie tut es nicht. Ihr Schweigen ist bedeutungsvoll, aber gewollt.

Mein ganzer Körper zuckt vor Tatendrang und ich kaue auf meiner Lippe. Ich kann hier nicht wie eine Idiotin sitzen bleiben. Ich muss da runter. Was zum Teufel mache ich hier? Ich hätte hinunterspringen sollen, als Forrest es gemacht hat. Aber ich werde nicht wie die Wölfin zwölf Meter in die Tiefe springen. Ich habe zwar die Ausrüstung, aber ich werde ewig brauchen, um mich abzuseilen.

»Ach, scheiß drauf!«

Mit einem Knarren und dem Summen konzentrierter Wandlermagie, die über die Haut meines Rückens fliegt, breiten sich meine Flügel aus.

Schweiß rinnt mir übers Gesicht und die schweren weißen Federn helfen nicht unbedingt gegen die Hitze. Ich richte mich auf und zupfe an meinem Kampfshirt, das mir in den Nacken zwickt. Vor Jahren habe ich einen ziemlich teuren Zauber getrunken, damit ich meine Kleidung beim Wandeln schützen kann. Der Zauber war seinen hohen Preis wert, denn er erlaubt mir, mich zu wandeln, ohne meine Kleidung zu ruinieren. Männlichen Wandlern scheint es nichts auszumachen, wenn ihre Körperteile im Wind flattern. Ich wollte auf keinen Fall mit hängenden Brüsten kämpfen. Selbst wenn ich mich in ein ganzes Einhorn verwandle, wandeln meine Kleider und Waffen mit, und wenn ich mich zurückwandle, bleiben sie wie durch ein Wunder unversehrt.

Die Hexenmagie ist unglaublich beeindruckend und angsteinflößend.

Als niemand kommt und das Lagerhaus still ist, stoße ich mich vom Balken ab. Durch meinen Körper fährt ein Ruck, als meine Flügel die Luft erfassen, und ich zu Boden gleite.

Ich lande auf derselben freien Betonfläche wie Forrest. Als meine Füße in der Nähe des ekligen Blutes aufkommen, halte ich den Atem an. Solange ich das Blut und das Zeug um mich herum nicht riechen kann, ist es okay. Obwohl ich weiß, dass der ekelhafte Geruch durch meine Kleidung und meine Poren dringen wird.

Es ist alles in Ordnung. Ich springe zu einer anderen sauberen Stelle, wobei meine linke Ferse in eine Pfütze aus bläulichem Schleim taucht.

Alles klar, das war's, wenn ich nach Hause komme, werde ich diese Kleider verbrennen. Ich verbrenne alles, auch meine geliebten Doc-Martens-Stiefel. Dieses ganze Lagerhaus ist ekelhaft.

»Forrest«, flüstere ich energisch. *Wo zum Teufel ist sie?* Ich bin ja dafür, Kinder zu retten, aber es gibt Wege dafür, ohne uns in Gefahr zu bringen.

Forrest schaut um die Ecke und ich atme erleichtert auf. »Was zum ...?« Mit grimmiger Miene deutet sie auf meine Flügel. »Ey! Du hast gesagt, du kannst keine Teilwandlung durchführen, und was zum Teufel ist das?« Sie fuchtelt mit den Händen herum und flüstert wütend: »Woher kommen diese Flügel?« Forrest stützt ihre Hände mit den Krallen auf ihre schmalen Hüften.

»Du bist ein Einhorn-Vampir-Hybrid. Seit wann haben diese Kreaturen Flügel? Hm? Kannst du mir das bitte mal erklären?«

Ach ja, die Flügel. Das Blut meines Spenders hat interessante Nebenwirkungen. Aber das behalte ich lieber für mich. Nur ein paar Leute wissen davon, und ich habe nicht vor, dafür Werbung zu machen. Ich flattere mit meinen Flügeln und hüpfe von einem Fuß auf den anderen, dabei kratze ich mich am Hinterkopf.

»Ich habe nie gesagt, dass ich mich nicht teilweise wandeln kann, ich habe gesagt, dass ich keine Krallen habe ...«

Forrest unterbricht mich mit einem Stinkefinger.

Wie nett ...

»Warum haben alle Flügel?«, murmelt sie und stampft bockig mit dem Fuß auf. »Ich will auch Flügel.«

Meine Lippen zucken. Mit einem Hauch von Magie lasse ich meine umstrittenen Accessoires verschwinden, bevor die wütende Wölfin sie mir vom Rücken reißt.

Forrest knurrt und deutet mit dem Daumen hinter sich. »Die Tür nach hinten war verschlossen. Ich habe sie geöffnet. Wollen wir uns aufteilen oder lieber zusammen suchen?«

»Zusammen?«

Forrest brummt und stapft davon.

Mit meinem Lieblingskurzschwert in der Hand und einem Grinsen im Gesicht – sie ist eine verdammte Freude – folge ich ihr den dunklen, schmalen Gang entlang. Bei jedem Schritt drehe ich die Klinge, um mein Handgelenk aufzuwärmen. Am Ende des Ganges betreten wir einen Raum.

Wie ich vermutet habe, sind im Türrahmen die Reste eines magischen Siegels zu sehen, das Forrest gebrochen haben muss.

Halt! Storys laute Stimme dröhnt in meinem Kopf. Ich zucke zusammen und tippe gegen die Wand, um Forrests Aufmerksamkeit zu erregen. Die Wolfswandlerin hält inne und ihre gelben Augen verengen sich, als ich ihr signalisiere zu warten. Ich tippe mir an die Stirn. Sie nickt. *Die vermissten Kinder sind wiedergefunden worden. Sie wurden etwa zur gleichen Zeit, als der Verdampfungszauber durchgeführt wurde, aus einem Portal im Sanctuary – einer schicken Taschendimension – ausgespuckt. Sie sind alle identifiziert und physisch in Sicherheit.*

Physisch in Sicherheit, aber geistig nicht, wette ich. Die armen Kinder.

Ich hasse diese schreckliche Welt, in der es keine Kindheit gibt. Die sogenannte Unsterblichkeit, ist ein Witz. Man sollte meinen, dass Kinder alle Zeit der Welt haben, um zu wachsen und gedeihen, denn wenn man praktisch gesehen ewig lebt, sollte man auch länger Kind sein dürfen, oder? Falsch gedacht, denn das ist nie der Fall. Das Leben wird von Jahr zu Jahr härter und gefährlicher.

Deshalb mache ich das, was ich mache. Es geht mir nicht nur ums Geld. Wenn ich etwas Böses aus dieser Welt verbannen kann, hat vielleicht ein armer Unschuldiger die Chance zu leben.

Vielen Dank. Dann gebe ich die Information an Forrest weiter.

Sie legt den Kopf zurück und atmet erleichtert aus. »Gott sei Dank!«

»Ja.« Ich wechsle mein Schwert in die linke Hand und fahre mit den kleinen Drehungen fort. Zu unserem Pech müssen wir das Gebäude noch räumen.

Hm. Mein Bauchgefühl war wohl falsch. Keine weinenden Kinder und dazu noch die zerquetschten und verdampften Killer. Es war nur ein Gebäudecheck, so finde ich den Job gar nicht so übel.

Ohne eine Vorwarnung tritt Forrest die Tür ein, und wir springen hindurch, ich leicht hinter ihr her. Mit geübter Schnelligkeit bewege ich mich von der Tür weg und scanne das Innere nach Bedrohungen. Der Blutring hat das heruntergekommene Büro in ein verrücktes, temporäres Gefängnis verwandelt. Als ich die linke Seite sichere, erwarte ich automatisch, dass Forrest das Gleiche auf der rechten Seite macht. Aber sie macht es nicht.

Irgendetwas stimmt nicht. Ist es ein Zauber? Sind wir in eine Falle geraten?

Sekunden vergehen, während Forrest wie erstarrt vor der Tür steht, mit einem Ausdruck blinden Entsetzens auf dem Gesicht. Sie starrt auf die herumstehenden leeren Käfige, als wollte sie diese vernichten. Ihr blasses Gesicht ist kränklich weiß geworden. Ich höre das leise Wimmern, das ihr leise über die Lippen geht. Als ich sie beobachte, schüttelt sie den Kopf und reißt sich aus der Situation los.

»Nicht dein Käfig, nicht deine Angelegenheit«, murmelt sie, gefolgt von einem hörbaren Schlucken. »Ich mag diesen Job nicht.«

»Ich auch nicht.« Jetzt bin ich an der Reihe, mich ihr zu nähern und sie zu beruhigen. Ich drücke sanft ihren Arm. »Hey!«, ich huste, um mich zu räuspern. »Ich schaffe das schon. Ich kann dieses Zimmer machen. Willst du dir den Rest des Gebäudes ansehen?«

Ihre leeren, kalten Augen bewegen sich von den Käfigen weg und starren mich an, und es fühlt sich an, als stünde ich einem Raubtier Auge in Auge gegenüber.

Unbeholfen klopfe ich ihr auf die Schulter. Ah, bin ich zu weit gegangen? Ich zucke zusammen und nehme meine Hand weg. Vielleicht ist es nicht das Klügste, sie auf ihr Problem hinzuweisen.

Durch ein schwaches, kränkliches Lächeln blitzen die Zähne auf. Da kein weiteres Gespräch nötig ist, nickt Forrest und verlässt den Raum. Die Tür fällt hinter ihr ins Schloss.

Prima. Ich atme aus und mache mich wieder an die Arbeit. Ich schärfe meine Sinne und nehme die Suche wieder auf.

Es ist unmöglich, keine voreiligen Schlüsse zu ziehen, was hier passiert sein muss. Zum Glück gibt es hier kein lebendiges Material, aber es gibt jede Menge Beweismaterial. *Wichtige Beweise.* Es ist nicht meine Aufgabe, Beweise zu sammeln, aber man weiß nie, wozu man etwas gebrauchen könnte. Ich weiß, dass die Mikrokameras alles filmen werden. Also benutze ich die Spitze meines Schwertes, um ein paar Seiten der verstreuten Papiere umzublättern.

Wenn die Jägergilde das Gelände übernommen hat, werde ich das Zeug nie wieder sehen. Gott sei Dank!

Ich rümpfe die Nase wegen des Geruchs. Ich muss ein wenig würgen, als meine Füße an den Kleberresten auf dem dünnen blauen Teppich kleben bleiben. Ich bin froh, dass ich keine Hellseherin bin und weiß, was genau das hier alles ist, aber in diesem Raum würde ich am liebsten in Bleiche baden.

Der Kommunikationszauber fängt wieder an, und ohne etwas zu sagen, schnurrt Story aufgeregt vor sich hin. Meistens beschränken wir unsere Gespräche auf ein Minimum, weil der aufdringliche Zauber in meinem Kopf Verwirrung stiftet.

Wie geht es dir? Ich rolle mit den Augen. *Ich weiß, es gibt etwas, dass du kaum erwarten kannst, mir zu sagen. Na komm!*

Story gibt ein aufgeregtes Quieken von sich, das mich zusammenzucken lässt. Ich reibe mir die Schläfe.

Erinnerst du dich an das schicke Haus in Bay Horse, von dem du seit einem halben Jahr schwärmst?

Das Haus mit den achtundzwanzig Hektar Bio-Gras? Das Land, das mein Einhornherz zum Schwärmen bringt. *Das Grundstück, das wir uns nicht leisten können?* Es ist ein wunderschönes altes Bauernhaus, das die Käufer abgeschreckt hat, weil es so viel Arbeit benötigt. Renovierungsarbeiten, die ich mit ein wenig Hilfe von Fachleuten selbst durchführen kann. Ja, der Hof ist perfekt, wenn da nicht der hohe Preis wäre. Worauf will sie hinaus? *Die Auftragsmordgilde hat das Geld für die verdampften Mörder bereits überwiesen, und somit haben wir genug Geld, um ein Angebot für das Haus abzugeben.*

Moment mal ... Was? Bist du dir sicher? Natürlich ist sie sich sicher. Das ist Story. *Okay, wenn du nicht zu müde bist, wenn wir hier fertig sind, könntest du sie anrufen, um ein Angebot zu machen?*

Story gibt einen weiteren Schrei von sich. *Hüpfen wir?*

Aber so was von! Da ich weiß, dass meine Freundin genau das Gleiche macht und es mir egal ist, dass das Ganze gefilmt wird, hüpfe ich vor Freude auf und ab und stimme im Geiste in Storys Freudenschreie ein. *Hopp, hopp, hopp.*

Das Leben ist so hart, und ja, wir feiern jeden Sieg, als wären wir fünf Jahre alt.

Es hier zu zelebrieren, ist vielleicht unangebracht, aber worauf sollen wir warten? Das Leben ist zu kompliziert und zu gefährlich. Deshalb haben wir im Laufe der Jahre gelernt, unsere Freude zu feiern, wann immer es geht.

Andernfalls – mein Blick schweift unwillkürlich zu den winzigen Käfigen – wird uns wie vielen anderen die Zeit davonlaufen.

Als wir unsere alberne, verrückte Feier beendet haben und ich etwas außer Atem bin, setze ich mein Profiblick wieder auf und gehe zur Tür. Aus den Augenwinkeln nehme ich einen Schimmer wahr, der mir die Haare zu Berge stehen lässt. Wenn ich direkt in die Richtung schaue, kann ich nichts erkennen. Erst als ich den Kopf drehe, sehe ich es, ein Flimmern im peripheren Gesichtsfeld. Eine Texturveränderung in der Luft.

Hm. Die Überreste des Portals? Nein, das ist es nicht. Ich schleiche weiter. Ein *Jetzt siehst du mich nicht mehr*-Zauber? Oder ein außergewöhnlich starker Wegschauzauber? Ich zucke mit den Schultern. Vielleicht.

Ich halte Ausschau nach versteckten Fallen und bewege mich vorsichtig wie durch ein Minenfeld auf den leeren, staubigen Teil des Raumes zu. Ich komme näher, bis ich die geringste Veränderung des Luftdrucks spüre und Magie auf meiner verschwitzten Haut prickelt. Ich bleibe stehen und ziehe meine Hand langsam zu der kleinen Tasche meines Kampfshirts, um etwas herauszuholen, das den Bann brechen soll. Es ist ein grünes Fläschchen. Ich schüttle es und der Inhalt schwappt gegen das Glas. Ich werfe den Trank gegen den magischen Schimmer und halte den Atem an. Das Fläschchen zerspringt und die kleinen Glassplitter zerstreuen sich beim Aufprall. Ich warte. *Nichts.* Ich schnappe nach Luft. Es hat nicht funktioniert.

Enttäuscht suche ich in einer anderen Tasche nach etwas anderem. Ich schaue nach unten.

Bumm.

Mit einem heftigen Zischen löst sich der Zauber vor mir auf. Das plötzliche Vakuum der Macht wirft mich auf den klebrigen Boden. Durch den Aufprall werden meine Gelenke ordentlich geschüttelt und ich bremse mit meinen Knien den Sturz ab.

Ich lande auf der Seite, und mein schweres, buntes Haar fällt mir ins Gesicht und verdeckt dabei meine Augen. Verdammt! Ich habe meinen Hut verloren. Der Zauber hat ihn mir vom Kopf gerissen. *Auch mein Schwert habe ich verloren.*

Ein Geruch von faulen Eiern schlägt mir entgegen. Schwefel.

Ooh-oh.

Der Geruch verfliegt ... oder ich bin nasenblind geworden. Ich stöhne auf, schiebe mir die wirren Haare aus dem Gesicht und sehe Millimeter vor meiner Nase die ominösen leuchtenden Linien eines Kreidekreises.

Kapitel Vier

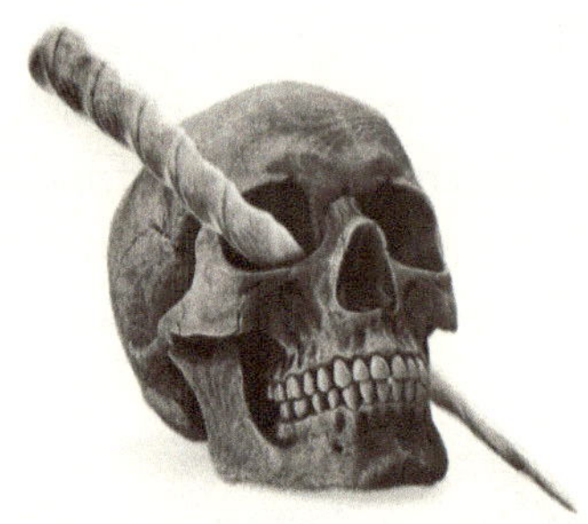

Der Kreis leuchtet weiss, alle Geräusche verstummen, und mit jedem Atemzug, den ich ausstoße, bringt die Luft die kleinen Kreidestaubflecken zum Tanzen. *Mein Gott, das war knapp.* Fast wäre ich mit meiner Nase an die leuchtenden Linien geraten. Ich stütze mich mit der Hand auf dem grobkörnigen Boden ab und krieche wie eine lahme Krabbe auf dem Hintern schnell zurück. Während ich mich bewege, entdecke ich die seltsamen, verschlungenen Markierungen, die die sauber geschwungenen Linien des Kreises durchkreuzen.

Die Sprache ist teuflisch.

Teuflisch? *Es ist eine Dämonenfalle, und diese hier wurde aktiviert.* Als dieser Gedanke in meinem Kopf auftaucht, richten sich meine Augen auf die Mitte des Kreises.

Ah, verdammte Hölle. Da ist eine Kreatur drin.

In der Mitte des etwa zweieinhalb Meter großen Kreises sitzt ein Dämon. Die Haltung des Dämons ist trügerisch entspannt, wenn man bedenkt, dass er gefangen ist.

Das Kinn ruht auf dem Knie, ein Bein ist angewinkelt, das andere akkurat unter dem Oberschenkel verschränkt. Blassblaue Haut. Viel nackte blaue Haut. Sein Gesicht sieht aus wie gemeißelt, mit hohen Wangenknochen, vollen Lippen und dicken dunkelblauen Augenbrauen. Ohne erkennbare Iris, Pupille oder weiße Lederhaut sind seine übergroßen Augen von einem unendlichen Schwarz geprägt.

Ich glaube, er ist nur trügerisch entspannt, denn der Schwanz neben seinem angewinkelten Bein zuckt unruhig hin und her wie bei einer Katze. Ein sicheres Zeichen dafür, dass er doch nicht so unbeeindruckt ist, wie er vorgibt, und ich kann es ihm nicht verübeln. Niemand möchte in einem dämonentötenden Kreis gefangen sein, denn genau das ist dieses Ding. Es ist eine seltsame, gefährliche Magie – eine, die ich noch nie gesehen habe und von der ich andere nur munkeln gehört habe.

Wer würde einen Dämon fangen? *Dazu muss man verrückt sein.* Die Falle macht einen Dämon machtlos, sodass er leichter zu töten ist. Aber wenn er entkommt ... ist Schluss mit lustig. Nichtsdestotrotz ist und bleibt es nur ein Kreidekreis.

Aufmerksam beobachten wir uns gegenseitig. Hohn und Spott ist in seinem hübschen Gesicht zu erkennen, und Angst und Schock auf meinem.

»Guten Morgen«, sagt er freundlich. Der Klang seiner Stimme ist sehr vornehm, und ... verdammt, er ist so wunderschön. Der Dämon bewegt sich ganz sachte, und dabei spannen sich die Muskeln in seinem Unterleib an.

Wow! Meine Augen konzentrieren sich auf die Bewegung und ich blinzle ein paar Mal. Ich muss aufhören zu starren, das ist unglaublich unhöflich.

Es ist schockierend, dass ich ihn attraktiv finde, immerhin ist es sehr lange her, neun Jahre, um genau zu sein, dass ich einen anderen Mann so fesselnd fand. Ich zupfe an dem zarten Armband an meinem Handgelenk. Ich bin nicht blind. Ich kann sie jederzeit sehen. Aber mein Gehirn, mein Körper, meine Seele – ich verdrehe die Augen – was auch immer ... gehört nur *ihm*. Meinem Blutspender.

Selbst wenn ein Mann umwerfend schön ist, ist meine einzige Reaktion: »Glückwunsch zu deinem hübschen Gesicht«, nicht diese ... diese viszerale Reaktion.

Das macht mir verdammt noch mal Angst.

Warum er? Warum gerade jetzt? Das muss eine dämonische Kraft sein. Ja! Puh, das erklärt alles. Magie. *Doch er sitzt in einer Dämonenfalle, somit sollte er keine Kräfte haben.*

Oje.

Ich muss so tun, als wäre das ganz normal. Als ob ich ständig Dämonen sehen würde. *Bleib cool!* Ich richte mich auf.

»Hallo«, antworte ich in einem ebenso angenehmen Ton – abgesehen von dem Quieken am Ende, bei dem mir ein Schauer über den Rücken läuft.

Um meinem Tatendrang nachzugeben, wische ich mir die Hände an meinem Kampfshirt ab. *Okay, hör zu, du musst hinter seine schöne Fassade schauen. Das ist ein verdammter Dämon – eine Kreatur, der man nachts nicht begegnen möchte.* Ich reibe mir den Nacken.

Mir stellen sich die winzigen Härchen vor Schreck auf. Wem mache ich etwas vor? Das ist eine Kreatur, der man nicht einmal bei Tageslicht begegnen möchte.

Ich weiß über Dämonen Bescheid, und ich weiß genug, um die Augen zu verdrehen. *Wenn das so ist, Tru, dann hör verdammt noch mal auf, ihn anzustarren!* Mein Blick fällt auf den Boden und ich mustere den Kreis. Die Kraft, die von diesem Ding ausgeht, ist immens. »Sieht aus, als würdest du in der Klemme sitzen«, murmle ich und bewege mich um den Rand des Kreises herum.

Ich gebe mein Bestes, um zu ignorieren, dass der Dämon mich auf Schritt und Tritt aufmerksam beobachtet.

Theoretisch weiß ich alles über Dämonen, wie die Engel gehören sie nicht zu unserer Welt. Sie sind durch die Portale der uralten Ley-Linien aus einem anderen Reich gekommen. Für diese mächtigen Wesen ist unser Reich unattraktiv und unsere Bewohner nichts weiter als Barbaren. Gewöhnliche Menschen haben wenig bis gar keinen Kontakt zu ihnen, und dann gibt es da noch all die Verträge, die bestehen.

Nur die Elite darf auf die Erde.

Ein Dämon – ein hochrangiger Dämon – ist also in einem beschissenen Lagerhaus in Lancashire gefangen? Das ist unfassbar und ergibt keinen Sinn. Es wäre glaubwürdiger, wenn … ich weiß nicht, ein ganzer Freizeitpark in die Ecke des Raumes gestopft worden wäre.

Das ist doch verrückt.

Und dann ist da noch die Frage, wer die Magie ausgeübt hat. Jemand, der mächtig und gleichzeitig barmherzig genug ist, die entführten Kinder in Sicherheit zu bringen und einen Zauber zu entfachen, der mehr als ein Dutzend Kreaturen in Sekundenschnelle in Luft auflöst, und als einziges Zeichen ihrer Existenz bunte Farbkleckse auf dem Boden hinterlässt.

Ein Dämon wäre zu all dem in der Lage.

Ich schlucke. Ist er ein Opfer? Oder … es waren seine Zaubersprüche und er hat die Dämonenfalle aktiviert. Damit könnte er sich bequem herausreden: »Seht her, ich war die ganze Zeit machtlos. Das kann ich ja gar nicht gewesen sein.«

Story? Ich warte einen Moment und bemerke, dass das lästige Knirschen des Kommunikationszaubers verschwunden ist, und ich habe das schreckliche Gefühl, allein in meinem Kopf zu sein. *Story?* Ich rufe noch ein paar Mal, nur um sicherzugehen, aber ohne Erfolg.

Verdammt, das ist nicht gut.

Ich hätte gern die Meinung meiner besten Freundin gehört, denn sie ist die Stimme der Vernunft. Ich wette, wenn ich mein Handy zücke und die Kameras überprüfe, gibt es auch von dieser Begegnung keine Aufzeichnung. *Das gefällt mir gar nicht.* Ich schlucke erneut.

Mein Mund ist trocken und meine Zunge klebt lästig an meinem Gaumen. Hier gibt es auch keine verdammte Luft in diesem schrecklichen Raum. Ich ziehe an meinem Kragen.

Das ist nicht gut. Nein, nein, nein.

Mann, am liebsten würde ich nach Hause rennen. Was zum Teufel soll ich tun? Es ist ja nicht so, dass ich ihn verlassen würde, denn das wäre wirklich sehr, sehr dumm. Mit einem Winken und einem »Tschüss, Dämon« wegzulaufen und darauf zu warten, dass er den Kreis früher oder später verlässt und mich jagt, um mich danach zu fressen. Nein, ich bin nicht bereit, mit Dämonen Verstecken zu spielen.

Aber wenn ich ihn rauslasse, gibt es keine Garantie, dass er mich nicht doch frisst, sobald er über die Kreidelinie tritt.

Es ist gerade echt scheiße, ich zu sein.

Nee. Ich glaube, ich habe meine Frage selbst beantwortet, als ich sagte, dass die Dämonen auf der Erde eine Elite sind.

Dieser gutaussehende Dämon hat sich nicht einfach eingeschlichen. Das könnte er nicht, oder? Das heißt, er hat die Erlaubnis, hier zu sein. Ich bin wieder bei der verrückten Opfertheorie, und die passt nicht zu mir.

Der Dämon hat mich die ganze Zeit still beobachtet.

Ich spüre, wie sich die Hitze einer Röte auf meinen Wangen ausbreitet. Ich räuspere mich. »Weißt du, wie ich dich aus dieser Falle befreien kann, und wenn ich es tue, gibst du mir dann dein Wort, dass du keine Dummheiten machen wirst?« *Dummheiten? Echt jetzt?* Immerhin klinge ich besser als bei meiner ersten Begrüßung.

»Bei mir bist du absolut sicher, Tru. Brich einfach den Kreis!«

Mir dreht sich der Magen um und meine Augen werden so groß, dass sie mir aus dem Kopf fallen könnten. *Er kennt meinen Namen!* Das ist nicht gut. Ich starre weiter auf die leuchtenden Kreidestriche.

»Du kennst meinen Namen? Da bin ich im Nachteil.« Ich schaue auf und begegne seinem endlosen schwarzen Blick.

»Kennt nicht jeder deinen Namen, Tru Dennison? Die Rebellenführerin, die Einhorn-Vampir-Hybride, mein Schatten, das Spielzeug des Engels.«

Ich zucke zusammen.

»Die Abscheulichkeit und – mein persönlicher Favorit – die heimliche Auftragsmörderin.«

»Ja, aber das wissen nur wenige, die Sache mit der Auftragsmörderin. Das wäre doch sonst kein großes Geheimnis mehr, oder?«, grummle ich. Abgesehen von meiner auserwählten Familie, Ava und meinem Chef arbeite ich selten mit anderen zusammen. Das mit Forrest heute Nacht ist eine Ausnahme.

Wer ist derjenige, der in der Falle sitzt, Tru?

Ich zittere.

Tja. Wie mein Großvater zu sagen pflegte: *Wer nicht wagt, der nicht gewinnt. Scheiß drauf!* Ich kratze mit meinem Stiefel über die leuchtende Kreide.

Kapitel Fünf

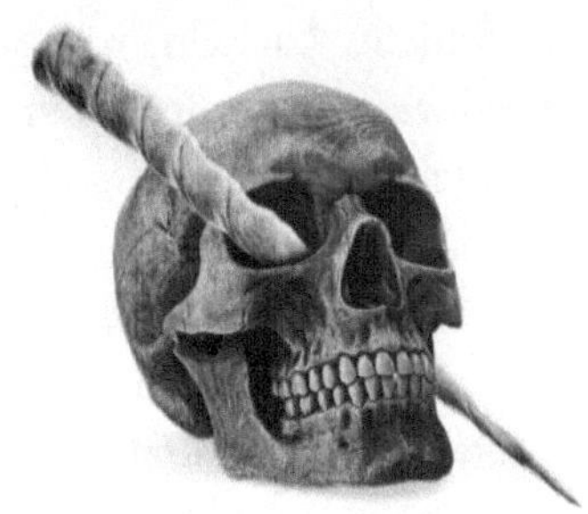

DER DÄMON WIRFT seinen Kopf in den Nacken und stöhnt auf, während seine Kraft in ihn zurückkehrt. Seine Knochen knacken, als er sich vom Boden erhebt und sich wie eine riesige Bestie aufrichtet. Seine endlos blaue Haut spannt sich, bis er stolz dasteht. Verdammt, er muss über zwei Meter groß sein.

Wow, er ist gigantisch.

Harte, kräftige Muskeln umhüllen seinen massigen Körper. Pure Kraft in leiblicher Form. Ungewöhnlich für einen Dämon, denn die, die ich im Fernsehen gesehen habe, waren zart und vogelartig, aber nicht dieser Kerl. Er ist anders, er ist eine ganz andere Art. Geschaffen, um Kreaturen mit einem Schwert den Kopf abzuschlagen. Und seine Macht? Der Kreis hat seine Kräfte gebremst, denn die Macht, die er ausstrahlt, lässt mir das Wasser im Mund zusammenlaufen.

»Ich werde jetzt einfach gehen. Ich lasse dich in Ruhe.« Ich fuchtele mit den Händen und ziehe mich hastig zurück. Ich glaube nicht, dass es mir möglich ist, diesem Kerl physisch den Rücken zuzukehren. Nein, auf keinen Fall.

»Danke, dass du mich gerettet hast, kleines Einhorn.«

Ich schnappe nach Luft. Ich kann nichts dagegen tun. Ich bin in meinem ganzen Leben noch nie *klein* genannt worden. Ich nehme an, für ihn ist jeder klein, verdammt großer Mistkerl.

»Was mich wundert, dass du keine Gegenleistung verlangt hast.«

Ich mache eine Pause. »Nein, natürlich nicht, warum auch ...«

»Ich möchte dir etwas schenken«, unterbricht er mich.

Ich schenke ihm ein schiefes Lächeln. »O nein, nein, nein, nein, danke, schon gut.« Diesmal winke ich mit beiden Händen. Der Dämon tritt über die inaktive Kreidelinie. Mein Herzschlag setzt kurz aus und ich verschlucke fast meine Zunge.

O nein, ich habe mich geirrt! Rückzug! Rückzug!

Wäre es unangebracht, nach Forrest zu rufen? Vielleicht hätte ich ihre Meinung einholen sollen, *bevor* ich den verdammten Dämon rausgelassen habe. Mich von seiner männlichen Schönheit blenden zu lassen, hat meinem Denkprozess nicht geholfen. Ganz und gar nicht. Jetzt kann ich mich anscheinend nicht mehr von ihm wegbewegen. Meine Füße kleben wie magisch am Boden.

Wie verdammt unhöflich.

Ich hebe mein Kinn und weigere mich, mich zu ducken, trotz des Hauchs von starker Magie, die in der Luft um uns herum widerhallt.

»Du bist so hungrig. Ich spüre, wie sich Unbehagen in dir breitmacht. Lässt er dich absichtlich hungern?« Er legt den Kopf schief und sein Schwanz klatscht auf den Teppich.

Verblüfft blinzle ich. »Nein, er lässt mich nicht hungern. Ich bin an diesen Hunger gewöhnt und weiß, dass er mich nicht umbringt.« *Kümmere dich um deinen eigenen Kram, Dämon,* denke ich.

»Willst du mal probieren?« Er beugt sich auf meine Höhe, neigt den Kopf zur Seite und beobachtet mich schelmisch aus den Augenwinkeln.

»Ähm, nein, nein, danke«, flüstere ich. Wie von selbst fällt mein Blick auf eine pralle, leckere Ader. Ich schlucke die Spucke hinunter, die meinen Mund überflutet, und zwinge mit der Zunge meine oberen Eckzähne zurück in ihre Position. »Ich habe nie ... ich habe noch nie …« Ich habe noch nie jemandem Blut abgenommen, außer meinem Engel, und dem auch nicht aus seiner Kehle. *Das wäre viel zu intim. Was denke ich nur? Ich will das Blut dieses Ungeheuers nicht!*

Der Dämon streicht sinnlich mit einem Finger über seinen Hals. Sein kurzer schwarzer Fingernagel muss scharf sein, denn kaum streicht er über die Haut, spritzt eine dunkelgrüne Blutperle heraus. Er fängt den Tropfen auf und balanciert ihn perfekt auf der Spitze seines Zeigefingers.

Plötzlich bin ich hungrig. Der Geruch seines Blutes ist überwältigend. Mein Mund ist voller Fangzähne, denn das Blut riecht köstlich. In meinem Kopf schreie ich. *Was zum Teufel macht er da?* Aber meinem Körper ist es egal. Ich bin ausgehungert.

Er beobachtet mich aufmerksam, während sein blutiger Finger langsam zu meinem Gesicht wandert und vor meinem Mund schwebt. Meine Augen weiten sich, als er seine Hand kippt und der Blutstropfen in Zeitlupe auf meine Lippen rollt und spritzt.

Empört sehe ich ihn an und halte mir den Mund zu. *Was zum Teufel macht er da?* Blut ist heilig. Man verschüttet es nicht einfach so. Es ist verrückt, dass er es für in Ordnung hält, mich vollzubluten. Wer macht denn so was?

Okay, ich weiß, es ist nur ein Tropfen und ich bin ein Vampir und Blut ist mein Ding, aber diese Scheiße ist unhöflich. Das ist so, als würde man jemandem eine Karotte in den Mund stecken und sagen, er sieht hungrig aus.

Ich wünschte, ich könnte mehr als nur den Mund bewegen. Ich muss ihn abwischen, denn meine Lippen kribbeln. Der Drang, sie zu lecken, ist fast übermächtig. Aber ich gebe nicht nach. Ich werde es nicht tun. *Wie kann er es wagen, mir das anzutun? Ich will sein ekliges, verfaultes Blut nicht.* Er grinst. Dämon oder nicht, der Drang, ihm seinen dummen, hübschen Kopf von den Schultern zu reißen, ist stark.

»Na gut, du hübscher Vampir, noch ein Geschenk. Es dauert nur einen Moment.« Definiere einen Moment! Seine massive blaue Hand umklammert meine in einem Griff, der einen blauen Fleck bilden könnte, es aber nicht macht. Seine Haut an meiner fühlt sich angenehm an. O nein. Mein Herz fühlt sich an, als würde es gleich wie ein Alien aus meiner Brust springen.

Hey, Arschloch, lass mich los!

Gut gemacht, Tru! Ich klopfe mir in Gedanken auf die Schulter. *Diesmal hast du es geschafft, ein verdammtes Monster zu retten.*

Er grinst und schiebt mir das Armband – ein Geschenk meines Engelsblutspenders – weiter über den Unterarm. Ich habe das Gefühl, wenn er damit durchkäme, würde er es mir vom Handgelenk reißen. Dann beugt sich der Dämon vor, seine schwarzen Augen mustern mich, und langsam, ganz langsam wandert meine gefangene Hand zu seinem Gesicht.

Oh-oh.

Oh-oh. Wird er an meiner Hand nagen? Es ist nie eine gute Idee, irgendwelche Extremitäten in die Nähe des Mundes eines Unbekannten zu bringen. Ich stoße einen Schmerzenslaut aus. *Auch das habe ich schon erlebt.*

Ist es schon zu spät, seine Magie gerade noch so weit zu bekämpfen, dass ich ihm ins Gesicht schlagen kann?, frage ich mich unbarmherzig. *Nein, Tru, das kannst du nicht.* Der Umgang mit Kreaturen, die stärker sind als du, ist immer eine gefährliche Gratwanderung. Wenn ich ihn schlage, bin ich tot.

Ich kann nicht anders – ich gebe ein würdeloses, ängstliches Krächzen von mir, als mein Handrücken seine Lippen berührt. Knapp über meinen Knöcheln drückt er mir einen Kuss auf. Igitt. Der Dämon *küsst* meine Hand. Das machen nur seltsame Kerle. Hoffentlich sabbert er nicht. Seine Lippen sind ganz weich ... ich schnaufe frustriert. Ich bin kurz davor, mit den Augen zu rollen, während ich versuche, seine weichen Lippen auf meiner Haut nicht zu genießen. Es ist schrecklich. *Nein, das ist es nicht.* Meine Haut ist überempfindlich, oder vielleicht sind es nur seine Berührungen, die sich so anfühlen. Wie dumm ist das denn? Ich versuche, die Magie so weit zu bekämpfen, dass ich meine Hand losreißen kann ... und da kommt der Schmerz.

Die Haut, welche seine Lippen berührt hat, *brennt*. Ich schreie auf. »Was hast du getan?«

Er fährt mit dem Daumen an der Innenseite meines Handgelenks entlang, bringt mich zum Schweigen und bläst sanft auf die ... Wunde? Der Schmerz verschwindet.

»Ein Geschenk. Ein Versprechen. Ich helfe dir, wenn du mich

brauchst. Du musst nur dieselbe Stelle küssen, dann finde ich dich, wo immer du auch bist.«

»Warum? Warum solltest du das tun?«

Mit einer letzten Berührung seiner Finger lässt er sowohl meine Hand als auch den Zauber, der mich am Boden festgehalten hat, los. Ich ziehe meine arme, schmerzende Hand näher, um sie zu untersuchen. Ein feuriges rotes Brennen ist in der perfekten Form seiner Lippen zu sehen.

»Du ... du hast meine Hand mit einer Narbe versehen.« *Verdammter Dämon.* »Das ist kein sehr nettes Geschenk.« Ich beiße mir auf die Unterlippe.

Der Dämon grinst. »Da irrst du dich, Tru. Es ist die höchste Ehre, von einem Dämon geküsst zu werden.«

KAPITEL SECHS

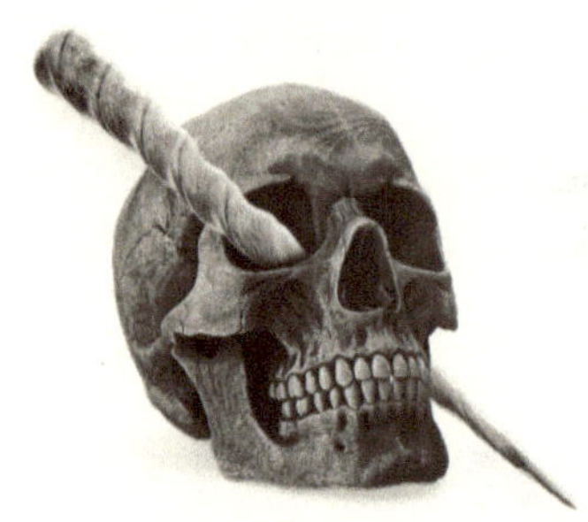

EIN DÄMONENKUSS. Was in aller Welt ist das? Ich habe absolut keine Ahnung. Ich lecke mir über die Lippen, sein Lächeln wird breiter, umwerfender, und der Dämon gibt dieses tiefe, kehlige Lachen von sich. Das Geräusch kriecht über meine Haut und ich bekomme eine Gänsehaut.

Er scheint plötzlich sehr zufrieden mit sich zu sein.

Unbeholfen senke ich den Blick und konzentriere mich auf meine Hand. Ich vermute, dass es genau das ist, was er gerade zu mir gesagt hat. Er ist ein Dämon und hat meine Hand geküsst, aber darüber kann ich später noch nachdenken, wenn ich weit weg von dieser Situation und diesem *Monster* bin.

»Monster? Das ist ein bisschen unfair.« Die dicken blauen Augenbrauen des Dämons verziehen sich zu einem Stirnrunzeln, und er zieht seine Unterlippe zu einem maskulinen Schmollmund auf die beste Art und Weise vor. Bei jedem anderen würde dieser Ausdruck lächerlich wirken. *Warum finde ich ihn so unwiderstehlich attraktiv?* Ich brauche ein paar Sekunden, um zu begreifen, was er gesagt hat, während ich auf seinen Mund starre, aber als mein langsames Gehirn seine Worte filtert, macht es klick.

Hat er ... habe ich ... habe ich das laut gesagt? Nein, das kann nicht sein, oder? Kann der Mann Gedanken lesen? Völlig verwirrt starre ich ihn an. Ich dachte, ich hätte mein *Resting Bitchface* im Griff, es sei denn, ich habe meine Mimik nicht unter Kontrolle.

Er kann nur wissen, was ich denke, wenn er tatsächlich jeden Gedanken liest, der mir durch den Kopf geht. Ich schrecke zurück. *So ein Blödsinn.*

Während ich leise ausflippe, beginnt die Luft um ihn herum zu brodeln. Etwas Flüssiges scheint aus seiner Haut zu quellen und sich dann in Stoff zu verwandeln. Wow, das muss das Merkwürdigste sein, was ich je gesehen habe. Jetzt hat er Kleidung an. Ein knackiges weißes Henley-Hemd und schwarze Jeans schmiegen sich an seinen blauen Körper und betonen jede Wölbung seines muskulösen Oberkörpers. Seine breiten Schultern spannen den Stoff, die Konturen seiner Brust- und Armmuskeln sind deutlich zu erkennen. Alles an ihm ist überwältigend männlich.

Ups! Ich lecke mir fast schon wieder die Lippen, als mir gerade noch rechtzeitig einfällt, dass sein Blut noch an meinem Mund klebt. Beinahe wäre es passiert. Der Dämon, der mir die Hand verbrannt hat, bringt mich völlig aus dem Konzept. Aggressiv schrubbe ich mit dem unteren Teil meines Oberteils die Spuren weg. Puh, das war knapp. Ich kann immer noch nicht glauben, dass er mir Blut auf die Lippen geschmiert hat, und dann kaschiert er seinen Fauxpas, indem er mir ungefragt ein Geschenk macht.

Von wegen Geschenk.

Ich bin froh, dass ich bisher nur einem Dämon begegnet bin, denn verdammt, ich wüsste nicht, was ich tun sollte, wenn ich einem anderen begegnen würde.

Renn! Scheiß auf Höflichkeit!

Der Dämon lächelt über meine Schrubb-Mätzchen und zweifellos auch über meine innere Stimme. *Eins, zwei, drei, Test, Test.* Er grinst so breit, dass seine Zähne blitzen, und mein Herz setzt einen weiteren Schlag aus.

Sein Gesicht ist umwerfend.

Verdammt. Ich schrubbe fester. Ich sollte mir wirklich Sorgen machen, bei diesen messerscharfen Zähnen. Ich weiß, dass ich auch Reißzähne habe, aber seine Zähne sind wirklich grotesk. Ich bin überrascht, dass er sich nicht die Zunge abbeißt.

Schweißperlen rinnen mir über das Gesicht. Im Vergleich zu dem Mann, der vor mir steht, fühle ich mich wie eine verschwitzte Sau und sehe wahrscheinlich auch so aus. Schließlich höre ich auf, mir den Mund zu reiben, und lasse mein Oberteil fallen. Ich kann es kaum erwarten, zu duschen und den Tag zu beenden.

Der Dämon bewegt sich, und bevor ich ausweichen kann, stößt er seinen Finger mitten auf meine Stirn. Ein leises Pochen. *Was jetzt?* Von der Stelle unter seinem Finger geht ein Zauber aus. Ich schlage seine Hand weg und reibe mir mit finsterer Miene heftig die Stirn. Was hat er jetzt getan?

Sein Zauber kitzelt meine Kopfhaut und meine Wangen. Kühle breitet sich aus. Sie rinnt meine Kehle hinunter und prasselt wie Regentropfen auf meine Brust. Ich erschaudere, als es mir den Rücken hinunterläuft. Im ersten Moment fühlt es sich eiskalt auf meiner erhitzten Haut an, aber schon nach wenigen Augenblicken ist der eisige Zauber zweitrangig gegenüber der Tatsache, dass das klebrige, eklige, überhitzte Gefühl verschwunden ist. Was bleibt, ist ein perfektes Gefühl, nicht zu heiß und nicht zu kalt.

Das Goldlöckchen-Prinzip. Wow! Wenn man bedenkt, dass ich mit vierzehn die Schule verlassen habe, weiß ich nicht, woher ich immer diese kleinen unnützen Informationen habe. Mein Gehirn ist immer voll von Fakten, seltsamen, manchmal nützlichen, aber meistens nutzlosem Kauderwelsch. Aber diesmal hat mein Gehirn recht, ich fühle mich wie ein echtes Goldlöckchen, bei dem mein Körper der Brei ist und die perfekte, genau richtige Temperatur gefunden hat.

»Damit du dich immer wohl fühlst«, sagt der Dämon schroff, aber seine schwarzen Augen sind sanft und freundlich.

»Ähm, danke«, sage ich und trete dabei von einem Fuß auf den anderen und verschränke meine Hände. Jetzt fühle ich mich irgendwie schlecht, weil ich seine Hand weggeschlagen habe. Ich bin so verwirrt. Was hat der Typ für ein Problem? Was will er?

Um Himmels willen, ich habe nur eine Kreidelinie angekratzt, und er wirft mit all den guten Sachen nach mir. Er bietet mir Blut und verrückte Handkuss-Magie an, und jetzt, da er mich schwitzen sieht wie eine Nixe im Sägewerk, tippt er mir auf die Stirn, und siehe da ein Zauber, der meine Körpertemperatur kontrolliert.

Niemand gibt etwas umsonst her.

Niemand ist so hilfsbereit, und Dämonen sind erst recht nicht nett. Da stellt sich natürlich die Frage: Was zum Teufel will der Kerl?

»Du bist sehr laut.« Er deutet auf seinen Kopf. »Du schleuderst mir praktisch deine Gedanken entgegen.«

Jepp, der Dämon kann meine Gedanken lesen.

Hoppla.

Ich zucke unbeholfen mit dem ganzen Körper. Was soll ich dazu sagen? *Entschuldigung!* Ich rufe ihm die Entschuldigung zu und er zuckt zusammen. Was soll ich machen? In meinem Kopf geht so viel vor sich. Wenn es ihm nicht gefällt, muss er ja nicht zuhören. *Du musst nicht zuhören. Das sind meine Gedanken.*

Dann zucke ich noch einmal zusammen, während ich mich bemühe, nicht jeden Gedanken zu wiederholen, seit ich diesen Raum betreten habe. Das Springen. Jeden kleinen Gedanken, den ich über ihn hatte. Je mehr ich mich anstrenge, desto mehr tauchen sie wieder in meinem Kopf auf, in strafender, schrecklicher, glorifizierender, nackter Ausführlichkeit.

Scheiß auf mein Leben und seine stählernen Bauchmuskeln. Jetzt, da ich mich unwohl und gedemütigt fühle, räuspere ich mich. »Warum hilfst du mir dann?«

»Weil ich es will.«

Ah, richtig, gut zu wissen.

»Mein Name ist Kleric. Wir sehen uns bald wieder, Tru.«

Wie bitte? Warte, das war's? »Du gehst?« Verblüfft sehe ich zu, wie der Dämon, *Kleric*, einfach weggeht. Er schlendert lässig durch den Raum und dann ist er weg. Er verschwindet.

Meine Ohren rauschen und die künstliche Stille löst sich auf. Erleichtert puste ich meine Wangen auf und bin froh, allein zu sein. Oder? Meine Hand juckt, um mich an das Geschenk zu erinnern, das er mir hinterlassen hat. Ich muss mich verwandeln, um zu heilen.

Vielleicht wird meine Einhornmagie es verschwinden lassen. Jedenfalls fühle ich mich erfrischt. Ich zittere ein wenig. Ich fühle mich gar nicht mehr schmutzig. Das ist ein praktischer Trick und seltsam angenehm.

O Gott. Manchmal hasse ich diese Seite von mir, diese weiche, zarte Seite. Sie bringt mich immer in Schwierigkeiten. Er ist ein Monster. Ein Monster, sage ich mir.

Story?

Ja, ich bin hier. Du bist von allem verschwunden. Geht es dir gut?, erwidert sie. Ihre Stimme klingt ein paar Oktaven höher als sonst.

Es tut mir leid, und ja, es geht mir gut. Da war ein Zauber, eine Dämonenfalle, oh, und ein Dämon.

Ein Dämon? Story quiekt. *Ist der Dämon weg?*

Mit einem erleichterten *Ja* bestätige ich das und schaue stirnrunzelnd zurück zur Tür, die in den dunklen Flur führt. Ich eile zur Tür und reiße sie auf. Der Flur ist leer. Wo zum Teufel ist er?

Alles, was wir von unserer Seite gehört haben, war eine Explosion, dann wurdest du zu Boden geworfen, und die Kameras fielen aus. Wir haben nichts mehr von dir gehört oder gesehen. Nicht einmal Ava konnte dich finden.

Ah, das dachte ich mir. Ich werde dir alles erzählen, wenn ich zu Hause bin.

Okay.

Kannst du auf das Live-Video wieder zugreifen?

Ja.

Sobald Story bestätigt, dass die Kameras den Kreidekreis gut gefilmt haben, schlurfe ich mit den Füßen über die Linien, bis alle verschwimmen und nicht mehr zu erkennen sind. Ich kann keinen Mach-mich-sauber-Zauber verwenden, denn der, den ich habe, ist so mächtig, dass er den ganzen Raum und seine Beweise vernichten würde. Damit würde ich die gesamte Jägergilde ärgern.

Der zerrissene Teppich zeigt, dass hier etwas war, aber das ist das Problem eines anderen, denn mein Bauchgefühl sagt mir, dass ich auf keinen Fall zulassen darf, dass jemand anderer die Pläne für die Dämonenfalle in die Hände bekommen darf.

Nach kurzem Suchen auf dem Boden finde ich mein Schwert und

meinen Hut. Ich hebe beides auf. Zum Glück hat meine schöne Waffe keinen Schaden genommen.

Ich runzle die Stirn und schnalze mit der Zunge. Mmh. Ich habe so einen angenehmen Geschmack im Mund, den ich nicht einordnen kann. Fast wie die beste Schokolade. Wie seltsam. Ich schüttle den Kopf und flechte mir schnell einen Zopf – ich habe keine Ahnung, wo mein Haarnetz geblieben ist, also stecke ich den schweren Zopf unter den Hut, in der Hoffnung, dass er sich nicht auflöst. Der schwarze Baumwollstoff meines Hutes ist angenehmer, jetzt, da mein Kopf nicht mehr das Gefühl ausstrahlt, gleich in Flammen aufzugehen.

Im Gehen entdecke ich eine weitere Tür. Ich lege den Kopf in den Nacken und bitte den Himmel um Kraft und Geduld, die Hände in die Hüften gestemmt. Nicht noch ein verdammtes Zimmer. Es muss mit demselben Zauber versteckt worden sein, mit dem der Dämon versteckt worden war. Ich habe es nicht bemerkt, weil Mr Groß-blau-und-muskulös meine ganze Aufmerksamkeit in Anspruch genommen hat.

Mit dem Messer in der Hand drücke ich die Klinke hinunter und schiebe die Tür mit meinem Stiefel auf, während ich Forrest kanalisiere.

Der Geruch nach Ozon lässt meine empfindliche Nase jucken. Aus dem Raum dringt das schwere, magische Summen eines aktiven Schutzwalls.

Der Schutzwall, eine undurchsichtige Kuppel, versperrt mir den Zugang, da sie den ganzen Raum ausfüllt. Vorsichtig steche ich meine Klinge in die Kuppel und stoße auf keinen Widerstand, als die Spitze meines Schwertes verschwindet. Hm. Dieser Schutzwall ist nicht dazu gedacht, Menschen draußen zu halten. Es soll vielmehr verhindern, dass Geräusche und Gerüche nach draußen dringen.

Ich lege meine Handfläche nur Millimeter über die wirbelnde Oberfläche, und die Magie nagt an meiner Hand. Mit einem Wirbel, wie wenn sich die Wolken teilen, löst sich die Undurchsichtigkeit gehorsam auf.

Zum zweiten Mal an diesem Abend kämpft mein Verstand darum, dem, was ich sehe, einen Sinn zu geben. Bunte Fetzen. Jemand hat wahllos bunte Kleidungsstücke aufgetürmt und ... es sieht aus, wie eine optische Täuschung, eines dieser zweideutigen Bilder.

Ich neige den Kopf zur Seite.

Dann sehe ich ihn. Einen zufälligen Schuh. Mein Kopf schnellt zurück, als hätte ich einen Schlag ins Gesicht bekommen. Der Schuh ist leuchtend rot und fällt von einem Fuß. Der Rest des Körpers kommt zum Vorschein. Er liegt eingeklemmt zwischen einem Dutzend anderer Körper.

Keine Kleidungsfetzen. Menschen.

Meine schnellen Atemzüge vernebeln die Kuppel. Sie haben die Menschen in der Krankenstation abgeladen. Jeder Körper liegt auf einem unwürdigen Haufen, als ob es keine Rolle spielen würde, wer er mal im Leben war. Die Magensäure verätzt meine Speiseröhre. Nur viel Schlucken hält sie unten. Etwas tief in mir wimmert und zieht sich zurück, um in einer Ecke verstört zu schaukeln, aber ich kann mir nicht erlauben, diesem Instinkt körperlich nachzugeben.

Mutter Natur, flüstert Story entsetzt.

Ich erlaube meiner inneren Stimme, sich mit dem Zwang eines Vampirs zu mischen, als ich ihr sage: *Sieh nicht hin, Story! Bitte sieh nicht hin!* Sie kann nicht noch mehr Albträume gebrauchen. Ich zwinge mich, hinzusehen, zu zählen, während ich das Grauen in mich aufnehme. Ich muss wissen, womit ich es zu tun habe.

Ich schlucke und verdränge die Schuldgefühle, die mich bis ins Innerste erschüttern. Ich hätte nichts tun können. Das weiß ich logischerweise. Nach dem Zustand ihrer sterblichen Überreste zu urteilen, waren diese Menschen schon lange tot, bevor ich überhaupt von der Existenz dieses Lagers wusste. Es ist nicht meine Schuld. Nein, *es ist ihre.*

Vor meinem geistigen Auge sehe ich die Blutlachen auf dem Betonboden, und meine Oberlippe zuckt knurrend. Dann bin ich demjenigen, der diese Bastarde im Hauptlager vernichtet hat, und demjenigen, der diese Kinder vor diesem schrecklichen Schicksal bewahrt hat, unendlich dankbar.

Ich muss den Schutzwall durchbrechen und den Kameras erlauben, DNA-Proben von den Leichen zu nehmen, aber ob zu Recht oder zu Unrecht, ich kann es nicht tun. Ich kann es einfach nicht. Es fühlt sich falsch an, frevelhaft. Schweren Herzens wende ich mich ab und schließe die Tür hinter mir, so vorsichtig und ehrfürchtig, wie ich nur kann.

Ich lehne mich mit der Stirn an den Türrahmen. Ich brauche nur einen Augenblick. Mein ganzer Körper sackt zusammen, mein Kopf fühlt sich so schwer an. Das ist der Moment, in dem jeder normale Mensch darüber nachdenken würde, den Beruf zu wechseln. Jeder normale Mensch würde so schnell wie möglich weglaufen, um diesem Übel zu entkommen.

Aber ich kann das nicht.

Schreckliche Dinge wie diese motivieren mich, mich noch mehr anzustrengen. Deshalb habe ich das Erbe meines Adoptivgroßvaters angetreten. Er war ein Fae-Krieger, und von meinem sechsten bis zu meinem siebzehnten Lebensjahr hat er mir alles beigebracht, was er wusste, und in den letzten neun Jahren habe ich meine Fähigkeiten weiter verfeinert. Vielleicht mache ich mir etwas vor, und all das war umsonst. Wenn ich eine böse Kreatur töte, nehmen vielleicht zwei andere ihren Platz ein.

Das verdammte Brennen an meiner Hand pocht, und dieses seltsame Gefühl gibt mir die Kraft, den Kopf zu heben, denn ich darf nicht zusammenbrechen. Nein. Ich werde nicht die Nerven verlieren. Ich werde die Wut, die ich empfinde, nutzen, um etwas zu bewirken.

Und wenn ich sie alle töten muss.

Kapitel Sieben

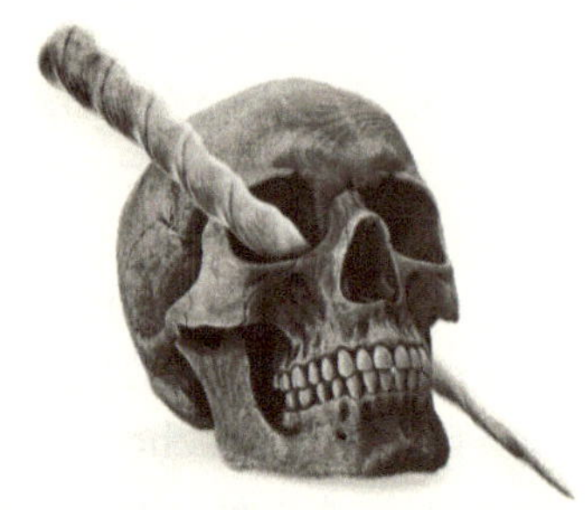

Aufgepasst, Tru, da kommt etwas auf uns zu. Gleichzeitig mit Storys Warnung schreit Forrest meinen Namen. Ich stürme durch den Raum. *Es tut mir so leid. Ich habe es vermasselt. Was da zu sehen war, hat mich schockiert, und dabei habe ich vergessen, mich auf das Wesentliche zu konzentrieren.*

Hey, keine Sorge, sage ich, während ich die Tür aufreiße.

Tru, pass auf!

Ein Körper fällt mir entgegen. Kreischend drehe ich mich nach hinten und kann nur um Haaresbreite ausweichen, als eine Klinge an meinem Gesicht vorbei durch die Luft fliegt. Kleine Holzsplitter treffen mich, und die Haut in meinem Gesicht brennt, als das massive Schwert in den Türrahmen kracht.

Der Troll am anderen Ende der Klinge brüllt. Unsere Schwerter klirren, als sie aufeinanderprallen, während ich die Klinge hochreiße, um seinen Rückschwung zu blockieren.

Ich danke dem Schicksal für meine Einhornstärke.

Mit einem Stöhnen und einer schnellen Bewegung aus dem Handgelenk ziehe ich mit der freien Hand einen Eisendolch. Als der Troll die Klinge in Richtung meines Halses schwingt, ducke ich mich unter dem Schlag weg, und mein Dolch findet vorübergehend einen Platz zwischen seinen Rippen. Erstaunen huscht über sein grünes Gesicht. Der riesige Krieger-Troll hat sicher nicht damit gerechnet, dass ich mich wehren oder den Abstand zwischen uns verringern würde.

»Ahh, hat das gekitzelt?«

Ich drehe den Dolch, bis ich seine Lunge treffe, und ein schreckliches Gurgeln lässt mich zusammenzucken. Sein Arm erschlafft und er lässt das Schwert fallen. Mit einem Knurren springe ich auf ihn zu und mit einem geübten Satz und einem eleganten Schwung mit meinem Schwert enthaupte ich ihn. Mit einem nass klingenden Platschen schlägt sein Kopf irgendwo hinter mir auf und sein kopfloser Körper kracht zu Boden.

Ohne zu zögern, hechte ich über seinen Körper in den Flur.

In dem dunklen Gang wartet ein weiterer Troll, welcher so breit wie hoch ist. Na toll. Ich stöhne auf und kann mir gerade noch ein Augenverdrehen verkneifen, als sein Blick auf den Körper seines gefallenen Freundes fällt und er sein Maul aufreißt und brüllt. Mir dröhnen die Ohren, als er mir mit der Rückhand eine verpasst.

Mit einem *Uff* knalle ich gegen die gegenüberliegende Wand. Verflucht noch mal! Ich habe sein Schwert gesucht. Wenigstens sind meine Müdigkeit und mein Hunger verschwunden, durch das Adrenalin, das jetzt durch meinen Körper schießt, und mit einem Ruckeln meines Kiefers stelle ich fest, dass ich zum Glück keine Schmerzen spüre. Ich fühle überhaupt nichts mehr. Hoffentlich setzt meine Vampirheilung ein, bevor es anfängt. Es ist gefährlich, sich zu verwandeln. Selbst wenn es nur Sekunden dauert, kann eine Mikrosekunde in einem Kampf den Tod bedeuten.

Kopfschüttelnd tauche ich wieder auf. Ich stoße mich von der Wand ab und habe gerade noch genug Platz für einen Drehkick. Mein Stiefel landet genau in seinem Gesicht. Der Troll bricht mit blutüberströmtem Gesicht zusammen.

Ich trete wieder und wieder, die Spitze meines Doc-Martens-Stiefels trifft seine Schläfe. Genau die richtige Stelle. Der Troll bleibt reglos liegen. Blaues Blut und Sabber tropfen aus seinem geöffneten Mund, und als ich lausche, merke ich, dass er nicht mehr atmet. Das reicht. Ein scharfes Messer an seiner Kehle beendet den Job.

Langsam schleiche ich den Gang entlang zum Hauptlager. Während ich davonstolziere, lasse ich meine Schultern und beide Handgelenke kreisen.

»Guten Morgen.« Forrests raue Stimme begrüßt mich. Die Wölfin hat sich auf halbe Höhe eines Stahlträgers geschlichen und winkt mir fröhlich zu. »Schön, dass du noch lebst.« Ihre freundlichen Worte bringen mir die Aufmerksamkeit von vier weiteren Trollen ein.

Juhu. Ich seufze innerlich, als sie sich zu mir umdrehen.

Der Blick in ihren Augen lässt mich erschaudern, denn ich habe blaues Trollblut auf der Haut und es tropft von meinen Waffen. Vorhersehbar brüllen sie im Gleichklang eine Herausforderung und greifen als Gruppe an. Ach, du Scheiße!

»Oder vielleicht auch nicht«, murmelt Forrest. »Keine Sorge«, schreit sie. »Ich habe Verstärkung angefordert.«

Verstärkung. Verdammte Scheiße. Jetzt wird es hässlich.

Mit klopfendem Herzen werfe ich meinen Dolch in die Luft, und während er durch die Luft fliegt, greife ich mit meiner nun freien Hand nach einem vorübergehenden Schutz. Ich werfe den Zauber vor meine Füße, aber er wird Sekunden zu spät aktiviert und ich sitze mit den Trollen in der Falle. Nicht gut. Ich greife nach meinem Dolch, schwinge mein Schwert und enthaupte den ersten wütenden Troll mit einem einzigen glatten Hieb. Blut spritzt.

Dem nächsten unglückseligen Troll hacke ich die Hand ab, die Klinge in seinem Griff folgt ihr und schlägt klirrend auf den Betonboden. Heulend bricht der Besitzer der Hand zusammen. Ich schiebe die Waffe zur Seite und stoße meinen Dolch durch seine Kehle.

Ein dunkelgrüner Troll, Nummer drei zu meiner Rechten, schwingt seine massive Doppelklinge. Sie säbelt in einem gefährlichen Bogen durch die Luft. Ich tänzle aus dem Weg und wirble vor einer ausgestreckten Hand herum, als Troll Nummer vier zu meiner Linken versucht, mich zu packen. Ich trete ihm in die Brust und drücke ihn somit an die Schwertspitze des anderen Trolls. Als sie zusammenstoßen, fliegen sie beide. Der dunkelgrüne Troll fällt auf den anderen, dieser schreit auf und rollt sich mit einem schmatzenden Geräusch von der Klinge ab, als er versucht, aufzustehen, bekommt er meinen Dolch durch sein Ohr.

Das ist der Grund, warum ich außerhalb des Trainings keine Nahkämpfe mache. Ich rümpfe die Nase. *Das ist nicht schön.*

Schwer atmend erledige ich den letzten Troll schnell und sauber. Der vorübergehende Schutz gibt mir Zeit, mich umzusehen.

Relativ sicher über mir hängt Forrest an einem Balken mit etwas, das wie eine orange-blaue Nerf-Pistole aussieht. Die Plastikpistole klickt und eine Schaumstoffkugel fliegt vorbei. Ich drehe mich um und sehe, wie es in die Stirn eines Vampirs einschlägt, der sich von hinten anschleichen will.

»Achtung! Vampir fällt!«, brüllt Forrest mit sichtlicher Freude. Der Vampir stöhnt, taumelt und fällt mit dem Gesicht nach unten. Ich kann nicht anders, als ihn anzustarren.

Was für eine verdammte Zauberei ist das denn? Eine Spielzeugpistole, echt jetzt?

Ein Trank, der stark genug ist, meinen Schutzwall außer Gefecht zu setzen, rollt aus der Hand des Vampirs und fällt harmlos zu Boden.

Oh.

»Oh, Forrest, gut gemacht. Das war ein toller Schuss!«, rufe ich.

Um mich herum fallen noch mehr schleichende Kreaturen, die nicht ganz so sorgfältig versteckt worden sind. Betäubt von Forrests Spielzeug.

»Die blauen Kugeln betäuben sie, die roten setzen sie in Brand und die gelben lassen ihre Köpfe explodieren«, ruft Forrest mir zu.

»Was?«, frage ich mit einem ungläubigen Prusten.

»Nein, nur ein Scherz.« Sie senkt die Stimme und legt den Zeigefinger auf die Lippen. »Ich glaube, Gelb bringt sie zum Pinkeln.« Sie kratzt sich mit der Plastikpistole an der Seite ihres Kopfes. »Um ehrlich zu sein, habe ich nach den ersten zehn Minuten der Waffenbesprechung nicht mehr richtig zugehört.« Sie wirft mir ein strahlendes Lächeln zu und klettert weiter nach oben. »Uiii, das macht so viel Spaß.«

»Ja, Spaß.« Ich lache spöttisch. Dann sehe ich mit großen Augen zu, wie Forrest weiter auf die Vampire einprügelt. Nach einer Weile flackert der vorübergehende Schutz auf und der Zauber verfliegt, aber ich kann mir ein Grinsen nicht verkneifen. Die Wolfswandlerin hat die Vampire in die Flucht geschlagen, und die Fae haben sich in sichere Entfernung von ihrem Schussfeld zurückgezogen. Sie haben keine Ahnung, was sie mit den in Zauberformel getränkten Schaumstoffkugeln anfangen sollen. Kreaturen benutzen keine Waffen. Waffen sind sehr selten und streng reglementiert. Außerdem gibt es diese seltsame Sache mit der Ehre unter Kreaturen, bei der es nur um Blut und Klingen geht. Ganz zu schweigen von den vielen Zaubersprüchen und fiesen Tränken, die dein Gesicht schmelzen oder dein Inneres nach außen verwandeln können. Wenn du Schuppen oder eine zähe Gargoyle-Haut hast, sind winzige Kugeln ein Witz.

Forrest ist das natürlich scheißegal, genau wie mir. Ich bin Spezialistin für Langstreckenwaffen. Ich bin darauf trainiert, den richtigen Punkt zu treffen. Heute habe ich nichts dabei, schade.

Ich werfe eine weitere provisorische Mauer, gerade als die letzte sich auflöst – es ist, als würde ich einen Stein über einen ekligen flachen See flitschen lassen. Der Boden mit den Pfützen geronnenen Blutes, die ich zuvor sorgfältig gemieden hatte, ist nun unser Schlachtfeld.

Der Schutzwall schließt sich, das Timing ist perfekt. Nur Forrests bewusstlose Vampire sind mit mir drinnen, also nutze ich die Gelegenheit, ihnen mit adrenalingeladenen Schlägen methodisch die Köpfe abzuschlagen.

Wenn ich nicht wüsste, dass diese Mistkerle alles gegeben haben, um mich zu töten, und dass sie Kinder töten, hätte ich vielleicht ein schlechtes Gewissen.

Nachdem ich meine grausame Arbeit getan habe, säubere ich mein Schwert und meine Klinge, während ich darauf warte, dass entweder der letzte Schutzwall versagt oder die Kreaturen mutig genug sind, mit einem Zauber zu beginnen, der gut genug ist, um ihn zu zerstören. In meiner Tasche lodert noch die Schlafgranate, aber wir sind viel zu nah am Geschehen, und ich kann sie verdammt noch mal nicht benutzen.

»Wann hast du dich zum ersten Mal in dein Tier verwandelt? Ich war neun.« Hm? Forrest zupft an einer einzelnen langen rosa Haarsträhne und wickelt sie um die Spitze ihres Fingers, bis sie weiß wird. Sie hat keine Schaumstoffbälle mehr und ist von ihrer Stange gefallen.

Ich zucke zusammen. »Sechs.« Ich lehne mich mit dem Rücken an den Metallträger und spähe auf die andere Seite. Gestaltwandler wandeln sich eigentlich erst mit Anfang zwanzig, nur selten schon früher. Halbwandler – normalerweise halb menschlich – wandeln überhaupt nicht. Nur die Reinrassigen haben das Privileg der Magie.

Ach, und ich. Ich muss natürlich auch anders sein.

»Sechs, wow, das muss eine Trauma-Reaktion gewesen sein. Traumawandlung, bah, es ist scheiße, wir zu sein.« Sie grinst, zeigt ihre nichtmenschlichen Zähne und bewegt ihre krallenbewehrten Finger. Das Haar, das ihren Finger festhält, reißt, die Strähne löst sich und schwebt zu Boden, und ihr freier Finger verfärbt sich, als das Blut zurückfließt.

»Ja. Das ist scheiße.« Ich mag diese Seite von Forrest; nicht so sehr die totäugige, gruselige Forrest. Aber diese Seite von ihr ... ich glaube, ich habe eine neue Freundin gefunden.

Etwas schlägt über meinem Kopf ein, und Forrest springt blitzschnell auf. Sie fängt den murmelgroßen Stein auf, bevor er zersplittert. Mit schief gelegtem Kopf rollt sie ihn zwischen ihren Fingern hin und her. »Oh, das wäre schlimm gewesen«, raunt sie. »Der Schutzwall ist gebrochen.« Mit einer Handbewegung schleudert sie ihn in die Richtung zurück, aus der er gekommen ist. Sekunden später ertönen ein paar markerschütternde Schreie.

Sie grinst, doch das Lächeln vergeht ihr, als sie mich wieder ansieht. »Warum machst du nicht ...?« Sie fuchtelt mit den Händen und reckt ihr Kinn zur Decke. »Geh rauf aufs Dach! Mach dich auf den Weg nach Hause. Ich kann mich um alles kümmern.«

Alles. Sie meint die Dutzende Kreaturen, die immer näher kommen.

»Das ist mein Job«, sagt sie achselzuckend.

»Nein. Auf keinen Fall lasse ich dich allein.«

Ihre Stimme wird leiser, scheinbar verletzlich wippt sie von einer Seite zur anderen, ihre Hände verschränken sich. »Ich mag dich, Tru. Wenn wir in den nächsten zehn Minuten nicht sterben, lass uns Freunde sein.«

Ich nicke, wir lächeln uns an und geben uns einen improvisierten Faustschlag.

Und dann ... mit einem letzten Aufflackern fällt der Schutzwall in sich zusammen.

Kapitel Acht

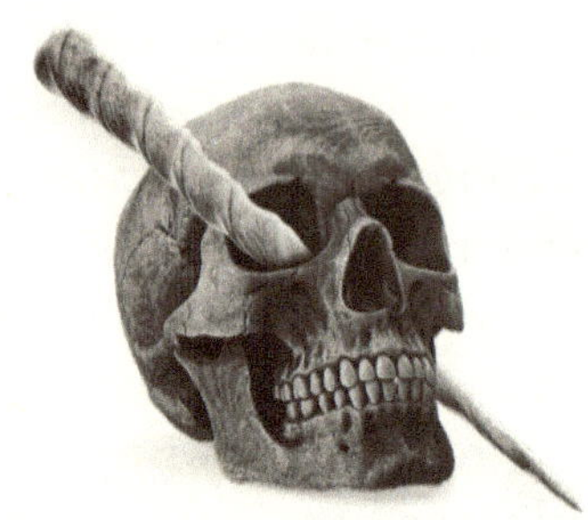

Konzentriert lasse ich mich auf den Moment ein und stürze mich wie ein Wirbelwind auf die Gliedmaßen. Anmutig und mordlustig tänzle ich über den eitrigen, blutgetränkten Boden. Die widerliche Flüssigkeit spritzt an meinen Beinen hoch.

Forrest kämpft an meiner Seite und hat sich für ihre Wolfsform entschieden. Sie besteht nur aus Zähnen und Klauen, die – das muss ich zugeben – viel effektiver sind als jede Klinge. Sie bewegt sich wie eine tollwütige Wölfin, duckt sich und bewegt sich so schnell, dass niemand an sie herankommt, und wer es wagt, sich ihr zu nähern, wird schwer bestraft. Unter all dem Blut und den Blutlachen schimmert ihr wunderschönes cremefarbenes und rotes Fell im Morgenlicht, das durch die transparenten Dachpaneele fällt.

Es ist ein Wirbelwind aus Knurren, Metall und Krallen.

Ich verliere Forrest aus den Augen, als sich eine große Vampirin auf mich stürzt. Die anderen Kreaturen springen der Vampirin aus dem

Weg, während die beiden Klingen in ihrem Griff die heiße Luft zum Zischen bringen. Sie bewegt sich wie eine Kriegerin. *Wow, sie ist schnell und kontrolliert.* Ich blocke und lasse den ersten Hieb an meinem Schwert abprallen. Ich teste sie. Ich steche mit dem Dolch in meiner linken Hand zu.

Ihre andere Klinge weicht geschickt meinem Schwert aus und kratzt einen brennenden Schnitt in meine Seite. Ich zucke zusammen. Mein nächster Hieb zielt auf ihr Gesicht, doch ich vergrabe die Klinge in ihrem Oberarm. Sie schreit auf. Der Schrei wird noch lauter, als ich das Schwert aus ihrem Oberarm ziehe, wo es sich im Oberarmknochen verankert hat.

Ich hasse das.

Ich drehe den Griff des Schwertes um und schlage ihr mit dem Knauf so fest ich kann auf die Schläfe. Sie fällt zu Boden wie ein Sack Kartoffeln, sinkt auf die Knie und dann mit dem Gesicht nach unten auf den Beton. Ich nehme ihren Kopf.

Ich hasse das wirklich.

Mehrere Sekunden lang kann ich nur nach Luft schnappen. Die Kreaturen um mich herum starren mich an und kommen immer näher. Ich ignoriere ihr angewidertes Gemurmel, eine Mischung aus *Rebellenführer* und *Abscheulichkeit*. Es ist mir egal, was sie von mir denken. Aber tief in meinem Inneren mache ich mir Sorgen, denn ich weiß nicht, woher all diese Energie kommt. Ich sollte erschöpft sein, aber stattdessen fühle ich mich, als hätte ich mich gerade aufgewärmt.

Ein Ork geht mit einer Holzkeule auf mich los. Ja, nachdem der Dämon meine Hand geküsst hat, bin ich plötzlich voller Tatendrang. Selbst nachdem ich das Blut meines Engels getrunken habe, habe ich diese Energie nicht gespürt. Ich bin stark und schnell, und meine träge Vampirseite kommt zum Vorschein, als hätte ich gerade erst gespeist. Ob man es glaubt oder nicht, meine Einhornseite ist normalerweise meine knallharte Seite.

Das kann doch nicht der Tropfen Dämonenblut gewesen sein, oder? Nein, er hat nur meine Lippen berührt.

Aus dem Augenwinkel sehe ich den Feuerschein. Wölfin Forrest scheint zu zaubern, aber ich kann es nicht genau erkennen. Ich ducke mich unter der Keule des Orks hindurch, als sie mich fast am Kopf trifft. Oje, meine Neugierde wird mich noch umbringen. Meine ganze Aufmerksamkeit muss darauf gerichtet sein, am Leben zu bleiben. Ich springe und drehe mich, dabei spritzt mir Blut ins Gesicht und der Ork, der die Keule geschwungen hat, fällt zu Boden. Der Aufprall seines schweren Körpers lässt meine Füße vibrieren.

Mit bluttriefenden Wimpern und zusammengekniffenen Augen blicke ich auf die Kreaturen um mich herum. Etwas regt sich in den Horden, denn es ist, als hätten sie eine stille kollektive Entscheidung getroffen, und plötzlich schwärmen die Kreaturen aus.

Zu viele. Viel zu viele.

Umzingelt wie ich bin, habe ich keinen Platz mehr, um mein blutiges Schwert zu schwingen. Die nutzlose Klinge klirrt vor meinen Füßen, während ich nach einem anderen Eisenmesser greife. Mit den beiden kürzeren Klingen versuche ich verzweifelt, den Raum zurückzugewinnen, den ich brauche, um meinen Kampf fortzusetzen, doch ich verliere die Hoffnung. Ich blicke auf den goldenen Armreif an meinem Handgelenk. Ich habe Magie, die ich einsetzen kann, aber das wäre eine nukleare Option.

Ich will nicht sterben.

Ich will mich gerade von Story verabschieden, als der Boden so stark bebt, dass ich stolpere. Es ist, als gäbe es plötzlich Erdbeben im Nordwesten Englands, und dann ertönt ein gewaltiges, wütendes *Brüllen*.

Ich falle auf die Knie und halte mir die Ohren zu. O mein Gott, und ich dachte, die Trolle wären böse. Selbst wenn ich mir die Ohren halte, dröhnt mein Kopf vor Schmerz und meine armen Trommelfelle fühlen sich an, als würden sie bei dem schrecklichen Lärm fast platzen. Noch bevor der Schrei verstummt, sehe ich mit Schrecken – wie in einem echten Monsterfilm – ein knirschendes, reißendes und krachendes Gerappel, und die ganze rechte Ecke des Lagerhauses ist einfach ... weg.

Ich sehe das Aufblitzen von massiven Zähnen.

Ein unglücklicher Ork befindet sich im Weg des riesigen Mauls. Zähne knirschen, kauen, und dann wird der breiige Ork zur Seite gespuckt.

Igitt.

Forrest, immer noch in Wolfsgestalt, sackt hechelnd gegen mein

Bein. Die Horde rennt in Panik um uns herum wie Ratten vor der Flut. Einer der Orks schreit im Vorbeirennen den lautesten Mädchenschrei, den ich je gehört habe, und ich kann es ihm nicht verübeln. Alle rennen um ihr Leben zum Ausgang.

Es regnet Trümmer vom kaputten Dach. Die Morgensonne scheint fröhlich durch das nun riesige Loch, und das ganze Lagerhaus knarrt bedrohlich von der Verwüstung. Ein riesiges, von silbernen Schuppen umrahmtes Nasenloch blockiert das Sonnenlicht. Kleine Haarsträhnen, die nicht von meinem Hut zurückgehalten werden, wehen im künstlichen Wind, welcher entsteht, wenn das Ungetüm beim Einatmen die Umgebungsluft gewaltsam in seinen höhlenartigen Rachen saugt.

Der Drache schnaubt etwas, das ich nur als zufriedenes Geräusch beschreiben kann, als seine Nase bestätigt, dass wir tatsächlich hier sind. Ein silbernes Auge mit senkrechter Pupille nimmt den Platz des Nasenlochs ein, das dritte Augenlid zieht sich von einer Seite zur anderen über das Auge und blinzelt uns zu.

Oje, unsere Verstärkung ist da.

Ich schüttle den Kopf über das Chaos, das er angerichtet hat, aber ich bin so dankbar für seine rechtzeitige Rettung. Forrest kläfft und trottet schwanzwedelnd auf den riesigen silbernen *Drachen* zu. Eine riesige, schuppige, krallenbewehrte Vorderpfote – oder was auch immer es ist – kracht in das Lagerhaus. Das Gebäude stürzt um die silberne Pranke herum noch ein wenig mehr ein, während der Drache zu meiner Belustigung ein paar unglückliche Kreaturen aus dem Weg fegt, während er Forrest sanft aufhebt.

Ich schaue ihm durch seine Drachenfinger in die Augen, hebe den Daumen und nicke. »Danke«, rufe ich und winke ihnen zu. »Ich mach das schon.«

Wow, das war knapp, sagt Story leise.

Zu knapp, murmle ich. *Für einen Moment dachte ich, ich wäre erledigt.*

Ich weiß nicht. Ich habe dich noch nie so kämpfen sehen. Wusstest du, dass diese Vampirin über tausend bestätigte Kills hatte und als unschlagbar galt? Du hast ihr in weniger als zwei Minuten den Kopf abgerissen.

Ich ächze und raffe mich auf. Ich schlendere auf das Loch zu, das der Drache geschaffen hat, dann lege ich meine Messer weg und hebe mein Schwert vom blutverschmierten Boden auf. Gerade noch rechtzeitig sehe ich, wie der silberne Drache – er glänzt wie eine Discokugel aus den Siebzigern – elegant in die Luft springt, gefolgt von einem kräftigen Flügelschlag. Eine Wolke aus Staub und Geröll weht mir entgegen. Ich hebe den Arm, um meine Augen zu schützen, und halte den Atem an. Als sich der Staub gelegt hat, hebe ich den Kopf. Jetzt sind sie nur noch Punkte am Himmel. Ich schaue ihnen nach, bis sie verschwunden sind.

Das war ein verdammt guter Abgang.

Das *klappernde* Geräusch mehrerer Autotüren, die sich öffnen und schließen, erregt meine Aufmerksamkeit. *Sieht aus, als hätte der Drache Verstärkung vom Boden mitgebracht.* Männer in schwarzen Kampfanzügen, die meinem ziemlich ähnlich sind, kommen in Fächerformation auf mich zu. Ihr vorsichtiges, bewaffnetes Auftreten ist etwas seltsam für eine Rettungsaktion.

Einige von ihnen sind beim Großen Rat der Kreaturen angestellt, und der Gesichtserkennung zufolge arbeiten einige von ihnen für die Jägergilde.

Ah. Okay. Ich halte meine Hände und meine Waffe so, dass sie sie sehen können, und meine Haltung ist entspannt, obwohl ich alles andere als entspannt bin.

»Tru«, sagt eine vertraute Stimme aus dem Hintergrund der bedrohlichen Gruppe. Schmetterlinge explodieren vor Freude in meinem Bauch und ich atme erleichtert auf.

Oh, wer hätte das gedacht, es ist der vermisste Blutspender höchstpersönlich, sagt Story.

Story. Ich knurre eine Warnung, und als Antwort summt sie in meinem Kopf.

Niemand ist perfekt. Ich weiß, dass ich nur mir selbst die Schuld geben kann. Vor ein paar Jahren hat sie ihn den *Blutspender* genannt, und ich habe sie nicht korrigiert. Es ist keine abschätzige Bezeichnung, aber er hat etwas Besseres verdient, auch *von mir.*

Seine Bewegungen sind anmutig und fließend. Er rennt nicht, sondern er gleitet über den Parkplatz auf mich zu, bekleidet mit einer Kampfhose und einem langärmeligen Thermoshirt. Das Oberteil schmiegt sich an seinen Körper und zeigt, wie durchtrainiert er ist. Gierig mustere ich seine Gesichtszüge. Zwei Meter zehn groß. Kurzes dunkles Haar, warmer Teint, schöne honiggoldene Augen, breite Stirn, hohe Wangenknochen, elegante Nase und ein kräftiges Kinn. Das sind die Merkmale der Vollkommenheit. Das schönste Gesicht.

Mein Engel. »Xander«, flüstere ich.

Ohne mich umzusehen, lege ich mein unbenutztes Schwert beiseite. Jetzt, da ich ihn hier sehe, weiß ich, dass alles gut wird. Ich bin in Sicherheit. Ich atme tief durch, als er vor mir steht. Sein Duft, ein intensiver Hauch von Metall, vermischt mit Sonnenlicht berührt meine Sinne und seine Engelsmagie tanzt angenehm auf meiner Haut.

Ich habe das Gefühl, *nach Hause* zu kommen.

Gott, wie habe ich ihn vermisst.

»Hallo«, sage ich und grinse ihn verschmitzt an. Ich grinse so breit, dass mir die Wangen wehtun. Verdammt, ich spüre, wie ich rot werde. Meine Finger zittern an meinen Seiten, weil ich den unwiderstehlichen Drang verspüre, meine Hand auszustrecken und ihn zu berühren. Ich habe ihn seit Monaten nicht gesehen und meine Seele schmerzt, denn ich wünschte, ich könnte ihn einfach wie ein normaler Mensch umarmen.

Ich glaube, das würde den stoischen Engel demütigen.

»Was hast du getan?«, knurrt er.

Mein Lächeln verschwindet und ich runzle die Stirn, weil ich seine Frage nicht verstehe. Er schaut mich an, als wäre ich eine Fremde.

»Was?«, frage ich verwirrt.

Seine Augen bekommen einen harten, strengen Glanz und mit einer eleganten Hand deutet er hinter mich. Ich drehe den Kopf und folge seinem Finger.

O ja, Scheiße. Am liebsten würde ich mir gegen die Stirn schlagen. Natürlich sehe ich jetzt, was er meint. Die Lagerhalle sieht aus, als hätte ich sie zerbombt.

Staub wirbelt durch die Luft, verstreute Leichen liegen da, wo sie gefallen sind, mit abgehackten und abgerissenen Gliedmaßen. Auch der zerkaute und ausgespuckte Ork bietet einen grausigen Anblick, direkt vor dem aufgerissenen Loch in der Seite des Gebäudes.

Und dann bin da noch ich, völlig unversehrt und mit Staub und dem Blut anderer Kreaturen bedeckt. Ein Schauer läuft mir warnend über den Rücken.

Ich schlucke. »Ja, also ... was das betrifft.«

Kapitel Neun

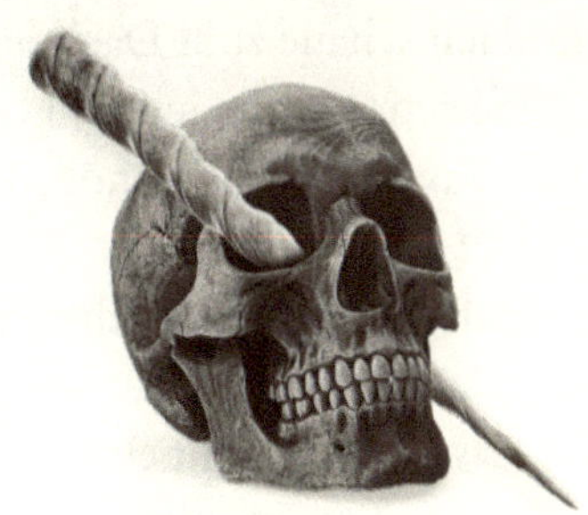

EIN GUTES DUTZEND Männer drängt sich an uns vorbei durch das Loch, das der Drache in die Lagerhalle gerissen hat. Verflixt, lieber die als ich, bei dem knarrenden Zustand des Gebäudes. Wenn ich es verhindern kann, will ich nicht mehr hinein.

Neben mir spuckt mein Engel vor Wut. Verachtung strömt aus ihm heraus, und seine Magie bricht wie ein Sturm über mich herein. Ich spüre, wie die Wut aus seinen Poren dringt, und öffne den Mund, um etwas zu erklären, doch er starrt mich an.

Ups. Entsprechend eingeschüchtert schließe ich den Mund.

Unbeholfen reibe ich mir das zerknirschte Gesicht und stehe stumm da, den Blick auf den Boden gerichtet, während er seinen Männern ins Innere folgt.

Dieser manchmal kalte, aber moralisch so starke Engel verwirrt mich. Ich verstehe, warum er so wütend ist, aber man sollte meinen, dass ein kleiner, winziger Teil von ihm erleichtert ist, dass es mir gut geht. Bei all den Leichen und dem zerfledderten Ork, die hier herumliegen.

Ich lebe! Juhu? Glaubt er, ich hätte nur zum Spaß mit den Kreaturen da drin gekämpft?

Ich habe ihn schon oft frustriert und wütend gesehen, aber so zornig habe ich ihn noch nie erlebt. Es ist ja nicht so, dass ich ständig irgendwie Mist baue. Seit ich aus dem Teenageralter raus bin, muss er nicht mehr hinter mir aufräumen. Aber allein seine Anwesenheit und seine rasende Wut machen mir ein schlechtes Gewissen.

Das Lager knarrt und ich schaue zum Dach hinauf. *Ich wünschte, er käme einfach da raus.* Vielleicht könnte ich ihm beim Frühstück erzählen, was passiert ist. Eine Tasse Tee wäre schön. Ich verkrampfe meine Hände.

Oh-oh. Ich freue mich nicht darauf, ihm von meiner Rolle in diesem Schlamassel zu erzählen. Nicht, dass ich etwas falsch gemacht hätte. Abgesehen davon, dass ich vielleicht einen Dämon befreit und die Beweise für die Dämonenfalle ohne Erlaubnis von oben vernichtet habe, aber ansonsten habe ich alles nach Vorschrift gemacht.

Ich hasse es, dass er sauer ist. Was soll ich dazu sagen? Wir haben eine turbulente Beziehung.

Das Gute ist, dass eine der Kräfte meines Engels ihn befähigt, die Wahrheit von einer Lüge zu unterscheiden, sodass sich der ganze Unsinn schnell aufklären sollte.

Als ich ein Teenager war, haben sie ihn zu meinem Beschützer gemacht – ich ziehe das Kinn ein und halte den Kopf gesenkt, damit weder Xander noch sonst jemand mich lächeln sieht. Ich darf nicht noch mehr Feindseligkeit hervorrufen, und genau das wird passieren, wenn ich in dieser Situation beim Grinsen erwischt werde.

Während seiner Vormundschaft hat er mir sein superstarkes Engelsblut gegeben und mir das Leben gerettet. Und natürlich habe ich mich als Siebzehnjährige Hals über Kopf in ihn verliebt. Ich hebe meinen Blick und schaue ihn heimlich an, während er die verstreuten Leichen untersucht. Ich meine, er ist ein alter, *superheißer* Engel. Wie kann man ihn nicht lieben? Dann war da dieser Zauber, und ich hatte starke Visionen von unserer gemeinsamen Zukunft. Diese Zukunftsblitze. Wow! Sie waren wirklich schön. Wenn ich nicht schon in ihn verliebt gewesen wäre, hätten mich die Visionen umgehauen. Mein Gott, ich liebe ihn von ganzem Herzen. Xander ist mein Ein und Alles.

Jetzt sind neun Jahre vergangen, und ich kann mich nicht entscheiden, ob das alles nur Wunschdenken war. Die Visionen. Ich schüttle den Kopf. Jetzt weiß ich nicht mehr, ob ich sie mir über die Jahre nicht nur ausgemalt habe.

Während die Zeit vergeht und ich darauf warte, dass unser episches gemeinsames Leben beginnt, vergehen die Tage, die Monate, die Jahre und ... und ich warte immer noch.

Ich komme mir vor wie eine totale Idiotin. Aber ich kann nicht aufgeben, was ich gesehen habe. Ich kann ihn nicht aufgeben. Uns.

Es ist nicht das erste Mal, dass ich darüber nachdenke: Ist es wahrscheinlicher, dass das Wissen um die Zukunft die Ereignisse begünstigt oder das Wissen um die Zukunft die Dinge unwiderruflich verändert? Was, wenn meine Reaktion auf die Dinge alles durcheinandergebracht hat? Was, wenn mein Wissen dazu geführt hat, dass ich alles ruiniert habe?

Ja, das ist ein echter Denkanstoß.

Unter meinen Wimpern hindurch schaue ich ihn wieder an, und die allgegenwärtigen verliebten Schmetterlinge in meinem Bauch toben. Ich habe nie Spielchen gespielt, war nie schüchtern, nicht bei ihm. Ich bin immer offen und ehrlich mit meinen Gefühlen umgegangen. Nun, ich habe ihm nicht gesagt, dass ich ihn liebe, denn das wäre ... na ja, ein verdammter Albtraum. Aber er weiß, dass ich ihn mag. Er weiß, dass ich ihn sehr mag.

Ehrlich in Bezug auf Gefühle, aber nicht in Bezug auf ihre Rolle als Auftragsmörderin. Oh. *Abgesehen von der Arbeit,* korrigiere ich mich selbst, indem ich die beschissenen Gedanken in den Hintergrund dränge. Ich war immer aufrichtig, auch wenn es meiner psychischen Gesundheit geschadet hat.

Auch wenn er mich immer wieder zurückgewiesen hat. Es tat weh, aber ich verstand es.

Ein Wandler schleicht durch das Lagerhaus zu meinem Engel. Er flüstert ihm etwas ins Ohr und zieht Xander dann weg. Sie gehen weiter in das Gebäude hinein. *Oh, bitte brich nicht ein.* Ich kaue auf meiner Lippe, während mein Blick wieder auf das instabile Dach fällt.

Er kann nichts dafür, dass wir nie auf einer Wellenlänge waren. Verdammt, wir sind nicht ansatzweise auf einer Wellenlänge. Damals, mit siebzehn, war ich viel zu jung. Jetzt bin ich sechsundzwanzig ... ich ziehe die Luft durch die Nase ein und zupfe an dem goldenen Armband an meinem Handgelenk. Ich bin immer noch zu jung im Vergleich zu einem Wesen, das Tausende und Abertausende von Jahren gelebt hat. Sechsundzwanzig Jahre sind ein Wimpernschlag. *Ich habe Konservendosen, die älter sind als du,* hat Xander einmal gesagt.

Ja, ich habe mich in einen tollen Mann verliebt, der mich meidet wie eine ansteckende Krankheit. Ich schätze, man kann jemanden mit allem lieben, was man hat, aber es gibt keine in Stein gemeißelten Regeln, die besagen, dass er genauso empfinden muss. Es gibt keine Regel, die besagt, dass er dich auch lieben muss.

Und unerwiderte Liebe?

Ich lache schmerzerfüllt. Ja, die ist ein echtes Miststück.

Sie tut weh. Mein Gott, wie weh sie tut. Vor allem, wenn ich mit offenen Händen um sein Blut betteln muss. Oh, er ist so nett und sehr verständnisvoll. Seine goldenen Augen sehen mich mitleidig an, als wäre ich eine bedürftige Süchtige auf der Suche nach dem nächsten Kick.

Es ist eine verkorkste Achterbahnfahrt, aus der ich nicht aussteigen kann und will.

Ich liebe ihn und ... und er zerstört meine Seele.

Deshalb hasst Story ihn. Sie sieht alles – wie wir uns kennengelernt haben, was danach passiert ist und wie ich mich mit ihm fühle. Ich schabe mit dem Stiefel über das Pflaster. Es ist nicht seine Schuld, dass er mich nicht auch liebt.

Noch nicht.

Er liebt mich *noch* nicht.

Nach fünfzehn Minuten unangenehmen Schweigens und dem Versuch, in meinem Kopf zu überlegen, was ich sagen soll, taucht mein Engel wieder auf. Mein Herz schlägt schneller und ich richte mich auf. Seine goldenen Augen sind auf mich gerichtet, während er geschmeidig durch das Lager schlendert.

Okay, jetzt kommt der schwierige Teil.

Ich muss ihm erzählen, was passiert ist und warum ich hier bin. Ich werde ihm von meinen sieben Jahren als Auftragsmörderin erzählen müssen. Ah, nein. Er denkt, ich arbeite in einem Café, was auch der Fall ist. Ich arbeite etwa acht Stunden pro Woche als Tarnung dort. Mein Engel weiß nicht, dass ich als Killerin gearbeitet habe, und ich konnte es ihm auch nicht sagen. Aber jetzt, nachdem ich auf frischer Tat ertappt wurde, muss ich es ihm sagen. Ich hoffe, er ist nicht böse.

Während er die Lücke zwischen uns schließt, bereite ich mich darauf vor, einen vollständigen Lagebericht zu geben. Ich beschließe, ganz am Anfang zu beginnen, aber bevor ich ein einziges Wort sagen kann, verliert Xander seinen Verstand.

Der rauchig-weiße Zauber meines Engels mit den kleinen goldenen Flocken steigt auf und legt sich um meine Arme. Die Magie packt mich wie unsichtbare Hände und drückt die weiche Haut an der Unterseite zusammen, während sie mich heftig gegen die Seite des Gebäudes stößt. Mein Rücken prallt krachend gegen die Metallverkleidung und ein gezacktes, von einem Drachen zerkautes Stück Metall gräbt sich unangenehm in meine Wirbelsäule.

»Autsch«, quieke ich.

Autsch. Ich weiß, die ganze Sache mit den zerstückelten Kreaturen in einer Lagerhalle und mir ist nicht gut. Aber was zum Teufel ist das? Mein Engel ist mehr als wütend – er ist außer sich vor Wut. So wütend, dass er die Kontrolle über seine Magie verloren hat. Ich schaue auf zum Himmel, um einen verirrten Blitz zu sehen, den er losschickt, um mich zu zerschmettern.

Wenn er mir nur die Chance gäbe, es zu erklären ... *Er ist kein schlechter Mensch,* erinnere ich mich. Er versteht es nur nicht.

Während seine Magie weiter auf mich einwirkt, kommt er näher und drückt mich immer mehr mit seinem großen Körper gegen die Wand. Ich habe ernsthafte Probleme mit dieser Situation, und ich habe noch nie erlebt, dass er sich so verhält, nicht mir gegenüber. Er war nie eine Bedrohung für mich.

Er ist mein Engel.

Erschrocken starre ich in seine wunderschönen honigfarbenen Augen. Meine Lippen zittern und ich presse sie zusammen, während ich mir verbiete, auch nur eine Träne zu vergießen.

»Xander, bitte hör auf! Du tust mir weh.«

»Erzähl mir von dem Engel!«

»Engel?«, krächze ich. Meine Kehle ist wie zugeschnürt und meine Brust schmerzt. »Welcher Engel?« Sobald die Worte meinen Mund verlassen, weiß ich sofort, dass es das Falsche ist, denn seine Magie schüttelt mich. Meine Zähne klappern und mein Kopf schlägt mit einem ohrenbetäubenden Geräusch gegen die Wand.

Die Realität der Situation hämmert auf mich ein. Er kann so wütend sein, wie er will, aber das gibt ihm nicht das Recht, mich zu misshandeln. Es ist, als würde ein Schalter in mir umgelegt. »Nimm deinen verdammten Zauber von mir!«, knurre ich.

Er verengt die Augen und ich starre ihn direkt an.

»Du tust mir weh«, sage ich wieder, diesmal mit einem schmerzhaften Stöhnen. Langsam löst er seinen Zauber. Er löst seinen verhängnisvollen Griff um meine Arme, doch mein Engel rührt sich nicht. »Was zum Teufel ist los mit dir? Reiß dich zusammen!« Seine kalten Augen starren mich an, während ich mir die schmerzenden Arme reibe, und ich schlurfe zur Seite, weg von dem durchbohrten, beschädigten Teil des Gebäudes. »Idiot«, murmle ich leise.

Zwei Männer – Wandler – rechts von uns nähern sich und blockieren jede Flucht. Ich spanne mich an, mein Rücken schmerzt, und es fühlt sich an, als hätte ich ein Stück Metall da hinten.

Na toll.

Wer zum Teufel ist diese Person, die vor mir steht? Bestimmt nicht der Mann, den ich neun Jahre lang geliebt habe. Ich fühle mich verletzt, verwirrt und plötzlich so erschöpft. Es war eine so lange Nacht. Ich lasse mich mit dem Rücken an das Gebäude sinken. Als ich mich wieder an das geriffelte Metall lehne, ignoriere ich die Wunde auf meinem Rücken, obwohl sie brennt. Ich reibe mir die Stirn und drücke den Daumen in die pochende Furche zwischen meinen Augen.

Ich kann nicht sprechen. Wenn ich jetzt den Mund aufmache, würde ich schreien.

Meine Zunge schnalzt gegen meine Zähne, und mir fällt alles aus meinem Gesicht. Außerdem habe ich kaum Sauerstoff in den Lungen, weil ich immer noch nach Luft ringe. Ich kann nicht glauben, dass er mir das angetan hat.

Denk nach!

Geht es um mich oder um seinen vermissten Engel? Das ist doch das Problem, oder? Er hat mich nach einem Engel gefragt. Wichtiger noch, welchen? Wer hat Lügen gesponnen, und dabei mit dem Finger auf mich gezeigt? Mein Engel würde nicht den Verstand verlieren, wenn er nicht konkrete Beweise für meine Schuld hätte. Und zwar schriftlich, denn ich bin mir sicher, dass es nur eine Handvoll Leute gibt, die mächtig genug sind, ihm ins Gesicht zu lügen.

Der verfaulte Käfer in seinem Ohr hat sein Gehirn vernebelt. Er hat den Verstand verloren. Aber vielleicht liegt es auch an mir? Hat mein Gehirn letzte Nacht irgendwann versagt, und ich habe ein ganzes Gespräch verpasst?

Du siehst doch, was ich sehe, oder? Stimmt's?, frage ich Story.

Ja. Hat er dir ... Ich bringe ihn um, stottert Story empört. Ich muss sie nicht sehen, um zu wissen, dass ihr Gesicht ganz rot ist und sie in dramatischer Peter-Pan-Pose vor dem Beobachtungsschirm steht, die Hände in die Hüften gestemmt. *Er ... hat ... dich ... verletzt.* Sie spuckt jedes Wort mit kaum unterdrückter Wut aus. *Mutter Natur, ich hasse ihn. Ich hasse ihn so verdammt sehr.*

Es ist also echt, und ich werde nicht verrückt. Es ist wirklich passiert ...

Engel. Es war kein Engel bei den entführten Kindern oder den Verdampften, oder?

Nein, Ava schaut nach, ob es Online-Chats gibt. Du musst sofort nach Hause kommen.

Ich schlucke und bereite mich auf eine weitere heftige Reaktion vor, als ich noch einmal frage: »Welcher Engel? Von wem redest du?« Zum Glück versucht er es nicht noch einmal. Ich bin nicht gewillt, hier wie ein Spießer zu stehen und es hinzunehmen, wenn er auf mir herumhackt. »Xander, alles in Ordnung?«, flüstere ich. Besorgt sehe ich ihn an.

»Was machst du hier?«, fragt er, ignoriert meine Frage und scheint die Richtung zu wechseln. Aus seinem Gesichtsausdruck kann ich nichts ablesen. Er ist so kalt, als wäre er ein Fremder.

»Ich bin eine Auftragsmörderin«, sage ich zu ihm.

»Lüg mich nicht an, Tru! Du bist keine Auftragsmörderin.« Mein Engel lacht verächtlich.

»Du weißt, dass ich nicht lüge. Ich mache das schon seit ein paar Jahren.«

»Du bist offensichtlich kein Kind mehr.« Mit einem enttäuschten Zucken der Lippen schüttelt er den Kopf. »Was ist nur aus dem süßen Mädchen geworden?« Dann senkt Xander seine Stimme und spricht langsam, jedes Wort langgezogen, als wolle er es in meinen Kopf hämmern. »Du arbeitest in einem Café. Du hast Wahnvorstellungen und bist labil, und diesmal bist du zu weit gegangen. Ich kann dich nicht mehr beschützen.«

»Wovor kannst du mich nicht beschützen?« Jetzt bin ich an der Reihe. Hört er sich selbst nicht? Ich kann mich selbst schützen. Danke, sowohl körperlich als auch beruflich. Ich brauche und will seine Hilfe nicht. Schon gar nicht, wenn er so ist.

Zugegeben, ich habe ihm nicht gesagt, dass ich eine Auftragsmörderin bin, mein Fehler, aber Geheimhaltung gehört zum Job. Geheimoperationen sind eine große Sache.

Xander sieht zu, wie sich das zarte Armband an meinem Handgelenk dreht, während ich daran herumfummle – an dem Armband, das er mir geschenkt hat. Sein Mund verzieht sich vor Ekel, als ob ihn der Anblick, der Blick auf mich, abstößt.

Die schönen Linien in seinem Gesicht sind hart, schärfer als eine Klinge, und er kräuselt seine Lippen über den Zähnen bei jedem giftigen Wort, das er ausspricht. »Du bist eine Serienmörderin. Eine Psychopathin«, faucht er.

Mein Kopf zuckt zurück, als hätte ich einen Schlag abbekommen, und ich stolpere einen Schritt zurück. Wovon zum Teufel redet er?

»Was?«, frage ich entsetzt.

Kapitel Zehn

 Ich lache leise vor mich hin und reibe mir die Arme. Selbst in der Morgensonne ist mir kalt und ein bisschen übel. Ja, er soll aufhören, mich zu beschimpfen, denn es fällt mir immer schwerer, diese Scheiße zu ignorieren. Die ganze Ungerechtigkeit dieser Situation würde einen unbedarften Menschen in den Wahnsinn treiben.

Nein, komm schon, Tru! Er weiß nicht, wovon er redet. Das ist alles nur ein schreckliches Missverständnis, über das wir in ein paar Jahren lachen werden.

Stimmt's?

Xander neigt dazu, ein wenig hitzköpfig zu sein, und er hat offensichtlich eine Menge zu tun. Ich öffne den Mund, um ihn anzuflehen, mir zuzuhören... dann übermannt mich mein Stolz und ich schließe das dumme Ding wieder.

Flehe ihn an!

Echt jetzt Tru? Betteln?

Ich lege den Kopf zur Seite und schaue ihn an, die Brust geschwollen wie ein stolzer Hahn. Ich kneife die Augen zusammen. Wo war er, als Forrest und ich in ein Gebäude gestürmt sind, um Kinder zu retten? Eingekuschelt im Bett? Und jetzt kommt er hierher mit seinen tollen Männern und seinen Fehlinformationen, wirft sein Gewicht in die Waagschale, ohne mir die geringste Höflichkeit zu erweisen, ohne mir die Chance zu geben, etwas zu erklären. Und wenn ich es versuche, beschimpft er mich als Lügnerin und was ihm sonst noch so einfällt.

Trotzdem, ich wollte betteln.

So eine Scheiße.

Was zum Teufel stimmt nicht mit mir? Es ist ein schmaler Grat, ob man jemandem eine Chance gibt oder ob man zum Fußabtreter wird. Meine Brust brennt und meine Unterlippe zittert. Das letzte Mal, als ich jemanden angefleht habe, war ich ein Kind und wurde von zu Hause rausgeworfen. Mein Nicht-Onkel hat mich obdachlos werden lassen.

»Erzähl mir von den Leuten, die du hast ausbluten lassen«, unterbricht er das lange Schweigen.

»Bist du auf Drogen?«, krächze ich, es fühlt sich an, als wenn meine Kehle zugeschnürt ist. Ich räuspere mich, um das enge Gefühl zu vertreiben, aber ein hartnäckiger Kloß will nicht verschwinden. »Die Leute, die ich habe ausbluten lassen. Ich?« Ich deute auf meine Brust. Macht er jetzt Witze? Wenn die ganze Situation nicht so beschissen wäre, würde ich mich totlachen. Abgesehen von seinem hasse ich es, Blut zu trinken. Warum in aller Welt sollte ich jemanden ausbluten lassen? »Und du sagst, ich sei gestört.«

Jetzt ist er an der Reihe und reibt sich das Gesicht, als hätte auch er eine lange Nacht hinter sich. Buhuhu. »Spiel keine Spielchen, Tru!« Er lässt die Hand sinken, schüttelt den Kopf und spricht wieder in demselben langsamen Ton wie vorhin, als wäre mein Gehirn nicht in der Lage, den Sinn seiner Worte zu verstehen, ohne dass er sie ach so hilfreich verdummt. »Die Leute hinter dem Schutzwall. Warum hast du sie getötet?«

Was? Ich kneife die Augen zusammen, als meine Gedanken zum Lagerhaus zurückkehren. Die provisorischen Schutzwälle, die ich während des Kampfes benutzt habe, sind zerbröckelt. Welche Schutzwälle ... oh, es sei denn, er meint die aus dem furchtbaren Raum, mit dem Haufen aus Leichen und der Frau mit dem roten Schuh.

So ein Mist. Hätte ich nicht schon an der Wand gelehnt, wäre ich jetzt gestolpert.

»Ich? Ich ...« Meine Stimme versagt vor Schreck. Ich weiß nicht, was ich antworten soll. »Du glaubst, ich war es?« Abscheu überwältigt mich fast. »Wirklich, Xander? Glaubst du wirklich, dass ich zu so etwas fähig bin? Ich habe dir doch gesagt, dass ich eine Auftragsm...«

»Warum lügst du mich an?«, unterbricht er mich, und ich stöhne angesichts des Giftes in seiner Stimme auf.

»Ich lüge nicht!«, schreie ich und errege die Aufmerksamkeit einiger seiner Männer, die immer noch das Lager durchwühlen.

Sofort beruhigt er sich. Sein Tonfall wechselt ins Schmeichlerische. »Okay, eine einfachere Frage. Warum hast du deine Komplizen umgebracht?«

Oh, jetzt geht's aber los.

Ich lache spöttisch und kann mir ein Augenrollen nicht verkneifen. »Meine Komplizen? Du glaubst, ich war mit diesen Typen im Geschäft?« Ich nicke dem schleimigen Ork zu. »Ja. Ich habe den Kerl umgebracht, weil ich ihn nicht bezahlen wollte. Du weißt schon, den Zerfressenen da drüben.« Sarkastisch strecke ich meine Handgelenke aus, schlage sie zusammen und erkläre mit fragwürdigem Londoner Akzent: »Du hast mich erwischt.« Ich lasse die Hände sinken. »Ich bin vielleicht ein Großmaul, aber das ist nicht meine Liga. Xander, komm schon! Selbst von hier kann meine Nase den Drachensabber riechen. Das ergibt doch keinen Sinn.« Ich tippe mir an die Schläfe, für den Fall, dass die Leute um uns herum nichts von seiner Gabe wissen. »Du weißt es. Du weißt, ich lüge dich nicht an. Okay, okay. Wenn du mich nicht richtig verstehst, ist das in Ordnung, aber du musst wissen, dass der Drache nichts Dubioses tut, und ich bin hier, um ein paar verschwundene Kinder zu retten. Gegen diese toten Kreaturen, von denen du behauptest, sie seien meine Komplizen, liegt ein Tötungsbefehl vor ...«

»Lügnerin!«, schreit er. Der Speichel von ihm prasselt auf meine Wange, als Xander sich wie ein Wahnsinniger auf mich stürzt und seine Hände über meinem Kopf zusammenschlägt. Ich schrecke zurück. Das

Echo seiner Hände auf dem Metall vibriert in meinem Rücken und dröhnt in meinen Ohren.

Sekunden vergehen, während wir uns anstarren.

Seine goldenen Augen leuchten.

Ich bin ein Mädchen, das nur einen Schlag braucht, um angewidert von seinem gegenüber zu sein, und er ist kurz davor, seinen dritten zu machen. Mein ganzer Körper fühlt sich warm an – aber nicht auf die schweißtreibende Art, dank des Dämonenzaubers. Ich glaube, ich habe mich in meinem ganzen Leben noch nie so frustriert gefühlt. Ich mag es nicht, als Lügnerin bezeichnet zu werden, vor allem, wenn ich nichts Falsches getan habe.

»Ich verstehe, dass ich in einer kompromittierten Position bin, weil du nichts weißt und dir nicht die Mühe machst, mich nach allen Fakten zu fragen. Aber mich eines so abscheulichen Verbrechens zu bezichtigen und mich zu beschimpfen ...« Ich knirsche mit den Zähnen. »Als Nächstes sagst du, ich sei ein instabiler Hybride und müsse eingeschläfert werden. Du bist seit Jahren mein größter Fürsprecher, Xander. Bitte sag mir, was zum Teufel hier los ist. Mit wem hast du gesprochen? Wer hat dir diese Lügen aufgetischt?« Ich blinzle ihn ernst an. »Ich will es verstehen.«

Und vielleicht will ich dummerweise für uns kämpfen.

Seine Augen weiten sich, und für eine Mikrosekunde sehe ich seine Zweifel, aber ein Zucken seines Augenlids wischt sie weg. Es gibt kein Durchkommen zu ihm. Er ist fest entschlossen.

»Wo ist sie?«, schreit er mir ins Gesicht. »Du hättest sie nicht mitnehmen dürfen.« Ich zucke zusammen, als sich direkt über meinem Kopf das Metall unter seinen Händen verformt, knirscht und kleine, stachelige Splitter auf meinen Kopf regnen lässt. Sie? Der vermisste Engel ist weiblich, und er glaubt, ich hätte sie entführt. Warum zum Teufel sollte ich das tun?

»Ich hätte nicht gedacht, dass du zu solch einer Grausamkeit fähig bist«, sagt er. Der Geruch seines Blutes liegt in der Luft, die Schnittwunden an seinen Handflächen sind bereits verheilt, aber goldene Blutstropfen liegen nur Millimeter von meinem Gesicht entfernt auf dem Metall.

Hm, wie seltsam. Es ist da, aber ich sehne mich nicht danach.

Ich genieße den wilden Blick in seinen Augen. Oh, und da ist es. Zack, das Licht in meinem Kopf geht an. Die Welt steht still, und ich habe das Gefühl, meine Liebe zu ihm an einem seidenen Faden zu halten, meine Fingerspitzen graben sich in das schlüpfrige Gefühl, das sich wie Rauch aus meinem Griff zu lösen versucht. Wird es sich auflösen, wenn ich einen Atemzug nehme? Auflösen, sobald ich es wage, auszuatmen?

Es hat nichts mit den Körpern darin zu tun. Es geht um *sie*. Sein vermisster Engel. Wer auch immer sie ist, sie ist offensichtlich viel wichtiger als ich.

Meine Lunge brennt.

Noch etwas trifft mich. *O nein. Nein.*

Ich schnappe nach Luft.

Ein weiteres Puzzleteil kommt an seinen Platz: Er nennt mich verwirrt und wahnhaft. *Deshalb glaubt er mir nicht.* Wow, einfach wow. Auf eine kranke Art ergibt das Sinn. Wenn es jemandem nicht gut geht und er seine eigenen Lügen glaubt, dann lügt er nicht wirklich, oder? Ein Kryptonit der Wahrheit.

Oje.

Jemand hat mich wirklich reingelegt und meinen Engel dazu benutzt und ... und er glaubt es. Einfach so zerbricht mein Herz.

Peng. Strike drei und du bist raus.

Meine Gedanken kreisen um unsere Momente. Die süßen Erinnerungen daran, wie ich anfing, diesen Mann zu lieben. Die Momente, in denen er mich immer wieder gerettet hat und die schöne Aussicht auf unsere Zukunft ... *Komm schon, Tru, du bist doch keine Hellseherin! Wer kann schon in die Zukunft sehen?* Ich stoße ein dumpfes, bitteres Lachen aus. Der Energieschub war eine Illusion gewesen. Es war nicht die Zukunft, die ich sah, sondern das, was ich sehen wollte.

Die Träume eines dummen Mädchens.

Neun vergeudete Jahre. Das tue ich mir nicht mehr an.

Ja, scheiß auf die Visionen, scheiß auf unsere gemeinsame Zukunft, denn es gibt keine. Ich bin so verdammt fertig. Ich spüre, wie etwas in mir zerbricht. Ist es möglich, sein eigenes Herz zerbrechen zu fühlen? Es wird kein Pflaster geben, um die zerrissenen Teile von mir wieder zusammenzuflicken. Meine Seele fühlt sich an, als würde sie sterben.

Der Engel schwebt über mir, Blut klebt an seinen Händen. Mein beharrliches Schweigen lässt eine kleine Ader in seinem Kiefer zucken. Ich schlucke meinen Schmerz herunter, so gut ich kann, und umarme stattdessen die Wut. Das ist alles, was ich noch habe. Er muss mir verdammt noch mal aus den Augen gehen. Meine Brust drückt sich an seine. Wir sind uns so nah, dass sich unsere wütenden Atemzüge vermischen. In seiner Nähe zu sein, fühlt sich an, als würde ich in Stücke gerissen werden.

»Wegen unserer gemeinsamen Geschichte, und, weil ich weiß, dass du nicht klar denken kannst«, schimpfe ich, »werde ich dich ein letztes Mal *höflich* bitten, dich zu verpissen!«

Als er sich immer noch nicht rührt, lasse ich meine Zähne blitzen und *fauche* ihn an.

Mit einem weiteren metallischen Krachen stößt sich der Engel von der Wand ab und winkt seine Jungs in Schwarz lässig weg, als es so aussieht, als wollten sie eingreifen und ihm zu Hilfe kommen. Das arme Baby braucht Verstärkung.

Ich drehe den Kopf und nehme Blickkontakt zu ihnen auf. Absichtlich lecke ich über einen Fangzahn. »Legt euch nicht mit mir an! Ich bin verrückt, schon vergessen?« Als einer nach einer Waffe greift, schnaube ich und schüttle den Kopf. »Verpiss dich, Wolf!«

Er lässt die Hand sinken, weil er es sich anders überlegt hat. Beide weichen zurück.

Ich nicke. »Was wolltest du überhaupt machen? Du wirst nichts tun.« Wenn ich wollte, würde ich ihnen in Sekundenschnelle die Augäpfel aus dem Kopf reißen. Dann würde ich mich besser fühlen und könnte meine Wut irgendwo unterbringen. Mit einem abweisenden Knurren behalte ich meine Hände bei mir. »Ich habe gerade den ganzen Morgen mit einem Schwert in der Hand Orks, Trolle und Vampire gejagt.« Ich nicke zum Lagerhaus. Und wofür? Keine gute Tat bleibt ungestraft, oder? Die Liebe meines Lebens zu verlieren, weil er jedem glaubt, nur mir nicht ... Ich schließe die Augen vor dem Schmerz.

Es gibt etwas, wofür ich dankbar sein kann, denke ich. *Wenigstens weine ich nicht.* Meine blutigen Augen brennen bei diesem Gedanken. Ich blinzle schnell. *O nein. Nein, nichts von alledem.* Wenn ich anfange, kann ich nicht aufhören. Ich knirsche mit den Backenzähnen; ich kann mich beherrschen, und wenn ich in den zukünftigen Jahren zurückblicke, wird es nur noch eine schmerzhafte Erinnerung sein. Ich hoffe, dass ich ein einziges Jota, ein winziges bisschen Stolz auf die Art und Weise aufbringen kann, wie ich mich verhalten habe, als meine Seele verschrumpelt und gestorben ist.

Ich schnaufe und nicke. Er wird es bereuen. Er wird sich schämen, wenn er erfährt, dass jemand mit ihm gespielt hat.

Xander ist eine Engelspuppe mit einer Hand in seinem Arsch.

Mein größtes Problem, mein größter Fehler ist, dass ich sehr schwarz-weiß denke. Wenn jemand die Grenze zum Feindesland überschreitet, gibt es kein Zurück mehr.

Selbst wenn ich mich verletze.

Ich ahne es. Story hat recht. Sie hatte immer verdammt recht. In der Liebe geht es um Gleichheit, und wir waren nie gleich. In der Liebe geht es um Geben und Nehmen, um Freundschaft und Verständnis. Er hat mir nicht einmal genug vertraut, um mein Freund zu sein.

Wir hatten nie eine Chance.

Sein Geruch umhüllt mich und jagt mir einen Schauer über den Rücken. Der Geruch von Metall, vermischt mit Sonnenlicht und einem Hauch von Blut, lässt meinen Magen sich zusammenziehen.

Schmetterlinge.

Verpisst euch, ihr kleinen Scheißer! Ich heiße ihr Flattern nicht willkommen. Ich dachte immer, Schmetterlinge im Bauch seien etwas Gutes. Ein Zeichen der Anziehung, die Art der Natur, jemanden hervorzuheben, der für mich bestimmt ist. Der Engel hat mir immer ein tanzendes, brodelndes Gefühl in mir gegeben, Schmetterlinge, die vom Feenwein betrunken waren. Jetzt sehe ich die Wirklichkeit. Jetzt sehe ich, was sie sind. Sie sind kein Zeichen der Anziehung, sondern eine Warnung. Lass dich nicht auf sie ein! Meide sie wie die Pest!

»Bringt sie zum Verhör!«, befiehlt Xander seinen Männern.

Ja, die schlimmsten Monster sind die, bei denen man Schmetterlinge im Bauch hat.

Kapitel Elf

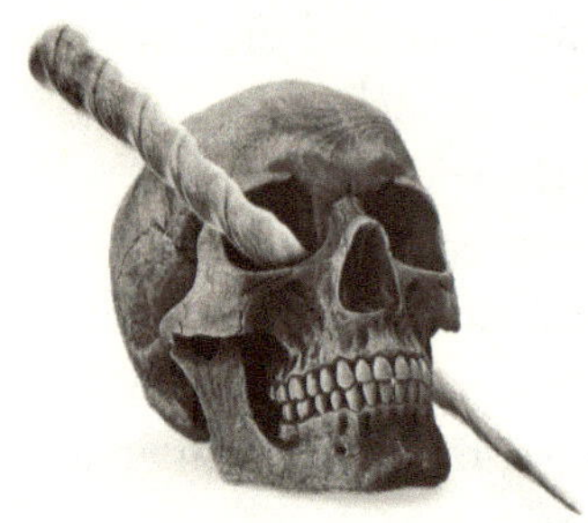

DER KUMMER TRIFFT mich wie ein harter Schlag in die Brust. So hart, dass mir der Atem stockt und die ganze Brust schmerzt. So fühlen sich Schmerz, Leere und Wut an. Traurigkeit. Es ist, als wäre er gestorben und als Geist zurückgekehrt, um mich heimzusuchen.

Bin ich böse, wenn ich denke, dass sein Tod mich nicht so erschüttert hätte wie sein Verrat? Es wird unglaublich schwer sein, um den Engel zu trauern, wenn er noch lebt. Noch schlimmer ist es, um eine Nicht-Beziehung zu trauern, die ich vor neun Jahren in einer Vision gesehen habe.

Was habe ich mir nur dabei gedacht?

Ich hasse ihn. Aber noch mehr hasse ich mich selbst.

Der schwammige Teil von mir, der schwache Teil, den ich all die Jahre geschützt und intakt gehalten habe, sogar durch die Schrecken meiner Vergangenheit hindurch, ist jetzt zerbrochen. Ich kann es fühlen. Spüre, wie die Scherben aneinander reiben, wie die tektonischen

Platten der Erde aneinander kratzen und kleine Erdbeben in meiner Brust auslösen.

Puh.

Wie konnte das nur so schiefgehen? Es ist so schnell passiert und fühlt sich nicht real an. Ich stehe wohl unter Schock. Ich weiß, dass der Engel ein Arschloch sein kann, aber das ist eine ganz andere Ebene des Bösen.

Der Engel gibt seinen Männern ein Zeichen, mich zu umzingeln. Na toll. Wenn ich nicht aufpasse, kann das ganz schnell hässlich werden. Ich drehe ihm den Rücken zu und wende mich von seinem honigfarbenen Blick ab. Ich will diese Gefühle nicht mehr analysieren, ich will das Zerbrechen nicht wahrhaben, ich will mich dem Geschehenen nicht stellen. Nicht hier und schon gar nicht jetzt. In Gedanken nehme ich Kehrblech und Besen und fege die verletzten, kaputten Teile von mir weg. Dann werfe ich den Scheiß so tief in mein Unterbewusstsein, dass es vielleicht für immer verloren ist.

Das ist gut. Ich hoffe es verdammt noch mal.

Ich richte mich auf und verlasse die wimmernde, verletzte Kreatur, die ich noch vor wenigen Sekunden war. Der Engel ist nur noch ein Fremder, ein Mann, den ich einmal gekannt habe. Ich atme tief durch, straffe die Schultern und hebe das Kinn. »Bringen wir es hinter uns, ja? Wie in alten Zeiten. Juhu, ich hatte seit Jahren kein gutes, altmodisches Verhör mehr.« Ich reibe meine Hände aneinander, drehe mich auf die Zehenspitzen und gehe.

Er folgt mir und klebt mir direkt an meinen Fersen. Was zum Teufel? Warum kann er nicht einfach abhauen? Er versucht, meinen Arm zu packen, aber ich ziehe ihn zur Seite und weiche ihm geschickt aus. Ich schlendere zu den Autos, in denen sie angekommen sind, und benutze die Motorhaube des nächsten Wagens als Ablage. Ich beginne, alle meine Waffen und Ausrüstungsgegenstände abzulegen. Ich mache das lieber selbst, als mich von diesen Fremden ausziehen zu lassen.

Bei jedem Teil, das ich ausziehe, rufe ich die passende Beschreibung.

»Was machst du da?«, fragt ein blonder Wandler, während er sich an mich heranschleicht. Die anderen sind nicht so mutig, aber sie sehen zu, wie ich vorsichtig eine weitere Klinge ablege.

»Ich sorge dafür, dass keiner von euch klebrige Finger bekommt.

Ich will alles wiederhaben.« Die Sammlung auf der Haube lässt mich die Stirn runzeln. Meine Waffen sind ekelhaft. Sie müssen alle gründlich geputzt werden. Ich hasse es, sie so zurückzulassen. »Ich will alles sauber zurück, da ich es nicht selbst machen kann.«

»Du bist übergeschnappt.« Einige der anderen murmeln zustimmend.

»Ja, sie ist total durchgeknallt.«

»Verrückt.«

Unbeirrt seufze ich dramatisch und rolle sicherheitshalber mit den Augen. »Und ihr seid alle dumm. Es gibt Kameras, ihr Idioten. Überall schwirren Mikrokameras herum.« Ich zeige mit einem Finger und mache einen Kreis. »Alles wird aufgezeichnet.«

Die umstehenden Männer suchen hektisch die Luft nach Kameras ab. Der Engel kneift die Augen zusammen und blinzelt. »Ich will das Filmmaterial, und zwar sofort«, fordert er von niemandem speziell.

Ich verdrehe wieder die Augen. Viel Glück damit. Avas Kamerasystem ist nicht einfach zu hacken. »Ich bin mir sicher, mein Team wird dir Zugang zu den Aufnahmen verschaffen, wenn du offiziell darum bittest.« Er wagt es, sich neben mich zu stellen. »Hier, bevor ich es vergesse.« Alle sind angespannt, als ich meinen Arm hebe, den Ärmel hochziehe und so heftig an dem zarten Goldarmband ziehe, dass der magische Verschluss bricht. Es fällt von meinem Handgelenk und landet sanft in meiner Handfläche, wo es in der Morgensonne glänzt. »Das gehört dir.«

Das magische Armband hat mir geholfen, eine herausfordernde Kraft zu kontrollieren. Ich brauche es schon lange nicht mehr, aber als er es mir geschenkt hat, habe ich es geliebt und es aus sentimentalen Gründen getragen. Ich habe es sehr geschätzt. Jetzt macht es mich krank.

Xander versucht nicht einmal, es zu nehmen. Seine großen, muskulösen Arme verschränken sich vor seiner breiten Brust. Er senkt das Kinn und klopft rhythmisch mit den noch blutigen Fingern auf seinen Unterarm. Mister Ungeduldig.

Ich krümme meine Hand, das Armband gleitet aus meiner Handfläche, der Schmuck fällt auf den Asphalt und glänzt golden. Dramatisch, ich weiß, aber nach dem Morgen, den ich hinter mir habe, habe ich wohl das Recht auf ein wenig Drama.

»Was war das?«

»War das ...?«

»Sie hat einen Zauberspruch fallen lassen!«

Ich schnaube und beobachte amüsiert, wie sich die mächtigen, feinen Krieger zerstreuen. Einige gehen hinter den Wagen in Deckung. Ich hebe eine einzelne Augenbraue in Richtung des Engels, als wollte ich sagen: »Ist das zu fassen?«

»Mein Schatten«, warnt der Engel.

Mein Inneres erschrickt, als er diesen Namen ausspricht. *Ein verdammter Kosename. Meint er das ernst?* »Nenn mich nicht so!«, schnauze ich ihn an. »Wir sind keine Freunde. Ich bin eine gestörte Psychopathin, schon vergessen?«, röchelt es aus meiner brennenden Kehle.

Ich hasse ihn, und einen Moment lang überlege ich fast, mein Schwert zu nehmen und ihm einen kleinen Schlag zu versetzen. Sehnsüchtig blicke ich auf die schmutzige Klinge, meine Hände zucken an den Seiten. Ich schüttle den Kopf. »Entschuldige, habe ich dich vor deinen Kumpanen schlecht aussehen lassen? Hast du den gebissenen Vampir mit dem kurzen braunen Haar gesehen, den da drüben?« Ich deute auf den Vampir. »Der ist abgetaucht wie ein Profi. Sehr beeindruckend.«

Wenn ich ehrlich bin, klingt meine Stimme ein wenig angestrengt, aber ich wäre nicht ich, wenn ich nicht auch ein wenig bissig wäre. Du weißt schon, ein Sinn für Humor, um den Schmerz zu überspielen.

»Es muss dir doch peinlich sein, niedere Kreaturen für diese Mission einzusetzen. Wo du doch der höchste Vertreter der Engel auf Erden bist? Was, waren die Höllenhunde beschäftigt?« Höllenhunde sind uralte, mächtige Gestaltwandler mit Feuermagie. Ausgebildet als Elitekampftruppe. Mit einem Höllenhund legt man sich nicht an.

Xander knurrt. Aus einer seiner vielen Taschen zieht der Engel ein Anti-Magie-Band.

»Toll, ein Geschenk. Als würden wir Geschenke austauschen.« Es ist ein Anti-Magie-Band, das jeden Zauber und jede Spur von Magie entfernt. Es wirkt bei allen Lebewesen, wird aber vor allem bei Verbrechern eingesetzt.

»Hör auf, mich so anzusehen!«, brummt Xander.

»Wie denn?« Ich schaue ihn von oben bis unten an, während meine Füße in Kampfstellung gehen. »Was bist du, Xander, dumm oder ein Ungeheuer?«

Sein Gesicht ist ausdruckslos, während er das schwarze Plastikband gegen seine Hand klopft.

Nicht kämpfen! Bitte kämpfe nicht gegen sie!, flüstert Story. *Du wirst mit ihm gehen müssen. Es gibt keinen anderen Weg. Ava hat einen Kontakt, einen talentierten Anwalt namens Mr. Brown. Wir finden dich und holen dich da raus. Aber bitte, Mutter Natur zuliebe, bleib einfach ruhig!*

Das werde ich, versprochen. Wie eine gute Freundin, sagt sie nichts über Xander und das, was er gesagt hat. Ich höre den Schmerz in ihrer Stimme. Es wird kein »Ich hab's dir ja gesagt« von ihr geben. *Ich liebe dich, Story.*

Ich liebe dich auch.

Sag D-Dexter ... sag ihm, dass ich bald nach Hause komme.

Diese blöde Katze. Ja, das werde ich dem roten Fellknäuel sagen, und ich werde ihn füttern, bis du nach Hause kommst, sagt sie verspielt. Übertrieben verspielt, aber das macht nichts. Story weiß auch, dass, sobald ich das Armband angezogen habe, unser Kommunikationszauber verflogen ist und wir nicht mehr miteinander reden können, bis ich das Chaos wieder in Ordnung gebracht habe.

Zum Glück habe ich schon mit solchen Armbändern gespielt. Ja, natürlich habe ich das. Wenn es etwas gibt, das so leicht zu bekommen ist und die Magie aufhalten kann, dann habe ich mir gewiss schon einmal eins besorgt und es ausprobiert.

Ja, die Magie macht dich weniger menschlich. Schwäche ist etwas, das ich kenne, besonders als ich jünger war. Die Magie des Armbands lässt sich am besten als eine Art menschliche Grippe beschreiben. Die Art Grippe, bei der man sich nicht aus dem Bett quälen kann, bei der man Mühe hat, den Kopf aus dem Kissen zu heben.

Oh, und je mehr Kraft man hat, desto mehr schwächen sie die Magie. Juhu. Ich will nicht überheblich sein, aber ich bin voller Magie.

Allein auf meiner Wandlerseite habe ich zum Beispiel die Magie von vier Einhörnern. Zusammen mit der Kraft meiner Vampirlinie bin ich ein Schmelztiegel der Magie.

Ich würde es nicht zulassen, dass mich ein antimagisches Band außer Gefecht setzt, ohne zu versuchen, seine Wirkung abzuschwächen. Also habe ich trainiert. Es hat Wochen und Monate gedauert, in denen ich es immer wieder versucht und eine Resistenz aufgebaut habe, nur um mit diesem verfluchten Ding wach zu bleiben. Ich habe mir sogar zum Spaß eins ums Handgelenk gelegt und bin dann zum Sparring mit den Gargoyles gegangen.

Das ist der einzige Grund, warum ich selbstbewusst genug bin, Xander meinen Arm zu reichen.

KAPITEL ZWÖLF

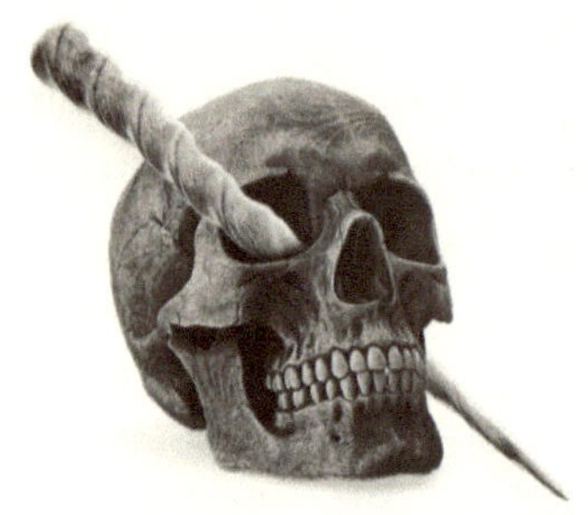

BLEIB GANZ RUHIG! Wir haben dich lieb, und wir kriegen das wieder hin, du bist wieder zu Hause, ehe du dich versiehst. Das Anti-Magie-Armband schnappt zu und schlingt sich um mein Handgelenk. *Ich kümmere mich ...* Storys Worte brechen ab, als sich die Anti-Magie aktiviert.

Plötzlich wird mein Körper schwach, und ich muss mich darauf konzentrieren, auf den Beinen zu bleiben, während ich Xander weiter anstarre. *Ich kann es schaffen.* Da meine natürliche Vampirheilung und ihre Schmerzbehandlung nun nicht mehr zur Verfügung stehen, drängt sich jede Verletzung in den Vordergrund, und da ich mich nicht verwandeln kann, um mich sofort zu heilen, schreit mein Körper förmlich sein Unbehagen heraus. *Ich hab's immer noch drauf.*

Aus den Reihen der Kreaturen um uns herum ertönt ein Murren und Gemurmel.

»Sie ist nicht so mächtig.«

»Machst du Witze? Sie ist verdammt verrückt. Deshalb kann ihr die

Antimagie nichts anhaben. Wie eine Elfe auf Faewein, sie werden verdammt stark.«

»So etwas habe ich noch nie gesehen. Ich habe mal aus Spaß einem Menschen eins verpasst und der ist krank geworden.«

»Die Höllenhunde werden mit ihr fertig.«

»Ja, habe ich nicht gehört, dass John zwei von ihnen bei sich hatte, als der abtrünnige Vampirfürst ihn gefangen nahm, vor … sechs, sieben Jahren …«

»Nee, acht.«

»Das war vor sechs Jahren, ihr Idioten.«

Während ihres sinnlosen Geschwätzes schaue ich Xander mit großen Augen an. Dieser Wichser. Ich werfe ihm diesen großen, süßen, unschuldigen Blick zu, den ich über die Jahre perfektioniert habe. Ein Blick, der zu meinem regenbogenfarbenen Haar passt, der schreit, dass ich keiner Fliege etwas zuleide tun würde.

Er wendet den Blick ab. »Mike«, ruft er mit heiserer Stimme. Ein selbstgefälliger Wandler namens Mike meldet sich. Mit schweren Handschuhen präsentiert er einen Koffer, der so exzentrisch ist, dass man ihn für einen Nuklearkoffer halten könnte.

Mit viel Fingerspitzengefühl, das fast an Musikerhände erinnert, öffnet er den Koffer. Alle anderen Wandler treten zurück, die Vampire schlurfen nach vorn, und sein selbstgefälliges Grinsen wird noch breiter, als er massive silberne Handschellen herauszieht.

Oh, Handschellen – wie altmodisch.

Es gibt so viele Möglichkeiten, einen Menschen zu fesseln, und diese Idioten haben sich für diese Methode entschieden. Man sollte meinen, es würde reichen, meine Magie in mir einzufrieren, aber nein, sie müssen mir auch noch die Dinger anlegen. Na toll!

Während Magic Mike mit seinem schicken Silberschmuck meine volle Aufmerksamkeit beansprucht, drückt mich eine andere tapfere Seele gegen das Auto. Ich grunze und stöhne, als meine Hüfte gegen den Türrahmen knallt. *Scheiße, tut das weh.* Ohne mit der Wimper zu zucken, packt er meine Arme auf dem Rücken und kneift mir in den rechten Ellbogen. Sein Griff tut weh – obwohl ich mich nicht wehrte.

Magic Mike kommt näher und die massiven silbernen Handschellen klicken. Es ist, als hielten alle kollektiv den Atem an. Ich warte.

Nur so nebenbei: Ich bin nicht allergisch gegen Silber. Ein Hybrid zu sein, hat durchaus Vorteile. Ich gebe mir Mühe, mein Grinsen zu verbergen und das obligatorische Fauchen und die schmerzhaften Geräusche vorzuspielen. Nicht, dass ich viel zu tun hätte. Mein Körper schmerzt, und ich spüre jeden blauen Fleck, jede Schramme. Hätte ich nicht ausgiebig mit der Anti-Magie geübt, läge ich mit Sicherheit schon bewusstlos auf dem Asphalt und wäre wahrscheinlich elegant auf meinem Gesicht gelandet.

Der Idiot hinter mir rammt mich wieder und schleppt mich gegen das Auto. Der Engel tut nichts. Ich lache leise, schnaufe und lache dann noch mehr. Ja, ich bin voll bei Verstand.

»Hey, Perversling«, sage ich am Ende meines Gelächters. »Wenn du noch einmal dein Becken an mir reibst, reiße ich dir deinen Schwanz ab und lasse dich ihn fressen.«

»Ja?«, flüstert er mir wie ein richtiger Fiesling ins Ohr.

Ich drehe den Kopf, um Xanders Aufmerksamkeit zu erregen, aber praktischerweise wendet er den Blick ab. »Engel, werden alle deine Gefangenen so behandelt? Sexuell missbraucht? Oder bin ich die Glückliche?« Ich spüre die plötzliche Spannung mehr, als ich sie sehe. Eine unbehagliche Stille legt sich über den Parkplatz, während alle die Hälse recken, um besser gaffen zu können. Einige der Männer schlurfen unbehaglich. »Ja? Nein?«

Sieht aus, als müsste ich mich selbst darum kümmern. Ich werfe den Kopf zurück und treffe Mister Beckenstoßer mit voller Wucht auf die Nase. Er schreit auf. Ich summe. Einfach, aber effektiv.

Wenigstens hat ihn das von meinem Hintern abgebracht, und … als ich mich umdrehe, schlägt er mir ins Gesicht. Sehr schön. Das ist bedauerlich. Auch ich kann einen Schlag nicht abwehren, wenn meine Hände auf dem Rücken gefesselt sind. Ich weiche einem weiteren Schlag aus und die Faust des Vampirs kracht durch die Seitenscheibe des Autos. Glassplitter regnen auf meine Füße.

»Kameras«, singe ich und lecke mir das Blut von der aufgeplatzten Lippe.

Mit diesem einen Wort packt der Engel Mister Beckenstoßer am Nacken und zieht ihn von mir weg.

Oh, schau! Ich muss seine Gefühle verletzt haben. Der Schrecken eines zerbrechlichen Egos. Die angeheuerten Idioten kommen ihm zu Hilfe, fesseln ihn und schleudern ihn hinter eine Wand aus Muskelprotzen. Schade, denn jetzt kann ich ihm nicht mehr ins Gesicht treten.

Du hast Story versprochen, dich zu benehmen.

»Trotz des Anti-Magie-Armbands und der Versilberung an meinem Arm kann ich dich immer noch windelweich prügeln. Keine Sorge, Perversling. Ich werde dich finden, wenn das alles vorbei ist.«

Er springt auf und ab, von einer Seite zur anderen, und versucht, zu mir zu kommen. Eigentlich ist er eine Witzfigur. Ich lache über seine Mätzchen, lasse die Schultern rollen und drehe jedes Handgelenk so weit, wie es mein neuer Silberschmuck zulässt. Mein armer Ellbogen bringt mich um.

Der Engel fährt sich mit der Hand durch sein kurzes dunkles Haar. Frust und Hass strömen aus ihm heraus. Es sticht und beißt auf meiner Haut.

»Danke, dass du dich um mich gekümmert hast«, sage ich zu ihm, dabei zuckt sein Auge. »Vergiss nicht, ich bin immer noch ein weiblicher Wandler, super-duper besonders und ach so selten.« Ich mache keine Witze. Weibliche Wandler sind selten, ich glaube, es gibt nur zehn reinrassige Weibchen im ganzen Land. Ich versuche, mich zu bewegen, doch ein Wandler, ein Tiger, rückt mir auf die Pelle und weigert sich, den Raum zwischen uns schrumpfen zu lassen.

»Halb. Du bist ein halber Wandler«, murmelt ein Wolf, während er sich an einem Stück Lagerhausschutt zu schaffen macht.

»Ja, aber ich kann mich verwandeln.« Meine schicken neuen Handschellen klirren, als ich mir lässig ein Stück Dreck vom Bein schnippe. Ihh, gummiartig, ist das Hirnmasse? Ekelhaft, in der Tat. Es kostet mich alle Kraft, nicht aufzuspringen und zu quietschen. Das Zerhacken macht mir nichts aus, aber ich will nicht, dass es an meinem Bein klebt.

Konzentrier dich, Tru! Was habe ich gerade gesagt ... ach ja. »Studien besagen, wenn ich mich mit einem Wandler paare, stehen die Chancen gut, dass ich ein Mädchen bekomme.« Seine braunen Augen springen ihm bei dieser kleinen Offenbarung fast aus dem Kopf. »Deshalb ist mein Leben so unglaublich öffentlich. Ich will, dass die Leute merken, wenn ich verschwinde.« Ich lächle den Engel an, dann seine bunte Truppe. »Wenn ich wollte, könnte ich euch in kleine Stücke hacken und würde nicht mehr als einen Klaps auf die Finger bekommen.«

O nein. Habe ich einen Nerv getroffen? Ups. Peng. Wütender Engel. Seine Magie peitscht mir ins Gesicht. Wirft mich ein paar Schritte zurück. Ich halte mich zurück. Ohne meine Magie ist das schon ein Kunststück. Wenigstens stoße ich nicht wieder mit meiner schmerzenden Hüfte gegen das Auto.

Mein Gesicht fühlt sich eigenartig an, meine Haut juckt. Ich reibe meine Wange an der Schulter und öffne den Mund, um etwas zu erwidern, aber ... Xanders Magie hat meinen Mund wieder verschlossen. Mehr noch, als ich mit der Zunge gegen das stoße, was normalerweise meine Mundöffnung ist, finde ich nur Haut. Verdammte Fickscheiße, was für ein *Matrix*-Mist ist das?

Entsetzt starre ich ihn an, meine Augen sagen, was ich nicht sagen kann.

Es ist deine Schuld, du wusstest, dass du ein Arschloch bist. Ich weiß, ich weiß. Ich nerve mich fast selbst mit meinen dummen Sprüchen. Ich hätte einfach die Klappe halten sollen.

Jetzt habe ich keine Wahl mehr. Ich habe all diesen Schmerz und diese Wut in mir. Es ist überwältigend, und ich kann nichts anderes mehr fühlen. Sein Gesicht verschwimmt. Ah, jetzt weine ich. *Nur ein bisschen, aber was soll's, Tru? Warum tut er das?* Schnell blinzle ich die dummen Tränen weg.

»Es ist nicht von Dauer. Der Zauber geht vorbei.«

Oh, dann ist es ja gut. Wie dumm von mir, dass ich ausgeflippt bin. Es macht mir überhaupt nichts aus, dass du mir den verdammten Mund weggezaubert hast!

Dann reißt Xander die hintere Beifahrertür des Wagens auf und stößt mich rücksichtslos hinein.

KAPITEL DREIZEHN

DER ENGEL und zwei seiner professionelleren Männer bringen uns zum nächsten Portal. Ich fühle mich verletzlich und bin auf mich allein gestellt. Die Kameras können mir nicht durch das Portaltor folgen, denn die Magie würde sie verbrennen.

Als wir durch das magische Tor treten, ist es eine Untertreibung zu sagen, dass ich überrascht bin, was sich auf der anderen Seite befindet.

Ist das ... ist das ein Scherz?

Anstatt an einem vertrauten Ort zu landen, habe ich erwartet, in den Büros der Jägergilde zu landen, oder ich hatte sogar die schreckliche Vorahnung, dass Xander mich in eine psychiatrischen Anstalt bringen würde. Mit der wirren Geschichte, die er über mich im Kopf hat.

Aber nein, es ist schlimmer.

Scheiß auf mein Leben!

Okay, ich gebe es zu: Ich bin ein Magnet für Ärger, seit ich den Auftrag für den Mord angenommen habe, ist alles aus dem Ruder gelaufen. Noch bevor ich das verdammte Lagerhaus für diese Kinder betreten hatte, spürte ich tief in meinem Bauch, dass etwas schrecklich schiefgehen würde. Ich habe es die ganze Nacht gefühlt. Ich weiß, dass ich meinem Instinkt vertrauen muss, verdammt noch mal, zumal er mich förmlich angeschrien hat. Aber habe ich irgendetwas getan, um mich zu retten? Nein.

Als ich das erste Mal tief Luft hole, merke ich, dass die Luft künstlich gereinigt ist. Es fehlen die Gerüche des Alltags, die ich für selbstverständlich halte. Wenn ich mich bewege, spüre ich die Schwerkraft. Ich muss mich bei jedem Schritt mehr anstrengen, ein Gefühl, als würde ich durch Wasser waten. *Toto, ich habe das Gefühl, wir befinden uns nicht mehr in Kansas.* Der berühmte Satz aus *Der Zauberer von Oz* geht mir durch den Kopf, während ich alles mit großen Augen registriere. Instinktiv weiß ich, dass wir uns nicht mehr in der realen Welt befinden.

Oh, und das riesige Schild hier ist ein weiterer, noch deutlicherer Hinweis darauf, dass sich die Dinge jetzt auf einer höheren Ebene des Scheiterns befinden.

Willkommen bei der Gefängnisaufnahme

Ja, wir sind in einer Gefängniswelt. Juhu. Während ich so vor mich hin schlurfe, arbeitet mein Verstand auf Hochtouren und ich bin zu dem Schluss gekommen, dass dies kein zufälliges Missgeschick ist, bei dem ich mit heruntergelassenen Hosen erwischt wurde.

Xander hat keine Anrufe getätigt, nachdem er mich im Lagerhaus gefunden hatte. Nein, er hat alles im Voraus geplant.

Die Doppeltüren vor uns öffnen sich zischend. Alles in diesem ersten Bereich ist blitzsauber und hell, mit Chrom- und Metallflächen, eher eine schicke, moderne Hotelästhetik als ein Gefängnis.

Der Engel schleicht neben mir her und passt sich meinen schlurfenden Schritten an. Da ich nur durch die Nase atmen kann, die Schwerkraft, das Anti-Magie-Armband und meine Hände mit Handschellen auf dem Rücken gefesselt sind, ist schon das Gehen ein Kampf. Meine Stiefel quietschen unangenehm auf dem Marmorboden. Ich vermeide es, den Engel anzusehen.

Mein Blick schweift sehnsüchtig über meine Schulter zurück zum Tor, und ich bemerke mit leichtem Bedauern, dass ich eine sichtbare Spur von ekligem Mist auf dem Boden hinterlasse. Sie hat sich von meiner Kleidung gelöst. Amüsiert stolpere ich. Xander versucht, mich zu stützen, und ich falle fast auf mein Gesicht, bei dem Versuch, seiner Hand auszuweichen.

»Diese Einrichtung ist die beste und hat einen ausgezeichneten Ruf. Außerdem sind sie unabhängig von irgendwelchen Allianzen, du kannst dir also sicher sein, dass du dort in guten Händen bist.« Er räuspert sich und reibt sich die Brust. »Ich weiß, dass du dein Bestes gibst, um überall Ärger zu machen, aber hier wird dir das nicht gelingen. Außerdem bekommst du hier jede Hilfe, die du brauchst.«

Die einzige Hilfe, die ich brauche, ist, von dir wegzukommen.

Xander räuspert sich erneut. Ich sehe ihn böse an. *Fühlst du dich ein bisschen schuldig, Kumpel? Sitzt dir dein Gewissen im Nacken?*

Hinter einem Tresen, der die gesamte Rückwand einnimmt, unter einem weiteren fröhlichen Willkommensschild, begrüßt uns eine alte Dame mit einem falschen Lächeln. Ihre großen dunkelbraunen Augen und die spitzen Ohren weisen sie als Elfe aus, aber ihr sichtbares Altern verrät ein menschliches Erbe.

Mein Adoptivgroßvater war ein Halbelf, wenn auch nicht so gealtert wie diese Dame. Ihr starres Lächeln verblasst, als sie mich von oben bis unten mustert und sich dann Xander und den Wandlern hinter uns zuwendet.

Sie seufzt und murmelt: »Armes Mädchen.« Mit einem finsteren Blick, einer Bewegung ihres Handgelenks und dem Klimpern eines weißen Armbands schleicht sich ihre Magie in mein Gesicht und entfernt den schrecklichen Zauber des Engels.

Ich keuche erleichtert auf und reibe meine Lippen aneinander. Gott sei Dank habe ich wieder einen Mund.

»Danke«, flüstere ich.

Ich schlucke, das Geräusch ist hörbar und überträgt meine Angst in den Raum, sodass jeder sie hören kann. Ich bin nicht dumm. Ich erkenne die Gefahr, in der ich schwebe. Ich bringe es nicht fertig. Unglaublich verängstigt, aber neben der Angst und dem Schmerz ist da noch die rasende Wut. Ich runzle die Stirn und reibe noch einmal die Lippen aufeinander. Die Wut ist mir allemal lieber als diese Gefühle.

»Tru Dennison?«, fragt sie in einem angenehmen, sachlichen Ton, legt ein Datenblatt auf den Schreibtisch und deutet mit einem krummen Finger auf eine markierte Stelle. »Ich brauche eine Unterschrift.«

Xander nickt und beugt sich vor, um zu unterschreiben.

Als er sich bewegt, sehe ich mein Spiegelbild auf der glänzenden Oberfläche des Schreibtisches. Ich sehe verdammt übel aus. Mir kommt der Satz in den Sinn; einmal durch den Fleischwolf gedreht. Nun, wenn diese Hecke voller Blut gewesen wäre. Plötzlich spüre ich ein Jucken, als wolle sich meine Haut von der Kleidung lösen.

»Entschuldigung. Kann ich mich irgendwo frisch machen?«, frage ich mit einem Zucken, während meine Zunge mit einem Schnalzen an meinem Gaumen klebt. »Und dürfte ich Sie um einen Schluck Wasser bitten?«

»Das wird nicht nötig sein, meine Liebe«, sagt die alte Dame und schlurft zu einigen Regalen. Über die Schulter sagt sie: »Sie können ihr die Fesseln abnehmen. Sie kann eh nirgendwohin. Du machst doch jetzt keine Dummheiten, oder, Liebes?«

Ich schüttle den Kopf. »Nein«, krächze ich. Selbst wenn ich den Engel und die beiden Wandler ohne Magie erledigen könnte, wohin sollte ich gehen? Das Portal, durch das wir gekommen sind, ist fest verschlossen.

Will Xander mich wirklich hier zurücklassen, mich einsperren? Oder ist das eine schreckliche Art, mich zu einem Geständnis zu zwingen? Was will er, eine große Enthüllung, eine Schurkenrede? Seltsamerweise gestehe ich nichts, was ich nicht getan habe.

Ein Wandler schaut mich an und hebt sein Kinn. Ich deute das als seine Bereitschaft, mir die Handschellen abzunehmen. Ich drehe mich um und drehe mich – ach, ich erinnere mich an seinen Namen – zu Magic Mike, dem Silberwächter. Mit noch immer behandschuhten Fingern nimmt er mir vorsichtig die schweren silbernen Handschellen ab. Dann öffnet er das schicke Etui, in dem sie geliefert wurden, und legt sie zurück in den Safe. *Verdammte Wandler!* Das ist alles so dramatisch. Ich habe meine eigenen Handschellen aus Silber, Stahl und Eisen. Ich lege sie einfach in eine Schublade, wenn ich sie nicht brauche. Die Zeremonie mit dem Koffer ist dramatisch, wahrscheinlich um mysteriös zu wirken.

Xanders Fingerspitzen streichen über die Haut meines Handgelenks, als er das Anti-Magie-Band entfernt. Ich kann nicht verhindern, dass ich bei seiner Berührung erschaudere, und als das Band endlich entfernt ist, springe ich von ihm weg.

Meine Arme kribbeln, als ich sie bewege. Erleichtert, meine Magie wieder zu haben, bewege ich meine Schultern und freue mich, dass meine natürliche Heilung bald beginnen wird, meine verschiedenen Schmerzen zu lindern. Ich reibe meine Handgelenke und versuche, das Blut wieder in sie zu pumpen. Ich habe Rötungen und Blutflecken, wo die Haut abgerieben wurde. Das ist die Schuld dieses dummen, perversen Vampirs. Der Kampf mit ihm hat mich erschöpft. Ich habe Glück gehabt. Wäre ich ein normaler Wandler, wären meine Handgelenke schwarz vor Nekrose.

Mit Silber ist nicht zu spaßen, denn es hinterlässt auch furchtbare Narben.

Xander weiß nicht, dass ich dagegen immun bin, und während ich auf meine gequetschten und blutenden Handgelenke starre, steigt Wut in mir auf.

Meine Erleichterung ist nur von kurzer Dauer, als die Gefängniswärterin mit einem weißen Metallhalsband zurückkommt. Es sieht dem Armband an ihrem Handgelenk zum Verwechseln ähnlich. Mit einem Klacken legt sie es auf die glänzende Metalltheke. Ominöse dunkle Magie strömt in Wellen aus dem Ding.

»Dieses Halsband wendet deine eigene Magie gegen dich«, sagt sie und sieht mich viel zu genüsslich für die Situation an. Wow, sie genießt ihren Job ein bisschen zu sehr, wie ich sehe. »Es hat eine unglaubliche Kraft. Sie haben es entwickelt, um Gefangene unter totaler Kontrolle zu halten. Die Magie in dem Halsband hält den Gefangenen rein, erhält seine körperliche Gesundheit und sorgt dafür, dass er mit Nährstoffen und Flüssigkeit versorgt wird. Unsere Gefangenen müssen nichts essen, um am Leben zu bleiben. Sie brauchen auch nicht auf die Toilette zu gehen, zu duschen oder sich umzuziehen. Das Artefakt übernimmt alle Körperfunktionen.«

Wieder fällt ihr böser Blick auf mich. »Wenn du dich daneben benimmst, wird es dir einen kleinen Schock versetzen. Eine kurze, scharfe Korrektur, damit du sofort weißt, dass du dein Verhalten ändern musst. Sehr praktisch.«

Ich rümpfe die Nase, als sie liebevoll über das Halsband streicht. *Ja, so praktisch.* Ich muss die Lippen zusammenkneifen, um nicht zu knurren.

Sie lächelt Xander an. »Gefangene können nicht protestieren. Sie können das Essen oder dessen Mangel nicht benutzen, um sich zu verletzen.« Ihre Augen funkeln, während ihre faltige Hand weiter über das Halsband streicht. »Wir wollen nicht, dass ein Haufen Skelette vor Gericht steht. Das würde nicht gut aussehen.« Sie kichert. »Und das bei einer Wartezeit von über einem Jahr, bis die Fälle verhandelt werden.«

Mein Gehirn rast und meine Gedanken setzen schreiend aus. Wie bitte? Wartezeit ... ein Jahr? Wie bitte? Mein Herz hüpft in meiner Brust. Nein, nein, nein, das kann nicht stimmen. Oder doch?

Du darfst jetzt nicht ausflippen. Story hat einen tollen Anwalt und wird alles regeln. In ein paar Tagen bin ich hier raus. Ich bin auf keinen Fall schuldig. Ich habe nichts falsch gemacht.

»Die Selbstmordrate liegt bei null, und wir haben seit mehr als einem Jahrhundert keinen einzigen Bericht über Gewalt gegen unsere Mitarbeiter erhalten. Durch das Halsbandsystem müssen wir die Gefangenen auch nicht unnötig bewegen.« Sie schaut mich mit einem schiefen Grinsen an. »Ihr könnt alle in euren Zellen bleiben. Das entlastet die Wärter und spart Kosten.«

Unnötige Bewegung? Was ist mit den Rechten der Kreatur und der psychischen Gesundheit? Das Halsband ist eine gute Idee in einem Krankenhaus, wenn ein Patient nicht für sich selbst sorgen kann. Aber in einem Gefängnis, wirklich? Einem Menschen seine Grundbedürfnisse zu nehmen, ist unnötig grausam. Aber was weiß ich schon? Wenn ich bösen Menschen begegne, bin ich normalerweise da, um sie zu töten, nicht um sie einzusperren. Ich zucke mit den Schultern. Ich sollte nicht zu lange hierbleiben. Story wird mich hier nicht verrotten lassen und Xander will mir nur Angst einjagen.

Hoffe ich.

Ich weiche ihren Händen aus, als sie mit dem Halsband nach mir greift. Xander steht hilfsbereit auf und hält meinen Kopf fest. Meine Hände ballen sich zu Fäusten an meinen Seiten. Die alte Frau, die auf mich zukommt, riecht nach verfaultem, nassem Laub. Metall, Sonnenlicht und verrottendes Laub. Der kombinierte Geruch der beiden bringt mich dazu, mich fast zu übergeben. Es kostet mich alle Kraft, still zu halten und mich nicht von ihren Händen loszureißen.

Die Alte summt, als sie meinen Hals umfasst, und mit einem Klicken rastet das Halsband ein.

Mit klopfendem Herzen taumle ich von ihnen weg. Ich halte den Atem an und warte darauf, dass etwas passiert ... Es dauert noch ein paar Sekunden, bis der dunkle, ranzige Zauber meine Haut durchdrungen hat. Im Nu ist mein schmutziger schwarzer Kampfanzug verschwunden und wird durch ein weißes langärmeliges Oberteil und eine Hose ersetzt. Vorsichtig führe ich meine Hände zum Gesicht. Meine Haut ist blitzsauber. Mein ungebändigtes Haar hängt lose und schwer über meinen Rücken. Eine Strähne klebt an meiner Wange, und als ich sie wegstreiche, stelle ich fest, dass meine bunten Locken verschwunden und durch farblose weiße Strähnen ersetzt sind.

Wow! Sie mögen die Farbe Weiß, oder? Verdammt.

Im Moment kann ich mit weißem Haar leben. Das ist besser, als keinen Mund zu haben. Wenigstens haben sie mir nicht den Kopf geschoren.

Ich fühle mich seltsam, nicht schwach wie mit dem Anti-Magie-Band, aber auch nicht voller Leben. Es ist, als würde meine ganze Lebenskraft in den Kragen gesaugt. Ich spüre keine Schmerzen und habe auch keinen Durst mehr. Das Gefühl ist seltsam. Betäubend. Die alte Frau streicht unbewusst über das Armband an ihrem Handgelenk. Sie war stark genug, um den Zauber des Engelsmundes zu brechen. Die unheimliche Kombination von Halskette und Armband muss es ihr ermöglichen, die Magie der Gefangenen zu nutzen.

»Du kannst keine Magie anwenden oder deine Tiergestalt annehmen. Also bitte versuche es nicht, denn die Strafe wird dir nicht gefallen. Also ...« Sie blättert ein paar Seiten auf dem Datapad um und blinzelt dann zu mir hoch. »Du bist ein Hybrid? Wir haben kein Verfahren für Hybride, also musst du dich für eine Kreatur entscheiden. Möchtest du als ...« Sie starrt auf das Dokument. »Einhorn oder Vampir?« Sie starrt mich an und tippt auf die Seite des Datenträgers.

Weder noch. Lieber wäre ich zu Hause im Bett. Ich lecke mir die

Lippen – gut, dass ich sie noch habe – und atme tief ein. Entscheidungen über Entscheidungen.

»Was macht das für einen Unterschied?«

Sie verdreht die Augen und verschränkt die Arme unter ihren Brüsten. »Nun, als Wandler würde ich den Anführer der Einhörner zu deinem Vormund bestimmen.« Das wäre die Mutter meines Vaters, meine leibliche Großmutter, Ann. Sie würde dieses Szenario lieben. Ann würde meine missliche Lage als Druckmittel benutzen und mich verheiraten, bevor ich blinzeln könnte. »Dasselbe mit den Vampiren. Der Anführer der Vampire würde bestimmen.« Atticus, der Anführer der Vampire, ist gar nicht so übel, denke ich. Jedenfalls besser als Granny Ann. »Oh, und als Wandlergefangene würde ich dir Zeit zum Wandeln geben, was im Moment eine halbe Stunde pro Woche ist. Als Vampir-Gefangene bekommst du das natürlich nicht, aber ich würde die magische Ration deines Halsbandes mit Blut auffüllen.«

»Es ist gefährlich, sich nicht zu verwandeln«, mischte sich der Engel ein. *Was kümmert ihn das?* »Ich werde ihr Vormund sein. Ich habe es schon einmal getan und kann ihr mein Blut geben.«

Der kann mich mal. »Ja, und das hat mich in diesen Schlamassel gebracht. Nein, danke.« Ich schenke ihm ein falsches Lächeln, das schreit: Arschloch!

Er starrt mich mit einem Blick an, der sagt: Du wirst tun, was man dir sagt.

»Nein, das geht nicht«, sagt sie mit einem Grinsen. »Sie können nicht ihr Vormund sein, denn Sie haben alle Aufnahmeformulare unterschrieben. Das wäre ein offensichtlicher Interessenkonflikt, unethisch und ein Verstoß gegen unsere Regeln. Das steht ganz klar in dem Abkommen, das Sie unterschrieben haben. Bitte lesen Sie Abschnitt 4.8634.«

»Vampir, bitte.«

»Tru«, knurrt er meinen Namen.

»Ignorieren Sie ihn! Er ist schon den ganzen Morgen ein Arschloch«, sage ich zu der alten Dame.

»Gut, dann eben ein Vampir.« Ihre Daumen klappern, und mit einem zufriedenen Nicken legt sie das Gerät zurück auf den Schreibtisch.

»Du machst einen Fehler«, murmelt Xander neben meinem Ohr.

»Das geht dich nichts mehr an«, knurre ich zurück und lehne mich entspannt an die Wand. Keine Ahnung, warum er sich gerade jetzt an mich kuscheln will. Er muss erst noch lernen, was persönlicher Freiraum bedeutet.

Das Datapad auf dem Schreibtisch piepst. Die Wärterin legt den Kopf schief, als sie es mit finsterem Blick anschaut. Sie nimmt es wieder in die Hand und liest mit einem Summen die Nachricht vor. »Der Anführer der Vampire hat geantwortet und ist auf dem Weg hierher.« Sie lässt das Datapad sinken und sieht mich durch ihre Wimpern an. »Das ist sehr ungewöhnlich. Bist du etwa eine besondere kleine Prinzessin?«

Ich zucke mit den Schultern. Was soll ich dazu sagen?

Der Kussfleck auf meiner Hand, zu dem niemand etwas gesagt hat, pocht. Heimlich streiche ich mit der Fingerspitze darüber. Statik baut sich unter meiner Haut auf.

Magie, obwohl es keine Magie geben darf. Nun, das ist interessant ... mächtig. Ein Schauer läuft mir über den Rücken, als meine Gedanken zu dem Dämon wandern. Ich frage mich, was er jetzt wohl macht. Der Kuss pulsiert, als wüsste er, dass ich an ihn denke – verrückt.

Irgendwie fühle ich mich nicht mehr so allein, was noch verrückter ist. Vielleicht sollte ich die Narbe küssen? Das hat er doch gesagt, oder? Küssen und er kommt? Ich schnaufe. Ob er wohl einen Gefängnisausbruch aus der anderen Welt gemeint hat? Ich bezweifle es. Ich schiebe den Gedanken an den Dämon beiseite. Auf keinen Fall will ich meinen Problemen noch einen wütenden Dämon hinzufügen. Ich kann mich verdammt noch mal selbst retten – mit ein bisschen Hilfe von meinen Freunden.

»Darf ich mit meiner Familie und meinem Anwalt sprechen?«

»Nur mit deinem Vormund, und der kann dir alle nötigen Informationen geben.« Sie klatscht in die Hände. »Okay, das war's. Vielen Dank, meine Herren. Sie können alle gehen. Husch. Husch. Ich übernehme ab hier.«

Xander schüttelt den Kopf und benutzt seinen extra herrischen Ton. »Nein, ich brauche einen Verhörraum. Ich muss mit der Gefangenen reden ...«

»Nicht heute«, sagt sie. »Sie hätten Ihre Gespräche führen sollen, bevor Sie gekommen sind. Aufnahme und Verwaltung haben Vorrang. Hören Sie zu, mein Hübscher. Wenn Sie bis jetzt noch nicht von uns gehört haben, lassen Sie es sich von jemandem sagen, der es weiß. Die Prinzessin hier wird eher bereit sein, mit Ihnen zu sprechen, wenn sie ein paar Tage in unserer Obhut verbracht hat. Es wird Sie freuen, zu hören, dass wir es bis jetzt geschafft haben, sie alle zu brechen.« Ihr verschmitztes Lächeln ist wieder da. »Wir werden ihr den Kampfgeist austreiben.«

Ah, richtig. Verdammt gut.

Kapitel Vierzehn

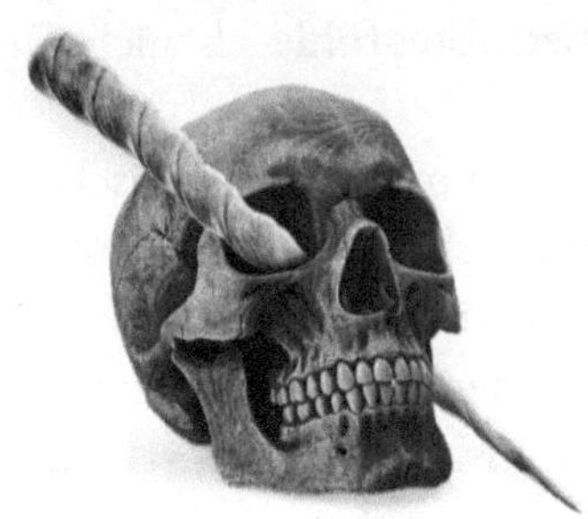

SIE STECKEN mich in einen Vernehmungsraum, um auf den Vampirführer zu warten. Während ich warte, schaue ich mir meine schicke weiße Kleidung an. Es ist so seltsam. Ich kann den weißen Baumwollstoff sehen und anfassen, aber ich könnte genauso gut nackt sein, denn ich habe nicht das Gefühl, etwas auf der Haut zu haben. Ich versuche, den unteren Rand des Hemdes anzuheben, um den Stoff näher zu betrachten, doch ich bekomme direkt eine gewischt.

Und damit meine ich, dass ich auf dem Rücken liege, halb unter Tisch und Stuhl eingeklemmt, ohne zu wissen, wie ich dahin gekommen bin. *Autsch!* Mein Mund schmeckt nach Ozon, meine Lippen brennen und meine Zähne schmerzen. Ich wette, wenn ich jetzt in den Spiegel schauen würde, stehen mir die Haare zu Berge und ich sehe das statische Knistern in den Strähnen.

Verdammt, für eine Sekunde glaube ich, das Halsband hätte mein Herz zum Stillstand gebracht. Oh, das mache ich nicht noch einmal. Das verdammte Ding hat es in sich. Kein Wunder, dass die alte Dame ein krankes Funkeln in den Augen hatte, als sie mir die Strafeinstellung des Halsbandes erklärte.

»Okay, ich hab's kapiert. Nicht die Kleider anfassen«, grummle ich.

Ächzend und stöhnend ziehe ich mich mit Hilfe des Tischbeins vom Boden auf meine wackeligen Füße. Ich lasse mich auf den Stuhl zurücksinken, bevor meine Knie nachgeben. Ich fühle mich beschissen. Da hilft es auch nicht, dass mein Körper in den Abschaltmodus übergegangen ist. Ich habe die Wirkung des Halsbandes falsch eingeschätzt. Je länger es an ist, desto betäubter fühle ich mich. Das verdammte Ding ist furchtbar.

Die Tür zum Verhörraum öffnet sich zischend. Ich halte den Kopf gesenkt und mache mir nicht einmal die Mühe, die Augen zu heben. Ich hoffe, dass es wieder eine Sichtkontrolle ist und ich keinen Tadel bekomme. Die Wärter gehen aufgeregt ein und aus. Ich fühle mich wie ein Ausstellungsstück im Museum oder, schlimmer noch, wie ein Tier im Zoo. Es ist immer derselbe Scheiß.

Der Stuhl auf der anderen Seite des Tisches bewegt sich. Oh, und da ist es, das Pochen meines Herzens, das seinen Rhythmus wieder aufnimmt. Die Kreatur im Raum ist mächtig. Gut zu wissen, dass das Adrenalin einige der Auswirkungen des Halsbandes abmildert, wenn die Kampf-oder-Flucht-Hormone meinen Körper durchfluten.

»Tut mir leid, dass Sie warten mussten«, sagt eine tiefe, kultivierte Stimme.

Fasziniert hebe ich mein Kinn von der Brust, und mein fremdes langes weißes Haar wallt sich um mich herum, legt sich störend in meinen Nacken und verdeckt mein halbes Gesicht.

Wir machen uns gegenseitig ein Bild von uns.

Atticus.

Der Anführer der reinblütigen, ungebissenen Vampire ist hier. Das Oberhaupt der Vampirgilde und des Vampirrates. Ich bin Atticus schon einmal begegnet. Er ist zeitlos und unveränderlich und sieht immer gleich aus.

Er trägt einen tadellosen marineblauen Anzug, sein Haar ist kurz geschoren und seine Augen sind dunkelbraun. Früher dachte ich, sie seien schwarz, aber nachdem ich die unergründlichen Augen des

Dämons gesehen habe, weiß ich, dass sie braun sind. Sie sind schön, wenn auch etwas plastisch.

Die Reinblüter sind so perfekt gezeichnet, dass sie überhaupt nicht echt wirken. Ich bekomme eine Gänsehaut. Ich bin froh, dass ich nicht so aussehe. Trotz meines hybriden Irrsinns sehe ich immer noch irgendwie menschlich aus.

Abgesehen von ein paar grundlegenden Informationen über seine Arbeit ist er ein Unbekannter ... ein Rätsel für alle. Atticus ist ein Einsiedler. Er zeigt sich selten in der Öffentlichkeit und niemand weiß, wo er wohnt. Ein Starvampir ist er sicher nicht, obwohl Reinblütige dazu neigen, berühmt zu sein.

Er macht mir eine Heidenangst.

In diesem Moment merke ich, dass ich krumm sitze und seine Begrüßung nicht erwidert habe. Ich setze mich kerzengerade hin. »Kein Problem, Sir.« Das letzte Mal, als ich ihn getroffen habe, war er sehr direkt und nicht zimperlich. Ich hoffe, er ist auch jetzt so. Ich weiß, dass er nicht seinen Hals riskieren wird, um mich aus dieser misslichen Lage zu befreien, aber ich weiß seine Zeit zu schätzen.

Was ich nicht verstehe, ist, warum er so schnell gekommen ist. Ich weiß, ich bin von meiner eigenen Wichtigkeit beeindruckt, aber so wichtig bin ich nun auch wieder nicht. Also, was ist hier los?

Er schaut mich immer noch an und ist wie versteinert. Er stützt sich mit der Hand auf den Stuhl und atmet scharf und wütend ein, seine Nasenlöcher verengen sich. Mein ganzes Gesicht ist zusammengezogen. *Hat er mich verwechselt?* Nun, ganz unerwartet ist das nicht und es muss ihn richtig wütend machen, dass jemand einen Fehler gemacht hat. Alles stehen und liegen zu lassen und wegen eines Halbblüters herzukommen und seine kostbare Zeit zu verschwenden.

Statt sich zu setzen, beugt sich Atticus auf meine Höhe hinunter und fragt: »Darf ich?« Sein Blick fällt auf meinen Kragen. Ah, ich verstehe. Deshalb ist er so wütend. Ich nicke. Mit einer kühlen Hand umfasst er sanft mein Kinn und neigt meinen Kopf zur Seite. Mit der anderen Hand streicht er mir das Haar zurück, damit er mich besser sehen kann. »Barbaren«, knurrt er. Er senkt mein Kinn und lässt ein Grummeln in seiner Kehle erklingen.

Elegant richtet er seinen Anzug und setzt sich. »Ich wäre dem Ruf in diese schreckliche Welt irgendwann erst viel später gefolgt, aber jetzt bin ich wegen eines Gefallens hier.« Er kramt in der Innenseite seiner marineblauen Jacke und holt einen *Jetzt hörst du mich nicht mehr-Zauber* heraus. Er lässt den teuren Trank zu Boden fallen. Das Summen in der Luft nach dem Aufprall verrät, dass der Geheimhaltungszauber aktiviert wurde.

Atticus stützt seine Arme auf den Metalltisch zwischen uns, setzt sich und starrt mich aufmerksam an. »Woher kennst du Kleric, den Dämonenprinzen?«

»Ein Prinz«, quieke ich. Verdammte Scheiße. Ich hatte ja keine Ahnung, dass er ein Prinz ist! »Ich habe ihn letzte Nacht kennengelernt«, platze ich heraus.

Atticus lehnt sich verwirrt von mir weg, seine Augen starren besorgt auf das Halsband.

Oh-oh. Er denkt, es bringt mein Gehirn durcheinander. *Kein Wunder. Was zum Teufel redest du da, Tru?* Das Blut schießt mir in die Wangen, als ich tief Luft hole und es noch einmal versuche. Ich wiederhole mich. Diesmal spreche ich langsamer. »Ich habe ihn letzte Nacht kennengelernt. Er war in einem Dämonenkreis gefangen, einem Tötungskreis, und ich ... ähm ... ich habe ihn befreit.« Ich ziehe den Kopf ein und zucke zusammen. »War das falsch?«

»Für dich nicht.«

»Oh.« Was soll ich dazu sagen? Das ist doch gut, oder? Was ist denn heute los? Der große blaue Dämon ist ein Prinz! Verdammte Scheiße. Man findet nicht jeden Tag einen nackten Prinzen in einem Lagerhaus.

»Er sagte mir, ich solle dir sagen, dass es aussieht, als würdest du in der Klemme sitzen. Sagt dir das etwas?«

Ich räuspere mich. »Ja, das tut es.« Verdammter frecher Dämon. Als er im Kreis war, habe ich genau das gesagt. Ich reibe mir das Gesicht und lasse mich wieder auf den Stuhl sinken. Ich lasse die Hände auf die Knie unter dem Tisch fallen und streiche über die immer noch rote Narbe. Der Kuss des Dämons. Nicht nur eines Dämons, eines Prinzen. *Kleric, du bist saukomisch.* Die Narbe pocht und eine Welle der Magie durchströmt meine Haut. Wieder ist es, als würde er zuhören. Wow, das ist immer noch unheimlich. »Die Nachricht ergibt Sinn. Es ist ein kleiner Scherz.«

»Gut. Außerdem hat deine Freundin Story mein Telefon zum Glühen gebracht und Antworten verlangt, und dein Anwalt bereitet dem Rat der Vampire und der Versammlung der Wandler jede Menge juristischen Ärger. Sei versichert, Miss Dennison, deine auserwählte Familie weiß, wo du bist, und ich werde sie wissen lassen, dass du vorläufig in Sicherheit bist.«

Vorläufig, aha, das klingt gut.

»Kannst du mich hier rausholen?«

»Nein.«

»Oh, okay.« Ich schiebe mir das Haar hinter die Ohren. »Also, was soll ich tun?«

»Warten. Es gibt einige schwerwiegende Anschuldigungen gegen dich, Miss Dennison, und du hast im Laufe der Jahre einige ziemlich wichtige Leute verärgert. Kreaturen, die das nur zu gern als Gelegenheit für eine kleinliche Rache nutzen würden. Der Engel ...«

Ich sehe, wie sein rechter Fangzahn aufblitzt, sein einziges äußeres Zeichen von Wut.

»... Xander glaubt, unwiderlegbare Beweise gegen dich zu haben. Die Einhörner sind froh, wenn du hier verrotten würdest, es sei denn, du entscheidest dich für ein Einhorn als Partner.« Er hebt die Hand, als ich stottere. »Ich weiß, ich weiß. Tu es, Miss Dennison, es ist mir egal. Ich informiere dich nur, damit du nicht erwartest, dass man dir zu Hilfe eilt. Vorerst wird die Gunst des Dämons dich in in Sicherheit bergen, und ich werde mich um Xander kümmern.« Er lächelt kurz. »Aber jetzt musst du dich gedulden, bis wir das alles geklärt haben, und das wird leider eine Weile dauern.«

»Wie lange?« Mein Magen dreht sich, ich rutschte auf meinem Stuhl vor und starre ihn an. Wie lange werde ich eine Gefangene sein, mit diesem schrecklichen, schwarzmagischen Halsband um meinen Hals?

Atticus reibt sich das Gesicht. »Ich weiß es nicht. Im Durchschnitt dauert es zwei, vielleicht drei Jahre, bis ein Fall verhandelt wird ...«

Alles steht still.

Ich höre nichts mehr außer der Panik, die sich in meinem Kopf ausbreitet. Meint er das ernst? Zwei, vielleicht drei Jahre? Ja, das ist ein großer Witz. Meine Beine zittern unter dem Tisch und bereiten mich darauf vor, aufzuspringen und wegzulaufen.

Vielleicht ist das nur eine Verhörtechnik? Atticus wirft mit diesen lächerlichen Zahlen um sich, um mich zu erschrecken, und jeden Moment wird Xander auftauchen, *Überraschung* schreien und einen Partyknallerzauber anwenden.

Das kann doch nicht wahr sein, oder? Das ist ein Albtraum.

»Ich habe nichts getan«, murmle ich.

»Hey, Tru.« Atticus schnippt mit den Fingern vor meinem Gesicht herum, und ich blinzle ihn an. »Miss Dennison, ich habe gesagt, im Durchschnitt. Ich meinte nicht dich. Normale Kreaturen haben keinen Dämonenprinzen, der sich für sie einsetzt und sie um Gefallen bittet.« Eine seiner schwarzen Brauen hebt sich. »Du hast einen guten Eindruck gemacht. Kleric hat mehr politischen Einfluss als Xander, aber wie alles in dieser verfluchten Welt braucht es seine Zeit.«

»Okay, danke«, murmle ich und lasse mich auf den Stuhl zurückfallen. Ich hocke mich hin und vergrabe meinen Kopf in meinen Händen. Ich werde heute nicht nach Hause gehen, so viel steht fest. Je schneller ich das begreife und mich damit auseinandersetze, desto angenehmer wird die Zeit des Wartens. *Ich bin unschuldig.* Wie konnte der Engel mir das antun? Warum nur? Ich könnte Monate oder Jahre hier festsitzen.

»Deine Mutter war eine unglaubliche Frau«. Seine leisen Worte durchdringen meine panischen Gedanken und ich nehme die Hände vom Gesicht. Es kommt selten vor, dass jemand von meiner Mutter spricht. Ich wusste nicht, dass er sie kannte, was dumm ist, wenn ich darüber nachdenke. Atticus ist seit Jahrhunderten der Anführer der Vampire und hat zweifellos jeden reinblütigen Vampir getroffen. »Als sie sich in ein Einhorn verliebte, sagte ich ihr, dass daraus nichts Gutes entstehen würde. Dein Vater war unglaublich charmant und es war nur eine Frage der Zeit, bis sie sich in ihm verlor.«

Er erzählt mir nichts, was ich nicht schon weiß. Charmant, ja, gerade genug, um meiner Mutter an die Wäsche zu gehen. Darauf wette ich. Ansonsten war mein Vater ein schrecklicher Mensch. Der fiese Bastard hat sie umgebracht.

»Vampire, das weißt du, lieben von ganzem Herzen. Wir verlieben uns, und wenn nichts Schreckliches passiert, lieben wir diesen Menschen für immer und können nie einen anderen lieben. Die Seelenverwandtschaft. Sie ist der größte Reichtum eines Vampirs und der größte Fluch eines Vampirs.«

Ich blinzle ihn an. *Was zum Teufel ist Seelenverwandtschaft?* Er muss die Verwirrung in meinem Gesicht sehen.

»Was? Wie kann das sein? Das wusstest du nicht?« Entsetzen steht in seinen Augen und er reibt sich das Gesicht. »Ich habe vergessen, dass deine Mutter gestorben ist, als du noch ein kleines Mädchen warst. Du warst erst sechs, nicht wahr? Niemand hat dir unsere Sitten beigebracht.« Atticus zupft an den Ärmeln seiner marineblauen Jacke und richtet seine Krawatte, während er sich offensichtlich unwohl fühlt. »Wie schade. Das erklärt einiges. Es bedeutet auch, dass du nichts von deiner Seelenverwandtschaft mit Xander weißt?«

Ich kann nicht atmen.

Noch mehr verdammter magischer Blödsinn, und plötzlich ergibt alles einen Sinn.

Atticus nickt traurig. »Es tut mir so leid, Miss Dennison. Es tut mir leid, dass die Vampirgemeinschaft dich im Stich gelassen hat. Du hattest nicht die nötigen Informationen, und ich habe fälschlicherweise angenommen, dass du dich absichtlich an Xander gebunden hast. Es ergibt so viel mehr Sinn, dass du es nicht wusstest. Ich habe meine Gefährtin vor langer Zeit verloren. Nicht einmal der Tod kann die Verbindung lösen. Ich fühle mit dir. Es tut mir leid, dir jetzt sagen zu müssen, dass du dich mit ihm verbunden hast, bedeutet, dass du ihn niemals loslassen darfst.« Er seufzt und reibt sich die Brust. »Es gibt nichts Schlimmeres für einen reinblütigen Vampir als unerwiderte Liebe.«

»Halb«, flüstere ich.

»Wie bitte?«

»Ich bin halb reinblütiger Vampir und, wie du schon sagtest, halb Einhorn.«

Seine Augen mustern mich mit kluger Überlegung und nach einem Moment nickt er.

»Wie du schon sagtest, wenn nichts Schreckliches passiert, ist diese Seelenverbindung für immer. Was heute passiert ist, erfüllt diese Bedingung, meinst du nicht? *Schrecklich.* Xander hat mich hier reingesteckt.«

Ich winke und deute nicht nur auf den Raum, sondern auch auf das Gefängnis.

Wie kann es sein, dass ich jemanden von ganzem Herzen liebe und ihn im nächsten Moment hasse? Ich weiß es nicht. Es ist, als hätte sich ein Schalter umgelegt, und ich kann hinter meine Hoffnungen und Träume sehen. Die Realität ist wie ein Schlag ins Gesicht. Ich verschränke die Hände im Schoß. »Heute Morgen habe ich gespürt, wie etwas in mir zerbrochen ist. Meine Seele ist zerbrochen.« Ich schaue dem Vampir in die Augen und sage voller Überzeugung. »Ich bin fertig mit dem Engel. Was mich mit ihm verband, ist irreparabel beschädigt, und ich könnte ihn mit bloßen Händen töten. Alles, was ich jetzt noch für ihn empfinde, ist Hass.«

KAPITEL FÜNFZEHN

NACHDEM DAS GESPRÄCH mit Atticus beendet ist und der Vampir mich noch einmal zur Geduld mahnt, begleitet mich ein höflicher, aber seltsam schweigsamer Wärter in mein Quartier. Er trägt eine blütenweiße Uniform mit weißen Stiefeln. Die merkwürdigen Stiefel mit ihren dicken, gepolsterten Sohlen geben keinen Laut von sich, während wir einen endlos scheinenden Gang entlanggehen.

Nachdem ich in meine Zelle geführt worden bin, schließt sich die Tür mit einer festen Endgültigkeit, die mich erschreckt, und absolute Stille empfängt mich.

Als ich mir die Zellen in einem Gefängnis außerhalb der Welt vorstellte, dachte ich, sie wären kalt und schleimig. Mittelalterlich. Wasser tropft an den Wänden herunter, so viel, dass die Wände vor Feuchtigkeit und grünem Schimmel und Ratten glänzen würden. Die Ratten würden herumlaufen und versuchen, einen zu beißen. Aber nein, hier ist alles weiß, hell, ach so sauber und modern.

Ich drehe mich um, nehme den kleinen Raum und all das Weiß in mich auf. Vier Seiten weiß, sechs, wenn man Boden und Decke mitzählt.

Es ist verwirrend.

Auch das Bett an der hinteren Wand ist weiß. Ich trete vor und stoße es an. Es ist eine Gummimatratze, die keinen Bezug hat und vor nichts geschützt ist. Mein Blick wandert zur Decke, die vermutlich ein konstantes *weißes* Licht ausstrahlt.

Weiß – irgendetwas an dieser Farbe macht mich wütend und weckt eine alte Erinnerung in meinem Hinterkopf. Ich atme frustriert aus und verdränge den lästigen Gedanken erst einmal. Er wird mir schon wieder einfallen. Die supergefilterte Luft ist völlig still und die dumpfe Stille lässt meine Ohren rauschen. Kein Zweifel, dieser Raum ist schalldicht.

Ich bin allein und habe nur meine Gedanken, die mich unterhalten.

Was die alte Dame bei der Aufnahme gesagt hat, ergibt jetzt Sinn, denn das Gefängnis hat mich gebrochen, und in diesem Moment macht es klick, und die Erinnerung drängt sich in den Vordergrund meines Gedächtnisses.

Ich erinnere mich.

Sie wenden die weiße Foltermethode an.

Aha, deshalb war mir diese Farbe so vertraut, und sie hallte in meinem Kopf wider. Als ich jünger war und mein Großvater noch lebte, las ich viel über diese Foltermethode. Ich fand sie faszinierend – was soll ich sagen? Ich war ein seltsames, morbides Kind. Weiße Folter, oh, das ist ja ein interessantes Ding. Eine Foltermethode, die den Geist bricht. Es ist eine Form der sensorischen Deprivation, die sich auf erlernte Hilflosigkeit konzentriert.

Egal, für wie stark du dich hältst, das hier ist unschlagbar, und es werden da keine Ausnahmen geltend gemacht. Meine Finger berühren die Wand. Als Kreatur, die ich bin, mit meinen geschärften Sinnen, bin ich bei dieser Methode wahrscheinlich gefährdeter als ein Mensch.

Ich stehe da und denke über den Sinn des Lebens nach und über die Fehler, die mich in diese verzwickte Lage gebracht haben. In der Decke versteckte Lautsprecher klicken und ein Rauschen ertönt. Natürlich tut es das.

Verdammt sei mein Leben!

Langsam drehe ich mich im Kreis und klatsche in die Hände. Das

Klatschen klingt so seltsam in der schweren, dumpfen Stille der Zelle. *Klatsch-Klatsch-Klatsch.*

»Bravo!«, sage ich zu den weißen Wänden und den Wärtern hinter den versteckten Kameras. »Das ist psychologischer Mist. Sehr beeindruckend.« Wer auch immer mich reingelegt hat, hat großartige Arbeit geleistet. Diese ganze verdrehte Geschichte ins Rollen zu bringen und mich dann hierherzuschicken. Ich schüttle den Kopf und lache. Der Bastard, der das alles eingefädelt hat, versucht, es Wirklichkeit werden zu lassen.

Wahnsinn!

Wenn ich in diesem Raum keinen psychotischen Zusammenbruch erleide, wäre das ein Wunder.

Nein, ich war nicht verrückt, als ich in diese Zelle kam, aber leider werde ich es sein, wenn ich sie verlasse.

Alle Kreaturen haben sich so entwickelt, dass sie auf Reize reagieren, und wenn es nichts gibt, wird unser Gehirn verzweifelt versuchen, etwas zu finden, irgendetwas, worauf es reagieren kann. Verdammt, es ist nur eine Frage von Tagen, vielleicht einer Woche, bis ich anfange zu halluzinieren.

Ich lasse mich aufs Bett fallen und rufe meine Erinnerungen ab. Die Gefangenen, von denen ich gelesen habe, bekamen weißen Reis auf weißen Tellern. Außerdem wurden die Mahlzeiten in unregelmäßigen Abständen eingenommen, sodass man nicht wusste, ob es Tag oder Nacht war. Ich schaue wieder zur Decke, vor allem wegen des ständigen Lichts. Das bringt den Tagesrhythmus durcheinander.

Dieses Gefängnis hat auch noch einen Zahn draufgelegt. Ich lache und schüttle wieder den Kopf. Meine Finger streichen über das Halsband – es sei denn, ich will mir bei einer weiteren freundlichen Züchtigung die Zunge verschlucken, dann wage ich es nicht, es zu berühren. *Dieses verdammte Halsband.* Ich bekomme weder Essen noch Wasser. Ich habe kein fließendes Wasser, um mir die Hände zu waschen. Lieber sitze ich in meinem Dreck und verrotte, als nichts zu fühlen. Nichts.

Das Halsband kümmert sich um alles, sodass ich meine Zeit nicht einteilen kann, schon bald wird mein Gehirn nicht einmal mehr wissen, dass ich existiere, denn in meiner Welt wird es nur noch Weiß geben.

Das ist so böse, dass es schon wieder genial ist.

Mich von innen zu zerstören, ohne einen Finger zu krümmen. Meinen Körper brauchen sie nicht zu zerstören, der ist zu wertvoll, aber meinen Geist können sie ruhig zerstören. Ich stöhne und schließe die Augen. Ich weiß nicht, ob es besser oder schlechter wird, wenn ich weiß, was mit mir geschehen wird. Ich bin mir echt nicht sicher.

Ich liege auf dem Rücken und blinzle, während ich meinen Arm in die Luft hebe. Mit einer Fingerspitze zeichne ich den Kuss auf meiner Hand nach. *Du beeilst dich besser, mich hier rauszuholen, Dämonenprinz. Wenn du es nicht tust, ist nichts mehr von mir übrig.*

Der Kuss pulsiert. Die Wand links von mir flackert. Sie wird schwarz. Was zum Teufel ...? Hier stimmt was nicht. Ein Portal? Nein. Ich klettere hoch. Wenn ich genau hinhöre, höre ich das Stöhnen und Schreien von ... Tieren? Das reicht, um meinen ganzen Körper in Aufruhr zu versetzen, und ich knalle mit dem Rücken gegen die Wand. Ich drücke die Knie an die Brust. Ich kann es nicht verstehen und ich starre einfach nur die flackernde Wand an.

Die Magie des Dämons pulsiert rhythmisch meinen Arm hinauf.

Bist du das? Vielleicht wäre die bessere Frage jedoch, *WAS* genau er da macht? Ich schwinge mich auf die Bettkante, das weiße Gummi gibt unter meinem Gewicht nach. Ich bewege mich nicht, und halte meinen Rücken so kerzengerade, dass meine Muskeln zu spüren sind. Sie flackert wieder schwarz auf. Das ist Magie.

Verstohlen huschen meine Augen umher und ich warte darauf, dass das Halsband zappt oder die Wachen mit den Fledermäusen in den Raum kommen. Als niemand meinen Raum betritt, entspanne ich mich. Ich vermute, dass nur ich die Wand sehen kann – wie den Dämonenkuss auf meiner Hand. Ist das eine ... ist das eine Höllenbestie? Ich senke meinen Kopf. Die Wand ist wie ein Fenster oder ein Fernsehbildschirm, denn in der Schwärze sind Tiere und Kreaturen zu sehen. Hm, schau dir das an! Kleric hat mir etwas zum Gucken gegeben.

Ich staune. Wow! Ein Mann, ein Dämon, dem ich erst vor wenigen Stunden begegnet bin, bietet mir seine Freundlichkeit an. Nein, mehr als Freundlichkeit. Er rettet meinen Verstand. Mein Herz klopft.

Was zum Teufel will er?

Kapitel Sechzehn

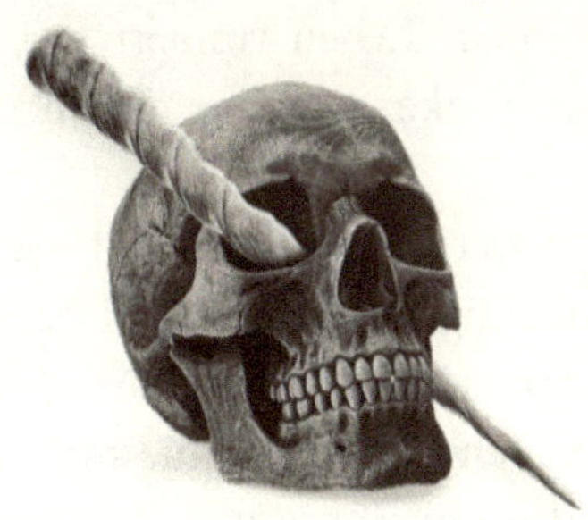

Ein Grollen ertönt, fünf Sekunden später ein bellender Ton. Ich zähle in meinem Kopf bis zwanzig, und ein Brüllen hallt durch meine Zelle. Wie aufs Stichwort taucht fünf Sekunden später der Schwanz eines riesigen Tieres auf.

»Hallo Spot. Wie geht's dir heute?«, murmle ich, als der schwarze Schwanz auf mich zukommt und dann wieder im Abgrund verschwindet.

Es hat nicht lange gedauert, bis ich herausgefunden habe, dass die magische Aussicht – die so genannte Wand der Vernunft, weil ich ohne sie die Wände hochklettern würde – eine achtstündige Schleife abspielt, die sich innerhalb von vierundzwanzig Stunden dreimal wiederholt, wobei die dritte Schleife hilfreicherweise dunkler läuft, um die Nacht zu simulieren. Ich benutze diese Schleife als Schlafhilfe. Die Magie hilft mir sehr, weil ich dann ungefähr weiß, wie viel Zeit vergeht und wie viel Zeit ich mit Schlafen und Sport verbringe.

Das gibt mir die dringend benötigte Routine, und es ist gerade genug, um mein Gehirn aktiv zu halten.

Ich weiß nicht genau, wie lange ich schon hier bin, aber ich glaube, es ist der achte Tag. Jedenfalls mit acht Nächten Schlaf.

In dieser Zelle fühlt sich ein Tag wie eine Woche an und eine Woche wie ein Jahr. Die Zeit ist nicht mein Freund, und die unglaubliche Menge an Zeit, die vor mir liegt, gibt mir verdammt viel Spielraum zum Nachdenken. Um über ihn nachzudenken. Ich nehme alles auseinander, jedes Wort, jedes Gefühl, und suche nach Beweisen für die magische Seelenverbindung, die mein Leben ruiniert hat. Meine Gefühle sind völlig verwirrt. Ich schwanke zwischen Schmerz, Trauer, Wut und wieder zurück.

Während ich darauf warte, dass Spot Fred – ein vogelähnliches Tier – jagt, halte ich geschmeidig die Position auf dem Bett. Ich habe mich schon immer sehr für Sport interessiert. Ein starker Körper bedeutet für mich ein langes Leben. Ich habe mich nie nur auf meine natürlichen Fähigkeiten verlassen, denn es gibt immer jemanden, der größer, stärker und besser trainiert ist.

Es ist schwierig, in dieser Zelle zu trainieren. Der Raum ist zwei mal zwei Meter groß und hat ein schmales Bett, das die Bodenfläche auf ein grobes Rechteck von zweimal einem Meter reduziert. Pilates, Yoga und mein abwechslungsreiches Kampfsporttraining halten mich auf Trab. Ich kann alles so mischen, dass es in den Raum passt. Nahkampftechniken, die Perfektionierung meiner Angriffsformen und die Entwicklung neuer Kampfstile sind Dinge, an denen ich arbeiten möchte. Ich will mein Muskelgedächtnis aufbauen und vor allem mein Gehirn gesund halten.

Selbst mit der Wand der Vernunft und den Übungen geht es mir nicht besonders gut.

Ich bin zu dem Schluss gekommen, dass es nicht der Mangel an Gesprächen ist, der mich in den Wahnsinn treibt, sondern das Nachdenken. Ich habe Menschen noch nie gemocht. Es ist der Mangel an Berührung, aber nicht Haut auf Haut, sondern Dinge anzufassen.

Ich habe keine Decke zum Einkuscheln.

Erst als ich hierherkam, habe ich gemerkt, was für ein taktiler Mensch ich bin. Ein Kuschler. Nichts liebe ich mehr, als mich in einen weichen, übergroßen Kapuzenpulli und Decken zu vergraben. Mir war nicht bewusst, wie wichtig es ist, Dinge auf meiner Haut zu spüren, bis sie mir weggenommen wurden. Auch der Geschmack, das Fehlen von Nahrung in meinem Mund, das Wasser auf meiner Zunge und das einfache Gefühl von Flüssigkeit, die meine Kehle hinunterläuft. Es ist alles so schwer.

Das mit Blut gefüllte Halsband sorgt dafür, dass mein Körper mit Nährstoffen versorgt wird und gesund genug ist. Genug, um am Leben zu bleiben, jedenfalls, und trotz all der Bewegung, die ich mache, halte ich mein Gewicht.

Sicher, vielleicht ist es nur meine Angst, aber der Gedanke, dass das Halsband eine dauerhafte Ergänzung des Körpers sein soll und die Gefangenen nie wieder in den Alltag zurückkehren sollen, ergibt einen kranken Sinn. Und mal ehrlich, wer kann sich in dieser beängstigenden Realität selbst ernähren, wenn er geistig verwirrt ist? Jetzt mache ich mir Sorgen, dass ich, wenn ich nach Hause komme, was ich tun werde, nicht mehr kauen oder schlucken kann. Wann wird es so weit sein, dass mein Körper und mein Geist vergessen, was sie tun sollen? Werde ich noch daran denken, mich zu waschen? Wird es mir fremd sein, mich unter einem Berg von Decken zu vergraben? Wird sich Seide auf meiner überempfindlichen Haut wie Glassplitter anfühlen?

Meine Augen folgen Spot, als er über die Mauer flitzt und Fred nur knapp verfehlt. Leise stöhnend gehe ich in den Spagat.

Ich habe mich immer für superstark gehalten, für die, die sich als Erstes in einen Kampf stürzt, auch wenn die Chancen schlecht stehen. Übermütig.

Es gab Zeiten, da wollte ich aufgeben, aber irgendwie habe ich immer einen Weg gefunden, mich durchzukämpfen, auch wenn ich auf Händen und Knien kriechen musste.

Aber das hier ist das Schlimmste, was ich je durchmachen musste. Er – Xander – hat mir das angetan, er hat mich in diese Zelle gesteckt, damit ich verrotte, und er hat kurz davor etwas Grundlegendes in mir zerbrochen. Ja, ich weiß nicht, was oder wer ich sein werde, wenn ich endlich hier rauskomme. Selbst mit der Hilfe des Dämons fühle ich, wie ich entgleise, und ich habe nur die Hoffnung, an die ich mich klammern kann. Der unerschütterliche Glaube, dass Story mich rausholen wird. Mit Avas Hilfe ist sie nicht aufzuhalten. Zusammen mit Kleric, dem Prinzen, und Atticus sollte es nicht mehr lange dauern, bis ich wieder zu Hause bin.

Die Hoffnung wird mich zweifellos in die Knie zwingen. Hoffnung, dieses Miststück, ist so verdammt wankelmütig.

Ich hebe mich aus dem Spagat in einen perfekten Handstand. Scheiße, mein Körper juckt, ich glaube, mein Einhorn will endlich mal wieder raus. Ich stelle mich auf die Fingerspitzen, lege die rechte Hand hinter den Rücken und balanciere nur mit der linken Hand.

Als Kind dachte ich, ich könnte die Welt verändern. Menschen retten und so. Eine Zeit lang habe ich das auch getan.

Ich habe einen kleinen Beitrag geleistet. Aber weißt du was? Im Nachhinein betrachtet ... habe ich meinen Höhepunkt wohl zu früh erreicht.

Wenn ich nach Hause komme, werde ich mich verändern und nie mehr zurückkehren. Ich werde draußen leben, mit dem Wind in meinem Fell und dem Regen auf meinem Rücken. Die Welt kann in Flammen stehen, was mich angeht. Es kümmert mich nicht mehr. Ich werde für die Sicherheit meiner auserwählten Familie sorgen und das war's. Scheiß auf alle anderen!

Ich flehe dich an. Ich will nicht verrückt werden.

Kapitel Siebzehn

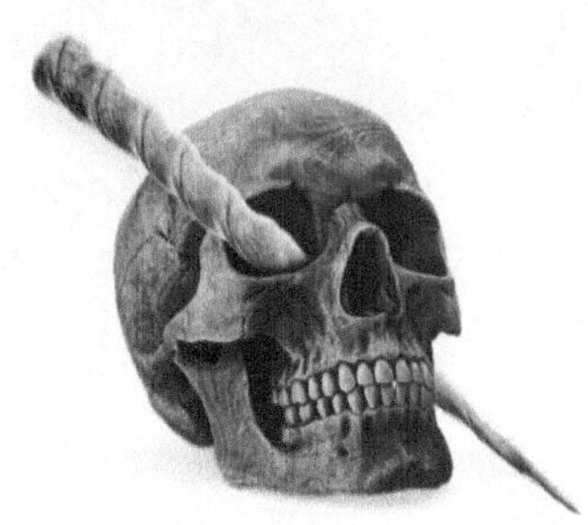

Ich glaube, es ist der fünfzehnte Tag, als sich die Tür zum ersten Mal öffnet. Ich blinzle aus meiner sündhaft schönen, verdrehten Yogaposition auf dem Boden auf. Ein Wärter in Weiß, ein anderer als zuvor, winkt mich mit zwei Fingern hoch. Er wirft nicht einmal einen Blick auf die Wand der Vernunft, was zumindest die Theorie bestätigt, dass niemand sonst sie sehen kann. Niemand außer mir kann sie sehen.

Vorsichtig folge ich ihm aus dem Raum.

Verdammt, ich fühle mich wie in einem Abenteuer, in dem man ins Unbekannte vordringt. In meinem Kopf weiß ich, dass es nur ein Gefängnisgang ist, aber für mich ist es ein unbeschreibliches Gefühl, so lange in einem winzigen weißen Kasten eingesperrt zu sein und ihn dann, wenn auch nur für einen Moment, zu verlassen.

Beängstigend.

Als wir den Gang hinuntergehen, fühlt es sich wirklich seltsam an, sich zu bewegen und tatsächlich irgendwohin zu gehen. Im Gegensatz zu einem Sprung vom Laufband, bei dem man das Gefühl hat, dass sich der Körper noch schnell bewegt, habe ich das Gefühl, dass ich mich zu langsam bewege. Ich schleiche leicht hinter dem Wächter her. Es stört ihn nicht im Geringsten, dass er mich im Rücken hat.

Wir kommen in denselben Verhörraum, in dem ich Atticus getroffen habe. Der Wärter öffnet die Tür, tritt zur Seite und winkt mich herein. Als ich durch die Tür trete, erwarte ich irgendwie, dass der Vampir da ist. Das Flattern der Schmetterlinge in meinem Bauch hätte die erste Warnung sein sollen. Statt Atticus ist er es:

Xander.

Ich zucke mit meiner Oberlippe und unterdrücke ein leises Knurren. Fast wäre ich wieder zurück in den Flur gegangen und weggelaufen. Doch wie es der Zufall will, bleibe ich stattdessen auf der Stelle stehen.

Puh. Ich will nicht, dass mir das Halsband einen Schlag versetzt.

Wie ein Fisch am Boden zu zappeln, während der Engel über mir steht ... ja, scheiß drauf! Das ist der Stoff, aus dem Albträume gemacht sind. Allein aus diesem Grund werde ich eine gute kleine Gefangene sein, die mit fünf Sternchen bewertet wird. Gefangene des Jahres. Was soll ich sagen? Ich bin eine Streberin. Im Gegensatz zu Atticus hat seine Bürokratie, den Engel in Schach zu halten, nicht sehr lang gehalten.

Xander sitzt nicht, der Trottel schaut nicht einmal in meine Richtung. Ganz in Schwarz gekleidet steht er mit dem Rücken zur Tür und starrt auf sein Handy, während seine großen Finger wie wild auf der winzigen Tastatur herumhämmern.

Der Wachmann hält mir einen Stuhl hin, ich nicke höflich und bedanke mich, als ich Platz nehme. Seine braunen Augen werden groß. Seht her, meine Höflichkeit überrascht ihn. *Nicht das, was du erwartet hast?* Die Wahrnehmung der Umgebung ist in diesem Stadium der Haft wahrscheinlich ungewöhnlich. Mein Verstand sollte eine Pfütze aus Glibber sein. Tut mir leid, ich hinke dem Zeitplan offensichtlich etwas hinterher.

Xander legt sein Handy weg und dreht sich um.

Ein Atemzug bleibt mir in der Brust stecken und er brennt. Xanders honigfarbene Augen sind das erste Stück Farbe, das ich sehe, und die Erinnerung an sie wird ihnen nicht gerecht. Sie sind so hell, sogar blendend. So sehr, dass ich mich kaum auf sein Gesicht konzentrieren kann.

»Du siehst so seltsam aus mit deinem weißen Haar«, sagt er.

Unwillkürlich zucke ich zusammen, meine Schultern ziehen sich zu den Ohren. Seine Stimme ist so laut. Ungefähr fünfzehn Tage, ganz allein in diesem weißen Raum, und die ersten Worte, die ich von einem anderen Menschen höre, kann ich nicht verstehen. Meine Nase rümpft sich. Es ist, als ob das Sprachzentrum in meinem Gehirn versagt, und ich brauche eine Weile, um sie zu übersetzen. Vielleicht spricht er eine andere Sprache. *Komm schon, Gehirn!* Was hat er ... ach ja, mein Haar und die fehlende Farbe müssen ihn verwirren. Auch wenn er es schon einmal gesehen hat, sehe ich bestimmt immer noch fremd aus. Die weißen Locken und die weiße Kleidung müssen meine Haut regelrecht ausbleichen. Fast unbewusst streiche ich mir eine verirrte Strähne aus dem Nacken.

Wenn ich diesem Drecksloch entkommen bin, werde ich alles Weiße in meinem Kleiderschrank vernichten – nicht, dass ich überhaupt etwas Weißes besitze. Ich bin nicht nur ein Magnet für Ärger, sondern auch für Schmutz. Auf jeden Fall werde ich nur noch helle, bunte Kleidung tragen. Ich werde Weiß aus meinem Haus verbannen und die Wände rosa streichen.

Nein, nicht nur rosa, sondern in allen Farben des Regenbogens.

Er starrt mich an und wartet darauf, dass ich etwas sage. Ich kratze mich am Hinterkopf und gähne. »Die können doch nicht mit Regenbogenhaar die weiße Ästhetik ruinieren«, krächze ich. Meine Zunge fühlt sich seltsam an. Ich bewege sie im Mund hin und her. Vielleicht liegt es an der betäubenden Wirkung des Kragens oder, was wahrscheinlicher ist, an meinem geschmolzenen, weiß gepanzerten Gehirn. Aber jedes Wort, das ich ausspreche, fällt mir leichter. Hm, ich bin froh, dass ich mit Spot und der Tierbande in der Wand der Vernunft gesprochen habe. Ich muss weitermachen und noch ein bisschen üben. »Regenbogenhaar würde nicht zu ihrer weißen Foltermethode passen.«

»Weiße Folter?« Der Schock in seinem Gesicht ist echt.

Meint er das ernst?

Ich schiebe den Stuhl vom Tisch weg und strecke meine Hände weit aus, damit er mich und mein hübsches weißes Outfit sehen kann. »Das ist keine Mode. Hast du nicht die weiße Uniform des Wachmanns und seine gepolsterten Stiefel gesehen? Stand das nicht im Prospekt oder auf den Formularen, die du unterschrieben hast? Im Kleingedruckten? Nein. Ich schätze nicht, wenn das nicht deine Glocken läuten lässt«. Ich schüttle den Kopf und erkläre: »Es ist eine Technik der sensorischen Deprivation ...«

»Ich weiß, was weiße Folter ist«, unterbricht er mich scharf.

Ich zucke mit den Schultern. »Na gut, was soll's?« Ich hab es ja nur versucht. Er denkt, er weiß so viel mehr als ich, dass er einfach drauflos reden kann. *Oh, brillant.* Mein Finger gleitet über die Tischkante. Ich will ihn nicht mehr ansehen, will nicht mehr in seine flüssig goldenen Augen blicken, während er so beiläufig über den Mangel an Pigmenten in meinem Haar spricht, als wäre das meine Entscheidung. Ich schnappe nach Luft. Der Hass, den ich spüre, ist schockierend und überwältigend. Er ist so ein Arschloch.

Ja, wenn ich weiter in sein beschissenes, hässliches, gut aussehendes Gesicht schaue, denke ich ... ich denke, dann springe ich über den Schreibtisch und haue ihm eine rein.

Ihm eine reinhauen.

Irgendwann finden meine Hände seinen Hals und dann werde ich nicht aufhören können zu drücken. Egal, was er tut. Ich werde drücken und drücken und drücken, bis er seinen letzten Atemzug nimmt. Die Luft in meiner Kehle zittert und ich schließe meine Augen. Wenn ich das tue, werde ich für immer hier sein. Sie werden mich nie gehen lassen.

Und ich will so verzweifelt nach Hause.

Xander erhebt sich über mich. »Tru?«

Ich ignoriere ihn.

»Tru, hör auf zu schaukeln und sieh mich an!«

Schaukle ich etwa? Oh, sieh mal einer an! Ich schätze, das mache ich. Schaukeln ist eine beruhigende Bewegung. Ich wusste gar nicht, dass ich das mache. Ich runzle die Stirn. Wie seltsam. Es muss zur Gewohnheit geworden sein, ohne dass ich es gemerkt habe.

»Erzähle mir von dem Engel!« Er zieht den Stuhl zurück und lässt ihn über den Boden kratzen, dass mir die Backenzähne wehtun.

Er setzt sich.

Ich stöhne.

Nicht schon wieder dieser Engelscheiß. Das ist wie eine kaputte

Schallplatte. *Erzähl mir von dem Engel! Wo ist er?* Bla, bla, bla. Ich bin mir sicher, er erwartet, dass ich zusammenbreche und mich weinend in seine Arme werfe, während ich meine Sünden beichte. Er sagt, ich sei verwirrt, aber wenn das so ist, bin ich nicht die Einzige.

»Tru, sieh mich an! Höre meine Worte! Erzähl mir von dem Engel!«

Ich lecke mir die Lippen. *Das ist meine Chance.* Ich kann beim besten Willen nicht die unzähligen Stunden zusammenzählen, die ich in meinem Kopf verbracht habe, um zu planen, was ich diesem Mann sagen werde. Tagelang habe ich geübt.

Xander knallt seine Hand auf den Tisch. Ich zucke zusammen und krache mit den Knien gegen die Tischkante. *Das war nicht sehr nett.* Weißt du, was auch nicht nett ist? Eine Faust im Gesicht. Mit dem Drang nach Gewalt, der wie ein Herzschlag in meinem Hinterkopf pocht, presse ich meinen Hintern fest auf den Sitz und schlinge mein linkes Bein sicherheitshalber um das Stuhlbein, damit ich mich nicht so schnell auf ihn stürzen kann. Als ich mit meinen dummen und nutzlosen Vorsichtsmaßnahmen zufrieden bin, zwinge ich meinen Blick zu ihm hoch.

Meine Wut entlädt sich in meinen Worten. »Außer dir bin ich noch keinem anderen Engel begegnet. Sag mir, ob ich lüge.« Ich warte. Seine Miene ist sorgfältig ausdruckslos. »Wie lange ist es her? Fünfzehn Tage?« Ich ziehe fragend eine Augenbraue hoch. Nutzlos. Er sagt nichts, also weiß ich nicht, ob ich mit der Anzahl der Tage richtig liege. Ich verschränke die Arme vor der Brust, um ihn nicht zu packen, und lasse mich in den Sitz zurücksinken. »Hast du keinen Zugang zu Atticus' offiziellen Unterlagen über meinen Job bei der Auftragsmordgilde? Habe ich auch in diesem Punkt gelogen?« Ich zische die letzten Worte, zu wütend, um zu schreien.

»Ich habe glaubwürdige Informationen von einer vertrauenswürdigen Quelle erhalten«, sagt er.

»Wirklich? Ich muss dein Engagement loben, einer *vertrauenswürdigen Quelle* zu glauben« – ich mache kleine Anführungszeichen, um die Worte zu unterstreichen – »über neun Jahre Freundschaft hinweg.«

»Komm schon, Tru!« Der Engel zeigt ein herablassendes Lächeln auf seinem Gesicht, während er sich auf dem Sitz leicht hin und her bewegt. »Ich war nicht dein Freund. Ich war dein kleiner Schwarm und unglücklicherweise dein Blutspender.«

Der Bastard beugt sich über den Tisch und tätschelt meine Hand.

Mir wird schwarz vor Augen. Ich sehe rot. Ich drücke mit der Wade gegen den Stuhl, um mich zu vergewissern, dass ich mich noch am Stuhlbein festhalte. *Ein verdammter Schwarm.* Ist das sein Ernst?

»Ich kann dich nicht guten Gewissens auf die Straße lassen. Du bist eine Psychopathin, Tru.«

Ich blinzle ein paar Mal, um meine Wut wegzublinzeln. »Bin ich das?« Ich lächle ihn an. Vielleicht, wenn man von meinem Zucken ausgeht. Es ist ein bisschen zu manisch, ein bisschen zu breit. Was soll ich sagen? Meine sozialen Filter sind verrutscht und ich habe keine Lust, meine Fassade zu korrigieren. »Wow, wer hat dir das erzählt?«

Der Engel reibt sich den Mund und spannt die Finger der anderen Hand an. Seine Armmuskeln spannen sich und wölben sich unter dem Hemd. »Ich habe es mit eigenen Augen gesehen.«

»Ach, wirklich? Hm.« Ich nicke und lache bitter auf, während ich die Hände in die Luft werfe und ihm mit einer Geste zu verstehen gebe, dass er weitermachen soll. »Okay, Fernsehpsychologe, bitte, bitte sag mir, welche psychopathischen Züge ich habe.« Ich lehne mich auf dem Stuhl zurück und warte. Stille empfängt mich. »Los, lass mich nicht im Ungewissen! Ich höre dir zu … bitte sag es mir!« Ich halte die Hand an mein Ohr.

»Du tötest Menschen.«

Ich schnaufe und lächle, während ich den Kopf schüttle. »Wirklich? Machst du doch auch. Bist du auch ein Psychopath?« Ich klatsche mit gespielter Freude in die Hände. Das scharfe Geräusch und die Bewegung lassen seine Augen zucken. »Wir könnten einen Club gründen. Wir könnten die Höllenhunde einladen.« Ich kichere.

Mit einem tiefen Seufzer und einer zackigen Bewegung ignoriert Xander mich. Er löst seine Manschette und krempelt den Ärmel bis zum Ellbogen hoch. Goldene Haut, markante Adern und pralle Muskeln kommen zum Vorschein.

»Sie haben mir erlaubt, dir etwas von meinem Blut zu geben, *wenn* du meine Fragen beantwortest.« Mit dem Zeigefinger fährt er langsam und sinnlich über seinen Arm.

Meint er das wirklich ernst?

»Ja. Als ob das jemals passieren würde. Wenn ich die Wahl hätte, dein Blut oder Toilettenwasser zu trinken, würde ich lieber Toilettenwasser schlecken.«

»Warum hilft dir ein Dämonenprinz? Woher kennst du Kleric?« Er spricht den Namen des Dämons mit so viel Abscheu aus, dass etwas Wildes in seinen Augen aufblitzt.

Kleric macht dir Ärger, was? So ein Pech.

Ich verdrehe die Augen und puste die Wangen auf. »Den kenne ich nicht.« Ich kenne ihn nicht. Nicht wirklich, also bin ich nicht unehrlich. Ich kenne den Dämon nicht und habe keine Ahnung, warum er mir hilft.

»Lüge«, knurrt Xander. Der Stuhl knarrt unter seinem Gewicht, als er sich über den Tisch beugt und den ganzen Platz einnimmt.

Ich zucke mit den Schultern und deute auf meine Schläfe. »Ist der Engel-Lügendetektor außer Betrieb? Oder suchst du dir einfach aus, was zu deiner Geschichte passt? Warum fragst du nicht Kleric?«

»Ich könnte einen Wahrheitszaubertrank benutzen.«

»Ooooh.« Ich zittere dramatisch. »Und … Na schön, mach nur weiter! Es ist ja nicht so, als könnte ich irgendetwas dagegen tun. Schließlich bin ich gegen meinen Willen hier. Was hindert dich daran? Lass dich nicht von einer Kleinigkeit wie dem Gesetz und den Rechten der Kreatur aufhalten.«

Wir starren uns an, er schaut zuerst weg.

»Ich habe dich geliebt.« Da habe ich es gesagt. Vergangenheitsform. Geliebt. Ich nicke, als sein Kopf zurückschnellt und er seinen Schock nicht verbergen kann. »Es war keine Schwärmerei.«

Schwerfällig setzt er sich wieder auf den Stuhl.

»Reinblütige Vampire haben diese … Sache.« Ich zucke verlegen zusammen, aber ich muss es loswerden. Er muss es wissen und ich kann es nicht länger für mich behalten. Ich muss es ihm geben, wie einen vollen Hundekotbeutel, dann kann er die verdammte Last für mich tragen.

»Ich wusste nicht einmal, dass es existiert. Das ist alles streng geheim. Ich bin mir sicher, du weißt alles darüber.« *Verdammter Besserwisser.* »Niemand hat sich die Mühe gemacht, es mir zu sagen. Was ist mit dem ganzen Hybrid-Zeug? Das war doch allen scheißegal. Als du mich hier zum Verrotten abgesetzt hast, hatte ich ein Treffen mit Atticus, und er musste es mir erklären. Ich habe eine Seelenverwandtschaft mit dir.« Ich lächle ihn sanft an. »Seelenverwandtschaft. Ich hätte dich nie verletzen oder belügen können, selbst wenn ich es gewollt hätte.«

Ich lasse meine Worte ein paar Minuten zwischen uns stehen. Xanders Gesicht ist bewusst ausdruckslos.

»Das ist der Grund, warum mein Vater meine Mutter töten konnte. Sie konnte sich nicht wehren. Sie konnte ihm nichts tun.« Wie die *Mutter, so die Tochter.* »Ich hätte die Welt verbrannt, um dich zu beschützen. Um dich glücklich zu machen, hätte es nichts, aber auch gar nichts gegeben, was ich nicht für dich getan hätte.«

Ich lasse die Wut und den Sarkasmus beiseite und versuche, mit einem Kloß im Hals zu erklären. »Ich hatte Visionen von unserer gemeinsamen Zukunft. Xander, sie waren so lebhaft. Meine Güte, unsere gemeinsame Zukunft war wunderschön. Ich werde immer um unser zukünftiges Wir trauern.« Eine einzige verdammte Träne kullert mir die Nase hinunter. Sie findet ihren Weg, bevor ich sie hastig wegwischen kann.

»Neun Jahre lang habe ich mein Bestes gegeben, mich von dir fernzuhalten, weil es das Beste für dich war, und ich schätze, ich musste auch erstmal erwachsen werden. Neun Jahre lang. Ich dachte, wir wären wenigstens Freunde. Aber du ...« Ich lache über mich selbst. »Während ich die Welt für dich verbrannt hätte, hättest du *mich* für die Welt verbrannt. Das Leben eines Engels ist mehr wert als meines. Nein, das ist noch milde ausgedrückt. Es ist schlimmer als das. Jedermanns Leben ist mehr wert als meins. Du würdest mich opfern, um jemanden zu retten, den du für würdiger hältst.

Ich bin nur ein Parasit, nicht wahr? Die Hybride. Mit meinem kleinen Schwarm und meinem widerlichen Verlangen nach deinem Blut. Als dich ein manipulativer Bastard mit Lügen vollgestopft hat, hast du die Chance ergriffen, mich loszuwerden, so sehr, dass du dir nicht einmal die Mühe gemacht hast, nach meiner Version der Geschichte zu fragen. Xander, du bist ein Idiot. Deine sogenannte Quelle hat dich verarscht. Und du? Du hast den Scheiß auch noch geschluckt.«

Ich starre weiter in seine grausamen Augen, die jetzt so traurig sind. Er kann mich mal. Er hat kein Recht, traurig zu sein. Er kann nicht länger den weißen Ritter spielen. Ich ziehe einen Bösewicht jederzeit diesem Schwachkopf vor, der immer noch sein Bestes tun wird, um sich selbst davon zu überzeugen, dass er im Recht war.

Ich hebe meine Hand, als sich seine Lippen öffnen. »Mach dir keine Sorgen. Es ist vorbei. Was du getan hast, als du mich wie eine Spielzeugpuppe über den Parkplatz geschleudert hast, als du mich eine Lügnerin genannt hast, als du mich mit silbernen Handschellen gefesselt hast und als du diesen Vampir hast über mich herfallen lassen, während du zugesehen hast ...« Meine Stimme bricht und ich schüttle den Kopf, als er versucht zu sprechen.

»Meinen Mund mit Magie versiegelt und mich dann hierher in diese Hölle geschickt hast. Du hast meine Seele gebrochen. Ich sage dir das nicht, um irgendetwas von dir zu bekommen, und schon gar nicht will ich dein Mitleid. Ich will nichts von dir außer dem Respekt, mich in Ruhe zu lassen. Ich wollte nur, dass du das weißt.« Meine Stimme senkt sich zu einem Flüstern. »Es war nicht nur eine Schwärmerei, du Arschloch, aber ich sage dir etwas: Ich danke dem Schicksal jeden Tag, dass du es nicht erwidert hast. Schlimmer, als gebrochen zu sein, wäre es gewesen, mit dir als Kumpel festzusitzen. Habe ich auch in diesem Punkt gelogen?« Ich rutsche auf dem Stuhl herum und hake mein Bein ab. Ich versuche gar nicht erst, sein schlechtes Gewissen zu bereinigen.

Er ist es nicht wert.

Das war er noch nie.

»*Wer Sie dazu bringen kann, Absurditäten zu glauben, kann Sie dazu bringen, Gräueltaten zu begehen*«, zitiere ich Voltaire. »Hör mal, ich will nicht mehr mit dir reden, und um ehrlich zu sein, solltest du deine Zeit lieber damit verbringen, den wahren Schuldigen für das Verschwinden deines Engels zu suchen. Wenn du also nicht vor hast, noch die Daumenschrauben rauszuholen, würde ich gern in meine Zelle zurückkehren.«

»Tru, es tut mir leid. Ich wollte nicht ...«

»Verpiss dich einfach! Oh, und Xander, hör gut zu ... bitte komm nicht zurück!«

»Wache!«, schreit der Engel. Zischend öffnet sich die Tür. »Bring sie zurück in ihre Zelle!«

Ich stehe auf und lasse ihn mit dem Kopf in den Händen zurück. Vielleicht ist der letzte Schritt, um über jemanden hinwegzukommen, ihm zu sagen, dass er sich verpissen soll.

KAPITEL ACHTZEHN

ACHTUNDDREISSIGSTER TAG, glaube ich. *Niemand wird kommen. Ich werde nie nach Hause zurückkehren.* Mein Verwandlungszauber juckt die ganze Zeit in mir. In den ersten Wochen hat es sich angefühlt, als würde das Einhorn durch meine Haut beißen und meine Knochen verflüssigen. Ich habe den Schmerz genossen, denn er war etwas, das ich fühlen konnte, und er hat mir das Gefühl gegeben, lebendig zu sein, und die kranke Hoffnung, dass mein Körper noch zu mir gehört und nicht das widerwärtige, magische Halsband, das sich um meinen Hals gelegt hat. Aber ich habe mich an den Juckreiz gewöhnt. Er ist immer noch da, aber er vermischt sich wie ein Hintergrundgeräusch in meinen Hinterkopf.

Die Matratze gibt das leiseste Protestquietschen von sich. Wie bitte? Oh, ich zittere. So schnell, dass selbst das harte, unnachgiebige Gummi Mühe hat, der Bewegung zu folgen. *Nichts da*, zische ich und spanne mitten in der Bewegung meine Rückenmuskeln an. Ich kann diesen Schaukelscheiß nicht mehr. Ich schaue auf meine verdrehten Hände und zupfe an einem Nagel. Die ausgefranste, geschwollene Nagelhaut blutet.

Ich muss sprechen und meine tägliche Übung machen, auch wenn es nur für meine Ohren ist. Wenn ich nicht übe, habe ich Angst, das Sprechen zu verlernen. Also spreche ich laut die folgenden Worte. »Ich weiß, dass es falsch ist.« Meine Stimme sinkt zu einem verschämten Flüstern. »Aber ich will das Halsband immer wieder provozieren, zum Beispiel versuchen, mich auszuziehen, nur damit es mir einen Stromschlag versetzt. Damit ich etwas spüre.« Ich lache mit einem Anflug von Hysterie. Sie füllt den kleinen weißen Raum. Ich klinge manisch und streiche mit dem Zeigefinger über die bereits verheilte Nagelhaut, das Halsband macht beste Arbeit, denn es heilt die kleine Verletzung, als wäre sie nie passiert. Es nervt. Ich zupfe wieder daran.

»Irgendwas zu fühlen ist besser, als nichts zu fühlen. Auch wenn es Schmerz ist.« *Wie bescheuert ist das denn?* Wenigstens habe ich noch nicht versucht, mich mit einem Stromschlag umzubringen. Das ist genauso verkorkst wie die Hoffnung, zu glauben, dass Story und meine Freunde mich hier rausholen. Man hört immer wieder von Leuten, die verschwinden und deren Familien nie eine Antwort bekommen. Ich bin ein Fall für die Statistik. Einer von vielen. Atticus ist nicht zurückgekommen und der Engel auch nicht. Ich schließe diesen Gedanken aus, denn der Gedanke an ihn würde mich nur wütend machen.

Mein Oberschenkel vibriert. Ich bereue, dass ich mich nicht gewehrt habe, damals auf dem Parkplatz. Ich hätte es tun sollen. Hätte ich gekämpft, wäre ich jetzt nicht hier. Ja, ich hätte sie alle umbringen sollen.

Niemand kommt mehr. Ich werde nie nach Hause kommen.

Ich starre auf das schnell heilende Nagelbett und meine Augen erfassen die Umrisse des Dämonenkusses. Ich drehe meine Hand, um ihn besser sehen zu können. Sie zittert, als ich sie näher an mein Gesicht führe. Mein Mund schwebt darüber, und mein Atem kitzelt warm meine empfindliche Haut. Wenn ich nur ... angewidert schließe ich die Augen, meine Hand fällt auf meinen immer noch zitternden Oberschenkel. Ich kann nicht. Das wäre, als würde ich meine Seele verkaufen.

Die Stimme des Dämons hallt in meiner Erinnerung wider. *Ein Geschenk. Ein Versprechen. Ich werde dir helfen, wenn du mich brauchst.*

Du musst nur dieselbe Stelle küssen, dann finde ich dich, wo immer du auch bist.

Die Nagelhaut blutet. Sie heilt und blutet wieder. *Niemand wird kommen. Ich werde niemals nach Hause gehen.*

Meine Lippen treffen auf die Narbenhaut.

KAPITEL NEUNZEHN

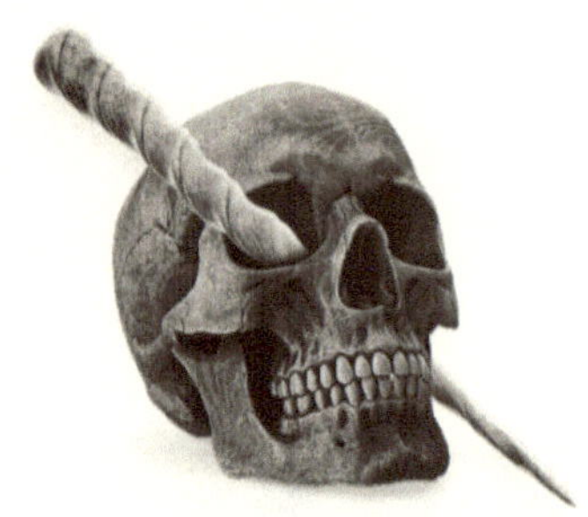

Meine Lippen werden heiss, meine Hand pocht und mein Herz schlägt wie verrückt. Angst? Aufregung? Ich habe keine Ahnung. Ich krabble ans andere Ende des Bettes, die Knie an der Brust, drücke die Knochen meiner Wirbelsäule und meiner Schulterblätter gegen die Wand. Als könnte ich vor dem, was kommt, einfach verschwinden.

Das muss Angst sein.

Was zum Teufel habe ich getan? Was habe ich mir nur dabei gedacht? Ich hätte meine verdammten Lippen bei mir behalten sollen. Auweia, jetzt habe ich es doch getan.

Die Einsamkeit und die Sehnsucht nach zu Hause haben mich fertiggemacht. *Es ist besser, als einen Nagel nach dem anderen abzukratzen. Besser als verrückt zu werden.*

Die Wand der Vernunft *knarrt* unheilvoll. Oh, Scheiße. Schwarzer Rauch wabert an den Rändern entlang und verdichtet sich, bis er sich in die Zelle ergießt und den erstickenden Gestank von Schwefel und Asche mit sich bringt. Er kitzelt in meiner Kehle. Ich huste und meine Augen brennen. Schnell blinzle ich und beobachte ungläubig, wie der Rauch aufwirbelt und sich schließlich vor meinen Augen zu der Gestalt eines Mannes verdichtet.

Ein Dämon nimmt nun die gesamte freie Bodenfläche ein.

Mein Hinterkopf schrammt an der Wand entlang, als ich meinen Kopf in den Nacken lege, um ihn im Ganzen betrachten zu können. Wow, ich hatte ganz vergessen, wie groß er ist. Er senkt sein Kinn und sieht auf mich hinab. Sein Blick ist erfüllt von einem Sturm der Gefühle.

Er ist wütend, auf eine ziemlich royale Art und Weise.

»Endlich haben deine Lippen meinen Kuss berührt«, sagt er und durchbricht damit die Stille, in der wir uns anstarren. Seine sanfte, tiefe Stimme lässt mich erschauern. Seine endlosen schwarzen Augen verlassen die meinen und fallen bedeutungsvoll auf meine immer noch zitternde Hand.

Ich schiebe sie zwischen meine Oberschenkel.

»Das hätte ich nicht erwartet.«

Ich auch nicht.

Wow, war er schon immer so schön? Schön und beängstigend. Seine Haut hat die Farbe des Himmels. Ich kralle meine Fingernägel in die Gummimatratze und versuche verzweifelt, den letzten Rest Realitätssinn zu bewahren. Träume ich? Ist er hier bei mir in dieser Zelle?

Mit geschürzter Lippe und gezackten Zähnen mustert er meine Zelle. Er streckt seine Arme aus und berührt mit Leichtigkeit jede Seite des Raumes. Er grunzt. »Diese Zelle ist schlimmer, als ich dachte. Das mit dem Weiß war kein Witz. Ich hatte gehofft, du würdest ein Drama daraus machen.«

»Bist du wirklich hier? Oder habe ich den Verstand verloren?« Endlich bringe ich ein paar Worte aus meinem klaffenden Mund.

»Ich bin da.«

Bevor ich darüber nachdenken kann, stoße ich mich von der Wand ab und springe vom Bett.

Kleric stößt ein *Puuuh* aus, als wir zusammenprallen. Unbeholfen greife ich nach ihm und umarme ihn. Meine Arme finden die schmalste Stelle an seiner Taille. Sie gehen trotzdem immer noch nicht ganz herum, und ich klammere mich an ihn wie ein Affe.

»Deine Selbstbeherrschung ist beeindruckend«, sagt er mit einem leisen Lachen.

»Ich fühle mich nicht sehr beeindruckend«, murmle ich gegen seine steinharte Brust. Ich drücke mich mit der ganzen Länge meines Körpers an ihn. Er ist so warm.

Verdammt, Tru, ich kann nicht glauben, dass du einen Fremden umarmst. Einen Dämon. Aber ich schätze, es ist besser, als die nächste Wache zu umarmen, die du siehst. Ja, was soll's? Was zum Teufel mache ich hier? Ich kann nicht ... ich kann nicht loslassen. Es sollte mich demütigen. Ich wäre gedemütigt, wenn ich noch das Mädchen wäre, das ich war, als ich das erste Mal durch das Gefängnistor ging. Die alte Tru hätte mich geohrfeigt, weil ich so verdammt naiv und dumm war.

Er fühlt sich so gut an und er riecht so gut. Siehst du, sogar meine innere Stimme ist bei der Umarmungsparty dabei. Ich zucke zusammen. Ich muss ihn wirklich loslassen.

Ich weiß, dass nichts, was ich jetzt sage, ihm erklären kann, warum ich ihn als wildfremden Menschen so fest umarme. Es gibt keine Entschuldigung. Trotzdem muss ich es versuchen. »Es tut mir leid. Es tut mir so leid. Ich habe mich nicht unter Kontrolle«, platzt es aus mir heraus. Ich streife mit meinen Lippen den Baumwollstoff seines T-Shirts. Der Stoff ist so weich.

Ich war so lange allein.

Ich zucke zusammen, als sein Schwanz hinter ihm zuckt und das seltsame Anhängsel mir unbeholfen auf den Kopf klopft. Dann bemerke ich, dass sich seine Hände von meinem Körper entfernt haben und immer noch weit ausgestreckt sind. Der Atem bleibt mir im Hals stecken und ich schließe die Augen. Das Blut schießt mir in die Wangen und mein ganzes Gesicht glüht vor Hitze. *Ich greife ihn an, ich greife einen Dämonenprinzen an, und er hat die Höflichkeit, nicht zurückzuschlagen.* Das ist der Gedanke, der mich dazu bringt, loszulassen. Ich nehme meine Arme mit dem Todesgriff von seiner Taille und reiße mich von ihm los.

Ich bewege mich, lege meine zappelnden Hände an die Seiten, bevor sie nach ihm greifen, und weiche zurück. »Es tut mir so leid.«

Seine hübschen schwarzen Augen leuchten und zeigen ein aufrichtiges Lächeln, das sich in den Ecken wölbt. Freundlichkeit. »Das macht mir nichts aus. Wir sind doch Freunde, oder? Du bist jetzt seit über einem Monat in meinem Kopf. Ich bin immer noch ein Fremder für dich, aber ich kenne deine Stimme besser als meine eigene.«

Ich verstehe nicht ... ich drehe seine Worte in meinem Zuckerwattekopf um und füge hinzu, was er bei seiner Ankunft gesagt hat. *Du hast nicht gescherzt mit all dem Weiß.* Diese Kombination ... ich ächze. Nein. Das kann doch nicht wahr sein, oder? Kann es noch schlimmer werden?

Doch. Natürlich konnte er dich hören. So wusste er, dass er die Wand der Vernunft errichten musste. Ich habe es geahnt, aber es ist so viel einfacher zu lügen, als ehrlich zu mir selbst zu sein. Ich habe die ganze Zeit mit dem Dämon gesprochen.

Er brummelt vor sich hin. »Ich wollte dir schon seit Wochen sagen, dass ich beeindruckt bin, wie du mit dem Engel umgegangen bist.« Er küsst seine Krallenspitzen. »Bravo. Was du zu ihm gesagt hast, war viel besser als das, was du geübt hast.«

Wieder ächze ich. Jap, er hat alles gehört.

»Du bist großartig mit dem Engel umgegangen. Er ist mit eingezogenen Flügeln davongeflogen und nie wieder zurückgekehrt.«

»Das hast du alles gehört?«, krächze ich.

Er zieht eine dicke Augenbraue hoch. Ja, das war eine etwas rhetorische Frage. »Du hast mir das ganze Gespräch übertragen.«

Ich drehe mich – so gut es in dem kleinen Raum geht – zu ihm um. Es geht nicht. Ich kann ihn nicht ansehen. Mir wird schwindelig und heiß. »Es tut mir leid. Es tut mir so leid, dass ich dich angesprungen habe.« Niedergeschlagen sacke ich zusammen und drücke meine Stirn gegen die Wand. »O nein. Ich habe die ganze Zeit nicht die Klappe gehalten. Wie zum Teufel hast du das geschafft?« Ich werfe die Hände in die Luft, stoße mich von der Wand ab und lasse mich aufs Bett fallen.

Ich lege meinen Kopf in die Handflächen und die Finger in die Augenhöhlen, eine weitere schlechte Angewohnheit, die ich mir angewöhnt habe. Ich drücke meine Augen so fest zu, dass ich Farbe sehe, wenn ich aufhöre. Die Lichtblitze sind das, was ich sehen will.

So ein Mist. Ich bin so verkorkst.

Die Matratze senkt sich, als er sich neben mich setzt.

»Ich habe deine Stimme in meinem Kopf genossen«, flüstert er. Er zupft sanft an meinem Handgelenk und zieht meine Handfläche von meinem Gesicht weg. Er ist besonders vorsichtig, um meine überempfindliche Haut nicht zu berühren. Das ist eines meiner großen mentalen Probleme.

Er hat mich gehört, mehr noch, er hat mir zugehört.

Okay, wow.

Dann muss ich meinen Verstand zügeln, um mich davon abzuhalten, all die endlosen Tage, die Hunderte von Momenten, in denen ich direkt mit ihm gesprochen habe, Revue passieren zu lassen. Ich würde mich verrückt machen, wenn ich das täte. Ich muss es loslassen. Dieser Dämon, dieser Fremde kennt mich besser als jeder andere. Das Zusammenspiel meiner Gedanken, da ich seit Wochen keinen Filter mehr habe. Ich habe so viel von mir mit ihm geteilt. Unbewusst vielleicht, aber es ist passiert. Ich denke, ich sollte versuchen, etwas zu sagen, irgendetwas, um einen Teil meiner Würde zurückzugewinnen. Aber meine Würde ist weg. Ich bin nur noch eine Hülle. Gebrochen. Nein, ich bin nicht gebrochen, verdammt. Ich bin nur ein bisschen verbeult, das ist alles.

Statt auszuflippen, muss ich mir eingestehen, dass ich nie allein war. Er war bei mir und kam, als ich ihn rief. Ein Fremder. Ich schaffe es. Ich schlucke, atme tief durch, hebe den Kopf und drehe mich zu ihm um.

Das Blau seiner Haut im Kontrast zu all dem Weiß ist ein willkommener Anblick. Die Farbe ist so schön.

»Ich ...« Beinahe hätte ich mich noch einmal entschuldigt, aber ich schließe meinen Mund und weigere mich, mich noch einmal zu rechtfertigen. Ich meine die Worte ernst, aber wenn ich sie endlos wiederhole, verlieren sie nur an Kraft.

Er wartet geduldig, bis ich fortfahre. Die Luftströmung im Raum hat sich verändert. Wer merkt denn so etwas? Luftströmung? Aber meine Sinne sind geschärft, seit ich in diesem Raum festsitze. Kleric macht die Zelle erträglich, ich wage zu sagen, gemütlich. Ha, gemütlich. Der Dämon ist so verdammt groß, er nimmt das ganze Bett ein. Um ihm mehr Platz zu verschaffen, rutsche ich weg und hocke mich auf die Kante. Vorsichtig balanciere ich auf einer halben Pobacke. Ich will keine weiteren Umarmungsvorfälle riskieren.

»Das ist so verrückt.«

»Nicht verrückter, als dass ich mich wegen eines Versprechens und eines Kusses über Ley-Linien in eine andere Welt transportieren lasse, eine eigentlich gesperrte noch dazu.« Er schenkt mir ein selbstironisches Lächeln.

»Wirst du Schwierigkeiten bekommen, weil du hier bist?«

»Nein. Die Wachen können mich nicht sehen oder meine Magie spüren.«

»Okay. Das ist gut.« Ich nicke. Ich lehne mich vor, stütze meine Hände auf die Matratze und starre ihn aufmerksam an. Ich kann die größte und wichtigste Frage, den Elefanten im Raum, nicht länger ignorieren. Mein Herz beginnt zu rasen und mein Magen dreht sich um. Ich stoße einen hörbaren Atemzug aus, um mich zu beruhigen, als ich frage: »Kannst du ... mich nach Hause bringen?«

KAPITEL ZWANZIG

»Nein.« Ein entschiedenes Nein ohne Erklärung.

Meine Unterlippe zittert und ich kauere mich zusammen. Ich kann nicht ... ich kann all diese Gefühle nicht mehr in mir halten. Es ist zu viel. Ich habe mich so gefreut, ihn zu sehen, und jetzt bricht all der Schmerz und das Elend, das ich in mir vergraben habe, in einem brennenden, herzzerreißenden Schluchzen hervor. Ich kann es nicht für mich behalten, und es tut weh, als es mir über die Lippen kommt und den Raum mit meinem Schmerz erfüllt.

»Ich will nach Hause«, bricht es heulend aus meinem Mund.

Ich breche zusammen. Ich weine.

Ich habe nicht geweint, seit alles begann, nicht ein einziges Mal. Nicht einmal um ihn, den edlen Engel. Die ganze Zeit war ich so verdammt tapfer. Aber ich bin fertig. Ich bin so verdammt fertig mit dieser Scheiße. Ich breche vor dem Dämon zusammen.

»Ich ...« Schluchzen. »... wünschte ...« Schluchzen. »... ich ...« Schluchzen. »... wäre tot«, stottert es aus meinem Mund.

Beschämt über meine Worte, aber unfähig, sie zurückzunehmen, atme ich zitternd ein und bemühe mich, mich zu beherrschen, um meine nächsten Worte herauszubringen. Ich muss sie sagen, denn der Rest meines angeschlagenen Stolzes verlangt es von mir.

»Bitte, Kleric!«, flehe ich. Meine Augen brennen und stechen, als ich ihn durch den blendenden Tränenschleier ansehe.

Er runzelt die Stirn.

»Bitte, lass sie das nicht sehen. Lass sie mich nicht so sehen.« Ich habe noch eine Spur von diesem Stolz. Ich werde ihn nicht aufgeben. »Ich will nicht, dass die Wächter dieses bösen Gefängnisses mich zerbrechen sehen. Das ist alles, was sie die ganze Zeit von mir wollten, dass ich zerbreche. Bitte lass sie das nicht sehen!« Ich bekomme einen Schluckauf und fahre mir mit dem Arm übers Gesicht.

»Ich blocke so viel von der Magie des Halsbandes ab, wie ich kann, und meine Magie verbirgt uns vor den Wächtern. Sie können nichts sehen. Sie denken, du trainierst«, murmelt er. »Es tut mir leid, aber ich kann nicht hier sitzen und dich weinen sehen. Verzeih mir!« Er bewegt sich. Seine kräftigen Hände erreichen meine Taille, umfassen mich und heben mich hoch, als wäre meine ein Meter achtzig athletische Gestalt zierlich und leicht wie eine Feder. Er dreht mich herum, bis ich seitlich auf seinem Schoß sitze und seine kräftigen Arme mich umschlingen. Kleric drückt mich an seine Brust: » Tru, tapfere Chimäre, du brichst mir das Herz.«

Er wiegt mich und streichelt mein Haar.

»Ganz ruhig, alles ist gut. Dir wird es gut gehen.«

Ich vergrabe mein Gesicht an seiner muskulösen Brust und weine mir die Seele aus dem Leib. Er murmelt weiter beruhigende Laute und seine riesigen Hände streicheln abwechselnd mein Haar und reiben zwischen meinen Schulterblättern.

Als mein epischer Weinkrampf zu einem Schniefen verebbt, flüstert Kleric mir ins Ohr. »Hörst du mir zu?«

Ich nicke.

»Ich bin kein selbstsüchtiges Arschloch. Wenn es in deinem Interesse wäre, dich jetzt nach Hause zu bringen, würde ich es tun. Ich hätte es schon längst getan. Aber wenn du jetzt gehst, werden sie dich jagen, dein Leben gehört dann nicht mehr dir, sie werden deinen Freunden und deiner Familie etwas antun. Story.«

Ich halte den Atem an.

»Ja, deine herrische beste Freundin hat sich praktisch in der Botschaft der Dämonen postiert. Sie werden ihr wehtun. Bitte, nur noch ein paar Tage. Gib mir noch ein paar Tage, um dieses Chaos aufzuräumen, und ich hole dich hier raus. Ich verspreche es.«

Er wartet. Zeit ist nichts zwischen uns, während seine Worte in mich eindringen.

Ich schaue ihn an. Meine Wimpern sind feucht und der klebrige Tränenschleier auf meinen Wangen trocknet meine Haut aus.

Große blaue Daumen wischen die Feuchtigkeit weg.

»Okay«, murmle ich. »Danke.«

Ein paar Tage schaffe ich noch. Ich kuschle mich wieder in seine Arme. Die willkommene Wärme, die Kleric ausstrahlt, durchdringt mich und nach und nach entspannt sich jeder meiner verspannten Muskeln. Wenn der Dämon atmet, atme ich mit. Jeder zitternde Atemzug wird leichter, als sich meine Lungen wieder öffnen. Wenn ich genau hinhöre, höre ich sein Herz schlagen. Ich bewege meinen Kopf und lege mein Ohr an seine Brust. Ich lächle. Ja, ich höre es, ich fühle es, und mein Herz hallt von jedem Schlag wider. Das Geräusch ist beruhigend.

Ich schließe die Augen und mache mich an die mühsame Arbeit, die zerrissenen, verängstigten Teile von mir wieder zusammenzusetzen, die Angst und Panik unter diesem verdammt gefürchteten Gefühl der Hoffnung zu verstecken.

Nein, weniger Hoffnung, mehr Vertrauen. Ich kann ihm vertrauen.

»Du fühlst dich so warm an, so schön.« Sein Geruch nach Schwefel und Asche kitzelt meine Nase. »Du riechst nach Schwefel.«

»Es tut mir leid.« Er versucht, sich zurückzuziehen, aber ich klammere mich an ihn wie ein Kind an seinen riesigen Lieblingsteddy.

»Nein, bitte. Ich mag ihn.« Ich sollte den Geruch nicht mögen. Die meisten Lebewesen finden ihn widerlich. Der Geruch von faulen Eiern löst Unruhe, Angst und Abneigung aus.

Kleric grunzt. Mit einer krallenartigen Fingerspitze hebt er mein Kinn an. Seine schwarzen Augen huschen über mein Gesicht. »Schöne

Chimäre. Niemand mag den Geruch von Schwefel. Normalerweise übertünche ich ihn besser.«

Chimäre, das ist schön. So hat er mich schon einmal genannt, und hübsch hat er mich auch genannt. Nach all dem Weinen muss ich wie ein fleckiges Durcheinander aussehen. Ich lächle ihn schüchtern an. »Ich tue es. Es gefällt mir.«

»Lügnerin, deine Nase ist voller Rotz. Du kannst nichts riechen. Hier ...« Mit einer Hand hebt er mich hoch. Meine Augen werden groß, als er etwas aus seiner Hosentasche zieht. Er setzt mich wieder ab und reicht mir ein sauberes Baumwolltaschentuch mit Monogramm. »Schau mich nicht so an! Ich bin ein Prinz«, brummt er.

Ich grinse und lache. Es klingt heiser von meinen Tränen. »Ja, ein stinkender Prinz. Danke.« Wir schmunzeln uns an.

Etwas, mit dem das böse Halsband nichts zu tun haben sollte, ist mein Rotz. Den hätte es wenigstens loswerden sollen. Ich wette, das hätte es auch, wenn der Dämon nicht hier wäre und seine Zauberkräfte spielen lassen würde. Ich fummle am Taschentuch herum.

Oh, oh. Ich habe mir noch nie die Nase geputzt, während ich auf dem Schoß von jemandem saß, von jemandem, der so heiß war. Es gibt keine Möglichkeit, das damenhaft zu tun. Ich drehe mich so, dass er mich nicht sehen kann, und zucke zusammen, während ich mir die Nase putze. Als ich fertig bin, verstecke ich das Taschentuch schüchtern in meiner Handfläche, als würde ich gleich einen Zaubertrick vorführen.

Kleric lächelt über meinen Trick und seine schwarzen Augen funkeln. Mit seiner großen Handfläche umfasst er meinen Hinterkopf und hält ihn fest, während er mit der anderen Hand in meinem Haar spielt. Geschickt löst der Dämon den Zopf. Ich brumme vor Vergnügen, als er mit seinen Krallen rhythmisch durch die Strähnen fährt. Ein paar frisch gekämmte Haare streifen meine Wange. Finster blicke ich auf das grässliche weiße Haar. Ich hasse es.

Mein helles, buntes Haar hat mich immer verrückt aussehen lassen. Regenbogenfarbenes Haar löst viele Vermutungen aus. Ich musste hart arbeiten, um ernst genommen zu werden. Das ist zwar praktisch, wenn eine Kreatur an der Spitze meines Schwertes steht, aber es war auch frustrierend. Bis es weg war, wusste ich nicht, dass es ein so wichtiger Teil meiner Identität war. Es hat mich zu mir selbst gemacht. Ich weiß, es ist lächerlich. Es ist nur mein Haar. Ich kann es nicht einmal mir selbst erklären.

Kleric greift nach vorn, wickelt die Strähnen um seinen Zeigefinger und zieht sie aus meinem Gesicht. Das weiße Haar verändert sich ... die Farbe verändert sich langsam. Das schreckliche Weiß ist verschwunden, an seine Stelle treten leuchtende rosa und blaue Strähnen. Mein Haar. Ich quietsche überrascht.

»Da bist du ja. So ist es besser«, brummt er. »Nur für unsere Augen, bis du das Halsband abgenommen bekommst. Das ist das Mindeste, was ich tun kann. Ich weiß, es ist nur eine Kleinigkeit, aber ich hoffe, es hilft dir, dich wieder mehr wie du selbst zu fühlen.«

»Danke«, sage ich mit einem dicken Kloß im Hals. Er ist nett. Ich bemerke eine Bewegung. Spots Schwanz zuckt. »Woher kam die Inspiration für die Wand der Vernunft?«, flüstere ich.

Kleric neigt das Kinn. »Es musste eine Erinnerung sein«, antwortet er. Seine Stimme ist genauso rau. »Als ich zehn war, habe ich mir bei einer Dummheit das Rückgrat gebrochen.« Seine Lippen zucken reumütig, als ich den Kopf in den Nacken lege. »Ich bin von einer Klippe gestürzt. Ich war auf der Jagd nach Wyvern-Eiern. Okay, keine Lügen zwischen uns. Ich wollte die Babys sehen. Sie waren so süß. Ich wollte ihnen nicht wehtun. Ich bin hingefallen. Mein Vater war so wütend, dass er mich in mein Zimmer brachte und mich auf natürliche Art heilen ließ. Es hat acht Stunden gedauert.«

»Das war deine Aussicht«, flüstere ich und verstehe sofort, worauf er anspielt und was das bedeutet.

»Es war die Aussicht aus dem Fenster meines Kinderzimmers. Als ich heilte, hatte ich solche Schmerzen, dass ich mich an jede Sekunde erinnern kann. Ich konnte mich nur davon abhalten, das Haus niederzuschreien, indem ich mich darauf konzentrierte, was draußen vor sich ging. Es tut mir leid, aber ... es war das Beste, was ich tun konnte.«

»Es tut mir leid, dass du verletzt wurdest. Es hat mir mehr geholfen, als du dir vorstellen kannst. Deine Güte hat mich bei Verstand gehalten.«

Er drückt mich an seine Brust. Ich will über Story reden und herausfinden, was Atticus vorhat, aber bevor ich es kann, spricht der Dämon.

»Das Halsband.« Seine Stimme wird ernst und ich verkrampfe mich. »Es ernährt dich, aber niemand hier hat an das magische Blut gedacht, das du normalerweise zu dir nimmst. Was immer dieses Ding als Nahrung produziert, ist nicht gut genug, und deshalb hungert die vampirische Seite in dir. Wenn du dich erinnerst, als wir uns das erste Mal trafen, erwähnte ich, dass der Engel seine Pflicht als Spender vernachlässigt. Du warst bereits am Rande des Abgrunds. Hier eingesperrt zu sein, hat das Problem nur verschlimmert. Das musst du jetzt in Ordnung bringen, während ich hier bin. Sonst wirst du, wenn das Halsband abgenommen wird, nicht nur mit wütender Einhornmagie zu kämpfen haben, sondern auch verhungern.«

Ich verstehe, was er sagt, und ich habe auch schon darüber nachgedacht. Es ist der Teil seiner Rede, der mir nicht mehr aus dem Kopf geht: »Etwas, das du in Ordnung bringen musst, solange ich hier bin.«

Das Halsband verdeckt nur das Problem, denn es war nie dazu gedacht, es abzunehmen. Kleric zieht am Kragen seines Baumwoll-T-Shirts, der Stoff reißt. Er drückt mich an seinen Hals. »Trink!«, mahnt er.

Ich erstarre.

Ich kann nicht. Ich kann das nicht.

»Ich habe noch nie ... ich habe bisher nur Blut aus dem Ellenbogen oder synthetisches Flaschenblut genommen«, erkläre ich hastig.

Scheiße, ich spüre, wie mein Gesicht vor peinlicher Hitze glüht. Aus seinem Hals kann ich nicht trinken. Das ist viel zu intim.

»Bei *ihm* nimmt man vielleicht aus dem Arm, aus dem Ellbogen, wie ein altmodischer Allgemeinmediziner, der Blut abnimmt. Wie klinisch. Bei mir trinkst du aus der Kehle. Jetzt trink!« Die Klaue seines Daumens durchbohrt seine Kehle, und eine einzelne dunkelgrüne Blutperle rinnt seine Kehle hinab.

»Trink!«

Meine gierigen Augen starren auf die Blutspur, die unaufhörlich seine Kehle hinunterläuft. »Warum? Warum tust du das, warum hilfst du mir?« Ich halte mit den Fangzähnen inne.

»Du hast mir das Leben gerettet.«

Ich spotte und rolle mit den Augen. »Ja, sicher.« Hm. Wenn ich mit ihm spreche, fühle ich mich wieder wie ich selbst, wenn auch nur für einen Moment. Es ist schön. Na ja, wenn ich das Blut ignoriere, das ihm die Kehle hinunterläuft. »Ich habe etwas Kreide auf den Boden weggekratzt. Das wird dir nicht das Leben gerettet haben«, sage ich schnippisch.

Kleric sieht mich mit einem seltsamen Blick an, den ich gar nicht zu deuten versuche. Wahrscheinlich ist es die Tatsache, dass ich sein Blut verschwende – es ist jetzt in sein T-Shirt gesickert – und er erwartet, dass ich mich wie ein hungriges Tier auf ihn stürze. Ich würde niemals ... Scheiße. Ich kann nicht mehr denken. Der Geruch von ihm, von seinem Blut, verwirrt mein Gehirn.

Seine Arme ziehen mich an ihn, er streichelt die Wölbung meines Schädels. Kleric beugt seinen Kopf nach unten, sein Mund ist kaum einen Zentimeter von meinem entfernt. Sein Körper umschließt mich ganz. »Benutze mich! Lass mein Blut dich heilen, schöne Chimäre. Benutze mich, wie du willst. Ich werde dein Biest sein.« Die Wärme seines heißen Atems streichelt meine Lippen. Sein Duft erfüllt die Zelle. Mehr kann ich nicht riechen. Ein leises Stöhnen entweicht meinem Mund. Ich kann ihn fast auf der Zungenspitze schmecken. Sein Blut ist voll von solcher Macht. Der Dämonenprinz hat es in sich. Das Verlangen nach seinem Blut schreit in mir auf, bis es von der dunklen Magie des Halsbandes erstickt wird.

In diesem Moment ist es mir egal, ob er versucht, mich zu manipulieren. Er ist jetzt hier und will helfen. Seine Absichten sind mir scheißegal.

Ich weiß nur eins: Ich will nicht verwildern. Ein Vampir im Fressrausch ist kein schöner Anblick. Die meisten werden sofort eingeschläfert. Noch schlimmer sind gebissene Vampire. Der Virus in ihrem Körper greift ihre Kontrolle an. Zumindest Reinblüter, die geborenen Vampire der Spezies, haben ein bisschen mehr Kontrolle. Aber selbst die Besten unter uns können vor Hunger verrückt werden und sich in Tötungsmaschinen verwandeln, die zu krank sind, um zu funktionieren. Ich habe es mit eigenen Augen gesehen.

»Du versuchst immer, mir dein Blut zu geben«, knurre ich, während sich meine Lippen seiner Kehle nähern.

»Aus einem bestimmten Grund. Es wird deinem Körper helfen, deinen Geist reparieren und dir die Kraft geben, die nächsten Tage in diesem Drecksloch durchzustehen, bis sie deinen Fall verhandeln. Bitte vertrau mir! Mein Blut wird dir helfen.«

»Weißt du, worauf du dich einlässt? Ich verstehe, wenn es nur dieses eine Mal ist. Es muss ja nicht von Dauer sein.«

»Ich weiß, was ich tue, und du wirst nie wieder Blut von jemand anderem nehmen müssen«, knurrt er.

Na gut. Wenn er sich sicher ist, kann ein kleiner Bissen nicht schaden ...

Vertrauen. Ich muss ihm vertrauen. Ich vertraue ihm. Ich drehe mich um und setze mich rittlings auf seinen Schoß. Er ist so breit, dass meine Beine nicht auf der Matratze aufliegen. Ich halte mich an seinen Schultern fest, um das Gleichgewicht zu halten, und meine weichen Brüste streifen ihn, während ich mich vorbeuge, bis meine Nase seinen Hals berührt. Er verkrampft sich und ich streichle beruhigend seine Brust.

Oh oh. Es ist unangenehm und seltsam. Ich bin es nicht gewohnt, Menschen so zu berühren.

Meine Lippen streifen seine Kehle und meine Zunge fährt heraus. Seine Haut fühlt sich unter meiner Zunge glatt und salzig an. Die Spur seines Blutes trifft meine Geschmacksknospen und kommt mir bekannt vor. Auf eine seltsame Weise. Ähnlich wie Schokolade. Der Puls in seinem Nacken pocht, die Muskeln in seiner Kehle spannen sich an. Es ist, als würde er auf seine Backenzähne beißen. Ich lecke an seinem Hals entlang und folge der Blutspur wie eine Verrückte. Ich kann nicht anders.

»Tru, ich bin kein verdammtes Eis. Hör auf, mich hinzuhalten«, sagt er mit einem unbehaglichen Stöhnen, während sein Becken unter mir zuckt. »Du machst es einem unglaublich schwer, ein Gentleman zu sein.«

Oh? Oh! Meine Augen weiten sich. Verlegen beiße ich zu.

Sein Geschmack explodiert in meinem Mund.

Kapitel Einundzwanzig

MEIN KÖRPER VIBRIERT. Wenigstens weiß ich jetzt, woher der Energieschub kam, als ich im Lagerhaus gekämpft habe.

Es war nicht der Kuss des Dämons oder sein magischer Finger auf der Stirn. Es war sein Blut.

Dieser hinterhältige Prinz.

Irgendwie muss der Tropfen Blut, den er auf meine Lippen geträufelt hat, in meinen Körper gelangt sein. Ohne es zu merken, muss ich mir über die Lippen geleckt haben.

Ich knurre und rolle mich auf den Rücken. *Ein Tropfen* seines Blutes hat mich in eine Kampfmaschine verwandelt. Nach ein paar Schlucken von Klerics Blut gestern – sogar mit dem Halsband – spüre ich, wie mein ganzer Körper vor Lebenskraft glüht und in meinem Kopf fühle ich mich unglaublich zufrieden.

Ja, ich bin zufrieden in dieser verdammten weißen Zelle. Was geht hier vor? Es ist, als hätte Kleric meine mentalen Kämpfe mit Dämonenknuddeln und ein, zwei Schlucken seines Blutes weggewischt. Ich habe sogar aufgehört zu schaukeln.

Xanders Blut ist unglaublich, aber Klerics Blut … es ist, als hätte er es für mich gemacht, und so etwas habe ich noch nie gehört, perfektes Plasma. Das bedeutet nicht viel, weil ich natürlich nichts über Vampire weiß. Dieser Seelenbindungs- und Verbundenheitsquatsch beweist das. Ich reibe mir den Handrücken. Ich dachte auch, der Dämonenkuss wäre weg, wie ein Filzstift. Jetzt, nachdem ich den Gefallen eingelöst habe, dachte ich, die Magie würde verschwinden. Aber sie ist noch da und gibt mir Trost. Trost?

Verdammt, ich bin nicht ganz richtig im Kopf. Ich stöhne und halte mir den Arm vor das Gesicht und die Ellenbeuge über die Augen, um das allgegenwärtige Licht auszublenden. Zum millionsten Mal verdränge ich den Gedanken an den hübschen Prinzen aus meinem Kopf und denke stattdessen an all die verschiedenen Speisen, die ich verschlingen werde, wenn ich nach Hause komme.

Im Schlaf sehe ich immer wieder Felder mit Weidegras und Klee. Das Einhorn-Ich will schlemmen. Außerdem habe ich Lust auf Schokolade, denn so schmeckt sein Blut.

Ich höre es nicht, aber ich spüre die Veränderung in der Luft, als sich die Zellentür öffnet. Mein Herz macht einen Sprung und ich lasse den Arm sinken.

»Komm schon!«, nuschelt ein Wärter. »Zeit zu gehen.«

Ich falle fast aus dem Bett, als ich merke, dass er mit mir spricht. Ist er neu? »Was?«, krächze ich, drehe den Kopf und sehe ihn an.

Er schnaubt und rollt mit den Augen, während er etwas Gemeines über Gefangene und verstümmelte Gehirne murmelt. Langsam, als spräche er mit jemandem aus einem anderen Reich, der die Sprache nicht spricht, wiederholt er sich. »Zeit … zu … gehen.«

Zeit zu gehen? *Kleric, ich gehe irgendwohin!*, schreie ich in meinem Kopf, während ich auf die Füße klettere.

Drei Schritte und als ich am Türrahmen vorbei bin, bleibe ich stehen. Meine zitternde Hand stützt sich auf die Wand der Zelle. Ich atme tief durch. Mein ganzer Körper zittert und mir ist ein wenig übel. Ich blicke über die Schulter zurück in den kleinen Raum.

Werde ich wiederkommen? Verdammt, ich hoffe nicht.

Und doch kann ich nicht anders, als diesen Moment in meiner Erinnerung festzuhalten. Mein Blick fällt auf die weiße Wand, die jetzt nüchtern ist. Die Wand der Vernunft ist weg, sie wird nicht mehr gebraucht, sie hat sich zurückverwandelt. Allein das schreit förmlich nach einer Botschaft von Kleric, dass es für mich in Ordnung ist zu gehen und ich dem, was geschieht, bis zu einem gewissen Grad vertrauen kann.

Der Wächter hustet, und als ich ihn anschaue, runzelt er die Stirn. Mit sichtlicher Ungeduld winkt er mich weiter, und ohne zu zögern, dreht er sich um und stapft den Gang entlang.

Mit einem letzten Blick auf die Zelle und einem Gruß mit dem Mittelfinger eile ich ihm nach.

Außerhalb des Zimmers ist es noch schlimmer als beim letzten Mal. Ich hasse diesen Ort. Diesmal bleiben wir nicht am gefürchteten Verhörraum stehen, stattdessen führt mich der Wärter direkt zum Empfang.

Das Portal ist gleich hinter der Tür, schreit es in meinem Kopf, und meine Füße quietschen auf dem Marmorboden, als ich vor dem langen, glänzenden Metalltresen stehe. Ich schließe meine Knie und tue mein Bestes, um die Panik und Angst aus meinem Gesicht zu verbannen. Nichts scheint real zu sein. Die Wände bewegen sich. Sie pulsieren hin und her. Es ist, als würde man in der Wüste einen Gegenstand betrachten, der in der Hitze flirrt. Die Wände tun es auch. Sie *flirren*.

Mit Schrecken denke ich daran, wie ich mit noch mehr Menschen zurechtkommen soll. Ich kann mir nur vorstellen, was für ein Zirkus das Gericht sein wird, und ich kann mir nur vorstellen, dass ich mich dem stellen muss, bevor Kleric mir sein Blut gibt.

Wow. Ich bin so dankbar.

Ich zerbreche mir den Kopf über irgendetwas, mit dem ich mich erden kann. Angsttechniken oder so etwas. Mir fällt nichts ein, also konzentriere ich mich aufs Atmen. Ich starre auf den Tresen und atme. Das muss doch besser sein, als sich in einer Ecke zu verstecken und zu schreien. Oder?

»Sieh dich an!«, sagt dieselbe alte Frau, als sie mit enttäuschtem Gesichtsausdruck um die Ecke schlurft. »Als hätten wir dich nie eingesperrt.« Mit zusammengekniffenen Augen mustert sie mich von oben bis unten. »Frisch wie ein Gänseblümchen«, spuckt sie aus. »Ich danke

Mutter Natur, dass du uns verlässt. Noch nie in meinem Leben hatte ich eine so schwierige Gefangene. All diese Forderungen«, knurrt sie gehässig.

Forderungen? Ich blinzle sie an. *Ich habe mit niemandem gesprochen.*

Ein faltiger Finger schnellt hervor und deutet auf meine Brust. »Hör mal, Fräulein, wenn ich einen Gefangenen in ein weißes Zimmer bringe« – ihr spitzer Finger fällt und tippt aggressiv auf den Tresen – »dann bleibt er in einem weißen Zimmer. Wir sind ein Gefängnis, kein Hotel.«

Der Wächter reibt sich den Hinterkopf und schlurft, als die Magie ihres Armbands durch den Raum wirbelt; die dunkle, wütende Magie vermischt sich mit seiner Angst.

»Ich bin keine persönliche Assistentin.« Sie schnieft. »Du hast viel zu viele wichtige Freunde. Vertrag ist Vertrag. Ich habe ihnen gesagt, sie sollen Abschnitt acht, Klausel zehn lesen. Ich habe ihnen gesagt, sie sollen den Engel beschuldigen.« Sie tut es wieder und knallt ein Datapad vor mir auf den Schreibtisch. »Ich bin sehr enttäuscht von dir. Kein einziger Ausraster, der es wert wäre, dass ich mich mit deinem Mist beschäftige. Du, Mädchen, du bist nicht normal.« Ihre faltige Hand will den Kragen an meinem Hals streicheln, doch ich weiche gekonnt zurück. »Ich habe mein schönes Halsband an dich verschwendet.«

Sie schiebt mir das Datapad zu, während ich sie weiterhin ausdruckslos anstarre.

»Wenn sie dich für schuldig befinden, hat das Verwaltungsteam dem Großen Rat der Kreaturen unmissverständlich mitgeteilt, dass du nicht mehr hierher zurückkehren darfst. Du bist ein Albtraum für die Öffentlichkeitsarbeit. Ein Magnet für Ärger. Wegen dir haben wir Dutzende von Absagen bekommen.«

Ups, das war's dann wohl mit meiner Fünf-Sterne-Häftlingsbewertung.

Ich zucke mit den Schultern. Ich schäme mich.

»Nehmen Sie mir das Halsband ab?«

»Nein«, knurrt sie. »Das kommt mit. Jackson hier wird das Halsband begleiten und es zurückgeben, wenn dein Urteil verlesen wurde. Alle Regeln bleiben bestehen.«

Es gibt Regeln?

Der Stinkefinger ist wieder da. »Unterschreibe hier und hier!« Ich kann nicht glauben, dass sie erwartet, dass ich das lese, wobei ich mich doch nicht einmal auf ihr Gesicht konzentrieren kann.

»Wie lange bin ich schon hier?«, frage ich und ziehe das Datapad über den Tresen zu mir.

Die alte Dame schaut finster und reißt mir das Datapad aus der Hand. Sie blättert einige Seiten um. »Einundvierzig Tage und acht Minuten.«

Einundvierzig Tage, die ich nie mehr zurückbekomme. Ich schlucke.

Ich muss dankbar sein. Es hätte viel länger dauern können. Der Kuss des Dämons wärmt meine Hand, und als Antwort hebe ich das Kinn. Hm, ich habe mich um zwei Tage geirrt. Ich drehe meine Handgelenke. Nicht schlecht. Klerics Mauer der Vernunft hat ihren Zweck erfüllt, ich habe überlebt.

Ich bin noch nicht über den Berg, denn die Farce eines Prozesses steht noch bevor. Aber die Erfahrung hat mich gelehrt, dass ich mein Herz und meine Seele in der Vergangenheit lassen kann und niemals über das ganze *Warum ich?* hinausgehen muss. Oder ich kann es als schreckliche Erinnerung in der Vergangenheit festhalten, eine Erinnerung, die mich eines Tages stärken wird, und ich kann diese beschissene Erfahrung nutzen, um jemand anderem zu helfen. Ich kann mich nicht von diesem Gefängnis ruinieren lassen. Das werde ich nicht. Wenn ich das mache, haben sie gewonnen.

Mit Rache kann ich meine Zeit viel besser verbringen.

Ich schaue auf das Datapad, die Linien und Wörter auf dem Bildschirm verschwimmen ineinander. »Wofür unterschreibe ich eigentlich? Ich kann mich nicht konzentrieren.«

Sie fängt wieder an. »Das wird das Halsband sein. Wir können eine mündliche Bestätigung machen.« Sie beugt sich über den Tresen und drückt ein paar Knöpfe. »Bestätigung von Gefangener Nummer siebenfünf-sechs-drei-null-fünf-fünf. Gefangene wird in Begleitung von Wärter Jackson Blanchard in den Hof entlassen. Gefangene, bitte bestätigen Sie, dass Sie in unserer Obhut sicher und körperlich unversehrt waren und alle Ihre Bedürfnisse während Ihrer Inhaftierung bei uns erfüllt wurden.«

Unverletzt? Was zum Teufel ... Ich schüttle den Kopf. Was ist mit der psychischen Betreuung und dem Halsband der Verdammnis?

»Sie müssen das bitte laut bestätigen.« Wir schauen uns böse an. »Ich brauche eine stimmliche Bestätigung, und bevor Sie es sagen« – sie winkt mit den Händen und grinst – »jaja, die kleine weiße Zelle bla, bla, bla, beantworten Sie die Frage! Hat Ihnen einer unserer Mitarbeiter etwas angetan?«

»Nein.«

»Gut.« Sie tippt auf den Bildschirm. »Da, die Dokumente sind aktualisiert.« Sie sieht ihn an. »Worauf wartest du noch? Na los, geh! Die Tür ist da drüben. Lass dich auf dem Weg nach draußen nicht überrumpeln. Jackson, bring Essen auf dem Rückweg mit!«

WIR TRETEN aus dem Tor und die Gerüche des Alltags schlagen mir entgegen. Ich muss die Knie anspannen, um nicht in Ohnmacht zu fallen. Wir sind wieder auf der Erde. Es wäre schön gewesen, den Himmel zu sehen, aber irgendwo anders als im Gefängnis zu sein, ist mir auch recht. Auch wenn es nur das Regierungsgebäude des Großen Rates der Kreaturen ist, es ist ein weiterer Schritt in die Freiheit.

»Hier entlang«, knurrt Jackson.

Die Welt um mich herum wird still, als wir uns einen Weg durch die Menge bahnen. Ich laufe wie ein braves kleines Mädchen hinter ihm her und konzentriere mich auf einen einzigen Punkt an seinem Hinterkopf. So behalte ich den Kopf oben und gerate nicht in Panik. Das Letzte, was ich in dieser Umgebung will, ist, wie eine Gejagte auszusehen. Auch wenn mir all die Menschen, das Gebäude und die Weite des Raumes Angst machen. Realistisch betrachtet weiß ich, dass es keine Menschenmenge ist. Zehn Menschen, die sich in der Lobby eines Gebäudes tummeln, sind keine Menschenmenge. Nur mir und meinem unterforderten Gehirn kommt es so vor.

Aus einer weißen Folterzelle hierherzukommen, ohne Zeit, sich anzupassen, ist unnötig grausam. Ich wünschte, sie hätten mir Zeit gelassen. Mein inneres Ich will kämpfen oder fliehen. Aber wenn ich das

Halsband trage, bekomme ich für jeden Fehler einen Arschtritt. Also muss es fürs Erste reichen, nichts zu tun und mich auf einen Schritt nach dem anderen zu konzentrieren.

Wenn ich über meine Schritte nachdenke, dann zucken meine Lippen. Ich hüpfe. Ich habe nicht darüber nachgedacht, wie es sich auswirkt, wenn man so hart in einem Bereich mit höherer Schwerkraft trainiert. Konnte Superman in den Comics nicht deshalb fliegen, weil die Schwerkraft anders war? Ich weiß es nicht. Aber ich habe das Gefühl, dass ich in der Lage wäre, mit einem einzigen Sprung über kleine Gebäude zu springen, auch wenn mein Gleichgewichtssinn nicht stimmt. Natürlich saugt mir das Halsband immer noch Lebenskraft und Magie aus. Es wird also lustig, wenn das fiese Ding endlich verschwindet. Hoffen wir, dass mein Kopf nicht mit runterkommt.

Der Wachmann murmelt etwas zu einer Frau an einem Schreibtisch, und wir verlassen die Lobby, um in einem ruhigen Nebenraum zu warten. Ich atme leise auf und ...

Ein harter Schlag auf den Hinterkopf wirft mich zu Boden und alles wird schwarz.

Kapitel Zweiundzwanzig

Die Welt kommt tröpfchenweise zu mir zurück, die Schwärze meiner Vision wirbelt, und meine Wimpern flattern, als ich mit einem Stöhnen zu mir komme. Das Ei an meinem Hinterkopf pocht zusammen mit meinem Herzschlag. Sofort unterbreche ich das schmerzhafte Stöhnen und versuche, mit allen Sinnen zu erfassen, wo ich bin. Ich sitze auf einem unbequemen Holzstuhl und blinzle ein paar Mal, dann lehne ich mich zur Seite und sehe, dass sie meine Hände wie von Geisterhand hinter mir gefesselt und an die Stuhllehne gebunden haben.

Oh, die meinen es ernst.

Ich zucke mit dem kleinen Finger, und der Zauber um meine Handgelenke wird immer fester, bis meine Knochen schmerzen. Ah, das mache ich besser nicht noch einmal, denn jetzt spüre ich meine Finger nicht mehr.

Langsam drehe ich meinen pochenden, juckenden Kopf, der dank des Halsbandes schnell heilt. Wohin zum Teufel haben sie mich gebracht? Vorerst ignoriere ich die drei Gestalten, die an der Tür kauern, und betrachte stattdessen den Raum. Die markanten Sandsteinwände verraten mir, dass wir nicht weit gekommen sind. Ich bin mir sicher, dass wir im selben Gebäude sind. Wenn auch nicht im selben Zimmer.

Ich blinzle noch ein paar Mal. Ich sollte im Gericht sein, mit meinem Anwalt sprechen und mir nicht den Kopf einschlagen lassen. Ich kann nicht glauben, dass diese Kerle mich niedergeschlagen haben.

Wie peinlich.

So etwas passiert mir immer, und zwar immer dann, wenn ich denke, dass es besser wird, oder wenn ich etwas Dummes sage wie »Oh, schlimmer kann es nicht mehr werden«, und dann *bumm*, trifft mich das Schicksal am Hinterkopf.

Meine Augen suchen weiter und landen auf dem Gefängniswärter Jackson. Gelangweilt von meiner Körperverletzung lehnt er lässig an der Wand. Er zuckt mit den Schultern, als er merkt, dass ich ihn beobachte.

Ich starre ihn an, und während die Sekunden vergehen, kann ich die Spannung in seinem Nacken und seinen Schultern sehen, während ich regungslos und ausdruckslos dastehe und mir vorstelle, wie ich ihm die Haut von den Knochen ziehe. Ha, nicht wirklich, aber ich würde ihm am liebsten eine Ohrfeige verpassen.

»Sie sind nicht mehr mein Problem. Wir haben Sie bereits aus dem Gefängnis entlassen. Ich bin nur hier, um das Halsband zu bewachen, nicht den Hals darunter«, röchelt er.

Arschloch.

Dafür, dass er so nervös ist, ist er nicht besonders schlau. Wenn ihn die alte Frau im Gefängnis zu Tode erschreckt hat, hat er keine Ahnung, worauf er sich mit mir eingelassen hat. »Ich kann es wie einen Unfall aussehen lassen«, flüstere ich drohend.

»Hades ist hier«, murmelt ein Typ mit schwerem Londoner Akzent.

Na toll. Hades kommt, wer auch immer dieser Hades ist.

Seiner Warnung folgt ein heftiges Klopfen an der Tür. Die drei Bösewichte stehen alle etwas aufrechter, als sich die Zimmertür öffnet. Ich knirsche mit den Zähnen, als ich mich frage, wer von diesen Arschlöchern mich niedergeschlagen hat. Ein neuer Typ schlendert in den Raum.

Er bleibt stehen, seine Pupillen weiten sich, saugen mich förmlich auf. Ich stelle mir vor, wie ich aussehe, wie klebriges Blut an mir heruntertropft und sich auf dem weißen Halsband sammelt, das sich eng um meinen Hals schmiegt, wie es in das weiße Gefängnishemd sickert und es rosa färbt, bevor es verblasst, während das magische Halsband alles aufräumt.

Als ob es nie passiert wäre.

»Sie haben mir einen Schlag auf den Kopf verpasst, wie ein Höhlenmensch«, sage ich und wende meinen Blick zu den drei Jungs hinter ihm. »Vielen Dank dafür.« Ich kneife die Augen zusammen und präge mir ihre Gesichter ein. Eines Tages werden wir uns mal unterhalten.

Ich habe die Nase voll von Männern, die mich verletzen.

Ich habe eine Liste erstellt, um sicherzustellen, dass ich ihnen auch wehtue.

Die regenbogenfarbenen Augen des Neuen verengen sich. Ein Einhorn-Wandler, dem ich noch nie begegnet bin. Seit Jahren wirft mir meine Großmutter passende Wandler vor die Füße. Die armen Kerle. Ich kann ein ziemlicher Schlag für das männliche Ego sein. Es war nicht die Tatsache, dass sie nicht gut aussahen, intelligent und ach so beeindruckend waren. Es war die Tatsache, dass sie nicht meine Engel waren. Jetzt, da ich einen klaren Kopf habe und das fehlende Engelsfieber meinen Körper durchströmt, bin ich immer noch nicht sehr beeindruckt. Lieber wäre ich allein, als mich mit einem Einhorn zu paaren.

»Raus!«, sagt er. Die drei Männer bewegen sich, als würden ihre Ärsche brennen. Der Gefängniswärter bleibt stehen. »Du auch.«

»Ich muss ...«

»Raus hier!« Ein Rinnsal von Energie. Entweder ist das alles, was er hat, oder er will sein Gewicht nicht in die Waagschale werfen. Es reicht, um Jackson zu motivieren. Er huscht zur Tür hinaus.

»Wenn ich die Fesseln abnehme, benimmst du dich dann?«

»Ich habe keine andere Wahl. Das Halsband tut mir weh, wenn ich es nicht tue«, entfährt es mir. Ich kann mir ein Augenrollen kaum verkneifen. *Gut gemacht, Tru! Erzähl ihm alles über das lustige Zappingkettchen, während du auf magische Weise an einen Stuhl gefesselt und verletzlich bist.* Ich schiebe es auf meinen schmerzenden Kopf und die Tatsache, dass ich sechs Wochen in einer Folterzelle verbracht habe. Es wird ein paar Tage dauern, bis ich meinen Filter wieder aufgebaut habe.

Die Feuerprobe ist eine unterhaltsame Art, mich schnell wieder auf den Boden der Tatsachen zurückzuholen, auch wenn ich mir noch keine allzu großen Sorgen mache … innerlich lächle ich zufrieden.

Kleric weiß, wo ich bin.

Hades tritt um den Stuhl herum und ich spüre seinen Atem in meinem Nacken, als er sich zu mir beugt und den Bann auf meinen Händen löst.

»Danke.« Ich lehne mich zurück, und der Stuhl knarrt, als ich meine Schultern rollen lasse. Mein Nacken knackt in den Ohren, als ich den Kopf hin und her drehe.

»Du siehst nicht aus wie eine Einhorn-Wandlerin«, sagt er.

Ich reibe meine schmerzenden Handgelenke und zucke mit den Schultern. »Was soll ich sagen? Das Gefängnis wäscht die Farbe einfach aus.«

»Dein Blut ist grün.«

Mein Blut war rot mit leichten goldenen Flocken von dem Engel. Ich fahre mit den Fingerspitzen über meinen Hals und verreibe das Blut zwischen Finger und Daumen. Ah, ich sehe, er hat recht. Es ist immer noch rot, aber es hinterlässt einen grünlichen Schimmer auf meiner verwaschenen, blassen Haut. Ich halte meine Hand gegen das künstliche Licht, und das grünliche Blut schimmert. Grüne Flocken sprenkeln das rote Blut wie glitzernde Pailletten.

Hm, interessant. *Ich schätze, ich bin, was ich esse.*

»Dämon«, knurrt er, als er es bemerkt. »Du hast Dämonenblut.« Mit geballten Fäusten kommt er auf mich zu, als wolle er zuschlagen.

Ich halte einen blutigen Finger hoch, der ihn innehalten lässt. »Hybrid. *Also, Hades,* jetzt hast du meine Aufmerksamkeit. Was willst du?« Ich verschränke die Arme unter meinen Brüsten und mein Kiefer knackt beim Gähnen. Zur Sicherheit lasse ich meine Reißzähne blitzen. Auch mit dem Halsband bin ich ein Raubtier.

Er macht einen Schritt zurück.

Ah, jetzt hat er verstanden. »Tick-tack, Hades, die Zeit tickt. Beeil dich, meine Kavallerie ist gleich da.«

»Deine Großmutter lässt dich grüßen und erwartet dich am Sonntag zum Essen«, bricht es aus ihm heraus.

Ach, darum geht es also. Granny Ann ist sauer, dass sie keinen Zugang zu mir hatte, als ich im Gefängnis war, also will sie hier ihre Muskeln spielen lassen. Ich nicke dem Muskel zu. Das ist ihre Art zu sagen: »Ich kann nett sein oder dir wehtun. Was ich tue, hängt von dir ab.«

Gelangweilt von diesem Machtspiel betaste ich die Beule an meinem Hinterkopf. Die Klebrigkeit in meinem Nacken ist bereits verschwunden und auch das Ei, das ich an meinem Hinterkopf gespürt habe, ist weg.

Hades grinst, als ich ihn wegschiebe. Ich glaube, er hat ein bisschen mehr von mir erwartet, ein paar Tränen vielleicht. *Tränen,* spotte ich in Gedanken. Mit so einer Scheiße kann ich umgehen, und um ehrlich zu sein, würde ich mich lieber verprügeln lassen, als noch eine Sekunde länger in dieser verdammten Zelle zu sitzen. Das ist der tiefste Punkt, den ich je erreichen werde. Das hier, das ist ein Kinderspiel und ich komme gut damit zurecht. Ich ziehe eine Augenbraue hoch. »Das war's? Keine weiteren Neuigkeiten?«

Er schüttelt den Kopf, sieht immer noch völlig verwirrt aus und versteht immer noch nicht, warum ich keine Angst habe.

»Okay, welchen Tag haben wir heute?« Ich kratze an meinem Nagel, und als der stechende Schmerz einsetzt, schließe ich kurz die Augen und lasse die Hand in den Schoß fallen. *Es wird einfach eine Weile dauern.*

»Montag.«

»Ach so. Sag meiner Oma, dass ich ihre Nachricht verstanden habe und sie am Sonntag sehe. Uhrzeit?«

»Ein Uhr.«

»Perfekt.« Ich lächle. »Ein Uhr am Sonntag.«

Ich habe nicht vor, am Sonntag zum Essen zu gehen. Vergiss es!

Vor dem Zimmer entsteht ein Tumult, und ich muss grinsen, als die Farbe aus seinem Gesicht weicht und er aschfahl wird. Ich habe ihn gewarnt. Ein paar weitere Schläge und etwas, das sich anhört, als würden die Körper von Untergebenen gegen die Wände schlagen, gefolgt von ein paar Schreien.

Stille.

»Yippee-ya-yay, Schweinebacke!« Die Tür fliegt aus den Angeln und Forrest stürmt in den Raum, hinter ihr eine Flut aus rosa Haar. Sie steht auf der Tür und reitet auf ihr wie auf einem Surfbrett, während sie zu Boden fällt.

Hades stößt ein Quieken aus, seine Arme verdecken sein Gesicht.

Als die heruntergefallene Tür unter ihren Füßen knarrt, schaut sich Forrest mit enttäuschtem Stirnrunzeln um. »Hm. Das war's? Kleric hat mir eine Herausforderung versprochen.« Sie wischt sich die Hände an ihrem hübschen Kleid ab und schmollt eine Sekunde, bis sich ihre seltsamen Augen auf mich richten und sie die Nasenflügel aufbläht, als sie den Geruch des Raumes einatmet. »Du blutest«, sagt sie mit einem Knurren.

»Mir geht es gut. Hades wollte mir eine Nachricht geben, und jetzt, nachdem er das getan hat, geht er wieder. Nicht wahr Hades?«

Hades drückt sich an der Wand entlang – so weit weg von uns wie nur möglich – und schleicht zur Tür.

Forrest stellt sich ihm in den Weg.

»Schon gut. Er kann gehen.« Ich bin niemand, der den Boten tötet.

Forrest tritt zur Seite und murmelt mit ihrer rauen, heiseren Stimme: »Böses Einhorn. Du solltest es besser wissen.«

Hades eilt zur Tür hinaus.

»Kleric hat mich angerufen. Er steckt in einer wichtigen Besprechung fest. Es geht um deinen Fall, deshalb konnte er nicht selbst kommen.«

Danke, dass du Forrest geschickt hast. Ich bin in Sicherheit, sage ich dem Dämon in Gedanken. »Danke, dass du mir zu Hilfe gekommen bist.«

»Sieht aus, als hättest du alles unter Kontrolle. Oh, nur eine Sekunde ... gehört das dir?« Ihre lila Turnschuhe klappern gegen das Holz. Meine Lippen zucken, und ich kann mir ein leises Kichern nicht verkneifen, als ich ihre Sohlen im Regenbogenlicht aufblitzen sehe. Sie streckt den Kopf hinaus und zieht den zitternden Wärter zurück in den Raum.

»Ich glaube schon. Im Moment ist er mein Gefängniswärter.«

Die temperamentvolle Wolfswandlerin knurrt ihn an und stößt ihn gegen die Wand, und als wäre das nicht deutlich genug, knurrt sie ihn an, er solle da bleiben. Dann stapft sie auf mich zu.

Unbeholfen bleibe ich stehen. Die feurige Gestaltwandlerin sieht so wütend aus.

Mit einem Brummen in der Kehle kommt sie auf mich zu, und dann schockt mich Forrest zu Tode, als sie mich – ganz sanft – umarmt. Mit großen Augen klopfe ich ihr auf den Rücken. »Es tut mir leid, wie alles gelaufen ist. Es tut mir so leid, dass ich dich verlassen habe«, keucht sie.

»Es war nicht deine Schuld. Du bist gegangen, weil du dachtest, ich wäre sicher. Ich habe auch geglaubt, dass ich in Sicherheit bin. Wenn du keine Hellseherin bist, konnte niemand vorhersehen, was passieren würde. Mir geht es gut.«

»Gut.« Sie lacht. »Wirklich?« Sie bewegt sich, hält meine Arme fest, und ihre seltsamen Augen flackern zu meinen. Sie sieht mich gequält an. Mit einem Blick, der wahrscheinlich den meinen widerspiegelt. Die Wolfswandlerin hat schon viel durchgemacht. »Wenn du eine Freundin brauchst, brauchst du nur zu fragen. Apropos Freunde, ich muss dir deinen Anwalt vorstellen, Emm ...« Ihre Augen werden groß und sie hustet, um sich zu räuspern. »Mr Brown!«

Als er seinen Namen hört, schlurft ein Mann ins Zimmer. Vorsichtig bewegt er sich nach links, weg von der heruntergefallenen Tür und dem zitternden Gefängniswärter, der sich in einer Ecke verschanzt hat.

»Wir müssen jemanden holen, der die Tür repariert«, sagt Mr Brown. Er ist schlank, hat strähniges blondes Haar, blasse, wässrige blaue Augen hinter einer dickrandigen Brille und trägt einen hässlichen braunen Anzug. Er hebt den Kopf und lächelt mich an. Dann fällt sein Blick sofort auf meine Hand, auf den Dämonenkuss. »Oh«, keucht er.

»Was?«, fragt Forrest, während ihre Augen erst auf Mr Brown und dann auf mich gerichtet sind.

Mr Brown zuckt mit den Schultern und schenkt mir ein kleines, geheimnisvolles Lächeln, während er einen Stuhl heranzieht und sich setzt. »Ach, nichts. Machen Sie sich keine Umstände, Miss Hesketh. Nun, Miss Dennison, wenn Sie bereit sind, fangen wir an.«

Wow, Mr Brown ist ein Dämon, und er kann Klerics Dämonenkuss sehen.

KAPITEL DREIUNDZWANZIG

ICH STEHE im Flur und fühle mich zittrig und krank, während ich darauf warte, aufgerufen zu werden. Die Tür zum Gerichtssaal steht einen Spalt offen, und ich kann nicht anders, als einen Blick hineinzuwerfen. Es ist ein richtiger englischer Gerichtssaal, wie man ihn aus dem Fernsehen kennt. Auf der linken Seite befindet sich eine Reihe riesiger Buntglasfenster, die wunderschöne bunte Muster auf den Boden zeichnen. Zum Glück ist meine Verhandlung nicht öffentlich, sodass die Tribüne im hinteren Teil leer ist. Ich glaube nicht, dass ich mit mehr Leuten zurechtkommen würde. Was auch immer Klerics Blut bewirkt hat, es hat mir sehr geholfen, aber nur die Zeit wird meinen hypersensiblen Geist heilen.

Ich atme tief durch, mein Herz pumpt wie verrückt, und ich drücke die Finger in meine Augenhöhlen. *Scheiße.* Im Großen Rat der Kreaturen sitzen die einflussreichsten Mitglieder der Gesellschaft, und die sind nicht gerade für ihre Gnade bekannt. Ich will meinen Fall vortragen und habe eine Scheißangst.

Lieber sterbe ich, als in diese Zelle zurückzukehren.

Zu meiner Linken sitzt Forrest, zu meiner Rechten Mr. Brown. Ich bin froh, zwischen ihnen eingekeilt zu sein. Etwa vier Meter von uns entfernt steht ein Wolfswandler. Er muss ein Bodyguard sein, denn er folgt uns schon die ganze Zeit. Er hat kurzes Haar, ist einen Meter größer als ich und hat einen grausamen Blick in seinen grünen Augen.

Mit seiner fiesen Energie blockiert er den Gang, und allein durch seine Anwesenheit hält er Jackson von uns fern, ohne es auch nur zu versuchen.

Der Gefängniswärter drückt sich unbeholfen in eine Ecke. Der Wärter hat einen harten Tag. Sie hätten jemand anderen schicken sollen. Er ist so daran gewöhnt, dass seine Gefangenen unter Drogeneinfluss in ihren Zellen eingesperrt sind, dass er damit nicht umgehen kann.

Der Wandler-Bodyguard ist gemein, wenn er nicht gerade Mr Brown ansieht. Er beobachtet den dämonischen Anwalt aufmerksam; sobald sich der Dämon bewegt oder spricht, werden seine grünen Augen weich.

Forrest drückt meine Hand.

Ich drehe mich um und schenke ihr ein schiefes Lächeln. Oh. »Du hast da etwas ...« Ich zeige auf einen Blutfleck auf ihrem Kleid.

Forrest senkt das Kinn und macht ein finsteres Gesicht. Sie rafft den Stoff zusammen, streicht mit einem Fingernagel über das getrocknete Blut und schaut dann von links nach rechts, ob die Luft rein ist. Sobald sie zufrieden ist, geht sie weiter. Wer blinzelt, verpasst die Wandlung. Anstatt sich in ihren Wolf zu verwandeln, verwandelt sich Forrest wieder in sich selbst. Ihr Kleid ist jetzt makellos.

Der Bodyguard schaut finster, und Forrest kratzt sich mit dem Mittelfinger an der Seite ihres Gesichts.

Ich ärgere mich. Ich habe noch nie daran gedacht, *das* zu tun, und ich wusste nicht, dass man sich so verwandeln und in einen Menschen zurückverwandeln kann. So unglaublich praktisch in einem Kampf. Ich muss das Wandeln üben, ohne mich in meine schwerfällige Tierform zu verwandeln. Wenn ich mich in einen Menschen zurückverwandeln kann, kann ich mich im Kampf heilen.

Wenn wir uns verwandeln, vibriert die Magie und bringt alle unsere Moleküle durcheinander. Während der Wandlung werden alle defekten oder beschädigten Zellen sofort ersetzt. Deshalb altern wir nicht. Wenn sich ein Wandler verwandelt, sind wir innerhalb von Sekunden so gut wie neu.

Oder, in Forrests Fall, ich runzle die Stirn ... *schmutzbefreit*. Ich grinse. Ich habe es nicht als Option oder Alternative zu einer Dusche in Betracht gezogen.

Forrest ist entweder faul, ein Schmutzmagnet wie ich oder ein böses Genie.

Eine Fliege summt. Sie summt nervtötend weiter und ich schaue mich nach ihr um. Ich finde das arme Insekt in der Nähe einer Deckenlampe, wie es sich verzweifelt in einem Spinnennetz abmüht. Ich sehe, wie die schwarze Spinne die Fliege eifrig einwickelt. Das macht mich nervös. Sie versucht so sehr, zu entkommen. Meine Hände verkrampfen sich. Sie ist so eingesponnen, dass ich ihr nicht helfen kann, selbst wenn ich wollte, und ich kann der Spinne auch nicht ihre Mahlzeit verweigern. Aber ich fühle mich so schuldig, während sie um ihr Leben kämpft. Ich muss wegschauen.

In diesem Moment winkt uns ein besorgt aussehender Mann herein. Ich höre noch das hektische Summen, als ich ihm folge. Ich versuche, es nicht als Omen zu sehen und nicht daran zu denken, dass ich in dieser Situation die Fliege bin.

Mr Brown deutet auf das erhöhte Rednerpult, auf das ich mich stellen soll. Allein schlurfe ich zur rechten Seite des Gerichtssaals und zu dem gefürchteten Eichenpult. Ich fühle mich wie auf dem Weg zum Galgen. Ich bleibe stehen, schließe meine ganze Angst im Hinterkopf ein und sage mir, dass ich nicht die verdammte Fliege bin.

Ich hebe mein Kinn und schwebe den Rest des Weges, als trüge ich eine Krone und ein wunderschönes Kleid und nicht die unförmige weiße Sträflingskleidung.

Menschen tun einem nur weh, wenn man es zulässt, und ich muss mich für nichts schämen. Ich habe nichts falsch gemacht.

Ich steige die zwei kleinen Stufen hinauf, das hölzerne Podest knarrt unter meinem Gewicht, als ich mich zur Stirnseite des Raumes drehe. Ich verschränke die Hände auf dem Rücken. Es würde alles verderben, wenn ich mich mit den Fingern in die dunkle Holzkante des Pultes kralle, um mich zu Tode zu quälen.

Ich wünschte, Story wäre hier. Ich weiß, dass sie hier wäre, wenn sie könnte, aber es ist hier nicht sicher für sie. Ich scanne den Raum und schaue in Forrests Augen. Sie strahlt mich anerkennend an. Nach einem leichten Nicken in Richtung meiner Freundin konzentriere ich mich nach vorn und gebe mir Mühe, mein Gesicht ausdruckslos zu halten.

Acht Ratsmitglieder, die ihr Volk vertreten, kommen langsam aus ihren Kammern und setzen sich auf ihre Plätze, mischen Notizen und sprechen leise mit ihren Helfern. Ich wage es nicht, sie anzusehen, und selbst wenn ich es wollte, könnte ich mich nicht konzentrieren. Die Panik trübt meinen Blick.

Ich konzentriere mich auf eine Person, die blonde Hexe in der Mitte. Sie lächelt mich an, aber das Lächeln reicht nicht bis zu ihren violetten Augen. Sie räuspert sich und der ganze Saal wird still.

»Auf unserer Liste steht heute Miss Tru Dennison«, sagt die Frau mit monotoner Stimme.

Ich lege den Kopf zur Seite, als sich die Aufmerksamkeit aller Anwesenden scharf auf mich richtet. Ein dumpfer Schlag. Mein Herz schlägt schneller.

»Anklage wegen Entführung, Körperverletzung und Mordes.«

Mein Gesicht bleibt ausdruckslos, mein Körper steif.

»In den Akten steht, dass der Große Rat der Kreaturen die Angeklagte nach reiflicher Überlegung einstimmig in allen Anklagepunkten für *nicht schuldig* befunden hat und sie für die verbüßte Zeit entschädigen wird. Ich danke Ihnen, Miss Dennison. Sie können gehen.«

Sie lässt den Hammer fallen. »Nächster Fall ...«

Wie bitte? Das war alles? Das war meine Verhandlung?

Ich bin verblüfft. Als wäre ich nicht mehr in diesem Raum, nicht mehr in meinem Körper, lasse ich mich von Mr Brown sanft an der Hand nehmen und behutsam die Treppe hinunter und aus dem Gerichtssaal führen. »Nehmen Sie das Halsband ab und unterschreiben Sie die Entlassungspapiere«, murmelt er.

»Das war's?«, flüstere ich.

Mr Brown nickt. »Ihr Dämon und der Chef des Vampirrates haben hinter den Kulissen fleißig gearbeitet. Außerdem ist meine Kanzlei die beste für solche Fälle. Jetzt ist alles offiziell, Sie können sich entspannen.« Er tätschelt meine Hand. »Sie können nach Hause gehen, Tru.

Wir müssen uns nur noch um das Halsband kümmern und sehen, welche Entschädigung der Rat anbietet und ob Sie sie annehmen möchten. Die ganze Geschichte war eine riesige öffentliche Blamage, und mein professioneller Rat ist, dass Sie das Beste daraus machen sollten.«

Ich kann nach Hause gehen. Stimmt das wirklich?

Schemenhaft, wie im Nebel, sehe ich Forrest mit blitzenden Turnschuhen hinter uns aufspringen. Dicht gefolgt von dem grünäugigen Bodyguard und Jackson. Mein Blick wandert zur Decke, die Fliege schweigt.

»Mein Schatten, wir müssen reden.« Seine Stimme lässt meine Glieder verkrampfen und ich stolpere. In dem dunkleren Korridor schlendert ein müde aussehender Xander, der tadellos in einen Anzug gekleidet ist, auf uns zu. Er nickt dem Leibwächter zu, als würden sie sich seit Jahren kennen, und es entwickelt sich ein leises Gespräch zwischen ihnen.

Der Bodyguard erwidert das Nicken des Engels und schiebt eine knurrende Forrest, einen erschrockenen Jackson und einen protestierenden Anwalt beiseite.

»Was zum Teufel, John ...« Forrests Proteste werden unterbrochen, als die Tür ins Schloss fällt.

Er lässt uns allein.

Oh, jetzt geht's los.

Ich puste meine Wangen auf und fahre mir mit der Handfläche übers Gesicht. Ich bin verdammt frei. Ich will nur noch dieses verdammte Halsband abnehmen, mich in mein Einhorn verwandeln und nach Hause zu meiner Familie gehen. Etwas Weidegras essen. Ich will nichts damit zu tun haben. Was auch immer es ist. Es gibt keinen Grund für eine weitere Konfrontation mit dem Ex, der kein Ex ist. Verdammt, ich wäre froh, ihn nie wiederzusehen. Er hat Glück, dass er sich mir jetzt nähert, solange ich noch dieses furchtbare Halsband trage. Wenigstens hält es mich davon ab, ihn zu töten.

Ich spüre, wie seine flüchtige Magie mich trifft. Seine Stiefel stoßen gegen meine und er drängt sich vor, um mich einzuengen. Er starrt mich an mit Feuer und Wut. Ich ziehe meine Maske fest auf und atme weiter. Das ist meine Aufgabe, weiter zu atmen und ruhig zu bleiben.

Dann spüre ich ihn. Ich spüre Kleric kommen, genauso wie ich den

Aufprall seiner Stiefel auf den Fliesen höre. Eine Welle seines Schwefelgeruchs schlägt mir entgegen, als er um die Ecke und in Sichtweite kommt. Erleichtert schließe ich die Augen, als mich ein Schlag weißglühenden Verlangens trifft. Es kommt unerwartet. Ich weise es zurück. Ich bin mir sicher, dass mein Gesicht knallrot ist – Kleric hat etwas an sich, das mich verrückt macht.

»Xander, ich wollte dich schon lange fragen, was das für ein Spitzname ist. Mein Schatten? Echt jetzt? Ist dir nichts Besseres eingefallen?« Sarkasmus schwingt in Klerics Stimme mit, als er nach meiner Hand greift und sie beruhigend drückt. Ich erwidere den Druck und er zieht mich an sich, sodass ich an seiner Brust stehe. Ein warmer Hauch von Magie gleitet durch ihn und in mich hinein. Sie beruhigt mein Herz und macht meinen Kopf frei.

Xander kneift die Augen zusammen, und seine Lippen verziehen sich, bis zwischen ihnen ein Grunzen entweicht, als sich ein massiver blauer Arm um meine Taille legt.

»Das ist das Problem mit dir«, fährt Kleric fort. »Wenn du dir Tru vorstellst, siehst du sie im Dunkeln hinter dir herumschleichen, nur beleuchtet von dem Licht, das aus deinem Arsch kommt.«

Jeder Muskel in Xanders Gesicht verhärtet sich. Seine Augen halten meine für einen Herzschlag fest, während der Muskel in seinem Kiefer krampft.

Ich weiß nicht, warum er so wütend ist. Liegt es daran, dass Kleric sich für mich einsetzt? Oder ist es, weil er es nicht mag, unterbrochen zu werden?

Aber Kleric hat einen Lauf. »Mein Schatten. Hör auf mit dem Scheiß! Tru ist mehr als das. Verdammt, sie ist voller Licht. Jeder Idiot kann das sehen. Das Schicksal hat ihr das regenbogenfarbene Haar ihres Einhorn-Erbes nicht ohne Grund gegeben, damit sie auffällt. Sie soll nicht im Dunkeln bleiben. Dein Schatten.« Er sagt es, schüttelt den Kopf und sein Schwanz wedelt aufgeregt hinter ihm.

»Ich möchte lieber keinen Spitznamen haben, danke«, brumme ich leise vor mich hin.

Klerics Lippen zucken und Xander knurrt.

»Es macht mich wahnsinnig, dass du nicht sehen konntest, was direkt vor dir war.« Klerics Kralle berührt mein Kinn, und seine Augen werden weicher, als er mich ansieht. »Ich kann es. Von dem Moment an, als wir uns das erste Mal begegnet sind, konnte ich meine Augen nicht von dir abwenden. Eine wunderschöne Chimäre.«

Ich weiß die Rettung zu schätzen, aber diese öffentliche Zurschaustellung von Zuneigung ist ein bisschen zu viel. Seine schönen Worte machen mich benommen, aber sie machen dieses Gespräch nicht weniger unangenehm. Klerics Daumen streicht über meine glühende Wange.

Okay, ich gebe zu, dass ein kindlicher Teil von mir den Engel anschreien möchte: »Schau dir das an! Jemand – ein heißer, männlicher Jemand – kann mich sehen.« Aber ich tue es nicht. Stattdessen räuspere ich mich und stelle die Frage, die mich schon die ganze Zeit quält. »Nennt man mich ... ähm ... Chimäre, weil ich ein Hybrid bin?« Ich beschließe, einfach so zu tun, als wäre Xander nicht hier. Er existiert nicht.

»Nein«, sagt Kleric und drückt mir so schnell einen Kuss auf die Stirn, dass ich ihn verpasst hätte, wenn ich geblinzelt hätte. Nur die Erinnerung existiert auf meiner Haut. »Ich nenne dich Chimäre, weil du ein schöner Traum bist.«

»Äh«, antworte ich eloquent.

Was zum Teufel ...? *Ich bin ein schöner Traum.* Ich schwöre, mein Herz setzt aus, mein Magen dreht sich um und ein weiblicher Teil von mir führt einen Freudentanz auf. Ich reibe mir mit zittrigen Fingern die Stirn, und seine schwarzen Augen verfolgen die Bewegung.

Unser Moment wird von dem leuchtenden Engel unterbrochen. »Was weißt du schon? Du bist doch noch ein Kind«, knurrt er.

Ich blinzle zu Kleric hoch. Ein Kind? Was soll das?

»Und jetzt verschwinde! Ich muss mit Tru *allein* reden.«

Ich schüttle den Kopf. Lieber nicht.

»Kind? Ja, im Vergleich zu dir sind wir alle Kinder. Man sollte meinen, du wärst nach unzähligen Jahrtausenden klüger und freundlicher geworden und hättest Geduld gelernt. Nein, das bist du nicht. Stattdessen wirst du mit jedem Jahr, das vergeht, schlimmer.«

»Wie alt bist du?«, murmle ich.

Wieder sieht er mich mit seinen endlosen schwarzen Augen an. »Ich bin vier Jahre älter als du, ich bin dreißig.«

»Oh.« Wow! So jung!

»Ich werde dich nicht noch einmal bitten. Geh zur Seite, Dämon!«

»Das kann ich nicht. Im Gegensatz zu dir will ich sie beschützen. Komm schon, Xander! Kann das nicht warten, bis sie das lebenssaugende Gefängnishalsband um ihren Hals los ist?«

Der Engel blickt stirnrunzelnd auf das Halsband.

»Findest du nicht, dass du ihr schon genug angetan hast? Du hast sie in ein Gefängnis außerhalb der Welt geschickt, verdammt noch mal. Du weißt, dass das Rechtssystem dort miserabel ist. Sie hätte da *jahrelang* sitzen können.«

»Vielleicht habe ich überreagiert.«

Ha, meinst du?

»Verdammt richtig, du hast überreagiert. Es geht doch nur um dich und was du willst, oder? Lass sie gehen, Mann, oder lass sie wenigstens nach Hause gehen, duschen und was essen, bevor du mit deinem Scheiß anfängst. Die Männer ihrer Großmutter haben sie heute schon angegriffen.«

Xander richtet seinen Blick wieder auf mich. »Hat Ann dich verletzt? Geht es dir gut?«

»Ob es mir gut geht?«, murmle ich. Ein verrücktes Kichern entweicht meinem Mund, als ich auf den Gerichtssaal hinter mir schaue, und mit einer Grimasse sage ich zu ihm: »Nein, mir geht es nicht gut. Ich bin alles andere als okay. Aber verprügelt zu werden, ist nichts im Vergleich zu ...« Ich reibe mir den Nacken, seufze und lasse meinen Kopf in die Enttäuschung sinken. Was zum Teufel soll das alles? Mein weißer Häftlingsschuh schrammt über den Boden. »Es ist, wie es ist«, murmle ich. »Sprich! Ich bin ganz Ohr. Was willst du, Xander?«

Seine goldenen Augen starren zur Decke, als würde er nachdenken, und das Haar an seinem Kinn knistert irritiert unter seinen Nägeln. »Den Engel.« Er knurrt die beiden Worte mit einem verzweifelten Laut heraus.

Arrh! Nicht das schon wieder. Wut und Zorn schießen durch mich hindurch und ich reagiere instinktiv, ohne nachzudenken. Meine Hände schlagen hart auf seine Brust. Das Halsband reagiert keine Sekunde später und ich habe das Gefühl, dass mein Inneres brennt. Ein

Stöhnen entweicht mir und Blut füllt meinen Mund, als ich mir auf die Zunge beiße.

Kleric fängt mich auf, bevor ich zu Boden falle. Er hält mich in seinen Armen, als wir zu Boden sinken, und stöhnt, als die Magie des Halsbandes auch ihn unter Strom setzt. Er setzt sich auf die Fliesen und wiegt mich in seinen Armen.

»Es tut mir leid«, flüstere ich. Eine einzelne Träne kullert mir die Nase hinunter. Ich fühle mich wie eine Idiotin.

»Dein Herz hat aufgehört zu schlagen«, sagt er und streicht mir die Haare aus dem Gesicht.

»Ja, das Halsband ist schuld.« Meine Stimme ist heiser, ich muss geschrien haben. »Mir geht es gut.«

Kleric schließt die Augen und legt seine Stirn an meine. Der Schmerz, die Angst und die Gewalt, die aus ihm heraussprudeln, sind nicht zu übersehen. Er ist fast bereit, sich mit einem einzigen Funken zu entzünden, wie ein Knirschen seiner wuchernden Zähne.

»Tru, es tut mir leid. Ich wusste das nicht. Ich wollte nicht, dass das passiert«, sagt Xander und beugt sich zu mir. Mein Körper versteift sich und ich schaue von Kleric zu *ihm* auf. »Ich kann dich heilen.« Goldene Magie fließt um die Finger des Engels.

Ich lecke mir die Lippen und stehe mit der Hilfe des Dämons unsicher auf. Seiner glühenden Hand weiche ich aus. »Bitte fass mich nicht an! Ich weiß, was du willst, Xander. Du willst, dass ich deinen verschwundenen Engel finde.«

Er wendet den Blick ab und starrt zu Boden. »Man hat mir gesagt, dass du die Beste bist, und ich werde dich bezahlen ...«

Ich hebe zitternd die Hand, um ihn aufzuhalten. »Du musst mich nicht bezahlen.« *Mich bezahlen. War er schon immer so verdammt dumm?* Ich knirsche mit den Zähnen und blähe meine Nasenflügel vor Empörung auf. Der Engel kennt mich doch gar nicht. »Diese Scheiße mit deinem Engel. Dachtest du, ich sitze hier und warte auf den nächsten Schritt? Wer mir das angetan hat, kommt nicht ungeschoren davon. Es hängt alles zusammen, und es ist jetzt etwas sehr Persönliches.«

Kleric stößt den Engel mit der Schulter aus dem Weg, als ich an ihm vorbei humple. Ich gehe auf die Tür zu, durch die der gute alte Jackson, der Gefängniswärter, der das Halsband befreit hat, geflohen ist.

»Xander, ich melde mich wieder. Ich habe einen Plan. Ich gehe auf die Jagd. Ich werde nicht aufhören, bis jede einzelne Kreatur, die etwas mit diesem Debakel zu tun hat, tot ist.«

Tot oder zumindest bestraft. Schließlich habe ich das perfekte Gefängnis vor Augen. Ein manisches Grinsen umspielt meine Lippen. Oh, und sein vermisster Engel. Ich werde ihn retten oder herausfinden, unter welchem Stein er sich versteckt, ihn an den Haaren herausziehen und Xander vor die Füße werfen.

Um seinetwillen sollte er hoffen, dass es eine Rettung ist.

Kapitel Vierundzwanzig

FORREST SCHAUT MICH BESORGT AN. Sie sieht gut aus, kein Haar ist fehl am Platz, aber der schweigsame Bodyguard hat einen blauen Fleck auf der Wange. Mr Brown sieht wütend aus. Kleric schiebt sich hinter mir in den Raum und schließt die Tür mit einem lauten Knall. Meine Augen schließen sich kurz vor Erleichterung, als Xander mir nicht folgt.

Ich klatsche in die Hände und sage mit übertrieben lauter Stimme: »Okay, nehmen wir das Halsband ab.« Alle Augen richten sich von mir auf den Wärter. Jackson kramt in seiner Tasche, runzelt die Stirn und versucht es auf der anderen Seite. Mit sichtlicher Erleichterung zieht er ein dünnes Fläschchen mit einem Zaubertrank heraus. Alle starren ihn noch immer an, und sein ganzer Körper zittert, als er sich nach vorn schleppt. Er drückt auf den Korken und mit einem lauten Knall öffnet sich das Fläschchen.

Mit der Hand an meinem Hals lässt er das Glas zwischen den Fingern rollen und mit einer Drehung des Handgelenks, wie ein

Sommelier, der eine teure Flasche Wein einschenkt, tropft er den Trank auf das Halsband.

Das Halsband klirrt und schwingt auf. Ich fange es auf, bevor es zu Boden fällt, halte das schreckliche Ding vorsichtig zwischen meinen Fingern und reiche es dem Wächter. Als er es ergreift, schnellt meine Hand an meiner Seite herunter. Ich habe das unbändige Bedürfnis, die ekligen Rückstände des Halsbandes an meinem Bein abzuwischen, aber ich kann nicht, weil ich die schreckliche weiße Hose nicht anfassen will.

Die Stelle um meinen Hals fühlt sich kalt und seltsam an. Ich spanne meine Beine an und stütze mich ab, während wir alle darauf warten, dass etwas passiert, irgendetwas. Wie beim ersten Mal, als mir das Halsband um den Hals gelegt wurde, passiert nichts. Meine Augen huschen durch den Raum, und als mein Blick schließlich auf Kleric fällt, verengen sich seine Augenwinkel, während er die Stirn runzelt. *Was nun?* Ich reibe mir den Hals. Die Haut fühlt sich dünn und glänzend an. Dann zupfe ich an meinem Haar.

Die Arbeit ist getan, das Halsband ist ab und der Wärter zieht sich eilig zurück. Er reißt die Tür auf und verschwindet im leeren Flur. Die Tür fällt ins Schloss, und während das Geräusch in meinen Ohren verklingt, passiert etwas. Da! Ich neige den Kopf. Der dunkle Zauber wird schwächer. Ich kann es spüren. Schicht für Schicht löst sie sich von meiner Haut, und mit ihrem schwindenden Griff steigt meine Magie in mir hoch. Meine Vampirmagie ist schockierend intensiv und dank der freundlichen Blutspende des Dämons prall gefüllt mit Energie. Meine Wandlermagie ist ein winziges, wimmerndes Etwas, nur ein schwaches Sträuben des Fells gegen mein Inneres.

Als die Magie des Halsbandes weiter nachlässt, löst sich die weiße Uniform schließlich auf, und mein Kopf sinkt erleichtert zurück, als der schwarze Stoff meiner Uniform das gefürchtete Weiß ersetzt.

Oh, dem Schicksal sei Dank, ich bin nicht nackt.

Ich atme tief ein und bereue es sofort, als der Geruch von mir in die Nase steigt und in der Kehle kitzelt. Ich muss würgen. Ich blicke auf meine Kleider hinunter. Sechs Wochen alter Schweiß, Blut und Hirnmasse kleben noch an meiner Haut.

Ekelhaft.

Auch mein Nacken und mein Haar sind vom Blut von vorher noch verkrustet, wenigstens ist die Beule an meinem Kopf verheilt. Ja, man muss es auch positiv sehen.

Forrests bläht die Wangen auf, sie hält den Atem an und rümpft die Nase. Vor Scham traue ich mich nicht, Kleric anzusehen. Es ist mir so peinlich. Ich kann nicht glauben, dass wir gekuschelt haben, als ich unter dem Zauber so aussah und roch.

»Scheiße, die haben mich in einen Zombie verwandelt. Jedenfalls rieche ich wie einer.«

Kein Wunder, dass sich die weiße Kleidung seltsam anfühlte. Das war der wahre Grund, warum mir das Halsband einen Schlag versetzte, als ich versuchte, die Gefängniskleidung zu berühren. Es sieht so aus, als ob sich das Gefängnis überhaupt nicht um die Folgen ihres bösen Zaubers kümmert. Wen kümmert es, ob die Gefangenen sauber sind, wenn man sie nicht sehen oder riechen muss? Das war alles Quatsch. Alles nur Schein. Die Uniform und die Sauberkeit waren eine Illusion, aber die beschleunigte Genesung war es nicht, bei dem Zustand meines Kopfes, und wenn die Magie des Halsbandes nicht irgendeine Form von Nährstoff geliefert hätte, wäre ich tot. Das ist es also.

Die alte Frau im Gefängnis roch nach verfaulten Blättern. Ich frage mich, wie sie ohne das Halsband aussieht. Hat der Zauber sie vorzeitig altern lassen? Oder war es wieder nur eine Illusion?

Mr Brown holt ein Datapad hervor. »Ich aktualisiere Ihre Akte. Das Halsband im Gefängnis hat nur den Eindruck erweckt, dass Sie völlig gesund sind. Wäre es in Ordnung, wenn ich Fotos zu Beweiszwecken machen würde?«, fragt er.

Ich zucke mit den Schultern. »Ja, das ist in Ordnung.« Nein, es ist verdammt noch mal nicht in Ordnung, als ob ich wollte, dass mich jemand so sieht. Kleric reibt sich den Nacken und ich hüpfe von einem Fuß auf den anderen, während ich mich im Raum umschaue. In meinem Kopf entsteht ein *forrestesker* Plan. Das Zimmer ist groß genug, denke ich. »Kann ich mich bitte in mein Einhorn wandeln?«

Ich ertrage meinen eigenen Geruch nicht. Aber ich muss sicher sein, dass meine Tiergestalt in diesem Regierungsgebäude erlaubt ist, bevor ich mich wandle. Ich bin heute schon einmal gezappt worden und will nicht noch eine magische Strafe riskieren. Ich weiß, dass Forrest sich vorhin heimlich verwandelt hat, um ihr Kleid zu reinigen, aber ich glaube nicht, dass ich nach sechs Wochen und schwarzer Magie, die an mir nagt, noch so viel Kontrolle habe. Auf keinen Fall kann ich ohne Übung so schnell zu meinem menschlichen Ich zurückkehren.

»Es gibt keine Magie in diesem Gebäude, die Sie aufhalten kann. Es ist ungefährlich, das zu tun. Geben Sie mir nur eine Sekunde, um diese Fotos zu machen.« Er öffnet seine Hand und eine kleine Kamera zoomt in die Luft. Nach einer gefühlten Ewigkeit nickt er mir zu. »Machen Sie weiter!«

Kleric schiebt unaufgefordert ein paar Stühle zur Seite, um mehr Platz zu schaffen. »Danke«, flüstere ich. Noch immer kann ich ihn nicht ansehen.

Forrest klatscht in die Hände und murmelt: »Einhorn, Einhorn, Einhorn«, sagt sie leise. Sie legt die Fingerspitzen unter dem Kinn zusammen wie ein James-Bond-Bösewicht, und ihre Augen leuchten vor manischer Freude. Sie beobachtet mich auf eine Art und Weise, die mich unter normalen Umständen zu Tode erschrecken würde.

Wenn ich nicht gerade eine Gänsehaut hätte. *Verdammt, ich muss diesen Geruch loswerden.*

Der Zauber der Wandlung kommt langsam, öffnet sich wie die Blütenblätter einer vergehenden Blume. Schneller blüht sie auf, bis sie einer lodernden Flamme gleicht. Wandlung ist nie schmerzhaft, aber dies ist keine normale Wandlung. Meine Magie kämpft in mir gegen den Einfluss der Restmagie des Halsbandes. Die schwarze Magie hat sich in meine Zellen gefressen. Ich stöhne vor Schmerz und beuge mich vor, um meine Knie zu umfassen. Ich muss aufpassen, dass ich nur meine Einhorngestalt zum Vorschein bringe und nicht auch noch die verdammten Flügel. Diese Babys würden auf keinen Fall in dieses Zimmer passen, und niemand will Federn im Gesicht haben.

Der Schmerz lässt nach und meine weißen, pelzigen Beine zappeln wie ein neugeborenes Fohlen.

Ich habe fast einen Bambi-Moment, als meine schimmernden Hufe auf den glänzenden Bodenfliesen ausrutschen. Sie haben keinen Halt. Ich kämpfe um Halt, und als ich endlich festen Boden unter den Füßen habe, schnuppere ich, wackele mit den Ohren und wedele mit meinem regenbogenfarbenen Schweif. Oh, das fühlt sich gut an. Traurig schaue ich zu Boden. *Hätte ich doch Platz zum Wälzen.*

In diesem Moment höre ich den Lärm.

Der Bodyguard hat seine Arme um Forrests Taille geschlungen. Er hat sie hochgehoben, sodass ihre Füße baumeln. Er hindert den aufgeregten Wandler daran, näher zu kommen und mich zu berühren.

»Komm schon, Alter, es macht ihr nichts aus«, jammert sie, dreht sich nach links und tritt ihm gegen das Schienbein. Er stöhnt auf und wirft Mr Brown einen verzweifelten Blick zu.

Mr Browns schmale Lippen zucken und seine blauen Augen funkeln.

Ich mache ein paar vorsichtige Schritte und stupse den Bodyguard an, bis er die zappelige Wolfswandlerin fallen lässt. Ich hauche ihm meinen Einhorn-Atem ins Gesicht. Forrest grinst. Ich schnuppere an ihrer Hand, und sie streicht sanft über meine Schnauze. Ihre Finger kitzeln meine Schnurrhaare, sie fährt mit ihren Fingern meine Nase hoch, schiebt meine Stirnlocke zur Seite und reibt eine juckende Stelle unter meinem Horn. »Ich weiß, es ist eigenartig, dich zu streicheln, aber ich kann nicht anders. Du bist so hübsch. Einhörner sind so geheimnisvoll, ich habe noch nie eines von euch herumlaufen sehen.«

»Du bist hübsch, aber abgemagert«, brummt Kleric. Ich lasse mich noch einmal von Forrest streicheln, bevor ich zurückweiche und den Kopf drehe. O ja, er hat nicht unrecht. Meine Rippen sind zu sehen und ich sehe aus wie eine Hutablage in meiner Pferdeform. Die Wandlung ersetzt die Zellen, aber nicht das Fett. Das geht nur mit ein paar guten Mahlzeiten.

»Darf ich immer noch fotografieren?«, fragt Mr Brown.

Das ist in Ordnung.

Bevor ich nicken kann, antwortet Kleric: »Sie hat gesagt, es ist in Ordnung.« Ich zwinkere ihm zu.

Mr Brown lächelt, während er die Informationen in das Datapad tippt.

Kannst du mich hören?, frage ich den Dämon direkt. Ich hätte nicht gedacht, dass ich meine Gedanken immer noch auf ihn übertrage.

Ja, und ohne das Halsband solltest du mich auch hören können. Ich schnaufe und meine Hufe klappern, als der Schock über seine Stimme in meinem Kopf mich zusammenzucken lässt.

Was für ein verdammter Zauber ist das?

Keine Panik. Wir können später darüber reden.

Okay, später. Ich sehe ihn böse an. Was zum Teufel ist mit mir und dem Dämon los? Ich habe noch nie von einem Geist-zu-Geist-Kontakt ohne aktiven Kommunikationszauber gehört.

Wenigstens riechst du nicht mehr faulig. Eau de Einhorn ist so viel besser als »Ich hatte eine Schlacht und habe mich zwei Monate nicht gewaschen«-Geruch. Und du hast die Frechheit, mich einen stinkenden Prinzen zu nennen.

Ich lache, es klingt wie eine Mischung aus scharfem Wiehern und Würgen. Verdammter Dämon!

Forrests Augen wandern zwischen uns hin und her. Sie ist völlig fasziniert.

Mr Brown schießt Dutzende von Fotos, und als er zufrieden ist, nehme ich mir noch ein paar Augenblicke Zeit, um meine Glieder zu strecken. Mein armer Körper sehnt sich nach einem guten Lauf. Seit Wochen habe ich von diesem Moment geträumt.

Na ja, nicht von diesem Moment, nicht so. Ich wollte, dass meine erste Runde in Freiheit mitten auf einem Feld stattfindet. *Hmmm, Weidegras.* Mein Magen knurrt. Mein Körper schreit nach Nahrung. Ich bin hungrig.

Zurückwandeln will ich nicht. Das Leben wäre so viel einfacher als Einhorn. Aber wenn ich dieses Gebäude durch die für mich winzigen Türen in der Größe eines Lebewesens verlassen will, muss ich meine menschliche Gestalt wieder annehmen.

Ein letzter Atemzug und ich ziehe die Magie in mich hinein. Ich drehe mich um und werfe einen prüfenden Blick auf meinen Körper. Meine einst enge Kampfkleidung hängt an meinem schlanken Körper, was ich vor lauter Schmutz gar nicht bemerkt habe. Wenigstens können alle wieder normal atmen.

Kleric reicht mir ein Glas Wasser.

»Oh, danke«, sage ich.

»Lass dir Zeit! Nimm kleine Schlucke! Können wir sie von einem Arzt untersuchen lassen?« Seine massive Hand lässt mich erschaudern, als er unabsichtlich meine Ohrmuschel kitzelt, während er mir eine Strähne aus dem Haar streicht.

»Ich brauche keinen Arzt, Kleric. Mir geht es gut. Meine Wandlung hat alles wieder in Ordnung gebracht.« Meine Hand zittert, als ich das Glas an meine Lippen führe, im Hinterkopf habe ich Angst, mich zu verschlucken. Was dumm ist, denn ich habe Klerics Blut getrunken und alles hat wunderbar funktioniert. Wie Kleric gesagt hat, muss ich mir Zeit lassen. Ich nehme den kleinsten Schluck und das himmlische Wasser schwappt um meinen Mund.

Klerics warme Stimme dringt in meinen Kopf. *Alles in Ordnung? Ich habe dir einen Salat bestellt. Er müsste in ein paar Minuten hier sein. Brauchst du Blut?*

Nein, danke. Ich trinke immer noch Wasser und verenge meine Augen. *Ist dieser Bodyguard John ein Höllenhund?* Jetzt, da meine Sinne wieder funktionieren, spüre ich, wie sein Wolf und seine Feuermagie auf mich einprasseln.

Ja.

Ha, und Forrest hat ihn getreten. Aber wenn ich die beiden vergleiche, glaube ich, dass die kleine Wandlerin auf der Machtskala viel höher steht als der Hellhound-Schrägstrich-Bodyguard.

Mr Brown setzt sich auf einen Stuhl. Ich stöhne, als er mir ein Zeichen gibt, mich ebenfalls zu setzen. Es sieht so aus, als ob er bereit sei, über die Bedingungen des Rates und die Entschädigung zu sprechen.

Super.

Kapitel Fünfundzwanzig

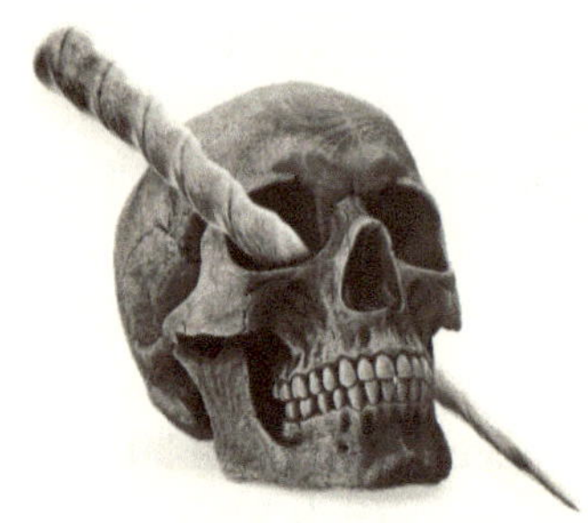

Forrest setzt mich vor meinem Haus ab. Als ich aus dem Auto steige, kann ich mich gerade noch bedanken, zum Abschied winken und meine Füße aus dem Weg nehmen, bevor ihr kleiner blauer Citroën die Straße entlangbraust. Ich verdrehe die Augen, als ich den Aufkleber *Ich liebe Einhörner* an der Heckscheibe entdecke. Die Wölfin ist besessen.

Der Schutzwall um das Gebäude herum erkennt mich und lässt mich herein. Seit vier Jahren wohnen wir hier. Ich meide den Aufzug – ich bin noch nicht bereit für kleine Räume –, steige die Treppen zu unserer Wohnung im zweiten Stock hinauf und lasse bei jedem Schritt Revue passieren, was heute passiert ist.

Ich habe der massiven Pauschalentschädigung durch den Großen Rat der Kreaturen zugestimmt. Obwohl sie als Kollektiv nichts damit zu tun hatten, dass ich eingesperrt wurde, ist Xander Mitglied, und sie sind alle dafür, mein Schweigen zu kaufen. Ja, die Gilde der Engel hatte ihre Finger im Spiel. Ich musste unterschreiben, dass ich nicht zur Presse gehen würde.

Wir sprachen auch über ein überraschendes Jobangebot. Laut dem Großen Rat der Kreaturen habe ich mich während meiner Haft vorbildlich verhalten. Ich habe also doch die Fünf-Sterne-Bewertung des Gefangenen bekommen, hurra. Ich denke, ich werde den Job in Betracht ziehen.

Kleric ist wieder an die Arbeit gegangen, und als wir uns verabschiedet haben, hat er mir einen Kuss auf die Wange gegeben – einen normalen Kuss, keinen seltsamen Dämonenkuss. Meine Hand wandert zu meinem Gesicht. Noch immer spüre ich die Erinnerung an seine Lippen. Ich seufze, als ich den Treppenabsatz im ersten Stock überquere und die nächste Treppe nehme. Es liegt so viel in der Luft. Er ist freundlich und beschützend, und wie er mich ansieht ... Ich werfe den Kopf in den Nacken und stöhne. Auf keinen Fall lasse ich das zu.

Ich kann nicht erlauben, dass dieser großäugige, dämonenhafte blaue Mann die Löcher in mir stopft. Das geht gar nicht. Wer erholt sich schon von einem Ex mit einem Dämon? Ich? Wie dumm. Niemals.

Ich kichere erbittert. Mein Liebesleben ist ein Witz. Ich bin ein Witz, und die Magie hat sich viel zu sehr in meine Entscheidungen eingemischt. Finster betrachte ich die Narbe von Klerics Lippen auf meiner Hand. Ich weiß nicht mehr, wo oben und unten ist, und wenn das alles nur eine durch Magie ausgelöste Psychose ist, habe ich keine Ahnung, ob meine Gefühle echt sind.

Ich vertraue Kleric, dass er mir helfen wird, aber ich vertraue mir selbst nicht.

O Gott! Wir müssen noch über unsere Seelengespräche reden, und ich muss lernen, ihn aus meinen Gedanken zu verbannen. Ich schüttle den Kopf. Ich bin heute so müde. Ich muss nach Hause, und wenn es nur für heute Abend ist, etwas essen und ein Bad nehmen, um mich zu entspannen. Vielleicht mache ich beides zusammen.

Ich schiebe die Brandschutztür auf und schlurfe an meinen Nachbarn vorbei. Auf dieser Etage gibt es noch drei weitere Wohnungen. Am Ende des Flurs ziehe ich schnell meine Stiefel aus und halte sie an den Schnürsenkeln fest. Mit der Hand an der Türklinke bleibe ich stehen. *Sie wissen, dass ich komme.* Mir dreht sich vor Nervosität der Magen um, aber mit einem tiefen Atemzug öffne ich die Tür und trete ein.

Es riecht so vertraut nach Heimat und Familie. Ich muss gegen den dicken Kloß in meinem Hals ankämpfen und die Tränen wegblinzeln. »Hallo«, rufe ich und lasse meine Stiefel auf die Matte fallen.

Es dauert nur Sekunden, bis Story und die Kinder auf mich zukommen und »Willkommen zu Hause« und »Wir haben dich vermisst« rufen.

Ich bleibe an der Tür stehen, als ihre kleinen Körper gegen meine Beine prallen. *Ich will ihnen nicht wehtun.* Mein Gott, woher kommt dieser Gedanke? Vor sechs Wochen waren wir noch zusammen. Ich musste nicht einmal daran denken, mich um sie herum zu bewegen, weil wir so synchron waren, aber jetzt, jetzt habe ich keine Kontrolle über meinen Körper und Angst, es zu vermasseln.

Sie zu verletzen. Auf sie zu *treten*. Mein Herz setzt aus. *Verdammt.*

Ich erstarre und meine Lippen verziehen sich zu einem Lächeln. Ich weiß, dass es falsch ist, dass das Lächeln sich nicht in meinen Augen widerspiegelt, aber man muss es so lange vortäuschen, bis es gelingt, oder? Natürlich ist Storys Familie auch meine Familie. Es wird nur eine Weile dauern, bis wir wieder normal sind.

Page klettert an meinem Bein hoch, indem sie sich an meinen Hosentaschen festkrallt, und Novel schwingt sich an mein Ohr. Sie war schon immer die Schnellste und sprintet wie ein Speed-Kletterer an meinem Körper hoch. »Tru, wir haben dich so, so, so vermisst«, quietscht sie.

Die Stimmen der Kinder fallen in den Chor ein und übertönen sich gegenseitig, um meine Aufmerksamkeit zu erregen. Jeff keucht und schnauft. Er hasst Klettern. Sein rosiges Gesicht hat einen dunkleren Ton.

»Ich habe euch auch vermisst, so, so, so sehr. Ich kann nicht glauben, wie groß ihr alle geworden seid«, krächze ich.

»Schau!« Novel quietscht. Ein Hauch von Feenstaub bringt wunderschöne orangefarbene Flügel zum Vorschein. Schockiert blinzle ich sie an. »Ich bin genau wie Mama! Ich bin eine Elfe mit wunderschönen Feenflügeln!« Sie schießt mit der Faust in die Luft und dreht sich auf den Zehenspitzen.

Jeff runzelt die Stirn.

Story hat ein gemischtes Erbgut, das Novel eindeutig geerbt hat. Einer unserer Freunde nannte Story eine *Fixie*, und irgendwie hat sich das Wort in meinem Kopf festgesetzt. Sie ist ein Pixie-Fae-Mix mit einem Pixie-Vater und einer Fae-Mutter. In ihrer Gemeinschaft ist das ein Tabu. Aber Ralph, ihr Gefährte, sieht, was ich sehe, und liebt sie über alles. Ich liebe es, wenn sie glücklich ist.

»Wow, Novel die sind aber schön! Das Orange kontrastiert so schön mit deiner zitronengelben Haut. Sie sind umwerfend.«

Novel strahlt mich an.

Story steht ein paar Meter entfernt, schnieft und reibt sich das Gesicht.

Ich schüttle den Kopf und werfe ihr einen Kuss zu. *Ich liebe dich,* sage ich.

Ich dich auch. Sie küsst zurück.

Eine winzige rosa Hand bohrt sich in mein linkes Nasenloch und bringt mich fast zum Niesen. Jeff, der jetzt meine Aufmerksamkeit hat, tanzt auf meiner linken Schulter, weg von meiner zuckenden Nase. »Ich bin einen ganzen Millimeter gewachsen«, sagt Jeff, stellt sich auf die Zehenspitzen – er streckt seinen Körper hingebungsvoll – und bläht seine Brust auf.

»Jeff, das sehe ich. Du bist *riesig*!«

Er grinst und streckt seinen Schwestern die Zunge heraus.

Gleichzeitig tadelt ihn Story. »Jeff! Was habe ich dir gesagt? Steck deine Hand nicht in Trus Nase! Und sei nicht gemein zu deinen Schwestern!«

In diesem Moment merke ich, wie meine Wangen schmerzen. Fast möchte ich meinen Mund nach oben ziehen, um das fremde, echte Lächeln zu spüren, das sich auf meinem Gesicht ausbreitet.

»Du siehst scheiße aus«, sagt Story in ihrem Singsang und unterbricht damit mein Liebesfest.

Mein Lächeln verschwindet. Ich verstehe, was sie meint, und als ich in den Spiegel schaue, bin ich zweifellos entsetzt.

»Mama hat ein böses Wort gesagt«, murmelt die fünfjährige Page, streichelt mein Gesicht und küsst meine Wange. Ich streiche ihr mit dem Zeigefinger sanft über den Rücken.

Seit Storys Kinder auf der Welt sind, hat sich mein Tonfall völlig verändert. »Ich weiß, böse Mama. Ich habe dich vermisst, kleiner Nugget.«

»Du siehst hungrig aus. Ich würde dir ja einen Schluck von mir anbieten, aber dann wäre alles weg. Ein Schluck und weg.« Sie kichert. »Ich wäre tot, bevor du mich aussaugst«, fährt Page morbid fort. Sie streckt ihre grünen Arme weit aus und sagt: »Ich bin nicht mal so groß wie ein Bierglas.«

»Du bist nicht einmal so groß wie ein Wasserglas.«

»Ich bin sieben fünf.«

Ich nicke freundlich. Sie meint sieben Zentimeter und fünf Millimeter. »Ich weiß. Du bist so groß.« Ich schaue von Page auf und lächle meine Freundin an. Die kleine saphirblaue Elfe mit den rosé-goldenen Flügeln lächelt mich an. Story und ihre Kinder haben einen seltsamen Sinn für Humor, der perfekt zu meinem passt.

Aus dem Nichts kommt eine Träne. Wie bei einer Idiotin kullert mir eine einzelne Träne unkontrolliert die Nase hinunter.

»Hey, hey, hör auf zu weinen! Sonst gibt es eine Riesenflut und wir ertrinken«, schreit Jeff und reißt die Arme hoch, um sein Gesicht zu bedecken.

Ein Lachen entfährt mir. »Ich habe euch so vermisst.«

»Tru ist ein Dummkopf«, sagt Page und streichelt mir wieder über die Wange. Igitt, wenn ich so darüber nachdenke, fühlt sich die Hand irgendwie klebrig an. Ich zucke zusammen.

Story klatscht in die Hände. »Also gut, kommt! Lasst Tru in Ruhe! Ich weiß, ihr habt sie vermisst, aber ihr müsst vor dem Abendessen noch etwas erledigen.«

Die Mädchen krabbeln an meinem Körper herunter. Novels Flügel sind nicht stark genug, um zu fliegen.

Mit weit aufgerissenen Augen stöhnt der immer noch verschwitzte Jeff. Er stampft mit dem Fuß auf und sieht mich mit schmerzerfüllten Augen an. Dann blickt er mürrisch auf den Boden und macht den größten Satz seines Lebens. »Es ist meilenweit weg«, brummt er und schiebt seine Unterlippe vor, nur für den Fall, dass ich ihn nicht verstehe.

Ich grinse in mich hinein, während ich feierlich meine Hand umdrehe und ihm meine Handfläche anbiete, und wie einen Fahrstuhl lasse ich den zappelnden Kobold vorsichtig auf den Teppich sinken.

»Du verwöhnst ihn.«

»Ich weiß.«

Jeff grinst mich frech an, und alle Kinder zerstreuen sich.

In diesem Augenblick sehe ich Justin. Er schwebt vor mir, als würde ihn etwas in der Luft halten. In der einen Hand hält er eine Flasche, mit der anderen krallt er seine Finger in sein kastanienbraunes Haar. Sein Gesichtsausdruck wechselt von Besorgnis zu blankem Entsetzen mit einem Anflug von gerechter Wut. Ich kann die Angst und den Schmerz riechen, die er verzweifelt zu verbergen versucht.

»Hey.«

»Hi.« Er lässt die Flasche von einer Hand in die andere wandern, und ich runzle die Stirn. »Ich habe dir einen magischen Blutersatz von TINKTUREN UND TONIKEN mitgebracht.« Er schüttelt die Flasche und nennt den Namen des teuren Zauberladens, in dem ich alle meine Tränke kaufe. Justin dreht die Flasche so, dass ich das Etikett lesen kann.

»Wow, Justin, das muss ja ein kleines Vermögen gekostet haben«, flüstere ich.

Er zuckt mit den Schultern, schluckt und blinzelt die Tränen weg. »Der Lohn für diesen Monat, mein ganzer Lohn. Ich wusste nicht, was ich tun, was ich fühlen sollte. Immer wenn ich Angst hatte, hast du mich getröstet. Du warst immer die Starke ...« Ein Schluchzen entgleitet mir und ich strecke die Arme aus, als der Vampir auf mich zustürmt und mich umarmt. Sein vertrauter Geruch nach Verwesung steigt mir in die Nase – gebissene Vampire haben einen Hauch von Tod in ihrem Geruch. »Ich hatte solche Angst um dich.«

Sanft streichle ich ihm über den Rücken. »Es tut mir so leid, dass ich dir Angst gemacht habe. Mir geht es gut.«

»Du bist so dünn«, jammert er.

»Sie haben mir nicht wehgetan. Ich verspreche, es geht mir gut.«

Er zieht sich zurück. »Wirklich?« Seine Augen bohren sich in mich, in meine Seele.

Ich schüttle den Kopf. »Nein.« Ich kann nicht lügen, nicht vor ihm. Aber ich schenke ihm ein kleines, hoffnungsvolles Lächeln und wische ihm die Tränen aus dem Gesicht. »Aber bald, vor allem, wenn du die Flasche öffnest.« Ich stupse seine Hand an und wackle mit den Augenbrauen.

Er nickt und reibt sich die Augen.

»Lass mich die Gläser holen.« Er stürmt davon.

»Ralph ist gerade mit Morris Essen holen gegangen. Sie holen dein Lieblingsessen. Warum ziehst du dir nicht etwas Bequemeres an? Du solltest noch Zeit für ein Bad haben.« Story flattert auf mich zu und landet auf meiner Handfläche, wo sie ihre Arme um meinen Zeigefinger schlingt. Sie umarmt mich, ich umschließe sie sanft mit meinen Fingern und erwidere ihre Umarmung. »Ich habe dich so sehr vermisst«, sagt sie und ihre Wimpern sind tränenfeucht.

»O nein. Bitte weine nicht! Du bringst mich wieder durcheinander. Es waren doch nur sechs Wochen, ich war schon viel länger weg.«

»Ja, ich weiß, aber diesmal war es anders.«

Ich seufze. Ich fühle mich um hundert Jahre gealtert. »Ja, als ob ich das nicht wüsste.« Ich schaue mich nach Dexter um.

»Er ist in deinem Zimmer«, murmelt Story, die richtig gedeutet hat, wen ich suche. »Er schmollt. Ich habe ihm gesagt, dass du heute nach Hause kommst.«

Sie lässt meinen Finger los, läuft meine Arme hoch und setzt sich auf meine Schulter, während ich in mein Zimmer gehe. Da bemerke ich, dass überall Kisten stehen. »Haben wir das Haus?«, frage ich mit hoffnungsvoller Stimme.

Aus den Augenwinkeln grinst Story und hält eine Strähne meines Haares als Anker fest, während sie auf und ab hüpft. »Wir haben das Haus«, jubelt sie.

»Wow!« Wir haben das Haus. Es scheint nicht real zu sein. »Wow!«, sage ich wieder. »Das ist unglaublich. Ihr seid unglaublich. Vielen Dank, Story, für alles.«

»Justin und Morris haben schon angefangen zu packen. Das erinnert mich an etwas. Ihr müsst diese Woche den Papierkram unterschreiben und die Schlüssel abholen. Ich habe schon eine Hexe beauftragt, unseren neuen Schutzwall aufzubauen, und Ralph«, sie beißt sich auf die Lippe, »hat den Bau einer richtigen Höhle in Auftrag gegeben. Ich hoffe, das macht dir nichts aus.« Den letzten Teil bringt sie hastig zu Ende. »Du brauchst nicht zu fragen. Du hast genauso hart gearbeitet wie ich. Wir hatten nie einen richtigen Garten oder so viel Platz zum Spielen wie hier. Natürlich habe ich nichts dagegen, wenn du für dich und die Kinder ein Haus baust.« Story nickt, und das besorgte Stirnrunzeln verschwindet.

Storys Familie bewohnt im Moment das kleinste der drei Schlafzimmer. In ihrem Zimmer haben sie alles auf das Nötigste reduziert. Ihr Haus ist bezaubernd, und ich kann es kaum erwarten, ihre Pläne für eine richtige Höhle zu sehen. Für Kobolde ist es nicht normal, in einer Wohnung zu leben.

»Achte nur darauf, dass die Hexe auch Schutzvorrichtungen anbringt. Ich weiß, dass die Kinder gern gegen Spinnen kämpfen, aber ich möchte, dass ihr sicher seid, und ihr müsst auch nicht hundertprozentig traditionell bauen, wenn ihr das nicht wollt. Ihr seid ja daran gewöhnt.«

»Ja, das ist eine gute Idee.«

»Ich habe noch viel zu tun, aber danach nehme ich mir eine Auszeit, um das Haupthaus zu renovieren, was das Budget entlastet, weil ich viele Arbeiten selbst erledigen kann. Oh, und ich habe gerade einen Haufen Geld vom Großen Rat der Kreaturen bekommen. Wir sind also für die nächsten fünfzig Jahre abgesichert.«

»Wow, okay. Das ist gut zu wissen.« Story grinst und Justin folgt uns mit klirrenden Gläsern. Wir betreten mein Zimmer, und ich schließe die Tür fest, damit die kleinen Ohren nicht hören, was wir zu sagen haben. Mein Zimmer ist dunkelgrau gestrichen, und es sieht aus und riecht so, als hätte Justin vor Kurzem geputzt, und wenn ich mich nicht irre, hat er freundlicherweise die Bezüge meines Kingsize-Bettes durch frische ersetzt – meine Lieblingsbienenbettwäsche und Bienenkissen in fröhlichem Gelb. Ich habe ein richtiges Bienenfieber, das sich sogar bis in die Küche ausgebreitet hat, mit Bienentellern und -bechern.

»Danke, Justin«, sage ich und berühre den weichen Einband. Er lächelt und nimmt die Flasche und die Gläser mit zu meiner Kommode.

Die bodentiefen Fenster geben den Blick auf den See und den Stanley Park frei. Der Tag ist trüb geworden, es regnet. Dexter sitzt auf dem Stuhl am Fenster.

»Dexter. Hallo, mein Kleiner, ich habe dich vermisst«, gurre ich. Er ignoriert mich einfach. Er dreht seinen rothaarigen Kopf weg, hebt das Kinn und schließt die Augen. »Dexter?« *Nichts.* Ich weiß es besser, als zu ihm zu gehen. Wenn ich das tue, wird er weglaufen. Meine Unterlippe zittert.

»Deine Waffen sind sauber und weggeräumt«, sagt Story schnell und nickt in Richtung Waffenlager und Umkleideraum.

»Danke.« Meine Füße versinken im dicken Teppich, als ich durch den Raum schlurfe und ins Bad gehe, um die Wanne volllaufen zu lassen. Meine Schultern hängen. Verdammt, meine Fae-Monsterkatze hasst mich.

»Er wird dir verzeihen. Wir haben eine Notfalldose Thunfisch, das könnte die Sache beschleunigen«, flüstert sie.

»Ich glaube, ich muss den Lachs rausholen«, flüstere ich zurück.

»Ich schicke Ralph eine SMS, damit er welchen holt.« Sie zückt ihr Handy. »Du kannst es nicht länger aufschieben. Fang ganz am Anfang an, als der verdammte Engel dich ins Auto gestoßen hat, und erzähl uns, was zum Teufel passiert ist, wie du im Knast gelandet bist. Und bitte, um Gottes willen, sag mir, dass du *ihm* nicht vergeben hast.«

Justin reicht mir ein großzügig gefülltes Glas mit synthetischem, mit Magie versetztem Blut.

»Danke.« Ich nehme einen Schluck, und die Magie tanzt auf meiner Zunge. Ich gebe mir Mühe, mich nicht zu verschlucken. Es scheint, dass Blut und ich keine Freunde sind, egal von welcher Marke oder aus welcher Flasche. *Es sei denn, es kommt aus einer heißen Dämonenvene.* Meine Wangen werden heiß. Ich atme tief durch und hole Kraft, als der Dampf das Bad erfüllt.

Story löst sich von meiner Schulter und setzt sich auf den Rand des Waschbeckens.

»Also, es hat alles damit angefangen, dass ein Dämon meine Hand geküsst hat ...«

Justin schlürft mit großen Augen sein Blut.

Kapitel Sechsundzwanzig

Ich glaube, es gibt nichts Besseres, als mit meinen besten Freunden die Welt in Ordnung zu bringen. Nachdem Story und Justin gegangen sind, habe ich in der Badewanne weitergeweint. Es war schwer, über das Geschehene zu sprechen. Als ich den Stöpsel gezogen und zugesehen habe, wie das Wasser in den Abfluss gelaufen ist, konnte ich alles loslassen. Ich weiß, dass es Zeit braucht, um mein Herz zu heilen, und sosehr ich mir auch einrede, dass alles einen Grund hat, meine arme, zerrissene Seele glaubt mir nicht.

Nach dem Bad ziehe ich mir Leggings und einen übergroßen Kapuzenpulli an, gerade rechtzeitig, um die Haustür zuschlagen zu hören. Ich schlüpfe aus meinem Zimmer und bleibe stehen, um diesen Moment in meinem Kopf zu speichern, während mir der köstliche Duft von Pizza in die Nase steigt. Über dem Stimmengemurmel der Erwachsenen liegt der Jubel dreier hungriger Kobolde.

»Pizza! Pizza! Pizza!« ist ihr kollektiver Wichtelgesang. Die Kinder tanzen auf dem Esstisch um eine riesige Troll-Pizzaschachtel herum, auf der ein augenzwinkernder Troll mit Kochmütze abgebildet ist, der ein belegtes Pizzastück in der Hand hält.

Mir läuft das Wasser im Mund zusammen.

»Hört auf zu tanzen und setzt euch!«, sagt Ralph und zieht einen Stuhl für Page heraus.

Wir haben eine seltsame Konstellation mit einem Koboldtisch in der Mitte unseres Esstisches. Aber es funktioniert. Ich finde es toll, dass wir zusammen essen können. Alle Kinder rennen zu ihrem Tisch und setzen sich.

»Papa, ich habe Hunger«, jammert Page.

Ralph schiebt ihr den Stuhl zu, streicht ihr über das grüne Haar und küsst sie auf die Stirn. »Nur noch ein paar Minuten, Schatz. Wir müssen alle lernen, geduldig zu sein.«

»Ich falle gleich in Ohnmacht«, brummt Jeff.

Ralph lächelt ihn an und zerzaust ihm dabei das rosa Haar. »Das wird schon wieder.«

»Ja, hab Geduld!«, sagt Novel und nickt weise.

Verdammt, alle warten auf mich. Ich eile durch den Raum. »Was brauchen wir noch?«, frage ich lächelnd und schaue mich an den Tischen um. Mein Magen knurrt und die Kinder kichern. Ich verziehe das Gesicht.

»Ich hab doch gesagt, sie sieht hungrig aus«, flüstert Page. Ralph lächelt mich an und gibt sich Mühe, sein besorgtes Stirnrunzeln zu verbergen.

»Mir geht es gut«, murmle ich.

»Wir haben alles. Setzt euch!«, ruft Justin aus der Küche, als Story in den Raum stürmt und sich setzt. Ich lasse mich auf meinen gewohnten Stuhl gleiten, und die Kinder grinsen mich weiter an. Morris, Justins menschlicher Partner, schlendert lächelnd ins Zimmer. Als sein Blick den meinen trifft, bleibt er unbeholfen stehen, und Justin haut ihm fast auf den Hintern.

»Mir geht es gut«, flüstere ich.

Er rückt seine Brille zurecht, schaut die Kinder an und fasst sich offensichtlich an die Nase. Er zuckt mit den Schultern und sein Lächeln ist wieder fest aufgesetzt.

Ich richte meinen Teller. Offensichtlich ist mein Zombie-Look nicht verschwunden, jetzt, da ich sauber bin und andere Kleidung trage. Ich glaube, ich habe noch nie so abgemagert ausgesehen. Zumindest fühle ich mich nicht schwach.

»Okay, lass mir die Ehre!« Justin öffnet den Pizzakarton. »Seid ihr bereit?«, fragt er und reibt sich die Hände.

»Bereit!«, rufen die Kinder, während Story und Ralph lachen.

Morris stellt das Knoblauchbrot auf den Tisch und eine Tasse Tee vor mich hin. Als er sich setzt, tätschelt er meine Hand.

Justin wackelt mit den Fingern und holt eine riesige Scheibe heraus. Sie trieft vor Käse, und es braucht ein paar vorsichtige Bewegungen, bis sich ein besonders hartnäckiger Strang des klebrigen Käses löst. Weil das Stück so groß ist, balanciert Justin es mit beiden Händen und legt es auf den tischgroßen Teller vor den Kobolden. Alle jubeln. »Das sollte kalt genug sein, um es zu essen.« Er grinst und setzt sich.

Ich nehme mir ein Stück und lege es auf meinen Teller.

Morris schenkt mir ein Glas Wasser ein und Justin füllt ihre Teller auf. Morris schaut zu den Kindern, die alle damit beschäftigt sind, sich die Bäuche vollzuschlagen. »Erzählst du mir, was passiert ist?«

»Xander«, sagen Justin und ich unisono. Ich nehme einen großen Bissen und schließe die Augen, als die käsige Köstlichkeit meine Geschmacksnerven trifft. Käsehimmel.

»Erzähl Morris, was der Idiot getan hat!«, knurrt Justin und fährt sich mit der Hand durch sein dunkles, kastanienbraunes Haar. Wie Story hat auch Justin schon vor Jahren die Geduld mit Xander verloren.

Ich war nur zu blind, um es zu sehen.

Morris beugt sich vor und ignoriert die Pizza auf seinem Teller. Ich starre ihn an, er grinst, rollt das ganze Ding zusammen und nimmt einen großen Bissen.

»Ich wurde reingelegt …«

Ein fragendes Miauen unterbricht mich, als ein rothaariger Kopf gegen meine Wade stößt. Mit einer Schwanzbewegung schlingt sich Dexter um mein Bein.

Er scheint mir zu verzeihen – er muss den Lachs in der Küche gerochen haben. Ich beuge mich vor und kraule seine Ohren.

»Ohne Scheiß, du wurdest reingelegt. Jetzt komm schon!«, fleht Morris. »Erzähl mir alles!«

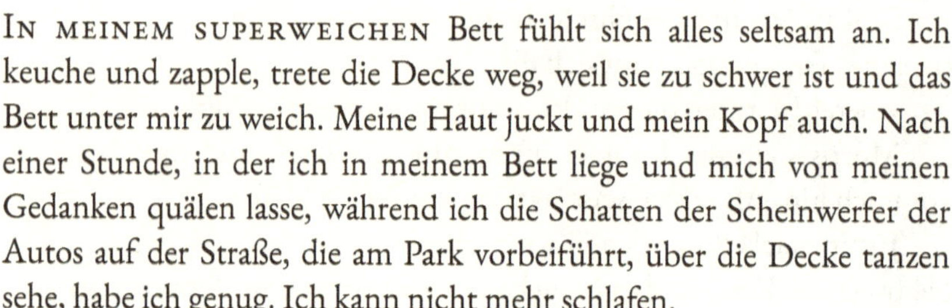

In meinem superweichen Bett fühlt sich alles seltsam an. Ich keuche und zapple, trete die Decke weg, weil sie zu schwer ist und das Bett unter mir zu weich. Meine Haut juckt und mein Kopf auch. Nach einer Stunde, in der ich in meinem Bett liege und mich von meinen Gedanken quälen lasse, während ich die Schatten der Scheinwerfer der Autos auf der Straße, die am Park vorbeiführt, über die Decke tanzen sehe, habe ich genug. Ich kann nicht mehr schlafen.

Ich setze mich auf, stopfe mein Kissen in den Rücken und nehme mein Handy vom Tisch neben dem Bett. Ich schreibe Ava eine Nachricht. *Hey Ava, hast du eine Spur für mich?*

Dexter, der neben mir auf dem Kissen liegt, öffnet ein Auge und sieht mich böse an.

»Hör zu, du hast dich entschieden, hier mit mir zu schlafen, Kumpel. Finde dich damit ab!«

Er gähnt, streckt sich und springt mit einem Schwanzschnippen hinunter. Ich kann nicht sehen, wohin er geht, weil der Bildschirm vor meinem Gesicht so hell leuchtet.

Ich habe dir alle Daten geschickt, antwortet sie knapp.

Ich bedanke mich und greife nach dem Datapad, das neben meinem Handy liegt. Justin hat auch meine gesamte Elektronik aufgeladen. Der Vampir ist ein echter Star.

Ich rufe die Informationen auf und während sie geladen werden, ziehe ich meine Knie an meine Brust, um das Datapad zu balancieren. Meine Beine sind so dünn. Ich ignoriere fleißig meine knubbeligen Knie, während ich alles lese.

Laut Avas Notizen wurde der vermisste Engel *Robin* zuletzt vor sieben Wochen gesehen, als sie ein Gebäude im Art-déco-Stil betrat, das alte Kino in der Dickson Road. Es wurde vor zwei Jahren geschlossen. Ava hat das gesamte Filmmaterial sowie den Strom- und Wasserverbrauch analysiert und ist überzeugt, dass Robin sich noch im Gebäude aufhalten könnte.

Wenn Ava glaubt, dass das Mädchen noch dort sein könnte, dann glaube ich das auch.

Das Kino hatte in der Vergangenheit Probleme mit unbefugtem Zutritt und – wieder laut Ava – wird es schwierig sein, am Schutzwall vorbeizukommen. Während ich nachdenke, tippe ich mit dem Finger auf das Datapad. Sie ist seit sieben Wochen hier, also muss sie irgendwo Hilfe und Essen bekommen. Es sei denn … das arme Mädchen ist tot. Ich reibe mir mit der Handfläche über die Augen und stöhne.

Ich zwinge mich, ein paar Seiten weiterzublättern. Details darüber, was Ava über sie herausgefunden hat, was nicht viel ist. Und dann ist da das Foto. Robins wunderschönes lächelndes Gesicht leuchtet auf dem Bildschirm. Mit ihren kurzen blonden Locken und den babyblauen Augen sieht sie einfach hinreißend aus.

Ich weiß besser als die meisten, dass der Schein trügen kann.

Ich springe aus dem Bett, ziehe meine schwarze Arbeitskleidung an und lade Zaubertränke und Waffen. Als ich alles an seinem Platz verstaue, bewegt sich mein Körper wie ein Raubtier. Ich fühle mich wieder wie früher. Wenn ich dann auf die Jagd gehe, bin ich wieder ich selbst. So kann ich meine Zeit viel besser nutzen, als im Bett zu liegen.

Ich stecke das Handy in die Tasche. Ich habe einen Stapel neuer Handys und SIM-Karten, die ich sofort benutzen kann. Es ist frustrierend, dass sie so leicht kaputt gehen. Die Magie, die die Kleidung schützt, kann der Technik und all den beweglichen Teilen leider nicht helfen. Die Kleider sind in Ordnung und meine Schwerter und alle meine Waffen, mit ein bisschen Übung auch. Sogar die Tränke bleiben meistens heil, aber die Technik … nein, das funktioniert leider gar nicht.

Ich mache es wie früher und kritzle eine Notiz für Story. Ich sollte pünktlich zum Frühstück zurück sein, aber man weiß ja nie, und ich will sie nicht mit einer SMS wecken. Ich schnappe mir meine Stiefel und gehe auf Zehenspitzen zur Haustür.

Das Geräusch von Glas auf Holz lässt mich fast aufschreien. Justin stellt die leere Flasche mit dem Blutersatz zur Seite. »Tru? Wo willst du hin?«

Ich reibe mir die Brust über meinem hämmernden Herzen. »Justin, warum sitzt du hier im Dunkeln? Du hast mich zu Tode erschreckt.«

Er schnaubt: »Tut mir leid, ich bin eingenickt. Kannst du nicht schlafen?«

»Nein.«

»Brauchst du Hilfe?«, fragt er und schaut auf meine Kampfausrüstung. Sein Blick ist so ernst. Ich gehe zu ihm aufs Sofa und küsse seine Wange. Es hat lange gedauert, bis er meine Zuneigung angenommen hat. Wie jeder von uns hat auch Justin eine schwierige Vergangenheit.

Ich streiche über sein Haar. Justin schaut auf seine Hände. Er kann mir nichts vormachen. »Danke, dass du für die Sicherheit aller gesorgt hast. Ich bin jetzt zu Hause, also lass mich das übernehmen. Ich schaffe das schon.« Ich zupfe ihn an seinem Haar und schaue in seine müden Augen.

»Aber du bist doch so ... du bist doch gerade erst nach Hause gekommen«, flüstert er.

»Bitte, Justin, geh ins Bett! Schau ...« Ich ziehe ein provisorisches Spielzeug heraus und schwinge es vor ihm hin und her. Dann werfe ich es neben der Eingangstür auf den Boden. Es blüht auf und erhöht die Sicherheit des bereits gesicherten Gebäudes. Es ist ein stärkerer Zauber, der ein paar Tage anhält. Die Kosten lassen mich innerlich ein wenig erschaudern. Aber das ist es mir wert, um meinen Freund zu beruhigen.

Justin verzieht beim Anblick des schimmernden Schutzwalls das Gesicht und brummt: »Das hättest du nicht tun müssen.«

»Nein, musste ich nicht, aber es war für mich, für meinen Seelenfrieden. Wir haben schreckliche Monate hinter uns.« Ich füge nicht hinzu – während ich versuche, ihn ins Bett zu bringen –, dass ich mich dabei besser fühle, während irgendein Idiot herumläuft und versucht, mein Leben zu ruinieren.

Justin nickt und reibt sich das Gesicht.

Ich drücke seine Schulter. »Euch zu helfen, macht mich wieder gesund. Verstehst du das?«

Er nickt.

»Bitte, kannst du ein bisschen für mich schlafen? Für Morris?«

Wieder nickt er.

»Gut. Ich liebe dich.« Ich küsse ihn auf die Stirn. »Und wir sehen uns morgen früh.«

Kapitel Siebenundzwanzig

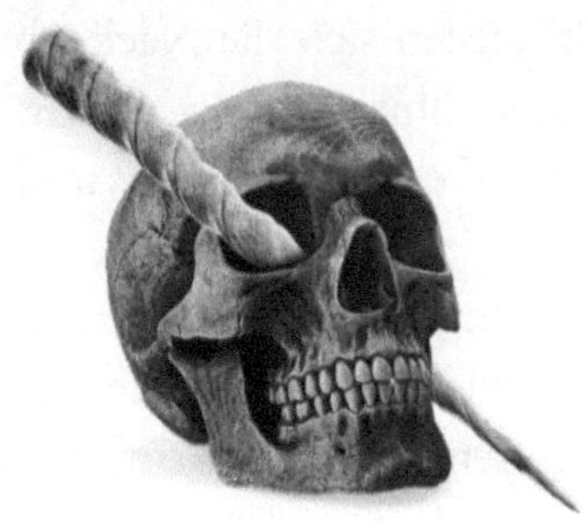

Ich parke meinen alten metallgrauen Land Rover Defender 90 in einer Seitenstraße in der Nähe des Bahnhofs. Als ich die Tür öffne, reißt mir der Wind sie fast aus den Händen, und als ich die Straße halb hinuntergelaufen bin, öffnet sich der Himmel und es regnet in Strömen.

Ich ahne es. *Gott, warum bin ich noch einmal rausgegangen?* Auf Regen und Wind könnte ich verzichten. Ich lehne mich in den besagten Wind. »Jep, ich lebe den Traum«, murmle ich. Wenigstens ist mir nicht kalt, dank des seltsamen Zaubers, den Kleric mir auf die Stirn gelegt hat, als ich ihn das erste Mal getroffen habe. Er reguliert immer noch meine Körpertemperatur, was gut ist. Aber der Regen durchnässt mich bis auf die Knochen und läuft mir den Nacken hinunter. Ich zucke zusammen. Ja, das ist nicht so schön.

Wenigstens habe ich eine gute Ausrede, um mein Gesicht vor den vorbeifahrenden Autofahrern zu verbergen. Ich trotte über die Straße, die Hände in den Hosentaschen, drehe mich um und blinzle den Regen aus den Augen, während ich mich an das Schaufenster des Ladens drücke und die Markise nutze. Im Dunkeln versteckt nehme ich mir die Zeit, das Kino von außen zu betrachten.

Es ist ein schönes Gebäude mit einer imposanten, cremefarben verklinkerten Fassade und einem markanten Turm auf der rechten Seite. Fünf schmale Fenster über einem großen roten Kinoschild. Darunter ein breites Vordach mit kaputten Röhrenlampen, von denen eine im Wind klappert.

Ava hat nicht gescherzt, was den Schutzwall angeht. Junge, Junge, das ist ja ein Ding. Mir stellen sich die Nackenhaare auf, und von der anderen Straßenseite aus fühlt sich der Schutzwall lebendig an, als könnte er sich aus dem Gebäude schälen und mir über die Straße folgen.

Es knistert und brummt, und als eine Plastiktüte vom Wind erfasst wird, entzündet sie sich wie eine Wunderkerze. Sie verwandelt sich in einen rauchenden braunen Klumpen auf dem Boden. *Verdammt.* Gewöhnliche Menschen haben nicht die Magie, um einen solchen Schutz zu durchbrechen. Ich bin kein normaler Mensch, und heute Abend habe ich Tränke im Wert von Tausenden von Euro bei mir, eine Fülle von Hexen- und Faezaubern, und nicht einmal ich habe die Kraft, in dieses Gebäude einzudringen. Auf keinen Fall komme ich an dem Zauber vorbei.

Verdammt! Was soll ich jetzt tun? Sehnsüchtig blicke ich zu der Stelle zurück, an der ich meinen Defender geparkt habe, zucke mit den Schultern und überquere die Straße, um meinen langsamen Spaziergang an der Seite des Gebäudes entlang in die Spring Road fortzusetzen. Die cremefarbene Fassade des Kinos geht in roten Backstein über, und die Kraft des Schutzwalls liegt mir auf den Lippen. Es gibt eine fest verschlossene schwarze Brandschutztür, ein paar Stufen und eine weitere Brandschutztür. Ich gehe weiter, vorbei an weiteren magisch verschlossenen schwarzen Metalltüren. Ich erreiche die Lord Street und die Rückseite des Gebäudes und gehe weiter.

Als ich auf die Rückseite des Kinos schaue, verliere ich die Hoffnung. Es gibt keinen Weg hinein. Ich will mich gerade umdrehen, da sehe ich es: ein schwarzes Tor. Ich lege den Kopf in Schieflage und kneife die Augen zusammen.

Es ist eine Ladezone, und das schwarze Tor ist an der Wand des neueren Bürogebäudes nebenan befestigt.

Oh, hallo!

Das Tor ist eine Schwachstelle. Ich kann mir nur vorstellen, dass sie es nicht ganz schließen konnten, weil es sonst die Außenwand des Nachbargebäudes beschädigt hätte.

Ich nehme eine Münze und werfe sie in den Spalt zwischen Tor und Mauer. Die Münze segelt direkt vorbei. Ich grinse und mache einen mentalen Faustschlag. *Yessss.*

Ich gehe näher. Das Bürogebäude hat ein dekoratives Metallgeländer mit einem gemauerten Torpfosten, der den schmalen Gartenstreifen von der Straße trennt. Ich muss fast laut lachen. Der Torpfosten ist ein Trittbrett, weil er perfekt ausgerichtet ist. *Wie praktisch ist das denn? Es ist, als würden sie mich anflehen, einzudringen.*

Ohne Vorwarnung springe ich auf den Pfosten, schramme mit dem Rücken an der Wand des Bürogebäudes entlang und bleibe nur wenige Zentimeter davon entfernt, weil mir der Schutzwall in der Nase brennt. Ich springe über das Tor, lande leicht gebückt auf der leeren Laderampe und halte den Atem an, um zu lauschen.

In Gedanken zähle ich bis dreißig. Als nichts passiert, kein Alarm ertönt, niemand eine Warnung ruft, stehe ich auf.

Auch wenn einige Kreaturen nachtaktiv sind, war es definitiv die beste Entscheidung, so spät zu kommen. Außerdem wird heute Nacht niemand draußen auf mich warten, schließlich bin ich gerade erst aus einem Albtraumgefängnis entkommen. Ich erlaube mir ein kleines Lächeln, als ich meine Lederhandschuhe anziehe und zur hinteren Ladetür gehe.

Diese Tür hat nur einen einfachen Schutzwall. Der ist robust, aber nicht anders als die, die ich gerade zu Hause benutzt habe. Ich krame in meinen Taschen und finde die richtigen Zaubersprüche. Den ersten werfe ich auf den Schutzwall, der sich bei Berührung auflöst. Der zweite Zauberspruch entriegelt die Tür mit einem fast lautlosen Klicken. Ich schnappe mir eine Handvoll Mikrokameras und werfe sie in die Luft, um aufzunehmen, was ich finde, dann aktiviere ich den dritten Zauberspruch, der mir coole schwebende Lichter beschert.

Ich zücke ein Kurzschwert und stelle mich vorsichtig an die Seite, nur für den Fall, dass mich auf der anderen Seite der Tür eine böse Überraschung erwartet. Ich dimme die schwebenden Lichter auf Null, greife mit behandschuhten Fingern nach der Kante und die Tür öffnet sich quietschend. Ich warte. Die Sekunden vergehen, alles bleibt ruhig und ich schlüpfe hinein.

Es riecht nach Staub und Feuchtigkeit. Es ist wirklich ein schönes Gebäude. Ich bin froh, dass sich das Art-déco-Thema von außen fortsetzt. Ich streiche mit den Fingern über eine Zierplatte. Die Armaturen sind original. Schade, dass das Kino schließen musste. Ich hoffe, dass der Käufer es in seiner Schönheit erhält.

Mit durchnässtem Mantel und Hut zücke ich mein Handy und schicke die Mikrokameras los, um das Gebäude zu überprüfen. Es ist ein riesiger Bereich, den ich allein durchqueren muss, und ohne sie würde ich die ganze Nacht brauchen.

Schweigend warte ich in der Dunkelheit, den Blick starr auf den Bildschirm gerichtet. Hinter mir peitschen Wind und Regen gegen die Ladentür. Die Kameras schwenken. Der Saal eins des Kinos ist atemberaubend, mit modernen Kinositzen, aber die Leinwand ist in eine Art-déco-Bühne eingebettet, mit *Vorhängen*, sogar die Beleuchtung sieht original aus.

Mein Herz hämmert gegen meine Rippen und mein Magen dreht sich um. *Da sind Fußspuren im Staub.* Ich glaube, ich habe sie gefunden. Am liebsten würde ich den Spuren folgen, aber ich weiß es besser. Ich will auch nicht, dass sich jemand von hinten an mich anschleicht. Also nehme ich mir die Zeit, das ganze Gebäude mit den Kameras abzusuchen, und lasse den Bereich mit den vielen Fußspuren zum Schluss. Das gesamte Erdgeschoss und die oberen Stockwerke sind bis auf ein paar Mäuse frei von Tieren.

Schließlich ziehe ich meine durchnässten Kleider aus und lege sie in eine dunkle Ecke neben der Laderampe. Ich kann keine nassen Sachen gebrauchen, die mich in meiner Bewegung behindern.

Das Handy weggelegt und das Schwert in der Hand knipse ich die schwebenden Kugellampen an. Sie baumeln hinter mir her, während ich alles verriegele, sodass nur der vordere und der hintere Ausgang frei bleiben. Wäre ich nicht so wütend über meinen Gefängnisaufenthalt, würde ich über die Kosten des Ganzen eimerweise schwitzen, aber ich lasse den Zauber fallen, als hätte ich Geld zum Verbrennen.

Man kann kein Geld ausgeben, wenn man tot ist.

Endlich kann ich den Fußspuren folgen. Sie führen zu einer Gittertür und einer einsamen Treppe. Ich lösche die flackernden Lichter, die mir treu durch das Gebäude gefolgt sind, und schicke die Kameras wieder voraus. *Bitte sei da!* Ich zücke mein Handy und beobachte, wie die Kameras einen kleinen Personalbereich zeigen – einen alten Pausenraum mit Küche, Sitzecke und ein Bad in Familiengröße.

Auf dem ansonsten leeren Boden liegt ein Stapel Decken, und Robin sitzt unbekümmert mittendrin, schaut sich einen Film auf ihrem Handy an und isst fröhlich einen Snack. Ich sehe zu, wie sie glücklich auf einer Tüte Walker's Salz-Essig-Chips herumkaut.

Ich lehne mich an die Wand und atme leise auf. *Verdammt, wir haben sie gefunden und sie lebt. Wir haben es geschafft.* Ava ist ein Star. Ich werfe einen Blick auf mein Handy, um sicherzugehen, dass der vermisste Engel nicht gefesselt ist. Nein, und sie sieht verdammt viel gesünder aus als ich. Sie versteckt sich seit sieben Wochen in diesem Gebäude. Die Frage ist, warum? Um mir eins auszuwischen? Ich kenne sie nicht. Ich bin ihr noch nie begegnet und kann es kaum erwarten, sie zu fragen, warum.

Ich überprüfe, ob die Kameras aufzeichnen, drücke einen Knopf, um sie so einzustellen, dass sie mich verfolgen, und füge dann Uhrzeit und Datum hinzu. Vorsichtshalber schicke ich die Live-Übertragung auch an Ava, denn im Moment kann ich nicht paranoid genug sein.

Ich lege das Handy weg und stütze mich leise an der Stufenkante ab, während ich zu ihr hinaufsteige.

Oben angekommen, stupse ich mit der Fußspitze gegen die Tür, trete ein und lasse einen weiteren Zauber zu meinen Füßen fallen, der die Tür vorübergehend versperrt, sodass sie mit mir eingeschlossen ist. Die nächsten Minuten geht Robin nirgendwohin.

»Hallo«, sage ich mit einem freundlichen Lächeln.

Robin schnappt nach Luft, in ihren Augen blitzt Wiedererkennung auf. Sie lässt ihr Handy fallen, hustet und stottert und verschluckt sich an einem Knäckebrot. *Armes Mädchen.* Das Handy rutscht krachend von der Decke auf den Boden, und der Film auf dem Bildschirm läuft weiter, eine bedrohliche Geräuschkulisse. *Wie schön.*

»Die Engel haben sich große Sorgen um dich gemacht. Sie suchen dich schon seit Wochen.« Ich stupse mit meinem Stiefel ein paar Essenskisten an. »Dir scheint es gut zu gehen. Du bist doch nicht verletzt, oder, Robin?«

»W... w... was?«, stottert sie. »Wer bist du?« Ihre Augen werden merkwürdig groß, ähnlich dem Blick, den Jeff mir heute Nachmittag zugeworfen hat.

Sie will mit mir spielen.

Bei Jeff war der unschuldige Blick süß. Ihr ... möchte ich eine Ohrfeige geben. Das ist nicht sehr nett, aber ich bin kein netter Mensch und sie ist mir scheißegal. Mein Leben ist aus den Fugen geraten, während sie sich mit Filmen auf ihrem Handy vergnügt. Als ihr Drama nicht die erwartete sofortige Reaktion von mir hervorruft, zittert Robin vor Angst. Ich verdrehe die Augen und richte mein Schwert auf sie.

»Behalte deine Hände dort, wo ich sie sehen kann!«

Wäre ich ein Mensch mit einem so unschuldigen, schönen Gesicht – ihr Foto wird ihr nicht gerecht; Robin ist exquisit – und den engelsgleichen Locken, ganz zu schweigen von der grazilen Anmut, die aus ihren Poren sickert, hätte ich mit meinen Instinkten gekämpft, um sie zu beruhigen, aber es ist scheiße, sie zu sein, denn ich bin kein Mensch.

»Hände!«, knurre ich.

Robin hebt ihre Hände. Eine Hand ist verdächtig verschränkt, und mit einem Schmollmund und tränengefüllten babyblauen Augen ... wirft sie einen Trank in Richtung meines Kopfes.

Das ist nicht sehr nett.

Ich schlage mit meinem Schwert zu. Er prallt von der Klinge ab und fliegt hinter mich, wo er gegen den Schutzwall knallt.

Ah, mein erster Fehler. Der Schutzwall fällt und Robin rennt los.

Sie nutzt die Chance, die ich ihr gegeben habe, und rennt los. Rennt weg. Sie rennt aus der Tür und donnert die Treppe hinunter. Unten angekommen dreht sie sich um und wirft mir ein Messer vor die Brust. Ich zucke zusammen, als es mich um Haaresbreite verfehlt und die Klinge den hübschen Türrahmen trifft. Sie holt zum Schlag aus, den ich mühelos abwehren kann. Dann tritt mir Robin in die Seite. Ich kichere.

Ich kann nicht anders, tut mir leid, aber das war so erbärmlich. Sie dreht sich um und läuft wieder weg.

Oh. Ich blinzle. Sie ist superschnell. Das muss ich ihr lassen. Ich schiebe mein Schwert zurück in die Scheide und folge ihr in die Lobby. Ich lächle, als sie sich fast die Nase bricht, weil sie gegen einen Schrank prallt, der ihr den Weg versperrt. Danach dreht sie sich um, und bevor ich sie aufhalten kann, ist sie durch die Eingangstür verschwunden.

Der Schutzwall lässt sie durch, ich halte den Atem an. Ich weiß nicht, ob mir das Luftanhalten hilft, wenn ich einen Stromschlag bekomme. *Werde ich als Häufchen Asche auf dem Bürgersteig enden?* Ich schaudere, halte aber immer noch die Luft an, als ich durch die Vordertür in die Tötungsstation stürme.

Kapitel Achtundzwanzig

Ich lebe! Dem Schicksal sei Dank. Der Schutzwall hat nicht auf mich reagiert. Ich schätze, er tötet nur Kreaturen und Plastiktüten, die hinein wollen, aber nicht hinaus. Das ist gut zu wissen. Ich jage Robin über die Straße und renne die Springfield Road hinunter. Meine Waffen klirren beim Laufen, *mein zweiter Fehler* an diesem Abend. Meine Ausrüstung zu überprüfen, ist das oberste Gebot. Normalerweise kann man mich nicht hören. Ich hätte den Gurt enger schnallen sollen. Mein Gewichtsverlust ist schuld.

Ich muss meinen Kopf wieder freibekommen.

Meine Stiefel stampfen über den Bürgersteig, als ich Robin über die Promenade in Richtung tosendes Meer folge. Sie sprintet über die Straßenbahnschienen, vorbei am tausendjährigen Kriegerdenkmal und dem Kenotaph, springt über das weiße Metallgeländer und fällt auf die untere Ebene.

Wohin zum Teufel will sie?

Der Wind peitscht durch mein Haar, die Gischt brennt in meinen

Augen und sticht mir ins Gesicht. Verdammt, das ist nicht die richtige Nacht, um hier unten zu sein. Wenigstens regnet es nicht mehr. Ich muss das schnell beenden. Die Schwerkraft ist auf meiner Seite und es scheint, als könnte ich schneller laufen. Während meine Beine pochen, greife ich mit meiner behandschuhten Hand nach ihrer Schulter.

Sie bleibt wie angewurzelt stehen und nutzt meine Geschwindigkeit gegen mich aus. Als ich an ihr vorbeigleite, dreht sie sich auf die Zehenspitzen und gibt mir einen Tritt. Ich stöhne auf, als ihr Absatz mein Brustbein trifft, und der Aufprall schleudert mich mit Hilfe des Windes zurück gegen die Betonbarriere des Deiches. Leider nur in Hüfthöhe, und mein Schwung geht weiter.

Mein dritter Fehler, denke ich, als ich über die Ufermauer kippe. Ein paar Sekunden bin ich in der Luft, dann stürze ich in die tosende See. Kopfüber schlage ich auf, der Aufprall schmerzt im Nacken. Wow, das Wasser ist kalt. Irgendwie schaffe ich es, nicht zu keuchen, und während ich mir verzweifelt den Mund zuhalte, falle ich wie ein Stein.

Mein Körper schwankt und dreht sich. Ich weiß nicht mehr, wo oben und unten ist. Statt in Panik zu geraten, schaue ich ins Wasser und stoße einen kontrollierten Schrei aus. Die Luftblasen steigen auf, ich folge ihnen, strample mit den Beinen und dränge das Wasser mit meinen Händen zur Seite, um an die dringend benötigte Luft zu kommen.

Je näher ich der Wasseroberfläche komme, desto stärker rollen und kräuseln sich die Wellen. Wie in einer Waschmaschine. Als ich die Oberfläche erreiche, atme ich mehr Wasser als Luft ein, bevor mich eine weitere schmutzig-braune Welle unter die Oberfläche zieht. Sie verdreht meinen Körper und ich schlage gegen die Ufermauer. *Uff.* Der Aufprall trifft meine rechte Schulter. Ich schnappe noch einmal nach Luft, dann bin ich wieder unter Wasser. *Das Meer tut sein Bestes, um aus mir eine Statistik zu machen und mich zu töten.*

Es ist sinnlos, gegen das Meer zu kämpfen. Es ist ein guter Weg zu ertrinken.

Als ich diesmal auftauche, schwimme ich seitwärts in Richtung North Pier. Ich weiß, dass dort eine Treppe ist, weil ich in den letzten Jahren an der Kaimauer entlanggelaufen bin. *Dort drüben.* Denke ich. Hoffe ich. Bei Flut sind sie unsichtbar, aber bei Ebbe sind die Treppe und die breite Rampe eine von vielen Möglichkeiten, den Strand zu erreichen. Ich zucke zusammen, als meine rechte Schulter brennt.

Ich bin so dünn, dass der fleischige Teil von mir, mein Hintern, nichts anderes will, als mich umzudrehen und wie eine Boje treiben zu lassen. Wenn es nicht so gefährlich wäre, würde es Spaß machen. Nach zehn anstrengenden Minuten knallt mein armes Schienbein auf die Betonstufen und ich ziehe meinen erschöpften Körper aus dem Wasser.

Atemlos und keuchend rolle ich über die Stufen wie ein schlaffes Stück Seetang und schleppe mich weiter nach oben. Mein nasses Oberteil knittert und die Betonwände schrammen an meinem Rücken. Wütend plätschern die Wellen unter meinen Füßen.

»Verdammt!«, stöhne ich. »Was für ein dummer Fehler. Ich bin so von der Rolle.«

Die Geschichte meines Lebens ist, dass es mich immer dann am härtesten trifft, wenn ich weder mental noch körperlich auf etwas vorbereitet bin. Diesmal ist es beides. Ich bin ein Wrack und versuche, zu ignorieren, dass ich nicht in Ordnung bin, dass der Kleber, mit dem ich mich zusammengeflickt habe, noch nicht getrocknet ist.

Ich schwanke auf meine Füße. »Ich kann nicht glauben, dass das Mädchen versucht hat, mich umzubringen, dumme Kuh.« Meine Brust schmerzt und ich reibe sie mit finsterer Miene. Robin hat mich gut erwischt, das war ein beeindruckender Tritt. Geschieht mir recht, dass ich sie vorher ausgelacht habe. Manchmal zahlt es sich eben aus, bescheiden zu sein und nicht so ein eingebildetes Arschloch.

Lektion gelernt. Wenigstens habe ich die amüsante Tatsache bemerkt, dass sie kein Opfer ist. Ich steige den Rest der Treppe hinauf, klettere über die rostige Kette und das baumelnde Schild: **Gefahr bei Hochwasser – Zutritt verboten.**

Die Hände in die Hüften gestemmt suche ich nach dem blonden Haar des Mädchens, obwohl ich weiß, dass sie längst weg ist. Verdammt! Ich bin schon viel zu lange im Wasser. Ah, meine Knochen schmerzen und meine nassen Kleider machen es noch schlimmer. Ich friere und klappere mit den Zähnen – selbst Klerics Zauber hat bei diesem Wind Mühe, meine Temperatur zu halten. Unter meinem Handschuh brennt der Kuss auf meiner Hand. Ich verspüre den starken Drang, Kleric um

Hilfe zu bitten, aber ich unterdrücke diesen Gedanken. Ich brauche seine Hilfe nicht.

Als ich an den Dämon denke, spüre ich einen sanften Ruck in meinem Hinterkopf, eine Liebkosung, gefolgt von einer rauen, verschlafenen Stimme. *Geht es dir gut? Ich habe gespürt ... Tru, was ist los?*, fragt Kleric.

Oh, Scheiße!

Wo bist du? Kann ich dir helfen?

Es geht mir gut. Ich war nur ein bisschen im Meer schwimmen, sage ich ihm.

Das Meer ... Was? Tru, es ist drei Uhr morgens. Solltest du nicht zu Hause im Bett liegen? Er seufzt, und ich kann fast spüren, wie er sich den Nasenrücken reibt und den Kopf schüttelt.

Ja, ich weiß, alter Mann. Ich bin eine Nervensäge. Ich überprüfe meine Waffen. Gut, dass ich nichts verloren habe. Da alles so locker sitzt, habe ich Glück gehabt.

Nein. Ich war auf der Jagd. Ich streiche mir die verfilzten, salzigen Haare aus dem Gesicht. Wenigstens ist mir nicht mehr kalt, als würde der Dämon durch den Kuss Wärme schicken. Nein, das muss der Stirnzauber sein, der wirkt. *Ich habe Xanders vermissten Engel gefunden. Na ja, Ava hat sie gefunden. Ich wollte sie abholen, aber ich habe Mist gebaut.* Ich reibe mir die Arme und starre auf das tosende Meer. *Ja, ich habe es wirklich vermasselt und sie ist mir entkommen, indem sie mich ins Meer getreten hat.*

Oder vielleicht habe ich es gar nicht vermasselt. Es könnte sich noch alles zum Guten wenden. Wenn sie kein böses Superhirn ist, hat Robin das alles nicht allein gemacht. Ich habe sie noch nie getroffen und nach den Informationen, die Ava gefunden hat, bezweifle ich, dass sie die Zeit hatte, das alles zu organisieren.

Sie ist eine Marionette. Eine Marionette. Ich muss herausfinden, wer ihre Fäden zieht.

Wenn ich sie erwische, kann ich sie nicht einfach verprügeln, um sie zum Reden zu bringen. Nein, ich müsste sie direkt an Xander ausliefern, und sie würde zusammen mit allen Beteiligten verschwinden. Wenn sie ihr Versteck im Kino verliert, läuft sie ihnen wenigstens in die Arme.

Es tut mir leid, dass du sie verloren hast, aber ich bin froh, dass es dir gut geht. Liebling, du hättest ertrinken können. Was brauchst du? Soll ich dich holen kommen?

Der weiche Teil von mir erwacht. Dieser Teil von mir ist so verdammt flach. *Nein, ich brauche nichts, danke. Ich muss mich umziehen und zu meinem Auto zurückgehen. Tut mir leid, dass ich dich geweckt habe.*

Jederzeit wieder. Kannst du ... kannst du mich bitte anrufen, wenn du zu Hause ankommst? Damit ich weiß, dass es dir gut geht?

Ich huste, um einen eigenartigen Kloß im Hals loszuwerden. Meerwasser. Meine weiche Seite in mir wird ohnmächtig. *Ja, kann ich. Nacht.*

Gute Nacht.

Ich schüttle den Kopf, räuspere mich und zupfe an meiner durchnässten Kleidung. Es gibt wohl keine bessere Zeit als jetzt, um eine neue Fähigkeit zu erlernen. Ich ziehe mich um. Ich gebe mein Bestes, um mich darauf zu konzentrieren, die Magie zu lenken und zu verhindern, dass ich mich in meine Tiergestalt verwandle. Ich denke an einen Menschen.

Alle vier Hufe klappern auf dem Betonpflaster. Ich verdrehe die Augen und schnaufe. Gut gemacht, Tru! Ich wandle mich zurück. »Verdammt, vielleicht habe ich nicht die Kraft, mich wie Forrest zu wandeln«, murmle ich.

Ich gehe den Weg zurück, den wir gekommen sind, und das Funkeln einer Linse fällt mir auf. Die Gegend ist übersät mit Überwachungskameras, und diese hier ist auf mich gerichtet. Die Kamera bewegt sich. Sie nickt mir freundlich zu.

Ich grinse. Ava. Sie hat das Sicherheitssystem gehackt. Die Mikrokameras werden irgendwo in der Gegend sein und ihre Batterien aufgebraucht haben, während sie gegen den Wind ankämpften. Ich weiß, dass sie Robin nicht folgen würden, weil ich sie so programmiert habe, dass sie bei mir bleiben sollen. Als ich ihr den Livestream geschickt habe, hat Ava zweifellos diese erbärmliche Ausrede für einen Kampf gesehen, und ich würde ein vierblättriges Kleeblatt darauf wetten, dass sie Robin bereits verfolgt.

Nun lächle ich und fühle mich besser. Ich muss mein Ersatzhandy holen und sie anrufen, denn ich weiß, ohne es zu überprüfen, dass mein armes Handy definitiv tot ist. Wenn mein Bad in der Irischen See es nicht kaputt gemacht hat, dann hat meine Nachtarbeit ganze Arbeit geleistet.

Aber zuerst muss ich zurück ins Kino und das Handy holen, das Robin fallen gelassen hat, und nachsehen, welche Beweise da noch herumliegen.

MEIN HANDY LIEGT wie ein Stück Kohle in meiner Hand. Das Wandeln hat es diesmal wirklich komplett zerstört, wahrscheinlich weil ich versucht habe, wieder ein Mensch zu werden und dabei den magischen Funken ausgelöst habe. Auf dem Rückweg zu meinem Land Rover werfe ich alles in einen Mülleimer. Ich habe meinen Mantel, meinen Hut und eine Tasche mit Robins Sachen dabei, darunter auch ihr Handy, eine seltsame Engelsmarke aus einer anderen Welt.

Ich durchsuche das Auto und finde das Ersatzhandy. Aha. Es klingelt, sobald ich es einschalte. »Du hast dir aber Zeit gelassen«, brummt Ava. »Weißt du, wie spät es ist? Manche von uns sind mehr Mensch als Superheld und müssen schlafen. Gib das Handy des Mädchens in meinem Schließfach ab.« Avas Schließfach ist eine kleine Einzimmerwohnung in der Park Road.

»Woher hast du …?«

»Woher habe ich deine Nummer? Ich habe das Telefon angezapft, während du schwimmen warst, und die Nummer der SIM-Karte in deinem Netz geändert, damit du dieselbe Nummer hast. Ich habe sogar alle deine Apps heruntergeladen, damit du deine Mikrokameras wegstecken kannst.«

»Oh, danke.«

»Gern geschehen. Und jetzt leg das Handy weg. Ich habe das Mädchen geortet, und sie ist in deinem Haus.«

»Was? Was zum Teufel?« Mein Herz setzt einen Schlag aus. »*Mein Haus*, nicht die Wohnung, das neue Bauernhaus?« Ich stottere.

»Nein, du Idiot, das Haus, das du seit Jahren besitzt, aber noch nie betreten hast. Das in der Einhorn-Gated-Community.«

»Oh«, sage ich. »Ava, du hast mich zu Tode erschreckt. Sie ist in diesem Haus.« Ich stöhne und reibe mir die Augen. Ich bin so müde, dass sie brennen. Sie hat recht damit, dass ich keinen Fuß in das Haus gesetzt habe. Ich habe es vergessen. Es war Teil eines großen Erbes und eine Art, mich zu manipulieren, damit ich ein gutes kleines Einhorn werde. Eine Schlinge. Niemals hätte ich diesen Strick benutzt, um mich aufzuhängen. Ich habe die Schlüssel und die Urkunden noch irgendwo in einer Schublade. Gleich wird Ava mir sagen, in welche Schublade ich sie gelegt habe. Ich schüttle den Kopf. Ich weiß nicht, woher sie überhaupt von dem Haus weiß, obwohl Ava doch alles weiß.

»Sie ist also im Einhornhaus? Freche Kuh, wer hat sie reingelassen?«, frage ich. Das musste ja nicht heißen, dass die Einhörner etwas damit zu tun haben.

»Deine Großmutter.«

Na schön, das ist interessant. Noch eine Falle? Ich stoße mir den Kopf an der Nackenstütze. Toll.

»Ich lade die Beweise auf dein Datapad. Ich habe Video, Audio und Fotos«, sagt sie und gähnt.

»Danke, Ava. Wirst du sie im Auge behalten und mir Bescheid sagen, wenn sie sich bewegt?«

»Ja, kein Problem. Ich rufe an, wenn ich etwas weiß.«

Wir verabschieden uns und ich lasse mich auf den Sitz fallen, klopfe mit dem Handy auf mein Knie und starre missmutig aus dem Fenster. Der Sturm hat nicht nachgelassen und es sieht nach einem scheußlichen Tag aus.

Ich nehme den Wind und den Regen in Kauf. Verdammt, ich werde sogar noch ein Bad im Meer nehmen. Wenigstens lebe ich hier draußen, wo mich die Elemente herumschubsen. Ich fühle mich lebendig.

Meine Großmutter und die Einhörner haben etwas damit zu tun, *schockierend*. Sie sind Grenzgänger. Wenn ich versuche, keinen Kontakt mit ihnen zu haben, mischen sie sich immer wieder in mein Leben ein. So kleine Dinge wie ... Ich weiß nicht, einen Engel manipulieren, damit ich ins Gefängnis komme, und wenn ich nicht um Hilfe schreie und kurz vor einem Gerichtstermin stehe, schlagen sie mir auf den Hinterkopf und fesseln mich an einen Stuhl, nur um mich zum Sonntagsessen einzuladen. Und dann ist da noch die Hilfe für einen vermissten Engel, den ich entführt haben soll.

Aha. Einhörner sind verrückt.

Aber warum? Das ergibt wenig Sinn. Ich weiß, dass sie mich mit einem netten Einhorn paaren wollen und wir dann Babys bekommen sollen. Ich schaudere. Selbst mein verseuchtes Blut ist gut genug dafür. Aber das kann ich nicht aus dem Gefängnis heraus. Ich habe die Kraft und Macht von vier Einhörnern, Magie, die von Generation zu Generation weitergegeben wurde. Will sie meine Macht? Ist es das? Ich verstehe, dass sie nicht wollen, dass ich mich nach einem Engel verzehre, also ergibt das Motiv, diese Beziehung zu zerstören, Sinn. Aber ...

Ich übersehe etwas.

Ich grinse, als ich das Telefon weglege. Wenigstens weiß ich jetzt, wo Robin sich versteckt, und sie hat mir ein Puzzleteil gegeben. Wie nett. Und anstatt mich mitten in der Nacht auf das umzäunte Grundstück zu schleichen, um Robin zurück in den Schoß der Engel zu holen, werde ich in meinem besten Sonntagskleid dorthin traben, denn ich habe ja eine Einladung.

Kapitel Neunundzwanzig

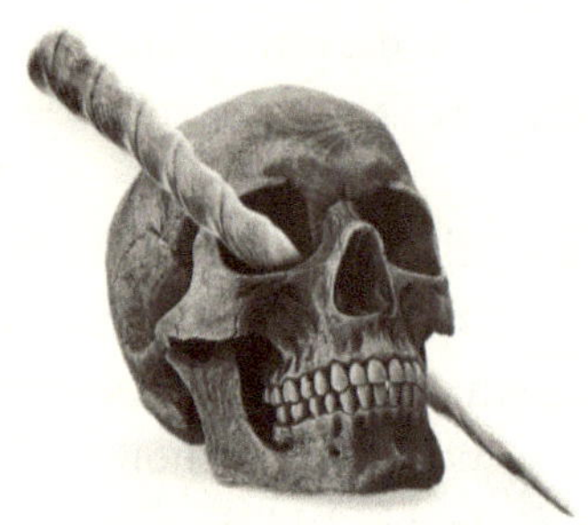

ICH WANDLE mich in mein Einhorn und trabe in die Mitte des Feldes. Ich nehme all das herrliche Gras in mich auf – achtundzwanzig Hektar – und meine Augen wandern umher auf der Suche nach der perfekten Stelle zum Wälzen. Und da! Ich habe den idealen Platz gefunden. Im Galopp prüfe ich den Boden mit den Hufen, um sicherzugehen, dass keine Steine versteckt auf dem Weg liegen.

Als ich feststelle, dass der Boden frei von allem ist, was meine längst überfällige Wälzerei stören könnte, gehe ich in die Knie, lasse mich auf die Seite fallen und rolle mich mit einem Grunzen auf den Rücken. Meine Beine zappeln in der Luft und ich lasse mich von der Schwerkraft auf die andere Seite rollen, wobei ich mir die Wirbelsäule, den Nacken und den Hintern kratze.

Oh, das ist die richtige Stelle.

Als ich zufrieden bin, stolpere ich zurück auf die Füße und schüttle mich am ganzen Körper. Zu meiner großen Freude fliegen Schlammklumpen, die an meinem Fell kleben, durch die Luft.

Dann, mit einem Quieken, bin ich weg. Ich flitze über die Wiese und strample vor Freude mit den Hinterbeinen. So schnell ich kann, renne ich um den Zaun herum. Teile der Grasnarben fliegen hinter mir her, während meine Hufe über den nassen Boden donnern.

Das ist Freiheit.

Ich rutsche aus und hinterlasse tiefe Furchen im Boden, meine Nüstern blähen sich auf, als ich schnuppere. Ich schnuppere noch einmal, räuspere mich und atme tief ein. Der satte Duft von aufgewühltem Gras, Erde und Herbst erfüllt meine Sinne.

Nachdem ich mich vergewissert habe, dass ich in Sicherheit bin und die Gegend frei von Raubtieren ist, die es auf einen Einhorn-Snack abgesehen haben könnten, senke ich den Kopf und nehme einen großen Bissen Gras. Kleine Stücke fallen aus meinem Mund, als der grasige Geschmack meinen Gaumen trifft. Lecker, ich bin überglücklich. Zugegeben, jetzt im Oktober riecht es ein bisschen, aber es ist voller Ballaststoffe, und wenn ich schnell zunehmen will, ist das die beste Methode.

Alles, was wir jetzt brauchen, ist ein bisschen Frost. Das stresst das Gras und macht es süßer. *O ja*, denke ich beim Kauen, *ich bin ein echter Graskenner*. Ich nehme noch einen Bissen, und meine Ohren drehen sich, während meine Augen beim Kauen umherfliegen.

Nachdem ich Robins Handy abgegeben habe, fahre ich nach Hause, frühstücke mit meiner Familie, bringe die Kinder zur Schule und Story zur Arbeit. Sie arbeitet im selben Café wie ich, aber nur noch halbtags, und im Gegensatz zu mir, die Tee und Kaffee serviert, dekoriert Story Hochzeitstorten. Die sind hübsch – wunderschön, um genau zu sein. Sie hat ein unglaubliches Talent und ist sehr gefragt. Ich bin noch nicht ins Bett gegangen; ich bin zwar erschöpft, aber mein Gehirn ist zu aufgewühlt, um zu schlafen. Oh, eine Distel! Ich knabbere an der violetten Blüte. Es ist spät im Jahr, ein Glücksfund.

Ich habe auch den letzten Papierkram mit unserem Makler unterschrieben. Story hat letzte Woche die ganze Summe überwiesen und sie warteten auf meine Unterschrift, um alles beim Grundbuchamt einzureichen. Dann bin ich zum Makler gegangen, um die Schlüssel abzuholen. Ich war noch nicht in der Nähe des Hofes. Ich hebe den Kopf und blicke durch den Nebel auf das Gebäude. Unser neues Zuhause liegt auf einer kleinen Anhöhe und bietet einen herrlichen Blick über das Land.

Ich möchte erst einmal mit allen durch die Tür gehen, und wir werden noch eine Weile nicht einziehen, denn das Haus steht kurz vor dem Verfall, und für kleine Kinderfüße ist es noch nicht sicher.

Aber ich konnte nicht anders. Ich musste auf das Feld. Ungläubig schüttle ich den Kopf. Wahnsinn. Es ist so seltsam. Es scheint nicht real zu sein. Ich kann nicht glauben, dass das ganze Land uns gehört. Meine Ohren zucken. Ein Teil von mir wartet darauf, dass mich jemand anschreit, ich solle verschwinden, ich sei ein Eindringling.

Ja, ich brauchte Zeit, um zu essen, mich zu entspannen, mich zu wälzen, zu laufen und meinen nächsten Schritt zu planen. Eine Sache, die ich gelernt habe, ist, dass die rasende Wut, die ich fühle, gesund ist. Wut ist Energie, wenn ich sie richtig einsetze. Ich muss nur planen und mir Zeit nehmen.

Ich habe hin und her überlegt, ob ich Xander die Robin-Filme schicken soll, aber dann habe ich entschieden, dass ich ihm nicht trauen kann. Er würde wie ein verrückter Stier da reingehen und alles vermasseln. Und Kleric? Na ja, der Dämon ist wohl sehr beschäftigt, und ich weiß, dass ich viel zu viel von seiner Zeit in Anspruch genommen habe. Außerdem muss ich immer daran denken, dass er ein Fremder ist.

Ich finde einen Brombeerstrauch, der sich unter dem Zaun hindurchschlängelt, und mit Lippen und Zunge zupfe ich vorsichtig die prallen, saftigen Beeren ab.

Meine empfindlichen Ohren hören ein Auto die Einfahrt entlangfahren, ich hebe den Kopf und sehe, wie ein fremder Wagen mit quietschenden Bremsen neben meinem Land Rover parkt. Ich verschlucke mich fast. Was ist das denn? Was macht der hier? Ich kneife die Augen zusammen, als ich sehe, wie sich eine vertraute blaue Gestalt hinter dem Lenkrad hervor windet.

Dann fällt mir ein, dass ich ihm nicht gesagt habe, dass ich gut zu Hause angekommen bin. *Ups.*

Klerics Körper schimmert vor Magie und plötzlich trägt er einen Regenmantel und Gummistiefel. Er öffnet das Tor, schließt es sicher hinter sich und kommt mit langen, sicheren Schritten auf mich zu.

Mein Blick fällt auf die Papiertüte, die in seinen Händen raschelt. Feine Karotten? Faeäpfel? *Ooh.* Was für ein Geschenk.

Tut mir leid, dass ich dir nicht gesagt habe, dass ich heil nach Hause gekommen bin. Aber was machst du hier? Ist der Dämon mein neuer Stalker?

Er klemmt sich die Papiertüte unter den Arm und hebt die Hände. »Hallo, ich wollte nicht stören. Story hat mir gesagt, wo du bist, und ich habe mich gefragt, ob du mir erlauben würdest, auf dich aufzupassen ... dich zu beschützen, während du grast.«

Wie bitte? Was hat sie jetzt wieder vor? Die verdammte verrückte Elfe. *Wieso? Hast du nichts Besseres zu tun?* Ich drehe mich um und richte mein Horn auf ihn. Ein sehr scharfes Horn, ungefähr so lang wie ein Katana-Schwert, etwa vierundzwanzig Zentimeter. *Ich kann mich selbst in Sicherheit bringen.*

»Okay. Darf ich mich zu dir setzen?« Der Dämon schaut verlegen.

Wie bitte? Mir Gesellschaft leisten?

»Na ja, Dämonen können sich wandeln.« Er zupft an seinem feuchten Mantel und reibt sich den Nacken. »Wir können uns in alles wandeln.«

Ach ja, das hatte ich ganz vergessen. Das ist ein weiterer wichtiger Grund, warum die anderen Kreaturen Dämonen nicht mögen. Sie trauen ihnen nicht, weil sie sich in alles verwandeln können, in alles, in einen anderen Menschen, in eine Maus, in ein *Einhorn* ... Ich blinzle ihn an.

Er zieht eine Karotte aus der Tasche und bietet sie mir an.

Natürlich nehme ich das Bestechungsgeschenk an. Sanft nehme ich sie ihm aus der Hand und bedanke mich. Ich habe noch nie jemanden gehabt, der sich mit mir wandelt. Im Kampf natürlich, aber nie zum Spaß. Ich stehe unbeholfen da und schaue ihm zu, während ich an der Karotte knabbere, und plötzlich bin ich ein Kind, das sich zum ersten Mal auf einen Spielplatz wagt und nicht weiß, was es tun soll. Ich hoffe, dass die Aufregung, die durch mein Blut fließt, mir hilft. Damit ich nicht mehr so ungeschickt bin. Als ich das leckere Gemüse aufgegessen habe, nicke ich. *Alles in Ordnung.*

Kleric bietet mir noch eine Karotte an, leert die Leckereien auf den Boden, faltet die leere Tüte zusammen und steckt sie in die Innentasche seines Mantels. Dann sehe ich mit großen Augen, wie sich der Dämon in ein riesiges blaues Einhorn verwandelt. Ich weiß, er hätte jede Farbe haben können, aber ich finde es toll, dass er seine schöne Hautfarbe behalten hat.

Ich lege meinen Kopf in den Nacken. Das ist ganz schön viel blaues Fell. Ja, er ist riesig. Ja, natürlich ist er das. Und dann wagt er sich an meinen Wälzplatz, kniet sich in das plattgedrückte, matschige Gras und wälzt sich.

Ich greife nach einem violetten Faeapfel, als würde ich Popcorn essen, und sein bitterer Geschmack füllt meinen Mund, während ich knabbere und ihm beim Wälzen zuschaue. Er reibt seinen üblen Dämonenduft über meinen. Was für ein komischer Kauz. *Er ist nicht einmal ein echtes Einhorn*, denke ich, als ich sein riesiges Horn betrachte. Das bisschen Sonne, das wir heute haben, kämpft sich durch die Wolken und den Regen. Die Strahlen treffen auf die Spitze des Horns und es funkelt. Ich schnuppere, drehe ihm den Rücken zu und tänzle davon.

Als ich ihm den Rücken zuwende, brauche ich nicht einmal den Kopf zu drehen, denn mein Sehvermögen ist episch, und ich sehe, wie er aufsteht, sich schüttelt und dann langsam auf Zehenspitzen auf mich zukommt, als wäre er eine große Katze. Jemand muss ihm sagen, dass seine massiven, tellergroßen Hufe nicht zum Schleichen gemacht sind. Es klappert und das nasse Gras plätschert.

Ich wiehere und flüchte. Er donnert hinter mir her, direkt an meinem Schweif. Ich lache unkontrolliert. Das ist ... das ist so lustig! Obwohl er mich mit seinen langen Beinen in einem Wettrennen schlagen könnte, bleibt er hinter mir, einen Schritt hinter meinem Hintern. Den gleichen Abstand hält er auch, als ich etwas langsamer werde, um ihn zu testen.

Ich bleibe stehen, drehe mich auf die Hinterbeine und lasse mich zurückfallen. Er kommt auf mich zu und unsere Hörner stoßen zusammen. Vor Schreck falle ich auf alle vier Hufe und weiche zurück.

Wahnsinn!

Können wir das noch mal machen?, frage ich ihn. Selbst meine innere Stimme zittert vor Aufregung. Er nickt, seine dunkelblaue Mähne weht im Wind und seine schwarzen Augen funkeln vor Freude.

Wir können alles machen, was du willst, antwortet er.

Wir stehen uns gegenüber und kämpfen wie Einhörner.

KAPITEL DREISSIG

DER SONNTAG KOMMT SCHNELL und ich fühle mich von Tag zu Tag mehr wie ich selbst. Mir ist immer noch nicht wohl, wenn ich von vielen Menschen umgeben bin, und ich werde in nächster Zeit nicht auf ein Konzert gehen. Nicht, dass ich jemals auf ein Konzert gegangen wäre, und ich habe Menschen immer gehasst, also ist das weder eine Überraschung noch ein großer Verlust. Aber ich fühle mich jetzt viel besser.

Ich habe meine Zeit sinnvoll mit Grasen und Training verbracht. Ich hatte ein paar harte Sparringsrunden mit meinen Gargoyle-Freunden – die Arbeit, die ich im Gefängnis geleistet habe, hat meinen Kampfstil auf Hochglanz poliert – und bei all dem habe ich stundenlang geplant und habe jetzt einige gute Ideen im Kopf, wie ich mit den Einhörnern umgehen kann.

Außerdem habe ich Kleric, Forrest und ein taktisches Team in Bereitschaft, falls die Dinge aus dem Ruder laufen ... was sie zweifellos werden, da ich es bin.

Robin versteckt sich in dem Haus, das auf meinen Namen läuft, was mich ärgert. Meine Einhorn-Großmutter, da bin ich mir sicher, freut sich, dass sie mich ausgetrickst hat. Wie sehr muss es sie doch reizen, dass sie dieses Haus benutzt, um einen Engel zu verstecken, für dessen Entführung ich ins Gefängnis musste. Ich weiß, dass es mir egal sein sollte, was sie denkt oder tut, aber die ganze Sache mit dem Engel macht mich wahnsinnig. Und die Teile des Puzzles passen immer noch nicht zusammen.

Böse Menschen brauchen keinen Grund, Arschlöcher zu sein. Ich muss das nagende Gefühl loslassen und mich den Fakten stellen, die ich habe: Alles deutet auf meine Großmutter hin.

Ich streiche mit den Händen über das wunderschöne dunkelblaue, knielange Kleid. Der Stoff ist so verarbeitet, dass ich ein paar kleine Waffen und Verteidigungszauber tragen kann. Als letzten Schliff stecke ich noch ein Anti-Magie-Band in die dünne Innentasche am Saum.

Die seltsamen goldenen Armbänder, die ich trage, klimpern, als ich das Kleid wieder an seinen Platz schiebe. Ich lächle. Es sind keine Armbänder, sondern spezielle, raffinierte Handschellen. Hoffentlich kann ich mich noch einmal wandeln, bevor ich mich auf die Suche nach Robin mache, aber für den Fall der Fälle habe ich meine Reserve mitgebracht.

Ja, sobald ich sie in die Finger bekomme, werde ich Robin fesseln. *Mal sehen, ob sie diesmal entkommt.* Nein, sie wird nicht weglaufen. Ich habe nicht vor, das Mädchen gehen zu lassen, bevor ich sie nicht schreiend und tretend an Xander und zusammen mit einigen oder allen ihren Komplizen an den Großen Rat der Kreaturen übergeben habe.

Es sei denn, sie zwingen mich, sie zu töten. Dann werde ich stattdessen ihre abgetrennten Köpfe übergeben. Ich habe es satt, Spielchen zu spielen. Ja, vielleicht bin ich ein bisschen wütend. Ich streiche mir mein Haar hinters Ohr. Ich gehe immer noch großzügig mit dem Geld um, denn ich habe heute einen Trank benutzt, um mein Haar zu stylen und mich zu schminken. Meine bunten Strähnen fallen mir in schönen, glänzenden Wellen bis zur Hüfte und dank der magischen Schminke kann ich die nicht abwischen, wenn ich mein Gesicht berühre. Sie verschwindet erst, wenn ich mich wandle. Ich liebe Hexenzauber.

Schweigend, mit verschränkten Armen und einer Sorgenfalte

zwischen den Brauen, sitzt Story auf der Bettkante. Wir haben uns in den vergangenen dreißig Minuten gestritten.

»Bist du dir sicher, dass ich nicht mitkommen kann?«, flüstert sie.

Ach, sie will es nicht verstehen. Ich beiße meine Kiefer so fest zusammen, dass mir die Zähne wehtun. Ich mache mir nicht einmal die Mühe, zu antworten, denn ich will mich nicht wiederholen. Ich werde sie auf keinen Fall in die Einhorn-Gated-Community fliegen lassen. Die würden sie ohne zu zögern umbringen, und wenn ihr etwas zustoßen würde ... o nein ... der Gedanke daran macht mich krank. Das würde ich mir *nie* verzeihen.

Ich atme tief durch, lasse die Luft wieder los und versuche es noch einmal um unserer Freundschaft willen. »Wenn ich könnte, würde ich ein paar Mikrokameras mitnehmen, damit du mir den Rücken frei-halten kannst, aber Ava hat gesagt, dass die Wachen sie nicht durchlas-sen. Ich kann nicht mal mein Handy mitnehmen.«

»Aber du bist kein Gast. Du bist eigentlich ein Bewohner«, murmelte sie.

»Erzähl mir etwas, das ich noch nicht weiß.« Ich beuge mich zu ihr hinunter, um auf ihrer Augenhöhe zu sein. »Bitte, Story, lass es sein!« Es klopft an meiner Tür und Justin kommt herein.

»Dein Dämon ist hier.«

Story runzelt die Stirn. Dann huscht ein nachdenklicher Blick über ihr Gesicht, und sie schüttelt ihre Sorge sichtlich ab, indem sie mit den Augenbrauen wackelt. »Kleric, ja?«

Sie schwärmt von Kleric.

Ich verdrehe die Augen, als sie aufspringt, über mein Bett stolziert und singt: »Oh, Kleric. Oh, Kleric. Küss mich!«

Gott, bin ich froh, dass unser Streit vergessen ist. Ich lache, als Story sich mit dem Rücken zu mir dreht, die Arme verschränkt und mit den Hüften wippt, als läge sie in jemandes Armen. »Oh, Kleric«, stöhnt sie mit hoher Stimme. »Oh, Tru«, sagt sie mit tiefer, rauer Stimme. Und dann gibt sie küssende, stöhnende Geräusche von sich.

Beschämt schlage ich den Kopf in die Hände. Sie hat die Frechheit, mit den Kindern zu schimpfen, obwohl sie genauso unartig ist. Ich schüttle den Kopf. Nein, das nehme ich zurück. Sie ist schlimmer!

»Pst, pst, du Dummkopf. Er wird dich hören.« Ich schlage mit den Armen um mich, um sie zum Schweigen zu bringen.

Sie hört auf zu albern und dreht sich mit einem Stöhnen wieder zu mir um. Ihr Grinsen verschwindet und ihre Augen werden seltsam groß.

»Er ist direkt hinter mir, oder?«, frage ich.

Sie nickt und springt in die Luft. Kichernd rennt sie aus dem Zimmer.

Entsetzt brauche ich ein paar Sekunden, um den Mut aufzubringen, mich zu bewegen. *Na toll.* Langsam drehe ich mich um.

Kleric lehnt am Türrahmen, ein Augenzwinkern und ein freches Grinsen im Gesicht.

Ich stöhne. Er würde Storys Eskapaden urkomisch finden.

»Komm rein«, flüstere ich, »und mach die verdammte Tür zu.« Mein Gesicht ist zweifellos knallrot. Hoffentlich hat die Schminke das Schlimmste überdeckt.

»Du siehst wunderschön aus.« Kleric schlendert auf mich zu. Sein Schwanz wedelt hinter ihm her. Es war seine Idee, sein superduper magisches Blut zu spenden, um mich zu stärken, bevor ich mich Robin und den Einhörnern stelle.

Jedes bisschen hilft, nicht wahr?

Deshalb ist er jetzt hier. In meinem Schlafzimmer ... ich hätte nicht nein gesagt. Wenn ich ehrlich bin, habe ich mich schon die ganze Woche nach seinem Blut gesehnt. »Danke.« Ich wippe von einem Fuß auf den anderen, grabe meine nackten Zehen in den Teppich. Mit Komplimenten kann ich nicht so gut umgehen. »Danke, dass du gekommen bist.«

»Immer.« Er zieht seinen Mantel aus und wirft ihn auf den Stuhl am Fenster. Seine gewaltigen Bizepse wölben sich gegen das Hemd, als er die obersten Knöpfe öffnet. »Komm her und nimm dir, was du brauchst«, sagt er unwirsch.

Ich schlucke die Spucke herunter, die mir im Mund zusammenläuft, und versuche, cool zu bleiben, während meine Fangzähne nach unten zucken. Ich gebe mir alle Mühe, sie ihm nicht zu zeigen. Sein Duft zieht durch mein Zimmer und vermischt sich mit meinem. Alles in mir schreit, dass unser gemeinsamer Geruch richtig ist. Perfekt. Ich bin geborgen, beschützt und geliebt.

Moment mal, ganz ruhig!

Ja, scheiß drauf! Mein linkes Auge zuckt. Ich kenne diesen Mann nicht, und dank seiner seltsamen Magie – darüber müssen wir noch reden – kennt er mich vielleicht besser, denn ich bin seit Wochen in seinem Kopf. Aber dank des Schicksals und Xander habe ich meine Lektion gelernt, als ich mich das erste Mal in eine Nicht-Beziehung gestürzt habe. Das werde ich nie wieder tun. Ich bin lieber allein.

Xander hat dich nie so angesehen.

Nein, hat er nicht. Ich schlucke.

Klerics muskulöser Arm legt sich um meine Taille und er zieht mich an sich.

Ich gebe ein kleines Quieken von mir, als wir zusammenstoßen, und fühle mich wohlig, an seine Bauchmuskeln und seine muskulöse Brust gedrückt zu werden. Trotz unseres Größenunterschiedes passen wir perfekt zusammen. Wieder quieke ich erschrocken auf, als mich etwas an der Rückseite meines Beines kitzelt. Ich schaue nach unten und es ist sein verdammter Schwanz! Ich habe nicht damit gerechnet, dass er abtrünnig wird. Das verdammte Ding krabbelt an meinem Bein hoch bis zum Saum meines Kleides, und mit einem finsteren Blick schiebe ich es weg.

Er senkt sein Kinn und starrt mich an. Seine schönen schwarzen Augen sind ernst und wagen es, mein Gesicht, meine Lippen zu ertasten. Er schiebt seine volle Unterlippe in den Mund und lässt seine Zähne blitzen.

Mein Magen dreht sich um. Mein Gott, das ist so verdammt sexy. Und ...

Ich weiß nicht, was in mich gefahren ist. Es ist, als würde ein Schalter umgelegt. *Scheiß drauf!* Mein Körper bewegt sich, bevor mein Gehirn es merkt. Wie in einer verrückten außerkörperlichen Erfahrung und aus eigenem Antrieb treffen meine Lippen auf seine. Erst ist sein Mund steif und unnachgiebig, dann verzieht er sich zu einem süffisanten Lächeln.

Arschloch. Er sollte mich lieber auch küssen.

Verdammt, wenn ich das schon tue, kann ich es auch gleich richtig machen. Ich küsse ihn fester, verzweifelt, meine Lippen sind ungeduldig und ein bisschen gemein. Mein linker Zahn knabbert an seiner Unterlippe und eine Blutperle gelangt in meinen Mund. Ich knurre, als sein Geschmack mich überflutet, und entlocke meiner Brust ein raues Geräusch, fast wie ein Knurren.

Die Erkenntnis trifft mich. Er will mich nicht küssen. Meine Lippen werden weich, mein Herz klopft wie verrückt und meine Knie sind kurz davor nachzugeben.

O nein. Ich habe einen schrecklichen Fehler gemacht.

Schon wieder.

Ein kurzes, schmerzhaftes Keuchen und ich ziehe mich zurück. Seine Hand krallt sich in mein Haar und er zieht meinen Kopf zurück. Mit einem tiefen Grollen in der Brust stürzt sich Klerics Mund auf meinen ... dann erwidert er meinen Kuss.

Er küsst mich zurück.

Kapitel Einunddreißig

Während ich darauf warte, dass die Ampel umspringt, reibe ich meine Lippen aneinander und fahre mit der Hand darüber. Unter meinen Fingern fühlt sich mein Mund geschwollen an und meine Lippen kribbeln wie verrückt von Klerics Küssen. Ich zupfe an meiner Unterlippe und versuche, das alberne Lächeln loszuwerden, das sich auf mein Gesicht gelegt hat.

Ich lächle wie verrückt.

Nicht das Beste, was man tun kann, wenn man in feindliches Gebiet eindringt. Der Dämonenkuss auf meiner Hand pulsiert mit meinem Herzschlag, und ehrlich gesagt fühlt es sich an, als säße er mit mir im Auto. Dazu kommt Klerics Blut, das durch meinen Körper schießt, und ich fühle mich, als wäre ich betrunken.

Betrunken von ihm.

Ich seufze, reibe meine Schenkel aneinander und richte meinen Sicherheitsgurt.

Es war nur ein Kuss.

Ein epischer, lebensverändernder Kuss, aber mehr war es nicht, nur ein Kuss. Man küsst doch ständig Leute, oder? Es muss nichts bedeuten. Ich kann jemanden attraktiv finden, ihn küssen und gehen. Ich muss keinen magischen Bindungsquatsch machen.

Als hätte ich Ameisen in der Hose, rutsche ich hin und her auf meinem Sitz. *Er mag mich! Er mag mich wirklich.* Ich grinse und ziehe den Mund zusammen.

Wenigstens gibt es diesmal einen Kuss.

Mein verrücktes Grinsen verschwindet, ich schnaube selbstironisch und zucke zusammen. Ja, wenn ich mich recht erinnere, hat mir Xander mal einen Klaps auf den Hinterkopf gegeben. Mein Blick wird finster, als die Ampel umspringt. Mein Herz setzt einen Schlag aus und meine Finger verkrampfen sich um das Lenkrad, als ich in das Einhorngebiet einfahre.

Jetzt geht's los.

Ich wechsle den Gang und biege in die schicke Wohnstraße ein. O Mann, sieh mal einer an ... Granny Ann hat die Sicherheitsvorkehrungen verstärkt, seit ich das letzte Mal hier war.

Während ich den Kopf von links nach rechts drehe, fallen mir all die seltsamen Warnschilder auf. Sie sind alle zwanzig Meter verstreut. Sie weisen die Leute darauf hin, dass sie umkehren und gehen müssen, wenn sie keine Erlaubnis haben, sich hier aufzuhalten. Oh, und das große Schild mit der bunten Grafik eines menschlichen Schädels, der vom Horn eines Einhorns durchbohrt wird. Also gar nicht bedrohlich, nein, überhaupt nicht.

Ich fahre auf einen neuen Parkplatz zu und sehe direkt vor mir den Schutzwall, vor dem mich Ava gewarnt hat. Es sieht so aus, als hätten die Einhörner alles so eingerichtet, dass die Besucher parken und durch die Station gehen müssen. Vom Standpunkt der Sicherheit aus gesehen ist das eine gute Idee.

Auch wenn diese zusätzlichen Sicherheitsvorkehrungen sehr merkwürdig sind. Apropos seltsam ... »Was zum Teufel ist das?«, murmle ich. Ich blinzle und beuge mich vor, um durch die Windschutzscheibe zu schauen, als ich ein Stück zufälliger Magie mitten auf der Straße schweben sehe. Es ist durchsichtig und gewellt. Vielleicht eine Barriere oder ein magischer Scan?

Die Magie ist so subtil, dass die meisten Menschen sie nicht sehen würden. Ich erschaudere. Ich muss das durchziehen. Mir bleibt nichts anderes übrig, als direkt hineinzufahren.

Also nehme ich den Fuß von der Bremse.

Ich habe eine Gänsehaut auf den Armen, als ich durchfahre, und ... hoppla, der Dieselmotor des Land Rovers hustet, stottert und stirbt ab. Das arme Auto rüttelt und schüttelt sich und bleibt stehen.

Oh, das macht also die Magie. Verwirrt blicke ich zum Besucherparkplatz, der noch hundert Meter entfernt ist. Wozu die Mühe?

Da taucht aus dem Nichts ein halbes Dutzend bewaffneter Wächter auf. Aha. Die müssen sich hinter einem *Sie sehen mich nicht-Zauber* versteckt haben.

Ich verdrehe die Augen, schalte den Defender in den Leerlauf und die Zündung aus. Jaja, alles sehr dramatisch. Ich erinnere mich gerade noch rechtzeitig, um ein schockiertes Pikachu-Gesicht zu machen und die Hände vor die Brust zu schlagen.

Selbstgefällig – mein Defender hat keine elektrischen Fensterheber – drücke ich das Türschloss mit dem Ellbogen nach unten, greife nach dem Fenstergriff und drehe ihn einen Zentimeter nach unten.

Das alles haben sie gemacht, um mich zu erschrecken, und sie wollen, dass ich aussteige, aber ich nutze die Gelegenheit, um sie zu ärgern. Schließlich machen auch wütende Tiere Fehler.

Der verantwortliche Mann, ein Bärenführer, kommt an mein Fenster geklettert. Er lehnt sich gegen das Dach und schaut auf mich hinab. »Guten Tag, Miss Dennison. Würden Sie bitte aussteigen, damit wir Sie abtasten können?«

Ich blinzle ihn an und erwidere mit gespielter Verwirrung und einem faden Lächeln: »Oh, kann ich nicht reinfahren?« Ich ignoriere seine Begrüßung und seine Kiefer krampfen sich zusammen. »Ich besitze hier irgendwo ein Haus.« Ich wedle mit den Händen in der Luft und schaue auf meine Notizen. »Nummer sieben«, stottere ich das letzte Wort heraus, als ich den Rotschopf entdecke.

Rotschopf? Was zum Teufel ...?

Versteckt hinter meinem Sitz, zwischen all meinen Arbeitsutensilien, ist der unwillkommene Anblick meines Katers. Dexter. Ich blende ihn aus. »Entschuldigung, nur eine Sekunde.« Ich halte dem Wachmann einen Finger hin. »Es ist gerade etwas passiert.« Ich richte meine ganze Aufmerksamkeit auf meinen rothaarigen blinden Passagier.

»Miau«, meckert Dexter und leckt sich die Vorderpfote. Er spreizt die Zehen und knabbert an einer rosa Pfote.

»Blödmann«, knurre ich zurück. Ich lehne mich zwischen die Sitze und senke meine Stimme auf ein leises, wütendes Flüstern. »Wie zum Teufel hast du dich hier hineingeschlichen? Danke, Dexter Dennison, aber ich brauche deine Hilfe nicht.« Dann entdecke ich … Ich stöhne, schließe die Augen und drücke meinen Kopf verzweifelt gegen die Kopfstütze. »Warum ich?«, jammere ich. Story kuschelt sich in das Fell von Dexters Schwanz.

Verdammt!

Ich öffne die Augen in der Hoffnung, sie nicht mehr zu sehen, aber nein. Sie ist immer noch da. Oh, und statt ihres normalen Kleides und ihrer nackten Füße trägt Story einen Kampfanzug und Stiefel. Die Elfe wagt es, zu hüpfen, zu grinsen und mir zuzuwinken. Wieder stöhne ich. Wie zum Teufel habe ich die beiden nicht bemerkt?

Kussbetrunken.

Ja, das ist der Grund. Ich rümpfe die Nase und werfe ihnen den *Wartet, bis wir zu Hause sind*-Blick zu.

»Ich muss jemanden zu Hause absetzen«, sage ich lauter zu dem Wachmann, obwohl meine Stimme etwas gedämpft ist, weil ich die Worte mit zusammengebissenen Zähnen herausbringen muss.

Ich drehe mich zu ihm um, als er gerade einen Zauber ausspricht, um die Autotür zu entriegeln. Der Bärenwandler reißt die Tür auf und sein Kumpel durchschneidet den Sicherheitsgurt. Dann peitschen die schmutzigen Hände des Bären hinein, packen mich am Arm und ziehen mich ruckartig heraus.

Meine Absätze schrammen über den Asphalt. »Was zum Teufel?« Ich wimmere, als die Teile des Sicherheitsgurtes des originalen Land Rover 1989 in meinen Fußraum klatschen. »Hey Mann, das bezahlst du besser.« Ich zeige auf den Gurt und meine Unterlippe zittert. So teuer ist er nicht, aber darum geht es nicht. Es ist ein Originalteil.

»Wir wollen nicht, dass Sie zu spät zum Essen kommen«, knurrt der erste Wachmann, drückt meinen Arm und schüttelt mich.

Ich bin eine Stunde zu früh. Was für ein Idiot.

Er zieht mich vom Auto weg und reißt mich hoch, sodass ich auf den Zehenspitzen stehe und das Gleichgewicht verliere. »Wir können etwas Wasser für deinen blinden Passagier einfüllen.«

Mürrisch blicke ich zu meinen Freunden und dem verlassenen Defender zurück. Ich hätte wissen müssen, dass sie etwas im Schilde führt, als sie das Thema »Mitkommen« fallen ließ.

Ah, nein. Ich zucke zusammen. Ihr Mann wird mich umbringen. Ich bin mir hundertprozentig sicher, dass Ralph warten wird, bis ich tief und fest schlafe, und mir dann sein Schwert ins Auge rammen wird.

Ich schaue empört, als der Gurtschneider in meinen Land Rover steigt und ihn mit *quietschenden* Gängen von der Straße auf den Parkplatz befördert, gut zu wissen, dass der wellenförmige Zaubereffekt nur vorübergehend war, aber ich bin stinksauer, dass ein beliebiger Holzkopf *meinen Defender* fährt. Wer hat diesem Arschloch das Fahren beigebracht?

Gott, ich hoffe, Story weiß, was sie tut. *Bitte, Schicksal, lass sie beide gesund bleiben. Ich werde alles tun.* Ich atme tief durch. Nein, es wird ihnen gut gehen, und um Dexter mache ich mir keine Sorgen. Er kann auf sich selbst aufpassen, denn er ist kein gewöhnlicher Kater. Aber Story ... sie sollte es besser wissen, als sich in Gefahr zu begeben. *Tust du das nicht jeden Tag?* Ja, und jetzt bin ich eine Heuchlerin. Ich schnaufe und schüttle den Kopf, während ich immer weiter von meiner besten Freundin weggezerrt werde.

Ich zucke mit meinen Händen, weil ich diese Typen verprügeln will. Aber ich unterlasse es, denn ich habe einen Plan und bei all dem Katzendrama haben sie mich noch nicht nach Waffen durchsucht. Das sind keine Profis. Also lasse ich mich herumschubsen, ohne einen Laut des Protests, außer einem gelegentlichen Stöhnen.

Ich werde die Straße hinuntergezerrt und durch die Station geschleift. Igitt, ist das unangenehm. Mein Magen dreht sich um. Mein Haar fühlt sich an, als würde es zu Berge stehen. Ava hatte recht. Hätte ich elektronische Geräte bei mir, hätte es die ganze Elektronik zerstört.

»Ich wusste, dass dein Ruf Quatsch ist. Rebellenführerin«, spottet der Bärenwandler, während er meinen Arm schmerzhaft verdreht und drückt.

Ich spiele meine Rolle und winsle, während ich ihm in Gedanken die Kehle durchbohre und über seinen blutenden Körper springe.

»Sie ist gekommen, um mit einer Miezekatze über ihre Freiheit zu verhandeln«, sagt er zu den anderen Wachen, die alle mit ihm lachen.

Über meine Freiheit verhandeln? Als ob.

»Habt ihr den *Daily Wandler* gelesen? Da steht, dass sie wegen Mordes im Gefängnis saß. Die Schlampe könnte sich nicht mal aus einer Papiertüte befreien ...«

Meine Aufmerksamkeit ist immer noch auf den Land Rover gerichtet. Ich lasse die Schultern hängen und seufze, als ich das Flattern der Flügel und das Aufblitzen des roten Fells sehe, als Dexter durch die offene Tür in ein Gebüsch flüchtet, während der gurtmordende Wachmann aussteigt.

»... Die Wandler-Versammlung sollte sie einem mächtigen Genossen anvertrauen. Nicht, dass jemand ihr schmutziges Blut will.«

Ich wende meine Aufmerksamkeit wieder den Wachen zu. Ich bin umzingelt. Insgesamt sind es vierundzwanzig Wachen.

Joa, das ist machbar.

Der Bärenwandler lässt meinen Arm los, hält sich den Bauch und lacht über etwas, das einer der anderen Wachen gesagt hat. Er wischt sich die Tränen aus den Augen, während sie weiter an meinem Leben nagen.

Ich hole zitternd Luft und ziehe einen Trank aus einer versteckten Tasche meines Kleides, nur für den Fall, dass das, was ich vorhabe, schrecklich schiefgeht. Alle sind in einem überschaubaren Bereich, was hilfreich ist.

Der Gurtwächter schwingt sich hoch und nimmt meine Autoschlüssel in die Hand.

Jetzt oder nie. Es sollte ein Kinderspiel für mich sein. Ich blinzle schnell, streiche den Dämonenkuss auf meinem Handrücken und weite meinen Blick.

In mir entfacht ein Feuer aus Macht.

Ich schließe die Augen. Ich denke glückliche, glückliche, glückliche Gedanken, während ich metaphysisch die Käfigtür öffne und die Magie herausschleudere. Sie tropft in mich hinein, blubbert und reißt sich dann von meiner Brust und meinem linken Arm los. Ich knirsche mit den Zähnen und ... *Autsch, autsch, autsch.*

Meine Augen weiten sich, als der Regenbogenzauber wie eine Fontäne aus meiner linken Hand spritzt. Autsch. Die Explosion dauert mindestens eine Minute, und am Ende macht es *put-put-put* mit einem letzten Hauch von – ich scherze nicht – *Glitzer.*

Sie halten inne.

Die vierundzwanzig Wachen stehen regungslos mit glasigen Augen da. Ich erschlaffe vor Erleichterung. Dann hebe ich den Arm und starre auf meine zitternde Hand. Meine Handfläche glitzert. »Was zum Teufel?«, murmle ich. Ich lache. Es klingt etwas manisch. »Was zum Teufel war das?« Tatsächlich Glitzer?

Vielleicht habe ich die Magie mehr als sonst auf die Spitze getrieben, denn ich habe immer noch Angst um meine blinden Passagiere, und jetzt, da sie hier sind, steht noch mehr auf dem Spiel. Es schadet auch nicht, dass ich bis zum Rand mit dämonischer Kraft gefüllt bin. Ich lasse die Hand sinken und blinzle zu den reglosen Wachen zurück.

Wow, es hat wirklich geklappt.

Ich schlucke. Mein Mund ist knochentrocken und meine Beine zittern. Der Kuss wird heiß und pulsierend. Er ist besorgt. *Mir geht es gut,* sage ich dem neugierigen Dämon. *Ich rufe dich, wenn es mir nicht mehr gut geht.*

Die Magie – meine Magie – hat die Macht, entweder anzuziehen oder abzustoßen, und die Menge, die ich auf sie geworfen habe, hat sie träge gemacht ... Finster blicke ich in ihre furchterregenden Gesichter. Mein Vampirdrang war auf einem normalen Level, bis meine Einhornkräfte einen Gang hochgeschaltet haben. Jetzt kann ich es ...

Ich habe ihnen eine Liebesbombe verpasst.

Oh oh. Das ist eine ganz andere Ebene des Bösen. Ich fühle mich ein bisschen krank. Die Magie ist seltsam und fremd. Bevor ich sie unter Kontrolle hatte, ist sie aus mir herausgesickert und hat die Köpfe der Leute durcheinandergebracht. Das Armband, das Xander mir gegeben hat, hat mir geholfen, sie zu kontrollieren. Im Laufe der Jahre habe ich die Macht unter Kontrolle gebracht, bis ich das Armband nicht mehr gebraucht habe. Aber diese Magie ist mein letzter Ausweg, der letzte Ausweg aus der Scheiße.

Sie macht mir Angst. Sie macht mir so viel Angst, dass ich sie so verdammt fest verschlossen habe, dass sie in mir eingesperrt war. Sie ist zu gefährlich. Ich hätte sie fast benutzt, als Forrest und ich den Kampf im Lagerhaus verloren haben, bevor ihr Drache dieses riesige Stück aus dem Gebäude gebissen hat. Und ich bin so froh, dass er es getan hat, denn das ist nicht die Art von Kraft, die ich in einem Kampf einsetzen möchte. Denn wenn ich auch nur einen winzigen Fehler mache, kann ich statt Liebe die Leute wütend machen oder sie so weit abstoßen, dass sie weglaufen und dabei unschuldige Menschen töten.

Liebe ist auch nicht so toll. Ich starre in ihre furchterregenden Gesichter. Immer wenn ich mich bewege, folgen sie mir mit ihren Augen wie vierundzwanzig verliebte Zombies. Wenn sie die Möglichkeit hätten, würden sie mich beim Versuch, mich zu lieben, in Stücke reißen. Deshalb halte ich die Station in meiner verschwitzten Hand. Sicherheitshalber stecke ich sie wieder in die versteckte Tasche.

So weit, so gut. Lieber hacke ich mit meinem Schwert auf die Kreaturen ein, und sie können wählen, ob sie auf mich einhacken wollen, als dass ich – die Wachen schauen mir zu – ihnen ihre Unabhängigkeit nehme. Ich nehme ihnen ihren freien Willen. Macht fühlt sich einfach falsch an, unmoralisch.

Aber manchmal – ich lecke mir die trockenen Lippen – ist es die klügste Entscheidung, denn ich möchte, dass diese Wachen heute Abend nach Hause zu ihren Familien gehen können. Sie sind keine schlechten Menschen ... nicht alle sind schlechte Menschen. Meine Oberlippe bewegt sich fast von selbst, um den Bärenwandler anzufauchen. Dank ihm habe ich blaue Flecken am Arm. Er verdient es, dass man ihm den Schädel einschlägt. Er ist ein richtiges Arschloch. Aber die anderen sind nicht ausgebildet, um richtig zu kämpfen, und ich will keine Leute töten, die nur ihren Job machen.

Dexter stolziert die Straße entlang, wie es nur eine Katze kann. Er schlängelt sich um die Beine der erstarrten Wachen und hinterlässt seinen Geruch und ein paar orangefarbene Haare – seine Visitenkarte – überall auf ihren schwarzen Hosen. Dexter und Story sind gegen diesen Zauber immun geworden. Nicht, dass sie in der Nähe des Explosionsradius gewesen wären, aber wenn noch etwas von der Magie in der Luft liegt, muss ich mir keine Sorgen machen.

Story rast auf mich zu. »Schönes Glitzer. Das hast du noch nie gemacht.«

»Ich weiß. Es hat mich erschreckt. Regenbögen und Glitzer aus meiner Hand zu schießen, ist mir noch nie passiert. Definitiv eine Kombination aus Angst, Panik und Dämonenblut.« Ich reibe meine glitzernde Handfläche an meinem nackten Bein und schaudere.

Die Elfe lässt sich auf den Kopf des Bärenwandlers fallen und schwingt ihre Beine, um ihm mit dem Absatz ihres neuen Stiefels mitten in die Stirn zu treten. Ich grinse. »Wenigstens kam es aus deiner Hand und nicht aus deinem Hintern«, sagt Story weise. »Du hättest Glitzer scheißen können.«

»Ja ... Gott sei Dank.« Ich verenge meine Augen. »Seltsamer Gedanke, mein Hintern, wirklich? Glitzerkacke?«, murmle ich und schüttle den Kopf.

Sie grinst mich an.

Klugscheißerin. Ich schnaufe und reibe mir die Stirn. Story weiß genau, wie sie mich aus dem Schock reißen kann. Ich zucke mit den Lippen und wir lachen beide.

Ich reiße dem Gurtmörder die Schlüssel aus der Hand und schiebe die Gruppe der Wachen zurück in die grobe Wachstellung. »Bleibt hier, macht eure Arbeit und verhaltet euch normal. Alles ist normal. Wenn jemand fragt, ich bin noch nicht da. Habt ihr verstanden?«

Ich erschaudere, als sie auf beängstigende Weise synchron mit dem Kopf nicken. »Normal verhalten«, sagen sie im Einklang mit den Zombies.

Ich atme tief ein und aus. Wenigstens versuchen sie nicht, mich anzufassen. Das ist schon etwas, denke ich, eine kleine Gnade. »Wartet auf mich! Ich sehe euch bald wieder«, sage ich zu ihnen. Dann fordere ich die anderen Wachen auf, mit mir zu kommen. Die Zombies schlurfen hinter mir her, als wir durch die Station gehen. »Oh, verdammt, nein.« Ich renne zurück zum Land Rover, die Zombiewachen rennen hinter mir her.

Story springt auf den Kopf des Bärenwandlers und kichert. Das ist selbst mir zu bizarr. Wir sind wieder auf der Straße, wo sie zuerst aufgetaucht sind.

»Wartet hier auf mich! Haltet still und seid leise!«, sage ich. Ich bekomme dasselbe unheimliche Nicken zurück, diesmal ohne den unisono gesungenen Ruf. Gott sei Dank. »Oh nein, nicht ihr zwei«. Ich schiebe den Bärenwandler und den Gurtmörder aus der Reihe. »Ihr zwei bleibt hier. Ihr beide kommt mit mir.« Ich trenne die beiden von der Zombieherde, dann krame ich in meiner Jackentasche, finde meinen eigenen *Sie sehen dich nicht mehr-Zauber* und werfe ihn auf die Gruppe der Wachen. Er erwischt sie, und als sie verschwinden, habe ich das Gefühl, endlich aufatmen zu können.

»Wie lange wird es dauern, bis sie wieder zu sich kommen«, fragt Story. Sie hockt immer noch auf dem Kopf des Bären. Er hat einen kleinen roten Fleck, wo sie ihn gegen die Stirn getreten hat.

»Ich weiß es nicht.« Ich verziehe das Gesicht. »So etwas habe ich noch nie gemacht. Ein paar Stunden? Wenn sie wieder zu sich kommen, sollten sie sich an nichts mehr erinnern«, hoffe ich.

Ich zeige auf den Bären. »Hast du oder jemand anderer die Einhörner über meine Ankunft informiert?«

Er schüttelt den Kopf – nein.

Ausgezeichnet, denke ich. »Okay, meine Herren, wenn Sie mir bitte folgen würden.« Es ist Zeit für die Jagd.

KAPITEL ZWEIUNDDREISSIG

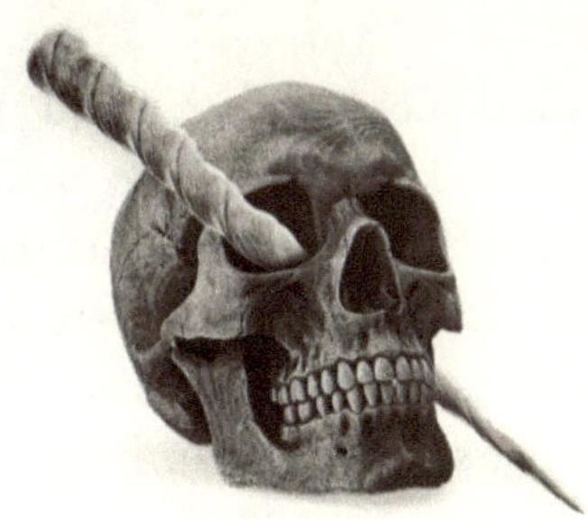

ICH GEHE zum Auto und bringe die beiden verliebten Wachen dazu, sich umzudrehen, während ich meine Arbeitskleidung hole. Meinen Kampfanzug habe ich durch einen schwarzen kugelsicheren Stoff mit einer magieabweisenden Beschichtung ersetzt. Der Anzug sieht aus wie Leder und hat mich ein Vermögen gekostet. Aber es hat sich gelohnt, denn ich werde es nicht wieder vermasseln wie beim letzten Mal. Wenn Robin wegläuft oder etwas passiert, bin ich wenigstens vorbereitet.

Ich ziehe mich an und stecke meine Füße in die Stiefel. Ich flechte mir das Haar, damit es nicht im Weg ist, und hänge das Kleid für später auf. Ein letztes Mal überprüfe ich meine Zaubermittel und Waffen, dann kann es losgehen.

Ich sollte mich besser beeilen. »Zeitkontrolle?«, frage ich Story.

»Zweiundfünfzig Minuten bis zum Sonntagsessen.« In einem verzweifelten Versuch, den Kopf des Wachmanns zu bewegen, zupft Story an seinem Haar, und ein Büschel kommt in ihrer Hand zum

Vorschein. Sie verzieht das Gesicht, lässt los und die Haare fallen auf den Boden.

Dexter schnuppert daran, dann springt er auf die warme Motorhaube des Defenders und lehnt sich an die Windschutzscheibe, um ein paar Sonnenstrahlen zu erhaschen.

»Ich weiß, wo dein Haus ist«, sagt Story.

Ich nicke und lächle dankbar. »Bitte zeig mir den Weg!«

»Bist du immer noch sauer, dass wir gekommen sind?«, fragt sie mit ihrer Singsangstimme.

»Wahnsinnig.«

Story lacht, springt vom Kopf des Bären und rennt davon.

Wir lassen Dexter zurück, der das Auto bewacht und sich sonnt, und folgen ihr im Laufschritt. Hoffentlich ist das Haus in der Nähe. Tatsächlich ist es das. Es ist nur die Straße runter. Story schwebt vor einem roten Backsteinhaus, das nur wenige Jahrzehnte alt zu sein scheint. Rechts neben der schwarzen Tür hängt ein Schild. **Nummer sieben**.

Jep, home sweet home.

»Wachen, sichert die Hintertür und verhindert, dass jemand das Haus verlässt.« Sie nicken und gehen zur Rückseite des Hauses. Ich drehe am Türknauf und er bewegt sich. Sie ist offen. *Bleib hinter mir!*, sage ich zu Story, und sie nickt.

»Hallo, Schatz. Ich bin zu Hause«, singe ich, als ich eintrete.

Robin kommt mit einem Geschirrtuch in der Hand aus der Küche, wie ich annehme. Wir starren uns an. »Du! Was machst du denn hier?«, knurrt sie.

Ich deute mit dem Finger um das Haus herum. »Das kann ich dich fragen, Engelskuchen, das ist *mein* Haus.«

Sie wirft das Geschirrtuch zu Boden. »Du bist nicht ertrunken. Schade.« Ihre rechte Hand berührt die Klinge an ihrem Oberschenkel. Ich bin dankbar, dass sie die unschuldige Maskerade aufgegeben hat, denn sie ist widerwärtig.

»Ja, danke dafür. Ich brauchte frische Luft und Abkühlung.« Ich gähne und strecke mich. »Es war so erfrischend.«

Sie senkt den Blick auf den dämonischen Kuss auf meiner Hand, und ihre babyblauen Augen verengen sich vor Wut. Ein Geräusch, als würde ein Messer seine Metallscheide verlassen ertönt, und ohne einen Takt zu verpassen und mit einem seltsamen Kampfschrei stürmt Robin auf mich zu, die silberne Klinge von links nach rechts schwingend.

Ich grinse.

Statt nach der Waffe zu greifen, drehe ich mich zur Seite, und als sie mir ins Gesicht schlagen will, packe ich ihr Handgelenk und reiße sie nach vorn. Mit ausgestrecktem Arm donnere ich die rechte Faust auf ihr Ellbogengelenk. Der Arm knackt. Ups. Robin schreit auf und das Messer klatscht auf den Boden. Gebrochen hängt ihr rechter Arm herunter. Er baumelt nutzlos an ihrer Seite.

Ach, was für ein Pech. Sie sieht etwas blass aus.

Mit einem Wutschrei, der ihre Wangen rötet, zielt Robin mit dem Knie auf meine Niere, aber ich schlage zurück, bevor sie trifft, und als sie ihren linken Arm schwingt, um mich zu treffen, nutze ich ihren Schwung gegen sie, packe das zappelnde Bein und ziehe es hinter ihrem Rücken hoch.

Ich drehe sie von mir weg, trete ihr in die Kniekehlen und schleudere sie zu Boden. Ihre Arme sind nun hinter ihr fixiert.

Innerhalb von zwei Minuten ist sie gefesselt. Ein bisschen enttäuschend, aber ich muss mich noch um Granny Ann kümmern, also kann ich noch so viel Spaß haben.

»Lass mich los!«, jammert Robin und zappelt wie ein Fisch.

Ich seufze und starre an die Decke. »Gib mir Kraft!«, murmle ich.

Warum muss ich mich mit diesem Schlamassel herumschlagen? Ich lasse mich auf den Boden fallen und stemme mein Knie in ihren Rücken. Ich greife ihren gesunden Arm, ziehe ihn weiter nach oben und klopfe ihr mahnend auf den Ellenbogen. »Sag es mir, Robin!«, fordere ich und beuge mich vor, sodass meine Worte ihr Ohr kitzeln. »Warum ich? Was hat dich dazu gebracht, mich zu verarschen?«

»Xander. Er gehört mir.«

»Oh, wirklich?« Ich kichere. »Kein Problem. Viel Glück mit ihm. Also was? Du hast mich aus Liebe reingelegt, weil du mich aus dem Weg haben wolltest?«

»Das Einhorn, Ann, hat mir gesagt, wenn ich ein paar Wochen wegbleibe, würde sie Xander beweisen, dass du mich entführt hast. Sie sagte, er würde verrückt werden auf der Suche nach mir, er würde erkennen, dass wir füreinander bestimmt sind, und er würde die Wahrheit erkennen.«

Die Wahrheit?

»Du bist nichts als Dreck an seiner Schuhspitze.«

Ich zucke mit den Schultern. Tja, so ist es. Er sieht mich als Dreck. Der Plan meiner Großmutter hat funktioniert, wenn sie wollte, dass wir beide das Licht sehen.

»Okay? Und?« Ich will, dass sie sich beeilt, denn ich will nicht zu spät zum Sonntagsessen und zur epischen Enthüllung von Großmutters Masterplan kommen.

»Und es hat funktioniert. Das Einhorn wollte dich nur in der Jägergilde haben, damit sie dich auf Kaution rausholen und kontrollieren kann. Um dich von Xander fernzuhalten. Aber mein Xander hat *mich* so sehr vermisst, dass er dich ins Gefängnis geschickt hat.« Sie lacht, und meine Fangzähne schnappen in meiner Wut nach unten. Sie dreht den Kopf und schenkt mir ein selbstgefälliges Grinsen. »Du hast ihn ruiniert, indem du sein Blut genommen hast. Wie kannst du es wagen?! Er ist ein Engel und du bist ein Scheusal. Aber siehst du, ich habe auch dich ruiniert.« Robin lacht wieder. »Es hat funktioniert. Warum konntest du dich nicht einfach an den Plan halten?«

»Den Plan?« Ich lege den Kopf zur Seite.

Ein leises Keuchen entweicht ihren Lippen und sie schließt den Mund.

»O nein. Hör jetzt nicht auf, Robin! Es fing gerade an, interessant zu werden. Erzähl es mir!« Diesmal zwicke ich ihren gebrochenen Arm und sie schreit vor Schmerz auf. »Ich heile deinen Arm, wenn du es mir sagst, oder ich schneide dir mit deinem großen Messer ein paar Finger ab«, flüstere ich.

Aus dem Augenwinkel sehe ich, wie Story zittert.

»Sie wird dir einreden, dass ich dem Großen Rat der Kreaturen erzählen werde, dass du mich entführt und Kinder getötet hast. Sie hat noch mehr Beweise, dass du eine Serienmörderin bist. Und jetzt heile meinen Arm!«

Ausgedachte Beweise. Familie ist was Schönes, was?

Ich nicke. Ich glaube ihr. Was Robin gesagt hat, stimmt mit dem überein, was Ava herausgefunden hat. Es war ein langes Spiel von Ann, mit Tratsch und Gerüchten und offensichtlichen Brotkrumen, die sie gestreut hat. Zu ihrem Pech hat sie sich verkalkuliert und versucht, Xander zu manipulieren.

Der Engel hat zu schnell reagiert. Sie hat fälschlicherweise angenommen, dass er mir im Zweifelsfall recht geben würde. Aufgrund unserer gemeinsamen Vergangenheit hat sie gedacht, er würde mich beschützen. Das habe ich auch gedacht. Ich grabe den Nagel meines Zeigefingers in die Nagelhaut meines Daumens, während ich unbewusst an der Haut zupfte.

Aber Ann hat damit gerechnet, dass er zumindest ein bisschen herumstochern würde. Um mich in eine Position zu bringen, in der sie mich in die Falle locken kann? Ich weiß es immer noch nicht ... Aber Xander hat mir den Arsch versohlt, und wie beim guten alten Monopoly bin ich direkt in den Knast gewandert, ohne weiterzukommen.

Aber jetzt bin ich wieder da, raus aus dem Knast und unter der Aufsicht des Großen Rates der Kreaturen. Die sind sauer, dass sie mich auszahlen mussten. Ich bin eine berüchtigte Unruhestifterin mit dem Ruf einer gestörten Hybride, laut einem angesehenen Engelsbotschafter, der mich zu einer Psychopathin erklärt hat.

Scheiße, er ist so ein Idiot.

Meine Einhorn-Großmutter denkt, dass ich gebrochen bin, und zweifellos glaubt sie, dass ich ihren Forderungen nachgeben werde. Und sie hat recht. Ich werde alles tun, um nicht wieder ins Gefängnis zu müssen. Mit seiner Zurückweisung und unserer abgebrochenen Beziehung hat Xander mich ungewollt für meine Großmutter erweicht, damit sie es noch einmal probiert. Er ist immer noch ihre beste Schachfigur. Und anstatt den Plan zu ändern, als das Gericht mich für nicht schuldig befunden hat, hat sie mit diesem kleinen Trick mein Schicksal besiegelt.

Aber eine Kreatur, die in die Enge getrieben wird, tut nicht unbedingt das, was man ihr sagt. Während Granny Ann die Brotkrümel verstreut hat, hat mein Außenseiterteam sie eingesammelt und analysiert.

Die Frage, die ich mir immer wieder stelle, lautet: »Was zum Teufel will sie?«

»Sonst noch etwas?« Robin schüttelt den Kopf. »Danke. Das war doch gar nicht so schwer, oder?« Ich gebe ihr einen freundschaftlichen Klaps auf den gebrochenen Arm und sie wimmert. Das ist Musik in meinen Ohren.

Ich nehme ein weiteres Anti-Magie-Band – das andere steckt noch im Saum meines Kleides – und wickele es um ihr Handgelenk. Mit einem Stöhnen geht der armen kleinen Robin das Licht aus. Dann ziehe ich ihren gebrochenen, schnell anschwellenden Ellbogen wieder gerade, schiebe das Gelenk wieder ein und verabreiche einen Trank, um es zu heilen. Ich bin ja nicht völlig verrückt. Und nur für den Fall, dass sie durch die antimagische Wirkung aufwacht, binde ich ihre Hände und Füße zusammen.

Als ich Robins Arm gebrochen habe, habe ich mich viel besser gefühlt. Es hat mir gezeigt, dass sie meine Zeit nicht wert ist. Sie ist ein Spielball. Und alles, was ich tun muss, ist, sie vom Brett zu schubsen, damit sie mich nicht mehr daran hindert, mich um meine Großmutter zu kümmern. Dasselbe gilt für Xander – der Springer meiner Groß-mutter muss weg.

Eine kleine Stimme in mir ist dankbar, dass es so gekommen ist. Nicht für meinen Gefängnisaufenthalt, sondern dafür, dass ich in aller Deutlichkeit erfahren habe, was der Engel von mir hält. Was ich ihm bedeute ... Ich schlucke. Es ist nicht schön, die Wahrheit zu erfahren, aber ich bin froh, dass es eher früher als später passiert ist, wenn früher eine Verschwendung von neun verdammten Jahren war und nicht von hundert.

Es ist, als wäre eine Last des Schicksals und der Erwartungen von mir genommen worden. Es hat etwas für sich, wenn man am Tiefpunkt angelangt ist und sich aus dem Loch herauskämpfen muss.

»Du bist so unheimlich«, murmelt Story von ihrem Platz auf dem Flurtisch.

Hm. Ich grinse sie zähnefletschend an. Ich dachte, ich hätte mich zurückgehalten.

»Was war das für ein unheimliches Geflüster?« Ich sehe sie an, und sie tut so, als hätte sie nichts gesagt.

Stattdessen stellt sie sich auf die Zehenspitzen und schaut sich um. »Haben wir ... ähm ... Zeit, uns umzusehen?« Neugierige Elfe.

»Nein.«

»Spielverderber.«

Alles, was wir von diesem Haus sehen, ist der Flur. Würde ich mir die Zeit nehmen, ein wenig herumzustöbern, würde ich vermutlich Augäpfel in Gläsern und abgetrennte Finger finden. Leise summe ich vor mich hin. Dieses Haus ist ein viel zu großes Risiko. Die Entscheidung ist gefallen. In einer Stunde wird es bis auf die Grundmauern niedergebrannt sein.

Ich rufe die Wachen, gebe dem Gurtmörder eine Handvoll gefährlicher, marmorgroßer, orangefarbener Tränke und genaue Anweisungen, wie er das Haus zu räumen und die Tränke zu verwenden hat.

Mit einer Handbewegung hebt der Bärenwandler Robin auf, und wir laufen zurück zum Land Rover, wo ich wieder mein hübsches Kleid anziehe.

»Passt ihr auf sie auf, während ich fahre?«, frage ich Story und Dexter und nicke in Robins Richtung, während der Bär sie auf den Rücksitz verfrachtet.

Mit einem fröhlichen Zwitschern springt Dexter hinein, Story nickt und schlüpft hinein. »Wir schaffen das schon. Los, wir schaffen das!«

Ich schiebe meine Handschellen zurück und gebe Robin einen starken Schlafzauber. »Nur für den Fall, dass Robin aufwacht. Seid vorsichtig!« Dann wende ich mich an den Bärenwandler. »Warte hier! Verhalte dich ganz normal! Ich bin gleich wieder da.«

»Ich liebe dich mehr als mein Leben«, stöhnt der Bärenwandler.

Story und ich starren ihn mit ähnlich erschrockenen Gesichtern an. »Ja, das ist echt gruselig. Wende diese Fähigkeit nie wieder in meiner Nähe an«, knurrt sie.

»Abgemacht.« Ich grinse sie an, knalle die Hintertür zu, eile zum Fahrersitz und löse den Zopf aus meinem Haar. Der Schönheitszauber von vorhin macht die Wellen wieder perfekt. »Zeitkontrolle?«

»Du hast sechsundvierzig Minuten.«

Perfekt. Die Zeit wird knapp, aber sie reicht, um ein Paket auszuliefern.

Kapitel Dreiunddreißig

MEINE HÄNDE ZITTERN, als ich zu Xanders Haus fahre. *Ich tue das wirklich.* Hätte ich mir nicht ein Versprechen gegeben, hätte ich sie vielleicht feige beim Großen Rat der Kreaturen oder bei der Jägergilde abgegeben, aber was sollen die schon mit ihr machen?

Ich verdrehe die Augen. Schließlich ist sie das vermisste *Opfer.*

Ich umklammere das Lenkrad fester, um meine Hände zu beruhigen. Ich werde Robin und Xander das geben, was sie wollen: einander. Der Engel hat mich gebeten, sie zu finden, und wenn ich ihm aus dem Weg gehe und mich seinem Unsinn und dieser Situation nicht stelle, fühle ich mich wie ein Feigling. Und meine liebe Granny wird gewinnen.

Nein, das wird nie passieren. Ich habe mir geschworen, dass ich sie ihm zurückbringe, dass ich sie ihm vor die Füße werfe, und vielleicht wird sie in diesem Moment nicht um sich schlagen und schreien ... meine Lippen zucken. Aber Blondie wird sicher sauer sein, wenn Xander sie gefesselt und schnarchend sieht.

Ja, in weniger als zehn Minuten wird sie Xanders Problem sein, nicht meins. Es liegt an ihm, was er tut, ob sie die Wahrheit sagt, um ihre Rolle in diesem Debakel herauszufinden oder nicht. Es liegt nicht mehr in meiner Hand, sondern in seiner.

Ich erwarte keine Entschuldigung. Kein »Es tut mir leid, dass ich dich ins Gefängnis geworfen habe.«. Ja, sollte es dafür nicht eine nette Karte geben? Ich schnaufe. Ich erwarte nichts von diesem Mann. Wenn Robin sich von mir fernhält, werde ich sie nicht töten. Wenn beide aus meinem Leben verschwinden, ist alles in Ordnung.

»Alles in Ordnung, da hinten?«, frage ich über die Schulter. Es ist unheimlich still auf dem Rücksitz und fühlt sich eigenartig an, ohne Sicherheitsgurt zu fahren.

»Ja, sie ist noch weg«, schreit Story.

Ich nicke. »Gut. Wir sind fast da.« Ich hoffe, Story fängt keinen Streit mit Xander an. Es wird das erste Mal sein, dass sie ihn sieht.

Hast du Xanders Telefonnummer? Ich habe mein Handy nicht dabei. Ich werfe meine Gedanken in Klerics Richtung. Die Narbe auf meiner Hand pocht. Die Uhr in meinem Kopf tickt. Am liebsten würde ich Robin dem Engel vor die Füße werfen und weglaufen.

Geht es dir gut? Hast du endlich den schmerzlich vermissten Engel gefunden? Seine Stimme ist eine warme Begrüßung in meinem Kopf, so ganz anders als die kratzigen Kommunikationszauber.

Ja, und ich bin nur fünf Minuten von Xanders Haus entfernt. Ich weiß nicht einmal, ob er zu Hause ist.

Ich rufe ihn an.

Danke, du bist ein Schatz.

Erst als ich in Xanders Straße einbiege, meldet sich der Dämon. *Er wird dich draußen treffen.* Ich sacke auf dem Sitz zusammen. Hoffentlich muss ich gar nicht aussteigen. Je weniger ich von Xander sehe, desto besser.

Danke, sage ich zu Kleric, während ich unsere Verbindung so gut es geht unterbreche. Ich schalte den Blinker an, drehe das Lenkrad und fahre durch die offenen Tore des Engels auf sein riesiges, wunderschönes Haus zu.

Vor langer Zeit haben Story und ich hier gewohnt. Meine sensiblen

Ohren nehmen das scharfe Einatmen der Elfe wahr, als ich parke. Wir sehen beide gleichzeitig Xander.

In einer grauen Jogginghose und einem engen, langärmeligen Oberteil, das an ihm klebt, lehnt er an der Eingangstür, die Arme vor der Brust verschränkt. Schmetterlinge kitzeln und flattern in mir. Ich wünschte, ich hätte Krallen wie Forrest. Hätte ich sie, würde ich die verdammten Falter auf der Stelle rausreißen.

Stattdessen grabe ich meine Fingernägel in den Oberschenkel.

Oh oh, jetzt geht's los.

Xander joggt die drei Stufen der Veranda hinunter zum Auto.

Ich atme tief durch, öffne die Wagentür und stelle mich so hin, dass ich halb drinnen und halb draußen bin. Halb versteckt, ja, ich benutze die Tür als Schutzschild.

»Sie ist auf dem Rücksitz. Sie hat ein antimagisches Band um, das sie bewusstlos gemacht hat.« Meine Stimme klingt professionell. Fast monoton.

Er nickt, seine goldenen Augen verengen sich, während er zum Heck des Wagens schlurft und die Hintertür öffnet. Story sagt nichts, auch nicht, als Xander ein schroffes »Hallo« sagt.

Er verbeugt sich sogar aus Respekt vor meiner Katze, aber Dexter dreht den Kopf und ignoriert ihn mit einem Schwanzschnippen.

Mein Herz schmerzt und meine Seele weint, als Xander Robin vorsichtig aus dem Kofferraum meines Autos zieht. Ihr Kopf ruht an seiner Brust, während er auf magische Weise ihre Hände und Füße losbindet und das Anti-Magie-Band entfernt.

Während er auf mich zugeht, tanzt seine goldene Magie über ihre Haut und prüft, ob es ihr gut geht. Er reicht mir das Anti-Magie-Band.

Ich nehme es vorsichtig, ohne ihn zu berühren, und lege es auf den Beifahrersitz. Ich werde es später zusammen mit dem Rest meiner Ausrüstung wegpacken.

»Sie ist gesund. Ihre einzige Verletzung ist ein kürzlich gebrochener Ellbogen, der wieder verheilt ist. Ist das richtig?«, fragt er mich.

Ich seufze und wende den Blick ab. Ich muss nicht mit ihm streiten. Ich bleibe ehrlich und der Rest ist seine Sache. »Sie ist mit einem Messer auf mich losgegangen. Ich habe ihr den Ellenbogen gebrochen, um sie zu entwaffnen, und dann einen gewöhnlichen Heiltrank benutzt«, sage ich in demselben monotonen Ton.

Sein Blick wandert über ihre leblose Gestalt und er nimmt die leere Scheide an ihrem Bein mit einem Nicken zur Kenntnis. »Wo hast du sie gefunden?«

Ich runzle die Stirn. Ich brauche einen Moment, um seine Worte zu deuten. Der Engel stellt mir eine ganz normale Frage. Ohne die Boshaftigkeit, die er mir sonst entgegenbringt. Es ist traurig, dass ich nach neun gemeinsamen Jahren erwartet habe, dass er mich eine Lügnerin nennt.

Ich reibe mir den Nacken. »Sie hat sich in dem alten Kino in der Dickson Road versteckt. Ich habe Beweise dafür, dass sie sich dort in den sieben Wochen ihres Verschwindens aufgehalten hat. Als ich sie am frühen Dienstagmorgen gefunden habe, ist sie weggelaufen. Ich schicke dir das Filmmaterial. Um zu entkommen, hat sie mich ins Meer gestoßen«. Ich lächle bitter und erinnere mich an meinen Fehler und an die Kraft der Wellen, als Mutter Natur selbst mir den letzten Atem nehmen wollte. »Von dort aus ging sie zu den Einhörnern.«

Xander nickt. »Deine Großmutter?«

»Ich glaube schon, nach dem, was Robin mir erzählt hat.« Ich schüttle den Kopf. »Wie auch immer, da hast du deinen vermissten Engel. Ich muss mich jetzt um den Rest des Schlamassels kümmern.« Mein Haar streift meine Wange und ich schiebe es weg.

Erst durch diese Bewegung scheint der Engel zu bemerken, dass ich ein Kleid trage. Für ein paar Sekunden schaut er verdutzt. Seine Pupillen weiten sich und sein Mund wird ganz schlaff.

»Tru ...«

»Nein«, schnauze ich. So kann er mich nicht ansehen. »Ich muss gehen.« Mit schnellen, sauberen Bewegungen gleite ich zurück in den Land Rover und stoße die Tür zu. Ich lege den ersten Gang ein und rolle die Auffahrt hinunter, bevor er sein dummes Maul aufreißen kann.

»Verpiss dich, verpiss dich, verpiss dich!«, murmle ich vor mich hin.

Es gefällt mir nicht, wie ich mich in der Nähe dieses Mannes fühle. Als wäre ich wieder im Meer und würde ertrinken.

Story schnaubt und nähert sich von hinten. Sie landet auf meiner Schulter, schmiegt sich an meinen Nacken und streichelt meine Wange. »Hast du sein Gesicht gesehen? Er war verblüfft.« Sie fliegt zum hinteren Fenster und drückt ihre Nase an die Scheibe. »Er guckt immer noch!«, kräht sie fröhlich.

Der Mann ist ein Vollidiot. Ich hasse ihn.

»Ich bringe euch beide nach Hause.«

»Neeeiiiin ...«

»Keine Widerrede. Ich muss das allein machen. Kannst du bitte alle Aufnahmen und Beweise, die wir über Robin haben, an Xander schicken?«

»Ja«, brummte Story. »Alles?«

»Ja, bitte. Ich erwarte nicht, dass er uns glaubt, aber ich habe ihm gesagt, ich tue es.« Ich fahre vor unser Haus und schäme mich dafür, wie nah wir an ihm wohnen. Wenigstens liegt der Hof am anderen Ende der Stadt.

Ich öffne die Tür, Dexter gibt mir einen Klaps auf den Kopf und springt über mich hinweg.

Story folgt ihm, langsam mit den Flügeln schlagend und ein wenig enttäuscht. »Viel Spaß beim *Essen*«, brummt sie. »Zeitkontrolle. Du kommst zu spät, du hast nur noch acht Minuten.«

»Danke.« Aus Gewohnheit warte ich, bis die beiden im Gebäude verschwunden sind, dann fahre ich zurück zu den Einhörnern.

Um mich meiner bösen Großmutter zu stellen.

Kapitel Vierunddreißig

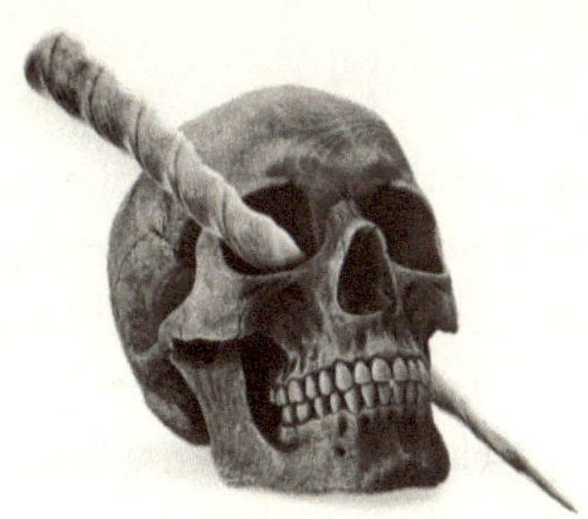

Meine Einhorn-Grossmutter sitzt auf einem der acht Stühle am Kopfende ihres Eichenesstisches. Sie trägt einen schwarzen Rock und eine weiße Bluse, die ihre schmale Taille, ihre schlanke Figur und ihre langen Beine perfekt zur Geltung bringt. Ihr orange, rot und gelb gefärbtes Haar ist zu einem eleganten Knoten gebunden. Wie kleine Regenbögen schimmern ihre Augen in allen Farben, und ein verschmitztes, triumphierendes Lächeln umspielt ihre blutrot geschminkten Lippen. Der Duft von Gras und Wildblumen steigt mir in die Nase. Sie neigt den Kopf, um mich von oben herab anzuschauen, und deutet mit einem roten Fingernagel auf den Stuhl gegenüber.

Es fällt mir schwer, nicht zu grinsen. Jetzt fehlt ihr nur noch eine Katze auf der Schulter und sie wäre der perfekte Bösewicht. Ob Dexter ihr wohl dabei helfen würde? Nein, er würde wahrscheinlich versuchen, ihr das Gesicht aufzukratzen.

Ich bin nicht schnell genug, um mich hinzusetzen, wenn ihr Kumpan mir in den Rücken sticht. Er wird von meiner Liebesbombe nicht kontrolliert. Die vierundzwanzig Wachen stehen noch draußen. Hochmütig ziehe ich mein Kleid zurecht und nehme den angebotenen Platz ein.

Mit einem Wink meiner Großmutter verlässt der Einhorn-Soldat den Raum.

»Großmutter, was ist los?«, frage ich und blicke auf den leeren Tisch. »Ich dachte, ich komme zum Sonntagsessen?«

In ihren Augen blitzt Mitleid auf. »Um zwei Uhr kommt mein Anwalt mit Papieren, die du ohne viel Trara unterschreiben musst«, sagt sie.

»Okay?«

»Diese Dokumente werden mir die volle juristische Macht über dich geben. Wir wissen beide, dass es dir nicht gut geht.« Einer ihrer himmelhohen schwarzen Absätze klopft rhythmisch auf den Boden, als sie ihre Beine ausrichtet. Die Hände flach auf den Tisch gelegt, beugt sie sich vor und macht mit einem traurigen Lächeln den ersten Schritt. »Wenn du nicht unterschreibst, landest du aufgrund aller Beweise für deine schändlichen Taten wieder im Gefängnis, und du musst zurück in deine kleine weiße Zelle.«

Ich zische. Und da ist es. Sie lässt ihre Macht spielen.

Ich beiße mir auf die Lippe und hole tief Luft. Ich bin erst ein paar Minuten hier, und sie macht keine Witze. »Schändliche Taten?«, flüstere ich.

Wenn ich ihr genug Seil gebe, wird sie sich aufhängen, oder? Was wird sie tun? Was will sie von mir, Kinder, eine Zwangsheirat, meine Macht? Mein Herz schlägt schneller vor Aufregung.

»Der Engel, Robin, ist hier. Ich habe ihr in deinem Haus Unterschlupf gewährt.«

Ich blicke auf die Uhr auf dem Kaminsims. Nicht mehr lange mein Haus, denn jetzt müsste der Gurtmörder die orangefarbene Magie auslösen. Bald wird das Haus unter magischer Kontrolle abbrennen. Dann kann Ann mich nicht mehr mit den gefälschten Beweisen kontrollieren, die sie dort versteckt hat.

»Wenn du nicht einwilligst, werde ich ihnen alle Beweise geben, die ich habe, einschließlich deiner eidesstattlichen Erklärung, dass du sie entführt hast.«

Das macht sie also, sie spielt die Serienmörderin.

»Gefälschte Beweise«, knurre ich.

Ann sieht mich stirnrunzelnd an und kräuselt ihre roten Lippen.

Ich sehe schon von Weitem, was sie vorhat, ohne ein Wort sagen zu müssen, aber ich spiele mit; wenn sie erwartet, dass ich einen Anfall bekomme, wird sie verdammt lange warten müssen. Dank Robin bin ich ihr schon drei Schritte voraus, und jetzt, da das Haus weg ist, hat Ann gar nichts mehr.

Alles, was sie jetzt noch hat, sind leere Drohungen, denn sie hat kein Druckmittel. Ich beuge mich vor und passe mich ihrer Körpersprache an. Der Tisch ist kalt unter meinen Händen. »Also, der Papierkram? Was willst du, Oma?« Ich sage es mit einem Knurren. Jedes Mal, wenn ich sie so anspreche, zuckt sie zusammen. »Was soll ich unterschreiben? Was sind die Bedingungen für meine Freilassung?«

»Ich will sicher sein, dass du niemandem mehr wehtun kannst«, sagt sie frech mit zusammengekniffenen Augen.

Äh, was?

»Dein Vater war kein guter Mensch.« Sie lehnt sich auf dem Stuhl zurück und legt das Kinn auf die Schulter. »Unsere Familienlinie ist mit psychischen Problemen verflucht. Die Psychopathie ist an mir vorbeigegangen, aber sie hat deinen Vater befallen. Deshalb habe ich keine Kinder mehr bekommen. Ich schätze, eine Mutter weiß so was tief in ihrem Inneren.« Sie runzelt die Stirn, ihre rechte Hand wandert über ihre Brust. »Es war etwas, das ich nicht ertragen konnte, dass es weitergegeben wurde, die grausame, böse Ader. Dein Vater konnte, wie du, das Verhalten und die Gefühle der Menschen spiegeln, und obwohl das, was er nicht verbarg, beunruhigend war, war er so charmant.« Ann lächelt und sieht verbittert aus.

So gebrochen.

Das Leben in ihren Augen verblasst, als würde sie für einen Moment in einer Erinnerung feststecken. Sie schüttelt den Kopf, und ihre Augen strahlen wieder Entschlossenheit aus.

»Er hat seine Spuren verwischt. Ich dachte, ich hätte ihn stramm genug an der Leine. Ich habe nicht schnell genug reagiert, und als ich es tat, war es zu spät, ihn zu retten. Ich habe versagt. Meine Liebe für ihn machte mich blind. Es ist so leicht, sich von der Liebe einreden zu lassen, dass alles gut wird. Ich glaubte, die Probleme seien mit ihm gestorben. Wie du weißt, habe ich erst von dir erfahren, als du erwachsen warst. Er hat das Geheimnis deiner Existenz und das deiner armen Mutter mit ins Grab genommen.« Sie klopft mit einem Nagel auf den Tisch. »Er hätte nie in ihre Nähe kommen dürfen. Er hat dich, ein sechsjähriges Kind, verletzt und deine Mutter getötet, weil ich meine Aufgabe als seine Mutter nicht erfüllt habe. Als deine Großmutter.

Ich hätte mehr tun müssen, besser auf ihn aufpassen müssen. Es ist meine Schuld. Ich habe dich im Stich gelassen. Ich habe gehofft ...« Sie senkt den Blick auf den Tisch, als sich ihre Augen mit Tränen füllen. »Ich habe gehofft, dass es dir gut geht. Du hast so viel Kraft gezeigt, so viel Einfühlungsvermögen. Aber die Kraft des Einhorns, gepaart mit der vampirischen Seite in dir ...« Ihre Augen blicken auf und treffen auf meine, in deren Tiefen aufrichtige Entschlossenheit schwimmt. »Ich werde nicht danebenstehen und zulassen, dass du einem anderen Menschen wehtust, Tru. Das ist eine Intervention. Was du dem armen Engel angetan hast, ist nicht in Ordnung.«

Mein Mund ist so weit geöffnet, dass mein Kiefer fast auf dem Tisch aufschlägt.

Es dauert eine Sekunde, bis ich ihn wieder schließen kann. Mein Gehirn brummt, es rast mit hundert Meilen pro Stunde, während ich über ihre Worte nachdenke. Sie denkt ... oh, ich bin so verwirrt. Ich kratze mich am Hinterkopf.

»Du wirst Zugang zu den besten Ärzten haben«, fährt sie fort, »die dir beibringen werden, mit deinen Trieben umzugehen.« Sie schluckt und holt tief Luft. »Mit der Zeit, da bin ich mir sicher, und den richtigen Medikamenten ...«

Ich hebe die Hand, um sie zu stoppen.

»Das. Ist. Eine. Intervention?«, frage ich. Ich spreche jedes Wort vorsichtig aus, als würde mein Kopf gleich explodieren. Sie nickt, und das Mitleid ist wieder da.

Granny Ann hält mich für verrückt, genau wie mein Blutspender.

Ich neige den Kopf zur Seite. »Du denkst, ich ... du denkst ... ich ...?« Ich keuche, zeige auf meine Brust und kichere leise vor mich hin. Ich lasse mich fallen und mein Kopf rollt gegen das Polster des gepolsterten Hochlehners. Mein Blick wandert zur Decke und dem wunderschönen Kristalllüster über mir. Das Kichern wird zu einem Lachen, das mir die Kehle zuschnürt, und ich muss die Arme ausstrecken, um meinen Bauch zu umfassen. »Du hast die gleichen erfundenen Beweise wie Xander«, zische ich durch mein Lachen.

Granny Ann ist auf dem gleichen Spielbrett wie Xander. Wie ich. Sie ist nicht diejenige, die uns für dumm verkauft hat. Nein, ich habe nur eine weitere Spielfigur gefunden.

Verdammt noch mal!

Ich weiß nicht, was zum Teufel hier los ist, und ... scheiße, ich weiß nicht, wo die Schachanalogien herkommen. Ich hab noch nie Schach gespielt. Ich reibe mir mit dem Handrücken den Mund, keuche und schüttle den Kopf.

Mein armes Hirn ist kaputt.

Mein Lachen erstirbt, ich starre an die Decke und atme tief ein. Ich muss mich von den Menschen abschotten und die Welt in Flammen aufgehen lassen. Aber der Wunsch, Xander zu beweisen, dass er sich in mir getäuscht hat, brennt heller.

Ich schüttle den Kopf und richte mich auf.

Ann macht ein Gesicht wie vom Donner gerührt; es würde mich nicht wundern, wenn Rauch aus ihren Ohren käme. Oje. Mein Lachanfall hat mich bei ihr nicht beliebt gemacht. Ich nehme eine weiße Serviette vom Stapel am Ende des Tisches und schwenke sie. Ihre regenbogenfarbenen Augen verengen sich. Sie ist sicher nicht erfreut über mein präverbales Schwenken der weißen Fahne. Ich lasse die Serviette auf den Tisch fallen.

»Ich weiß, dass das kein Witz ist, und ich schätze die großmütterliche Intervention, aber du weißt, dass ich eine Auftragsmörderin bin, oder?«

Sie tut meinen Beruf mit einer Handbewegung ab. »Ich bin nicht glücklich darüber, aber ich kann darüber hinwegsehen. Ich spreche davon, dass du eine Unschuldige verletzt hast.«

»Okay. Damit wir uns richtig verstehen. Du hast mich nicht reingelegt? Du hast nicht mit Robin zusammengearbeitet, um einen Keil zwischen mich und den Botschafter der Engel zu treiben? Du hast keine Beweise gefälscht, damit Xander durchdreht und mich ins Gefängnis bringt?«

»Was? Nein, natürlich nicht«, stottert Ann.

Mein Auge zuckt und ich reibe mir eine schmerzende Stelle über der Nase. »Warum hast du dann deinen Männern befohlen, mich anzugreifen?«

Ihre Augen weiten sich ungläubig.

»Am Montag, als ich im Gebäude des Großen Rates der Kreaturen war, haben sie mich niedergeschlagen und blutend an einen Stuhl gefesselt. Kommt dir das bekannt vor? Ding Dong? Nein? Ein Einhorn namens Hades hat mir ein drohendes Ultimatum gestellt, zu diesem Sonntagsessen zu kommen.« Ich stoße den Tisch an. »Oder sonst ...«

»Was? Das würde er nie tun.« Empört springt meine Großmutter auf. »Geoff!«, schreit sie. »Bitte schicke Hades sofort hierher!«

Innerhalb weniger Augenblicke stolziert Hades in einem tadellosen Anzug ins Zimmer. »Ann, du wolltest mich sehen?« Er rückt seine Handschellen zurecht und grinst mich an.

Er ist ein Idiot und hat sich nicht einmal die Mühe gemacht, den Raum zu scannen.

Als wäre es ein Thron und sie die Königin, setzt sich meine Einhorn-Großmutter. Dann beugt sie sich vor und verengt die Augen, ihre Finger krallen sich so fest in den Holztisch, dass sie vom Druck weiß werden. »Haben deine Schläger-Leute meine Enkelin angefasst?«, fragt sie mit gefährlichem Unterton. Meine Nackenhaare sträuben sich.

Hades blinzelt sie an. Ah, jetzt hat er verstanden. Sein Gesicht verliert alle Farbe, das überhebliche Grinsen verschwindet. Unterwürfig senkt er den Blick zu Boden und nickt.

»Haben sie sie in meinem Namen bewusstlos geschlagen und an einen Stuhl gefesselt?« Wieder nickt Hades. »Warum? Warum solltest du das tun, wenn ich dich nur gebeten habe, eine einfache Einladung zu überbringen?«

Er wagt es, mir einen bösen Blick zuzuwerfen.

Oh, du bist so ein aufgeblasener kleiner Edelmann.

»Ich wusste, was sie getan hat, ihre eklatante Respektlosigkeit, während Sie so offen und gastfreundlich waren. Sie haben ihr ein verdammtes Haus gegeben, und sie hat es keines Blickes gewürdigt. Ich wollte es ihr heimzahlen, ihr eine Kostprobe ihrer eigenen Medizin geben«, murmelt das Einhorn.

»Das war nicht Ihre Entscheidung, und Sie sind zu weit gegangen. Sie haben meine Enkelin angegriffen. Sie haben ein weibliches Einhorn angegriffen!«, schreit sie.

»Nun, sie ist kein echtes Einhorn. Sie ist eine Abscheulichkeit«, brummt er wieder in Richtung ihrer Füße.

»Mein Enkelkind!«, schreit sie. »Sie kleiner Idiot …«

»Hey.« Ich klatsche in die Hände und unterbreche ihre Tirade. Mit scharfem Blick fixiere ich die beiden. »Wenn ihr das später machen könnt, wäre das toll. Aber ich würde ihn gern auf den Hinterkopf schlagen, falls ihr eine Idee für eine Bestrafung braucht. Wir müssen uns beeilen. Nur damit das klar ist, ich habe keine Unschuldigen ermordet oder Engel entführt. Das ist alles Teil eines ausgeklügelten Plans. Hier, gib mir dein Handy. Bitte? Ich muss telefonieren.« Ich hebe mein Kinn und wackle mit den Fingern vor meiner Großmutter.

Ohne ihren finsteren Blick von Hades zu nehmen, schiebt sie mir ihr Handy zu. Es dreht sich auf dem glänzenden Holz und ich klatsche mit der Hand darauf, damit es nicht vom Tisch rutscht.

Ich lasse das Handy auf laut gestellt, während ich Ava anrufe. »Hey, ich bin's. Du bist auf Lautsprecher. Kannst du mir das ganze belastende Beweismaterial schicken, das du über meine Großmutter gesammelt hast?« Ich schaue vom Hörer auf, um mich bei Ann zu vergewissern. »Hast du ein Datapad?«

Ann nickt und winkt Hades zu. »Geh und hol es!« Er rennt aus dem Raum.

»Alles, was wir haben, bitte auf ihr Datapad, Ava.« Ich kann die Informationen genauso gut weitergeben, damit sie weiß, in welchem Schlamassel sie steckt.

»Kein Problem. Sobald die Verbindung steht, habe ich Zugriff auf alle Geräte. Ich sende jetzt alle Informationen«, sagt Ava.

Ann runzelt die Stirn.

Ich lächle das Handy an. Ich bin froh, die Hexe der Technik auf meiner Seite zu haben. »Es war nicht meine Großmutter«, sage ich zu Ava und komme zur Sache. »Die Spuren, denen wir gefolgt sind, waren von Anfang an ein abgekartetes Spiel, um uns auf eine falsche Fährte zu locken.« Ich reibe mir die Stirn. »Wer auch immer das tut, er spielt uns gegeneinander aus.«

»Aber ...« Ava stöhnt. »Ja, es war alles ein bisschen zu einfach, nicht wahr? Es hat mich gestört, dass alles so schlampig, aber ordentlich war. Ich gehe zurück und sehe, was ich finden kann.« Sie legt auf.

Hades kommt zurück ins Zimmer und gibt Ann ihr Datapad, die sofort die erste Datei öffnet.

O nein, das Haus. Ich schnippe Hades mit den Fingern zu. »Oh, vielleicht solltest du zu Nummer sieben laufen. Eine deiner Wachen ist gerade dabei, das Haus niederzubrennen. Ähm«, ich schaue auf die Uhr und erschaudere, »jeden Moment. Er steht unter einem Zauber«, beende ich lahm. *Ups.*

»Was?« Ann lässt das Datapad fallen und knallt es auf den Tisch. »Du hast einen meiner Wächter verzaubert, damit er dein Haus niederbrennt?«

»Wenn wir auf den Punkt kommen wollen, habe ich vierundzwanzig deiner Wachen mit einem Zauber belegt. Aber wer zählt schon mit?« Ich huste, um mich zu räuspern.

»Was um alles in der Welt? Tru, was hast du dir dabei gedacht?« Sie schüttelt den Kopf, dann steht ihr Entsetzen ins Gesicht geschrieben. »Robin ist drinnen!«, schreit sie und kommt unsicher auf die Beine.

Ich winke ihr, sich zu setzen. »Nein, ist sie nicht. Ich habe sie vor etwa dreißig Minuten vor dem Haus des Engelsbotschafters abgesetzt.«

»Du hast das arme Mädchen wieder entführt?«

Ich hebe einen Finger. »Ich habe sie eher verlegt. Sie hat über mich und die«, ich zitiere das nächste Wort mit einem zusätzlichen Augenrollen, »Entführung gelogen. Jemand hat sie so manipuliert, dass sie sich das ausgedacht hat, um dich davon zu überzeugen, dass ich eine Serienmörderin bin, und du hast den Scheiß geglaubt ...« Meine Stimme versagt und ich knirsche mit den Zähnen. Sie war nicht die Einzige. Ich bin an der Nase herumgeführt worden, und das ist mir irgendwie peinlich.

Ann wirft mir einen ungeduldigen Blick zu.

»Und sie haben mich überzeugt, dass du Beweise fabriziert hast, um mich zu kontrollieren. Die gute alte Robin hat es so aussehen lassen, als hättest du Beweise gegen mich im Haus. Deshalb wollte ich es niederbrennen«, beende ich knurrend. Mein Fehler.

Stöhnend lässt Ann sich auf ihren Sitz zurückfallen und sagt, ohne ihn anzusehen: »Hades, kümmere dich darum, aber komm sofort zurück! Wir sind mit unserem kleinen Gespräch noch nicht fertig.«

Hades geht wieder, diesmal um Feuerwehrmann zu spielen.

Kopfschüttelnd schnappt sich Ann das Datapad und blättert noch einmal durch die Beweise. »Ich würde mich trotzdem besser fühlen, wenn du mehr Zeit mit den Ärzten verbringen würdest. Häuser niederzubrennen, ist kein normaler Zeitvertreib.«

Ha, für mich schon. Ich schweige brav.

Während ich ihr beim Lesen zuschaue, denke ich über ihre Worte nach. Sie will mich retten? So ein Unsinn. *Eher will sie mich retten, um sich selbst zu retten.* Ich bin sechsundzwanzig Jahre alt, und sie kommt viel zu spät. Sie kommt Jahrzehnte zu spät. Mein Adoptivgroßvater hat sich schon um alles gekümmert.

Nein, sie will mich nur ausnutzen.

»Ich kann mich beherrschen. Wenn ich das nicht könnte, wären viele Menschen tot«, sage ich ihr. »Ich bin vielleicht alles andere als ein Mensch und kein perfektes Einhorn, aber ich bin nicht wie dein Sohn.«

Die Schuld, die sie empfindet, ist nicht meine. Sie weiß seit über neun Jahren von mir und war froh, dass sie meine Existenz ignorieren konnte. Das sollten wir wieder tun.

Ich sollte nach Hause gehen, aber nicht bevor ich dieses Chaos beseitigt habe. Es ist offensichtlich, dass wir ein Kommunikationsproblem haben, und ich kann nicht zulassen, dass uns noch einmal jemand so benutzt. Meine Augen verengen sich, und ich spitze die Lippen, während ich die Muster in meinem Kopf zusammenfüge, damit sie einen Sinn ergeben. Am logischsten ist es, das Ergebnis zu betrachten und daraus eine Motivation abzuleiten. Also ...

Sie wollten mich loswerden, aber nicht nur das. Sie haben sowohl den Engel als auch meine Einhorn-Großmutter dazu benutzt. Xander hat mich einfach zuerst erwischt. Und er hat verbrannte Erde hinterlassen. Er hat mir gezeigt, wer er ist und welchen Platz ich in seinem Leben habe. Xander mag ein netter Kerl sein, der Held, der weiße Ritter. Aber nicht für mich.

Leise summe ich vor mich hin. Ich glaube nicht, dass es jemals darum ging, mich zu bestrafen.

Sonst wäre ich nie aus dem Gefängnis entlassen worden, denn dann hätten sie mir das besser angehängt. Aber das haben sie nicht. Die Beweise waren voller offensichtlicher Lücken. Es war lächerlich einfach, sie zu zerpflücken.

Sollte das Ergebnis sein, dass meine Beziehung zu Xander so schlecht war, dass sie nie mehr repariert werden konnte? Mir die Augen zu öffnen für die Wahrheit über den Mann, den ich geliebt habe, den wahren Mann, mit dem ich mich eingelassen habe?

Verdammt, das war es. Es war ein Ergebnis ... aber war es das Ergebnis?

Nein, ich glaube nicht. Wer gewinnt, wenn ich Xander nicht mehr liebe? Oder besser, wer gewinnt, wenn ich damit beschäftigt bin, meine Unschuld zu jagen?

Ahhhr, das geht zu weit. Ich bin zu beschäftigt, um klar zu denken.

Okay, was habe ich getan, bevor mein Leben den Bach runterging? Forrest und ich haben die Kinder gerettet. Aber ... meine Augen verengen sich. Ich habe angefangen, den Bluthandel zu zerstören, einen Bösewicht nach dem anderen. War ich zu nah dran? Wer trat genau in dem Moment in mein Leben, als alles aus den Fugen geriet?

Kleric.

Ding. Ding. Ding.

Kapitel Fünfunddreißig

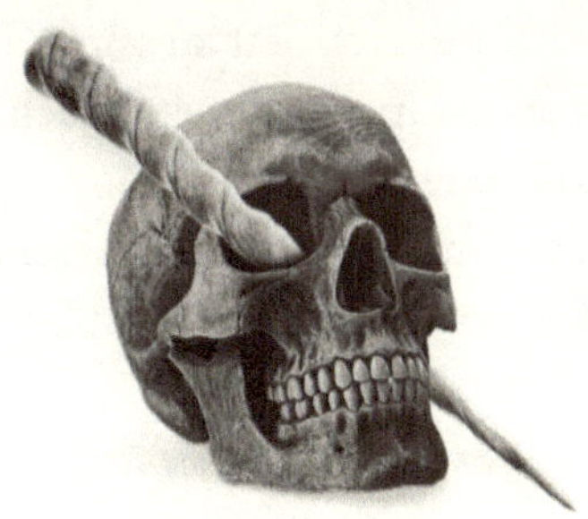

Jetzt ergibt alles einen Sinn. Was weiß ich wirklich über ihn? Er war im Lagerhaus, und ich ließ mich von ihm blenden, von seinem Lächeln, seinen Muskeln und seiner üppigen blauen Haut. Dass er da war, als alles anfing, war irgendwie praktisch. Bei allem, was danach passierte, habe ich mich nie gefragt, warum.

Wer nimmt schon einen Dämonenprinzen gefangen?

»Ich muss gehen«, sage ich zu Ann, während ich mich aufraffe. »Ist alles in Ordnung mit uns? Bitte sag mir, dass du keine weiteren Interventionspläne hast. Keine Versuche mehr, mich einzuweisen oder mich in mein Leben einzumischen.«

Ihr Blick hebt sich vom Datapad. »Nun ...«

»Die Antwort ist, dass alles in Ordnung ist. Du brauchst dir mit mir keinen Feind zu machen, Ann.« Ich lasse den Oma-Scheiß, denn ich habe sie nur so genannt, um stur zu sein und sie zu ärgern. Sie ist alles andere als eine kleine alte Dame. Sie ist ein Einhorn in den besten Jahren. Ich spreche sanft, aber meine Augen sind hart, das weiß ich. Ich starre sie mit meinem totenbleichen Blick an. »Bitte dränge mich nicht, denn du wirst nicht gewinnen. Frag dich selbst: Wie konnte ich an vierundzwanzig deiner Wächter vorbeischleichen und einen Engel deiner Obhut entreißen? Unter eurem Schutz, im Herzen eurer Gemeinschaft. Wenn ich das tun kann, ohne jemanden zu verletzen, dann stell dir vor, was ich tun kann, wenn ich richtig wütend bin.«

Zum ersten Mal sehe ich Angst in ihren Augen. Jetzt hat sie es verstanden. Ich bin nicht wie ihr Sohn ... nein, ich bin schlimmer.

»Oh, und nimm deine Leute an die Hand! Ich will sie nicht töten, aber ich werde es tun, wenn sie mir wieder nachstellen. Es gibt keine Warnungen mehr. Ich habe es satt, nett zu sein.« Ich schließe mit einem schiefen Lächeln, das meine Lippen drohend nach oben schiebt.

Darauf lasse ich es beruhen.

Ich stolpere aus dem Zimmer. Das Kleid raschelt an meinen Beinen, meine Absätze klackern auf dem Holzfußboden des villenartigen Hauses meiner Großmutter.

Was für eine verdammte Zeitverschwendung.

»Hallo, Liebes«, sagt eine Stimme mit schwerem Londoner Akzent. Ich neige den Kopf und sehe einen der Schläger, die mich am Montag niedergeschlagen haben, die Haustür bewachen.

Oh, hallo.

Ich wackle ein wenig mehr, lächle und klimpere mit den Wimpern.

Er zieht die Augenbrauen hoch, hebt das Kinn und grinst mich frech an. Mit halb geöffneten Lidern wandern seine Augen an meinem Körper auf und ab. »Du hast dich aber schön gemacht«, grummelt er.

Igitt.

»Danke.« Ich rücke näher, bis wir nur noch wenige Zentimeter voneinander entfernt sind, und lecke mir über die Lippen.

Sein freches Grinsen wird breiter, seine Pupillen weiten sich.

Meine Faust knallt in seinen Magen und er kippt stöhnend nach vorn. Ich schlage ihm noch einmal so fest wie möglich ins Gesicht, ziele auf die empfindliche Stelle an seinem Kiefer. Er stolpert, und die Haustür knallt, als er dagegen schlägt. Ich trete vor, greife sein Gesicht und schlage seinen Schädel nicht einmal, sondern zweimal gegen die massive Haustür. Mit einem Stöhnen in der Kehle sinkt er bewusstlos zu Boden.

»So ist gut, Schwachkopf«, murmle ich.

Als ich die Tür öffne, stelle ich mich auf seine Hand, und sein Körper sackt zusammen und rollt weg wie ein lästiger Zugluftstopper. Drücke ich sie weiter auf, knirscht sein Arm. Ich achte darauf, dass ich seinen Kopf wieder gegen die Ecke der Tür lehne.

Die Sonne scheint, als ich mit einem breiten Lächeln im Gesicht nach draußen trete. Und siehe da. Ich fühle mich so viel besser.

Vielleicht kann ich nächste Woche zum Sonntagsessen kommen?

Ich atme tief durch und schmecke das totale Chaos auf meiner Zunge. *Ich glaube, ich habe mich klar ausgedrückt.* Ich verziehe meine Lippen, als Rauch aus dem Haus gegenüber aufsteigt. Das Brummen des Feuerlöschers kitzelt auf meiner Haut, Schreie und Rufe zerreißen die Luft. Ich habe mich nie für eine Heilige gehalten. Ich reibe meine Hände an meinem Kleid. In dieser Welt ist es unmöglich, seine Hände rein zu halten. Aber ich bewege mich auf einem schmalen Grat, damit ich mich noch im Spiegel betrachten und nachts schlafen kann.

Ich drehe den Kopf, um die Flammen hinter den Bäumen tanzen zu sehen. Ich hoffe, dass dieses verdammte Haus bis auf die Grundmauern niederbrennt. Es ist meine letzte Verbindung zu diesem Ort, zu den Einhörnern.

Meine spitzen Absätze knirschen auf dem Stein der Auffahrt, dann klackern sie auf dem Pflaster. »Ich liebe dich«, ist der stöhnende Refrain, als ich an einigen der noch immer liebestollen Wachen vorbeikomme.

Einige der Wachen, die, wie ich sehe, nicht im Epizentrum meiner Liebesbombenexplosion waren, sind aufgewacht.

Einer sitzt auf dem Bürgersteig und stützt den Kopf in die Hände. »Ich habe einen Kater, als hätte ich drei Flaschen Faewein getrunken«, stöhnt er zu seinem Kumpel, der ebenso grün aussieht.

»Was zum Teufel ist mit Bill los?«

Bill, der Bärenwandler, öffnet mir mit einer dramatischen Verbeugung die Tür.

»Danke«, murmle ich und klettere in meinen Land Rover. Mein Bein zittert, als ich losfahre, nervös, weil ich jetzt weiß, was ich zu tun habe. Ich muss mit Robin reden. Sie hat über Anns Pläne gelogen.

Aber ich weiß nicht, ob ich die Gelegenheit dazu bekommen werde, denn Xander ist sehr beschützend.

Ich stöhne, als ich an der Ampel stehen bleibe. Ich wusste, es würde mir zur Last fallen, sie bei Xander abzusetzen. Ich habe sie abgeliefert, als wäre sie eine scharfe Granate und bin losgerannt.

Aber zuerst muss ich mich um den Dämon kümmern. Meine Hand brennt. Ich balle sie zur Faust und blicke finster auf den verdammten Kuss hinab. Mein dummes, törichtes Herz macht einen Rückzieher. Ich will nicht, dass Kleric ein Bösewicht ist, aber ich kann nicht zulassen, dass meine böse Seite über meinen gesunden Menschenverstand siegt.

Was weiß ich schon über ihn? Nichts außer dem Geschmack seines Blutes und dem Gefühl seines Mundes auf meinem. Ich reibe meine Lippen aneinander und stöhne. Ich kann nicht gut mit Menschen umgehen. Vor allem nicht mit Männern.

Jetzt ist die Zeit gekommen, die Zeit, die harten Fragen zu stellen.

Ich hasse es.

Ich lenke den Wagen in die Parklücke und steige aus, nehme mir nicht die Zeit, meine Ausrüstung wegzuräumen, sondern schnappe mir einfach alles, auch das Anti-Magie-Band und Robins Silbermesser, das ich als Souvenir mitgenommen habe, und gehe mit meinem Gepäck hinein.

Ich eile die Treppe hinauf, schlage die Wohnungstür mit dem Hintern zu und gehe in mein Zimmer, wo ich alles auf den Boden werfe, um mich später darum zu kümmern. Ich schnappe mir mein Handy, mein Datapad und einen weißen Kreidestift und stapfe zurück ins Wohnzimmer.

Justin sitzt in seinem Sessel am Fenster und blickt von seinem Buch auf. »Hi, wie ist es gelaufen?«

»Ehrlich gesagt? Ich weiß gar nicht, wo ich anfangen soll.« Ich reibe mir das Gesicht, als Story ins Zimmer flattert. »Wo sind die Kinder?«, frage ich sie durch meine geschlossenen Lippen hindurch.

»Ralph hat sie zu seinen Eltern gebracht. Was ist passiert?«

»Morris ist bei der Arbeit?« Justin nickt. Ich lasse mich aufs Sofa fallen. »Sie war es nicht. Ann hatte nichts damit zu tun – abgesehen davon, dass sie wie Xander mit gefälschten Beweisen belogen wurde.« Ich lache humorlos. Ich bin nicht bereit, auf die Einzelheiten von Anns scherzhafter Einmischung einzugehen. »Kleric wird bald hier sein. Wir müssen uns vorbereiten.«

»Womit, Abendessen?«, fragt Justin.

»Nein.« Ich lasse die Schultern hängen und blättere durch das Datapad auf der Suche nach … »Dem hier.« Ich drehe das Datapad so, dass es auf meinen Knien liegt, und zeige ihnen die Fotos vom Dämonentötungskreis, die ich im Lagerhaus gemacht habe.

Sowohl Story als auch Justin schnappen nach Luft.

»Aber … aber ich dachte, du magst ihn«, jammert Story anklagend.

Meine Schultern hängen noch tiefer. »Das tue ich auch. Ich mag ihn sehr, aber das ist egal. Story, da stimmt einfach was nicht mit ihm. Nicht, seit ich ihn das erste Mal im Lagerhaus getroffen habe und er mir das hier gegeben hat.« Ich lasse den Kuss auf meinem Handrücken aufblitzen, und wie vorher schauen beide ausdruckslos auf meine Hand.

Sie können es nicht sehen, nur die Dämonen und ich.

»Ich brauche Antworten und er hat sie. Ich kann nicht zulassen, dass er den Antworten ausweicht. Deshalb werde ich ihn in einem Kreide-Kreis gefangen nehmen.« Ich muss mich um Kleric kümmern, bevor es noch schlimmer wird. Ihm eine Falle stellen, damit ich ihm Fragen stellen kann, um herauszufinden, was zum Teufel los ist und ob er hinter all dem steckt.

»Er ist nicht Xander.« Ja, sie hat recht. Kleric ist so weit von Xander entfernt, wie man nur sein kann. Er hört zu. »Du wirst ihn damit verletzen«, flüstert Story und in ihren Augen schwingt der gleiche Konflikt mit, den ich in mir spüre.

Ich weiß. Ich rolle den Stift zwischen den Fingern und schlucke. Ich nicke dem Datapad zu und winke Story mit der Kreide zu. Schließlich ist sie die Künstlerin in der Familie. »Kannst du das malen?«

»Scheiße!« Wir starren uns an, dann fliegt sie auf mich zu und reißt mir die Kreide aus der Hand. Mit einem Grunzen und einem Spritzer Faestaub wirft sie sie über ihre Schulter. »Okay. Ich hoffe, du weißt, was du tust. Ich brauche mindestens eine Stunde.«

Wir starren alle auf den flauschigen Teppich.

Zeit, an die Arbeit zu gehen, denke ich.

Kapitel Sechsunddreißig

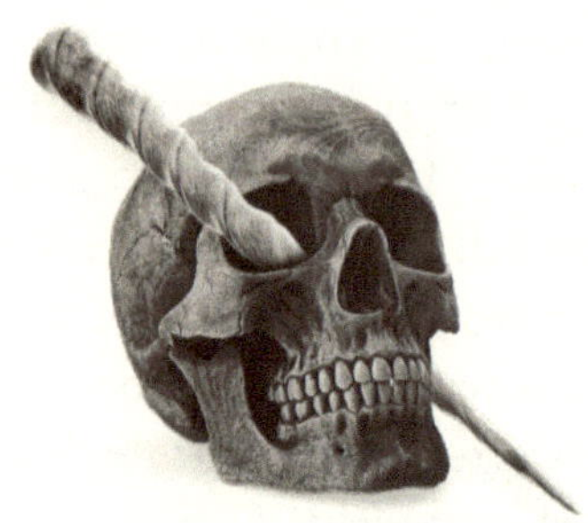

Eine Gänsehaut breitet sich wie ein böser Ausschlag auf meinen Armen aus und Hitze kribbelt in meinem Nacken. Mir ist übel, und mein Herz klopft so heftig, dass meine ganze Brust schmerzt. Kleric ist unten, und ich habe keine Lust, das zu tun. Ich sitze in der Ecke des Zimmers, in Justins Sessel am Fenster, mit einer heißen Tasse Tee in meiner Lieblingsbienentasse.

Der Dampf kitzelt mein Gesicht, aber innerlich ist mir kalt.

Alles in mir schreit, dass ich einen Fehler begehe, aber natürlich mache ich weiter.

Justin ist gegangen, um Morris, der bald Feierabend hat, zum Essen einzuladen, damit er nicht im Weg ist, wenn ich einen Dämonenprinzen verhöre. Ich stöhne. Oh, Krümel, in meinem Kopf klingt es noch schlimmer.

Es klopft an der Tür und ich sehe Story mit großen Augen an. Sie schüttelt den Kopf und starrt mich mit einem hartnäckigen Zug um den Mund an. Sie denkt, ich mache einen Fehler … aber sie hilft mir trotzdem.

»Es ist offen«, rufe ich.

Mein Brustkorb hebt und senkt sich, mein Herz kämpft um seinen natürlichen Rhythmus.

Kleric, in einen eng anliegenden Kampfanzug gekleidet, stürmt in den Raum. Er bewegt sich wie ein Traum. »Tru, geht es dir gut?«, fragt er, als er sieht, wie ich auf dem Stuhl zusammengesunken bin und die Tränen in meinen Augen glänzen.

Nein.

Fast möchte ich meine Hand ausstrecken, um ihn am Weitergehen zu hindern. Seine Füße klatschen auf den Teppich und … und mit einem Blinzeln hebe ich den Finger, um Story ein Zeichen zu geben.

Sie kommt mit der letzten Kreide aus ihrem Versteck und schnippt sie über das Muster, um den Kreis zu schließen.

Die Dämonenfalle ist versiegelt und schnappt mit einem Zischen und einem blendend weißen Blitz zu.

Die Magie knistert, als Kleric in der Mitte des Kreises erstarrt.

»Ich hoffe, du weißt, was du tust«, sagt Story, als sie an mir vorbeifliegt und uns allein lässt.

Ich hoffe auch, dass ich es weiß.

Kleric schaut nach oben, und seine Augen verfolgen mit einem leichten Nicken die Muster des Kreises, der die Decke ziert. »Die Decke, schlau. Ich wäre nie auf die Idee gekommen, nach oben zu schauen.«

Ich huste, um mich zu räuspern. »Ich wollte den Teppich nicht zerreißen, also war es das Vernünftigste.« Ich zucke unbeholfen mit den Schultern.

Kleric atmet tief ein, dann krümmt sich der massige Dämon und setzt sich auf den Boden. Er sitzt in derselben Position, in der ich ihn vor über sechs Wochen gefunden habe. Das Kinn auf dem Knie, ein Bein angewinkelt, das andere ordentlich unter den Oberschenkel gefaltet. Diesmal wedelt er nicht mit dem Schwanz – oh, und er ist vollständig bekleidet.

»Warum?«, fragt er leise.

Der Atem, den ich ausstoße, rasselt mit der Schuld, die mir die

Kehle zuschnürt. Ich kann seinen schönen schwarzen Augen nicht begegnen. Ich lecke mir die trockenen Lippen. »Ann hat mich nicht reingelegt. Sie hat fast die gleichen Informationen bekommen wie Xander.«

Kleric nickt, seine Augen sind auf mein Gesicht gerichtet.

»Ich habe darüber nachgedacht, an wen ich mich gewandt habe, als die Dinge das erste Mal schiefgelaufen sind. An dich. Ich weiß nicht ...« Meine Stimme bricht. »Ich weiß gar nichts über dich, Kleric. Jedes Mal, wenn ich dich frage, wechselst du das Thema. Du hast mir nichts darüber erzählt, wie oder warum du in diesem Lagerhaus gelandet bist. Ich verstehe nicht, warum du mir jetzt helfen willst, es sei denn, du willst in der ersten Reihe sitzen, um mich zu manipulieren.« Meine Fingernägel klappern gegen den Becher, als ich ihn umklammere. »Es tut mir leid. Es tut mir so leid, dass ich dich reingelegt habe, aber ich habe keine Wahl.«

»Schon gut. Es ist alles in Ordnung. Deine Fragen, stell sie ruhig!« Der Bariton in seiner Stimme schickt eine heiße Flamme durch meinen Körper. Ich schließe die Augen, nur für einen kurzen Moment.

Was mache ich eigentlich?

»Warum warst du im Lagerhaus?«

Er reibt sich das Gesicht. »Wenn ich darf, würde ich gern die Geschichte weiter hinten beginnen.«

Ich zucke mit den Schultern.

Der Dämon räuspert sich, ein selbstironisches Lächeln umspielt seine vollen Lippen. »Als ich einundzwanzig war, sah ich ein Mädchen, das in einem Café arbeitete, und ich wusste, ohne ein Wort zu ihr zu sagen, dass sie meine Lebensgefährtin war. Es gibt nur eine perfekte Gefährtin für einen Dämon. Es ist selten, eine Gefährtin zu finden. Noch seltener ist es, eine so junge Gefährtin zu finden. Ich war überglücklich. Aber das Mädchen war an einen anderen gebunden.«

Mein Herz setzt einen Schlag aus.

»Den Rest meiner unsterblichen Existenz damit zu verbringen, über sie zu wachen, wäre genug gewesen, es hätte sich gelohnt, nur in ihrer Gegenwart zu sein. Auch wenn wir nie ein Wort miteinander gewechselt hätten.« Er seufzt und beobachtet aufmerksam die verschiedenen Emotionen, die zweifellos über mein Gesicht huschen.

»Ich habe es niemandem erzählt, aber ich habe eine Stelle in der Botschaft der Dämonen bekommen, um in ihrer Nähe zu sein. Ich habe beobachtet und gewartet, im Verborgenen geholfen, wo ich konnte, bis ich gehört habe, dass sie ein paar Kinder retten würde und in ihr Verderben laufen würde. Also habe ich mich in das Lagerhaus geschlichen, die Kinder in Sicherheit gebracht, ein Portal zum Heiligtum geöffnet und einen Zauber gesprochen, der alle Kreaturen, die ihnen schaden wollten, in Luft auflöste. So konnte ich sie in Sicherheit bringen. Dann habe ich mich in einen Kreis gestellt und ihn so ausgerichtet, dass ihn niemand sehen kann.«

Kleric blickt zur Decke. Wieder dieses sanfte Lächeln, seine schwarzen Augen funkeln. »Aber meine Gefährtin ist mächtig und hat den Bann des Kreises gebrochen, und zum ersten Mal standen wir uns von Angesicht zu Angesicht gegenüber.« Sein freudiges Lächeln ist so schön. »Die königliche Linie kennzeichnet unsere Gefährten mit einem Kuss.« Er senkt seinen Blick auf meine Hand, dann fährt er mit seinen gezackten Zähnen über seine Unterlippe.

Eine Träne kullert über meine Wange.

»Ein Instinkt, gegen den ich nicht ankam. Ein Kuss, um uns zu vereinen. So kann ein bescheidener Prinz seine Gefährtin schützen und ein öffentliches Zeichen setzen, eine Warnung an jeden Dämon, was ihn erwartet, wenn er ihr auch nur ein Haar krümmt.«

»Wir sind Gefährten?« Ich räuspere mich, während mir der Kopf schwirrt.

Wow!

Erinnere dich daran, wie es sich anfühlt, wenn einem das Herz herausgerissen wird. Zurückgewiesen zu werden.

Ich erinnere mich. Und wie ich mich erinnere, und das würde ich nie einem anderen Menschen antun. Ich könnte das Kleric niemals antun. Ich würde niemals so grausam sein.

Kleric ist mein Freund, und er hat all diese Beweise geschickt. Meine zaghafte Erleichterung hört auf und ich vergesse zu atmen. Kleric hat es getan. Er hat mich reingelegt. Er hat mich reingelegt, um ... um mich zu retten?

Verdammt!

Ich schaudere. Sein Plan hat mich in eine neue Art von Hölle geführt. Er hat für mich gekämpft und war entsetzt, als Xander mich in ein Gefängnis außerhalb der Welt schickte, anstatt mich zur Jägergilde zu bringen, wie es richtig gewesen wäre.

Und ... und ich bin verwirrt, weil ich verstehe, warum er es getan hat. Wenn es andersherum wäre, könnte ich dann zusehen, wie er sich in eine andere verliebt oder noch schlimmer in einen arroganten Engel, der das nicht erwidert? Das wäre eine ganz besondere Folter. Könnte ich zusehen, wie er an Blut und Zuneigung verarmt? Benutzt wird und sich so klein fühlt?

Xander hat mir das angetan und ich habe es zugelassen.

Und Kleric hat das alles gesehen. Er hat gesagt, er war einundzwanzig, vier Jahre älter als ich, also bin ich siebzehn gewesen. Das muss gewesen sein, kurz nachdem ich Xander kennengelernt habe. Neun Jahre hat er gewartet. Während ich darauf gehofft habe, dass Xander mich bemerkt, hat Kleric auf mich gewartet. Was für ein Paar wir doch sind.

Mir dreht sich der Magen um. Nein, das könnte ich nicht mit ansehen. Ich würde für ihn kämpfen und ihm heimlich die Wahrheit zeigen, denn er müsste selbst darauf kommen.

Das hätte ich auch getan.

Verdammt, wir sind füreinander geschaffen.

Ich kann ihm nicht einmal sagen, es nicht noch einmal zu tun, weil ich weiß, dass es nie wieder passieren würde. Der Dämon wollte mich um jeden Preis retten.

Wow!

Story erzählt mir das schon seit Jahren, aber ich habe nicht darauf gehört. Also war die einzige Möglichkeit, meine Sturheit zu überwinden, dass er so etwas macht. Es ging nur ein bisschen schief, weil Xander nun mal unberechenbar ist. Natürlich bekommt der schwachsinnige Engel die Schuld, meine einseitige Bindung geht in Flammen auf, und Granny Ann sieht eine Möglichkeit, mich zu manipulieren, als sich die drei Pläne schließlich kreuzen, und – bumm. Das Schicksal spielt mir übel mit.

Ich nicke. Alles ergibt einen Sinn.

»Du hast also die Beweise an Xander und meine Großmutter geschickt, um mir die Augen zu öffnen?«

Kleric blinzelt mich verwirrt an. »Beweise? Ich habe die Beweise nicht verschickt. Tru, ich habe das Lagerhaus verlassen, als die Kreatur tot war und ich wusste, dass deine Freundin auf dem Weg war. Von der Verstärkung wusste ich nichts. Ich hätte dich nie verlassen, wenn ich gewusst hätte, was dich erwartet«.

Oh-oh.

»Du hast mich nicht reingelegt? Die Beweise platziert?«

Kleric tritt durch den leuchtenden Kreis und kniet sich vor den Stuhl.

Mein Mund öffnet sich wie bei einem Fisch. Puh, jetzt komme ich mir dumm vor. Eine Dämonenfalle, so ein Blödsinn. Der Kreis war ein Reinfall.

Es ist ein magischer Heilkreis, keine Dämonenfalle. Er nimmt mein Gesicht in seine großen Handflächen, sein Daumen streift meinen Wangenknochen. »Nein, ich habe dich nicht reingelegt. Ich hätte ein Leben lang auf dich gewartet. Das Seelenbündnis, das du mit Xander geknüpft hast, hätte ich nie angerührt. Hör mir zu, damit das klar ist: Ich werde niemals dein Leben oder dein Glück über mein eigenes stellen. Du wirst immer an erster Stelle stehen.«

Puh, jetzt komme ich mir verdammt egoistisch vor.

Er ist ein besserer Mensch als ich, ein besserer Mensch, als ich es verdiene. Ich hätte ihm den Arsch aufgerissen, wenn er eine andere Frau gehabt hätte. Auf keinen Fall wäre ich so geduldig und auf keinen Fall würde ich teilen.

Nun, das sind zwei von zwei. Ich bin kein Sherlock Holmes.

Dieser weiße Kragen muss alle meine Gehirnzellen weggezappt haben. Fehler passieren zu dritt, also muss ich vielleicht besonders vorsichtig sein mit neuen Theorien, die in meinem Kopf herumschwirren. Ich bin froh, dass ich nicht alle meine Gedanken laut ausgesprochen habe.

Ich kann nicht glauben, dass er denkt, wir wären Freunde. Eine Dämonenfreundin. Mein Großvater hätte sich totgelacht. Mann, ich wünschte, sie hätten sich kennengelernt.

»Wir sind Gefährten«, brummt er.

Ja, er hat mich gehört und ist noch nicht weggelaufen. Dann macht es klick, was er über unsere Verbindung mit dem Dämonenkuss gesagt hat.

»Du wusstest die ganze Zeit, was ich mit dem Kreis vorhatte?« Ich deute mit einem zitternden Finger an die Decke.

Scheiße. Natürlich wusste er es. Er hat es gewusst und ist trotzdem gekommen. Ach, in meiner Panik habe ich vergessen, dass er jeden Gedanken hören kann, der mir durch den Kopf geht.

»Ich habe deinen Schmerz gespürt, und du hast die ganze Zeit deinen heimtückischen Plan in meinen Kopf projiziert.« Seine Hand findet mein Handgelenk und bringt mein Herz für einen Schlag zum Stillstand und alle meine rasenden Gedanken in ihre Bahnen. Kleric zieht meine Hand zu sich und seine Finger streichen über den Kuss und hinterlassen kleine Feuerschauer.

»Du bist doch gekommen«, schimpfe ich.

»Ja, natürlich. Immer.«

»Ich weiß nicht, was ich tue«, jammere ich. Er küsst mich auf die Stirn. »Ich weiß nicht, was ich mit einem Freund machen soll. Ich habe es mit Xander versucht, und sieh, was für ein Chaos dabei herausgekommen ist.« Eine Gefährtin! Verdammte Einmischung von Magie und Schicksal. Es ist, als hätte das Universum gesagt: »Ich weiß, wir können Tru nicht trauen, es richtig zu machen, also machen wir es für sie.« O nein, das geht bestimmt schief.

»Können wir es nicht langsam angehen? Du weißt schon, wie bei einem Date?« Ich blinzle zu ihm hoch – selbst auf den Knien ist er riesig. Schweigen breitet sich zwischen uns aus.

»Ich hatte noch nie ein Date«, murmle ich.

»Ein Date?«, seine Stimme wird hell. »Ich würde gerne.« Würde er? Steig ein! Wir fahren zu einem Date. Wir lächeln uns beide an.

»Kleine Schritte?«

»Ja, wir gehen es langsam an.« Klerics Blick wandert zu meinen Lippen. Ich schnappe kurz nach Luft, bevor sich sein warmer Mund auf meinen legt.

Langsam.

Kapitel Siebenunddreißig

ICH REIBE meine geschwollenen Lippen aneinander und senke heimlich den Kopf, um mein schiefes Grinsen zu verbergen. Ich genieße es wirklich, ihn zu küssen.

Story, die auf der Armlehne des Sofas sitzt, sagt das Wort *Gefährte* und wackelt mit den Augenbrauen.

Ich kann nicht umhin, sie anzugrinsen. So viel dazu, dass sie uns unsere Privatsphäre lässt. Ein neugieriger Elf. Ich kann ihr nicht einmal böse sein. Ich schiebe mein Schwert, das ich bei mir trage, in dessen Scheide. Wir machen uns bereit, die Stadt rot anzumalen.

Na ja, nicht die ganze Stadt. Hoffentlich nur Robins Gesicht.

»Du kommst immer noch nicht mit«, knurre ich sie an.

»Warum? Warum muss ich zu Hause bleiben? Ich weiß, du nimmst Dexter mit.«

»Dexter?«, fragt Kleric und lässt seine schwarzen Augen von meinem Hintern gleiten. Hm. Ich glaube, ihm gefällt meine schicke neue Kampflederhose. »Du nimmst deine Katze mit in den Krieg gegen die Engel?«

»Krieg«, spotte ich. »Wir ziehen nicht in den Krieg. Wir müssen Robin nur ein paar Fragen stellen. Oh!« Ich keuche und klatsche vor Aufregung in die Hände. Ich liebe es, dass er noch so jung ist und kein alter Klugscheißer. Es ist so schön, dass er nicht *alles* weiß. »Dexter ist kein normaler Kater, er ist ein Beithíoch.«

»Ein Beithíoch? Sind das nicht riesige Fae-Monsterkatzen, pelzlose, schreckliche Dinger, die einem das Gesicht wegkratzen?«

»Purrrt«, sagt Dexter und stolziert mit tadellosem Timing auf uns zu.

»Er hat noch sein ganzes Fell«, murmle ich.

»Hm. Eine Monsterkatze.« Mein Dämon schüttelt ungläubig den Kopf über meinen fetten Rotschopf.

Das Datapad piept mit weiteren Dateien von Ava. Ich knurre, als ich danach greife. Ich rufe die Dateien auf. Ava hat sich Robin noch einmal genauer angesehen. Ein neues Foto blinkt auf dem Bildschirm. Meine Oberlippe verzieht sich zu einem Knurren. Xander mit einer Gruppe Engel, nehme ich an. Mit einem bekannten Mädchen, das ihren blonden Lockenkopf auf seinen Arm gelegt hat und in die Kamera lächelt. Ihr Anblick lässt mich erschauern.

Robin. Das ist Schicksal, ich hasse sie.

»Was hast du vor?« Ich schimpfe mit dem Abbild auf dem Foto. »Bist du wirklich ein böses Superhirn?« Ich kippe das Datapad in einen anderen Winkel. Die Engelschar ist ganz irdisch gekleidet. Robin trägt einen wunderschönen braunen Herbstmantel und die glänzenden roten Schuhe sind der Hit.

Ich zoome mit den Fingern auf die roten Schuhe.

Irgendetwas an ihnen lässt mich aufhorchen. Ich runzle die Stirn und schüttle den Kopf. Es sind schöne Schuhe, aber ich habe keine Ahnung, warum sie meine Aufmerksamkeit erregen.

»Kann ich dein Bad benutzen?«, fragt Kleric.

»Klar«, murmle ich und winke mit der Hand ab. »Benutze das in meinem Schlafzimmer.« Mein Blick fällt wieder auf die glänzenden roten Schuhe. Ich schüttle den Kopf und lasse das Datapad auf die Stuhllehne fallen. Ja, ich werde noch verrückt.

»Tru, kommst du mal kurz?«, ruft Kleric aus meinem Schlafzimmer.

»Ja.« Ich gehe zu ihm, und als ich die Tür öffne, steht er neben der Ausrüstung und den Klamotten, die ich vorhin auf den Boden geworfen habe. Meine Wangen werden heiß. »Normalerweise bin ich nicht so schlampig«, murmle ich.

Wow, ist das peinlich.

»Ich wollte nicht wühlen«, sagt er. Seine Stimme klingt seltsam. Kleric deutet auf den Haufen. »Ich kann die Magie spüren. Tru, warum hast du eine Dämonenklinge?«

»Was? Die Silberklinge?« Er nickt und ich stoße mit dem Zeh gegen den Griff. »Das ist die Klinge, mit der Robin versucht hat, mich zu erstechen. Na ja, eigentlich hat sie mir damit das Gesicht aufgeschlitzt.« Ich winke mit der Hand, um die Bewegung nachzuahmen, und rolle mit den Augen. »Ich habe sie entwaffnet, indem ich ihr den Ellenbogen gebrochen habe, und habe das Messer als Souvenir mitgenommen.«

»Engel tragen keine Dämonenklingen.«

»Nun, es ist ihre. Sie hatte sie an ihrem Oberschenkel befestigt. Als sie den Dämonenkuss auf meiner Hand bemerkt hat, hat sie sich auf mich gestürzt ...« Meine Worte verstummen und meine Augen weiten sich. Wir sehen uns an.

Oh, verdammte Scheiße! Robin hat direkt auf den Dämonenkuss auf meiner Hand geschaut, und sie hat eine Dämonenklinge.

»Robin ist ein Dämon«, sage ich in einem erstickten Flüsterton. Ich schwanke ein wenig, während mir der Kopf schwirrt. »Wenn diese Robin ein Dämon ist, wo ist dann die Robin auf dem Bild?« *Die echte Robin.*

Ich stürme zurück ins Wohnzimmer, Kleric dicht auf den Fersen.

Ich schnappe mir das Datapad und rufe das Foto auf, um es ihm zu zeigen, und in meinem Kopf macht es klick. Meine Knie geben nach, meine Waffen klackern, als ich in den Sessel sinke.

Ich brauche das Bild vom Lagerhaus an jenem Tag gar nicht aufzurufen, es ist in meinem Kopf verankert. Die Menschen, der Haufen toter Kreaturen hinter dem Schutzwall im Hinterzimmer des Lagerhauses. Ich mache es trotzdem. Meine Finger bewegen sich wie von selbst über den Bildschirm und rufen das Material auf.

»Robin ist ein Dämon«, flüstere ich Story zu, als sie sich auf meine Schulter setzt. »Die echte Robin ist tot.« Ich drücke auf Play und mit einem Fingerschnippen wird der Bildschirm des Datapads an die Wand des Wohnzimmers projiziert. Kleric und Story schauen sich das Material aufmerksam an, und während ich zuschaue, werde ich in meine Erinnerungen zurückversetzt.

Der Geruch von Ozon lässt meine empfindliche Nase jucken. Der Raum ist erfüllt vom schweren magischen Summen einer aktiven Schutzwall-Station.

Die Station, eine undurchsichtige Kuppel, die den ganzen Raum ausfüllt, verwehrt mir den Zutritt. Vorsichtig stoße ich mit meiner Klinge in den Schutzraum und spüre keinen Widerstand, als die Spitze meines Schwertes verschwindet. Hm. Dieser Schutzwall ist nicht dazu da, Menschen draußen zu halten. Er soll vielmehr verhindern, dass Geräusche und Gerüche nach draußen dringen.

Ich lege meine Handfläche nur Millimeter über die wirbelnde Oberfläche, und die Magie nagt an meiner Hand. Mit einem Wirbel, wie wenn sich Wolken teilen, löst sich die Undurchsichtigkeit gehorsam auf.

Zum zweiten Mal an diesem Abend kämpft mein Verstand darum, dem, was ich sehe, einen Sinn zu geben. Bunte Fetzen. Jemand hat wahllos bunte Kleidungsstücke aufgetürmt und ... es ist wie eine optische Täuschung, eines dieser zweideutigen Bilder.

Ich neige meinen Kopf.

Dann sehe ich ihn. Einen Schuh. Mein Kopf schnellt zurück, als hätte ich einen Schlag ins Gesicht bekommen. Der Schuh ist leuchtend rot und fällt von einem Fuß. Der Rest des Körpers kommt zum Vorschein. Er liegt eingeklemmt zwischen einem Dutzend anderer Körper.

Keine Fetzen, sondern Menschen.

Meine schnellen Atemzüge vernebeln die Kuppel. Sie haben die Menschen dort einfach abgeladen. Jeder Körper liegt auf einem unwürdigen Haufen, als wäre es egal, wer es einmal war. Die Magensäure brennt in meiner Speiseröhre. Nur viel Schlucken hält sie unten. Etwas tief in mir wimmert und zieht sich zurück, um in einer Ecke zu schaukeln, aber ich kann mir nicht erlauben, diesem Instinkt körperlich zu folgen.

»Mutter Natur«, flüstert Story entsetzt.

Ich erlaube meiner inneren Stimme, sich mit der Besessenheit eines Vampirs zu mischen, als ich zu ihr sage: »Sieh nicht hin, Story! Bitte sieh nicht hin!« Sie braucht nicht noch Albträume. Ich zwinge mich, hinzuschauen, zu zählen, während ich das Grauen in mir aufnehme. Ich muss wissen, womit ich es zu tun habe.

Ich schlucke und verdränge die Schuldgefühle, die mich bis ins Innerste erschüttern. Ich hätte nichts tun können. Das weiß ich logischerweise. Nach dem Zustand ihrer sterblichen Überreste zu urteilen, waren diese Menschen schon lange tot, bevor ich überhaupt von der Existenz dieses Lagers wusste. Es ist nicht meine Schuld. Nein, sie waren es.

Vor meinem geistigen Auge sehe ich die Blutlachen auf dem Betonboden, und ich zucke knurrend mit meiner Oberlippe. Dann bin ich demjenigen, der diese Bastarde im Hauptlager vernichtet hat, und demjenigen, der diese Kinder vor diesem schrecklichen Schicksal bewahrt hat, unendlich dankbar.

Ich muss die Station abbauen und den Kameras erlauben, DNA-Proben von den Leichen zu nehmen, aber ob zu Recht oder zu Unrecht, ich kann es nicht tun. Ich kann mich einfach nicht dazu zwingen. Es fühlt sich falsch an, frevelhaft. Schweren Herzens wende ich mich ab und schließe die Tür hinter mir, so vorsichtig und ehrfürchtig, wie ich nur kann.

Die tote Frau mit den glänzenden roten Schuhen war Robin.

Galle steigt in meiner Kehle auf, und diesmal kann ich sie nicht herunterschlucken.

Story fliegt von meiner Schulter, als ich aufspringe und in die Küche stolpere, um den widerlichen Klumpen in die Spüle zu spucken. »Tut mir leid, ich weiß, das war eklig.«

Kleric füllt ein Glas mit Wasser und reibt mir den Nacken.

Ich spüle mir den Mund aus, lasse das Wasser laufen und spritze etwas Bleichmittel in die Spüle. »Sie war schon tot, bevor ich das Lager betreten habe. Ein Dämon hat ihr Gesicht angenommen«, flüstere ich zu Kleric. »Ich weiß es einfach.«

Ich schiebe das Glas auf den Tresen, lasse das Kinn auf die Brust sinken und lehne mich gegen die Spüle. Die Reste der Bleiche aus dem Abfluss brennen in meiner Nase, während ich ein paar Mal tief durchatme, um mich zu beruhigen.

Als ich mich wieder bewegen kann, rufe ich Ava an und sage ihr, was ich zu wissen glaube. Ich darf keinen Fehler machen.

»Kleric«, flüstere ich. Er streicht mir über den Rücken und küsst mich auf den Scheitel. »Wen zum Teufel habe ich bei Xander abgeliefert?«

Kapitel Achtunddreißig

WÄHREND DER FAHRT prasselt der Regen gegen das Beifahrerfenster. Das Innere des Wagens ist für den Riesen von einem Mann gebaut, der am Steuer sitzt. Elegant, mit raffinierten Linien und unglaublich geräumig. Ich schätze, so muss es für Kleric sein, wenn er fahren will, ohne auf Durchschnittsgröße zu schrumpfen. Die flackernden Lichter des Gegenverkehrs und der Straßenlaternen heben sein hübsches Gesicht hervor.

Bevor wir losgefahren sind, und um nicht noch einen Fehler zu machen, hat Ava alles bestätigt. Robins Überreste befinden sich jetzt in einem Speziallabor und warten darauf, von der Familie abgeholt zu werden.

Ich frage mich, wie das übersehen werden konnte. Es gibt zu viele Leichen, und niemand kümmert sich genug darum, sie durch das System zu schicken, damit die Angehörigen sie abholen können. Mich kümmert es. Ich lehne meine Stirn an das kalte Glas.

Ich hätte mir damals im Lager mehr Gedanken machen sollen. Ich hätte meinem Instinkt folgen, die Station gewaltsam entfernen und die Mikrokameras nach DNA durchsuchen lassen sollen. Hätte ich das getan, hätten wir Robins Tod schon vor sieben Wochen entdeckt und wären nicht in diesem Schlamassel gelandet.

Und vielleicht … vielleicht wäre die ganze Scheiße noch schlimmer geworden.

Ich weiß nicht, was Xander getan hätte, wenn er mich mit einem toten Engel im Lagerhaus gefunden hätte. Er hätte mich nicht ins Gefängnis gebracht, das ist sicher. Nein, er hätte mich getötet. Ich seufze und meine dumme, noch nicht geheilte Seele schmerzt.

Jetzt fühle ich mich, als würde ich in den Krieg ziehen.

Ich muss mich wieder mit dem blutigen Engel auseinandersetzen, und dieses verdrehte, schreckliche Gefühl in meinem Bauch, eine aufgewühlte Mischung aus Schuld und Angst, spielt mit meinem Magen. Ich blähe meine Wangen auf und schnaufe. Mein heißer Atem hinterlässt einen nebligen Fleck auf dem kalten Glas.

»Vielleicht wird alles gut«, murmle ich. Das Glas quietscht, als ich einen kleinen Dämon zeichne.

»Vielleicht.«

»Wenn wir bei ihm sind«, ich richte mich auf, »werde ich sagen: Xander, Robin ist nicht der Engel, den du kanntest. Sie ist in Wirklichkeit ein Dämon. Und natürlich wird Xander schockiert sein« Ich lege die Hand auf meine Brust, räuspere mich und bereite mich darauf vor, meine Stimme zu senken, um es perfekt wiederzugeben. »Xander wird sagen: Ein Dämon, sagst du? Oh, ich glaube dir, sie hatte keinen Zucker im Tee. Wir stellen ihr ein paar Fragen, um herauszufinden, wer sie ist, und dann kannst du sie mitnehmen. Danke, dass du mich darauf aufmerksam gemacht hast.« Ich drehe mich zu Kleric um und er zuckt zusammen. Ich lasse mich auf den Sitz fallen und starre wieder aus dem Fenster. »Ja, das habe ich mir gedacht.« Ich wische den schnell verblassenden Dämon weg.

Wir sind Xanders unfreiwillige Kavallerie, und das wird ein echter Albtraum.

Die Straßen sind fast leer, weil die Leute nicht durch den strömenden Regen gehen wollen. Es ist wieder eine schreckliche Nacht. Mein Bein zuckt, ich drücke meinen Oberschenkel auf den Ledersitz, um es zu stoppen. Je mehr ich darüber nachdenke, desto schlechter geht es mir. Sechs Stunden sind vergangen. Wie viele Engel sind noch in Gefahr? Ist es nur Robin oder eine kleine Minderheit? Was, wenn es alles Dämonen sind und wir in einen Angriff gestolpert sind?

Kopfschüttelnd überprüfe ich noch einmal meine Zaubervorräte, um sicherzugehen, dass ich nichts übersehen habe. Ich runzle die Stirn, als meine Hand auf dem Stapel antimagischer Bänder landet. Nutzlose Dinger. Ich wünschte, das Band, das ich bei der falschen Robin benutzt habe, hätte die Dämonenverkleidung entfernen können. Aber leider hat jede Magie ihre Grenzen. Die Magie der Dämonen ist keine Illusion, sie verändern ihre Gestalt – genau wie Wandler – auf zellulärer Ebene, also gibt es keine Magie, die man abstreifen könnte.

Wir halten vor Xanders großem Haus mit der hufeisenförmigen Einfahrt, und ich öffne die Beifahrertür. Das Fell kitzelt an meinem Handrücken, als Dexter herausspringt und über den nahen Zaun springt. Dann löse ich Hunderte von Mikrokameras aus, die so programmiert sind, dass sie die Gegend um Xanders Haus aufzeichnen. Ich bezweifle stark, dass ich auch nur eine davon an der Engelsstation vorbei bekomme.

Die Kameras sind in Betrieb, informiere ich Story mit Hilfe des frisch ausgesprochenen Kommunikationszaubers.

»Wird deine Katze wieder gesund?«, fragt Kleric, seinen besorgten Blick in die Richtung gelenkt, in die Dexters rothaariger Hintern gegangen ist.

»Er wird schon wieder.« Die Tür fällt krachend ins Schloss und ich ziehe eine Halskette heraus.

Dann wickle ich die schwarze Kordel ein paar Mal um meine Hand und lasse den schwarzen Stein so baumeln, dass er das Licht einfängt. Die violetten Adern, die ihn durchziehen, glitzern und funkeln.

»Das ist ein Blutstein. Jodie, die Besitzerin von TINKTUREN UND TONIKEN, sagt, dass er wie ein Dämonenradar funktioniert. Ich nehme an, dass der Dämon oder die Dämonen ihre magische Signatur verbergen, denn die Robin, die ich getroffen habe, fühlte sich wie ein Engel an. Der Stein muss mit ein paar Tropfen Dämonenblut grundiert werden, und wenn er aktiviert ist, hält er ein paar Stunden. Jeder Dämon muss sich in der Nähe des Steins aufhalten, in einem

Umkreis von etwa drei Metern. Das bedeutet, dass du nicht in der Nähe sein darfst, oder der Blutstein wird nur dich aufheben. Ich weiß, das ist nicht ideal.« Ich lecke mir über die Lippen.

»Du brauchst mein Blut?«

»Ja, bitte.« Ich reiche ihm eine versiegelte Lanzette zum Stechen.

»Und du sagst mir, du willst da allein reingehen?« Kleric reibt sich das Gesicht und an den Rändern seiner besorgten Augen bilden sich Fältchen. »Das gefällt mir nicht.«

»Ich weiß.« Ich greife nach ihm und drücke seine Hand.

Er dreht sie um und wiegt meine Hand, streicht mit den Fingerspitzen über den Dämonenkuss. Ich würde es auch hassen, zurückgelassen zu werden. Wenn das ein Angriff wäre, würde ich über die hintere Wand springen, mich mit Magie durch den Schutzwall schneiden und dem Dämon Robin die Kehle durchschneiden. Das wäre das Ende.

Aber das kann ich nicht, wegen meines tollen neuen Jobs. Ich habe die Stelle beim Großen Rat der Kreaturen angenommen. Also kann ich mich nicht mehr wie eine Mörderin anschleichen. Ich muss wie ein Profi an die Haustür klopfen.

Das ist eine verdammt harte erste Schicht, noch dazu ohne Ausbildung, aber Kleric und Mr Brown, der Anwalt, können sehr überzeugend sein, und die Verantwortlichen haben mir das als Einstellungsbonus erlaubt.

Ja, toll. Ich glaube, ich habe einen Trick übersehen und hätte nach mehr Geld fragen sollen.

Ich habe den Vertrag elektronisch unterschrieben und mich von dem einfachen Leben verabschiedet, das ich mir vorgestellt hatte: mich verstecken, den Hof renovieren und Gras essen. Vielleicht schaffe ich das in ein paar Jahren? Wenn ich mich nicht vorher umbringen lasse.

»Ich habe Dexter. Technisch gesehen werde ich nicht allein sein.«

Ich reiche ihm die Halskette, und Kleric bricht das Siegel der Lanzette auf, sticht mit der Spitze seines Zeigefingers hinein und drückt kräftig zu. Ein Tropfen Blut quillt hervor, den er auf den Stein spritzt. Ein weiterer Tropfen folgt, und mit einem magischen Summen beginnt der Stein zu leuchten. Er leuchtet grün. Kleric gibt mir die Kette zurück und wir steigen aus dem Auto.

Das Regenwasser plätschert gegen meine Waden, als wir das Auto verlassen und die Auffahrt zum Haus hinaufeilen. Zwei bewaffnete Engel in Regenkleidung versperren uns den Weg. Das ist neu. Kleric hält sich zurück, während ich die Engel mit dem Blutstein untersuche. Er bleibt schwarz. *Die Wächter sind sauber.* Die Engel versteifen sich, als Kleric sich neben mich stellt und mich mit seiner massigen Gestalt vor dem Unwetter schützt.

»Wir sind gekommen, um mit Xander zu sprechen«, sage ich.

»Der Botschafter ist beschäftigt.«

Ich fasse mich kurz. »Es ist ein Notfall.«

Der Wächter rechts unter seinem tropfenden Hut grinst finster. Er dreht sich um, klopft mit den Fingerknöcheln an die Tür und öffnet sie einen Spalt. »Herr, eine Frau möchte Sie sprechen.« Er zieht eine Augenbraue hoch und ich kneife die Augen zusammen.

»Sagen Sie ihm, es sind Kleric und Tru.«

Xanders Stimme kommt von drinnen. »Lass sie rein! Er bleibt draußen. Ich dulde diesen Dämon nicht in meinem Haus.«

Ich schnappe nach Luft, kann es nicht ändern.

Vielleicht hat der Engel mehr Dämonen in seinem Haus, als er weiß.

»Waffen weg!«, bellt der andere Wächter.

»Nein.« Auf keinen Fall. Ich gehe nicht unbewaffnet in das Haus.

»Die Waffen müssen weg.« Dann macht er einen Fehler: Er versucht, mich zu packen.

Es riecht stark nach Schwefel und plötzlich sinkt der Wachmann zu Boden. Seine Fersen schlagen auf den Asphalt und zwischen seinen Lippen tritt Schaum hervor.

»Was zum Teufel?«, fragt der andere Wachmann und holt zum Schlag aus.

Ich trete ihm in die Seite, direkt in die Leber. Er verliert das Gleichgewicht und taumelt mit einem schmerzerfüllten Stöhnen zurück.

Dexter fällt von der Veranda und landet auf ihm.

Krachend.

Die Riesenkatze setzt sich auf den bewusstlosen Wachmann. Dexter schlägt ihm mit einer riesigen Pfote auf den Kopf.

Kleric gibt ein seltsames Glucksen von sich, als uns die Monsterkatze anblinzelt. »Beithíoch«, murmelt er.

Dexter reißt sein Maul auf und seine Zähne schließen sich um den Kopf des Wächters. Dexter kann Knochen zerkauen.

»Dexter«, sage ich warnend. »Nein.«

Seine Augen schielen auf den Wärter hinunter, ich tippe mit dem Fuß, und seine rosa Zunge schiebt den Kopf des Wächters widerwillig aus seinem Maul. »Breow«, antwortet er mitfühlend.

»Was für ein guter Junge.« Eine hinterhältige Klaue bohrt sich in den Bauch des Wächters. »Sanfter Dex, du darfst nicht mit ihm spielen und vergiss nicht, dass du nur Dämonen fressen darfst.« Ich greife nach ihm und streichle sanft seinen riesigen Kopf.

»Nicht diesen Dämon«, murmelt Kleric.

Dexter seufzt.

»Komm, steh auf!« Die schwere Katze klettert von dem zerquetschten Wächter. Ich schüttle den Kopf. Dann blicke ich wieder auf den schaumigen Wächter hinunter. Wenigstens reinigt der Regen sein Gesicht. »Was hast du getan?«

»Ich habe ihn mit meiner Magie geschockt. Er wird schon wieder.«

»Was ist los?«, ruft Xander aus dem Haus.

»Das Mädchen will ihre Waffen nicht ablegen«, erwidert Kleric mit einer perfekten Imitation der Stimme des ersten Wächters.

Mir bleibt der Mund offen stehen und er zwinkert mir zu.

»Ist schon gut«, knurrt Xander zurück. Leiser sagt er: »Sie kann sowieso nicht richtig damit umgehen.«

Arschloch. Es ist mir egal, was er denkt.

»Hier.« Ich reiche Kleric zwei Heiltränke und zwei antimagische Bänder. »Kannst du damit umgehen?« Ich runzle die Stirn über den zerschmetterten Wächter. Kleric lächelt und nimmt die Tränke. Der Regen läuft ihm von der Nase. Man muss schon ziemlich dreist sein, um einen Dämonenprinzen im Regen stehen zu lassen.

Das gefällt mir nicht. Klerics besorgte Stimme dröhnt in meinem Kopf.

Ja, ich weiß. Es tut mir leid, aber ich habe diesen Job angenommen, und das ist etwas, das ich tun muss. Ich hatte schon mit unüberwindbaren Hindernissen zu kämpfen, und das hier ist nichts. Nur ein Hausbesuch.

Das ist sicher nicht der richtige Zeitpunkt, um den Notfalldrachen zu holen.

Du brauchst Forrests Drachen nicht. Ich reiße dieses Haus in Stücke, wenn du mich brauchst.

Mit unserer Verbindung weiß er wenigstens, was los ist. Ich muss lernen, ihn aus meinem Kopf zu verbannen. Aber nicht heute. Ich stelle mich auf die Zehenspitzen und küsse ihn. Sein Mund ist warm und herrlich. Sein Geschmack füllt meinen Mund und ich will nur noch mit ihm hier draußen im Regen sein.

Zögernd ziehe ich mich zurück. Dann stoße ich mit einem normalgroßen Dexter die Haustür auf, und wir schreiten durch Xanders Haus.

Ein warmer, magischer Wind peitscht alle Regentropfen weg, die es wagen, mich festzuhalten. Die Tür fällt hinter mir ins Schloss. Ich ziehe das mit Beweisen gefüllte Datapad heraus und lasse die Schultern hängen.

Es ist Showtime.

Kapitel Neununddreißig

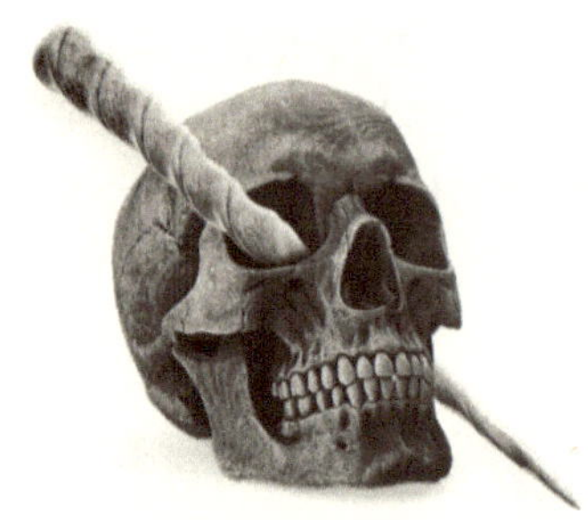

Ich halte das Datapad mit allen Beweisen hoch. Der Engel reißt es mir böse aus der Hand und es landet mit einem plastischen Knacken auf dem Fliesenboden der Orangerie.

»Na«, schnaufe ich und reibe mir die brennende Hand. »Das war nicht sehr nett. Komm schon, Xander! Bitte hör mir wenigstens zu, bevor du einen Wutanfall bekommst. Ich bettle gern. Ich gehe auf die Knie, wenn es sein muss.«

Xander fährt sich verärgert mit der Hand durch sein Haar. »Ich kenne Robin, seit sie geboren wurde. Ich würde sie überall wiedererkennen.« Mit dieser Bemerkung, einem gestählten Kiefer, der wie ein Kind signalisiert, dass unser Gespräch beendet ist, verschränkt Xander die Arme vor der Brust und setzt einen sturen Gesichtsausdruck auf. Er starrt geradeaus aus dem Fenster auf den hübschen, ummauerten Garten im Landhausstil hinter dem Haus.

Ich schüttle den Kopf und unterdrücke ein Seufzen. Ich will die

Karte mit dem neuen Job noch nicht ausspielen. Aaaah, er ist so frustrierend. Warum hört dieser Mann nie zu?

»Denk nach!« Ich strecke die Hand aus und klatsche ihm auf die Stirn. Ich grinse, als er seinen Schock nicht verbergen kann. »Denk nach, was du da tust. Das ist nicht Robin. Es tut mir so leid, Xander, aber der Engel, den du als Robin kanntest, ist tot.« Ich deute auf sie. »Das ist ein Dämon, der ihr Gesicht trägt.«

»Lügnerin!«, knurrt Xander.

Schockierend.

»Warum hast du sie reingelassen? Du weißt, dass sie mir den Arm gebrochen hat«, jammert Robin.

Ich beobachte die falsche Robin, den Dämon, der sich gerade zitternd in der Ecke hinter zwei anderen Engeln versteckt. Wenn ich jetzt mit den Augen rolle, habe ich Angst, dass sie in meiner Augenhöhle stecken bleiben und ich mir auf den Hinterkopf schlagen muss, um sie herauszubekommen. »Warum hältst du nicht einfach die Klappe«, schnappe ich zurück.

Nicht-Robin stemmt die Hände in die Hüften. »Xander. Sie hat mich gefoltert, um an Informationen zu kommen, hat mich wochenlang gefangen gehalten, und du lässt sie einfach herein, in meinen Zufluchtsort.« Ihre Stimme wird immer höher.

So hoch, dass Dexter, der sich näher an sie und die beiden anderen Engel heranschleicht, ein Zischen ausstößt.

Wut blitzt in den kalten Tiefen von Xanders honigfarbenen Augen auf, und … Oh-oh, der Heldenkomplex ist aktiviert. Achtung, Alarm!

Rauchig-weiße Magie mit kleinen goldenen Flocken fließt aus Xanders Händen, und dann hält er ein gigantisches Schwert in der Hand. Es ist größer als ein Langschwert. Es ist zweischneidig, mit einer geraden Klinge.

Es ist seine Engelsklinge.

Ohne eine Miene zu verziehen und mit einer Drehung seines Handgelenks schwingt er das Schwert gegen meinen Hals.

Erschrocken zucke ich zurück und weiche aus. Das riesige Schwert zischt an mir vorbei. Puh. Das blutrünstige Ding hat mich nur um den Bruchteil eines Zentimeters verfehlt.

»Idiot!«, schreie ich. »So ist das also, ja? Ich mag meinen Kopf am Hals, danke. Du willst mir den Kopf abhacken, obwohl ich unbewaffnet bin«, murmle ich. »Das ist selbst für dich ein neuer Tiefpunkt.«

Gut, ich habe ihm eine Chance gegeben, die Sache friedlich zu beenden. Was auch immer jetzt passiert, es liegt an ihm. Das Blut rast durch meine Adern und ich kann meinen Herzschlag hören. Der vertraute Geschmack von Adrenalin überzieht meine Zunge, während das Rinnsal in meinem Körper zu einer Flut anschwillt und ich mich darauf vorbereite, diesem Mann in den Arsch zu treten.

Zeigen wir ihm, wie ich mit meinen Schwertern umgehe. Das Schicksal weiß, dass er seit Jahren darauf gewartet hat.

Wie eine Tänzerin wirble ich um Xander herum und verschaffe mir so den nötigen Freiraum, und die Muskeln an seinem Rücken und seinen Schultern spannen sich an, als er sich zu mir dreht.

Der Engel lässt sein Schwert kreisen.

Ich ziehe meine beiden Schwerter aus der Scheide und grinse.

»Warum habe ich sie zu dir zurückgebracht, wenn ich ihr etwas antun wollte? Wenn du nur die Beweise sehen könntest …«

»Weil du verrückt bist. Robin ist genau dort!«, schreit er. »Sie ist nicht tot.« Die Muskeln in seinem Unterarm spannen sich an, als er das Schwert schwingt, um mein vorderes Bein zur Seite zu schlagen. Ich tanze aus dem Weg.

»Ja? Nun, ich bin lieber wütend als verrückt.« Ich stürme auf ihn zu und stoße mit der rechten Klinge direkt nach unten. Meine gesamte Kraft lege ich in den Schwung. Er blockt ab. »Nur ein Tipp«, sage ich zwischen zusammengebissenen Zähnen, während unsere Schwerter klirren. »Du solltest wirklich mal deine Zuhörfähigkeiten auffrischen.« Während ich spreche, ist mein linkes Schwert schon in Bewegung. Es fegt seitlich von rechts nach links über seinen Bauch und ein feiner Nebel aus goldenem Blut zerreißt die Luft.

Er knurrt.

»Und deine Fähigkeiten mit dem Schwert. Erster Punkt für mich.« Ich grinse, ducke mich unter seinem nächsten Hieb und haue mit dem Knauf kurz und brutal auf die nässende Wunde in seinem Bauch. Dann schlage ich mit dem anderen Schwert zu.

Xander taumelt zurück und schüttelt den Kopf. Der Abdruck der flachen Seite meiner Klinge ist ein roter Fleck auf seiner Wange. Er reibt sich die Wunde im Gesicht und seine honigfarbenen Augen funkeln. Er ist wütend.

Ich blitze ihn mit meinen Reißzähnen an.

Xander blockt meinen nächsten Schlag und schlägt meinen Arm zur Seite, bevor sein schickes Engelsschwert in weißen Flammen aufgeht.

Oh-oh.

Ich blinzle weiße Punkte aus meinem Blickfeld, als Xander mir sein feuriges Schwert ins Gesicht schlägt. Ich kann gerade noch ausweichen, als die heiße Klinge mein Schlüsselbein streift. Es dauert ein paar Sekunden, bis ich den Schmerz spüre. Meine Nerven schreien noch mehr, als ich den Geruch meiner eigenen verbrannten Haut wahrnehme. Autsch. Seltsamerweise fühlt sich mein Blut an, als würde es brennen.

Den Schmerz nutzend rolle ich mich zu Boden, um einem weiteren feurigen Hieb auszuweichen, und springe wieder auf, um mein Schwert zu heben und den nächsten Schlag abzuwehren. Sein Schwert schneidet durch meins wie durch Butter.

Scheiße!

Jetzt ist es entzweigebrochen, der obere Teil klatscht auf den Boden. Ich zucke zusammen, ramme ihm die glühende, zerbrochene Klinge in die Schulter und setze mit dem anderen Schwert nach.

Der Engel grunzt.

Ich trete ihm in die Brust und drehe die abgebrochene Klinge so, dass der Knauf in sein Gesicht fährt. Xanders Kopf schnellt zur Seite, aber er fällt nicht zu Boden. Völliger Schock steht ihm ins Gesicht geschrieben. Erstaunen. Wer sagt, dass ich nicht kämpfen kann? Dann wischt er sich den Mund am Unterarm ab und lächelt.

Na gut.

Der Engel nimmt das Schwert in die linke Hand.

Ich erschaudere.

Er testet mich, er ist wie der verdammte Terminator. Ich habe ihn in Stücke geschnitten, und er wackelt nicht einmal.

»Ich könnte das die ganze Nacht machen«, verspotte ich ihn. *Ja, genau.*

Dexter gibt ein warnendes Miauen von sich, als sich einer der Engel aus seiner Umklammerung löst und sich auf mich stürzen will.

O nein, das wirst du nicht tun.

Der präparierte Blutstein, den ich um mein rechtes Handgelenk gewickelt habe, leuchtet grün. Ah, ein Dämon im Engelsgewand. Er stößt einen furchterregenden Kampfschrei aus.

Ich lache.

»Hast du Angst, deine Eintrittskarte zu verlieren?«, frage ich den Dämon und drehe mich auf den Zehenspitzen, um seine Klinge zu begrüßen.

»Tut mir leid, Xander«, rufe ich über die Schulter. Ich lasse das zerbrochene Schwert fallen und trete ihm aus dem Weg. Ich halte mich nicht zurück. Ich habe meine Befehle, und diese Dämonen haben kein Recht, auf der Erde zu sein. Sie sind illegale Eindringlinge.

Mein Schwert singt, als es die Luft durchschneidet. Es gleitet durch seinen Hals und sein Kopf fällt mit einem nassen Geräusch zu Boden.

»Worauf wartest du noch? Kümmere dich um sie!«, schreit die falsche Robin und stößt den anderen Engel an ihrer Seite zu mir.

Der Engel zieht sein Schwert und greift an. Der Blutstein leuchtet grün. Ich drehe mich um und schiebe die Klinge sauber durch seine Rippen und vergrabe sie im Herzen des zweiten bestätigten Dämons. Ich gebe dem Schwert eine gute Drehung, sodass das Organ zerfetzt wird. Er fällt zu Boden.

Fleischstücke und das grüne Dämonenblut schnippe ich von meiner Klinge in Xanders fassungsloses Gesicht.

»Nicht-Robin!«, brülle ich.

Sie runzelt die Stirn und verengt ihre babyblauen Augen. »Xander, warum stehst du nur da? Beschütze mich!«, schreit sie.

Xander bleibt wie erstarrt stehen. Goldenes Blut rinnt seinen Arm hinunter und tropft aus seiner locker geballten Faust.

Ich habe seinen Arm entstellt.

Der Geruch seines Blutes vermischt sich mit dem der Dämonen. Seine einzige Aufmerksamkeit gilt dem grünen Blut, das sich um die Leichen seiner sogenannten Freunde sammelt.

Ich frage mich, ob er es schon versteht.

Die Macht in seinem Schwert erlischt, die weißen Flammen erlöschen. Die Orangerie kühlt augenblicklich ab.

»Komm schon, falsche Robin! Zeig uns, was du kannst!« Mit einem überheblichen Grinsen breite ich die Arme einladend aus. Das reicht, damit sie reagiert.

Sie stapft an Xander vorbei auf mich zu. »Du bist erbärmlich«, schnauzt sie ihn an und reißt ihm die Engelsklinge aus der trägen Hand. Sie ist etwas zu lang für sie, aber was soll's?

Der Blutstein schimmert grün, als sie in die Luft springt und von oben zuschlägt. Die Schwerter klirren, als ich die nun kalte Engelsklinge mit meiner auffange. *Wenigstens hat sie keine Engelskräfte, um das Ding zum Leuchten zu bringen.* Noch kann ich sie nicht töten. Ich muss sie nur bluten lassen. Ein bisschen Grün spritzen. Das kann sie nicht wegdiskutieren.

Sie stürzt sich auf mich, ihr Schlag ist schnell wie eine Schlange.

Schlag. Blocken. Schlag. Blocken. Schlag.

Sie ist gut, hervorragend trainiert, aber ich bin besser. Ich muss nur aufpassen, denn ich will sie nicht töten. Ich verlagere mein Gleichgewicht nach links, und als ich ihren nächsten hammerartigen Schlag abfange, trete ich ihr mit dem Knie in die Niere. Ich tanze weg und führe einen wunderschönen Spinning-Kick aus, den ich im Gefängnis perfektioniert habe – es scheint irgendwie zu passen. Mein Fuß trifft sie am Schlüsselbein und unter meinem Stiefel bricht das Schlüsselbein.

Als sie sich wehrt, schlage ich ihr mit der Handfläche auf die Nase. Sie knackt. Igitt. Sie ist eklig und nass unter meiner Handfläche. Ich trete zurück, wische meine Hand an der Hose ab und grinse zähneknirschend, als ihr grünes Blut übers Gesicht läuft.

Und weiter geht's!

Während sie sich die Tränen von der gebrochenen Nase blinzelt. Ich zeige auf ihr Gesicht und sage: »Huch. Du hast da etwas … im Gesicht. Blutest du, falsche Robin? Xander, heile lieber die Nase deines armen Dämons.«

Xander hebt seinen Blick vom Boden auf Robins nicht mehr ganz so hübsches Gesicht.

Alles im Raum steht still, als wir in einen Strudel aus flüchtiger Engelsmagie und Schmerz gezogen werden.

»Wer bist du?«, fragt er in tödlichem Flüsterton. »Du bist nicht meine Schwester.« Der bleiche, gequälte Ausdruck auf seinem Gesicht lässt mich einen schlurfenden Schritt zurücktreten.

Schwester?

Oh, Scheiße. Nein!

KAPITEL VIERZIG

ICH REIBE MIR DEN NACKEN, sacke erschöpft zusammen. Das Brennen an meinem Schlüsselbein sticht, während mein Herz in die Stiefel rast.

Xander schleicht sich langsam an seine falsche Schwester heran und ergreift seine Klinge – mit dem spitzen Ende. Ich zucke zusammen, als das zweischneidige Schwert in seine Handfläche und Finger schneidet, während er es benutzt, um den verängstigten Dämon zu sich zu ziehen.

Ihre unpraktischen Schuhe geben keinen Halt, als sie durch das Blut auf dem Boden rutscht.

»Wer bist du?«, brüllt er.

Als sie nicht schnell genug antwortet, ohrfeigt er sie. Mit einem Schrei lässt sie das Schwert los und Xander dreht sich um. Seine blutende Hand ist nun fest um den Griff geschlungen.

Seine goldene Magie blitzt durch seinen Körper, heilt sofort alle Wunden und er drückt die Engelsklinge unter ihr Kinn. »Nimm deine natürliche Form an! Jetzt!«, brüllt er.

Robin zuckt vor Schreck zusammen und ein Schwall Flüssigkeit läuft an ihren Beinen hinunter.

Oh, verdammt.

Ich habe ein echtes Problem damit, immer auf der Seite der Unterlegenen zu sein, und wenn eine Kreatur vor Angst pinkelt, fühle ich mich schlecht.

Ich will sie nicht bemitleiden. Ich muss mich daran erinnern, was sie mir und anderen angetan hat, besonders jetzt, da ich weiß, dass sie das Gesicht von Xanders Schwester hat.

Nein, nicht nur ihr Gesicht, sie ist eine perfekte Kopie.

Die Magie des Hauses wankt. Xander verändert etwas. Dexter stößt gegen meine Wade, dann wird der Kuss auf meiner Hand heißer, als Kleric ins Zimmer schlendert.

»Dämonenprinz, ist das eine von dir?«, knurrt Xander.

»Entgegen der landläufigen Meinung, Xander, kenne ich nicht alle Dämonen meiner Welt. Ich kann sehen, dass ihre magischen Zeichen maskiert sind und sie sich als Engel ausgibt. Aber mit dem grünen Blut, das ihr ins Gesicht tropft, und dem glühenden Blutstein bin ich mir sicher, dass sie ein Dämon ist. Ich kann sie zwingen, sich zu verwandeln. Aber das wird für uns beide schmerzhaft sein.«

Seine schwarzen Augen werden weicher, als er sich mir zuwendet. *Geht es dir gut? Ich habe das Brennen gespürt. Erlaubst du mir, dich zu heilen?* Kleric streicht mir vorsichtig die lockeren Haarsträhnen aus dem Weg, damit er mich sehen kann. Er holt tief Luft. Mein Dämon hält einen Heiltrank in der Hand. Die zähflüssige silberne Flüssigkeit schwappt gegen das Fläschchen, als er es mir entgegenhält.

Mir geht es gut, bald. Ich kann nicht zulassen, dass er sie tötet, ohne die Antworten zu bekommen, wegen denen wir gekommen sind. Ich trete über die Urinpfütze und komme näher. *Ich fühle mich beschissen. Kleric, Robin war seine Schwester. Kein Wunder, dass er nicht zuhören wollte. Ich war so schlau wie ein Vorschlaghammer. Ein Dämon mit dem Gesicht seiner kleinen Schwester ... gut gemacht.*

So hast du es nicht gemeint, und es ist nicht deine Schuld, dass es nicht in den Akten stand. Ich glaube, er hat es getan, um sie zu beschützen.

Ja, ich denke auch. Wie konnte ich nicht wissen, dass er eine

Schwester hat? Ich setze mich neben Xander. »Habe ich dir von meinem neuen Job erzählt?«

Xanders Klinge zittert, als er den Kopf dreht und mich ansieht. Das Schwert bohrt sich in den Hals des zitternden Dämons. »Was?« Er verengt die Augen, während er mich ansieht, und dreht sich wieder um, um Nicht-Robin und ihr grünes Blut anzustarren.

»Mein neuer Job. Ich bin der neue Henker.« Mit einer Fingerspitze beuge ich mich vor und schiebe die Engelsklinge von ihrer Kehle weg. »Ich werde jeden finden, der in dieses Debakel verwickelt ist, und dafür sorgen, dass er seine gerechte Strafe erhält. Du hast mein Wort.«

»Du bist der Henker?« Er lacht leise. Xanders Engelsklinge verschwindet in einer weißen Rauchwolke. »Du bist ranghöher als ich.«

»Ja, das hat man mir weisgemacht.«

Jäger fangen, Mörder töten, und dann gibt es noch die Henker. Henker haben die Macht, jeden zu töten und stehen in der Hierarchie so weit oben, dass sie ein Gesetz für sich sind.

»Ich habe bei den Tests sehr gut abgeschnitten, und aufgrund meiner Fähigkeiten und der Art und Weise, wie ich mich im Gefängnis verhalten habe, haben sie mir gesagt, dass ich perfekt geeignet bin.« Es ist wohl eher so, dass niemand dumm genug ist, den Job anzunehmen. Aber was soll's?

Er wischt sich übers Gesicht. »Warum hast du nicht gleich damit angefangen, als du hier ankamst?«

»Ich wollte sehen, wie sich die Dinge entwickeln, ohne mein Gewicht in die Waagschale zu werfen. Ich muss mich einarbeiten, viele Regeln auswendig lernen. Aber in diesem Fall haben sie eine Ausnahme gemacht.«

»Ich kann zwischen den Zeilen lesen. Du hast den Job beim ersten Mal abgelehnt und ihn dann angenommen, damit du dich um den Fall kümmern und mich retten kannst.«

Ich brumme amüsiert. Wenn ich doch nur so selbstlos wäre. Der Engel erhebt sich. *Ihn retten.* Als ob.

Nein, das ist Rache meinerseits. Mir fällt auf, dass sich der störrische Engel immer noch nicht bedankt hat. Ich zucke mit den Schultern. Dann zucke ich zusammen, als die Brandwunde auf meiner Brust brennt.

Kleric streckt die Hand aus und reicht mir den geöffneten Heiltrank. Ich bedanke mich und schütte das Fläschchen auf meine brennende Haut. Sofortige Linderung. Das Brennen kühlt ab. Innerlich stöhne ich auf.

Ich habe gar nicht gemerkt, wie sehr ich den Schmerz verdrängt habe, bis er weg war. Xanders Schwert ist entsetzlich.

»Wir haben Glück, dass es ein Dämonenproblem ist und wir einen Dämonenprinzen haben, der bereit ist, meine Arbeit zu beaufsichtigen, sodass ich keinen großen Zwischenfall verursachen werde. Jedenfalls ist das der Hintergrund und der Kern der Situation. Ich wollte dich nur wissen lassen, dass wir uns nicht darum streiten. Ich werde mich darum kümmern.« Ich nicke dem Dämon zu, und als ich keine weiteren Einwände erhalte, richte ich meine volle Aufmerksamkeit auf sie. »Jetzt nimm bitte wieder deine ursprüngliche Gestalt an.«

»Aber wenn ich das tue, wird er mich töten«, sagt sie mit einer nasalen Stimme, die von ihrer zerquetschten Nase kommt.

Du Idiotin, ich bringe dich um. Ich reibe mir die Schläfe.

Oder der Engel wird es tun.

Wenn sie nicht verrät, dass sie nicht Xanders Schwester ist, wird er ihr jeden Moment mit bloßen Händen den Kopf abreißen, denke ich.

Ihre Augen sind immer noch voller Tränen. Ich weiß nicht, ob es an der gebrochenen Nase liegt oder daran, dass sie erwischt wurde. Eigentlich ist es mir auch egal.

Ich werfe Xander einen warnenden Blick zu. Das Letzte, was ich will, ist, dass er auf meine nächsten Worte reagiert. »Ich werde dir ein Versprechen geben. Wenn du dich zurückverwandelst, ohne dass Prinz Kleric dich dazu zwingt, verspreche ich dir, dich nicht zu töten. Du wirst ein langes Leben haben. Aber du musst dich zurückverwandeln und darfst in Zukunft nicht mehr lügen. Ich brauche die Wahrheit. Gib mir die Wahrheit und ich verspreche, dich am Leben zu lassen.«

Während sie darüber nachdenkt, werfe ich einen Blick zurück, um nach Xander zu sehen. »Wirst du mir mit deinen Fähigkeiten helfen, Lügen zu erkennen?«

Der Engel nickt steif. Ich muss ihm nicht sagen, dass es schmerzhaft sein wird, vom Tod seiner Schwester zu erfahren, aber ich hoffe, er kann sich lange genug zusammenreißen, damit wir die Wahrheit herausfinden können.

»Okay. Also haben wir einen Deal?«, frage ich sie.

»Versprichst du, dass du mich nicht umbringst? Versprichst du, dass du nicht zulässt, dass mich jemand anderer tötet?«

»Ich verspreche es.« Mit einem besorgten Zucken ihrer Lippen verändert sich die Luft um sie herum und ihre Gestalt löst sich auf. Es geht nicht so schnell wie bei einem Wandler und auch nicht so mühelos wie bei Klerics Wandlungen.

Sie ist ein niederer Dämon, erklärt Kleric in meinem Kopf.

Ah, okay. Ist es schwer, als niederer Dämon die Gestalt zu wechseln?

Es sollte unmöglich sein.

Ihre Gestalt erwacht mit einem fast erstickenden Schwefelgeruch zum Leben. Die blonden Locken und die babyblauen Augen sind verschwunden, an Robins Stelle ist ein bleicher, kränklich grauer Dämon getreten.

Sie ist mindestens einen halben Meter kleiner, und die Kleider, die sie als Robin trug, hängen jetzt an ihrem dünnen Körper. Sie schlüpft aus den schlecht sitzenden Schuhen, verliert noch einmal drei Zentimeter und kickt die ausrangierten Schuhe aus dem Weg. Sie hat scharfe Wangenknochen, die inzwischen verheilte Nase ist fast flach, sie hat weder Haar noch Augenbrauen. Ihre schwarzen Dämonenaugen sind übergroß, ihr Mund winzig. Interessanterweise hat sie fast keinen Hals und ihre grauen, dünnen Arme sind seltsam lang.

Ich räuspere mich und blinzle schnell. Ihr Geruch lässt meine Augen tränen. »Danke, dass du dich gewandelt hast. Wie heißt du?«, krächze ich.

»Cynthia. Ich habe niemanden getötet.«

»Lüge«, sagt Xander in einem dumpfen Ton.

Sie springt auf und hält sich den Mund zu, ihre riesigen Augen weiten sich unvorstellbar.

Ich sehe sie ungläubig an.

»Okay, okay. Das habe ich, das habe ich. Aber sie haben Robin und die anderen Engel getötet.« Ihre knochigen, grauen Finger zeigen auf die toten Dämonen am Boden.

Ich nicke. Okay. »Wie seid ihr auf die Erde gekommen? Wie bist du an all unseren Kontrollen vorbeigekommen?«

»Durch ein Portal. Ein illegales, geheimes Portal. Wir sind vor sechs Monaten hier angekommen, nur wir drei.«

Ah. Das ist wirklich übel. Ich puste meine Wangen auf und suche auf dem Boden nach dem verbeulten Datapad. Es muss bei den Kämpfen in eine Ecke getreten worden sein. Ich hole es hervor und rufe einen Stadtplan auf.

»Du bist durch ein geheimes Portal gekommen? Kannst du mir auf dieser Karte zeigen, wo es ist?«

Sie nimmt mir das Datapad aus der Hand und studiert die Karte. Sie zeigt auf einen Bereich. »Hier. Es ist hier, in dieser Straße.«

Ich markiere die Straße und sende die Details an Ava und Story. Ich werde jeden aufspüren müssen, der sich durch das Portal geschlichen hat. Dazu brauche ich eine Portalhexe. Eine Hexe sollte mir sagen können, wie lange das Portal schon offen ist und es deaktivieren können.

Ich werde mich an den Großen Rat der Kreaturen wenden und dringend um eine Hexe bitten, sagt Story in meinem Kopf.

Danke. Ich lasse das Datapad sinken und wende mich wieder Cynthia zu. »Nur ihr drei?«

»Ja.«

»Und wer hat das alles geplant?« Ihr Finger schnellt hervor und sie deutet auf den männlichen Dämon. Ich schüttle den Kopf. »Benutze deine Worte, Cynthia! Wer hat das alles geplant?«

Sie schluckt, starrt auf die beiden toten Dämonen und flüstert dann: »Ich war es.«

»Wer hat die drei Engel getötet?«

»Sie waren es.« Sie zuckt zusammen. »Aber das war alles meine Idee. Wir sind seit sechs Monaten hier, springen über Leichen und machen Geld mit dem illegalen Bluthandel. Vampire haben viel Geld.« Ihr Oberkörper bewegt sich, als sie nickt, und eine schleimige, graue Zunge schießt hervor, um ihre dünnen, spitzen Lippen und ihre Nasenspitze zu befeuchten. »Wir haben uns auf Kinder und seltene Arten spezialisiert.«

Xander tritt vor, und Kleric, der inzwischen hinter ihm steht, reicht ihm die Hand und drückt ihm die Schulter. Der Engel schließt die Augen, und mit einem Seufzer, der in seiner Brust zu rasseln scheint, tritt er zurück.

Cynthia bemerkt nicht, was hinter ihr geschieht, und fährt fort. »Eines Tages kamen die Engel und schnüffelten im Lagerhaus herum. Wir sind ihnen nicht absichtlich gefolgt. Sie kamen zu uns. Engelsblut wird zu horrenden Preisen gehandelt. Es ist so mächtig, so selten. Also haben wir es ihnen abgezapft.« Sie zuckt mit den Schultern.

»Warum habt ihr Robins Ebenbild genommen?«

»Zuerst wollten wir sichergehen, dass nichts zu uns ins Lager zurückkommt. Ich habe das früher ständig gemacht, den Körper von jemandem angenommen und mit ihm eine Runde gedreht. Das macht Spaß. Ihr Blut und ihre Bankkonten zu leeren, das geht Hand in Hand.« Sie lächelt.

»Ich sorge dafür, dass die Kameras mich sehen, bevor ich sie verschwinden lasse. Nur damit niemand erfährt, was mit ihnen passiert ist. Ich war damals mit Robin im Kino. Ich mochte das Gebäude und es hat einen starken Schutz. Aus irgendeinem Grund haben sie es für Dämonen verschlossen. Also ist es ein guter Unterschlupf.«

Aha. Das könnte der Grund sein, warum ich in dieser Nacht nicht von der Station gegrillt wurde, denn ich hatte Klerics Blut in meinem Körper.

»Also, nachdem die Engel tot waren. Ich ging in Robin hinein und verschwand durch die Hintertür.« Sie grinst und lässt ihre spitzen schwarzen Zähne blitzen. »Ich wandelte mich in eine Möwe und flog davon. Dann bin ich wieder an die Arbeit gegangen.«

»Also Kindern das Blut abzapfen, unschuldigen Geschöpfen, und ihr Geld stehlen. Verstehe.« Ich bekomme pochende Kopfschmerzen, und mit jedem Wort, das aus ihrem Mund kommt, fällt es mir schwerer und schwerer, neutral zu bleiben.

»Ja. Oh, wir sammeln auch Organe.« Sie sagt es süffisant, in demselben Ton, in dem ich sagen würde, dass wir Eiscreme herstellen.

Ich schlucke. Ich schaue weder Kleric noch Xander an, als sie mir ach so beiläufig von ihrem florierenden Geschäft mit dem Ausbluten und der Organbeschaffung erzählt.

Sie zuckt mit den Schultern. »Es hat niemanden gestört. Sie waren alle entbehrlich, bis Aspin die falschen Kinder erwischt hat und du angefangen hast herumzuschnüffeln.« Ihr graues Gesicht verzerrt sich. »Um die Eingeborenen zu töten, sie zu verunsichern, ihnen Angst zu machen und den Handel unmöglich zu machen. Wir hatten einen guten Kontakt, und du hast sie getötet.« Sie wirft ihre langen Arme in die Luft. »Und dann müssen wir uns mit einem anderen Idioten herumschlagen. Wie können wir so arbeiten? Es war zeitraubend und schlecht fürs Geschäft. Also haben wir Informationen über dich ausgegraben und ihn gefunden.« Sie nickt Xander zu. Sie kratzt sich mit einem grauen, knochigen Finger am Ohr. »Ich erinnerte mich an die Engel, und da er ihr Botschafter ist, gab uns das die perfekte Waffe, um dich auszuschalten. Ich habe ihm Dinge geschickt, die dich mit Robins Verschwinden in Verbindung bringen.«

»Ah, clever.«

Cynthia puhlt in ihrem Ohr und leckt sich das Ohrenschmalz von den Fingern.

Bäh.

Derselbe Finger verschwindet irgendwie in ihrer flachen, zerdrückten grauen Nase. »Es hat wunderbar funktioniert. Wir haben deinen Verwandten das Gleiche geschickt. Sie hat ganz klar gesagt, dass sie dich töten will. Das Einhorn will dich wirklich tot sehen. Du hättest sie töten sollen.« Sie leckt sich den Rotz vom Finger und richtet ihr Kleid.

»Als du aus dem Gefängnis kamst, wusste ich, dass du es nicht dabei bewenden lassen und den Ort aufsuchen würdest, an dem Robin zuletzt gesehen wurde. Ich hatte recht. Aber du bist mir nicht gleich gefolgt. Ich habe dich zu den Einhörnern geführt, aber du bist immer noch nicht gekommen, und ich musste über fünf Tage warten. Und als du dann gekommen bist, hast du mir den Ellbogen gebrochen, alles geschluckt, was ich dir über deine böse Großmutter erzählt habe, und mich dann zum Botschafter zurückgebracht. Es hat funktioniert. Ich war mir sicher, dass die Einhörner dich getötet hätten. Als ich aus dem Schlaf aufgewacht bin, hat Xander mir Abendessen gemacht.« Sie grinst und ich starre sie an.

»Warum bist du nicht tot? Ich habe dir alles auf einem Teller serviert. Aber du hast nicht ... du hast nicht angebissen. Hättest du nur getan, was wir von dir wollten, wäre das Problem verschwunden. Unser Geschäft boomte, als du im Gefängnis warst. Es könnte wieder so sein.«

Sie müssen einen anderen Standort haben, ein anderes Lager.

»Warum sind sie hier?« Ich nicke den beiden Dämonen zu.

»Warum sollte ich das Risiko eingehen?«, jammert sie. »Ich brauchte Hilfe. Sie mussten es mit den toten Engeln aufnehmen, um mir zu helfen, unter seine Hülle zu kommen.« Sie zeigt wieder auf Xander. »Er war beim ersten Mal so leicht zu manipulieren. Alle hassen dich, kein Wunder. Du vergräbst dich noch tiefer, indem du mit Beweisen zurückkommst und es wagst, den Prinzen mitzubringen! Wir wussten nichts von Prinz Klerics Interesse an dir.« Sie betrachtet den Kuss auf meiner Hand mit einem Anflug von Abscheu.

Ihre schwarzen Augen sind auf Kleric gerichtet, ihr Tonfall ist beschwörend. »Wir hätten unsere Operation in den Süden verlegt, wenn wir das getan hätten. Ich habe von dem Kuss erst erfahren, nachdem sie mich heute Nachmittag von den Einhörnern weggeholt hat.« Ihr Blick wandert wieder zu mir. »Als wir gekämpft haben und ich versucht habe, dich zu ertränken, hattest du Handschuhe an. Das habe ich nicht gewusst.« Sie knurrt. »Das ist deine Schuld. Wir mussten den Engel für deinen Tod verantwortlich machen. Das hätte auch funktioniert. Er hätte dich getötet. Der Plan war perfekt. Prinz Kleric hätte nichts gemerkt, wenn du allein hierhergekommen wärst. Meine Logik war richtig.«

Ich fühle mich so müde und krank.

Noch Fragen? Ich wende mich an Kleric. Er sagt sie mir und ich gebe sie weiter. »Die Dämonen, deine Komplizen, waren sie wie du? Niedere Dämonen?«

»Ja.«

»Wie kannst du deine Gestalt verändern?«

Sie wirft mir einen finsteren Blick zu und lässt wütend ihre schockierend schwarzen Zähne blitzen. »Wir benutzen Dämonenmagie, einen Zaubertrank. Ich kann euch alle Einzelheiten erzählen.«

Oh, sie wird uns alles verraten. Jedes Opfer, jede Person, die es gewagt hat, von ihnen zu kaufen. Ich werde nicht ruhen, bis die Familien ihre Rechnungen beglichen und Rache genommen haben. Ja, wenn ich fertig bin, werden selbst die willigen Blutvampire einen Vertrag brauchen, so viel Angst werden sie vor jedem Fehler haben, den sie machen.

»Okay. Willst du noch etwas hinzufügen?«

Cynthia schüttelt den Kopf.

»Wir werden später ins Detail gehen.«

Ich hebe meinen Blick zu Xander. Seine honigfarbenen Augen sind voller Wut, Trauer und Bitterkeit. »Sie hat nicht gelogen.«

»Okay. Danke.«

»Dann lässt du mich jetzt gehen? Ja?«

»Nein.«

»Aber du hast doch gesagt, dass ich nach Hause gehen darf. Du hast es versprochen«, jammert sie.

Ich hole ein paar Fesseln und ein Anti-Magie-Band heraus. »Ich habe nie gesagt, dass du nach Hause gehen darfst. Ich habe versprochen, dich nicht zu töten. Cynthia, du bist schlauer als das, und wenn du aufwachst, werden wir ein schönes langes Gespräch führen.« Ich grinse sie böse an, drehe sie weg und halte ihr Handgelenk fest.

Ich habe das dringende Bedürfnis, ihre Hände einzutüten, damit kein Rest von Rotz, Spucke oder Ohrenschmalz auf mich abfärbt. Ich weiche ihren Fingern aus, so gut ich kann, und wickle das Anti-Magie-Band um ihr Handgelenk. Sie sinkt ohnmächtig zu Boden.

»Aber du wirst dir wünschen, ich hätte es getan. Jeden Tag, jede Minute deines langen, langen, elenden Lebens. Du wirst dir wünschen, ich hätte dich heute Nacht getötet. Wenn ich jeden Tropfen Information aus dir herausgepresst habe. Ich habe den perfekten Ort für dich.«

Ich habe die perfekte weiße Zelle.

Ohne weitere Worte ziehe ich Cynthia vom Boden hoch und werfe sie mir mit einem unladyliken Grunzen über die Schulter. Kleric kommt mir zu Hilfe und ich winke ihm lächelnd zu. Ich kann das. Während Dexter dem Dämon über meiner Schulter die Lippen leckt, machen wir uns auf den Weg zur Haustür.

Xander räuspert sich. »Du hast tapfer gekämpft, und obwohl wir unsere Differenzen hatten, hast du dein Leben riskiert, um mir die Wahrheit zu zeigen.«

Was für ein Idiot. Ich zucke vor Ekel mit meiner Lippe.

Du weißt, dass das nicht stimmt, sage ich zu Kleric.

Ich weiß.

Ich seufze, als ich mich daran erinnere, nett zu sein. Freundlich zu sein. Der Engel weint um seine Schwester.

»Du bist wirklich eine schöne und starke Frau geworden, Tru«, sagt Xander und folgt uns aus der Orangerie in die Halle.

Ich knirsche mit den Zähnen. *Seine Worte kann er sich in den Arsch stecken.* Der Engel ist sieben Wochen und einen Gefängnisaufenthalt zu spät dran. Ich beschleunige bis zur Eingangstür.

»Wir sind verbunden.«

Ich stolpere, drehe mich so schnell um, dass Cynthias Kopf gegen die Wand prallt, und starre den entschlossenen Engel verzweifelt an.

Wunderschöne honigfarbene Augen mit goldenen Sprenkeln, umrahmt von dichten schwarzen Wimpern, schauen mich an, als würde er in meiner Seele lesen. Er lächelt mich an, und im Licht des Ganges hinter ihm wirkt er wie ein goldener Gott.

Mein Blick wandert zu dem massiven blauen Dämon, der mich mit seinen sanften, freundlichen Augen beobachtet. Kleric nickt, öffnet die Tür und tritt in den Regen hinaus.

Dexter rennt hinter ihm her.

Der Kuss des Dämons pulsiert auf meiner Hand.

Ich schnappe nach Luft, drehe mich um, gehe weiter den Gang entlang und sage mit einer Handbewegung: »Tut mir leid, Xander. Ich bin viel zu beschäftigt. Ich muss eine Gefangene verhören und ein Portal schließen. Und Dämonen jagen.« Ich schnippe mit den Fingern. »Ach, und vergiss diese alberne Teenager-Bindung. Kleric ist mein Partner.« Ich grinse und trete in den Regen.

Xanders honigfarbene Augen verengen sich vor lauter Verwirrung, als die Tür vor ihm zuschlägt.

EIN URBAN FANTASY ROMAN
REBELLISCHER
VAMPIR
REBELLIN AUS DER ANDERSWELT
BROGAN THOMAS

Kapitel Eins

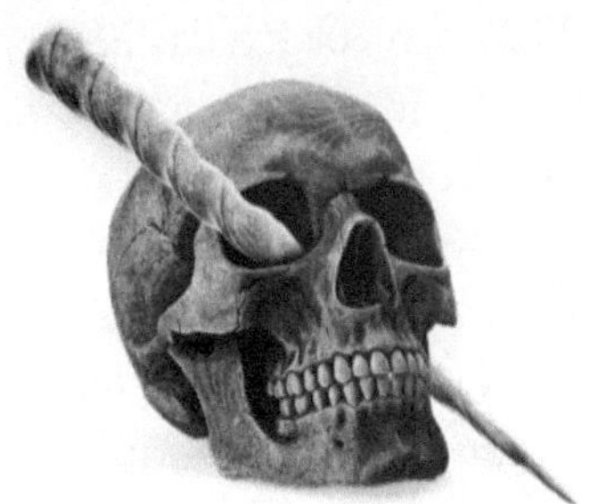

Ich bereue meine Lebensentscheidungen, als ein fleckiger, orange-roter Tentakel nach meinem Kopf schlägt. Ich ducke mich und weiche geschickt aus, gerade als ein weiterer Tentakel hervorschießt, nach meiner Wade langt, sich um mein Bein windet und es quetscht. Ich verziehe das Gesicht dabei.

Puh, das ist ein verdammt fester Griff. Es zieht. *Au. Aua!* Mit einem dumpfen Aufprall lande ich auf dem Asphalt.

Mein Unterschenkel verkrampft sich und die raue Oberfläche der Straße schält die Haut von meinem Rücken, während mich das Monster über die Straße und auf das Portal zu schleppt. Mit zusammengebissenen Zähnen spanne ich meine Bauchmuskeln an, drücke den Absatz meines linken Stiefels in die Straße, und meine rasante Fahrt kommt abrupt zum Stehen, als mein Fuß ein passendes Schlagloch findet.

Ich danke dem Schicksal für den schlechten Zustand der britischen Straßen.

Ich zücke ein Messer und schiebe die flache Seite so vorsichtig wie möglich zwischen mein Bein und das klebrige Glied.

Es ist wirklich klebrig.

Die Muskeln in meinen Unterarmen spannen sich an, als ich das Messer mit beiden Händen zur Seite ziehe und mich losreiße. Ich rolle mich auf die Seite und stehe auf. Die Hände in die Hüften gestemmt, atme ich kurz durch. Ich lasse meine Zunge gegen meinen Gaumen schnalzen. Igitt. Ich kann das außerirdische Wesen schmecken, so stark ist sein salziger Geruch. Ekelhaft.

Den Mund voller Galle schiebe ich das Messer weg, schaue über die Schulter und lächle dem Land Rover zu, um den jungen Insassen zu zeigen, dass ich alles unter Kontrolle habe.

Nein, nein, hier gibt es keine Probleme.

Die Kinder der Feen sind aufgestanden, in ihre Mäntel gehüllt, und alle drei drücken sich die Nasen an der Heckscheibe des Defenders platt.

Page, die Jüngste, winkt mir aufmunternd zu.

Ich winke zurück.

Jeff mit seinen großen Augen grinst mich an, dann verzieht er das Gesicht, als Novel, der Älteste, ihm ein wenig Popcorn aus der Hand reißt und es nach und nach in den Mund steckt. Er schreit, es gibt ein Handgemenge, und es sieht aus, als ob … ja, er schleckt genüsslich an dem restlichen Popcorn, das er noch in der Hand hat.

Eigentlich sollten die Snacks nur im Kino gegessen werden.

Mein Blick schweift von den Streichen der Kinder ab, während ich die stille Straße absuche und das Portal mit seinen wackelnden Tentakeln von der Seite betrachte. Mir wird elendig übel. Das Portal ist groß genug, um den ganzen Defender zu verschlingen.

Ich blicke zurück zu den Kindern. Das war knapp. *Sie hätten sterben können.*

Wir waren auf dem Weg ins Kino, um den neuesten Kinderfilm zu sehen, den man angeblich gesehen haben muss. Als wir an der Bushaltestelle und den Neubauten links vorbeifuhren, zeigte der Scheinwerferkegel, dass der Asphalt vor uns gefroren war und die Straße unter der Brücke wie Diamanten glitzerte. Glatteis? Ich nahm den Fuß vom Gas. Der Land Rover wurde langsamer, die Straße vor uns brach auf und verschwand.

Ich trat voll auf die Bremse und wir verfehlten das Portal um Haaresbreite.

Nachdem ich den Land Rover in sicherer Entfernung geparkt, eine Hexe zum Schließen des Portals gerufen und die Straße mit einem provisorischen Schutzzauber abgesperrt hatte, kamen die Tentakel hervor.

Ha!

Tentakel.

Ich wische mir übers Gesicht, während ich mir eine Lösung überlege, die nicht darin besteht, dass ich mich wieder einem Außerirdischen persönlich aussetze. Mir fällt nichts ein. Die Zaubersprüche, die ich habe, sind nutzlos. Ich kann ihn damit nicht eindämmen, denn das würde das ohnehin instabile Portal destabilisieren.

Ich rümpfe meine Nase, als ich einen weiteren Atemzug der stinkigen Luft nehme. Ich fülle meine Lungen mit dringend benötigtem Sauerstoff, schwinge die Arme, rolle die Schultern und widme mich mit grimmiger Entschlossenheit wieder meiner Aufgabe.

»Gut, dann los. Ich schaffe das schon.« Ich reibe meine Hände über die Jeans und kneife die Augen zusammen. *Verdammt, sind da noch mehr Tentakel?* In meinem Kopf – damit ich nicht ausflippe – habe ich mich davon überzeugt, dass dieses Wesen ein größerer, außerirdischer Cousin unserer Kraken ist.

Ich habe mein Schwert im Auto, ich könnte ihn in kleine Stücke hacken, wenn ich wollte, aber … ich will ihm nicht wehtun. Ich mag Kraken.

Ich grunze, und mein von Tentakeln gequetschtes Bein pocht, als ich einen Sprung aus dem Lauf heraus mache und mich auf das Wesen stürze. Ich habe so viel Spaß. Ein manisches Grinsen umspielt meine Lippen. Mit vollem Körpereinsatz ramme, schiebe und drücke ich ihn in das Loch im Asphalt.

»Das ist doch nur eine riesige, knuddelige Krake.« Aha. Ein Tentakel entwischt und schlägt mir ins Gesicht. Ein Saugnapf reißt mir die oberste Schicht der Haut von der Wange. Autsch.

»Ich glaube, ich nenne ihn Fred.« Ich schubse Fred noch einmal mit meinem ganzen Körper. »Geh zurück in das verdammte Portal, Fred.«

Mit vollen Händen und brennendem Gesicht gebe ich der Kreatur einen letzten gezielten Stoß und sie schlängelt sich zurück in die Dunkelheit. Ja! Ja! Ich krabble schnell aus dem Weg.

»Jetzt!«, rufe ich der Hexe zu, die am Tor wartet.

Sie schnaubt und scharrt mit den Füßen.

Mann! Jetzt mach schon, Ethel.

Ihre Magie beginnt, die Straßenlaternen werden schwächer und mit einer schnellen Bewegung aus dem Handgelenk trifft mich Ethels Kraft.

Uff. Die Magie brennt. *Au! Au! Au!* Ich fühle mich, als hätte man mich mit Schmirgelpapier der Körnung vierzig abgerieben. Als wäre ich in der Mikrowelle gewesen. Ich schmecke Blut im Mund.

Autsch. Echt toll.

Mit zusammengebissenen Zähnen schlucke ich den Schmerz hinunter und der Schmerz verwandelt sich in Wut. Sie hätte mich nicht so hart treffen müssen. Meine Hand zuckt zum Messer, der Drang, die Klinge in der Hexe zu versenken, ist fast wie ein lebendiges Wesen in mir. Ich habe die »Du hast mich verletzt, ich werde dich noch mehr verletzen«-Mentalität im Griff. Das ist mein Mantra.

Wieder bebt mein Atem vor Schmerz und meine Hand zittert, als ich das Messer zurück in die Halterung am Oberschenkel schiebe. *Nein. Ich darf keine Dummheiten machen.* Die Hexe zu töten ist den Papierkram nicht wert. Ich beiße mir auf die Zunge, um nicht zu fluchen, und blinzle schnell mit meinen verschwommenen Augen, um mich auf das Portal zu konzentrieren.

Ah, ich sehe, dass ein Teil ihrer Magie es geschafft hat. Ich beobachte, wie sich das illegale Portal schließt. »Auf Wiedersehen, Fred.«

Ich sacke zusammen. Die Hände im Schoß beuge ich mich vor.

Aus den Augenwinkeln sehe ich ein entschlossenes saphirblaues Wesen mit einem Kreidestift über der Schulter davonschleichen. Story. Ihre hauchdünnen rosé-goldenen Flügel flattern, während sie herumflitzt und einen komplizierten Kreis um die nun beschädigte Ley-Linie zieht, um sicherzugehen, dass sie sich nicht wieder öffnen kann.

Ich sacke noch etwas mehr in mich zusammen. Die vereiste Straße sieht sehr gemütlich aus. Am liebsten würde ich mich schweißgebadet und erschöpft auf den Boden fallen lassen und schlafen, aber ich tue es nicht. Ich kann nicht. Denn die Kinder schauen zu.

Juhu. Ich habe so viel Spaß.

Ja, genau das wollte ich an einem Freitagabend machen: mit einem außerirdischen Kraken ringen und mir von einer rachsüchtigen Hexe die Haut verbrennen lassen. Ich schüttle den Kopf. Mein Rücken knackt, als ich mich aufrichte und meine professionelle Maske wieder aufsetze.

Ich wollte doch nur einen Abend frei haben. Ist das zu viel verlangt?

Ich betaste die runde Wunde in meinem Gesicht und verziehe das Gesicht. Ich muss mich bewegen. Mein Körper fühlt sich an wie ein einziger blauer Fleck. Ich habe Kratzer und Abschürfungen und meine arme Haut brennt noch von dem Zauber. Der Schmerz macht mich wütend. Am liebsten würde ich Ethel in ihr selbstgefälliges Gesicht schlagen.

Der Dämonenkuss – das königliche Paarungsmal auf meinem Handrücken – pocht seit einer Stunde. Kleric ist besorgt. Ich versuche, ihn zu ignorieren. Der Dämonenkuss pocht immer heftiger. Er juckt. Ich stöhne, balle die Hände zu Fäusten und reibe den Handrücken an meiner Jeans. »Verpiss dich!«, denke ich – und entschuldige mich kurz darauf in Gedanken.

Im vergangenen Monat habe ich einen Weg gefunden, Kleric zu blockieren. Ich habe gelernt, eine Mauer, eine Hülle um meinen Geist zu bauen. Der neugierige Dämon hat damit kein Problem. Er hat gesagt, was auch immer mich beruhigt. Es ist eine Erleichterung, nicht jeden dummen Gedanken, der mir durch den Kopf geht, weiterzugeben. Ab und zu blitzt er immer noch auf, besonders wenn ich schlafe oder Schmerzen habe. Ich seufze und fasse mir ins Gesicht.

Mit finsterer Miene lasse ich einen kleinen Teil meiner Erinnerungen heraus – an das Portal, an Fred, den Kraken – und füge am Ende ein klares »Mir geht es gut« hinzu. Das sollte ihn zum Schweigen bringen.

Ich habe einen Dämon als Gefährten.

Und schon ist meine Wut verflogen. Ich lache und schüttle wieder den Kopf, diesmal ungläubig. *Gefährten. Was für ein Blödsinn?*, lache ich innerlich spöttisch. Wir hatten noch nicht einmal eine richtige Verabredung. Ich kenne den Kerl doch gar nicht. Ich zapple herum.

Wenigstens mag er mich. Ja, nicht so wie der Engel. Meine Wangen glühen vor Verlegenheit.

Einen Gefährten zu haben, bedeutet gar nichts. Ich habe mich mit einem Engel eingelassen, und was ist daraus geworden? Gefängnis. Weiße Folter. Ja, all die schönen Dinge.

Ein unangenehmer Schmerz macht sich in meinem Daumen bemerkbar, und ich höre auf, mich an der Nagelhaut zu kratzen. Es ist eine schlechte Angewohnheit, die ich mir nur schwer abgewöhnen kann. Ich schüttle meine Hand und lasse sie gegen mein Bein fallen, wobei ich jeden Finger gegen meinen Oberschenkel drücke, damit ich nicht wieder anfange, meine armen blutenden Fingerspitzen zu kratzen.

Die Verbindung zum Engel ist jetzt nicht mehr vorhanden, also ist es egal.

Ich schleife mit meinem Stiefel über den Bordstein, während ich Story dabei zuschaue, wie sie die letzte Kurve des Kreises nimmt – sie wird immer schneller im Kreis.

Ich wünschte, Schicksal und Magie würden sich aus meinem nicht vorhandenen Liebesleben heraushalten. Wieso kann ich nicht einfach normal sein? Ich habe genug von diesem magischen Unsinn.

Alles wäre besser, wenn Kleric hier auf der Erde wäre. Es ist eine Fernbeziehung der besonderen Art. Unsere ist nicht von dieser Welt. Er wurde in sein Reich zurückgerufen, um ein paar Fragen zu beantworten. Und nicht nur er. Alle Dämonen – außer den wenigen, die hier geboren wurden – sind zurückgekehrt.

Vor ein paar Monaten bin ich auf ein paar niedere Dämonen gestoßen, die ein verstecktes Portal benutzt haben, um illegal auf die Erde zu gelangen. Dann hatten sie während ihres Urlaubs die geniale Idee, einen Blutring zu gründen, um damit Geld zu verdienen.

Ja, wer macht denn so was? Die Bevölkerung ausbluten zu lassen und das Blut meistbietend zu verkaufen, um ein paar Kröten zu verdienen? Ich schließe die Augen und atme tief durch. Sie haben viele gute Menschen umgebracht.

Was folgte, war ein politischer Albtraum. Wir standen am Rande eines Krieges. Kleric war drei endlose Monate weg, während alle versucht haben, das Problem zu lösen.

Ich vermisse ihn.

Ich werde nervös, wenn ich ihn nicht sehe.

Natürlich werde ich das. Ich lache leise vor mich hin, lege den Kopf in den Nacken, um in den Nachthimmel zu starren, und seufze, weil ich wegen der Lichtverschmutzung keine Sterne sehen kann. Ich habe keine Ahnung, ob das, was wir haben, real ist. Ob es Magie ist, die uns zusammenhält, oder ob ich versuche, das engelsförmige Loch in meiner Brust zu ersetzen.

Kleric sagt, ich sei seine Gefährtin.

Niemand hat gesagt, dass er meiner ist.

Und Xander. Ich versuche, nicht an den Engel zu denken. Es ist nicht gut, jemanden zu sehr zu lieben.

Vor allem, wenn die Liebe nicht erwidert wird.

Die ganze Sache mit Xander hat etwas in mir zerbrochen. Und die Liebe, die ich für ihn empfunden habe? Sie ist in sich zusammengefallen wie ein alter Pappbecher. Xander. Warum muss ich an ihn denken? Es ist, als könne ich ihn nicht vergessen, sosehr ich es auch versuche. Ich muss aufhören, mich so auf ihn zu fixieren. Es ist, als würde mein Geist an ihm kleben.

Hass kann das bewirken, und tief in mir weiß ich, dass das ungesund ist und meine Zeit verschwendet.

Seelische Qualen machen einen Menschen wie mich verrückt. Ich schlucke den Kloß im Hals herunter und verdränge die Gedanken an Xander, zusammen mit dem ekligen Gefühl meiner Dummheit.

Ein paar Küsse und ein Paarungszeichen eines Dämons machen noch keine Beziehung, und wenn ich ehrlich bin, traue ich mir selbst nicht.

Es gehört schon eine Menge Mut dazu, es noch einmal mit einem anderen zu versuchen.

Ich bin mir sicher, dass sich die Dinge klären werden – wenn wir uns wiedersehen. In der Zwischenzeit sind diese zufälligen Portale, die überall in der Stadt auftauchen, nicht sehr hilfreich. Sie machen alle verrückt. Wer immer das macht, sollte sich ein anderes Hobby suchen.

Ich habe so ein Gefühl, dass das passiert, weil wir das erste illegale Portal geschlossen haben. Jetzt denken sie, es macht Spaß, Spielchen zu spielen. Ich bin das leichteste Ziel. Ja, wer auch immer das macht, wird nicht mehr lachen, wenn ich ihm den verdammten Kopf abhacke.

Heute Abend hat jemand dieses Portal geöffnet, in der einzigen Absicht, meinen Verteidiger zu verschlingen. Ich blicke die Straße hinunter. Sagt man nicht, dass Brandstifter und Verbrecher am Tatort bleiben, um sich am Chaos zu ergötzen? Das würde dieser Idiot vom Portal auch tun. Ich wette einen Ballen Timothee-Heu, dass sie noch hier sind. Sie beobachten.

Egal, was einige Kreaturen denken, Magie ist nicht unfehlbar, und es ist nur eine Frage der Zeit, bis sie einen Fehler machen. Ich lächle und bin froh, dass ich alles mit Mikrokameras aufnehme.

»Warum hast du nicht deinen Job gemacht und es getötet?«, fragt eine verbitterte, weinerliche Stimme hinter mir.

Wie süß. Ethel ist zum Plaudern gekommen. Ich muss meine Hand davon abhalten, nach meinem Messer zu greifen.

Kapitel Zwei

Ich verdrehe die Augen und wende mich steif dem vorwurfsvollen blauen Blick der Hexe zu. Warum habe ich es nicht getötet? Es wäre schneller gegangen, aber ich habe ein Problem damit, unschuldige Kreaturen zu töten. Ich tue es nicht, wenn ich es vermeiden kann. Fred hat gerade ein Loch gesehen und seine Tentakel hineingesteckt.

Ethels Augen verengen sich vor Bosheit, ihre Lippen verziehen sich vor Abscheu. »Henker«, sagt sie höhnisch.

Henkerin – immerhin bin ich die erste Frau in diesem Amt.

Bei dem Wort bleibt mein Herz stehen, aber ich hebe das Kinn, um ihre Verachtung zu erwidern. Ich verdiene diese Abscheu – oder eine Faust ins Gesicht – dafür, dass ich diese Rolle angenommen habe.

Oh, es bietet mir einen gewissen Schutz, und niemand wird mich so schnell wieder ins Gefängnis werfen. Aber wenn mich die Kreaturen dafür gehasst haben, dass ich ein seltsamer Einhorn-Vampir-Hybrid bin, dann lieben sie mich jetzt sicher als Henkerin. Ich schnaube. Ich bin nicht nur eine Abscheulichkeit, sondern jetzt auch noch eine Verräterin.

Buchstäblich *jeder* hasst mich.

Das wird lustig.

Ethel verbirgt ihre Abscheu nicht. Nein, sie macht deutlich, auf welcher Seite sie steht. Und das ist nicht die Pro-Tru-Seite. Das passt. Ihr blondes Haar klebt schweißnass an den Schläfen, ihre Augen sind von dunkelgrauen Ringen umgeben. Bei dem Versuch, mich zu verletzen, hat sie viel Magie eingesetzt und sich selbst verletzt.

Dann wagt Ethel es, die Kinder und Story anzustarren, als wären sie Dreck. Ich stelle mich zwischen sie und den Land Rover, um ihr die Sicht zu versperren.

Ich kneife die Augen zusammen. »Tu das nicht!«, sage ich mit beängstigend sanfter Stimme.

Ethel schwillt bei meiner Warnung an und streicht sich das verschwitzte Haar aus dem Gesicht. »Seit du diese Region als Henkerin übernommen hast, war ich nicht mehr so beschäftigt. Du musst wirklich anfangen, deinen Job besser zu machen.«

Story fliegt wie ein Ball über die Straße. Im Schein der Straßenlaternen rieselt der Staub wie glitzernde Funken von ihren Flügeln, als sie an meiner Nase vorbei und aggressiv auf das Gesicht der Hexe zusteuert.

Oh-oh.

»Mach *deine* Arbeit, Ethel, und halt die Klappe!«, knurrt Story. »Ich weiß nicht, worüber du dich beschwerst. Du wirst gut bezahlt.« Mit saphirblauen, kreidebeschmierten Händen und Armen zeigt Story auf die Hexe, nur Millimeter von ihrer Stupsnase entfernt.

»Du bist in Bereitschaft und hast fünfzig Minuten gebraucht, um hierherzukommen. Fünfzig Minuten! Meine Kinder sind in dem Auto.« Story deutet hinter sich. »Wenn wir darüber reden wollen, wer seinen Job nicht richtig macht, solltest du vielleicht mal in den Spiegel schauen.«

Ethels Mund steht offen.

Ich stehe da und beobachte, wie die beiden sich anstarren.

Story gewinnt – natürlich. Ethel räuspert sich, richtet ihre schicken cremefarbenen Mantelärmel und senkt den Blick auf die Straße und den fertigen Kreis. Mit einem Fingerschnippen und einem magischen Impuls – ich bin stolz, dass ich nicht zusammenzucke – wirbelt Kreide durch die Luft, die Linien knistern und leuchten blassblau, als der Zauber wirkt.

Er verfliegt, und ich versuche, den Schmerz zu ignorieren, als ich wieder auf die Straße schaue.

»Erzähl uns doch mal, wie du den Henker mit deiner Portalmagie getroffen hast.« Story macht weiter. »Hast du das mit Absicht gemacht oder bist du einfach nur ein Arschloch?«

Oh, verdammt!

»Du hast Glück, dass die Henkerin stark genug ist, deine Magie abzuwehren, und die Gnade besitzt, deinen unbedeutenden Arsch zu ignorieren. Jede andere wäre bei diesem Kunststück verletzt oder getötet worden. Was hast du dir dabei gedacht? Wie dumm kann eine Hexe sein? Sich mit der Henkerin anzulegen? Hoffentlich stolperst du das nächste Mal nicht, wenn du ein Portal schließt.« Story lächelt.

Es ist kein freundliches Lächeln.

Ethel quietscht, dreht sich auf dem Absatz um und eilt zu ihrem Auto.

»Du bist nutzlos«, ruft Story ihr hinterher. »Und ich werde mit Carol Larson über deine Nachlässigkeit sprechen. Wir haben dich auf Video.«

Ich zucke zusammen und kratze mich im Nacken, der Straßenschmutz sammelt sich unter meinen Fingernägeln. Das ist keine leere Drohung. Carol Larson ist eine gefürchtete Frau. Sie ist Mitglied des Großen Rates der Kreaturen und hat in den letzten fünf Jahren die Leitung aller englischen Hexenzirkel übernommen.

Ethels Autotür fällt hinter ihr zu und klemmt ihren cremefarbenen Mantel ein. Sie lässt den Motor so hochdrehen, dass die Zahnräder ohrenbetäubend rattern, als der rote Fiat 500 mit einem Funkenregen durch die Station und die Straße rast und außer Sichtweite verschwindet.

Ich glaube nicht, dass sie sich überhaupt angeschnallt hat.

Ich summe vor mich hin, während ich in meinem schweren Zauberkasten herumwühle und eine Wasserflasche nehme, um die Kreide abzuwaschen. Meine Hand schwebt über dem ersten Teil des Kreises. Ich könnte einen Reinigungszaubertrank benutzen, aber diese Zauber sind teuer, besonders wenn Wasser und ein paar Schritte genügen, um die Aufgabe zu erledigen. Außerdem kann ich sagen, dass ich den Zauberspruch benutzt habe, und ihn stattdessen für die Reinigung meines Hauses verwenden. Eine Win-Win-Situation. Ich hasse es, zu putzen.

»Welch schönes Portal, was?«, frage ich lässig. Die billige Plastikflasche knistert, als ich sie zusammendrücke. Mit dem Stiefel reibe ich die nasse Kreide ab – und runzle die Stirn. Ich mache eine ziemliche Sauerei. In meinem Kopf war es viel einfacher.

»Sie war unhöflich. Sie hätte dich ernsthaft verletzen können.« Story lässt sich auf meine Schulter fallen. »Geht es dir gut?«

»Ja. Ich habe schon Schlimmeres erlebt.« Ich betrachte meine Lieblingsjeans – oder das, was davon noch übrig ist. Ich bin heute Abend nicht für einen Kampf angezogen, und jetzt sind sie zerrissen und schmutzig. Ich bemerke, dass Storys Hände voller Kreide sind, und träufle etwas Wasser auf eines von Klerics weißen Taschentüchern mit Monogramm, die ich wie eine Verrückte in meiner Tasche aufbewahre, und gebe es ihr, damit sie sich abwischen kann.

»Oh, wie schick. Danke. Dein Gesicht sieht wund aus.« Sie reibt über ihre Arme.

»Ja, ich bin überrascht, dass ich überhaupt noch Haut habe.« Ich kratze das letzte Stück Kreide ab, das jetzt ein fleckiges Durcheinander ist, und seufze vor Selbstekel. Ich trinke den Rest Wasser. »Können die Kinder noch ein paar Minuten allein sein? Ich muss mich umziehen.« Ich habe Schmerzen. Ich glaube nicht, dass ich mich noch lange genug konzentrieren kann, um zu fahren, und kann es kaum erwarten, nach Hause zu kommen.

»Nur zu! Das wird schon wieder.«

Story gibt mir das Taschentuch zurück und ich stecke es wieder in die Tasche. Ich ziehe mein Handy heraus und lege es auf den Bordstein – der Kleiderhaltezauber mag keine Technik, und um das Handy vor der totalen Zerstörung zu bewahren, ist es am besten, wenn ich mich nicht mit dem in der Tasche bewege.

»Danke, dass du die Hexe erschreckt und in ihre Schranken verwiesen hast. Du bist meine Heldin. Es tut mir leid, dass das passiert ist, und es tut mir leid, dass die Kinder den Film verpasst haben.«

Story dreht sich zum Auto und grinst mich an. »Das ist nicht wahr.

Sie hatten seit Wochen nicht mehr so viel Spaß. Es war so toll, dich gegen die Kreatur kämpfen zu sehen. Ich habe sie noch nie so begeistert gesehen. Am Ende des Wochenendes wird die ganze Schule von diesem Abenteuer wissen. Wenn nicht sogar die ganze Stadt.« Sie nickt in Richtung des Bezirks, und ich sehe das Blinklicht eines Nachrichtenwagens.

Toll!

Aus dem Land Rover ertönt ein verzweifeltes Stöhnen.

Story stöhnt auch. »Ich war zu voreilig. Lass mich das in Ordnung bringen! Schalt den Motor ein, damit wir nach Hause fahren können. Du siehst aus wie ein Leuchtfeuer mit deiner armen Haut, die so rot ist.« Story tätschelt meine Wange und ihre Zehen graben sich in meine Schulter, als sie in die Luft springt und zu den Kindern zurückfliegt.

Ich sehe ihr nach, bis sie durch das halb heruntergelassene Fenster im Auto verschwunden ist. »Jeff! Hör auf, deine Schwester zu beißen! Hast du das Popcorn aufgemacht?«

Ich grinse. Mein Gesicht brennt, also lasse ich den Zauber der Wandlung über mich ergehen. Bevor ein normaler Mensch blinzeln kann, vibrieren meine Moleküle, und meine Sicht wird schwarz, während ich von meiner menschlichen Gestalt zu unverbundenen Mikropartikeln der Materie werde, die herumschweben und sich dann wieder zu einem Einhorn formen.

Meine schillernden Hufe klappern auf dem Asphalt – pfui! So ein rutschiger Untergrund, ich mag keine Straßen. Meine regenbogenfarbene Mähne weht in einer salzigen Brise vom Meer und mein Schweif peitscht gegen meine Hinterbeine.

Ich stoße einen gewaltigen Schrei aus, der von den umliegenden Gebäuden und der Brücke widerhallt. Dann schüttle ich meinen ganzen Körper. Ich bin überfällig für einen Galopp und etwas Ruhe auf der Weide.

Wenn meine Freundin Forrest sich wandelt, kann sie sofort wieder ihre menschliche Gestalt annehmen, ohne zu ihrem Wolf zu werden. Ich versuche es jedes Mal, wenn ich mich wandle, denn meine Einhorngestalt ist umständlich, aber ich habe es noch nicht geschafft. Mit einem Gähnen und einem letzten Schwanzwedeln wandle ich mich wieder in meine menschliche Gestalt.

Ah, so gut wie neu. Die Schmerzen in meinem Gesicht und in

meinem Körper sind längst verschwunden. Ich richte meinen zerrissenen Pullover und bücke mich, um mein Handy aufzuheben.

Meine Kopfhaut kribbelt.

»Achtung!«, ruft eine Frauenstimme.

Kapitel Drei

Mein Herz rast, als ich zur Seite springe und mich umdrehe. Es klingt wie ein *Peng*, als das gebogene Metall auf Fleisch trifft, die Kreatur, die sich von hinten an mich heranschleicht, streift mich auf ihrem Weg zu Boden, und ihr Kopf schlägt mit einem Platschen auf dem Bürgersteig auf.

O nein.

Ich sehe die zitternde Gestalt meiner Retterin: ein Mädchen mit einer *Bratpfanne*. Das Preisschild, das noch am Stiel hängt, flattert im Wind, als sie die Pfanne über dem Kopf hält und zum nächsten Schwung ansetzt.

Das ist nicht nötig. Das Wesen, das sie niedergeschlagen hat, ein Mann, liegt regungslos da. Ich kann nichts für ihn tun. Sein Gehirn liegt auf dem Bürgersteig.

Er ist tot. Sehr tot.

Das Mädchen hat ein süßes, hübsches, rundes Gesicht mit vor Kälte rosigen Wangen. Ihr keuchender, panischer Atem füllt die kalte Luft mit weißen Schwaden, und ihre großen, unschuldigen, verängstigten Augen starren mich schockiert an, während sie in der einen Hand die Pfanne und in der anderen die Plastiktüte hält, aus der sie sie entnommen hat.

Meine Lippen zucken, als ich bemerke, dass sie die Pfanne aus der Tüte genommen hat, bevor sie ihn geschlagen hat. Süß.

Ihr Schnaufen lässt mich befürchten, dass sie einen schweren Panikanfall hat, und ich nehme meine Hände hoch und spreche leise und beruhigend, um sie nicht noch mehr zu erschrecken. »Alles ist gut. Alles ist gut. Du hast mich gerettet. Du hast ihn aufgehalten, du kannst die Pfanne hinlegen.«

Die Hand über ihrem Kopf zittert und sie schaut zur Pfanne hoch. Ich zucke zusammen, als ein roter Blutstropfen auf ihre Wange spritzt.

»Oh.« Wie eine Marionette, der man plötzlich die Fäden durchgeschnitten hat, fallen ihre Hände an die Seiten, und das Mädchen blinzelt langsam zu der am Boden liegenden Kreatur. »Oh.« Ihre Knie wanken und sie kippt zur Seite.

Mein Gott, wird sie ohnmächtig?

»Hier, setz dich.« Ich packe ihren Ellbogen und führe sie vom Körper weg zur Bordsteinkante. Nach ein paar Schritten geben ihre Knie nach und sie fällt auf den Bürgersteig.

»Ich ...« Ihr Kopf fällt in den Nacken, große braune Augen starren mich ungläubig an. Ihr Mund öffnet und schließt sich wie der eines Fisches, der nach Luft schnappt, und ihre Augen füllen sich mit Tränen.

Ich stelle mich zwischen sie und den Toten, um ihr die Sicht zu versperren.

Verdammt, diesmal habe ich es wirklich vermasselt und aus einem süßen, unschuldigen Kind eine Mörderin gemacht. Wie schrecklich. Das ist schlimm. Wirklich, wirklich schlimm. Verlegen drehe ich die Hände und räuspere mich. »Du hast ihn nicht getötet. Er atmet noch ... ähm ...« Ich werfe einen Seitenblick auf den Toten.

Ach, was ist schon eine kleine Notlüge? Oder? *Oder?!*

Ich bin so ein schlechter Mensch.

Sie nickt, senkt den Kopf zwischen die Knie und zieht die kalte Luft scharf ein. Ihr langes, seidiges dunkles Haar weht ihr ins Gesicht. Die tödliche Bratpfanne, die sie immer noch in der Hand hält, scheppert und schabt über die Straße und hinterlässt eine makabere Spur aus Blutresten und Kopfhaut – mit Haaren. *Würg.*

Ach, das arme Mädchen. Ihr ganzer Körper zittert.

»Alles wird gut.« Ich klopfe ihr unbeholfen auf den Rücken. »Danke für die Hilfe.« Ich trete von dem Mädchen zurück, greife nach meiner Tasche und ziehe mir blaue medizinische Handschuhe an. »So ist es gut, genau so.« Vorsichtig nehme ich ihr die Pfanne aus der Hand und stecke das blutverschmierte Küchengerät beiläufig in einen Plastiksack für Beweismittel.

So. Ich kaufe ihr eine neue, das verspreche ich mir.

Ich weiß nicht, warum ich Dinge in Beweismittelbeutel packe. Es ist etwas, das ich tue. Professionell. Ich weiß nicht, was ich tue. Ich mache nur das, was ich im Fernsehen sehe.

»Ich bin Tru. Wie heißt du?«

»Caitlyn. Caitlyn Croft«, murmelt sie.

»Kannst du mir sagen, was passiert ist, Caitlyn?«

Es dauert ein paar Sekunden, bis sie antwortet. »Es tut mir leid, dass ich ihn so hart geschlagen habe. Ich bin in Panik geraten. Er hatte eine magische Kugel und ein Messer. Er wollte dir wehtun.« Sie hebt den Kopf und ich blicke in ihre ehrlichen braunen Augen. »Er hat die letzten zehn Minuten vor meinem Fenster herum gelungert. Ich bin gerade vom Einkaufen bei Asda nach Hause gekommen.« Die Plastiktüte mit dem grünen Supermarktlogo knistert, als sie sie wie einen Teddybären an ihre Brust drückt.

Ich fühle mich schrecklich.

»Ich habe Reifen quietschen gehört und gesehen, dass sich unter der Brücke ein Portal geöffnet hat, fast unter einem Auto. Ich habe sofort gemerkt, dass du ein Profi bist, als du die Sicherheitsstation aufgebaut hast, also bin ich im Haus geblieben, aus dem Weg, und habe dich vom Fenster aus beobachtet. Ich bin froh, dass du dem Kraken nichts getan hast.«

Siehst du? Nicht alle finden, dass ich Fred hätte wehtun sollen. Ich verstecke mein Lächeln hinter meinem Unterarm.

»Ich habe den Mann bemerkt, der dort herumlungerte. Er hat sich in Luft aufgelöst, mit einem *Du siehst mich nicht Zauber.* Aber ich konnte ihn noch auf der anderen Seite des Glases spüren.« Sie runzelt die Stirn. »Sein Zauber hat sich faul angefühlt. Er hat den Zauber aufgehoben, als du dein Handy genommen hast, und ist auf dich zugekrochen. Er hatte ein Messer und eine orangefarbene Zauberkugel in der Hand. Ich weiß genug, um zu ahnen, dass eine orangefarbene Zauberkugel nichts Gutes bedeutet. Als er den Zauber entfachen wollte ... habe ich ... das Nächstbeste genommen, bin zur Tür gerannt, habe eine Warnung geschrien und ihm auf den Kopf geschlagen.« Ihr Blick fällt auf ihre Hände.

In der Reihe der bunt gestrichenen Reihenhäuser sehe ich die offene Tür hinter uns. Was sie sagt, ergibt Sinn.

»Bekomme ich Ärger?« Sie zuckt zusammen und versteckt sich hinter ihrem Haar.

Ich drehe mich wieder zu ihr um. »Nein. Du hast das toll gemacht. Du hast mir das Leben gerettet.«

Schuldgefühle steigen in mir auf. Sie hätte mich nicht retten müssen. Sie hätte mir nicht so nahe kommen dürfen. Ich bin so daran gewöhnt, dass Dexter, mein Beithíoch – eine Fae-Monsterkatze – auf mich aufpasst. Abgesehen von dem Kinobesuch heute Abend hat er mich nicht mehr aus den Augen gelassen, seit Kleric weg ist.

Ich bin träge geworden.

Meine Sicht verschwimmt. Ich bin so verdammt müde. Daran hat auch diese Schicht nichts geändert. Es waren höllische Wochen. Ich zwinge mich, weiter zu reden: »Wenn alles in Ordnung ist, wovon ich überzeugt bin, wird es keine Probleme geben. Geht es dir gut? Ich werde kurz ...« Ich starre den Toten an. *Komm schon, Tru, denk nach!* Ich schnippe mit den behandschuhten Fingern und grinse. »Ihn in die stabile Seitenlage bringen.« Mein Lächeln muss so falsch sein, aber ihre Augen sind glasig vor Schreck, und sie scheint es nicht zu merken.

Ich danke dem Schicksal.

»Ja, ja, natürlich. Danke, Henkerin.« Sie winkt mich weg und ihr Kopf sinkt wieder zwischen ihre Knie. Bah. Ich bekomme gleich wieder dieses unangenehme Gefühl in der Brust.

Ich schnappe mir meine Ausrüstung, verstecke die Pfanne und knie mich neben den Toten. Ich schaue über meine Schulter. Zum Glück rührt sich Caitlyn nicht und dreht mir weiterhin den Rücken zu.

»Bist du stark?«, frage ich sie, während ich den Körper abtaste. Ich leere seine Taschen und packe seine Habseligkeiten in eine andere Asservatentüte. Hm, keine Brieftasche, aber eine riesige Sammlung teurer Zaubersprüche. Er hat gute Beziehungen.

»Nicht wirklich«, murmelt sie. »Ich bin ein Mensch. Ich habe drei Brüder, und sie haben mich immer gezwungen, mit ihnen zu spielen, um die Anzahl der Mannschaften auszugleichen, also habe ich einen guten Schwung entwickelt.«

»Gut.« Das ist irgendwie seltsam. Ich ignoriere die Warnung in meinem Kopf. Menschen können Magie nicht spüren, und sie hat gesagt, seine Magie fühlte sich faul an. Wenn Caitlyn mir nicht die Wahrheit über ihre Herkunft sagen will, werde ich nicht weiter nachforschen. Ich habe siebzehn Jahre als Mensch gespielt und werde sie nicht verraten.

Ich werde keine Heuchlerin sein und jemanden verraten, der mir geholfen hat.

Wenn ich raten müsste, würde ich sagen, sie ist eine Fae. Ich werfe ihr einen flüchtigen Blick zu. Vielleicht eine Halb-Elfin? Die Abstammung von Kreaturen kann ein heikles Thema sein, und ich weiß aus Erfahrung, dass Menschen keine Andersartigkeit mögen. Ich bin eine seltsame Kombination aus Einhorn und Vampir, ein echter Hybrid. Hybriden werden normalerweise gejagt und getötet, sobald sie auftauchen. Eine alte, tief verwurzelte Angst vor unserer Magie hat alle in Aufruhr versetzt. Ich halte das für ein Ammenmärchen. Trotz aller Nachforschungen, die ich und mein Großvater zu seinen Lebzeiten angestellt haben, konnten wir nichts finden, aber diese Angst besteht seit Jahrtausenden.

Ich bin froh, dass ich noch lebe.

Auch Story ist anders. Sie ist keine reine Fae. Ihre Mutter war eine Fae, ihr Vater ein Kobold. Nach dem Tod ihrer Mutter wurde sie von ihrer Truppe exkommuniziert, als diese das Geheimnis ihrer schönen Flügel entdeckte. Von einem Kobold verstoßen zu werden, ist ein Todesurteil. Sie wagten es, *sie* eine Abscheulichkeit zu nennen.

Arschlöcher.

Wenn Story keine Flügel haben sollte, dann hätte sich ihr Vater vielleicht nicht mit einer Fae paaren sollen.

Sie hat es ihnen gezeigt. Sie hat nicht nur überlebt, sie ist aufgeblüht und wird geliebt, mit einer eigenen Truppe, die ihre Andersartigkeit begrüßt und feiert.

Ich stoße gegen das Bein des Mannes. Neben der Leiche liegen ein silbernes Messer und eine intakte, orange marmorierte Zaubertrankkugel. Oh! Caitlyn hat recht. Ich steche auf den Zaubertrank ein. Es ist ein fieser Zaubertrank, der einem das Gesicht wegschmelzen lässt.

Wenn Miss Pfanne mir nicht geholfen hätte, wäre ich vielleicht in Schwierigkeiten geraten.

Der böse Zaubertrank wandert zusammen mit allen anderen Zaubersprüchen in einen speziellen Antizauberbeutel – mein neuer Job hat auch seine Vorteile – und das Messer in einen anderen Beweisbeutel.

»Ich bin ein Einzelkind. Ich hätte gern Brüder gehabt.«

»Ich habe Glück. Sie sind toll.«

Ah, gut zu wissen. Vielleicht bin ich superzynisch. Nicht jeder hat ein beschissenes Leben, und vielleicht ist sie nur ein magieempfindlicher Mensch mit einem tollen Schwung.

»Soll ich sie anrufen? Deine Brüder?«, frage ich.

Caitlyn verzieht das Gesicht. »O Gott, nein! Lieber nicht. Sie sind sehr beschützend und werden sauer sein, dass ich das Haus allein verlassen habe.«

Ich drehe den Toten auf den Rücken, sodass er mit dem Gesicht nach oben liegt und die Mikrokameras, die den Tatort filmen, ihn sehen können. *Ich wette, sie haben ihn schon gescannt und seine DNA genommen.* Als mir dieser Gedanke kommt, piepst mein Datapad. Ava.

Die Technikhexe ist jetzt wie Story eine offizielle Teilzeitkraft im Büro der Henkerin. Ich brauche jede Hilfe, die ich kriegen kann. Auch wenn ich mir ständig Sorgen um ihre Sicherheit mache.

Seufzend überfliege ich die Informationen und verziehe das Gesicht. Der Mann war ein Hexer. Männliche Zauberer sind extrem selten, und ich werde wegen seines Todes viel Gegenwind bekommen.

Ein mächtiger toter männlicher Zauberer. Na toll.

Nicht, dass der Idiot kein übler Kerl gewesen wäre. Den Aufzeichnungen zufolge war Marcus ein Portalhexer. Wenn ich recht habe – und die Hexen können seine magische Signatur bestätigen – dann ist er derjenige, der überall in der Stadt Portale geöffnet, Chaos verursacht und den Krieg angeheizt hat. Er ist ein richtiges Arschloch.

Ich hoffe, die Hexen sehen ein, dass Caitlyn ihnen einen Gefallen getan hat, als sie ihm den Schädel eingeschlagen hat. Marcus ist ein PR-Albtraum. Und als wäre das nicht schlimm genug, um seinen Tod zu rechtfertigen, hat das Arschloch auch noch versucht, mich umzubringen.

Hoffen wir, dass mit seinem Tod alles wieder normal wird. *Vielleicht kann ein bestimmter Dämon nach Hause kommen?* Die Hexen werden das schon irgendwie hinkriegen.

Am Ende der Nachricht erklärt Ava, dass sie wegen eines Interessenkonflikts nicht weiter an dem Fall arbeiten wird. Wunderbar. Das ist einfach großartig.

Als ich das Geräusch von flatternden Flügeln höre, schaue ich auf – Story schwebt hinter meiner Schulter und liest den Bericht.

»Ist das der Typ mit dem Portal?«

»Ja, ich glaube schon. Er ist ein Portalhexer. Ich muss mich beeilen und Carol Larson so schnell wie möglich befragen.« Ich zittere am ganzen Körper. Ich hasse es, mit Menschen zu reden. Und ganz besonders hasse ich es, mit Carol Larson zu reden. »Ich wette, Ava hat sie schon informiert.«

»Ich werde mit Carol reden.« Story interpretiert meinen Schauder perfekt. »Ich bin so froh, dass er tot ist.«

»Bewusstlos«, platzt es aus mir heraus, während ich dem zitternden Mädchen wild zunicke.

Story verengt die Augen. Ich weite meine und nicke Caitlyn noch einmal seltsam zu. Story verdreht die Augen, als sie es endlich versteht. »Ja, ich bin so froh, dass er bewusstlos ist«, sagt sie mit ausdruckslosem Gesicht. »Hat sie ihn getötet?«, fragt sie ganz leise.

Ich nicke.

»Also habe ich einen Krankenwagen gerufen« – jetzt übertreibt sie ein wenig – »und ein Team der Jägergilde ist unterwegs, um die Sache zu übernehmen und den Tatort zu säubern.«

Toll. Die können das erledigen. Meine Aufgabe als Henkerin ist es nicht, zu ermitteln, sondern zu töten.

»Ist schon gut«, kommt es hinter uns. Caitlyn schwingt sich auf die Beine und deutet auf Marcus. »Ich weiß, dass er tot ist. Ihm kommt

Zeug aus den Ohren und ...« Sie strafft sich. »Henkerin, du bist eine schlechte Lügnerin.«

»Sie hat nicht ganz unrecht.« Story grinst mich an.

Eine Henkerin sollte sich nie entschuldigen oder die Verantwortung übernehmen. So steht es im Ausbildungshandbuch. Ich stöhne. Vielleicht habe ich das Ding gelesen und auf Nimmerwiedersehen in die Schublade gelegt.

Scheiß drauf! Ich war noch nie ein Freund von Regeln.

»Es tut mir nicht leid, dass ich gelogen habe, Caitlyn.« Ich recke das Kinn vor und ziehe die Schultern zurück. »Es tut mir leid, dass du ihn umbringen musstest. Es tut mir so leid, dass ich dich in diese Lage gebracht habe. Falls es dich tröstet, er war eine schlechte Person.«

»Ich weiß.«

»Kannst du irgendwo anders hin? Ich kann dir eine sichere Unterkunft besorgen ...«

»Nein«, unterbricht sie mich und streckt mir die Handfläche entgegen, um mich aufzuhalten.

»Oh, okay.« Ich wippe von einem Fuß auf den anderen.

Caitlyn ist schockiert. Ich werde versuchen, sie zu überzeugen, auch wenn es nur eine vorübergehende Umsiedlung ist. Ich bezweifle, dass mein Arbeitgeber, der Große Rat der Kreaturen, ihr helfen wird, da sie behauptet, ein Mensch zu sein. Aus Erfahrung weiß ich, dass sie nicht einmal eine Wache vor ihre Tür stellen werden. Ich werde Story bitten, unseren Kontakt bei der menschlichen Polizei anzurufen und zu fragen, ob die örtliche Patrouille wenigstens ein Auge auf das Haus werfen kann.

»Ich will einfach nur zu Hause bleiben«, flüstert sie. Caitlyn weicht von uns zurück und geht zur offenen Haustür. »Hör mal, mir ist kalt. Ist es okay, wenn ich ... braucht ihr sonst noch etwas von mir?«

Ich schüttle den Kopf.

»Wird die Jägergilde mit mir sprechen wollen?«

»Ja, das ist nur eine Formalität. Wenn sie das tun, sollte dich niemand mehr belästigen.« Ich greife in meine Tasche und gebe ihr eine offizielle Visitenkarte. Die Ecken sind leicht eingerissen und die Karte ist etwas abgegriffen. Sie hat schon bessere Tage gesehen, aber wenigstens ist sie sauber – kein Blut, kein Schleim. »Ruf mich jederzeit an. Ich werde versuchen, dich so weit wie möglich aus allem herauszuhalten.«

»Danke.« Sie tippt mit der Karte auf ihre Handfläche.

Ein nagender Instinkt in mir sagt mir, dass ich noch mehr tun muss. »Oh, und hier.« Ich greife in meine Tasche. Ich traue den Hexen nicht, dass sie sich nicht rächen werden. Aha. Ich ziehe einen Schutzzauber. Wir können nicht vorsichtig genug sein, weshalb ich eine Schutzstation vor ihrer Tür möchte. »Dieser Schutzzauber sollte ein paar Wochen halten.« Ich gebe ihr den teuren Trank.

Sie blinzelt. »Danke.«

»Nein, ich danke dir. Ich schulde dir was.« Ich drücke ihr leicht auf den Arm und schenke ihr ein kleines, beruhigendes Lächeln.

Caitlyn nickt und geht mit einem traurigen Winken hinein.

»Mach dir keine Sorgen!« Story streicht mir eine Haarsträhne aus der Wange und steckt sie hinter mein Ohr. »Ich werde mit Ava darüber reden, ob sie einen Platz im Tierheim bekommt.«

Ich nicke. »Das ist eine gute Idee. Danke.«

Das Sanctuary ist ein kleines Königreich. Ich war noch nie dort, aber soweit ich weiß, wird dort jeder aufgenommen und beschützt, der wirklich Hilfe braucht. Es könnte eine gute Möglichkeit für Caitlyn sein, bis wir alles geklärt haben. Nach ein paar Minuten taucht die Station auf.

Sie ist in Sicherheit.

Vorläufig.

Und man weiß ja nie, vielleicht klappt es ja doch noch, dass ich sie aus der Pfanne haue. Innerlich grinse ich. Heute Abend ist zwar alles schief gelaufen, aber wenigstens sind meine Wortspiele geistreich.

Kapitel Vier

»Sie sind da«, singt Story über meinem Kopf, als zwei riesige schwarze Land Rover ähnliche Fahrzeuge in die Station einfahren. Die Station zischt und blitzt, aber sie lässt die Autos durch, denn sie ist nur für autorisiertes Personal zugänglich.

Ach ja, die Jäger. Endlich ist die Verstärkung eingetroffen. Über eine Stunde ist es her, dass Story den ersten Anruf getätigt hat.

Story landet auf meiner Schulter, als sie an der Bordsteinkante halten und geschlossen aus den Fahrzeugen steigen, in schwarzen Kampfanzügen und mit tödlichen Waffen, die im Schein der Straßenlaternen friedlich glitzern. Ich vermeide es, die Augen zu verdrehen. Sie sehen absurd aus.

Acht Jäger. Sie haben zwei Teams geschickt. Wie nett.

Das eine Team teilt sich in zwei Gruppen, die jeweils ein Ende des Bezirks bewachen, und ein einzelner Jäger hebt das Portalgerät vom Rücksitz des Wagens. Es sieht aus wie ein großer Geigerzähler, soll aber die Aktivität der Ley-Linien überwachen.

Ich deute hilfesuchend auf die verschmierte Kreidemasse unter der Brücke, als wäre es nicht offensichtlich. Er nickt und macht sich an die Arbeit.

Die anderen Jäger stapfen auf uns zu. Ich habe alle drei schon einmal gesehen, aber noch nie direkt mit ihnen gearbeitet, deshalb kenne ich ihre Namen nicht. Zwei von ihnen betrachten die Leiche, während einer, ein schleimiger Vampir, mich anstarrt, als hätte ich das letzte Stück Geburtstagskuchen gegessen.

Der wird Ärger machen.

»Henkerin.« Der große Kerl in der Mitte blickt von dem toten Zauberer auf und knurrt eine Begrüßung, während er meine Kombination aus zerrissener Jeans und Pullover ansieht, als sollte ich mich schämen, kein passendes Outfit zu haben.

Oh, der vielleicht auch.

Die schlichten Streifen auf seiner Schulter weisen ihn als Teamleiter und Katzenzauberer aus. »Was hast du für uns?«, bellt er überaggressiv und höchst streitsüchtig.

Mit wem zum Teufel glaubt er zu reden?

Mein plötzlicher Aufstieg in die erhabenen Höhen der Henkerin muss eine Überraschung gewesen sein. Es ist ja nicht so, dass irgendjemand wüsste, dass ich eine supergeheime Auftragskillerin war. Sie wissen nicht, was ich kann, und wenn sie es nicht wissen, wie sollen sie dann respektieren, was ich getan habe?

Die dramatische öffentliche Enthüllung der Dämonen kann auf verschiedene Weise interpretiert werden, und es ist nicht abwegig zu vermuten, dass der Rat der Kreaturen mich mit einem schicken Titel und einem Job, den ich nicht verdiene, bestochen hat.

Das ist fragwürdig und verwirrend. Ich verstehe das. Ich versuche, es nicht persönlich zu nehmen, aber ... ich seufze. Diese ganze Feindseligkeit wird schnell langweilig.

Story rutscht auf meine Schulter und ihre nackten Zehen zupfen an meinem Oberteil. Die Feindseligkeit in der Luft ist erdrückend.

Der Teamleiter verengt die Augen. Ungeduldig.

Ich starre ihn an.

Er runzelt die Stirn und gibt mir mit einer Geste zu verstehen, dass ich zur Sache kommen soll.

Ach, so ist das also? Würde es wehtun, sich das vorzustellen? Was ist nur aus der Welt geworden, wenn man sich nicht einmal mehr die Mühe macht, höflich zu sein? Ich bin frustriert, aber ich behalte meine professionelle Maske auf. Wenn ich mich über jede Kleinigkeit aufregen würde, käme ich zu nichts mehr.

Wieder seufze ich und fasse so professionell wie möglich zusammen.

Während ich spreche, wird das Gehirn des männlichen Hexenmeisters vom Bürgersteig gekratzt und alles in einen Leichensack gestopft.

»Ich lasse dich jetzt allein«, sage ich zum Schluss. Ich bin bereit, nach Hause zu gehen. Mein Magen knurrt, und obwohl es noch früh ist, bin ich bereit, den Tag als beendet zu betrachten. Ich gehe ins Bett und verkrieche mich unter die Decke, um darüber nachzudenken, was ich mit meinem Leben anfangen werde.

»Ich schicke Ihnen die Videos und Berichte in einer Stunde«, fügt Story hinzu, die immer noch auf meiner Schulter sitzt und auf ihrem Datapad herumtippt. Sie macht sich nicht einmal die Mühe, in meine Richtung zu schauen.

Der Teamleiter brummt.

Alles klar.

Ich übergebe an die Spurensicherung und wende mich zum Gehen.

»Miststück«, sagt jemand leise.

Story versteift sich.

Beleidigung? Ernsthaft? Meine Toleranzgrenze für Beleidigungen und Beschimpfungen gegen Tru Dennison hat heute ihren Höhepunkt erreicht. Oh, und ich glaube, Storys Kopf wird gleich platzen, so wütend ist sie.

Als ich mich wieder umdrehe, grinst der schleimige Vampir sogar und zeigt mir den Mittelfinger. Seine Augen funkeln. »Tschüss, Henkerin. Schönen Abend noch.«

Lustiger Typ.

Dieser Jäger amüsiert sich auf meine Kosten. Er hält mich für einen Witz. Er hält mich auch für eine Idiotin. Mich als Miststück zu bezeichnen, bringt mich nicht aus der Ruhe, überhaupt nicht, und die Witze gehen auf seine Kosten. Es ist mir egal, was ein Jäger denkt. Er kann mich nicht ködern.

Ich starre ihn ausdruckslos an.

In meinem Kopf spiele ich durch, was ich wirklich tun will: Ich schlage ihm in Gedanken ins Gesicht. Nein ... ich breche die Fantasie ab und spule zurück. Das reicht nicht, kein Schlag. Der Idiot verdient eine Ohrfeige. So. Ich lächle und stelle mir vor, wie meine Handabdrücke auf seinem Gesicht rot werden – niemand wird gern geohrfeigt –, gefolgt von der Röte der Verlegenheit auf seinen Wangen. Der Geruch von Blut in seinem Atem bedeutet, dass er vor Kurzem gegessen hat. Das Blut in seinem Körper sollte seiner Haut einen schönen Glanz verleihen.

Ja, ich will ihn nur ein bisschen verprügeln. Das ist doch nicht zu viel verlangt, oder? Aber es würde ihnen nur beweisen, dass ich die Kontrolle verloren habe, und sie würden gewinnen. Ich werde mir sein Gesicht einprägen.

Ich starre es immer wieder an.

Es ist so lange her, dass der Vampir mit den Fingern gewackelt hat. Es ist, als wäre die ganze Welt in Erwartung verstummt. Sie hält den Atem an.

Der Vampir wippt von einem Fuß auf den anderen.

Schweigen ist eine unterschätzte psychologische Waffe. Es fällt ihm schwer, meinen Blick festzuhalten. Ich mag keinen guten Ruf haben, aber in seinem Gehirn geht etwas Instinktives vor, wenn er in die Augen eines Killers blickt und sich wie Beute fühlt.

Das Leben war so viel einfacher, als ich noch den Mund aufmachen und einfach ausspucken konnte, was ich dachte. Mir auf die Zunge zu beißen und dieses professionelle Spiel zu spielen, ist ermüdend.

Ich drehe mich um und will gehen.

Oh, und das gefällt dem Vampir nicht. »Genau, lass uns deinen Dreck wegmachen. Wenn du das nächste Mal für jemanden die Beine breitmachst, lass vielleicht die Jägergilde aus dem Spiel. Wir alle wissen, dass dein Job eine Belohnung dafür ist, dass du auf dem Rücken gelegen hast.« Er lacht laut, greift sich an den Bauch und gibt seinem Kollegen einen Klaps.

Gut gemacht, sehr clever.

Sein Lachen wird unheimlich, als ich nicht reagiere. Dann gähne ich und er flippt aus. Er zieht ein silbernes Messer, geht in Kampfstellung und hält mir die Klinge ins Gesicht.

Wie süß.

Meine Lippen zucken und ich muss mich zusammenreißen, um nicht laut loszulachen. »Hunter, willst du mir etwa mit diesem kleinen silbernen Messerchen drohen?« Ich blinzle unschuldig. »Story, siehst du das auch oder täuschen mich meine Augen?«

»Nein. Das ist ein Messerchen.«

Ich summe.

Komm, lass mich dich mit meiner Faust küssen oder mit meinen Zehen an deiner Schläfe kitzeln.

Mein manisches Lachen ist so hell, dass die beiden anderen Jäger zurückweichen. Ich grinse die drei zähnefletschend an und klatsche in die Hände. Sie zucken zusammen. Zur Sicherheit wackle ich noch ein wenig mit den Schultern. »Endlich. Ausnahmsweise klappt es mal.«

Dem Schicksal sei Dank. Das Handbuch war sehr eindeutig, was den Umgang mit Drohungen angeht.

Ich lache leise.

Der Adamsapfel des Vampirs bewegt sich in einem nervösen Schluckauf, seine Hand, die die Klinge des grimmigen Todes umklammert, zittert leicht. Er holt tief Luft – und stürzt sich auf mich.

Story springt von meiner Schulter und fliegt in die Luft.

Meine linke Hand schnellt hervor, und als würde ich ein ungezogenes Kleinkind festhalten, greife ich nach seinem hervorstehenden Adamsapfel, um den Vampir aus seinem Sprung herauszuziehen. Meine Finger umklammern den Knorpel auf beiden Seiten, meine Fingernägel graben sich in seine Kehle.

Mit einer schnellen Drehung des Handgelenks bändige ich seine Messerhand, dann halte ich ihn locker über meinem Kopf – eine Armlänge, um seinen zappelnden Beinen auszuweichen – und manövriere ihn so, dass er mit dem Rücken gegen die Wand des Hauses neben Caitlyn prallt.

Die Füße des Vampirs baumeln einen halben Meter über dem Boden.

Ich reiße seinen Arm mit der Klinge zur Seite des frisch behandelten Patienten und lasse ihn mit dem Elektroschocker treffen. Mit einem schönen befriedigenden Schrei lässt er das Messer fallen.

So, das ist besser.

»Nicht«, knurre ich, als seine Freunde ihm zu Hilfe eilen wollen.

Sie ziehen sich zurück.

Das Blut des Vampirs läuft unter meinen Fingernägeln hindurch und tropft über mein Handgelenk. Ich könnte ihm den Kehlkopf abreißen. *Ich müsste ihn nur schnell drehen.*

»Noch jemand?«

»Nein, Henkerin«, brummen die umstehenden Jäger. Alle sieben. Wie schön, die ganze Bande ist versammelt. Manchmal muss man es den Leuten einfach zeigen.

Ich drehe mich um und starre den Anführer dieses Idioten an. »Ich kann dich nicht mit Namen ansprechen, weil du dich nicht vorgestellt hast. Du solltest dir wirklich Manieren aneignen. So, Unbekannter, so führst du also dein Team?« Ich schüttle den stöhnenden Vampir ein wenig.

»Nein, Henkerin.«

»Nein?«

Der Schock in seinem Gesicht ist unbezahlbar.

Das Blut des Vampirs tropft jetzt bis zu meinen Ellenbogen. Ich wende mich wieder dem kämpfenden Jäger zu. »Und du, du musst Disziplin lernen. Du musst lernen, den Mund zu halten. Du wolltest eine Reaktion. Hm? War es das, was du wolltest?« Ich schüttle seinen schwankenden Körper und seine Schulter streift die Station. Ups. Er stöhnt, als die Magie ihn wieder beißt.

»Wenn ich deine süßen Laute noch einmal höre, werde ich mehr tun, als dir die Kehle zuzudrücken.« Ich senke meine Stimme und lasse ihn ganz leicht sinken, sodass wir uns Nase an Nase gegenüberstehen. Ich runzle die Stirn. Der Typ stinkt nach Zwiebeln, Knoblauch, Blut und etwas Verwesung.

Wenn man eine gute Nase hat, riechen gebissene Vampire ein bisschen tot. Es ist der schwache, kaum wahrnehmbare Geruch der beginnenden Verwesung. Zellen sterben, bevor das Vampirvirus zuschlägt. Ich bin ein halber Vampir, also bin ich weder halbtot noch stinkend.

Ich streiche mit den Fingern über seine Wange, drehe seinen Kopf, beuge mich vor und flüstere ihm unheimlich ins Ohr: »Wenn ich dich noch einmal sehe, bringe ich dich um. Und dann werde ich jeden finden und töten, den du je geliebt hast, nur weil ich es kann. Was auch immer du dir in deinem kleinen Erbsenhirn ausgedacht hast, ich werde es dir in die Stirn stechen – oder was auch immer die Klatschtanten hinter meinem Rücken über mich verbreiten, sei dir bewusst: Ich habe diesen Job nicht auf dem Rücken liegend bekommen.«

Meine Krallen graben sich noch etwas tiefer in sein Fleisch. Mann, ich wünschte, ich hätte Krallen.

»Nein, ich habe den Job bekommen, weil ich gut im Töten bin. Ich bin gut darin, mich mitten in der Nacht aus dem Schatten zu schleichen. Du bist nur noch am Leben, weil ich dich verschonen will, und ehrlich gesagt habe ich keine Lust auf Papierkram. Denk doch mal nach. Dein Tod ist es nicht wert, dass ich ein zehnseitiges Formular ausfülle.«

Angewidert trete ich zurück, öffne meine Hand und lasse ihn fallen.

Jetzt rieche ich sein Blut. Ohne nachzudenken, von meiner Wut getrieben, bewege ich meinen klebrigen, blutigen Arm. Er wandelt sich nicht in einen Huf. Stattdessen wird er wieder zu einer sauberen menschlichen Hand.

Story schreit kurz auf und hustet.

»Später.« Ich bin zu wütend, um darüber nachzudenken, was ich gerade getan habe. Ich schiebe es beiseite, um später darüber nachzudenken, und erhebe meine Stimme. »Hunter, du bist erledigt. Geh zur Gilde und unterschreibe die Papiere. Du bist wegen groben Fehlverhaltens entlassen.«

»Das kannst du nicht tun«, zwitschert ein anderer Jäger.

»Ich kann nicht? Seltsam, ich habe es gerade getan. Abschnitt achttausendsechshundertzweiundachtzig: Angriff auf einen Vorgesetzten ist ein Grund zur sofortigen Entlassung.« Okay, also habe ich mir das verdammte Handbuch eingeprägt, bevor ich es in die Schublade geworfen habe. »Und für den Angriff auf einen Henker mit Silber sollte er eigentlich tot sein. Aber heute bin ich großzügig. Bitte kämpft weiter! Ich könnte es mir anders überlegen und ihn töten.«

Ich warte auf eine Antwort, aber die Jäger schweigen weise.

»Jetzt aufräumen und den Weg frei machen.« Ich trete zurück, drehe mich um und schleiche mit federnden, eleganten Schritten zurück zum Land Rover.

Ich vergewissere mich, dass Story vor mir ist.

Ich spüre die vorwurfsvollen, hasserfüllten Blicke in meinem Rücken. Na und? Sie können über mich urteilen, nörgeln und schimpfen, so viel sie wollen. Ich bin immer noch die Person, die kommt, um ihren Dreck wegzuräumen, wenn es zu schwierig wird.

Kapitel Fünf

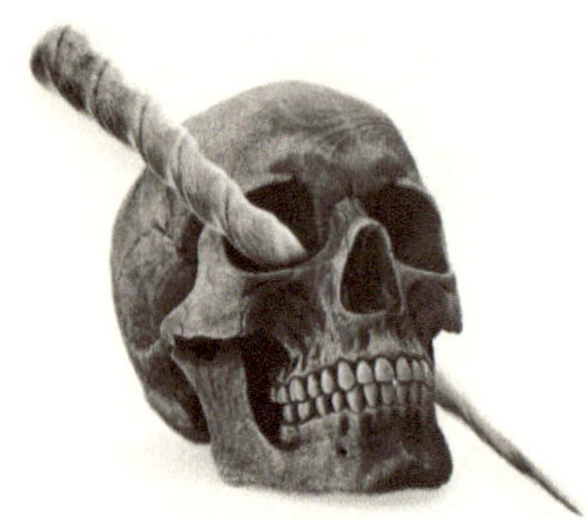

Ich lehne mich an den schmutzigen Land Rover, Arme und Kinn aufs Dach gestützt. Meine Wange ist nass von Pages schleimigem Gutenachtkuss, und ich bringe es nicht übers Herz, sie abzuwischen. Die Elfen machen sich auf den gewundenen, sonnendurchfluteten Weg hinunter zu ihrem schicken, hochmodernen Zuhause. Ich sorge gern dafür, dass sie gut ankommen.

Das Haus liegt versteckt im Wurzelwerk eines kleinen Obstgartens mit neun alten Apfelbäumen links der Einfahrt.

Als wir das Haus gekauft haben, waren die Bäume in einem schlechten Zustand. Mein Blick schweift über die schlafenden Winterzweige. Sie wurden sorgfältig geschnitten und ausgelichtet und sind jetzt gesund. Da der Boden um sie herum organisch gedüngt und mit Wildblumen und Bärlauch eingesät wurde, wird es hier im Frühjahr besonders schön aussehen.

Ich freue mich schon auf die Apfelblüte. Wer liebt nicht blühende Apfelbäume?

Das Café, in dem ich früher gearbeitet habe – und in dem Story immer noch gelegentlich Hochzeitstorten dekoriert – gehört einer Bekannten von mir, einer Dryade. Tilly hat Zweige ihres Apfelbaums über die Decke des Cafés gespannt. Dank Tillys Zauber blühen die Zweige für immer.

Der Duft von Blüten, Kaffee und Kuchen weckt Erinnerungen und wird mich immer an Geborgenheit und ... schmerzende Füße erinnern. Ich wackele mit den Zehen. Meine Güte, ich habe ein paar Stunden in diesem Café gearbeitet. Ich habe dort Vollzeit gearbeitet, seit ich vierzehn war.

Die Elfen sind etwa auf halbem Weg, als Ralph, der Freund von Story, zu ihnen kommt.

»Daddy, Tru hat gegen ein außerirdisches Monster gekämpft!«, ruft Page aufgeregt, während sie auf ihn zuläuft und seine Hand ergreift, um sich unter seinem Arm hindurch zu drehen.

»Hat sie das wirklich?« Er umarmt sie und küsst sie auf die Stirn.

»Ja, und Tru hatte einen Jäger an der Kehle.«

Ich stöhne, zucke zusammen und stoße mit der Stirn gegen das Dach. »Danke, Jeff«, murmle ich.

»Mom hat eine böse Hexe angeschrien«, fügt Novel hinzu und tänzelt vor ihnen her.

»Wirklich?« Ralph zieht eine Augenbraue hoch und Story zuckt mit den Schultern, während sie seine andere Hand nimmt und sich an seine Seite schmiegt. »Das hast du in deiner SMS nicht erwähnt«, sagt er in ihr Haar und küsst ihre Wange.

»Du weißt doch, dass ich keine Tyrannen mag. Ich hätte dem Jäger ein Messer ins Auge gerammt, wenn Tru mir die Chance gegeben hätte.«

Ich muss lachen, als Jeff den Kampf zwischen dem Kraken und mir dramatisch nachstellt und Novel und Page mitspielen. Zu meiner Belustigung – und obwohl ich mit Popcorn vollgestopft bin – macht er eine Rolle im Kommandostil, um Novels *Tentakeln* auszuweichen.

Die Koboldtruppe tritt ein, und mit einem Nicken und Winken von Ralph schließt sich die Tür.

Selbst von hier aus höre ich das gleichmäßige, beruhigende Summen der Kammer.

Alles ist sicher.

Mir dreht sich der Magen um und ich starre seufzend auf die winzige Tür. Ich habe die Baupläne gesehen, aber ich werde nie in ihr neues Zuhause hineinschauen können, denn ich bin größer als fünfzehn Zentimeter. Es ist eine Schande, aber was soll ich tun? Ich bin einfach eine dieser großen Kreaturen, denke ich.

Ich bin froh, dass Story sich wieder auf ihre traditionellen Bedürfnisse besinnt, und ich finde es toll, dass sie ein eigenes Zuhause hat. Ich klopfe auf das Dach des Autos. Ich bin nicht traurig ... es ist nur eine kleine Veränderung, das ist alles.

Es ist dumm, weil sie gleich nebenan sind.

Ich stoße mich vom Auto ab und drehe mich auf den Zehenspitzen. Ich vermisse sie. Und es ist verrückt, weil ich Menschen nicht einmal mag. Blah, Kinder. Ich schüttle mich vor Lachen und fasse mir an die noch feuchte Wange. Wem mache ich etwas vor? Ich liebe diese kleinen Monster.

Auch Justin und Morris fehlen mir. Sie sind beide in der Wohnung geblieben, weil sie näher an der Arbeit ist. Im Gegensatz zu uns anderen wollten sie nicht auf dem Land leben. Ich kann das nicht verstehen. Wer will nicht die Sterne sehen und die Vögel hören? Sie waren beide so aufgeregt, bevor ich meinen neuen Job bekommen habe. Ich glaube, dass ich als örtliche Henkerin Justin Angst mache. Er war in den letzten Monaten nicht mehr er selbst. Ich weiß nicht, wie ich mit ihm reden soll. Was, wenn ich mir umsonst Sorgen mache?

Ich habe nicht viele Freunde und mein Herz kann den Verlust von nur einem nicht verkraften. Also lasse ich ihnen natürlich den Vortritt.

Wieder überkommt mich ein Anflug von Traurigkeit. Meine Freundschaften verändern sich, wir entfernen uns voneinander.

Das gefällt mir nicht.

Während alle um mich herum erwachsen werden, Kinder bekommen und ihre Beziehungen weiterentwickeln, bin ich immer noch dieselbe.

Mein Leben stagniert, ich bin einsam.

Ich runzle die Stirn, reiße mich innerlich aus meiner Trübsal und schaue mir das Haus an. Das Bauernhaus hat noch einen langen Weg vor sich, bis es fertig ist. Ich schrubbe mir das Gesicht. Es gibt noch so viel zu tun und ich wollte alles selbst machen, aber natürlich habe ich nicht genug Zeit, um alles zu machen, was ich machen möchte.

Wenigstens von außen ist das Haus perfekt. Ich lächle ein wenig stolz. Als wir das Haus gekauft haben, waren die Wände schmutzig weiß verputzt, und der Putz war an einigen Stellen abgebröckelt und rissig, was zu Schimmel und Feuchtigkeit im Inneren führte. Ich wollte kein *Weiß*.

Ich schlucke, als sich eine Erinnerung in meinen Kopf drängt, und ignoriere sie. Ich stopfe die scharfen Scherben in dasselbe dunkle Loch, in das ich alles packe.

Ich habe den Putz abschlagen lassen, und ein Team von Steinmetzen – Zwerge – hat die Außenfassade mit einem dunkelgrauen Stein verkleidet. Auch die Dachziegel und die alten, morschen Holzfenster habe ich erneuert. Die Fenster haben mich ein kleines Vermögen gekostet und wurden passend zur Eingangstür lila gestrichen. Sie sind es wert. Grau und lila. Ich nicke. Und für einen richtig modernen Touch ist die gesamte Rückseite des Hauses aus Glas.

Die raumhohen Fenster sind mit einem teuren Zauber belegt, damit man von innen einen freien Blick auf die umliegenden Felder hat. Ins Haus schauen kann dank der Magie allerdings niemand. Dreiundzwanzig Hektar biologisch bewirtschaftetes Weideland umgeben das Haus, und ich verhandle gerade über weitere vierzig Hektar Wald entlang der westlichen Grenze.

Ja, ich liebe das Haus von außen.

Innen ist es noch eine Baustelle, aber es geht langsam voran. Mein geliebtes Heim nimmt Gestalt an. Es scheint langsam zu gehen, aber es sind ja erst drei Monate vergangen. Immerhin haben wir das Hauptschlafzimmer fertiggestellt – na ja, eher eine Suite mit angeschlossenem Bad und einem riesigen Waffenschrank.

Ich trete gegen einen Stein, der über die zugewachsene Auffahrt rollt – die als Letztes auf meiner Liste steht. Ein rotbrauner Fleck kommt um die Hausecke geschossen und springt mit fast lautlosen Schritten auf den Stein.

Dexter.

Seine Krallen graben sich in den Boden und seine Zähne blitzen auf, als er vorsichtig eine Pfote hebt und darunter schaut. Tief angewidert miaut er und schlägt den Stein weg. Mit finsterer Miene tapst er auf mich zu.

»Reow.« Er drückt seinen Kopf gegen mein Bein, um mich auf seine typische Art zu begrüßen.

»Hi, Dex.« Mir wird ganz anders. Ah, da ist sie wieder: Die liebenswerte Monsterkatze erinnert mich einmal mehr daran, dass ich nicht allein bin. Kein bisschen.

Ich beuge mich vor und kraule ihn hinter den Ohren. Er reibt sich an mir und ich beobachte fasziniert, wie jedes einzelne rote Haar an seinem Körper aufzuspringen scheint und sich an meinem Pullover festkrallt.

Nein, ich bin nicht allein. Ich bin dumm und hatte einen schlechten Tag.

Ich betrachte die Narbe an meiner Hand, die Klerics Lippen perfekt nachzeichnet. Wenn ich Glück habe, werde ich nie mehr allein sein.

Ich mag keine Veränderungen, das ist alles.

»Reow.«

»Ja.«

»Berrrt.«

»Jaaa.« Ich habe keine Ahnung, was er sagt. »Ja. Du bist so ein braver Junge«, gurre ich. »Du hast dich gut auf den bösen Stein gestürzt.«

Er kneift die Augen zusammen und wackelt mit dem Hintern, sodass meine Hand an seinem Rücken entlanggleitet. Er hebt seinen Hintern für ein zusätzliches Streicheln und schlägt mit seinem Schwanz, sodass er sich um mein Handgelenk wickelt.

»Mert?« Er senkt den Kopf, um an meinen Stiefeln zu schnüffeln, und niest. Sie müssen Geruchsspuren an sich haben, denn ich musste den Tatort durchqueren, um zum Land Rover zu gelangen.

»Ja, du hast mir auch gefehlt, und heute Abend hast du den ganzen Spaß verpasst. Ich habe gegen einen außerirdischen Kraken gekämpft und mir fast das Gesicht weggeschmolzen, nicht einmal, sondern zweimal, und dann hat ein Vampirjäger versucht, mich zu erstechen.«

So ein Spaß.

»Breow«, zirpt er und tanzt um meine Füße herum.

»Ich bin nutzlos, wenn du mir nicht den Rücken freihältst, Dex.«

Ich schultere meine Ausrüstung – ich kann sie nicht im Auto lassen – und die hübsche lilafarbene Eingangstür öffnet sich leise, als wir hineinrutschen.

Ich bleibe auf der Schwelle stehen, reibe mir das Gesicht und murmle in meine Hand. »Ich habe Mist gebaut, Dex«, gestehe ich. »Dieses Mädchen, Caitlyn, kam aus dem Nichts und hat mich gerettet. Ein menschliches Mädchen hat einen bösen Zauberer mit einer Bratpfanne getötet. Sie hat ihm auf den Kopf geschlagen. Es ist keine wissenschaftliche Schlussfolgerung, aber ich bin mir ziemlich sicher, dass sein Gehirn aus seiner Nase geflossen ist. Er war tot, bevor er auf dem Asphalt aufgeschlagen ist. Es ist ein schlechter Tag, wenn dich jemand mit einer Bratpfanne rettet.« Ich muss lachen.

Selbst in meinen Ohren klingt es traurig.

Die Haustür fällt ins Schloss und Dexter stupst mich an. »Ich werde ihr morgen früh eine neue Bratpfanne besorgen. Die Jäger haben die klebrige mitgenommen.« Ich mache das Licht an und ... nichts.

Huch. Haben die Bauarbeiter Mist gebaut?

Ich blinzle in die Dunkelheit.

Die Station des Hauses summt hinter mir, aber das ist kaum beruhigend, als Dexter knurrt – und etwas, das sich wie böse Magie anfühlt, pulsiert aus der Dunkelheit.

Kapitel Sechs

DIE DUNKELHEIT des Hauses umgibt mich. Im Gegensatz zu einem echten, reinrassigen Vampir oder gar einem Gebissenen habe ich keine Nachtsicht. In dieser Gestalt bin ich mit menschlichem Sehvermögen behaftet. Also warte ich, atme ruhig und langsam und lasse meine Augen sich an die Dunkelheit gewöhnen.

Das Messer in der Hand.

Stille und Dunkelheit.

Ich spanne meine Sinne an. Ja. Schleimige, faulige, böse Magie. Und nicht nur Magie. Ich atme tief ein; über dem Geruch der Bauarbeiten liegt der Geruch von Verwesung – und nicht von Vampirverwesung.

Es ist der Geruch von *Leichen*, die schon lange tot sind.

Nicht noch einmal. Der Geschmack von Galle steigt mir in den Mund, während die Magensäure in meinem Hals brennt und ich mich anstrengen muss, um nicht zu erbrechen. Es ist eine natürliche Reaktion auf den Geruch – mein Körper sagt mir, dass ich das nicht essen soll.

Ja, ohne Scheiß. Danke für den Tipp.

Dieser Gestank ist mehr als ekelhaft, und das will was heißen. Heute Nacht ist es besonders ekelhaft. Ich halte die Luft an, aber der Gestank bleibt. Ich werde ihn bestimmt noch in meinem Haar riechen.

Apropos Haar: Das Babyhaar in meinem Nacken stellt sich auf, ich bekomme eine Gänsehaut und ein Schauer läuft mir über den Rücken.

Ich verdränge die Angst und rede mir ein, dass ich mich freue, bis mein Körper es mir glaubt. Ein Lächeln umspielt meine Lippen, während die Wut an meiner Seele nagt.

Wie können sie es wagen, in mein Haus einzudringen?

Ich kann eine geduldige Jägerin sein, wenn es sein muss.

Nein. Ich muss nicht jagen. Sie werden kommen, wenn sie noch im Haus sind, und ich muss mich als saftiges Ziel präsentieren. Wie könnte ich das besser tun, als hier im Dunkeln zu stehen?

Die Zeit vergeht und niemand kommt, um uns zu begrüßen.

Vielleicht brauchen wir noch einen besseren Köder?

»Hallo Schatz. Ich bin zu Hause!« Um es noch seltsamer zu machen, öffne ich die Haustür. »Ich brauche einen Heiltrank. Mein Bein tut weh.«

Dexter dreht seinen rotbraunen Kopf und sieht mich an, als wolle er fragen: »*Was zum Teufel machst du da?*« Ich zucke mit den Schultern und schließe die Tür mit einem besonders lauten Knall.

»Hallo!«

Nichts.

Kein Geräusch durchbricht die Stille, niemand kommt, um uns zu begrüßen. Schade. »Ich bin mir ziemlich sicher, dass der oder die Eindringlinge längst über alle Berge sind.« *Das heißt aber nicht, dass es im Haus nicht von fremder Magie wimmelt.*

Das Messer immer noch in der einen Hand schiebe ich mit der anderen das Zauber-Kit von meiner Schulter, lege es auf meinen Oberschenkel und suche nach einem Lichtzauber.

Gut, dass ich die Tasche immer in Ordnung halte. Der Lichtzauber leuchtet im Dunkeln blassgelb, was sehr hilfreich ist. Ich führe den Zauber an meine Lippen und flüstere die Beschwörungsformel für das allmähliche Licht. Das Letzte, was ich brauche, ist, mich selbst zu blenden.

Die Murmel erwärmt sich und der Zauber leuchtet sanft in alle

Richtungen und entweicht durch meine Finger. Ich öffne meine Hand und blinzle, während sich meine Augen an das Licht gewöhnen, das sich zu einer Kugel formt und in die Luft steigt.

Das warme, wachsende Licht vertreibt die Dunkelheit und berührt die Wände des Flurs – die neue Wandverkleidung sieht wunderschön aus, grundiert und bereit zum Streichen, und ... das Licht hebt das Glitzern des Metalls auf der Treppe hervor.

Ich neige den Kopf.

Die Müdigkeit, die mir noch in den Knochen steckt, weicht dem Adrenalin, das durch mein Blut schießt.

»Nun, ich habe diese Kunstinstallation nicht errichtet. Wie aufmerksam.« Ich schaue auf die alte, ausgehöhlte Treppe, die für die Arbeit des Zimmermanns vorbereitet ist, in der nun dutzende von Klingen im Holz stecken.

Messer in verschiedenen Größen, manche alt, manche neu.

Manche sind bis zum Griff eingestochen, andere nur an der Spitze und kaum ins Holz eingedrungen. Sie glitzern im Licht der Magie.

Es ist ein schauriger Anblick, und die meisten Menschen würden erschrecken. Ich lache leise. *Die Ausstellung fasziniert mich.*

»Wie nett, dass ihr mir so viele Waffen dagelassen habt. Wie viele kann ich dem Eindringling wohl in den Leib rammen, bevor er verblutet?«

Ich weiß, dass ich mein Haus mit einem feinen Kamm durchkämmen muss. Ich will keine weiteren Überraschungen erleben. Ich bin heute Abend schon einmal überfallen worden. Seufzend greife ich wieder nach meiner Ausrüstung und werfe eine Handvoll Mikrokameras in die Luft, um das Chaos festzuhalten.

Keine weiteren Fehler mehr, Tru. Mit diesem Gedanken ziehe ich eine schicke Plastikkapsel und ein Tütchen mit gemischten Kräutern heraus. In der Kapsel raschelt ein *Sieh Magie Zauber.*

Dieser Super-duper-Spezialzauber wird nur von Profis an wichtigen Tatorten eingesetzt, wenn es um den Tod eines Staatsoberhauptes geht, nicht bei einer *Hoppla, bei mir ist jemand eingebrochen*-Situation.

Ich sollte es nicht benutzen.

Nicht dafür, aber ... Scheiß drauf! Die sind bei mir eingebrochen.

Die Kapsel hat drei Siegel. Ich brauche beide Hände, also schiebe ich die Klinge beiseite, lege mein Set wieder auf die Schulter und stecke den Beutel mit den Kräutern zwischen meine Knie, um sie sicher zu verwahren.

Die Kapsel ist so schwer zu öffnen wie ein Zauberwürfel. Endlich löse ich den Plastikdeckel und ... Hm. Ein bisschen enttäuscht bin ich schon. Nach all der Mühe erwarte ich eine dramatische Rauchwolke, einen Wah-Soundeffekt oder so etwas. Ich nehme den Trank heraus und schaue in die Glasflasche. Die durchsichtige Flüssigkeit sieht aus wie Wasser.

Der Zauberspruch *Sieh Magie* sollte all das unterstreichen, was in den letzten Stunden in diesem Haus passiert ist.

Er sollte die verbliebene Magie in einem fahlen Grün erstrahlen lassen. Jedes Lebewesen, ob lebendig oder tot, wird in Rot hervorgehoben und die Technik in Blau.

Es ist so empfindlich, dass es sogar den Furz einer Fliege aufspüren kann. So zumindest die Theorie.

Ich leere den Beutel mit den gemischten Kräutern in meine Handfläche und füge den Trank hinzu. Noch eine gesungene Beschwörung, diesmal ohne Flüstern.

Die Kräuter fangen Feuer. Ich schreie auf und springe zur Seite, als das blaue Feuer meine Hand erfasst und beinahe mein Gesicht erreicht. Ich muss mich zusammenreißen, um das brennende Zeug nicht zu Boden fallen zu lassen.

Dann – dem Schicksal sei Dank – erlischt die Flamme, und die Asche in meiner Handfläche verschwindet mit einer Rauchwolke. Mit einem dichten, rauchigen Aroma, das das Nasenhaar zum Brennen bringt, wird der Zauber *Sieh Magie* aktiviert. Er fegt durch das Haus, bläst mir die losen Haarsträhnen aus dem Gesicht, und die Hitze des Zaubers trocknet meine Augen.

Winzige blaue Punkte huschen umher und nehmen Daten und Messwerte auf – die Mikrokameras. Es funktioniert. Ich habe dieses eigenartige Gefühl im Bauch, dass ich noch etwas tun muss. Ich schüttle den Kopf und ignoriere die innere Stimme.

Schwarze Flecken überziehen den Boden.

Hmm. Schwarz?

Ich beuge mich vor und betrachte einen dicken Fleck in der Mitte des Flurs. Vielleicht ein dunkles Grün? Ich drehe den Behälter und blinzle auf das Etikett. Es zeigt mir in winziger Schrift eine Farbtabelle. Ich stöhne. Hoffentlich filmen die Kameras das, dann kann ich die Details später studieren. Der Zauber wird nicht die ganze Nacht anhalten, und ich muss herausfinden, was zum Teufel die in meinem Haus gemacht haben.

Ich drehe mich um und sehe, wie das schwarze Zeug die Treppe hinaufläuft. Magie tropft von demjenigen, der hier war. Fäulnis, ekelhafte Magie, die so stark austritt, dass ich schwache Fußabdrücke auf dem Boden erkennen kann. Wenigstens kein Rot, also ist niemand da oben.

Mein Blick folgt den schwarzen Flecken im Flur, riesigen Füßen mit einem tieferen Abdruck am linken Bein, einer leichten Schleife am rechten Bein und einem kleinen Satz, der zu dem Schrank unter der Treppe führt, in dem sich der Stromkasten befindet.

Auf Zehenspitzen gehe ich auf die verzogene Schranktür zu und achte darauf, keinen der magischen Rückstände zu berühren. Die alte Tür – weiß glänzend bis auf den letzten Zentimeter und bald ersetzt – knarrt.

Ich schaue hinein. Der Lichtball schwebt über meine Schulter und beleuchtet den neuen Sicherungskasten. Ich schalte den Hauptschalter ein und mit einem Klicken und Summen erhellt sich das Haus.

Jedes Licht funktioniert.

Der Flur, der Treppenabsatz im Obergeschoss, das leere Arbeitszimmer zu meiner Rechten und das Wohnzimmer zu meiner Linken. Alles leuchtet, als hätte jemand zum Spaß jedes funktionierende Licht im Haus angeknipst.

»Das ist ja wie bei der verdammten Blackpool Illumination«, murmle ich und zitiere damit den Lieblingsspruch meines Großvaters, den er immer gesagt hat, wenn ich als Kind seiner Meinung nach zu viele Lichter angeknipst hatte – so ist das eben im Norden Englands.

Ich starre auf die Flecken, und etwas in mir, dasselbe nagende Bauchgefühl, ein Instinkt, drängt mich, etwas von meiner Magie in den Zauber *Sieh Magie* einzubringen. Meine Magie? Das habe ich noch nie gemacht. Ich habe es nie versucht, und es ist eine dumme Idee.

Meine Magie ist eine verkorkste Einhornversion der Vampirmanipulation. Es ist Gedankenmanipulation. Ich kann sie nicht nach Belieben einsetzen. Ich bin keine Hexe. Aber etwas sagt mir, dass ich es versuchen sollte. Magie ist schließlich instinktiv. Ich schnaufe. *Ganz oder gar nicht, oder? Was kann schon passieren?*

Das sagt man doch immer.

Der magische Ball, den ich in meiner Brust gefangen halte, zittert, und mit einem fast unbedachten Wurf und einem zu späten Zucken des Bedauerns werfe ich ein winziges bisschen meiner Magie in den aktiven Zauber. Aus der Spitze meines Zeigefingers zischt kirschrosa Energie. Es fühlt sich richtig an. Die Hybridmagie schießt in die Luft, verbindet sich mit dem Zauber *Sieh Magie* und … zerstört ihn.

Oje.

Entsetzt sehe ich zu, wie die magischen Farben um uns herumwirbeln, sich scheinbar verdichten, schwärzen und dann zu Schatten werden. Dexter stößt mir stumm gegen das Bein. Die magischen Schatten werden dicker, fast körperlich.

Neben der Eingangstür ist ein Schatten von vertrauter Gestalt, hoch und schlank, der an den Rändern in eine ölige Farbmasse übergeht, die wie ein Regenbogen schimmert. Der kleinere Schatten hat die Form einer Katze, die Ränder leuchten blau. Sind das Dexter und ich? Wow. Das ist irgendwie cool.

»Oh, Scheiße.« Ich ändere meine Meinung, als sich die Schatten *bewegen.*

Kapitel Sieben

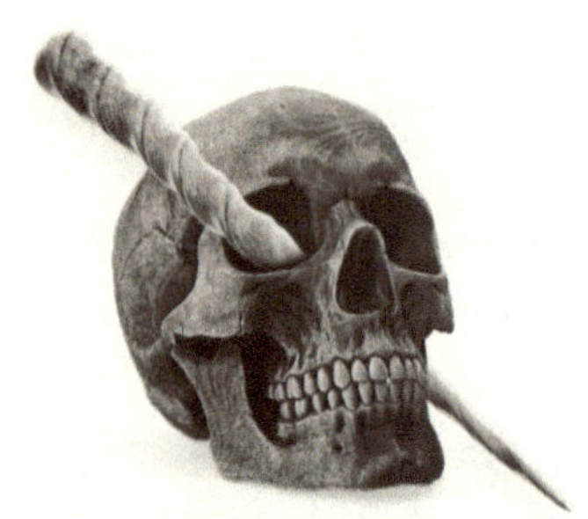

Der Schatten, der mir gehört, zieht blitzschnell ein Messer – ich bin beeindruckt von seiner Schnelligkeit. Mein Herzschlag beruhigt sich, als der Schatten meiner Gestalt die Haustür öffnet. *Puh.* Ich habe keine Schattenmonster von Dexter und mir erschaffen, und so schnell werden sie auch nicht die Weltherrschaft übernehmen. Nein, die Schatten stellen die Momente nach, in denen wir das Haus zum ersten Mal betreten haben. Ich glaube, ich habe der Magie eine Art Animation verliehen.

Nach ein paar ereignislosen Minuten verschwinden die Schatten. Okay, das ist gut. Ich drehe meine Schultern und meinen Nacken und fühle mich ein wenig seltsam und steif. Vorsichtig sammle ich mehr Magie aus meiner Brust und sende die Kraft in den nächsten schwarzen Fleck.

Diesmal ist es komplizierter. Der schwarze Rückstand ist älter und hartnäckiger. Er will nicht weichen. Ich beiße die Zähne zusammen und zähme die Magie, Schweißperlen stehen mir auf der Stirn, während ich ihm ein wenig mehr von meiner Kraft zuführe – ein wenig rosa, eine Prise hellblau – die magischen Funken.

Ein paar Sekunden passiert nichts.

Dann, mit einem *Peng* in meinem Kopf, ruft mich die Magie in den hinteren Teil des Hauses. Dexter muss denselben Ruf gehört haben. Das Fell auf seinem Rücken sträubt sich und er knurrt wütend, als er den Flur entlangtrottet.

Ich folge seinem flauschigen Hintern.

Mondlicht und Solarlampen aus dem Garten fallen in den Raum und beleuchten die blanken Drähte, die von den frisch verputzten Wänden hängen. Die Lampen müssen noch installiert werden, Farbdosen und Baumaterialien sind ordentlich in der hinteren Ecke gestapelt. Die extra hohen Fenster geben den Blick frei auf endlose Felder und die Ecke des langgestreckten Nebengebäudes, das in einen hochmodernen Fitnessraum und eine Gästewohnung umgebaut wurde.

In der Mitte des Bodens befindet sich ein schwarzer Tümpel voller fauliger Magie.

Das ist nicht gut.

Als wir näher kommen, sehe ich, dass der Sieh-Magie-Zauber inaktiv ist. Ist er kaputt? Nein, er wird wieder aktiv, als wir näher kommen. Die Spannung auf der Wasseroberfläche löst sich, das Wasser kräuselt sich und der Schattenfilm beginnt wieder zu laufen, als hätte der Zauber auf unsere Anwesenheit gewartet. *Unheimlich.*

Die Schattenwesen werden von einer Welle stinkender Magie zum Leben erweckt – ein schrecklicher, fauliger Gestank. Der Gestank ist so stark, dass ich zurück taumle und mir die Hand vor Mund und Nase halte, um den Geruch abzuschirmen.

Dexter niest.

Ich kneife meine tränenden Augen zu. Woher zum Teufel kommen die? Mir schwirrt der Kopf, als die Schatten dichter werden. Der Schatten in meiner Gestalt hat sich an der Tür vorbeigeschlichen, diese Schatten sind aus dem Nichts aufgetaucht.

Ich blinzle und sehe, dass sie ein Portal benutzt haben. Unter all dem schwarzen Schleim muss sich ein Ley-Linien-Riss verbergen. *Schon wieder Portale.* O nein, nein, nein. Das ist nicht gut. Mir läuft ein kalter Schauer über den Rücken. Mein Blick wandert durch den Raum. Man kann doch nicht mitten in eine aktive Station hineinportieren – eine Station wie die, die das Haus umgibt.

Das darf nicht sein.

Aber ... aber Magie ist kompliziert, und gerade wenn man glaubt, die Regeln zu kennen, ändert sie das Spiel. Schaut mich an! Ich mache die ganze Zeit verrückte Sachen. Oder sind es wieder Dämonen? Mir dreht sich der Magen um. Kleric kann diese ganze Rauchsache, aber ich denke, das ist Magie zwischen Partnern der königlichen Linie und keine gewöhnliche Dämonensache. Ich schüttle den Kopf und schiebe es erst einmal aus meinem Kopf. Ich werde keine voreiligen Schlüsse ziehen. Ich muss die Fakten erst einmal verarbeiten.

Ich beuge mich vor und beobachte die Eindringlinge, zwei schatten-hafte Gestalten, die eine ein großes, schwerfälliges Tier, die andere eine kleinere in menschlicher Form. Ihre Schatten sind nicht von verschie-denen Farben umgeben, sondern schwarz in schwarz. Vielleicht ... ich kneife die Augen zusammen. Die Schatten haben einen Hauch von Dunkelgrün an den Rändern.

Der Tod scheint wie Trockeneis von ihnen abzufallen.

Der große, schwerfällige Schatten schleppt sich durch den Raum, und während er sich bewegt, schleift das rechte Bein. Ah, das bestätigt meinen Verdacht, den ich aufgrund der schwarzen, fleckigen Spuren im Flur hatte. Ich hatte recht mit den riesigen Füßen und dem leichten Schleifen des rechten Beins.

Der kleinere Schatten bewegt sich im Vergleich dazu leichtfüßig und berührt alles. Ich knurre tief in meiner Kehle, als der neugierige Schatten so tut, als würde er meinen Kühlschrank öffnen. Ich wette, wenn ich mehr Möbel hätte, würde er jede Schublade öffnen.

Der Sieh-Magie-Zauber kann das Böse, das der kleine Schatten hinterlässt, nicht aufspüren, aber darum geht es auch nicht. Ich verziehe das Gesicht. Ich will nicht, dass die meine Sachen anfassen.

Dexter folgt den beiden Schatten zurück in den Flur, und nachdem sie mein Wohnzimmer und mein Arbeitszimmer durchsucht haben, geht der neugierige Schatten die Treppe hinauf.

Ich will ihm folgen, bleibe aber abrupt stehen – die blutigen Messer. Ich kann nicht weitergehen, wenn ich nicht einen Zeh verlieren will. Frustriert trommle ich mit den Fingern auf meinen Oberschenkel. Ich weiß nicht, ob ich diesen Zauber noch einmal anwenden kann oder wie lange der aktuelle anhält. Ich weiß nicht, ob die Mikrokameras diesen seltsamen Zauber einfangen, ich muss es mit eigenen Augen sehen. Ich muss mein Zimmer überprüfen.

Ich schaue nach oben, auf den Spalt zwischen dem ersten Stock und der Treppe. Es ist machbar. Ein kurzer Blick auf die Länge des Flurs und meine Idee könnte funktionieren. Ich lasse den Rucksack zu meinen Füßen fallen, gehe in die Hocke und springe in die Luft.

Als meine Füße den Boden verlassen, klappen meine Flügel auf.

Bei dem Platz, den ich habe, können sie sich nicht vollständig ausbreiten, und ich habe nur Zeit für einen einzigen schwachen Flügelschlag, bevor sie wieder verschwinden müssen. Meine Flügel lösen sich, aber der Schwung reicht aus, um mich in den schmalen Spalt zwischen Decke und Treppe zu katapultieren. Meine Hände krallen sich in das hölzerne Geländer.

Unter mir schreit Dexter.

»Gib mir eine Sekunde!«, schreie ich durch zusammengebissene Zähne und ziehe mich hoch. Das alte Holz gibt ein fürchterliches Knarren von sich. Es knarrt und bröckelt unter meinen Händen. »Komm nicht die Treppe hoch, Dexter. Du wirst dir wehtun.« Ich ziehe mich fester an dem alten Geländer hoch, bevor es bricht.

Mein Herz klopft wie verrückt, als ich mit den Füßen auf den Treppenabsatz trete, während der kleine Schatten die oberste Stufe erreicht. Ich ignoriere das schattenhafte Wesen, das neugierig das leere Gästezimmer erkundet, und richte meine Aufmerksamkeit stattdessen auf meine Schlafzimmertür. Die beschädigte Schutzzauberplatte glänzt und zischt. Haarrisse durchziehen das Spinnennetz in der Mitte und der gebrochene Zauber hallt in meinem Kopf wider.

»Das ist ja seltsam. Seit wann spricht Magie so laut?« Ich reibe mir die Schläfe und verziehe das Gesicht. Mir ist ein bisschen übel. Irgendwie muss ich durch den Sieh-Magie-Zauber mit dem Schutzzauber verbunden sein.

Ich seufze. Der Schutzzauber ist beschädigt, aber noch intakt. Ein rubinroter Blitz durchdringt die magische Barriere, dann leuchtet sie wütend purpurrot. Der neugierige Eindringling hat es nicht in mein Zimmer geschafft. Ich bin so froh, dass ich einen teuren temporären Schutzzauber errichtet habe. Es ist vor allem eine Vorsichtsmaßnahme, damit niemand in meine Privatsphäre eindringen kann, denn die Bauarbeiter gehen den ganzen Tag im Haus ein und aus.

»Reow.« Dexter rügt mich. Er sitzt am Fuß der Treppe und beobachtet die Klingen. Sein Schwanz zuckt hin und her, dann geht er zurück zur Eingangstür. Sein roter Hintern wackelt.

»Dexter«, ermahne ich ihn.

Er springt, hüpft, überspringt die halbe Treppe und landet mit beeindruckender Katzengewandtheit auf dem knarrenden Geländer. Mit perfekter Balance läuft er darüber und landet in Sekundenschnelle vor meinen Füßen.

»Miau.«

Ich lasse die Hände sinken, die mein Gesicht halb verdeckt hatten. »Angeber.« Dem Schicksal sei Dank geht es ihm gut. Wie ein Wal atme ich erleichtert auf. Dexter leckt sich die Pfote, und meine Aufmerksamkeit gilt wieder dem neugierigen Schatten. Wir beobachten beide, wie sich die magische Vergangenheit entfaltet, während der Eindringling versucht, die Mauer in Stücke zu schlagen.

Der Schatten hämmert auf die Mauer ein und wirft einen Zauberspruch nach dem anderen. Es ist ein sinnloses und unverschämt teures Unterfangen. Gut zehn Minuten geht das so, dann gibt der neugierige Schatten auf und geht die Treppe wieder hinunter. Wir sehen zu, wie die große, schwerfällige Schattenkreatur dann die Klingenkunst arrangiert.

Ich springe über das Geländer, um der Treppe auszuweichen, und beobachte, wie die Schatten ihre Arbeit beenden. Nachdem sie alle Lichter angeknipst haben, knipst der neugierige Schatten die Sicherung aus, und beide gehen zurück in den hinteren Raum und lösen sich in nichts auf.

Ich lasse mich fallen. Die Magie in meiner Brust ist immer noch da, aber sie fühlt sich leer an, also höre ich auf, sie zu nähren, und sofort kehrt sie zu ihrem ursprünglichen Sieh-Magie-Zauber zurück.

Langsam und methodisch durchsuche ich das Haus.

Im Flur liegt eine einzelne Feder. Ich hebe sie auf, ziehe sie durch meine Finger und halte sie gegen das Licht.

Das Trinken von Xanders Engelsblut hat mir reinweiße Flügel gegeben, aber nach Monaten von Klerics Blut sind sie blau geworden. In verschiedenen Blautönen. Dunkelblau an der Spitze und zum hohlen Schaft hin verblassend zu einem hellblauen Ombré. Ich habe keine Ahnung, was dieser Farbwechsel bedeutet. Ich stecke die Feder in die Gesäßtasche meiner zerrissenen Jeans.

Ich greife nach einem knallgelben Eimer aus dem Hinterzimmer, Rand und Boden sind mit bröckelndem Putz bedeckt. Ich stopfe eine Plastiktüte für Beweismaterial hinein und ziehe mir dicke, magiesichere Handschuhe an – für den Fall, dass die Messer auf der Treppe etwas Böses wie Gift enthalten. Der Eimer schlägt gegen meinen Oberschenkel, als ich zur Treppe gehe und mit der seltsamen Aufgabe beginne, die Messer von den Stufen zu ziehen. Sie klappern auf dem Boden des Eimers, während ich die Treppe hinaufsteige. Ich hatte *recht. Die Klingen sind Schrott.* Auf halber Treppe bleibe ich stehen.

Ist das …? Ich lache verlegen.

»Jetzt bin ich froh, dass ich Handschuhe trage«, sage ich zu Dexter, der vom oberen Treppenabsatz zusieht.

Ist das ein Finger?

Ja, das ist einer. Neben dem abgetrennten Finger liegt ein verdammt scharfes Messer. Wahrscheinlich das einzig gute Messer. Es landet mit dem Rest im Eimer. Ich bin mit der Treppe fertig und endlich liegt der Finger ganz allein auf der Holzstufe.

Ich starre ihn an. Der Finger hat kein Blut und sieht etwas schleimig aus. Ich pikse ihn an, und als er nicht schlagartig zum Leben erwacht, hebe ich ihn auf und quetsche ihn zwischen meinen behandschuhten Fingern.

Igitt.

Er ist so matschig wie bröckelig. Hier könnte der Geruch herkommen. Ich zucke mit meinen Nasenflügel. Nekromantische Magie. Mr Hinkebein war ein verdammter Zombie. Ich betrachte all die Flecken verrotteter Magie mit besonderem Entsetzen. Zombie. Ich schaudere.

Niemand möchte, dass ihm Großtante Dorothy in ihrem besten

Kleid entgegenstolpert, das von ihrem animierten Körper verfault. Als Auftragskillerin habe ich schon viele Menschen ins Jenseits befördert. Dass die Toten wieder aufstehen und sinnlos umherirren, ist für mich nicht in Ordnung.

Besonders gruselig finde ich es, wenn ein Zombie sein grausiges Ich im ganzen Haus verteilt und einen Körperteil auf meiner Treppe zurückgelassen hat.

Ich muss mich mit der Theorie der Kreaturen vertraut machen, falls ich jemals einem Zombie von Angesicht zu Angesicht gegenüberstehe. Sie neigen dazu, zu beißen, wenn man sie nicht richtig unter Kontrolle hat.

Soweit ich mich erinnere, soll der Zombie nicht ansteckend sein, aber wer will schon von verfaulten Zähnen angeknabbert werden? Außerdem macht Magie immer eigenartige Sachen. Ich will auf keinen Fall gebissen werden.

Es juckt mich. Ich muss einen Reinigungszauber für das Haus, Dexter und mich anwenden. Bei Zombies kann man nicht vorsichtig genug sein. Die Toten zum Leben zu erwecken, ist das Schlimmste. Es ist eine seltsame Magie. Nekromanten haben die Kontrolle über die Toten – Zombies, Geister, Gespenster, Ghule und, wenn man den Angstmachern glauben darf, auch Vampire.

Ja, man kann sich vorstellen, dass Vampire das lieben.

Die Berührung des Todes bei einem gebissenen Vampir könnte für einen mächtigen Nekromanten ausreichen, um den Vampir wie einen Zombie zu benutzen. Da es jedoch keine dokumentierten Berichte darüber gibt, dass dies jemals passiert ist, bleibt es eine Gruselgeschichte.

Das Gerücht hält sich hartnäckig, vermutlich weil niemand außerhalb der Nekromanten-Gemeinschaft weiß, wozu ein starker Nekromant fähig ist. Umso beunruhigender ist es, wenn jemand mit einem Zombie als Haustier durch ein Portal in mein Haus eindringt.

Was habe ich getan, um einen Nekromanten zu verärgern?

Ich spüre, wie ich den Zombiefinger wie einen verrückten Stressball zerquetsche. Igitt. »Das ist echt übel«, sage ich mir, während ich die Treppe hinunterstürze. Ich muss das Ding sofort in einen Anti-Magie-Beweisbeutel stecken.

Außerdem muss ich den Riss in der Ley-Linie in meinem Fußboden reparieren. Das Portal ist kleiner als das unter der Brücke, das fast den Land Rover verschluckt hätte, also sollte es mit einem kleinen Kreidekreis und einem Trank, den ich habe, leicht zu reparieren sein, sodass keine Hexe nötig ist. Dann brauche ich einen besonders starken Reinigungszauber und eine große Handvoll Reinigungskugeln.

Ich packe den Zombiefinger doppelt ein, ziehe die Schutzhandschuhe aus und packe sie auch ein, während ich darüber nachdenke, was ich nicht verstehe. Ich habe einer Hexe ein kleines Vermögen bezahlt, um das Haus zu schützen, und trotzdem hat jemand die Barriere umgangen und mit einem Zombie ein Portal die aktive Station geöffnet.

Das muss bedeuten, dass der neugierige Eindringling sehr mächtig ist. Aber ... der neugierige Nekromant war nicht mächtig genug, um durch die Schlafzimmerschranke zu kommen, also ist es wahrscheinlicher, dass eine gewöhnliche Hexe das Portal für die Eindringlinge geöffnet hat. Und wenn das so ist, ist es dann möglich, dass mir eine schlechte Station verkauft wurde? Aber auch das scheint nicht richtig zu sein. Ich hätte es gemerkt, wenn die Station schlecht gewesen wäre. Und der Zaun um das Haus fühlt sich immer noch massiv an. Ein ganzer Hexenzirkel würde Stunden, wenn nicht Tage brauchen, um ins Haus zu kommen.

Wenn also die Bannzone nicht nur ein Haufen Mist ist, kann ich mir nur vorstellen, dass die Hexe, die die Station um das Haus gelegt hat, sie hereingelassen hat.

Schon wieder Hexen.

Ich reibe mein Gesicht und stöhne.

O Gott, ich bin so verdammt müde. Okay, bevor ich etwas anderes mache, muss ich alle Schutzzauber erneuern.

Ich schlurfe zu meinem Koffer und hole alle Magie heraus, die ich brauche.

Jemand hat ein Portal vor meinem Auto geöffnet und die Elfen in Gefahr gebracht, und ein neugieriger Nekromant hat sich mit einem Zombie als Haustier in meinem Haus umgesehen, und als wäre das nicht schon schlimm genug, hat er auch noch eine süße Warnung mit Messern auf meiner Treppe hinterlassen.

Als wollten sie sagen: »Ich kann dich überall kriegen.«

Ich habe mich geirrt, als ich vorhin gehofft habe, mit dem Tod des männlichen Zauberers würden sich die Dinge wieder normalisieren. Warum habe ich das gesagt? Ich weiß, dass man das Schicksal nicht herausfordern soll. Ich glaube, sie haben Marcus, den Zauberer, als Sündenbock benutzt, und das Chaos ist mit seinem Tod nicht vorbei.

Nein, das ist erst der Anfang.

KAPITEL ACHT

Es klopft an der Haustür und ich renne mit Dexter im Schlepptau den Flur hinunter. Ich weiß nicht, warum mich das Klopfen jedes Mal in Panik versetzt. Jedes Mal. Ich bin so eine Spinnerin.

Entweder denke ich *Wer zum Teufel klopft da und muss ich wirklich aufmachen?* oder ich sage mir, dass sie wieder gehen, bevor ich an der Tür bin.

Ich öffne die Tür und sehe ein bekanntes Gesicht.

»Henkerin, schönes Haus«, murmelt der Labortechniker.

»Danke, Michael. Schön, dass du so spät noch gekommen bist.«

Groß und schlank, mit dunklem Haaransatz und einem strahlenden Lächeln spielt der Labortechniker heute Abend den Kurier. Ich habe eine dringende Abholung arrangiert. Er steht unbeholfen abseits der leuchtenden und spuckenden Schutzzauber, die neu angebracht wurden – ich habe mich rausgeschlichen und den Koboldbau auch neu gemacht, um sicherzugehen. Die Schutzzauber sind alle temporär, die gleiche Marke wie die auf meinem Zimmer, die ich auch ausgetauscht habe.

Morgen früh muss ich Story alles erklären. Sie wird sicher sauer sein, dass ich sie nicht um Hilfe beim Einbruch gebeten habe.

Aber sie kann mir mit der Hexe helfen, die mich morgen besuchen kommt. Wir werden uns mit Rose unterhalten, der Hexe, die die Schutzzauber eingesetzt hat. Ich könnte heute Abend gehen, aber ich bin so wütend. Ich könnte etwas Dummes tun.

Wissenswertes am Rande: Kreaturen können normalerweise keine Fragen beantworten, wenn man sie erwürgt.

»Hast du Beweise für mich?«

Ich nicke in Richtung der beiden Beweisbeutel, die an der Gartenmauer lehnen, fast versteckt hinter einem Büschel Gras, das wild zwischen den alten Steinen der Auffahrt wächst. Ich will diesen Zombiefinger nicht im Haus haben, nicht nachdem ich mit einem Sauber-mach-Zauber und reinigender Magie den üblen Geruch beseitigt habe.

»Toll. Oh, und ich habe ein Päckchen für dich. Es lag auf deinem Schreibtisch. Ich weiß, dass du nicht gern ins Gebäude kommst, und es lag dort schon eine ganze Weile.« Michael wird rot, zappelt herum, zieht einen Karton unter seinem Arm hervor und schiebt ihn in meine Richtung.

Ich trete aus der Station, damit er mir das Paket geben kann. Es ist schwer. »Danke, Michael. Das ist sehr nett.«

Michaels Wangen werden noch dunkler, er hebt beide Beweismittelbeutel hoch und hält den einen mit dem Finger näher an sein Gesicht. »Zombie?«, murmelt er.

»Ja. Es ist matschig.« Ich zucke unbeholfen mit den Schultern, als er mich wieder ansieht.

»Scheiße!« Michael schüttelt sich. »Es war schön, dich zu sehen. Ich wünsche dir eine gute Nacht. Ich schicke die Ergebnisse an deine Assistentin, sobald sie fertig sind.« Michael nimmt seinen imaginären Hut ab und eilt zu seinem silbernen Ford Fiesta zurück.

Während ich ihm nachschaue, schüttle ich den Karton. Ich bekomme nie Pakete. Ich bekomme nie etwas. *Es sei denn, es ist ein Geschenk von Kleric!* Ich grinse und tanze innerlich. Nachdem ich abgeschlossen habe, renne ich die Treppe hinauf und trage die Kiste in mein Zimmer.

Vor der Tür ziehe ich die Stiefel aus.

Die ausgetauschte Station knistert und summt, als ich durch die Tür trete. Dexter plumpst aufs Bett, seine linke Pfote verkrallt sich im Stoff meiner Lieblingsbettwäsche. Ich stelle den Karton neben ihn, denn ich muss mir erst noch die Hände waschen.

Wenn ich schon dabei bin, kann ich mich auch gleich bettfertig machen.

Kaum habe ich meinen Schlafanzug an, hüpfe ich aufs Bett, reiße die Verpackung auf – und schnappe nach Luft. In schwarzem Seidenpapier liegen zwei schwarze *Schwerter*. Meine Hand zittert leicht, als sie über den Schwertern schwebt. Ich weiß nicht, welche Schachtel ich zuerst öffnen soll. Ich lache.

Mann, bin ich überwältigt. So etwas habe ich noch nie bekommen.

Ich lege den Kopf schief, um das magische Kribbeln zu spüren, und fast wie von selbst wandern meine Finger zu einem zarten Seidensäckchen, das ein wenig versteckt ist.

Oh.

Ich greife danach und ziehe.

Die starke Magie, die mir irgendwie vertraut ist, beißt mich.

Ich drehe den Beutel, um das Etikett lesen zu können:

TINKTUREN UND TONIKEN – Spezialisten für tragbare Zaubertränke.
Herzlichen Glückwunsch zu Ihrem anspruchsvollen Kauf.
Dieses Produkt wurde speziell für den Empfänger angefertigt und muss mit einem Tropfen Blut aktiviert werden, während die beiliegende Beschwörungsformel gelesen wird.
Bitte beachten Sie: Aus Sicherheits- und Datenschutzgründen gehorcht der Gegenstand nach Aktivierung des Zaubers nur dem Benutzer ...

Bla, bla, bla.

Die Worte verschwimmen, während mein Gehirn zu explodieren scheint. Eine magische Tasche! Ich kann es nicht glauben. Eine Zaubertasche. Die schwarze Tasche ist nicht irgendeine Tasche, sondern eine winzige Taschendimension, unglaublich selten und unverschämt teuer.

Der alte rote Werkzeugkasten meines Großvaters, den ich am Fußende meines Bettes aufbewahre, hat einen ähnlichen Zauber – vielleicht kommt mir die Magie der Tasche deshalb so bekannt vor. Aber obwohl ich Dinge darin aufbewahren kann, ist die Magie auf meinen Großvater zugeschnitten, und der Versuch, Dinge hinein- oder herauszubekommen, ist ein Albtraum. Außerdem ist es nicht leicht, das rostige, schwere Ding herumzuschleppen. Es ist nicht unauffällig genug, um es jeden Tag zu benutzen.

Diese Tasche ist viel raffinierter als der Werkzeugkasten.

Entschuldige, Großvater.

»So seidig.« Ehrfürchtig streiche ich über die Tasche. »Mein Schatz.« Ich kann mir ein albernes Grinsen nicht verkneifen, als ich sie an meine Brust drücke.

Was habe ich gesagt – dass es eine Albtraumnacht wird? Nein, ich nehme es zurück. Diese Nacht endet wie ein Traum.

Die Möglichkeit, eine Vielzahl von Waffen zu verstauen – je nachdem, wie viel Platz im Inneren ist – macht mich schwindelig, und dann die Seidenhülle zusammenfalten und in die Tasche stecken zu können. Die Möglichkeiten sind einfach überwältigend.

Vielleicht werde ich nie wieder ohne Waffe sein.

Vorsichtig lege ich die Tasche auf mein Knie, um sie mit meinem Blut zu betröpfeln, aber ich zittere wie ein Welpe und atme tief durch, um mich zu beruhigen. Ich will bei der Beschwörung keinen Fehler machen.

Nachdem ich die einfache Beschwörungsformel ein paar Mal zur Übung gelesen habe, nehme ich die hygienisch versiegelte Lanzette aus der Verpackung und atme noch einmal tief durch. Jetzt bin ich ruhiger und steche mir in den Zeigefinger, um mit dem Daumen einen einzelnen Tropfen Blut herauszudrücken. Er tropft und benetzt den Rand des seidigen Stoffes. Ich spreche den Zauberspruch, um die Magie zu aktivieren, und beobachte, wie mein Blut aufgesogen wird.

Die Magie des Beutels summt und die Außenseite des Beutels glitzert.

»Zeit zum Testen.«

Ein Messer liegt auf dem Nachttisch. Im ganzen Haus liegen Klingen herum. Ich hebe es auf und stecke es in die Tasche. Es verschwindet. Gewicht und Form der Tasche verändern sich nicht.

Oh, wow, wenn Kleric ein Geschenk kauft, dann richtig.

Ich zähle bis dreißig, greife hinein und stelle mir die Klinge vor. Der Griff prallt gegen meine Handfläche. Ich gebe einen kleinen Schrei von mir, und das Bett quietscht, als ich auf und ab hüpfe.

Dexter verzieht das Gesicht und entfernt sich so weit wie möglich von mir, ohne das Bett zu verlassen.

»Tut mir leid.« Ich ziehe das Messer heraus und lege es zurück auf den Tisch.

Okay, es hat funktioniert. *Das ist unglaublich.* Wie groß die Tasche wohl ist? Am liebsten würde ich meinen Kopf hineinstecken und mich umsehen – das habe ich schon mal mit der Werkzeugkiste gemacht, also weiß ich, dass ich das kann. Es sei denn, der Zauber geht schief und Story findet morgen meinen Körper ohne Kopf.

Aha.

Niemand hat gesagt, dass ich nicht impulsiv bin ... und dann ist da noch die Warnung auf dem Etikett. Ja, das ist vielleicht nicht die beste Idee. Ich grinse. Vielleicht stecke ich später meinen Kopf da rein. Ich stelle die Tasche ab und greife nach der ersten der Seidenschwertboxen. Mit angehaltenem Atem und Herzklopfen in den Ohren öffne ich sie.

Ich erstarre.

Es ist ein atemberaubend schönes, zweischneidiges Schwert.

Ich glaube, ich habe so was noch nie gesehen – etwas in meiner Brust tut weh. Ich habe von meinem Großvater nicht so viel über Waffen gelernt, wie ich hätte lernen sollen. Wenn ich die Zeit zurückdrehen könnte, würde ich mein jüngeres Ich schütteln und ihm vielleicht eine Ohrfeige geben, damit es auf seine weisen Worte hört.

Auf jedes Wort.

Meinem Adoptivgroßvater hätte diese Klinge gefallen. Die Erinnerung an seine Stimme hallt in meinem Kopf wider, so tief, dass es fast so ist, als stünde er neben mir, während ich das Schwert aus der Kiste hole. Meine Güte, so viele Details. Die runde Parierstange, an der die Klinge beginnt und der Griff endet, um die Hände des Benutzers zu schützen und die Waffe auszubalancieren, ist mit einem galoppierenden, blassrosa

Einhorn verziert. Ich schaue genauer hin – das Roségold oder vielleicht eine Titan-Gold-Legierung beeinträchtigt das Gewicht der Waffe nicht, das Schwert ist leicht und wunderbar ausbalanciert.

Ein Glucksen entweicht meiner Kehle, als ich die Vampirzähne des Einhorns entdecke. Ich lache und schüttle den Kopf. Das Detail ist verblüffend.

Auch der Griffkragen und der Knauf sind mit einem Einhorn mit Reißzähnen verziert. Das Einhorn ist erhaben und ich frage mich, ob ich, wenn ich jemandem mit dem Knauf ins Gesicht schlagen würde, eine Einhornmarkierung hinterlassen würde. Ich schnaufe und stelle mir vor, wie ich jemanden auf die Stirn treffe.

Ich kann es kaum erwarten, das herauszufinden.

Der Griff ist mit elegantem schwarzen Leder umwickelt und hat genau die richtige Länge für meine Hand. Ich ziehe die Scheide von der Klinge, und der Glanz des polierten Stahls ist eine Augenweide. Das ist die schönste Waffe, die ich je gesehen habe. Die Handwerkskunst ist exquisit. Kleric hat sich selbst übertroffen. Ich lege die Klinge zurück in die Schachtel und entdecke den handgeschriebenen Geschenkgutschein.

Ich summe vor Freude. Die schwarze Geschenkkarte – der Karton fühlt sich samtweich an zwischen meinen Fingern, nur bestes Papier. Ich lese die geschwungene Schrift:

Als Ersatz für das Schwert, das du verloren hast. In Liebe, Xander.

Das Lächeln, das meine Wangen schmerzt, verschwindet aus meinem Gesicht. Zombie-Schmetterlinge flattern in meinem Inneren. Ich lasse die Karte los, sie flattert zurück in die Schachtel.

Mir wird übel.

Ich halte mir beide Hände vor den Mund, springe vom Bett auf und trete ein paar Schritte zurück. Um das Schwert zu ersetzen, das ich verloren habe. Die Klinge, die er in zwei Hälften geteilt hat, trifft es besser. *Arschloch.* Schwarz schwimmt in meinen Augen, als die pure Wut den Schock verdrängt. Ich knirsche mit den Zähnen, bis mein Kiefer schmerzt, und mein ganzer Körper vor Wut zittert.

Was macht man, wenn der Mann, den man einmal geliebt hat, der Mann, der neun Jahre gebraucht hat, um einen zu bemerken, der Mann, der einen in eine Gefängniszelle geworfen hat, einem ein Geschenk schickt?

Ich hasse ihn abgrundtief, und jetzt denkt er, es sei an der Zeit, seinen Charme spielen zu lassen.

In Liebe, Xander.

Die Worte hämmern in meinem Kopf. Wie kann er es wagen?! Am liebsten würde ich ihm ins Gesicht schlagen. Wütende, verletzte Atemzüge rasen durch meine Brust und ich wische mir eine einzelne Träne von der Wange.

Ich bin nicht weit genug weg. Ein Schrei entweicht meiner Kehle, ich drehe mich um und renne aus dem Zimmer, bevor beide Schwerter durch die nagelneu verputzten und gestrichenen Wände fliegen.

Die Schwerter können nichts dafür, dass der Mann, der sie bestellt hat, ein Idiot ist.

Draußen vor dem Zimmer sackt mein Körper in sich zusammen, und ich muss mich an der Wand des Treppenabsatzes abstützen, um nicht zusammenzubrechen.

Ich brauche Kleric. Ich brauche ihn wie die Luft zum Atmen. Ich lasse den Schutzwall in meinem Kopf fallen. *Hast du kurz Zeit zum Reden?*, flehe ich.

Selbstverständlich. Seine warme Stimme beruhigt meinen rasenden, wütenden Herzschlag. Ich sinke auf die oberste Stufe der Treppe, und als mein Hintern die erste Stufe berührt, kippe ich zur Seite.

Selbst in meinem Kopf finde ich nicht die Worte, die ich sagen muss. Ich kann die Worte nicht zum Funktionieren bringen, also wähle ich den einfachsten Weg und zeige ihm die Erinnerung. Ich zeige ihm alles.

Es tut mir leid. Geht es dir gut?

Nein. Ich knurre, schließe die Augen und atme tief durch. *Ich bin wütend. Ich bin so wütend. Warum ... warum muss er so ein Arsch sein?* Ich drücke meine Wange an die raue Wand.

Der Dämon antwortet mir klugerweise nicht.

Ich schäme mich für diesen Moment der Schwäche. Kleric wird mich für verrückt halten. Ich kann nicht still sitzen, springe auf, renne den Gang entlang in mein Zimmer und schnappe mir die verfluchte Kiste und den Seidenbeutel vom Bett.

Mit der Schachtel, die ich wie eine Bombe vor mir halte, renne ich zu meinem Waffenschrank, reiße eine leere Schublade auf, werfe die Schachtel hinein und schließe die Schublade.

Aus den Augen, aus dem Sinn. Oder?

Ich schiebe den Seidenbeutel auf das oberste Regalbrett. Ich hasse ihn. Ich knurre. *Wie kann er es wagen, mir so ein schönes Geschenk zu schicken?* Ich schlage mit den Handflächen gegen den Schrank und lehne mich an das dunkle Holz. Am liebsten würde ich ihn mit bloßen Händen zerreißen. Aber ich weiß, dass ich mich damit nur selbst verletzen würde, und ich liebe dieses Zimmer.

Es ist Monate her, dass der Engel mein Schwert entzweigebrochen hat. Monate. Er muss es nach dieser Nacht getan haben. Ich kann zugeben, dass er mir ein Schwert schuldet, aber er hätte keine exquisiten Klingen mit blutigen Vampir-Einhörnern besorgen müssen.

Engelsklingen. Deshalb habe ich den Stil nicht erkannt – ich wette, es ist ein Paar, und die blutigen Dinger haben auch super-duper Magie.

Was um alles in der Welt? Wie soll ich damit umgehen? Ich wette, sie liegen beide perfekt in meiner Hand.

Du dachtest, sie wären von mir, sagt Kleric.

Ja.

Es tut mir leid.

Du brauchst dich für nichts zu entschuldigen. Ich kneife die Augen zusammen. Jetzt fühle ich mich, als hätte ich ihn irgendwie verraten.

Ich vermisse seine samtschwarzen Augen. Sein freundliches Lächeln, die Art, wie er mich ansieht, als wäre ich der Mittelpunkt der Welt. Mein dummes Herz schmerzt. Noch nie hat mich jemand so angesehen wie er. Als wäre ich seine ganze Welt. Es ist beängstigend. Was wir fühlen, ist nicht real. Aber oh, wie sehr wünschte ich, es wäre so. Du kannst ihm nichts anderes bieten als ein magisches Schicksal, und da ist es, pünktlich wie die Maurer. Die kleine böse innere Stimme pisst auf alles. Ich zeige ihr den Stinkefinger.

Ich vermisse dich, sage ich ihm.

Ich vermisse dich auch, sehr sogar. Es tut mir leid, dass er dir wehgetan hat. Wenn es dich irgendwie tröstet, ich glaube nicht, dass er es so gemeint hat. Diesmal nicht.

Ich schnappe nach Luft.

Und da ist Kleric, die Stimme der Vernunft. Der Dämon ist geduldig und freundlich. Xander ist älter als Dreck und hitzköpfig, während Kleric eiskalt ist.

Diesmal nicht. Widerwillig stimme ich zu. Ich muss mich zusammenreißen.

Die Schwerter in der Schublade rufen nach mir, wie eine gute Waffe nach einem Krieger. Ich stürze aus der Waffenkammer und werfe mich mit dem Gesicht nach unten aufs Bett. Wenn Xander mir Blumen schicken würde, könnte ich den Strauß über seinem fetten Kopf zerschmettern. Aber schöne, perfekt gearbeitete Schwerter? Ich vergrabe meinen Kopf in der Decke. Das ist hinterhältig.

Hinterhältiger, hinterlistiger, dummer Engel.

Ich mag dieses Gefühl nicht. Es ist mir unangenehm.

Hast du Hunger?

Vor den Eindringlingen und Xanders Geschenk hatte ich einen Bärenhunger, aber jetzt nicht mehr so sehr. *Ich könnte essen*, jammere ich. Bei Kleric bedeutet Essen nicht gleich normales Essen.

Der stechende Geruch von Schwefel erfüllt den Raum. Ich hebe meinen Oberkörper vom Bett, als dunkler Dampf aus dem Äther aufsteigt, und mit einem Schimmer taucht ein Glasröhrchen aus dem rauchigen Dunst auf – Dämonensnack. Ich greife nach dem Fläschchen.

Die zähe Flüssigkeit darin ist dunkelgrün.

Klerics Blut.

Mein Dämon kann jede Station durchdringen, wenn ich mich darin befinde. Der Kuss auf meiner Hand ist der Schlüssel dazu. Selbst in einer anderen Welt lässt mich der Dämon nicht verhungern. Meine Vampirseele war noch nie so gut genährt – obwohl ich ihn am liebsten umarmen, mein Gesicht in seinem Nacken vergraben und seine warme, salzige Haut an meinen Lippen spüren würde, während ich zubeiße.

Glas statt Kleric.

Ich schätze seine Freundlichkeit. *Danke, du bist sehr freundlich.*

Gern geschehen. Das ist das Mindeste, was ich tun kann. Das Knurren in seiner Stimme durchbricht meine Melancholie und lässt mich lächeln. Mein Dämon ist wütend. Er ist genauso wütend wie ich. Er kann es nur besser verbergen.

Ich habe noch etwas für dich.

Noch mehr dunkler Rauch füllt den Raum, und als er sich verzogen hat, steht ein Teller mit Pizza vor mir. Sie riecht himmlisch. Ich starre auf den leckeren Käsebelag. *Hm. Dämonenpizza? Ist die ungefährlich? Mit Dämonenkäse und Dämonentomaten?* Mein Magen knurrt.

Es ist eine Pizza. Wir haben auch normale Pizza, weißt du. Kleric lacht leise. *Nun, wir haben die Zutaten. Ich habe sie für dich gemacht, nach deinem Kampf mit dem Kraken.*

Du hast für mich gekocht? Vielen Dank. Ich grinse. Kann dieser Mann noch besser werden, noch fürsorglicher?

Ich höre dein Magenknurren bis in eine andere Welt. Bitte iss, bevor die Bestie in dir ausbricht und Amok läuft. Während du isst, erzähle mir von deinem Abend. Erzähl mir von dem außerirdischen Kraken und der Bratpfanne.

Ich schnaube, lehne mich in die Kissen zurück und erzähle ihm von meinem Abend.

Kapitel Neun

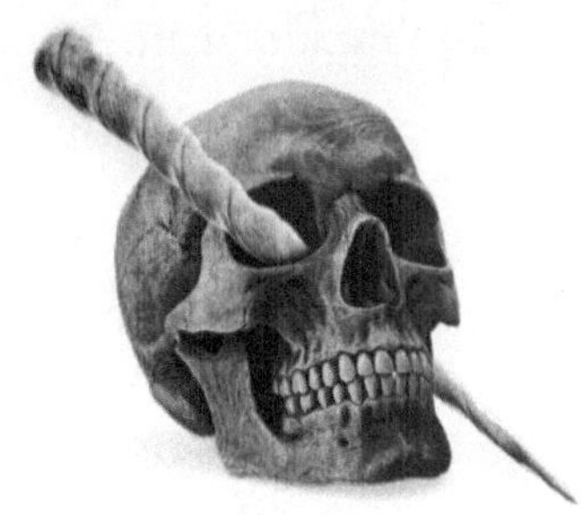

Das nervtötende Klingeln reißt mich aus meinen Träumen. Groggy schlage ich mit der Hand auf den Nachttisch, greife nach der Kante des Telefons, das sich meinen suchenden Fingern entzieht und auf den Boden klatscht. Das ungeschickte, verschlafene Klopfen und Fallenlassen des Telefons muss den Anruf angenommen haben, denn es hat aufgehört, zu klingeln, und ich höre eine blecherne Stimme unter dem Bett.

»Verdammt,« stöhne ich.

»Tru? Tru!«

»Ja, eine Sekunde«, brumme ich, dann sage ich lauter zu dem mysteriösen Anrufer: »Ich habe das Telefon fallen lassen.« Mit einem weiteren Stöhnen krieche ich wie ein Fisch unter der warmen Bettdecke hervor und lande unbeholfen auf Händen und Knien.

Mit halb geöffneten Augen rutsche ich über den Teppich und suche das verdammte Telefon. Wenigstens bin ich jetzt hellwach, um den

Anruf entgegenzunehmen. *Wie in aller Welt ist es nur so weit unter das Bett gerutscht?* Mann, ich brauche längere Arme. Schließlich stecke ich mein Bein darunter und benutze meine Zehen.

»Tru?«, flüstert es eindringlich, als das Handy endlich mein Ohr erreicht. »Sie brechen in mein Haus ein. Die Station wird nicht lange halten.«

»Was? Wer?« Wer zum Teufel ruft mich – ich schaue auf das Display – um drei Uhr morgens an? Geisterstunde, wenn die Magie am stärksten ist. Verdammt. Ich reibe mir energisch übers Gesicht, in der Hoffnung, dass es mein Gehirn stimuliert. Dann klickt es. Die flüsternde Stimme – Caitlyn.

O nein.

»Die Hexen ...«

Es gibt einen Knall und ich muss das Handy von dem Ohr nehmen. Sonst verliere ich mein Trommelfell.

»Hallo, Caitlyn?« Ich schaue auf das Display und sehe, dass die Verbindung unterbrochen ist. Ich rufe sie zurück, aber der magische Knall muss ihr Telefon lahmgelegt haben. »Verdammt.«

Mit ein paar Fingertipps gebe ich mein Arbeitspasswort ein und sende einen stadtweiten Notruf für Caitlyns Adresse. Na ja, einen stadtweiten Alarm für alle außer Story.

Ich hätte sie vielleicht so einstellen sollen, dass sie am Morgen benachrichtigt wird. Die Elfe braucht ihren Schlaf. Es ist ja nicht so, als würde mir jemand sofort helfen, aber so läuft das nun mal.

Gut gemacht, Tru. Ich wusste, dass es Vergeltung geben würde, aber nicht so schnell. Ich kann nicht in die Zukunft sehen und habe auch keine Kristallkugel im Hintern. Aber ich hätte auf meine Intuition hören sollen. Ich hätte darauf bestehen sollen, sie an einem sicheren Ort zu verstecken.

Schnell ziehe ich mir magieresistente Arbeitskleidung an, eile in den Waffenkeller und beginne mit dem Beladen. Da ich es mit Hexen zu tun habe, werde ich viele Zaubertränke brauchen. So viele Tränke. Ich fülle meine Hosentaschen.

Das ist nicht ideal, denn wenn es handgreiflich wird, könnte ich ein Fläschchen zerbrechen.

Fast wie von selbst finden meine Augen den harmlos aussehenden

Seidenbeutel, den ich aus dem Weg auf das oberste Regalbrett gelegt habe. Ich hatte nie vor, ihn zu benutzen. Meine Finger trommeln auf einem der unteren Regalbretter.

Ich werde es bereuen.

Er ist schon mit meinem Blut getränkt, ich kann ihn nicht zurückgeben oder umtauschen. *Ich bin eine schwache Frau.* Ich greife nach dem Beutel und fange an, die Zaubersprüche hineinzupacken. Ich werfe alles Nützliche hinein, was mir einfällt, alle meine Waffen, Kleider zum Wechseln, ich rolle sogar ein paar weiche Decken zusammen. Die Tasche nimmt alles auf.

Wenn ich schon einen Teil seines Geschenkes benutze, warum dann nicht alles? Wenn man gegen Magieanwender wie Hexen kämpft, braucht man magische Schwerter. Oder nicht? Ich schüttle den Kopf. *Das werde ich noch bereuen.* Ich ziehe die unterste Schublade heraus und reiße die noch verpackten Schwerter heraus.

Kaum sind sie aus den Schachteln, schiebe ich beide Klingen in die doppelten Quertaschen, damit sie sich leicht ziehen lassen. Ich muss nicht einmal den Riemen anpassen, sie passen perfekt. Fremde Magie kribbelt in meinen Armen, und es ist wie …

Au. Autsch.

Die blinkenden Engelsschwerter beißen mich. Ich versuche, sie fallen zu lassen, aber keine der Klingen lässt los. *Das gefällt mir nicht.* Es fühlt sich fast so an, als würden die Schwerter mein Blut trinken, was lächerlich ist, aber ich bin zum Teil ein Vampir; ich verstehe, was es bedeutet, Blut zu trinken. Ich verstehe auch die Magie, die im Blut steckt.

Man kann sich darauf verlassen, dass ein Engel blutrünstige Schwerter kauft.

Das unangenehme Gefühl verschwindet und ein Regenbogenschimmer überzieht beide Klingen. Ich neige den Kopf und bewege das rechte Schwert ein wenig hin und her. Magie strömt über den Griff und in Sekundenschnelle ist die ganze Klinge schwarz.

Hm, ein Tarnmodus. Cool.

Ein weiterer Wink, und das Schwert verändert sich wieder. *Was die wohl noch alles können?* Ich habe keine Zeit. *Komm, Tru, beeil dich!* Caitlyn hat gesagt, dass es mehrere Hexen sind, und der temporäre

Schutzzauber, den ich ihr gegeben habe, wird nicht lang halten, wenn der ganze Hexenzirkel angreift.

Ich schiebe jede Engelsklinge in ihre Ausgangsposition zurück, falte sie zu einem winzigen Quadrat und stecke sie in meine Tasche. Magie kann so toll sein.

Kapitel Zehn

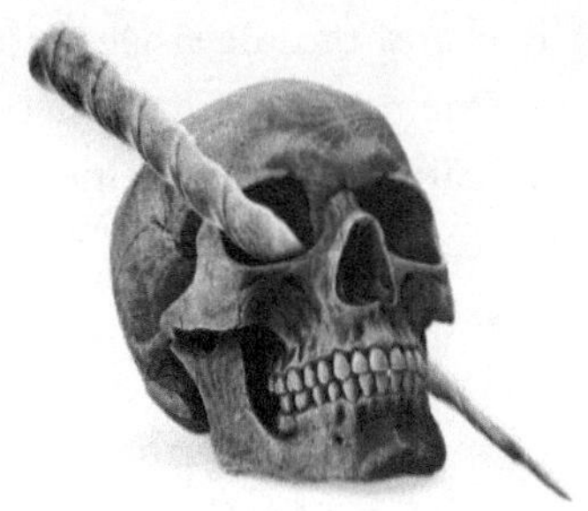

DEXTER MERKT NICHT, dass ich das Haus verlasse, da ich wie eine Diebin hinausgeschlichen bin. Ich schließe die Tür mit den Fingerspitzen, sodass kaum ein Klicken zu hören ist. Normalerweise würde ich ihn mitnehmen. Aber da die Wahrscheinlichkeit einer bösen Konfrontation hoch ist und Zaubersprüche wahllos geworfen werden, möchte ich nicht riskieren, dass er ins Kreuzfeuer gerät, denn der Beithíoch hasst das Fliegen.

Ich renne an der Station vorbei, um das Haus herum und greife nach der obersten Latte des Holzzauns. Ich springe hinüber. Der gefrorene Boden knirscht unter meinen Stiefeln, als ich abspringe und mich in ein Einhorn verwandle.

Ohne mich zu strecken – jede Sekunde zählt –, drehe ich mich um und galoppiere über das Feld. Der gefrorene Boden, der in meiner menschlichen Gestalt unnachgiebig wäre, gibt unter meinen Hufen nach, Stücke der Grasnarbe fliegen an meinen Bauch und schlagen hinter mir auf den Boden.

Der Winterwind peitscht durch meine Mähne und zerzaust die Federn meiner Flügel, die ich nun sorgfältig an meine Flanken gelegt habe.

Achtung!

Ich beschleunige.

Meine Hinterhand brennt, als ich mehr Kraft in meine Hinterbeine lege, meine Hufe graben sich in den Boden, meine Schritte werden länger, mein ganzer Körper spannt sich an.

Jetzt.

Ich breite meine Flügel aus, um die eisige Luft einzufangen und sie nach unten abzulenken. Meine Vorderhufe heben sich. Ich springe, stoße mich mit meinen kräftigen Hinterbeinen ab und meine Flügel schlagen. Der Boden verschwindet und jeder Flügelschlag trägt mich höher und weiter in den Nachthimmel.

Wenn ich über das Fliegen nachdenke, stelle ich mir vor, wie ich majestätisch durch den Himmel galoppiere. Wie cool wäre das? Aber nein. Wenn ich nicht aufpasse, sind meine Beine im Weg und ich muss sie unter mir einklemmen, um keinen Widerstand zu erzeugen.

Ich fliege über den Wald hinter dem Haus und richte meine Nase aufs Meer. Wenigstens weiß ich, wohin ich fliege. Die Brücke neben Caitlyns Haus ist ein guter Anhaltspunkt. Die dunklen Häuser und hellen Straßenlaternen ziehen unter mir vorbei, während ich meine Flughöhe vergrößere, um die Windgeschwindigkeit optimal auszunutzen. Der kräftige Rückenwind gibt mir Auftrieb.

Je näher ich komme, desto mehr muss ich auf meinen Landeanflug achten. Ich will nicht, dass die Hexen mich kommen sehen und das Spiel verraten oder schlimmer noch mich vom Himmel holen. Die Nacht ist hell, fast Vollmond, und ich falle auf wie ein bunter Hund. Hier oben zu sein, macht mich verwundbar – zur Zielscheibe. Ich liebe das Fliegen, aber es macht mich auch nervös. Es braucht nur einen Idioten mit einem Zauberspruch oder einer Armbrust, um mich vom Himmel zu schießen.

Und mit meiner regenbogenfarbenen Mähne, meinem Schweif und meinem strahlend weißen Fell bin ich auch nicht gerade unauffällig. Die blauen Flügel lassen mich etwas besser verschwinden als das reine Weiß, aber mein Fell und meine schillernden Hufe kann ich nicht verbergen.

Ich bin wie ein Leuchtturm.

Unauffällig bin ich nicht.

Story hat gescherzt, dass sie mir einen Ganzkörper-Fliegerüberzug besorgen würde, damit ich nachts fliegen könnte – sie hat gesehen, wie diese Überzüge benutzt werden, um Turnierpferde über Nacht sauber zu halten –, aber der Gedanke, dass mich jemand von Kopf bis Fuß in einem Spandex-Überzug sehen könnte, ist demütigend.

Ich muss mich damit abfinden und hoffen, dass niemand nach oben schaut. Beim Fliegen habe ich keine Zeit für Spielchen. Ich brauche nur ein paar Minuten, um anzukommen, und ich brauche jede Sekunde. Mein fliegendes Einhorn ist vielleicht nicht geheimnisvoll, aber schnell.

Nachdem ich ein paar Mal gesehen wurde, nannte man mich Alicorn. Ich schnaufe. Das bin ich nicht. Ich bin nur ein Einhorn mit Engelsflügeln.

Danke. Mich ein Alicorn zu nennen und dieses Liedchen in meinen Lebenslauf zu schreiben, treibt mich auf die Spitze. Es treibt mich über den Rand. Ich bleibe bei Einhorn-Vampir-Hybrid, das ist für jeden seltsam genug.

Die Luft ist eiskalt hier oben. Selbst mein dicker Pelz und die Körpertemperaturmagie von Kleric können mich nicht vor dem eisigen Wind schützen. Ich bin froh, wenn ich wieder unten bin. Fliegen im Winter ist schrecklich, aber viel besser als im Sommer. Eine Fliege im Auge oder in der Nase ist unangenehm, und ich habe schon einige verschluckt.

Ich tauche zur Seite ab und ziele auf den Parkplatz des Kinos, den besten Landeplatz. Der Parkplatz kommt schnell näher – es ist unglaublich, wie schnell man vorankommt, wenn man geradeaus in den Sturzflug taucht. Hinter dem Kino lande ich. Das riesige, moderne Gebäude bietet mir guten Schutz. Sobald meine Hufe den Asphalt berühren, verwandle ich mich in einen Menschen und sprinte über den Parkplatz.

Die eisige Nacht scheint die Spannung zu halten, Magie liegt in der Luft und die Atmosphäre brodelt wie ein herannahendes Gewitter. Ich spüre, wie der Zauber direkt vor mir zerplatzt und zischt. Es ist wie in einem Kriegsgebiet. Ich schmecke die Magie auf der Zunge und bete zu den Mächten, dass die Hexen noch draußen sind und der Schutz funktioniert hat.

Die Geschäftshäuser um mich herum sind zu dieser frühen Stunde still, und die Häuser sind aus einem anderen Grund ruhig, denn die verängstigten Menschen verstecken sich, aus Angst, dass ihr Haus als Nächstes dran ist.

Mein Körper zuckt zusammen, als ich eine Explosion höre. Verdammt, wenn die Hexen nicht aufpassen, werden sie mehr als nur Caitlyns Viertel zerstören. Was denken die sich nur?

Sie sind nicht vorsichtig.

Ich kann nicht glauben, dass die Jägergilde noch nicht hier ist. Die müssen so viele Anrufe bekommen haben. Feiglinge. Und der Hexenrat sollte sich wirklich beeilen und dieses Chaos in den Griff bekommen, denn die ganze Situation sieht nicht gut für sie aus. Und dann ist da noch die Menschenpolizei, die nicht eingreift, selbst wenn die Gegend voller Menschenfamilien ist. Sie können es nicht. Sie haben nicht die Mittel.

Normalerweise tauchen sie erst auf, wenn sich der Staub gelegt hat.

Ein kleiner Teil von mir wünscht sich professionelle Hilfe. Oh, ich weiß, ich schaffe das. Ich war schon in ähnlichen Situationen und bin zuversichtlich, dass ich es auch diesmal schaffe. Wenn es darauf ankommt, bin ich einfach ein Einzelgänger und arbeite lieber allein. Ich wünschte nur, ich hätte eine Möglichkeit, zu kommunizieren. Ich habe mich gewandelt, also konnte ich keine Technik mitnehmen. Keine Mikrokamera, kein Datapad, kein Handy. Ich fühle mich fast nackt.

Ich ärgere mich auch, dass ich nicht die Idee hatte, ein paar Kameras vor Caitlyns Haus aufzustellen. Aufgezeichnete Beweise für die Untaten der Hexen hätten den Fall besser untermauert.

Ich springe über eine niedrige Hecke und lande auf dem Bürgersteig. Die Brücke neben Caitlyns Haus liegt direkt vor mir. Weder das Portal noch der Kreidekreis sind zu sehen.

Als ich die Brücke erreiche, steige ich auf.

Diesmal kann ich meine Flügel nicht benutzen. Sonst könnte ich genauso gut ein Banner schwenken und rufen: »Juhu, hier bin ich!«

Die Architektur der Brücke kommt mir entgegen. Der Beton wurde in großen Blöcken verarbeitet, die an den Verbindungsstellen mit Rillen versehen sind, die als bequeme Griffe dienen. Auch die Seiten sind schräg, und mit genügend Schwung sollte ich es ... bis ganz nach oben schaffen.

Ich hebe die Arme hoch und springe.

Ich klettere und hangele mich nach oben, alles andere als elegant, aber schließlich berühren meine Finger die Unterseite des Geländers, und ich mache einen beeindruckenden statischen Klimmzug. Ich bin froh, dass ich über eine gute Oberkörperkraft verfüge. Mit einem leichten Déjà-vu-Erlebnis werfe ich mein Bein darüber. Was ist nur mit mir los, dass ich über Geländer klettere?

Ich bin froh, dass die Überführung menschenleer ist und ich keine ahnungslosen Autofahrer zu Tode erschrecke. Ich lande auf der Straße, hocke mich hin und schleiche über die beiden Fahrspuren auf die andere Seite.

Ich schaue durch die Maschen der Leitplanke. Weil ich so hoch bin, habe ich einen freien Blick auf die Straße, die Häuserzeile und die Hexen.

Mein Gott, die Hexen sind verrückt geworden.

Ich atme erleichtert auf – ich habe es gerade noch rechtzeitig geschafft. Noch haben sie die Schutzzauber nicht gebrochen, obwohl sie immer noch Sprüche und Beschwörungen aufsagen.

Diese temporären Schutzzauber habe ich bei Jodie, meiner Hexenfreundin, gekauft. Ich muss zu ihrem Laden gehen, ihr eine Dankesumarmung geben und noch eine Ladung kaufen. Außerdem muss ich herausfinden, ob die Hexe, die die Schutzzauber gemacht hat, auch unsere dauerhaften Schutzzauber machen kann, denn ich muss sie reparieren lassen.

Ich beobachte die Hexen. Oh, Überraschung, Überraschung. Die einzige Hexe, die ich erkenne, ist Rose. Die Hexe, die den Schutzzauber über das Haus und das Gebäude gelegt hat. Derselbe Schutzzauber, der einen Zombie ins Haus gelassen hat. Ich lache leise und klopfe gegen das vereiste Metall des Geländers. Ja, das ist ein großer, fetter Zufall und ein riesiges Warnsignal. Es sieht so aus, als würden Rose und ich unser kleines Gespräch früher führen als geplant. Es sei denn, sie macht etwas Dummes und ich muss sie töten.

Ich beende die Zählung, und wie ich vermutet habe, ist es ein ganzer

Hexenzirkel von dreizehn Frauen. Das ist typisch für Hexen, denn männliche Hexer sind äußerst selten. Für sie ist es eine Schande, auch nur einen männlichen Zauberer zu verlieren. Ich kann ihre Wut verstehen. Ihre Trauer.

Aber eigentlich versuchen sie, die falsche Person zu verletzen. Hätte ich gestern aufgepasst und ihn aufgehalten, bevor die Bratpfanne zum Einsatz kam, wäre das nicht passiert. Wenn Ethel nicht den Portalschließungszauber auf mich geworfen hätte, hätte ich überhaupt nicht erst einen so kolossalen Fehler gemacht. Ich schiebe diese Gedanken beiseite, denn die Was-wäre-wenn-Gedanken machen mich wahnsinnig.

Marcus war selbst schuld. Er wäre noch am Leben, wenn er nicht herumgelaufen wäre, Portale geöffnet und mich angegriffen hätte.

Meine ganze Aufmerksamkeit gilt wieder den Hexen. Ich bin erleichtert, dass ich nur eine der dreizehn Hexen erkenne. Sie sind für das kalte Wetter in verschiedene helle Farben gekleidet und ihre Taschen und Beutel sind prall gefüllt mit Zaubersprüchen. Es macht mich nervös, wie sie sich bewegen und ihre Magie vergeuden. Ich sehe, wie Zaubersprüche ihr Ziel verfehlen, und eine dunkelhaarige Frau in einem roten Mantel fällt mir besonders negativ auf. Bei jedem Zauberspruch schließt sie die Augen.

Diese Frauen sind keine geübten Kämpferinnen.

Ich muss sehr aufpassen, dass ich sie nicht töte.

Wenigstens haben sie keine Kinder bei sich. Die Älteste ist schätzungsweise hundertfünfzig Jahre alt, und einige sehen ungefähr so alt aus wie ich. Hexen altern viel langsamer als Menschen und werden regelmäßig über dreihundert Jahre alt.

Mir gehen verschiedene Szenarien durch den Kopf, was passieren würde, wenn ich sie jetzt auf der Straße angreifen würde, anstatt zu warten, bis sie ins Haus gehen.

Keine der Optionen ist gut, aber die Chancen stehen besser, dass ich die Auswirkungen im Haus eindämmen kann.

Ich habe mich entschieden, jetzt warte ich. Der beste Zeitpunkt, um nach unten zu gehen, ist, wenn sie hereinkommen, denn dann sind sie abgelenkt.

Mit einem Klebezauber befestige ich den Sack an meinem linken Oberschenkel. Ich übe ein paar Mal, meine Hände hineinzustecken, und präge mir die Bewegung ein. Als ich zufrieden bin, greife ich in den Seidenbeutel und ein seltsam geformter Gegenstand landet in meiner Handfläche.

Ich halte den Talisman ins Mondlicht und spüre seine glatte, kühle Oberfläche auf meiner Haut. Er ist schwarz und hat die Form einer Katze mit spiegelnden Augen, die auf seine Magie hinweisen. Ich reibe meinen Daumen über den Kopf der Katze und spreche leise die Beschwörungsformel, um ihre einzigartige Magie zu aktivieren.

Der Katzenzauber reflektiert Magie auf den Anwender zurück. Er wurde von Gary Chappell entwickelt, einem berühmten Hexenmeister. Ich mache keine Witze, wenn ich sage, dass man Organe verkaufen müsste, um einen zu bekommen. Sie sind unglaublich teuer und nur für die extrem Reichen oder die Polizei erhältlich.

Wenn sich die Hexen benehmen, ist das kein Problem. Aber wenn sie mich mit irgendeinem bösen Zauber belegen ... sagen wir mal so: Ich werde nicht diejenige sein, die sich vor Schmerzen krümmt. Vor ein paar Tagen habe ich eine Trollfrau vor einer Gruppe wütender Elfen gerettet, und sie hat ihn mir gegeben. Ich hatte noch keine Gelegenheit, ihn zu benutzen. Es wird interessant sein, zu sehen, wie er sich macht und ob er hält, was er verspricht. Ich weiß, dass er sich selbst auflädt, aber ich muss herausfinden, wie viele magische Schüsse er aushält, bevor er nicht mehr funktioniert. Hoffentlich muss ich das nicht herausfinden.

Ich rolle die Schultern und stecke den Katzenanhänger in meinen Sport-BH, damit er nicht verrutscht und Kontakt mit meiner Haut hat.

Dann ziehe ich eine Handvoll andere Zauber heraus. Ich behalte die Hexen im Auge. Hoffentlich kann ich sie ausschalten, ohne sie zu töten. Ich möchte nicht einen ganzen Hexenzirkel verletzen, das ist eine ausgezeichnete Möglichkeit, um selbst zu sterben.

Die Hexen jubeln, als der Schutzwall mit einem Funken in purpurrotem Licht aufflammt und mit einem Knall wieder erlischt.

Eine kräftige Hexe marschiert zur Eingangstür und spricht einen Zauberspruch. Es gibt einen Schlag. Die Tür fällt aus den Angeln und alle stürzen hinein. Ich zucke zusammen. Meine Güte, die sind so schlecht organisiert, dass es nicht so aussieht, als hätten sie jemanden draußen stehen lassen, um Wache zu halten oder die Tür zu bewachen.

Es ist ein Hexenkessel.

Mir dreht sich der Magen um. Ich schiebe meine Sorgen um Caitlyn tief in mein Inneres, wohin sie gehören. Sich Sorgen zu machen, macht mich leichtsinnig, und Ungeduld bringt mich irgendwann um. Ich bevorzuge den langsamen, schleichenden Ansatz. Ich muss es leise tun.

Ich begebe mich an diesen kalten, stillen Ort in mir, um die Aufgabe zu erledigen, wo Geschöpfe zu Objekten werden und keine Personen mehr sind.

Ich springe über die Leitplanke und benutze die Betonseite der Brücke, um meinen Fall abzubremsen. Meine Füße schmerzen, als ich auf dem Bürgersteig aufkomme, der Schmerz macht alles schärfer, dann renne ich zur kaputten Haustür. Ich lehne mich mit dem Rücken an die Außenwand und warte ein paar Sekunden. Keiner wirft einen Zauberspruch auf mich, also bewege ich mich und

betrete das Haus.

Kapitel Elf

DIE ERSTEN VIER HEXEN, denen ich begegne, stehen mit dem Rücken zur Tür und tänzeln nervös um den Eingang herum, während alle anderen sich im Inneren des winzigen Hauses aufzuhalten scheinen. Mein Blick wandert nach oben. Von dort dringen allerlei Schreie und dumpfe Schläge der immer wütender werdenden Hexen heraus.

Es klingt, als hätte sich Caitlyn in einem Schutzraum eingeschlossen – so etwas gibt es heutzutage in vielen Häusern. Die meisten sind gerade groß genug für zwei Personen. Sie sind so gut wie nutzlos, mit schlechtem, massenproduziertem Zauber – vielleicht hat sie noch fünf Minuten. Wie eine verschlossene Haustür, die sich mit einem einfachen Zauberspruch öffnen lässt – Menschen brauchen ihre bequemen Lügen. Was auch immer ihnen hilft, nachts zu schlafen, denke ich.

Ich komme, Caitlyn. Halte noch ein paar Minuten durch, bis ich unten alles geklärt habe.

Ich konzentriere mich auf die ersten vier Hexen. Die verängstigten, zusammengekauerten Frauen würden mein Mitleid erregen, hätten sie nicht diese fiesen Zaubersprüche in der Hand, die einem das Gesicht wegschmelzen lassen. Offensichtlich sind sie nicht zum Stricken hier, und das ist mir Beweis genug.

Ich rolle meine eigenen Zaubersprüche in der Handfläche, so groß wie Kugeln. Auf den Fußballen schleiche ich hinter ihnen her. Adrenalin schießt durch meinen Körper und ich muss grinsen. Ich liebe es, mich anzuschleichen.

Das ganze Leben der Hexen dreht sich um die Magie, deshalb sind sie selten – nicht unmöglich, aber selten – Kämpfer. Alles, was sie von ihrer Zauberkunst ablenkt, ist strengstens verboten. Aber ihre engstirnige Konzentration auf die Magie bedeutet, dass sie im Kampf praktisch nutzlos sind, wenn sie keine Zaubersprüche sprechen, Runen zeichnen oder Sprüche rezitieren können.

Die Regeln für den Umgang mit ihnen sind daher einfach: Greift sie an den Armen, hindert sie am Sprechen und schon sind sie so gut wie aus dem Spiel.

Blitzschnell, wie ein flacher Stein, der über einen See gleitet, werfe ich die Zaubersprüche. Einer nach dem anderen prallt auf den ungeschützten Rücken einer Hexe und der Zauber lähmt sie. Sie erstarren alle an Ort und Stelle und geben keinen Laut von sich, während sich der Zauber um sie schlängelt und sie fest umschließt.

Ich reiße ihnen die bösen Zauber aus den reglosen Händen und durchsuche ihre Taschen, um alles sicher in einem Beweisbeutel zu verstauen. Ich bin gerade noch rechtzeitig fertig, als sich jede Ranke zu einer bienenkorbförmigen Ganzkörperfessel verhärtet.

Jetzt sehen sie aus wie seltsame, riesige Ornamente – ich neige den Kopf – oder wie Alienbabys.

Ich schiebe den ersten Hexenkokon zur Seite. Er gleitet leicht über den dünnen grauen Teppich, ich schiebe ihn an dem blauen Zweisitzer vorbei und stelle ihn neben den alten Fernseher, der auf einem wackeligen Schrank steht.

Das Chaos oben dämpft die Geräusche wunderbar. Schnell schiebe ich die anderen drei Hexen an die schlichte Magnolienwand, die nach einem Farbtupfer schreit. Ich platziere sie so, dass alle vier in der hinteren Ecke stehen, damit sie weder von der Küche noch vom Obergeschoss aus zu sehen sind.

Ich schnappe mir einen provisorischen Schutz und werfe ihn in die Lücke, die die heruntergefallene Eingangstür hinterlassen hat. Ich kann es mir nicht leisten, dass sich jemand von hinten anschleicht. Ich habe keine Lust, einer dieser Damen zu folgen.

Während die magischen Siegel die Vorderseite des Hauses verschließen, schwillt der Zauber in der Luft an und entfaltet sich mit einem Knall.

Oje. Ich zucke zusammen. *Hat das jemand gespürt?* Jemand, der sensibel ist – sagen wir ein Haus voller wütender Hexen? Na ja, wenn es schon losgeht, dann beschränke ich die Zauberei lieber auf das Innere des Hauses. Ich bin erstaunt, dass die Häuser in der Umgebung nicht in Trümmern liegen. Die Hexen benehmen sich wild. Trauer macht das. Es tut mir leid, dass sie einen geliebten Menschen verloren haben, auch wenn er versucht hat, mich zu töten.

Ich schleiche mich zu den raschelnden Geräuschen im hinteren Teil des Hauses. Zwei weitere Hexen durchsuchen die Küche.

»Hast du schon was gefunden?«, fragt die linke. Ihr braun-weißer Pullover hat ein niedliches Welpenmuster.

»Nein, es muss oben sein.«

»Hier ist es besser. Wir haben schon überall gesucht.« Wie es das Schicksal so will, dreht sich die Hexe mit dem braunen Pullover um und durchsucht den Schrank hinter sich. Ihre braunen Augen werden groß und sie keucht. »Was ...?«

Ich schnippe mit dem Handgelenk und schicke einen Stoppzauber. Er lähmt sie und hüllt sie ein, kurz bevor die andere Hexe bei mir ist. Sie spricht den Zauber nicht aus. Stattdessen greift sie mich an wie ein Rugbyspieler. Ihre Arme schlingen sich um meine Taille und ihre Schulter knallt gegen meinen Bauch. Uff. Ich fühle mich wie überfahren, als sie mich mit der Wucht eines Doppeldeckerbusses trifft. Die Hexe hat's drauf.

Der Zauber in meiner Hand fliegt nutzlos gegen einen Küchenschrank.

Ich wehre ihren Angriff ab, bleibe auf den Beinen und trete ihr die Beine weg. Als sie fällt, stoßen mich ihre um sich schlagenden Arme. Ich stolpere aus der Küche ins Wohnzimmer.

Sie schlägt krachend auf dem Fliesenboden auf, reißt auf Händen und Knien den Kopf hoch und schreit: »Eindringling!«

Alle Geräusche von oben verstummen.

Na toll.

Der Überraschungseffekt ist dahin, also kann ich mich gleich zu erkennen geben.

»Ich bin die Henkerin!«, rufe ich in die schockierte Stille. Ich gehe sogar so weit, meine leeren Hände zu heben. »Ich bin nicht hier, um euch wehzutun, aber ich werde es tun, wenn ihr nicht still seid.« Als niemand etwas sagt, fahre ich vorsichtig fort. »Diese Selbstjustiz ist vorbei, niemand muss verletzt werden.«

Die Dielen im Obergeschoss knarren, als sich jemand bewegt.

Alles in Ordnung?

Aus den Augenwinkeln sehe ich einen gelben Streifen und höre einen dumpfen Aufprall direkt unter meinem Schlüsselbein. Ein Zauber hat mich getroffen. Ekelerregende gelbe Flüssigkeit spritzt mir unter das Kinn und läuft in krümeligen Rinnsalen über meine Brust.

»Verdammt«, brumme ich.

Der Katzenzauber brennt auf meiner Brust, ich spüre, wie die Magie mich nur leicht berührt und dann auf die Hexe zurückprallt, die den Zauber ausgesprochen hat.

Ein Schrei ertönt von oben, ein dumpfer Aufprall, und eine Hexe stürzt dramatisch die Treppe hinunter. Ich zucke zusammen, als sie fällt. Sie schlägt ungeschickt mit dem Kopf gegen das Geländer und die Wand, bevor sie stöhnend zu Boden fällt.

Autsch. Das muss wehgetan haben.

Ihr Schmerzensschrei ist ohrenbetäubend und ich fühle mich schuldig. Ich trete näher und sehe, wie sich auf ihrer Haut kleine Beulen bilden, die sich zu Nesseln entwickeln. Das ist nicht so schlimm. Die Nesseln blühen zu unheimlich aussehenden violetten Beulen auf.

Oh.

Die Haut schwillt an, platzt auf und gelber, puddingartiger Eiter läuft heraus.

Igitt.

Ich trete einen Schritt zurück. Der Zauber war gegen mich gerichtet. *Danke, Gary.* Ich tätschle den Katzenschmuck als Zeichen meiner Dankbarkeit.

Keine der Hexen sagt etwas, aber ich spüre, wie böse Blicke zwischen mir und der immer noch stöhnenden Frau hin und her wandern. Ich schätze, ich kann ihnen eine Erklärung geben, falls sie es noch nicht herausgefunden haben. »Ich habe einen Gary-Chappell-Anhänger«, rufe ich. Es würde helfen, wenn sie wüssten, dass ein solcher verflucht ist. Ich muss versuchen, sie davon zu überzeugen, diesen Wahnsinn aufzugeben und mein Bestes zu tun, um das Problem friedlich zu lösen.

»Der Gary-Zauber hält nicht ewig«, murmelt jemand.

Bis dahin sollten sie ihre Zauber mit Bedacht einsetzen. »Wenn du jetzt aufgibst, sorge ich dafür, dass die Gilden dich verschonen. Du hast bisher nur wenige Verbrechen begangen. Einbruch und übermäßiger Gebrauch von gefährlicher Magie. Wenn du mich tötest, erwartet euch alle die Todesstrafe.« Ich lasse das auf sich wirken.

Ich würde gern mehr sagen, aber das wäre ein Fehler. Ich bin eine Meisterin darin, in Fettnäpfchen zu treten, und das ist das Letzte, was ich will.

Vier Jahre. Jäger und menschliche Polizisten werden vier Jahre lang ausgebildet, um ihren Job zu machen. Ich habe ein Handbuch. Ein beschissenes Handbuch. Wenn das nicht danach schreit, dass sie nicht erwarten, dass ich lange in meiner Rolle als Henker lebe, dann weiß ich es auch nicht. Ich bin das Training nicht wert. Und das macht mich zu einer Idiotin, weil ich den Job angenommen habe. Ich hätte die Dämonensache mit Xander lassen sollen und die Welt abbrennen lassen. Dann könnte ich wenigstens im Bett schlafen.

»Ich will euch sehen. Bitte kommt mit erhobenen Händen heraus und haltet zu eurer eigenen Sicherheit den Mund.« Ich überlege kurz und glaube fast selbst, dass sie sich ergeben werden.

Dann bricht die Hölle los.

Verdammt noch mal!

Der ganze vordere Raum ist erfüllt von Zaubersprüchen, die in alle Richtungen geschleudert werden. Ich beuge mich gerade so weit vor, dass einer an meinem Gesicht vorbeipfeift, und springe hinter die Küchenwand.

Oh, hallo. Die Rugby-Hexe aus der Küche nutzt die Gelegenheit, um mich erneut anzugreifen. Sie packt mich am Kopf und ihre Fingernägel graben sich in meine Kopfhaut und mein Haar.

Autsch.

Ich schlage ihr mit der Faust auf den Ellenbogen und sie lässt los. Ich ducke mich und entkomme ihren greifenden, an meinem Haar ziehenden, kratzenden Händen. Sie stößt ein seltsames Brüllen aus, senkt den Kopf und versucht erneut, mich anzugreifen. Ich weiche zur Seite aus, sie läuft an mir vorbei, prallt von der Wand ab, dreht sich um und greift wieder an.

Ich seufze. Es ist seltsam, gegen jemanden zu kämpfen, der nicht trainiert ist. Die Bewegungen ergeben keinen Sinn. Das Herumfuchteln mit den Gliedmaßen ... die seltsamen Schreie ... alles ist so unberechenbar. Das Kratzen und Beißen ...

»Nein«, knurre ich und schlage ihr auf die Nase, bevor ihre Zähne zuschnappen können. »Böse Hexe.«

Seit kürzlich ein Zombie in mein Haus eingedrungen ist, habe ich eine starke Abneigung gegen das Beißen. Kann man sich das vorstellen?

Das einzig Gute daran ist, dass sie schnell müde wird, ihr Brustkorb sich hebt und sie die Hände sinken lässt, sodass ich gerade noch Zeit habe, einen weiteren Zauber aus dem Seidenbeutel zu holen und ... da. Sie ist schön eingewickelt und ihre Tränke wandern in den Beweisbeutel.

Ich schaue aus der Küche.

Die Zaubersprüche regnen immer noch von oben herab. Sie versuchen nicht einmal, zu zielen. »Was für eine beschissene Show«, murmle ich und verdrehe die Augen. »Diese Hexen haben Geld wie Heu und keinen Funken Verstand.«

Sieben Hexen erledigt, noch sechs vor mir. Ich reibe mir das Gesicht. Die Hälfte ist geschafft. Nicht schlecht.

Die Frau am Fuß der Treppe schweigt. Oje. Kein gutes Zeichen. Ich hoffe, sie wurde nicht von einem der bösartigen Zaubersprüche getroffen.

Vorsichtig beuge ich mich vor und werfe ihr einen Heiltrank zu. Ich treffe nicht. »Scheiße.« Ich muss noch lernen, wie man Dinge um die Ecke wirft. Ich muss sie von dort wegbringen. Wenn sie dortbleibt, stirbt sie entweder an dem Zauber, der sie zum innerlichen Puddingkochen zwingt, oder sie wird von etwas Schrecklichem getroffen. Und tot ist tot, auch wenn es Hexen sind. Niemand wird glauben, dass ich nicht schuld bin.

Aber ich kann es mir nicht leisten, getroffen zu werden. Wenn noch ein böser Zauber den Spiegelzauber trifft, könnte er die nächste Hexe töten.

Ich ziehe die neuen Engelsklingen. Nicht um die Hexen zu verletzen, sondern um alle bösen Zauber zu zerstören. Die meisten Zauber erfordern eine Art Körperkontakt. Wenn sie mich nicht berühren können, können sie auch nicht viel Schaden anrichten – es sei denn, sie wollen mich in die Luft jagen, aber das ist ein ganz anderes Problem.

Und ja, ich sollte diese schicken Engelsschwerter nicht als Keulen benutzen, aber was soll ich tun? Man muss nehmen, was man hat. Außerdem könnte es die Hexen abschrecken, mich mit Schwertern zu sehen, also lassen sie es für heute gut sein.

Ich drehe ein Schwert im Uhrzeigersinn dicht an meinem Körper, das andere in die entgegengesetzte Richtung. Jede Klinge dreht sich weiter, um sicherzugehen, dass ich geschützt bin, wenn ich mit dem Rücken an der Wand stehe. Es ist nicht genug Platz, um mich und die Schwerter zu bewegen.

Ich gehe aus der Küche, während sich die Schwerter weiterdrehen. Sie liegen perfekt in meinen Händen, bis ... beide Schwerter zu surren beginnen. Ich runzle die Stirn, als die Hitze von meiner Brust über die Klingen nach unten kriecht und sie in meinen Handflächen vibrieren.

Es ist seltsam. Hoffentlich beißen sie mich nicht noch einmal.

Die Luft um die beiden Schwerter flimmert, ein Gemisch aus Regenbogenfarben geht von ihnen aus. Vor Schreck wäre ich gestolpert, wäre ich nicht so leichtfüßig.

Die Magie der Klingen erzeugt eine Art Blase, einen Schild?

Instinktiv fühlt es sich nicht so stark an wie ein Schild, aber diese Blase ist irgendwie besser und flexibler.

Wow, das ist so seltsam.

Ich lasse die Klingen weiterwirbeln, und der durchsichtige, flexible Schild bleibt an Ort und Stelle, während ich durch das Wohnzimmer krieche. Es sind nur ein paar Schritte. Ein einzelner Zauber prallt vom Schild ab. Dicht gefolgt von einem Hagel davon.

Ich grinse.

Als ich bei der Hexe ankomme, ist sie in einem üblen Zustand. Mir dreht sich der Magen um, wenn ich sie ansehe. Ich muss sie wegbringen. Aber ich habe nicht drei Hände. Ich kann nicht beide Schwerter drehen, während ich sie aus der Gefahrenzone ziehe.

»Lasst mich ihr helfen!«, flehe ich. »Sie hat solche Schmerzen. Können wir nicht einen Waffenstillstand vereinbaren, bis ich sie in Sicherheit gebracht habe?«

Die Hexen hören nicht auf, ihre Zaubersprüche zu sprechen. Ich spüre, wie ihre Angst die Luft fast so stark durchdringt wie ihre Magie.

Scheiß drauf!

Ich beiße die Zähne zusammen, beuge mich nach unten, nehme mein linkes Schwert und greife nach ihrem Knöchel. Mit einem kräftigen Ruck ziehe ich die Hexe mit dem Furunkel von der Treppe. Ich schwinge die einzelne Klinge über meinem Kopf und schlage die ungebrochenen Zauber aus dem Weg.

Zum Glück ist der Teppich so dünn, dass es leichter geht, und der Blasenschild, wenn auch kleiner, bleibt an seinem Platz. Hm. Vielleicht funktioniert die Magie des Schwertes mit Absicht. Eine verrückte Idee. Ich grinse. Vielleicht haben sie sich geweigert, den Zauber zu spielen?

Dann fällt es mir ein. *O nein, dann muss ich wohl dem Engel danken.* Was für ein schrecklicher Gedanke.

Es sind nur noch wenige Meter, aber sie kommen mir wie Meilen vor. Endlich ziehe ich die Hexe auf die Küchenfliesen. Ich stecke das Schwert weg und bespritze sie sofort mit einem Heiltrank. Es dauert ein paar Sekunden, aber sie atmet nicht mehr so schwer. Ich verwende einen medizinischen Schlafzauber und dann noch einen Heiltrank.

Ich hole ein sauberes Handtuch aus einem Wäschekorb und fülle einen Becher aus einem Regal mit Wasser. Ich benutze das Handtuch, um ihre Atemwege und Augen zu schützen, und spüle ihre freiliegende Haut, um Eiter und Spritzer des Zaubers zu entfernen. Mehr kann ich nicht tun. Ich drehe sie auf die Seite, um sie zu stabilisieren, und schiebe sie so hin, dass sie nicht in die Pfütze mit dem ekligen Wasser schaut.

Langsam wird es eng in der Küche.

»Geh nach Hause!«, tönt eine dünne Stimme von oben. Die anderen Hexen da oben winken ihr zu, aber sie redet weiter. »Das ist Hexensache, Henkerin. Das hat nichts mit dir zu tun.«

»Da liegst du falsch. Caitlyn ist Zeugin eines Verbrechens und steht unter meinem Schutz. Ich werde nicht zulassen, dass du ihr etwas antust. Sie ist ein unschuldiger Mensch ...«

Eine andere Hexe lacht laut auf. »Hat sie das gesagt? Ein Mensch? Wir wissen doch alle, dass ihr zusammenhaltet.«

Ihr?

»Sie schuldet uns was. Verschwinde einfach, und wir tun so, als wäre das nie passiert.«

»Das kann ich nicht.«

Ich starre die Treppe hinauf. Ihr Größenvorteil muss ausgeglichen werden. Es ist, als würde man Fische in einer Tonne fangen, und ich bin ein Fisch. Ich muss auf die gleiche Höhe kommen, ohne jemanden zu töten. Der Schwertschild wird nicht funktionieren – der Raum ist viel zu eng, um sich darin zu bewegen –, aber eine temporäre Barriere oben auf der Treppe sollte mir genug Deckung geben, um durchzubrechen. Oder ich könnte ...

Ich renne ins Wohnzimmer, weiche zwei Zaubern aus, und ein weiterer, ein blauer, trifft meinen Arm. Der Spiegelzauber erhitzt sich, der blaue Zauber kommt wie ein Bumerang zurück, und von oben ertönt ein entsprechender Knall.

Noch fünf Hexen. *Komm schon, Gary, lass mich nicht im Stich!*, murmle ich innerlich, während ich die Treppe hinaufrenne.

Kapitel Zwölf

DER HELLGRAUE TEPPICH fühlt sich dünn unter meinen Stiefeln an, als ich im Laufschritt die Treppe hinaufrenne. Ich glaube, mein plötzliches Auftauchen schockiert sie genauso wie mich. *Was machst du da?*, schreie ich innerlich.

Niemand greift mich an.

Mein Herz schlägt wie verrückt, als ich den schmalen Treppenabsatz erreiche, das Schwert in der Hand, bereit zum Schwingen. Der Raum ist sehr eng und ich laufe Gefahr, gegen die Wände zu stoßen.

Ich will sie nicht verletzen, vor allem nicht die dunkelhaarige Dame, die noch immer in ihren roten Mantel gehüllt durch die Schlafzimmertür späht. Sie schließt die Augen und wagt es, mich mit einem mausartigen Quieken zu verzaubern.

Ich weiche zur Seite und der Zauber fliegt über das Geländer.

Mausi öffnet ein Auge, dann das andere. Sie starrt mich an, als wolle ich ihr Gesicht fressen. Die andere Hexe neben ihr lässt sich sofort auf den Teppich fallen, um ihre Zaubersprüche offen zu legen. Mausi tut es ihr gleich und beide halten ihre zitternden, leeren Hände über den Kopf.

»Ist das alles?«, knurre ich.

Sie nicken.

»Okay. Geht nach unten und wartet dort! Haltet die Hände hoch und seid still!« Ich stelle mich ins Bad, damit sie an mir vorbeikommen.

Während sie die Treppe hinunter stürmen, halte ich den Mund, obwohl ich ihnen sagen möchte, dass sie vorsichtig sein und sich vor den schrecklichen magischen Trümmern im Wohnzimmer in Acht nehmen sollen. Aber es sind Hexen – sie sollten es besser wissen, als dort unten herumzustochern.

Es sind noch drei Hexen übrig und die eine, die bewusstlos ist – von dem blauen Zauber, der mir über die Schulter tropft. Ihre Füße ragen aus dem Schlafzimmer.

»Wenn wir uns nicht ergeben, wirst du uns dann in Stücke schneiden?«, fragt die korpulente Frau mit besorgter Miene. Sie mustert mich aufmerksam, ihre Augen verengen sich auf die Engelsklinge in meiner Hand.

Ich erinnere mich, dass sie als Erste das Haus betreten hat. Auch ihre Stimme kommt mir bekannt vor. Sie ist diejenige, die mich ausgelacht hat.

Natürlich nicht, möchte ich spotten, aber stattdessen starre ich sie böse an und steigere die Bosheit noch. Ich brauche diese Damen, damit sie ihren Zauber ablegen und nach unten gehen.

Sie seufzt und hebt dramatisch die Hände.

»Okay, seid still, legt eure Zauber vorsichtig auf den Boden und geht mit erhobenen Händen nach unten.«

Die beiden anderen Hexen schauen die Redselige fragend an und sie nickt. Langsam legen sie ihre Zaubersprüche auf den Boden und leeren ihre Taschen.

Ich stehe wieder an der Wand, gehe über den Flur ins Schlafzimmer und sehe zu, wie sie ihre Taschen leeren. Dabei untersuche ich die bewusstlose Hexe. Sie scheint friedlich zu schlafen. Ihr Atem klingt wie ein leises Schnarchen. Ich bin froh, dass ich mir nicht noch mehr Eiterbeulen ansehen muss. Zur Sicherheit träufle ich ihr etwas Heiltrank in den Hals und spreche einen weiteren Schlafzauber. Sie ist bewusstlos und wie bei der Furunkelhexe will ich keinen Fesselzauber riskieren.

»Alles in Ordnung, Caitlyn?« Ich blicke durch die Tür ins Schlafzimmer. Das Bett ist ein einziges Durcheinander hastig heruntergezogener Decken.

»Ja«, kommt eine ängstliche Stimme aus dem winzigen Unterschlupf in der Ecke. Es scheint etwas größer zu sein als ein normaler Kleiderschrank.

Erschöpft lasse ich mich auf die Knie fallen und schließe für einen kurzen Moment erleichtert die Augen. »Brauchst du einen Heiltrank?«

»Ich bin nicht verletzt. Ich habe nicht einen Kratzer. Kann ich rauskommen?«

Die geschwätzige Hexe bewegt ihre Füße.

Ich kneife die Augen zusammen und richte mein linkes Schwert auf ihr Herz. »Nein.« Das Wort richtet sich sowohl an die Redselige als auch an Caitlyn. »Bitte bleib noch ein paar Minuten, wo du bist.« Und mit gedämpfter Stimme knurre ich die Hexen an. »Geht! Nach unten! Sofort!«

Sie tun es.

Rose, die meine Schutzbefohlene war, ist eine von ihnen. Sie wirft mir im Vorbeigehen einen bösen Blick zu.

»Rose«, begrüße ich sie.

»Nein«, knurrt sie und hebt die Hand. »Ruf mich nicht noch einmal an! Du stehst auf der schwarzen Liste.«

Ich schließe den Mund und nicke. »Gut zu wissen.« Ich glaube nicht, dass Rose in nächster Zeit jemanden anrufen wird. Sie braucht eine Lizenz als Wächterin, und Kriminelle bekommen keine. Und wenn sich der Hexenrat erst einmal mit ihr beschäftigt hat, wird der Entzug der Lizenz das geringste ihrer Probleme sein.

Meine ausbleibende Reaktion ärgert sie. Ihr ganzes Gesicht verzieht sich und sie sieht mich an, als wolle sie mich anzünden.

»Ach, Rose, wo ich gerade deine Aufmerksamkeit habe. Weißt du zufällig etwas über die beiden Kreaturen, die letzte Nacht in mein Haus eingebrochen sind, während die Station – deine Station – aktiv war? Die eine war ein Zombie.« Ich schnippe ein Stück Glas von meinem Kopf. *Hast du sie hereingelassen?*

Sie stolpert über die zweite Stufe und hält sich am Geländer fest. »Das ist unmöglich.« Ihre Knöchel werden weiß.

»Es ist passiert.«

Ihr sommersprossiges Gesicht läuft vor Wut rot an. »Keine Erstattung.«

»Schon gut.« Ich winke sie weg. »Ich werde das der offiziellen Beschwerde hinzufügen. Ich bin mir sicher, dass derjenige, der den Fall untersucht, deine gesamte Arbeit überprüfen wird. Oh, und ich habe unwiderlegbare Beweise, dass du sie in mein Haus gelassen hast. Du wirst von der Hexengemeinschaft geächtet und bekommst mindestens zehn Jahre Gefängnis.«

»Das würdest du nicht wagen!«, faucht sie.

»Und ob ich das würde.« Ich starre sie an. »Wer war es, Rose?«

Ihre Fingernägel graben sich ins Holz. »Andere Hexen von außerhalb«, flüstert sie. »Eine ist eine Torhexe, und mein Hexenzirkel schuldete ihr einen Gefallen. Sie sagte, sie wollten Zugang, um etwas zu holen. Mir wurde gesagt, man würde nie erfahren, dass sie da waren.«

»Namen?«

»Ich habe keine Namen. Ich habe nicht mit ihnen geredet. Ich habe nur getan, was mir gesagt wurde.«

Mehr bekomme ich nicht aus ihr heraus, ich habe im Moment zu viel um die Ohren. Ich lächle, salutiere mit meiner Klinge und drehe ihr den Rücken zu, bevor ich etwas Dummes und Bedeutungsloses tue, wie sie die Treppe hinunterzustoßen.

Mit einem Handtuch aus dem Bad wasche ich mir das Gesicht und entferne den gröbsten Zauberbrei von Brust und Armen.

Dann hebe ich die bewusstlose, immer noch schnarchende Hexe vom Schlafzimmerboden auf und hieve sie mir mit dem klassischen Feuerwehrtragegriff über die Schulter. Auf dem Weg nach unten werfe ich einen Blick ins Wohnzimmer.

Oh, das sieht schlimm aus.

Es ist ein Kriegsgebiet.

Einige der magischen Tränke sind unversehrt, während andere von den Wänden und der Decke tropfen und den Teppich fleckig, an einigen Stellen knusprig und an anderen verbrannt machen. Das Sofa ist ein einziges Chaos. Aus der hinteren Ecke wächst etwas Violettes, Seltsames und Flauschiges, und der Fernseher ... Ich schüttle den Kopf. Er sieht perfekt aus. Wie konnten sie das übersehen?

Rose stößt an einen Hexenkokon, und die anderen vier Hexen stehen verlegen herum, während das Glas unter ihren Füßen knirscht. Hoffentlich schämen sie sich. Bei richtiger Anwendung sollte das Glas verdampfen, wenn die Magie eines Zauberspruchs aktiviert wird.

Ich blase meine Wangen auf. So lange kann ich die Hexen nicht festhalten, während ich auf Verstärkung warte. Falls Verstärkung kommt. Ich bin für diesen Mist nicht ausgebildet, und ich traue ihnen nicht zu, sich zu benehmen. Das Chaos ist zu viel für eine Person.

Ich eile die letzten Stufen hinunter, und während die Hexe über meiner Schulter baumelt, greife ich in meine Tasche und werfe die Stoppzauber. Ich halte sie alle zurück. Rose dreht sich um, macht den Mund auf und ein Zauber trifft sie mitten auf die Stirn. Es sieht aus, als hätte ich perfekt getroffen, aber ich habe auf ihren Mund gezielt.

»Wir unterhalten uns später im Gefängnis«, sage ich lächelnd. Ihre Augen werden starr und der Kokon verschlingt sie vollständig.

Elf Hexenkokons und zwei Schlafkokons.

Nicht schlecht.

Ich trage die Hexe über meiner Schulter in die Küche, und nach einigem Hin und Her – es ist wie Tetris mit Lebewesen, weil die Küche so klein ist – plumpsen wir neben ihre Freundin, die jetzt nicht mehr kocht.

Dann gehe ich zu Caitlyn nach oben. Vorsichtig umgehe ich die Stapel unbenutzter Zaubersprüche. Ich könnte sie eintüten, aber das überlasse ich den Profis. Ich will nicht noch mehr Zaubersprüche durcheinanderbringen.

»Okay, du kannst jetzt rauskommen. Langsam. Pass auf deine Füße auf!« Es klickt und eine voll bekleidete Caitlyn stürzt aus dem sicheren Raum und wirft sich mir in die Arme. »Oh, ähm, okay.« Ich verziehe entsetzt das Gesicht, als sie einen Spinnenaffen imitiert. Ich klopfe ihr hart auf den Rücken.

Das ist seltsam. Ich bin mir sicher, andere Leute mögen das, aber ich bin nicht wirklich ein Umarmer. Ich lasse sie weiter umarmen und tröste sie, denn ich bin ja keine Vollidiotin.

»Tru, danke! Danke, dass du gekommen bist!« Sie reibt ihre Nase an meinem Hals. *Oh, Scheiße, ist das Rotz?* »Sind die alle tot?«

»Tot? Nein!« Für wen hält sie mich? Mein Ruf muss im Arsch sein, wenn sie glaubt, dass ich einfach so Leute umbringen kann.

Sie zieht sich zurück und duckt sich, um ihre Enttäuschung zu verbergen.

Menschen sagen und tun Dinge, die sie nicht meinen, wenn sie schockiert sind. Nicht jeder hat Spaß daran, sich zu streiten. Caitlyn muss große Angst haben. Ich beeile mich, sie zu beruhigen. »Die sind alle eingewickelt ...« Sie sehen aus wie Alien-Eier oder die Kokons von Gremlins, das sollte ich besser nicht sagen. »... und werden dir nichts tun. Ich verspreche dir, dass du jetzt vollkommen sicher bist.« Ich streichle ihren Arm. Das arme Mädchen ist traumatisiert. »Dein Wohn-zimmer und die Treppe sind etwas unordentlich. Pass auf, wohin du gehst. Das Haus ist nicht sicher.«

Sie runzelt die Stirn.

Aber ich mache weiter. Jetzt ist der richtige Zeitpunkt, um über das kleine Königreich außerhalb der Welt zu sprechen. Ich kann mir keinen besseren Ort vorstellen. Es ist der perfekte Ort für sie. »Das Sanctuary ...«

»Nein.«

»Es ist nur für ein paar Tage. Caitlyn, du kannst hier nicht bleiben.«

»Du willst, dass ich ins Königreich gehe? Nein. Auf keinen Fall.« Sie schüttelt den Kopf.

Ich folge ihr die Treppe hinunter und sie bleibt stehen, um die Hexenkokons und das magisch verwüstete Wohnzimmer zu betrachten.

»Ja, es ist schlimm«, murmle ich.

Der lila Flaum in der Ecke kriecht auf Kokon-Rose zu. Ich verdrehe die Augen und schiebe Rose ruckartig zur Seite, um ihm aus dem Weg zu gehen. Der Fernseher wackelt. Ich greife in meine superpraktische Tasche und hole eine Tüte Salz heraus. Dann ziehe ich einen dicken Strich um den Flaum. Magie mag kein Salz. Ich trete einen Schritt zurück, um zu sehen, ob ich eine Stelle übersehen habe. Ich schließe die Augen.

»Entschuldigung«, sage ich mit schmerzverzerrtem Gesicht.

Hoffentlich kommt bald der Hexenrat mit seinen magischen Reinigungskräften.

»Schon gut.« Caitlyn bahnt sich ihren Weg zur Eingangstür und wirft mir einen verärgerten Blick zu, als die Station sie aufhält. »Ich will raus.«

Ich schnaufe und folge ihr.

Ich strecke meine Hand aus und sie greift danach. Fast rennend zieht sie uns beide durch die Tür. Draußen lässt sie meine Hand los. »Danke für die Hilfe. Mein Handy ist kaputt, ich melde mich, wenn ich ein Ersatzgerät habe.« Caitlyn winkt wahllos die Straße entlang, oder ich denke, dass es wahllos ist, bis ich das Geräusch eines Starts und die Scheinwerfer eines Autos höre.

Ein grüner Ford Focus hält am Straßenrand, und nachdem sie mich kurz umarmt hat, während ich versuche, nicht aus der Haut zu fahren, weil ich mich schon wieder in meiner Privatsphäre gestört fühle, öffnet sie die Beifahrertür und steigt ein.

Was?

»Caitlyn, ich glaube wirklich, dass ...«

Sie knallt mir die Tür vor der Nase zu.

»... du warten solltest.« Ich kratze mich am Kopf und sehe zu, wie die Rücklichter des Autos unter der Brücke und aus meinem Blickfeld verschwinden. Ich drehe mich um und werfe einen traurigen Blick zurück auf das verwüstete Haus. Ich schüttle den Kopf über das Chaos und die unheimlichen Kokons. Wenn ich meine Zauber erneuere, werde ich um eine andere Art von Zurückhaltung bitten.

»Ist das gerade wirklich passiert?«, murmle ich. Ich kann nicht glauben, dass sie einfach gegangen ist. Ich hätte sie aufhalten müssen. *Mist, das kann ich nicht gut.*

Mein Atem bildet kleine Wölkchen in der Luft. Es ist noch kälter hier draußen, nachdem die Wärme des Hauses verschwunden ist, aber wenigstens kann ich atmen. Die Magie drinnen ist überwältigend. Ich schlendere die Straße entlang, trete an den Rand des Bürgersteigs, schiebe die Schwerter und Messer aus dem Weg und lasse mich auf den Bürgersteig fallen. Ich ziehe die Knie an die Brust und bereite mich mental darauf vor, auf die Kavallerie zu warten.

Ich hasse es, zu warten.

Ich atme tief durch. Es ist, als ob die ganze Welt schläft und nur ich wach bin. Ich bin erschöpft. Ich reibe mein Gesicht und kuschle mich ein. Klerics Temperaturmagie reguliert mich, also friere ich nicht wirklich. Ich fühle mich nur nicht ganz wohl.

Ich will mich bewegen, meine neuen Schwerter schwingen und ihre Geheimnisse entdecken. Zu gern würde ich sehen, was sie wirklich können. Ich wälze mich hin und her, blicke die Straße auf und ab. Diese Straße hat für einen frühen Morgen schon genug Aufregung erlebt, und es ist vielleicht nicht die beste Idee, die doppelten Engelsklingen herauszuholen und sie in ihrer ganzen Pracht herumwirbeln zu lassen.

Missmutig sitze ich da und warte.

KAPITEL DREIZEHN

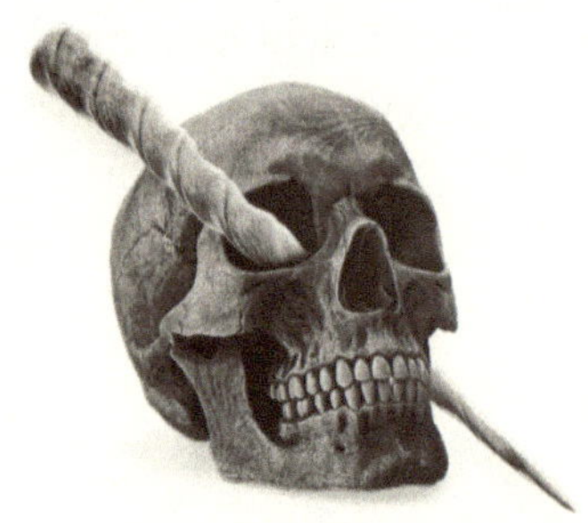

ICH GEHE den schmalen grauen Gang entlang. Am Samstagmorgen sind diese Büros normalerweise wie ausgestorben. Die meisten Mitarbeiter kommen erst am Montag zurück. Leider habe ich nicht den Luxus, am Wochenende freizuhaben. Jenny, eine Kollegin, die auch am Wochenende arbeitet, sieht mich kommen. Sie schaut in mein Gesicht, dreht sich auf dem Absatz um und springt zur Seite.

Ich bin ... *ahh.* Ich kann gar nicht denken, so wütend bin ich.

»Was ist los mit dir?«, fragt Story.

Ich schreie verlegen auf, als sie aus dem Nichts auftaucht. Ihr saphirblauer Körper rast auf mein Gesicht zu, nur Millimeter von meiner Nase entfernt. Ich bin mir sicher, dass ich schiele, als ich versuche, sie zu fokussieren. Ich bin so verdammt müde. Wenn ich in eine verrückte Verschwörung von Hexen und Geisterbeschwörern verwickelt bin, machen sie einen guten Job dabei, mich durch Schlafentzug umzubringen.

»Caitlyn hat mich in den frühen Morgenstunden angerufen«, murmle ich.

»Ich weiß. Ich habe heute Morgen deinen Weckruf bekommen. Ziemlich spät. Wir werden gleich darüber reden, warum du mich nicht gebeten hast, mitzukommen. Also, was ist passiert? Die Hexen?«

»Ja.«

»Ich habe gehört, dass es ein Chaos war.«

»Du hast richtig gehört.«

»Das Mädchen, Caitlyn, ist sie okay?«

Ich nicke und gehe weiter in mein Büro.

Story fliegt neben mir her. »Mutter Natur, Tru, das ist wie Zähne ziehen. Komm schon, sag mir, warum du so wütend bist.«

»Der Hexenrat hat meine Gefangenen mitgenommen«, knurre ich durch die Zähne.

»Seit wann hast du Gefangene?«

»Seit ich sie in Hexenkokons verwandelt habe, nachdem sie mir Zaubersprüche an den Kopf geworfen haben. Da waren diese Pudding produzierenden Eiterbeulen und dieser violette magische Flaum, der aus den Wänden wuchs und ...«

»Eine Hexe, was? Ein Kokon? Das ergibt keinen Sinn. Tru, hast du dir den Kopf gestoßen?«

Ich stöhne. Na ja, es ist eher halb Stöhnen, halb Knurren.

Endlich erreichen wir das mir zugewiesene Büro. Ich reiße die Tür auf, sie knallt gegen die Wand, als ich hinter dem Schreibtisch auf dem billigen Stuhl lande. Mit der Kraft meines Körpers rollt er zurück und dreht sich. Um nicht auf die langweiligen grauen Wände zu schauen, lege ich den Kopf in den Nacken und starre an die langweilige graue Decke.

Ich bitte das Universum um Geduld.

Story fliegt über meinen Kopf hinweg und dreht sich mit mir. »Und? Was ist passiert?« Ihr hübsches Gesicht verzerrt sich vor Verzweiflung.

Ich lege die Engelsschwerter auf den Schreibtisch und erzähle ihr alles, vom Einbruch mit dem Zombie, den Schwertern auf der Treppe, dem Geschenk der Engelsschwerter, dem Anruf um drei Uhr morgens und dem Hexenkrieg. Ich beende meine Erzählung damit, dass ich drei verdammte Stunden auf Verstärkung gewartet habe. *Drei Stunden!*

»Dann kam der Hexenrat und übernahm die Szene. Das ist doch gut, oder?« Sie stupst das Einhorn auf dem Knauf einer der Klingen an.

»Nein«, jammere ich. »Sie waren meine Gefangenen. Meine. Ich wollte mit ihnen reden. Ich wollte noch einmal mit Rose sprechen.«

Story stolziert über den Tisch. »Tru, du bist keine Ermittlerin und du arbeitest schon zu viel. Ich sollte dir das nicht sagen müssen, aber du weißt es. Du weißt, dass Hexen sich um Hexen kümmern. So ist das nun mal. Was hast du denn gedacht, was sie tun würden?«

Meine Stirn schlägt auf das Holz neben ihren Füßen. »Ich wollte eine Chance, das zu klären.« Das Gesicht an den Schreibtisch gedrückt, kommen meine Worte gedämpft heraus.

»Warum?«

Ich hebe den Kopf ein wenig an. »Sie haben ein Portal unter dem Auto geöffnet. Sie hätten dich und die Kinder verletzen können. Und dann sind sie in mein Haus eingebrochen. Wenn Dexter nicht auf der Jagd gewesen wäre, hätten sie ihn verletzen können. Ihn töten können. Ein Nekromant hat seinen Zombie in mein Haus gebracht. Sie haben meine Sachen durchwühlt und einen blutigen Zombiefinger auf meiner Treppe hinterlassen.«

»Du hast keine Beweise, dass es diese Hexen waren.«

Ich zucke mit den Schultern. »Ich weiß.« Meine Stirn schlägt auf das Holz und Story streicht mir übers Haar.

»Uns geht es gut. Wir sind in Sicherheit. Caitlyn geht es auch gut, dank dir. Du hast den Tag gerettet. Juhu. Tru, den Rest musst du den Profis überlassen.«

»Ich bin ein Profi«, brumme ich in das Holz.

»Du bist eine professionelle Nervensäge. Tu nicht so, als wüsstest du nicht, was ich meine. Solange die Hexen nicht offiziell wollen, dass du etwas tötest, kannst du dich nicht einmischen.«

»Es ist persönlich«, sage ich zu ihr. Ich zucke zusammen, als Story an meinem Haar zieht. »Au.«

»Du großes Baby.«

»Ich weiß. Okay. Ich weiß. Mir wurde gesagt, wenn ich den Kopf unten und den Mund geschlossen halte, bekomme ich mit etwas Glück

Zugang zu den Akten, wenn sie fertig sind.« Ich habe nicht einmal ein verdammtes Dankeschön dafür bekommen, dass ich den Hexenzirkel davon abgehalten habe, die halbe Stadt in die Luft zu jagen. *Verdammte Hexen.*

Ich bin kein Ermittler. Das hat man mir klargemacht. Den Hexen ist es egal, dass ich auf dem Papier über ihnen stehe. Wenn ich es forciert hätte, hätten sie mich nur vertröstet und ich hätte nichts bekommen. Ich muss auf die Informationen warten, die sie mir geben wollen.

»Man kann nicht immer nur herumschnüffeln und hoffen, dass irgendein Bösewicht versucht, einen umzubringen. Nicht so. So funktioniert das Leben nicht.«

Aha. Das ist eine gute Idee.

Unter meinem Kinn hat sich etwas Speichel angesammelt. Das ist eklig. Ich bin eklig. »Okay, du hast recht.« Ich hebe den Kopf und wische mir heimlich mit dem Ärmel den Mund und den Schreibtisch ab.

»Natürlich habe ich recht.«

Das Telefon auf meinem Schreibtisch klingelt. Ich drehe den Kopf und tue so, als hätte ich es nicht gehört. Ich bin nicht in der Stimmung.

»Willst du nicht rangehen?«

»Nein. Muss ich?«

Story verdreht die Augen, stemmt die Hände in die Hüften und starrt abwechselnd mich und das Telefon an. Sie wippt mit dem Fuß und setzt ein Muttergesicht auf, das sie perfektioniert hat, um ihre Kinder zu erziehen.

Verdammt.

»Hallo.«

»Henkerin.« Richard ist am anderen Ende. »Der Engelsbote ist …« Ein Stimmengemurmel und das Telefon knistert. »Entschuldigung, der Engel Xander möchte Sie sprechen.«

Nein.

Nein. Nein. Nein!

Am liebsten würde ich meinen Kopf wieder gegen den Schreibtisch schlagen.

»Natürlich, Richard«, sage ich durch den riesigen Kloß in meinem

Hals hindurch. Er ist so groß, dass ich kaum Luft bekomme. Meine Lungen brennen vor Sauerstoffmangel.

»Perfekt. Danke, Henkerin. Ich schicke jemanden, der ihn begleitet.«

»D-danke«, stottere ich und lege leise den Hörer auf.

»Was ist los?«, fragt Story.

»Xander kommt.«

»Was? Hier? Jetzt?«, quietscht sie.

»Ja.«

Wir sehen uns entsetzt an, und Storys rosé-goldene Flügel brechen aus ihrem Rücken hervor. Sie stürzt sich in die Luft.

»Wohin zum Teufel willst du?«, rufe ich.

»Ich schreibe deine Berichte. Ich mache den ersten Entwurf und du kannst ihn auf Stimmigkeit prüfen, bevor ich ihn abschicke. Ich denke, ich habe alle Informationen.« Sie tippt sich an die Schläfe und stürmt zur Tür hinaus.

Unglaublich.

Ich habe ihn seit über drei Monaten nicht mehr gesehen, und ich würde ihn gern mein Leben lang nicht mehr sehen. Der Drang, mich mit Kleric in Verbindung zu setzen, um moralische Unterstützung zu bekommen, ist in meinem Gehirn lebendig. Ich wünschte, er wäre hier.

Gott, ich vermisse ihn.

In meinem Herzen ist Xander für mich gestorben, als er mich in dieses Gefängnis gesperrt hat. Ich habe mir in den letzten Monaten gewünscht, ich könnte ihn hassen. Aber ich habe es nicht in mir. Ich kann ihn nicht hassen, aber das heißt nicht, dass ich mit ihm reden will.

Gut gemacht, Tru! Er hat dir ein tolles Geschenk gemacht, und jetzt musst du dafür bezahlen.

Ich spiele mit den Schwertern auf meinem Schreibtisch, während ich auf das Unvermeidliche warte. »Es ist eure Schuld.« Ich sehe sie finster an.

Sind sie es wirklich wert, Xanders Gesellschaft zu ertragen?

Kapitel Vierzehn

MEINE TÜR STEHT OFFEN, aber es klopft trotzdem jemand leise an den hölzernen Türrahmen. Ein nervöses Zittern durchfährt mich. Ich puste meine Wangen auf und mache mich bereit.

Es geht los.

»Hier drin, Sir. Entschuldigen Sie den langen Weg. Die Henkerin.« Dina, die Empfangsdame, begrüßt mich mit einem Nicken. »Story hat darum gebeten, dass Ihr Wagen abgeholt wird. Er steht an Ihrem gewohnten Platz und sie hat darum gebeten, dass diese Sachen nach oben geschickt werden.« Sie übergibt mir die Schlüssel für den Land Rover, das Handy und das Datapad.

»Vielen Dank. Das ist sehr nett.« Ich konzentriere mich nur auf sie und ignoriere den Engel, der in den Raum schleicht.

»Gern geschehen. Ach, und der Beithíoch – Dexter – ist auch in dem Auto gekommen. Er ist in der Lobby, weil wir eine Jugendgruppenführung haben.« Dinas Lippen zucken und ich lächle zurück. Die

Katze wird in ihrem Element sein und Streicheleinheiten von allen Kindern bekommen. Dina winkt mir zu und schließt die Tür.

Das fast lautlose Klicken klingt in meinen Ohren wie ein Schuss. Plötzlich ist das Büro viel kleiner. Es ist stickig. Ich huste, um meinen Hals zu befreien, und nehme mir eine Sekunde Zeit, um meine angespannten Nerven zu beruhigen.

Als ich nicht von meinem beschissenen Bürostuhl aufstehe, um ihn zu begrüßen, nickt Xander, um die Geringschätzung zu bestätigen. Ich bin nicht mehr seine Marionette, mit der er spielen kann. Ich sehe ihn, wie er ist, ohne die rosarote Brille.

Unhöflich schaue ich auf mein Handy. *Oh, schau dir all die Nachrichten an.* Vielleicht hat Caitlyn angerufen. Ich mache mir immer noch Sorgen um sie. Nichts. Nur ein Haufen langweiliger Arbeitsnachrichten.

»Du benutzt die Taschen-Dimension?« Xanders Stimme ist rau.

Der Seidenbeutel, der immer noch an meinem Bein hängt, fühlt sich plötzlich tonnenschwer an. Ich nicke, den Blick weiter auf mein Handy gerichtet. Zustimmend murmle ich vor mich hin.

Worauf will er hinaus?

»Du kannst deine Technik in die Tasche stecken, wenn du dich wandelst. Deine Wandlungsmagie hat keinen Einfluss auf die Dimension, sodass alles, was du in die Tasche packst, vor äußeren Einflüssen geschützt ist.«

»Oh«, sage ich eloquent. Jetzt, nachdem er es gesagt hat, ergibt es Sinn, und ich komme mir ein bisschen dumm vor, dass ich nicht selbst darauf gekommen bin. Andererseits war ich um drei Uhr morgens auch nicht ganz auf der Höhe.

»Danke.« Ich presse die Worte durch meine zusammengebissenen Zähne und beiße mir auf die Zunge, während mein Herz sich anfühlt, als würde es aus meiner Brust springen – beweglich und auf der Flucht – und um meinen Körper herumrasen. *Bringen wir es hinter uns, damit er gehen kann.* Das Mindeste, was ich tun kann, ist, höflich zu sein. »Danke für die Geschenke. Ich habe sie gestern Abend bekommen.« Ich lege das Handy weg und schaue auf.

Ich blinzle.

Er sieht anders aus, abgekämpft.

Xanders gesamtes Erscheinungsbild ist beunruhigend. Er ist ein unsterblicher Engel, aber er sieht aus, als wäre er gealtert. Er ist brutaler geworden, wenn das überhaupt möglich ist. Seine goldenen Augen haben ihren Glanz verloren, sein Teint ist fahl und sein dunkles Haar muss dringend geschnitten werden. Außerdem hat er abgenommen und mehr Muskeln bekommen.

Und dann ist da noch seine Kleidung.

Als ich siebzehn war, war er mein Vormund und ich habe bei ihm gewohnt. Ich habe ihn also zu Hause in Freizeitkleidung gesehen, aber nicht in der Öffentlichkeit.

So, wie er jetzt aussieht, in Jeans, die schon bessere Zeiten erlebt hatte. Das enge Oberteil schmiegt sich an seine breiten Schultern und betont seine Taille. Seine muskulösen Oberschenkel lehnen am Schreibtisch.

Trauer. Der Verlust seiner Schwester Robin hat ihn schwer getroffen.

Ich bemitleide ihn, aber ich unterdrücke dieses Mitgefühl, bevor es sich auf meinem Gesicht zeigt. Ich werde ihm nichts geben, nicht einmal Mitgefühl. Dieses Recht hat er verwirkt. Xanders Verhalten mir gegenüber hat ein Stück meiner Seele abgetötet. Er hat mir irreparablen Schaden zugefügt, und ich muss mich daran erinnern, dass er der Feind und eine Bedrohung ist. Als Erinnerung lasse ich einen winzigen Splitter der Vergangenheit aus den dunklen, fauligen Tiefen meines Unterbewusstseins aufsteigen. Mein Herz schlägt schneller, aber ich mache weiter und lasse die Erinnerung in den Vordergrund meines Geistes treten.

Ich erinnere mich ...

Ich erinnere mich an die weiße Zelle. Das Summen des weißen Rauschens erfüllt meine Ohren und mein Atem stockt. Ich sehe funkelnde goldene Augen, und die Stimme des Engels mischt sich in das Summen des Weiß, das immer wieder in meinem Kopf widerhallt und mich eine Psychopathin nennt. Das Weiß versucht, mich zu überwältigen, und die Ohnmacht, die mich befällt, ist überwältigend.

Meine Sicht verschwimmt und alles, was ich sehe, ist weiß.

Der Kuss auf meiner Hand brennt und zieht mich vom Abgrund zurück, und ich atme tief durch. Der Geschmack von Schwefel steigt mir in die Kehle, und ich spüre, wie mich eine vertraute Wärme umhüllt. Und dann ... dann ist da ein Dämon in meinem Kopf.

Kleric.

Es ist, als würde er meine Seele wiegen und vor Schaden bewahren, und seine warme, feste, ruhige Gegenwart macht es mir leichter, die Erinnerungen zu verdrängen. Während sie dorthin zurückkehren, wo sie hingehören, wird jeder Atemzug weniger zur Last. Ich bin nicht mehr dort, eingesperrt in dieser weißen Zelle. Ich bin in Sicherheit.

Geht es dir gut?, fragt er.

Es geht mir gut. Ich bin okay. Danke.

Gut gemacht, Tru! Das war eine verdammt gute Erinnerung.

Kleric nimmt sich einen Moment Zeit, um durch meine Augen zu sehen, und brummt tief in seiner Kehle. Das Geräusch hallt durch mein Inneres. *Was macht er da?*, knurrt er.

Es ist, als stünde er neben mir und nicht nur in meinem Kopf. *Ich weiß es nicht. Wir werden es irgendwann vielleicht herausfinden, nicht wahr?*

Xander beobachtet mich mit seinen goldenen, schmalen Augen. »Tru, du siehst gut aus. Du hast das Gewicht, das du abgenommen hast, wieder zugenommen. Das freut mich.«

Er meint, ich bin froh, dass ich nicht mehr wie eine ausgehungerte und gefolterte Gefangene aussehe, schimpfe ich zu Kleric. Was für ein Schleimer. Ein Kompliment von Xander – das macht mich noch verrückter, als wenn er einfach so im Büro auftaucht. Ich blinzle. *Was will er?* Wenn ich es mir recht überlege, ist sein Besuch wahrscheinlich gar nicht so zufällig.

Ja, irgendwie kommt es mir verdächtig vor. Wie war das mit dem Zufall? Fraglich. Es scheint alles ein bisschen zu gut zu passen, dass er heute auftaucht. Oh, perfektes Timing, um nach einem aufmerksamen Kollegen zu suchen, der gestern Abend sein Geschenk abgegeben hat. Entweder hat er die Geschenkbox verzaubert, damit er weiß, wann sie geöffnet wird, oder er hat die ganze Situation inszeniert.

Ahh. Ich kann ihn nicht ausstehen. Ich sehe gut aus. Ha. Nach den verrückten vierundzwanzig Stunden, die hinter mir liegen, sehe ich nicht gut aus. Ich sehe scheiße aus. Ich bin ein riesiges Chaos und immer noch voller Zauberrückstände. Der Engel ist voller Scheiße.

Ich lasse mich auf den Stuhl fallen und kratze mich am Hinterkopf. *Okay, ich spiele mit.* Ich biete ihm keinen Platz an. »Botschafter, was willst du?« Ich versuche, seinen Unsinn zu durchschauen und zum Kern seines Besuchs vorzudringen – zum Kern des Problems.

»Das ist nicht mehr mein Titel«, sagt Xander sanft.

Ich neige den Kopf.

»Ich bin nicht mehr der Botschafter der Engel.«

»Was? Seit wann?« Ich rutsche fast vom Stuhl, als ich seinen spöttischen Gesichtsausdruck sehe.

Ich weiß nicht, was ich antworten soll. Was soll ich sagen?

Ich spüre Klerics kühle Ruhe, während er die Situation abwägt. Der Dämon schweigt weise. Also folge ich seinem Beispiel.

Ich habe nichts von Xanders Problemen gehört. Um ehrlich zu sein, habe ich mich bewusst abgeschottet und meine metaphysischen Finger in die Ohren gesteckt, wenn es um ihn und die Engel ging.

Ich weiß, ich weiß, ich sollte ihn wie ein Falke beobachten, nur um zu wissen, ob er wieder versucht, mich zu manipulieren. Schließlich ist er mein Feind. Aber ich gehe lieber das Risiko ein, nichts über ihn zu wissen. Dieser Mann ist Gift für meine psychische Gesundheit.

Xanders Gesichtsausdruck verzieht sich, als würde er gleich Worte sagen, die mich körperlich verletzen.

Ich mache mich bereit.

»Es verfolgt mich, Tru. Es verfolgt mich für das, was ich dir angetan habe. Ich habe so viele Fehler begangen. Viele, viele Fehler. Ich habe ...« Er schluckt und blickt auf seine Hände. »Ich habe meine Schwester in diesem Lagerhaus verrotten lassen, habe sie Fremden überlassen, die sich um ihren Körper kümmern sollten.«

Ich bin wie erstarrt. Ich weiß nicht, worauf er hinaus will. Wenn ihm die Tränen über die Wangen laufen, bin ich weg. Dann bin ich weg wie der Roadrunner. *Meep-meep.*

»An jenem Tag im Lagerhaus. Im Lagerraum sah ich die Leichen.« Seine ganze Brust bewegt sich, als er tief und schaudernd einatmet. »Und ich beschloss, dass das das Problem von jemand anderem war.« Xander reibt sich den Mund und schüttelt den Kopf, als hätte er einen Floh im Ohr oder würde eine Erinnerung abschütteln, die nicht verschwinden will.

Ich habe es selbst herausgefunden. Er war viel zu schnell im Lager, um mehr als einen kurzen Blick zu erhaschen. Damals war ich froh darüber. Das ganze Gebäude war instabil, nachdem ein Drache daran genagt hatte, und es hätte jeden Moment einstürzen können.

Und wenn er an diesem Tag die ermordeten Engel gefunden hätte, hätte Xander mich getötet – vor allem mich, der alten Xander, der keinen Finger gerührt hätte, um ihn aufzuhalten. Ich war zu sehr in ihn verliebt, um mich zu schützen.

»Es war leicht, mich davon zu überzeugen, dass ein Engel unmöglich in diesem Chaos sein konnte. In diesem Haufen Leichen.« Er hebt das Kinn, seine honigfarbenen Augen bluten vor Schmerz und Trauer. »Weißt du, wie schwer es ist, einen Engel zu töten?« Xander lacht. Es ist ein schreckliches Geräusch. »Wir sind fast unzerstörbar, unmöglich zu töten ...«

Tja, ich weiß nicht.

»... und meine Schwester war so ... so stark.« Sein Gesicht und seine Augen sind voller Trauer.

Er holt wirklich alles aus der Sache heraus. *Es lohnt sich nicht, ihm zuzuhören,* sage ich zu Kleric. Ich schaue zur Bürotür. *Ich frage mich, ob Xander es bemerken würde, wenn ich gehe.* Der Mann ist so in sich versunken, dass er es bestimmt erst nach zehn Minuten merken würde.

Du brauchst nichts zu sagen. Hör ihm einfach zu!, sagt Kleric.

Okay ... okay, ich kann nett sein und zuhören. Ich kaue an meinem Daumennagel.

»Sie war die Beste von uns. Stark, mutig, eine Nervensäge.« Er prustet wieder dieses schrille Lachen. Mir wird ganz unbehaglich. Ich rutsche auf meinem Stuhl hin und her. »Ich hätte nie gedacht, dass sie ein Opfer sein könnte, dass sie ein Opfer und tot sein könnte. Vermisst zu werden, damit konnte ich umgehen. Ich war es gewohnt, mit Robins Chaos umzugehen. Ich habe die Leichen nicht untersucht, das war das Problem der Jägergilde. Ich hätte nie gedacht, dass drei meiner Engel, für die ich verantwortlich war, dort tot abgeladen wurden.«

Seine Augen treffen die meinen. »Ich habe nach etwas gesucht, das ich dir anhängen kann.«

Und da ist es.

Er sollte besser nicht wieder mit Anschuldigungen um sich werfen. Es war nicht meine Schuld.

»Ich habe gesehen, was ich erwartet habe, und ich habe dir die Schuld gegeben.«

Mir dreht sich der Magen um. Das ist alles gut und schön, aber Xander hat noch nicht erklärt, warum er eines Morgens plötzlich beschloss, neun Jahre Freundschaft wegzuwerfen. Liebe? Liebe, zumindest von meiner Seite aus. Was für eine Idiotin ich doch war. Der Bürostuhl quietscht, als ich mich vorbeuge. Er mag ein paar Fragen beantworten, während er wütend und verletzlich ist und um seine Schwester weint.

Aber ... ist das wichtig genug für mich? Ich traue ihm nicht über den Weg, und wenn ich mir seinen durchtrainierten Körper ansehe, dann ist das auch richtig so.

Ich schüttle den Kopf. Weißt du was? Es spielt keine Rolle. Ich habe diesem Mann alles gesagt, was ich ihm sagen wollte. Er kann mir nichts Neues sagen und ich werde mich nicht wiederholen. Eine zerbrochene Beziehung, eine verletzte Seele, das reicht für jeden.

Ich werde diese Wunde nicht wieder aufreißen.

Ich glaube auch, dass er versucht, mich zu manipulieren, was mir zeigt, dass er mich überhaupt nicht kennt. Xander hat seine Fehler gemacht, und ich bin viel zu schwarz-weiß, um auf seinen Scheiß reinzufallen. Was auch immer diese kleine Rede bezwecken soll, ich werde ihm nicht helfen. Wenn mich das zu einem schlechten Menschen macht, ist mir das egal.

Es ist mir egal.

Genauso wenig wie es ihn interessiert hat, als er mich ins Gefängnis geschickt hat, um dort zu verrotten.

»Es verfolgt mich«, fährt Xander fort. Ja, dieses Wort gefällt ihm wirklich. »Meine Schwester verfolgt mich, und die anderen Engel, die gestorben sind, verfolgen mich in meinem Kopf. Meine Arroganz. Meine Unfähigkeit ...« Er schließt die Augen und beißt sich auf die Lippe. »Ich habe meinen Posten als Botschafter verloren. Man hat mich gebeten zurückzutreten. Ich bin im Urlaub, um zu trauern. Ich habe Schande über mich und den Namen meiner Familie gebracht. Die Engel, die unter meinem Kommando standen, können mich nicht einmal ansehen. Ich habe Glück, dass sie mich nicht für ihren Tod verantwortlich machen. Ich habe es verdient.«

Karma, nicht wahr?

Wieder rutsche ich auf dem Stuhl hin und her. Ich muss mein Mitleid unterdrücken. Das Büro ist erfüllt von seinem Schmerz. Er umgibt uns wie ein Ozean und macht meinen Mund so trocken, dass ich nicht schlucken kann. Ich weiß nicht, was ich sagen soll. Ich verstehe nicht, warum er mir das alles erzählt.

Worauf will er hinaus? Vielleicht will er mich bestechen und mir teure Geschenke machen, um mich milde zu stimmen und seine Schuldgefühle zu lindern. Ich bin nicht so billig und viel zu stur, um zu vergessen, was er getan hat.

Ich sollte mich über diese Zurschaustellung von Schmerz freuen, aber das tue ich nicht. Es macht mich nur traurig. Ich kann ihm nicht helfen. Ich kann sein Chaos nicht in Ordnung bringen. Wir sind keine Freunde.

»Ich kann nicht zurück in meine Welt. Mein Ruf ist völlig ruiniert.«

Was zum Teufel will er von mir?

Er hebt eine Hand, um mich am Sprechen zu hindern. »Bitte entschuldige dich nicht.«

Das hatte ich auch nicht vor, denke ich innerlich. Will er mich auf den Arm nehmen? Und er hat es gewagt, mich verrückt zu nennen. Der Engel arbeitet auf einen echt peinlichen Auftritt hin.

»Ich verdiene das nicht. Ich wollte dir nur sagen, dass ich für dich da bin. Ich weiß zu schätzen, was du getan hast und wie du für und gegen mich gekämpft hast.«

Ich zucke zusammen.

Oh, ich habe mit ihm gekämpft. Aber nicht wirklich. Es war mehr so, als würde er mich aufmuntern, als hätten wir einen richtigen Streit. Er hat mein Schwert mit einem einzigen feurigen Hieb seiner Engelsklinge zerstört.

Arschloch.

Auch wenn ich mit Klerics superstarkem Dämonenblut vollgepumpt bin, kann ich dem Engel nicht das Wasser reichen.

Ich reibe mir die Stelle zwischen meinen Augen. Meine Augäpfel schmerzen, weil ich sie so oft gerollt habe. Ich muss das Chaos aufräumen und ihn aus meinem Büro schaffen. Pronto. *Glauben normale Menschen diesen Mist?*

»Xander«, sage ich sachlich. Ich lehne mich zurück und stütze die Arme auf den Schreibtisch. »Deine Entscheidungen haben nichts mit mir zu tun, und bitte, ich will keine ausgefallenen Geschenke oder halbherzigen Erklärungen mehr. Lass mich das klarstellen! Hörst du zu?« Ich halte mir die Hand vors Ohr.

Seine goldenen Augen blitzen.

Oh, das gefällt ihm nicht. Ich kann mir ein Lächeln kaum verkneifen. »Kleric und ich sind zu dir gegangen, um die Dämonen zu bekämpfen, aus purer Rache. Ich habe es nicht für dich getan. Wenn du so nett wärst, könntest du jetzt bitte zur Sache kommen. Ich habe zu tun. Was willst du?«

Ich habe seine Spielchen satt.

»Wie geht es deinem Dämon?«

Ich starre ihn an. Mir dreht sich der Kopf. Oh, okay. Was für ein Themenwechsel.

»Wie läuft die Fernbeziehung? Muss schwer sein, wenn er nicht da ist.«

Was zum Teufel? Diese Woche ist einfach unglaublich und wird immer besser. Ich kann nicht anders. Ich muss lachen.

Xander runzelt die Stirn.

Kleric knurrt.

Mein Lachen erstirbt und ich seufze dramatisch. »Xander, meine Beziehung zu Kleric geht dich nichts an. Ich wusste nicht, dass du das hören musst, aber wir ...« Ich wedle mit einer schlaffen Hand zwischen uns, während ich ihn ansehe. »Wir sind keine Freunde.«

Jetzt ist der Engel an der Reihe, seine Hände auf den Tisch zu legen. Er steht etwas zu nah an den Schwertern, damit ich mich noch wohl fühle. Statt sie zu packen und ihm den Kopf abzuschlagen, lehne ich mich zurück, verschränke die Arme vor der Brust und werfe ihm meinen besten Todesblick zu.

Wie läuft die Fernbeziehung? Seine Worte wirbeln in meinem Kopf herum und jetzt beunruhigt mich der Gedanke, dass der Engel, obwohl er keinen Botschafterstatus hat, Kleric und mich irgendwie voneinander fernhält und die ohnehin schon schwierige Dämonensituation noch verschlimmert.

»Du hältst Kleric und mich auseinander?«

Der Engel grinst.

Es ist nur ein geisterhaftes Zucken seiner Lippen, bevor seine Maske wieder aufgesetzt wird, aber ich kann es nicht vergessen. Und als wäre ein atmosphärischer, emotionaler Schalter umgelegt worden, verschwinden Traurigkeit und Schmerz, die von ihm ausgehen, wie von Zauberhand.

Dieser manipulative Bastard.

Seine goldenen Augen funkeln wie Feuer, als er mich von oben herab ansieht. »Du hast mich gefragt, was ich will?«

Ich hebe eine Hand, um ihn aufzuhalten. »Nein.« Ich deute mit dem Finger auf sein Gesicht.

Natürlich ignoriert er mich völlig. »Ich verbiete es«, knurrt er.

»Wie bitte?« Ich zucke zusammen. *Kleric, hörst du bitte auf zu knurren? Ich kann ihn kaum verstehen.*

»Ich. Verbiete. Es.« Xander spricht jedes Wort langsam aus. »Eure Beziehung. Du bist zu unschuldig, um dich mit diesem Dämon einzulassen. Wenn du mit jemandem zusammen sein willst, dann mit mir.«

Oh, verdammt!

Kapitel Fünfzehn

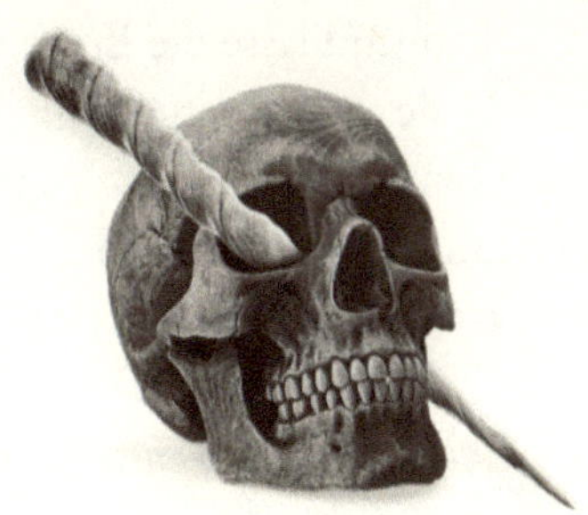

Es ist unglaublich, wie schnell man jemanden aus seinem Büro bekommt, wenn man einen wütenden Dämon im Kopf hat. Einen Moment lang hatte ich Angst, dass Kleric seine rauchige Magie benutzen würde, um aus seiner Welt zu kommen und Xander zu blutigem Brei zu schlagen. Meine Lippen zucken. Das würde ich wirklich gern sehen. Nicht, dass ich den Engel nicht selbst zu Brei schlagen könnte.

Oder zumindest mein Bestes geben.

Wieder habe ich Klerics Gedanken blockiert. Bei seinem Gebrüll kann ich nicht klar denken. Ich schüttle den Kopf. Xander will mich. Ich kichere, während ich mich durch die grauen Gänge schleiche, um Dexter an der Vorderseite des Gebäudes abzuholen. Das ist ein Witz epischen Ausmaßes.

Was ist nur los mit mir und meinem Glück? Der Engel hat sich nie für mich interessiert, obwohl ich ihn neun Jahre lang verfolgt habe. Neun Jahre lang! Er hat es nicht einmal bemerkt. Bei der ersten Gelegenheit hat er mich in ein Gefängnis außerhalb der Welt gesperrt, nur um mich loszuwerden.

Aber sobald ich aufhöre, sobald ich ihn abgrundtief hasse, sagt er: »Ich will mich um dich kümmern. Du bist mir wichtig.« Ich sage die Worte mit leiser Stimme, die eindeutig wie eine schlechte Imitation von Arnold Schwarzenegger klingen.

Es war naiv von mir, zu glauben, dass es mit Xander vorbei wäre. Ich hätte mich besser vorbereiten sollen, nach dem, was er an jenem Abend in seinem Haus gesagt hat. Was war das noch mal? Ich bleibe stehen, lege den Kopf in den Nacken und lasse die Erinnerungen Revue passieren. So schnell werde ich sie nicht vergessen. Wir gingen auf seine Haustür zu. Der Dämon Cynthia lag bewusstlos und schwer auf meiner Schulter, und ich erinnere mich an den Regen ...

»Du bist wirklich eine schöne und starke Frau geworden, Tru«, sagt Xander, als er uns aus der Orangerie in den Flur folgt.

Ich knirsche mit den Zähnen. Seine Worte kann er sich in den Arsch schieben. Der Engel ist sieben Wochen und einen Gefängnisaufenthalt zu spät dran. Ich beschleunige meine Schritte zur Eingangstür.

»Endlich sind wir verbunden.«

Ich stolpere, drehe mich so schnell um, dass Cynthias Kopf gegen die Wand prallt, und starre den entschlossenen Engel verzweifelt an.

Wunderschöne honigfarbene Augen mit goldenen Sprenkeln, umrahmt von dichten schwarzen Wimpern, blicken mich an, als würde er in meiner Seele lesen. Er lächelt mich an und wirkt im Licht der Flurbeleuchtung hinter ihm wie ein goldener Gott.

Mein Blick fällt auf den massiven blauen Dämon, der mich mit seinen sanften, freundlichen Augen beobachtet. Kleric nickt, öffnet die Tür und tritt hinaus in den Regen.

Dexter rennt hinter ihm her.

Der Kuss des Dämons pulsiert auf meiner Hand.

Ich schnappe nach Luft, drehe mich um, gehe weiter den Gang entlang und sage mit einer Handbewegung: »Tut mir leid, Xander. Ich bin viel zu beschäftigt. Ich muss eine Gefangene verhören und ein Portal schließen. Und Dämonen jagen.« Ich schnippe mit den Fingern. »Ach, und vergiss diese alberne Teenager-Bindung. Kleric ist mein Partner.« Ich grinse und trete in den Regen.

Xanders honigfarbene Augen verengen sich vor lauter Verwirrung, als die Tür vor ihm zuschlägt.

Oh-oh.

Ich verstehe. Ich habe ihn abgewiesen und ihn herausgefordert. Drei Monate lang hat Xander mich in Ruhe gelassen, damit ich mein kleines Problem mit dem Gefängnis überwinden kann, während er mit den Folgen von Robins Tod zu kämpfen hatte. Jetzt denkt er, er kann einfach reinspazieren, den weißen Ritter spielen, und ich falle ihm in die Arme.

Ich gehe weiter, meine Stiefel stampfen bei jedem Schritt. Der Engel hat sein Ziel verloren und klammert sich an Strohhalme. Ich bin die Biegsame in seinem Griff. Jetzt ist er der meistgehasste Engel in seinem Kreis – er denkt, er kann sich mit mir anlegen. Und genau das wird er tun: sich mit mir abgeben.

Ich bin nicht dumm. Ich reibe den stechenden Schmerz in meiner Brust. Ich sehe es in seinen Augen. Er sieht mich an, als wäre ich ein seltsamer Käfer, den er unter seinem Stiefel zerquetscht hat. Nein, es ist schlimmer. Ich bin der Käfer, der entkommen ist, und er hat beschlossen, dass er auf mich treten muss. *Ich bin kein verdammter Käfer.*

Der Gedanke, dass er mich überzeugen will, dass wir zusammengehören, während er Kleric und mich auseinanderreißt, ist schrecklich. Und ich kann ihn nicht ignorieren. Xander verletzt nicht nur Kleric – auch andere Wesen sind in diesen Schlamassel verwickelt. Wir könnten einen Krieg gegen die Dämonen führen, eine Welt, in der selbst ein niederes Monster wie Cynthia das totale Chaos anrichten kann. Ein Gemetzel. Sie können aussehen wie jeder andere. Wir können diesen Krieg nicht gewinnen. Sie würden uns vernichten.

Xander kann nicht so dumm sein.

Man sagt, ich neige dazu, in meinen Gedanken zu weit zu gehen, und man sagt, ich gehe ohne Beweise auf eine wilde Tangente. James Bonding nennt man das, weil sie glauben, dass ich mir in meinem Kopf Motive für Bösewichte ausdenke. Das tue ich nicht ... Ich verdrehe die Augen und puste mir das lose Haar aus dem Gesicht. Okay, das tue ich, aber in diesem Fall aus gutem Grund. Der Engel ist eine Bedrohung.

Als ich endlich in der Lobby ankomme, verwandelt sich der Boden unter meinen Füßen in edlen Marmor. Sofort erblicke ich Dexter in seiner massiven Monsterkatzengestalt. Er liegt mit gespreizten Beinen auf dem Rücken und ein halbes Dutzend Schulkinder kichern um ihn herum.

»Er ist so weich.«

»Fass ihn noch mal an.«

Ich lache leise.

Sein tiefes Schnurren höre ich bis hierher. Ich liebe diese Katze.

Eine Frau, die ich kenne, eine Stammkundin aus dem Café, in dem ich früher gearbeitet habe, fällt mir auf. Sie winkt mir kurz zu und kommt auf mich zu. Ihr Haar ist eine Mischung aus grau und braun und sie bewegt sich, als ob ihre Gelenke schmerzen. Stirnrunzelnd gehe ich auf sie zu.

Ich beneide die Menschen nicht, es muss eine Herausforderung sein, alt zu werden, sich innerlich jung zu fühlen, aber im Spiegel ein Fremder zu sein. Das muss traurig sein.

Als Wandlerin bewege ich mich auf zellulärer Ebene, sodass alles, was mit den Zellen nicht stimmt, sofort ersetzt wird. Unsere Zellen altern nicht. Wir bleiben in unserer körperlichen Blüte, bis etwas Schreckliches passiert und wir sterben. Wir sind weniger für ein unsterbliches Leben als für einen schrecklichen Tod bestimmt. Schöne Zeiten. Ich glaube, jede Rasse hat ihre Eigenheiten.

Ich leide am Gegenteil des Menschseins. Innerlich fühle ich mich uralt. All die Seelen, die ich auf die Reise geschickt habe, lasten auf mir, wenn ich innehalte und darüber nachdenke.

Als wir fast auf gleicher Höhe sind, hält mir die Frau ihr Handy unter die Nase. Ich blinzle und versuche, mich auf das Display zu konzentrieren.

»Sie sagten, du würdest mir nicht helfen, aber ich bin trotzdem gekommen. Ich habe den ganzen Vormittag gewartet. Ich hätte ewig gewartet. Das ist meine Enkelin Petra. Sie ist verschwunden. Die Vampire haben sie geholt.«

Das Mädchen auf dem Foto hat hellbraunes Haar und kornblumenblaue Augen. Es sitzt auf einem Sofa, die dünnen Arme um eine flauschige schwarz-weiße Katze geschlungen. Sie lächelt in die Kamera und kann höchstens neun Jahre alt sein.

»Sie ist acht«, sagt die Frau.

Ich zücke mein Handy, drücke ein paar Knöpfe und mache ein Foto vom Bildschirm. »Wann? Wo? Gib mir alle Informationen, die du hast.« Ich führe die Dame von der belebten Durchgangsstraße der Kreaturen, die das Gebäude betreten, in eine ruhige Ecke.

Ihre Hände zittern, ihr Herz schlägt wie wild. Sie ist wie versteinert, hat Angst vor mir. Das tut mir in der Seele weh. Das ist verständlich. Es ist schlimm, seit die Leute von meinem Hybridblut erfahren haben, aber die gefürchtete Henkerin zu sein, ist hundertmal schlimmer. Doch ihre Stimme bleibt ruhig. Sie ist entschlossen, mir alle Informationen zu geben, die sie hat.

Ihr Name ist Mrs. Hardy und sie erzählt mir in allen Einzelheiten, was in der Gegend von South Shore passiert ist.

Die Vampire seien auf der Jagd, sagt Mrs. Hardy, und sie glaube, dass sich ihr Nest in der Nähe ihres Hauses befinde.

»Ich werde mich darum kümmern.«

Ich sollte das nicht tun. Es ist nicht meine Aufgabe, aber sie hat mich um Hilfe gebeten, und das will etwas heißen.

Ich überlege, was zu tun ist, und beginne mit einem freundlichen Gespräch mit Atticus, dem Anführer der Vampire. Ich brauche eine Art offizielle Erlaubnis. Vielleicht weiß er, was los ist, und dass seine Vampire kleine Mädchen von der Straße entführen, muss er wissen, wenn er es nicht schon weiß.

Vielleicht weiß er auch, ob Xander etwas im Schilde führt und kennt weitere Details über den abtrünnigen Zirkel. Vielleicht ist er eher bereit, mir Informationen zu geben, wenn ich ein Vampirproblem löse.

»Heute?«, unterbricht Mrs. Hardy meine Überlegungen. Ihre Stimme klingt verzweifelt und ihre Augen flehen mich an, etwas zu tun. Egal was. »Sie ist alles, was ich noch habe. Bitte versuche es, Petra nach Hause zu holen.«

Ich wippe von einem Fuß auf den anderen. »Ich werde dich nicht anlügen und dir falsche Versprechungen machen. Wenn es Vampire sind und sie deine Enkelin länger als vierundzwanzig Stunden haben, sinken ihre Überlebenschancen erheblich.« Ich weiß nicht, ob sie noch lebt. Es ist eine schreckliche Welt, in der wir leben.

»Wirst du es versuchen?«

Ich glaube nicht, dass sie gehört hat, was ich über Petras Überlebenschancen gesagt habe. Ich schlucke und nicke. »Ich werde es versuchen.«

»Danke.« Mrs. Hardy greift nach meiner Hand. Innerlich zucke ich zusammen, als sie mich so fest drückt, dass sich das Handy in meine Knochen bohrt. Doch ich ignoriere das leichte Unbehagen. »Bitte versuche, unsere Petra nach Hause zu bringen.«

Vorsichtig ziehe ich mich zurück. Ich habe Mrs. Hardys Kontaktdaten und alles, was ich brauche. »Ich melde mich.«

Sie nickt, und plötzlich scheint der Kampf aus ihr gewichen zu sein. Sie schwankt. Ich greife nach ihrem Ellbogen, um sie zu stützen. *O nein, bitte nicht in Ohnmacht fallen.*

Ohne dass wir darum bitten müssen, kommt Dina, die Sicherheitskraft, mit einem Stuhl auf uns zu. Mrs. Hardy setzt sich. »Ich hole der Dame etwas Wasser«, sagt sie freundlich.

»Dina, wäre es möglich, dass jemand Mrs. Hardy nach Hause bringt?« Sie sieht nicht gut aus.

»Natürlich, Henkerin. Ich kümmere mich um sie.«

»Danke.«

Kapitel Sechzehn

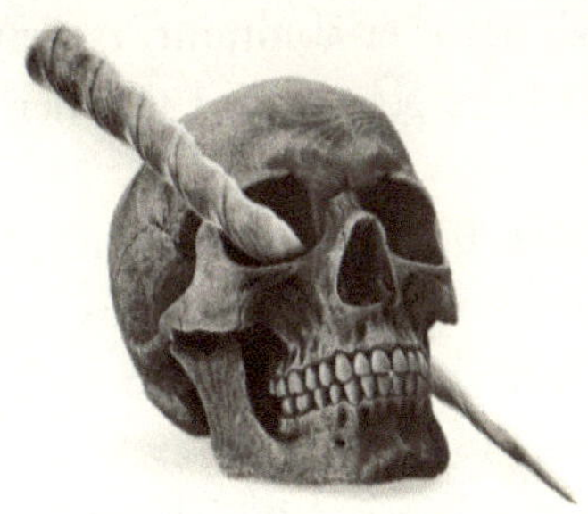

Wir steigen in den Defender und ich verlasse das Gebäude des Rates der Kreaturen. Ich wollte mich heute mit meinen Gargoyle-Freunden treffen, um die Engelsklingen auszuprobieren. Frank ist ein Schwertspezialist und Stanley und Jonathan sind meine Kampfgefährten. Ich spiele gern mit ihnen, weil ich sie nach Herzenslust verprügeln kann. Es ist erfrischend, alles zu geben, und sie mögen es, weil ich ein kleinerer Gegner und hinterhältig bin. Unsere improvisierten Trainingseinheiten sind ein Gewinn für uns alle vier.

Ich schüttle den Kopf, stütze den Ellbogen am Fenster ab und halte das Lenkrad locker. Das kleine Mädchen hat Vorrang, heute Nachmittag werde ich stattdessen richtig kämpfen.

Das Bild von Petra und ihrer Katze – ihr süßes, unschuldiges, lächelndes Gesicht – geht mir nicht aus dem Kopf. Ich fahre mir mit den Fingern durch mein Haar und stöhne. Das Schwierigste, was man lernen kann, ist Geduld. Ich dachte, ich hätte sie als Kind im Schlaf gelernt, aber ich habe mich geirrt. Es ist schwierig, gegen die emotionale

Stimme anzukämpfen, die einen quält. Die einen auffordert, alles zu tun, um sie zu retten. Sie zu ignorieren, muss die größte Herausforderung sein.

»Wie wär's mit einer Vampirjagd?«, frage ich Dexter, der neben mir auf dem Beifahrersitz sitzt.

»Reow«, antwortet er, was ich als volle Zustimmung werte.

Ich fahre so weit von der Arbeit weg, dass wir nicht gestört werden, und halte an, um den Anruf zu tätigen. Mir dreht sich der Magen um, als ich Atticus' Handynummer wähle und auf Lautsprecher stelle.

Es klingelt dreimal, bevor er abnimmt. Atticus' kultivierte Stimme erfüllt das Auto. »Ich habe gehört, was mit den Hexen in der Rigby Road passiert ist.«

Ah. Ich lehne mich zurück. Er meint es ernst. Heute scheint er nicht einmal ein Hallo für mich übrig zu haben. Es passt nicht zu ihm, dem berühmten Vampirführer, unhöflich zu sein und die üblichen Höflichkeitsfloskeln zu vergessen.

Mit einem Schulterzucken bereite ich mich vor. »Guten Tag, Sir. Wie geht es dir an diesem schönen Tag?«

Atticus ignoriert natürlich meinen kaum verhohlenen Sarkasmus.

»Du neigst dazu, alle Probleme mit extremer Gewalt zu lösen.« *Dem kann ich nicht widersprechen.* »Aber nicht in diesem Fall. Nach allem, was man hört, hast du dich gut geschlagen. Keine Toten. Ich kenne niemanden, dem das gelungen wäre. Ein Kampf gegen ein Dutzend Hexen, ein ganzer Hexenzirkel mit dreizehn Mitgliedern?« Er summt anerkennend. »Man sollte dich für deine hervorragende Arbeit loben. Sie haben das Haus verflucht, wusstest du das? Mir wurde gesagt, dass eine magische Gefahrgut-Einsatztruppe alles säubern und das ganze Reihenhausviertel abreißen muss. Der Hexenrat ist furchtbar beschämt.«

Ich würde viel Geld dafür geben, das Gesicht von Carol Larson zu sehen, wenn sie die Rechnung bekommt.

»Ja, es war ein Chaos.« Ich halte den Mund, um ihm nicht von den krabbelnden lila Fusseln zu erzählen. Ich muss bei der Sache bleiben. »Also, ich rufe an, weil ...«

»Sehr gut. Ich brauche einen Gefallen. Ich habe ein Vampirnest, das geräumt werden muss, und zwar noch heute.«

Was für ein Zufall! Zwei Vampirnester. Das klingt nach einem öffentlichen Samstagseinsatz.

»Okay.« Ich greife nach dem Datapad, den ich in den Fußraum geworfen habe, und meine Finger schweben tippbereit über der Notiz-App. Ich habe festgestellt, dass ich mir beim Mitschreiben nicht so leicht den Mund verbrenne. »Wo, wie viele Vampire und was haben sie getan?«

»Bond Street.«

Hm. Und da sind wir. Heute ist mein Glückstag.

Das Lächeln brennt auf meinen Wangen. Gebissene Vampire sind territorial, keine Chance, dass es in der Nähe ein weiteres Nest gibt, schon gar nicht in derselben Straße, in der Petra entführt wurde und wo sie vermutlich immer noch festgehalten wird.

Es gibt nur eine Bond Street in der Stadt und zu allem Überfluss bittet mich Atticus auch noch um einen Gefallen. Eine Win-Win-Situation. Ich lächle immer noch, lasse das Datapad in meinen Schoß fallen und trommle eine fröhliche Melodie auf das Lenkrad.

»Du bist in Bezug auf die Einwilligung etwas zweideutig geworden«, fährt Atticus fort. »Wusstest du, dass die Nachfrage nach menschlichem Blut wieder gestiegen ist?«

Das wusste ich nicht. Ich murmle eine Art Bestätigung. Ich wollte nicht direkt lügen oder Atticus glauben lassen, ich sei schlecht informiert. Story überwacht das, und eine E-Mail wird zweifellos auf Nimmerwiedersehen in meinem Posteingang verschwinden.

Die Kreaturen sind überall und ich habe keine Zeit, alles zu wissen – und wie Story mir immer wieder sagt, ist das auch nicht meine Aufgabe.

Ich bekomme Blut von Kleric, und der Dämon hat sich fest vorgenommen, dafür zu sorgen, dass ich gut und ausreichend ernährt werde. Mein Lächeln wird albern. Ich werde verwöhnt. Mit meiner verrückten Einhorn-DNA kann mein Körper kein Menschenblut verdauen. Wenn es nach mir ginge und es eine Garantie gäbe, dass ich nicht wild werde, würde ich ganz auf Blut verzichten.

Das billige künstliche Zeug vertrage ich etwas, aber wenn ich nur das trinke, bekomme ich Durchfall und werde krank. Als ich jünger war, habe ich dank eines gewissen Engels herausgefunden, dass das beste Blut für mich magisches Blut ist.

Zum Glück haben andere Vampire, ob reinblütig oder gebissen, nicht dieselben Ernährungsbedürfnisse wie ich und kommen mit dem künstlichen Zeug gut aus. Ihr Überleben hängt nicht von Menschen- oder Tierblut ab. Einige schwarze Schafe wollen das nicht wahrhaben und können ein Nein nur schwer akzeptieren.

»Du hast die Blutringe etwas zu gründlich gereinigt – nicht, dass ich mich beschweren wollte«, fügt er schnell hinzu. »Was du in drei Monaten erreicht hast, ist bemerkenswert. Die Zahl der Bluttaten ist so niedrig wie noch nie. Leider ist ein Nest etwas zu wild geworden, was die Bewegung für echtes Blut angeht. Du musst sie sofort wieder auf Kurs bringen.«

Ein bisschen wild. Ja, genau.

»Was genau wird erwartet?« Ich packe das Lenkrad. *Bitte sag tot.*

»Töte sie! Töte sie alle! Ich schicke dir alles, was ich über sie habe.« Das Datapad auf meinem Schoß piept. »Ich möchte eine Botschaft senden, und wie diese Botschaft auch aussehen mag, das überlasse ich ganz dir. Es gibt etwa acht bis zehn Mitglieder, alle gebissen und frisch tot, mit einem älteren Meister, der eine Herausforderung sein könnte – aber nicht für dich, wette ich.« Atticus lacht. »Meinen Quellen zufolge treffen sie sich heute Nachmittag um vierzehn Uhr.«

Anderthalb Stunden, um alles vorzubereiten. Das wird knapp.

»Werde ich Unterstützung bekommen?«

»Nein.«

Ich starre aus dem Fenster, wo sich zwei Möwen um einen Donut streiten. Story würde diesen Einsatz ernsthaft missbilligen. Ich grinse und reibe mir die Hände. Ich arbeite sowieso lieber mit Dexter, und das ist genau das, was ich brauche: einen Job, bei dem ich mich als Engel austoben kann.

Man könnte meinen, als Henkerin wäre das nicht so und ich hätte viel zu tun. Nein. Als Henkerin geht es nicht nur ums Töten, Töten, Töten. Stechen, stechen, stechen. Nein, es geht um Politik und darum, mächtige Wesen zu verärgern. Ich zucke mit den Schultern. Ich bin ein Profi darin, Leute zu verärgern, das gehört dazu.

Was meine eigentliche Arbeit betrifft, so kommt die Gerechtigkeit hier nur langsam voran, und meine Art von Gerechtigkeit wird weniger geschätzt, als man denken könnte.

Ich habe viel zu lange geschwiegen und Atticus räuspert sich. »Wenn du das für mich tust, Tru, besorge ich dir Informationen über die Situation in der Rigby Road.«

Sieh an, gleich zur Sache. Er hat es gehört. Jeder hat gehört, dass ich herumschnüffle und die Hexen mir alles verheimlichen. Ich rutsche auf dem Stuhl hin und her, das alte Leder unter mir knarrt. Ich muss auch wissen, was Xander vorhat.

Beides ist wichtig, also muss ich es richtig machen.

»Ich weiß nicht, Sir, ich hatte eine anstrengende Nacht.« Ich mache eine Pause und täusche ein Gähnen vor. »Ich bin immer noch voller Zaubersprüche. Wenn ich alles stehen und liegen lasse, um dein Vampirproblem zu lösen ... brauche ich etwas anderes von dir.«

»Rede weiter!«

»Informationen. Der Ex-Botschafter der Engel, Xander: Verursacht er Probleme bei der Lösung des Dämonenkonflikts?«

Atticus saugt die Luft zwischen seinen Fängen ein und machte eine kurze Pause, bevor er mit einem leisen »Ähm« und »Ah« fortfährt: »Das ist eine schwerwiegende Anschuldigung. Ich weiß, dass ihr beide eine gemeinsame Vergangenheit habt« Das ist noch milde ausgedrückt. »Wegen seiner Verbindung mit den Dämonen und dem bedauerlichen Tod seiner Engel wurde er von allen Verhandlungen ausgeschlossen. Ich kann sagen, wenn er überhaupt Einfluss hat, dann nicht direkt.« Er macht eine kurze Pause. »Ich werde mich darum kümmern.«

»Okay, super.« Ich bleibe ruhig. Ich will nicht, dass er weiß, wie wichtig seine Bemühungen sein werden. Für Kleric. Für mich. »Ich sehe mir mal an, was du mir geschickt hast.«

Ich blättere die Dateien auf dem Datenpad durch. Die Leute von Atticus waren sehr gründlich. Es gibt Grundrisse, Details über die Vampire und alle relevanten Dokumente, inklusive der Haftbefehle. Ich unterschreibe alles und schicke es mit einem Knopfdruck zurück.

Ein fast lautloses »Ping« signalisiert, dass er die Dokumente erhalten hat. »Ausgezeichnet. Ruf mich an, wenn du etwas brauchen solltest. Das übliche Vampir-Aufräumkommando steht bereit. Gute Jagd, Henkerin.«

Bevor ich antworten kann, legt er auf.

»Okay, tschüss.« Ich zucke mit den Schultern, als ich den Startbildschirm des Handys sehe, und drehe mich zu Dexter um.

Streifen der Wintersonne scheinen durchs Fenster, und er hat sich ungünstig gedreht, um die optimale Sonnenposition zu erreichen. Sein rot-weiß gefleckter Bauch glänzt im Licht. Oh, der kleine Kerl ist erschöpft. Ich beuge mich zu ihm hinunter und kraule seinen Bauch – das statische Kribbeln in seinem Fell prickelt auf meiner Haut.

»Es muss schwer sein, eine Katze zu sein.«

Ein Auge öffnet sich. »Miau«, faucht er, während seine Vorderpfoten nach meiner Hand greifen und sie dorthin führen, wo er gestreichelt werden möchte.

Ich schaue auf das Datapad und sende alles mit einer Hand an Story. Mein Handy auf lautlos gestellt studiere ich die Informationen des Vampirführers, analysiere jedes Wort mit der Akribie eines Killers.

Die Stunde vergeht wie im Flug. Zufrieden drücke ich den Zündschlüssel, blicke über die Schulter, lenke den Defender wieder auf die Straße und fahre Richtung Meer.

Direkt an der Promenade liegt die Bond Street.

Das Eindringen in das hiesige Vampirnest wird den Adrenalinspiegel garantiert in die Höhe treiben. Das wird anders als die Rettungsmission von letzter Nacht. Das ist eher mein Ding. Es ist viel schwieriger, nicht töten zu können, als betrunkene Verrückte zu bändigen. Und da sie das in ihrem eigenen Revier tun, werden sie nicht in höchster Alarmbereitschaft sein. Entspannte große Fische in einem kleinen Blutteich.

So einfach ist das.

Was kann da schon schiefgehen?

Kapitel Siebzehn

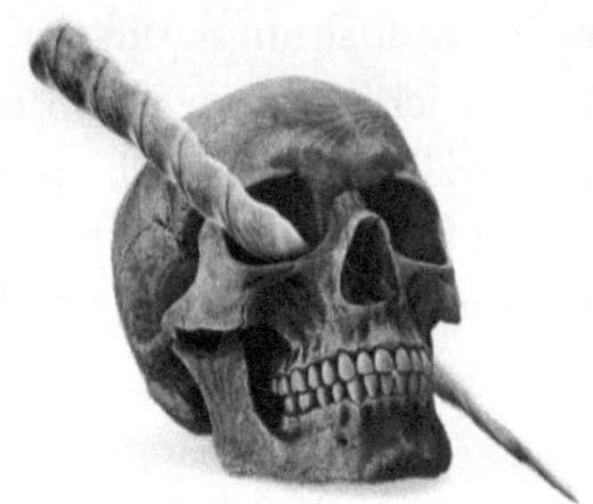

Das Vampirnest liegt an der Ecke Bond und Rawcliffe Street und ist ein baufälliges, keilförmiges Geschäftshaus. Der verzierte Datumsstein oben auf dem Gebäude zeigt das Baujahr 1889. Ich wette, es war damals sehr schön.

Der Land Rover sollte in dieser belebten Gegend nicht auffallen, also riskiere ich es und fahre vorbei.

Als ich näher komme, habe ich noch mehr Glück. Ein paar Autos vor mir beginnen den gruseligen Tanz des Parallelparkens. Der Defender kommt neben der Eingangstür zum Stehen. Mit schlecht verhohlener Ungeduld schaue ich mich um, fuchtele mit den Händen und klopfe auf das Lenkrad – hier ist nichts zu sehen.

Auf den Schildern steht *South Shore Printing*, die Website und die Telefonnummer. Laut Informationspaket verkaufen die Vampire Tinte und alle möglichen Druckgeräte. Ich vermute, dass sie online ein Riesengeschäft machen, denn der Laden selbst ist denkbar unwirtlich.

Die rostigen blauen Fensterläden sind alle heruntergelassen und mit

Vorhängeschlössern gesichert. Die Eingangstür ist noch offen, aber ein handgeschriebenes Schild weist darauf hin, dass sie wegen Inventur geschlossen ist.

Alle Geschäfte entlang der Straße sind in einem etwas schlechteren Zustand. Alles Metall ist verrostet, und die Farben der bemalten Fassaden blättern ab. Die Pubs sind in einem besseren Zustand und verwenden mehr natürliche Materialien wie Stein.

Ich vermute, dass es nicht hilft, so nah am Meer zu sein. Das Salz und der Sand in der Luft nagen an den Gebäuden und lassen sie verfallen. Ich wette, allein die Instandhaltungskosten sind enorm.

Die Magie, die sie vielleicht benutzen, um eine Schutzschicht zu erzeugen, ist teuer und verfällt auch schnell. Außerdem mag sie keine salzige Luft. Magier, die an der Küste leben, haben es schwer oder, wie ich vermute, ein garantiertes Einkommen aus Wiederholungsgeschäften, denn Zaubersprüche müssen häufiger erneuert werden als im Landesinneren.

Wir parken in einer Seitenstraße. Ich beiße in den sauren Apfel und rufe Story an.

»Brauchst du Hilfe?«, murmelt sie. Ich weiß, dass sie genau wie ich alle Informationen, die ich ihr geschickt habe, schon gelesen hat.

»Ja, bitte.«

Story gibt ein leises Knurren von sich.

Normalerweise hätten wir jetzt einen Kommunikationszauber, aber damit der funktioniert, müssen wir beide in der Nähe sein. Also müssen wir auf die gute alte Schule zurückgreifen. Ich hole einen Kopfhörer aus dem Handschuhfach, verbinde ihn mit dem Handy und stecke mir das winzige Gerät ins Ohr. Dann nehme ich eine Handvoll Mikrokameras, damit wir alles filmen können.

»Du weißt, dass das eine dumme Idee ist, besonders nach dem, was mit den Hexen passiert ist. Warum hilfst du Atticus?«

Ich habe keine Zeit, um auf Xander einzugehen, und ich werde ihr ganz sicher nicht erzählen, dass ich mehr über den Hexenfall erfahren möchte.

»Geht es um den Besuch dieses Arschlochs? Was hat Xander getan?«, knurrt sie.

Ich stöhne. Seit Story Mutter geworden ist, bin ich mir sicher, dass sie eine Art mütterliche Superkraft der Voraussicht entwickelt hat.

»Sie haben ein kleines Mädchen entführt.« Ich mache eine Pause, damit sie meine Worte verarbeiten kann. »Ihre Großmutter hat mich in der Lobby angesprochen. Das Mädchen ist acht Jahre alt und heißt Petra.«

»Oh, Mutter Natur«, flüstert Story. Dann brüllt sie mir mit lauter Stimme ins Ohr: »Worauf wartest du noch? Geh! Mach schon! Mach sie fertig und hol sie zurück, Tru.«

DEXTER und ich umrunden die Straße und laufen die Gasse hinter dem Gebäude entlang. Der Laden dahinter ist eine Autowerkstatt. Das Radio spielt, und unter einem schwarzen Vauxhall Corsa ragen Beine in Overalls hervor. Der linke Stiefel des Mechanikers wippt im Rhythmus des Liedes.

Mit wackelndem Hintern und wedelndem Schwanz klettert Dexter über die ein Meter achtzig hohe Backsteinmauer. Ich verdrehe die Augen, als ich mich dem Holztor nähere. Ich klettere nur, wenn es nicht anders geht. Ich wackle an dem Griff des Tores, löse den rostigen Riegel mit einer Drehung des Handgelenks und schlüpfe in den kleinen Betonhof.

Ein gut platzierter roter Ziegelstein, der vermutlich dazu dient, das Tor offen zu halten, eignet sich hervorragend als Türstopper. Ich klemme ihn unter das Holz. Er sollte das kaputte Tor geschlossen halten, es sei denn, der Wind nimmt zu.

Ich lausche ein paar Sekunden auf Alarmsignale, aber als nichts zu hören ist, schleiche ich über den Platz und spähe durch die Glasscheibe der Hintertür.

Leer.

Mit einem Zauberspruch knacke ich das Schloss und schleiche mich hinein.

Als ich das Vampirnest betrete, fällt mir als Erstes der Geruch von ungewaschenen Körpern, Vampirfäule und Blut auf. Meine Zähne brennen vor Wut und ich habe Mühe, meine Fangzähne an Ort und Stelle zu halten, denn es riecht schrecklich und stark nach Kupfer. So viel Blut verheißt nichts Gutes.

Der leere Raum ist eine alte Küche, die schon lange nicht mehr als solche benutzt wird. Auf allen Oberflächen liegt dicker, unberührter Staub, der Kühlschrank steht offen und ist nicht an die Stromversorgung angeschlossen.

Ich gehe zur Tür, die in einen Flur führt, und öffne sie einen Spalt. Dexter versucht, sich hindurchzudrängen, und starrt mich wütend an, als ich ihn nicht lasse.

Warte!, forme ich mit den Lippen.

Ich stehe wieder auf und lausche, während die Kameras und Story ihre Arbeit verrichten. Als sich der Gang dahinter als leer erweist, geben wir Entwarnung. Ich öffne die Tür weiter. Dexter stolziert hindurch, wirft mir einen Blick über die Schulter und sagt: »Ich hab's ja gesagt.«

Mit dem Messer in der Hand schleichen wir beide leise durch das Gebäude. Ich überlasse Dexter die Führung, damit er nicht so leicht entdeckt werden kann. Sein Schwanz zuckt von einer Seite zur anderen und seine Augen sind riesig, während er nach den Vampiren sucht.

»Der Lagerbereich ist sauber«, sagt Story leise über das Headset.

Die Ausrüstung in der Nähe erregt meine Aufmerksamkeit. Ohne lange nachzudenken, schnappe ich mir eine schwarze Tintenpatrone vom Stapel im Regal und grabe meinen Daumennagel in den Plastikbehälter, um den Deckel zu entfernen. Ein vertrauter Geruch steigt mir in die Nase und ich starre ihn an wie eine lebende Schlange. Irgendein Zauber muss den Geruch blockiert und den Inhalt frisch gehalten haben – es ist keine Tinte.

Nein, es ist menschliches Blut.

Ich blähe meine Wangen auf, während mir ein Schauer des absoluten Ekels über den Rücken läuft. »Menschliches Blut in den Tintenpatronen«, flüstere ich zu Story.

Sieht aus, als würden Vampire Blut in allem Möglichen aufbewahren.

Ich beiße die Zähne zusammen und klammere mich an die Totenstille in mir, die ich wie Schild und Waffe um mich herum wirbele. Ich lasse den Schrecken der Blutpatrone verblassen und konzentriere mich auf das Töten.

Diese Vampire müssen sterben.

Ich gehe weiter.

»Ein Ziel vor uns, erste Tür rechts«, sagt Story.

Dexter bleibt stehen. Er dreht sich zu mir um, um meine Aufmerksamkeit zu erregen, dann fixiert er dieselbe Tür.

Ich nicke. *Guter Junge.*

Die Tür ist offen und aus billigen Lautsprechern dröhnt blecherner Lärm. Ich drehe mich zur Seite und spähe hinein. Ein dunkelhaariger Vampir sitzt hinter einem großen, massiven Holzschreibtisch. Er lacht und zeigt seine Reißzähne, während er sich ein Video auf seinem Handy ansieht – die Quelle des Lärms. Da ist das verräterische Zeichen, eine Blutkruste in der Ecke seines Mundes und ein dunkler Fleck auf der Brust seines blauen Hemdes, das Markenzeichen eines schmutzigen Essers.

Und seine Mahlzeit ... die zerknitterte Gestalt eines kleinen Jungen, der in der Ecke liegt wie eine weggeworfene Essensverpackung, die nicht im Müll gelandet ist.

Ich weiß nicht, ob das Kind bewusstlos oder tot ist.

Ich schließe die Tür, und das billige Schloss rastet mit einem charakteristischen Klicken ein. Als der Vampir bei dem Geräusch den Kopf hebt, springe ich auf seinen Schreibtisch und trete auf seine Papiere. Kugelschreiber und Papier fliegen durch die Luft. Er springt auf und sticht mit einer Klinge auf mich ein. Ich lehne mich zurück und trete ihm ins Gesicht.

Als mein Stiefel ihn trifft, merke ich, dass ich nicht so viel Kraft hätte aufwenden müssen, denn sein Kopf schnellt zurück, neigt seltsam zur Seite und er sinkt wie eine Stoffpuppe zu Boden.

Verdammt. Ich habe ihm das Genick gebrochen.

Ich wollte ihn verhören. Wenn ich ihn so liegen lasse, wird er zwar heilen, aber erst in ein paar Stunden. *Eine verdammte Schande.*

Ich stecke das Messer weg, springe vom Schreibtisch auf und nehme eine der Engelsklingen aus dem Holster. Ich rolle ihn flach auf den Rücken, stelle meinen Stiefel auf seine Brust und schwinge das Schwert an seinen Hals. Die Klinge schneidet sauber und trennt den Kopf des Vampirs vom Rumpf.

Ich brauche eine Sekunde, um wieder Mut zu fassen. Ich muss tief in mich gehen, um die Kraft zu finden. Dann nehme ich Haltung an und gehe auf das Kind zu. *Bitte sei nicht tot!*

Dexter sitzt neben dem Kind und öffnet den Mund zu einem stummen Schrei.

Ich weiß, Kätzchen.

Tief einatmen, meine Gefühle unter Verschluss halten. Ich schaffe das. Ich knie mich neben das Kind. Das Rasseln seines Atems ist ein schreckliches Geräusch, aber auch das Schönste, was ich je gehört habe. Ich nehme einen Heiltrank – er soll den kleinen Wurm in Schlaf versetzen – und ziehe eine weiche, warme Decke aus der Tasche, um ihn darin einzuwickeln. Vorsichtig hebe ich ihn hoch – *er ist so leicht* – und verstecke ihn unter dem Schreibtisch. Um ihn zu schützen, decke ich die Stelle vorübergehend ab.

»Wir kommen so schnell wie möglich zurück«, flüstere ich. *Okay. Der Nächste.* Ich nicke Dexter zu, schließe die Tür auf und wir verlassen den Raum.

»Die Mikrokameras zeigen an, dass die Tür links mit einem Hör-mich-nicht-Zauber belegt ist. Richtig, da sind Geiseln drin. Keine Vampire.«

Ich frage sie nicht, ob sie Petra gesehen hat. Ich muss absolut ruhig bleiben. Ich betrachte die Tür und gehe weiter.

»Die Treppe weiter oben im Flur führt nach oben, wo zwölf Vampire ihr Treffen vorbereiten.«

Nur acht Vampire, hat er gesagt. Verdammt, Atticus. Mit dem einen Kerl, den ich schon erledigt habe, sieht es wieder nach dreizehn Bösewichten aus.

»Acht Vampire sind in dem Raum am Ende und drei in einem Nebenraum auf der rechten Seite. Die im Nebenraum haben ein ... ein Kind.«

Und Vampir Nummer zwölf?

»Ein männlicher Vampir kommt herein.« Schwere Schritte knarren über meinem Kopf, die Stufen der Treppe zum ersten Stock knarren.

Der Vampir muss auf halbem Weg stehen geblieben sein, um zu

rufen: »Phil, komm schon, Mann. Wir warten, dass es losgeht. Wir brauchen diese Snacks. Bring ein paar von den Kleinen nach oben.«

Oh, okay, wenn ihr Snacks wollt ... meine Lippen zucken leicht vor Wut. Ihr könnt euch daran laben. Ich drehe das Messer in meiner Hand. Ich bewege mich, drücke meinen Rücken gegen die Wand und warte.

Seine schweren Füße poltern die Treppe hinunter, als er keine Antwort bekommt. »Phil!« Die Tür wird aufgerissen, streift meinen Oberkörper und ein kahlköpfiger, stämmiger Vampir stolpert an mir vorbei. »Phil, warum musst du so ein Arsch sein?« Er hält inne, als er Dexter entdeckt.

Dexter sitzt mitten im Flur. Sein Schwanz ist um seine Hinterbeine geschlungen, während er lässig seine linke Vorderpfote leckt.

»Seit wann haben wir eine Katze? Darf ich sie fressen?«, fragt der stämmige Vampir mit einem fröhlichen Lachen.

Ich verlagere mein Gewicht auf die Zehenspitzen, führe das Messer an seine Kehle und steche fest in die Mitte seines Halses, sodass die Luftröhre durchtrennt wird und er keinen Laut mehr von sich geben kann. Ich will nicht, dass seine Schreie das Spiel verraten.

Dexter springt zwischen unsere Beine, damit er nicht vom Blut bespritzt wird. Mit einer brutalen Drehung ziehe ich die Klinge heraus und führe sie über die weiche Stelle unter dem Kinn des Vampirs, um mit einem präzisen Schnitt die Halsschlagader und die Jugularvene zu durchtrennen. Das Blut aus den Arterien bespritzt die Wand des Korridors mit einem Regenbogen aus Rot. In meiner eisigen Wut hätte ich fast seinen Kopf abgetrennt.

Ich lege seinen Körper auf den Boden und töte ihn mit dem Schwert. Ich nehme mir die Zeit, meine rechte Hand und beide Klingen zu reinigen. Den Kopf abzuschlagen oder das Herz zu entfernen, ist die einzig sichere Methode, einen Vampir zu töten. Er kann sogar heilen, wenn seine Kehle durchtrennt ist und kein Blut mehr fließt.

Also sorge ich dafür, dass er es nicht kann.

Ich lasse ihn liegen und wir gehen nach oben.

Aus dem Zimmer am Ende des Ganges dringen laute, aufgeregte Stimmen. »Die drei Vampire, die Tür rechts«, flüstert Story.

Ich will das Kind retten. Ich will das Kind so sehr retten, aber ich treffe die unmögliche Entscheidung, mich zuerst um die größere Gruppe zu kümmern. Ich habe keine Wahl. Ich kann nicht gegen alle in diesem Gang kämpfen. Da ist kein Platz und wir wären schnell überfordert.

Wir können nur gewinnen, wenn wir zuerst die größere Gruppe überraschen.

Ich schleiche an der Tür vorbei, die Last der Entscheidung liegt schwer auf meinen Schultern, und werfe eine Wache zu Boden, um die drei Vampire im Inneren in Schach zu halten.

Dexter wandelt sich in seine größere Monsterkatzengestalt.

Ich zaubere die nötigen Zaubersprüche und mache mich mit dem Schwert bereit. Der Kampf gegen Vampire ist eine schnelle, schmutzige Angelegenheit, und aus Erfahrung weiß ich, dass man keine Zeit hat, Zauber zu wirken. Wenn man auch nur eine Sekunde innehält, hat einen schon jemand erwischt ... das ist eine schmerzhafte Lektion und man ist in Schwierigkeiten, denn die Vampire sind stark genug, um einem die Gliedmaßen abzureißen.

Um die Vampire in Panik und Verwirrung zu stürzen, ihre scharfen Sinne zu verwirren und sie an der Zusammenarbeit zu hindern, trete ich die Tür auf und schmeiße einen Rauchzauber hinein.

Wir stürmen durch die Tür und ich werfe den letzten Zauber, eine temporäre Barriere, über meine Schulter, um die Tür hinter uns zu versiegeln, sodass es kein Entkommen gibt. So habe ich die linke Hand frei, um das andere Engelsschwert zu ziehen. Beide Griffe fühlen sich warm an und liegen gut in meiner Hand.

Die acht Vampire sind vom Rauch geblendet, sie schreien und brüllen und verlieren wertvolle Sekunden. Der Rauch macht mich genauso blind für das, was in diesem Raum passieren wird, also schließe ich meine Augen, konzentriere mich und lasse meine anderen Sinne übernehmen, während das Chaos ausbricht.

Dann greifen sie an und ich tanze.

Ein wunderschöner Tanz aus Blut, Stahl und Schmerz. Ihr Schmerz. Ich drehe meine Schwerter, atme gleichmäßig und passe mich dem Moment an, dem Schwung meiner Klingen. Ich stelle mir den Fächer aus Blut vor, wie er in den Rauch fliegt und regnet.

Das Blut klebt an meinem Gesicht und meinen geschlossenen

Lidern, aber alles um mich herum ist für meine Sinne kristallklar, und jeder Augenblick, jede Sekunde fühlt sich an, als würde sie ein Leben lang dauern.

In Wirklichkeit vergeht sie so schnell.

Hier bin ich am besten, wenn mich nichts berühren kann. Ich liebe und hasse diesen Teil von mir. Der Verlust von Leben schmerzt mich, auch wenn ich weiß, dass es schlechte Kreaturen sind. Ich bin nicht zu ignorant, um zuzugeben, dass ich dazu geboren wurde. Als die Vampire fallen, stürzt sich Dexter auf sie und tötet sie.

Als keiner mehr steht, löse ich mit einer Handbewegung den Rauch auf und sehe alle acht tot. Für diese Vampire gibt es kein Zurück mehr. Ich drehe mich zur Tür, endlich bereit, mich um die letzten drei Vampire zu kümmern, und ... da kracht ein riesiger Vampir durch die Innenwand.

Ein Stück der Trockenbauwand trifft mein Gesicht, ein langes Stück Holz meine rechte Schulter und reißt mir das rechte Schwert aus der Hand. Die Klinge fällt klirrend zu Boden und verschwindet unter großen Mauerstücken.

Wow, so kann man auch einen spektakulären Auftritt hinlegen, denke ich.

Das muss der Meistervampir sein. Seine Klinge streift mein Gesicht. Ich lasse ihn näher kommen und schlage ihm mit der Faust auf die Nase. Mal sehen, wie ihm das gefällt. Er schüttelt den Kopf und grinst mich an.

Ich werfe das Schwert in meine stärkere rechte Hand und mache mit der anderen Hand eine Komm-schon-Geste. Das wird ein Spaß. Mal sehen, wie dieses Monster mit jemandem umgeht, der sich wehren kann.

»Tru! Dexter, nein!«, schreit Story, gefolgt von Dexters Schmerzensschrei.

Unvorsichtigerweise riskiere ich einen Blick. Was mich erstarren lässt, ist nicht nur das Messer, das bis zum Griff in meiner Monsterkatze steckt. *Nein, nein, nein, das darf nicht sein.* Es ist der Vampir, der über seinem blutenden Körper steht.

»Justin?«, flüstere ich.

KAPITEL ACHTZEHN

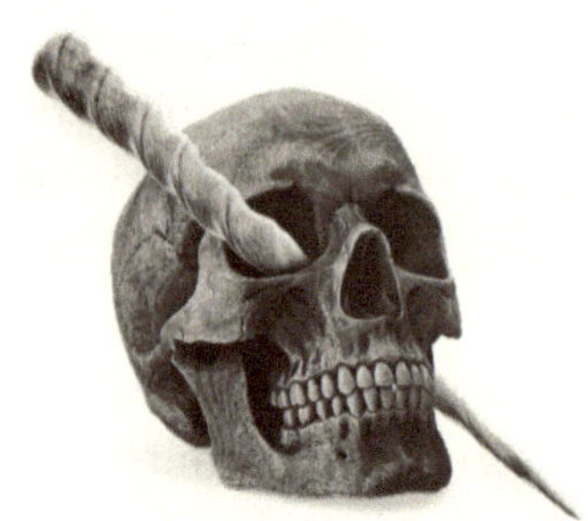

ALS ICH DEXTER blutend am Boden liegen sehe und Justin drohend über ihm steht, begehe ich einen Fehler. Der Meistervampir nutzt meine Ablenkung und anstatt mich zu schlagen, wie ich es erwartet hatte, wirft er mich zu Boden.

Ich schlage mit dem Hinterkopf auf und sehe Sterne. Ich danke dem Schicksal für meine Muskelreflexe, als ich ihm mit der Handfläche auf die Brust drücke, und bin schnell genug, um den anderen Arm hochzureißen und meinen Unterarm gegen seine Kehle zu stemmen, um seine Fänge von meinem Hals fernzuhalten.

Ich habe noch nie erlebt, dass ein Wesen mein Blut getrunken hat, und ich will jetzt auch nicht damit anfangen, weil ich keine Ahnung habe, was das mit einem Vampir macht. »Hey, du Idiot, das ist wirklich würdelos.« Ich versuche, ihn abzuschütteln.

Er faucht.

Ich bekomme eine volle Ladung stinkenden, blutigen Atems ab und rümpfe die Nase.

»Minze?«, murmle ich. Ich bin nicht gern gefangen, und stinkender Atem ist schwer. Aber ich kann das die ganze Nacht machen, solange er mich nicht weiter anhaucht. »Was ist das nur mit all den Vampiren, die sich in letzter Zeit nicht mehr die Zähne putzen?«

Der Vampir mit dem üblen Mundgeruch ignoriert meine Beschwerde und konzentriert sich ganz auf die pulsierenden, saftigen Adern an meinem Hals.

Da bemerke ich aus dem Augenwinkel eine Bewegung.

Oh. Scheiße. In dieser Position kann ich mich nicht um sie kümmern.

Die zierliche Blondine schleicht über die Trümmer und kommt mit langsamen, bedächtigen Bewegungen auf uns zu. »Meister«, begrüßt sie den auf mir liegenden Vampir und blendet mich mit einem Lächeln.

»Sobald du Dexters Blutung gestoppt hast, brauche ich hier drüben deine Hilfe, Justin«, singe ich. *Du steckst ein bisschen in der Klemme, nicht wahr, Tru?*

Blondie beugt sich näher zu mir und schnuppert an mir. »Was haben wir denn hier? Einen Snack in Form eines Wandlers?« Sie schnurrt und leckt sich über die Lippen.

»An deiner Stelle würde ich nicht an mir knabbern.«

Sie greift in mein staubiges Haar und reißt meinen Kopf zur Seite, sodass meine Kehle frei liegt. Ich kann nur die Zähne zusammenbeißen und Stinky Breath festhalten, der aufmerksam zusieht und aufgeregt mit den Fängen klappert.

Das ist großartig.

»Justin.« Ich versuche es noch einmal. Ich kann ihn nicht sehen. O Gott, ich hoffe, den beiden geht es gut. Ich kann ihnen nicht helfen. Jedenfalls noch nicht.

Die Blondine spuckt mir auf den Hals.

Oh, ist das eklig. Was für eine eklige, dreckige Person, die mich anspuckt.

Dann wischt sie mit einem schneeweißen Taschentuch über meinen Hals. Sie schrubbt so heftig, dass ich mir sicher bin, sie versucht, eine Hautschicht zu entfernen.

Sie hebt den Kopf und grinst mich an. »Eine Kämpferin und du hast Blut ...« Sie rümpft die Nase und fährt mit den Fingern über mein

Gesicht und meinen Hals. »Das Vampirblut wird den Geschmack ruinieren.

Du bist wirklich eine eiskalte Mörderin. Das wird mir gefallen. Ich hatte noch nie ein Einhorn.«

»Ich würde nicht ...«

Sie schlägt zu. Meine Haut platzt unter ihrer Berührung auf, und die Kuh schluckt mein Blut geräuschvoll wie einen Milchshake. Mein seltsames, mächtiges Hybridblut. Das Hybridblut mit einem Schuss Engel und einer großen Portion Dämon. Ich bin mir nicht sicher, was diese Mischung anrichten wird, und frage mich vage, ob sie sich in einen Hulk verwandeln wird.

Blondie stöhnt an meiner Kehle, als hätte sie einen Heidenspaß. Okay, das ist nicht gut. Ich muss riskieren, einen Arm fallen zu lassen, um nach dem nächsten Messer zu greifen.

»Lass mir was übrig!«, knurrt Stinky Breath.

»Ja, Meist...« Dann gurgelt sie, hustet und zieht sich zurück. Hektisch reibt sie sich den Hals. Ihr Gesicht hat eine seltsame grüne Farbe angenommen.

Ich kneife die Augen zusammen. Nein, nicht grün ... blau. Dämonenblau. Meine Augen weiten sich. Verdammt, das kann nichts Gutes bedeuten.

»Rachel?«, fragt Stinky Breath. »Geht es dir gut?«

Die blonde Vampirin Rachel schreit so laut, dass die Fenster klirren, dann explodiert ihr Kopf.

»Was? Rachel!«, brüllt Stinky Breath.

Knochensplitter fliegen um uns herum, ihr kopfloser Körper baumelt, als würde er der Schwerkraft trotzen, während Blutfontänen aus ihrem zerschmetterten Hals spritzen.

Oh, so ist das also. Gut zu wissen. Ich nicke. Meine Bauchmuskeln spannen sich an, als ich wütend auf den geschockten Meistervampir einschlage. Stinky Breath rührt sich keinen Zentimeter, also beuge ich mich vor und schlage ihm wütend auf den Kopf.

Als sich unsere Stirnen berühren, wandelt sich ein Teil von mir.

Mein Horn.

Das scharfe Horn durchschneidet Stinky Breaths Kopf wie ein Speer eine Melone — Blut und graue, breiige Hirnmasse rinnen seinen

Hals hinunter. Ich lächle, halte Blickkontakt und beobachte, wie das Licht aus seinen Augen weicht.

»Versuch, das zu heilen, du Arschloch!«

Mein Wandlungszauber durchströmt meine Zellen und das schwere Horn verschwindet. Ich hebe meine Hüften an und rolle den toten Körper des Meistervampirs von mir herunter. Er plumpst zur Seite. Dann ziehe ich meinen schmerzenden, geschundenen Kadaver auf die Beine.

Für den Bruchteil einer Sekunde schwanke ich, dann greife ich nach dem nächsten Schwert, meiner Engelsklinge. Grunzend ramme ich das Schwert mit meinen Händen und meinem Körpergewicht in seine Brust. Als ich das Herz erreiche, drehe ich die Klinge, um das Organ zu pulverisieren. Dann nehme ich mir den Kopf des Meistervampirs vor.

Außer Atem wanke ich. Ich ziehe das Schwert, greife nach einem Heilzauber und eile zu Dexter. Meine Knie knacken, als ich neben ihm zu Boden sinke und ihm die Putzreste aus dem Fell wische. »Alles ist gut, Dex, ich bin bei dir. Alles ist gut«, gurre ich.

Für einen Moment zittern meine Hände, während ich auf die Waffe starre. *O nein, das ist Eisen! Eisen ist giftig für Fae.* Was zum Teufel soll ich tun? Okay, Eisen ist für Wandler nicht so schlimm wie Silber, wenn ich es jetzt herausziehen kann.

»Es ist ein Messer aus Eisen, Dex. Ich werde es herausziehen, aber du musst still liegen bleiben.« Ich atme tief durch, greife den Griff und ziehe die Klinge vorsichtig aus seinem Körper. Ich versuche, den Dolch im gleichen Winkel zu halten, wie er ihn hineingestoßen hat.

Ich werfe das verfluchte Ding durch den Raum und ziehe aus der Taschendimension einen Zauber, der Eisen anzieht. Ich gieße es in die Wunde. Ekliges schwarzes Blut strömt heraus. Meine Hand schwebt über der Wunde, während ich auf den richtigen Moment für den Heiltrank warte.

Komm schon, komm!

Langsam, ganz langsam wird das schwarze Blut blau.

Warte noch!

Endlich wird das Blut heller und ich träufle die heilende silberne Flüssigkeit auf die Wunde. Die Blutung hört auf und die schreckliche Wunde schließt sich, das Fell ist weg und eine hässliche rote Narbe bleibt zurück. Aber sie ist geheilt. Wir haben es gerade noch rechtzeitig bemerkt. Eine Minute später und Dexter wäre tot gewesen.

Ich schließe die Augen und lege meinen Kopf neben den von Dexter. Sein rotes Fell und seine stacheligen Schnurrhaare kitzeln mein Gesicht.

Mein Monsterkater miaut leise.

»Alles wird gut. Alles wird gut, Dexter. Ich bin ja da.« Ich streichle sein blutiges Fell. Mein Herz explodiert fast vor Liebe, als seine Brust vor Schnurren vibriert. Seine Augen schließen sich und seine Magie reagiert, indem sie ihn wieder auf die Größe einer Hauskatze schrumpfen lässt. Ich betrachte seine schlafende Gestalt. »Es geht ihm gut.« Ich weiß nicht, ob ich das Story, Justin oder mir selbst sage.

Ich setze mich auf die Fersen und schaue auf. »Justin, was machst du hier?«

Der Vampir steht in der Lücke der beschädigten Wand. Er verschränkt die Hände und vermeidet Augenkontakt. Sein Blick ist auf die Leichen gerichtet und zittert.

Er steht unter Schock.

»Justin, bist du verletzt?« Ich muss ihn auf Verletzungen untersuchen. Ich stehe auf und gehe zu ihm.

»Tru«, warnt mich Story.

Kaum bin ich in seiner Nähe, schiebt Justin mit finsterer Miene meine zitternden Hände weg. Verletzt und immer noch benommen von Dexters Begegnung mit dem Tod wende ich mich von ihm ab. Justin zittert vor Wut. Seine Augen schreien, und was ich sehe, ergibt keinen Sinn. Es dauert ein paar Sekunden, dann macht es bei mir Klick. Mein Instinkt hatte die ganze Zeit recht. Ich habe nur nicht darauf gehört.

Justin ist kein Gefangener. Er ist … nein. Mir fehlen die Worte.

»Komm schon!«, knurrt Justin und streckt seine zitternden Hände von seinem Körper weg. »Willst du mich nicht auch umbringen? Das ist es doch, was du tust, nicht wahr, Henkerin? Du tötest Vampire.« Ja, das dachte ich mir.

Dexter wurde nicht von einem Feind gestochen. Er wurde von einem Freund fast erstochen.

Ich habe einen riesigen Kloß im Hals und kann nicht schlucken.

Mein Herz tut weh. Justin ist meine Familie. Seit fast zehn Jahren sind wir befreundet.

Bis wir auf die Farm gezogen sind, haben wir alle in derselben winzigen Wohnung gelebt, seit ich ihn aus einer schrecklichen Situation gerettet habe. Ein Vampir hat ihn gegen seinen Willen verwandelt, und als er nicht gehorcht hat, hat er ihn verkauft. Er hat ihn an eine Hexe verkauft, die ihn aushungern ließ, um ihn besser kontrollieren zu können, und dann hat die Hexe Justin als Zutat für ihre Zaubersprüche benutzt.

Sein Blut, sein Haar, seine Haut, seine Knochen.

Der Horror, den er erlebt hat, macht ihm Angst. Ich habe gedacht, wir hätten ihm die Hilfe gegeben, die er braucht. Mit den Jahren ist mir klargeworden, dass das, was ihm widerfahren ist, ihm eine tiefe Empathie gegeben hat – eine wunderbare Güte.

Wie konnte ich mich irren? Sind nicht alle, die ich liebe, so, wie ich sie mir vorstelle? Was ist los mit mir, dass ich ihre Lügen nicht durchschaue? Und es passiert immer wieder – ich bin so verdammt naiv.

Es geht nicht um dich. Sei nicht so verdammt egoistisch! Guter Punkt. Er hat Dexter erstochen. Aber es muss doch einen Grund geben, oder?

»Warum?«, krächze ich. Ich bereite mich auf Justins Schurkenrede vor.

»Das wirst du nie verstehen«, höhnt er.

Genau wie die anderen Vampire hat Justin üblen Mundgeruch. Ist er krank?

»Du bist keine echte Vampirin«, fährt er fort, »und du bist keine echte Wandlerin. Du bist ein Freak, und ich habe deine arrogante Art satt.«

Meine Zunge streift über meine Fänge.

Ein Teil von mir wünscht sich, er wäre ein verkleideter Dämon. Ich blinzle. Das würde Sinn ergeben. In Sekundenschnelle ziehe ich einen Blutstein hervor, der mit Klerics Blut präpariert wurde. Ich werfe ihn in Justins Richtung und warte.

Bitte grün werden, bitte grün werden!

Er verändert seine Farbe nicht, gar nicht, und lacht vor Schmerz. »Ich bin kein Dämon, Tru. Ist es so schwer zu glauben, dass ich dich nicht ausstehen kann?«

Mir wird schlecht.

»Warum das? Warum?« Ich winke in Richtung der toten Vampire.

»Ich bin eines Morgens aufgewacht und alles in mir hat sich verändert. Es hat sich richtig angefühlt. Am Anfang war es nur Fangen und Freilassen. Wir haben gejagt, jemanden ausgewählt und ihn wieder freigelassen, wenn wir fertig waren. Sie waren schwach, aber nichts, was man nicht mit etwas Orangensaft und einem Keks heilen könnte.« Justin zuckt gleichgültig mit den Achseln.

Statt ihn zu ohrfeigen, nicke ich und verziehe keine Miene. Ich muss alles wissen.

»Ich habe keinen Schaden gesehen. Der Meister ...« Er deutet auf den kopflosen Körper zu unseren Füßen. »Er hatte eine ausgezeichnete Besessenheit. Die Menschen, sie erinnern sich an nichts.«

Aber das erklärt nicht die Kinder oder die Menschen, die unten gefangen gehalten werden.

»Wie lange?«

»Drei Monate.« Das war, als ich aus dem Gefängnis gekommen bin und den Job als Henkerin angenommen habe. Als könnte er meine Gedanken lesen, fährt Justin fort: »Es ist alles deine Schuld. Die Presse, der Druck der sozialen Medien, der Druck, dein Freund zu sein. Jedes Arschloch und sein Hund haben eine Meinung über dich. Sie fingen an, vor unserem Haus zu protestieren. Wusstest du davon? Nein. Natürlich nicht. Sie haben uns auf der Straße mit Steinen beworfen. Morris hatte Schnittwunden und Prellungen im ganzen Gesicht.«

Justin beißt die Zähne zusammen und knirscht. »Ich musste fliehen. Zum ersten Mal in meinem Leben hatte ich keine Angst. Weißt du, was es für einen Mann bedeutet, sich hinter einer Kreatur wie dir zu verstecken? Ich bin kein Feigling. Ich bin kein Opfer, aber du hast mich dazu gemacht. Eines Tages bin ich aufgewacht, und das Blut hat mich getröstet. Zum ersten Mal in meinem Leben habe ich mich frei gefühlt. Ich habe mich nie gesünder, stärker oder mächtiger gefühlt.«

»Wusstest du, dass sie es auf Kinder abgesehen haben?«

»Das ist nicht meine Schuld.« Ein leises Wimmern schwingt in seiner Stimme mit.

»Wusstest du, dass sie es auf Kinder abgesehen haben?« Ich spreche jedes Wort langsam aus, um sein Selbstmitleid zu durchbrechen.

Justin nickt. Er nickt verdammt noch mal. »Die schmecken so süß.« Er reibt sich den Mund, als versuche er, die Worte wieder herauszubekommen.

Ich balle die Hände zu Fäusten und unterdrücke meine Gefühle. Wenn ich damit fertig bin, könnte ich zusammenbrechen. »Morris, wusste er es?«

Justin lacht. »Wenn er gewusst hätte, was ich mache, wäre Morris zu dir gekommen. Ich habe ihn seit zwei Monaten nicht mehr gesehen. Er hat mich verlassen.«

Keiner von beiden hat es mir gesagt. Ich hatte keine Ahnung. Ich bin eine schlechte Freundin.

»Er ist nicht das, was ich will, nicht mehr.« Justin wird unruhig und läuft auf und ab. Ich halte ihn davon ab, sich Dexter zu nähern, und er geht in die andere Richtung. »Außerdem ist er ein Mensch, ein wandelnder Blutbeutel. Ich muss unter meinesgleichen sein. Ich bin ein Vampir, Tru, auch wenn ich es mir nicht ausgesucht habe. Ich bin ein Vampir, und Menschen sind meine Beute, meine Nahrung. Ich bin besser als das, was du aus mir gemacht hast. Mit all deinen blöden Regeln. Ich bin mein eigener Herr.« Er klopft sich auf die Brust, während er schimpft.

»Ja, das bist du.« Ich schlucke. Ich ertrage diesen Fremden nicht mehr. Dieser Mann ist nicht mein Justin. Es ist, als wäre seine Seele tot. Ich zwinge mich, bei der Sache zu bleiben, und huste, um meinen Hals zu befreien. »Ich suche ein kleines Mädchen. Hast du sie gesehen? Sie heißt Petra. Sie ist acht Jahre alt, hat braunes Haar und blaue Augen ...«

Ich greife nach meinem Handy, um ihm das Foto zu zeigen, aber Justin zuckt zusammen und seine Augen wandern zum Schreibtisch hinter ihm.

KAPITEL NEUNZEHN

»Nein, du solltest da nicht reingehen.« Justin will mich aufhalten.

Ohne nachzudenken, dränge ich mich an ihm vorbei. »Petra!«, rufe ich. Meine Stiefel quietschen, als ich über Bretter, Putz und Holzstücke klettere. »Story, siehst du sie?« Keine Antwort. Mist, ist mein Handy in der Aufregung kaputt gegangen? Ich betrete den Raum und suche mit den Augen nach dem kleinen Mädchen. »Sie müsste hier sein. Petra, Schatz, deine Oma schickt mich.«

Ich sehe den Rand eines lila Turnschuhs und mein Herz bleibt stehen. Das Kind liegt auf dem schmutzigen Teppich, eingeklemmt zwischen zwei Polsterstühlen. Ich springe durch das Zimmer und schiebe einen Stuhl zur Seite.

Sie ist es. Sie ist es!

Petra ist so blass, dass ihre Haut durchsichtig wirkt. Drei Bissspuren zieren ihren kleinen Hals – frische Bisswunden.

Der Radius der Bissspuren ist leicht unterschiedlich, was auf drei verschiedene Angreifer hindeutet. Drei Vampire. Mit den Fingern messe ich die Bisswunde an meinem Hals. Ja, sie stimmt ungefähr überein. Das ist Rachels Biss. Mit zitternden Händen ziehe ich eine weitere weiche Decke aus der Tasche und wickele das kleine Mädchen vorsichtig ein, schiebe die Decke unter ihr Kinn und streiche ihr braunes Haar hinter ihr linkes Ohr.

»Die Mikrokameras haben Proben genommen. Petra war tot, bevor du das Gebäude betreten hast. Sie war tot, bevor du ihre Großmutter getroffen hast«, sagt Story über den Kopfhörer. Ihre Stimme ist rau und monoton.

Die Kameras sehen alles, das weiß Story.

Ich beneide sie nicht um ihren Job. Schweigen ist viel schlimmer als Geduld. Viel schlimmer. Story weiß das und muss mir trotzdem helfen. Sie hat kein Wort gesagt. Sie konnte nicht, weil sie mich nicht ablenken wollte.

»Es ist nicht deine Schuld«, flüstert sie.

Ich nehme den Kopfhörer ab und stecke ihn in meine Hosentasche. Ich kann jetzt nicht. Meine schmutzigen Finger greifen nach dem Stuhl und ich kralle meine Fingernägel in das Polster, um mich hochzuziehen. Ich bekomme meine zitternden Beine unter mich und stehe auf.

Als ich mich umdrehe, steht Justin da und starrt mich an. Dexter liegt immer noch da, wo ich ihn zurückgelassen habe, umgeben von den Toten und immer noch in seinem Heilschlaf. Ich zucke zusammen. Schlagartig wird mir bewusst, was ich gerade getan habe und was hätte passieren können.

Ich habe meinen verwundbaren und bewusstlosen Freund mit dem Kerl allein gelassen, der ihn verletzt hat. Ich kann es nicht fassen – meine Dummheit.

Ich schäme mich so sehr. Ich fasse mir an den Kopf. *Es fällt mir schwer, zu begreifen, dass Justin jetzt ein Feind ist.*

»Liebes, ich bin gleich wieder da«, sage ich zu Petra.

Tränen rinnen mir übers Kinn, als ich mich schlurfend von ihr entferne. Mein Herz rast, mein Kiefer schmerzt und der Dämonenkuss auf meiner Hand brennt. Jeder Schritt auf Justin zu fühlt sich an wie eine Ewigkeit. Ich wische mir mit dem Hemdsärmel über die Wange, ohne mir Gedanken darüber zu machen, dass ich mein Gesicht noch mehr mit Vampirblut verschmiere.

Ohne groß zu überlegen, greife ich nach der Engelsklinge.

Justin muss genau sehen, wie ich mich wandle und die gefährliche Kreatur, die ich bin, zum Vorschein kommt. *Tru ist gerade nicht zu Hause.*

»Ich habe die Informationen, die du brauchst«, ruft er, stolpert zurück und streckt mir seine Hände entgegen. »Die Druckerei. Ich habe Informationen über die Firma, sie ist eine Fassade.«

Ich schleiche an ihm vorbei, schiebe das Bein eines toten Vampirs und ein paar Gipsplatten beiseite und entdecke die fehlende Klinge. *Hierfür brauche ich beide Schwerter.* Ich hebe sie auf und drehe mich auf den Zehenspitzen, um dem Vampir entgegenzutreten.

»Komm schon!«, sage ich.

Ich warte, den Kopf zur Seite geneigt, und als ich nicht sofort auf ihn zugehe, verändert sich Justins ganze Haltung. Er richtet sich auf, wölbt die Brust und reckt das Kinn selbstgefällig vor. Überheblich.

»Die Druckerpatronen sind voller Blut. Ich habe das eingefädelt«, sagt er und schlägt sich auf die Brust. »Ich war das.«

»Du hast das arrangiert. Haben die Leute, die so großzügig gespendet haben, auch alle Orangensaft bekommen?«

Justin schüttelt den Kopf, pure Verzweiflung steht ihm ins Gesicht geschrieben. »Du verstehst das nicht. Ich bin der Kopf hinter der Firma. Ich habe alles auf die Beine gestellt. Wir werden landesweit expandieren, und dank dir gibt es so gut wie keine Konkurrenz.« Justin stößt sich erneut an die Brust, und in seinen Augen blitzt ein selbstgefälliges, fiebriges Funkeln auf. »Die Vampire müssen nie wieder hungern, und wir müssen nie wieder dieses künstliche Gebräu trinken.«

Ich korrigiere meine Haltung. »Ich weiß schon von den Blutpatronen, Justin.« Ich schwinge die Schwerter, um meine Handgelenke aufzuwärmen. In meinem Hinterkopf spüre ich, wie mein linker Unterarm schmerzt.

Justins Augen werden groß, als er merkt, dass ich das Interesse verloren habe. Er weicht zurück, seine Bewegungen wirken steif. Fast wie ein Zombie schleppt er sich zum Fenster, um zu entkommen. »Ich weiß mehr. Ich weiß, was als Nächstes passiert. Ich kann dir helfen. Wir können zusammenarbeiten. Du brauchst mich, Tru, und ich weiß, dass du mir nicht wehtun wirst. Wir sind eine Familie. Ich weiß, dass ich

Fehler gemacht habe, aber ich bin bereit, daraus zu lernen. Ich bin bereit, mich zu ändern. Ich werde zurück zum Berater gehen und mich bei Dexter entschuldigen ...«

Mit drei schnellen Schritten stehe ich ihm gegenüber. Präzise verschränke ich meine Unterarme und gehe mit gekreuzten Klingen auf ihn zu. Dann reiße ich meine Arme mit aller Kraft auseinander. Die Schwerter durchschneiden den Hals des Vampirs und trennen seinen Kopf sauber vom Körper.

Wie auf Autopilot drehe ich mich weg, um nicht sehen zu müssen, wie sein Körper in sich zusammenfällt. Wie ein Roboter reinige ich methodisch beide Waffen. Als sie sauber sind, schiebe ich sie beiseite und bleibe noch einige Sekunden stehen, bis meine Beine versagen.

Ich falle zu Boden. Ich taumle hin und her und weine leise in meinen Schoß.

Ich sehe den rauchigen Dampf nicht, aber ich gehe gern, als ich in vertraute muskulöse Arme gezogen werde. Ich klettere auf seinen Schoß und schmelze dahin.

»Ich bin da. Ich bin hier«, sagt Kleric und hält mich fest. Eine riesige, blassblaue Hand fährt durch mein Haar, die andere streichelt meinen Rücken, während er leise, beruhigende Laute aus seiner Kehle dringen lässt.

Er hält mich, während ich zusammenbreche.

KAPITEL ZWANZIG

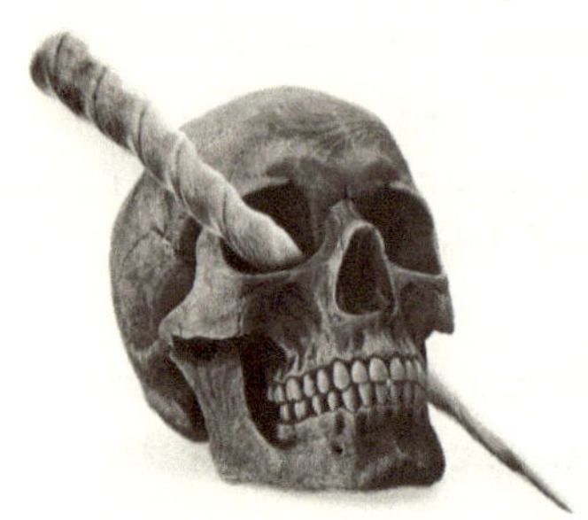

Es gibt Momente im Leben, die eine Person definieren.
Es sind die Momente, die einen für immer verändern.
– Tru Dennison

KLERIC UMARMT mich weiter und gibt mir die Kraft, die ich brauche, um mich von dem mit Leichen übersäten Boden zu erheben und mich zu bewegen. Ich habe eine Aufgabe. Nur noch ein paar Sekunden, dann stehe ich auf.

Wir sitzen zusammen inmitten des Gemetzels – der Raum ist etwas überfüllt und der Gestank der Toten macht das Atmen schwer.

Atticus hatte gesagt, er wolle Chaos. Das habe ich ihm gegeben.

Ich muss Kleric nicht erklären oder in Worte fassen, was heute hier geschehen ist. Ich lasse ihn in meine Gedanken und sie sind wie ein offenes Buch. Ich bin so dankbar für unsere Verbindung. Klerics starke

Emotionen verstärken meine eigenen. Es ist, als würde er meinen Geist mit unserer Verbindung wiegen und meine rasenden Gedanken betäuben, damit ich funktionieren kann.

Ich habe einen Job zu erledigen, und unten schläft ein Junge, der zu seinen Eltern zurückgebracht werden muss. Ich muss aufstehen und das zu Ende bringen.

»Es ist gefährlich für dich, hier zu sein«, murmle ich und stehe auf. Kleric antwortet nicht.

Wir wissen beide, dass er nicht lange bleiben kann, sonst gefährdet er die Friedensgespräche. Wenn sie Gedanken lesen können, müssen sie Kleric fragen, ob er auf der Erde war oder mich gesehen hat. Er wird die Wahrheit sagen müssen, und die Umstände werden ihnen egal sein. Es gibt keine Entschuldigung. Kleric hätte die Regeln gebrochen und seinen Ruf ruiniert.

»Danke, dass du gekommen bist.«

»Immer.« Er steht auf und überragt mich. Er beugt sich vor und küsst meine Stirn. »Ich wünschte, ich könnte bleiben«, murmelt er. Seine blauen Arme hängen schlaff an seinen Seiten. »Wenn du willst, kann ich Dexter nach Hause bringen, bevor ich in meine Welt zurückkehre. Ich kann ihn zurück zur Farm bringen, damit er sich dort auskurieren kann. Ich bin mir sicher, Story wird sich um ihn kümmern.«

»Gern.« Meine Stimme zittert. Kleric macht mir wieder ein Geschenk, eines, das mir die Sorge um Dexter abnimmt, während ich mich um die Behörden kümmere. Bald wird es hier wie im Zirkus zugehen.

Dexter liegt weich und warm in meinen Händen, als ich ihn vom Boden aufhebe und an Kleric weitergebe. »Sag Story ...«

Sag Story was? Tut mir leid, ich habe unseren Freund getötet. Unsere Familie. Ich kann froh sein, wenn sie jemals wieder mit mir spricht.

Meine Lippen zittern. Ich presse sie aufeinander und schaue nach oben. Leider sind an der popcornartigen Decke keine Antworten zu finden. Story, Ralph, die Kinder, Morris. Was werden sie von mir denken?

Ich bin ein Monster.

Ein Monster, das einen Freund umgebracht hat.

Wie lautet das Zitat von Friedrich Nietzsche, das ich so liebe? *Man stirbt als Held oder lebt so lange, bis man selbst der Böse wird.* Nun, das bin ich. Ich bin das Klischee einer sich selbst erfüllenden Prophezeiung. Ich habe mich in meinem ganzen Leben noch nie so schurkisch gefühlt.

Als ich nichts mehr sage, nickt Kleric und streicht mir mit seinem blauen Daumen über die Wange. »Komm, schöne Chimäre. Bevor ich gehe, möchte ich, dass du diesen Raum verlässt.« Klerics blauer Schwanz legt sich um mein Handgelenk und zieht mich zur Tür.

Ich will Petra nicht verlassen, aber ich weiß, dass Kleric recht hat, also zwinge ich meine Füße, sich zu bewegen. Damit sie die Untersuchung nicht behindern, entferne ich noch die Barriere an der Tür. Kleric führt mich die Treppe hinunter in den Raum mit dem Schreibtisch.

Ich schaue nach dem Jungen, und er ist noch so, wie ich ihn verlassen habe – sicher und fest eingeschlafen.

»Ich komme wieder, sobald ich kann.« Kleric tätschelt meinen Kopf und lächelt. »Ich bin da, wenn du mich brauchst.« Er gibt mir keine leeren Phrasen oder versucht, mich aufzuheitern, was ich sehr zu schätzen weiß. Er weiß genauso gut wie ich, dass ich für Justin getan habe, was ich tun musste. Seine Augen strahlen Liebe und Verständnis aus.

Mit einem letzten Nicken verschwindet mein Dämon mit Dexter in einer Rauchwolke.

Ich stehe allein im Raum und kann mich eine Weile nur auf meine zitternden Hände konzentrieren, die nicht wissen, was sie zuerst tun sollen. Ich zücke mein Handy. Ich denke, ich muss die Vampir-Aufräumtruppe, die Atticus in Bereitschaft hat, anrufen und zusätzliche Hilfe für die Opfer anfordern. Sie werden ärztliche Hilfe brauchen.

Auf dem Display meines Handys blinkt ein eingehender Anruf. Es ist Story. Großartig. Schuldgefühle nagen an mir. Ich beiße mir auf die Unterlippe. Okay, ich muss tief in mich gehen. Es gehört Mut dazu, sich jemandem zu stellen, wenn man am liebsten weglaufen und sich verstecken würde.

Als ich abhebe, zittert das Telefon in meiner Hand.

»Ich liebe dich«, sagt Story mit belegter Stimme.

Ich schließe die Augen. »Ich liebe dich auch«, flüstere ich.

Story räuspert sich. »Die Vampire und die Menschenpolizei sind unterwegs. Mit Avas Hilfe haben wir bereits einen kompletten Lagebericht mit DNA-Beweisen und dem Filmmaterial erstellt. Ava hat sich die Freiheit genommen, einen bestimmten Dämon zu entfernen. Dexter ist in Sicherheit und schläft in deinem Bett. Ich habe mit dem Fischhändler gesprochen und er liefert einen Lachs. Du musst dich wirklich waschen, bevor du den Jungen anfasst, denn du bist voller Blut. Bitte setze deine Ohrhörer wieder auf, nachdem du dich gewaschen hast.«

»Okay.«

»Ich habe Petras Familie informiert.«

Mein ganzer Körper spannt sich an, und meine Handflächen rasen zum Schreibtisch, um mich aufzurichten, als die Kraft aus meinen Gliedern weicht.

Wow, Story hat alle Hände voll zu tun, mich zu beschützen.

»Ich habe ihr den zeitlichen Ablauf erklärt, dass du zu spät gekommen bist, um Petra zu retten, aber dass sie Gerechtigkeit erfahren haben. Ich habe Mrs. Hardy auch erzählt, dass du die anderen Menschen retten konntest, auch den Jungen unter dem Schreibtisch. Er heißt Matthew, Matthew Reeves, und ist zehn Jahre alt.«

Mein Blick fällt auf den Jungen. *Hallo, Matthew.*

»Story, es tut mir leid ...«

»Nein. Wag es ja nicht!«, knurrt sie. Leiser sagt sie: »Du musst dich für nichts entschuldigen. Wir reden darüber, wenn du so weit bist.« Ihre Stimme zittert. »Jetzt mach dich sauber, bevor die Kavallerie dich für einen Zombie hält oder Matthew aufwacht und dich sieht. Wag es ja nicht, den kleinen Jungen mit deinem Blut zu erschrecken.« Das Handy piept und sie ist weg.

Ich lege alle elektronischen Geräte griffbereit auf den Schreibtisch und schleiche in den Flur. *Wenn ich das falsch mache, wird es eng.*

Wie ich es mit meiner Hand gemacht habe – war das erst gestern? –, wandle ich in das Einhorn und sofort wieder in meine menschliche Gestalt.

Ha. Es ist ein Kinderspiel. Ich glaube, der Trick ist, es nicht zu sehr zu versuchen.

KAPITEL EINUNDZWANZIG

WÄHREND DER FAHRT denke ich über alles Mögliche nach, nur nicht über die Ursache des riesigen Kloßes in meiner Brust. In meinem Innern fühle ich mich wie in einem Mixer. Alles ist gut gegangen, die Opfer sind geheilt und auf dem Weg nach Hause zu ihren Familien.

Als ich an einer Ampel stehen bleibe, lässt mich etwas nicht los. Marcus, der Bratpfannenzauberer, schießt mir durch den Kopf. Ich erinnere mich daran, wie ich seine Sachen durchwühlt habe und einen Blick auf seinen Personalausweis geworfen habe. Seine Adresse lautet ... Ich nicke. Ich richte meinen Blick auf die Hausnummer. Ja, das ist sie. Sie müsste hier oben rechts sein.

Soll ich? Meine Finger trommeln am Lenkrad.

Ich muss mich beschäftigen.

Dexter schläft noch, und die Bauarbeiter sind auf der Farm und arbeiten. Sie bohren. Ich reibe mein Schlüsselbein. Ich habe keine Kraft, um gesellig oder freundlich und nett zu sein. »Möchtest du eine Tasse

Tee?« Ja, ich würde die Tasse eher über dem Kopf eines armen Kerls zerschmettern.

Ich bin so verdammt wütend. Ich bin mir nicht sicher.

Die Ampel schaltet um, und während ich die Straße entlang fahre, fasse ich den kurzen Entschluss, auf einem geeigneten Parkplatz zu halten. Wenn ich schon mal in der Nähe bin, kann ich mich ja auch mal umsehen. *Was soll schon passieren?* Ich will ja keinen Streit anfangen. Jedenfalls nicht wirklich.

Und ich habe ja gesagt, dass es meine Standardmethode ist, an ein paar Käfigen zu rütteln und die Bösen wütend zu machen. Sie dazu zu bringen, ihre Köpfe wieder über die Brüstung zu stecken, während sie versuchen, mich zu töten. Meine Lippen zucken. Der Gedanke bringt mich fast zum Lächeln.

Aus dem praktischen Fach zwischen den Vordersitzen des Defenders greife ich nach einer Schachtel mit Mikrokameras. Bevor ich aussteige, baue ich die Mikrokameras auf und verbinde die Bilder der Dutzenden winzigen Kameras per Knopfdruck mit der App auf meinem Handy. Ich sorge dafür, dass eine Handvoll die Straße und die Tür des toten Zauberers im Auge behält.

Marcus hat in einem modernen Wohnblock gelebt. Drei Wohnungen pro Haus aus rotem Backstein, und weil seine Wohnung im Erdgeschoss liegt, hat sie einen eigenen Eingang. Eine hüfthohe Backsteinmauer umschließt einen kleinen Garten. Ich schleiche durch das Tor und den Weg entlang, der sich zwischen den kargen Flecken gefrorenen Rasens hindurchschlängelt. Am Eingang angekommen, greife ich nach einem Paar Latexhandschuhen, ziehe sie über und öffne die blaue Eingangstür mit einem Entriegelungszauber.

Sie haben den Gebäudeschutz durch einen Tatortschutz ersetzt, der mich – ich atme tief durch – hineinlassen soll. Der Schutz knistert harmlos auf meiner Haut und mit einem Seufzer der Erleichterung betrete ich die Wohnung. Es ist praktisch, dass ich als Gesetzeshüter für solche Fälle zuständig bin. Als Henker habe ich für fast alles eine Genehmigung.

Ich schalte das Licht ein. Die Wohnung ist klein, sauber und aufge-räumt. Im vorderen Zimmer dominiert ein schwarzes Ledersofa mit roten Kissen.

Es hat die Ästhetik einer Junggesellenbude. An Geld hat es Marcus nicht gemangelt. Es ist ein ordentliches Haus und er hat schöne Sachen.

Ich weiß nicht, was ich mache oder wonach ich suche. Es ist ja nicht so, als gäbe es einen magischen Pfeil mit einem fluoreszierenden Schild, auf dem steht: »Bösewicht, schau hierher!«

Ich inspiziere die Wohnung. Auf den ersten Blick fehlen persönliche Dinge, Fotos, Lieblingsbücher. Marcus war ein Zauberer, und Bücher sind eine große Sache. Deshalb ist es seltsam, dass sie fehlen.

Die Jäger haben hier auch nicht alles durchwühlt. Ich habe schon Durchsuchungen gesehen, bei denen alles zerstört wurde. Aber diesmal kann ich sehen, wo die Jäger in der Küche und in den Schlafzimmern waren, und die leicht geöffneten Schubladen deuten auf eine halbherzige Durchsuchung hin.

Ich ignoriere vorerst die offensichtlichen Stellen und gehe in die Küche. Ich leere den Mülleimer aus – der Müll fällt auf den Küchenboden. Ich nehme eine Gabel aus dem Spülbecken und stochere darin herum – die Handschuhe schützen mich nur bedingt und in einem Hexenhaus kann man nicht vorsichtig genug sein. Ich bin froh, dass der Typ recycelt und sein Kompost nicht im Restmüll landet. Marcus mag Süßigkeiten, am liebsten Erdbeer-Starbursts.

Enttäuscht, dass ich nichts gefunden habe, schiebe ich den Mülleimer zurück und lasse meine Visitenkarte auf der Arbeitsplatte liegen.

Es ist mir egal, ob die Hexen sauer sind, wenn sie wissen, dass ich ohne Erlaubnis hier war. Ich will, dass sie sauer sind.

Warum soll ich mich an die Regeln halten, wenn es sonst keiner tut?

In der Wohnung gibt es einen winzigen Abstellraum, der Marcus' Zauberkammer sein muss. Alle Regale sind leer, ich sehe Staubflusen und saubere Stellen, als hätte sich der Staub zwischen den Flaschen abgesetzt.

Ich bin mir nicht sicher, ob die Hexen oder Jäger seine magischen Gegenstände mitgenommen haben oder ob seine Freunde – dieselben, die in mein Haus eingebrochen sind – alles mitgenommen haben, als sie herausgefunden haben, dass er tot ist. Ich mache mir eine Notiz, dass ich die Akten durchsehen werde, wenn Atticus mit den Informationen kommt.

Ich betrete das Schlafzimmer und werfe einen Blick in die Schubladen und den Schrank. Sie sind prall gefüllt. Doch die einzigen persönlichen Gegenstände sind seine Kleider. Es ist eng, als ich mich neben das Fenster auf der anderen Seite des Bettes stelle. Ich suche den Boden nach etwas ab, das heruntergefallen sein könnte ... ich sehe einen Splitter von etwas.

Ich lege den Kopf zur Seite und runzle die Stirn. »Was haben wir denn hier? Sieht aus, als hätte jemand etwas übersehen.« Ich beuge mich vor.

Ein Foto ist zwischen dem Nachttisch und dem schweren Ledersofa eingeklemmt. Es steckt ziemlich fest. Ich versuche, es herauszuziehen. Als ich es geschafft habe, sehe ich, dass es sich um einen leichten, handgefertigten Holzrahmen mit einem Foto von Marcus, wie er ein Mädchen küsst, handelt.

Leider ist es ein Schnappschuss, und während sie sich küssen, sind ihre Gesichter zusammengepresst. Sein Gesicht verdeckt ihr ganzes Profil. Alles, was ich erkennen kann, ist blasse Haut und langes, dunkles Haar.

Mensch oder Hexe, ich weiß es nicht.

»Wer bist du?«, frage ich sie und ziehe den Rahmen näher an mein Gesicht. Ich zucke mit den Schultern und mache ein Foto mit meinem Handy.

Vielleicht kann Ava etwas herausfinden. Ich stöhne. Aber nein, das wird sie nicht, weil sie sich geweigert hat, bei diesem Teil der Untersuchung zu helfen. Ich drücke meine Zunge gegen die Wange. Sie hat sich strikt geweigert, jemandem auf die Füße zu treten. Sie sagt, sie könne das nicht. Es ist frustrierend, aber ich respektiere ihre Entscheidung.

Ich halte den Bilderrahmen in der Hand und schaue mir den Raum noch einmal an. Ich glaube nicht, dass die mysteriöse Frau oft hier war, denn es scheint keinen Platz für ihre Sachen zu geben. Der Schrank und die Schubladen sind voll.

Aber das Foto ist etwas Besonderes, es liegt eingerahmt neben dem Bett. Marcus hat sich darum gekümmert, also ist es wichtig.

Ich schaue mir noch einmal das Bad an. Alles ist auf Männer ausgerichtet – keine Cremes, keine teuren Haarprodukte, kein Lippenbalsam, keine Wechselwäsche. Nichts außer dem Foto. Das mysteriöse Mädchen hat nichts zurückgelassen. Ich gehe zurück in die Küche und stelle den

Bilderrahmen an einen Ehrenplatz auf die Arbeitsplatte, gleich neben meine Visitenkarte.

Fast fertig. Ich greife nach meinem Handy und drücke auf einen Knopf, um die internen Mikrokameras zu aktivieren und eine Kamera in die obere Ecke jedes Zimmers zu schicken. Um den Akku zu schonen, bleiben sie inaktiv, bis jemand den Raum betritt. Dann zeichnen sie auf und senden Warnmeldungen an mein Handy. Ich lächle zufrieden.

Ja, ich könnte hier alles gründlich durchsuchen, die Wohnung auf den Kopf stellen, die Kissen zerreißen, das Bett umwerfen – verdammt, ich habe diese ganze Albtraumwut in mir. Ein bisschen Zerstörung könnte mir helfen, damit fertigzuwerden. Wenn auch nur für eine Minute.

Aber ich hoffe, dass mein Besuch hier ausreicht, um sie zu ermutigen, es zu versuchen. Die innere Stimme, die mir Schuldgefühle macht, wird fragen: »Was wollte sie? Was hat sie gefunden?«, und sie wird sie hierherbringen, und wenn etwas versteckt ist, werden sie direkt hingehen, um zu sehen, ob es noch da ist.

Und ich werde alles auf den Kamerabildern sehen. Ich grinse. Klüger arbeiten. Ich muss klüger sein. Meine wechselnden, hybriden Gefühle können mich nicht kontrollieren.

Ich werfe einen letzten Blick ins Wohnzimmer, schalte das Licht aus und schleiche nach draußen. Ich bin froh, als sich die Tür hinter mir schließt und ich keinen weiteren Zauber anwenden muss. Auf dem Weg nach draußen zücke ich mein Handy, um die Uhrzeit zu überprüfen. Ich habe noch eine Stunde, bis die Bauarbeiter offiziell abziehen. Vielleicht sollte ich noch zu den anderen gehen und sehen, ob sie mit mir kämpfen wollen, denn ich müsste todmüde sein, um in diesem Leben noch einmal schlafen zu können. Ich seufze und mir dreht sich der Magen um.

Wie aus dem Nichts trifft mich ein Schlag mitten in die Brust. Überrascht schaue ich nach unten. *Oh, das war ein guter Schuss.* »Rot, ein roter Zauber ist böse.« Ich bereite mich auf den bösen Zauber vor, der gleich einsetzen wird. *Es hat etwas Poetisches, heute zu sterben. Irgendwie karmisch.* Story wird sauer werden, und Kleric …

Oh, Scheiße. *Mein Dämon, es tut mir so leid.*

Kapitel Zweiundzwanzig

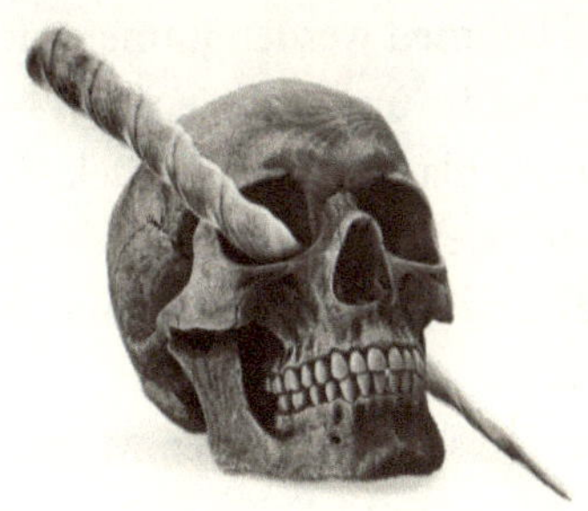

Statt entsetzlicher Schmerzen brennt die Haut auf meiner linken Brust. *Autsch.* Ich runzle die Stirn. Dann fällt mir ein, dass ich immer noch den Gary-Chappell-Zauber in meinem Sport-BH habe. Er war die ganze Zeit dort drin.

Während die Hitze auf meiner Brust zunimmt, zwingt der Anhänger die Kraft des Zaubers zurück. Eine gewaltige Welle der Magie schlägt auf die Person zurück, die den Zauber gesprochen hat. Es dauert nicht lange, bis ein durchdringender Schrei hinter der Gartenmauer die Stille durchbricht.

Ah, da sind sie.

Eine mir unbekannte Frau mit kurzem, mausblonden Haar stolpert aus ihrem Versteck auf die Straße. Unter der Straßenlaterne beginnt die sichtbare Haut an Gesicht, Hals und Händen zu glühen. Ihr langer dunkler Mantel flattert, als sie panisch mit den Armen in der Luft herumfuchtelt. Mit einem Schmerzensschrei wirft sie den Kopf in den Nacken und schreit. Und schreit.

Oh-oh.

Mit einem hörbaren Zischen entzündet sich der Zauber und mit einem lauten Knall wird der Rauch zur Flamme. Er tanzt über ihre Haut und breitet sich zischend auf dem Mantel aus. Sie leuchtet auf und erhellt den Abend wie eine flammende Kerze.

O nein.

Ich zucke zusammen, als sie weiter schreit. Verzweifelt wirft sie sich auf den Boden und versucht, sich auf dem Pflaster zu wälzen, um die Flammen zu ersticken. Doch ihre hektischen Bewegungen nützen nichts, die magischen Flammen werden immer stärker.

Es ist mir egal, wer sie ist und was sie getan hat, als ich ihr zu Hilfe eile, aber die Flammen schlagen mich zurück. Ich komme nicht nah genug an sie heran, um sie zu retten oder ihr Leid zu beenden. Die Flammen sind zu heiß und ich kann nur zusehen. *Vielleicht könnte ich ein Wurfmesser benutzen?*

Da ist wieder dieses Zischen. Für einen Moment weiß ich nicht, was los ist, und dann begreife ich mit Schrecken. Durch die Hitze und die Magie entzünden sich alle Zauber an ihr.

Oh, verdammt.

Die Zauber reagieren negativ. Sie implodieren! Ich kann mich gerade noch hinter die Gartenmauer ducken, um der wütenden Magiewolke zu entkommen. Sie schießt in die Luft und versengt den Boden, auf dem ich eben noch stand.

Ich ziehe die Knie an und schütze meinen Kopf mit den Armen. Der Boden bebt, die Fenster aller ungeschützten Häuser in der Straße zersplittern. Nach zehn Minuten hat sie aufgehört, zu schreien, und der Zauber hat sich so weit gelegt, dass der Boden wieder stabil ist. Ich stehe auf.

Das ganze Viertel ist in Aufruhr. Wie in einem Katastrophengebiet. Alarmanlagen heulen. In einem Haus ein paar Türen weiter höre ich ein Baby schreien, Menschen schreien und weinen vor Angst. Ich zucke zusammen. Ich weiß, ich wollte eine böse Gegenreaktion, aber das ... mein Gott.

Selbst für mich ist das extrem.

Ich tue, was ich kann, um zu helfen, schicke eine Alarmmeldung zur Unterstützung und sperre das Gebiet wie von Geisterhand ab. Ich hole meine bewährte Salztasche hervor und ziehe einen dicken Strich um die unkenntliche Holzkohlehülle der Frau. Die Magie scheint jetzt inaktiv zu sein, aber der Zauberkram, den sie bei sich hatte, war sehr mächtig, und ich will mich nicht mit ihr anlegen.

Dann warte ich auf die Vertreter des Hexenrates, die Jäger und die magische Gefahreneinheit. Ich denke nur daran, dass ich es hätte sein sollen. Meine Gedanken sind so böse, dass ich weiß, dass ich wirklich durcheinander bin.

Ich schaue mir die Live-Übertragung an und kann nicht glauben, dass die Mikrokameras draußen und in den Fenstern des Land Rovers überlebt haben. Weder an mir noch am Defender ist ein Kratzer zu sehen.

Vorsichtshalber schicke ich das Videomaterial des Angriffs mit einer kurzen Erklärung an Story, damit sie es an die zuständigen Stellen weiterleiten kann. Sie wird auch ihr Bestes tun, um herauszufinden, wer die Hexe war und für wen sie gearbeitet hat.

Die erste Verstärkung trifft ein. Das Gefahrgut-Kommando steigt aus seinen Fahrzeugen und kümmert sich mit hochprofessioneller Effizienz um den Tatort. Sekunden später steigt ein einzelner Jäger aus seinem Fahrzeug und kommt auf mich zu.

»Salz?«, ruft einer der Männer vom Gefahrengut-Team und deutet auf das, was einmal eine Frau war, und das weiße Zeug, das sie umgibt.

»Ja.«

Er nickt dankend und ich gehe weiter. Der Jäger kommt näher. Nein, kein Jäger. Dieser Typ bewegt sich anders, eher wie ein Raubtier. Jäger sehen immer so aus, als würden sie sich zu sehr anstrengen, aber dieser Typ, ein Wandler, bewegt sich wie ein Elitesoldat.

Höllenhund.

Höllenhunde sind uralte, mächtige Wandler mit Feuermagie. Als Kampftruppe sind sie außergewöhnlich. Ein Höllenhund kann das, wovon eine ganze Abteilung von Jägern nur träumen kann.

Was macht er hier?

Der massige Kerl mit dem kahlrasierten Schädel marschiert auf mich zu, als wäre ich eine Verdächtige, die er nur allzu gern erstechen würde. Das hat mir noch gefehlt. Er kommt so nah, dass sich unsere Stiefelspitzen berühren, und als er mich fixiert, funkeln seine grünen Augen vor Verachtung.

»Name«, knurrt er.

Ich reiße die Schultern zurück und hebe das Kinn. Ich habe diesen Wandler schon einmal gesehen. Das kurze Haar, die kräftige Statur und die fiesen grünen Augen sind leicht zu erkennen. Außerdem begegnet man nicht jeden Tag einem Höllenhund, und ich kenne seine Schwester Forrest. Dieser Kerl ist ein Wolfswandler, und wenn ich mich recht erinnere, heißt er John.

»Tru Dennison. Ich bin die örtliche Henkerin. Schön, dich wiederzusehen, John.«

Seine Augen verengen sich, und nach ein paar Sekunden reckt er sein Kinn vor, als er mich erkennt. »Ah, die Hybridin ... die Einhornwandlerin mit den Reißzähnen, die sich selbst eingesperrt hat. Ja, ich erinnere mich an dich. Wir sind uns vor Gericht begegnet. Du bist eine Freundin meiner Schwester.« Wenn es gut wäre, dass ich eine Freundin seiner Schwester bin, würde der Abscheu in seiner Stimme etwas anderes sagen.

»Ja, das stimmt.« Ich gehe nicht weiter darauf ein.

John reibt sich das Kinn und für einen Moment zucken seine Lippen vor Heiterkeit. »Du hast auch eine Seelenverbindung mit Xander.«

»Nein, habe ich nicht!«, schreie ich auf und blinzle. Ich habe ganz vergessen, dass er mit dem Engel befreundet ist. »Nun, nicht mehr, nachdem er mich in dieses Gefängnis außerhalb der Welt geworfen hat. Ich habe nichts mit ihm zu tun«, füge ich mit finsterer Miene hinzu. Der Höllenhund hält sich wohl für witzig, was? Es ist mir auch egal, dass sein Gesichtsausdruck schreit, dass er mir nicht glaubt.

»Richtig, natürlich«, knurrt er. »Was ist hier los, Henkerin? Bitte kläre mich auf! Hast du einen Hinrichtungsbefehl für dieses Chaos?«

»Nein. Die Frau hat mich angegriffen, und ich habe sie weder angefasst noch mit ihr gesprochen, bevor sie mich angegriffen hat. Ich habe Aufnahmen von dem Vorfall, falls du interessiert bist.«

Ich erwarte, dass er ablehnt, aber er nickt überraschend. Er starrt mich weiter mit zusammengekniffenen Augen an, was einen normalen Menschen dazu bringen würde, sich in die Hose zu machen. Nicht so bei mir. Ich wackle mit den Zehen, sodass unsere Stiefel aneinanderreiben, kneife die Augen zusammen und starre zurück.

Nach ein paar weiteren Sekunden unseres seltsamen Kräftemessens – es wäre lustig, wenn der Höllenhund nicht so verdammt gefährlich wäre – schüttelt John den Kopf und senkt den Blick. Juhu, ich habe das Kräftemessen gewonnen.

»Schick es auf dieses Datapad!« Er zieht das Gerät aus einer großen Seitentasche an seinem Oberschenkel.

Ich schicke das Filmmaterial auf sein Datapad, er ruft die Datei auf und schaut sich das Video schweigend an. Er zuckt nicht einmal zusammen, als die Hexe schreit. Es ist, als würde er Farbe trocknen sehen. Nach zehn Minuten hält er die Aufnahme an und schaut mich an.

»Das hast du gut gemacht.«

Ich blinzle ihn an.

Er wedelt mit dem Datapad und tippt gegen seine Handfläche. »Das sind genug Beweise, um dich freizusprechen. Du kannst gehen.«

»Halt, nicht so schnell! Sie kommt mit!«, schreit eine Frau. Wir beide drehen uns um und schauen sie an. Kurzes schwarzes Haar und knallrote Lippen. Sie steigt aus einem schwarzen Auto und schiebt sich durch die Absperrung. Die Absätze ihrer hochhackigen Schuhe klappern auf dem Asphalt, als sie die Straße überquert. »Eine Hexe wurde getötet, und diese Mörderin geht nirgendwohin.«

John knurrt leise. Das Geräusch lässt mich erschauern. »Deine Hexe hat sich umgebracht, weil sie eine Idiotin war«, knurrt er. »Die Henkerin hat sie nicht angerührt.«

»Wollen Sie das Filmmaterial sehen?«, frage ich hilfsbereit. Ich wedle mit dem Handy vor ihrem Gesicht herum und lächle falsch. *Wer zum Teufel ist das?* Ich mache heimlich ein Foto von ihr, als sie nicht antwortet, sondern weiter mit John redet.

»Ich nehme diese Bedrohung in Gewahrsam.«

»Auf keinen Fall.« John sieht sie mit seinem typischen furchteinflößenden Blick an, mit dem er mich vor ein paar Minuten fixiert hat.

»Sie wollen das Filmmaterial also nicht sehen?«, frage ich erneut.

»Nein, ich will das Material nicht sehen«, antwortet sie schließlich mit einem Naserümpfen. Sie wendet den Blick von dem Höllenhund ab und zupft imaginäre Fusseln von ihrem Kleid. »Ich habe ihn schon auf dem Weg hierher gesehen.«

Komm, Story!

»Was ich sehen will, ist die Magie, die Sie benutzt haben. Die Magie, die den Zauber widergespiegelt hat.« Sie zeigt auf meine Brust und die roten Überreste des Zaubers.

Viel Glück damit. Ich werde nicht in der Öffentlichkeit in meinem Sport-BH herumwühlen. Und einen lebensrettenden Glücksbringer gebe ich auch nicht einfach so her. Er gehört mir.

»Nein«, sage ich bestimmt und setze ein Lächeln auf. Ich habe es satt, höflich zu sein.

Oh-oh, das gefällt ihr nicht.

Der Finger, immer noch auf mich gerichtet, wandert nach oben und bohrt sich in mein Gesicht. »Hören Sie, Miss. Vielleicht sind Sie bereit, unsere Hexen zu töten, ohne mit Konsequenzen rechnen zu müssen. Und wenn Sie bereit sind, Ihren lieben Vampirfreund zu töten, eine Kreatur, die Sie als Familienmitglied bezeichnet haben, dann ist es offensichtlich, dass Sie keine Moral haben.«

Ich zucke zusammen. Mein Herz rast, und wie von selbst wandert meine Hand zu der Waffe, die mir am nächsten ist, einem Dolch, der an meinem rechten Oberschenkel befestigt ist. *Wie kann sie es wagen?! Eine Klinge im Auge wäre das perfekte Accessoire für diese Kuh.*

Es ist erst ein paar Stunden her, und natürlich benutzen sie schon Justins Tod, um mich zu treffen. Das ist der tiefste aller Tiefschläge.

Der Höllenhund stellt sich zwischen uns, hindert mich daran, näher zu kommen, und knurrt. »Hey. Hör zu, Hexe! Das ist mein Tatort, und bis wir die Rasse des Verdächtigen kennen, bleibt es auch mein Tatort. Ich habe das Sagen. Ich weiß nicht mal, wer zum Teufel du bist. Die Henkerin hat alle meine Fragen beantwortet und ich entlaste sie. Wie du gerade gesagt hast, hatte sie einen langen Tag. Und du wirst einer Kreatur, die über dir steht, Respekt zollen und deine Zunge im Zaum halten.« Sein Kopf neigt sich zur Seite, in seinen Augen lodern rote Flammen. Das Orange-rot überwiegt das Grün. Es ist beängstigend und lässt selbst mich innehalten. »Es sei denn, du hast eine große Liebe für Kindermörder?«

Meine Maske sitzt fest, aber die Hexe zuckt zusammen und wird ungesund blass.

»Nein, natürlich nicht«, stottert sie. »Ich würde niemals ...«

Ihre Worte verstummen, als John sich näher zu ihr beugt und sie mit seiner Größe in die Enge treibt. »Wenn du meine Geschichte kennst, weißt du, dass ich ein Problem mit jedem habe, der es wagt, ein Kind zu töten.« Seine Stimme ist ein kehliges Knurren.

Der ganze Körper der Hexe zittert, und es würde mich nicht wundern, wenn sie sich ein bisschen einpinkeln würde. John ist so beängstigend intensiv.

»Gut. Ich bin froh, dass die Henkerin keine Probleme mehr mit deiner falschen Meinung haben wird. Behalte das«, er macht eine schnippende Bewegung gegen seine Lippen, »für dich. Du machst dich lächerlich. Und jetzt verschwinde endlich!« Er nickt in Richtung ihres Wagens. »Los, hau ab!«

Sie öffnet und schließt ihren roten Mund, starrt mich an und geht ohne ein weiteres Wort zu ihrem Auto zurück.

Das war schön.

»Meine Freundin ist schwanger, Kinder sind ein heikles Thema«, erklärt John, während wir sie anschauen. Es ist, als würde er mit sich selbst sprechen. »Für sie versuche ich, ein besserer Mensch zu sein.«

»Glückwunsch«, murmle ich.

»Wirklich? Ich weiß nicht. Ich hatte noch nie in meinem Leben so viel Angst.« Er lacht traurig, schüttelt den Kopf und fährt sich energisch mit den Fingernägeln durch das kaum vorhandene Haar. »Du kannst gehen.«

»Danke für deine Zeit.«

Nach allem, was ich gesehen habe und was Forrest über ihren Bruder gesagt hat, ist der Wolf ein Weltklasse-Arschloch. Unsere Interaktion hat mich verwirrt, aber was immer ich getan habe, um seine Hilfe zu bekommen, werde ich als Sieg verbuchen.

Ich schleiche zurück zum Defender. Als ich einsteige, fallen mir all die Mikrokameras draußen ein.

»Das war interessant«, flüstere ich und stecke sie wieder in ihre Box. Während ich dort sitze, räumt das magische Gefahrgut-Team auf. Ein Techniker geht von Haus zu Haus, um die Trümmer mit Zaubersprüchen zu beseitigen und die zerbrochenen Fenster zu reparieren. Ein anderer verarztet alle, die es nötig haben – soweit ich sehen kann, gibt es nur ein paar blaue Flecken und Schnittwunden. Nach einer Viertelstunde sind sie fertig und brechen auf. Ihre Geschwindigkeit ist atemberaubend. John gibt ihnen ein Zeichen, die Absperrung zu entfernen und die Straße wieder freizugeben. Ja, einfach so, das Chaos ist beseitigt, alles ist wieder wie neu. Ich denke, es ist Zeit für mich, nach Hause zu gehen, bevor noch etwas schiefgeht.

Kapitel Dreiundzwanzig

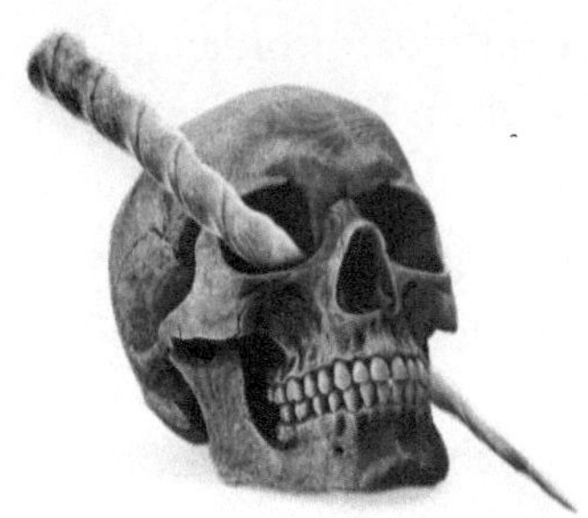

Ich stelle den Defender ab und schaue auf mein Haus, während der Motor weiterläuft. Ich zögere, zu Dexter zu gehen, weil er wegen mir verletzt wurde und fast gestorben wäre. Ich will Story nicht in die Augen sehen, obwohl ich mehr hätte tun können, um unseren Freund zu retten, anstatt ihn zu töten.

Ich schäme mich so sehr.

Hätte ich mich nicht auf meine eigenen Bedürfnisse konzentriert, hätte ich vielleicht die Anzeichen gesehen, dass mit Justin etwas nicht stimmt. Und dann ist da noch dieses Schuldgefühl, nicht nur wegen seines Todes, sondern auch, weil ich so erleichtert bin, dass es in diesem Haus keine Erinnerungen an ihn gibt. Ich schüttle den Kopf. Was für eine Psychopathin denkt so? Ich bin es. Ich bin so eine Idiotin.

Als ich die Haustür öffne, summt die Station leise unter meiner Hand. Sie hat es nicht gut überstanden, dass den ganzen Tag Bauarbeiter ein- und ausgegangen sind. Ich muss sie reparieren. Vor allem jetzt, nachdem ich alle verärgert habe.

Ich habe keine andere Station diesen Kalibers. Meine letzten beiden habe ich Matthews Mutter gegeben – der Mutter des Jungen, den wir gerettet haben. Sie hatte solche Angst. Ich konnte nicht anders. Es war es wert, der Familie ein Gefühl von Sicherheit zu geben. Aber ich habe es vermasselt und muss bald, in den nächsten Tagen, eine dauerhaftere Lösung finden.

Frustriert puste ich durch die Nase, während ich durch den Flur schlendere. Es wird schwierig werden, eine Hexe aus dem Haus zu locken. Zweifellos bin ich verbannt, auf die schwarze Liste gesetzt und zur unerwünschten Person erklärt worden.

Aber egal. Ich werde einen Weg finden.

Anstatt nach oben zu eilen, um nach meinen Freunden zu sehen, schiebe ich es wie ein Feigling noch ein paar Minuten hinaus. Ich kämpfe mich nach oben und gehe in den hinteren Teil des Hauses. Mein Magen zieht sich zusammen und ich krümme mich, als die Last von oben und das, was ich zu tun habe, erdrückend werden. Meine Stiefel wirbeln Gipsstaub auf.

Die Bauarbeiter sind gut vorangekommen. Die Küche ist fertig und kann bald eingebaut werden. Alles ist verputzt und kann gestrichen werden. Sie haben gute Arbeit geleistet, obwohl ... ich halte inne. An einer versteckten Fensterkante muss die Kittfuge erneuert werden. Ich mache eine kurze Notiz und gebe sie dem Vorarbeiter.

Ich schlendere den Gang entlang. Die Treppe sieht toll aus. Der Schreiner hat das neue Geländer mit den Stützpfosten angebracht. Meine Hand zittert, als ich das Holz berühre. Es glänzt unter meinen Fingern. Das Design entspricht genau der Zeichnung, mit einem modernen Touch und doch sehr traditionell.

Ich steige die Treppe hinauf. Jeder Schritt fällt mir schwer. Die Spitzen meiner Stiefel schaben auf jeder Stufe, als würde jeder Fuß eine Tonne wiegen. In meinem Zimmer angekommen, ziehe ich leise die Stiefel aus und schleiche durch den Raum. Meine Socken versinken im Teppich.

Ich betrachte die ganze Koboldgruppe auf meinem Bett, die sich an Dexter kuschelt, der noch schläft.

Page lehnt an der Seite meiner Monsterkatze und liest in einem Buch, und Novel liegt auf dem Bauch, die Beine hinter sich ausgestreckt, einen Stift zwischen den Zähnen. Sie scheinen ihre Hausaufgaben zu machen und stützen sich dabei auf Dexters Schwanz. Jeff spielt mit Kopfhörern ein Spiel auf seinem Handy und Story sitzt zwischen Dexters Vorderpfoten, während Ralph mir freundlich zuwinkt.

Ich winke zurück und meine Aufmerksamkeit ist wieder bei Dexter. Ich schaue ihn an. Er sieht okay aus. »Geht es ihm gut?«, flüstere ich.

Story lächelt mich erleichtert an und nickt. »Er war vorhin wach und hat etwas gegessen. Das Eisen hat ihn ziemlich mitgenommen.«

Eisen. Wie um alles in der Welt ist Justin an ein Eisenmesser gekommen? Eine von vielen unbeantworteten Fragen, die mich für den Rest meines Lebens quälen werden.

»Hi, Tru.« Page strahlt mich an und wirft mir einen Kuss zu. Ich erwidere ihn. Sie kichert und schaut wieder in ihr Buch. Etwas in mir entspannt sich. Sie sind nicht schreiend weggelaufen. Ich bin bei meiner Familie und sie sind in Sicherheit.

Jeff nimmt seine Kopfhörer ab, wölbt die Brust vor und schaut mich ernst an. Sein rosiges Gesicht ist so süß und aufrichtig, als er sagt: »Tru, es tut mir leid, dass du Justin den Kopf abschneiden musstest. Wir lieben ihn immer noch, aber es tut mir leid, dass er ein Bösewicht war.«

Ich zucke zusammen, als hätte er mir eine Ohrfeige gegeben. Mir wird schwindelig. »Ähm. Was?« Entsetzt blinzle ich schnell und wende mich hilfesuchend an Story. Was zum Teufel soll ich antworten?

»Du hast sie verärgert«, sagt Novel und tritt ihren Bruder.

»Au!«, schreit Jeff.

Story zuckt mit den Achseln und steht auf. »Nicht treten«, ermahnt Novel sie. »Jeff, du musst lernen, taktvoller zu sein. Deine Bemerkung war zwar gut gemeint, aber nicht nett.« Im Vorbeigehen zupft sie an dem dunkelrosa Haar ihres Sohnes.

»Tut mir leid«, brummt Jeff.

»Ich werde sie nicht anlügen. Die Welt ist hart, für uns härter als für die meisten anderen Lebewesen. Wir haben kein leichtes Leben. Fae müssen so schnell erwachsen werden. Wir müssen. Wir sind durch unsere Größe eingeschränkt, ein falscher Schritt und wir sind so gut wie tot.«

Ich kann nicht glauben, dass sie es so unverblümt gesagt hat. Unbewusst kaue ich an meinem Daumennagel, während mein Herz rast.

»Ich bin so ehrlich, wie ich nur sein kann. Wenn ich ihnen nicht die Wahrheit sage, wer dann? Für uns ist die Wahrheit schließlich unsere Sicherheit. Wenn wir ihnen nicht die Wahrheit sagen, besteht die Möglichkeit, dass jemand sie gegen sie verwendet. Sie haben Justin sehr geliebt und tun es immer noch. Sie müssen verstehen, dass man hassen kann, was jemand getan hat, und ihn trotzdem lieben kann. Die Lektion, die man aus Verrat lernt, ist eine wichtige Lektion fürs Leben. Ich wollte dem zuvorkommen, denn irgendwann würden sie mich fragen, wo er ist oder warum du so traurig bist. Es tut mir leid, dass ich dich nicht gewarnt oder vorher mit dir gesprochen habe. Aber so sind wir nun einmal.«

Seit wann ist Story so weise? Ich habe wieder diesen verdammten Kloß im Hals. Ich nicke und krächze: »Okay.«

»Außerdem war es in den Nachrichten«, sagt Ralph.

O nein. Ich reibe mir das Gesicht.

»Große Nachrichten. Du weißt ja, wie sie sind, wenn es um dich geht«, beendet Story den Satz.

Ich weiß, und es ist meine Schuld, dass ich meine Reise damit begonnen habe, die Medien zu benutzen, um den Wandler-Rat dazu zu bringen, mich in Ruhe zu lassen. Seitdem bin ich immer eine Meldung wert.

»Morris?«, frage ich.

»Er weiß Bescheid. Ich habe ihn vor allen anderen angerufen. Er gibt dir nicht die Schuld. Er gibt sich selbst die Schuld. Er wohnt noch in unserer alten Wohnung. Er sagt, er zieht Ende des Monats aus.«

»Das muss er nicht«, murmle ich.

»Nein, das muss er nicht, aber er wird es tun, und dann sollten wir das Haus verkaufen. Ich dachte, wenn wir die Hypothek abbezahlt haben, könnten wir den Erlös für die Opfer verwenden und in der Zwischenzeit vielleicht Petras Beerdigung bezahlen.«

Ich nicke. »Das ist eine gute Idee, danke.«

»Ich werde mich mit Ava um alles kümmern. Du musst etwas essen. Abendessen ist im Kühlschrank, aber du musst es aufwärmen. Mach nicht so ein Gesicht! Keine Widerrede! Und wir bleiben heute Nacht bei dir.«

»Übernachtung«, flüstert Page, die Nase immer noch im Buch.

»Das musst du nicht.«

Story springt in die Luft und fliegt quer durch den Raum in Richtung Badezimmer. »Hör auf, dich selbst zu bestrafen. Du musst dich ausruhen, essen und Zeit mit uns verbringen. Ich lasse dir ein Bad ein. Wir schlafen heute alle hier und Ralph hat sich freiwillig gemeldet, um auf uns aufzupassen.«

Eine Nacht mit Fae. Ich stelle meine Stiefel in die Garderobe, ziehe mich um und folge Story ins Bad. Sie hat schon den Hahn aufgedreht und lässt das Wasser laufen.

»Ich bin wütend«, sagt Story, jetzt, da sie außer Hörweite der kleinen Ohren ist. Sie lehnt ihre Stirn an eine kühle Fliese, der Dampf aus der Wanne umhüllt sie und benetzt ihre schönen Flügel. »So verdammt wütend.«

Ich verziehe das Gesicht, und sie winkt ab, was auch immer sie in meinem Gesicht sieht. »Ich bin nicht wütend auf dich. Ich bin wütend auf Justin. Er hat so viel Schmerz verursacht. Siehst du die Kinder?« Sie zeigt auf die Tür. »Ohne dich gäbe es sie nicht, sie wären nie geboren worden, wenn du mir nicht das Leben gerettet hättest. Vielleicht hätte ich diesen Tag nicht überlebt. Weißt du, wie viele Fae sterben? Nicht einmal fünf Prozent erreichen das Erwachsenenalter. Wir werden als Ungeziefer betrachtet, nicht als Lebewesen. Ich habe drei wunderschöne, gesunde Kinder.« In ihren saphirblauen Augen schimmern Tränen. »Und das alles verdanke ich dir und diesem wunderbaren Leben.«

Story hält meine Hand fest, um mich am Sprechen zu hindern. »Justin hat uns alle betrogen. Was hat er sich nur dabei gedacht? Diese albernen Vampirspiele. Anstatt darauf zu vertrauen, dass du das Richtige tust und ihm hilfst, hat er versucht, unseren Beithíoch zu töten. Ich habe gesehen, wie er aus reiner Bosheit und Hass auf unseren Dexter eingestochen hat. Ohne Grund.« Sie schüttelt den Kopf. »Manchmal rettet man Menschen und manchmal retten sie einen. Manchmal sind sie innerlich so gebrochen, dass es Wahnsinn wäre, es überhaupt zu versuchen. Er muss all die Jahre so kaputt gewesen sein.« Sie nickt, um zu sehen, was ich denke, und schüttet etwas Schaumbad ins laufende Wasser.

Ich eile ihr zu Hilfe. Die Flasche ist größer als sie selbst.

Sie kommt auf mich zu und streichelt mir über die Wange. »So, Stinker, jetzt riechst du wie eine gegrillte Hexe. Ab in die Badewanne!«

»Igitt«, kichere ich. »Das ist einfach eklig. Ich hatte Hunger, aber jetzt werde ich eine Woche lang nichts essen, wenn ich mir das vorstelle.« Ich kratze mich am Kopf, kleine Schmutzpartikel regnen auf die Fliesen. Story hat recht. »Danke, Story.«

»Immer.« Sie lächelt traurig und huscht aus dem Bad.

Ich drehe den Wasserhahn zu, entferne den Beutel von meinem Oberschenkel. Dann nehme ich alle meine Waffen heraus und stecke sie in den Seidenbeutel. Später muss ich alles reinigen.

Wie ein Herzschlag pocht der Dämonenkuss auf meiner Hand. Seit Kleric die Druckerei verlassen hat, ist er mein ständiger Trost und erinnert mich daran, dass ich nicht allein bin. Dass mein Dämon die ganze Zeit still über mich gewacht hat.

Hast du alles gesehen? Ich lasse mein schweres regenbogenfarbenes Haar aus dem Zopf fallen.

Ja, seine Stimme ist eine sanfte, warme Rauheit in meinem Kopf. *Der Höllenhund hat recht. Du hast alles gut gemeistert. Für einen Moment dachte ich, ich hätte dich verloren.*

Es tut mir leid.

Bitte riskiere nie wieder dein Leben! Hör auf Story! Du weißt, dass sie recht hat. Die Welt ist besser, wenn du da bist. Meine Welt ist besser, ich kann dich nicht verlieren, Tru. Seine Stimme wird zu einem schmerzlichen Flüstern.

Ich habe dich verletzt. Ich war ... ich bin wirklich verwirrt.

Du musst nichts erklären. Ich verstehe dich.

Ich kenne ihn noch nicht lange, aber ich glaube ihm. Der Dämon versteht mich. Er hat viel Zeit in meinem Kopf verbracht, hat durch meine Augen gesehen und meine verrückten inneren Monologe gehört. Es muss das Band zwischen Partnern sein, das ihn zwingt, in meiner Nähe zu bleiben, denn es ist unmöglich, dass mich jemand mag, nachdem er all das gehört hat.

Können wir später reden?

Ich bin da, wenn du mich brauchst.

Ich ziehe meine schmutzige Arbeitskleidung aus. *Nicht gucken*, sage ich und er stöhnt. Ich erröte, lache und zwinge mich, die Hülle wieder um meinen Geist zu legen, um meinen Dämon vor meinen inneren Gedanken und meiner baldigen Nacktheit zu schützen. Ich hole den Gary-Chappell-Anhänger aus seinem Versteck, streichle liebevoll die schwarze Katze und stecke ihn in meine Tasche, um ihn sicher aufzubewahren. Ich lege den Seidenbeutel auf das nächste Regal und schlüpfe aus meiner Unterwäsche.

Dann gleite ich stöhnend in das heiße Bad.

Mist, wie konnte das nur so schiefgehen? Früher habe ich wenigstens auf mich und mein Urteilsvermögen vertraut, jetzt zweifle ich an allem. Ich bin kein guter Menschenkenner. Meistens hasse ich alle, also war das kein großes Problem. Ich habe mich nie jemandem genähert, und vor Story hatte ich nie Freunde. Am Anfang habe ich mich wie ein Mensch verhalten und hatte zu viel Angst, jemanden an mich heranzulassen. Ich hatte Angst, mich zu öffnen und Freunde zu finden, weil ich dachte, dass sie mich dann umbringen würden.

Als die Welt dann von meiner Herkunft erfuhr, von meiner hybriden Natur ... es ist schwierig, Freunde zu finden, wenn alle denken, man sei ein Freak. Mir fehlen die Fähigkeiten, um Freunde zu finden. Je älter ich werde, desto schwieriger und komplizierter wird es. Jetzt muss ich mich fragen: Bin ich zu vertrauensselig? Oder zu misstrauisch?

So wie die Dinge stehen, verspüre ich den starken Drang, die Fae zu schnappen und in die Dämonenwelt auszuwandern, um dort mit Kleric zu leben. Würde es mich retten, dieses Chaos hinter mir zu lassen, oder würde ich vor meinen Problemen davonlaufen? Vor mir selbst.

Nein. Ich kann Storys Truppe nicht in die Welt der Dämonen mitnehmen. Nach dem, was ich durch Klerics Kinderzimmerfenster gesehen habe – die Mauer, die er für mich im Gefängnis gemalt hat – ist das kein sicherer Ort.

Ich sinke tiefer in die Wanne, das Wasser spritzt mir übers Kinn.

»Justin«, sage ich zum Universum. »Ich liebe dich und es tut mir leid, dass ich dich nicht vor dir selbst retten konnte. Es tut mir leid, dass ich dich nicht vor mir retten konnte.«

Habe ich das Richtige getan? Wenn mir jemand die ganze Situation schildern und mich um Rat fragen würde, wäre ich die Erste, die schreien würde: »Töte ihn!« Aber vielleicht bin ich das. Ich war schon immer merkwürdig, blutrünstig. Es ist nicht einmal der Vampir, es ist das Einhorn in mir.

Ich tauche unter Wasser, mein Haar fließt um mich herum, das Badewasser sprudelt, während ich meinen Schmerz hinausschreie.

Ich könnte mein ganzes Leben damit verbringen, seine Motive zu verstehen, seine Erinnerungen zu analysieren, und am Ende würde ich immer wieder darauf zurückkommen, was Justin Petra und Dexter angetan hat.

Was er getan hat, ist auf so vielen Ebenen falsch.

Ich muss verdrängen, was passiert ist. Sonst werde ich verrückt, weil ich nicht weiß, was Justin wirklich dazu getrieben hat. Er ist nicht eines Tages aufgewacht und hat sich gesagt, er will das Blut eines Kindes. Es war ein schleichender Prozess, vielleicht hat er die falschen Leute getroffen, vielleicht war er krank.

Ich habe es nicht bemerkt. Ich habe die Anzeichen nicht gesehen, und das ist meine Schuld.

Als meine Brust vor Sauerstoffmangel brennt, tauche ich keuchend auf.

Ich liege im Wasser und denke an alles Mögliche. Ich muss essen, meine Waffen säubern und um Nachschub bitten.

Als das Bad zu kalt wird, steige ich aus und springe unter die Dusche, um mich zu waschen und mein Haar zu pflegen. Dann ziehe ich mich um und schlüpfe in meine bequemen Kleider.

Im Schlafzimmer streiten sich die Elfen darüber, welchen Film wir uns ansehen wollen. Ein lautes Miauen ertönt und für einen Moment wird es still. »Nein, Dexter«, sagt Novel vornehm. »Du hast kein Stimmrecht, weil du immer nur *Findet Nemo* sehen willst.«

Alle kichern.

Ich lächle ein wenig. Das Leben geht weiter.

KAPITEL VIERUNDZWANZIG

RIESIGE GRAUE KREATUREN, über zwei Meter hoch und gebaut wie menschliche Panzer – Panzer mit Schwänzen, Flügeln, Hörnern und Krallen so lang wie meine Wurfmesser – ragen über mir auf. Sie sehen aus wie die Wasserspeier an den Häusern, nur riesengroß und mit einem Maul voller Zähne, gegen die meine Reißzähne niedlich aussehen.

Es ist fast unmöglich, sie zu bekämpfen, aber auch sie haben ihre Schwächen. Wenn man ihnen ein Messer durchs Auge, hinters Ohr und ins Gehirn rammt, funktioniert es. Auch am Hals gibt es eine empfindliche Stelle.

Alle drei grinsen mich an und zeigen mir ihre schönen Zähne.

Ich grinse zurück. »Ich habe neue Spielsachen.« Ich hole meine neuen Klingen heraus und lege sie vorsichtig auf Franks Waffenbank. »Xander hat sie mir geschenkt. Sie sind von Engeln gemacht.«

Die drei Gargoyles bewegen sich wie eine Person und schubsen sich gegenseitig, um einen genaueren Blick darauf zu werfen.

»Die sind irgendwie rosa«, sagt Jonathan und rümpft angewidert die Nase. Mit einem krallenbewehrten Finger stößt er auf eines der blassrosa Einhörner und lässt die Klinge kreisen.

»Ja, die sind nicht gerade unauffällig«, stimmt Stanley zu.

Was wissen die schon? Am liebsten würde ich die Waffen sofort in die Hand nehmen und sie umarmen. Ich liebe die Muster auf den Schwertern.

»Warum gibt der Engel dir Schwerter mit niedlichen Vampir-Einhörnern drauf?«, fragt Jonathan.

»Er hat meine Klinge halbiert. Er schuldet mir was.«

»Es heißt, er schuldet dir mehr als nur ein Schwert«, sagt Stanley.

Ich mache eine Handbewegung, als würde ich mir den Mund zuhalten.

»So ist das also, Kleine? Wir erfahren nichts aus der Gerüchteküche der großen, bösen Henkerin. Du bist langweilig geworden, seit du deinen neuen Job hast«, neckt mich Jonathan.

»Kleine? Wen nennst du hier Kleine? Ich bin groß genug«, knurre ich.

»Bestimmt fünfzig Zentimeter kleiner als ich, du kleines Einhorn.«

»Ich kann mich wandeln und du kannst sehen, wie klein ich bin, wenn ich dir ins Gesicht trete.«

Jonathan grinst. »Daran habe ich keinen Zweifel. Wir haben dich vermisst. Ich bin so froh, dass du uns heute besuchen kommst. Sonntag ist der perfekte Tag, um mir in den Arsch zu treten.«

Frank räuspert sich und schüttelt den Kopf. »Hat Xander dir von ihrer Geschichte erzählt? So einen Stil habe ich noch nie gesehen.« Er nimmt ein Schwert in die Hand. »Sie sehen aus wie ...«

Und meine Augen werden glasig, und mein Gehirn schaltet sich aus, weil ich mich zu Tode langweile, während sie verschiedene Schwert-typen aufzählen – ein bisschen hiervon, ein bisschen davon. Ich gähne. Es erinnert mich daran, wie ich mich gefühlt habe, wenn mein Groß-vater von einer bestimmten Waffe schwärmte. Langweilig.

Als Auftragskillerin sollte ich mich für solche Dinge begeistern können, für die Werkzeuge meines Handwerks und all das. Aber wenn ich etwas finde, das für mich funktioniert, dann ist mir der Name egal und ich bleibe dabei. Ich mag keine Veränderungen. Es scheint mir auch einfacher zu sein, bei dem zu bleiben, was ich kenne. So entwickelt man das beste Muskelgedächtnis.

Ich habe das Schwert, das Xander in zwei Teile zerschnitten hat, nicht ersetzt, weil ich es schon seit meiner Kindheit besitze. Ich habe versucht, das übrig gebliebene Zwillingsschwert als einem Dolch zu benutzen, aber es war nicht dasselbe und meine Reichweite eingeschränkt. Ich habe Monate damit verbracht, einen Ersatz zu finden. Und dann kam natürlich Xander.

Ich hasse es, dass ich diese neuen Waffen liebe. Sie sollten sich nicht so perfekt in meinen Händen anfühlen, zumal sie ein Geschenk des Engels sind. Ich greife wieder ins Gespräch ein. Frank und Stanley streiten über das Design.

»Reden wir hier über Design oder trinken wir Tee und essen Kekse?« Ich lehne mich zwischen sie und drücke mit einem Finger auf die nächstgelegene Klinge, um einen kleinen Impuls meiner seltsamen Magie durch den Griff zu schicken. »Die Geheimnisse dieser Schwerter werden sich nicht von selbst offenbaren. Helft ihr mir, sie zu testen?« Ich lache, als die Gargoyles alle *Oh* und *Ah* rufen, als die Klinge schwarz wird.

»Das ist Stein«, sagt Stanley.

»Das ist so felsenfest.«

»Was hast du noch mal gesagt, dass meine Klingen fast unsichtbar sind? Hm?« Ich grinse ihn an.

»Die benutzen Magie.« Franks riesige graue Hände bewegen die schwarze Klinge, um das Licht einzufangen. Kein Funkeln. Das schwärzeste Schwarz, das es gibt. Als würde ein schwarzes Loch das umgebende Licht einsaugen. »Tru, warum hast du nicht einfach den Engel gefragt?«

»Pfft.« Ich schüttle den Kopf. »Der ist ein Arschloch.«

»Ja, das ist klar.« Jonathan erwidert meinen Faustschlag.

»Was hast du bisher gelernt?«, fragt Frank mit funkelnden grauen Augen.

»Ich kann einen Schild machen.«

»Zeig es mir!«

Wir kämpfen stundenlang. Die Gargoyles haben ihren Spaß, während sie abwechselnd auf mich einschlagen und auf den Blasenschild hämmern. Ich hingegen kann mich kaum verteidigen. Da der Schild in beide Richtungen funktioniert, kann ich ihn nicht durchbohren. Ich muss ihn fallen lassen, um zuschlagen zu können.

Es ist viel zu schwierig für mich, den Schild zu halten, ihn fallen zu lassen und gleichzeitig mit zwei Klingen zu kämpfen. Ich kriege das Timing nicht hin. Ich bin langsam mit den Schwertern und langsam mit dem Schild. Es ist ein Chaos.

Der Tod durch tausend Schnitte – na ja, nicht der Tod, aber ich bin so verdammt müde, dass ich sterben könnte, und ich habe überall am Körper Schnitte in unterschiedlichen Heilungsstadien. Ich trainiere in Stiefeln und Kampfanzügen. Ich bin dafür, mich so anzuziehen, wie ich es auch im echten Training tun würde, aber ich werde dieses ganze Outfit wegwerfen müssen, wenn ich heute fertig bin. Was nie passiert.

Vielleicht habe ich mich ein bisschen mehr geschlagen, als ich sollte. Ich bestrafe mich selbst. Manchmal muss ich mich äußerlich verletzen, um innerlich zu heilen. Ich weiß, es ist falsch und ungesund.

»Ich kann nicht«, jammere ich schließlich. Ich habe fünfzehn Jahre hart gearbeitet, um den Kampf mit zwei Schwertern zu perfektionieren. Ich bin beidhändig, das hilft, aber das hier ... das ist eine neue Dimension der Hölle.

Ich halte den kleinen Schild an der linken Klinge – so breit wie ein Faustschild – und schlage mit der rechten Klinge auf Jonathans Hals. Er wehrt den Schlag ab und schwingt sein Schwert, um den Schild zu treffen. Mein Griff ist völlig falsch – meine Schulter und mein Ellbogen schmerzen. Meine Fäuste, meine Füße, meine Schienbeine – verdammt, mein ganzer Körper – fühlen sich wund an und brummen vor Erschöpfung. Das blutige Schwert ist zu lang und meine Stiefel rutschen unter mir weg.

»Das geht nicht.« Hätte ich den verdammten Schild nicht benutzt, hätte ich ihm schon vor Stunden in seinen steinernen Arsch getreten. »Das Schwert ist das falsche Werkzeug für diese Aufgabe. Es war nie als blöder Schild gedacht.«

»Jonathan, hör auf sie zu schlagen! Tru, lass die Hände oben!«, schreit Frank.

Ich tue, was mir gesagt wird. Mein Gesicht ist finster, meine Arme zittern in der Stresshaltung, der Schweiß läuft mir in die Augen. Frank hält seine Nase nur Millimeter von dem Schwert in meiner linken Hand entfernt. »Die Klingen sind nur der Kanal. Du bist es, nicht die Klingen, die die Magie besitzt.« Er klopft dem Gargoyle auf die Schulter. »Okay, Jonathan, tritt zurück!«

Mit einem Stöhnen lasse ich die bleiernen Arme sinken und drehe beide Handgelenke. Meine Güte, die Gargoyles haben es in sich. »So funktioniert meine Magie nicht. Du weißt, dass ich keine Hexe bin.«

»Nicht nur Hexen haben magische Kräfte. Die Magie der Fae ist im Vergleich noch beeindruckender. Die Dinge, die Fae-Fürsten tun können, würden dich in Erstaunen versetzen, dir das Haar weiß färben, und auch wenn deine Regenbogenmagie im Vergleich dazu klein erscheinen mag, lass dich nicht entmutigen, es zu versuchen. Beschränke dich nicht selbst, indem du denkst, dass du etwas nicht tun kannst, nur weil du nicht weißt, wie es geht.«

»Du bist wie eine Hummel.« Stanley tupft sein Gesicht mit einem Handtuch ab. Wir schauen ihn alle an, und er lächelt verlegen. »Es gibt diesen Mythos, dass Hummeln nicht fliegen können, weil sie nicht aerodynamisch sind, aber die Hummel weiß das nicht und fliegt trotzdem. Das stimmt nicht. In Wirklichkeit beruht ihre Flugfähigkeit auf der Art und Weise, wie sich ihre Flügel bewegen und winzige Wirbelstürme erzeugen, die sie nach oben tragen.«

Wirbelstürme? Das wusste ich nicht. Ich liebe Bienen, und was Stanley nicht weiß, ist, dass ich vielleicht eine Bienen-Obsession habe. Mit meiner Bienenbettwäsche und meinen Bienentassen, -tellern und -gläsern. Sein Kommentar trifft also den Nagel auf den Kopf. Das ist genau das Richtige.

»Evolution, Baby.« Jonathan nickt weise, schnappt sich ein Handtuch und reibt sich energisch den verschwitzten grauen Kopf.

Stanley verdreht die Augen. »Als Halbblut hattest du niemanden, der dir helfen oder dich führen konnte. Du musstest über den Tellerrand schauen und es versuchen. Du solltest dich nicht wandeln können, aber du kannst es. Du solltest keine Flügel haben, aber du hast sie. Warum kannst du nicht die Magie in dir nutzen, um dich zu schützen?«

»Nun«, sagte Frank, »wenn du einen Blasenschild erschaffen kannst, warum nicht etwas Kleineres, Einfacheres, wie einen Schild auf deiner Haut?«

»Wie einen Regenbogenpanzer. Unsere Magie macht unsere Haut steinhart und undurchdringlich«, sagt Jonathan und klopft sich auf seinen muskulösen Bizeps.

»Wirklich? Meine Haut schützen?« Ich starre ungläubig auf die Gargoyles.

»Ich wüsste nicht, warum nicht, wenn man genug Magie hat und lernt, sie zu kontrollieren. Dann könntest du auf deine normale Art kämpfen.« Frank reibt sich eine hässliche, dunkel verfärbte Beule am Kinn. Ich habe ihn voll erwischt. »Mit etwas Übung und Zeit könnte man daraus sicher eine Waffe machen.«

»Ach, sag ihr das nicht! Es macht mir so viel Spaß«, sagt Stanley. »Sie ist selten so leicht zu besiegen.«

Jonathan wirft sein Handtuch beiseite. »Los geht's«, brüllt er. »Vergiss den Schild und nimm lieber eine Waffe! Du bist sowieso eher ein Offensivkämpfer. In der Verteidigung bist du eine Niete.«

»Versuch es mit einem Dolch«, schlägt Frank vor. »Genau wie mit dem Schwert, aber statt eines Schildes schärfst du die Klinge.«

Ich zucke mit den Schultern, lege die Schwerter auf die Bank und hole ein robust aussehendes Messer hervor. Ich drehe es in der Hand und denke daran, wie oft ich mein Blut an dieser Waffe abgewischt habe. Sie kann mein Blut nicht trinken wie die Engelsschwerter, aber sie ist schon das ein oder andere Mal mit meinem Blut bedeckt gewesen, das aus den Wunden an meinen Armen getropft ist, sich in meinen Handflächen gesammelt und die Klinge mit meiner Essenz klebrig gemacht hat.

Diese Waffe gehört mir.

Ich schicke einen magischen Impuls durch den Griff und die Regenbogenmagie blitzt auf. Ich denke daran, den Dolch schärfer zu machen, wie einen Laser. Ich schneide mit der Klinge in die Haut seines Unterarms. Ich erstarre, er erstarrt, und wir alle blinzeln, als wir das Blut sehen.

Ich habe einen undurchdringlichen Gargoyle zum Bluten gebracht. Niemand bewegt sich.

Keiner atmet auch nur.

»Scheiße«, sagt Stanley.

»Entschuldigung«, murmle ich.

»Wir sagen keinem ein Wort«, sagt Frank und wir nicken alle.

Ich habe schon genug Ärger am Hals. Wenn jemand herausfindet, dass ich einen Gargoyle zerlegen kann, kriegen wir alle Ärger. Ich bin froh, dass die Jungs hinter mir stehen.

»Okay, versuch's mal ohne den Dolch. Versuchen wir es noch einmal mit dem Schild. Lass die Magie durch einen Arm fließen, wie bei den Klingen.«

Ich lege das Messer weg und lasse die Magie mit einem mentalen Stoß über meine Haut fließen. Es kribbelt. Ich starre darauf. Es ist zu dünn, es fühlt sich nicht richtig an. Ich höre auf meinen Bauch und schichte den Regenbogen, mache ihn mit jedem Durchgang dicker und geschmeidiger wie eine Rüstung. Als ich zufrieden bin, drehe ich mich zu den Wasserspeiern um und nicke ihnen zu.

»Okay.«

Stanley zieht sein Schwert über meinen Bizeps, die Klinge gleitet ab. Ich bin unverletzt. Er wiederholt es noch ein paar Mal. »Weiter so!« Respekt schwingt in seiner Stimme mit. »Erinnere mich daran, dass ich eigentlich nicht gegen dich kämpfen will.«

»Was ist mit Druck?« Ich taste meinen magisch beschichteten Arm ab.

Frank nimmt meine Hand und drückt sie fest.

All die kleinen Knochen in meiner Hand knacken und brechen wie Hühnerknochen. Der Gargoyle zuckt zusammen. »Tut mir leid, Tru.«

»Ist schon gut.« *Au. Au.* »Zumindest wissen wir jetzt, dass die Rüstung nicht unfehlbar ist.« Ich lasse die Regenbogenrüstung fallen und meine Wandlermagie meinen Arm hinunter in meine gebrochene Hand fließen. Das ganze Gliedmaß löst sich auf und ist im Nu wieder wie neu. Der lähmende Schmerz ist nur noch eine ferne Erinnerung. Jonathan starrt auf meine frisch geheilte Hand. »Mädchen, du bist so stark, dass es unheimlich ist.«

»Wow, das war fantastisch«, murmelt Stanley.

Frank nimmt vorsichtig meine Hand und dreht sie um, um sie auf bleibende Schäden zu untersuchen. »Mach eine Faust! Sie ist geheilt. Sieht gut aus. Wann hast du das gelernt?«

»Gestern – nein, vorgestern. Freitagabend.« Ich reibe mir das Gesicht. »Es war eine lange Woche. Gestern habe ich meinen ganzen

Körper gewandelt und bin wieder zur Menschengestalt geworden, ohne vorher das ganze Einhorn-Ding zu machen.«

Frank verengt die Augen. »Kannst du dich wandeln, während du dich bewegst?«

»Keine Ahnung.«

Nach einer weiteren Stunde stelle ich fest, dass ich mich nicht von der Stelle bewegen kann, an der ich mich gewandelt habe. Aber mit etwas Übung wird es immer leichter, die Rückwandlung zu kontrollieren, bis ich sie fast ohne nachzudenken ausführen kann. Ich denke, dass der Versuch, mich zu bewegen, eine Herausforderung für einen anderen Tag sein wird.

Ich schlurfe durch die Turnhalle, um mir etwas zu trinken zu holen. Mein Handy klingelt und ich nehme den Anruf auf meiner Privatnummer entgegen. Bei der Arbeit neige ich dazu, alles anzunehmen. »Hallo«, knurre ich. Vielleicht nehme ich ab, aber niemand hat mir gesagt, dass ich professionell sein muss, und ich bin müde.

»Tru? Hier ist Caitlyn.«

Oh, verdammt, was jetzt? Bitte sei okay.

»Hi, Caitlyn«, sage ich leise und freundlich. Ich will nicht, dass das arme Mädchen denkt, ich sei sauer, weil sie angerufen hat. »Wie geht es dir? Bist du in Sicherheit?«

»Es geht mir gut, es geht mir gut. Das Leben ist hart, aber ich bin am Leben. Ich bin bei Freunden untergekommen und habe auf dem Sofa geschlafen. Ich habe vergessen, dass ich mich melden wollte, also melde ich mich jetzt.« Sie lacht schmerzhaft und gibt dann einen selbstironischen Laut von sich. »Ich habe mich gefragt, ob du vielleicht mal Zeit für ein Gespräch hast.«

Ich werfe einen Blick auf die Gargoyles. Stanley und Jonathan bekämpfen sich mit Äxten. Ich lächle über die Kraft von Jonathans Technik. Es ist, als würde er einen Baum fällen. Ich schüttle den Kopf, als er brüllt, und Stanley lacht ihn aus. Ich winke Frank zu, deute auf das Telefon und schleiche aus dem Raum.

»Ich habe jetzt Zeit. Was willst du?«

»Können wir uns persönlich treffen?« Das Telefon knistert und sie lacht ein trauriges Lachen. »Natürlich bist du beschäftigt. Vergiss, dass ich gefragt habe.«

»Nein. Nein, das ist in Ordnung. Ich kann mir Zeit nehmen. Wann und wo wollen wir uns treffen?«

»Wäre morgen früh in Ordnung? Können wir uns auf einen Kaffee treffen, sagen wir um zehn im Lakeview Café?«

»Ja, das ist gut.«

Jetzt, nachdem der neue Putz getrocknet ist und alle Holzarbeiten erledigt sind, werde ich morgen den ganzen Tag nur streichen. Die Arbeit hat mir einen freien Tag verschafft. Ich will die Wände und die Decke der Küche fertig haben, bevor die Bodenfliesen verlegt werden, und da die Fliesen durch den ganzen hinteren Teil des Hauses gehen, muss ich alles streichen. Zweimal. Ich könnte einen Zauberstab benutzen, aber ich freue mich auf die harte Arbeit, es selbst zu tun – therapeutisches Streichen. Außerdem habe ich eine tolle Spritzpistole, die ich ausprobieren möchte.

»Toll. Danke, Tru. Wir sehen uns um zehn.« Wir verabschieden uns, ich trinke mein Wasser aus und gehe zurück in die Turnhalle.

KAPITEL FÜNFUNDZWANZIG

Es ist einer dieser herrlichen Morgen, eiskalt und wolkenlos bei strahlend blauem Himmel. Ich kann es kaum erwarten, aus dem Haus zu gehen und nach Caitlyn zu sehen. Ihre Sicherheit hat mich die letzten zwei Tage nicht losgelassen. Ich fühle mich verantwortlich für das Chaos, in dem sie steckt, und hoffe, dass wir einen Plan zu ihrem Schutz entwickeln können.

Da ich eine Masochistin bin, habe ich gleich nach dem Training mit den Gargoyles angefangen, das Haus zu streichen. Ich habe bis spät in die Nacht gearbeitet und heute Morgen weiter. Glücklicherweise habe ich große Fortschritte gemacht.

Jetzt habe ich geduscht und trage eine bequeme Jeans und einen Pullover. »Willst du mitkommen?«, frage ich Dexter.

Er drückt seinen großen, harten, rothaarigen Kopf gegen mein Bein. »Reow.« Sein Ton ist voller Abscheu und Vorwurf.

»Das nehme ich als ein Nein.« Ich greife nach meinen Autoschlüsseln, kraule ihm noch einmal hinter dem Ohr und gehe den Flur entlang. »Ich liebe dich. Und Dexter, bleib von den Wänden weg! Wir müssen nicht den Lack von deinem Fell schrubben oder Haare aus dem schönen Lack zupfen.«

»Miau«, klagt er, wirft sich auf den Boden und wedelt mit den Vorderpfoten durch die Luft.

»Jaja, Katzenpfoten sind süß, und es ist mir egal, ob dir die Farbe nicht gefällt. Bleib von meinen Wänden weg!« Ich steche bei jedem Wort in die Luft. »Lass. Die. Farbe. Trocknen.«

Okay, ich bin bereit. Ich will mindestens eine Stunde vor Caitlyn da sein, um mir die Gegend anzusehen und mich zu vergewissern, dass es sicher ist. Mit ein paar Klingen in der Nähe und außer Sichtweite bin ich froh und sicher, dass meine Jeans einen Waffenplatz enthält, auf den ich mich verlassen kann, wenn die Dinge schiefgehen. Ich liebe die Taschengröße so sehr.

Ich runzle die Stirn, als die temporäre Schutzzone um das Haus wackelt, und schärfe meine Sinne. Meine Schätzung von ein paar Tagen war falsch. Wir können froh sein, wenn der Zauber noch eine Stunde anhält.

Mein Kopf schlägt gegen die Eingangstür. »Scheiße«, murmle ich. Ich kann das Haus nicht verlassen, ohne Dexter zu gefährden, und wenn dieser Schutzzauber so schnell verblasst ist, wird der Schutzzauber des Baus auch nicht mehr lange halten.

Mein Magen dreht sich um und meine Intuition meldet sich. Ich kaue auf meiner Unterlippe und denke nach. Ich habe Magie in mir, und gestern habe ich sie mit den Wasserspeiern kanalisiert, um eine Rüstung auf meiner Haut zu erschaffen. *Vielleicht kann ich das noch einmal tun und sie an die Wände kleben?* Eine Regenbogen-Schutzwand erschaffen und ... ja, das wäre toll. Eine Idee formt sich in meinem Kopf, aber ich schüttle sie schnell als Unsinn ab. *Eine Regenbogen-Schutzmauer. Ja, klar.*

Es ist ein großer Unterschied, ob ich ein Schwert oder meine Haut oder ein ganzes Haus schütze.

Und wenn ich mein Blut benutze? Ich keuche und mein Magen dreht sich um, wenn ich daran denke. Blut war schon immer ein Faktor in meiner besonderen Magie, von Engelsflügeln bis hin zu Dämonenkräften. Vielleicht muss ich dieses Haus erst zu meinem machen. *Ja, das ist eine gute Idee. Lass das Haus bluten, Tru!*

Ich kann es versuchen. Meine Lippen zucken. Mir gefällt die Vorstellung, eine Hummel zu sein und das zu umarmen, was mich einzigartig macht. Ich ziehe den gefalteten Beutel heraus und eine Lanzette zur Blutabnahme landet in meiner Handfläche. Ich öffne das Siegel, steche mir in den Zeigefinger, drücke zu und ein Tropfen Blut sprudelt heraus. Jetzt muss ich nur noch die Spezialsoße dazugeben. Ich schließe die Augen und überlasse mich dem kochenden, brodelnden Zauber in meiner Brust.

Komm schon! Mach dein Ding!

Meine Hand mit dem blutenden Finger bewegt sich, ohne dass ich es will. Ich entspanne mich weiter und ziehe mich nicht zurück, als mein Blut die Wand berührt.

Innerlich schreie ich: »Iihhh!«

Wände sind nicht so kompliziert wie das Verdauungssystem eines Vampirs. Oder doch?

Während ich mich konzentriere, spüre ich, wie eine Welle der Kraft von meiner Brust bis in meine blutigen Fingerspitzen fließt. Ich konzentriere mich auf meine Wünsche: das Haus, den Bau und das umliegende Land zu schützen und den eingeladenen Kreaturen, Tieren und Insekten zu erlauben, sich frei und ohne Schaden zu bewegen. Ein undurchdringliches Bollwerk gegen ungebetene Gäste. Ich stelle mir auch eine mächtige Verteidigung gegen alle Wesen vor, die uns schaden wollen.

Ich will, dass sie heftig reagiert.

Vor meinem inneren Auge sehe ich einen Schutzwall, der sich nach und nach um das Haus und das Gebäude zieht.

Die Magie muss tief in die Erde eindringen, wie die Wurzeln eines Baumes, und sich unter der Erde ausbreiten wie ein schützendes Netz, das sich wie Würmer schlängelt und nachwächst, wenn es zerschnitten wird – das Fundament einer Siedlung, die Generationen überdauern wird.

Mir wird schwindelig, mein Herzschlag verlangsamt sich. Der Schmerz in meiner Brust wird unerträglich, als ich alles, was ich habe, in die neue Grenze stecke. *Okay, das reicht.* Ich versuche, mich zurückzuziehen, aber der Zauber lässt mich nicht los.

Der primitive Teil von mir, mein Unterbewusstsein, schreit vor Angst. Ich lasse den Schild fallen und rufe Kleric zu Hilfe.

Blitzschnell erfasst er die Situation. *Lass los, Tru!,* fordert Kleric.

Ich kann nicht.

Doch, du kannst. Es ist deine Magie und du hast die Kontrolle. Ich werde dir helfen.

Der Geruch von Schwefel steigt mir in die Nase und Klerics Dämonenrauch windet sich um mein Handgelenk. Er kitzelt auf meiner Haut, läuft über den Kuss auf meiner Hand und schiebt sich zwischen meinen pochenden Finger und seine Verbindung zum Haus. Der Zauber bricht ab. Ein Druck lässt meine Ohren klingeln und meine Hand fällt kraftlos zur Seite.

Danke. Was hätte ich ohne ihn getan?

Ich öffne die Augen, gerade als Dexter mir eine Kralle ins Schienbein schlägt. Missbilligend sehe ich ihn an. »Au, Dexter.«

Er wirft mir einen bösen Blick zu und trottet in Richtung Küche davon.

Ich ignoriere den missglückten Rettungsversuch meiner Monsterkatze mit einem Kopfschütteln und wende mich dem Schaden zu, den ich angerichtet habe.

»Ähm.« *Wie um alles in der Welt sind die da raufgekommen?* Ich betrachte den Flur und die Blutlinien an den Wänden und der Decke. Ich weiß nicht, was das für eine magische Sprache ist. Es ist weder dämonisch noch hexisch. Nicht, dass ich mich mit Runen auskenne, aber ich habe das Gefühl, eine ganz neue Sprache erfunden zu haben.

Oh-oh.

Was ist das?, fragt Kleric.

Unser neuer Schutz. Hoffe ich. Ich zucke zusammen und kratze mich am Hals.

Es ist wunderschön.

Wunderschön? Mein linkes Auge zuckt. Sieht er nicht das Blut an den Wänden? Es tropft! Ich kneife die Augen zusammen und hole tief Luft. Dann reiße ich die Haustür auf und stolpere in die Einfahrt. Vielleicht ist der Blick nach draußen weniger beängstigend?

Der neue Schutzzaun um das Haus streichelt meine Haut. Der alte Stein knirscht unter meinen Stiefeln, als ich ein paar Schritte gehe und mich umdrehe.

Oh, wow.

Ich neige meinen Kopf in den Nacken. Was für ein Anblick.

Siehst du das?

Ja, ich weiß nicht, wie du das gemacht hast, aber du hast gute Arbeit geleistet.

Der Regenbogenzaun glitzert im Sonnenlicht und wenn ich die Augen zusammenkneife, kann ich sehen, wie er sich um die Grundstücksgrenze legt. Er schützt sogar die Bäume.

Meinst du, es ist sicher?

Wunderschöne Chimäre, das ist deine Magie. Natürlich ist es sicher.

Etwas beruhigt schaue ich in den Flur, und das Blut an den Wänden beginnt zu verblassen. Es wird aufgesaugt. In Sekundenschnelle ist es verschwunden. Ich reibe mir das Schlüsselbein. Die Magie in mir scheint sich erschöpft zu haben, und es tut weh, als hätte mir ein wütendes Einhorn in die Brust getreten.

Ich muss los. Ich bin mit Caitlyn verabredet.

Sei vorsichtig! Tru, warte! Du hast viel Kraft verbraucht. Hier! Klerics Rauchmagie kommt aus dem Nichts, und ich kann nicht anders, als nervös nach draußen zu schauen, wo Dämonenmagie eingesetzt wird. Eine Ampulle mit warmem, dunkelgrünem Blut fällt in meine Hand.

Danke.

Viel Spaß!

Spaß. Ich schütte das Blut runter – ich schwöre, sein Blut schmeckt wie Schokolade – und beeile mich, in den Defender zu steigen. Während ich die Mauer wieder zwischen uns schiebe, schicke ich Story noch schnell eine SMS, um sie über unser neues Sicherheitssystem mit Regenbogeneffekt zu informieren. Das Leben wird immer seltsamer.

Kapitel Sechsundzwanzig

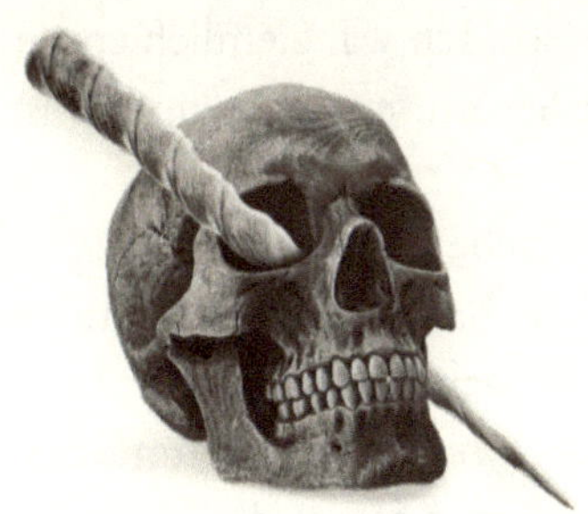

Auf dem kleinen Parkplatz am See stehen nur drei Autos. Im Sommer ist es sehr voll und man findet keinen Parkplatz, aber an einem Montagmorgen im Winter ist es ruhig. Sehr ruhig.

Ich gehe in die entgegengesetzte Richtung des Cafés. Der feste Asphaltweg, auf dem ich mich befinde, führt mehrere Kilometer um den See herum. Die Gegend ist offen, das Gras auf beiden Seiten des Weges fällt ab, und in der Ferne sieht man nur ein paar kümmerliche Bäume. Caitlyn hat diesen Ort für das Treffen klug gewählt, denn der Salzwassersee wird nur minimal überwacht.

Ich setze mich auf eine Bank mit Blick auf den See, die Straße und den Parkplatz und beobachte schweigend. Es ist lange her, dass ich einfach nur dagesessen und die Welt an mir vorbeiziehen lassen habe. Ein paar Hundebesitzer und ein einsamer Jogger sind unterwegs. Seine Turnschuhe sind fast durchgelaufen. Ich sehe nichts und niemanden, der mir verdächtig vorkommt.

Ich war nicht mehr hier, seit ich ein kleines Mädchen war und mein

Großvater mich mitgenommen hat, um mir ein seltenes Abenteuer zu bieten. Ich lächle. Meine Kindheit war nicht normal, aber mein Adoptivgroßvater hat sich wirklich Mühe gegeben. Heute ist das Bootshaus verschlossen. Aber in den wärmeren Monaten wimmelt es auf dem See von kleinen Ruder-, Tret- und Motorbooten, die man mieten kann. Die Motorboote sind ziemlich alt – sie müssen älter sein als ich –, und wenn sie langsam über den See tuckern, machen sie ein eigentümliches, schnaufendes Geräusch.

Mein Großvater hat mir immer erzählt, dass im See eine wunderschöne Meerjungfrau lebt. Ich war ziemlich enttäuscht, als ich herausgefunden habe, dass der See nur einen Meter tief ist, viel zu flach für eine Meerjungfrau.

Ich stehe auf und mache mich auf den Weg zum Café.

Das Lakeview Café hat eine charmante weiße Holzfassade mit einem grauen Schieferdach und großen Bogenfenstern, die einen wunderschönen Ausblick bieten. Rings um das Café stehen Picknicktische, von denen aus man wunderbar die Landschaft genießen kann. Auf der linken Seite befindet sich ein Kinderspielplatz, der mit einem schwarzen Geländer eingezäunt ist.

Die doppelte Glastür ist mit einer dunkelblauen Markise verziert. Ich öffne die Tür und die Glocke darüber läutet. Wie die alten Boote sind auch die Tische und Stühle aus dunklem Holz noch genau so, wie ich sie in Erinnerung habe. Wie nostalgisch. Ich schaue mich nach Caitlyn um, aber ich bin zu früh, und wie erwartet ist sie noch nicht da.

Es gibt eine neue Edelstahltheke mit diesen Selbstbedienungsvitrinen aus Glas. Da sie gerade leer sind, gehe ich zur Hauptkasse.

»Guten Morgen. Was darf es sein, meine Liebe?«, sagt die freundliche Verkäuferin mit der Schürze hinter der Kasse.

Ich lächle sie an. »Guten Morgen. Kann ich bitte eine Kanne Tee haben und ... oh, ist das Karottenkuchen?«

Sie nickt. »Da wir außerhalb der Saison sind und nicht so viele Besucher haben, ist der Karottenkuchen hausgemacht.«

»Hausgemachter Karottenkuchen zum Frühstück. Wie könnte ich da widerstehen? Ein Stück davon zum Tee wäre wunderbar. Danke.« Nachdem ich jahrelang den gleichen Job wie diese Dame gemacht habe, bin ich besonders nett. Ich weiß, wie es ist, wenn ein Kunde freundlich ist. Das kann einem den Tag versüßen, und wenn sie schrecklich sind, verziehe ich innerlich das Gesicht. Sagen wir einfach, es ist kein Wunder, dass ich mich für das Killergeschäft entschieden habe. Die Arbeit im Dienstleistungssektor kann einen zum Mörder machen.

Die Dame tippt meine Bestellung ein und ich gebe ihr einen Zwanziger. »Ich habe eine Freundin, die mich begleiten möchte. Wäre es in Ordnung, wenn Sie ihre Bestellung davon mitbezahlen?«

»Sicher, kein Problem, meine Liebe. Wenn Sie sich setzen möchten, bringe ich Ihnen Ihr Getränk und den Kuchen.«

Ich lächle ihr dankbar zu, während sie sich beeilt, meine Bestellung fertigzustellen und einen Tisch im hinteren Bereich zwischen zwei großen Bogenfenstern mit Blick auf den See und den asphaltierten Weg auszuwählen. Die Fenster bieten mehr Fluchtmöglichkeiten als der traditionelle Weg durch die Haupttür, und die massive Wand dazwischen ist ein guter Schutz. Sollte etwas passieren, könnte ich leicht ein Fenster einschlagen und Caitlyn hinausbringen, während ich mich um das Problem kümmere.

Die Kellnerin bringt ein Tablett mit einer dunkelblauen Teekanne, einer passenden Tasse mit Untertasse, einem Milchkännchen, einer Zuckerdose und einem riesigen Stück Kuchen. »Das sieht wunderbar aus. Vielen Dank.« Mir fällt ein, dass ich wiederkommen muss, denn laut der Speisekarte auf dem Tisch gibt es einen besonderen Nachmittagstee.

»Guten Appetit.«

Ich lasse den Tee ein paar Minuten ziehen und schenke ihn dann ein. Mit der heißen Tasse in der Hand schaue ich aus dem Fenster und knabbere an dem Karottenkuchen. Es dauert nicht lange, bis die Glocke über der Tür läutet.

Caitlyn dreht sich zu mir und winkt mir zu. *Oh, das arme Mädchen.* Sie trägt das gleiche Outfit wie beim letzten Mal. Die Tasse klappert auf dem Unterteller, als ich sie abstelle.

Caitlyn deutet auf den Tresen, ich nicke bestätigend und sehe zu, wie sie bestellt.

Dann geht sie nervös zum Tisch und ringt die Hände. »Du hättest mir nichts zu trinken kaufen müssen. Danke.« Caitlyn sieht müde aus. Sie ist blass und hat Tränensäcke unter den Augen.

»Kein Problem«, murmle ich. »Du kannst auch etwas essen, wenn du willst.« Ich gehe davon aus, dass sie sich setzen wird. Bevor ich sie aufhalten kann, schlüpft sie zu mir und umarmt mich. Ich versteife mich. Als sie mich loslässt, lächle ich gezwungenermaßen höflich und kremple unbeholfen die Ärmel meines Pullovers hoch.

»Danke, dass du gekommen bist.« Sie zieht den Holzstuhl vom Tisch. Er knarrt laut auf dem Boden, dann lässt sie sich in die Sitzfläche fallen. »Es ist ein schöner Tag.« Sie blickt aus dem Fenster auf den See.

»Ja, das stimmt.« Die Frau kommt mit Caitlyns Kaffee zurück und will mir das Wechselgeld geben. Ich schüttle den Kopf. »Behalt es!« Sie lächelt dankbar und eilt davon.

Caitlyn trinkt ihren Kaffee in einem Zug aus und verzieht das Gesicht. »Hast du gestrichen?«

Ich neige den Kopf. Caitlyn deutet auf meinen Unterarm. Ich drehe den Arm und sehe einen Spritzer rosa Farbe. Oh. »Ah, ich habe eine Stelle übersehen.« Ich kratze mit dem Daumennagel über die Farbe, und nach ein wenig Überredung blättert sie ab.

»Das ist eine interessante Farbe.«

Ich lächle. »An den Wänden wirkt sie heller.«

»Im Schlafzimmer?«

»Nein, im Wohnzimmer und in der Küche.«

Ihre Augen werden groß. »Du hast die Wände im Wohnzimmer und in der Küche in einem kräftigen Pink gestrichen. Wow. Das ist eine mutige Entscheidung.«

»Ich habe einen Farbberater hinzugezogen, der alles ausgearbeitet hat«, erkläre ich. Es wäre eine Katastrophe gewesen, wenn ich die Farbpalette selbst zusammengestellt hätte. »Das Haus wird immer noch aussehen, als hätte ein Einhorn hineingekotzt, aber auf die bestmögliche Art und Weise.«

»Hast du ein Problem mit Weiß?«, fragt Caitlyn lächelnd und nimmt einen weiteren Schluck von ihrem Drink.

Ich zucke zusammen. Ich sehe auf den Tisch, meine Hand zuckt heraus und ich fummle an der Teekanne herum. »Ja, so was in der Art«, murmle ich und schenke eine weitere Tasse ein. »Du hast also am Telefon gesagt, dass du bei Freunden wohnst?«

»Ja, und es geht mir gut. Ich muss nicht ins Sanctuary, bevor du wieder damit anfängst. Ich habe angerufen und wollte dich sehen, um zu hören, ob du weißt, was los ist.« Caitlyn stützt die Ellbogen auf den Tisch und senkt die Stimme. »Mit den Hexen. Ein Freund eines Freundes hat mir erzählt, dass sie sie freigelassen haben, die Hexen, die in mein Haus eingebrochen sind und mich terrorisiert haben.« Ihre schönen braunen Augen verengen sich. »Bitte sag mir, dass du sie nicht hast gehen lassen, Tru.«

Caitlyns Blick ist direkt, über den Rand ihres Kaffees hinweg, und ihre Augen sind voller Wut und Angst. Es ist die Angst, die mich berührt. Ich nehme einen Schluck Tee. Ich überlege, was ich antworten soll.

Als ich nicht schnell genug antworte, werden Caitlyns Wangen rot. »Bitte sag mir, dass du weißt, was hier los ist. Haben sie diesen Hexenzirkel wirklich gehen lassen?« Sie wartet eine Sekunde. »Sie haben versucht, mich zu töten, Tru!« Ihre Stimme wird fast zum Schrei.

Die Dame am Schalter schaut uns besorgt an. Ich winke sie mit einem sanften Lächeln ab. *Hier gibt es nichts zu sehen.*

Caitlyn rutscht auf dem Stuhl herum und macht sich so klein wie möglich, kauert fast unter dem Tisch. Es tut mir in der Seele weh, sie so zu sehen.

»Ich habe dich gerettet«, zischt sie.

Ich reibe mir das Gesicht. Es ist so durcheinander. »Ich weiß und ich bin dankbar. Es tut mir so leid, Caitlyn, was du durchmachen musst. Es ist schrecklich. Wenn du mir erlaubst, dir zu helfen, kann ich dir ein sicheres Zuhause und neue Kleidung besorgen.«

»Ich brauche keine Kleidung, und ich werde nicht hier sitzen und darauf warten, dass eine Hexe mich tötet. Warum sollte ich dir vertrauen?« Sie lacht spöttisch. »Wenn du dankbar bist, dass ich dir das Leben gerettet habe, dann mach etwas. Besorg mir die Informationen!«

Ich muss professionell bleiben, auch wenn ich am liebsten alles erklären, um Verzeihung bitten und alles tun würde, um dem verängstigten Mädchen zu helfen. Aber ich darf nicht vergessen, dass wir uns in der Öffentlichkeit befinden und Caitlyn eine Zivilistin und Zeugin ist. Ohne die Erlaubnis kann ich ihr nichts sagen.

Ich weiß nicht, ob die Gerüchte wahr sind. Ich weiß nicht, ob die

Hexen freigelassen wurden oder noch alle eingesperrt sind. Der Hexenrat schweigt.

»Ich werde einen Kontaktmann darauf ansetzen«, sage ich diplomatisch.

»Du hast einen Kontaktmann«, knurrt Caitlyn. »Was nützt du uns, Henkerin, wenn du es nicht weißt?« Frustriert wirft sie die Hände in die Luft. »Warum hast du sie nicht getötet, als du die Chance hattest?«

Ich runzle die Stirn. »Caitlyn, ich kann nicht einfach Kreaturen töten. Es gibt aus gutem Grund festgelegte Prozeduren, und der Hexenrat regiert sein Volk, nicht mein Büro.«

Sie seufzt und schiebt den Kaffee von sich. Ihre Unterlippe zittert. »Sie werden mich töten, weil ich dir geholfen habe. Das ist deine Schuld.«

Ich schlucke meine Schuldgefühle hinunter und verenge meine Augen. Ich weiß, dass sie wütend ist, aber ich lasse mich nicht einschüchtern oder dazu zwingen, darüber zu reden. »Haben sie dich seitdem angegriffen?«

»Nein, eigentlich nicht.« Sie schiebt die Unterlippe vor.

»Brauchst du eine Unterkunft?«

»Ich kann auf mich selbst aufpassen. Ich wollte nur ein paar Informationen.« Wir starren uns an, Caitlyn runzelt die Stirn. Dann ist es, als hätte sie einen Schalter in ihrem Kopf umgelegt, und sie stößt einen traurig klingenden Seufzer aus. »Ich bin schrecklich unangemessen, nicht wahr? Ich wollte nicht unhöflich sein. Ich will nicht, dass du jemanden in meinem Namen tötest. Es tut mir leid. Ich habe einfach Angst.«

Sie nimmt ihren Kaffee wieder in die Hand, trinkt noch einen Schluck und lächelt mich schüchtern an.

»Meine Angst macht mich besonders zickig. Ich weiß, dass du alles tun wirst, um mir zu helfen. Es ist falsch von mir, hier zu sitzen und meinen Frust an dir auszulassen. Du tust doch alles, was du kannst, oder?« Sie holt ein Bonbon aus ihrer Tasche, packt es aus und steckt es sich in den Mund.

»Genau.« Ich verdrehe nicht die Augen. Mir geht es gut. Ihre Stimmungsschwankungen machen mich ganz schwindelig. Sind Menschen wirklich so? Ich erinnere mich, dass sie eine schreckliche Tortur durchmacht und ich nett sein muss.

Sie kaut zu Ende. »Danke, dass du gekommen bist. Ich muss jetzt gehen. Ist es in Ordnung, wenn ich dich anrufe, falls etwas passiert?«

»Ja, das ist kein Problem.«

»Gut.« Sie lächelt mich an und klatscht in die Hände. »Danke für den Kaffee.« Caitlyn springt auf, und wieder schleift der Stuhl über den Boden, als sie über den Tisch springt und ihre schlanken Arme um mich schlingt.

Noch eine Umarmung, igitt. Ich knirsche mit den Zähnen und klopfe ihr unbeholfen auf den Rücken. Sie duftet nach Erdbeerbonbons und Kaffee. »Pass auf dich auf! Soll ich dich zum Auto bringen oder irgendwo absetzen?«

»Nein. Alles in Ordnung.«

Ich sehe ihr nach, wie sie davon eilt. Es war eine seltsame Begegnung. Ich drücke auf die App auf meinem Handy und sende die ganze Interaktion an Story, um zu sehen, was sie davon hält. Ich bin froh, dass ich es aufgenommen habe.

KAPITEL SIEBENUNDZWANZIG

ICH BIEGE mit dem Land Rover in die Privatstraße ein, die zum Farmhaus führt, und sehe neben dem Zaun ein rotgoldenes Glitzern. Es ist Story, die über Dexters kopf steht. Sie hat die Arme vor der Brust verschränkt und schaut finster. *Was um alles in der Welt?* Und ich dachte, mein Gespräch mit Caitlyn wäre eigenartig gewesen. Das hier hat diesem Morgen eine ganz neue Dimension der Seltsamkeit gegeben.

Ich halte an. Die Tür quietscht, als ich sie öffne, und der Sicherheitsgurt schneidet mir in den Nacken, als ich mich zur Seite lehne und den Kopf herausstrecke. »Was macht ihr denn da?«

Beide starren auf etwas auf der anderen Seite der neuen Regenbogenstation. Ich rutsche auf meinem Sitz hin und her, um zu sehen, was ihre Aufmerksamkeit erregt hat, aber ich bin im falschen Winkel.

Story winkt mich rüber.

Warum ich? Ich stoße mir den Hinterkopf an der Kopfstütze und stöhne. Ich habe ein ungutes Gefühl. Ich schnalle mich ab und steige aus. Verdammt, hoffentlich hat die neue Station nichts Schlimmes gemacht. Nein, was kann die schon anrichten? Ich war ja nur ein paar Stunden weg. Ich klopfe mit den Fingern auf mein Bein, während ich auf sie zugehe. Vielleicht hätte ich es testen sollen, bevor ich zum See geeilt bin.

Die Station begrüßt mich, sobald ich sie berühre. Wie ein Haustier, ein verspielter Welpe. Sie fühlt sich … wohl. Was zum Teufel? *Seit wann hat Magie Gefühle? Oje. Was habe ich getan?* Die Barriere gehört mir, und es ist fast so, als hätte ich sie befreit, und sie tut, was sie tun soll.

Die Kraft in mir war schon immer anders, und ich habe mehr davon als die meisten anderen Geschöpfe. Ich weiß, dass es ungewöhnlich ist, die Nuancen der Magie in der Luft zu spüren. Ich beschleunige. »Was ist los?« Ich breche durch das Gras.

»Wir hatten unerwarteten Besuch.« Mir entgeht nicht, dass Story die Vergangenheitsform benutzt.

»Besuch?«, frage ich.

»Ich glaube, die Schutzzauber waren schwach, nicht wegen der Aktivitäten der Erbauer, sondern weil diese Idioten sich angeschlichen und an ihnen herumgebastelt haben.« Sie deutet auf das, was oder wen auch immer sie anstarren. »Und es sieht so aus, als wären sie vorbereitet gekommen – sie haben nicht mit deinem neuen Super-Duper-Schutzzauber gerechnet.«

»Oh, sieh dir das an!« Ich drehe meinen Kopf zur Seite, um die Körper zusammenzusetzen. Drei Hexen und ein Vampir. Alle tot. Die Station hat sie sauber in Stücke geschnitten. Kein Blut, keine Sauerei. Als hätten sie einen Kampf mit einem Lasernetz verloren.

Ah. Ich summe vor mich hin, als ich an den Dolch denke, der Jonathans undurchdringliche Haut durchbohrt hat. Es ist wie das hier, nur viel größer.

Ich muss die Barriere so gebaut haben, dass sie auf Bedrohungen mit Gewalt reagiert. »Dann hat die Barriere ihren Zweck erfüllt.« Ich reibe mir den Nacken. Meine Augen folgen dem Chaos. Mehr brauchen wir nicht – eine ganze Ansammlung toter Kreaturen vor unserem Haus. Das wird Ärger geben. Ich sehe sie finster an. Wären sie nicht schon tot, würde ich sie noch einmal töten.

»Was hast du bisher unternommen?«, frage ich.

»Ich habe es gemeldet.«

»Wo sind die Kinder?«

»Die sind noch in der Schule. Ralph passt auf sie auf. Ich dachte, es wäre das Beste, wenn sie wegbleiben, bis das Chaos beseitigt ist.«

»Das ist eine gute Idee.« Ich schaue auf die Leichen und dann auf den Land Rover, der die schmale Straße blockiert. »Ich fahre den Defender besser weg. Glaubst du, dass die Station für andere Besucher sicher ist?«

»Ich wüsste nicht, warum nicht. Vielleicht sollten wir sie vorsichtshalber auf der anderen Seite halten. Oh, und du solltest wissen, dass die Station eine Warnwelle ausgesendet hat, bevor sie sie getroffen hat.«

»Wirklich? Die Magie hat uns gewarnt?« Ich drehe mich um und sehe die Station an. Sie macht das, worum ich sie gebeten habe, schätze ich.

»Ja, und Dexter hat die Warnung auch gespürt. Es hat auch rot aufgeleuchtet.«

Es hat rot aufgeleuchtet. Cool.

»Ich bin mir sicher, dass wir es herausfinden werden, wenn die Wache bald eintrifft.« Sie wedelt mit ihrem Handy. »Ich habe gerade die Bestätigung bekommen, dass der Anführer der Vampire unterwegs ist.« Wir starren beide auf den toten Vampir.

Atticus höchstpersönlich. »Interessant.« Das zurückgezogen lebende Oberhaupt der Vampirgilde und des Vampirrates. Ich dachte, ein persönlicher Besuch wäre weit unter seiner Gehaltsstufe. Der tote Vampir ist schwer bewaffnet.

Ein vierköpfiges Killerkommando, das hauptsächlich aus Nichtkämpfern besteht, die Hexen sind hier, um die Mündel auszuschalten. Um mich zu töten, hätten sie mehr Kreaturen mitbringen sollen. Das ist schlampig. »Ich erkenne niemanden. Und du?«

»Doch.« Das Wort kommt heiser heraus. »Ich kenne diese acht.« Story schluckt und umarmt sich.

»Was? Acht?« Story zeigt auf etwas, und ich folge ihrem Finger und blinzle. Dann sehe ich die Klumpen, noch mehr Körper im Gras. »Scheiße, sind das Kobolde?«

»Ja«, flüstert sie.

»Es tut mir so leid.« Die Fae hätten die Patienten in den letzten Tagen leicht schwächen und verstecken können, besonders mit der Hilfe der Hexen. »Geht es dir gut?«

Story schüttelt den Kopf.

Die Erkenntnis dämmert und ich habe ein schreckliches Gefühl. »Story, wann ist das alles passiert?«

»Kurz vor zehn.«

Mir dreht sich der Magen um. Um zehn Uhr morgens habe ich Caitlyn getroffen. Scheiße. Wir hatten alle ein paar Tage Sonderurlaub wegen Justins Tod. Die Kinder wollten heute nicht zu Hause bleiben, es war eine kurzfristige Entscheidung für sie, zur Schule zu gehen. Die Killer müssen gedacht haben, dass alle zu Hause sind.

Alle außer mir.

Sie waren nicht nachlässig, denn sie hatten es nie auf mich abgese- hen. Sie haben gewartet, bis ich das Haus verlassen habe, um sich meiner Familie zu widmen. Und dann die Kobolde im Team ... sie kamen heute mit dem einzigen Ziel, Attentäter in den Bau zu bringen, um die ganze Truppe zu töten. Mir wird schlecht. Die möglichen Folgen, wenn dieser Angriff nicht gescheitert wäre, treffen mich hart. Hätte ich heute Morgen nicht die Station gebaut, wären Story und Dexter ermordet worden.

Rote Blitze vor meinen Augen, die Hände in die Hüften gestemmt, muss ich auf den Boden starren und ein paar Mal tief durchatmen.

Es ist okay. Alles ist gut. Sie sind in Sicherheit.

Vorerst sicher.

Ich frage mich, wann ich auf der falschen Seite des Schicksals landen werde. Ich schaffe es immer nur knapp, nicht unversehrt, denn Teile von mir sind so zerbrochen und zerschmettert, dass ich metaphysisch verklebt und mit Klebeband überzogen bin.

Ich bewege mich noch. Ich bin zu stur, um nicht weiterzumachen. Aber das hier?

Mit meinen eigenen Schmerzen und Wunden kann ich umgehen. Aber die Menschen, die ich am meisten liebe, leiden zu sehen? Eine Ziel- scheibe zu sein? Da würde ich lieber in der Hölle schmoren.

Wer zum Teufel will mich so sehr, dass er meine Familie angreift?

Meine Fäuste ballen sich an meinen Seiten. Das Portal, der Einbruch mit dem Zombie, die Hexen und jetzt das?

Ich werde sie finden und sie leiden lassen.

»Brauchst du noch etwas aus dem Haus?«, frage ich, während ich mit tauben Beinen zum Land Rover zurück taumle. Ich muss weg von dieser Wut.

»Nein, danke. Und Tru, die Mikrokameras sind installiert.«

Ich nicke. Ich sollte besser aufpassen, was ich sage und tue. Ich unterdrücke den Drang, die Welt in Brand zu setzen. Eine ruhige Entschlossenheit kriecht in mich hinein und umhüllt die Emotionen, die mich zu lähmen drohen. Ich erlaube der dunklen Seite, die Kontrolle zu übernehmen, und die kalte Maske eines Mörders legt sich auf mein Gesicht.

Sie haben es mit der Falschen zu tun.

Ich steige in den Defender, und als ich durch die Schranke fahre, sage ich aus irgendeinem bizarren Grund: »Gute Nacht.«

Die Magie kribbelt auf meiner Gesichtshaut, meine Augen treten fast aus ihren Höhlen.

Ich parke an meinem gewohnten Platz und sehe mir das Haus an. Ich kann nicht glauben, dass diese Bastarde so nah herangekommen sind und ich es nicht bemerkt habe. Das wird nicht wieder vorkommen. Langsam schleiche ich die Straße hinunter. Während ich gehe, schäle ich die Hülle von meinem Verstand und mit einem sanften mentalen Stupser erhalte ich Klerics Aufmerksamkeit.

Hast du Zeit zum Reden?

Ja, seine schöne Stimme füllt meinen Kopf.

Es dauert nicht lange und ich erzähle ihm, was passiert ist, während ich ihm meine Erinnerungen zeige.

Sie haben die Mordkommission geschickt! Okay, das war's. Ich bin fertig, knurrt er.

Fertig? Ist er fertig mit mir? Ich wusste, es war zu schön, um wahr zu sein. Ich kann es ihm nicht verübeln. Ein Kloß bildet sich in meinem Hals, als mich eine überwältigende Traurigkeit überkommt.

Ja, scheiß auf alle, die mich von dir fernhalten. Ich komme nach Hause.

Nach Hause? Tränen schießen mir in die Augen und ich atme tief durch. Verdammt, für einen Moment hatte er mich.

Ja, zu dir. Du bist mein Zuhause, schöne Chimäre, und ich komme zu dir zurück. Sei vorsichtig! Ich komme morgen früh zu dir.

Du kommst morgen nach Hause?

Ja. Wir sehen uns morgen früh. Kleric verschwindet aus meinen Gedanken.

Und dann kommen die schwarzen Autos.

Kapitel Achtundzwanzig

Er trägt einen makellosen Massanzug, einen kurzen, strengen Haarschnitt, glänzende Schuhe und einen Wollmantel. Er sieht gut aus, wenn auch ein wenig künstlich. Er ist so perfekt, dass er nicht echt zu sein scheint – Atticus. Der reinrassige Vampirführer – geboren, nicht gebissen – blickt auf die Regenbogenstation und die toten Vampirteile, die verstreut zu seinen Füßen liegen.

»Wie sind sie gestorben?«, fragt er mit seiner vornehmen, kultivierten Stimme.

»Die Station.« Mein Ton lässt vermuten, dass ich nicht ganz bei Sinnen bin. Ich weiß, ich weiß. Ich bin ein bisschen sauer auf den Anführer der Vampire, aber ich habe allen Grund dazu.

Atticus macht einen großen Schritt von dem unschuldig dreinblickenden Regenbogen weg. Ich muss mich zusammenreißen, um nicht zu lachen. »Eine interessante Mordstation, die jemand mit viel Talent gebaut hat. Kenne ich die Hexe?«

»Es war keine Hexe«, antworte ich, verschränke die Arme vor der Brust und sehe zu, wie die Jäger die Leichensäcke auslegen.

»Wer war es dann?«

Ich drehe mich wieder zu ihm um. »Das ist vertraulich, Sir. Die Station ist sicher. Wenn dein Junge hier niemandem etwas hätte tun wollen, wäre er nicht tot. Das gilt für alle zwölf. Du weißt, was ich tue und dass ich jahrelang als Auftragskillerin gearbeitet habe. Diese toten Idioten sind zu mir nach Hause gekommen. Sie haben Geruchskiller und genug Zaubersprüche und Ausrüstung, um die halbe Stadt zu töten. Du kannst mir nicht erzählen, dass sie sich mit all dem Zeug über die Felder geschlichen haben, um nett zu sein.«

Atticus ignoriert meine kleine Ansprache und fährt fort. »Die Regenbogenfarben sind faszinierend«, sagt er und verengt seine dunkelbraunen Augen.

Ooh, unheimlich.

»Das steht nicht zur Diskussion.«

»Verstehe. Okay, wir werden diesen fehlgeschlagenen Angriff untersuchen. Miss Story sagte, sie hätte Aufnahmen von der ganzen Sache.«

Das ist gut zu wissen. Mir war nicht klar, dass Story meinte, dass sie die ganze Zeit Kameras installiert hatte. Mit der neuen Station und mir, ergibt das absolut Sinn. Ich liebe ihre Weitsicht und ihren gesunden Menschenverstand. Das wird die Dinge bei der nächsten Untersuchung einfacher machen.

»Inzwischen hat der Rat getagt und dir einen Vertrag gegeben. Du hast ein neues Ziel. Der Große Rat der Kreaturen wird dich brauchen, um es mit sofortiger Wirkung umzusetzen. Es ist von größter Wichtigkeit, Miss Dennison. Das Ziel wird als extrem risikoreich eingestuft, deshalb schickt dir die Jägergilde die Höllenhunde zur Unterstützung.«

»Was, Höllenhunde? Mehr als einen?« Ich blinzle ihn an.

Atticus nickt.

Ein Team von Höllenhunden für ein Ziel? Um mir zu helfen? Was zum Teufel ist hier los? Ziehen wir in den Krieg? Die Station hinter mir brummt eine Warnung direkt in mein Gehirn. Es kitzelt. Mein Kopf schnellt nach rechts.

»Hey!«, knurre ich den glatzköpfigen Kerl an, einen Jäger, der daran herumstochert. »Fass es nicht an! Es mag dich nicht.« Ich sehe zu, wie er die Hand sinken lässt und sich entfernt.

Ich werde mich an ihn erinnern. Andere haben die Station berührt, und sie hat nicht reagiert. Dieser Typ führt nichts Gutes im Schilde. Ich nicke Story zu, und sie hebt ihr Kinn, um mir zu zeigen, dass sie alles über ihn herausfinden wird.

Atticus beobachtet uns. Mir gefällt die Verschlagenheit in seinen Augen nicht.

»Entschuldige bitte, was hast du gerade gesagt?«

»Ich habe die Dokumente auf dein Datapad geschickt. Ich möchte eine Bestätigung, dass du dem Hinrichtungsbefehl zustimmst, bevor ich gehe.«

Ich sehe ihn misstrauisch an, schüttle den Kopf, ziehe die gefaltete Taschendimension hervor und mein Arbeitsdatapad heraus. »Wenn du mich einen Moment entschuldigen würdest.« Der Vollblutvampir sieht viel zu viel, also drehe ich mich um und suche ein wenig Privatsphäre, während ich lese.

»Noch drei Hexen«, brüllt eine Stimme von der Straße. »Ihr lasst dieses Scheusal fünf Hexen töten und tut nichts!«

Oh, jetzt geht es los.

Ich schließe entnervt die Augen, als eine Autotür ins Schloss fällt. Die Hexe von neulich, die Frau mit dem schwarzen Pagenkopf und den roten Lippen – ich weiß immer noch nicht, wie sie heißt – stürmt auf mich zu.

»Wenn du willst, dass ich die Unterlagen für diesen Job lese, kümmere dich bitte um sie«, sage ich mit halb geöffnetem Mund und gehe in die entgegengesetzte Richtung.

»Miss Peak«, sagt Atticus mit einem charmanten Lächeln und fängt sie ab. »Die Henkerin ist beschäftigt.«

»Beschäftigt? Sie ist damit beschäftigt, meine Hexen zu töten!« Sie schreit so laut, dass alle zusammenzucken.

Ihre Hexen? Das ist ja interessant. »Ich habe sie nicht angerührt«, murmle ich und suche auf dem Datapad nach den Dokumenten, die der Vampir geschickt hat. Ah, da sind sie ja.

»Nein, das machst du ja nie«, knurrt sie. Dann stürmt sie an

Atticus vorbei – auf himmelhohen Absätzen, beeindruckend – und stürzt sich mit erhobenem Arm auf mich.

Wird sie mich schlagen? Bevor ich reagieren kann – ich hätte nichts dagegen, sie auf den Hintern zu setzen –, bewegt sich die Station mindestens einen Fuß weit und deckt mich zu. Funken sprühen, Wellen breiten sich aus, ein Warnsignal blitzt auf ihrem Gesicht auf.

Miss Peak stoppt ihren Angriff mit einem uneleganten Stolpern. »Was zum Teufel ist das?« Ihre Stimme zittert. Ihr Blick wandert über die Grundstücksgrenze und ihre erhobene Hand zittert. Sie streckt einen Finger aus und deutet darauf. »Es hat sich bewegt«, flüstert sie. »Wie hat es sich bewegt?«

Oh, und das Schreien ist wieder da.

»Du wolltest mich doch nicht angreifen, oder?«, frage ich.

»Die Station hat sich bewegt. Das können sie nicht.«

Meine aber schon. Ich klimpere mit den Wimpern. »Wow, die Hexen haben aber ein böses Temperament. Ich finde, ein obligatorischer Kurs in Aggressionstherapie wäre angebracht. Weniger Zauberei und mehr soziale Kompetenz vielleicht.« Ich grinse und ihr Gesicht wird so rot wie ihr Lippenstift.

Atticus packt sie fest am Oberarm und zieht sie weg.

»Ich kriege dich«, keucht sie.

»Und deinen kleinen Hund auch.« Ich grinse. »Okay, auf Wiedersehen, böse Hexe. Ich werde mich beschweren.« Ich winke ihr zu und ignoriere sie und ihre Schreie, während ich meinen Blick wieder auf das Datapad richte und den nicht ganz standardmäßigen Hinrichtungsbefehl lese.

Als ich meinen Dienst als Henkerin angetreten habe, hatte ich Angst davor, unbewaffnete Kreaturen töten zu müssen. Ich konnte mir nichts Schlimmeres vorstellen. Ich hatte eine Henkerschlinge oder einen Holzklotz mit einem keilförmigen Hals vor Augen und wie mir ein Beil gereicht wird mit dem Befehl *Kopf ab*. Nicht sehr sportlich.

Aber die Kreaturen, die ich töten soll, stehen nicht still. Nein, sie kämpfen mit allen Mitteln ihrer verdorbenen Seelen. Bei diesem Job geht es nicht darum, Unschuldige zu töten. Es geht darum, das Böse zu bekämpfen, einen echten Dienst an der Öffentlichkeit zu leisten. Müllabfuhr. In den letzten drei Monaten haben sie mich nicht ein einziges Mal geschickt, um jemanden zu töten, der es nicht verdient hat.

Bis jetzt.

Ich lese das Dokument zweimal, und die Worte verschwimmen vor meinen Augen. *Wie seltsam.* Dann merke ich, dass ich weine. Tränen laufen mir über die Wangen und ausnahmsweise schaut mir niemand dabei zu. Ich bin so dankbar, dass Miss Peak die Aufmerksamkeit aller hat. Ich drehe mich um und wische mir hastig mit der zitternden Handfläche übers Gesicht.

Ich kann nicht.

Ich kann nicht. Ich will nicht.

Der Name der Zielperson ist Caitlyn Croft. Aber was sie fett gedruckt haben, ist das, was mich wirklich wütend macht. Die Rasse der Kreatur: ***eine unbekannte Kreuzung.***

Der Große Rat der Kreaturen will Caitlyn tot sehen, und sie wollen, dass ich sie töte.

Ein Mädchen, das sich als Mensch ausgibt. Dasselbe Mädchen, das mir mit einer Bratpfanne das Leben gerettet hat. Und zu allem Überfluss ist sie ein Hybrid, genau wie ich.

Das muss ich erst einmal verdauen.

Ich habe noch nie einen echten Hybriden getroffen, und alles in mir will für sie kämpfen. Um sie zu beschützen. Ich sehe mich selbst in ihr. Sie ist tollpatschig, unhöflich, hat Ecken und Kanten. Ich runzle die Stirn und wische mir wieder übers Gesicht.

Kein Wunder, dass sie Angst hat. Es geht nicht nur um die Hexen, sondern auch darum, dass sie ihre wahre Natur verbirgt. Das habe ich selbst erlebt. Ich werde die tägliche Angst, entdeckt zu werden, nie vergessen, die Angst, die man hat, wenn man das Verbrechen begangen hat, entstanden zu sein.

Die Angst ist immer da und kann einen verrückt machen. Ich habe meine Kindheit nur durch Glück, Umstände und Schicksal überlebt. Als ich mit siebzehn entdeckt wurde, hatte ich starke Kreaturen um mich, die für mich gekämpft haben. Ohne die Hilfe dieser einflussreichen Kreaturen wäre ich getötet worden.

Ich wäre gejagt worden, so wie Caitlyn jetzt gejagt wird.

Das Datapad zittert in meiner Hand. Ich verdanke mein Leben

anderen, also werde ich nicht tatenlos zusehen, wie ein unschuldiges Mädchen leidet. Ermordet wird. Und so wie andere an mich geglaubt haben, braucht auch Caitlyn jemanden, der ihr hilft. Ich kann nicht zulassen, dass ihr jemand wehtut. Das ist meine Chance, jetzt ist es an mir, etwas zurückzugeben, etwas Gutes zu tun und Caitlyn zu helfen.

Ich blinzle, um meine Augen zu klären, und lese den Befehl noch einmal. Ich schüttle den Kopf. Das ist eine Falle. Das muss es sein. Die Unterlagen sind unvollständig. Normalerweise geben sie mir eine vollständige Aufschlüsselung, aber in diesem Fall gibt es nichts, und das, was sie mir gegeben haben, ist stark zensiert. Geschwärzt als vertrauliche Information. Was soll das? Es gibt eine Liste von schrecklichen, unsäglichen Verbrechen, die keinen Sinn ergeben. Wenn Caitlyn so ein Monster ist, warum haben sie mir dann nicht die Beweise gegeben?

Sie sagen nicht einmal, was für ein Hybrid sie ist.

Das ist alles erfunden. Das muss es sein. Es ist das Einzige, was Sinn ergibt. Hybriden sollen die großen Bösen in unserer Welt sein, aber ich habe recherchiert und nie einen Beweis dafür gefunden. Ich halte das für erfundenes Geschwätz, um die Massen zu kontrollieren. Um die Kreaturen an ihrem Platz zu halten und die Blutlinien rein zu halten.

Wenn ich sie beschützen will, muss ich klug vorgehen und bereit sein, mich zwischen sie und die Kreaturen zu stellen, die sie töten wollen.

Oh, und diese Kreaturen – ja – wir dürfen nicht vergessen, dass ich ein Team von Höllenhunden habe, die sie jagen.

Ich kann es nicht glauben.

Wenn ich nicht vorsichtig und klug vorgehe, riskiere ich alles, meine Freunde, meine Familie, mein Leben. Ich lache bitter. Drei Monate und vier Tage, so lange bin ich schon Henkerin. *Es ist mir egal, nicht wirklich. Der Job ist sowieso ein Albtraum.*

Gott, mein Mund ist so trocken.

Eines ist sicher – die Pixies und Dexter müssen ins Königreich. Bei den wahllosen Angriffen und den Risiken, denen ich mich aussetze, wenn ich mit den Höllenhunden spiele, muss ich wissen, dass sie in Sicherheit sind, bevor ich mein ganzes Leben aufs Spiel setze.

Oh, ich werde supergeheimnisvoll und vorsichtig sein, aber am Ende werden sie wissen, dass ich ihr geholfen habe.

Mein ganzes Leben lang höre ich die Stimme meines Großvaters in meinem Kopf, die sagt: *»Kannst du mit dir selbst leben?«* Ich habe schlimme Dinge getan. Ich weiß, dass mein Moralkodex nicht ganz in Ordnung ist, aber das ... ich muss ihr helfen, obwohl ich weiß, dass es mich ruinieren wird.

Ich zücke mein Handy und rufe Caitlyn an, und siehe da, die Handynummer ist offline. So einfach kann es doch nicht sein. Oder doch?

»Sie ist gefährlich, Tru«, sagt Atticus hinter mir. »Du kannst den Hybriden nicht retten. Sie ist zu weit fortgeschritten.«

Ich kann es. Ich werde es tun.

Ich muss es richtig machen. Wenn ich zu schnell zustimme, sieht das verdächtig aus. Ich drehe mich um. »Wenn sie so gefährlich ist, Sir, warum fehlen dann Informationen in diesem Bericht?« Ich deute auf das Datapad. »Wo sind die Beweise, Atticus? Abgesehen davon, dass Caitlyn ein Hybrid ist ...« Ich unterbreche mich, als meine Stimme lauter wird. Ich klinge verzweifelt. Ich habe ihn sogar beim Vornamen genannt. Frustriert atme ich aus. »Mit solchen Halbwahrheiten kann ich nicht arbeiten, und mich loszuschicken, um noch einen Hybriden zu töten, ist krank. Was denkt sich der Rat dabei?«

»Die Höllenhunde werden die ganze schwere Arbeit machen, sie werden sie finden, sie in die Enge treiben, und alles, was du tun musst, ist, sie zu töten.«

Töten wie einen tollwütigen Hund? »Ihr Name ist Caitlyn«, flüstere ich. »Sie hat mir das Leben gerettet, Sir. Ich habe heute Morgen mit ihr Kaffee getrunken, vor nicht einmal ein paar Stunden.«

Der reinrassige Vampir beugt sich vor und verengt seine dunkelbraunen Augen. »Du hast Tee getrunken.«

Ich zucke zusammen und stolpere zurück. »Du hast mich beobachtet?«

»Wir haben das Café überwacht, ja. Die Suche nach Miss Croft hat lange gedauert, und Ihr Verhalten heute Morgen hat uns davon überzeugt, dass du die Richtige bist. Aus deiner Verzweiflung schließen wir, dass du den Großen Rat der Kreaturen für grausam hältst, weil er dir diesen Auftrag erteilt hat. Das ist nicht unsere Absicht. Wir glauben, dass es für dich leichter sein wird, sich ihr zu nähern, weil du sie kennst.

Schließlich hast du deinen Freund getötet – wurde er nicht in deinen Arbeitspapieren als Abhängiger eingestuft? Ein gebissener Vampir noch dazu.« Atticus tut es.

Wusste er ... An diesem Tag wusste Atticus, dass Justin dort war? *O ja, natürlich wusste er es.* Es war ein Test, genau wie das hier ein blöder Test ist. Ich lasse mich von niemandem zur Mörderin machen. Meine Finger graben sich in mein Haar. Selbst wenn ich nicht getötet werde, bin ich fertig mit diesem Spiel. Mit diesem Scheißjob.

»Justin hat das Gesetz gebrochen, und du hast nicht gezögert, ihn zu töten«, fährt der Vampir fort. »Wenn du bereit bist, jemanden zu töten, den du liebst, dann hast du auch kein Problem damit, ein Mädchen zu töten, das du gerade erst kennengelernt hast. Miss Croft bedeutet dir nichts. Zumindest beantwortet das deine Fragen über Hexen und warum sie so versessen darauf sind, sie zu töten.«

Ich erinnere mich an Caitlyns Haus und das Gespräch mit den Hexen. Damals ergab die Unterhaltung keinen Sinn.

»Geh nach Hause!«, tönt eine dünne Stimme von oben. Die anderen Hexen da oben winken ihr zu, aber sie redet weiter. »Das ist Hexensache, Henkerin. Das hat nichts mit dir zu tun.«

»Da liegst du falsch. Caitlyn ist Zeugin eines Verbrechens und steht unter meinem Schutz. Ich werde nicht zulassen, dass du ihr etwas antust. Sie ist ein unschuldiger Mensch ...«

Eine andere Hexe lacht laut auf. »Hat sie das gesagt? Ein Mensch? Wir wissen doch alle, dass ihr zusammenhaltet.«

Es wiederholt sich in meinem Kopf: *»Wir wissen doch alle, dass ihr zusammenhaltet.«* Damals fand ich das komisch, diese Art. Jetzt wird mir klar, dass sie es wussten.

Sie wussten, was Caitlyn war. »Sie waren in dieser Nacht hinter Caitlyn her, weil sie eine Hybridin ist.«

»Ja. Es hatte nichts mit dem männlichen Zauberer zu tun, den sie getötet hat. Der Zauberer gehörte keinem Hexenzirkel an und war neu in der Stadt.«

Ah, deshalb hatte er auch nichts Persönliches in seiner Wohnung außer seinen Kleidern.

»Miss Croft ist ein sehr gefährliches Geschöpf.«

»Ich bin ein gefährliches Geschöpf. Greifen sie mich deshalb ständig an? Ist die Jagdsaison auf alle Andersartigen eröffnet?« Ich deute auf die toten Hexen – oder besser gesagt, auf den Ort, an dem sie gelegen haben, denn sie sind bereits in ihren Säcken und auf der Ladefläche eines Lieferwagens versiegelt. Es dauert nicht lange und die Szene ist vorbei.

»Die Hexen, die dich angegriffen haben, gehören nicht zum selben Hexenzirkel. Sie sind nicht einmal aus der Gegend, sondern von außerhalb. Vielleicht Freunde des Hexenmeisters? Die Hexen aus der Gegend haben kein Problem mit dir, allerdings ist der Hexenzirkel nicht glücklich über die dramatische Verhaftung in dieser Nacht. Vielleicht solltest du dir andere Fesseln besorgen, die Kokons haben ihnen wirklich nicht gefallen.« Seine Mundwinkel zuckten. »Nein, sie sind nicht glücklich über deine Einmischung, aber sie haben begriffen, dass sie nicht über dem Gesetz stehen. Sie können nicht einfach versuchen, Kreaturen zu töten, selbst wenn sie es verdienen.«

»Wenn sie nicht von hier sind, warum ist sie dann so wütend?« Ich deute auf die wütende Miss Peak, die in ihrem Auto eingeschlossen ist, während ein Jäger Wache hält.

Atticus zuckt mit den Achseln.

Nun, es sieht so aus, als hätte ich einen hervorragenden Ansatzpunkt – die böse Hexe zu befragen.

Kapitel Neunundzwanzig

Story sitzt auf meinem Schoß und liest, ihr Datapad in der Hand. Nach ein paar Minuten lässt sie sich wieder fallen, ihre nackten Zehen wippen und sie zupft unbewusst an der harten Naht meiner Jeans, während sie sich das Material aus dem Café ansieht, das ich ihr geschickt habe.

»Dieses Mädchen? Der Tötungsauftrag ist für dieses Mädchen?« Sie hebt das Kinn, und ihre saphirblauen Augen verengen sich, während sie mich anstarrt. Dann liest sie das Dokument noch einmal.

Schließlich legt Story ihr Datapad beiseite. »Wurdest du gezwungen?« In ihrer vertrauten Sing-Sang-Stimme liegt ein kehliges Brummen. »Das ist doch deine Unterschrift, oder? Das ist die Bestätigung, dass du den Mord begehst. Aber warum? Tru, willst du das Mädchen wirklich töten?« Ihre Flügel hängen nach unten, während sie mich anstarrt.

»Ich gehe auf die Jagd.«

Sie leckt sich über die Lippen und ihre Nasenflügel blähen sich auf. »Nach ihr?«

»Nein.« Ich schüttle den Kopf. »Ich werde Jagd auf diese Idioten machen, die glauben, sie könnten in unser Haus kommen und versuchen, uns zu töten. Sie spielen mit der falschen Bestie. Ich werde sie von der Erdoberfläche auslöschen, und während ich das tue, werde ich das Mädchen retten.«

»Wie kann ich helfen?«

Ich schließe die Augen, meine Unterlippe zittert. Ich liebe sie so sehr. »Ich muss wissen, dass du in Sicherheit bist.« Meine Stimme zittert ein wenig. »Sie waren hinter dir und den Kindern her. Obwohl sie in der Schule waren, hätten diese Kobolde dich töten und dann warten können, bis Ralph und die Kinder nach Hause kommen. Ich bin zu groß. Ich wäre nicht in der Lage gewesen, euch zu retten.«

»Wenn wir bleiben, bist du abgelenkt. Wenn ich versuche, dir zu helfen, wirst du getötet.« Sie versteht.

Die Anspannung in mir löst sich.

Zum ersten Mal in unserer Geschichte will sie nicht streiten. Ich sehe es in ihren Augen. Die Kobolde zu sehen, hat sie verängstigt. Die Hexen mögen von außerhalb gekommen sein, aber der Vampir und die anderen Kobolde waren von hier.

Ihre Flügel hängen tiefer. »Wo sollen wir hin? Zum Zufluchtsort?« Ich nicke.

Story richtet sich auf, zieht die Schultern zurück und ihre Flügel heben sich hinter ihr. »Ich wollte schon immer mal ein Königreich besuchen. Das klingt wunderbar. Jemand hat mir erzählt, dass es dort eine Schule gibt, die temporäre Versetzungen annimmt. Sie soll nicht von dieser Welt sein.« Storys Mundwinkel zucken, als sie scherzt. »Ich gehe packen.«

Sie versucht es, aber ich sehe die Angst in ihren Augen.

Ich ziehe meine magieabweisende Jagdkleidung an, bepacke mich mit griffbereiten Waffen und stecke den reflektierenden Anhänger von Gary Chappell in meinen Sport-BH.

Dexter und ich warten beim Defender. Die Monsterkatze weigert sich einzusteigen. Sie dreht mir den Rücken zu und wedelt mit dem Schwanz, um mir ihren Unmut zu zeigen.

Ich zucke zusammen. Er ist wirklich wütend. »Das wird dir gefallen.« Ich beuge mich über ihn, um Blickkontakt herzustellen.

Er zuckt zurück, das Fell an Rücken und Schwanz sträubt sich.

»Dex, es ist nicht so, dass ich dir nicht vertraue oder dich nicht brauche. Ich brauche dich. Ich brauche dich, damit du mir den Rücken freihältst und mich beschützt. Aber unsere Elfen haben Vorrang. Es wäre egoistisch, dich bei mir zu behalten. Bitte versteh das!«

»Mert«, brummt er.

»Ja, es ist egoistisch von mir, einen so großen und mächtigen Krieger wie dich für mich zu behalten. Du bist ihre einzige Hoffnung«, füge ich leise hinzu. Seine Ohren zucken. *Mach weiter so ein ernstes Gesicht, Tru. Du musst überzeugend wirken.* Ich beiße die Zähne zusammen, um nicht zu lächeln. *Bitte lächle nicht.*

»Breow.« Er dreht sich um, springt durch die offene Tür und setzt sich mit hoch erhobener Nase auf den Beifahrersitz.

Breow.

Story kommt aus dem Bau, und ich beeile mich, ihr mit den Taschen zu helfen. Auch nach all den Jahren amüsieren mich die kleinen Elfen immer noch. Alle Taschen, mit denen Story zu kämpfen hat, passen perfekt in meine Handfläche. Ich fühle mich wie ein Riese. *Fae-fi-fo-fum.*

Während der Fahrt besprechen wir den Plan, und als wir an der Schule ankommen, warten die Kinder und Ralph schon auf uns. Als sie in den Defender einsteigen, sind die Fae ernst und still. Story umarmt ihre Kinder und Page weint.

Wir wollen nicht nach Hause fahren, nur um das Portal zum Königreich zu rufen. Bei all dem, was passiert ist, und all den Personen, die sich hier versammelt haben, kann ich mir nicht helfen, aber ich denke, wir wären eine leichte Beute, wenn wir mit dem Land Rover nach Hause fahren. Aber wir können auf dem Schulgelände kein Portal in ein Königreich öffnen, also entscheiden wir uns für den nächstgelegenen geeigneten Ort – den Strand.

Die Flut ist gerade zurückgegangen und der goldene Sand erstreckt sich kilometerweit. An der Strandpromenade finde ich einen geeigneten Parkplatz gegenüber dem Tower.

Der hundertachtundfünfzig Meter hohe gusseiserne Turm wurde

1894 fertiggestellt und ist eine Hommage an den Eiffelturm in Paris. Obwohl es Gerüchte gab, dass die Fae die Küstenstadt angreifen wollten, glaubte man, dass der Turm und das Salzwasseraquarium in seinem Inneren sie davon abhalten würden. Das Eisen tut weder den Fae noch Dexter weh, und nur das interessiert mich.

Wir steigen alle aus dem Defender, die Fae klettern auf mich und halten sich fest, und Dexter trottet neben mir her, während wir über die Straßenbahnschienen und die dicken Betonstufen, die in den Deich gehauen wurden, rennen.

Als meine Stiefel den Sand berühren, gehe ich zur Seite und bleibe dicht an der massiven Deichmauer, damit man uns von oben nicht sehen kann.

Okay, so weit, so gut.

Ich weiß nicht, ob das funktioniert, denn ich habe noch nie ein Portal aus dem Nichts gerufen. Es ist seltsam und sollte eigentlich nicht gehen. Aber das Königreich ist seltsam und steckt voller Magie. Man hat mir gesagt, dass man es entweder durch eine Einladung betreten kann – sie schicken einem ein Portal –, oder indem man sich einfach eines wünscht. Irgendwie erkennt die Magie des Reiches deine Bitte, und wenn du ihren Kriterien entsprichst, öffnet sich ein Portal. Es ist eine verrückte Magie.

Ich schätze, die meisten Leute müssen ziemlich verzweifelt sein, um durch ein zufälliges Portal in ein unbekanntes Taschenreich zu gelangen.

»Okay, lass uns gehen!« Ich nehme Augenkontakt mit Story auf.

Sie läuft meinen Arm entlang, stellt sich in die Mitte meiner Handfläche und schließt die Augen, um sich zu konzentrieren, während sie in Gedanken das Portal heraufbeschwört.

Die Minuten vergehen und nichts scheint zu passieren, bis ... Zu meiner Überraschung funktioniert es. Ein schwarzer Ball erscheint aus dem Nichts und durchbricht die Realität vor uns, und die unheimlich aussehende Masse blüht auf und öffnet sich wie eine verwelkte Blume.

Die Kraft des wachsenden Portals wirbelt den Sand auf und kleine Haarsträhnen, die nicht in meinem Zopf befestigt sind, wehen mir ins Gesicht. Story klammert sich an meinen Zeigefinger. Ich schlinge meine Finger um sie, um ihren winzigen Körper zu stützen, damit sie nicht weggeweht wird, und decke Ralph und die Kinder mit meiner anderen

Hand und meinem anderen Arm zu, drehe mich zur Seite, um sie zu schützen. Das blutige Portal ist nicht Fae-freundlich, das steht fest.

Das Portal hat eine unregelmäßige Form und ist an den Rändern dunkel und rauchschwarz. Die Außenseite scheint sich turbulent zu drehen, während die Innenseite ruhig und stabil ist.

Ich wollte nicht mit ihnen gehen, aber jetzt sehe ich dieses Ding ... ich könnte sie wer weiß wohin schicken. Story tippt mit dem Finger auf mich, um mir zu signalisieren, dass sie bereit ist. Vergiss es! Ich kann sie nicht gehen lassen. Nicht bevor ich diesen Zufluchtsort überprüft habe. Ich muss mir sicher sein, dass sie in Sicherheit sind. Sonst hätte es keinen Sinn.

»Ich komme mit und sorge dafür, dass es sicher ist«, rufe ich gegen den peitschenden Wind an. »Bereit?«

»Bereit«, antworten die Elfen im Chor.

»Mert«, stimmt Dexter zu und drückt seinen großen Kopf gegen mein Bein.

Okay, dann. Los geht's!

Meine Stiefel bleiben im Sand stecken, und ich muss mich zwingen, weiterzugehen. Noch ein Schritt, und das Portal verschluckt uns.

KAPITEL DREISSIG

ICH BLINZLE. Das Portal spuckt uns in einer schicken Hotellobby aus. Wenn ich die modernen Fenster ignoriere, ist es, als würde ich in eine schottische Festung aus dem Mittelalter treten. Wow, das habe ich nicht erwartet. Dieser Ort ist pure Magie, und die Macht des Reichs kneift und beißt mich in die Haut. Ich werde unruhig, als ich bemerke, dass all meine Waffen verschwunden sind. *Das ist nicht gut.*

In der Lounge gleich neben der Lobby sitzt eine Frau in einem Sessel mit hoher Rückenlehne und liest. Sie legt ihr Buch auf den Armlehnen ihres Sitzes ab. »Willkommen.« Ihre violetten Augen leuchten warm.

Ist das die Kreatur, die diese Welt regiert? Ihr wunderschönes Gesicht ist von silbernen Wirbeln umgeben, einer Magie, die ich noch nie zuvor bei jemandem gesehen habe. Sie dreht sich, sodass ihre Augen, Wangenknochen und ihr Kinn hervorgehoben werden. Ich habe keine Ahnung, was für eine Kreatur sie ist. Als sie sich elegant aus dem Stuhl erhebt, um uns zu begrüßen, fällt ihr dickes, glänzendes violettes Haar von ihrer Schulter und wie ein Vorhang bis zu ihrer Taille. Sie kommt geschmeidig auf uns zu.

Ich dachte ... ich kneife die Augen zusammen, als mir die Erkenntnis kommt. Ich kenne sie. Wir kennen sie. Vor etwa fünf Jahren hat sie mir in einem Café bei einem kleinen Vampirproblem geholfen und Story geheilt. Ich stehe in ihrer Schuld. Ich weiß instinktiv, dass die Elfen und Dexter bei ihr in guten Händen sind.

»Hallo.« Ich signalisiere der Bande, dass alles in Ordnung ist. Story fliegt von meiner Schulter in die Luft, und Ralph und die beiden Mädchen klettern hinunter.

Jeff schnaubt und stampft mit dem Fuß auf und schaut mich mit seinen großen Kulleraugen an, denen ich nie widerstehen kann. »Bitte, Tru!«, flüstert er.

Ich verdrehe die Augen und strecke meine Hand aus. Jeff springt mit einem Grinsen von meiner Schulter auf meine Handfläche, und ich lasse ihn auf den Boden gleiten.

Das Lächeln der Frau wird breiter.

»Ich bleibe nicht«, sage ich ihr. Nur für den Fall, dass sie mich rauswerfen will. Ich bin nicht gerade der Typ, der Zuflucht braucht. »Das Portal war irgendwie ...«

»Verrückt?«, unterbricht sie. »Ja, das hören wir oft. Keine Sorge. Ich kümmere mich um deine Familie.« Sie lächelt die Elfen und Dexter an. »Oh, und mach dir keine Sorgen um deine Waffen. Du bekommst sie zurück, sobald du gehst. Mein Name ist Tuesday. Tuesday Larson.« Sie streckt mir unbeholfen die Hand entgegen, die ich widerwillig schüttle.

»Tru Dennison«, murmele ich.

»Larson? Sind Sie mit Carol Larson verwandt?«, fragt Story.

»Ja, sie ist meine Mutter.«

»Oh, das tut mir leid«, sage ich leise.

Tuesday schnaubt, und als ihre violetten Augen die meinen treffen, tanzen sie vor Vergnügen. Wenn Hexenrat Carol ihre Mutter ist, dann ... ist Tuesday eine Hexe? Wow. Sie muss verflucht sein oder so, denn ich habe noch nie eine Hexe mit so einer einzigartigen, seltsamen Magie getroffen.

»Ich bin Story, das ist mein Gefährte Ralph und meine Kinder

Novel, Jeff und Page« – Page quietscht und versteckt sich hinter Ralphs Bein – »und unser Beithíoch Dexter.«

»Breow.«

»Es ist mir eine Freude, euch kennenzulernen.« Tuesday senkt den Kopf und verbeugt sich vor Dexter.

Ich finde diese Geste immer so seltsam. Es ist merkwürdig, wenn die Mächtigen das tun. Niemand würde sich vor ihm verbeugen, wenn sie wüssten, wie stinkend sein Hintern nach dem Verzehr eines ganzen Lachses wird.

Dexter bläht als Antwort auf Tuesday seine haarige Brust auf.

»Ihr seid alle willkommen. Ich habe einen wunderbaren Bau für euch im Wald ausgesucht«, sagt Tuesday zu den Elfen. »Ich liebe Fae-Gäste. Ich war mir nicht sicher, was du bevorzugst, Dexter. Ich nehme an, du möchtest in der Nähe deiner Familie sein?«

Dexter nickt.

»Perfekt. Nun, mal sehen, was wir finden können.«

Sie alle entfernen sich von dem Portal, das sich nicht geschlossen hat und immer noch hinter mir herumwirbelt. Ich schlurfe von einem Fuß auf den anderen. Ich hasse Abschiede. »Also, ähm, ich werde jetzt gehen.« Ich drehe meinen Daumen über meine Schulter und lächle verlegen. »Danke, Tuesday. Ich sehe euch alle in ein paar Tagen. Ich liebe euch. Habt Spaß!«

Ein paar Tage sind etwas übertrieben – ich muss diesen Fall abschließen, bevor Kleric morgen früh zurückkommt. Ich möchte nicht, dass er auch darin verwickelt wird. Ich zucke zusammen. Es ist jetzt vierzehn Uhr, also kein Druck. Ich winke und trete zurück in das Portal.

Kapitel Einunddreißig

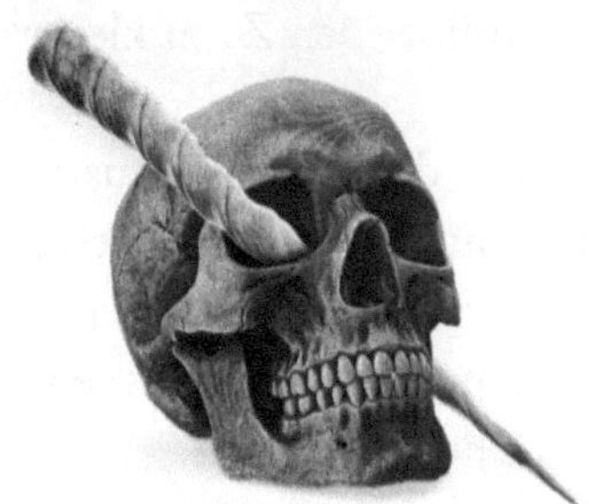

Das Portal setzt mich genau an derselben Stelle ab, und im nächsten Augenblick erscheinen meine Waffen. Ich gehe direkt vom Strand zu dem gemieteten Haus, in dem die böse Hexe selbst wohnt. Miss Peak.

Ich habe keine Hilfe von Ava, aber immer noch meine Kontakte. Und wie ich auf dem Weg hierher erfahren habe, ist Miss Peak eine Stadträtin aus London, die hier zu Besuch ist. Deshalb kommt mir ihr Gesicht nicht bekannt vor.

Sie ist nach Lancashire gekommen, um ein paar vermisste Hexen aufzuspüren, die im Urlaub sind. Urlaub, von wegen. Überraschung, Überraschung: Diese vermissten Hexen sind diejenigen, die tot auftauchen – dieselben, die immer wieder versuchen, mich zu töten und sich dabei selbst umbringen – und Miss Peak steckt bis zum Hals in diesem Schlamassel.

Warum sie glaubt, dass ihr Geschrei und ihre Wutanfälle sie und die anderen Hexen unschuldig aussehen lassen, werde ich nie verstehen. Es ist so merkwürdig. Eine verrückte umgekehrte Psychologie. Das macht sie zu einem leichten Ziel für jemanden wie mich. Ich vermute, dass in ihrem Kopf die Schuldigen herumschleichen und sich in den Schatten verstecken.

Laut Miss Peaks Unterlagen gibt es noch drei vermisste Hexen auf der Liste. Hoffentlich weiß sie, wo sie sind und wer sie angeheuert hat.

Die gemietete Wohnung befindet sich in einem schicken Anwesen in der Nähe des Stanley Parks. Ich lasse den Land Rover in einer ruhigen Straße stehen und laufe durch den Park auf die ruhige, verwundbare Seite der Siedlung, wo ich über den Zaun klettern kann, ohne gesehen zu werden.

Es ist lächerlich einfach, das richtige Haus zu finden und hineinzukommen. Es ist schwierig und teuer, ein gemietetes Haus angemessen zu sichern, und sie haben sich nicht die Mühe gemacht. Deshalb würde ich in einem Hotel übernachten, wenn ich irgendwohin fahren würde. Sicherheit geht immer vor Privatsphäre.

Ich benutze einen einfachen Entriegelungszauber, um durch die Hintertür zu kommen, das Haus zu durchsuchen und mich dann ins Wohnzimmer zu setzen und zu warten. Es sollte nicht lange dauern. Laut meiner Quelle hat sie in ein paar Stunden ein Abendessen, und es ist sehr wahrscheinlich, dass sie zurückkommt, um sich umzuziehen – ein Outfit liegt auf dem Bett bereit.

Während ich warte, hört die quälende, besorgte Stimme in meinem Kopf nicht auf, zu schreien, dass die Höllenhunde Caitlyn jagen. Bei dem Gedanken dreht sich mir der Magen um und mir wird übel. Es fällt mir schwer, nicht auf dem Wohnzimmerteppich auf und ab zu laufen.

Vierzig Minuten später höre ich, wie ein Schlüssel im Schloss der Haustür kratzt. Die Sonne ist untergegangen, und als die Tür aufgeht, werfen die Straßenlaternen Schatten in den Flur. Die Tür fällt ins Schloss, ein Seufzer, das dumpfe Geräusch einer Tasche, dann zwei kleinere dumpfe Geräusche, als Schuhe ausgezogen werden.

»Habe ich den Fernseher angelassen?«, murmelt sie und geht barfuß ins Wohnzimmer, wo sie auf den flimmernden, stummen Fernseher starrt. Ihr Atem stockt, als sie die Schale mit dem halb aufgegessenen Popcorn auf dem Beistelltisch sieht.

Ich halte den Film an, damit sie mich nicht sieht.

Sie knurrt wütend und macht das Licht an. »Wer zum Teufel sind Sie? Verschwinden Sie. Ich habe dieses Haus gemietet.« Miss Peak – Gillian – schafft es sogar ohne Schuhe, aggressiv um das Sofa herum zu stampfen. Dann sieht sie mich, wie ich zusammengerollt dasitze, eine Tasse dampfenden Tee in der einen und eine Handvoll Popcorn in der anderen Hand.

Ich fuchtele mit der Popcornfaust vor ihr herum.

Für einen Moment erstarrt die Hexe, dann dreht sie sich mit einem Schrei um und versucht zu fliehen. Mit einem weiteren Schwung meiner Popcorn-Hand aktiviere ich die temporäre Barriere und riegele den Raum ab. Weit kommt sie nicht. Schluchzend schlägt sie mit der Handfläche gegen die Barriere.

»Hallo Gillian. Wir müssen uns mal unterhalten. Setz dich doch. Das *Du* ist okay? Ich hoffe, es stört dich nicht, dass ich es mir hier gemütlich gemacht habe. Das Popcorn ist lecker. Hast du das gekauft?«

Sie schüttelt den Kopf.

»Es ist richtig lecker. Ich muss noch mehr kaufen. Okay, wenn ich dir also ein paar Fragen stellen darf, dann lasse ich dich in Ruhe.«

»Das darfst du nicht. Weißt du, wer ich bin?« Oh, und sieh mal an! Ihre Tränen sind wie durch ein Wunder verschwunden – die kleine Betrügerin. »Ich werde deinen Job haben!«, kreischt sie.

Ich zucke zusammen. Ich fahre mit dem Finger über mein Ohr und wackle damit. »Man, hast du eine laute Stimme! Wow, man sollte deinen Gesprächspartnern Ohrstöpsel geben.«

»Hörst du nicht zu? Raus hier!« Sie fuchtelt mit den Händen und stampft mit dem Fuß auf.

»Sieht das aus wie ein Gesicht« – ich zeige auf mich –, »das sich um einen Scheißjob kümmert?«

Sie runzelt die Stirn.

»Gillian, ich versuche, höflich zu sein, also setz dich verdammt noch mal hin. Wir haben viel zu besprechen. Zum Beispiel möchte ich wissen, wer dich und dein Team angeheuert hat, um mich und meine Familie zu töten.« Ich stelle die Teetasse ab und ziehe ein riesiges, gezacktes Messer im Rambo-Stil aus der Scheide. »Wir können das auf die leichte oder auf die harte Tour machen.« Mit einem gruseligen Grinsen drehe ich die Klinge.

Das Ding ist lächerlich. Es ist viel zu groß und die Balance ist völlig falsch. Aber es ist ein perfektes Werkzeug, um zu drohen.

Die Hexe setzt sich. Sie fällt fast zu Boden, kann sich aber gerade noch am Stuhl festhalten. Ihre Hände zittern, als sie auf das Kissen rutscht und mich mit großen, ängstlichen Augen anstarrt.

»Wie viele Hexen gibt es noch und wer hat dich angeheuert?« Ich komme gleich zur Sache.

»Drei und ich«, flüstert sie. »Wir sind noch zu viert.«

Ich nicke. Das passt. »Und wer hat euch angeheuert?«

Sie presst ihre roten Lippen hart aufeinander und schüttelt den Kopf.

Ich werfe die Klinge in die Luft und drehe sie, um sie zum Reden zu bringen. Ups, fast hätte ich es vermasselt und das verdammte Ding fallen lassen. Mein Fehler. Ich grinse. Die Balance ist wirklich schrecklich. Das mache ich besser nicht noch einmal.

»Marcus!«, ruft sie. »Er hat alles für seine Freundin, die Nekromantin, vorbereitet. Sie hat viel Geld bezahlt, um unsere Hilfe zu bekommen. Ich weiß nicht, wie sie heißt. Ich weiß nur, dass sie dich nicht leiden kann.«

Wow, sie mag mich nicht. Ohne Scheiß?!

Ich brumme vor mich hin. »Ich habe sie verärgert, oder? Was habe ich getan?«

»Marcus hat gesagt, dass sie sehr unglücklich darüber ist, dass du ein Hybrid bist und die Rolle der Henkerin bekommst. Du, der Liebling der Medien, während alle ignorieren, was für ein abscheuliches Monster du bist. Sie wollte, dass du alles vermasselst, um der Welt zu beweisen, dass du unausgeglichen und dein bequemes Leben nicht wert bist.«

Ich denke, die Nekromantin hat nicht ganz unrecht. Nicht, dass ich eine Abscheulichkeit bin – diesen Unsinn schüttle ich mental ab. Aber sie hat recht damit, dass ich es nicht wert bin, unschuldige Kreaturen zu töten – eine Position, deren Ausbildung aus einem beschissenen Handbuch und halbherzigen Worten der Ermutigung bestand. *Schnapp sie dir, Psycho!*

Es ergibt keinen Sinn, aber wann ergibt etwas Sinn, das verrückt ist? Irgendwas stimmt nicht mit dieser Nekromantin. Ich bin mir sicher, es wird bald ans Licht kommen. Ich könnte es verstehen, wenn ich einen Verwandten oder einen Geliebten getötet hätte, aber sie ist verrückt nach dem Leben, das ich führe.

Sie wird wütend sein, wenn ich Caitlyn rette, meinen Job verliere, ein Kopfgeld auf mich ausgesetzt wird und ich am Ende tot bin. Sie wird wütend sein, wenn sie herausfindet, dass sie ihre Zeit, ihr Geld und das Leben der Hexen verschwendet hat, wenn sie nur hätte warten müssen, bis ich aufgebe. Ich bin dabei, alles selbst zu versauen. Vielen Dank.

Oder sie wird wütend sein, wenn ich sie am Leben lasse. Ich habe vor, sie zuerst zu finden und dieses kranke Spiel zu beenden.

»Wir mögen sie nicht. Sie ist schlecht, aber Marcus war verwöhnt. Wir haben ihn verwöhnt. Haben ihn geliebt. Irgendwann hätte er sich mit ihr gelangweilt. Marcus hat uns zuerst angeheuert, um die Portale in der Stadt zu öffnen und euch zu quälen«, fuhr die Hexe fort. »Als das nicht den gewünschten Effekt hatte, hat Marcus das Portal unter eurem Auto geöffnet. Als ihr ihn getötet habt, hat uns das motiviert, euch zu töten. Als wir dich nicht erreichen konnten, haben wir geplant, dich in den Wahnsinn zu treiben, indem wir deine Familie töten.« Sie grinst hämisch.

Wie von selbst schnellt meine Hand nach vorn, die Klinge fliegt haarscharf über ihren Kopf hinweg und bohrt sich in die Wand. Sie schreit auf.

»Das sind nur Kobolde«, wimmert sie.

»Nimm dich in Acht!« Ich starre sie an. »Weißt du wirklich nicht, wie sie heißt?«

»Nein, ich habe keinen Namen. Marcus wusste ihn, aber er hat ihn mir nicht gesagt. Das war zu unserem Schutz.«

»Beschreib die Nekromantin!«

»Sie ist klein und hat langes braunes Haar. Ich kann mir Gesichter nicht gut merken.« Sie streckt ihre Hand aus, während ich mein Gewicht verlagere. »In Marcus Wohnung hängen überall Fotos von ihr.«

Nur ein Foto war übersehen worden, und darauf war kein Gesicht zu sehen.

»Wo ist diese Nekromantin jetzt?«

»Sie ist bei meinem Hexenzirkel, den anderen drei Hexen.«

»Wo?«

Sie schüttelt den Kopf, bis ich eine weitere Klinge ziehe, und erstarrt.

»Beeil dich, Gillian! Ich werde nicht absichtlich daneben treffen, wenn ich das hier werfe.« Die Klinge des silbernen Wurfmessers glänzt im Licht des Fernsehers.

»In dem Turm. Im Aquarium. Der Freizeitkonzern, dem das Gebäude gehört, hat die Attraktion diese Woche wegen Renovierungsarbeiten geschlossen. Sie stellen dort eine Falle auf.«

»Für wen?« Als ob ich das nicht schon wüsste. Ich beuge mich vor, und ihre großen, ängstlichen Augen folgen dem Messer.

»Für dich!« Gillian wischt sich mit zitternder Hand über das feuchte Gesicht. »Für dich. Sie wollen dich reinlegen. Lass mich jetzt gehen! Bitte lass mich gehen! Ich bin nur die Mittlerin. Meine Aufgabe war es, die hiesigen Hexen und alle Kreaturen davon abzuhalten, sich einzumischen. Ich habe dir nichts getan. Ich sollte nur mit dem Gemeinderat verhandeln.«

Ich lege das Wurfmesser weg, sie seufzt erleichtert, dann hustet sie, und beim nächsten Atemzug entweicht ihr ein quietschendes Keuchen.

»Möchtest du noch etwas hinzufügen?« Ich stehe vom Sofa auf und strecke mich ein wenig.

»Nein, ich habe dir schon alles gesagt ...« Sie ringt nach Luft, ihr Mund ... die Ränder ihres roten Lippenstifts verfärben sich seltsam blau. »Was ... was ist passiert?«, krächzt sie. »Was ... was hast du getan?«

»Der Stuhl. Sobald du dich hingesetzt hast, hast du den Zauber für ein langsam wirkendes Gift aktiviert.« Mein Kopf neigt sich zur Seite. »Erkennst du das nicht, Gillian? Es ist dein Entwurf.«

Es ist schreckliche Magie. Ich habe sie oben bei ihren Sachen gefunden. Der Kontakt, über den ich an Gillians Informationen gekommen bin, war sehr entgegenkommend und hilfsbereit. Miss Peak hat den Ruf, ein bisschen böse zu sein. Gift ist ihre Spezialität.

»Nein ...« Sie keucht und ihre Augen rollen zurück.

Ich schleiche mich an sie heran. »Es scheint, als hätte deine beschleunigte Herzfrequenz die Dinge vorangetrieben.« Meine Stimme ist so sanft. »Ich frage mich, ob deine Opfer das auch so empfunden haben?«

Mein Handy piept, als die böse Hexe ihren letzten Atemzug nimmt. Ich lache ungläubig, als ich die Nachricht lese. Die Höllenhunde haben Caitlyn gefunden. Sie ist im Tower und sie haben sie im Aquarium eingekreist.

Wie stehen die Chancen?

Ich schreie frustriert auf und trete gegen das Bein des Stuhls der toten Hexe. Der Stuhl kippt über den Teppich, prallt gegen die Wand und ihr lebloser Körper fällt seitlich auf die gepolsterte Armlehne des Stuhls.

Ich wünschte, ich könnte sie noch einmal töten.

Miss Peak muss gehört haben, wie ich mich über den Hinrichtungsbefehl aufgeregt habe, oder die anderen Hexen haben uns zusammen im Café gesehen und angenommen, wir seien gute Freundinnen, oder noch wahrscheinlicher, sie wussten, dass Caitlyn Marcus getötet hat.

»Es tut mir so leid, Caitlyn. Du hast wirklich keine gute Woche.« Ich zupfe an meinem Haar und senke beschämt den Kopf. Keine gute Tat bleibt ungestraft. Ich starre auf das Handy. *Sieh an, eine nette, kleine, saubere Falle.* Ich schüttle den Kopf.

Kapitel Zweiunddreißig

Ich kann nicht garantieren, dass ich das Glück habe, noch einen Parkplatz an diesem Tag zu bekommen, also ordere ich mir ein Taxi, das mich in zehn Minuten am Haupteingang des Parks abholt.

Ich schütte das restliche Popcorn in den Eimer, stelle Schüssel und Becher in den Geschirrspüler und schalte ihn ein. Ich weiß nicht, warum ich mir die Mühe mache. Wenn sie den Fall untersuchen, können sie mir diese nicht genehmigte Tötung leicht in die Schuhe schieben. Meine DNA ist überall, und im Moment ist mir das egal.

Ich bekomme eine Bestätigung, dass ich abgeholt werde, und als ich durch die Hintertür gehe, entschuldige ich mich im Stillen beim Hausbesitzer, während ich das verdammte Rambo-Messer in der Wand zurücklasse. Wenigstens habe ich die Hexe nicht völlig zerlegt, und wenn sie bald gefunden wird, wird sie nicht einmal mehr ausfließen.

Ich springe über den Zaun und renne durch den dunklen Park. Als ich meinen Rhythmus gefunden habe, beginnt es zu regnen, und ich denke an Miss Peak. Ich bin froh, dass ich sie nicht am Leben gelassen habe. Ich gehe am Defender vorbei – es ist besser, ihn hierzulassen, wo er sicher ist – und als ich mich den schwarzen Toren des Parks nähere, wartet ein Auto auf mich.

»Miss Dennison?«, fragt der Fahrer.

»Ja.«

Er öffnet die Tür, und ich klettere auf den Beifahrersitz. Ich schnalle mich an, während der Fahrer auf den Sitz neben mir rutscht. Wir fahren los und rasen die Straße entlang, die um den Park führt. Der Fahrer sagt kein Wort, bis er mich fünf Minuten später an der Adelaide Street absetzt.

»Gehen Sie zum Personaleingang der Tower Buildings auf der Rückseite.«

»Okay. Danke fürs Mitnehmen.« Ich schließe die Tür und renne die Straße hinunter. Die Tower Buildings sind der Name des Turmsockels. Der dreistöckige Entertainmentkomplex am Fuße des Turms besteht aus Tonnen von Beton mit roten Ziegeln und Dutzenden von weißen Fenstern und Türen. Der Komplex beherbergt einen Indoor-Spielplatz für Kinder, einen weltberühmten Ballsaal, ein Restaurant, einen Zirkus und ein Aquarium. Der Turm verfügt über einen Aufzug, der die Besucher ganz nach oben bringt, wo sich eine gläserne Aussichtsplattform befindet.

Ich werde den Turm heute hoffentlich nicht besteigen, und alles bleibt im Erdgeschoss des Aquariums.

Das letzte Mal war ich in diesem Gebäude, als ich neun Jahre alt war und mit meinem Großvater in den Zirkus ging. Der Zirkus im Turm war in der Mitte des Gebäudes, zwischen den vier Beinen des Turms. Ich erinnere mich, wie sich die ganze Manege für das große Finale mit den tanzenden Fontänen mit Wasser füllte. Es war magisch.

Ich jogge an den frühen Abendshoppern vorbei, höre Gemurre und Klagen über das Wetter und dass die Fußgängerzone hinter dem Tower gesperrt ist. Ich biege links in die Bank Hey Street ein und verlangsame meinen Schritt durch die magische Barriere, die die Straße blockiert und hinter der drei riesige Höllenhunde warten.

John, der Höllenhund, den ich neulich bei der Hexenszene kennengelernt habe, lehnt lässig an der Ecke des Gebäudes, seine Schulter an den roten Backstein gelehnt. Als er mich auf sich zukommen sieht, sind seine grünen Augen ausdruckslos, sein Gesicht ist leer, er sieht aus, als hätte er diese Scheiße schon tausendmal gesehen und erlebt. Ich bin mir sicher, das hat er.

»John.« Ich nicke den beiden anderen Höllenhunden zur Begrüßung zu. Höflichkeit zahlt sich aus.

»Henkerin, es tut mir leid, dass du deswegen gerufen wurdest«, sagt John mit einer Stimme, die kurz vor dem Knurren ist.

Das ist alles, womit ich es zu tun habe: wütende Höllenhunde. »Und ich entschuldige mich dafür, dass ich dir auf die Füße getreten bin. Wenn es hilft, es war nicht meine Absicht.« Ich bin genau da, wo ich sein sollte, aber das müssen sie ja nicht wissen.

»Wir sind dir sehr dankbar, dass du so schnell hier bist«, sagt der kleine blonde Höllenhund mit einem freundlichen Lächeln.

»Nun, ich hatte keine Zeit, mich vorzubereiten. Ich bin völlig unvorbereitet. Also, was haben wir?«

John winkt mich herein, und wir schieben uns durch den schmalen Personaleingang. Mit seinem Datapad projiziert er den Grundriss des Gebäudes an die Wand.

Praktisch.

»Kurz nach sechzehn Uhr kam ein Team von Angreifern durch diesen Eingang. Sie schalteten die Kameras im Gebäude aus, bedrohten das Personal und töteten einen Sicherheitsmann, der eingreifen wollte.« John klickt auf sein Datapad und Teile des Gebäudeplans an der Wand färben sich grün.

»Bis auf den Zirkus haben wir das gesamte Gebäude evakuiert, und im Moment haben wir drei Teams von Jägern – hier, hier und hier –, die diese Bereiche absperren.« Er zeigt auf die oberen Stockwerke, den Ballsaal und den Kinderbereich. Nur der Zirkus und das Aquarium sind noch nicht gesichert.

»Es wurde bestätigt, dass das Ziel hier im Aquarium ist.« John drückt auf einen Knopf, der auf dem Plan ein X markiert. »Anhand der Kamerabilder von der Straße haben wir mindestens vier Angreifer gezählt. Mögliche weitere Angreifer, die bereits vor dem ersten Einbruch im Gebäude waren, sind dabei noch nicht berücksichtigt.«

Mit einem weiteren Klick wird ein Bereich rot markiert, der den Zirkus und das Aquarium umfasst. »Sie kontrollieren diesen gesamten

Abschnitt und haben zwei Bereiche gebildet. Der eine, der den Zirkus umgibt, ist ein einfacher Standardbereich. Der zweite ist eine Killerzone. Sie ist gefährlich und ein Albtraum, wenn nicht unmöglich zu durchbrechen. So wie es aussieht, können wir diesen Bereich nicht einnehmen, ohne das ganze Gebäude auf uns zu stürzen. Es erstreckt sich um das gesamte Aquarium herum.« Ein weiterer Klick und der Bereich um den Zirkus wird orange und das Aquarium rot.

Ich muss also irgendwie an der Killerstation vorbei. Kein Problem.

»Gibt es da Hexen?«, frage ich. Die Antwort auf diese Frage kenne ich zwar schon von Miss Peak, aber es ist immer besser, sich zu vergewissern.

»Ja, wir glauben, dass mindestens drei von ihnen mächtige Hexen sind.«

»Gibt es Geiseln?« Ich reibe mir die Schläfen. Ich brauche Wasser, denn ich habe starke Kopfschmerzen.

»Keine Bestätigten. Aber wir vermissen Mitarbeiter, darunter den ganzen Zirkus, der gerade bei der Generalprobe war, als die Station in die Luft geflogen ist, und der immer noch darin gefangen ist. Der Feind schweigt. Abgesehen von dem Zettel, den sie dem Wachmann umgehängt haben, haben wir keine Kommunikation«, sagt der blonde Höllenhund.

»Ein Zettel?«

John winkt mich zu sich und deutet hinter den Schreibtisch. Ich schaue über seine Schulter. Der tote Sicherheitsmann liegt auf dem Rücken, bekleidet mit einem roten Polohemd, auf dessen Brust in schwarzen Großbuchstaben »Security« steht. Meine Augen folgen dem Gesicht des jungen Wachmanns. Ein böser Fluch muss ihn umgebracht haben. An seiner Schulter hängt ein blutverschmierter Zettel, der mit einem Butterflymesser befestigt ist.

Wir werden nur mit der Henkerin sprechen.
Sie darf die Station betreten, wenn sie unbewaffnet und allein kommt.
Und als zusätzlichen Anreiz lassen wir die Zirkusleute frei.

»Der arme Kerl. So eine Verschwendung«, murmle ich.

»Ja, und er wird eine Weile nicht rauskommen. Wir müssen warten, bis das Gebäude gesichert ist, bevor ein Team ihn in die Leichenhalle bringen kann«, sagt der blonde Höllenhund.

Ich ziehe zwei Beweismittelbeutel und ein Paar blaue Latexhandschuhe aus einer meiner vielen Taschen. »Darf ich?«

John zuckt mit den Schultern.

»Nur zu!«, sagt der gesprächige blonde Höllenhund.

Ich ziehe die Handschuhe an, schleiche hinter den Tresen und ziehe dem Toten das Messer aus der Schulter. Die Schmetterlingsklinge wandert in eine Tüte, der Zettel in eine andere. Ich gebe die Beweisstücke John, der sie dankbar entgegennimmt.

»Also lassen sie mich rein, wenn ich unbewaffnet bin? Für ein Gespräch? Das ist, äh, großartig.«

Der blonde Höllenhund grinst mich an.

»Das gefällt mir nicht«, sagt John.

»Mir gefällt das auch nicht. Es ist okay. Ich war schon in viel schlimmeren Situationen und habe ein paar Asse im Ärmel. Manchmal muss man sich einschleichen, um etwas zu erreichen.«

»Okay. Wir können das Gebäude halten, während du dich um die Feinde im Aquarium kümmerst. Du hast die Erlaubnis, alle Ziele in diesem Bereich auszuschalten, und wir kümmern uns darum, den Zirkus zu übernehmen. Die Station dort schwankt bereits.« John senkte seine Stimme zu einem superernsten Ton. »Weißt du, wenn du da reingehst, bist du auf dich allein gestellt. Es gibt keine Chance, dass wir dich da rausholen können, solange die Station aktiv ist. Um die Station lahmzulegen, muss man alle Hexen töten.«

»Das kann ich tun. Haltet sie nur davon ab, sich von hinten an mich heranzuschleichen, das wäre toll.«

Der dunkelhaarige Höllenhund, der bis jetzt geschwiegen hatte, niest. »Was ist das für ein Gestank?« Er reibt sich die Nase. »Leichenfäule.«

Ich blinzle ins Gebäude. »Ach ja, apropos. Das wird der Nekromant sein.«

»Nekromant? Seit wann gibt es Nekromanten? Zombies, ich hasse Zombies«, knurrt der blonde Höllenhund. Gemeinsam schauen wir den Gang entlang zur Zirkustür, durch die die Mitarbeiter verschwanden. »Die sind doch alle tot, oder?«, fährt er fort. »Die Mitarbeiter, die sie gehen lassen. Die werden alle zu verdammten Zombies, nicht wahr?«

Ich zucke mit den Schultern. »Ich weiß es nicht. Vielleicht, vielleicht auch nicht. Das ist doch der Grund, warum du so viel Geld verdienst. Oder nicht? Und jeder kann sich hinter dir verstecken, weil ich wette, dass du ein leckeres Gehirn hast.« Ich muss über das Entsetzen in seinem Gesicht grinsen. »Aber der Nekromant müsste schon verdammt stark sein, um mehr als einen Zombie zu kontrollieren.« Ich winke ab. »Das wird schon klappen.«

John stöhnt. »Sie waren mitten in der Generalprobe ... Zombie-Clowns, das ist ja toll. Ich hasse Clowns.«

Die beiden anderen Höllenhunde lachen, weil es leichter ist, als wütend und verärgert zu sein. Ein Witz, um sich gedanklich vom Grauen zu distanzieren.

Ich höre ein Geräusch hinter dem Schreibtisch und ziehe eines meiner Engelsschwerter aus der Scheide, um es zu schwingen, bevor ich merke, was ich tue. Im letzten Moment passe ich den Winkel der Klinge an und der Zombie-Sicherheitsmann verliert seinen Kopf.

Die Klinge skalpiert ihn und durchbohrt sein Gehirn. Igitt. Sie durchtrennt alle motorischen Funktionen und die Magie. Wie nicht anders zu erwarten, fällt der Körper des Wachmanns in sich zusammen und hinter den Schreibtisch. Tot. Der faulige Geruch hatte eine nähere Quelle. Ein Zombie-Wächter.

Scheiß Zombies. Was habe ich gesagt? Ich wusste, dass sie mich beißen würden. Ich zittere. Ich ertrage den Gedanken nicht, dass sie mich zerfleischen.

Ich denke kurz nach und stelle fest, dass ich beinahe einen fatalen Fehler begangen hätte. Ich bin eine weichherzige Närrin. »Als ich das Messer und den Zettel weggenommen habe, muss es irgendwie aktiviert worden sein«, sage ich zu den Höllenhunden. »Ich weiß nicht, ob das überhaupt möglich ist.« Ich wette, Story wüsste es.

Mit einem Tuch wische ich die Gehirnmasse des Zombies von der Klinge. Als ich fertig bin, spüre ich, wie sie mich anstarren. »Tut mir leid.« Ich drehe mich um und sehe, dass mich alle drei Höllenhunde anstarren.

»Wie zum Teufel hast du das gemacht?«, fragt der Blonde und schließt dann den Mund.

Ich zucke mit den Schultern.

John fährt sich mit der Hand übers Gesicht. »Ich denke, du wirst wieder in Ordnung kommen.« Er drückt mir ein zugeklapptes Handy in die Hand.

»Danke. Ich rufe an, wenn es vorbei ist.« Je schneller ich drin bin, desto schneller kann ich die Scheiße aufklären und Caitlyn retten. Jetzt kommt der unangenehme Teil: Ich muss alle Waffen ablegen. Ich ziehe alles aus und lande mit einer ganzen Sammlung auf dem Tresen.

»Ist dieser Bereich als privat gekennzeichnet?«, frage ich niemand Bestimmten, während meine Finger neben den Waffen nervös eine Melodie klimpern.

John gibt einen Laut von sich.

»Ja, alles in Ordnung«, antwortet der blonde Höllenhund.

»Gut.« Ich greife in meine Kampfausrüstung und hole den gefalteten schwarzen Seidenbeutel heraus. Die Höllenhunde beobachten, wie ich alles hineinlege, auch das Handy. Dann falte ich das handliche Taschenarsenal zu einem kleinen Quadrat und stecke es in eine Innentasche. Es liegt flach an meiner linken Hüfte. Wenn ich durchsucht werde, wird man es hoffentlich für das Essen halten. Ich wende meine Aufmerksamkeit wieder der Wand zu, überprüfe noch einmal die Anordnung des Aquariums und präge mir die Ausgänge ein.

»Okay. Ich bin bereit.«

Kapitel Dreiunddreißig

Die Station knistert bedrohlich vor mir, als ich vor der Personaltür stehe, die zum Aquarium führt. John hat nicht übertrieben, als er gesagt hat, dass dieses Ding das ganze Gebäude zum Einsturz bringen könnte. Es pumpt so viel Energie aus, dass sich mir die Nackenhaare sträuben. Hinter mir machen sich die Höllenhunde bereit, den Personaleingang des Zirkus zu stürmen, und sie vertrauen darauf, dass ich es ihnen gleichtue.

Immer wieder muss ich mich davon überzeugen, dass das, was ich tue, richtig ist. Ich sorge dafür, dass Caitlyn und die Mitarbeiter des Towers durch meine Anwesenheit in Sicherheit sind. Sie alle haben es verdient, gerettet zu werden und heute Abend nach Hause zu kommen. Und dann weiß ein Teil von mir, dass die Trauer um Justin es mir schwer macht, klar zu denken, und mein Bauch schreit, dass ich einen großen Fehler mache, aber ich habe mich entschieden.

Ich bin nervös, meine Nerven liegen blank. Außerdem atme ich zu schnell. Ich zwinge mich, ruhig und langsam zu atmen. Ich habe alles unter Kontrolle. Ich habe es im Griff.

Du hast alles unter Kontrolle? Du bist eine hinterhältige Idiotin.

Ich wippe von einem Fuß auf den anderen. Der magische Timer an meinem Ärmel zählt die letzten sechzig Sekunden, bis ich das Aquarium betrete. Die Höllenhunde vertrauen mir, dass ich ins Aquarium gehe und sie töte. Stattdessen täusche ich sie – Lügen durch Weglassen ist immer noch Lügen. Ich gehe rein, um nett zu den bösen Jungs zu sein, bis ich Caitlyn sehe. Sobald ich den Beweis habe, dass sie lebt, kümmere ich mich um den Rest.

Alles wird gut. *Alles wird gut.*

Ich habe dieses Chaos verursacht, muss das Richtige tun und es in Ordnung bringen. Ich betrachte den Dämonenkuss mit einem traurigen Lächeln und vergewissere mich, dass meine Verbindung zu Kleric fest verankert ist. Er darf nicht wissen, was ich vorhabe. Ich schlucke. Egal, was jetzt passiert, ich muss weitermachen. Ich muss die Person sein, die gut genug ist, um seine Gefährtin genannt zu werden.

Dreißig Sekunden. Ich fühle mich seltsam, fast nackt, keine Waffe in Reichweite, und die in meiner Hose versteckte Pistole brennt ein imaginäres Loch in meine Seite. Ich balle die Hände und verdrehe aus nervöser Gewohnheit die Handgelenke.

Mein Gott, ich vermisse das Gefühl meiner Schwerter.

Ich kann mit mehr als meinen Waffen kämpfen. *Ich* bin die Waffe. Ich kann es.

Bei zehn Sekunden richte ich meine Schultern auf, hebe mein Kinn und starre auf die Station. *Ich hoffe, dass ich nicht verdammt noch mal gegrillt werde.* Ich strecke meine Hand aus. Magische Funken sprühen über meine Haut. Es ist wie ein Schlag von einem Elektrozaun, schmerzhaft, aber nicht lebensgefährlich. Ich greife nach der Klinke und öffne die Tür. *So weit, so gut.* Eine Sekunde. Ich atme tief durch und schlüpfe hinein.

Der Wechsel vom grellen Licht des Personalraums in das sanfte, fischfreundliche blaue Licht des Aquariums macht es mir für ein paar Sekunden schwer, etwas zu erkennen. Ich lasse meine Augen sich anpassen, während sich die Tür schließt. Mit der Station im Rücken kann sich niemand von hinten an mich heranschleichen.

Sobald ich etwas sehe, blinzle ich und schaue mich genau um. Dem großen Schild an der Wand zufolge ist das Aquarium den Kalksteinhöhlen in Derbyshire nachempfunden. Das kann ich sehen. Die dunklen, höhlenartigen blauen Wände sind eine außerirdische Welt aus bröckeligem Kunststein, die Dutzende von Aquarien auf beiden Seiten des Raumes umschließt.

Über jedem Aquarium befinden sich ein quadratisches blaues Licht und kleine Informationstafeln mit Details zu den darin lebenden Wassertieren. In der Mitte ist ein riesiges Salzwasserbecken mit riesigen Meeresschildkröten, die gemächlich über die im römischen Stil verzierten weißen Säulen schwimmen. Eine Hommage an die versunkene Stadt Atlantis?

In der Ecke ist ein Souvenirladen und überall liegen Aquarienzubehör, Röhren und andere Dinge herum. Es sieht definitiv so aus, als würde hier gerade modernisiert.

Dexter würde diesen Ort mit dem friedlichen Blubbern und Summen der Aquarien lieben. Er würde die ganze Zeit von den leuchtend orange-weißen Clownfischen zu den Seepferdchen rennen.

»Hallo?«, rufe ich. Man könnte meinen, ein böses Empfangskomitee warte auf mich. »Ihr habt die Henkerin bestellt. Hier bin ich.« Ich nehme die Hände von meinem Körper und fuchtele damit herum. »Ihr könnt die Zirkusleute gehen lassen.«

Zu diesem Zeitpunkt habe ich keine Ahnung, ob die Hexen und der Nekromant wissen, dass ich weiß, dass dies eine Falle ist. Mein Kopf brummt, während ich versuche, das Chaos zu entwirren. Seit Tagen habe ich nicht richtig geschlafen.

»Caitlyn? Wenn du mich hören kannst, ich komme. Hab keine Angst. Halte durch, ich hole dich bald hier raus.«

»Jaja, schöne Rede. Jetzt nimm die Hände hoch«, knurrt eine Frauenstimme. »Höher.« Ich drehe mich um und erblicke eine dunkelhaarige Hexe. Sie steht auf der anderen Seite des Raumes, in einer dunklen, schlecht beleuchteten Ecke neben der Station. Ich halte meine Hände noch höher. Es fühlt sich so falsch an, mich wie eine Kriegsgefangene auszuliefern.

Ich bemerke eine Bewegung und drehe mich um, um die Hexe im

Auge zu behalten, während zwei Zombies in roten Polohemden mit Stöcken aus dem Souvenirladen schlurfen.

Oh, hallo!

Ich kann nur das Salz aus den Tanks riechen. Ich bin froh, dass meine Nase nicht so empfindlich ist wie die eines Wolfswandlers, denn diese frisch erschaffenen Zombies riechen für mich nicht tot. Ihre Augen sind noch nicht einmal milchig geworden und zum Glück fällt auch nichts ab.

Zombie Nummer eins stöhnt, als er näher kommt. Ich schaudere, als er an mir schnüffelt. Er hat noch eine Erkennungsmarke. Ich blinzle auf das Schild. Er heißt Steve. Der zweite Zombie hat kein Namensschild, aber er sieht aus wie ein Chris, also nenne ich ihn in Gedanken so.

»Was hält sie davon ab, mich zu zerfleischen?«, frage ich durch die Zähne.

»Die Nekromantin, aber du kannst nichts tun, um sie aufzuhalten. Ich würde gern zusehen, wie sie dein Gesicht fressen. Da du eine Wandlerin bist, wette ich, dass die Nekromantin dir zum Spaß ein neues Gesicht wachsen lässt. Aber wenn du aus der Reihe tanzt, sie aufhältst oder auch nur einen Hauch von Gewalt anwendest, ist das Mädchen, das du am Leben erhalten willst, tot. Du willst doch nicht, dass deine kleine Hybrid-Freundin Caitlyn auf grausame Weise stirbt, oder? Ihr Leben hängt davon ab, dass du dich benimmst.«

»Na schön.«

Ich spiele mit.

»Lesley, bleib, wo du bist!«, ruft sie von der anderen Seite des Raumes. »Madie, durchsuch sie nach Waffen!«

Hinter den Zombies taucht eine rothaarige Hexe auf. Sie bewegt sich seitwärts wie eine Krabbe, ihr Rücken berührt den Haupttank, sodass sie ihn nicht anfassen muss. Sie bleibt vor mir stehen, stellt sich auf die Zehenspitzen, legt ihre Hände auf meinen Kopf und gräbt ihre Fingernägel in meine Kopfhaut. Sie fährt mit ihren Händen über meinen Nacken, klopft mir auf die Schultern und fährt fort, meinen Oberkörper und meine Hüften zu untersuchen.

Dann fährt sie mit den Händen an meinen Beinen entlang. Madies Technik ist nicht schlecht, aber sie übersieht die versteckte Tasche an meiner Taille. Mit einem harten Schlag und einem finsteren Blick zwingt sie mich, die Stiefel auszuziehen.

»Warum hilfst du dem Geisterbeschwörer?«, frage ich und hüpfe auf einem Bein.

»Halt die Klappe!«, sagt die erste Hexe.

Ich steige wieder in meinen zweiten Stiefel. »Geht es ums Geld? Ist das Geld all die toten Hexen wert?« Ich binde mir die Schnürsenkel zu und ziehe den Kopf ein, als Madie völlig überraschend mit dem Arm ausholt und mir eine Ohrfeige verpasst. Meine Wangenknochen und meine Nase brennen. Ich hasse es, geohrfeigt zu werden. Wenn ich die Wahl hätte, würde ich lieber einen Schlag einstecken. Ohrfeigen sind so würdelos.

»Madie, geh und kümmere dich um die Station!«, zischt die erste Hexe.

Die fröhliche Schlägerin starrt mich an und mit einem aufmunternden Schubs der ersten Hexe geht sie näher an die Station heran.

Die erste Hexe mustert mich von oben bis unten und schüttelt den Kopf. »Du machst dich über uns lustig, weil wir so unser Geld verdienen, aber du bist eine Auftragsmörderin. Du bist nicht besser als wir. Wir sind nur ehrlicher in unserer Arbeit.« Sie flüstert: »Und du bist so dumm. Ich kann nicht glauben, dass du darauf reingefallen bist. Wo ist deine Würde, Henkerin?« Sie schüttelt den Kopf und lächelt.

Ich hasse es, wenn ein Bösewicht so lächelt. Das ist nie ein gutes Zeichen.

Aus ihrer Tasche zieht sie ein vertrautes weißes Halsband. Ich halte die Luft an und trete einen Schritt zurück. Sie hebt den Kragen an ihr Gesicht und bewundert ihn. »Erkennst du das? Die Nekromantin hat einen hellen und köstlichen Sinn für Humor.«

Ja, das sehe ich. Sehr witzig. Toll, wie sie mein Trauma aus der Vergangenheit ausnutzt, um mich auf den Arm zu nehmen. Ich knirsche mit den Zähnen. Woher zum Teufel wissen die von den weißen Gefängnis-Halsbändern?

Der gewalttätige Einhorn-Teil in mir will Rache und drängt mich, ihr die Kehle rauszureißen und sie den Zombies zum Fraß vorzuwerfen, anstatt ihr zu erlauben, dieses Halsband auch nur in die Nähe meines Halses zu bringen.

»Du musst es nicht tragen. Aber wenn du es nicht tust, wird die arme, süße, unschuldige Hybridin sterben. Es ist ganz allein deine Entscheidung. Hast du Angst?« Sie lächelt und Madie in der Ecke kichert.

Verdammt. Meine Nasenflügel weiten sich. Sie will mich ködern. Die Höllenhunde hätten mich nie hier reingelassen, wenn sie gewusst hätten, wie verletzlich und leicht zu manipulieren ich bin. Sie sind sich sicher, dass ich alle töten werde. Schließlich ist Caitlyn für sie das Ziel, nicht das Opfer. Ein Opfer, das sie jetzt benutzen, um mich zu kontrollieren. Mit einem Halsband natürlich.

Es ist irgendwie erbärmlich. Ich bin erbärmlich. Wie tief bin ich gesunken?

Ich starre die Hexe ausdruckslos an und denke über meine begrenzten Möglichkeiten nach. Mit dem Halsband kann ich umgehen. Ich nicke, mache mich breiter und bin bereit, als die Hexe mir das weiße Halsband um den Hals legt. Mein Herz schlägt schneller, als das Plastik – nicht das Metall – meine Haut berührt. Dann kann ich nicht mehr denken, als das Halsband mir meine Magie nimmt.

Ich erwarte, dass Angst und schlechte Erinnerungen aus meinem Unterbewusstsein auftauchen, wobei ich mein Bestes getan habe, um sie tief zu vergraben. Aber ... es geht mir gut. Ich bin wütend. Ich bin so wütend auf mich. Und ich kann nicht atmen. Ich schwanke. »Nein, bitte«, wimmere ich. Mehr sage ich nicht, denn ich bin keine gute Schauspielerin. Ich kann meinen Kopf kaum halten, sodass er zur Freude der Hexen ein wenig mehr als nötig nach unten sinkt.

Sie denken, sie haben mich.

»Stark, nicht wahr? Wir haben gewettet. Es ist viermal stärker als ein normales Anti-Magie-Armband, also habe ich gesagt, du fällst um und wirst ohnmächtig. Madie und Lesley haben gesagt, du bekommst einen Herzinfarkt und stirbst. Die Nekromantin meint, du wärst schwach wie ein Kätzchen, aber immer noch auf den Beinen.«

Sie schlägt mir mit der flachen Hand auf die Schulter und schubst mich, sodass ich unkontrolliert schwanke.

»Sieht aus, als hätte die Nekromantin wieder einmal recht gehabt.« Sie schubst mich noch fester und ich falle Zombie Steve in die Arme. Ich wehre mich nicht. Es läuft mir kalt den Rücken hinunter.

Zombie Chris schleppt sich links an uns vorbei. Er ist ein paar Zentimeter kleiner als ich, sodass sein Mund auf einer Höhe mit meinem Hals ist. Ich zucke zusammen, als er mit den Zähnen knirscht.

Die beiden Hexen lachen.

Jaja, lacht nur!

»Unser Spaß ist vorbei und es wird Zeit, dass du die Nekromantin kennenlernst. Weil du so brav warst, werden wir dich als Belohnung zuerst mit dem Hybriden sprechen lassen.«

KAPITEL VIERUNDDREISSIG

DIE ZOMBIES PACKEN mich an den Oberarmen und zerren mich in Richtung Souvenirladen. Ich kann nicht glauben, dass sie mich anfassen. Es ist schrecklich, aber es könnte schlimmer sein, wenigstens sind die armen Kerle frisch. Ich senke absichtlich den Kopf und lasse die Stiefelspitzen über den Boden schleifen, während wir der ersten Hexe folgen, die mit leichten Sprüngen voranschreitet.

Da hat aber jemand Spaß.

Während ich taumle, konzentriere ich mich darauf, wie ich mich innerlich fühle. Schwach. Aber als die Magie dieses falschen Halsbandes auf mich übergeht, scheint sie wie Wasser von mir abzufließen, und mit jeder Sekunde, die vergeht, werde ich stärker. Es ist schrecklich, keine Magie zu haben, aber ich habe dafür geübt, und egal, was die erste Hexe denkt, das Halsband ist gar nicht so gut. Es hat nicht einmal halb so viel Hexenkraft wie das ursprüngliche Halsband, das ich im Gefängnis getragen habe.

Wir schlängeln uns durch den Souvenirladen, der vollgestopft ist mit Schildkröten-Teddys, Tassen und Schlüsselanhängern. Zombie Chris stößt gegen ein Regal, ein paar Glasfische fallen herunter und zerschellen auf dem Boden. Sie zerquetschen unter den Füßen von Zombie Steve.

Die Hexe stößt eine verborgene Tür auf, die in einen versteckten Raum in der Ecke des Ladens führt. Mit ein paar Zombie-Schlägen gegen Wand und Türrahmen stolpern wir hinein.

Ich schaue unter meinen Wimpern hervor. Der schmale Raum scheint sich über die gesamte linke Seite des Aquariums zu erstrecken und gibt von hinten den Blick frei auf die gesamte Wand mit den Aquarien, die aus einer Art Einwegglas bestehen. Durch das Wasser hindurch hat man einen hervorragenden Blick auf die Kundenseite des Aquariums.

An der anderen Wand stehen Regale mit Fischfutter und Zubehör. In der einen Ecke stehen ein großer kommerzieller Gefrierschrank und einige große Kühlschränke, in der anderen ein riesiges Metallwaschbecken mit Arbeitsplatte.

»Caitlyn, deine Heldin ist hier, um dich zu retten«, sagt die erste Hexe mit krankhafter Freude zu dem armen Mädchen, das auf dem Boden kauert.

Caitlyn sitzt da, die Arme um die Beine geschlungen, den Kopf auf den Knien. Ihr langes braunes Haar verdeckt ihr Gesicht.

Die Zombies lassen mich los. Ich stöhne und lasse mich mit einer Dramatik fallen, auf die ich ziemlich stolz bin. Meine Knie knacken auf dem gestrichenen Betonboden.

»Ich gebe dir ein paar Minuten, um dich zu erholen.« Die Hexe stolziert aus dem Raum, die Zombies schlurfen hinter ihr her.

Die Tür fällt ins Schloss.

Ich liege noch auf den Knien, mein Kopf baumelt. Ich weiß nicht, ob wir noch beobachtet werden, also behalte ich vorerst meine erbärmliche Tarnung bei. »Geht es dir gut?«, frage ich mit kaum hörbarer Stimme.

Sie hustet und ringt nach Luft.

Oh-oh.

»Caitlyn?« Unter all dem glänzenden braunen Haar zittern ihre Schultern. Ich krieche zu ihr und lege ihr tröstend die Hand auf den

Rücken. Sie mag Umarmungen. Ich gebe mein Bestes. »Ist schon gut«, murmle ich. Das ist alles meine Schuld, und meine Schuld verträgt keine Tränen.

Nein, keine Tränen … ich lege den Kopf schief, als ein raues, dunkles Lachen aus ihrer Kehle dringt.

Sie lacht.

Ich lasse die Arme sinken und schlurfe zurück, immer noch auf den Knien. Es ist nie ein gutes Zeichen, wenn die Person, die man retten will, manisch lacht, wie der Bösewicht in einem Cartoon. *Sie muss verrückt vor Stress sein, oder?*

Oder?

Caitlyn hebt den Kopf, ihr braunes Haar fällt ihr in einer hübschen Welle über die Schultern, und ihr süßes, rosiges Gesicht verzerrt sich zu etwas Unkenntlichem. Ich blinzle. Die Maske, die sie vor der Welt trägt, fällt ab, als wäre sie nie da gewesen.

Oh, das ist nicht gut.

Sie zieht die Beine an und geht in die Knie, sodass wir auf gleicher Höhe sind, und mit einem gruseligen Kichern stürzt sie sich auf mich. Etwas zu spät sehe ich das silberne Blitzen. *Ein Messer.* Es gleitet in meinen Bauch. *Autsch.* Es ist eins von meinen – ich erkenne den Griff. *Die diebische Kuh.*

Schockiert starre ich auf meine blutüberströmten Hände, und als ich in ihr Gesicht schaue, lächelt sie mich engelsgleich an. Ich keuche und sie keucht mit und schüttelt sich wie verrückt. Sie genießt es, mir wehzutun.

Gut gemacht. Caitlyn ist eine von den Bösen. Was zum Teufel? Wer hätte das gedacht? Ich sicher nicht.

Aber um mich zu töten, hätte sie auf mein Herz zielen müssen.

»Du hättest keine silbernen Messer in deinem Haus herumliegen lassen sollen, wenn du nicht willst, dass sie jemand gegen dich einsetzt. Dieses lag im Schrank unter der Treppe. Ich konnte nicht widerstehen, es zu nehmen.« Ihr Kopf neigt sich zur Seite und sie lächelt selig. »Brennt es? Das Silber lässt meine Hände kribbeln, also muss es in dir brennen. Du kannst schreien, wenn du willst.« Sie leckt sich über die Lippen. »Das würde ich gern hören.«

»Das glaube ich gern«, sage ich.

Und dann schließe ich die Lippen. Ich werde nicht schreien. Der Schmerz in meinem Bauch ist unbeschreiblich. Wer hätte gedacht, dass dort so viele Nervenenden sind? Ich wünschte, ich hätte auch nur einen Hauch meiner Magie. Verdammter Kragen. Das ist ein Paradebeispiel dafür, wie übermütig zu sein, einen umbringen kann. Ich atme durch die unerträglichen Schmerzwellen, ohne einen Laut von mir zu geben, und versuche, mich nicht zu bewegen.

»Nur damit du es weißt, wenn du verblutest und stirbst, werde ich deinen Körper Hunderte von Jahren lang reiten. Ich werde deinen toten Körper benutzen, um deinen Dämonenpartner zu fangen und ihn ebenfalls zu töten.« Wieder lächelt sie unheimlich. »Es wird glorreich sein.«

Sie würde es nicht wagen, meinem Dämon etwas anzutun.

Meine seelischen Qualen enden, als ich alles, was sie gesagt hat, in mich aufnehme. Oh, wow. Die Kombination aus Schmerz und Halsband macht mich etwas langsam. Hätte ich eine Hand frei, würde ich mir gegen die Stirn schlagen. Ich habe ein paar Hinweise übersehen und jetzt, da ich in einer Lache meines schnell abkühlenden Blutes knie, sehe ich sie deutlich vor mir.

Was für ein Haufen Scheiße.

Caitlyn war diejenige, die den Zombie durch das Portal gebracht hatte. Sie war die Kreatur, die sich in mein Haus geschlichen, meine Sachen durchwühlt und das silberne Messer gestohlen hat, das jetzt aus meinem Bauch ragt, während sie die Treppe der Messer und den Zombiefinger zurückgelassen hat.

Caitlyn ist die verdammte Nekromantin.

»Als du am Freitagabend deinen Freund Marcus mit der Bratpfanne auf den Kopf geschlagen hast – ich will gar nicht darauf eingehen, wie falsch das ist –, hattest du eine Portalhexe und den riesigen Zombie in deinem Haus versteckt. Während wir vor deiner Tür auf die Verstärkung der Jäger warteten, hast du den temporären Schutz aktiviert, den ich dir gegeben habe, und bist dann aus dem Haus gegangen, um in mein Haus zu portieren, damit du dich dort herumschleichen und ein Messer stehlen konntest – und das alles, bevor ich nach Hause gekommen bin.«

Caitlyn hat wirklich Nerven. Ihre Dreistigkeit ist unglaublich. Ich kann es nicht glauben. Hätte ich am Freitagabend nur einen einfachen Haus-Check gemacht, wäre ihr ganzer hinterhältiger Plan aufgeflogen.

»Ja, das klingt richtig.« Sie lächelt verträumt.

Ich stöhne und greife nach ihren Schultern. Meine Finger krallen sich in ihr Top. Wieder erschauert sie und stößt einen fast sexuell erregten Seufzer aus.

Ihre Augen glühen und ich erkenne den verwirrten Ausdruck. Ich habe diesen Blick schon einmal gesehen. Ich dachte, sie hätte einen Schock erlitten, als sie den Hexer mit der Bratpfanne erschlagen hat. Aber es ist kein Schock, im Gegenteil. Sie hat es genossen, ihren Freund zu töten, und jetzt, während ich darüber nachdenke, muss sie es getan haben, nur um mir näher zu kommen.

Ich bin auf ihre unschuldige Hilf-mir-Nummer reingefallen wie eine Idiotin. Jetzt ist alles so verdammt offensichtlich.

Caitlyn war das Mädchen mit dem langen braunen Haar auf dem Foto, das Marcus küsst. Sie hat mich heute Morgen aus dem Haus gelockt, um sich mit mir im Lakeview Café zu treffen, damit ich aus dem Weg bin und ihre Killer sich auf die Farm und in den Bau schleichen und meine Familie töten können.

Ich erinnere mich an den Erdbeerduft in ihrem Atem im Café. Sie hat die Erdbeerbonbons vor mir gegessen — dieselben Erdbeerbonbons, deren Verpackung in Marcus' Mülltonne lag. Ich stöhne. Wie bei einem Puzzle – klick-klick-klick – passen die Teile perfekt zusammen. Ich wünschte, ich hätte sie früher zusammengesetzt und mir das alles erspart.

»Bist du wirklich eine Hybridin?« War das auch gelogen?

»Ja, ich bin eine Nekromantin und ein Krähenwandler.«

»Du bist ein Krähenwandler?«

Sie nickte.

»Hm. Kannst du dich wandeln?« Ups, ihrem wütenden Gesichtsausdruck nach zu urteilen wohl nicht. Die Frage gefällt ihr gar nicht.

»Nein«, knurrt sie. »Hybriden können sich nicht wandeln.« Sie dreht die Klinge in meinem Bauch noch ein wenig fester. Ich zucke zusammen. Autsch. »Nur du. Du. Die berühmte Tru Dennison, die so eine besondere Schneeflocke ist, kann sich verwandeln. Du machst mich krank. Ich hasse dich. Ich hasse dich!« Während sie schreit, pudert sie mich mit kleinen Speichelspritzern ein.

Okay, ich verstehe. »Warum?«

»Du stirbst, und das willst du wissen?«, spottet sie. »Okay, ich beiße an. Ich bin die Besondere. Ich! Meine Magie kommt von innen. Ich habe so viel mehr Kraft als du. Während du deine durch Blut stiehlst, du dreckiger, widerlicher Vampir. Einhörner sollten rein sein und sich nicht mit deinem Dreck vermischen. Ich bin die Perfektion. Ich. Ich sollte die mit dem tollen Job sein. Niemand hat eine Ahnung, zu was ich fähig bin.«

Ich bin mir sicher, sie wird es mir sagen.

Sie atmet wütend ein. »Ich tue das, wozu ich bestimmt bin, ich schaffe einen schönen Tod, und sie werden wütend. Ist das zu glauben? Ich töte ein paar hundert Menschen, und sie wollen mich tot sehen.«

Ein paar hundert Menschen? Ja, ich frage mich, warum sie das nicht mögen.

Eine Hand lässt das Messer los, sie berührt mit den Lippen meine Wange und bringt mein Blut auf ihr Gesicht. In Gedanken fordere ich sie auf, es aufzulecken.

»Du bist doch jedermanns kleiner Regenbogenliebling. So mutig, die Rebellenführerin, die Heldin des Alltags. So leicht zu manipulieren, sobald ich herausgefunden hatte, wie du tickst. Ein bisschen Blut, ein Flüstern in Justins Ohr, und er war glücklich, all deine Schwächen und Ängste auszusprechen.«

Mein Herzschlag setzt aus. *Oh, Justin.*

»Du bist wirklich auf der Seite der Verlierer, nicht wahr? Das war mein Weg hinein. Dein seltsamer, fehlgeleiteter Ehrenkodex würde es nicht zulassen, dass ich deinetwegen verletzt werde. Es hat sogar besser funktioniert, als ich es geplant habe, und du warst so leicht zu manipulieren.« Sie lächelt mich an. »Schau dir dein Gesicht an! Die Traurigkeit sprudelt nur so aus dir heraus, arme Tru. Es tut weh, nicht wahr? Was er getan hat. Justin. Es hat dich innerlich zerbrochen.

Kleine Kinder zu essen.« Sie schüttelt den Kopf und ihr Kopf nickt zur Seite.

Dann knirscht sie mit den Zähnen und setzt sich mit einem breiten Grinsen auf die Fersen. »Es hat dir wehgetan, ihn zu töten. So viel köstlicher Schmerz. Buh ... soll ich dich von deinem Leid erlösen? Weißt du was, ich glaube, das werde ich. Weißt du, was Zombieblut mit Vampiren macht?«

Ich schließe die Augen und schüttle den Kopf.

»Nein? Totes Blut tötet sie langsam, lässt sie verwesen. Nicht nur das«, sie dreht einen blutigen Finger neben ihrem Kopf, »es greift auch das Gehirn an. Ein mächtiger Nekromant wie ich, der nur einmal in einer Generation erscheint, kann einen gebissenen Vampir mit dem untoten Blut eines Zombies füttern und ihn dann kontrollieren. Wie eine Doobie-Doobie-Doo-Puppe«, singt sie und wedelt mit der Hand, als wäre sie eine Puppenspielerin.

Die Gerüchte über mächtige Nekromanten, die Angst verbreiten, sind also begründet. Sie können Vampire kontrollieren. Sie müssen ihr Opfer nur dazu bringen, zuerst Zombieblut zu trinken. Das ist schrecklich.

»Um ehrlich zu sein, hatte Justin nicht mehr lange zu leben. Er lag im Sterben.« Sie rümpft die Nase. »Alle Vampire sterben nach ungefähr vier Monaten. Das Vampirvirus ist tückisch, und ich muss den Übergang zum Vampir-Zombie noch perfektionieren. Das ist doch interessant, oder? Ich brauche noch mehr Testpersonen, um an den letzten Feinheiten zu feilen. Die Druckerei ist meine Idee. Da ich so viele Kunden habe, die regelmäßig Blut trinken, kann ich das verdorbene Zombieblut einem größeren Publikum zugänglich machen und infizieren, wann und wen ich will.«

Caitlyns blutverschmierte Hand fuchtelt in der Luft herum. Ihre Augen bekommen einen fanatischen Glanz und sie wartet nicht auf eine Antwort, sondern fährt fort. »Anstatt willenlose Zombies zu sein, haben Vampire eine gewisse Autonomie und passen sich besser an als ihre torkelnden, gehirnspeienden Gegenstücke. Ich fand das schon immer seltsam, denn beides sind tote Kreaturen, aber Zombies gelten als abstoßend, während Vampire auf der Straße als glaubwürdig gelten. Verstehst du?«

Sie nickt und lächelt strahlend. »Mein Prozess beseitigt einfach all diese lästigen Hemmungen. Die Menschlichkeit. Ich habe ihn getötet. Deinen Justin. Ich, nicht du. Ich habe sie alle getötet. Das Vampirnest gehörte mir!

Ich habe deinen Freund getötet und ihn in das Schlimmste seiner Ängste verwandelt. Und dann bist du gekommen und hast mir den Spaß verdorben! Du bist mir in die Quere gekommen und hast sie aus ihrem Elend befreit, bevor ich bereit war. Du solltest zum großen Finale hier sein!«, schreit sie und schlägt mit der Hand in die Blutlache auf dem Boden – es spritzt.

Oh, Justin.

Ich werde nicht weinen. Ich habe in den letzten vier Tagen mehr geweint als in den letzten zwanzig Jahren. Es wird Zeit, dass ich mich zusammenreiße. Ich bin froh, dass ich die Wahrheit kenne – dass Justin nicht böse war. Er war nicht böse, und ich hatte recht, als ich dachte, er sei ein Dämon oder krank.

Er war krank.

Der faulige Geruch des Vampirs war ein weiterer Hinweis. Ein Nekromant kontrollierte sie alle mit totem Blut. Caitlyn hat das meinem Freund angetan. Sie hat Petra getötet. Sie hat Justin getötet und all die anderen Vampire, die sie in ihre Klauen bekommen hat. Ja, es ergibt schrecklich viel Sinn. Ich packe diese böse Offenbarung weg, um sie später hervorzuholen. Wenn es ein Später gibt.

»Das große Finale wäre so viel schöner gewesen. Es wäre so viel besser gewesen, dir mit all dem Verrat auf einmal gegenüberzustehen. Dein Gesicht zu sehen.« Sie atmet tief durch, die Wut verschwindet aus ihrem Gesicht, während der Wahnsinn in ihren Augen aufflackert. »Aber es war die schönste Zeit meines Lebens, dich zu verletzen und zu manipulieren.«

»Was ist der Sinn, hierherzukommen, Caitlyn? All das zu tun? Du hast dich selbst in diesem Gebäude gefangen.«

Sie starrt mich an, als wäre ich dumm. »Na klar. Weil es Spaß macht.« Caitlyn greift sich an die Brust und lacht. »Ich komme, Caitlyn. Warte kurz!« Sie lacht mich mit hoher Stimme aus. »Ich habe mein Bestes gegeben, nicht zu lachen, aber dann hatte ich einfach genug von den Spielchen. Du bist urkomisch und so unterhaltsam. Was für ein armseliges Geschöpf du doch bist.«

Ich lasse den Kopf hängen. Ich behalte meinen Kopf unten, und jetzt bin ich an der Reihe zu lächeln. Ich bin hergekommen, um ihr Leben zu retten. Ich dachte, all der Horror, den sie durchgemacht hat, sei meine Schuld, und mit einer einzigen bösen Rede hat sie mich von all dieser Schuld befreit. Caitlyn hat mich befreit.

Jetzt kann ich das tun, was ich am besten kann.

Ich bin mit einem schicken Anti-Magie-Band gefesselt und blute aus der Bauchwunde, die mir ein silbernes Messer zugefügt hat. Sie denkt, sie hat gewonnen. Silber stoppt die Wandlung. Es hinterlässt Narben. Es hinterlässt furchtbare Narben. Es ist wahres Kryptonit für Wandler. Aber dann gibt es mich und die Art von Hybride, die ich bin ... Silber hat keine Wirkung auf mich.

Für mich ist es nur ein Messer.

Ich lasse ihr Oberteil los und greife ihr nasses, glitschiges Handgelenk. Ich drehe mich um und ziehe sie näher zu mir. Unsere Knie prallen aufeinander und die Klinge bohrt sich tiefer in meinen Bauch.

Caitlyn lacht verrückt, fast wie eine Hyäne. »Ja, genau so«, gurrt sie. »Bring dich schnell um! Auf ein Messer zu fallen, ist so eine schöne Art zu sterben. Ich hätte nicht erwartet, dass du so schnell aufgibst, aber ich nehme es hin.«

Mein Kopf sinkt auf ihre Schulter, und sie wagt es, mein Haar zu streicheln, mit einem weiteren leisen Stöhnen und Schaudern. Sie ist ein kranker Keks. Ein Detail hat sie vergessen: meine Fangzähne. Caitlyns Stöhnen verstummt abrupt, als sich die Fänge in ihren Hals beißen.

Dann schreit sie.

Kapitel Fünfunddreißig

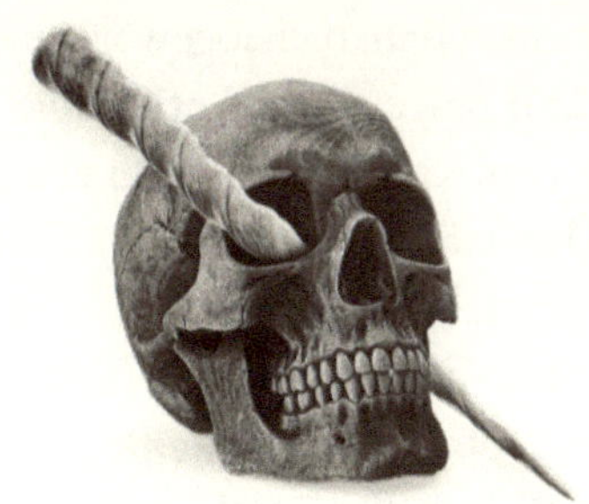

ICH ACHTE DARAUF, kein Blut von ihr zu schlucken. Obwohl ich vielleicht etwas von ihrem Fleisch zwischen den Zähnen habe. Ekelhaft. Caitlyn gurgelt und ich schubse sie. Sie fällt zurück, greift sich an den Hals und reißt die Augen auf. Ich spucke Blut und Teile ihres Halses auf den Boden neben ihren zappelnden Füßen.

Es widerstrebt mir, die Klinge dort zu lassen, wo sie ist, aber sie stopft ein ziemlich großes Loch. Vorerst muss ich sie dort lassen. Dringend muss ich dieses lästige Halsband loswerden, dann kann ich mich wandeln. Heilen.

Ich schleppe mich vom Boden hoch und stolpere. Meine Beine gehorchen nicht. *Sieh mal an! Ich mache meinen eigenen Zombie-Watschelgang.* Ich wette, diese hirnlosen Monster spüren keinen Schmerz. Sie tun nicht weh.

Im Aquarium tut sich etwas. Ich lehne mich gegen die Scheibe und lache, als ich sehe, wie Zombie Steve die erste Hexe anspringt. »Hoppla«, murmle ich. »Du hast gerade die Kontrolle über deine Zombies verloren. Sie fressen deine Hexen.«

»Das ist mir egal«, krächzt sie.

Es ist ihr egal? Die Wut in mir möchte Caitlyns langes Haar um meine Faust wickeln, sie vom Boden hochheben und ihr Gesicht ein paar Mal gegen die Scheibe schlagen. Aber wahrscheinlich würde ihr das gefallen.

Auf der anderen Seite der Glaswand spritzt das Blut der Hexe über die Aquarien, während die beiden Zombies sie in Stücke reißen.

Ich ziehe meine inzwischen liebgewonnene Taschendimension heraus, greife hinein und fange einen Anti-Magie-Schlüssel. Er sollte ... Ich drücke ihn gegen den Kragen und atme erleichtert auf, als er sich öffnet und in meine Hand fällt.

Magie durchströmt mich.

Ich starre auf das Halsband in meiner Faust und überlege für den Bruchteil einer Sekunde, ob ich es behalten soll. Mit einem Kopfschütteln lasse ich den Anti-Magie-Schlüssel in die Tasche fallen und ziehe einen Säurezauber hervor. Innerhalb von Sekunden verwandelt sich das Halsband in einen Matschklumpen auf dem Boden.

Caitlyn sieht mich an, eine zarte Hand an ihren blutenden Hals gepresst und einen wütenden Gesichtsausdruck.

Ich grinse. »Sieh mal!« Ich ziehe das Messer heraus, lasse es los und wandle mich. Sofort heilen meine Zellen und ich nehme wieder meine menschliche Gestalt an, fange die Klinge geschickt in meiner rechten Hand auf, bevor sie zu Boden fällt. »Ta-da.«

Caitlyns Augen treten hervor. »Wie?«, krächzt sie.

»Wie konnte ich mich wandeln, obwohl ich ein silbernes Messer im Bauch und Silberpartikel im Körper habe? Wie du schon sagtest, Caitlyn, ich bin eine ganz besondere Schneeflocke.« Ich nehme mir Zeit, die Klinge zu säubern und beobachte mit krankhafter Faszination und ohne Mitgefühl, wie Madie um das große zentrale Becken herumläuft. Auch eine der Meeresschildkröten beobachtet sie, während sie versucht, den beiden Zombies auszuweichen. Sie ist schnell. Sie schlüpft unter den zappelnden Armen von Zombie Chris hindurch und rennt in den Souvenirladen.

Ich gehe lässig auf die Tür zu, blockiere sie mit meinem Stiefel und halte mich an der Klinke fest.

Ein dumpfer Schlag, und die Klinke bewegt sich hektisch in meiner Handfläche. Madie, die jetzt nicht mehr so glücklich ist, schlägt gegen die Tür. »Lasst mich rein, die Zombies!«, schreit sie. »Bitte lasst mich rein. Die Zombies sind ...« Es gibt einen noch heftigeren Aufprall und sie schreit.

Ihre Schreie verstummen schnell, und Blut sickert unter der Tür hindurch wie ein Wasserleck. Ich bewege mich, damit es nicht auf meine Stiefel tropft.

»Wow!«, sage ich zu Caitlyn. »Aufregend, was?«

Durch die Glasscheibe sehe ich die dritte und letzte Hexe, Lesley, die ich noch nicht getroffen habe. Sie versucht, durch die Station zu kommen, wird aber von den Zähnen des Zombies Steve erwischt.

»Sieh dir das an! Alle drei Hexen sind tot. Das war echtes Karma. Ich musste keinen Finger rühren.«

»Du bist ...«

»Wütend? Ja, ein bisschen.«

»Nein, ich habe einen Fehler gemacht. Du bist wie ich. Wir können so viel Spaß zusammen haben«, sagt sie, als würde ich ihr hinterhältiges Lächeln nicht sehen.

»Ich bin nicht wie du, Caitlyn.« Wenn sie so ist, wie Hybriden sind, ist es kein Wunder, dass sie uns jagen. Ich kümmere mich besser um sie, bevor sie sich erholt. Ihre Atmung wird schon besser. Ich stecke das saubere Messer in die Taschendimension und tausche es gegen eine Plastiktüte für Beweismittel und eines der Engelsschwerter.

»Du wolltest Hunderte von Jahren auf meinem Körper reiten? Meinen Gefährten töten?« Ich schleiche mich an sie heran. Das Schwert liegt warm in meiner Hand. Ich drücke den Griff und sende einen magischen Impuls entlang der Klinge, und wie ein Lichtschwert aus Star Wars leuchtet sie auf. Der Regenbogen meiner Magie funkelt an den tristen Wänden des Raumes wie eine Discokugel.

»Siehst du das? Mit diesem Schwert werde ich deinen Kopf von deinem Körper trennen und deinen verstümmelten Schädel in diese Plastiktüte stecken.« Die Tüte knistert laut, als ich sie schüttle.

»Dann werde ich deine Zombies töten. Wenn ich nach Hause komme, werde ich halbherzig einen Bericht schreiben – oder vielleicht lasse ich Story ihn schreiben, denn ich hasse so etwas – und dann ... werde ich nie wieder an dich denken.« Ich lächle, ziele mit der Klinge auf ihr Gesicht und haue ihr mit der Spitze auf die Nase. »Das ist dein Vermächtnis, Süße.«

Caitlyn zieht sich zurück und lässt diesmal ein richtiges Wimmern hören. »Nein!«

»Pst, pst, Caitlyn. Nicht weinen!« Ich schleiche mich vor und stelle meinen Stiefel auf ihre Brust, sodass ihr Oberkörper flach auf dem Boden liegt. »Das ist für Justin.« Ich hebe meinen Arm.

Ich schwinge.

Das Schwert schlägt einen perfekten Bogen und ich trenne ihren Kopf von ihrem Körper. Die Hitze der Magie versiegelt die Wunde, es fließt kein Blut. Wie praktisch. Ich fühle mich irgendwie benommen, als ich es an dem langen braunen Haar packe und in die Tasche schiebe.

Ich durchsuche ihre Taschen und finde ein Datapad und ein Handy. Ich will nicht, dass das als Beweismittel verwendet wird, bevor ich nicht alles gelöscht habe, was mich belasten könnte. Ich übertrage alle Informationen von dem Gerät auf mein eigenes und werfe dann beide Geräte in Caitlyns Tasche, um sie sicher aufzubewahren.

Ich rufe die Dokumente auf meinem Datapad auf und lese sie. Die Dateien enthalten seitenweise Notizen und wirre Gedanken. Caitlyn war fleißig. Sie ist genial intelligent, aber so unausgeglichen. Sie beschreibt detailliert, wie sie die Druckerei aufgebaut hat. Sie war allein dafür verantwortlich. Justin hatte nichts damit zu tun. Sie hat ihn mit hineingezogen, weil sie mein Leben zerstören wollte.

Fast wäre es ihr gelungen.

Caitlyn hat alles akribisch dokumentiert, vor allem die Vampire, die sie schon infiziert hatte. Ich weiß nicht, ob sie tot umfallen oder Amok laufen werden. Ich kann mir vorstellen, dass ich sie irgendwann jagen muss.

Auf halbem Weg finde ich den Namen, den ich verzweifelt suche: Justin. Es gibt kein Datum, aber es sieht so aus, als hätte sie ihn vor etwa drei Monaten infiziert. Ein perfektes Testobjekt. Ein perfekter Weg, es mir heimzuzahlen. Ich kneife die Augen zusammen und beiße mir auf die Lippe, bis sie blutet. Sie hat sein künstliches Blut manipuliert, ohne dass er es gemerkt hat. Er war einkaufen und sie hat das manipulierte Blut, ein paar Flaschen davon, in seinen Einkaufswagen gekippt.

Das war's. Keine große Verschwörung.

Justin hat keinen Fehler gemacht, als er das Blut aus der falschen Quelle getrunken hat. Nachdem er es getrunken hat, war der Justin, den ich kannte und liebte, innerhalb weniger Stunden verschwunden.

Verdammt, meine Brust fühlt sich eng an und ich möchte mich zusammenrollen. Meine Hände zittern, als ich die Akte zuklappe und weglege, um sie später durchzusehen. Ich kann jetzt nicht.

Jetzt muss ich mich um die Zombies kümmern und vielleicht auch noch um die Hexen. Ich runzle die Stirn. Es heißt, dass Zombies, die durch Nekromantie entstanden sind, nicht ansteckend sind. Aber es heißt auch, dass die Zombies sterben, wenn der Nekromant stirbt. Ich starre durch das blutverschmierte Glas. Für mich sehen die Zombies nicht tot aus. Sie essen noch.

Ich benutze einen Reinige-mich-Zauber, um das viele Blut auf dem Boden zu entfernen – es ist nicht nötig, es herumliegen zu lassen.

Ich habe so viel Blut verloren. Das kann ich nicht durch eine Wandlung ersetzen. Zum Glück hat mir mein Dämon eine Notfallampulle mit seinem Blut in einem verzauberten Röhrchen gegeben, damit es frisch bleibt. Ich trinke es mit einem Schluck und die Energie durchströmt meine Glieder. Sofort fühle ich mich stärker und verbringe einige Minuten damit, meine Waffen und Ausrüstung anzulegen.

Gestärkt öffne ich die Tür und streife mit der Beweistasche in der linken und dem Schwert in der rechten Hand durch den Souvenirladen. Außer Blut und Schleifspuren ist von Madies Leiche nichts zu sehen. *Das ist nicht gut.* Hoffentlich ist die Hexe noch nicht aufgestanden.

Aus Versehen eine Zombie-Apokalypse auszulösen, wäre typisch für mich.

Ich vermeide es, auf die zerbrochenen Glasfische zu treten, und als ich das Aquarium betrete, sehe ich die Zombies, die beide noch fröhlich an einem Stück Hexe knabbern.

Zombie Steve knurrt mich mit einer Hexe zwischen den Zähnen an, aber er bewegt sich nicht. Zombie Chris schaut nicht auf. Ich starre seufzend auf das Schwert. Nach dieser Nacht habe ich keine Lust, den beiden Beißern zu nahe zu kommen.

Leise gehe ich zurück in den Souvenirladen.

Ich befreie meine linke Hand, stelle den Beweisbeutel auf ein Regal, schiebe das Schwert in die Querhülle und greife in die Tasche, um meinen Lieblingscompoundbogen und zwei Pfeile mit passenden, robusten Pfeilspitzen herauszuholen.

Ich habe den Bogen seit ein paar Wochen nicht mehr benutzt, aber ich bin mit der Waffe vertraut und sie liegt gut in der Hand. Ich überprüfe den Bogen, und als ich zufrieden bin, spanne ich den ersten Pfeil ein. Ich trete wieder hinaus, die beiden Zombies im Visier, und schlurfe seitwärts, um meine Position zu ändern, damit ich keinen Panzer beschädige, falls ich verfehle. Die schönen Fische muss ich ja nicht verletzen. Nicht, dass ich verfehle.

Zombie Steve geht als Erster zu Boden. Der Schuss trifft ihn mitten in die Stirn und mit einem fast traurig klingenden Seufzer sackt er zusammen.

Tut mir leid, Steve.

Ich spanne den zweiten Pfeil für Zombie Chris. Ich könnte ein wenig prahlen, denn sein Kopf ist perfekt geneigt, als würde er mir sein Ohr entgegenstrecken und mich bitten, es ihm abzubeißen. Es wäre fast unhöflich, es nicht zu tun. Er fällt um und der Pfeil ragt aus seiner Schläfe.

Es tut mir leid, Chris.

Der Gedanke, dass Madie sich vielleicht doch noch verwandelt hat, aufsteht und als Zombie durch die Gegend läuft, lässt mich besonders vorsichtig sein. Um ganz sicherzugehen, lege ich den Bogen weg und schneide den drei Hexen mit dem Schwert die Köpfe ab, was so eklig ist, wie es sich anhört.

Die gute Nachricht ist, dass ich seit ihrem vorzeitigen Tod durch die Zombies eine Veränderung auf der Station spüre. Sie ist ruhiger geworden. Ich versuche nicht, die Station zu verlassen, denn sie ist immer noch stark genug, um mich auf der Stelle zu grillen. Aber ich nehme das Handy heraus. »Alles klar«, sage ich. »Ich warte nur noch darauf, dass die Station zusammenbricht.« Ich lege das Handy weg, ohne eine Antwort abzuwarten, und sende eine Entwarnung an Story.

Dann schnappe ich mir die Beweistasche aus dem Souvenirladen und schlendere mit einem Schluck Wasser in der Hand davon.

Story antwortet. Sie ist erleichtert, dass ich in Sicherheit bin. Sie haben alle eine wunderbare Zeit und werden morgen früh direkt nach Hause gebeamt.

Ich überlege, ob ich ihr sagen soll, was ich über Justin herausgefunden habe. Ich würde es wissen wollen. Also schicke ich ihr eine vereinfachte Version der Informationen – ich hasse es zu tippen. Story fragt sofort nach allen Informationen auf Caitlyns Handy.

Ich verschlüssele die Daten, sende sie und bitte sie, die Liste der kranken Vampire an Atticus weiterzuleiten und ihn wissen zu lassen, dass die Behörden nach Vampiren mit übelriechendem Atem suchen sollen.

Kapitel Sechsunddreißig

In der nächsten Stunde ignoriere ich die auf dem Boden verstreuten Leichen und lese stattdessen die Informationen über alle Fische und Wassertiere. Während ich mich durch die Ausstellung bewege, prallt Caitlyns abgetrennter Kopf ab und zu gegen mein Bein.

Endlich flackert die Station einmal, zweimal und geht dann aus. Die Höllenhunde und Xander – juhu – stürmen herein und finden mich mit meiner Beweistasche bei den Meeresschildkröten.

Der Höllenhund kommt auf mich zu.

»Alles in Ordnung?«, fragt John barsch, als er neben mir steht.

»Ja, ein Kinderspiel. Und bei dir? Wie war der Zirkus?«

John grunzt und blickt auf die Beweistasche in meiner Hand. »Keine Zombies, und den Mitarbeitern geht es gut.« Beiläufig blickt er sich im Raum um und folgt dem Blut, das von den Glasbehältern tropft. »Wir haben alle auf dich gewartet.«

Ich verziehe das Gesicht. Ich kann den Zauber nicht beschleunigen, also versuche ich gar nicht erst, es zu erklären. »Ich bin froh, dass es den

Zirkusleuten gut geht. Tut mir leid, dass ich den ganzen Spaß hatte.« Ich neige den Kopf, um die Leichen hinter mir mit einzubeziehen. »Leider hat die Nekromantin noch zwei weitere Mitarbeiter in Zombies verwandelt. Sie liegen dort drüben. Ich schicke dir den Bericht, wenn du willst.«

Die grünen Augen des Höllenhundes verengen sich, als er schnell das Thema wechselt. »Ich habe eine Frage an dich. Weißt du zufällig etwas von einer toten Hexe in einem Haus im Park?« John fragt mit einem tiefen Grollen, das mir eine Gänsehaut über den Rücken jagt.

Wenn ich falsch antworte, reißt er mir dann den Kopf ab? Ein unheimlicher Typ. Ich bin froh, dass ich nicht pinkeln muss. Sie haben die Leiche der Hexe schnell gefunden, vielleicht weil sie ihre Verabredung zum Abendessen verpasst hat?

Scheiß drauf! Ist mir egal.

Ich richte mich auf und strecke das Kinn vor. Ich weigere mich, den Blickkontakt abzubrechen. »Ja, Miss Peak. Ich habe sie getötet.« Und John weiß es, denn mein Geruch und meine DNA sind im ganzen Wohnzimmer verteilt. »Sie hat die Hexen gedeckt, die dem Hybriden geholfen haben. Die Hexen, die die Station errichtet und mindestens dreimal versucht haben, mich zu töten.« Ich grinse und verschränke die Arme. »Du wirst herausfinden, dass sie ein Teil davon ist, wenn du dich mit ihrer Vergangenheit beschäftigst. Es waren neun, und sie hatte wertvolle Informationen. Sie musste im Rahmen dieser Untersuchung eliminiert werden.«

Wir messen uns gegenseitig.

Er knurrt. »Ich sorge dafür, dass die Fälle miteinander verknüpft werden.«

»Brauchst du noch etwas?« Das war's? Ich sage es nicht, aber es schwingt in meiner Stimme mit.

Seine Lippen zucken. »Nein. Gute Arbeit.«

Ich brumme und zucke mit den Schultern. *Gute Arbeit.* Ich wette, von diesem Kerl bekommt man selten ein Lob, und es ist mir egal. Das kann er sich sonst wohin stecken. Ich will nach Hause und, wenn es das Schicksal so will, morgen früh eine Umarmung von meinem Dämon.

Ich will Kleric mit aller Macht sehen.

Ich winke John halbherzig zu und verschwinde schnell. Mit der Beweistasche schwinge ich mich davon.

Etwas in mir hat sich verändert, und ich habe beschlossen, es zu versuchen. Meinen Dämon zu lieben. Das Leben ist zu kurz, um sich von etwas wie Angst vom Glück abhalten zu lassen. Wenn es nicht funktioniert, ist der Schmerz es wert, es nie versucht zu haben.

Xander betrachtet die Leichen, aber ich weiß, dass er mich die ganze Zeit beobachtet hat. Er beurteilt mich. Ich ignoriere ihn.

Als ich an den beiden anderen Höllenhunden vorbeigehe, klopft mir der Blonde auf die Schulter. »Gut gemacht, Dennison.« Ich nicke dankend, gehe weiter und schleiche mich an dem Gefahrgut-Team vorbei, das gerade eintrifft.

Ich erstarre.

»Entschuldigung, hier.« Ich drücke einer kompetent wirkenden Frau den Beweisbeutel in die Hand. »Das ist die Hybrid-Nekromantin Caitlyn Croft. Na ja, ihr Kopf. Der Rest ist in einem Lagerraum in der Ecke des Souvenirladens. Ich habe die Tür offen gelassen.« Ich zeige in die ungefähre Richtung.

Vorsichtig nimmt sie mir die Tüte ab. »Danke, Henkerin. Ich werde das notieren.«

»Danke.« Ich drehe mich um und gehe.

Ich kann nicht glauben, dass ich beinahe Caitlyns Kopf mit nach Hause genommen hätte. Ich habe keine Ahnung, warum ich ihn mitgenommen habe. Es schien eine gute Idee zu sein. Das Richtige zu tun. Wenn ihr Kopf in einem Sack wäre, wäre er nicht an ihrem Körper befestigt und sie könnte nicht aufstehen und noch mehr Scheiße bauen.

Ich glaube, ich stehe immer noch unter Schock. Ich bin verletzt und werde eine Weile brauchen, um das alles zu verarbeiten. Ich flüchte durch den Personaleingang.

Irgendwie ist es noch Nacht. Ich fühle mich, als hätte ich mein ganzes Leben im Aquarium verbracht. »Miss Dennison? Hast du einen Moment Zeit?«, fragt eine vertraute Stimme hinter mir.

Ich schließe die Augen. Ich will einfach nur weitergehen, vielleicht sogar rennen. Ich will nicht mit ihm reden. Aber die lästigen, tief verwurzelten Manieren zwingen mich, stehen zu bleiben. Ich drehe mich auf den Zehenspitzen und neige den Kopf in den Nacken, um ihn anzusehen.

Xanders honigfarbene Augen nehmen mich in sich auf. Ich bin mir sicher, dass er das Loch in meinem Oberteil bemerkt, das von der verheilten Stichwunde stammt. Ich verschränke die Arme und versuche, meinen Bauch zu verbergen.

»Ich bin froh, dass du in Sicherheit bist«, sagt er leise. Der Engel sieht noch immer müde aus.

»Xander, was machst du hier? Wie bist du überhaupt ins Aquarium gekommen?« Ah, jetzt erinnere ich mich. John und der Engel sind dicke Freunde. »Der Höllenhund«, knurre ich und schüttle den Kopf.

»Ich habe mir Sorgen um dich gemacht. Egal, was du über mich, meine Motive und meine Fehler denkst, ich werde mich immer um dich sorgen. Ich mache mir Gedanken um dich.«

»Klar.« Klar. Ich starre auf meine Stiefel und schleife mit dem Zeh über einen kleinen Riss im Pflaster.

»Es tut mir leid wegen Justin. Er war ein guter Mensch.«

»Das war er.« Meine Stimme überschlägt sich vor unterdrückten Gefühlen. Ich huste. »Er hat nicht getan, was sie gesagt haben. Er war am Ende nicht mehr er selbst.« Ich schließe meinen Mund, weil ich ihm nichts mehr sagen will, bis ich mehr weiß. Selbst wenn ich wollte, würden mir die Worte im Hals stecken bleiben.

Er sieht mir an, dass ich nicht bereit bin, weiter ins Detail zu gehen. Und zum ersten Mal in unserer ... Ex-Freundschaft? Ex-Beziehung? Was auch immer ... seit ich ihn kenne, drängt er nicht. Wow, ein modernes Wunder.

»Ich habe nichts vermutet. Ich wollte mit dir darüber reden. Ich bin für dich da, wenn du reden willst.« Er rückt seine Manschetten zurecht und sein Gesichtsausdruck wird nachdenklich. »Tru, wir haben die Dinge etwas schleifen lassen. Atticus hat mich kontaktiert. Ich werde dir und dem Dämon nicht in die Quere kommen. Kleric.« Er sagt den Namen, als hätte er den Mund voll Scheiße. »Ich mag ihn immer noch nicht. Er ist zu jung, zu arrogant. Er ist nicht gut genug für dich.«

Ich runzle die Stirn.

»Aber ich bin der Erste, der zugibt, dass er ein guter Mann ist, und ich will, dass du glücklich bist. Ich trete zur Seite. Es tut mir leid, dass ich dich erst als Erwachsene gesehen habe, als es zu spät war. Es tut mir leid, dass ich dich verletzt habe, dass ich nicht auf dich gehört habe. Ich habe mich geirrt.«

Verdammt, bin ich tot? Bin ich in einem parallelen Universum gelandet?

Wir starren uns an, und das Schweigen zwischen uns ist lebendig. *Ich könnte ihm einfach sagen, er soll sich verpissen.*

Niemand ist unfehlbar. Mein Freund ist tot. Ich habe ihn umgebracht. Es hat sich herausgestellt, dass ich das Richtige getan habe, denke ich. Sicher bin ich mir noch nicht. Aber ... ich habe nicht stundenlang mit ihm geredet, um seine Geschichte zu erfahren. Ich habe ihm keine Chance gegeben, sich zu erklären. Nicht wirklich. Ich habe in dem Moment eine schnelle Entscheidung getroffen und Justin ist tot. Er kommt nie wieder. Ich weiß nicht, ob er hätte geheilt werden können, und ich werde ihn nie um Verzeihung bitten können.

Ich bin auf Caitlyns Lügen und ihre verrückten Pläne hereingefallen. Ich weiß nicht, was sie früher getan hat oder ob sie schon immer so unausgeglichen war. Aber was ich weiß, ist, dass mein Leben mit siebzehn vielleicht genauso verlaufen wäre wie das von Caitlyn, wenn ich nicht die Hilfe dieses Mannes gehabt hätte und die Umstände anders gewesen wären.

Ich habe Xander einmal geliebt. Ich glaube, deshalb habe ich noch so viel Rohheit in mir. Es hat mehr wehgetan, weil es um ihn ging.

Ich schlucke. Ich muss den Schmerz und die Wut loslassen. Verzeihen macht mich nicht schwach. Manchmal ist es das Richtige. All den Hass und den Schmerz in mir zu behalten, ist Gift für mich.

Ich recke das Kinn vor und strecke die Hand aus. »Freunde?«

Xander nimmt meine Hand – es muss ein Trick der Straßenlaternen sein, denn seine Augen glänzen vor Tränen. Seine warme, überraschend schwielige Hand greift sanft nach meiner und schüttelt sie.

»Freunde«, sagt er mit einem sanften Lächeln. »Darf ich dich zu deinem Auto bringen?«

Oh, der Engel zeigt sich von seiner besten Seite.

Ah, mein Land Rover. Ich habe ganz vergessen, dass ich nach einer Mitfahrgelegenheit anfragen muss. Ich zucke zusammen. »Er steht im Stanley Park.«

»Ich kann dich hinfahren, wenn du willst.«

»Danke, das wäre nett.« Wir gehen die Straße entlang – beide passieren wir problemlos die Absperrung, die den Tatort markiert, und gehen die Bank Hey Street hinunter.

»Hast du den Schwertern Namen gegeben?«

Ich stolpere fast. »Was?« Ich habe noch nie einer Waffe einen Namen gegeben. Außer vielleicht, wenn ich wütend auf sie bin, und dann ist es nicht sehr schmeichelhaft. »Ähm ... das sind schöne Schwerter.« Ich weiche aus.

»Das sind sie. Hast du ihnen Namen gegeben?«

Ich klopfe mit den Fingern auf meinen Oberschenkel und streiche mit der Hand über das nächste Schwert. Ich überlege, was ich sagen könnte, um ihn von seiner Frage abzubringen. Aber mir fällt nichts ein, und der Engel sieht mich an, als warte er darauf, dass ich etwas Tiefsinniges sage.

»Schwerti«, platzt es aus mir heraus. Ich schiebe es auf den Druck des Augenblicks, und ich liege nicht falsch. Es ist wirklich ein schönes und süßes ... Schwerti.

»Wie bitte?« Xanders Gesicht verzieht sich zu einer Grimasse.

»Schwerti eins«, ich fuchtele mit der einen Klinge und zeige auf die andere, »und Schwerti zwei.« Ich nicke.

Xander reibt sich energisch die Stirn. »Verstehe ich das richtig? Du hast die beiden unbezahlbaren Engelsschwerter, die ich für dich bestellt habe, Schwerti eins und Schwerti zwei genannt?«

Meine Lippen zucken. »Ja.«

»Ah.«

»Ja.« Ich grinse.

Ich glaube, der Engel bedauert unsere neu gewonnene Freundschaft bereits. Das muss ein neuer Rekord sein. Ich habe nur zwei Minuten gebraucht, um ihn wütend zu machen.

Kapitel Siebenunddreißig

Kleric kommt durch ein amtliches Tor zurück, damit es einen offiziellen Beweis für seine Rückkehr zur Erde gibt. Niemand muss wissen, dass er durch unsere Verbindung die Rauchmagie nutzen kann, um auf eigene Faust anzukommen.

Ich bin nervös.

Ich habe ihn vor Kurzem gesehen, aber es war ein Notfall und ich war völlig außer mir vor Trauer. Verdammt, ich habe ihn vollgerotzt. Ich weiß nicht, warum ich ihn vollgeheult habe. Im Moment scheint es so, als wäre das unsere Sache.

Ich lehne meinen Kopf gegen die violette Tür und schaue in den Himmel. Kleric sieht mich immer in meinem schlimmsten Zustand. Die Wolken ziehen über meinen Kopf hinweg, der Himmel ist stellenweise wütend dunkelgrau. Noch regnet es nicht. Ich drücke die Daumen – der Morgen war bisher gut. Ich wäre auch hier draußen, wenn es regnen würde.

Ich stöhne und wippe mit dem Bein. Mein linkes Bein fühlt sich langsam taub an. Die Stufe, auf der ich sitze, ist alles andere als bequem, und unter meinem Hintern klafft ein tiefer Riss im Stein. Das wird behoben, wenn die Auffahrt fertig ist. Aber jetzt ist er da und macht das Ganze unbequem. Aber ich rühre mich nicht. Von hier aus kann ich die Auffahrt bis zur Privatstraße und darüber hinaus überblicken.

Die Station wird mir Bescheid geben, sobald jemand die Auffahrt hochkommt, aber ich kann nicht warten. Mein Bein zuckt vor Ungeduld und mein Herz rast. Ich könnte unsere mentale Verbindung aktivieren, die Abschirmung von meinem Geist entfernen und ihn fragen, wo er ist. Ich schlucke. Ich will nicht.

Die große böse Henkerin hat eine Scheißangst, dass Kleric nicht kommt. Er hat versprochen, heute Morgen zu Hause zu sein, und wenn er nicht zurückkommt, werde ich enttäuscht sein. Also will ich es gar nicht wissen. Noch nicht.

Ich werde noch ein paar Stunden hier sitzen, bis weit in den Nachmittag hinein, bis ich mich geschlagen gebe. In meinem Kopf kreisen so viele Was-wäre-wenn-Fragen, und jetzt habe ich beschlossen, dass ich es als seine Gefährtin versuchen will – um glücklich zu sein. Ich habe solche Angst, dass er mich nicht will.

Ich bin völlig durcheinander.

Ich schlinge meine Arme um die Beine und ziehe den Kopf bis zu den Knien ein. Meine Leggings riechen nach Farbe.

Ich hebe den Kopf und reibe meine Arme. Ich bin überall mit Farbe bespritzt. Ich habe nicht aufgehört, zu malen, als ich gestern Abend nach Hause gekommen bin. Ich musste weitermachen, weil mein Kopf viel zu beschäftigt war, um mich auszuruhen, und weil ich wusste, dass Kleric heute früh hier sein würde, war es unmöglich zu schlafen.

Jetzt sind die Wände dreimal und die Holzverkleidungen zweimal gestrichen. Der Boden und die Küche sind fertig. Den Flur muss ich noch streichen. Da die Handwerker noch kommen und gehen müssen, werde ich ihn garantiert wieder zerkratzen, wenn ich ihn streiche. Ich wollte ihn mir bis zum Schluss aufheben. Das ist eine Kleinigkeit im Vergleich zu allem anderen.

Ich hätte duschen und mich umziehen sollen. Ich sehe schrecklich aus – Story hat mich schief angesehen, als die Fae und Dexter vor einer Stunde nach Hause kamen. Das gruselige Portal vom Dienstag hat sie direkt vor unserer Station abgesetzt. Ein Teil von mir hat Angst, seine Ankunft zu verpassen, und ich möchte ihn so sehr begrüßen, dass ich mich nicht von der Türschwelle wegbewegen kann. Vielleicht bilde ich es mir nur ein, aber seit einer Stunde habe ich das Gefühl, dass Kleric näher kommt.

Vielleicht verliere ich den Verstand. Etwas hat in mir geklickt, als ich dachte, er sei durch das Tor gekommen – ein seltsames mentales Spiel von heißer und kälter. Alles wird heißer, der Kuss auf meiner Hand glüht.

Ich kann nicht glauben, dass ich noch lebe und leider immer noch diesen blöden Job als Henkerin habe. Ich habe ihn nicht aufgegeben. Ich keuche. Ich frage mich, wann der beste Zeitpunkt ist, um aufzuhören. Den Albtraum mit Caitlyn habe ich gerade noch überlebt. Ich hatte Glück, dass es so gelaufen ist, und es kommt mir immer noch so unwirklich vor.

Mir dreht sich der Magen um und mein Gewissen regt sich auf. *Glück ist kein Wort, das man benutzen sollte. Glück. Ja, genau, Tru.* Einer meiner Freunde ist gestorben. Was für ein Glück.

Morgen gehe ich zu Morris. Er ist die zweite Person, der ich es erzählt habe, nachdem ich es Story erzählt habe. Ich habe ihn angerufen, als ich nach Hause gekommen bin. Es ist immer noch so ein Chaos. Ich kratze einen Farbfleck von meinem Knie und bleibe stehen, als ich in der Ferne das Rumpeln eines Autos höre, das sich nähert.

Ich springe auf und hüpfe auf der Stelle. Wie ein kleines Kind, das auf die Toilette muss, kann ich nicht stillstehen.

Ist er das? Oh, Schicksal, ist er es?

Das vertraute Auto fährt mühelos durch die Station, schlängelt sich langsam die Auffahrt hinauf und parkt neben dem Defender. Die Fahrertür öffnet sich und ein riesiger blassblauer Dämon steigt aus.

Meine verkrampften Schultern entspannen sich.

Seine übergroßen Augen sind unendlich schwarz. Sie funkeln warm, als er mich ansieht und lächelt.

Ich schreie vor Freude und renne auf ihn zu. Ich springe. Seine großen Hände fangen mich in der Luft auf, dann schlinge ich meine Arme um seinen Hals und meine Beine um seine Taille. Kleric wirkt noch größer, wenn das überhaupt möglich ist. Er riecht so gut. Ich küsse sein Gesicht, kleine, dumme Küsse. Ich bedecke sein Gesicht damit. Er lacht und mein Herz zerspringt fast vor Freude über diesen schönen Klang.

»Du bist zu Hause«, sage ich atemlos.

»Ich bin zu Hause.«

Seine warme Stimme lässt mich erschauern. »Ich habe dich so sehr vermisst«, sage ich zu ihm. »Lass uns das nicht noch einmal machen.«

Kleric zuckt zusammen.

Oje. Was jetzt?

Kleric senkt seine Stimme zu einem tiefen Grollen. »Tru, dein Schützling hat mich gerade abgeleckt.« Ich kichere, dann schwingt er uns in einem schwindelerregenden Kreis herum. »Warum macht er das?«

Ich lache. »Keine Ahnung.« Ich lache so sehr über seinen beleidigten Gesichtsausdruck.

Kleric hört auf sich zu drehen. Er lächelt mich an, schließt den winzigen Spalt zwischen uns und nimmt meinen Mund. Sein Geschmack durchströmt mich und meine Sinne spielen verrückt – es ist überwältigend.

Ich halte sein Gesicht fest und meine Daumen streichen über seine markanten, hohen Wangenknochen. Der Kuss ist zunächst zärtlich. Dann wird er mit zunehmender Intensität härter und intensiver. Kleric legt seine Hand um meinen Zopf und zieht sanft daran, um meinen Kopf zu neigen. Ich schnappe nach Luft. Als hätte er auf diese Einladung gewartet, gleitet seine Zunge in meinen Mund und verschränkt sich mit der meinen.

Wir küssen uns, als würden wir nie wieder damit aufhören wollen.

Kapitel Achtunddreißig

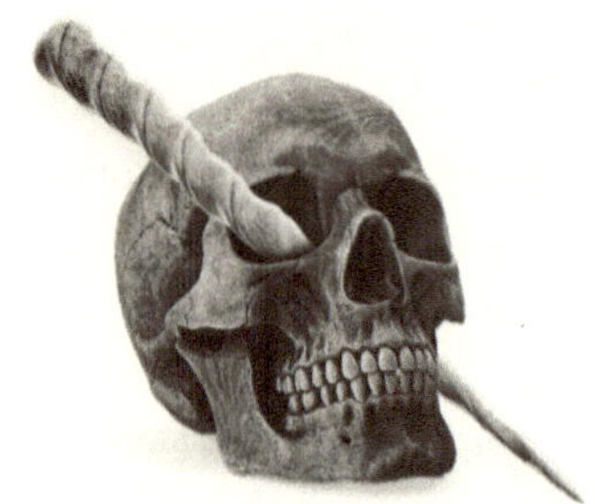

Der Nachrichtensprecher fährt fort und berichtet über das bahnbrechende Geschäft mit der Königsfamilie des Dämonenreiches. »Der Handelsvertrag ist Milliarden Pfund wert ...«

Nein, das reicht. Ich verdrehe die Augen und schalte das Handy aus. Ich werfe es aufs Bett und ziehe den zweiten Knöchelriemen meines zierlichen Silberschuhs fest, als eine warme Stimme in mein Ohr grollt. »Du siehst wunderschön aus.« Ich erschaudere und bekomme eine Gänsehaut auf den Armen.

Verlegen richte ich mich auf und nestele am Saum des silbernen Kleides. Es schmiegt sich eng an meinen Körper und lässt meine Beine endlos lang erscheinen. »Vielleicht sehe ich nicht mehr so schön aus, weil mein Gesicht jetzt tomatenrot ist«, murmle ich.

Es ist schön ... es ist wirklich schön, Komplimente zu bekommen.

Ich drehe mich um und mein Mund öffnet sich. »Wow. Du siehst auch wunderschön aus – ähm, ich meine, gut.« Ich zwinkere ihm eulenhaft zu.

Er trägt einen wunderschönen Anzug und sieht aus wie ein Dämonenprinz. Kleric lächelt, streicht mir eine Strähne meines bunten Haars hinters Ohr und tätschelt meinen Kiefer. »Wir sind heute Abend zum ersten Mal zum Essen verabredet, und ich habe mir gedacht ... wenn es dir recht ist, würde ich gern ein Familienessen daraus machen.«

Familienessen? Bei unserem ersten Date. Okaaay.

Ich bin nicht gut darin, Enttäuschung in meinem Gesicht zu verbergen.

Kleric räuspert sich, seine schwarzen Augen funkeln. »Wir sind heute Abend zum Essen in den Bau eingeladen.«

»Was?« Ich schnappe nach Luft. »Aber wie?« Habe ich etwas verpasst? Habe ich mir den Kopf gestoßen? Das wird nicht funktionieren. »Das geht nicht. Das ist das Haus von Story und wir können nicht ...« Ich strecke meine Hände aus, um meine ... unsere Größe zu zeigen, nur für den Fall, dass Kleric es nicht versteht.

»Und hier kommt deine Überraschung ins Spiel.« Kleric zieht eine rosafarbene Schachtel aus seinem Rücken. »Der Engel ist nicht der Einzige, der dich beschenken kann«, schließt er mit einem Knurren.

»Eifersüchtig, Baby?«, necke ich ihn und starre auf die hübsche rosa Schachtel in seiner Hand.

Sein Knurren verstummt schlagartig, als er meine Worte hört. »Hör auf, mich zu bemuttern.« Er ist herrlich empört, während er seine – beachtliche – Brust aufbläst. »Ich bin ein richtiger Mann.«

»Ja, Liebling. Natürlich bist du das. Es tut mir leid.« Ich mache ein Gesicht, das hoffentlich Mitleid ausdrückt, und tätschle seinen massiven Bizeps.

Er schüttelt die Schachtel in meine Richtung.

Ich nehme sie und öffne vorsichtig den Deckel. Unter einem Berg von Seidenpapier verbirgt sich ein weiß schimmernder Anhänger in Form eines Kobolds – ich betrachte ihn wie erstarrt.

Ist es das, was ich denke?

»Das ist ein Gary-Chappell-Alice-Amulett.« Er schiebt meine erstarrten Finger beiseite und hilft mir, das Amulett aus der Schachtel zu nehmen. Kleric legt es mir auf die Handfläche. Mein Herz klopft wie verrückt. »Es ist nach *Alice im Wunderland* benannt. Es verändert deine Größe, wann immer du willst.«

»Wow.« Ich starre ihn an und dann durch meine Wimpern. Ehrlich gesagt bin ich schockiert. »Das hast du mir als Überraschung gekauft? Das gehört mir? Ein Gary-Chappell-Alice-Amulett. Wirklich? Das ist … das ist …« Ich stottere. »Ist es echt?«, flüstere ich. Es fühlt sich echt an. Die Magie, die von dem kleinen Amulett ausgeht, ist gewaltig.

»Natürlich ist es echt.« Er nimmt das Kästchen aus meiner zitternden Hand und legt es aufs Bett. »Ich weiß, wie traurig es dich macht, dass du das neue Zuhause der Elfen nicht sehen kannst. Wenn es in meiner Macht steht, dich glücklich zu machen, dann werde ich es tun.« Verlegen zuckt er mit den Schultern. »Ich bin gut im Verhandeln und habe es geschafft, die zwanzigjährige Warteliste zu überspringen und es für dich zu kaufen.«

Ich schniefe und tupfe mir mit der Spitze meines Zeigefingers über meine Wange. Mein ganzer Körper zittert. »Es wird meine Größe ändern, wann immer ich will? Wow. Einfach nur wow. Danke, vielen Dank. Das ist das schönste Geschenk, das ich je bekommen habe.«

Kleric lächelt selbstgefällig. Ich werfe mich in seine Arme und schniefe noch mehr. Dann ziehe ich mich stirnrunzelnd zurück und sehe ihn mit glasigem Blick an. »Was ist mit dir?«

»Ich bin ein Dämon. Ich kann ganz einfach meine Größe verändern.«

»Oh! O ja, das ergibt Sinn.« Das ist ein Traum. Das kann nicht echt sein. »Gehen wir wirklich zu ihnen zum Essen?«

»Wenn du möchtest.«

Ich nicke heftig. »Bitte.« Seine Augen treffen meine und die Sanftheit in seinem Blick trifft mich mitten ins Herz. Mein weiches Herz setzt für einen Schlag aus.

Kann er noch perfekter sein?

Auf dem Weg an mir vorbei küsst er meine Stirn.

O ja. Ja, das kann er.

Vielleicht habe ich mir mit all dem Mist, den mir das Schicksal zugeworfen hat, etwas Karma verdient und darf ihn behalten. Er gehört mir. Ich gebe ihn nicht auf. Niemals. Ich renne die Treppe hinunter und folge ihm.

Wir gehen nach draußen und gehen Hand in Hand den Weg zu

Storys Haus. Als wir uns dem Baum nähern, in dem das Haus steht, nickt Kleric mir aufmunternd zu.

Es ist ein großer Moment. Ich lasse seine Hand los und spreche die Worte, um den Alice-Zauber zu aktivieren. Die Magie des Zaubers trifft mich und die Welt verschwindet. Es ist eine Achterbahnfahrt vom Feinsten. Mir dreht sich der Magen um, meine Ohren klingeln, der Wind rauscht um mich herum und mein buntes Haar schwebt. Als sie sich schwer auf meinen Rücken legen, bin ich winzig.

Mir wird schwindelig. Ich blinzle schnell, als die Welt wieder scharf wird. Ein riesiger Schuh, so groß wie ein Auto, steht neben mir, und als ich nach oben schaue, ist Kleric so groß wie ein Berg.

Nach wenigen Sekunden schrumpft Kleric auf meine Größe.

»Hallo«, sage ich und winke. Ich reibe mir den Hals und verziehe das Gesicht. »Ich dachte, meine Stimme würde sich quietschend anhören, aber ich glaube, sie klingt noch genauso.«

»Hi.« Seine Lippen zucken und er schüttelt den Kopf, als er den Schock in meinem Gesicht sieht. »Und ja, du klingst noch genauso.«

»Du auch.« Ich lehne mich an ihn. »Das ist beängstigend.«

»Ist schon gut. Wir passen aufeinander auf.« Er drückt meine verschwitzte Hand.

Es ist eigenartig, so klein zu sein. Vorsichtig schaue ich mich um. Ich bedaure, dass ich kein Schwert habe. Ich bin froh, dass es Winter ist, denn so klein möchte ich keiner Fliege begegnen. Alles fühlt sich fremd und gefährlich an.

Der Weg zum Bau ist riesig und die winzigen, erbsenförmigen Kieselsteine sehen aus wie riesige Felsen, auf denen man mit Absätzen nur schwer vorankommt. Die Bäume um uns herum sind unendlich hoch, und die solarbetriebenen Lampen am Wegesrand sind viel heller und größer als jede Straßenlaterne.

Die Welt sieht ganz anders aus, wenn man klein ist.

Wir gehen auf die geschwungene Eingangstür des Gebäudes zu, und bevor wir anklopfen können, wird sie geöffnet. Ich springe auf und starre voller Ehrfurcht hinein.

Der ganze Raum ist verwinkelt und mit Baumwurzeln und einer gewölbten Decke verziert. Ein Regenbogen aus Lichtern, Fae-Laternen, schwebt durch den Raum und hebt die besten Eigenschaften der Halle hervor.

»Wahrhaftig! Du bist gekommen.« Ich mache ein »Uff«, als Page sich auf mich wirft und ihre Arme um meine Taille legt.

Es ist surreal.

Ich umarme die zauberhafte grüne Fae. »Du bist so hübsch«, flüstert Page in meinen Bauch.

»Du auch«, sage ich ehrfürchtig und streiche ihr übers Haar.

»Ich kann nicht glauben, wie lange wir gewartet haben, bis du überhaupt vor der Tür standst. Einige von uns haben Hunger«, sagt Jeff. Er neigt den Kopf zur Seite und starrt mich an. »Ja, ich schätze, du bist hübsch für eine alte Person. Ich bin es so gewohnt, deine riesige Nase und die tiefen Nasenlöcher zu sehen«, scherzt er.

Ich denke nach.

»Danke?«

»Komm, Tru, komm und sieh dir das Haus und unsere Zimmer an.« Novel greift nach meiner Hand und zieht mich hinein, wobei eine noch anhänglichere Page zur Seite geschoben wird. Unbekümmert dreht sie sich um und greift nach meiner anderen Hand.

Ich kann nicht sprechen. Ich stehe unter Schock. Ich kenne diese Kinder, seit sie geboren wurden, und sie jetzt von Angesicht zu Angesicht zu sehen, ist ein seltsames, befremdliches Gefühl.

Ich höre jemanden barfuß laufen und reiße mich aus meiner Erstarrung, als Story um die Ecke kommt. Keuchend bleibt sie vor mir stehen.

Ein breites Lächeln erhellt ihr hübsches Gesicht. »Tru!«, ruft sie.

»Story?« O mein Gott. Ihre Haut ist genauso saphirblau, aber die Details ihrer Wangenknochen, die Form ihrer Lippen, die rotgoldenen Flecken in ihren Augen ... es ist, als hätte ich sie noch nie gesehen. Wir starren uns an. *Wir sind gleich groß*, denke ich vage.

Und dann bewegen wir uns, werfen uns die Arme um den Hals und umarmen uns zum ersten Mal richtig.

»Verdammt, das ist surreal«, sage ich mit belegter Stimme.

»Wir sind seit fast zehn Jahren beste Freundinnen, Schwestern, und das ist unsere erste richtige Umarmung«, sagt sie und drückt mich noch fester. »Warum haben wir das nicht schon früher gemacht?«

Wir lachen und lösen uns nach ein paar Minuten wieder.

Story nimmt meine Hand. »Willkommen in unserem Haus.«

»Es ist wunderschön«, sage ich zu ihr.

»Kommt, ihr zwei! Ralph deckt den Tisch. Ich hoffe, ihr habt Hunger.«

Ich schaue über die Schulter und suche Kleric. Er lehnt mit einem breiten Grinsen an der Wand.

Ich liebe dich, forme ich mit meinen Lippen.

Ich liebe dich mehr, antwortet Kleric.

Liebe Leserin, lieber Leser,

zunächst einmal *vielen Dank*, dass du meinem Buch eine Chance gegeben hast.

Wow, ich habe es noch mal geschafft. Ich hoffe, es hat dir gefallen. Wenn das der Fall ist und du Zeit hast, wäre ich dir sehr dankbar, wenn du eine Rezension schreiben könntest.

Jede Rezension macht einen *riesigen* Unterschied für einen Autor – vor allem für mich als brandneue, glänzende Autorin – und deine Rezension könnte anderen Lesern helfen, mein Buch zu entdecken. Ich würde das sehr zu schätzen wissen, und es wird mir helfen, weiter zu schreiben.

Tausend Dank!

Oh, und es besteht sogar die Möglichkeit, dass ich deine Rezension für meine Marketingkampagne auswähle. Kannst du dir das vorstellen? Das ist so aufregend!

Alles Liebe,
Brogan x

Über den Autor

Brogan lebt mit ihrem Mann und ihren elf pelzigen Kindern in Irland: fünf pelzige Minions der Dunkelheit (auch bekannt als Katzen), vier Hellhounds (also Hunde) und zwei traditionelle Einhörner (fette, haarige Irish Tinker).

Im Jahr 2019 beschloss sie, ihre Verrücktheit auszuleben und über die imaginären Kreaturen, die in ihrem Kopf leben, zu schreiben. Ihre größte Liebe gehört ihrem pelzigen Lieblingskind Bob, dem Irish Tinker, und dann dem Lesen. Wenn sie nicht gerade liest oder schreibt, steckt sie knietief in Pferdeäpfeln und Fell und ignoriert dabei glückselig alle Erwachsenenpflichten.

WWW.BROGANTHOMAS.COM

BÜCHER VON BROGAN THOMAS

www.ingramcontent.com/pod-product-compliance
Lightning Source LLC
Chambersburg PA
CBHW051830180726
48283CB00004BA/1381